《达尔文之惑》三部曲

DARWIN'S DOUBT

达尔文之惑

①

祖先秘史

韦火　著

广州新华出版发行集团
广州出版社

图书在版编目（CIP）数据

达尔文之惑．祖先秘史 / 韦火著．—广州：广州出版社，2019.8
（2020.10 重印）
ISBN 978-7-5462-2918-8

Ⅰ．①达…　Ⅱ．①韦…　Ⅲ．①科学幻想小说—中国—当代
Ⅳ．① I247.5

中国版本图书馆 CIP 数据核字（2019）第 108710 号

出 品 人　柳宗慧
书　　名　达尔文之惑·祖先秘史
　　　　　Da'erwen Zhi Huo Zuxian Mishi
出版发行　广州出版社
　　　　　（地址：广州市天河区天润路 87 号 9 楼、10 楼　邮政编码：510635
　　　　　网址：www.gzcbs.com.cn）
责任编辑　区力文
文字编辑　梁惠明　刘雅丽　宁云锋
责任校对　李少芳　黄焕姗　张　苹
装帧设计　林舒巧
技术编辑　艾　群
印刷单位　广州市快美印务有限公司
　　　　　（地址：广州市白云区广从五路 410 号　邮政编码：510545）
规　　格　787 毫米 ×1092 毫米　16 开
总 印 张　65
总 字 数　861 千
版　　次　2019 年 8 月第 1 版
印　　次　2020 年 10 月第 2 次
书　　号　ISBN 978-7-5462-2918-8
总 定 价　118.00 元（全 3 册）

目录

序章

生命是大自然最绚丽的一道景色，人类这个智慧物种更是其中最伟大的奇迹，每个人其实都是苍茫宇宙中的一朵奇葩。

据说，奇葩们现在居住的地球已有46亿年的演化历史了。按照地质纪年考证，在过去的漫长岁月中，地球经历了太古代、元古代、古生代、中生代以及新生代，生命从无到有，从简单到复杂，最后才出现了人类。

又据说，最早的生命体可以追溯到37亿年前，那些原始的单细胞生命就是地球上各种生物的太上老祖先，当然也是人类的太N级祖先了。关于第一批太祖先们是如何“无中生有”的，科学家们提出了各种各样的起源假说。

最经典的说法是起源于地球表面。海水与大气亲密接触，在阳光辐射或电闪雷鸣的作用下，天长日久形成了氨基酸、糖、碱基这样的有机分子，慢慢在海洋里组合成了具有生命活性的原始细胞。

最时髦的说法是起源于地球内部。海底深处涌出的岩浆热液与海水交汇的区域，也能产生丰富的有机分子，那里就是太祖先们诞生的摇篮。

最雷人的说法是起源于外太空。原始生命体其实早在外太空就已形成，通过陨石或彗星撞击等方式来到我们的这颗星球并扎下根，从而成了地球生命的太祖先。也许这不是说笑，很可能我们全都是外星生命的后代。

这些个莫衷一是的假说此消彼长，各有各的支持者，在生物学引领潮流的21世纪中叶，注定要一争高下。

然而指望哪种说法最终能“一统江湖”可没那么容易，恐怕比找到第二个宜居星球还要难。这是因为，太祖先们诞生的年代实在是太久远，能还原事件链条的直接证据早已灰飞烟灭了，残留的一丁点儿蛛丝马迹根本就拼不出个全貌来。既然没办法穿越到远古时期去取证，那么解释生命起源谁也做不到一锤定音。这一点，生物学的圈中人都心知肚明。

汪芸算得上是圈中人。她们这代人一出生就享受着数字化产房、伴婴机器人这样的时尚设施，是在新技术遍地开花的快乐体验中成长起来的，因而从小都明白，亲近科技就是亲近智慧。对于生命起源这样的基本科学问题，汪芸读中学那会儿就没少琢磨，后来上了大学，跟这个问题日益亲近，她觉得那些生命起源的假说无不闪耀着人类智慧加AI智慧的光芒。有些说法听起来惊世骇俗，其实背后都有着实验数据或考古勘察的影子，虽然想象和猜测起着主要作用。

但是不猜能行吗？汪芸慢慢悟出了道道，探索亿万年前的生命问题跟探索亿万光年之外的宇宙太空一样，科学与科幻似乎没什么区别。如果没有强烈的科幻意识，科学探索也就没啥搞头了，怕是连门都找不到。

读研究生的时候，汪芸初心未泯，正课之余干了一件挺“科幻”的事。她想，要是把迄今为止地球上几十亿年的生命演化历程浓缩成一年，通过VR技术模拟出来，会是怎样一幅图景呢？这样一琢磨，她就动手弄出了一份地球生命史的3D版“年历”来。“浓缩的是精华。”这话没错，她的这份年历能让人对漫长的地球生物演化过程产生身临其境之感，每一天对应的情况都可以点击播放。特别是一些关键的时间节点，她都做了精心测算，用VR演示出来的情景几可乱真。

元旦那天，地球形成。起初由大大小小的星云团聚集而成的这颗星球，枯寂、荒僻、炎热，没有一丝生命气息。在随后的一个多月时间里，地表温度不断下降，慢慢形成了得以产生原始生命的温床。

2月18日，最早的生命体冒了出来，第一批太祖先们终于问世。但这并没有改变大自然的枯荒境况，在接下来更加漫长的7个多月时间里，像细菌那样微小的单细胞生命一直是地球上的主人，看不见摸不着。假如那段日子有外星人光顾，估计它们也要用仪器才能探测出这颗星球是否存在生命迹象。至于复杂生命，还不知要等到哪月哪天才会进化出来呢。

等啊等，一直等到9月30日，多细胞生物才开始出现。这一天发生的转折，意味着太祖先们已经冲破了千古一贯的简单陋室生活，开始繁殖出更高级更多样的后代。此后的日子里，海洋里、陆地上慢慢就零零散散出现了一些低等动植物，整个地球看上去一天比一天更有生气，不再是一个死气沉沉的单调世界了。

11月16日，这个日子特别神奇，神奇得令人难以置信。就在这天，地球生物的大舞台像是一下子拉开了巨幕，形形色色的新物种突然大规模登台亮相。这个壮观场面是地球生物一次奇迹般的爆发，从那时起，物种多样性的生态雏形开始建立，枯寂已久的地球终于变得生机盎然了。

可是，即便到了这个节骨眼儿上，奇葩们仍无影无踪，依然没有出场，更别说唱主角了。就算是睁大了眼睛找，也看不出哪条鱼或哪只爬虫是我们人类的老祖先。

年历继续往后演播，眼看一天天过去就要接近年底了，人类还是没有出头露面的任何迹象。也许好事多磨吧，一直磨蹭到12月31日下午5点钟左右，最原始的人类才终于现身，开始了与凶禽猛兽们争夺地球霸主的进程。而进入文明社会的地球人，则是到了当天晚上11点59分30秒才正式登场，迄今为止仅仅存在了短短30秒。谁体验完这场情景演播都会唏嘘一番。

汪芸对自己打造的这份VR年历也是很有感触的。太祖先从无到有，奇葩们后来居上，这些大事件浓缩在年历的头尾两端倒不是什么稀奇事，最让她感到讶异，或者说很费解的是11月16日这个奇特的节点。她觉得那场突如其来的地球生命大爆发，既令人震撼又神神秘秘，这也是一件让圈中人多年来很闹心的事。

那可不是VR情景的虚构，历史上还真有这么一个奇特的节点。它的最早发现者，是进化论的鼻祖人物查尔斯·达尔文。后人经过多方面的科考证实，在地球生物演化的进程中的确发生过这么一场轰轰烈烈的生命大爆发。

那是距今大约5.4亿年前的事了。那时候地球正处在古生代之初的寒武纪，不仅生物种类极少，而且分布稀疏，生命在整个自然界还只是零散现象。谁也料不到11月16日这一天发生的大事说来就来，缓慢进化了30多亿年的生物世界“不鸣则已，一鸣惊人”，大量新物种井喷式涌现，并在地球上广泛辐散开来。此即所谓的“寒武纪生命大爆发”。

要是厚积薄发、水到渠成，也就谈不上神奇或是诡异了。邪乎就邪乎在，这次生命大爆发“忽如一夜春风来，千树万树梨花开”，之前几乎没有什么征兆，谁都不知道“春风”“梨树”是从哪里一下子冒出来的。按照界门纲目科属种的分类法则，现代生物中大部分“门”一级和不少“纲”一级的物种，都在这场大爆发中从无到有，不可思议地出现在地球上。这一现象，让见多识广的达尔文生前一直大惑不解。

1859年，达尔文完成了他的不朽巨著《物种起源》。当时他非常自信，认为自己把生物进化的基本脉络已经理清楚了，地球生物的几乎所有问题都可以从进化论中得到解释。但他坦承，唯一让他感到困惑的一个难题，就是寒武纪生命大爆发。他经过大量考证发现，很多动植物种类都能在寒武纪的化石记录中找到，但在更早的岩层中却一点儿踪迹也没有。这说明许多物种似乎不存在祖宗前身，是突然间“无中生有”的，而且不分先来后到，在寒武纪一齐亮相。这的的确确让人无法理解，可以说是个天大的谜。

达尔文在《物种起源》中明确表示，自己难以解释寒武纪生命大爆发这一事实。他把这个不解之谜留给了全世界，留给了后辈奇葩们。这就是至今仍不明不白的“达尔文之惑”。

汪芸知道，达尔文的后辈们一直在不懈努力，大量的解惑性研究工作倒没少做，然而这个“百年老惑”解起来谈何容易。她留意过这方面的研究信息，人们从基因学、发育学、生态学以及地质学等多个角度进行了探索，谁都想对这个问题作出科学合理的解释，但迄今为止，种种解释都不足以令人信服，更没有哪一种解释为世人普遍接受。

寒武纪生命大爆发也许不单是生物进化的事，说不定另有原因。汪芸这样想过，“无中生有”的新物种不光远古时代有，当今世界照样也有，只是表现方式不同罢了。远的不说，近年来用基因编辑技术打造出来的新型宠物和奇花异木，不就是在短时间内从无到有迅速席卷全球的吗？以前谁见过长着狗头的兔子，谁吃过西瓜一样大的苹果？假如亿万年后有别的智慧人类来考古，也会认为这些物种似乎是断裂式出现的，是莫名其妙一下子问世的。况且当代“无中生有”的新事物远不止在生物学领域，如今随处可见的所谓“强AI”机器人，以及早先出现的网络虚拟世界等，其实也都是一种突然间的大爆发，只是自己身处这个时代，因此见怪不怪而已。

当然了，寒武纪时期不存在新技术革命那样的诱因，但很可能会有类似的导火索。汪芸觉得，“达尔文之惑”不能只迈动“考古取证”一条腿去寻求答案，也该抬起另一条“科学幻想”之腿，才有可能揭开谜底。

但她万万想不到，其实自己也是“达尔文之惑”的局中人。

第❶章

惊现巫霸草

新西兰南岛是个好地方，美丽却不张扬，汪芸初来此地时的第一印象很不错。就连偶尔留意到的广告牌也显得很平淡，像“5D打印机，帮您造绵羊”这样的广告用语，比她在香港成天看见的“5D打印，打遍天下万物”要低调多了。

汪芸这趟新西兰之行是被许光辉硬拉来的，当然也事出有因。为纪念人类成功登陆木卫二暨踏足外太阳系星球20周年，“2058年木星杯太空飞行设计国际大赛”在新西兰的奥塔哥大学举行，许光辉是香港高校唯一入围的参赛选手。他嘴上像抹了蜜似的一心哄着她同去，说是只有她到场他才有动力施展那些木星功夫，她就是他心目中的木星女神，说木星那么大估计那个木星杯也小不到哪里去，要是拿到了奖杯好歹可以两个人一起抬回来。他还郑重其事地说要让这趟新西兰之行成为他和她的订婚之旅。在许光辉看来，自己追求汪芸多年，也该瓜熟蒂落、修成正果了。为了汪芸他从澳门大学追到了香港大学，对汪芸的兴趣他倒是一直没减，就是不知何时起又增加了对木星的兴趣。

汪芸说太空飞行跟我一点儿都不搭界，我去了帮不上忙只会碍手碍脚。其实她刚刚研究生毕业正等着继续攻博，虽然也很想放松、休整一阵子，但生怕拖累了许光辉的参赛，原想另约几个同学一起去旅游的，她已经好久没远游了。前些年父亲从广州应聘到香港大学担任教授的时候，就跟她说好了要全家一起去远游一趟，后来父亲做学问忙，她学业也忙，就把这想法给忙没了。所以这回父亲看在眼里，也反复鼓励她陪许光辉同去，说是帮不上忙就在场外当啦啦队嘛。更重要的还在于，父亲对许光辉这个得意门生升格为准女婿是认可的，这就促成了许光辉计划中的订婚之旅。

在奥塔哥首府一家酒店下榻后，汪芸还无心观光，她一门心思陪着许光辉做赛前准备。说来也怪，新西兰承办的这项科技赛事，不光相信实力也相信爱情。有汪芸随行助阵确实不一样，在接下来几天里许光辉在奥塔哥大学的决赛场上果然不负众望，他发挥出色，过五关斩六将，最终捧得了各路高手梦寐以求的那个木星杯。

汪芸既高兴又意外，她没想到许光辉肚子里有这么多航天科技的油水，那是要消化大量太空知识杂粮才能囤积出来的，难怪这货敢放风让她来抬奖杯呢。

沉浸在幸福中的汪芸，尽情分享着许光辉成功的喜悦，同时也开始醉心于奥塔哥四周如画的自然风光了。她和许光辉都是第一次造访新西兰，比赛一结束她就拉着他到处游览观光。奥塔哥绚丽多姿、宛若仙境的独特美景，令他们心旷神怡、流连忘返。

几天过去了，汪芸依然兴致勃勃。她告诉许光辉说，这么秀丽的山水树草景色，如果能从更高的视角去观赏和领略，定会有另一番感受。许光辉心领神会，更高的视角不就是俯瞰么？这不是什么难事，他立马就去租来了一架扑翼机。

许光辉很喜欢开扑翼机，那感觉就像是自己长着翅膀在空中自由翱翔。这种扑翼机完全是根据仿生学原理制造出来的，靠两侧机翼的上下扑动产生飞行动力，就像鸟儿飞行靠翅膀的扇动一样。与传统的螺旋桨飞机、喷气式飞机相比，这种扑翼机具有更加轻便、灵活、节能等优点，因而在21世纪30年代初刚刚问世，便受到人们的普遍青睐，很快就成为一种新型的交通工具。许光辉听说，要不是扑翼机把二维平面交通升级到三维立体版的话，大城市过去拥堵不堪的交通，跟一排排蠕动着的蜗牛差不多。父辈们只要一提起当年汽车限购限行的把戏，总会告诉他说，如今抬头看看天上飞来飞去的“扑巴”“扑的”就会明白，幸亏有了这种新的交通工具。许光辉也觉得扑翼机的问世很及时，他这次租来的是一款小巧玲珑的“自动拨”机型。

天公给足了这对情侣面子，那天奥塔哥风和日丽。许光辉熟练地驾驶着扑翼机，和并肩而坐的汪芸一起在淡淡的云雾中穿行。扑翼机驶离市区，渐行渐远，脚下一幕幕天然美景尽收眼中。色彩斑斓的山丘、满目苍绿的草原、错落有致的丛林、清澈碧绿的湖泊、神态奇妙的峡谷等，在变幻的阳光下交相辉映，并肩媲美，仿佛一幅精妙绝伦的天然水彩画。这种直观的视觉震撼，令汪芸无以言表，只能兴奋地打开3D相机去尽情拍摄。

扑翼机扑扇着双翼缓缓前行，汪芸只顾着取景按快门，融入了欢声笑语的“咔嚓、咔嚓”声响个不停。许光辉则边哼着小曲边四下环顾帮她选景，他也快陶醉了。美不胜收是什么感觉？许光辉这会儿真有了切身体会，身边有美女，脚下有美景，心中有美事，夫复何求哟。

“咦，那边怎么回事？”美滋滋哼着小曲的许光辉突然变了腔调，他指着一处景观高声叫了起来。

汪芸闻声抬头，顺他所指望去。视野中是一座棱锥形的小山丘，山脚下是椭圆形的一汪湖泊，沿湖岸边长着丛林和花草。这本应是一幅山水相融、层林倒映的好风景，但惊鸿一瞥下给人的印象是，那里水不蓝、草不绿、花不艳，一片灰暗单调的色彩。多看两眼更是觉得毫无生气，像是刚刚经历了一场烟熏火燎，与四周的灿烂风情极不协调。汪芸只是感到有点儿煞风景，她未及多想，匆匆俯拍了几个镜头，扑翼机便一掠而过，继续在仙境中畅游。不一会儿，夹带着欢笑的“咔嚓、咔嚓”声再起，刚才不爽的一幕已被迷人的新景色彻底冲散。

“咔嚓、咔嚓”声一直伴随着汪芸和许光辉落了地回到酒店，几乎就要“咔嚓”进夜色中了。晚饭后在房间里，汪芸拿出相机细细品味一天拍摄到的极致美景，大叹不虚此行。许光辉也在一旁啧啧称奇。兴头上，那几张煞风景的照片也映入眼帘。

“真败兴。”汪芸嘟囔了一句。她对这几张照片端详不出个所以然，感觉犹如大白兔身上长出一撮鸡毛般怪异。虽然3D拍摄的效果层次分明，但无论是山林还是湖草大都显得朦胧乏色，好像被一张巨大的破渔网笼罩着，怎么看都不舒服。

“删掉吧，”许光辉脱口而出建议道，“仙境中也会有丑八怪。”

确实又丑又怪，汪芸听他这么一说倒想弄个明白。她把那几张照片导入电脑，用3D图像分析软件进行了放大分辨处理，粗略测算一下，这片像被破渔网覆盖着的区域至少有几十公顷。再仔细查看，她倒吸了一口凉气。

那根本就不是什么破渔网，分明是一种密密麻麻呈侵略性分布的异类植物，它们沿着山棱、树木、草丛四处攀爬，纵横交错，透着一股无言的杀气。

从放大了的照片中可以清楚地看到，这种植物的藤蔓像绳锯一样长着许多齿状的尖刺，能深深扎陷进其他植物中，被它缠绕着的植物很多都已开始凋零，有一些胳膊粗的树干都已折断。尤其是它那一对对形似贝壳的叶子非常扎眼，沿着叶片边缘分布着犬牙交错般的利刃，像是凶残地等着吞杀猎物的一张张狼嘴。而且不是虚张声势是动真格，许多叶片中裹挟着被它捕食到的各种昆虫、鸟类、蛙类、鼠类等小动物，沿湖水分布的叶片中则裹挟着大大小小的各种鱼。这些小生灵被夹时种种垂死挣扎的惨状令人毛骨悚然，真像是一场动物屠杀。

眼前的情景，让汪芸和许光辉惊呆了。

“巫霸草！”汪芸回过神来高声惊呼道。她这几年攻读生物专业研究生很清楚，业界对利用基因技术制造异类植物一直非常关注，特别是对那些侵蚀生态系统、被人们统称为“巫霸草”的异类草本植物，更是保持着高度警惕。

“什么？什么巫霸草？”许光辉茫然不知。

“这肯定是一种巫霸草，是人为制造出来的邪恶植物。”

汪芸以前见识过一些巫霸草，总有人时不时会一惊一乍弄出点儿动静，企图制造出能在植物圈横行霸道的“大巫”来。但以往那些被造出来的巫霸草要么繁殖能力不强，要么侵蚀性很低，总之在大自然顽强的抵御能力面前终归成不了什么气候，说起来都只是些“小巫”。但是今天见到的这种巫霸草，绝非小打小闹，而是货真价实的凶主，起码算得上是“中巫”。她觉得这样的巫霸草一旦扩散开来，将会导致不堪设想的生态灾难。

“真的？那你可是慧眼识妖孽，再世孙悟空哦。”许光辉一听兴奋道，“这下好了，你要一举扬名新西兰了。”

“你个木星仔真可恶，都什么时候了还叫好，”汪芸嗔怒道，“快说怎么办呀？”

“不能凉拌，赶快报警，”许光辉嘿嘿一笑，“有麻烦找警察嘛。”

也是，在这人生地不熟的地方有力也使不上，只能把险情告诉当地警方了。汪芸拿起手持设备，踱到一边打报警电话去了。

趁这间隙，许光辉也拿出手持设备开始准备次日的行程。按照计划，他们明天就要离开奥塔哥了，打算乘坐海底游艇前往澳大利亚，沿途的观光点都是精心挑选过的。除了海底森林、海底火山等自然景观之外，还准备到海底的动物园、火山发电站、考古博物馆、深水疗养院、海产养殖基地、海艺作坊、深海游乐宫等景点参观游览。他要抓紧时间先做点儿功课，以便旅途中在汪芸面前好好显摆一下。

“还真是有点儿麻烦呢。”汪芸的报警电话打了差不多半个钟头才算完。她告诉许光辉说，人家压根就没听说过什么巫霸草，更没受理过这种莫名其妙的报警，她解释了半天仍感到像是鸡同鸭讲，对方最后也只是哼哼哈哈说会把情况向上反映。

“哦？”许光辉放下手持设备，思索了一下道，“按理说，这也不奇怪。”一开始他还以为汪芸的发现会马上引起轰动，现在没出现这种情况反倒让他冷静了。他分析说：“报这样的警的确有点儿唐突，一下子很难让警察的脑子转过弯来，就好比报警说看到了一条外星狗正在撕咬地球狗，估计没多少人会相信这种非傻即疯的话。人家答应向上反映派人去看一看已经算不错的了。”

“那怎么办，就这么眼睁睁看着巫霸草继续肆虐？”

“还能怎样？”许光辉说，“别忘了咱们现在身处异国他乡，路见不平一声吼就已尽到了责任，拔刀相助的事想干也干不了呀。”

“不行，这跟我的专业有直接关系，我不能无动于衷。”

很多刚毕业的研究生都会把自己好不容易苦修而成的专业看得神圣无比，汪芸也一样。许光辉是过来人，知道扯到了专业上的事汪芸不会善罢甘休，他想了一会说："要不这样，让墙内的刺先扎墙外，咱把动静弄大点儿。"他建议汪芸把险情直接报告给国际环保组织。

"嗯，这还差不多，算你个木星仔还有点儿地球人的良心。"汪芸觉得这主意不错，她很快就把奥塔哥发现大面积巫霸草的情况形成文字，连同拍到的几张照片一起发了出去。

这下还真是墙外挨了刺扎墙内也感到疼了，第二天早上奥塔哥市政当局就给汪芸打来了电话，说是国际组织很快就会派人来现场调查处理，希望她能一起参与这项重要工作。正在收拾行装的汪芸解释说她马上就要离开新西兰了，对方一听深表遗憾却极力挽留，说国际组织和市政当局都认为她独具慧眼发现了问题，参与查处似乎不可或缺。于是汪芸问查处工作要用多长时间，对方答说起码得十天半月。"那好吧，我们就先留下来。"汪芸看了一眼身旁的许光辉，爽快地答应了对方。

"我的女神哟，你还真要拔刀相助啊？"许光辉停下手里的活计，一脸惊讶。

"没办法啦，动静闹大了咱也不能一走了之，我正好也可以学以致用。"

"好惨哦，海底游就这么泡汤了。"许光辉一仰身倒在了床上，"我做的一堆功课算是英雄无用武之地喽。"

国际组织的专家说是最快也要傍晚才能赶到，汪芸和许光辉两人只好留在房间里等着，打开了墙上的3D电视消磨时光。

新闻总是飞快传播的，奥塔哥本地电视台正在播放发现巫霸草的新闻。电视上说几天前还有人去过事发地带，拍到的照片看上去景色灿烂没有任何异常，可就在昨天来自中国香港的汪姓游客却拍到了"破渔网"一样的景色。更严重的是，今天一早记者闻讯前往，看到那片被"破渔网"

覆盖的地域似乎比游客昨天描述的范围更广，这说明“破渔网”很可能还在迅速扩大。

“幸亏你发现得及时，要不然奥塔哥的损失就大了。”许光辉看到这里感慨道。

“是啊，我也没想到有人会搞出疯长速度这么快的巫霸草，太可怕了。”

汪芸这时候还不知道，更可怕的事接着就来了。

奥塔哥也许是祸不单行。巫霸草的新闻刚播完，电视上紧接着又播出了一条刚刚收到的灾害新闻。画面上出现的是奥塔哥博物馆正门的镜头，新闻说今天一早有一些学生跟往常一样在博物馆门前的草坪广场上或散步或晨读，突然不知从哪儿冒出来一股异味，接着就有人感到身体不适，学生们马上就四散离去，但有一些反应慢的人很快就昏倒在地了。新闻说救援人员已赶赴现场将昏迷者送医急救，有两人已经不治身亡，还有几个人正命悬一线，初步判断事故是一种不明来源的剧毒气体所致，附近居民正在紧急疏散。

奥塔哥博物馆与奥塔哥大学只隔着一条并不宽敞的马路，平时经常有学生在博物馆门前的草坪广场上搞些活动。前些天汪芸陪着许光辉去参赛，多次出入奥塔哥大学，对那一带的环境是熟悉的。

“此地不宜久留啊，”一看完这条新闻许光辉便忧虑道，“今晚你跟国际组织的专家一接洽完，咱们连夜就离开这个是非之地，由他们去慢慢调查好了。”

汪芸没理睬许光辉，她在低头沉思。许光辉见她半晌不出声，便又催促说：“你倒是给句话呀，我好尽快订行程。”

“不对！”汪芸忽然抬头道，“你把刚才的新闻调回来我再看一下。”

“好吧，让你先把国际义务尽足。”许光辉以为她放心不下巫霸草的事，便拿起遥控器把开头那条巫霸草的新闻重新调出来播放。

“不是这一条，”汪芸一看立刻摇头，“是刚才博物馆门前的事。”

“什么？这件事你也要管？”许光辉真怀疑汪芸是不是中了什么邪，他伸手就要去摸她额头烫不烫。

“去你的！”汪芸一掌打开他伸过来的手，又一把夺过遥控器自己调出那条新闻，盯着屏幕仔细看了起来。

“我明白了，”汪芸不一会儿就看出了名堂，她把电视画面定格在博物馆门前的草坪上，很自信地对许光辉道，“这又是巫霸草所为，而且很可能跟之前的是同一种巫霸草。”

“有没有搞错啊？”许光辉将信将疑，“人家电视上说得很清楚，那是一种来源不明的有毒气体所致。”

“错不了，不明来源其实就是巫霸草。”汪芸说植物散发出气体并不奇怪，要不然人们每天呼吸的氧气从何而来？她说用基因技术让植物散发出某种有害气体，这在当今时代不是什么难事。

许光辉听她这么一说也赶紧盯着屏幕上的草坪看，虽然他看不出名堂，但他相信汪芸的专业能力。

“那就再次报警吧，免得他们误入歧途找不到毒气的源头，”许光辉说，“耽误下去会闹出很多人命的。”

情况非常紧急，汪芸这回没打报警电话再跟人扯皮，而是把电话直接打到了市政当局——他们留她下来参与查处总该听取她的意见吧。哪知道对方听她一讲愣了半天才开口：“这也跟巫霸草有关？专业防化机构已经查明了那是一种有害气体，目前正挨家挨户排查污染源呢。”汪芸说：“那样会误大事，会有更多的人受害甚至丧命，要赶快组织力量清剿巫霸草才是。”对方犹豫了一下说：“也许这个建议没错，但国际组织的专家正在赶来奥塔哥的路途中，等他们来查明了巫霸草的真相，再把两起灾害事件并案处理可能会更好。”

汪芸没再多啰唆就挂断了电话。道不同不相为谋，她心想，专家们大半天之后才到，来了既要听取汇报又要考察现场，还要分析检测，等这套程序走完怕是黄花菜早凉了。“他们不肯中断现在的无效劳动，真是急死人了，怎么办呢？”她用求助的眼神望着许光辉。

“老办法呀，”许光辉毫不犹豫道，“让刺先扎墙外，扎得嗷嗷叫才好。”

“我懂了。”汪芸一下子来了勇气，“情况紧急，我也管不了那么多了，只能把动静弄得越大越好。”

她说到做到，把两起看似无关联的灾害事件合二为一，进行了有理有据的描述分析，提醒人们这可能是一起人为制造的恶性事件，必须高度警觉迅速行动。接着，她跟许光辉密切配合在互联网上一阵折腾，新西兰奥塔哥发生巫霸草危害的消息就迅速传遍了全球。

一石激起千层浪，汪芸发出的消息在世界各地迅速发酵。好像她无意中踩响了一串连环地雷，接二连三的爆炸一声声传出。在随后的时间里，美国的佛罗里达、中国的海南岛、意大利的那不勒斯、马达加斯加的贝岛，以及秘鲁的库斯科等地方，也都声称发生了类似的事件，只是情况还不算严重。但这些地方都跟奥塔哥一样，懵懵懂懂不明就里，都还没查出是巫霸草惹的祸。汪芸一下子就把谜底揭开了，这为有效处置赢得了宝贵的时间。

国际社会大为震惊。很显然，有人在恶意设计制造异类植物，妄图搞全球性的生态大破坏。一时间，整个地球村四处骚动起来，一忽儿这里也发现了巫霸草，一忽儿那边又拍到了新照片，真真假假，草木皆兵。

汪芸这下真是一举出名了，而且还远不止名扬新西兰。在接下来的日子里，她除了参与事件查处之外，还俨然成了一个鉴别专家。熟悉和不熟悉的朋友发来了大量照片请她辨别，令她疲于应付不说，还发生了不少荒唐事。

她过去在广州的一个邻居小伙伴，那天发给她一张玫瑰花照片，她看着那株黑白相间赏心悦目的玫瑰花，以为是老朋友与她分享，正想回复两句感谢的话，结果人家一条文字信息紧接着就跟过来了，说男朋友送的这花看着邪乎，问她是不是巫霸草。汪芸只好回复她说，邪乎的是你自己。

还有更邪乎的事，汪芸的中学班主任老太太退休在家，那天在广州菜市场买了几棵芹菜准备给孙子包饺子吃，回家后发现其中夹杂了两根带叶片的野草便怀疑是巫霸草，吓得老太太当场心脏病发作，抢救过来后还硬要家人发照片给汪芸鉴别。汪芸后来还听说，有几个熟人把自家庭院里、阳台上的花花草草全都铲了个干干净净，原因就是发了照片给汪芸却没收到她的及时回复，人家怀疑里面有巫霸草而汪芸一时难以断定。这让她感到哭笑不得。总之在事发以来的这些日子里闹得沸沸扬扬，不一而足。

当然，国际组织以及包括新西兰在内的各国政府、各方专家也没闲着，全球紧急行动起来，动用了包括卫星遥感DNA识别在内的多种新技术手段，费了九牛二虎之力，才彻底剿灭了这种尚未大范围蔓延开来的生态“瘟疫”，人们终于松了一口气。事发新西兰南岛奥塔哥，全球媒体因而称此次危机为“奥塔哥事件”。

“事态总算是平息了。”汪芸叹息一声对许光辉道，“这么个美丽低调的地方居然因为一场生态危机而一鸣惊人，也不知道是什么人作的恶”。

“低调的地方也照样会有恶人，”许光辉说，“肇事元凶很可能就在当地，等破了案就知道了。”

“咱们必须回去了，没必要等警方破了案再走人。”汪芸说，“该我做的事都做完了。”

许光辉何尝不想走人？他急着要赶回去完成自己的博士后科研收尾工作，其实早就归心似箭了。但这段时间警方不同意汪芸离开，理由是作案元凶没找到还有事情需要她协助，实则是考虑到她的人身安全会受到威胁，因而只让她在酒店范围内活动，四周如临大敌搞得戒备森严，连手持设备也被屏蔽了信号。许光辉倒是可以离开，在整个事件中他并没有出头露面，但他当然不会先走，反而还劝汪芸说安全第一，等协助警方破了案再动身。可是眼看着日子一天天过去，汪芸也已经到了博士入学时间，他知道她也一样归心似箭，这么干耗下去不是个事，安全问题理应由警方去想办法。

“那好，咱们准备动身回香港，我马上去跟他们交涉。”许光辉下了决心。就算是路途中遭遇什么不测，他也会拼命保护汪芸的。

第
❷
章

新极端主义兴起

新西兰方面派了一名警察护送汪芸和许光辉到机场，并打算护送到目的地跟香港警方交接。就在三人一行准备登机时，那护送警察接了个电话，然后两手一摊面露笑容："感谢上帝，我刚得到消息说案件已经侦破，那我就不陪二位去香港了。"那警察说完便告辞离去。

作恶的元凶终于找出来了，汪芸和许光辉上了飞机便立刻搜看相关新闻。报道说警方已查明，设计制造这种巫霸草的罪魁祸首是最近十多年来兴起的一个极端主义组织，其头面人物名叫Richard，人称"狂人博士"。一个多月前，他们选择了远离大陆、人烟稀少的新西兰奥塔哥作为最早的投放点，后又开始在其他几个国家偷偷撒播，企图通过扩散巫霸草造成全球性的生态灾难。所幸的是，来自中国香港的游客一不小心搅了他们的局，使奥塔哥这个最早的投放点成了最早的暴露点，以致整个罪恶计划被斩了首而终未得逞。

有深度报道还说，参与剿灭行动的专家普遍认为，汪芸的火眼金睛是功不可没的。专家们觉得Richard集团设计的这种巫霸草有着超强的侵蚀性和繁殖力，如果再晚些日子发现的话，奥塔哥地区乃至整个新西兰南岛的生态都将遭到毁灭性的破坏，而且世界上其他地方也会有更惨重的损失。

这样的认识水平似乎是很到位的。

“人家说得没错，你真是火眼金睛识妖孽，逮到的可不是一只小巫，大大的了得哦。”许光辉看完报道竖起了拇指，这时候他一心只想猛夸汪芸。几年以后他才知道，专家们对Richard这种巫霸草的破坏力还是大大低估了，那可是不折不扣的一只“大巫”。这是后话了。

“识破巫霸草没什么了不起的，不管小巫还是大巫迟早都会露馅。”汪芸接着问许光辉道，“我觉得真正的妖孽是幕后的主谋，你知道那个狂人博士Richard吗？”

“听说过那货，他是个鼓吹物种泛平等主义的极端组织头目。”许光辉忽然一悟道，“哎，你应该知道的呀。”

“物种泛平等主义？哦，我想起来了。”

班机在太平洋上空平稳飞行着，汪芸闭目沉思起来。她知道，物种泛平等思潮从出现到泛滥，到最终演变为一种极端主义，也就是最近二十来年的事。汪芸初闻此事，还是前些年在澳门大学的时候。那会儿她正读着海洋专业的本科，而许光辉已是该专业的硕士生了。刚进入大二还懵懵懂懂的，她就差点儿被人拉进一个名为“海洋动物维权诗社”的社团组织里。校园里历来奇思怪想甚多，年轻人赶时髦跟风也很正常，要不是许光辉当时劝阻说海鲜可是美容养颜食品不吃太可惜了，她还真有加入诗社戒食海鲜的打算。许光辉还说你也不听听他们朗诵的那些诗，什么“海鱼海虾我爱你，今后坚决保护你，不捕不捞不吃你，谁惹你就斗到底”，你汪芸追求的就这诗歌水平？不咋地嘛。汪芸都被他气得笑了，事后她才知道那根本不是人家诗社的“杰作”，而是许光辉信口胡诌出来的顺口溜。不过许光辉后来发给她看的一些相关资料可不是胡诌，这让她对物种平权运动兴起的背景有了更多了解。

事情的起因是21世纪30年代以来新技术的迅猛发力，特别是“强人工智能”和“精准基因编辑”技术双双取得了关键性突破，很快形成了比翼齐飞的发展格局，并且二者的融合态势日益明显，这让世人喜忧参半。人们都没忘记多年前的一个预言，说是人类社会在21世纪中叶以后将发生严重分裂，人工机器智能一旦跟人类生物智能实现了融合，99%的人会沦为没有任何经济价值的无用阶层，而另外1%的人则会利用新技术把自身打造成为超级智人，或者干脆就叫“智神”。果真如此的话，整个社会就会分化成两个反差巨大的阶级，从而带来人类历史上前所未有的不平等。

这种预言当初一提出来就让人细思极恐，原以为是诳语，但现在看来怕是要成真，那当然是越思越恐了。有人呼吁要从源头上遏制不平等，解铃不光要靠系铃人还要找出铃从何而来，要不然解了一个铃还有下一个铃，不平等永无终结之日。要说人类社会一切不平等的根源，那就在于，从数万年前智人在生物界脱颖而出成为主宰者以来，一直欺凌压榨这颗星球上无数其他物种，本性不改何来平等？所以物种泛平等这种理念出笼不久，就一呼百应。表现最明显的一点就是，形形色色的物种维权组织如雨后春笋般涌现，从最初保护狗权猫权为主逐渐发展到保护鸡权鸭权甚至蛇权鼠权等各种凑热闹的维权组织，名目繁多应有尽有。汪芸差点儿加入的“海洋动物维权诗社”就属于这种组织开枝散叶后的末节细梢。然而这种组织的主干却出现了畸形生长，随着物种平权声势的日益浩大，一些极端主义组织也趁势登台亮相，他们叫嚣说，为了捍卫物种平等，极端主义不是罪过。然而，这些组织向来只是喊一喊闹一闹，这回却突然变了，用巫霸草大搞破坏那就成新型“基地组织”了。

Richard集团可能就是这样的新型“基地组织”。汪芸一琢磨明白，就睁开眼问许光辉道：“按说泛平等主义思潮出现也不是一朝一夕的事了，过去这些组织一直是君子动口不动手，怎么会突然间搞起恐袭活动来了？”

“咳！我也在思考这个问题呢，”许光辉说，“可能还有突发原因吧，我们很快就会知道的。”

香港国际机场。

汪芸和许光辉乘坐的航班安稳降落了。两人刚一走出登机廊桥，就被一群闻风而至的记者团团围在了中间。大多数记者都是冲着汪芸而来，不一会儿就把拉着两箱行李的许光辉挤出了包围圈。

“请汪小姐介绍一下慧眼识破巫霸草的经过。”

“您能对这次奥塔哥事件谈几句看法吗？”

“对这回一举斩首妖孽您有何感受？”

…………

“长枪短炮”伴随着声声发问一齐对着汪芸。起初汪芸倒还能应付，她一边试图往外蠕动一边谦虚地应答，大意是说，这次巫霸草事件早晚会被人识破的，即使不在奥塔哥斩首，估计也会在其他地方斩腰或斩尾，她只是碰巧遇到了巫首而已。

可是接下来汪芸发现自己根本动弹不得，这样应答下去不会有个完，她就索性笑而不语了，只盼着机场安保或别的什么人赶紧来解围。

人群外的许光辉看在眼里急在心里，他正想放下行李扒开包围圈帮汪芸疏通出路，一抬头见远远有两个人一前一后小跑着正向这边奔来。嚯，是汪芸的两个同学来接机，这下有救了。跑在前面的那个金发碧眼的女生是Jolene，她有着亚欧混合血统，是汪芸同期不同专业的研究生同学，还将一起攻博再度同窗，算得上是闺蜜级的姐们了，许光辉早就认识她。这Jolene快人快语风风火火，属于典型的女汉子性格，她一来肯定能为汪芸解围。

果不其然，Jolene一到现场就奋力出手扒拉那些记者，想闯进内圈去把汪芸护出来。但这年头的新闻记者也是拼劲十足的，哪能一扒拉就轻易让开哟，Jolene折腾了一会儿还是没能闯进内圈去。就在这时，机场外面隐约传来一阵嘈杂的呼喊声。

“不好啦！”Jolene退后几步夸张地大叫起来，“Richard集团的人在机场门口跟警察打起来了，要出人命啦！”

她这一叫还真有效，外层的一些记者立刻闻风而动，向机场外奔去，包围圈很快就稀疏下来，内层的记者们朝外一看再回头瞅瞅一言不发的汪芸，稍一犹豫也都快速奔向新热点。新闻“扑料”嘛，Richard集团正是热得发烫的猛料，出人命更是新闻历来的大噱头，猛料又加噱头岂有第一时间不扑过去的道理。趁这工夫，Jolene快步冲到汪芸身边，拉着她迅速离去。

就在Jolene解救汪芸的同时，和她一起赶来接机的那个男生也紧接着跑到了许光辉身边，他二话不说就接过了许光辉手上的行李。

“陈万通，你怎么也来了？”许光辉问完便连声道谢。

“别客气，我们跟汪芸做了几年同学，马上还要继续同窗，听说了你们在奥塔哥的经历，赶来接一下是应该的。”陈万通说着朝几步之外的记者群扬了扬下巴道，“Jolene猜到会有这一出，放心吧，她有办法化解。”

“那好啊，女汉子就是不同凡响，这样的场面我都不知该怎么出手解围。”许光辉轻轻一笑道。

这个陈万通，许光辉当然也是认识的，不过跟他的接触不是很多。他第一次遇见陈万通，是在香港大学举办的一次科学辩论赛上，两人是相反阵营的参赛辩手，场上针锋相对，赛后不欢而散。他后来之所以对汪芸的这位同学印象加深，是由于这货的教育背景有点儿与众不同。这年头要说起来，跨专业攻读研究生早已司空见惯，这与父辈们所处时代的情况截然不同。许光辉听说在过去的年代，所谓的博士其实根本不“博”，绝大多数人都是从本科专业一路读下去，从一而终，应该称作“专士”更贴切。当年汪芸的父亲汪伯仁算是个标新立异者，他的本科专业是化学，硕士跨入计算机系统结构，博士又跨入量子材料，专业跨度这么大的学生在当时绝对是凤毛麟角，令师生们刮目相看。而今则情况已大变，跨专业攻读硕士、博士不仅是时尚也是主流，从一而终反而成了个别现象。可是，许光辉听说这个陈万通真有点儿反潮流，他本科专业学的是软件工程，硕士专业依然是软件工程，马上要攻博了还是学软件工程。难怪汪芸的不少同学都说这货是“一根筋”，要不是对他多少有所了解，许光辉可能以为这个陈万通不是地球人，而是天外来客。

不过许光辉仔细一想，社会潮流并非都代表真理，也并非都是正确方向。宽与专孰优孰劣其实很难说，况且跨专业的选择往往要受到一些偶然因素的影响。许光辉自己也是这么过来的，他有切身体会，只不过他当时是被爱情所左右。当初在澳门大学的时候，许光辉本来考虑着攻读生物学博士，但他猛追汪芸这个美丽的小师妹却一直不顺利，眼看研究生快毕业了还没得手，他赶紧另辟蹊径，毅然决定转攻量子材料专业，报考她父亲的博士生。这一招“曲线救国”终于还是奏了效，他不仅俘获了汪芸的芳心，还赢得了汪伯仁那颗做学问的心，就这样一不留神选定了新专业。所以到后来，汪芸报考研究生时，许光辉自然是积极充当军师，他告诉她说，人类自身面临的大变革靠机器智能去引领可能会误入歧途，将来还是要靠生物技术带上正道，这个专业可是大大的潜力股。汪芸那时已对他佩服有加，听了他的话便转向了生物学领域。

想起这些往事，许光辉随口想跟陈万通闲聊几句，他说：“你马上转博了，还干老本行的话……”话还没说完，就见Jolene拉着汪芸已闪身开溜，他立刻一手从陈万通手里夺过一件行李，一手拽了他一把欲匆匆追上去。

“咱俩不必猛追，Jolene说好了在外面碰头的。”陈万通说着话便轻松迈步，跟许光辉并肩拉着行李往外走。

“呵呵，这Jolene真能干也真会忽悠，亏她连Richard闹机场这种事都想得出来，好一招调虎离山计。”许光辉也顿感轻松道。

“她可是搞机器人专业的，跟那些高智商的机器斗智斗勇练出来了。”陈万通说，“不过刚才她倒没忽悠，机场外面确实有Richard的人马在抗议示威。”

“什么？”许光辉吃了一惊，停下脚步道，“Richard不是已经被抓获了吗？”

“不，不。”陈万通告诉许光辉说，奥塔哥事件发生后这段日子里，全球警方联手缉凶，虽然Richard集团的很多成员已被抓获，但“狂人博士”Richard本人却销声匿迹了。现在网络上有不少传言，有人说他躲进了太平洋底的某处行宫中，还有人说他乘太空巴士去了月球娱乐城，混迹于熙熙攘攘的人群中，总之遁隐得无踪无影。

“就算上天入地，也不能让Richard就这样不明不白跑掉了。”许光辉一听愤愤不平，同时也有点儿担忧，“那家伙的爪牙们怎么还敢出来闹事？”

“哦，那些人应该不直接属于Richard集团，”陈万通解释说，“他们可能都是些外围的喽啰们，这年头信奉物种泛平等主义的人多啦。”

“追随者总不能没有一点儿廉耻心呀，明明是Richard跳出来作恶，他的喽啰们却倒打一耙搞抗议示威，是非完全颠倒，真是奇了怪了。”

这不是无理取闹吗？同样的问题，汪芸也正在问Jolene。机场外一隅，她们俩一边等待许光辉和陈万通，一边进行着交流。

“哎呀，不是无理取闹而是形势变了，人家不是冲着奥塔哥事件来的，”Jolene指了指远处说，“你看看那边的标语就明白了，好像跟5D打印有关。”

汪芸顺她所指望去，机场门外一侧的示威人群中，一些横幅标语隐约可见：

决不允许扩散物种不平等！

坚决反对5D打印进太空！

“我怎么看不懂呢？”汪芸很感纳闷，“5D打印技术已经问世几年了，现在才来发难是什么意思嘛？”

奥塔哥事件刚过，Richard人还没落网，极端组织的喽啰们紧接着就把矛头指向5D打印，汪芸怀疑这其中有什么阴谋。想想倒也不奇怪，这项新技术最近开始加速发展，或许触碰了泛平等主义的中枢神经，反应也必然会加剧。汪芸很清楚，3D打印技术早年问世以后，并没有像人们料想的那样迅速实现大规模应用。实际上，这项技术又经过了多年的磨砺，才真正迎来了“打印万物”的4D打印时代，直到最近几年才更上一层楼又发展到了5D打印阶段。这一历程绝不是维度序数的简单表述，而是新技术发展的一次次革命性突破。尤其是5D打印的出现，其影响之深远堪比当年的计算机问世，因而这项技术自横空出世以来就一直牵动着世人的心。几年前第一代5D打印技术刚出笼的时候，业界一片震撼，很多人欢呼叫好，认为一个崭新的生物学时代即将到来。然而质疑和反对声也很强烈，不少人担心技术失控会带来伦理灾难，这其中也夹杂着极端主义组织的恶意攻击，但那时候非议和攻击仅限于言词激辩。就在最近这一年里，5D打印进一步发展出了第二代技术，人们从中看到了前所未有的远景希望，于是叫好声逐渐成了全社会的主流，极端组织可能就是因此而坐不住了。但汪芸觉得这又不是最近几天的事，这个时候公然跳出来抗议抵制，应该另有原因。即时反应都是被刺痛了一下子跳起来的，谁也不会过个一年半载才回过头来喊疼。

“你要是看不懂，我就更不明白了，”Jolene一副千万别问我的架势，说，“姐们儿你是知道的，我是前阵子挨了机器人一顿揍，才了解到5D打印的一点儿皮毛。”

“呵呵。”汪芸一听就乐了，Jolene在这点上真的是不吃一堑不长一智。就在半年前，Jolene对5D打印技术还很漠然，有一天汪芸想跟她聊聊第二代5D打印的前景，哪知道这货没听两句就嚷嚷说，什么二代三代的鬼前景呀我都听腻了，不是早有人预言说第二代AI会远超第一代产品，最终将战胜人类么？可到现在怎么样，那些机器人除了偶尔捣捣乱之外还不是被咱们这些凡人牢牢掌控着嘛。她压根就听不进那一套，这年头预言家的话最不靠谱。

Jolene说的挨揍一事，就发生在毕业前夕。那段时间，Jolene提前完成了硕士论文有大把空闲时间，作为香港大学派出的志愿者，她正忙着世博会开幕式彩排的事。那次世博会盛况空前，开幕式要由200多个国家各自提供一位AI机器人手持国旗闪亮登场，筹备方案就是这么定的。但没人想到的是，一些国家间的历史恩怨会在机器人身上延续，强AI的爱国意识也是很强的。那些机器人平时在一起排练就经常发生些龃龉，终于有一天演变成了一场群殴。那场浓缩版的世界大战，起因是以色列机器人与巴勒斯坦机器人之间的一场口角。谁都知道，这两个机器人的母国自20世纪中叶起争斗了近百年才彻底消停下来，现在双方的人已经不斗了，机器人却继承战斗作风干了起来。岂料双方刚吵起来，在一旁围观的美国机器人、叙利亚机器人忍不住也加入了骂战，紧接着伊朗、伊拉克、英国、法国、俄罗斯等国的机器人也很快加入到乱哄哄吵骂的队伍中，卷入的机器人越来越多，局面迅速从推推搡搡发展到拳脚相向，彩排现场立刻变成了全武行的大战演兵场。Jolene在一开始的劝阻过程中，还没完全反应过来，她脑袋上就挨了两下昏倒在地，也不知道是拜哪国机器人所赐。好在她伤势不重，在医院躺了没几天就回去参加善后工作了。

事情发生后，主办方不得不调整开幕式计划，改由一群大熊猫持旗亮相，这也不失为一个体现特色的好方案。但Jolene听说参加开幕式的大熊猫全是5D打印出来的，她就一时犯糊涂了，那能撑得起大场面吗？她对汪芸说："5D打印出的200多只大熊猫都是一模一样的，就像自动化流水线上生产出来的产品那样，多单调多呆板呀。"汪芸说："你把5D打印技术理解成克隆机可就错了，不是那么回事。"Jolene说："不就是跟4D打印一样，咔嚓一个咔嚓一个实现批量生产嘛，那本质上也还是克隆。"汪芸那会儿正忙着毕业论文，没空多解释，她简单告诉Jolene："你的理解跟第一代5D打印技术有点儿接近，但刚升级的第二代5D打印技术完全不一样。"Jolene说："那又怎么样？难道一改朝换代克隆就不叫克隆了？"汪芸说："的确不是克隆，第二代5D打印技术能根据随机变异的原则打印出不同的个体，相当于许许多多的大熊猫双亲经过天然交配后生育出来的不同后代。"Jolene依然半信半疑，她心想汪芸只熟悉第一代5D打印技术，说不定她只是纸上谈兵理论推测而已。

不久，疑虑重重的Jolene就目睹了200多只5D打印出来的大熊猫。那些家伙果然风采各异，根本不像是一个模子刻出来的产品，它们在开幕式上的精彩表现成了一道有目共赏的靓丽景色，这下让Jolene心悦诚服了。还真是很神奇哦，她要汪芸给她讲讲5D打印的来龙去脉。汪芸一来确实没空，二来也想卖个关子，她说从3D打印到5D打印那是一段很长的故事，以后再详解。

"你看你，一直没跟我讲过5D打印的什么鬼前景，我哪知道那些家伙在抗议什么呀。”Jolene望着远处的示威人群说，“看这阵势，一时半会儿还……”

“赶快走吧，”Jolene话还没说完，许光辉和陈万通一人拎着一件行李忽然出现在她们身后，许光辉说，“有一群人过来了。”

他话音刚落，就见十来个人打着标语横幅出现在拐角处，正朝这边走来，估计是去机场门口声援的。那横幅上写着“天下生命必须平等！5D打印必遭天谴！”

“他们想干什么？世博会那会儿也没见人这么抗议呀。”Jolene莫名其妙。

“先走吧，别去管那些烂事了。”汪芸拽了她一把。四个人迅速离去。

恶性事件历来是新规则的催生婆，亡了羊总是要补牢的。就像第二次世界大战催生了《联合国宪章》，冷战核危机催生了《不扩散核武器条约》一样，奥塔哥事件迅速催生了关于新物种设计的国际公约。

博士生新学期开学，汪芸的生活回归到常态。但她依然关注着奥塔哥事件的后续情况，虽然事态已平息一段日子了，但各界人士一直在强烈呼吁，希望各国以此次奥塔哥事件为鉴，采取共同行动，像当年禁毒那样严厉打击巫霸草的设计者和制造者。人们盼着早日擒获Richard，然而这个狂人博士逃匿以来还没有任何消息。

从自己的专业角度汪芸也注意到，摆弄基因造福人类虽然有着广阔空间，但放任自流地设计新物种的时代已经过去了。根据新的国际公约要求，在全球范围内要施行新物种的生态准入制度，凡国际流通的生物新品种，无论是动物还是植物，都必须经过严格的程序审查。由谁来审查呢？这可是个全新的活计。联合国决定成立专门的物种审理署，并将总部设在了香港，总署大楼就在港岛。接着，各国政府也纷纷履行公约义务，陆续建立了本国、本地区的物种审理机构，于是“物种审理师”这个新职业便应运而生了。

“学生物技术专业就是妙啊，又多了一条就业的康庄大道。”许光辉那天不无得意地告诉汪芸，“你将来可以当个物种审理师哦。”

“什么康庄大道呀，”汪芸白他一眼说，“那种新职业是专门跟Richard之流作斗争的，好不好。”

“你还念念不忘Richard呀，谅他们也不敢再弄巫霸草了，听说极端组织已经转移了攻击方向。”

“转移攻击方向？怎么讲？”

“那次咱们在机场你都看见了，他们现在盯上了5D打印进太空一事。”

“是啊，我还一直纳闷着，泛平等主义者怎么就忽然盯上了5D打印，碍他们什么事啦？”

“还真是碍了他们的事。”许光辉说他最近才知道，就在他和汪芸滞留新西兰期间，中国、美国和俄罗斯三国联合开展了第一代5D打印进太空的首次技术测试，这件事就是招惹极端组织的直接导火索。而且他认为，很可能Richard集团早就闻到了风声，用巫霸草搞恐袭也是企图搅局。

第
❸
章

神秘的5D打印

5D打印为何成为极端组织新的攻击“靶点”，汪芸总算明白了。这阵子她心里一直在琢磨着，想来想去觉得，5D打印技术本身一直以来都没招惹到泛平等主义者，最近被盯上的原因很可能跟星际殖民试验的启动有关。中、美、俄三国联合开展第一代5D打印进太空的测试，遭到激烈反对一点儿也不奇怪。星际殖民是世人关注的大事，科学试验往往又带有神秘色彩，极端组织自然不会袖手旁观。

要说5D打印技术，其实并没什么神秘之处，它是人工智能与生物工程高度融合的产物，全称叫生物全自动孵化技术。

人们一听这名字马上就能想到，全自动孵化不就那回事嘛，从零开始从无到有，把活生生的动植物打印出来。但是按理说，这也没什么可炫耀的呀，3D打印之后掀起的4D全自动制造热潮已经风靡全球多年了，大到摩天大楼小到日用生活品都能一气呵成，就连月球娱乐城也是由4D打印制造出来的，5D打印不就是顺势上个台阶打印活物嘛，没什么了不起的。

起初不少非专业人士都是这么认为的，就连Jolene当初也向汪芸表露过这种意思，“技术升级而已，别吹得神乎其神啦”。

“要是这样想你可就大错特错了，5D打印听起来不神秘但技术难度非常高，”汪芸告诉Jolene说，“假如把3D打印迈向4D打印看成是技术领域攻下了一座小山包的话，那么5D打印就是攀上了珠穆朗玛峰。”

汪芸这么形容是因为她对5D打印的来龙去脉很清楚，就这个问题她从小到大多次跟父亲一起探讨过。她知道5D打印跟3D、4D打印虽然不能说绝对非亲非故，但也算不上是很多人以为的“近亲关系”，实际上5D打印是经过了艰难探索，另辟蹊径发展出来的一项全新技术。

说来从3D打印到4D打印，再到后来的5D打印，那是个一波三折的漫长发展历程。

一开始，3D打印技术刚刚兴起的时候，很多人欢欣鼓舞过一阵子，认为一场制造业的大革命不久就会到来。试想，世间林林总总的物品都可以通过3D打印一下子搞定，人们只要画画图纸编编程序即可，那是多么振奋人心的事啊。那时候汪芸还没出生，她后来听父亲讲，进入21世纪20年代后，随着工业技术的全面升级人们都在翘首期盼，以为随心所欲的自动制造时代就要来临了，小伙子们甚至想有朝一日打印一个靓丽的女朋友也能实现。

“你不相信？我敢跟你打赌，这事用不了几年在技术上就会成功。”汪伯仁刚读大一那年，有个同学就跟他叫上了板。

他那同学拥有时下在广东乡村小伙子中很常见的一个名字，姓叶名力伢。这名字叫起来很容易让人联想起西班牙美女，但他本人却没那个艳福。一连三次追美女都失了手，叶力伢大失所望，他愤愤不平地对汪伯仁同学说，现在这些女生还在孤芳自赏，将来一个个都会成为剩女。汪伯仁问他何出此言。叶力伢说等3D打印技术的火候一到，咱自己可以按心目中的标准制造女朋友，让女生们哭去吧。汪伯仁笑问，你自己造的女朋友没公民身份咋办。叶力伢说车到山前必有路嘛。

玩笑归玩笑，叶力伢对3D打印技术的前景是非常乐观的，他觉得汪伯仁同学过于保守了。他买了不少3D打印出来的生活用品，什么拖鞋、脸盆、书架、球拍之类，用起来感觉特别爽，仿佛看到了未来的女朋友在召唤。

叶力伢有段时间还真的指望3D打印帮他解决脱单问题，不过不是打印美女，而是要打印他的眼镜。

那次假期他回到粤西老家，父母看中了个姑娘张罗着让他去相亲，就因为眼镜搅黄了。要说叶力伢也挺冤，他从中学时代起一直戴着一副镀金框架纤维镜片的近视镜，镜框上有脱了色的斑斑点点，镜片上也有磨花了的丝丝痕迹，人家姑娘见面一看，小伙子太寒酸了不是她的菜，当然就和他对不上眼了。

他阿爸知道情况后把他臭骂了一顿，说叶家好歹也算是四邻八乡的土豪人家，叶力伢戴这种眼镜让他的老脸都丢到琼州海峡里去了。他爸要他回广州后立马鸟枪换炮，说人靠衣服马靠鞍，读书人的眼镜就是门面，哪个姑娘也不会看上门面丑陋的烂仔，他一定要去配一副高大上的好眼镜。什么是好眼镜，这还要阿爸来教他吗。要配就配那种纯金框架的，别含糊，镜片就用最新的耐磨钢化玻璃，一辈子也划不出痕迹的那种。阿爸见识不浅，他最后叮嘱说，别总想着省钱，要配眼镜就去找那什么3D打印好好搞，咱们用先进制造看谁还敢小瞧。

阿爸的话不能不听，眼镜可是脱单的关键。

叶力伢开学回到广州就去了一家有名的“3D打印配镜”商店，他把阿爸的要求写在一张纸上像药方一样递了过去。店家接过看了一会儿说很遗憾，这种眼镜无法配，他们只能打印出塑料镜框和镜片的产品。叶力伢感到难以置信，说这么简单一副金丝边眼镜都打印不了？店家反问他说，你在哪里见过纯金和钢化玻璃的打印产品？叶力伢仔细一想也是，那么多乱七八糟的3D打印产品，还真是没有纯粹的硬金属和硬玻璃货。店家说别看很多产品块头大挺招摇，机枪啦衣柜啦别墅啦，其实都是用塑料或粉末状金属等黏合材料打印制作的。店家向他承诺说，等过几年有了金丝边眼镜的打印产品，一定会通知他。

就这么点儿事还要再过几年？叶力伢有点儿失望，打印不出好眼镜几年内都甭想美女的事了。店家倒很讲诚信，在他大三那年果真来电告诉他说，金丝边眼镜可以打印了，那时候他自己都快把这事忘掉了。不过，叶力伢还是很高兴，他告诉汪伯仁说他没看走眼，3D打印技术还是能帮他脱单的。

那次，汪伯仁也陪着他一起去了那家眼镜店。店家对他们说，现在采用了最新的“硬材料软化技术”，金属和玻璃制品打印的难题已经解决。汪伯仁问怎么解决的。店家说打印前先把硬材料用“软化剂”处理使之具有柔性，打印好之后再用“脱软剂”处理使之恢复材料的本来面目。叶力伢见汪伯仁微笑着频频点头，他也笑了，说这下可好了，那真枪真炮再别用黏合材料去打印了，不结实。

话刚说完，店家却泼冷水说，金丝边眼镜可不像枪炮，还是要分别打印出镜框、镜片，再组装起来才成。汪伯仁和叶力伢两个小伙子一听，还没完全绽开的笑容一下子就没了。店家解释说3D打印的制造能力目前还很有限，主要还是适用于单一材料打印，对采用不同材料、由多个部件构成的复杂物品，仍然做不到“软硬结合、刚柔相济”。汪伯仁心想，3D打印的产品要是靠组装完成，那跟传统的制造方法就没多大差别了，五花八门的大多数物品还是不能一气呵成。所以后来他也觉得，技术上还有很长的路要走呢，他说叶力伢同学，你还是别想着打印女朋友的美事了，赶紧找个现实中的耶利亚女郎吧。

不过，店家那天对这两个年轻的大学生讲了一句让他们一直铭记在心的话，他说“金丝边眼镜问题”就是3D打印无法大面积推广的关键技术问题，这个难题什么时候解决了，也就意味着技术真正成熟了，那可能就要进入4D打印时代了。

两个年轻的大学生沮丧地走出了眼镜店，像是朝思暮想的一幕大戏没看成，来时的乐观情绪荡然无存。

随着时间的推移，很多人慢慢开始对3D打印技术感到失望，甚至认为其前景暗淡。但技术界的坚持终于还是迎来了柳暗花明的局面，一种名为“原子纤维”的新型打印材料问世了。那时，汪伯仁和叶力伢都正读着研究生，事隔几年他们又一起去了那家眼镜店，目睹了一副金丝边眼镜的完整打印过程。他们当时跟在场围观的人一样，为这种“原子纤维”的出现而欢呼雀跃，认为这才真正突破了3D打印的技术瓶颈。事实上，这种“原子纤维”不是某一种具体的功能材料，而是具有智能属性的分子混合体，它添加了打印材料的分子设计维度，能通过移动原子、堆栈原子、重新安排原子，形成各种金属材料和其他无机材料以及高分子材料等，既能做到坚硬如钢也能做到柔软绕指。在打印过程中还能根据工艺需要，实现不同成分的自动配比，从而满足打印物品各部件的质地要求。由此，才真正开启了3D打印技术的大规模应用之门，走进了4D打印时代。全世界于是再一次兴奋起来，眼镜店很快也换上了“4D打印配镜”的招牌。

汪芸听父亲讲，生物技术从一开始就扯上了3D打印技术的边，有了4D打印就越扯越紧了，直到后来发展出了5D打印技术。

要说生物技术界也是很努力的，过去顺着3D打印的路子在摸索，打印个骨关节啦心脏啦什么的，时不时会兴奋一阵。但小打小闹了很多年一直没成气候，这下立马又跟着4D打印技术兴奋起来了。既然无机物品打印的难题已迎刃而解，那么，有机物实现4D打印也必将指日可待，在不久的将来，估计打印个活鸡、活鱼什么的应该不难实现。

叶力伢那会儿还特意给老家打了电话，让他阿爸把扩建养鸭场的打算缓一缓，说是等过一段时间“4D打鸭机”问世之后再说。汪伯仁也是这么认为的，他跟叶力伢开玩笑说，这回打印美女的梦想该成真了。在他看来，打印真人恐怕技术上不会有什么问题，但在伦理方面会受到严格限制，就像当年禁止克隆人、禁止基因编辑人一样。汪伯仁后来告诉女儿，那时候大多数生物学家都持乐观态度，他本人和许多圈外人士对此似乎更乐观。人们总觉得，说不定哪天一觉醒来，就会听到成功地打印出一头活猪这样的新闻，大家丝毫不会感到惊奇，这是早晚的事嘛。

然而这一天没有预料得那么快来到。外行等了多年没等来热闹，内行很快就悟出了门道，汪伯仁也渐渐意识到打印活物不可能在短期内实现。一直到汪芸上了小学，他还是没盼来打印活物取得技术突破的消息。

有一天汪伯仁接了小汪芸放学回家，路过一家宠物店，门口的广告牌赫然写着“4D打印猫问世，限量出售先到先得”。这让他大吃一惊，事先没一点儿风吹草动，4D打印的活物就进商场了？正好汪芸也嚷嚷着要去看小猫咪，他便牵着女儿的手一起进了商店。

宠物店老板热情地捧出一只小花猫递给汪芸，汪伯仁一看这哪儿是什么活物呀，虽然看着栩栩如生摸着也有活猫的肉感，却不会自己动弹。小汪芸以为是活猫，她抱在手上爱抚了一会突然发现这是一只“死”猫，吓得她“啊”的一声尖叫把那小花猫摔到了地板上。汪伯仁一手安抚女儿，一手捡起地上的猫还给店老板，准备转身走人。

那猫一点也不经摔，脖子里面已断掉，脑袋耷拉了下来。老板不干了，说这是4D打印猫贵重着呢，摔坏了必须买走。汪伯仁说4D打印的玩具猫有何贵重？吓着孩子不说，打印质量还不咋地。老板说这可是真猫，里里外外都是按真猫结构打印出来的，过两天店里就会购进一台配套设备，只要把这种猫放进去就会活起来，现在摔坏的可是真猫，不赔不行。汪伯仁不信这种碰瓷的鬼话，他抓过那猫两手用力扯开那猫的肚皮一看，嚯，里面还真的是五脏六腑俱全。接着他用手指捻了捻那些足以乱真的猫内脏，马上心里就有数了。老板狡黠地冷笑一声说怎么样？4D打印的货还能有假吗？这种猫就是暂时休眠的活猫。汪伯仁说那好，他就干脆再多买一只，两天后店家把它激活，否则就一罚十倒赔。店老板一愣，知道遇上识货的主了，只好挥挥手赶他们离开。

走出宠物店的门，小汪芸就天真地问，不是说4D打印打遍天下吗，他怎么知道人家打印不出活猫？汪伯仁很认真地告诉女儿，用“原子纤维”打印一般物品解决的是形态问题，而打印活物则不同，那要在更微观的层面上解决问题才行，目前的技术还无法做到。他说别看那只猫里里外外打印得跟真的一样，但那只是形似而非神似，微观结构相差十万八千里，是不可能活起来的。汪芸听得似懂非懂，但她相信父亲的话，总有一天科学家们会攻克这个难题。

漫长的日子过去了，这一天还没到来。

汪芸上大学那会儿，4D打印技术在各领域的广泛应用早已进入了鼎盛时期，但是活物打印依然没有实现。然而生物技术界的兴奋期待似乎并没降温，这一点她是有所感受的。不少人仍在进行着直接打印生物活体的尝试，但无论是猫还是狗，打印出来的产品无一成活。也有很多人遵循由简到繁的原则，热衷于打印具有活性的动物器官，想着至少能打印出个活性肾脏、肝脏什么的用于救治病人，结果依然是屡试屡败。

汪芸有一次回家告诉父亲说，学校最近开设的海洋动物解剖学课程使用的都是4D打印的标本，那些打印出来的鱼类从头到尾从里到外都非常逼真，不光是大体形态和内脏结构，就连组织细胞在显微镜下看着也跟真鱼的一模一样。她说她特意用电子显微镜对4D打印标本和真鱼标本进行了扫描比对，发现两者在更细微层次上的细胞膜、细胞核以及细胞器等方面也都看不出差异，既然微观结构也一样，为何4D打印出来的鱼却没有活性呢?

汪伯仁回答说，很多年以前他就讲过形似并不意味着神似，死鱼的微观结构跟活鱼相比也看不出什么差别，但死鱼就是死鱼活鱼就是活鱼，生物与非生物其实有着天壤之别，或者说隔着一条很难逾越的鸿沟。

汪芸问天壤之别究竟是如何造成的。汪伯仁说他也是琢磨了很久才弄明白的，这跟负熵构建有关。他说生物体都是开放的热力学系统，是在系统的各部分摄入了能量负熵，也就是在分子学机制上从混乱中提取了秩序，才有了活性。对某一个具体的生物体来说，其系统要在分子、细胞、组织、器官以及个体的层次结构上产生相互作用，包括复杂的连锁反馈和调节回路，构建负熵的过程就相当于激活一架非常庞大的分子机器，是绝不可能一蹴而就的。汪芸说那就边打印边构建负熵嘛，总有量变引起质变激活机器的时候。汪伯仁说问题在于4D打印技术根本就不具备构建负熵的能力，他说天然的生物体是从简单的生殖细胞起步的，其DNA信息中已事先设定了整架分子机器的负熵构建蓝图，经过一段时间的孵化便能发育成生物个体，而4D打印是想越过复杂的负熵构建程序直接造出活性个体，这就像连一张施工图都没有就想造出一幢摩天大楼，他反问汪芸说你认为有这种可能吗?

大学生汪芸基本上听懂了父亲的解释，生物体的负熵构建是不可逾越的过程，否则不可能成为有活性的个体。这也就意味着，谁企图用3D、4D方法打印出活猫、活狗都是痴心妄想，这对热衷于此道的人们来说犹如冰桶浇头。可是汪芸此后也注意到，业界有许多人并不死心，他们仍然沉溺其中难以自拔，时不时还有人宣布成功地打印出了鱼呀、虾呀什么的，事后验证无一属实。对这种现象，汪芸觉得历史总有惊人的相似之处，当年能量守恒定律的发现宣告了永动机的彻底破灭，但直到今天为止还有人在跃跃欲试，这并不奇怪。

在汪芸转攻生物学研究生以后，父亲告诉她说事情没那么简单，拿能量守恒定律去类比不一定恰当，况且如今太阳能无线输电技术已得到大规模应用，从某种意义上说也算是在我们这颗星球上“实现”了永动机。汪伯仁很有信心地告诉女儿，3D打印生物不可行，4D打印也不可行，那就5D打印嘛。直接打印个体不可行就打印胚体嘛。父亲的话让汪芸一直在深深思考并带着某种期待。从3D打印到4D打印曲曲折折一步步走向了成功，5D打印是什么？也许父亲只是随口这么一说，搞不好还要再等个二三十年才有戏。

然而汪芸没料到，过了没多久，“生物源反应器”就横空出世了，这让她的期待变成了现实。作为生物学专业的研究生，她很快就亲眼见识了生物源反应器的演示。那是个从DNA序列到鸡蛋再到小鸡的孵化过程，汪芸由此彻底明白了，生物源反应器的工作原理就是负熵构建过程的再现。她觉得最关键的是从DNA信息到鸡蛋形成这一步，这是最初的“分子机器”激活的过程，生命由此启动。至于从胚体到个体这一步，只要根据不同物种发育所需的条件，营造相应的环境即可水到渠成。由于这是在4D打印概念上添加了构建负熵、形成胚体的时空维度，因此，这种生物源反应器其实就是人们期盼已久的5D打印机。

汪芸看了演示以后很振奋，生物活体的打印技术是厚积而薄发的，经过了长期探索，多年研究，不鸣则已，一鸣惊人。

刚问世的生物源反应器跟家用洗衣机的大小差不多，从这么一台人造设备里活生生打印出了小鸡，5D打印技术就此一跃登上了历史舞台。此事造成轰动引起热议是理所当然的。最起劲欢呼的要数物种设计论的拥趸们了，他们本来就不相信进化论，这回总算有理由高调发声了，他们声称“先有鸡还是先有蛋”这个千百年来的天问可以彻底终结了，物种起源于设计而非进化，已经从虚幻的猜测中找到了立足的巨石。当然，也有人对此嗤之以鼻，说5D打印技术是魔鬼溜出了潘多拉之盒，应予抵制。更多的人得知生物源反应器问世的消息时虽感震撼，但大都跟Jolene当初的想法差不多，总觉得打印活物早就是意料中的事，这不值得大惊小怪，欢呼也罢非议也罢，该来总会来的。

跟许多高技术问世后会接着更新换代一样，5D打印技术并没有在沸沸扬扬的争议中停止发展步伐，只过了短短两年时间，第二代产品就闪亮登场了。2.0版的生物源反应器比第一代产品的容量大了近10倍，在功能方面也得到了惊人的提升，世人一下就看清了这项技术对人类未来的非凡意义。那时候汪芸已读到研究生最后一个学期，她当然也意识到了，第二代5D打印机的问世意味着，地球物种的星际殖民之路可能真的要开启了。

其实早在几年前，第一代5D打印机刚出现的时候，有人就提出了一种大胆的构想，说一旦找到一颗适宜地球物种生存的星球，哪怕星际旅程时间远远超过人类的寿命也无妨，只要把载有DNA信息的生物源反应器发射过去，到达以后再启动孵化程序，包括人类在内的地球物种就可以在新的星球上安家了。这个极富创意的星际殖民设想，当时得到了很多人的认可，物种设计论也由此树起了一面大旗，从而在与进化论的争论中有了越来越多的支持者。然而，第一代5D打印机在技术上毕竟还很不完善，用于星际殖民还远未到火候，只不过一时说说罢了。但人们没想到第二代5D打印机不久就问世了，且具备了星际殖民的基本技术条件。

汪芸仔细回顾5D打印技术走过的历程，越想心里越清楚。难怪呢，反对扩散物种不平等、反对5D打印进太空，说白了就是反对地球物种的星际殖民。许光辉的判断没错，制造奥塔哥事件就是为了分散世人精力，阻挠星际殖民试验的开展。

“奥塔哥事件刚过没多久，都不让世人消停一阵子，我的朋友也来煽风点火了。”那天，许光辉拿了一份澳门报纸递给汪芸：“看看吧”。汪芸接过来，一篇题为《人类与宇宙同在，永远不会灭亡》的技术评论赫然映入眼帘。

嚯，汪芸一看标题就猜到，这文章是在为星际殖民摇旗呐喊，作者署名为“杞人”。这名字与文章主题倒很般配，杞人忧天嘛。

“‘杞人’不就是你那个搞融媒体的死党吗？”汪芸想起来了，“杞人”的尊姓大名叫刘剑，他跟许光辉算是澳门大学的同期研究生，只不过那“杞人”是个半工半读的记者，在学校时汪芸对他没什么印象。后来许光辉和汪芸先后来了香港大学，刘剑偶尔会从澳门来香港找许光辉，汪芸见过几次。

“没错，就是那货。”许光辉说，“很多事端都是由记者先挑起来的，没事找事。”

汪芸迅速浏览了一遍文章后觉得，刘剑其实就是换了个角度宣扬物种设计论，他把5D打印机比作是“未来的救世主”，因而极力主张用新的生物设计技术在其他星球上仿建地球生物圈，他提出新一轮的太空探索应当把地球物种的星际殖民作为首要任务，即使地球将来毁灭也要让人类这个物种在其他星球上东山再起。他声称地球人有责任为自身物种的永续存在而努力，如果说第一代5D打印机只是提供了星际殖民的一种可能性的话，那么第二代5D打印机能进行物种的群体孵化，则使星际殖民有了现实可行性，因此将其推向太空进而用于星际殖民乃当务之急。汪芸想，刘剑的这种鼓噪可能会引起争议，很容易让平息了两年的物种设计论与物种进化论之争战火再燃，只不过他把纷争的目标引向了地球物种的星际殖民这个新战场。

“不过这篇文章倒算不得挑事，”汪芸看完说，“技术问题仁者见仁，智者见智，怎么议论都无伤大雅。”

“你等着看吧，”许光辉有点儿幸灾乐祸道，“这几天网络上保准会有一场口水战。”

汪芸自然也会关注这方面的动态，毕竟这事跟她的专业有关。果然，刘剑的文章在网上招来了热议，这种大众情人似的话题，谁都乐意掺和。对刘剑的观点，设计论的粉丝们无不拍手称快纷纷点赞，有人认为该文章从伦理的高度，指出了当今人类理应担当的基本责任，还有人甚至说让进化论的生命起源学说见鬼去吧。而进化论的拥趸则合力反驳，说设计论这种“原始移植”的理念本身就有违人伦，就算地球物种能够移植到新的星球上，那也会变味。在漫长的进化过程中，说不定到时候一群疯狗进化成了新星球的主宰者，而人类反倒成了疯狗们的宠物，这不是昏了头的设计又是什么？在反驳设计论的同时，进化论的一些忠实拥戴者还抛出了鲜明的观点，他们指出，人类的永久繁衍应当建立在“文明移植”的基础之上，决不能让人类文明的进化历程一笔勾销，推倒重来。他们认为星际殖民理应把现代人类本身及其千百年来创建的文明成果移植到新的星球上，这才是符合伦理的星际殖民，也是当今人类最崇高的追求。

争论了数天以后，无论是设计论者、进化论者还是折中主义者，更多的人倾向于文明移植固然最理想，但在没找到可行的路径之前，先积极进行原始移植的探索确有必要。无论如何都要先去蹚路、去踩点，人类在宇宙中永生的美好愿望不是一蹴而就的。

网上关于这个问题的热议慢慢凉了下来，但反对5D打印进太空的事却一直有人在喧嚣，有关Richard活动的假消息也一直有人在散布，许光辉也时不时把道听途说的有关情况讲给汪芸听。

“咱们别瞎操那么多心了，各自的正事还干不完呢，”汪芸有一天提醒说，“以后也该离这些闲事远一点了。”

“有道理。”许光辉轻轻点头似有同感。奥塔哥事件发生后的这段日子确实操了不少闲心，自己的科研项目到了结题时间还没完成，再这样下去博士后结业出站也必将延误。还是汪芸说得对，今后要远离这些不搭界的闲事才是。

然而许光辉没想到远离闲事只是一厢情愿，看似不搭界的闲事一旦沾上了，想远离可没那么容易。何况，这年头新技术的渗透力几乎无所不及，每一项技术都堪比八爪鱼，其触须可以伸向各行各业各个领域。像5D打印这样的技术，既跟汪芸的专业直接相关，也跟他这个太空爱好者辅车相依，哪能说得清是正事还是闲事。

果不其然，隔了没多久，许光辉跟汪芸很容易又从正事聊出了“闲事”。而且这回的“闲事”很快就成了他的正事，并由此彻底改变了他的命运。

“听说了吗？最近第二代生物源反应器正式进太空了，据说是个大块头的家伙。”许光辉那天告诉汪芸说。

“呵，你对5D打印技术的热情还这么高涨？”汪芸笑道，“干脆你以后也来干我们这一行得了。”

“那好啊，咱俩的专业活计以后我全包下来，男主外女主内再好不过了。”

“想让我在家专职给你当洗衣嫂煮饭婆？你想得倒美，哼！”

“这不是你端出来的锦囊妙计吗？咱这叫积极响应。”

“那你也不能捞过界呀，都像你这样虎视眈眈盯着我们这一行的动向，谁还敢捧这个饭碗，真是的。”

“你们这一行确实是香饽饽，香气四溢人人惦记，不光我在关心哟。”许光辉说连他老爸老妈都关心着这事。

他告诉汪芸，生物源反应器正在月球上空开展弱引力环境下的自动孵化实验，因其在绕月轨道上运行会近距离掠过月球娱乐城上空，所以吸引了很多人前往观看。他老爸老妈听旅行社一介绍也来了兴趣，已经跟着人家一起乘坐地月穿梭巴士去了月球，说是要一睹“未来救世主”普度众生的风采。

“月球旅行社，净乱讲，”汪芸一听就不对劲，“生物源反应器在绕月实验平台里面工作，哪能看得见什么风采呀。”

“我也是这么跟家里说的，可我老妈愣是不信。”许光辉他老妈说不能再听儿子的啦，那年跟我拍着胸脯保证考回家乡的大学攻博，结果却考去了香港，儿媳还没娶进门就学会忽悠老妈了，这样的儿子靠不住。

“呵呵呵，你活该。”汪芸笑出了声，“算啦，就当是老人家月球一游吧。”

“咳，时代不同了，”许光辉轻叹一声说，“老人不听劝，吃亏别埋怨。”

这话说得有不孝之嫌，汪芸没接茬。谁也没想到过了几天，许光辉的戏言竟然成了真。汪芸后来骂他是乌鸦嘴。

那是一个周日的午后，许光辉和汪芸正在二人世界中热烈缠绵，双方刚刚进入点儿状态，许光辉的手机呼叫音就响了起来。“真讨厌。”汪芸嘟囔了一句，推开他翻过身去。

哪一个欠揍的货偏赶这时候来捣乱！许光辉更是火冒三丈。他侧过身去接电话。电话是刘剑打来的。

“什么事？”许光辉接通电话没好气地问。

“第二代5D打印机在月球上空搞实验的事你知道吧？”刘剑也毫无客套寒暄之意，他语气急促，开门见山。

“哎呀，我现在什么都不知道，回头再说吧。”许光辉不等他往下说，就摁断了电话。一刻值千金的时候哪有心思扯闲事哟。

他放下手机，刚转回身想跟汪芸继续，电话呼叫音又响了起来。还是刘剑这个讨厌鬼。

“哥们儿你听我说，我刚得到一个消息……”

“我不想听，”许光辉愤愤然打断道，“你有病！”说完他再次摁断了电话，这会儿对讨厌鬼还讲什么礼数。

刘剑那边却一头雾水，这许光辉吃了什么枪药了，前阵子大家见面聊天还好好的，最近这些天好像也没招惹过他呀。边琢磨边又把电话拨过去，耳边传来柔和的女声，“机主已启用非急勿扰功能，请输入对方出生年月日再试”。刘剑只好作罢，心里寻思着，这么重要的情况他不想听才真是有病。

“都是刘剑的电话，真可恶。”许光辉一边说着，一边又轻轻揽过汪芸，准备再战。电话呼叫音这时候又响了起来。

许光辉懊恼地翻滚到旁边，正准备对刘剑这不识相的蠢货痛骂几句，却发现电话是父亲的紧急呼叫，区号是月球的。他赶忙坐起来接电话，用手按住静音键小声告诉汪芸说，是老爸。汪芸一看他那神情便猜出有急事，她也跟着坐了起来。

“儿啊，你妈她……”老爸的声音有点哽咽。

“我妈怎么了？”

“她受了重伤，现在生命垂危。”

“啊？！”许光辉吓了一大跳。

他老妈出了事正在抢救，老爸讲述了事情发生的大致经过。

这天月球娱乐城的望天阁人声鼎沸，巨大的天窗难得全部亮开一回，像掀走了一口倒扣着的玻璃大锅的整个布罩，天空景色一览无余。人们都在翘首观望，期待着神奇的新型生物源反应器飞临头顶，好先睹为快。

“来啦，来啦。”有眼尖的人发现了远处的一个小亮点正徐徐飞过来，不大一会儿工夫就飞到了头顶上空。那飞行物看着跟夜航的飞机似乎没什么两样，人们却照样兴致勃勃，纷纷拿起手持设备，或拍照，或调至望远模式仔细端详。

“哟，后面又飞来一个，到底哪个才是真的呀？”有人很快就发现了新情况。后面飞来的那个亮点速度要快得多，还没等人们看清个大概，它已飞到了头顶上空。

紧接着，一场出人意料的太空激吻转眼就发生了，两个飞行物显然是撞到了一起，“哗”一下子火光喷爆，像烟花弹炸开来一样瞬间映亮了天空，闪烁的火花四散飞溅。

望天阁里的人们一个个惊得目瞪口呆，还没等大家反应过来，头顶天窗就响起了噼里啪啦被散落的爆炸物击中的声音。“爆炸啦！”有人大喊一声，人群立刻骚动起来，接着就四下乱窜涌向出口。

“不要惊慌，大家现在很安全，请听从工作人员指挥。”广播喇叭里传来的阵阵提醒声，使局面稍稍得到控制，乱哄哄拥挤的人群渐渐开始平静。几个嫦娥扮相的机器人服务员都在奋力维持秩序，它们不厌其烦地一个劲劝说周围的人不要急不要乱，天塌不下来。它们说天窗所用的纳米玻璃材料抗冲击性能超强，能经受住战斗机的俯冲攻击，不用担心。它们说可惜当年“9·11”事件的时候还没诞生这种建筑材料，要不然纽约世贸大厦现在还屹立着。它们还说月球重力小不存在压力“山大”的问题，就算泰山迎头砸下来也能顶得住，眼前这些太空碎片就像掉下来的鹅毛，根本不在话下。

老人家自然是不耐挤不耐碰的，许光辉他老爸老妈倒蛮机灵，他们索性躲在一个嫦娥扮相的机器人身后，这样感觉挺安全的。要是真的天塌下来，也有机器人硬邦邦的身板先顶着，有啥好怕的。那嫦娥边缓缓移动着脚步引导大家向外走，边伸出手臂扒拉着一些急躁者要他们守秩序。眼看就要移动到出口处了，他老爸老妈被摩肩接踵的人群从嫦娥身后挤到了它的一边。就在此时，机器人抬起手臂要去扒拉几个急着往外冲的年轻人，只见嫦娥那坚硬的手臂猛然甩过来，他老妈躲闪不及，脑袋遭到重重一击，当场就倒在他老爸怀里人事不省了。月球上的医生迅速赶到现场紧急施救，初步诊断为颅内出血，他老妈现在已经命悬一线了。

许光辉听了父亲的叙述心急如焚，他和汪芸连忙起身穿衣，两人分头找人联系脑外科医生商量对策。

一阵忙碌后，地面医生与月球医生沟通的结果反馈回来：可能要就近实施开颅手术才有希望挽救生命。但是，月球上虽有手术机器人却没有脑外科方面的专科医生在旁指点、配合。医生们说以前从未碰到过类似情况，太空旅游开通这么些年来，小毛小病、磕磕碰碰的事都发生过，但这么严重的脑外伤却是第一次遇见，他们担心微重力环境下AI机器人的手术操作会有较大风险，因而请家属们考虑定夺。汪伯仁也很快联系到了香港大学玛丽医院的朋友，他们也倾向于就近在月球上实施手术，可以由地面的脑外科医生通过远程手术系统对AI机器人的操作进行指点、配合，舍此没有更好的办法。许光辉得悉这些情况，再次与父亲通话商量后，决定接受医生们的建议。

汪芸陪着许光辉来到了玛丽医院，他们在远程手术间旁边的观摩室通过视频目睹了天地两边的手术配合过程。许光辉一开始看得心惊肉跳，汪芸紧紧地挽着他不时温柔地给予安抚。慢慢地，许光辉看着地月间这种虽有短暂延时却能完美对接的手术操作，紧张的心情才稍稍放松。

不知过了多久，听到医生宣布手术成功，许光辉情不自禁地抱起汪芸就地转了个圈。放下汪芸刚一留神，他看见了刘剑。记者的嗅觉确实够灵的，不知道这货什么时候也来到了手术观摩室。只见刘剑三步并作两步赶紧凑近，嘴里忙不迭地道着歉："对不起，实在不该中午那会儿打搅，不知道伯母当时……"

"没事啦，以后再找你算账。"许光辉对着刘剑轻轻一拳打过去。一旁的汪芸脸上飞起了红云。

"咳，我中午一着急只顾着打电话，没考虑到……"刘剑还在表达着歉意。

"行了行了，没完啦！"许光辉一副懒得计较的样子，"说吧，找我有什么事？"

"就是这件事呀。"刘剑中午第一时间就得到消息说，正在太空开展实验的生物源反应器被一枚来历不明的导弹击中而摧毁，是何人所为不得而知。他当时立刻就想到可能是Richard集团干的，因为就在前两天他看到过Richard的爪牙在网上发的一篇咒文说，"玩火者必自焚，5D打印进太空无异于自掘坟墓，等着瞧吧"。

刘剑中午找许光辉是急着要发新闻稿，他的报道只差最后一句话"据权威人士某某分析，这很可能是Richard集团制造的一起恐怖袭击"，记者自己的分析猜测假借权威人士之口说出来才更博眼球嘛。不管怎么着许光辉都可以当那个权威人士“某某”，他经历过奥塔哥事件，对Richard集团的恶行有切身感受，跟他沟通一下确认自己的想法就行了。所以他才大中午一个劲给许光辉打电话，没想到许光辉正在办更急的事。

“你要是让我判断的话，几种可能性都有，当然Richard的嫌疑最大，这事要坐下来慢慢谈。”许光辉眼下也很想搞清这场恐袭的幕后黑手——险些要了他老妈的命，现在是公仇私恨都有了。

“不用再坐下来分析了，就是Richard集团干的。”刘剑说，就在他刚才赶来的路上已传来消息，Richard的爪牙已发声“认领”了这起恐袭。

“地球人中的败类！”许光辉痛骂了一句。

又是作恶多端的Richard！汪芸一听心里也恨恨的，她感觉这个躲在暗处使坏的恶棍近来总是突然闪现在她原本平静的生活中，就像臭水溅到了身上一样让她恶心，让她防不胜防。当然她后来也慢慢明白了，身上溅了臭水不得不换衫洗衣遭折腾，每次沾到Richard集团作恶的事就让她的生活经历一次冲击甚至是转折，奥塔哥事件如此，这回太空的恐袭事件也一样。

这次事件的确是个重要转折。许光辉在接下来的一段日子里忽然话少了，他总像是处在下围棋时似的长考之中。虽然他老妈手术后恢复得很好，在老爸的陪伴下已顺利回到地面，但汪芸感觉许光辉还没有完全缓过劲来。她弄不明白，他老妈已安然无恙了，而一向开朗的许光辉怎么突然变得深沉起来了。她想起了一位哲人说过的话，男人的所谓成熟过程，往往伴随着一系列重要变故。

在一个满天繁星的晚上，汪芸拉着许光辉去香江岸边转悠，想陪他散散心。两人边走边低声细语，许光辉不时抬头仰望星空，心情似乎舒畅起来。走着走着他突然停下脚步，很认真地对汪芸说：“我不能总当观众，想当一回演员。”

“什么，你想当演员？”汪芸伸出手去摸他的脑门。还好，不烫。

“嗯，我看可以，在太空大战中演个匪兵甲、匪兵乙什么的挺合适。”汪芸笑嘻嘻地说。

“我真的想去太空。”许光辉口气严肃起来。他告诉她，他已考虑了很久，如今赶上了这个太空大探索的时代，特别是5D打印进太空的新探索深深震撼着他，现在却遇到了极端组织的阻挠破坏，他自己不能总在外围当看客。许光辉说他的博士后研究即将完成，他要加盟到太空挑战者的行列中去。

这太突然了，汪芸完全没有心理准备，他本来是打算当教授的。沉默一阵后，她忽然感到不太对头，便问道：“5D打印进太空是不需要载人的，你去太空能干吗？”

“迟早会载人的，而且应该快了。”许光辉说地球物种向太空移植必然要走出太阳系，瞄着某个宜居星球开展殖民试验，这个行动在地球附近难以准确施展，需要有人到太阳系外围去操作。

去太阳系外围？汪芸更吃惊了。她知道，如今的太空飞行器跟过去相比虽然速度快了很多，但飞到太阳系外围可就没个准了，一去起码要好几年时间。又是一阵沉默后，汪芸轻声问道：“你不想结婚了吗？”

“想，当然想了。”许光辉说他已经考虑过了，他的飞天目标只是设定在两三年左右，她也正好可以充分利用这段时间潜心攻读博士，等他返回后就跟她结婚生子，共同经营他们的安乐窝。他说但愿他能碰到这样的航天任务，而且他相信会有这样的任务。

汪芸明白了，许光辉做出这个决定是经过了深思熟虑的，再说任何多余的话都无济于事。她也深知许光辉是个志向远大的人，认准了的事情会干得很出色，此刻他也期待着她的支持。于是她以赞许的口吻说：“想好了就行动吧，还真是时势造英雄啊。”

接下来，许光辉在当年度的国际宇航员选拔中脱颖而出，除了他过硬的身体素质和专业背景之外，从新西兰捧回来的那个“木星杯”理所当然给他加了不少印象分，他的太空梦开始一步步变为现实。当然，随之出现的不测险情也接踵而至。

第
❹
章

“阿哲 261 号”

许光辉参加宇航员选拔并顺利入围，不过是走完了万里长征的第一步，接着等待他的还有一系列体能和技术训练，这些培训要分几个阶段分别在中国的北京、美国的休斯敦等地进行。这段时间，许光辉每次培训归来，汪芸总是暂时放下学业尽可能多陪伴他，拉着他问长问短，从中了解到不少航天知识，也算跟着他长了见识。

那天，许光辉第一次从北京培训回来。他像是真去了木星似的兴高采烈，满脑子装着新鲜见闻，见面一落座就跟她侃侃而谈。他告诉汪芸，北京航天城就是一座尖端设施堆砌出来的科技宫殿，到处都透着高新技术的气息，就连耳边刮过的风听着都不是“沙沙”作响，而像是“Science，Science”的轻声呼唤，高跟鞋踏在地板上发出的也像是“Technique，Technique”的声音。

“呵呵，你是不是接下来还要说，航天城里的犬吠声也是有科技含量的？”汪芸笑道。

她乐得听他神侃胡吹。她知道，航天领域对新技术来说就像一块巨大的磁石，只要一有新鲜货出笼就会很快被吸过去，航天城壮观的科技景象可以想象得出来。她在听许光辉海阔天空的同时，也在随手翻看他带回来的电子相册，分享照片跟共进美食一样愉悦。

“你还真是说对了，航天城的狗狗可不一般。”

许光辉说那里的警犬都是身怀绝技的，他刚去不久就领教了。有一天许光辉饭后散步，不知不觉走到了航天城大院的一个门口，他没见到门口有任何警卫人员，只看到两侧门柱旁各坐立着一条威风凛凛的守门犬。许光辉驻足观察了一会儿，那两条狗虽然警惕地盯着进进出出的人们，却并没什么反应，人们来去无阻。这不是形同虚设摆花架子么？许光辉这样想着，便迈步朝门外方向走去。哪知一接近门口，守门的一条狗就立刻起身奔到他面前，摇着尾巴冲他“汪汪”叫了两声，那意思显然是喝止他继续前行。紧接着，另一条狗嘴里叼着一块电子显示屏也来到他面前，那屏幕上写着“请遵守航天员安全管理规定，您现在不能出院门”。这下许光辉不得不服了，人家可不是摆设，也不是简单地具备认生认熟的技能，而是连他的身份都搞得清清楚楚，这可不是普通的看门狗。事后他通过别人了解到，航天城的警犬脑内都嵌入了自动识别装置，它们能根据每个人的体征清晰地辨别其身份，什么人能进出航天城的什么区域都在它们的管控中。后来许光辉还问人家，假如我硬往外闯，它们会咬我吗？人家回答说对身份不明者肯定会咬，对航天员则绝对不会，它们会密切配合，一条狗去报警，另一条狗会紧紧跟着他，保护他。

瞧瞧，汪芸随口问一句话，许光辉顺杆一爬，就是航天城的一段新技术见闻，他岂有不兴奋的道理。

许光辉还得意地告诉汪芸，航天器早已今非昔比，从过去的近空飞船时代，进入了深空飞舰时代。“船”和“舰”半字之差却有天壤之别，飞舰采用了“三相共振”动力，这种技术能使星际间的引力、太空暗物质的作用力与航天器本身的动力三者产生共振，比原先的“引力弹弓”加速那样的技术更进了一大步，这相当于开辟了一条从地球到目标星球的快速通道，因而飞行速度与过去单纯靠燃料动力相比，至少快了几十倍。他说下一步质子飞舰问世了会飞得更快，总之他们这一代人算是赶上好时候了。

那一天，他们就这样不知不觉地聊了个通宵。

如今的宇航员培训已经日益简约化，根据日程安排，培训期间也允许亲朋好友前往探望。许光辉知道汪芸那会儿功课蛮紧，总是劝她不要为此奔波，说是没必要两个人来来回回“荡秋千”，就当作是“相思耐受”训练好了。但汪芸还是去了一趟北京航天城，她是不请自到的。

那几天全世界都在关注一起刚发生的航天灾难，载有两名宇航员的一艘天王星系列卫星考察飞舰，在即将抵达“天卫三”时突然爆炸解体，她很担心这件事会给许光辉的情绪造成负面影响。

汪芸闲暇时看过一些航天资料，她知道，人类的航天史不过百年，在探索太空的征程中伴随着一系列悲情壮举。早期美国和苏联的一些宇宙飞船事故，导致多名宇航员魂断太空，后来航天飞机问世后又发生过“挑战者号”“哥伦比亚号”等航天器空中爆炸的悲剧，进入飞舰时代也照样无可避免地要付出惨痛代价，一部航天史就是人类勇敢进军宇宙的挑战史。汪芸还记得父亲当初得知许光辉入选宇航员时讲过的一句话，他说航天是勇者的专利，知险而上是这项专利的核心，而行使专利权是必须做好付费准备的。

到北京航天城见了许光辉，汪芸感到他从容如常，跟什么事也没发生过似的。当她小心翼翼地提到天王星飞舰事故时，许光辉只是淡淡地说，渔夫都知道大海随时有狂风恶浪，但他们不会因为有风浪就总是停留在岸边。这话让汪芸心头萌生敬佩，看来他真的像父亲所说的，已经做好了付费的准备。

北京的基础培训任务一结束，许光辉又奔赴海南做飞舰适应训练，接着又去了美国的休斯敦，转入下一阶段培训。其间汪芸的学业紧紧张张，她抽不出整块时间前去探望，两人的交流只能通过4D视频进行。每次视频会面，许光辉都要让汪芸摸一摸他的肌肉是不是更结实了，虽然4D视频中的抓握感与现实有差距，但汪芸总是说“比上次要结实”。

一晃好几个月过去了，许光辉终于结束了休斯敦的培训回到香港。

这次归来与以往不同，许光辉已经领受了出征太空的任务。经过短暂的休整后，他将赶赴海南文昌的航天发射基地，执行“阿哲261号”飞舰前往太阳系外围的航行计划。

临行前，“杞人”刘剑特意赶来香港，约陈万通等好几位朋友一起为许光辉饯行，汪芸也参加了。

“物种平等，天经地义！”

“坚决反对5D打印进太空！”

众人在饭店刚落座等着起菜，就听到街上一群人呼喊着口号走过，由远及近，接着又由近及远，估计是泛平等主义者在搞示威游行。

“这些反对派一闻到风吹草动就折腾，5D打印这回并没进太空，他们真能瞎闹。”刘剑一脸愤懑，他望着许光辉说，“是吧？”

还没等许光辉开口，陈万通就接过话说：“你大记者先给我们介绍一下情况呗，对这次神秘的太空行动我一无所知，外面为何闹得这么厉害啊？”

“你可千万别搞错啊，”刘剑指着许光辉道，“真神在这里，他开口才句句是真理，一句顶我一百句。”

“呵，我还没上天就先上神坛了。”许光辉笑笑说这次航天任务其实也没什么神秘的，就是为太空殖民试验打个前站，目的敏感难免被反对派盯上。

他介绍说，这项殖民试验要分两步实施，最终的目标星球是距太阳系约11光年的G星球，这是一颗不久前发现的宜居行星，其所在的恒星系与太阳系有不少相似之处，很可能具备地球物种的生存环境，这可是人类在太阳系四周苦苦搜寻多年才找到的一个地外新家园，也是迄今为止太空殖民试验最可行的星球。

“有没搞错啊？”有人一听就惊呼起来，“11光年的距离在太空起码要飞个几万年才能抵达，你怎么可能去得了G星球呀？”

“我当然不是长命万岁的老妖，这回我只是到路口去探查一下。”许光辉说他此次将驾驶阿哲261号飞舰出征，前往柯伊伯带外侧的“狗牙星”附近去踩点，几年前命名的这颗狗牙星虽然不起眼却具有独特的观测视角，从那里可以对G星球的宜居性进行确认。许光辉说他这趟任务实际上起着开路先锋的作用，是整个试验行动的第一步。

“那第二步呢？”席间有人迫不及待地问道。

“别急，等我先说完第一步吧。”许光辉继续介绍。他说阿哲261号是打探虚实的先头部队，因而要轻装前进，不携带生物源反应器这样的大型设备，争取不错过星体排列千年不遇的观测良机，尽快抵达狗牙星附近。所以刘剑说得没错，第一步行动就是探路，这回5D打印机暂不进太空。

“至于第二步嘛，当然是顺着第一步走。”许光辉说接下来的任务就是，再用另一艘飞舰把生物源反应器运送到位于冥王星附近的“诺苏号”空间站候命，一旦第一步确认了G星球适宜地球物种生存，就从空间站把生物源反应器直接发往地球物种的新家园，从而正式启动星际殖民的航程。

经他这么一讲，众人就明白了，如果G星球不适宜地球物种生存，空间站的生物源反应器就不必再发射过去，这样既可以避免浪费，又节省了阿哲261号的飞行时间，一举两得。

“有个问题我还是一知半解，”陈万通又开口问道，“阿哲261号这名称是怎么弄出来的？”

“呵呵，对方辩友这是要考我呀。”许光辉笑着说，“这个问题‘杞人’是很有研究的，他以前为此还中过彩，最有发言权了。”

“惭愧惭愧，”刘剑接过话头道，“我只不过是略知皮毛，纸上谈兵而已，岂敢在真神面前造次。”

“你别总是在媒体上煽风点火，今天不妨搞一回现场直播嘛。”汪芸在一旁帮腔道。大家也都哄着要刘剑说一说。

“好吧，那我就班门弄斧了。”

刘剑介绍说早期航天器的命名没什么规章可循，有的采用科学家的名字像“伽利略号”“开普勒号”“惠更斯号”之类，也有的采用古代神话传说像“阿波罗号”“嫦娥号”之类，还有的采用文字意境像“发现号”“挑战者号”“神舟号”“洞察号”等，不一而足。后来还采用过向社会公开征名的方式，那年刘剑想出了个“杞人乐号”的名称参加应征，竟然撞了运被采用。许光辉刚才说他“中过彩”就指的这件事。

“啊，‘杞人乐号’这名称原来是你的杰作？”陈万通望着刘剑，有点惊讶地问道。

他这一问，汪芸和在座的几个人都想起来了，前些年的那艘杞人乐号载人航天器，是以悲剧收场的。

那年，位于火星和木星之间的一颗小行星突然偏离了原来的轨道，朝着地球的方向飞了过来，有可能直接撞击到地球上。虽然这颗小行星的直径只有数千米大小，但无论它砸在地球上的哪一处，都将造成一场巨大的灾害。地球上已做好了应对准备，一个方案是用集束式太空炮进行轰击，迫使其改变方向远离地球，另一个方案是用强力激光弹从地面和月球两个方向同时开火，将其击碎在太空，还有一个方案是进行空中引流，将其分割碎裂后一点点引流到地球上来。在采取行动之前，先派出一名宇航员驾乘“杞人乐号”去跟这个不速之客会一会，以探个虚实，为地球上的行动提供依据。

刘剑当时送杞人乐号的名称参加征名活动，是做了一番“大吉大利”解释的。就连一向忧天的“杞人”都乐了，还有什么好担心的呢，大家尽可放心睡大觉，那小行星砸不到脑袋上来。后来的结果表明，“杞人”的确是可以乐一乐的，那颗小行星最终没有撞上地球，而是砸到了金星上。但在此之前，杞人乐号却结结实实地砸在了那颗小行星上，并随着它一起在金星上化为灰烬。

对这次航天灾难，有不少人议论说杞人乐号这名称有问题，“杞人”千百年来就是“忧天”的代名词，你硬要让他乐那是大逆不道，不出事才怪呢。因此有朋友劝刘剑说以后别再参加应征了，他起的航天器名怕是没人敢采用了。

“我只掺和过这么一次征名活动。”刘剑说。他的语气既像是说只有这么点儿成绩，也像是说只干过这么点儿坏事。

实际上那次之后不久，刘剑就是想再参加航天器征名活动也没机会了。在接下来的一次征名过程中，恰逢世界民族大会召开，参会的各国代表们提议，航天器的命名应该被赋予更重要的意义，尤其要关注当今文化多样性日益衰减的问题。刘剑继续介绍说，要不然就会出现天外风景特好、地上土著枯少的局面。

汪芸低下头准备动箸，她已经听出了个七七八八。刘剑说的意思是，航天器的命名不能只“顶天”不“立地”，而应当把航天活动巨大的影响力与人类文化遗产的保护挂起钩来。她觉得这一点的确能引起广泛共鸣，人类在高科技大道上飞奔的过程中，不时会丢掉些宝贵的东西而无法捡回，留下了很多遗憾。

听着刘剑继续神侃，汪芸脑子里开起了小差。她曾经以为，文化遗产这些事跟自己没太直接的关系，至少跟生物专业沾不上什么边，后来是受到她的一个师弟的影响而转变了观念。

她那个师弟是搞动物语言基因研究的，这个领域自然会关注人类语言方面的话题。有一次他告诉汪芸说，21世纪初全世界还有近8000种语言存在，如今只剩下1000多种了，近几十年来人类语言灭失的速度之快令人咋舌。汪芸当时还满不在乎地说，优胜劣汰自然选择嘛，好比咱们中国人千百年来都用算盘，手指动过噼里啪啦账目就一清二楚了，现在算盘不照样消失已久了吗？她师弟说那可不一样，算盘这样的实物可以放进博物馆里，而语言的灭失则意味着某种文化的永久断裂，损失难以弥补。他说对她这样的歌粉来说，至少意味着民族歌曲日益减少。

有一天，她师弟还专门拿了两张演唱会的门票给她，说是让她体验一下动物语言基因研究的最新成果。

汪芸拉着Jolene一起去了，那是百鸟民歌演唱会的首场演出。那些地球上天然的歌唱家们，百灵、黄鹂、阳雀、画眉、斑鸠、鹧鸪、喜鹊等，本身就是一个多声部的合唱团，经过基因技术的改造，竟能在驯化师指挥下摇头翘尾地唱出一支支世界各地的民歌来，这让汪芸和Jolene既陶醉又感慨。Jolene赞不绝口，说她多次听过机器人唱民歌，那其实都是假唱，这百鸟唱民歌可是原唱，语言基因技术还真是出神入化了。汪芸也算是开了眼界，后来她碰到师弟还对他说，看来生物技术正在把歌唱艺术推向一个新境界。但她师弟却说好景不长了。他告诉汪芸，世界各地的很多小族语言已彻底失传，现代化进程席卷全球各个角落，让这些民族的年轻一代几乎放弃了母语，虽然靠技术手段进行了一些抢救工作，对各种语言都录了音、制作了声谱图等等，但原声标本越来越少，百鸟唱民歌的样本源头很快就会枯竭。汪芸当时深有同感地点头，鼓励他说船到桥头自然直，办法总比困难多。

陈万通见汪芸一直低着头做沉思状，心想坏了，自己引发的这个话题可能触到了“杞人乐号”的晦气，不能再让刘剑继续瞎掰了。于是他连忙起身给众人斟酒布菜，说刘剑只顾着传道解惑也该歇口气填填肚子了，又转头对许光辉说，这包袱抖了老半天你干脆痛快地甩出来吧，阿哲261号的名称究竟是什么含义?

“说白了很简单，阿哲261号的命名方法，就是用一种正在灭失的语言名称加上一个序号而已。”许光辉放下筷子介绍说，阿哲语是中国彝族的一种语言，据说目前只剩下两位年届130岁的老人会说这种方言。许光辉说早在多年前，国际宇航组织已经形成了共识，把像阿哲语这样需要抢救性保护的文化遗产进行了排列，航天器的名称只要在发射前按顺序套用即可。

“这跟台风的命名方法很像哦，”陈万通若有所悟道，“台风还没生成其实就已经排好了名称等在那里了。”

“恭喜你答对了。”许光辉继续补充道，比如下一个飞行器目前尚不知为何物，但名称已经有了，叫“独龙262号”，独龙语是另一种即将失传的少数民族语言。

“哦，那诺苏号空间站的意思也该是一样的了。”陈万通稍一联想，就猜出了空间站的命名办法。

“大致相同略有区别。”刘剑又接过话头道。他解释说，一来空间站的数量远远少于飞行器，因而没有编排序号，二来空间站的命名眼下是以某种将要灭失的文字为名，而不像飞行器用的是语言名称。诺苏文就是一种快要失传的少数民族文字。

文字的传承问题更复杂。刘剑的话音未落，众人就七嘴八舌议论开了。且不说世界各地少数民族的文字正加速失传，就连汉字的书写都面临着严峻的挑战，能够流畅地写一笔汉字的人越来越少了。长此以往，几千年的文化积累迟早也要流失掉。

“汉字的失传纯属刘剑忧天。”许光辉抛出了自己的看法，他受大家的情绪感染也来了兴致。他说汉字的文化内涵虽很丰富但书写过于复杂，人们从小到大耗费了太多精力学写字，其实对大多数人来说学会阅读就够了，不是早已有了口述写作这样的专门技术吗？至于手写汉字嘛，就留给中文专业和考古专家们去摆弄好了，我看汉字是不会失传的。

“本人对航天勇士的这个观点不敢苟同，”刘剑笑着接过话道，“汉字于我是养家糊口的东东，对这个问题我还真的有点忧天，呵呵。”

众人你一言我一语，既然壶开了就顺着提。赞同许光辉看法的人并不少，他们认为文字是为人服务的而不是相反，应该跳出旧思维拥抱新时代，顺应新技术前进的潮流，有了口述写作软件还硬要人们都学手写，那就跟计算机时代还硬要人学打算盘一样无理。支持刘剑观点的人则强调技术副作用抹杀文化本真，说虽然大家都在用写作软件，但它难以完全替代手写，好比机器人绘画与人工创作，二者的艺术性不可等量齐观。

汪芸也倾向于刘剑的说法，刚才她听刘剑自谦地用了“班门弄斧”这个成语，就想起一件事来。有一次她回广州的初中母校去，碰到个语文老师，正是她当年的同学，两个人就谈到了“班门弄斧”的话题。那同学告诉汪芸，现在教孩子们古典成语很费力，没人见过鲁班什么模样还好说，关键是斧头已成古董了，如今砍东西用的都是“激光劈”“速熔砍”之类的新工具，小孩子哪见过老式斧头哟。好不容易解释明白了，学生问老师干吗要学那么复杂的呀，讲“郎奶奶面前弄排球”多清楚，或者干脆就叫“郎门弄排”得了，看一看郎平当年打排球当教练的无敌视频，谁敢在她面前卖弄球艺，不就是这意思嘛。那老师跟汪芸说起这事来，也和刘剑一样表示担忧。

“诸位大佬，咱们今天不能喧宾夺主冲淡了主题。”陈万通见众人还在热议，便提高声音说道。他提议两年之后，等许光辉从太空归来，在座各位重聚一次再深入探讨汉字传承问题，说不定到时候许光辉会从外星人那里带来新的理念。

“对对对，留待下回分解最好，”刘剑也觉得话题已扯远便附和道，“大家就等着航天勇士凯旋的时候再继续，反正风筝线牵在汪芸手中，不用担心他碰到外星妞乐不思蜀。”

大家便咯咯笑着碰杯，共祝许光辉飞天成功。

然而，愿望是美好的，现实却是残酷的。“天有不测风云”这话没错，他们没有等来许光辉的凯旋，而是不久就等来了阿哲261号失联的消息。

第5章

飞舰在太空失联

最先得悉阿哲261号失联的不是汪芸，也不是许光辉的那些狐朋狗友，而是他的准岳父汪伯仁，那时他正在瑞士的苏黎世出席一个学术会议。

刚到瑞士那两天，不少熟悉汪伯仁的与会专家都知道宇航员许光辉是他的弟子，纷纷向他打听阿哲261号的情况，世人都关注着这次星际殖民试验。汪伯仁总是乐呵呵地回答，很顺利啊，出征几个月来一切正常。

会议期间，专家们去了一趟著名的铁力士雪山，他们要去考察一种刚刚问世的登山交通工具——八爪攀山车。这种新型的攀山车外观像一只巨大的八爪鱼，每个爪子都带有抓钩、锚锥、镖链、吸盘等装置，可以伸缩自如地攀爬各类不同的山体，其灵活性和自控程度与金丝猴这样的动物相比也毫不逊色。这八爪攀山车研制了多年，曾在日本的富士山、英国的多佛尔白崖、中国的泰山以及珠穆朗玛峰做过多次安全性测试，确认可以适用于各种险峻、陡峭的山峦峰谷，这才在铁力士雪山正式投入使用。

真是百闻不如一见。专家们乘坐了八爪攀山车后，在坐车返回酒店的途中兴致勃勃地议论开来，大家都觉得造出这样的新型设备大有用武之地。有人认为这种攀山车具有全方位多角度攀登以及节能环保的诸多优势，预计世界各大名山的登山索道、有轨缆车之类的交通工具很快会遭淘汰。也有人建议将其稍加改造，可以用在香港、广州这些摩天建筑鳞次栉比的超大城市，当作高楼大厦的消防装备。还有人说外星球地形地貌复杂，今后的外星登陆可以配备小型的八爪攀山车。有专家还跟汪伯仁开玩笑说，下次可以让许光辉带一台去太空。

正说到这里，车厢内的热议忽然一下子降了温，很多人都在低头查看自己的手持设备。汪伯仁也察觉到了手环的轻微振动提示，是收到了新的信息，他拿出自己的手持设备一看，只见一句口号广告“扩散物种不平等天理难容”，除此之外并没有可点击的具体内容。

这本来是不足为奇的小事一桩，极端主义组织及其追随者偶尔冒出来发泄一下不满，他早就司空见惯了。可他抬头一看却感到很不妙，有几个专家不约而同地转头朝他这边看过来，好像这条示威广告是他发出来的似的，真是咄咄怪事。

一回到酒店大堂，汪伯仁随着众人朝电梯走去准备回房间，这时，来自美国的一位专家把他悄悄拉到了一边。汪伯仁知道这位专家在美国宇航局（NASA）工作过，并参与了阿哲261号的前期设计。他神色凝重地告诉汪伯仁，说是刚收到一条非常遗憾的消息，阿哲261号失联了。

悲剧了！汪伯仁的心立刻揪成一团，站在原地双手合掌，祈求苍天保佑。这可是晴天霹雳啊，他无法想象，女儿一旦得知这个消息，会陷入怎样一种撕心裂肺般的痛楚之中。

稍稍定了定神，汪伯仁马上回到房间，未及多想便与女儿连线视频。他不知道汪芸是否已得到消息，也没考虑好该如何安慰女儿，甚至连苏黎世与香港两地的时差都忘掉了。

还好，虽然香港已是下半夜了，但女儿还在伏案学习。看到父亲她显得兴高采烈，说老爸你可真会挑时候，真有好梦也都被你搅没啦。

汪伯仁嗫嚅地不知说什么好，显然，女儿此刻尚未得到阿哲261号失联的消息，他只好吞吞吐吐地说自己这两天要提前返回。女儿说他看上去神色不是太好，叮嘱他在外多注意身体别太累了。他机械地嗯嗯应着，算是暂时松了口气。

顾不得半夜不半夜了，汪伯仁立马又把电话打到了北京，把他的老同学李远宏从睡梦中叫醒。这李远宏是汪伯仁的大学同学，又是围棋棋友，后来他去了北京读研攻博，毕业后进了航天测控中心工作，他和汪伯仁的同窗之谊保持至今，两人偶尔还会在网络上手谈一把。

"深更半夜的，你不至于这个时间找我下棋吧？"李远宏哈欠连连，迷迷糊糊地接了汪伯仁的电话。

"我哪有这心思哟。"汪伯仁开门见山，问他阿哲261号飞舰出了什么事。李远宏反问他说，你怎么知道阿哲261号出事了？汪伯仁说我现在急得火烧眉毛似的，你就别再跟我弯弯绕了。李远宏劝他先冷静，说目前还无法确认阿哲261号是否出事。他坦率地告诉汪伯仁，阿哲261号确实已失联好多天了，但并不意味着一定发生了不幸事故，飞行器往深空走得越远，通讯迟滞时间就会越长，同时信号在太空衰减以及受到辐射干扰都很厉害，失联或许是暂时的。

"暂时不暂时先不说了，"汪伯仁急于了解具体情况，"你告诉我，阿哲261号是飞到哪里失联的？"

"刚飞到传统意义上的太阳系外围，进入柯伊伯带不久就突然没了音讯。"

突然失联不会没有原因的，哪怕突然遭到攻击突然出现故障也会在最后一刻向地面或空间站报警。汪伯仁又问："难道失联之前没有捕捉到一点异常迹象？"

“有是有，但很难判断是否异常。”李远宏说飞舰驶入柯伊伯带后很快就偏离了预定航轨，地面测控中心察觉情况后发去了指令提醒许光辉，而且告诉他若遇故障无法排除就返航，但电波的提醒还在路途中，飞舰就没了踪影。

“无缘无故飞偏了航向，这不明摆着是异常情况吗？”汪伯仁的语气透着不满。

“不能这么武断。”李远宏说狗牙星位于柯伊伯带最外侧，要横穿整个小行星带才能飞到那里去，空间距离长可选择的飞行路径也很多，有可能许光辉发现了比预定航轨更快更便捷的路径而改变了航向。李远宏说深空探索不同于近空，过分拘泥于纸上谈兵的预定航轨有时反而会误事，将在外君命有所不受很正常。

“我觉得不正常，”汪伯仁忽然想到了一种危险，他问道，“有没有可能是极端组织故意搞的破坏？”

“这种可能性嘛当然不能完全排除，但微乎其微。”李远宏倒是直言不讳。不过他觉得很难想象极端组织会窜到遥远的柯伊伯带去设伏破坏，即使他们有那个能力，一路溜过去那么远恐怕早就被太空监测发现了。

“你别把情况想得太离谱。”李远宏说，“近年来航天器失而复得的案例并不鲜见，甚至销声匿迹一两年后重现江湖的事都曾有过，如今的太空探索日益复杂，什么样的情况都会发生，眼下还是要耐心等待，奇迹也许说来就来的。”

“奇迹不能光靠等待也要靠创造呀，”汪伯仁忧心忡忡地说，“那围棋的孤子总还能设法救一救，这飞舰失联就只能坐等奇迹发生吗？”

李远宏安慰他说：“地面测控中心和空间站正在全力搜寻，没准那孤子过一段时间就会连回大本营。”

总算还有希望。汪伯仁放下电话的同时，一颗悬着的心也得以放下些许。说不定李远宏的话是对的，最终只是虚惊一场。人说“猪八戒娶媳妇净想好事”，汪伯仁现在也只能往好处去想了，他脑子里不时酸楚地掠过那句众所周知的口头禅：希望在明天。

汪芸是过了两天才得到消息的。那天她本来心情很爽，知道父亲要从瑞士返港，她特意买好了他喜欢吃的“火星烤芋”，这种埋在火星沙中烤制而成的芋头据说有消除疲劳的功效。自从许光辉飞天以后，她的生活一直很平静。刚开始那些天，航天中心给他们安排过几次天地通话，许光辉看上去精神抖擞，他不时在空中翻跟斗做鬼脸给她看。后来由于电波传输距离越来越远，实时通话就再也无法进行了。对此她早已有心理准备，反正许光辉也说了他至少要“失踪”两年。前些日子，航天中心发布过一条消息，说阿哲261号已顺利飞到诺苏号空间站附近，她也没太在意，自己的主要精力已开始调整到学业上，大量的时间都泡在了实验室里。今天下午她早早就收拾了实验用的瓶瓶罐罐，准备提前打道回府为父亲接风。

她边往实验楼外走，边开启了项链式虚拟显示器，先是习惯性地打开了近身搜索端，想看看校园里有没有不期而至的“死党”造访。今天提前收工，别让人家来扑个空。她一看还真有，呵，Jolene正朝着实验楼的方向移动，已经快要到了。再一看，哟，远远的陈万通也在往这边移动。她心想今天有点儿邪门，莫非这边有外星人表演？

她接着又打开了新闻搜索端，这里是按照自己日常设定的关键词实时自动地显示出的新闻信息，今天忙碌了快一天了还没顾得上看一眼。

一条字体虽不醒目，但对她来说却十分刺眼的标题呈现在视野中：

传阿哲261号飞舰失联，宇航员生死未卜。

坏了！汪芸一下子脸色刷白，头脑思维瞬间归零。她踉踉跄跄地走出实验楼门口，与刚好赶到的Jolene撞了个满怀。

Jolene送汪芸回去的时候，汪伯仁已回到家中。他见到轻轻抽泣着的女儿，心里已明白了一切。

接下来几天里，汪伯仁反复用李远宏对他讲的航天器失而复得的案例来安慰女儿。他告诉她，当年海王星探测器因通信系统遭到一种强磁射线的破坏曾失联十几个月，后来返回到地球引力范围才被空间站救回。而五年前的另一艘远赴太阳系外围的载人飞舰，因受到一颗彗星的拖带干扰而失联长达两年半之久，最后还是安然返回了地球。汪伯仁讲这些事例的时候，自己心里也是七上八下的，但他相信女儿已不是弱不禁风的小孩子了，时间会消融一切烦恼和忧伤。

汪芸虽然陷入一种前所未有的痛苦之中，但父亲的话还是让她心存希望，或许失联真的是暂时的。Jolene和刘剑这些好友，也以不同的方式劝慰她，让心情沮丧的她渐趋冷静。特别是陈万通发给她的一则短信，令她感悟较深。他写道：飞天或安宁，本是两种不同的生活取向，抑或并存在大家心中，人们渴望飞天而又惧怕失去安宁，想追求安宁而又向往飞天，这种内心挣扎无异于自我折磨，鱼和熊掌其实不可兼得。

慢慢地，汪芸从精神恍惚的状态中走了出来。她已经意识到，为一种未知的不可控的结局去苦闷、沉沦是毫无意义的，无论从哪个角度讲，她都应该专注于自己的学业，绝不能丢了眼下的这个熊掌。

一晃又过了两个多月，汪伯仁接到了李远宏的一个电话。

“有个情况向你通报一下，”李远宏漫不经心地告诉他，“诺苏号空间站采用超敏激光雷达技术，不久前已搜寻到了阿哲261号，飞舰早已偏离狗牙星方位快要飞出柯伊伯带了，目前去向不明，也无法建立通信联系。”

汪伯仁听了难抑兴奋之情，说：“找到了就是喜讯啊，怎么从你嘴里说出来跟喝矿泉水似的凉而无味呢？”

李远宏呵呵笑了，说这种事司空见惯，况且目前还只能算是有影无踪，联系不上焉知喜忧，就像下围棋那样要等到收了官才知道精确结果。

“啊，真的找到了？”汪芸从父亲那里听到消息心头一振。虽说这些日子她已渐渐平静下来，但得知阿哲261号失而复现，她还是激动万分，喜悦的泪水夺眶而出。看来大家估计得没错，飞舰还在飞着，失联果然只是暂时的呀。

“啊，真的找到了？”Jolene接到汪芸的电话，第一反应也同样是这句话。她深叹一口气对汪芸说，你那木星仔可真会折磨人，幸好是有惊无险，但愿以后别再折腾了。她又告诉汪芸，听说这超敏激光雷达是当今最灵敏的搜索技术，那可是火眼金睛呢，很多乱七八糟的太空垃圾都能搜得到，还怕阿哲261号跑了不成？只要找到了就迟早能联系上。

然而Jolene的话并没有及时得到应验。汪伯仁随后隔三岔五就会打电话询问李远宏，但每次都得到同样的回复，有影无踪，联系不上。终于在一个多月之后，李远宏在电话中明确告诉他，超敏激光雷达已经跟踪不到阿哲261号，又是无影无踪了。

汪伯仁听了一愣，期待多日的希望之火不仅没有燃起，还连火苗都熄灭了，他心里直发颤，犹如被一盆凉水兜头泼下。

更可气的是，紧接着在网络上就出现了“5D 打印进太空绝没有好下场”“扩散物种不平等必遭天谴”这样一些诅咒，喧闹了好多天才收场。要说何谓“亲者痛仇者快”，那段时间凡是为飞舰和许光辉祈祷的人都有切身体会。

汪芸这回倒显得比较镇静。当汪伯仁小心翼翼地告诉女儿说飞舰又一次失去踪影时，她只是默默地抹了一把眼泪，并没有过激的情绪。有了上一次的经历，她已经充分懂得了一个道理，太空探险本身就是变幻莫测的，自己必须学会从容适应反复无常的变数。她也感到有必要调整好心态，不能总把阿哲261号当作一个无形包袱背在身上，那样不仅于事无补，而且长此以往有损自己身心，甚至还殃及他人。何况，她手头正在紧锣密鼓地进行着一项很有创意的实验研究，这也是她的博士学位研究课题，由不得她三天打鱼，两天晒网。

连轴转的实验工作好比是河水流淌，一旦形成汹涌奔流之势，凄凄思念就会像水中的鱼一样没机会浮出水面。汪芸把精力全都放在了实验上，她没日没夜地干，几乎全身心地扑在研究工作中。她期待着顺利拿下博士学位，在此过程中说不定哪天就会从太空传来喜讯，美好的新生活总会向她招手的。

然而日子一天天逝去，阿哲261号始终杳无音信，甚至再也没有传来关于搜寻进展的任何消息，似乎这件事已被人们一点点淡忘了。有时夜晚安静下来，汪芸也会想起许光辉，每当这种时候，她就会轻轻哼起那首她自己创作的歌曲《等你在太空唤我》：

群星闪烁

你是离我最近而又最暖的一颗

人说天涯比邻

何不在太空唤我

长空穿梭

你是远行使者更是我痴情依托

银河难隔相思

等你在太空唤我

日子一久，这首歌慢慢地成了她的催眠曲，往往歌还没哼完人已进了梦乡。

第
❻
章

药果引发的爱情

阿哲261号无影无踪之后，作为多年的同学和朋友，陈万通给了汪芸很多关心、照顾和劝慰，这是很自然的事。后来，他对汪芸的博士课题研究也给了很大帮助，再后来两人在科研上有了一次合作，彼此的接触交往日益频繁，情况就发生了些微妙的变化。

汪芸的博士课题，选择的是一项“药果”的实验研究，这个研究方向自21世纪40年代起一直是生物学领域的热点，也是个难点。

所谓药果顾名思义就是药物水果，其目的是用基因工程手段在水果中载入药物成分使之具有药效，从而把各种水果打造成为天然药物，用于防治疾病。攻读硕士期间，汪芸就参与过药果的基础研究工作，这回为了披上博士袍，她的目标是要培养出一种实用的药果来。

汪芸很清楚，药果的理念最初来源于中草药的研究。说起来也让人唏嘘，虽然全球一体化程度日益提高，但中国传承了千百年的中草药进入国际市场却举步维艰，这是令中医药界长期纠结和郁闷的一件事情。虽说将近半个世纪之前中国专家屠呦呦因发现青蒿素而获得了诺贝尔奖，让人们一时看到了希望，但中草药全面走向世界的道路依旧不顺畅。直到最近10多年来，在基因编辑技术的推动下，人们成功地开发出了中草药的各种药果，才使得沉闷的局面豁然开朗。

最早研制出来的药果，是润喉苹果，人称“爷孙果”。那是一项承先启后的发明创造，业界无人不晓。听着“爷孙果”这名称，就容易让人联想到其中蕴含的典故，汪芸对此也是耳熟能详的。那位爷爷是广东北部山区的一名老中医，一辈子在乡间悬壶济世，他的孙子则是在美国学有所成的生物技术专家，爷孙俩“土洋结合”，奏出了一曲传统医药与现代技术珠联璧合的新时代旋律。

要说也算是巧合，在美国长大的孙子有一年回乡省亲犯了咽喉肿痛的毛病，喝了爷爷亲手配制的一服中药很快就好了。孙子感到很神奇，问爷爷为什么把那些药材掺到一起就有治疗功效？爷爷笑着说中医药讲究复方配伍，这也是祖国传统医学的魅力之一。孙子说要是我设法把那几种草药整合到同一种植物载体中，直接生长出来岂不更省事？爷爷一听愣了很久，然后意味深长地点点头说，只要符合配伍要求，就可以大胆一试。

孙子说干就干，一回到美国就着手开展试验研究。他跟爷爷保持着热线联系，一边讨教中药方剂的理法，一边培育转基因药物苹果。爷爷把自己一辈子医治咽喉肿痛的独门绝技端了出来，他提供了由甘草、菊花、罗汉果、金银花等植物药材构成的配方，孙子则把这些植物的主要成分用基因技术整合到了苹果中，并且按照配伍要求不断优化。经过几年的努力，具有清凉润喉功效的苹果终于培育成功。爷爷第一时间收到了孙子寄来的苹果，用他那依然硬实的牙齿啃了一口，在嘴里嚼着品着，突然朗声大笑起来：“哈哈哈，中医药灭亡论可以休矣，拯救者乃吾孙也。”

“爷孙果”的问世，犹如在厚重的壁垒上打开了一道缺口，中医药宝库中琳琅满目的珍品得以喷涌而出。从那时起，止咳梨、祛痰桔、消肿桃、止泻枣、降血压葡萄、安眠甜瓜等药果一个个应运而生，诸多有着良好治病功效的中草药配方摇身一变，成了各种鲜美的水果，受到世界各地的热捧。人们对越来越多的神奇药果推崇备至，嚷嚷了多年的“绿色医疗”在新药果身上得到了充分体现。古老的中国医药也由此焕发了新春，后来还有一本专门介绍以中草药培育各种药果的专著《老树结新果》，一度畅销全球。

受到中草药的药果研究启发，现代药物的药果开发也蓬勃兴起，并逐渐成为生物制药研究的一个新亮点。世界卫生组织实施的面向22世纪“绿色医疗行动计划”中，明确列出了治疗常见病的药果推广任务。

汪芸明白，相对于中草药中提取的植物成分而言，把现代药物的有效成分导入水果中的难度要大很多，但近年来一些抗生素水果的相继问世却令人大受鼓舞。如今像普通的感冒发烧之类的小毛小病，吃几只抗生素芒果便可打发。汪芸的研究项目也算是这一类，她的研究目标是要把黄连素导入到香蕉里面去，开发一种新药果供猴子们特别是金丝猴专用。如今的珍稀动物难伺候着呢，不选用它们喜爱的水果品种去研发那是白费力，弄出来的药果人家根本就不吃，对金丝猴来说也是如此，那就选用香蕉吧。

正由于难伺候，这样的药果才更是奇货可居。完成了黄连素香蕉的实验室研究之后，接下来汪芸就展开了种植试验，这项工作是在新界那边的药果专用园圃进行的。那阵子她经常要往新界郊外的药圃跑，疲于奔波，人都累瘦了，也晒黑了。那些浇水施肥之类的事还好说，交由园丁帮着打理就行，而复杂的观测、取样、注剂、嫁接之类的事，只能由她亲自到场干。有时干累了她就想，等这种药果培育成功之后，那些金丝猴们真该给她磕三个响头才是。

Jolene有一天陪她去了一趟郊外，进了药圃立马就像是发现怪物似的大呼小叫起来：“咳！这都什么年代了，你还在搞土法上马，亏你还是搞高科技的呢。”

汪芸听了迷惑不解，Jolene说这事其实很简单，搞几种专用的传感装置放在药圃里，你遥控操作就是了，根本不必来回跑。

经Jolene这么一提醒，汪芸反应过来了，如今物联网风生水起，早已是传感器无所不在的世界。前些年，传感器进厨房引发的一场生活革命她还记忆犹新。她记得，早年的自动厨房缺乏传感装置，让人感觉太单调了，推出之后并没有想象的那样受欢迎。它只是把准备好的食材按照设定的程序自动加工成熟食而已。这种厨房虽然免除了人们挥汗如雨的炒弄，但做出来的饭菜口味千篇一律，而且人们的厨艺也难以施展。后来厨房传感器联上了网络，色、香、味及火候、换料等都可以传感到网络上并进行操控，很多“煮人”这才笑逐颜开，从而真正实现了随心所欲的自动烹饪。如今，很多上班族都是在下班回家的路途中完成煎炸炒煮这些活计，回到家中热气腾腾的美味佳肴即可端上桌。当然，也有还没下班就开干，老板一来手忙脚乱，好端端的肉丝炒成了黑炭这样的事情发生。

“对呀，我怎么没想到传感器呢？”汪芸兴奋了一下又有点儿遗憾道，“可惜呀，做实验的传感装置没现成的，我自己又不会弄。”

“这可是陈万通的拿手好戏。”Jolene说他这个“一根筋”从本科到博士，搞出了很多五花八门的传感器，这种事对他来说应该是小菜一碟。

“还是算了吧，搞起来挺费工夫的。”汪芸犹犹豫豫道。她觉得不太好意思向陈万通开口，这会儿大家都在忙着博士课题的事，再说要往这么远的郊外来回跑也是很累人的。

“别犯傻了，硕博同窗福祸共当，跟他还客气什么呀？”Jolene说：“陈万通要是不帮忙就太不够意思了，我找他说去。”汪芸说：“你可别强人所难，那还是我自己跟他讲吧。”

还没等汪芸找到机会跟陈万通说，陈万通就主动来找她了。是Jolene沉不住气，从郊外回来的第二天刚好遇见陈万通就跟他提起了这事。她夸张地描述了一番，说汪芸最近已累得半死不活了，意思是他陈万通若是袖手旁观不助把力，汪芸同学非趴下不可。陈万通一听就爽快地答应出手相助，说这事交给他办就是了。

陈万通果然是传感器高手，他跟着汪芸去了一次药圃，很快就完成了设计方案，并着手进行制作和安装。过了几天，他们两人又一起去了药圃，正好碰到药圃的园丁老阿婆。那个阿婆毫不客气地数落起陈万通来，说后生仔真不懂得怜香惜玉，怎么忍心让这么靓丽的女友一个人往这荒郊野外跑，说前一阵子从没见他陪着来过，太不像话了嘛。陈万通听了默不作声，汪芸脸颊泛红也没解释，两人只是相视一笑。

直到有一天，陈万通通知汪芸，说传感装置可以正式启用了，她听了大感纳闷。这段时间他们没再一起去过药圃，汪芸以为他正在赶着调试样机，还在等着他约自己再去几趟，剩下的事由她自己比葫芦画瓢慢慢琢磨，怎么突然说好就好了呢？汪芸赶紧上网一摆弄，让她大喜过望，真的是已经全部搞好了，而且比她想象的更方便。于是，她第二天又独自去了一趟药圃，想查看一下现场的具体情况。这回，那园丁阿婆一见到她就不停地夸陈万通，说这后生仔厚道踏实，几乎天天都过来，比她以前跑得还要勤，而且不管日晒雨淋在地里一蹲就是大半天，一棵棵果苗挨着侍弄。阿婆说，这得对女友多体贴才能这么入微啊。园丁阿婆的话，说得汪芸心潮翻滚，感动不已。

但这还只是刚刚开始，药果的栽培实验是个漫长的过程，各个时期的操作有不同的技术要求，因而传感器也要相应跟着加加减减。在随后的一年多时间里，有陈万通默默从旁协助，汪芸的黄连素香蕉才得以顺风顺水，眼看就要大功告成了。她也在与陈万通的慢慢接触中，对他这个人有了更多的了解。

“这段日子让陈万通受累了，真该好好感谢他，”汪芸有一次见到Jolene时有感而发，“要不是人家鼎力相助，我恐怕有三头六臂也未必能这么顺利。”

“哟呵，你这是心疼呀还是爱怜呀？”Jolene不屑道，“为爱情付出本该无怨无悔嘛。”

“什么呀，”汪芸脸上微红嘴上辩解道，“压根不是你想的那么回事。”

“咳！”Jolene忽然叹息一声说，“你们俩走到一起也挺不容易的。”她一想起汪芸近两年来的悲欢很有感慨，接着又口不择言咕哝道，“太空饿虎之蹊吃人不眨眼啊，不像俺们摆弄机器人顶多挨一两拳罢了。”

汪芸无语。Jolene的话音她听出来了，虽然这货词不达意且判断失准。

不过，Jolene随口那一句“顶多挨一两拳”倒很快应验了，没过几天她真的又挨了机器人的揍。事情并不复杂也伤得不重，跟她那次参加世博会彩排被机器人打伤到医院躺几天的情况差不多，强人工智能时代的机器人惹事能力也强，这年头一不小心就会被机器人误伤或算计一把。

汪芸虽然忙得很，但还是抽空去探望了铁姐们儿。那天，她在玛丽医院一边陪Jolene聊天一边还在手持设备上遥控着实验，聊着聊着，药圃那边有几个传感器突然就失灵了。远在郊外，她犹豫着要不要到现场去看一看情况。

“让陈万通去跑一趟呗，你自己去也解决不了问题。”Jolene吊着输液瓶却还挺利索，她说着就拿起手机就拨通了陈万通的电话，请他帮帮这个忙。陈万通爽快地说没问题，一会儿就赶过去。汪芸接过电话说赶到新界那边挺远的，要挤地铁还要转公交，自己开车也辛苦，干脆她下单给他租一架“扑的”飞过去好了。陈万通说不必麻烦。汪芸坚持说她这就打电话约租，费用由她出，要他直接去校门口的“扑的”站登机。陈万通说没那必要，租来了他也不用。Jolene抢过电话说你就领人家汪芸一点情吧，陈万通说这不是领不领情的事，反正他不坐“扑的”去。

“死要面子活受罪，这货很拗的，真是一根筋。”一放下电话Jolene就咕哝了一句。

“或许人家崇尚节俭，那也是一种传统美德。”汪芸替他辩解。

“哟呵，你还挺理解他的嘛，早来电了还不承认？”

“去你的吧！小心脑袋上再挨一拳。”

后来汪芸发现，陈万通对技术上的事也是很认真的。就在药果种植实验即将结束的时候，地震预报说广东汕尾水域的海底即将发生一次地震，香港会受轻微波及。陈万通一得知消息就要拉着汪芸去郊外药圃，想让她赶在地震之前做完收尾工作。汪芸说算了吧，该搜集的主要数据都取到了，药果真被震毁了也损失不大。陈万通坚持说还是善始善终为好，毁树容易种树难，能挽救的事尽量挽救。汪芸只好跟着他赶了过去，两人忙碌了好一阵子把该做的事都做了，地震紧接着就发生了。虽然没有地动山摇，但强烈的震感还是把整个药圃搞得一片狼藉。汪芸看着震后的败景心想，以后撰写论文若是缺标本少数据，还真是找都找不回了，好在及时赶来捞了最后一把。

“幸亏当今有了准确的地震预报，这都要归功于传感器呀。”陈万通当场发出了感慨。

“哦？地震预报也得益于传感器？”汪芸不解道。她这段日子遥控侍弄药果，被陈万通科普了关于传感器的不少知识，现在这项工作就要画上句号了，他似乎有感而发，她当然也愿意倾听了。但汪芸没想到，这次闲谈不是两人合作的结束，而是另一项合作的开始。

“那当然了。”陈万通说以前地震的预报是公认的世界性难题，人类几乎束手无策，因而总是造成巨大的伤亡和损失，一场大地震会导致成千上万甚至几十万人丧生。后来有了仿生传感器，才彻底终结了这样的大灾大难。

“仿生传感器？怎么讲？”汪芸问。

“做出来很复杂，说起来很简单。”

陈万通进一步解释说，人类本身对地壳的运动是缺乏感知能力的，而许多动物像青蛙、蚂蚁及一些家禽等却能够感知到，它们往往会在地震爆发前做出剧烈反应。地震传感器正是根据仿生学原理研制而成，目前分布在全球各个地震带上的传感器至少能提前十多个小时准确预报地震的发生，使人们有充分的时间做好避灾准备，这不能不说是一种里程碑式的技术贡献。

“听你一席话，胜读十年书啊。”汪芸听了还真有不小的触动，地震预报的新技术原来源自仿生学，不说还不知道。对她们这代人来说，地震造成重大伤亡的事件只是在历史书上、影视片中看到过，那似乎都发生在遥远的过去。如今世界各地的地震预报就像天气、海洋预报一样，每天都发布，虽然照样有不少破坏性的地震发生，但很少听说有人员伤亡。

汪芸平时不怎么看地震预报，这些年地震旅游火爆起来之后，她才偶尔留意一下。她知道，很多旅行社专挑地震发生时间，组织猎奇者前往震区上空“观赏”，有同学想拉她一起去，她却一点儿兴趣也没有。对这种被人称为“幸灾乐祸一日游”的活动，她感觉有点变态了。

“胜读十年书可不敢当，我只是现买现卖，戴不上那么高的帽子，这事说来还离不开你们生物技术界的贡献呢，”陈万通说，“要不是你们摸透了青蛙蚂蚁们的脾气，哪有仿生传感器的菜哟。”

“多学科大联合的时代嘛，许多科技大餐一出炉，生物技术多少都会分到点儿汤喝。”

“不不，当代生物技术分到的可不是汤，而是一块大肥肉。”陈万通接着话锋一转，他说他最近跟着她弄黄连素香蕉已有了新的想法，打算忙完这阵子跟她再合作个新的研究项目，不知她有无兴趣。

“那好啊。”汪芸表示乐意一试。

陈万通并非戏言，后来他果真来找汪芸合作了。但他并没有挑明，汪芸在不知不觉中被他牵着鼻子干了一阵子。他不时会让汪芸提供一些海洋生物的技术资料并向她求教些问题，也会请她帮着做些生物测试的活计，有时两人还会一起去喝杯咖啡讨论一下技术细节什么的。一来二去汪芸才意识到，陈万通跟她的合作研究早就已经“上路”了。

汪芸只是按陈万通的要求提供生物技术方面的支持，对他的研究目标虽然猜出点儿端倪，但始终不明就里。每次问到他，他总是一副犹抱琵琶半遮面的架势，笑而不答。偶尔汪芸也会耍赖逼问，他就会像滴眼药水那样挤出几滴零散的字眼，说是以后就知道了，没准到时候会让她再给顶高帽子戴戴。不管怎么说，合作那段日子，他们两人常常出双入对，到后来甚至有点形影不离了，这种密切往来一直到临近毕业。

Jolene对此是看在眼里的，她自以为明白这一切。那段时间，她刻意远离汪芸给她留足个人空间，好让她充分迎接新生活。这几年汪芸总算是挺过来了，自己也不需要再跟她黏那么紧了，当“电灯泡”就更不合适了。

香港大学的校区并不大，不说低头不见抬头见，总还是有偶尔碰上的时候。那天在学术楼里，汪芸一看见Jolene就高兴地说：“嗨呀，你这阵子躲哪儿去了，怎么连个人影也见不到？”

“我一切如常啊，自觉退居二线了，”Jolene笑道，“这阵子主要在找‘饭碗’，要不然一毕业就要流落街头了。”

“什么乱七八糟一线二线呀，”汪芸听不明白，她自顾自道，“快说，你要去哪里高就？”

汪芸自己的去向已定，这在同学当中尽人皆知。本部设在香港的联合国物种审理署早早就向她伸出了橄榄枝，几年前她曾是平息奥塔哥事件的功臣，于是即将出炉的生物学博士汪芸顺理成章就被人家相中了，似乎是命运之神无形中推着她去干物种审理师这个新兴职业。然而Jolene的去向却迟迟没着落，汪芸问过她几次都没得个准信。

“这两天正想告诉你呢，我要到新加坡去，”Jolene有点自豪道，“国际机器人协调局总部设在那里。”

“哎呀，太好了。”汪芸也很兴奋，“姐们儿伶俐能干，这是良禽择好木而栖呀。”

“什么良禽哟，有饭吃就不错了，哎对，陈万通去向定了吗？”

“他呀，据说好几个高技术大公司抢着要，现在还在挑三拣四呢。”

“你们最近怎么样啊？”

“我挺好的，就是有点儿忙。”

“有人陪着忙可不一样哟，容光焕发越来越靓了，”Jolene伸出手拉着汪芸亲切打趣说，“我看今年的港姐都不用选了，直接来学校给你加冠授杖就行。”

“少拿我开涮啊，”汪芸甩开Jolene的手，“我最近又要赶毕业论文又要跟着陈万通搞新研究，忙得晕头转向，你还在说风凉话，一点同情心都没有。”

“姐们儿向来不说风凉话，说的都是暖烘烘的话。”Jolene忽然间环顾四下，似有重大秘密要透露，她压低声音道，“你听着啊，要做好嫁入豪门的思想准备。”

“你胡说什么呢，几天不见脑袋又让机器人揍出毛病了吧。”

汪芸不知道Jolene为何突发奇想，以为她是在瞎凑社会热闹。这段时间校园内外沸沸扬扬，著名的霍氏集团放出风来要征婚，说是霍家曾孙准备婚配，要物色一位高学历高素质的美女，欢迎各界尤其是高校鼎力举荐。这Jolene也真是的，凑热闹当媒婆也不能这么看走眼呀，别说她汪芸自感颜值不够港姐档次，就算够得上她也决不愿嫁入豪门过少奶奶的生活。

“我可一点儿没胡说，看来你真蒙在鼓里呢，”Jolene一脸神秘道，“告诉你吧，陈万通是个货真价实的豪门富三代子弟。”

“呵呵，你也学会冷幽默啦，”汪芸笑笑说，“他要是富三代的话那大家都是，港大可就是贵族高校了。”她压根就不信Jolene的胡诌，陈万通一向生活俭朴，为人毫不张扬，看不出一丝一毫富家子弟的做派，说他是贫三代倒有点儿像。

“你跟他整天卿卿我我泡在一起就没问过他？”

“我又没吃错药果，盘问人家三代老底干吗？”

“你呀你，当局者迷知道不？”Jolene很自以为是道，“你不想想他那股拗劲，典型的富三代脾气。”

“歪理邪说，该拗的人不管是富六代还是贫八代，都照拗不误。”

“咳，陈万通这个隐形富三代还真是迷住你的双眼了。”

Jolene叹口气透了底，她是从学籍管理处一个老师那里偶然了解到真相的。据说陈万通上大学之前就跟家里拗上了劲，他是家中独子，父亲要他学经济将来好掌管整个家族的庞大产业，但他死活不肯，坚持要学理工专业，他父亲火冒三丈说学理工跟家业无关不给读书费用，他一拗之下说不给就不给，断然离开了家。考上大学后，他爷爷心疼孙子悄悄转了一笔钱到学校，帮他把几年的学杂费和生活费全预付了，他知道后硬是要校方退了回去。这些年陈万通一直靠勤工俭学完成了学业，慢慢自立自强，后来他搞的一些技术发明所赚的钱足以支撑他读研攻博了。

这么听起来还有点儿靠谱。汪芸觉得这个蛮不错的励志故事可能是真实的，以她这些年对陈万通的了解，在他身上发生这么一出现代版的豪门叛逆完全解释得通。不过，汪芸也感到年轻人对家庭的叛逆终归不是什么好事，在任何时代都一样，她叹息一声道："仔细想想这种亲情撕裂的事很不值，父子关系闹得这么僵何必呢？"

"哦，这你不用担心，他们父子这两年已经讲和了，"Jolene又轻轻拉着汪芸说，"陈万通他爸其实早就后悔了，说明你的家公还是个通情达理的人嘛。"

"谁的家公？你有没有搞错啊。"汪芸嗔怒道。

"那还不是迟早的事么，"Jolene不以为然道，"今天碰到你就是想顺便提醒一句，迈进豪门之前要提前做点儿功课。"

"人家是豪门还是寒门关我何事？"汪芸推开Jolene的手，迈开脚步边走边回头道，"祝贺姐们儿到新加坡高就，先走啦。"

"哎，哎，你看你这话说的……"Jolene站在原地半晌也想不明白。

其实，并非一头雾水的Jolene误判，而是汪芸有点儿自欺欺人。旁观者迷，汪芸自己心里却很清楚，她跟陈万通之间的关系发展就像生物进化一样在渐变着，由起初合作共事一点儿点儿朝着爱情方向演化，就差一场突变来捅破最后那层纸了，而这主要取决于她自己的态度。虽然她跟陈万通之间一直保持着君子之交，彼此心存好感却从未涉及情感方面的话题，但她也会读懂陈万通有时期盼的眼神。她心里时常对自己说顺其自然，却无法真正解开那个心结，她总感觉许光辉还在太空的某个不知名的地方，也许再过些日子他就会突然回来，也许就在下一刻。

旁人的感觉几乎一样，汪芸和陈万通的不少同学看在眼里，也都以为他们两人早已坠入了爱河，要不然男女同学怎么会整天泡在一起？在毕业前夕的一次同学聚会上，大家纷纷感叹毕业论文课题完成的艰辛，汪芸也有感而发，顺口说她的课题要感谢陈万通的大力支持。陈万通听了连连摆手，说是小事一桩不足挂齿。在场的人都用异样的眼光看着他们，有同学立刻揶揄道，哟，小两口的事谁跟谁呀。弄得他们两人有口难辩，好不尴尬。

突变往往是需要诱因的，爱情降临也一样。一般情况下两情相悦碰上了诱因便会迅速接通电流，除非是单相思，绝缘体根本就诱不出电流来。像汪芸和陈万通这样的关系，双方心照不宣已不是一天两天了，水一到渠自成，突变不难发生。

毕业那阵子的紧张忙碌过后，陈万通有一天约汪芸到海边去转一转，说是想让她检验一下他们两人合作研究的成果。汪芸欣然应允。

那是一个天高云淡、风和日丽的下午，陈万通带着汪芸，驾着一艘橡皮小游艇在近海水域转悠。他拿出几个螺丝帽状的小玩意儿，每隔一段距离就丢进海里一个，告诉汪芸说这就是他们共同研究的成果，是一种监测海洋生物的传感器。接着，他打开一个专用的显示器，“嘀嘀”几声响过，陈万通说都联上了。

汪芸凑过去一看，好家伙，水下各种主要生物都以方框图标的形式显示在眼前。图标随着游艇的移动而波动，实时显示着水下各种生物分布的多寡，一目了然。

“这玩意儿功能挺全，可以搜索到具体的生物种类，你想不想试一试？”陈万通调试完毕说。

“好啊，水里有竹节虾吗？”汪芸兴奋道。她现在总算彻底弄明白了合作研究的意图，记得当初她在竹节虾的测试上花了不少工夫。

陈万通输入“竹节虾”三个字，边盯着显示器边指着前方一片水域说：“那边有很多。”他把游艇慢慢驶近，关了动力漂浮在海面上。

“就是这里了，你还是亲自验证一下吧。”陈万通说着话，顺便递给汪芸一把雨伞状的自动抓网。汪芸按下电钮，渔网“嗖”的一下窜入水中，不一会儿就自动收了网浮出水面。哇，真的是神奇了，一网兜竹节虾夹杂着泥沙尽现眼前。

“太神奇了，简直就是高超的‘浑水摸鱼’。”汪芸发出由衷的赞叹。她兴致勃勃，不停地验证这验证那，结果屡试不爽。

海面上欢声笑语一阵接着一阵，游艇游着游着就进了黄昏。

两人回到岸边，支起一顶旅游帐篷，用一台便携式小型自动厨房烹了刚才打捞上来的海鲜，吃得津津有味。陈万通感慨地说：“都是你亲手打捞上来的，这才叫享用自己的劳动果实，我今天口福不浅沾大光了。”

“本末倒置，是你的传感器火眼金睛太牛了，不然连个虾米也捞不到。”汪芸笑道。

“不是我的传感器而是我们的，怎么着也是你我联手搞出来的，我挑水来你浇园，咱俩……”陈万通后半句本想说咱俩唱的是《天仙配》，话到嘴边还是咽了回去，他当即改口道，“好话说一半吧”。

汪芸对他想要表达的意思心知肚明，她手里刚剥好一只竹节虾，递给陈万通道：“一切尽在不言中，这味道好极了。”

饭毕，两个人一起漫步海边。远离了闹市喧嚣的郊外水岸，海天相连，空气清新，汪芸倍感身心舒畅。她对下午的“浑水摸鱼”体验似乎意犹未尽，仍在有一搭没一搭地抒发胸臆，陈万通开始还回应她几句，后来就变得哼哼哈哈了。他在酝酿心事。

“今天要不是亲眼所见，一定会以为是海上奇谈呢。”

“嗯，也许。”

“这是一项载入史册的伟大发明，渔夫们将来肯定会顶礼膜拜的。”

“哦，可能。”

汪芸说着说着，察觉到身旁的陈万通有点异样，便停下了脚步。她侧头转身，立刻感到心跳扑通扑通加速，因为她看到陈万通正目不转睛地盯着自己，月光下他那含情脉脉的眼神依稀可见。此时无声胜有声，两个人情不自禁地拥抱在了一起……

海边最不缺乏浪漫，是因为情侣们都爱光顾。按照进化论的主流说法，陆地上的动物最初就是从海里爬上了岸，在海边交配繁衍，慢慢适者生存才进化而来的，要不然后来也不会有人类这个超级物种了。所以有人说，情侣们喜欢海边是体内远古的遗传因素使然。

天空刚刚露出鱼肚白，陈万通就钻出了帐篷。海边不仅夜色浪漫，清晨也是气象万千，他打算过一会儿把汪芸叫起来一起看日出。沿着沙滩走出几步远，他停下来做了几个身体拓展动作，再走几步远又停下来活动两下，他想接下来围着帐篷小跑几圈。一转身看见汪芸也从帐篷里走了出来。

“起来啦？我还想等会儿再叫醒你呢。”陈万通边说边迎上前去。

他的激情一下子又燃烧起来，揽住她就要热吻。汪芸伸出手指挡住了他的嘴，她低下脑袋轻轻摇了摇。

陈万通一愣，松开了她。

“听我说，汪芸。”接着他把一夜想好的行动计划告诉她，很快就要毕业了，他准备正式向她求婚。他说自己这些年边读书边搞些小发明还是积累了一点细软的，置办二人世界的安乐窝没问题。他打算跟家里商量一下，请他父亲最近选个良辰吉日，去登门提亲，如果两家老人有更多的要求也不难办到，总之决不会让她受委屈。汪芸低头聆听，默不作声。

一阵海风吹来，汪芸打了个寒战。她抬起头来，看见远方的空中有一颗流星划过。流星总是这样，不知身在何处，却会在不经意间冒出来。

“不，不行。”汪芸的声音不大，却很清晰。说完她就转过身去，在朝霞的映照中径自向海堤上走去。

陈万通像个突然断了电的机器人一样，一下子怔在那里，他也看见了天上划过的那颗流星。眼睁睁望着汪芸渐行渐远的背影，他似乎有点儿明白又不甚明白，等他缓过劲来，汪芸已消失在视野之中。

第❼章

去太空“浑水摸鱼”

这一天陈万通快要疯了。他万万没想到求婚会被汪芸断然拒绝，不提出来还好好的，两人彼此心照不宣，这一提有如洪水猛兽袭来，难道真的是爱情的巨轮说沉就沉吗？不管怎么说也要当面问个清楚，也许自己的揣测完全不对头。

一返回学校他就不停地打电话给汪芸，可她一概不接听，发了很多信息她也不回。求婚失败这种事跟谁都难以启齿，他只能一个人像困兽一样干着急。一直到了晚上，汪芸才回复了一条信息给他：别联系了，让我先安静一段时间吧。陈万通一看，悲催哟，他觉得昨日是天堂今天是地狱，这突变来得也太快了。

说不清是命运的安排还是时间上的巧合，海边的事过后没几天，刘剑一个不经意的电话打来，让正在郁闷中的陈万通突发奇想，他决定报名参加宇航员的选拔。

那天，刘剑刚好打算采写一篇关于“浑水摸鱼”技术的报道，听说有人看见陈万通前些日子也在捣鼓这种传感器，他就特意打电话来向陈万通咨询。

陈万通一听这事叹了口气道：“咳！那不过是雕虫小技而已，跟人家高大上的太空技术相比不值一提。”

刘剑感到有点莫名其妙，他听出了一点酸意却不明就里。于是说：“一码是一码，既要上九天揽月，也要下五洋捉鳖，二者没有可比性。”

两个人在电话里扯了一会儿“浑水摸鱼”的事，不知怎么又扯到了太空上。刘剑忽儿道：“‘诺苏号’空间站最近正在招募宇航员，好像专门要找你这种软件工程方面的人才。”

陈万通一听马上来了精神：“是吗？那我可要去试一试。”

刘剑以为他在开玩笑，便继续道：“你这种本硕博‘三合一’的软件高手人家求之不得，听说前阵子试了好些人都因专业水平不过硬而没被相中。”

陈万通听了更来劲道：“拜托刘兄尽快帮我打探一下报名门道，我这就开始准备。”

刘剑一看这是要玩真的了，连忙阻止道：“别别别，你可千万不能脑袋发热，汪芸要是知道了会骂得我体无完肤的。”

“不至于，”陈万通以不容置疑的口吻道，“这事跟汪芸毫不相干，你可别听风就是雨。”

毫不相干？刘剑纳闷了。他前阵子早听说汪芸跟陈万通好上了，心里一直在默默地祝福他们，他觉得汪芸苦苦等待了这么些年挺不容易的，现在看来许光辉生还的可能性微乎其微，她跟陈万通情投意合再正常不过了。所以刘剑跟陈万通聊完电话，感到丈二和尚摸不着头脑，他既不便直接问汪芸，又担心陈万通一时冲动真去报名，于是就打电话向Jolene求助。

Jolene听了连称不可思议，说这汪芸怎么搞的哟，简直就是办宇航员预科班，跟她亲密接触的帅哥怎么都想着飞天呢。她告诉刘剑，汪芸和陈万通的关系她也不甚了了，有时问起来汪芸也总是含糊其辞，凭她的直觉，汪芸这么久了可能还没完全放下许光辉，眼下的事顺其自然为好。

对于陈万通的决定，汪伯仁很快也得到了消息。刚开始他也感到很不可理喻，后来他觉得这是天意。

他这个当父亲的明察秋毫，对女儿这段日子生活的变化也是看在眼里的，起初他暗自为女儿走出阴影开始新的感情生活而高兴。毕竟，阿哲261号无声无息已两年多了，注定是凶多吉少，女儿总不能无休无止地活在失而复得这样的安慰话中吧。但后来他总也弄不明白，每次跟她提起陈万通时想多说几句，她就会顾左右而言他，刻意回避她跟陈万通交往的话题。汪伯仁估计两人的感情刚刚萌芽，火候还没到，看着让人着急却不便多说。

其实，诺苏号空间站选拔宇航员的事，汪伯仁早就知道。李远宏前些日子跟他在电话里讲过，说阿哲261号失联以后，星际殖民试验的第二步工作一推再推，已经超过了飞舰预定返回地球的时间，按说可以宣告任务失败了。但有情报表明这次失败是极端组织制造的恐怖袭击，因而很多人都憋着一股气，中、美、俄三国的专家多次会商后认为，还是应当派人携带生物源反应器飞赴诺苏号空间站，完成原计划的第二步任务，这不仅是对极端组织的回击，为今后的行动做准备，同时也是为找到阿哲261号做最后一次努力。李远宏说，专家们根据种种迹象判断，假如阿哲261号还没有解体的话，很可能是软件系统遭到破坏而导致各种通信方式瘫痪，因而准备派软件工程方面的专家前往诺苏号实施最后救援。他还特意告诉汪伯仁，可以举荐优秀的人选。

举荐人选，谁合适呢？汪伯仁当时听了李远宏的话，脑子里很快就想到了陈万通。尽管不是直接的师生关系也不是专业同行，但他对陈万通的专业功底还是有所耳闻的，特别是近来陈万通走进女儿的生活后，他又刻意了解过。虽然他还不知道，陈万通跟女儿合作已经搞出了“浑水摸鱼”

技术，但前几年陈万通发明的“超导磁力感应器”在国际发明展示会上引起轰动，他是知道的。陈万通的这种传感器基于超导量子干涉情况下的磁力算法技术，可以捕捉到最微弱的磁场，在金属采矿勘探等方面很快得到了成功应用，后来又用于太空垃圾的搜寻，效果也非常好。汪伯仁还专门留意过陈万通发表的一些论文，他觉得从专业角度来说，陈万通很符合李远宏所说的技术要求，是个挺合适的人选。

真荒唐！汪伯仁对自己居然冒出这种念头感到不安，他自嘲地摇了摇头。合适的人选多了去啦，干吗要往自己的准女婿身上想？已经悲剧过一回了，难道还想要女儿吃二遍苦受二茬罪么？亏你这当父亲的想得出来。他暗暗自责了一句，便没再把这件事放在心上。

陈万通主动要求参选宇航员而且一举入选了，消息传来，汪伯仁连连叹息，怎么会跟自己当初的一闪念不谋而合呢？真不知女儿和这个准女婿是怎么考虑的，他百思不得其解。转念一想，汪伯仁似乎又理解了这一举动，在太空探索日新月异的大背景下，年轻一代科学家向往最前沿的阵地是很自然的事。想想二三十年前，全球“沙漠染绿行动”实施的时候，自己也是自告奋勇，带着“纳米涂料引雨技术”奔波于非洲的撒哈拉、新疆的罗布泊，不也是这么过来的吗？没错，年轻就意味着志存高远，年轻就意味着任性，科技精英更该如此。但这么大的事也该跟家人商量一下不是？

汪伯仁还没彻底琢磨明白，李远宏就来到了香港，他是专门带着几位专家来跟陈万通商讨技术问题的。老同学难得来一趟，汪伯仁当然要尽地主之谊，他订好了餐厅邀请李远宏和专家们一聚。

“算啦，别给安保人员添麻烦了，”李远宏接了电话说，“极端组织的人已经闻风而动了，明里暗里都在搞活动，还是少露面为好。”

汪伯仁无奈，只好赶往他下榻的酒店去探望一下叙叙旧。酒店门口果然有人打着“5D打印进太空，丧尽天良理难容”之类的横幅在示威。

“看见了吧，他们一闻到点儿风声就疯狂反对，”李远宏把汪伯仁让进房间一坐定，就愤愤然道，“再不把生物源反应器送进太空，就等于向邪恶势力低头。”

汪伯仁点头称是，说既然迈出了第一步就决不能轻易退缩。对太空殖民试验他固然很关注，但涉及女儿个人生活的事更是他迫切想知道的。

“不是说这次还有搜救任务吗？”他问道。

“没错，最后一锤子买卖了。”李远宏告诉汪伯仁，这些年为搜寻阿哲261号用尽了各种常规手段，但一直是劳而无功。这回决定趁发送生物源反应器之机，用一些非常规救援技术再做最后一次尝试，算是死马当作活马医，无力回天的事今后再折腾下去也没意义了。他说：“所以这次要超常规选人超常规搜救。”

“难怪呢，这回宇航员选拔培训跟速成班似的，大家还没反应过来就出炉了。”汪伯仁若有所悟。

“也是很碰巧啊，比量身定做容易多了。”一提到陈万通这个人选，李远宏说，“那是雪中送炭加锦上添花，打着灯笼都难找的不二人选。”

“哦？这么奇货可居，怎讲？”汪伯仁问道。

“所谓雪中送炭是这样的。”李远宏做了解释。他说事有凑巧，不久前水星上空的一颗资源监测卫星，由于通信失灵而成了断线的风筝无影无踪，费了九牛二虎之力去找都不行，最后还是靠“超导磁力感应器”找回的。这件事对阿哲261号的搜寻工作触动很大，专家们普遍认为，飞舰自身已无法对外发送任何信息，因而大家都主张用超导磁力感应技术去试一试，说不定会有效。没想到，这项技术的主要发明者陈万通，竟主动请缨出征，真是说着曹操曹操就现身了。

“你身边可是藏龙卧虎啊，老同学。”李远宏说这话的口气，既像是称羡汪伯仁，又像是委婉地怪他没能慧眼识珠。

“千里马其实到处都有，掌握超导磁力感应技术的年轻人现在有很多，何至于一眼相中了陈万通？”汪伯仁想知道更多的理由。

“当然不单凭这一点了，还有锦上添花的事嘛。”李远宏接着告诉汪伯仁，在讨论行动方案的时候，也有专家建议用最近刚刚兴起的“浑水摸鱼”技术一试，把许光辉当作是漫游太空的一条“鱼”去搜一搜，兴许也是个好办法。李远宏说一打听才知道，陈万通近来也正在琢磨这项技术，这实在是让人感到喜出望外，不选他还能选谁？

真是上天注定了的。汪伯仁听了李远宏的话心里想，照这样说来，赴诺苏号空间站这趟任务确实非陈万通莫属了。他有这样的技术背景简直就是为此次任务量身定做的，何况他又是主动站出来应征，想不被看中都难。不过，汪伯仁对“浑水摸鱼”技术却毫无印象。

“什么叫‘浑水摸鱼’技术？”他望着李远宏一脸不解，校园里搞出来这么重要的新技术他却一点不知情，这不是墙内开花墙外先香吗。

“你真不知道？”李远宏乐了，“哈哈，听说还是跟你家公主一起合作搞出来的呢。”

“啊？他跟汪芸合作研究的成果？”汪伯仁吃惊道，“我怎么一点儿没听说呀。”

“灯下黑哟，”李远宏笑着说，“我也是这趟来之前刚知道的，还以为你对我秘而不宣呢。”他说早知如此的话，就该考虑让汪芸跟陈万通一起飞天。

汪伯仁叹息一声，说没准这孩子还真有这念头，搞不懂年轻人的想法啰。李远宏说虎父无犬女，她现在学业上已修成正果，也该放手了。汪伯仁说修成正果为时尚早吧，我对这孩子的专业水平了解并不多，连那“浑水摸鱼”都没见识过，还真有点灯下黑。

“这事倒简单，过几天咱们一块去见识见识。”李远宏说他准备让陈万通和汪芸出海去演示一下这项新技术。

“算啦算啦，我还是当傻子当到底吧，”汪伯仁连连摆手，“孩子大了不由爹娘，多远看，少近前、少掺和、少干涉为上。”

“呵呵，你这一多三少的原则很合潮流嘛。”

“也只能如此啊，就连陈万通飞天这么大的事，我都不知道他们俩是怎么商量的。”汪伯仁叹了口气，无奈一笑。

就在汪伯仁跟李远宏在酒店叙谈的同时，陈万通和汪芸也正在做着技术演示的准备，两个人又泡在了一起。不过这可不像床头吵架床尾和好那么简单。

刚开始的时候，听Jolene说陈万通报名参选宇航员，汪芸着实吃了一惊，她心中既郁闷又担忧，甚至寝食不安。还好刘剑及时来了电话，告诉她不用担惊受怕，说陈万通这趟应该算是去太空潇洒走一回，她这才有了如释重负的感觉。然而她心里还是有一种说不清楚的失落感。本来她觉得，这阵子大家刚毕业正忙于新的工作安排，自己和陈万通也正好可以各自冷静地思考一下彼此的关系，没想到他会做出让人大跌眼镜的飞天决定。而且他憋了那么久都没跟她有只言片语的沟通，这让她更感不爽。

陈万通终究没有一直憋下去，当他找到汪芸亲口告诉她确切的入选消息时，汪芸心里五味杂陈，不知该说鼓励的话，还是该说叮嘱的话，她只好沉默不语。

见汪芸不接话茬，陈万通继而做出一副无辜状，说：“我也是心血来潮，深陷‘三合一’专业多年快成井底蛙喽，逮住这个机会想去太空透口气长长见识，其实也是想凑凑热闹，结果被赶鸭子上架了。”

陈万通的语气很轻松，一如既往，好像什么事也没发生过。其实他是自知理亏，故作姿态罢了，因为前几天消息一公布，Jolene和刘剑都不约而同地打电话将他狠狠数落了一番。Jolene说他为逞一己之能有失风度，居然忍心对汪芸瞒天过海，这无异于让她旧痕未愈再添新伤。刘剑说他飞天壮志可嘉，却一时迷了心窍，怎么都不该对汪芸任性。

汪芸不高兴，后果很严重。陈万通一经点拨就意识到了这一点，他这才主动找汪芸沟通，管它是不是马后炮，反正自己系的铃就只好自己来解了。

“需要我帮你做些什么吗？”汪芸语塞许久，好不容易才嚅嚅地问出这么一句。

“当然需要啦，有联合国新上任的物种审理专家相助，求之不得呢。”陈万通见汪芸终于开口，立马精神大振。他告诉她，有关生物源反应器的知识需要她帮着恶补，有关“浑水摸鱼”的技术也需要她帮着完善，总之很多事情要她帮忙。那语气感觉就是，离了她他根本就无法飞天，甚至他就是个废物。

一谈起技术方面的问题，汪芸的脸色渐渐地多云转晴了，她表示全力以赴从旁协助。无论如何，为搜寻阿哲261号做最后的努力，这是她和陈万通共同的目标，两人是心照不宣的。

陈万通得寸进尺道：“这不，过几天就要劳你大驾，亲自上阵秀一秀咱俩的绝技。”

汪芸听着迷惑，陈万通解释说是北京航天中心来了一批专家，特地要看一下“浑水摸鱼”技术的现场演示，他希望她到场主讲一番。

“不妥，”汪芸很干脆地说，“那主要是你自己的绝技，我充其量也只是敲敲边鼓的角色，出头露脸名不正言不顺。”

“非也。”陈万通这回岂有不拗之理，他说，“这年头的新技术哪还分得清边鼓主锣，‘浑水摸鱼’的装置虽说是我动手倒腾的，但那些鱼的摸黑分辨方法都出自你这个生物学博士之手，我哪能说得清道得明呀。”

汪芸说你别把自己弄成是茶壶里的饺子，北京的专家可全是冲着你来的。

陈万通坚持道：“到时候我主要演示操作，还是请你当君子动动口，要不然我乱说一通，人家还不把我当骗子推海里去啊。”

汪芸终于口气有所松动，说自己总感觉有贪功之嫌，还要考虑一下。

汪芸还真不是矫情，她确实习惯了当“无名烈士”，这话是许光辉说的。读硕攻博这么多年，不管谁找到她做技术支持，她一贯甘当绿叶，从不掠人之美。早几年，许光辉有一旁门师弟迷上了狩猎，拉着他一起发明了“动物声音辨识自动成像仪”，这仪器能根据不同动物发出的声音显示相应的动物图像，是一项很实用的发明创造。汪芸为他们提供了生物样本方面大量的技术支持，后来申请专利时，许光辉和他师弟理所当然地把她列为共同发明人，但她不肯。一直僵持到汪伯仁得知此事，郑重告诉她说，合作研究成果共享是无可厚非的，她才勉强在专利申请书上签了字。

“没啥好考虑的，‘浑水摸鱼’本来就是你我合作研究的成果嘛，那老话怎么讲来着，军功章有我的一半也有你的一半。”陈万通大概是号准了汪芸的脉，说这事就这么定了吧。

成果共享责任共担，这理由是有说服力的，汪芸终于答应了陈万通要她出场的要求。接着她便行动起来全力以赴做准备，她生怕由于自己的纰漏而影响专家们对陈万通的评价，因而对各技术环节及可能涉及的问题都认真进行了梳理。她还要陈万通跟她一起反复进行模拟演练，弄得陈万通很过意不去，反过来劝她不必用力太猛，说是博士论文答辩也没这么费劲。

几天以后，在陈万通和汪芸面前，李远宏带着专家们摆开了考名责实的阵势。

技术演示一开始进行得很顺利，同样是在海边水域，汪芸恰到好处地配合着陈万通娴熟的操作进行讲解，她在突出陈万通发明贡献的同时，也把那“浑水摸鱼”的技术特点解释得头头是道。专家们边听讲解边用自动抓网在海水里打捞验证，一兜兜鱼呀虾呀贝呀奇迹般出水，几乎弹无虚发。不少专家见状不由自主地发出惊叹，兴奋得忘了身份。就这样，观摩考核的结果在轻松愉快的气氛中很快就没了悬念。

专家们对技术演示似乎普遍感到满意，在坐着“扑翼大巴”返程的途中，大家依然兴致不减在热议着。有专家还开玩笑说，以前听说过本科毕业生卖猪肉、硕士生养鸡，今天算是见识了博士级的捕鱼高手。坐在后排的陈万通和汪芸，听着他们的一声声赞誉，时不时相视一笑，看来功夫总算没白费。

“先别急于下定论。”突然，坐在前排一直没怎么出声的那位首席专家发话道，“到下面那个湖里再演示一下吧。”

扑巴舱内顿时鸦雀无声。众人都侧头望向窗外，脚下果然有个波光粼粼的湖泊，从千米高的扑巴上看去就像一个小水池。刚在大海里演示过了都没失手，到这小水池里再试有何意义？陈万通和汪芸跟众人一样感到迷惑不解。但这是首席专家提出的要求，带队的李远宏只好让驾驶员将扑巴缓缓降落到了湖边。

众人鱼贯出了扑巴。只见首席专家从刚才打捞的海鲜中挑出两条翻了白肚的死鳕鱼，使出全力抛进了湖中，然后转身对陈万通和汪芸道：“能把这两条鱼捞上来吗？”他的口气既像是提问，也像是下令演示开始。

这下大家都明白过来了，刚才演示的全是海里捞活鱼，现在到湖里要捞的是死鱼，首席专家并非故意刁难，而是考虑得更周全。太空搜寻当然不能只想到宇航员活着失联，也要考虑到宇航员丧生的情况。

陈万通心里发毛了，摆弄了这么久“浑水摸鱼”技术，从来都是琢磨着摸活鱼，哪想过摸死鱼呀。在这节骨眼上，去摸那两条该死的鳕鱼真是一点把握也没有，今天可能要出大丑了。他侧头望向汪芸，毕竟她是生物技术的内行。

汪芸看出了他求助的眼神，她心里也没十足底气。这几天总想着是在海里演示，没料想过会到这湖里来而且是捞死鱼。她很清楚，陈万通搞的这种传感器之所以特别灵敏，是因为把每种海洋生物的多个识别特征汇集到了一起，辫子多了总能揪得住，用的都是活体的生物特征。而活体的许多特征在尸体上肯定会消失，至少也会大打折扣，很难说还能不能揪住残余的辫子。但她记得，陈万通当初采用了她提供的一整套“生物体态比积识别”的资料，这套资料是在微米级的体态断层扫描基础上测算出来的，分辨识别的特异性是可靠的。那两条死鳕鱼出水时间不长，体态特征基本不会有变化，而且在这淡水湖中也不会有其他咸水鱼存在。汪芸头脑中迅速闪过这一念头后，便镇定地回答首席专家说：“这两条死鱼也可以捞到，但识别速度会慢些。”说完，她点头示意陈万通开干。

两个人上了一个小皮划艇，还是默契配合，一个人搜找一个人试捞。但情况跟汪芸刚才料想的差不多，显然没有在海里捞活鱼那么利索。

时间一分一秒地过去，终于，汪芸捞起了一条死鳕鱼，抛向岸边。在场一直静静观看的专家们全都如释重负，大家不约而同地鼓起掌来。

陈万通和汪芸正要回身去捞另一条鱼，首席专家连忙摆手喊道：“不必了不必了，赶紧上岸吧。”他脸上露出了满意的笑容，待两人靠了岸，又补上一句说：“两个人都是高手，看来李远宏还藏了个备胎。”

首席专家话音一落，现场气氛一下子又轻松起来。有专家打趣说，人才不能只用来捞鱼，汪博士当个专司太空捞人的女宇航员再合适不过了。汪芸听了未语，她嘴角露出一丝不易察觉的苦笑。

陈万通趁机接过话，说言之有理，巴不得跟汪博士这样的技术高手同赴太空。李远宏笑着说以后真可能有机会，这次只能委屈汪博士搞点后勤工作啦。

总算是帮陈万通顺利过关了，委屈不委屈倒谈不上，汪芸那阵子还真的是力所能及地为陈万通做了不少事。不只是技术上的协助，还包括生活上的帮衬，就连太空生活的一些需求她也想到了。

陈万通出征前夕，汪芸送给他一台小巧的“预剧点播机”，说是可以在太空解解闷。这款刚刚问世的娱乐产品，可以按照个人意愿预先设定有关情节，对已有的文学影视作品重新进行自动加工，播出与原著不一样的剧情。当然，这种预剧的故事情节往往荒诞不经，只为博人一笑，纯属消遣而已。

陈万通还没见过这玩意儿，甚至连听都没听说过。他望着汪芸一头雾水，说自己浑身缺乏戏剧艺术细胞，就连脓包都没一个，哪会欣赏高雅的豫剧啊。

汪芸面露笑意道：“此预剧非彼豫剧，这跟戏剧风马牛不相及，你到时候玩一玩就知道啦。”

“哦，我还以为你让我在太空学唱河南梆子呢。”陈万通乐呵呵地收下了预剧点播机。

汪芸后来知道了，这台预剧点播机不仅给陈万通的太空之旅带来了乐趣，还为他搜寻阿哲261号提供了启发，这倒是他们俩都没料到的。

第 8 章

物种审理师的活计

不知谁发明的朝九晚五工作制至今还沿用着，让上班族每天一起床总要手忙脚乱一番，特别是生活在香港这样的大都市里。汪芸也一样，她今天一早在家忙活完便踏着点出门，像往常一样融入了车水马龙之中。

自从陈万通飞赴太空以后，汪芸的生活慢慢又恢复了常态。对她来说这是一轮新常态的复归，她已经从学子角色变身为职业白领了。

闹市的早晨依旧川流不息，然而如今的车水马龙早已不是平面概念了，智慧香港的立体交通仿佛是电脑网络的信息流，天上地下交错穿梭，流量巨大却畅行无阻，“东方之珠”在迅猛的新技术革命浪潮中魅力依然。汪芸听说以前可没那么爽，每到上班高峰就相当于接受一次耐性培训，原本开车只需十几分钟的路程往往要花个把小时才行，她觉得挺不可思议的，幸好没生活在那个社会，要不然每天出门前还不得开启战斗模式呀。

从大屿山那边到香港岛这边，只消几首歌的工夫就搞定了，汪芸踩着平日的节奏从容走向朝九。笑意写在脸上缘于心情不错，今天是她的生日。

不过干物种审理师这一行的，对生日似乎没什么特别的感觉，她现在几乎天天守望着新生命的问世，好像随时都在准备着给新的物种过生日。然而她跟妇产科大夫可不一样，人家那是喜滋滋乐呵呵地迎接新生儿降临人间，她的职责则是横挑鼻子竖挑眼地给新冒出来的物种设置降世的关卡，当然这是缘于人造物种的日益增多。

要说今天有点儿什么特别的话，那就是上班刚一开工她就收到了一条垃圾信息，让她感到有点儿郁闷。那会儿她眼前的虚拟屏幕刚开启，几个醒目的黑色大字“唰”一下就跳进了视野中：

5D打印，伤天害理！

真晦气。汪芸琢磨着，上班看到的第一条信息不是生日祝福也就算了，却偏偏收到一句这么恶心的话，像是蛋糕里吃出了一只苍蝇来。不过她很快就想明白了，极端主义组织一直就没消停过，近年来他们换汤不换药，把鼓噪泛平等主义的矛头集中指向了星际殖民行动，声称决不能让99%的人将来沦为无用废人这种悲剧在别的星球上重演，公然号召世人斩草除根从源头反起，喊出了“5D打印，伤天害理！”的口号。受极端主义的蛊惑，这个口号近来已成了一些不明真相的追随者反对太空殖民行动的“标配”，在不同场合会像突然冒出来的蚊蝇一样嗡嗡作响一阵子，令人不胜其烦。最近有传闻说第三代5D打印技术即将推出，这个时候有人先射出一支冷箭来也就不足为奇了。

像“5D打印，伤天害理！”这样的口号鼓噪，汪芸不用点击标题就知道里面在说些什么，她懒得打开细看，顺手就把这条垃圾信息删除了。删前她溜了一眼信息的来源，看到是从新西兰发出的。这让她怔了一下。

垃圾信息刚一删除，“生日快乐”之类的祝福信息就接踵而至了。奥塔哥市政当局在时隔多年后也没忘给汪芸这位荣誉公民发来个大大的“福”字，当地一些知名人士也纷纷发来了美好祝愿。汪芸刚才那一刻的不爽心情很快好转起来，她打开工作日志，准备开始当天的审理活计。

就在这当儿，总署大楼外传来了一阵喧闹声，还夹杂着抗议的口号声。哟呵，今天还真不让人省心哪，虚拟世界的抗议刚清理掉，现实世界中又闹起来了。汪芸估计这是来物种审理署门前搞示威请愿的。

当初来这里工作的时候，就有人提醒过她，说联合国的派驻机构附近历来都是各色人等示威请愿的地头，要她有个思想准备。来这里干了快一年，她总体上感到还算清静，毕竟物种审理这摊子事跟复杂的国际政治斗争牵扯不多。但她也见过几次前来示威请愿的人，他们大都是泛平等主义的追随者，抗议的诉求都跟生物技术的发展有关，反对5D打印进太空是这些人请愿的一个主要内容。汪芸一直在想，有句俗语说“听到蝲蛄叫就不种庄稼了吗？”这话很有道理，人类自身总是要不断发展的，挺进宇宙的步伐不会因为少数人的反对而停止。

外面的抗议口号越喊越响亮，看样子今天来请愿的人还不少呢，不会把物种审理署围了个水泄不通了吧。汪芸起身走到窗边，往楼下一看，哪有什么抗议示威的大队人马呀，只有一个老太太带着两个打起横幅的机器人在那里大喊大叫。这年头邪乎事也真多，机器人从扬声器里喊出的口号当然可以做到以一当百了，听着就跟成百上千的人齐声呼喊一个样。

“天生我材必有用，天下生命须平等！”

“物种平等在宇宙必胜，5D打印在太空必败！”

一听就知道，果然又是泛平等主义者在瞎闹。汪芸觉得这些千篇一律的口号一点新意也没有，估计那老太太在家闲得没事干受人之雇来这里闹腾一下，刷一刷泛平等主义的存在感。

“扩散物种不平等的人绝没有好下场！”

“把5D打印带进太空的人不得好死，不得好死！”

楼外还在高声叫嚣，这是在恶毒诅咒。汪芸听着有点来气，她忽然产生了一丝冲动，想下楼去跟老太太和那俩机器人理论一番，地球物种向太空移植何错之有，难道永久窝在这颗星球上等到最终彻底灭绝就能实现平等吗？

她这念头刚一冒出，刚才已开启的工作日志就响起了“嘀嘀”的提示音。哦，对了，今天还有预约的审理工作要做，再说也犯不着去跟极端主义的喽啰们较真，爱闹腾就闹吧，眼不见心不烦。

汪芸返身回到工作台前，按部就班把要用到的仪器一一开启。手脑并用调试设备也是个收心敛性的过程，她很快就全神贯注进入了工作状态。如今她是名副其实的国际级物种审理师，对她来说，审理新设计出来的物种，早已是轻车熟路，小菜一碟了。

今天她要审理一个全新的动物品种——猪头鱼。据申请资料上提供的信息，这猪头鱼顾名思义就是脑袋呈猪头状的一种鱼类，其体形大小跟一般的鲫鱼类似，是巧妙整合了猪和鱼的基因而设计出来的新物种。申请资料把猪头鱼描述得天花乱坠，说它具有猪崽般的可掬憨态，乍一看像是乳猪畅游水中，极具观赏性，还说它传承了猪和鱼的双重美味，清蒸红烧任尔烹，食用价值高云云。然而汪芸对此已见多识广，她心里很清楚，在这个所谓的大设计时代，各式各样的新物种像井喷一样粉墨登场，但无论什么样的奇葩设计都必须遵循国际社会这些年形成的“游戏规则”，不经她这样的物种审理师签发“准生证”是不允许出笼的。她要做的事就是先审阅猪头鱼申请者提供的文字资料，然后归整出相关技术问题跟申请者本人沟通，直接听取其具体陈述，接下来还要把这猪头鱼的DNA信息输进生物源反应器，观察这个新物种的发育生长过程，展开实质性的检测和审查。一来二去的程序很复杂，今天只是开个头。

申请资料都是标准格式，汪芸花了会儿时间把猪头鱼的设计构思浏览完，觉得单从文字描述上看基本符合规范，她准备动手归整出几个问题来，以便直接跟申请者进行视频连线交流。这时，她瞄了一眼申请资料的国别代码0064，是新西兰。

怎么又扯上新西兰了，真是邪门。今天眼前这虚拟屏幕上就跟煮“新西兰”牌汤圆似的，捞走一个又浮上来一个，躲都躲不开。这是个什么申请人？偏偏也在这个时候来凑热闹，汪芸很难不产生联想。

按照惯例，审理师在归整问题这个阶段还不到查看申请者个人信息的时候，这是因为，审理中提问题不是探讨更不是请教，而是挑三拣四甚至是鸡蛋里挑骨头，假如事先知道了申请者的个人背景，就会有先入为主之嫌，影响审理的公平公正。这年头平等还真是深入人心的。但今天情况有点儿特殊，汪芸便提前打开了申请者的个人信息文档。

申请者名叫Dennis，是新西兰基督城人，物理学博士。他大学本科读的是生物技术，后来攻读电子工程专业的硕士，再后来又攻读生物物理学博士，也是个跨专业的多面手。汪芸一看，嚯，这货还有奥塔哥大学的学历呢。她苦笑一下，又想起了奥塔哥大学校园，想起了与之一条小路之隔的奥塔哥博物馆，想起了博物馆门前的那个草坪广场，想起了那些在草坪上中毒倒地的学生……

“嘀嘀”的提示音再一次响起，打断了汪芸的思绪。与申请者预约的通话时间就要到了，她只好轻叹一声准备上阵，该向那位远在新西兰的猪头鱼之父Dennis发问了。专业问题虽然没来得及整理却也心中有数，就先从外围交谈入手，以后还可以启动追问程序再细究。汪芸一想好就接通了连线。

她以前并不知道Dennis其人，但Dennis对汪芸显然是熟悉的。两人的视频刚一接通，他就迫不及待地抢先打招呼道：“嗨，美丽的汪芸小姐，再一次见到您很高兴，今天您亲自审理我设计的物种，我感到十分荣幸。”

汪芸礼节性地向他问了声好，她没明白他说的“再一次”是指什么，正要开口问话，Dennis却非常兴奋地接着道：“我想，您一定品尝过我那美味的猪头鱼了，亦猪亦鱼肥而不腻，或许您已经把它推荐给您的同事和朋友们了，我相信他们都会喜欢的。”

这家伙是个见面熟的话痨，汪芸很想打断他。但初次接触，她还是耐着性子听他继续道：“在我这里，很多朋友经常食用这种极富营养价值的猪头鱼，他们都感觉常吃这种鱼身体会变得像鱼那样轻盈、美妙，您一定会有同感。”

汪芸心想，说不定吃了这种鱼会像猪头一样傻傻呆呆呢。她告诉Dennis，他的猪头鱼目前还只是一堆DNA信息储存在生物源反应器里，尚未孵化成实体，换句话说就是还没变现。再说，她也不可能率先去品尝他的猪头鱼，包括其他申请人提交的狗头鱼、猴头鱼之类，如果那样的话，她就不是一名物种审理师，而是联合国的一只小白鼠了。接着，她又说：“Dennis先生您很幽默，我好像以前跟您从未见过面，该不会是您吃多了猪头鱼记错了吧。”

“噢，不不，那年奥塔哥事件的新闻发布会上我亲眼见过您，那天我还当面向您请教了问题。”Dennis说当时他是奥塔哥大学的博士研究生。

经他这么一说，汪芸想起来了，当年事发后确实在奥塔哥大学举行过一场新闻发布会，主办者邀请她前往介绍情况。当她走进会场时才发现那里已是人山人海，那天提问题的人除了记者之外，还有许多是奥塔哥大学的师生，可能真有Dennis提问这么回事。

“不好意思，时隔多年我已经记不清楚了。”汪芸实话实说。她那时是在台上表演的明星，台下的看客记住她毫不奇怪，她记不住人家也不奇怪。既然Dennis以套近乎开场，也好，轻松交流代替严肃发问也是了解情况的一种方式，反正今天也没准备问太专业的问题，那就顺着他的话聊吧。她接着问道："您那时也在现场，如今回头再看，您认为奥塔哥事件从技术上说可以避免吗？"

"我觉得难以避免，不出事谁也不会先去考虑如何遏制技术的负面作用，"Dennis说，"任何新技术都是双刃剑，有利必然也有弊，甚至弊大于利，尤其是生物技术。"

把"弊大于利"与"生物技术"连在一起说，还特别强调一下，那意思就是发展生物技术也会弊大于利，应该反对才是喽，这种话音有点耳熟。汪芸想听他进一步表述，她顺势问道："照您这么说，生物技术只要发展着，总会带来相应的危害，是吗？"

"那是当然的。"Dennis脱口而出。稍顿了一下他又微微一笑道："不过，技术发展的主流是显而易见的，比如我父亲的爷爷也就是我的曾祖父，早年一直体弱多病，如今他已经快140岁了，仍健在。同样，五世同堂甚至六世同堂的家庭也越来越多，这不得不首先归功于生物防衰老技术、基因治疗技术的长足发展。虽然，像Richard弄巫霸草这种人和事总会有，甚至可能会酿成灾难，但……"

Dennis主动提到Richard，汪芸忍不住打断道："奥塔哥事件发生在您的家乡，您以前跟Richard博士有过来往吗？"

Dennis可能没料到汪芸会打断他兴头上的话，他犹豫了一下才开口道："来往倒谈不上，事实上很少人能接触到他，我只是听过他的一次蒙面演说，他是一个学术狂人，一个真正的疯子。"Dennis见汪芸首肯，便接着道："最早提出在月球上利用月壤开展农作物大棚种植的就是他，后来极力反对地球物种向太空扩散的也是他，真是天才在左疯子在右啊。"

"Richard自己是个生物技术专家，他为何要一百八十度转弯走向极端呢？”汪芸问道。

奥塔哥事件以后，汪芸搜罗到Richard的一些情况。她听说Richard早年雄心勃勃想冲进人类前1%行列成为地球上的第一批智神，不料他脑袋里刚植入了一粒芯片就传来消息说，比他更先行先试的一些人不是死了就是残了，这项技术的成熟度似乎比冷冻复活还要糟糕，他看火候未到，立马就摇身一变成了物种平权运动的狂热鼓吹者。关于Richard的这一传闻是真是假汪芸无从证实。

“哦，也许正因为他搞生物技术才一下子有了大彻大悟的感觉，他认为天下物种应该一律平等，”Dennis说，“很多宗教的创始人都会突然产生举世皆醉唯我独醒的感觉，当然啦，Richard的主张过于激进很多人都不肯接受。”Dennis开始滔滔不绝讲述物种泛平等主义的理念……

尽人皆知的事汪芸不想多听，她再次打断Dennis道：“您那次当面听他演讲，听到了什么新鲜说法吗？”

“新鲜说法？有啊，有。您知道，Richard作为物种平权运动的一个主要旗手是有许多歪理的，那次演讲中他也提到了一些。”

Dennis接着告诉汪芸，Richard认为地球上存在着两个截然不同的世界，一个是水下世界，一个是陆上世界。在浩瀚的海洋里，没有哪个超级物种能够独霸，因而各类物种能够平等、自由地繁衍和生活，按自然法则相生相克。而在陆地上则完全不同，人类这种超级怪物一统天下，不仅自身毫无节制地发展到了100多亿人口的规模，掠夺式地挤占其他物种的生存空间，导致大量物种不断灭亡绝迹，而且滥用包括基因技术在内的各种手段对物种进行所谓的设计改造，以满足人们贪婪的食欲和其他需要。在Richard看来，这是人类对其他物种的残酷虐待，没有一丝一毫的平等可言。Richard还煞有介事地声称，他曾专门用“犬语脑电技术”做过狗意调查测验，除了少数好吃懒做的宠物狗之外，95%以上的狗都对人类的残暴统治不满，其他动物类似的测验也都得出了同样的结果。这充分表明人类的丑陋行径早已引起生物界的公愤，简直天理难容。

Dennis说，特别是5D打印技术的长足发展引起了Richard的强烈不满，他认为利用这项技术殖民外星球就是向宇宙扩散物种不平等，这是绝对不可接受的。他还疯狂鼓噪说人类这是得寸进尺、得陇望蜀，因而要坚决抵制这种暴行，不仅要阻止人类企图“望蜀”的行动，而且要不惜一切代价摧毁“得陇”多年形成的不平等世界。

“按照Richard集团的这种歪理邪说，他们是想毁灭人类，包括他们自身在内吗？”汪芸问Dennis道。

“哦，或许不能这样简单理解，我手头有Richard那次演说的录音，您不妨听一段。”Dennis说。

汪芸顺手点击了录音键，她跟Richard在奥塔哥算是交过一回手了，倒想有空的时候分析一下这个狂人博士的心态，先把这家伙的演说内容存个档再说。随即，汪芸的耳边传来Richard近乎声嘶力竭的吼叫：

“天理何在？何在？人类只不过是茫茫宇宙中的一个普通物种而已，他们有什么理由在地球上称王称霸？最近在距太阳系大约11光年的太空又发现了一颗宜居星球，那里现在可能还是一个物种平等的美好世界，却被人类恶毒的眼睛盯上了。有些人正在绞尽脑汁试图把地球上现行的物种生态移植过去，还想让人类继续独霸宇宙中的其他星球，这是进一步扩散物种的不平等，难道可以允许这样的胡作非为吗？不！决不能答应！不但不能允许，还应该拿起生物设计这个锐利武器，赋予地球上其他物种更多的智慧，使它们逐渐能够与人类在地球上平分秋色，最终建立一个像海洋世界那样的平等的物种生态。如今是人人参与的大设计年代，设计就是力量，有良知有作为的生物设计者们，赶快行动起来吧，为实现物种平等而奋斗！”

汪芸算是听明白了，Richard搞巫霸草就是想以夷制夷，他要号召更多的人像他那样干，用生物设计来阻挡人类迈出太阳系的步伐，这个“狂人博士”说的确实是疯话。

一听完Richard这段演讲录音，汪芸想起了陈万通当年在科学辩论赛上说过的话，他说人人参与设计并不意味着可以为所欲为，像5D打印这样的高端技术难道人人都有能力参与吗？汪芸觉得这话还是蛮有道理的。就算如今五花八门的新物种、新宠物看着热热闹闹，其实也都是由少数专家设计出来的，而且专业精英也不是谁脑子一热就能想出个设计理念的，即使想出来也未必能在技术上实现。眼前这个Dennis就属于专业精英，但他也不会脑子一热就设计出了猪头鱼吧。已经跟他闲聊了一会儿，该切入正题了。

“您当初是怎么想到要设计猪头鱼这个新物种的？”她问Dennis道。

“要问这件事呀，就一句话，为了我那可怜的老父亲哟，”Dennis叹息一声接着道，“我父亲60多岁才生下我，我不能眼睁睁看着他被Richard集团害得一病不起。”

“啊？怎么回事？”汪芸有点儿吃惊。刚才她听Dennis的说话口气，隐隐约约感到他可能会是Richard的一个追随者，起码也是个泛平等主义的信徒，看来是误会人家了。

“我老父亲可是让Richard给害惨了。”

Dennis告诉汪芸，他家里经营着一个葡萄酒庄，还有一个紧挨着酒庄的奶牛场，他父亲前些年特意引进了两个强智能机器人，分别打理酒庄和奶牛场。一直以来，那两个智能机器人都能按照主人的要求井井有条地做事，两边的运转也都很顺畅。闲暇时，两个机器人还能陪主人聊聊天、下下棋什么的，让老Dennis感到其乐融融，逢人便说强人工智能就是好，早该引进这么完美的机器人了。就连经常光顾酒庄和奶牛场的客商、游人也都对它们赞不绝口。

然而好景不长，也不知道是从哪天开始的，两个机器人之间有了越来越多的交流，或许是分布式思维碰出了“火花”，慢慢地便惹出祸事来，给他父亲的生意造成了惨重损失。

事情发生在前一阵子。有个前来提货的经销商突然与机器人争吵了起来，原因是酒庄和奶牛场都已无存货可供。这让闻讯赶到的老Dennis吓了一大跳，他万万没想到，原本产量充裕的葡萄酒和牛奶，眼下都已告罄，这意味着所有的销售合同都将彻底泡汤。他经了解才得知，问题就出在机器人身上，它们自作主张把很多酿制好的葡萄酒拿去喂了奶牛，同时把大量鲜牛奶拿去浇灌了葡萄园。机器人在背地里搞起了“循环经济”，葡萄酒和鲜牛奶就这样静悄悄地“内部消化”了。

老Dennis强压怒火，把两个机器人找来盘问。那两个家伙却都是一副无辜状，嘴里还振振有词。一个说“优质葡萄优质酒，每天喝几口，奶牛益处多”，另一个说“纯天然牛奶，受赐大自然，回馈大自然”，把老Dennis气得当场晕倒住进了医院。派人去找机器人供应商索赔时，得到的答复是，它们的行为是受到了销售广告的长期刺激，导致思维短路便干出了“活学活用”的事，这属于用户的责任。躺在病床上的老Dennis对此解释当然不服，他嘴里不停地呢喃着：“那俩机器人设计有缺陷，设计有缺陷啊。”

就这样老Dennis一病不起了，确切说是一蹶不振。没想到经营了一辈子的家业就这样毁于人工智能之手，他不甘心啊。知父莫如子，Dennis当然看出了老父亲的心结，他劝他东山再起重操旧业，可是老父亲一个劲摇头。

Dennis就建议说那咱换个行当接着干，养绵羊同时搞羊毛加工产业，老父亲还是摇头，说年纪大了赶不动牛也赶不动羊了。Dennis又说那就养鱼吧，养那种体型较大的三文鱼，养在水里不用去赶，等长大了让人来捞走就是了。老父亲这回没摇头，说养鱼倒可以考虑，但不想养那些传统鱼类了，没劲。瞧瞧，老头一点儿不傻，他是盯着高新技术产业呢。Dennis心中有数了，他琢磨了好些日子才想出了猪头鱼的设计方案，又特意请有关专家进行了技术可行性论证，把这方案跟父亲一说，老头立刻咧开嘴说，去吧去吧别耽误时间了，赶紧把猪头鱼培育成功我立马就出院去养。

呵呵，原来是这么回事。不过汪芸听了半天也没听出当初事故的缘由，她问道："这事说来说去跟Richard何干？"

"有关系，太有关系了，"Dennis显得很气愤，"供应商说那俩机器人的智能软件就是由Richard集团的企业提供的，当然，那时候他们的恶行还没暴露出来，但的确是他们干的。"

这也太牵强附会了点儿。汪芸心想这很可能是"粪坑效应"在作怪，某个人一旦被社会舆论认定为恶人，也就瞬间变成了粪坑，所有的屎盆子都会一股脑朝那边扣过去。Richard集团早年涉足智能软件行业兴许做的是合法生意，这可说不准。

她听陈万通讲过，人工智能由"弱"到"强"当年经历了一个一哄而上的发展期，那时候机器人的大量设计缺陷是人们始料未及的，许多问题到后来才陆续暴露出来。汪芸自己也很有感触，她在澳门大学的一个同窗前两年就被机器人害惨了，据说那还是一种推广了多年的模范机器人。

她那位老同学大学一毕业就从澳门去了吉林工作，几年前领结婚证的当天就乐极生悲了。那天小两口从婚姻登记处出来就进了一家珠宝店挑选首饰，天气虽突然间转凉，但两人心里暖意如春。珠宝店的机器人业务员热情地招呼他们就座，它大概比真人更加训练有素，一听说两人新婚便明白真买家来了不可放过，怎么着也得真刀真枪地推出点价格不菲的真货。柜台上很快就摆出了不少亮闪闪的金器和宝石，据说把作为镇店之宝的一枚戴安娜钻戒也搬出来了。女的哈着气搓着凉手挑来挑去，男的忽然间关切地问了女的一句“冻手吗？”，女的停下手含情脉脉望着他点点头道“冻手”。此刻，他们谁也没注意到那机器人已经愣在那里。男的一边自言自语地说“冻手咱有的是新招”，一边打开随身挎包取出一个鸭梨状的电磁暖手器。说时迟那时快，只见那机器人猛然间伸出手臂，对准两人的脸“咔嚓咔嚓”喷射出一种刺鼻的气雾。刹那间，两人“啊……啊……”惨叫着先后从座椅上跌翻在地。事后虽然弄清楚是一场误会，但男的眼睛严重灼伤，女的脑震荡后遗症一直未愈，至今仍在打着官司。类似这样由机器人引发的事故，汪芸在新闻上也看过一些。

后来，Jolene去了总部设在新加坡的国际机器人协调局工作，她也告诉过汪芸关于机器人惹是生非甚至杀人越货的一些情况，她分析说这其中既有以往留下的设计缺陷也有近年来出现的恶意设计。她还说干她这一行很难分清敌我，整天就是拉架劝和一点儿也不好玩。汪芸这才慢慢了解到，机器人惹出大大小小的麻烦事日益增多，当初才迫使国际社会和各国政府设立了“机器人协调局”这个新机构，专门应对和处置机器人纠纷性事务。前段日子Jolene还气呼呼给汪芸打来个电话，说气死人啦，你那老对手Richard的什么泛平等主义连机器人也学去了，这一早上班就碰到了一批智能机器人堵着大门在集会示威，它们喊着“平等相待，共创未来”的口号，呼吁人们要像对待有机生命那样，善待机器人这种“硬基质生命”，说是要免受各种“虐待”，甚至要求保障它们的情感、恋爱自由等，这叫什么事嘛。汪芸听了哭笑不得，也就是那天，她第一次听到了“硬基质生命”这个新鲜说法。

汪芸对所谓硬基质生命的事知之不多，她也无意跟Dennis探讨他家机器人惹事的根源，人家既然认准了是Richard故意使坏那就随他好了，反正粪坑里的秽物多一点儿少一点儿无所谓。她只是看着Dennis愤愤然的样子起了点恻隐之心，便宽慰道：“其实硬基质生命一点儿都不让人省心，发展虽快毛病不少，像你们家碰到的这种事还多得很呢。”

“可不是嘛。”Dennis深有同感地叹息了一声。他的怨气似乎一下就消失了，转而很有感悟地道：“硬基质生命与软基质的有机生命一样，设计之初的瑕疵需要逐步改进，人类本身也是这样走过来的。”

这话听着有点儿稀奇，汪芸虽然不认同Dennis的说法，但对这种涉及生物学基本问题的观点却很感兴趣。她以探讨的口吻说：“智能机器人问世至今只有短短几十年时间，而人类却是经千百万年进化出来的，二者好像不可同日而语吧。”

“不！我不认为人类是进化而来，咱们的祖先应该是设计出来的，这一点儿跟机器人没有区别。”

Dennis语出惊人，汪芸一怔。

第
❾
章

祖先设计论有说法

“我一直坚信人类这样的地球霸主是设计的产物。”Dennis直来直去地表明自己的立场，他说就人类起源而言他算是一名铁杆的设计论者，可能跟进化论者持不同观点。

好一个铁杆设计论者。汪芸很清楚，达尔文创立进化论近两百年来，一直受到反进化论者的诘难，争论从未停止过。但反进化论者大都是神创论者，除了宗教依据之外，始终找不出有说服力的理由去撼动进化学说的根基。然而最近几十年来，设计论向进化论发起了强有力的挑战，而且渐占上风。眼前这个Dennis自称是铁杆的设计论者，汪芸倒想听一听他的说法。

“假如我没说错的话，您或许还是达尔文先生沾亲带故的后裔呢，难道您对物种起源于进化的论点完全不认可吗？”汪芸考虑了一下便发问。

“您说的没错，许多新西兰人或许都是达尔文的后人，但这并不意味着我一定要赞同他的进化论。”

“生物的进化可是有大量事实根据的哦？”

“进化是微变而不是宏变，”Dennis说，“达尔文先生用物种诞生之后的进化来解释一切物种的起源，我认为是站不住脚的，事实上起源与进化是两个完全不同的概念。”他解释说从白玫瑰到红玫瑰这样的自然选择属于微变，把这种所谓的进化推而广之，并不能解释从虫子到蛇这样的宏变。

“您的意思是，进化是起源之后的事，不能跟起源本身混淆？”

“是的，我们可以设想一下，”Dennis说，“机器人的设计也有个长期演化日趋完善的过程，假如有朝一日它们统治了地球，而人类已彻底灭绝，那么亿万年之后，能说机器人是进化而来的吗？显然不能这么讲。”Dennis自问自答继续道：“机器人起源于人类的设计，同样的道理，世上的物种也许都经历过不断进化，如同给机器人不断地打补丁使之优化、完善，但这种进化并不能代替起源的真相。”

“不管怎么说，进化论至少揭示了物种演化的历程。换句话讲，如今适者生存下来的无数物种，正是亿万年演化的结果，您不否认这点吧？”

“我刚才说了，进化属于微变而不是宏变，许许多多高级物种特别是人类的起源，硬着头皮用进化论来解释，是根本站不住脚的。”

“既然您认可微变，那么追根溯源，推论出物种从无到有，从单一到多样的进化史，不正是包括人类在内所有物种的起源吗？”汪芸继续发问。

“把微变完全等同于宏变，做这样的推理太过牵强，我们不妨照这种推理把历史的镜头倒推至亿万年前，”Dennis说，“进化起源之说有很多种版本，就以最经典的地表起源说为例，看看有多大的可信度。”接着，Dennis绘声绘色描述了亿万年前的那幅场景：

那时候，地球上万籁俱寂，尚无任何生命。突然有一天，天上电闪雷鸣，地上波浪翻滚，那闪电对着海水一阵猛劈，一不小心把水分子劈成了氨基酸、蛋白质这样的有机分子。后来这些有机分子不知又怎么一不小心就形成了微生物，再后来可能又被雷电劈了一劈就成了水里的植物。水里的一些微生物或是植物可能想动弹动弹，后来就又有了鱼类。那些鱼类被海水冲到了岸上，“适者生存”就慢慢长出了四肢。再往后，这些长了四肢的老祖宗，不知是又被雷电劈了还是怎么的了，居然变成了猪、狗、鸟、猴子等，到最后又有了各种古猿，其中的南方猿最终进化成了人类。地球上生物的进化，大致就是这样一个过程。

Dennis说："我很佩服进化论天才的想象力，但这完全是一种猜测，既无可能性，又无直接证据。这种近乎梦呓般的推理，可信吗？"

"那么，您又有什么可信的依据去反驳这种天才的猜想呢？"汪芸反问道。她觉得Dennis刚才描绘的地球生物诞生图景虽显粗糙，也经不起仔细推敲，但以现代生物学的认知结合进化论思想，做这样的推论是符合逻辑的。这跟达尔文本人所说物种起源于"温暖的小池塘"意思是一样的，就算站不住脚，至少也是一种可能的理论解释，反驳是要拿出证据的。

"反驳的证据当然有啦，可以信手拈来。"Dennis说，按照进化论的观点，所有生物都是由共同的祖先进化而来的，从植物过渡到动物应该是很漫长复杂的过程，应该留下大量的半植物半动物式的物种，起码也会有点化石之类的痕迹，但非常遗憾，这样的物种为何不见踪迹？Dennis说进化论对诸如此类的问题始终讲不出道道，解释起来非常勉强，难以让人信服。他说物种普遍存在的"化石断代"现象，其实就是对进化论的有力否定。

Dennis见汪芸微微点头，就越说越来劲了。他说："尤其不可信的是，人类这种高级复杂的万物之灵，居然被说成是靠电闪雷鸣劈出来的，这么荒唐的论点并不比神创论高明。"

他打了个比方，假如说地球上有一片废墟，来了一股龙卷风把地面上的各种残渣碎物卷到了天上，这风不停地刮呀卷呀没个完，亿万年过后龙卷风总算停了下来。人们抬头一看，哇，那些卷上天的杂物已经自动组装成了一架架波音客机了。"进化论对人类起源的解释，跟这样风造客机的幻想如出一辙。"Dennis说这纯属痴人说梦。

“您不接受人类是进化而来的，所以就相信设计论的说法，是吗？”汪芸又问。

“没错，人类的祖先是被设计出来的，自从我自己成功地设计出猪头鱼之后，我就更加坚信这一点，”Dennis自信地说，“现今各物种的DNA序列已被全部破译，设计一个新物种或改造原有物种并不是一件很困难的事，包括对人类自身的设计改造。”

汪芸对Dennis这番话产生了一点儿认同感。事情明摆着，生物技术发展到当今，设计和改造物种已成为家常便饭了，要不然也不需要物种审理师这种职业。然而，这只能表明物种起源于设计在理论上具有可行性，却还是跟进化论一样缺乏源头证据，因而难以完全说得通。就像当年牛顿寻找“第一推动力”一样难。

“既然人类是设计出来的，那么是由谁设计的呢？”汪芸觉得任何人都会这样向设计论者发问，她说，“您可千万别说是上帝设计的，那样我们之间就失去对话的基础了。”

“不不，设计论并不等同于神创论，我跟您一样并不相信万能的上帝创造一切，”Dennis说，“人类应该是由另外一种高级生命设计出来的，也许它们早已灭绝了，也许它们就在宇宙中我们无法接触到的某处。总之，地球人的设计之谜暂时还没揭开，这正是科学家们要努力的事。”

“能设计出人类这样的高级生命，其智慧一定比人类更高级喽，”汪芸说，“这种超级生命的存在只是一种臆测，恐怕既不能证实也不能证伪。”

“不，不需要超级生命来设计人类，眼前就能找出有力的佐证。”Dennis说人类经过百年实践设计出了人工智能，也就是所谓的硬基质生命，它们如今的智慧也足以设计出有机生命，那么我们有理由相信，高级智慧生命是可以相互设计出来的，也许在亿万年前就有类似的智慧生命设计出了地球人。

汪芸听出了设计论这点道道，就是说人类设计出了发达的人工智能，而人工智能也具备了设计有机生命的能力，智慧生命相互设计甚至轮回发展不无可能。不过话又说回来，把人类起源归结为另一种高级生命所创，这听起来似乎有推卸之嫌。好比问鸡和蛋最初何来，找不到答案便推说是来自另一种鸡。汪芸轻轻摇头道："另一种智慧生命设计出了人类？这只是把困惑了多年的难题暂时推脱掉而已，没能从根本上解释物种的起源问题。"

"嗯……不能说这是推卸责任吧，只要能合理揭示真相就无可厚非，"Dennis说，"解释事物都是有限责任，别说是人类起源了，就连宇宙起源的解释也是一样道理。"

"那可不一样，宇宙起源问题是有终极落脚点的，"汪芸说，"宇宙在大约139亿年前起源于一个奇点的大爆炸，这是大家公认的解释，而且这方面的证据也越来越多。"

"哪有什么终极落脚点哟，我可以接着问，那个奇点又是从哪来的？大爆炸前是什么状况？"Dennis说这样追问下去永远都没完没了，因而对这类起源问题只能是有限的解释责任。他说对地球人而言，揭示出已有物种特别是人类起源的真相，就是科学认识的一大步飞跃，至于继续追溯那是以后的事，现在的责任是要从长期解释不清的进化论中跳出来，大张旗鼓为设计论正名。

其实，汪芸并非不了解进化论与设计论之争，她之所以愿费点儿口舌跟Dennis探讨一下，就是想听听这些新物种的设计者们有何新的观点。她很清楚，进化论虽然不完美但长期以来积累了大量证据，想全盘推翻并不容易，何况还有后达尔文主义和新达尔文主义两股强大的力量在支撑。而设计论近年来发出的声音虽然很猛，但主要是得益于5D打印技术的迅猛发展，除此之外并没有更多有说服力的证据。

“您觉得应该为设计论正名，可我觉得这方面的论据很单薄，”汪芸直言不讳，“设计论充其量还只能算是一种推测，能拿出些令人信服的证据吗？”

“有力证据并不缺乏，我最近就有一项惊人的发现支持设计论。”Dennis接着话锋一转问汪芸是否注意到，人类大脑的功能迄今只有极少一部分得到了有效开发，有神经生物学家推算说要实现大脑功能的全部开发还要经历亿万年的演化，而这跟太阳支撑地球物种生存的时间有关。

“风马牛不相及，能有什么关系？”

“关系密切，我发现了秘密。”Dennis说他用大数据处理法比对了太阳寿命与人脑功能开发的时间轴，发现两者基本上是吻合的。换句话说，人的大脑功能完全得到开发应用的年代，也就是太阳寿命即将走向终结的年代。Dennis认为这绝不是简单的巧合，而是设计者精心计算的结果。

哟呵，这话听着倒新鲜。要真是这样的话，设计者的智慧一定是很高超的，这本身就是设计论的一个明证。不管是真是假，汪芸觉得Dennis在探寻设计论的证据方面还是下了很大功夫的，说不定他还有料。“您这个发现可以算是很有意义的间接证据，有更直接的证据吗？”她又问。

“要说最直接的证据嘛，那就要数5D打印进太空了，众所周知呀。”

绕了半天还是要拿这件事来说，汪芸有点失望，她轻叹一声。

“可别小看这事，”Dennis以为汪芸叹气是不屑一顾，他提起精神道，“已经有两个人一前一后去了太空，虽然连连受挫却还没放弃，您不知道吗？”

真是哪壶不开提哪壶，汪芸岂能不知道？Dennis说的一前一后去太空的两个人，前一个指的是许光辉，后一个当然是陈万通了。太空殖民试验从一开始就出师不利，许光辉太空蒸发已多年，陈万通说是死马当活马医再上天找一找，去了大半年不回令人揪心。

“不谈这些了。”汪芸一想起来不禁感慨万千，酸甜苦辣涌上心头，她再没心思跟Dennis聊下去了，匆匆询问了有关猪头鱼的几个技术问题后，便结束了这次视频晤谈。

让汪芸没想到的是，就在她跟Dennis切断视频连线的瞬间，虚拟屏幕上切换画面时本应闪出的“再见”字样没了，而是变成了一串移动字符。“5D打印，伤天害理”，几个黑体字就像夜行贼一样从她眼前一溜而过。

跟Dennis的视频通话一结束，汪芸心绪难平。她感到刚才那段时间里发生的一切有点蹊跷，隐隐约约闻到了一种怪味，具体怪在哪儿却一下子悟不出来。

说Dennis这人怪吧好像不是，是她自己主动挑起话题跟他闲聊的，而且人家直抒己见也无可厚非。说猪头鱼怪吧就更不是了，这年头比猪头鱼更离奇的怪物她见得多了，早已见怪不怪了。说是那些老调重弹的标语口号怪吧也不对头，审美有疲劳审丑同样有疲劳，听多了看腻了也就没什么大惊小怪的了。想了一会儿想不出个所以然，她踱到了窗边。

咦，楼下怎么不闹腾了？前来示威的老太太和那俩机器人不知何时已悄然离去，换成了几个满头银丝的老头子打着标语在那里静坐。

汪芸猛然警醒，今天怪就怪在示威活动接二连三过于密集，在不到半天的时间里，虚拟网络和现实世界一齐发力猛烈抗议5D打印，这很可能是一个重要的信号。直觉马上告诉她，一定是太空又发生了什么新情况。这几年极端组织及其追随者们瞄着太空殖民行动开火，一有风吹草动他们就会集中力量搞公开抗议，背地里也会趁机搞罪恶的破坏活动。

想到这一点，汪芸觉得应该赶紧给Jolene打个电话了解情况。这大半年来，太空的情况主要靠Jolene提供，国际机器人协调局对诺苏号空间站的机器人负有保监职责，设有专用通信管道，Jolene跟那个名叫“忆牛顿”的智能机器人一直保持着联系，她应该会知道最新的消息。

汪芸看了一下时间离午休还差一会儿，新加坡那边同样还没有收工下班，她只好先坐下等一会儿再说，免得机器人刚巧就在Jolene身边抗议她上班干私活。其实Jolene今天是干了一丁点儿私活的，一早刚上班她也给汪芸发来了生日祝福信息，但里面没半个字提到太空的事，估计她那会儿也还不知道新情况。要不是跟汪芸同学一场，Jolene也许对5D打印技术毫无兴趣，但情况早已不同了，她现在一样密切关注着5D打印进太空一事。

“5D打印，伤天害理！伤天害理！”楼下安静了许久忽然又传来一阵喊口号的声音，声势不大却让汪芸一激灵。

又怎么了？她再一次起身走到窗边，一看还是那些静坐的白发老头，此刻他们已起身，稀稀拉拉迈着颤悠悠的碎步边撤离边呼喊几声，似乎喊一喊浑身气血平衡走路更稳当。汪芸一看时间，哦，快到吃饭的时候了，老头们坐够了点钟可能也该转场接受犒劳去了。像这样一些无病呻吟的请愿者，一般都是有人管饭的。

看着老头们远去，汪芸马上拿起手机拨通了Jolene的电话。从上班起整整一个上午一直有人闹腾，这绝不会无缘无故，汪芸相信自己的直觉错不了，要赶紧找到答案。可是，Jolene那边没接电话。哎呀真是的，这Jolene跟机器人打交道也够忙乎的，午休时间已到还没空接个电话。

汪芸只好又坐下来继续等待。

自从几年前有了自创歌曲《等你在太空唤我》，汪芸就把它设定成了手机铃声，后来情况有了变化，就更换了一首曲子，毕竟再用这首含义特殊的歌曲，对陈万通就太不公平了。可是，陈万通毅然飞赴太空以后，她又重新换回了这个铃声，然而意义跟过去已有所不同。

汪芸坐在工作台前忆起往事，思绪就像涌泉一样停不下来，直到肚子饿了才想起午饭还没吃。哦，对了，还等着跟Jolene通话呢。半个多钟头过去了，这家伙也不回个电话来，真够呛。

汪芸刚准备再一次拨打她的电话，手机就响起了那首熟悉的旋律。Jolene终于回电话了。

“哎呀，机器女王小姐，总算轮到我觐见了，”汪芸没好气地埋怨道，“你向臣民训话也不用这么久吧，让我等的饥肠辘辘快成难民了。”

“哟呵，你个没良心的货，”Jolene反驳道，“我饿得头晕眼花都没说呢，还不是为了伺候你吗？”

“伺候我？”汪芸立马意识到自己的预感被证实了，准是太空有了新动向。

“当然是为你的事喽，”Jolene风风火火道，“你可听好了，陈万通就快回来啦，他现在人已经在返程途中了。”

“什么，他要回来了？”汪芸猛然一惊，似乎亦喜亦忧，“这么说他的任务算是完成了？”

“应该没完，他这趟回来只做短暂逗留，说是要再弄一台什么设备带上天去。”

“这是何苦呢？”汪芸听了很纳闷，她觉得缺设备就该另派一艘飞舰送过去，他这样一来一回要飞两趟，瞎折腾还耽误事，岂不多此一举？

“这我就不清楚啦，等他回来你当面一问就知道了。”

“他这么来来去去，怎么就折腾个没完呢。”汪芸像是自言自语。

“你们家陈万通就是一根筋，拗劲一上来什么都不顾，”Jolene轻叹一声道，“他这样一趟接一趟飞天，也不想想你为他牵肠挂肚是什么滋味，我这回见了不会轻饶他。”

Jolene为汪芸打抱不平是有原因的，当初陈万通突然做出赴太空的决定就让人大跌眼镜，后来他自己险些连命都丢了，汪芸被吓得病了好几天。

惊险的一幕就发生在他出征那天，在一片反对5D打印进太空的叫嚣声中，陈万通踏上了奔赴太空的旅程。飞舰刚起飞离地不久，在南太平洋一处角落里，一枚隐藏在海里的地空导弹“嗖”一下窜出了水面，瞄着飞舰直扑而去。幸好附近的一艘中国航母发现险情迅速做出了反应，在导弹快要抵近飞舰时用电磁炮将其一举击毁在空中，救了飞舰也救了陈万通。正在看视频直播的汪芸见空中爆出一团火光，当场花容失色晕了过去。然而，身在飞舰里面的陈万通却对外面发生的事全然不知。后来Jolene通过忆牛顿把当时的险情告诉了陈万通，劝他以后少冲动，别一拍脑袋就想上天入地，没想到他却满不在乎，说越是这样就越要把太空殖民试验进行到底，今后他准备全身心投入这一行，不达目的决不罢休，他还反过来要Jolene少说泄气话，别被恐怖分子吓破了胆。气得Jolene在汪芸面前大骂陈万通不识好歹，说他拗得一点儿弯都不会拐，就像他选专业一样本硕博“三合一”吊在同一棵树上动都不动。

“陈万通太不像话了，拗得有点离谱。”Jolene在电话里数落了陈万通几句，接着就跟汪芸扯起了诺苏号空间站一些鸡零狗碎的事，说空间站许多仪器设备天长日久有不少失灵了，陈万通去了以后三下五除二都倒腾好了，让机器人忆牛顿佩服得五体投地，说空间站最近进行了内部重新整修，据说女宇航员休息室是按照八星级标准装修的，等等。

汪芸手里拿着电话嘴里哼哼哈哈，脑子里已经开起了小差。

要说陈万通那股拗劲，汪芸当然是很了解的。跟他相处这些年，汪芸总觉得是感激、欣赏和歉疚的心情交织在一起，她自己心里最明白，陈万通毅然飞赴太空还真是有点拗劲使然，这跟她没爽快答应求婚有很大关系。要不然陈万通现在一准会是某个大公司的高级技术专家，过着养尊处优的安稳日子。现在倒好，去了太空一趟好不容易要回来了，却还是安稳不了，难道飞天飞出瘾来了不成。

Jolene还在电话里滔滔不绝，讲述着诺苏号空间站的奇闻轶事，却半天听不到汪芸有任何反应，她便嗓音提高八度“喂、喂”了两声，说：“汪芸你在听吗？”

汪芸这才回过神来，说：“我听着呢。”

“听着怎么也不吱一声，心不在焉尽想陈万通了吧，恨不得立刻投怀送抱哼起来？”

“去你的啊，”汪芸岔开话道，“哎，对了，他什么时候能回到地球？”

“啧啧，我刚才不是说了他已经在返程途中，要一两个月以后才能到，你听哪儿去了？”Jolene不满地嘀咕道，“害我白费了老半天口舌，下回陈万通就是带个外星妞回来我也懒得跟你啰唆了，没劲。”

“别呀，下次来香港我请你吃猪头鱼，哈。”

“得了吧，那次说要请我吃蛇尾虾还没兑现呢，现在又换猪头鱼了，哼！”

“那蛇尾虾肉质不过关，我怕你吃出毛病，这猪头鱼不一样，有人已经吃过了，据说味美可口。”

“算啦，不说吃的还好，越说越饿，不跟你白扯受罪了，拜拜吧。”Jolene说完就掐了线。

汪芸长长吐了一口气，果然是无风不起浪呀，今天上午的一阵阵喧嚣都跟太空的动静有关，总算从Jolene那里得到了确切消息。

第
⑩
章

珊瑚礁上建起三沙省

陈万通要返回地球了，这个消息不止Jolene一条渠道可以获得，从泛平等主义势力借机闹腾就明显看得出来。

几乎就在同时，汪伯仁也知道了情况，是李远宏告诉他的。

李远宏从北京打来电话说，陈万通这趟飞天的任务其实已基本完成，生物源反应器已顺利带到了空间站，也做了大量工作搜找阿哲261号。唯一遗憾的是，没能像人们期待的那样把失联已久的飞舰找到，或者至少给个说法也行，生要见人死要见尸嘛，竟还是没个准信。但陈万通认为只要改进一下搜寻设备就还有找到的希望，而且他坚持要自己动手改造，他就是特意为此事中途回来一趟的。

“这何必呢？让地面上派人把设备改造好送过去就是了，少跑一趟节省时间呀。”汪伯仁的反应跟汪芸一样。

“你身边人的倔脾气，你应该更了解。”李远宏说地面指挥中心一开始也不同意陈万通的意见，事实上整个任务也不可能由着他拖个没完没了，但他承诺回来后在几天内就能完成设备改造，再立刻返回太空不耽误事，指挥中心这才勉强同意了。李远宏想想觉得，几天内完成一项设备改造可能会有困难，得帮他一把。

“这你倒不必担心，陈万通的动手能力超强。”汪伯仁对此倒很有信心。

“我的意思是到时候请你尽量助他一臂之力，多个诸葛亮效果不一样嘛。”李远宏说看陈万通这劲，其他人恐怕很难插上手帮忙。

“这没问题，无论从哪个角度讲我都会尽力而为的。”

“我就知道你不会袖手旁观，”李远宏一听求助成功，便轻松道，“打虎亲兄弟上阵父子兵，老丈人出马更不同，他说不定一高兴就提前喊你几声阿爸了。”

“呵，这我可没指望，只要他们俩能顺顺利利我就心满意足了，”汪伯仁接着问道，“陈万通什么时候回来？”

“还有四五十天才能到呢。”李远宏把大概时间告诉他。

汪伯仁屈指算了一下：“哎哟，有点不巧。”他说他刚好在那段时间要去三沙大学，受邀参加该校20周年校庆学术活动，日程早就定了，恐怕安排上会有冲突。不过汪伯仁又马上表态说孰轻孰重他心里清楚，等陈万通到了以后他可以随时调整行程，赶到他身边帮忙。

“有你这话就行了，也许用不着你这老将出马，到时候看情况再说吧。”

李远宏说完这话，忽而感慨道：“咳，岁月如梭啊。”

汪伯仁问他何出此言。李远宏说一提到三沙大学，就想起了三沙当初撤市建省那会儿，一晃30年过去了，好像就是昨天的事。

“我也深有同感。”汪伯仁回应说。想想也是，三沙当年在整个南海露出水面的岛屿大大小小全部加起来，总共只有区区十几平方公里大，而且大都是星星点点的小荒岛，如今已成为拥有数百万人口的水上大省，发展速度之快令人惊叹。

汪伯仁记得，三沙市刚成立的时候，他还在上小学，老师要求他们关注一下新成立的三沙市，他课后上网一搜很快知晓了情况。他注意到，南海的西沙、中沙、南沙这三大群岛虽然面积广阔，但基本上都是浸泡在海水下面的一堆堆礁石，几乎没什么陆地可以驻足。就连三沙市府所在地永兴岛，也不过是“弹丸之地”，充其量就是个小村镇的规模。

这也能称之为城市？老师所讲的三沙建市的伟大意义，他压根不屑一顾。纯属拉大旗当虎皮，除非让那些星罗棋布的水下礁石都浮出水面，否则建市没什么戏。他这样想。

要不怎么说百闻不如一见呢。后来三沙市大兴土木的时候，汪伯仁已经读了大学。那个时候，三沙的建设主要围绕着永兴岛展开，说是要打造一个像马尔代夫那样富饶美丽的天堂小岛。

他和李远宏那会儿之所以登上了永兴岛，说来还要归功于那个热衷于3D打印金丝边眼镜的叶力伢同学。

有一次，汪伯仁和李远宏两人在宿舍里摆开棋盘激战正酣，对一旁几次开口询问功课的叶力伢不理不睬，叶力伢有点儿火了，说你们俩臭棋篓子就知道窝里斗，有种的话去跟AI棋手比画比画，玩不过人家就别再臭显摆了。

李远宏当时一块棋正被汪伯仁围困着，冥思苦想找不出对策心里正烦，听叶力伢在一旁骂骂咧咧就更烦了，他立刻反唇相讥说：“你懂什么围棋，谁说我下不过AI棋手？”叶力伢说：“哟呵你可真敢吹大牛，好几年前‘阿尔法狗’就把人类的顶级高手杀得丢盔弃甲了，后来人类高手们只能眼睁睁欣赏它们‘狗咬狗’，哪还敢上前挑战，你以为我不知道吗？AI围棋手的段位如今都是十段起步，现在最高级别已封到了十八段，就你李远宏这臭水平呀，随便找个最低级别的十段机器人来对付你，都相当于大炮轰蚊子，人家跟你玩压根不需要思考，灭了你总用时不会超过三秒钟。”

年轻的李远宏哪咽得下这口气，他瞪着叶力伢说：“你敢不敢打赌，我要是赢了AI棋手怎么办？”他想到了一点歪招，硬碰硬无疑不是机器人的对手，但可以下让子棋呀，让十个八个子还是有机会战胜机器人的，下赢就行。叶力伢说：“赌就赌，你死定了，说吧，怎么赌？”李远宏稍一思索说：“我要是输了就请你们去逛雄安新城，游那里的新白洋淀，要是我赢了呢？”叶力伢也想了想说：“那好，要是你赢了我请你们去游三沙市的永兴岛，咱们这回不是北边游就是南边游，公平交易。”他接着对汪伯仁说：“阿仁你当个证人，到时候一起出游，别让这货一来真的就反悔。”叶力伢最后又甩出了一句最关键的话：“记住啊，全程公平交易，不准耍赖玩让子棋。”

这下完了，说出去的话泼出去的水，李远宏眼看没什么招了。好在他家就在白洋淀旁边，就当是这个假期带着同学一起回家玩，看看白天鹅尝尝大鲤鱼也算是让南方同学见识一下他家乡的巨变吧。不过，就这样认输他不太服气，也不舒服。

汪伯仁是李远宏的铁杆棋友，感情上自然向着他。AI棋手早已全面占领了围棋的制高点，让他们这些业余爱好者从小就遭人奚落，叶力伢的讥讽话算是轻的。看着李远宏心里不爽，第二天汪伯仁就悄悄找到他商量对策，李远宏叹口气说：“能有什么良策呀，总不能把我升级到十二段吧？”汪伯仁脱口而出说：“大活人哪能让尿憋死，你升不了级那就让围棋升级，办法总要想一想嘛。”李远宏一听眼睛立刻发亮，围棋升级？汪伯仁也忽然精神一振，他随口的一句话不仅启发了李远宏，也启发了他自己，这的确可以试一试。于是，两个年轻棋友通力合作捣鼓了好几个月，终于发明出了一种立体围棋，把二维平面的黑白博弈扩展成了三维立体的围追堵截。

这下子有底气了，一完工李远宏就说要先找个机器人试弈几把。汪伯仁说那可不行，要试必须拉上叶力伢一起去，公平竞争嘛，但当今机器人的学习能力超强，试几把以后搞不好机器人就应对自如了，一下又回到了“解放前”。李远宏说不试就不试吧，直接开盘好了，我就不信机器人会是神。

汪伯仁跟着李远宏和叶力伢一起到了学校的娱乐馆。进了门李远宏一看，仅有的几个十段AI棋手都被其他同学占用着，他便指着一个闲得正在哼《拉网小调》的十五段AI棋手说，就它好了。叶力伢乜了他一眼，心想这货疯了吧，敢直接挑战十五段高手？李远宏毫不理会，拽着他俩走上前去，问那十五段敢不敢跟他下一盘超级围棋。那十五段可能产自日本，它轻蔑一笑说：“你的，大大的，不谦虚，我的，可以跟你下一盘指导棋。”李远宏说：“谁指导谁还不一定呢！”说着话他“唰”一下用手持设备抖出一个3D虚拟屏幕，转瞬间，一个像玩具魔方一样的立体大棋盘展现在大家面前。李远宏说围棋的老把戏旧规则一概不变，只是由平面对弈变成了立体作战而已。那十五段看了一眼依然傲慢地说：“只要是围棋的干活，统统灭你。”汪伯仁在一旁开腔说：“那就废话少说，开战吧。”结果，双方只下出了不到50手，那十五段就陷入了沉思，后来渐渐力不从心难以招架，最终彻底落败。

这下子叶力伢真的搞不懂了，他有口难言结结巴巴道：“这……这……”

李远宏得意地说：“这什么这呀，我跟机器人玩的是围棋吧？”叶力伢很不情愿地点点头。李远宏说：“我们没下让子棋吧？”叶力伢又点头。李远宏一拍胸脯高声说：“这不就得了，我赢啦，你们看着办吧。”叶力伢一声叹息，牙一咬脚一跺说：“愿赌服输，那就假期跟我去三沙，谁不去谁就是‘阿尔法狗’的亲戚——哈巴狗。”

后来快要放假之前，汪伯仁把李远宏和叶力伢召到一起，说：“行啦行啦，打赌就是开场玩笑，要一起去三沙也可以，大家干脆AA制好了。”李远宏痛快地说：“这就对了，请客没说免费嘛。”谁知道叶力伢反倒不干了，他说这学期自己的成绩不错，他阿爸早已答应给他“封赏”，大家这点儿盘缠刚好有了出处，他阿爸在粤西当地怎么着也是有经济实力的乡绅，难道乡村老板就不算老板吗，可别小看人。

就这样，那年假期汪伯仁、李远宏和叶力伢等一起去了永兴岛一游，这一去让他们眼界大开。呈现在面前的是美轮美奂的永兴岛市区，婆娑的热带椰棕与林立的高楼大厦交相辉映，时尚的文化、休闲设施应有尽有，一派百废俱兴的繁荣景象。叶力伢跟他阿爸去过一次马尔代夫，也当场发出惊叹，说不比不知道，数人间天堂，还看三沙。

汪伯仁起先跟大家一样很兴奋，他对李远宏说不虚此行，看来三沙当初“小题大做”建市是有道理的，只可惜地盘小了点。李远宏说好戏才刚开头，据说市区外围的岛礁建设正在进行着，地盘会越来越大。

果然，他们后来乘游艇在海上转悠时看到了热火朝天建设的一幕，远远望过去就像油田里一个个采油机那样在不停地“磕头”。驶近后才看清，那都是些新型的“核动力压桩机”，正在往水下的礁石上打桩，要兴建一幢幢高脚屋。这下一看，汪伯仁大不以为然，他说这样扩展地盘是小打小闹，高脚屋这种巴掌大的地方只能建个哨所、观测站什么的，成不了大气候。李远宏也若有所悟，他跟汪伯仁一样有点儿失望。

返回学校以后，他们两人有时还会谈起这趟三沙之行。尤其是后来三沙建省的社会呼声日益高涨，他们理所当然地更加关注此事，经常热议这个话题。

汪伯仁和李远宏都是三沙建省的力挺派，那趟实地考察给他们的共同感受是，三沙“小题大做”建市取得成功后，就应该一鼓作气“借题发挥”建立三沙省。不管怎么说，三个巨大的群岛分布在广阔的海域，只靠一个市的架构来支撑，总感觉有点小母牛拉大车的味道。但在议论建省办法时，两个人的看法却不太一样。汪伯仁认为关键在于新技术，要摸索出行之有效的手段，把那些浸泡在海水里的岛礁弄出水面大幅增加三沙的陆地面积，建省便是顺理成章的事，要不然还是徒有虚名。李远宏则认为用传统的办法也能搞定，虽然高脚屋难成大气候，但在此基础上填海建造人工岛，慢慢地也能连成大片的地盘。有时候两人还会海阔天空地设想出种种办法并争论一番，当然这种争论只是各持己见，往往不会有什么结果。

有一次，两个人下着棋为这事争来争去较起真了，差点没把棋盘掀翻。李远宏稍后一冷静，索性说管它白猫黑猫，眼下不争也罢，还是等“猫”以后现了身再说吧。汪伯仁也连声说罢了罢了，“猫”影子还没见争了也白争。可是，一直到他们毕业各奔东西，也没见“猫”现身。但两人相约，等三沙建省大功告成后，再一起去故地重游。

那“猫”多年以后还是现身了，它源自生物技术。这让汪伯仁后来多少感到有点意外。

这项技术实施起来千头万绪、工程浩大，听起来却并不复杂。三沙的诸多水下岛屿大都由珊瑚礁构成，先把这些珊瑚礁在水中拦腰截断，再把上半部分顶出水面，中间用桩柱支撑，自然就成了一座座可供人们尽情施展拳脚的水上岛屿。整个抬岛工程的实施，关键要靠一种用生物技术打造出来的“钳足海星”发挥作用。这种专门啃食珊瑚的海星不仅体型壮胃口大，而且啃食速度极快，人称“水下挖掘机”。

汪伯仁看过一段抬岛工程的视频，感到很震撼。画面中，那些“钳足海星”环绕在珊瑚岛礁的四周，在同一水平线上开始啃食，由外向内不断推进，慢慢就啃出了一个巨大的蘑菇状岛礁。随着蘑菇颈越啃越细，再把“集束式万吨顶”的一个个顶杆陆续放进去作为支撑。直到蘑菇颈被彻底啃断，然后整体启动“集束式万吨顶”，把已经悬空了的整个上半部分岛礁缓缓顶出水面，最后再用一根根桩柱支撑固定。一座浮出水面的“高架岛”就这样诞生了。

真是一项壮举啊！后来，李远宏也对这种“高架岛建设技术”发出由衷的赞叹。他有一次来香港跟汪伯仁喝茶聊天时告诉他说，卫星图片可以清晰地看到，从西沙、中沙到南沙的广阔水域中，浮现出水面的岛屿越来越多，真的像碧蓝的天空中点缀着朵朵云彩那样美丽。汪伯仁说照这样下去，三沙建成一个大省指日可待，到时要去实地观赏一下高架岛的真容。李远宏说以前早约定了一起去，你可别放单飞，那高架路天天看都腻了，这高架岛新鲜出炉当然要去领略一番，要不然当年白跟你吵了那么多架。

汪伯仁呵呵道，那还是一言为定，到时候一起去。

一起去只是说说而已，一言为定终究还是成了一言未定。年轻时许许多多要实现的愿望就像是海边拾贝，捡起来的是少数，大多数都被岁月的浪潮冲刷得一干二净。难怪几十年过后，李远宏会发出岁月如梭的感慨。

“你可有点不够意思呀，故地重游也不叫上我这故人，”李远宏在电话里感慨过后怨言又出，“咱们当年的约定早让你忘到脑后喽。”

“哟，”汪伯仁一怔，接着道，“没忘没忘，咱们现在当场落实，怎么样？这回一起去趟三沙吧。”

“呵，你这是‘顺手牵羊’，”李远宏笑道，“不过你那个时间我也去不成，陈万通一回来我就脱不了身啦。”

“那我就等着你，”汪伯仁一想陈万通回来待不了几天，便很认真建议道，“我先去三沙大学然后赖在那里，等你忙乎完赶过去会合，咱们不见不散总可以吧？”

“别想好事啦，还是让你先放单飞吧，”李远宏说，“陈万通这次回来再一走，我也要被遣散了。”

“你说什么？”汪伯仁吓了一跳。要真是让李远宏这样的人物分流下岗，那是开太空玩笑。

“你别紧张，我走哪儿都是干老本行，不像年轻人想上天就上天想入地就入地。”李远宏说伺候完陈万通这趟返回任务，他马上要到南极去工作一段时间，参与全球最大的“太阳风监测基地”的筹建，何时把家还不得而知。他今天打电话的目的，一来通报太空动向请老同学继续关注，二来也是顺便告知一声他自己的新去向。

“哦，筹建新基地当然不同，你这国宝级的太空监测专家肯定要去挑大梁。”

“其实我挺舍不得太空殖民试验这个项目。”李远宏说他有一种预感，把5D打印技术成功推向G星球很可能就在陈万通这一代年轻人手里实现，说是试验其实就是一场真正的星际殖民行动。但从目前情况来看，接下来的行动仍不会一帆风顺，特别是来自极端组织的恐袭威胁会越来越大。他告诉汪伯仁，有情报表明Richard集团最近又在加紧实施破坏阴谋，据说陈万通当初飞天那次险遭导弹击中就是他们干的，他要汪伯仁以后多提醒参与行动的年轻人注意防范，尽量减少牺牲，更不能让人类这项伟大的工程毁于败类之手。

李远宏这番话点到即止，没再继续往下说。

汪伯仁听明白了，老同学这是在退出之前给他提个醒，要奋斗就会有牺牲，干这行要准备好承受极大的风险。前有已失事的许光辉，现有行走在刀尖上的陈万通，往后肯定还会有人加盟，谁会是后来者李远宏没明说，汪伯仁也不愿去多想，他觉得这项改天换地的事业不可能在保险箱里进行，不管以后是谁挺身而出，既然选择了加盟，那就要具备“为有牺牲多壮志，敢教日月换新天”的情怀，作长辈的也应该想得通。

陈万通从遥远的空间站归来，这对汪家来说无论如何都是一件重要的事。

当初陈万通自己脑袋一热决定飞天的时候，汪芸事先不知情，汪伯仁更蒙在鼓里，但这回不一样了，父女俩当晚回到家就沟通了各自得来的信息，早早就有了心理准备。不过，汪伯仁还是有所保留的，他没有把李远宏的安全提醒全部说给汪芸听，她不是参与者没必要让她背负压力在提心吊胆中过日子，他只是告诫女儿说，泛平等主义势力对5D打印进太空不会善罢甘休，李远宏要大家擦亮眼睛远离那些人。汪芸说远离谈何容易，这些年极端组织的破坏活动跟一般追随者的示威干扰交织在一起，一面搞合法抗议一面搞非法恐袭，少数恶人混杂在多数信徒中间，在现实社会和虚拟世界里一起兴风作浪，想躲都躲不开。汪伯仁说能躲尽量躲，关键是干好本职工作，少掺和那些事自然就会清静的。汪芸一笑说，这跟干好本职工作好像没关系吧，再说树欲静而风不止，这年头不想掺和的事该来照来，在空气早就Wi-Fi化的时代稍有点风吹草动就会传入耳中，想清静并不容易。

其实汪芸说得没错，树欲静而风不止，不想掺和的事该来照来。物种泛平等主义思潮经过多年鼓噪，已经波及世界各个角落，开枝散叶出现了多种形式，就连汪伯仁自以为心明眼亮也防范不了。

一个多月时间很快就过去了，眼看着三沙大学的校庆日还有两天就要到了，汪伯仁给李远宏打电话说，他已经考虑好了，如果陈万通这几天能回到地球上来，他即刻取消三沙之行全力协助他搞设备的技改，而且他已就此跟三沙大学沟通好了。但李远宏一接电话就告诉他说，陈万通回到地球的时间比原计划有所推迟，要他眼下不必记挂此事可以照去三沙不误，若有需要会及时通知他。

汪伯仁这才决定如期动身去三沙。行前他还再三叮嘱汪芸，要她一有陈万通落地的消息便立刻通知他返回。汪芸说你就放心好了，等你讲学归来陈万通很可能还没到，所以你这回在三沙尽可以干干本职工作好好休息休息，少掺和那些事，多清净几天。汪伯仁说，哟你这丫头，怎么把我的话又给我还回来啦。

时隔多年重游三沙，汪伯仁兴致勃勃。他抓紧一切空档时间在永兴岛周围到处转，到处看，好像是要了却他和李远宏当年的心愿。要是时间充裕的话，他真想走远一点多看一看。

这次来参加三沙大学校庆的学术活动，他感到收获不小。特别是他结识了菲律宾马尼拉大学的林木教授，两人在学术问题上谈得很投机，大有相见恨晚的味道。林木教授对汪伯仁那场题为《反物质半导体材料的未来》的学术报告赞赏有加，认为他指明了超远距离信息传输方式的一个重要发展方向。林木有很多问题想跟他深入探讨。

校庆活动结束时，林木力邀汪伯仁随他一起去马尼拉大学，开展为期两天的学术交流。汪伯仁一面觉得盛情难却，一面又牵挂着陈万通的事。他打电话问汪芸情况，汪芸说连个楼梯响还没听到哪知道人什么时候下来，你晚个三五天回来一点儿都不误事。汪伯仁于是答应了林木的邀请。

他们一同乘坐“中沙号”游轮前往马尼拉。这也是遂了林木的意愿，这样两人可以有充足的时间畅谈、交流。林木作这样的安排还有另一个原因，是想让汪伯仁多感受一下三沙省水域这些年来的巨大变化，同时还能在途中欣赏到海上龙卷风的奇景。林木知道，中沙号游轮专门设计了近距离观看龙卷风的功能，但在这条航线上，每年碰上龙卷风的机会也只有一两次。所以他一听预报说这趟航班恰好能遇见龙卷风，便觉得千载难逢，没多考虑就订了票。

这可是个好主意，来得早不如来得巧，汪伯仁非常感谢林木的悉心安排。作为一名科学家，他对大自然的奇妙景观历来情有独钟。过去，在全球治沙行动中他见过沙漠龙卷风，这海上龙卷风可从没亲眼见过，这种机会真是求之不得。

汪伯仁跟着林木登上了中沙号游轮，两人都吓了一跳，以为是上错了船。这是运猪的船吗？怎么会有那么多大大小小的猪，在船上乱窜、嬉闹？

一打听才知道，这艘载客量并不大的小型游轮，被那“蓝色爱猪组织”的一个旅行团订去了大部分席位。旅行团的成员爱猪看来是名副其实的，很多人把他们各式各样的宠物猪都带到了游轮上来。难怪到处都有猪在哼哼。

对蓝色爱猪组织，汪伯仁和林木都不陌生。这个民间国际组织，是近些年来伴随着饲养宠物猪的人日益增多而冒出来的。不用问，是受了物种泛平等主义的影响。他们的理念就是，要善待蓝天下的每一头猪。汪伯仁看过他们的宣传广告，说猪是这个星球上对人类贡献最大也是遭人类屠杀最多的动物，不能让千百年来的功臣继续流血又流泪了，现在该是人们放下屠刀与猪为友的时候了。他们还提出了“同一片蓝天白云，讲一点人猪友情”的口号。

“这下完喽，要吃好几顿素食了。”林木教授耸耸肩，不无遗憾地对汪伯仁说。

汪伯仁会心一笑，说入了乡就随俗吧。他也知道，蓝色爱猪组织热衷于在饭店等公共场所鼓噪，奉劝人们不杀猪少吃肉，往往搞得人们胃口大倒，食兴全无。

果然，游轮启航没多久，蓝色爱猪组织就在船上摆开了宣教阵式。他们不厌其烦地在游客们面前为猪评功摆好，要人们爱猪护猪。汪伯仁觉得，那场景很像是20世纪初革命党人向群众灌输革命道理的镜头，大有举世皆醉唯我独醒的架势。

有人知道了汪伯仁和林木的教授身份，便不再向他们宣讲无数头猪每天牺牲性命养育人类这样的常识了，转而抖出更深奥的料来。

“您知道哈佛大学著名的‘拱猪实验’吗？”一个穿着蓝色T恤衫的小伙子问汪伯仁。

汪伯仁笑而不语，听他继续往下分解。

“过去，人们用‘这家伙笨得像头猪一样’来骂人，其实大错特错。”蓝T恤衫小伙子手舞足蹈地说应该反过来夸人说“这家伙真行，像头猪一样聪明”才对，“拱猪实验”证明猪比很多动物的智商要高。他告诉汪伯仁他们，哈佛大学研究人员设计了一种触动式开关电动车，把这车放进一个高温难耐的大帐篷里，挑选各种动物放在车里反复测试，只有猪能用鼻子不停地拱触开关，直到把车拱出热帐篷，其他动物张牙舞爪、乱吼乱叫都没办法做到。有的动物甚至碰到了开关使车动了一下，却始终不懂得持续触碰把车开出去，最终都热昏在帐篷里。

“这倒挺有意思。”汪伯仁说他看过动物奥运会的比赛，猪在不少项目上的表现比狗还出色，看来猪确有一些鲜为人知的本领。

“教授您真是见多识广，所以咱们要爱猪护猪呀，”蓝T恤衫小伙子不失时机道，“您把猪肉戒掉，来加入我们蓝色爱猪组织吧。”

“哈哈，踩中地雷了不是？”林木看着汪伯仁，在旁边打趣道。

“您说起地雷，猪可是真正的探雷高手，”蓝T恤衫小伙子瞄了一眼林木，接过话茬道，“猪在历史转折关头做过巨大贡献，其丰功伟绩被埋没了多年。”

这话从何说起？汪伯仁和林木对望一眼，两人都露出疑惑不解的神情。

“前些年，纪念反法西斯战争胜利110周年的时候，有史学专家考证出了一件事。”蓝T恤衫小伙子继续侃侃而谈，他介绍说，当年莫斯科保卫战形势严峻，苏联红军派出一支小分队向德军纵深迂回，不料受阻于密密麻麻的雷区。眼看战机就要贻误，莫斯科危在旦夕。在这生死存亡的紧急关头，两头经过训练的探雷猪发挥出色，起到了扭转乾坤的作用。它们在前面开路，用鼻子边嗅边拱，一探到地雷就停下来哼两声，紧随其后的红军战士就会作出标记。整个部队就这样顺利穿过雷区，打了德军一个措手不及，从而吹响了红军战略反攻的号角，直到把德国法西斯彻底打垮。

猪的这样一些奇闻轶事，还有不少。汪伯仁和林木在游轮上一路行一路听，也算是开了眼界。那蓝T恤衫小伙子还不时劝说汪伯仁和林木养养宠物猪，他指着那些在船舱里和甲板上蹦跳嬉戏的猪说，这几年猪语开发技术进展很快，人们与猪能进行简单交流，现在养猪其乐无穷。

“马上就要接近龙卷风海域了，请各位游客做好观赏准备。”船长的广播提示音响彻游轮，让喧闹已久的蓝色爱猪组织成员静了下来。汪伯仁他们也终于能舒口气看看海景了。

海风掀起的海浪越来越高，像是不时冒出来的一排排水鞭，唰唰地拍打在游轮上。为了让乘客观赏龙卷风，中沙号游轮专门配有“超陀螺稳轴装置”，尽管在狂风巨浪中也会有晃动，但总体上能稳住阵脚，船身不会出现剧烈的摇摆起伏。

“不管风吹浪打，胜似闲庭信步。”汪伯仁有感而发，吟起了这句著名诗词，他说诗人当年的大胆想象，如今由新技术实现了。

林木也有同样感慨，他还没来得及开口说话，游轮突然就大幅度摆动起来，众人像是瞬间坐上了疯狂过山车。

“不好啦！出事啦！”

满船游客都还没反应过来，就见船长跌跌撞撞，大喊大叫着从甲板上滚进了船舱。

船长气喘吁吁地一说，人们才搞清楚。一群宠物猪闯进了驾驶舱，硬是把他给拱了出来，还把驾驶舱的门从里边反扣住了。它们在里面胡蹦乱拱，游轮现已失控。船长急切地说情况非常危险，龙卷风很快就接近了，这样下去肯定要翻船的。

“这可怎么办呀？”人们紧紧抓着扶手，有人焦急地询问，也有人环顾四下寻找自己的宠物猪。

“办法倒是有一个，但要跟各位讲清楚代价。”船长踉跄着打开一个壁柜，从里面摸出一个遥控器来。他告诉大家，驾驶舱设计了防劫持装置，只要按下这个遥控器，就会立刻喷出毒麻气体，使劫匪昏过去。船长提高了点声音又说，但现在要用在这些猪身上，估计它们都活不成。

“不能这么干啊！”船长话音刚落，一位老妇人就哭喊起来，说她家的阿黑跟她相依为命，乖巧懂事，要是这样被杀掉还不如连她也一起杀了。

“我们家丑丑也很乖，肯定是跟着其他猪误闯驾驶舱的。”另一位老太太也忧心忡忡，哽咽着说道。她这句话引起了蓝色爱猪组织很多成员的共鸣，众人七嘴八舌，都说自己的猪从不惹是生非，准是被个别顽劣的肇事蠢猪带去了驾驶舱，应该分个青红皂白再下手。

“来不及了，”船长已急得语无伦次，他晃了晃手中的遥控器说，“我要对全船乘客的生命安全负责。”

“不能这样滥杀无辜，草菅猪命！”一个烫着卷发的中年妇女边叫边冲上前去，一把从船长手里夺过遥控器，高高举起就要朝着地板砸下去。

“且慢！”在卷发妇女身后不远的林木大吼一声，一个箭步跨过去，从她手中抢下了遥控器，回头顺手递到了汪伯仁手上。

“不要冲动，我去看一下情况。”林木对那卷发妇女说完，就冲到甲板上去了，有几个乘客也紧随林木冲了出去。

风浪越来越大，游轮也越晃越猛。远处，龙卷风旋抽起来的海水柱依稀可见，像一只巨大的锥形漏斗，立在海天之间。游轮已颠得每个乘客似乎骨架要散，却还在向那个大漏斗靠近，没人还有心思观赏这海上奇景了。气氛愈加紧张，大家似乎都在等待着什么。

“赶快动手呀，要不然就完蛋了。”撑坐在地板上的船长声嘶力竭地催促，他眼睛死死盯着汪伯仁，露出求助的眼神。

也许是一路上受了爱猪护猪的教化，汪伯仁手里捏着遥控器犹豫了。他抬眼望向甲板，见林木等人已手脚并用爬到了驾驶舱外，他们在猛拍舱门，还在大声喊话。喊的什么，汪伯仁根本听不见，估计是那几个蓝色爱猪组织的干将在奉劝宠物猪们改邪归正吧。是啊，个别蠢猪干的坏事，就这样把一群宠物猪全都灭掉，感觉有点儿不厚道。汪伯仁打算，等他们再喊几下，没效果的话，就按船长的要求办。

悲剧就这样注定了。

一个巨浪扑来把船头高高掀起，汪伯仁拿着遥控器的手本能地去抓扶。遥控器从手中甩落在地，像顺着滑梯一样向下滚落，不知所踪。连后悔的功夫都没有，船头已高高摆起，那巨型水漏斗不知怎么就近在眼前了。惨不忍睹的情况就发生在一瞬间，驾驶舱周围包括林木在内的那些人，拼命挣扎也无济于事，一个接一个被吸进了水漏斗向空中飞去。接下来，整个游轮倒扣过来，汪伯仁很快就失去了知觉。

醒来的时候，汪伯仁已躺在三沙省一家海底医院的病床上，后来发生的事他是听来的。幸运的是，出事水域刚好有一个海底度假村，他们收到了中沙号倾覆时自动发出的SOS信号后，紧急浮出水面，救起了游轮上的绝大多数乘客。不幸的是，林木等人后来是在100多海里之外被找到的，打捞上来时全都没了生命体征。汪伯仁痛彻心扉，说是自己害死了林木教授。他由此大病一场。

汪芸得知父亲出事的消息心急如焚，她立刻通过“两点对接服务”公司做出安排，先飞赴三沙最近的机场，又换乘“穿海机”潜下海底，接着再改乘海底巴士，几经周折赶到了父亲身边。

她入水没多久，陈万通就从太空回到了地面。

第
11
章

空间站归来再遇险情

汪芸在海底医院照料了父亲几天以后，便离开海底浮出了水面。她刚走出穿海机就打电话找Jolene，向她打探陈万通的行踪。

“呀，你回到香港啦？”Jolene口气很惊喜，似乎早等着这一刻了。

“还没呢。”汪芸说她刚从海底钻出来。Jolene问她父亲情况怎样，汪芸说现在已稳定，准备过几天安排他去曾母暗沙市疗养。Jolene说你要是再不露面，我都打算下海底找你去了。

“陈万通回来了吗？”汪芸迫不及待奔主题。

“哎呀，你们俩真是阴差阳错的，来回擦身而过，”Jolene说，“你刚下海他就回来啦，火急火燎忙了几天，今天一早刚飞走。”

“这么快又走了，怎么回事呀？”

“一言难尽。”Jolene说她手头上正忙乎着，这会儿没空细谈，要汪芸先查看一下刘剑采写的关于陈万通的长篇通讯报道，说是详情尽在其中，“我等会儿忙完再给你电话，哈。”

汪芸登上了前往三沙永兴机场的快艇，准备去那里转机回香港。她在座位上一坐定就上网搜索，很快找到了刘剑今天刚发表的长文，题为《一身是胆陈万通，单刀赴会“二进宫”》。读完了全文汪芸才感觉到，刘剑果然是个妙笔生花的高手，让她对陈万通这趟太空之行的情况有了比较清晰的了解。

陈万通从决定飞天那一刻起就是信心满满的，他觉得自己不会让众人失望。而且他一直都认为，只要阿哲261号还没解体，就没有理由找不到它，至于能否救得回那是另外一码事。跟许多修炼有成的年轻专家一样，陈万通在技术上大有舍我其谁之势，自己潜心研读专业多年，如今这大显身手的机会似乎就是特意为他准备的。宇航员选拔结果公布后，他私下里跟刘剑也表露过，说搜找失联的飞舰靠的是真刀真枪的硬功夫，要有金刚钻才能揽得了瓷器活，这回选中了他，好比打虎找到了武松，治水找到了大禹。他认为自己在技术上蓄势已久优势充分，就像一名训练有素的射箭高手，摆好了架势拉满了弓，一旦出手，命中那目标靶心必有八九不离十的把握。

飞舰发射时，陈万通真感觉自己像一支离弦的箭，恨不得转瞬间飞抵诺苏号空间站。刚升空不久，他也察觉到了不远处一团火光闪过，以为是军事演习什么的，根本没想到会是针对飞舰的恐怖袭击，他一心只想着“嗖嗖嗖”快点飞。

然而，飞出大气层之后，他很快就没了呼啸穿行的感觉，只觉得飞舰在慢悠悠地移动着。如同在地球上乘坐飞机那样，开始是一飞冲天，飞高后再俯瞰大地，完全不像是在飞驰而像是在漫步。虽然“三相共振”动力飞舰是当今人类最快的飞行器，但陈万通在茫茫太空中感受不到高速运动。身后巨大的地球家园，也不像他想象的那样，飞着飞着就像长焦镜头一拉，很快变成了一颗闪烁的小星星，而是在不知不觉中缓慢地由大变小。陈万通想起了李远宏在他出发前说过的话，他说诺苏号之行旅途漫漫，是一次真正的长征，享受的是慢生活。

对漫长的太空行程，虽说陈万通早有心理准备，但他体验到的这种慢生活，与他长期以来在学术世界中不停追赶、脚步匆匆的节奏形成了强烈反差。他恍若回到了瓦特时代，办急事却坐着一列慢火车悠闲地驶往目的地，那种欲快不能的感受简直就是煎熬。也不知飞了多久，他才意识到李远宏的另一句话道出了真谛，他说对于习惯了快节奏生活的人来说，适应慢生活需要更大的毅力。

漫长的飞行中，不知什么时候，陈万通拿出了汪芸送给他的那台预剧点播机，他心想，打发时光或许能派上用场。

陈万通最初点播的是《三打白骨精》。对这个老掉牙的故事，他小时候看过许多版本的影视剧，对剧情耳熟能详，倒要看看如今这预剧点播机能播出什么花样来。他先是预设成喜剧片，结果，播出来的剧情还真是让他捧腹。那白骨精开始的确是想图谋不轨，但在唐僧师徒的教育感化下，终于改邪归正，后来也拜了唐僧为师，孙悟空打了白骨精三次却打出来个小师妹，师徒五人最后欢天喜地继续向西而去。

陈万通从头再来，又预设成爱情片，结果，播出来的剧情让他几乎喷饭。唐僧跟白骨精一见钟情，徒儿们最终认下了白骨精这个师娘。后来的取经路上，师娘热心充当月老，忙得不亦乐乎，成就了三个徒儿一桩桩啼笑姻缘。

再从头试过，陈万通预设成爱情加悲剧片，结果更让他感到狗血不堪。剧情开始，沙和尚带着一个幼儿在几座乱坟前跪哭，哭声中回忆出剧情。唐僧与白骨精一接触就对上了眼，很快猪八戒也迷上了多情的白骨精，孙悟空连打三次却越打越不忍心对美貌的白骨精下手，最后居然也拜倒在她的石榴裙下。风情万种的白骨精多方周旋，引得他们几个争风吃醋、师徒反目。后来白骨精怀了孕并产下一子，竟无人知晓孩子的生父是谁。为此引发了唐僧、悟空和八戒之间的一场混战，他们大打出手，彼此设计陷害，最终与白骨精一道同归于尽了。可怜那孩子，突然就失去了一个亲娘和三个可能的亲爹。没参与纠纷的沙和尚强忍悲痛收拾残局，领着孩子到坟前跪拜。剧尾揭示，只有沙和尚心里最清楚，他自己才是孩子的亲生父亲。

这都是些什么乱七八糟的剧情哟，陈万通一路飞行看了不少这种无厘头的预剧，感到可笑又有趣。他在想，这种预剧无疑谈不上高雅，但也不能简单地归结为低俗，其娱乐功效是显而易见的。过去一成不变的文学作品，现今又有了新的再创作渠道，这也是技术手段对文学领地的一种渗透。这种渗透，或许对文学原著来说是一种糟蹋甚至是侵权，但毕竟也会有很多人喜闻乐见，不知这算是一种进步还是倒退。

一路上他不停地观看预剧也不停地琢磨，想了很长时间也没完全想明白，飞舰终于驶达诺苏号空间站，陈万通就不再想了。

说诺苏号空间站是人类走向宇宙深空的一个驿站，那是恰如其分的。凡是飞往太阳系外围的飞行器，与地球之间的各种联系都要由这里充当二传手。来这里工作的宇航员大都不会长久逗留，这主要是考虑到来回旅途耗时太长，因而宇航员把工作尽量压缩在最短时间内完成，但这回陈万通的任务有所不同，搜找不到失联的飞舰想尽快完工也快不了。

平时在没有宇航员驻留的时候，空间站的日常运转，主要由忆牛顿这个智能机器人按照地球上的指令来完成。

忆牛顿像个忠实的仆人，总是对一拨拨远道而来的宇航员热情相助。这回也一样，它做了充分的准备，迎接新主人陈万通的到来。确切来说，忆牛顿才是这个驿站的主人，陈万通和以往来此工作的宇航员一样，都只是匆匆过客。

对忆牛顿高超的智商和优异的表现，陈万通早有所闻，他这次一进站就有了切身感受。当他把搜寻阿哲261号的具体想法说给它听时，忆牛顿帮他做了进一步的分析，并提出了自己的两点看法。

它的第一个看法是，阿哲261号出事后已成为一艘僵尸飞舰，它应该就在当初失联的方位附近，只要还没解体就能找得到。这跟陈万通的基本判断是一致的，让他增添了信心。

忆牛顿的第二个看法是，只靠“浑水摸鱼”和“超导磁力感应”这两种技术，未必能唤得醒处于半死不活状态的阿哲261号，可能还要用到其他的激活技术才行。这一点，让陈万通一直发着热的头脑猛然间降了温，他觉得忆牛顿的意见有理有据。

事情的发展果然不如陈万通当初设想的那样乐观，他和忆牛顿虽然费尽周折去搜寻，却陷入了雾里看花般的困惑中。他们把那两种传感器的芯片安装在一艘巴掌大的“霍金小飞船”上，利用空间站的高能激光器照射其帆板，驱动着这只小飞船以十分之一的光速在太空飞驰，沿着阿哲261号当初航行的方向不停搜寻。可是，日子一天天过去，搜寻却毫无结果。不是那两种技术不给力，而是浩瀚无垠的太空弱化了人类的技术，探测信号沿途受到了太多难以排除的干扰，让人无法辨析。

连续发射了几艘小飞船，反复试探不见效，劳累了多日的陈万通有一天不知不觉睡了过去。那一觉他睡得很熟，梦中他在漆黑的夜晚寻找许光辉，远处隐隐约约有个影子，他便高声呼唤许光辉的名字，却根本没有任何回应。一旁的忆牛顿说那影子有可能是许光辉也有可能是其他人，还有可能不是人而是一头牛或一头驴，当然也有可能什么都不是只是个幻影。陈万通认定那就是许光辉，于是急得扯起嗓子大喊，许光辉你为什么不回答？这一喊把自己从睡梦中喊醒过来，他觉得梦里的一幕，跟现实中搜寻阿哲261号的情况非常相像，是他这些日子的强烈感受化作了梦。

陈万通不是个善罢甘休的人，他决不愿让搜找阿哲261号的使命变成一场梦，他还要酝酿新的动作。忆牛顿见陈万通整天冥思苦想久久不语，劝他劳逸结合，说人脑也和计算机一样，运转久了要适当地清清零，它问他要不要进“穿越箱”去放松一下。陈万通一直紧绷着的脸这才勉强舒展开来，笑笑说不必了，他带有新式武器。说着，他取出了预剧点播机摆弄起来。他随手点了“红楼梦”里的荒诞故事，说的是林黛玉死后尸首被藏在大观园里遍找不见，贾宝玉悲愤满腔发誓要找到她。他练就了一门绝技，嚼一口灵丹妙药，吐出一个个烟圈在大观园里四处飘移，一旦有烟圈碰到林黛玉的尸首，她就能立刻还过魂来。

吐烟圈？这可是个好办法呀。陈万通突然来了灵感，他觉得，对于阿哲261号这样一艘失控已久的僵尸飞舰来说，漂泊在茫茫太空中就像海边的一粒细沙那样毫不起眼，既然穷尽了现有办法还是不能“看”到它、“听”到它，那就应该反其道而行之，设法激活其通信系统，让它自己发声现身。忆牛顿虽然已考虑到了这一点，但激活并不是一件容易的事。向阿哲261号当初失联的方向发送激活信号倒不难，只要把通信系统的重建程序发送出去就行了，但电磁波信息在遥远的路途中会不断衰减和丢失，即使最终能飞抵阿哲261号身边，也像是一只缺翅少腿奄奄一息的将死之鸟，根本无力激活僵尸飞舰。因而他觉得，解决的办法只有一个，就是要始终保持激活信号的强度，使抵达僵尸飞舰的电磁波强度如初。就像预剧里贾宝玉吐出的烟圈一直不散开，飞到林黛玉身边把她唤醒那样。

陈万通接下来有了豁然开朗的感觉，他想到了把电磁波信号整合到纳米级的发射仪中，打造出一台他自己命名的“波纳整合仪”来，这样就可以跟“吐烟圈”唤醒林黛玉的办法一样驱动僵尸飞舰了。他把自己的想法兴奋地告诉了忆牛顿。

忆牛顿一听很好奇，问他怎样整合出电磁波的“烟圈”。陈万通解释说要制造出一种纳米机器，能够存储和发送所需的激活信息，这种肉眼几乎看不见的纳米发射机能像烟圈那样在太空中飞舞飘移，无论飘到哪里都能保持着足够的信号发射强度，一旦就近碰上阿哲261号也就可以当场唤醒它了。忆牛顿又问，造出这样的纳米级“烟圈”以后，又该如何把一个个“烟圈”“吐”到太空各处。陈万通说可以借鸡下蛋，找一台大功率的分子远程发送装置改造一下，用来“吐”一个个纳米“烟圈”并不难。

忆牛顿听完像是陷入了沉思，后台则启动了超级运算程序进行分析判断。过了一会儿，它口气坚决地说这个方案可行，眼下阿哲261号很可能处在“死机”状态，那“烟圈”好比隔空飞去的重启键，一旦碰上必有妙手回春的效果。

“我准备尽快动身。”陈万通说他要返回地球去亲自弄出一台“波纳整合仪”来，一完工立马再赶回太空。

“没必要亲自去吧，让人弄好了运过来不行吗？”忆牛顿说你可别把咱空间站当成了自己的后花园，抬抬脚就能轻松来去，跑这么远一趟太辛苦了。

“非我回去不可。”陈万通说纳米机器的设计制造他捣鼓了多年，在这方面可以说轻车熟路，而且阿哲261号的软件系统他也琢磨已久，再加上这段时间对搜寻反馈信息的分析也积累了很多数据，他回去以后花个三五天工夫就能搞定“波纳整合仪”的技改任务。他说要是换别人一切从头来过，那就不知搞到猴年马月了，所以他奔波一趟以空间换时间还是划算的。

“那好，我马上就向家里报告。”

忆牛顿做事非常利索，它很快就按陈万通的要求，把他的新构想编制成文档发回了地球。

地球上的指令不久就传回了诺苏号，指挥中心同意陈万通的方案，但考虑到他连续长征太疲劳，而且回来一趟很耽误时间，打算立刻组织力量研制“波纳整合仪”，搞成之后马上派人送去。陈万通却不以为然，他说设计思路全在他脑子里，另组团队磨合起来更耽误事。地球上又回复说要相信三个臭皮匠顶个诸葛亮，时间紧任务急要他别再来回奔波了。但陈万通依然坚持己见，这就有了他的“二进宫”之行。

陈万通这趟回到地球的时间之所以会推迟，是由于回来的路途中又一次险遭极端组织的暗算。而且在躲过暗算后，恐怖分子紧接着又发信息对他进行威胁，妄图阻吓他再次上天为太空殖民试验而奔波。陈万通只当他们是狗叫，按计划又一次踏上了飞天之路，所以刘剑的文章说他“一身是胆”丝毫也不夸张。

离开空间站即将返回那会儿，地面指挥中心给陈万通发来了信息，提醒他说极端组织的活动最近又有抬头，要他注意防范。地面还专门给他分析了敌情，说路途中的危险性在外太阳系与内太阳系是不同的，呈现出“外松内紧”的特点。具体来说就是，在外太阳系遇袭的可能性不大，因为迄今为止还没迹象表明极端组织已涉足木星以外的天区，而穿过小行星带进入内太阳系以后，恐怖分子的黑手就渐渐够得着了。因而届时要根据指令行事，一进入内太阳系，火星上的监控站离得最近会先对飞舰进行引导，然后沿途一步步把他交给地面指挥中心，直到落地。地面还特意提醒说，内太阳系这段航程虽然有安全监控措施，但不可麻痹大意，一切行动要听从指挥。

路途上的情况跟预料的差不多。在外太阳系的航程一直顺顺利利，飞舰按照原计划时间飞过了木星的公转轨道面，接着又飞进了小行星带里面，等到穿过这片天区之后就归火星上的监控站管辖了。

陈万通认真检查了一遍通信系统，早早就做好了接收火星指令的准备。他其实很清楚，即便飞舰穿出了小行星带也依然离火星很遥远，还无法实现即时通信。事实上，除了接下来从火星附近掠过的短暂时刻外，大多数时候都不可能与火星上的监控站进行“天地通话”，所谓指令只能是无线电波发送的一条条迟滞信息。眼下飞舰仍在小行星带中穿行，还没进入火星的管辖范围，等着接收指令还早得很呢，是他自己归心似箭，恨不得立刻听到来自火星的呼叫。

“唧，唧唧……”

陈万通提前等着接收指令，指令果然就来了。收到新信息的提示音响起来时，陈万通感到有点儿意外，飞舰正航行在小行星带纵深，横穿出这片天区还要好多天时间呢，没想到火星上的监控站也提前行动了，急着要跟他先接上头。这就好比两人约好了要相会，本来该等过了河在岸上会面的，结果提前相会在水中央了。

陈万通没多想便打开信息查看，火星上的指令言简意赅，要他即刻报告飞舰所在方位。他当即照办，选取了日心天球坐标系统，标明了飞舰目前的所在位置，回复给了对方。

信息发出以后，他脑子里有一刻闪出过疑点，刚才收到的这条指令是来自火星上的监控站吗？信号源的一些技术参数与火星监控站不太相符呀。但转念一想又觉得疑虑是多余的，小行星带有些区域对电磁波信号干扰较大，影响到信号源并不奇怪，再说极端组织对这一带鞭长莫及，想造次也有心无力，而且真有可疑举动也会被火星上发觉的。这样一想，他觉得不必庸人自扰。

大约一小时后，新的指令信息又来了，这回不是询问而是引导行动。

指令信息先介绍了最近一段时间太空的突发情况，说是前一阵子，一支极端组织的人马突然登上了火星，据说那些人都是铁了心反对5D打印进太空的死士，他们的目的就是等陈万通驾乘的飞舰穿出小行星带之后，将其一举摧毁在太空。目前火星上的警察正在对那伙人进行围剿，双方发生了激战，估计这场战斗在短期内难以结束。介绍完战况，指令明确要求陈万通赶快刹车别再继续前行了，说是飞出小行星带进入内太阳系将是飞蛾扑火的危险之举，极端组织的星际导弹正等着他探出头来当活靶子打呢。指令最后严肃指出，陈万通这趟返回地球的行动须就此中止，为安全起见应迅速掉头回到空间站待命。

什么？！掉头回去？陈万通看完指令大吃一惊。行百里者半九十，这么远的路程都走过来了，眼看快到家门口了却要他掉头回去，这事他当然不干。他一面刹车减速思考对策，一面回复火星上的指令表明坚决的态度，说哪怕九死一生冒粉身碎骨的风险也要返回地球，绝不被恐怖分子吓退。

回复信息发出去又一个多小时后，陈万通再次等来了新指令。

这回火星监控站可能被他的英勇献身精神所感动，说是经研究同意他继续前行飞往地球，但必须绕道行驶，避开危险区域，此事没有商量余地。这条指令在他原先提供的日心天球坐标系基础上，标出了绕道飞行的新航线，要他来个近乎九十度的大转弯，说是照此航线先全速飞行几天，再转回原来的航向，这样穿出小行星带就可以避开恐袭的锋芒了。陈万通一看就明白了，他就像是河水中的一条船，本来是要直接横渡大河的，由于对岸埋伏着恶人，所以要九十度转弯沿着河流走向行驶一阵子再继续渡河，远离了恶人守株待兔的地方也就安全了。

这要耽误好多天时间哟。陈万通心里并不愿意这样绕道，但避险也是不得已而为之，虽说“将在外，君命有所不受”，可也不能无理取闹，晚几天回到地球要说也误不了大局。一想到这点，陈万通觉得还是尽量听令行事为好，一切行动听指挥嘛。他操控着飞舰来了个大转弯，依照指令要求的航线全速前进。做完这些他长舒了一口气，先填饱了肚子，接着就钻进了睡袋。飞舰已经在火星站的监控引导之下了，剩下的航程也就不用太操心了。

他是被又一次“唧，唧唧……”的信息提示音唤醒的。这一觉迷迷糊糊睡了多久也不清楚，要不是又来新指令还不知睡到何时才会自然醒，这段日子他太疲劳了。也幸亏这个时候惊醒了他，不然陈万通大祸临头真的就粉身碎骨了。

陈万通一查看完信息立刻惊出一身冷汗来。这条指令用红色大字“危险！”作标题，严厉质问他为何突然九十度大转弯，说他正在高速向着一颗小行星冲去，舰毁人亡就在眼前，必须立即刹车！立即转向！

啊？上当了！陈万通只扫了一眼信息源就明白了，这条指令与此前不同，信号的各项技术参数与火星站的情况完全吻合，应该是货真价实的监控引导指令。他旋即本能地扑向操控台，刹车，转向。

可是，一切似乎都迟了点，由于飞舰巨大的惯性，方向不是说扭转一下子就能扭转的。

“呜哇，呜哇……”飞舰上的防冲撞报警器也在这时候响了起来。

透过舷窗可以看见，正前方一颗鸭梨状的小行星由远及近越来越大，就像一块大石头一样正朝着飞舰砸过来，眼看一场太空激吻就要发生。紧要关头，陈万通急中生智启动了位于飞舰底侧的一台着陆缓冲发动机，在这个相对垂直的方向上产生加速度，或许转向还来得及。

发动机“轰隆隆”声过后，飞舰几乎擦着小行星的表面一掠而过。后来陈万通知道了，这颗小行星是著名的“巴普提斯蒂娜”星群家族的一员，其直径有300多米，是一块如假包换的巨石。飞舰如果撞上去，那跟鸡蛋砸大石头无异。

真悬哪！陈万通一躲过此劫，马上回复真正的火星站向他们报告情况。近一个小时后，火星站又来了信息祝贺陈万通化险为夷，说他们注意到了此前的异常情况已通知警方缉拿肇事者，要他即刻调整航向按计划直飞地球，别再理睬假火星站的所谓指令，权当他们是野狗乱叫好了。

阴谋虽然以失败告终，“野狗”最后还是叫嚣了一下。过了一段时间，假火星站又发来一条信息，这次极端组织凶相毕露，一上来先诅咒称“把5D打印推向太空就是把自己推向坟墓”，接着又恐吓说这回算陈万通小子命大，以后如果再敢出来为5D打印卖力，太空随时随地都可能成为他的坟墓。陈万通看完轻蔑一笑，他想起了一句谚语：即使狗叫，队伍也会继续前行。

不久后，陈万通飞经火星附近时，与监控站进行了一次实时通话。人家告诉他说，“野狗”前些天已被消灭了，其实那是Richard集团派出的一个爪牙。那家伙混迹在前往火星观光的游客当中，那几条假指令是他在地球飞往火星的旅游飞船上炮制出笼的。后来旅游飞船到了火星，他得悉陈万通并没有舰毁人亡，自己的阴谋已经破产，于是偷偷窜到火星上的维多利亚陨坑边上，给陈万通最后又发了那条威胁信息。火星警察已追踪他多日，就在那会儿把他团团围在了一块大岩石上，他一看走投无路插翅难逃了，便摘下头盔面罩，气绝身亡，横尸在了火星上。在太空自戕比喝水还要容易，拦都拦不住的。

陈万通这次太空历险就此戛然而止，刘剑的文章只描述到这里就收了笔。文章里没有提到陈万通接下来的行程，他落地以后的情况更是没有只言片语。

后来的行程应该一帆风顺了，汪芸这么想，从火星经月球回到地球，这条天路已经被经营、管控了多年，司空见惯的一段旅程没什么新鲜事也不值得费笔墨。但汪芸多少还是有些失落感的，陈万通这趟回地球似乎跟她没什么关系，他在刘剑笔下更像是个潇洒走太空的大侠，是个不食人间烟火的孤胆英雄。刚才Jolene在电话里只说他来去匆匆火急火燎，却没听说他留下些什么话，没工夫见面连个话也不留，这不是拿她完全当局外人了嘛。

快艇没多久就到了永兴机场，汪芸还在郁闷着。她没心思闲逛漂亮的航站大楼，直接选了个单人候机厢房便钻进去休息，还是这样省事省心，该登机的时候会被自动传送到机舱门口，这之前吃喝娱乐自便。她在餐饮机前点了一份三沙的海味拼盘准备当作晚饭，还没来得及开吃，Jolene的电话就打来了。

“Sorry呀，我刚才实在是分身乏术，害你等这么长时间，肯定等惨了。”Jolene一上来就忙不迭道歉。她说她忙的都是些奇葩事，有个机器人搞出了一项重要发明，结果机器人的制造商和雇主都声称拥有发明权，双方闹得不可开交，一直缠着她处理，好不容易才把他们打发走。“涉及机器人的纠纷越来越多，让人焦头烂额啊。”她说。

“你先忙你的事呗，我又没急着等你召唤。”汪芸说，“我本来打算回到香港再告诉你一声就得了。”

“什么，你不急着等我？”Jolene咕哝说，“好你个口是心非的货，你不想知道陈万通的消息吗？哼。”

“情况我都看过报道了，‘杞人’的大作写得很详细很生动，一目了然。”

“那是公开的正面秀，背后不是还有花絮吗？”

“能有什么花絮呀，你不会跟我说在火星上为极端主义殉道的那个‘野狗’是机器人吧？”汪芸说，“我可不感兴趣。”

“有你感兴趣的，”Jolene说，“陈万通一回来就到处打听你的下落。”

“哦，是吗？”汪芸一阵窃喜，却故作矜持道，“他找我干吗？”

“哟，你这不是废话吗？”Jolene语气不满道，“久别胜新婚，人家急着跟你鸳鸯会，你装什么糊涂呢。”

“你别没个正经的，”汪芸的心情爽朗起来，“那你们把我的去向告诉他了？”

“看你说的，那会儿就是灌辣椒水上老虎凳都不能透露实情呀，”Jolene判断说，“他要是知道了真相，肯定会不顾一切钻到海底去找你，那他这趟回地球的任务就彻底泡汤了。”

“夸大其词，我可没那么大的吸引力。”汪芸本想说要不然当初他也不至于招呼都不打就决定飞天，话到嘴边又改口道，“那你们是怎么跟他解释的？”

“还是刘剑那货鬼点子多，他说你去大西洋海底处理非法物种投诉的事了，暂时回不来也联系不上，陈万通这才叹口气转而集中精力捣鼓他那设备去了。”

汪芸听Jolene这么一番话总算清楚了，虽然自己碰到突发事件没跟他见上一面有点遗憾，但她心里还是挺高兴的。不管怎么说，陈万通当初投身这项事业在很大程度上是因她而起的，他现在拗过了劲却初心未改。想到这一点，汪芸觉得自己对星际殖民试验注定是要承担起一份责任的，她理当尽心尽力助陈万通一臂之力。“他走前有没有交代还要办什么事情？”她问Jolene。

“还要办什么事情？”

“是啊，有什么想办没来得及办的事，或者半半截截没干完的事。”

“嗯……这我就不清楚了，你可以去问问刘剑。”Jolene说她只是赶去香港跟陈万通匆匆见了一面，刘剑则是见缝插针跟他聊过多次，洋洋万言的长篇报道都抛出来了，还能有什么事不知道？

候机厢房里的指示灯缓缓闪亮起来，汪芸看着服务机器人把她面前的餐具麻利地收拾干净，接着她就有了身体轻轻移动的感觉。

“好啦，不跟你聊了，”汪芸说，“我要登机了。”

“登基，登什么基？你以为你是武则天，还是伊丽莎白？”Jolene刚嘟囔了两句，候机厢房里就传来了航班广播声，她一听又呵呵道，“行行行，吾皇万岁万万岁，拜拜。”

如今的超音速航班就相当于空中高铁，汪芸乘坐的C959型高速客机只一顿快餐的工夫就从三沙飞到了香港。

班机刚一落地，汪芸看看时间还不算晚，便考虑给刘剑打个电话约他见一面，那货整天都在港澳两地东奔西窜，有时候挺好找有时候又很难约。她刚拿出手机，刘剑的电话倒先打来了。

“女皇陛下落地啦？有失远迎请恕罪。”刘剑乐呵呵先开了口。

汪芸一听就知道Jolene已经向他通风报信了，便直接问他在不在香港。刘剑说正在港珠澳大桥上，很快就能赶到。汪芸问他星夜兼程又要扑什么新闻猛料吗？刘剑说哪里呀，还不是为了早点觐见女皇，晚了吃罪不起。汪芸估计是Jolene假传了圣旨，她说那你就掉头向后转吧，也没什么急事，等哪天来港时顺便见面聊聊就行。刘剑连忙说不不，今晚务必接见一下，他真有事要禀报。

两人在一家约好了的咖啡厅见了面。落座寒暄几句后，刘剑问道：“陈万通的情况你都知道了吧？”

“看过报道了，”汪芸夸他说，“你可真是下笔如有神啊，写出来的文章有滋有味，想让人不点赞都难呢。”

“过奖了，”刘剑笑笑说，“那都是受了陈万通光辉事迹的鼓舞。”

“哦，难怪你会有星夜兼程不辞劳苦的精神力量，”汪芸说，“不过呢，你特意赶来就别再讲那些鼓舞人心的故事了，说点花絮轶闻什么的也许更中听。”

“哎哟，这事还真不好办。”刘剑一副很为难的样子，他明白汪芸的意思，但陈万通这趟回来紧紧张张的恨不得一秒钟掰成两半来用，他满脑子都是太空的大事，哪有心思闲扯鸡零狗碎呀。刘剑只能实话告诉汪芸说：“陈万通跟我基本上没谈什么题外话，只谈到一件事跟你直接有关。”

“什么事？”汪芸打起了精神。

“他这次回来没见到你，让我代他向物种审理署投诉。”

“呵呵，陈万通忙里偷闲还给你安排了这种摆乌龙的任务？”汪芸从话里听出的是八卦味，“你特意从澳门赶过来就是为了投诉我呀？”

“你搞错啦，”刘剑解释道，“不是我要投诉，而是陈万通让我替他投诉。”

“借刀杀人跟亲自操刀没有本质区别嘛，”汪芸微笑道，“说说看，有什么深仇大恨的事要投诉我。”

刘剑呵呵道：“谁敢投诉大名鼎鼎的汪博士呀，连那吃了豹子胆的Richard也不敢呢。”他继而很认真地对汪芸说，是陈万通在天上发现了不正常情况，要他转告给她，向物种审理署投诉。

说起正事来，两人很快就收敛了调侃语气。刘剑告诉汪芸，陈万通此次返回地球时，为了调整轨道，曾在月球周围盘桓了一阵子。陈万通从来没有这么近距离地接近过月球，透过飞舰舷窗，月球的地形地貌以及一些人工设施可以尽收眼底。出于好奇他用超导磁力感应器四处探测，在一处看上去很荒寂的峡谷地带，他探测到了强烈的感应信号，而且那信号不在月表而是来自月面下的纵深部位。

“这并不奇怪呀，”汪芸说，“月球的核电站就建在月面深处，那里测到信号很正常。”她心想，陈万通虽没到过月球，但对此应该是很清楚的。早年人们在勘探月壤的时候发现了铀矿，那时就有人提出了在月球建核电站的想法，只是苦于月球缺水而无法实施。后来在月面深处发现了覆盖在月石下面的大量冰凌，于是核电站顺势而为，就建在了月球深处。对这项曾轰动一时的建设手笔，刘剑也不会不知道。

“没错，陈万通刚开始也是这么想的，”刘剑接着道，“但随后他就发现了异常情况。”

刘剑说同样在这片区域，陈万通又用“浑水摸鱼”技术探测到，月面深处居然有可疑动物成群活动的信号，这让他吃惊不小。他知道，月球核电站建成之后主要靠机器人在照料，只会偶尔有人去巡视一下，附近不可能有大量的人群。况且，收到的信号谱也表明，那成群的动物不是人类。陈万通虽然不懂各种生物信号的辨别，但这回为了搜寻阿哲261号和许光辉，他临时抱佛脚跟汪芸恶补过，对探测到的人类信号谱，他还是能一眼辨认出来的。既然不是人类那会是什么？若是一群猪或是一群羊倒无所谓，万一要是新的危险物种呢?

刘剑说到这里，拿出一张全息信号图谱递给汪芸，说是陈万通带回来的。

汪芸接过，用手持设备仔细端详了一会儿，说这肯定不是人类的生物信号特征，大致可以判断出这种可疑动物的体态跟猪差不多大小，但又不像已知的动物。

刘剑“哇噻”一声，说：“真的是邪恶物种啊，那我又有爆炸性新闻可报了。”汪芸说不一定，要等认真检测后才能下结论。

“那你可要尽快给我个说法呀，免得我报错了出洋相。”刘剑不愿眼看着就要起爆的炸弹就这样哑火。

“你要是不怕闹笑话就尽管报道好了，毁了一世英名可别怪我，”汪芸边说边收起信号图谱，“时间不早了，今天到此为止吧。”

“‘一万年太久，只争朝夕’，你一定要法槌早落，尽快断案。”刘剑临别还在叮嘱。

第12章

月球惊现可疑大虫

对陈万通在月球上探测到的疑似动物信息，汪芸自然不会怠慢。这不是小事，她自己也想早点儿得出结论。

刘剑转给她的那张信号图谱，她第二天就带回物种审理署进行了仔细的分析、检测，但她遇到了麻烦。仅凭这张图谱而没有DNA样本，根本就无法弄清楚这种疑似动物的真面目。为此她费了不少精力，花去很多时间，也请教了一些同行前辈，大家分析来分析去，只能得出个似是而非的结论，说那可能是一种大虫，是地球上不存在的多足爬行昆虫。

可疑的大虫怎会出现在月球上？汪芸觉得应该启动物种审理署的调查程序，她把这个想法告诉了同事英拉。

“英拉姐，咱们是不是一起去趟月球？”汪芸告诉英拉有人怀疑月球上出现了非法物种，想跟她商量一下前往调查的事。

这英拉原是曼谷大学的一名实验技师，调来物种审理署后，她总是跟着汪芸跑外勤，给她当助手。虽然英拉年长汪芸好几岁，但她对汪芸的业务水平是很佩服的。以往对于外勤任务，只要汪芸一提出来，英拉总是爽快答应下来，然后就迅速投入准备，但这回却没有。

“去月球调查？”还没等汪芸说出是什么样的非法物种，英拉就摇了摇头道，“这有点儿越位了，咱们够不着。”

“怎么越位了？调查非法物种是我们分内的事。”汪芸以为英拉嫌太远麻烦，于是道，“乘坐月球旅游巴士来回一趟很方便，可能比去海底还省事呢。”

“我不是说月球够不着，而是事情够不着。”英拉说联合国的公约一直以来都只限于地球上的新物种，月球上的事情怕是鞭长莫及。

汪芸无语了，她觉得英拉的话不无道理。想想也是，物种审理署也就管管地球上新物种的事，还能管整个宇宙的物种不成？话虽如此，汪芸却心有不甘，她还是想早点弄个明白，官方程序走不通，那就要想想民间的办法了，不然陈万通回来也无法向他交代。

眼看着日子一天天过去，汪芸不能不着急起来。她正琢磨着怎么托人到月球上的事发地点拍些图像资料回来，希望能拍摄到可疑大虫的倩影什么的，还没想出办法刘剑就来电话了。其实他更急，前些日子他已经来过一次电话了，问汪芸结论出来了没。到底是何方怪物要赶紧断案呀。汪芸说你可别让我当葫芦僧乱断案，耐心等着吧。他现在是第二次来催问了。

“怎么样啊？汪大博士给个说法吧，”刘剑一点儿客套话都没有，“我快憋不住了，揣着普利策新闻奖的素材，个把月了还出不了手，急煞人呀。”

“你以为我不急么，可疑大虫现在只能算是捕风捉影，证据不充分我也不敢贸然下结论啊。”

“咳哟，不是有陈万通的信号图谱么，你就大胆假设吧，小心求证的事以后再慢慢来嘛。”

“哎，对了，”汪芸突然想起刘剑这个当记者的门路广，认识的人也多，便求助说，“你能不能找个人到事发地点随便拍些图像回来，说不定会有用场。”

“早说多好，这没什么难的，”刘剑想了一下说，“我找朋友拍到了月面的图像直接发给你，省得转手倒来倒去耽误事，咱们为了陈万通都抓紧点儿哦。”

刘剑还真是抓得挺紧，刚过了两天，他的一个不知什么来路的狐朋狗友就发来了一段月球视频。汪芸一看，拍摄地点倒是跟陈万通的描述能对上号，但图像中除了核电站在月面的一些建筑设施之外，连个动物的影子也没见到。

这事还没隔夜，刘剑的电话就追过来了。“这回总该告诉我是什么大虫了吧？”他说。

“我还是看不出来，可能要等我另想办法。”汪芸没说图像不管用，人家好心帮忙，不能一盆凉水浇上去。

“为啥还不行呢？”刘剑失望之余有些不解，“当年你在新西兰不就是凭一幅照片一举识破了巫霸草么，这回不灵啦？”

“此一时彼一时，这回情况不一样。”

“要是这样的话我可不想等，要先发稿啦。”

“嗯，那就随你的便好了，”汪芸强调了一句，“但你可别妙笔变鬼笔把我也卷进去。”

“放心吧，文责自负。”

刘剑觉得不能再等了，要不然起个大早却赶个晚集。在媒体圈里混了多年，他起码的嗅觉还是有的。第二天他就率先抛出了《月球惊现成群大虫，疑是地球非法物种》的报道。但这篇报道缺乏真材实料支撑，也缺少“权威人士汪芸博士分析”之类的辅料，因而没在社会上引起太大反响。这年头一惊一乍的消息多如牛毛，人们听得太多也就见怪不怪了。

一颗小石子扔进水里没太大声响很正常，但若是有人刚好就在水边，就会注意到泛起的涟漪。英拉就是这样注意到了刘剑的报道，汪芸邀她前往月球调查的事她不会这么快就忘掉。一看过这篇言辞犀利的报道，她就说汪芸的担忧不多余，如果真是一种大型昆虫的话，那准是有人用“生物缩扩技术”弄出来的。她建议汪芸在暂时无法启动正规调查程序的情况下，要先设法搞清楚那大昆虫是什么模样，坐实了就不怕找不到地球上的源头。

“我也是这么想的，正在找人去取证。”

汪芸认同英拉的判断，她对“生物缩扩技术”非常熟悉，这也是最近二三十年来新物种设计的一项热点技术。说起来，生物缩扩从植物界兴起，再延伸到动物界，最初的源头则是园林栽种的盆景。

盆景是什么？其实就是植物侏儒。汪芸对当年老师在课堂上讲的这句话印象很深，老师说千百年来人们在没有掌握基因技术的时候，把植物的微缩看得很神奇，也很珍贵。要把一株株高大挺拔的树木，培育成盆中景观，需选种育种很多年，甚至几十年上百年才能成功，能不昂贵么？后来基因技术彻底揭开了植物侏儒之谜，轻而易举就可以直接育种栽培了，昔日各种名贵的盆景，而今早已走进了寻常百姓人家。

盆景栽种难度不再，很快就有人反其道而行之，植物既然能够微缩，何不试试放大、巨扩？一试果然也可以，只经过了短短几年的工夫，就陆陆续续地涌现出了一些个头奇大的花卉、果蔬等。长得比西瓜还大的苹果、梨子，开得像碗口大小的梅花、水仙，一人多高的黄瓜、萝卜，等等，在吉尼斯世界纪录的刺激下，纷纷问世。汪芸看过一篇报道，说巴西培育出的一颗洋葱，直径超过了20米，活脱脱一座小山包。

在技术发展的同时，生物缩扩也不断朝着动物进军，照样很灵验。汪芸知道，不管是动物还是植物，缩扩技术本身大同小异，其实都是捣鼓基因的活计。

大概也是受了盆景栽种技术的启发，微缩动物其实很早以前就登堂入室了。汪芸小时候去广州动物园游玩时，特别喜欢那里的“袖珍动物区”，那些小巧玲珑的老虎、狮子、长颈鹿、大象、水牛、山羊等动物，体型跟猫儿差不多大，很招人喜爱。汪芸总以为它们都会慢慢长成大个头，那时父亲跟她讲动物微缩的道理，她也听不懂，反正就是觉得这些小家伙比那些凶猛的大老虎、大狮子好玩。后来不少游乐场也设有“袖珍动物园”，微缩动物的品种也越来越多了。再后来宠物设计公司出现了，很多微缩动物都成了人们的新宠。

汪芸读研究生以后，对动物微缩技术有了直接的接触。进了武林的门总会耍几下拳脚，她也学会了这项技术，虽然不是高手，但比葫芦画瓢也能弄出点名堂来。有一回她花了几个月的业余时间，弄出了一匹小斑马，那小家伙只有兔子大小，人见人爱。那天让许光辉带出去遛一遛，结果撞见了熟人，人家死乞白赖抱了就走，一去不返，气得她几天都没搭理许光辉这败家子。还有一回她弄出了一头小小的棕熊，Jolene见了喜欢得不行，她最后也只好忍痛割爱。Jolene捧着小棕熊说，还是搞生物技术好，有空摆弄些小动物，多温情啊，不像那些机器人冷冰冰的还净惹祸。汪芸说机器人惹事修改程序就是了，动物要是闯起祸来麻烦更大。

说来说去，这些都是发生在联合国物种公约出台之前的事了，后来所有的宠物设计也都纳入了各级物种审理的范围。汪芸很清楚，奥塔哥事件之后，全世界的新物种设计都被套上了紧箍咒，生物缩扩同样受到了严格限制，不像以前那样无节制了。但她也知道，相对于微缩而言，动物的巨扩从一开始就受到了生物界的共同抵制，“准缩不准扩”是业界普遍遵循的“游戏规则”，她在物种审理署干了这么久，从来就没碰到过巨扩动物的申请，而今怎会在月球上冒出可疑大虫来？是外星系飞过来的物种吗？听着都荒唐。

汪芸不用多想就明白英拉的话没错，源头还是地球。像大型昆虫这样的物种，有人感兴趣想搞一搞也不会在地球上倒行逆施公然犯忌，躲在月球上打擦边球完全有可能。

“你打算找什么人去取证？”英拉见汪芸沉思了片刻便没了下文，便追问道。

“噢，我还没想好呢。”汪芸尝试过一次就知道了，像刘剑找的人那样到事发现场拍拍照是取不到证据的，除非能钻到月面深处去看个究竟。

“我倒是有个主意。”英拉说她从媒体上看到，香港大学有个研究月壤的专家过几天要奔赴月球，人家带着一种“透射成像仪”说是可以拍到月面下一定深度的图像。她向汪芸建议说：“一般人还帮不上忙，不妨请那位月壤专家去试一试。”

“嗯，这还真值得一试，但愿人家肯帮忙。”

帮得上忙的人不仅拥有先进仪器，而且还是自己母校的专家，汪芸觉得英拉这主意不错，真是“踏破铁鞋无觅处，得来全不费工夫”。第二天她就回了一趟母校，通过一位留校工作的同学引见，找到了那位月壤专家。人家一听她的来意很紧张，说月球上发现怪物了，那他不是去送死吗。汪芸笑言，她自己就是整天跟怪物打交道的，要送死都不知死过多少回了，还说那些怪物藏到月面深处都不敢露头，究竟谁怕谁呀。那月壤专家考虑了片刻说行吧，反正当今的怪物都是人造产物，阻止这样的怪物出笼也是科学家的责任，他就当是尽一次义务，一旦拍到照片立刻发给汪芸。

汪芸松了口气，她一离开港大校园就给英拉和刘剑分别去了电话，说是火眼金睛的人物终于找到了，也许很快就会见分晓。电话那头的两个人不约而同，连连叫好。

然而，让几个人都没想到的是，石子扔进水里产生的涟漪会慢慢扩散，一不小心还会在别处激起浪花。

几天后，月壤专家那边还没传来消息，却先有了节外生枝的动静。有人在网上刘剑的文章下跟了一个帖，炫耀说月球上发现大虫不过是小打小闹，日本有一家研究机构最近的动作那才叫大，他们已成功地将普通的小老鼠培育成了真正的硕鼠，据说那硕鼠的块头跟一头大象差不多。

当然，这种跟帖的消息没什么人会真信，网上吹大牛的事多了。但是，有位眼尖的日本记者却注意到了这条小道消息，他摸到了那家研究机构的所在地，设法一打听确有其事，再设法悄悄一转悠居然亲眼看见了那只硕鼠。虽然他只是偷偷望了一眼，却还是感到触目惊心，那硕鼠的块头跟大象真的有一比。记者历来跟秘密不共戴天，管它三七二十一呢，先把这个亲眼见到的秘密披露出去再说，于是硕鼠问世的消息很快就进入了主流新闻渠道。

消息一出，举世哗然。社会各界纷纷谴责，说这样的动物巨扩研究不仅有违生命伦理，也威胁人类自身安全，更违反了物种准入的国际公约，要求予以查处。那家研究机构却辩解说，他们培育的那只硕鼠还在研究阶段并没有流入社会，因而不存在违规和接受审查的问题。他们还拖泥带水地声称，5D打印可以进太空，甚至可以在月球上打印大型昆虫，为何硕鼠研究不可以关起门来进行？这不就像中国古话说的那样，“只许州官放火，不许百姓点灯”吗？岂有此理呀。

瞧瞧人家这种“株连九族”的能力，硬把毫不相干的5D打印扯进来还不够，连月球上的可疑大虫也要拉来垫背，一勺烩的功夫超强。

事情一发酵就由不得当事人狡辩任性了，应公众的强烈要求，硕鼠装进笼子里被运到了东京，放在日本未来科学馆展出。那跟大象一样大的硕鼠，看上去就是一只丑陋不堪的恐怖怪兽，它那两只滴溜溜转动的眼睛露出凶光，尖嘴利齿让人想起吃人的鳄鱼，细长的尾巴像条舞动的毒蛇，给人造成一种很可怕的视觉冲击，不少去参观的小朋友一见到就吓得哇哇大哭。在现场采访的媒体当即提出了尖锐的质疑，如果说微缩动物可供人们当作宠物的话，那么巨扩动物对人类何用之有？

汪芸和英拉理所当然也关注着这件事，两人一起观看了硕鼠在东京展出的视频直播。她们都预感到，事情闹得这么大恐怕短时间内很难消停，这样一来物种审理署就很难再置身事外了，她们俩这个月的备勤值班任务刚好轮到东亚地区，说不定会直接上阵去处置。

“真后悔刚开始没听你的，早该想办法弄清可疑大虫的事了，”英拉嘀咕说，“这下倒好，月球上的事还没等来个眉目，日本那边却先冒出了硕鼠，都不知道该顾着哪头了。”

“先准备着去日本吧，技术资料我来搜集，生活安排由你张罗，”汪芸估计物种审理署这几天必然会向公众表态，她叮嘱英拉说，“一接到任务咱们马上就飞东京。”

“好吧，我这就去做准备，”英拉边移步边抱怨道，“那硕鼠真是活腻了，出来凑热闹也不选个时候，死到临头添什么乱哟。”

英拉不过是随口诅咒了这么两句，也许真该那硕鼠命绝，展出没几天就发生了事故。那天夜深人静的时候，那硕鼠用尖利的门齿咬断了栅栏，爬出了笼子。它在展厅内贼头贼脑，四处鼠窜，企图逃出展馆。虽然体型巨大不及小老鼠那样灵活，但它还是秉承了老鼠的本性，上蹿下跳，乱啃乱咬，把整个展厅搞得一片狼藉，不少贵重的科学展品也毁于一旦。工作人员发现后束手无策，最后只得请来防暴警察，将其击毙了事。

主角突然死了，谁都没料到硕鼠这么短命，节外生枝的一幕当然也就收场了。汪芸第二天一看到新闻顿感一阵轻松，这些天她被突如其来的硕鼠事件牵扯了不少精力，总想着要随时开拔去日本，弄得她坐立不安甚至有点心烦意乱。现在总算缓了口气，可以回过头来认真琢磨一下月球上的事了。

汪芸一想到可疑大虫又觉得并不轻松，这件事已经被硕鼠事件拖泥带水扯了出来，并且被人穿凿附会联想到5D打印上去了，接下来很可能还会有人拿来做文章，而她作为最早得悉情况的专家却至今心中没数，这有点儿说不过去。别的且不说，陈万通万一哪天想起这事来，通过机器人联络管道让Jolene追问一下结果，都不知道该如何回答他。

还没等汪芸想明白，Jolene就来电话了。汪芸吃了一惊，立马又紧张起来。怎么冤家这么容易聚头呢？刚想着那货，她就真的替陈万通来追问了？

“什么事呀？”汪芸接了电话，口气像是做错了事等着大人责罚的孩子。

“什么事？这要问你，”Jolene一如既往风风火火，吓得汪芸大气不敢喘，只听她继续道，“你上次说过的猪头鱼不能没下文呀，能不能先打个包快寄一些给我？”

“哎哟，我还以为你要动大刑呢，”汪芸长舒了口气，接着反问道，“你急着要猪头鱼干吗？”

“废话，吃啊。‘鱼我所欲也’，我这边几个朋友都等着尝新鲜呢。”

“呵，你们怎么突然想起猪头鱼来了？”汪芸觉得有点儿莫名其妙，猪头鱼眼下正在她的生物源反应器里孵化着，接下来还要按部就班进行审理，最起码也要几个月之后才能取得准许资格，哪是一蹴而就的事嘛。她只是随口对Jolene说过一句，这货居然还惦记上了。

“不是突然想起的，是突然碰上了。”Jolene把情况简单说给汪芸听。

Jolene在新加坡的几个朋友昨天去圣淘沙游玩，在那里碰上了一场“食用猪头鱼推介”活动。主办者说猪头鱼这种养颜的肉食新品种亦猪亦鱼味道鲜美，这一宇宙级的物种已经设计成功并且即将面世，估计一上市将引起狂购疯抢。他们说来自新西兰的猪头鱼将来会通过新加坡港口向全球各地转运，因而率先在此地开展一次酬宾活动，免费向新加坡公众赠送一批猪头鱼购买券。他们还说猪头鱼的经销公司立足地球放眼宇宙，坚决支持5D打印进太空，认为星际殖民试验是造福全人类的亿万年大计，同时也希望能把猪头鱼这个新问世的物种列入5D打印进太空的清单，让宇宙级的新物种走向宇宙是情理所在，也是锦上添花。主办者一面介绍情况一面声称，领取购鱼券就是领取一份正能量，就是以实际行动支持地球物种全面进军宇宙，做这样的好事还能先享用到第一批上市的美味猪头鱼，一举多得何乐而不为？

在场的游客们陆续动心了，纷纷上前领取购鱼券。当然谁都明白，天下没有免费的午餐，吃人家的嘴软拿人家的手短。但主办者并没有附加什么苛刻条件，只要求领券人在网上出出声发发言，向社会呼吁一下尽快把猪头鱼纳入今后升空的生物源反应器中，造福未来的人类。游客们一听上网发声又不是什么难事，真是何乐而不为，于是购鱼券很快就被领取一空。

“你们有没有问一问，这场推介活动为何早不搞晚不搞，就像这几天的日本硕鼠一样说冒出来就冒出来，总该有点儿原因吧？”汪芸感到挺奇怪，那个设计猪头鱼的Dennis没说过他在从事慈善事业，突然间派送这么多的期货猪头鱼就是为了支持5D打印进太空？好像没理由啊。

“问过啦，人家就是想趁热打铁。”Jolene说这段日子不是很热闹嘛，都说大型昆虫已经登上了月球，人家主办者认为5D打印的大杂虫都可以上天，猪头鱼这样的精品物种就更应该早日进太空了，此时不出声更待何时。Jolene说她听朋友们一讲就想起了汪芸的请客许诺，既然都说猪头鱼味美可口，那她当然要近水楼台先弄点来尝尝了。

果然会有这样的把戏，是闻着可疑大虫的风声来凑热闹的。汪芸说：“你就别再凑热闹了，物种孵化可不是请客吃饭那么简单，时候还没到呢，就算我会变戏法现在也变不出半条猪头鱼来。”

“啊？红口白牙你是忽悠我的？这不是把姐们儿坑惨了吗？”Jolene说她已经向朋友们夸下海口，能从香港一个铁杆姐们儿那里弄到原汁原味的猪头鱼，现在可怎么向别人交代哟？她想了一下又说：“我不管真的假的，你一定要给我寄一包猪头鱼来，鱼片鱼丸无所谓，好让我煲一锅汤把人打发了再说。”

“呵呵，这不难办，”汪芸说她去市场上挑几种靓鱼，切好了片剁成了丸寄过去，到时候由Jolene自备猪肉汤一煮就是了。

“好好好，就这么办，”Jolene叮嘱说，“你可要记清楚，包裹上要注明猪头鱼三个字，欠下的真货嘛以后要加倍偿还。”

跟Jolene通完话，汪芸在网上扒拉了一会儿，果然看到了一些为猪头鱼“出出声发发言”的迹象。不少知名网站上都出现了“宇宙新宠猪头鱼，开辟太空新时代”“猪头鱼是5D打印进太空的必备物种”之类的言论，有的甚至说猪头鱼是太空吉祥物，没有猪头鱼的伴随5D打印绝不可能在太空取得成功，就连物种审理署的公众网上也出现了“强烈要求加快猪头鱼审理进程”之类的呼吁。

让汪芸没料到的是，“大杂虫可以登月，猪头鱼更该上天”这么一句简单口号，接下来居然在网上疯转了几天。估计猪头鱼推介活动不仅仅在新加坡一地开展，在别处领取购鱼券也大有人在。

一夜间舆情又出新热点，来势汹汹呢！汪芸心想，猪头鱼之父Dennis及其合作经销商搞点儿推介活动本属正常，其中自然也包含着催促审理的意图，而且他们行一步看两步，八字还没一撇就想着要尽早把猪头鱼塞进生物源反应器里推向太空，这样提高点关注度似乎也无可厚非，商人嘛，总是无孔不入借机谋利的。问题在于，这种把戏说是趁热打铁也好说是凑热闹也好，对太空殖民试验却起到了一种搅局的作用，东呛一声西闹一下很容易误导公众，给不怀好意者制造麻烦提供了机会。汪芸越来越觉得，月球上的可疑大虫现在已成了这件事的症结所在，这个“病灶”只要一天不清除随时都会发作，说不定哪天又会有人以此为由闹腾两下，长此以往如何了得。这样想来她就有了更大的紧迫感，必须尽快拿到真凭实据，提醒国际社会将可疑大虫查个水落石出，把盖子彻底揭开，不仅仅是为了给陈万通一个交代，更是为全世界消除一个隐患。

汪芸本想先给Dennis去个电话，告诉他月球上的大杂虫跟5D打印进太空毫不相干，猪头鱼若是想列为进太空的物种她将来可以积极推荐，希望他们搞推介活动时不要东拉西扯，让Richard之流钻了空子。转念一想她又觉得多此一举，自己现在说话的底气并不足。还是应该让证据来说话，谣言在铁的事实面前会不攻自破的，再等等看吧。

眼下先要等母校那位月壤专家的探查结果，如果还是不行的话自己就要豁出去跑一趟月球了。汪芸心里下了决心。

要行动当然要先做准备，汪芸边等待月壤专家的消息边琢磨了几天，想出了亲赴月球取证的一些招数，其中有一招可能要Jolene帮忙。她估计那些可疑大虫只能在月面深处存活，不可能钻出来活动，也许微型机器人可以钻下去跟它们照照面留个影什么的。反正她是没办法钻下去的，就算有地道能下去她也不敢主动跳进大虫的世界里，那多恐怖呀！说什么刀山敢上火海敢闯，那都是人们自吹自擂的豪言壮语，事实上如今只有机器人才能做得到这点。汪芸想让Jolene推荐一款合适的微型机器人。

“嗨，我正想找你呢，”Jolene接了汪芸的电话很兴奋，“你寄来的猪头鱼真是味道好极了，不会是真货吧？”

“呵，幸好我不是卖假鱼的，”汪芸一听有点儿乐了，“你是什么味觉啊，我要是弄点普通草鱼当作娃娃鱼寄给你，估计你照样分不清，也会吃了叫好。”

“不光我叫好，真的，”Jolene兴奋地说，“我那几个朋友都说猪头鱼就是不一样，味道特鲜美，把锅里连汤带渣捞了个精光。”

“哈哈，还有这种事？那可能是你的猪肉汤独具一格，蒙骗了人家的舌头。”

“我的汤当然是下了一番功夫的，但你的肉确实……”

“哎……哎……说清楚啊，是鱼肉，”汪芸打断她道，“你们又不是一群吃人肉的妖怪。”

“哦对，鱼肉，是鱼肉，”Jolene忽然压低声音，神经兮兮地道，“你告诉我那是什么鱼，以后我直接买了弄给他们吃，省得你寄来寄去了。”

“你问我什么鱼？嗯……保密。”汪芸哪儿说得清楚呀。那天她答应了Jolene以后，下班回家路途中就拐进了一家超市。看着货架上各种各样半成品的鱼块，她根本也没心思多想，见哪一块外观感觉好售价高，就东抓一块西抓一块买了一堆，回家后统统往切鱼机里面一丢，按了几下按钮就切成了一批鱼片还搅出了一批鱼丸，天知道这算什么鱼，反正不是猪头鱼。

“哟呵，你个不识抬举的货，夸你两句就卖起关子来了，”Jolene不满道，“你要是不肯告诉我就别怕麻烦，赶紧再寄一包过来。”

“别搞了吧，你还真想长期以假乱真不成？”

“人家吃了一回不过瘾，你就行行好吧。”

“你就不怕穿帮？”汪芸心想再寄也寄不出跟上回一样的鱼了，她说，“万一真相大白，小心人家一气之下把你当猪头鱼丢进锅里煮了吃。”

“那我现在怎么跟人家交代，你总不能见死不救吧？”Jolene嘟囔道。

正说到这里，汪芸的手机“嘀”一声响起，接着又轻轻一震。有信息发进来。她侧头一看屏幕，信号来自月球。啊，终于等来消息了。“耐心等着吧，过一段时间我寄真正的猪头鱼给你。”汪芸说完就掐了线。

月球上发来的信息，正是来自母校那位月壤专家。他给汪芸发来了几张用透射成像技术拍到的图片，虽然那些图片不十分清晰，但还是可以朦胧地看到，核电站周围的月面深处有一大片中空区域，规整的边界一看就知道是人工建造出来的，那里面确实有成群的动物存在，看模样很像是一种巨型蚂蚁。“我已尽了最大努力，只能拍出这样的效果。”那位月壤专家留了这么一句言。

拍出这种效果已经足以说明问题了，汪芸一看到图片就觉得情况比想象的还要严重，不仅坐实了陈万通的推测，而且很可能摸到了一条隐秘的线索。她在脑子里已经落槌断案了，不是可能存在大虫，而是月面深处真真切切生活着一群大虫。也不是疑似非法物种，而是猪一样大小的巨型蚂蚁必属非法物种，这样的怪物地球上没有天然的，已批准的人工物种也没有，不是非法制造的还能从哪儿来？鬼才会相信来自外星系。这么明显的事实根本用不着物种审理署再费力调查，就算让晕晕乎乎的葫芦僧来断案，也会得出同样的结论。更让人吃惊的是，这些巨型蚂蚁竟然藏身在一个大型的地下建筑里面，这条重要的线索也许会揭露出一个惊天的阴谋。

汪芸把图片拿给英拉过目。英拉一看倒吸了一口凉气，半晌才缓过劲来。她也深有同感，说这可能是一起月球版的奥塔哥事件，其性质早已超出了物种审理署的业务范围，要尽快报警才行。

报警？向谁报警？警察会管月球地底下蚂蚁的事吗？搞不好又是跟当年奥塔哥的警察那样推三推四的结局。汪芸想到了许光辉当时的鬼主意，把动静闹大弄得嗷嗷叫，自会有人出来收拾局面。对了，想把动静闹大也有能力闹大的人正在等着呢，把这些图片转发给刘剑就行了，自己还可以省省心。

“早也盼晚也盼，我总算盼来了轰隆一声巨响，”刘剑给汪芸回信息说，“这条新闻要是不爆震全球我从今后不姓杞。”

“你本来就不姓杞，‘杞人’应拒姓刘。”汪芸回复他。

得到了汪芸转发的图片，刘剑就这件事再一次出手，很快就抛出了题为《月球上非法物种被证实，巨型蚂蚁惊现人造地宫》的文章，并附上了透射成像仪拍到的两幅图片，这下令人信服地披露了月面深处存在新物种的事情。

全球各界一片震惊，人们愤怒，恐惧，忧虑，谴责。是什么人如此胆大妄为竟敢在月球上建起个地下宫殿偷偷摸摸制造巨扩动物，他们想干什么？是有人要搞恐怖动物供应基地吗？照这样下去用不了太久就会弄出各种各样吓人的怪物，一旦它们跑到地球上来，天上飞着猪一样大的苍蝇、狗一样大的蚊子，地上爬着熊一样大的癞蛤蟆、列车一样粗的毒蛇，整个世界不就沦为一个群魔乱舞的地狱了吗？联合国安全理事会也真够呛，只喊安全却不理事，整天派什么特使去这里周旋去那里调停，怎么不派人去巨型蚂蚁的老窝里喝杯咖啡跟它们谈一谈呢？

面对公众的躁动不安，许多有识之士也纷纷发声，一面口诛笔伐声讨肇事元凶，一面呼吁国际社会采取行动予以清剿。这其中也夹杂着一些趁机兴风作浪的声音，有人说那个地宫就是5D打印进太空的试验场，甚至有人说当年的许光辉其实并没有失踪，他就藏在那个地宫里为虎作伥帮人制造怪物。当然，这些个胡编乱造的谣言经不起推敲，也掀不起什么大浪，只是冷不丁跳出来干点扇阴风点鬼火的勾当而已。

在一片乱哄哄的舆论声中，凤凰卫视播出了一条独家新闻，说是采访到一位隐姓埋名多年的核电站权威专家，据他透露，那个地宫本来就是月球核电站整个建设工程的一部分，并不是后来有人刻意新建的。

这条新闻犹如纷乱人群中传来的一声断喝，让舆论的目光有了新的聚焦方向。紧接着，一些参与过月球核电站建设的人，也从模糊不清的图片上辨认出，巨型蚂蚁所在的地下宫殿就是当年建在核电站旁边的附属建筑。有人辨认出了图片还不忘加点料，怀疑是建造商钻了月球核电站路远坑深的空子，把地宫租给了不法之徒牟利，也有人怀疑是内外勾结狼狈为奸。总之顺着这根藤就能摸到瓜，逮到元凶不难。

这下子人们当真要顺藤摸瓜了，舆论的愤怒声讨几乎一边倒，矛头直指当初的建造商——法国一家知名的核电建设公司。

法国建造商面对巨大的舆论压力，大呼冤枉。他们辩称这件事从新闻报道一出来就注意到了，一看就知道那地宫正是他们当年建造的，他们生怕站出来解释会越描越黑，所以一直没敢吱声，没想到还是当了冤大头。现在已经没了顾虑，那就实话实说。当初他们建核电站时，确实在月面深处预留了大片空间，建造了一个大地宫，但那是根据环境监测的要求而建的。关键在于，那个大地宫虽然建在核电站附近，但不是核电站的附属设施，其管理运作是由美国专家负责的，与他们无关。至于美国人是不是租给了别人干偷鸡摸狗的事，他们就毫不知情了。

法国人还是很聪明的，一下就把藤甩到美国人那里去了，世人的目光也一下子全都转向了美国。但是，美国那边知道这是一根要摸瓜的藤，当然也没人愿接手了。事隔多年，当初经手的几个美国专家竟没人肯站出来表态。好不容易人肉搜索到了其中一位，他被迫露面后却说，当年接手这项工作的首席专家几年前已离世了。看来那美国专家也不傻，把天大的麻烦先推到死人身上再说，至少可以暂时避开汹涌的舆情，但他也承诺等核实了一些情况之后会给世人一个交代。

就在人们顺着藤还没摸到瓜却眼看瓜藤就要断掉的时候，一个意想不到的“黑瓜”突然冒出来主动黏上了瓜藤。Richard的一个代言人通过半岛电视台发表声明，说好汉做事好汉当无须隐瞒，巨型蚂蚁是Richard博士亲自设计出来的一种凶猛且有剧毒的物种，而美国那位已逝去的首席专家原本就是他们集团的重要骨干，他为物种平等事业做出了卓越贡献。声明说为了缅怀那位首席专家，他们最近要开展一些纪念活动，打算从地宫里释放一批巨型蚂蚁前往月球娱乐城等地与人们切磋一下，这相当于在月球上开了个现场会，看看那些巨型蚂蚁是否答应人类独霸了地球再继续独霸月球。

消息一出举世皆惊，难怪奥塔哥事件过去了这么些年一直没抓到Richard，原来他躲到了月球上，现在又弄出了巨型蚂蚁要卷土重来。这不啻一场瘟疫爆发前的预告，立刻闹得人心惶惶。

恐慌似乎比瘟疫扩散得还要快，挡都挡不住。月球这个“病灶”地最经不住折腾，前去旅游的、勘探的、施工的，以及驻守的各色人等纷纷逃回地球。热热闹闹的月球很快就回到了“寂寞嫦娥舒广袖”的状态，就算真有在月球驻了千万年的吴刚恐怕也捧着桂花酒溜之大吉了。

那个自称Richard代言人的家伙很会掌握火候，他接着又一次通过半岛电视台发声，说既然人们都不愿配合，月球上的现场切磋也就无法进行了，那他们就要直接转向地球了。那家伙在电视上虽然蒙着脸却声如恶狼，说不怕死的就听好了，Richard博士已经储藏了大量的巨型蚂蚁在地球周围，不仅月球上有，金星、水星，以及附近的空间站里也有，只要集结号一响随时可以向地球发起全面攻击。那家伙还宣读了Richard一份最后通牒式的声明，声明要求有关各方立即停止星际殖民试验的一切行动，否则他们将以其人之道还治其人之身，届时数不清的巨型蚂蚁就会降临地球，像饿虎扑食一样冲向世界各地。

仿佛一阵阵狂风猛然吹来，然而真正的雨滴并没有即刻落下来，人们从最初的极度恐慌中稍稍回过点儿神来。每个人的头顶上似乎都悬着达摩克利斯之剑，而拴剑的马鬃就攥在Richard集团手中，说不定哪天就会有一群群巨型蚂蚁从天而降。这是真的吗？有的人对此深信不疑，以至茶饭不思，整天唉声叹气。也有人对此嗤之以鼻，认定这是一场恐吓闹剧，不必理睬。更多的人则是将信将疑，忧心忡忡。紧接着，世界各地的请愿活动一浪高过一浪，越来越多的人呼吁国际社会尽快采取行动，不管Richard之流的恐吓是真是假，巨型蚂蚁却是摆着的事实，岂能熟视无睹？还有不少人搞起了另类请愿，要求停止5D打印进太空的行动，以缓解危机。

物种审理署大楼前也不平静了，整天有人来示威请愿。“5D打印不仅伤天害理，而且害人害己”“强烈要求停止星际殖民试验”，类似这样的口号不绝于耳。

汪芸对这一切看在眼里急在心里，她已经越来越清醒地感觉到，真相绝不会像Richard集团所说的那样糟糕，他们危言耸听，很可能是醉翁之意不在酒，而是想小题大做借机把水搅浑，她觉得国际社会理应果断处置。可是，听说联合国安理会一直在紧急闭门磋商，几天过去了仍没宣布决议，这种迟迟议而不决的效率真是太糟糕了。

这年头没有不透风的墙，安理会那些政客们关着门在议些什么呢？刘剑倒是打探到了一些消息，不过是真是假说不准。他告诉汪芸他已经得到了两条小道消息，第一条消息不太好，据说安理会决定暂停5D打印进太空的有关行动，搞不好陈万通此前的努力也会半途而废。

汪芸不解他们怎么会做出如此白痴的决定，这不是公然向极端组织妥协吗。刘剑说政客们的思维方式跟咱们草民不一样，政治和外交说白了就是玩妥协的艺术，软硬兼施是自古以来的老套路了。汪芸说那也不能只软不硬，一味迁就示弱呀。

刘剑说第二条消息就是硬的，据说准备派出由中国、美国和法国三方组成的联合行动队去月球处理此事，要真刀真枪干一场了，这可能就是迟迟不公布决议的原因，“悄悄进村”效果才好。

这还差不多。汪芸一听说中、美、法三国要联合行动，总算松了一口气。她知道凭人类现有的防范技术是有能力把非法物种封堵在月球上的，别的招数且不说，只要将沙粒型高压闪电球在月球四周布撒，像巨型蚂蚁这样的软基质动物就休想冲出来，但人类恐怕也要为此付出巨大的代价，清理善后可不是件容易的事。她估计中、美、法三方这次要动用军事力量。几年前就听说这三个国家曾在太空联手搞过一次针对外星人入侵的防范演习。据说那次演习效果不错但耗资巨大，汪芸当时没关注太多。

但这次不一样，汪芸密切关注着事态的发展。她期待着安理会的悄然行动能够“于无声处听惊雷”——突然传来联合行动队一举剿灭巨型蚂蚁，揪出幕后真凶的消息。

然而，还没等来联合行动队的捷报，却先等来了另一条爆炸性的消息，说是那个自称Richard代言人的家伙在美国51区附近被抓获了。新闻报道称，国际刑警组织根据那家伙在半岛电视台出镜时的蒙脸图像，用大数据处理方法分析了他的头颅特征及尺寸比例，利用卫星遥感技术在茫茫人海中锁定了他，从卡塔尔一直追踪到新西兰再到巴西，最终在美国将其生擒。据那家伙交代，月球上的巨型蚂蚁跟Richard集团本无关联，他只是按上峰的授意出来搅局，目的是想借刀杀人叫停太空殖民试验。他到美国也是企图找到那位不久前露过面的美国专家，伺机灭口进一步把水搅浑。

太可恶了，Richard集团的破坏活动简直无孔不入。汪芸在愤愤然之余也意识到，巨型蚂蚁这件事并没有了结，顺藤摸瓜还没摸出真相，就被半路杀出的程咬金打断了。她觉得事情远没有前阵子渲染的那么严重，因而担心联合行动队有可能就此罢手，毕竟顺藤摸瓜这种事用不着安理会大动干戈。

联合行动队按理不该说聚就聚说散就散，开了头起码也要有个结果再收场吧。刘剑的嗅觉灵敏多了，他神神秘秘给汪芸打了个电话，说是得到个情报，联合行动队快要开赴月球了，这几天可能要派人到物种审理署协商有关事宜，做行动前的最后准备，他要汪芸一有动静立刻通知他赶过去扑料，独家新闻就是这样抢来的。汪芸一口答应，她同样关心这事。可是，一连两天她上着班四下转悠也没发现有什么联合行动队的人光顾，她让英拉帮着打听也同样没问到什么情况。

汪芸这天一上班正想着要继续打探情况，刘剑就打来了电话。

“早上好啊，汪大博士，”刘剑打了声招呼便问道，“上班了吗？”

“刚刚就位正要开工，”汪芸以为他是要催问情况，便主动抱歉说，“真是不好意思，这两天什么风声也没打探到。”

“没关系，方便的话下楼来喝一杯吧。”刘剑说他现在就在物种审理署马路对面的啤酒屋里。

“啊？”汪芸吓了一跳。这货不约而至一定是有重要情况想面谈，他刚才对联合行动队的事轻描淡写说“没关系”，那就十有八九要谈太空方面的事了，莫非陈万通又有什么新情况？她边往外走边匆匆发问：“有什么急事吗？”

“我倒是想急，但急不得呀。”刘剑说他只能先坐着守株待兔。接着他告诉汪芸，有确切消息说联合行动队的人已到了香港，今天很可能就要到物种审理署来，他是专门赶过来扑料的。堵不住巨型蚂蚁，咱还堵不住个大活人吗？

“咳，我还以为火星爆炸了呢，你别搞得跟Richard一样说冒出来就冒出来，怪吓人的。”汪芸心里刚绷紧的弦又松弛下来，已经迈出工作室的步伐也放缓了，她舒了口气道：“恐吓警报都解除了，你干吗还要盯得这么紧呀？”

“不盯紧可不行，咱当‘杞人’多年忧天都忧习惯了。”刘剑道。

“那你就一个人先在那里忧会儿天吧，”汪芸停下脚步说，“我晚一点儿有空再过来。”她正有一堆开工的杂事等着要做，哪儿有闲心去喝啤酒聊天，说完话她就转回身，快步向工作室走去。

“师姐。”汪芸前脚正要跨进工作室的门，一个声音从身后的走廊里传来。

汪芸闻声回头。“啊？师弟，你怎么来了？”她吃惊道，“稀客呀，快请进来坐。”

她跟师弟已经好几年没见过面了，当年师弟力邀她观赏百鸟唱民歌那一幕她还记得很清楚。师弟毕业之后去了内地工作，据说被招募进了特种兵部队，从那以后两人就断了联系。

师弟抬腕看了一下时间说：“我是顺便来拜见一下师姐，等会儿还有事要办。”师弟进屋坐下后告诉汪芸，他被抽调到了中、美、法三国的联合行动队，此次是来跟物种审理署商讨一些技术问题的，他开玩笑道：

“我这次是给师姐打工来着，师姐鉴定出巨型蚂蚁是非法物种，我们就冲锋陷阵去剿杀。”

呵，弄来弄去刘剑守株待兔要找的人就在眼前。汪芸笑道：“我帮你们打工还差不多，你们干的事万众瞩目，楼下还有记者在候着你要抢新闻呢。”

汪芸刚想接着说有个记者是她的朋友，要不她引见一下，师弟却先开口说：“师姐真是明察秋毫，什么都看得到啊。”他说自己进来时已留意到有几个狗仔队的人在附近晃悠，被他们缠上很麻烦，所以他略施小计摆脱掉了。

牛气！特种兵的人就是不一样。狗仔队无孔不入无缝不钻，黏得人不胜其烦，但跟特种兵玩起捉迷藏来还是稍逊一筹，刘剑这趟看来要空等一场了。汪芸这才注意到，师弟的服装上到处都有若隐若现的光泽闪烁，这不是隐身服就是多功能变幻装。

“师姐，我想请教个问题，”师弟的声音打断了汪芸的遐想，“你说猪一样大小的蚂蚁在月面深处能存活吗？”

“那要看月面下的局部环境是怎么构建的。”汪芸说。

“这一点我们已向法国建造商调查过了。”师弟说法国人建的是一座密闭的月下城，他们当时用的是超高温熔铸技术，在挖掘的过程中一边熔化月壤月岩，一边用熔化的岩石同步铸成四面护墙。顶部则就地取材，建成了一个利用核电站的反应堆提供能量的光照系统，底部的兴建则仿照了地球土壤的成分。至于整个地下城的大气和生态环境，那是美国人接手以后搞的，法国方面并不清楚。

“只要各方面设计合理，特别是氧气含量充足的话，那地方完全可以成为巨型蚂蚁的天堂。”汪芸边说边开启墙壁上的屏幕，她找出一些爬虫类巨型非法物种的资料给师弟看。这些资料是她这段时间特意收集的，原想着自己去月球调查时要用到，现在师弟奉命出征就当是送他一份薄礼了。

“太感谢师姐了，这可是及时雨啊。”师弟扫一眼屏幕上显示的资料就明白其价值了。他正想要进一步阅看，这时候，手持设备的呼叫音响了起来。

“什么？真相大白了？”师弟接着电话慢慢站起了身，他“嗯嗯”几声后朗声道，“是，我立刻归队。”

“出什么事了？”汪芸关切地问。

“整个赴月行动取消了，”师弟苦笑道，“美国专家的详细解释公布出来了，一场虚惊。”他说完这话又客套了几句，便向汪芸告辞，匆匆离去。

师弟一走，汪芸立刻搜看新闻，网络媒体正在播放美国专家的声明。她刚大致浏览了一遍，刘剑的电话就打进来了，他像是掐好了点似的。

“你赶紧来喝杯啤酒吧，”刘剑急切切的声音传来，“守了半天株也没见到兔影子，倒是先等来了美国佬的消息，你说联合行动队的人今天还会来吗？”

汪芸心想，人家今天就算站在你面前你也未必能看见，聪明人也有不聪明的时候。她告诉刘剑说：“先别管人家来不来，我得到一条比美国佬那边更重要的消息，联合行动队据说不行动了。”

“真的假的？你不会也学了Richard的忽悠招数吧？”

“信不信由你，我算是尽责了。”

刘剑央求道：“还是请你移动玉步，过来面授机宜才是。”

汪芸痛快地说：“好吧，我马上就到。”

对于美国当事专家的解释，刘剑将信将疑，他一见到汪芸就问她怎么看。汪芸回答说，基本可信，尚需追踪。

美国专家解释说，当年在月面深处的铀矿附近建造核电站，他们充分考虑了核辐射的监测等问题。为此，他们刻意在那一大片空间区域营造了“生物圈3号”环境，从地球上弄了些普通蚂蚁等微小动物放在那里，当作观测对象。同时他们也想趁势开展另一项研究，希望蚂蚁在太空环境中能分泌出新型的蚁酸，从而找到新的清洁能源。每隔一年半载，他们会派人到现场查看，后来就慢慢发现，那些小蚂蚁经过一代代繁殖，体形越变越大，直到现在仍有感兴趣的专家在观测。美国专家辩称，那些巨型蚂蚁不是专门设计出来的新物种，而是纯天然基因变异而来的，它们不在地球上，因而对人类不会构成危害。况且利用太空环境开展蚁酸新能源研究是一件好事，不必大惊小怪，更不必兴师动众去清剿。

其实，美国专家的这种解释对汪芸的触动还是不小的。在她心目中，世间物种千千万却无非是两大类：一类是天然进化而来的，自生自灭已有亿万年；另一类是人工设计出来的，风起云涌只是最近几十年的事。而今又出现了太空变异物种，这类物种的由来既非自然选择又非人工干预，以后随着太空事业的发展会越来越多，该多关注才是。

让核辐射一下，小蚂蚁就能变得跟猪一样大。刘剑还是不太相信，他说：“要是那样能行的话，我也去辐射一下，不就能变成个NBA的超高大中锋了吗？”

“你把骨头辐射酥了也变不成，说不定会辐射成个妖怪，”汪芸说，“但蚂蚁一代代变异完全有可能。”

“那我抓几只蚂蚁放在X光下使劲照，它们能越变越大吗？”

“橘生淮南淮北结果完全不同，这道理古人早就讲过。”汪芸说核辐射导致基因突变是有科学依据的，地球上无法实现的事，或许月球上就能实现。

“受益匪浅，今天我这一肚子啤酒算没白喝。”刘剑语气中带着感激，起身告辞。

一送走急着赶回去发稿的刘剑，汪芸就冷静地把这些天来发生的事在脑子里又梳理了一遍，怎么想都觉得这件事情不该就此匆匆了结。她倒并不担心这些巨型蚂蚁的出处，她感到美国专家说的话或许是实情，但这件事也确有打擦边球之嫌。受制于“准缩不准扩”原则，动物巨扩研究在地球上行不通，却跑到月球上弄出那些巨型蚂蚁，实则是变相搞巨扩试验，即使打着新能源研究的幌子也不能轻易允许。无论什么理由，任何科技活动都不能有危害人类安全的豁免权，尤其是在当今新技术大爆发的时代。

汪芸隐约不安，那些蚂蚁长期处于无人照料的状态，距离核电站这么近，说不定哪天就会发生什么危险。她觉得无论如何都该搞清楚这些巨型蚂蚁的性状，联合行动队兴师动众虽没必要，但技术检测总要有人去做呀，这样的太空变异物种岂能放任不管？

第
13
章

猪头鱼的真面目

时间也像发射出的航天器，哧溜一下就过去了。月球上的事暂缓下来了，地面上的事却照常运转着。

汪芸的工作间里又增添了新物种，十几条猪头鱼正在鱼缸里穿梭畅游。这是从生物源反应器里孵化出来的第一批猪头鱼，经过了充分的孕育，从无到有现已长大成形，她把它们移到了鱼缸里来观赏。但这还没算完，眼下这些猪头鱼正在接受一系列安全评价方面的检测，这是它们获得入世资格的最后一道关口了。

每个新物种的检测都要花去汪芸不少精力和时间，然而这回在猪头鱼的孵化过程中她却是一心二用，脑子里始终还绷着另一根弦，她总也放不下巨型蚂蚁的事。幸好陈万通一直没找人追问此事，要不然还是无法给他一个满意的答复。这段时间被猪头鱼的实质性审理工作缠得脱不开身，她打算过几天等这项审理一收尾，就约几个生物技术界的志愿者一起去趟月球。前些日子她已经在网上招募到两个志愿者，对巨型蚂蚁的态度都跟她相似，就等她一确定开拔时间便可以登月了。

鱼缸里一条条成形的猪头鱼也就是成人巴掌大小，它们除了脑袋酷似猪头外，腹部前后还各长着一对很像猪蹄的鱼鳍，称它们是猪蹄鱼也未尝不可。汪芸看着这些呆头呆脑的可爱生灵很感慨，她觉得这种憨态可掬的猪头鱼理应是人类的好朋友，它们就像美丽的蝴蝶一样能带给人们视觉上的愉悦和美感享受，怎么都不该成为人们的刀下鬼，继而变成盘中餐。她挺后悔当初随口一句要请Jolene吃猪头鱼，搞得那货后来一受到别人鼓噪便来劲了，每隔一段时间就会催问一下何时能吃到真正的猪头鱼，好像她长期粗茶淡饭就盼着吃这种美食开荤呢。一想到这点，汪芸干脆不等她催问先主动出击，她拿起手持设备给眼前一条条似乎跟她隔窗相望的猪头鱼拍了张照片，然后编了句“我好乖巧好温顺，你怎么忍心吃我呢？呜呜呜……”作为猪头鱼的自白，附在照片上一起发给了Jolene。

汪芸觉得Jolene准能被图文并茂的猪头鱼感动。按照以往的情况，她只要一收到汪芸的这类信息总会很快回复两句或发个表情什么的，以示鼓励和感谢分享。用她的话说，互动越及时友谊越深厚，非正式话题才是友谊的硬纽带，互动太慢纽带就会松弛。但今天有点儿不一样，半天都没见Jolene只言片语的回复，也可能她正在痛哭流涕深刻反思准备立地成佛呢。

“嘀嘀”声轻轻响起，汪芸以为是Jolene回复信息了，反思老半天了也该来表示点儿忏悔啦。她拿起手持设备一看，脸色立刻晴转多云。收到的信息根本不是Jolene发来的搞笑表情，而是那句老掉牙的讨厌标语：5D打印，伤天害理！

真是扫兴！好不容易耳根清净了一段日子，今天又碰上了无事生非之徒。汪芸越来越反感物种泛平等主义的追随者们，他们就像趴在各个角落里的苍蝇一样，时不时就会冒出个把来“嗡嗡”几声。

自从证实巨型蚂蚁事件是一场虚惊之后，极端组织的捣乱破坏有所收敛，安理会虽然没让联合行动队浩浩荡荡扑向月球，但也没有叫停5D打印进太空的行动，一切慢慢归于平静。太空也好地面也好，大家似乎都按着各自的节奏正常运转，没发生什么惊天动地的事，连刘剑这样“唯恐天下不乱”的记者都认为，难得有这么长一阵相对安宁的日子。莫非今天又有人过得不耐烦了？

汪芸还在纳闷着，手机又响了起来，不过这回不是信息提示音，而是那首熟悉的来电提示曲《等你在太空唤我》。想着Jolene终于反省完毕，要亲自开口来向猪头鱼们致歉了。汪芸心情顿时好转。

“你总算大彻大悟啦？有什么要忏悔的尽管说吧。”汪芸难得先开口一次，以往只要一接通电话，基本上都是Jolene像机关枪一样“嗒嗒嗒”先扫过来。

但今天不寻常，Jolene不但没先开口，而且连汪芸的话茬也没马上接。她等汪芸说完，顿了几秒才以平缓的口气一字一句道：“你听好了，阿哲261号有消息了，他还活着。”

汪芸脑子里“嗡”一下，惊得手机差点从耳边滑落。须臾，她声音颤抖地问道：“你，你说什么？”

“我刚得到最新的消息，”Jolene提高了声音，却依然语气平静，“失联多年的飞舰被陈万通找到了，许光辉还活着。”

“啊？”汪芸惊愕过后一阵心酸，泪雨倾泻而下。少顷，她稳定了一下情绪，嗫嚅道：“他现在人在哪里？”

“听说是被困在了一颗小星球上。”

小星球？汪芸想起李远宏曾说过，阿哲261号是飞进了柯伊伯带以后失联的，看来许光辉就落在了那里多如牛毛的某颗小行星上，这样也许离诺苏号空间站不算太远，他应该很快可以到空间站汇合。她接着又问道：“他们什么时候能回到地球来？”

“他们？哦。”Jolene反应过来了，她回答说许光辉目前还没办法离开那颗小星球，陈万通则要负责就近联络和支援，两个人暂时都回不来。

“回不来？怎么回事？”

“我也不是很清楚，不过你很快就会知道详细情况了。”

Jolene接着告诉汪芸，陈万通正在设法通过空间站及地面指挥中心的中继传输，安排许光辉和汪芸直接联络一次，当然啦通话是办不到的，能享受一次超远程的信息直通车已经够不容易了。她要汪芸这段时间老老实实别乱跑乱动，什么海底啦月球啦都别去了，要随时准备好收发信息，若是错过了从遥远太空几经周折搭过来的热线那就太遗憾了。

“知道了，我不会走远。”

“另外你自己要做点沟通的准备，有千言万语想表达也要分个轻重缓急，最好先理一理头绪。”Jolene叮嘱道。她明白汪芸的心里一定是五味杂陈，“烈士”突然复活让人一下子陷入难堪的三角情，该如何面对？这种局面谁都难料谁都没错，要怪只能怪变幻莫测的宇宙太空。但Jolene觉得汪芸跟许光辉毕竟是“原配”，失散多年再相逢肯定有不少话要交流，所以提醒汪芸要把握好分寸。

“像是一场梦啊，”汪芸咕哝说，“都不知道该从何说起。”

“你可别真当梦境呀，许光辉是驰骋太空多年的活烈士，陈万通艺高胆大愣是把人找到了，这些可不是梦，”Jolene一语双关道，“不过呢，这次太空交流相距遥远也似梦非梦，难免会有点儿‘欲说当年好困惑’的感觉，就当是梦话也要先静静想一想再说，哈。”

看世间几多愁绪，最烦恼数三角情。靠静静想一想便能解决问题吗？跟Jolene通完话，汪芸长长吁了口气。自从飞舰失联以后，这些年她经历的悲欢可谓跌宕起伏，有关阿哲261号和许光辉的消息亦真亦幻，她早就学会了调控情绪，在淡泊宁静中面对太空方面的种种传闻，不至于一有风吹草动就寝食不安。然而这回却不一样，活生生的许光辉已被陈万通真真切切地找到了，原以为板上钉钉的情况猛然间出现了大逆转，她很难再保持平静了。

实在是造化弄人啊。汪芸心想人类这个超级物种在挺进广阔宇宙的过程中，连千百年来为情所困的烦恼也进入了太空时代。像三角情这样的烦恼其实跟物种的来源颇有相似之处，过去这种事要么是自然而然不经意间产生的，要么是人为介入故意制造出来的，如今又多了一种由太空变幻引发的新情况，谁能料得到何时发生太空失联，谁又能想到失踪已久的人还会重返人间？唉！太空时代的烦恼真该由太空买单，何必要折磨凡人呢？

“汪博士，你怎么了，不舒服吗？”英拉出现在汪芸面前。她手里端着个玻璃小鱼缸，里面有一条猪头鱼在游动。

“哦，没什么。”汪芸的思绪被打断，她背过脸去擦拭了一下泪迹又迅速转回头。

英拉看在眼里，端着小鱼缸要掉头，嘴里道：“你休息吧，我先去处理。”

“不，英拉姐，有事就说。”汪芸叫住了英拉。她从当年弄药果那会儿就悟出了一个道理，排解烦恼的最佳方式就是全身心进入工作状态。

“有这么个情况，”英拉返身指着鱼缸问，“汪博士你说，这猪头鱼是两栖动物吗？”

“两栖动物？怎么可能呢？”汪芸对申报资料逐字逐句审读过，真要有这么重要的表述不可能疏漏，而且孵育过程中也没发现猪头鱼具有两栖特征。

“我也认为不可能，但他们偏偏不信。”英拉说起来气呼呼的，好像刚跟人吵了架似的。她放下小鱼缸，把情况讲给汪芸听。

英拉的确刚跟人争辩过。前一天，她按照汪芸的要求，端着这条猪头鱼去楼上的中心检测室做一项测试，但到了那里一看，不巧，实验仪器被占用着，而且一时半会儿也无法腾出来。英拉于是就问那里的值班技师要等到何时，那技师说恐怕等到天黑也没戏，不如把小鱼缸先留下第二天再来，省得她楼上楼下端着跑跟到处推销似的。英拉一听也只能这样了，就在她要放下鱼缸的时候，又有一位同事进来也想做测试，他手里提着一个铁丝网的笼子，里面装着一只看上去挺凶悍的大花猫，那猫浑身的毛赤橙黄绿青蓝紫应有尽有，而且构成了蓝天白云绿草之类的图案，不用问就知道也是新设计的产物。值班技师一看又来一个，便建议把猫笼子放在鱼缸旁边，也等明天再来。他还开玩笑说天下没有不吃腥的猫，猫跟鱼隔笼相邻各得其乐，一方可以望梅止渴过过眼瘾，一方可以夜郎自大过过临危不惧之瘾。英拉和那位提猫的同事相视一笑，两人放下了各自带来的待检测动物便离去了。

今天英拉又上楼去，正碰上取猫的同事跟那个技师愤愤然在交涉。原来，那凶悍的大花猫昨天夜里不知什么时候被咬断了喉管，浑身鲜血淋漓，已经一命呜呼了。那个技师见英拉进来，立刻转移斗争大方向，一口咬定是猪头鱼咬死了大花猫。他说检测室人走灯灭，门窗紧闭，连只蚂蚁蚊子都不可能进来，只有猫和鱼两只活物在室内，大花猫被咬死，唯一的凶手只能是猪头鱼。

“小鱼咬死大猫，这不是天大的笑话吗？”英拉向汪芸介绍完情况，哼了一声道。

“是有点儿奇怪，我也不相信会有这种邪乎事。”汪芸只当是笑料，听着听着就稀释了她脑子里烦恼的事。

“就是嘛，但那技师硬是怀疑猪头鱼是两栖动物。”英拉接着说给汪芸听。

那技师说猪头鱼很可能是在夜深人静的时候爬出了鱼缸，从铁笼的网眼里钻进去咬死了大花猫，这是最合理的解释。英拉当然不接受这种荒诞的说法，她说你这是编童话故事吧，猫死了想推卸责任就赖在不会说话的猪头鱼身上，拿两栖动物当借口，这种无根无据胡乱猜疑的做法太拙劣了。那技师说根据很好找，不信就当场验证。英拉说你想怎么验证，那技师说很简单，把鱼抓出水来看它能不能存活，要还是活蹦乱跳的话就足以证明它是两栖动物，是咬死猫的元凶。

“那你让他验证了吗？”汪芸问。

“他休想！谁都知道鱼离不开水，他害死了大花猫还能让他再害死猪头鱼不成？”英拉当时一听就来气，瞪了他一眼说不偿命的事别想干，说完就端起鱼缸离开了。

“我觉得你还是应该让他验证一下，这样大家都好交代。”汪芸说讲道理时就该摆出事实给人家看嘛，要不然连那位取猫的同事也会怀疑。

“嗯，你说的有道理，”英拉想了一下点头说，“这年头谎言重复多了还真有人信，咱也确实不能让猪头鱼当冤大头。”

“要不这样吧，咱们自己动手来验证。”汪芸提议把猪头鱼出水的情况拍成视频，让那技师和取猫的同事看看，省得纠缠不清。

“行啊，那咱说干就干。”

英拉找来了一个空脸盆放在地上，接着又拿起手持设备准备拍摄。汪芸见她已准备好，便端起小鱼缸，捞出那条猪头鱼放进了空脸盆里。“鱼离不开水”这话可不是谎言，那猪头鱼在这点儿上和鱼没什么区别，它出水后拼命挣扎，在脸盆里使劲扑腾，不一会儿就力气用尽没了动静，跟案板上等待剖肚刮鳞的死鱼没啥两样。

“看看吧，什么两栖动物，简直一派胡言。”英拉拍摄完，放下手持设备嚷嚷道。

“有证据就不必跟人家争得面红耳赤了，有理不在声高。”

“对，我这就上楼找他们去，让事实说话。”

英拉一走，汪芸收拾起残局。她见那条猪头鱼仍然一动不动，便端起脸盆把它倒进了大鱼缸里。很多鱼只要出水时间不长就不会气绝，放回水里便会“起死回生”，好不容易才孵育出了一批猪头鱼能救则救。一想到人家说是两栖动物，汪芸苦笑了一下，不过她还是下意识地盖上了大鱼缸的盖子。再看刚才倒进去的那条鱼时却已不见了踪影，还真是“起死回生”了，十几条看着一模一样的猪头鱼畅游水中，已经分不清谁是谁了。

工作的兴奋点从脑子里一消失，烦恼很快补位。想着Jolene告诫说这段日子不能乱跑，要随时准备着接收许光辉从远太空发来的信息，汪芸便跟那两位打算一起去月球的志愿者分别取得了联系。她告诉他们眼下实在脱不开身，去月球一事只能推迟了，推到什么时候她还说不准。其中一位志愿者倒是很痛快，说要推迟就干脆别去了，他刚好也想去一趟金星上空的实验站，考察一下那里的浓密大气对植物生长会有何影响。另一位听说她要爽约很恼火，说还能有什么脱不开身的事比调查太空非法物种更重要？把关心太空关心人类当儿戏说变就变，真是道不同不相为谋，就此拜拜吧。

汪芸实在没心思跟别人多作解释，同在一个小小的地球村生活着的人们彼此间永远都有那么多的不理解，将来人类要是迈向了更加广阔的宇宙深处，踏足一个个遥远的星球，进而分散居住隔空生活，到那时还能有多少同道相谋呢？

不管怎么说，许光辉被找到的消息突然传来，是个出人意料的变化，汪芸理所当然顾不得月球之行了。从Jolene告知情况的第二天起，她就翘首以盼生怕错过了太空联络，为此她还对可能来自太空的信号做了特别提醒的设定，用快节奏的《等你在太空唤我》作为提示音乐，以便第一时间辨别出。这种随时等候靴子落地的时光很不好挨，她一边急切地等待着来自许光辉的太空信息，一边按部就班地做着审理猪头鱼的收尾工作，恨不得钟表的时针转得跟秒针一样快，该来的早点来。

该来迟早会来，只是汪芸没想到，先来的不是许光辉的信息，而是猪头鱼的麻烦。

为了做物种相融性试验，汪芸在那个养着猪头鱼的大鱼缸里营造了多物种共生的环境，在其中放置了大小不等的其他水生动物，鱼呀虾呀蟹呀蛙呀都有。她准备一步步来，先不放体型大或者凶猛的鱼类，毕竟猪头鱼这样的新物种刚来到世间，在食物链中处于弱势，还要有个适者生存的过程嘛。可是，那些猪头鱼似乎也太胆小了点儿，见了其他小鱼小虾一个劲往边边角角躲，连最起码的争食也不敢，甚至有小鱼游近也会吓得它们拼命闪逃。汪芸觉得这个新物种好可怜哟，每天喂的鱼食都抢不到几口。一连观察几天都是如此，十几条猪头鱼个个都饿瘦了一圈啦。

那天晚上，汪芸在物种审理署的工作间里待到很晚。反正这些天回家早也难入睡，索性多做点测试，早些了结这事。已经半夜了，一条物业管理的提示信息出现在眼前，说是大楼的照明设施要更换零部件，须断电十分钟左右，要各位加班人员知照。照明断电没啥影响，汪芸心想，工作间的光照系统多年来都是24小时长明灯，不像楼上的检测室那样天天人走灯灭，这会儿断一下电让照明系统歇一歇也许是好事。她简单收拾了一下，便在黑暗中坐等。

十分钟后照明恢复了，汪芸揉了揉适应后的双眼，习惯性地向那鱼缸望去。这一望差点儿没把她吓傻，鱼缸里除了那些猪头鱼之外，其他活物统统不见了。她无法相信自己的眼睛，以为刚才黑暗中来了鬼。怎么回事?

凑近鱼缸再细看，她缓过神来，那些猪头鱼突然间鼓起的圆滚滚的肚皮，已经清楚地告诉了她答案。

恶魔也会以美女的面貌出现。用不着多想就可以知道，这种貌似温和的猪头鱼，实则异常凶猛，攻击性极强，而它们在光亮中怯生生的假象极具迷惑性。要不是偶然的断电，它们那种只在黑暗中才显露出来的凶残本性，一时很难察觉到。汪芸忽然明白了，前些天那只大花猫就是这样被猪头鱼咬死的，真让人不寒而栗啊。人家怀疑猪头鱼是两栖动物完全有道理，只是人家没考虑到如今新型的两栖动物会有感光适应性变化。

汪芸估计，作为猪头鱼设计者的Dennis，或许也蒙在鼓里。

次日一早上班，汪芸就电话联系上了Dennis，准备跟他沟通情况。

Dennis接了电话很兴奋，问了声好后便抢先开口道："真是太感谢汪博士啦，您及时批准了猪头鱼让我感到非常高兴，我正考虑着请您推荐猪头鱼加盟5D打印进太空的行列呢。"

"不，不，"汪芸说，"批准为时尚早，您的猪头鱼存在大问题。"

"大问题不会有吧，我经过了反复测试的。"Dennis说话的底气并不足。

汪芸把她发现的情况说给Dennis听，刚说到停电事故，Dennis就突然打断她，说："对不起，有急事要处理，稍后再联系。"说完他就切断了电话。

汪芸一直等到第二天下午也没见Dennis回复，于是主动再打电话过去。耳麦里传来的是个稚嫩的学生腔，汪芸问是Dennis先生吗？对方说我不认识什么Dennis，这是我刚刚启用的新号码。

汪芸感到很奇怪，Dennis忽然间就失去了联系，究竟为什么？她想起

Dennis说过，他父亲是当地的一个农场主，经营着葡萄酒庄和奶牛场，这倒是个线索。于是她很快就联系上了新西兰的物种审理当局，向他们通报了猪头鱼的情况，并希望他们通过Dennis的父亲查找他本人的下落，进一步弄清真相。

新西兰方面接到通报非常重视，不久就给汪芸回了话，说他们已对猪头鱼采取了生态禁入措施。至于寻找老Dennis其人，他们只回了一句查无此人。

汪芸心里有数了，她立刻把猪头鱼的DNA信息输入了非法物种数据库，作为危险物种纳入卫星遥感监控范围。一旦地球上任何地方发现猪头鱼的行踪，就会第一时间启动捕杀程序。

忙完这一切，又到了夜晚。汪芸松了口气，这个邪恶的新物种，差点儿在她手上获得生态准入的合法资格，好在最终没酿成大错。真悬啊！

汪芸心想，猪头鱼永远也不会知道，自己只是被人设计出来的自然界的一个过客，在地球上匆匆而来又匆匆而去。她转念又觉得它们其实也很无辜，这幕后的操纵者，才是真正的罪魁祸首。是有意为之还是设计缺陷，她没法弄明白，她宁愿相信是设计者无意中的过失。那Dennis到底是什么人，她也没有琢磨清楚，也许永远都会是个谜。

熟悉的快节奏曲调响了起来。这回，《等你在太空唤我》不是催眠曲，而是兴奋剂，让汪芸从思索中骤然惊醒，她几乎从座椅上跳了起来。

许光辉的太空信息终于传到了。

第14章

失联飞舰死里逃生

劫后余生者的经历总会被描述得惊心动魄，从大悲到大喜，让人提心吊胆后长吁一口气。许光辉似乎不愿沿用这种套路，他从太空发给汪芸的是一段动漫视频，讲述了阿哲261号失联前后的经过，仿佛在叙说一个迷路走失的孩子被家人找到的过程。汪芸觉得他全然没有死里逃生的感受，他始终认为家人总会找到自己的孩子，也许就是这种信念让他坚持至今。

“在柯伊伯小行星带飞了一段时间之后，先是导航系统出了问题，”许光辉解说道，“此前一切都很正常。”

导航系统先惹出麻烦，这倒是汪芸没想到的。她边看动漫演示，边听许光辉的同步解说，事情的来龙去脉慢慢才弄清楚。

如今太空飞行的导航技术是非常发达的。如果只是在太阳系范围内游逛的话，就好比开车在澳门小城内转悠，就算没有全自动导航，仅凭人工导航一般也不会出什么问题。那些穿梭线路都能用电脑实时模拟生成，毕竟有诸多飞行器一次次探索的数据积累，早已精选出了条条通幽的“曲径”，每次航行只要在电脑上输入出发时间，就能立刻生成3D航行路线图。许光辉当初参加培训期间，有一位飞过好几次天的老前辈告诉他们这些年轻人说，要是再让他上天的话，他只要看一眼3D航行图，闭着眼睛都能把飞舰开到太阳系的任何地方。

这话虽然有些夸张，但也不完全是吹大牛，毕竟还有很成熟的自动导航技术。如今太阳系各主要星体的实时方位及运行规律，早已被探得一清二楚了，整个飞行过程按照设定的程序飞就是了，不需要宇航员多操心。这一点，就连机器人都知道。

阿哲261号刚飞离地球那会儿，按照节省能源的惯例，几个随行的AI机器人全都切断动力源进入了“休眠”状态。那个名叫“思瓦特”的机器人助手，临休眠前还对许光辉说：“有什么事请及早唤醒我们，随时准备为您效劳。”许光辉笑笑道：“都说在太阳系飞行如同在自己读书的校园里漫步，应该不会有什么麻烦事，等走出校园再叫醒你们不迟。”

“许博士所言极是，”另一个名叫“敬欧姆”的机器人赞同道，“自动导航的技术已是炉火纯青，用不着咱们多费事。”

炉火纯青说得太绝对了点儿，许光辉觉得，任何技术都或多或少会有缺陷，世上没有哪项技术能达到炉火纯青的地步。导航技术这几十年来，从地面发展到太空，一直在不断地改进和完善，麻烦事也没少过。

早年的事许光辉没亲历过，但他听说过。那个时候，卫星定位是导航的主流技术，什么GPS啦北斗啦之类，应用范围日益广阔。不仅海陆空交通全部受益，而且导航设备的花样也越来越多，就连普通人的眼镜手表、盲人的拐杖鞋袜也普遍装有导航设备，甚至一些宠物狗身上也装了犬语导航仪。特别是6G主导的全自动驾驶技术出现以后，导航进入了一个全新的发展阶段，许光辉正是赶上了这个不用驾驶证也能开车的时代。很多人开车连方向盘都不用摸，设定好导航之后就在车内闭目养神，一路飞驰却两耳不闻窗外事，轻轻松松就能抵达目的地。即便是这么发达的智能导航，大大小小的麻烦事也还是不少。不时会有报道说，正在路上行驶的某辆车突发故障，结果造成连环交通事故，甚至整条整片道路交通瘫痪。

后来“卫星+地图”的传统导航模式受到很大冲击逐渐被淘汰，陆续兴起的光谱信号导航、标记物感应导航等新技术，都取得了长足进步。特别是深空飞行导航把地球同步卫星甩在了身后，直接依托各星体间的引力波进行空间定位，这更是导航技术的一大突破。这次出征前他还在想，星际导航从太阳系向宇宙纵深扩展是迟早的事，将来从地球到人类新家园G星球也会建起一条畅通无阻的自动导航路径。

然而，成也萧何败也萧何，谁知阿哲261号这回偏偏就在导航方面先出了问题。

按照飞行流程，许光辉在阿哲261号飞进柯伊伯带纵深之时，就启动程序，唤醒了思瓦特、敬欧姆等几个AI机器人。他向它们简单交代说，接下来越飞越遥远，与空间站已无法实时联络，后面的行程全靠大家齐心协力。思瓦特和敬欧姆它们纷纷表示唯许光辉马首是瞻，一个个兴高采烈地各司其职去了。这样又飞了一段日子，眼看着周围的小行星越来越稀疏，快要飞到柯伊伯带的外围了，似乎没什么异常情况发生。

马上要抵达狗牙星了，这是此次飞行的目标星球。许光辉根据航程提示，准备调整轨道环绕狗牙星低飞几圈，同时打开相关设备，先对这颗冰质星球进行空中观测，然后再徐徐降落，接下来再对远方的G星球开展宜居性观测。然而瞎忙活了一通，却发现飞舰附近根本就没什么狗牙星。

怎么回事？许光辉感到非常奇怪，他两眼紧盯着3D模拟航行图。那上面明明显示狗牙星就在眼前，而现实中却找不到。

一旁的思瓦特劝他不必着急，说可能是测量误差所致。它说早年地球上很多导航图也是如此，显示出来的是宽阔的道路，却把人导进了水沟里或撞到了墙壁上，道理是一样的。敬欧姆也说柯伊伯带外围的小行星与地球相距甚远，测量误差在所难免。

“不至于呀。”许光辉对它们的话半信半疑。这狗牙星差不多有半个月球大小，经过了地面和空间站多年的观测，方位数据应该是很精确的，不可能出现这么大的误差。

百密一疏，肯定是导航的哪个环节出了故障。几个智能机器人帮着分析来分析去，也只能得出这么个似是而非的结论。是不是再等等看？它们都等着许光辉拍板。

“家里最近有什么新指令发来？”许光辉问。他所说的“家里”当然是指地球。

“没有消息。”思瓦特很肯定地回答。

“是啊，有消息我们会第一时间向您报告的。”敬欧姆也跟着附和。

“继续前进，开启环射望远镜迅速搜找狗牙星的方位，立刻向家里报告当前情况。”许光辉俨然一副指挥官神态，轻松却果断地做出了决定。一时弄不清原因，也只能先这样了。

不多会儿，思瓦特就向许光辉汇报说，已经向家里发了情况报告，请求尽快指示。

飞出这么远了，地球上收到请示再回复，电波来回最快也要几十个小时。许光辉边等待边琢磨，他反复察看模拟航行图，看不出有什么问题。对这次的整个航程，他在地面上曾演练过无数次，从地球到狗牙星的每个节点都印在他脑子里。模拟航行图起着实时提示的作用，是众多专家精心测算后打造出来的，绝不会像地面上那些粗制滥造的导航图那样不靠谱。前些日子路经诺苏号空间站时，他跟忆牛顿视频通话时，还问到它航行情况如何，忆牛顿伸出它那机械手的大拇指啧啧称赞，说实际观测到的飞行过程与航行图完全吻合，堪称天衣无缝。

忆牛顿的话音犹在耳，“天衣无缝”这么快就变成了“天壤之别”，简直不可思议。

许光辉思考了一阵子，狗牙星的存在是千真万确的，对航行图的准确性也有充分把握，对于眼前的局面，唯一的解释就是，阿哲261号没有飞到狗牙星附近。换句话说，飞舰根本就没按照航行图的线路飞，这种状况有违常理。

许光辉脑子一理出点儿头绪来，便跟思瓦特和敬欧姆它们一起商议。

“我们现在就像是无头苍蝇一样，”许光辉扫了它们一眼说，“可能是在乱飞。”

几个机器人一下子都没反应过来。少顷，思瓦特若有所悟道：“我们一直都是按部就班地做，一路飞来也没碰到过干扰，不会真是乱飞一通吧？”

“过了预定时间却没有飞临狗牙星，说明十有八九已迷航，”许光辉顿了顿，见它们大都做点头状，便说，“诸位认为现在该怎么办？”

许光辉刚一问罢，思瓦特和敬欧姆它们就你一言我一语地议论开来，最后形成的大致看法是，既然飞迷了路，就应该尽快返航。

“不妥，返航要有家里的明确指令。”许光辉的口气显得不容置疑。

“将在外君命有所不受，”思瓦特说，“可以边返航边请示嘛。”

“对，对，应该向家里请示紧急返航。”敬欧姆更急切道。

请示返航也不可取，许光辉寻思着。他这次作为星际殖民试验的一个开路先锋，可谓重任在肩，刚刚碰到点麻烦就打退堂鼓，会贻笑大方的。再说了，迷航的原因现在还不清楚，回去以后怎么向方方面面交代？虽说太空探索遇到失败是兵家常事，但败也要败得有个说法，有点儿价值。否则，失败如何当得了成功之母？

“考虑返航为时尚早，”许光辉一想明白便断然道，“先找到狗牙星再说。”

就这样又飞了一阵子，地球上发给许光辉的一条指令到了。说飞舰已严重偏离预定航轨，要他说明具体原因，并注意排查意外故障。

许光辉推算了一下时间，这条指令从地球上发出时，尚未收到飞舰在此前发去的情况报告，这说明地球上已经观测到了阿哲261号的异动。

看完家里的指令，许光辉轻轻舒了口气，儿行千里母担忧呢。他向思瓦特和敬欧姆它们解读道：“家里对我们迷航的情况是知道的，没有要飞舰返航的意思。”他说阿哲261号就像一只放飞的风筝，总有根线连着地球，即使飞偏了飞歪了也不怕，家里时刻在关注着帮助着，不必轻言返航。

许光辉这番话看似定了调，但并没有提出具体的应对措施。家里既然已知道了飞舰的现状，那就一定会来新的行动指令。他在等待。

过了没多久，环射望远镜搜索到的信息汇集出来了，许光辉再次召集思瓦特和敬欧姆它们碰头分析。

要说这些强AI机器人的智商，那还是蛮高的，对纯粹的科学问题显得很在行，能很快做出判断。环射望远镜从左右、上下、前后，各三百六十度的视角搜索，找到了狗牙星和其他一些参照星体的方位。许光辉从几个机器人的推算和分析中，也很快弄明白了情况。如果说从地球到狗牙星再到G星球构成了一条弧形航线的话，那么飞舰进入了柯伊伯带不久便突然脱离了这条原定的航线，沿着与之呈夹角的另一条线路在飞，渐行渐远。等到该飞近狗牙星的时间来临，其实早已偏离到何止是十万八千里之外了。

情况越来越清楚，许光辉当即做了新的部署，要求马上再跟家里沟通，请示后续行动。同时要求密切注意环射望远镜搜索到的新情况，随时做好调整飞行方向的准备。

思瓦特和敬欧姆它们领了命，立即分头行动起来。

许光辉这时候并不感到紧张，他的想法一点儿不复杂，家里一旦掌握了新情况总不会无动于衷，飞舰此刻如果乱飞跟不上地面指令的时差，只会增添麻烦。他还记得，那个号称闭着眼睛能飞遍太阳系的老前辈说过另一句话：太空飞行中碰到难题时，首先考虑的解决办法就两条，一是等指令，二是睡大觉。想到这里，许光辉索性钻进了那个外观像塑料雨衣一样的“便携式浴袋”里，开启电钮，涂浴液、冲清水、暖风烘干，全自动一气呵成，只两三分钟就洗了个澡。还嫌不过瘾，他又开电钮再来了一遍。那洗浴水是自动净化、循环利用的，可以马上接着重来。洗完两遍，许光辉感觉浑身经舒络畅，精神上一放松下来，很快就进梦乡去了。

醒来时，思瓦特就在他身旁，它好像已等了很久了。许光辉说声抱歉，问它有什么情况。思瓦特叹息一声道：“地球上来了新指令，可能还是要返航。”

“你说什么？！”许光辉像是突然间被人浇了一瓢冰水，脑袋发凉。

这条指令明确告诉他，航程设计无问题，飞偏应该是途中发生的意外故障，如果无法排除则宜及时返航。

但许光辉很快就注意到，这条指令仍是在没收到飞舰的情况报告之前发来的，并不是家里对他最新请示的答复。

“是不是马上做返航的准备？”旁边的敬欧姆小心翼翼地问道。

“不必返航。”许光辉声音不大却斩钉截铁。家里还没收到情况报告，知己不知彼，信息不对称，这个时候不能拿鸡毛当令箭。

思瓦特反应奇快，像是一下子就转过了弯，说不返航也对，应该先跟家里联络上再说。

意外故障？许光辉反复琢磨这几个字，一连两次指令都提到意外故障，会是什么呢?

还没等他想出眉目来，环射望远镜又搜索到了新情况。在飞舰航向的远方，发现了一颗忽隐忽现的星球，状如核桃，其方位已经在柯伊伯带的外围了。许光辉打开多维星系图，仔细查找了半天，也没查到这颗核桃状的星球。思瓦特它们分析一番后得出结论说，这是一颗尚未被地球上发现的小星球，飞舰现在正朝着它的方位飞去。

“飞歪了也有收获啊，还能给星系图上添点儿料。”许光辉仍是一副轻松状，他说要是家里知道这无心插柳的新发现会惊喜的，新发现了一颗核桃星，等着瞧好戏吧。

等待消耗的是耐性，时间在流淌着，许光辉也在屈指掐算着。自从发现飞舰迷航后，他已先后两次向家里报告了情况，按说家里知道了飞舰目前的处境，会在第一时间发给他行动指令。估算一下电波往返传输的时间，这会儿早该收到地球上回复的指令了。怎么连一点儿动静也没有呢?

也许家里还是想让他返航但又难下决心，故意留个时间差给他机动处置，许光辉这么想。但现在情况又有了新变化，对那颗刚发现的核桃星一无所知，该不该奔它而去呢？他根本无法把握。

又飞了一阵子，还是没消息。许光辉这时候感到不那么轻松了。无论如何，得不到家里的行动指令，任何盲动都是危险的。

“立刻再催促家里，请求速来指令。”许光辉对思瓦特它们下令说。

“我去吧，”敬欧姆边说边行动，“我让诺苏号那边也帮着催一催，加快点中继传输的速度。”

穿行在遥远的太空中向地球上求助，也只能如此了。从前人们的生活“交通主要靠走，通信主要靠吼”，如今人类先进的交通和通信工具在偌大的宇宙中，感觉也没比“走”和“吼”好到哪儿去。

“见鬼了！”不一会儿，正在操作的敬欧姆大声报告，说通信系统发生了故障，无法与家里联系。

糟糕！许光辉闻声趋近，要求关机后重新启动。敬欧姆说已经试过两次了，毫无反应，通信软件已损坏无疑。

啊？怪不得这么久收不到家里的指令，许光辉瞬间明白过来了。

“快，快拿备用驱动器来。”许光辉有点儿急火攻心，说话的声音听起来像是舌头被烫了。

思瓦特迅速做出反应，熟练地拿来了通信系统备用驱动器。它把敬欧姆推到一边，自己动手接上、开启，却照样毫无反应。

“不对呀。”许光辉自言自语。这备用驱动器具有双重功能，既可以修复、重启原有的通信系统，它本身也是一套应急通信设备，只要连上原来的硬件就可使用。许光辉以前演练过多次，这次出征前他还专门检查过，没有问题啊。

真是屋漏偏逢连夜雨，许光辉满头大汗。他立即亲自动手对备用驱动器里里外外进行检测，当他打开程序编码查看时，眼前的情景让他倒吸一口凉气：里面全都是乱码！显然，原始程序已遭到彻底破坏，这备用驱动器已成了一堆电子垃圾。这也就意味着，整个飞舰无法对外联络了，已经陷入了“又聋又哑”的境地。

来不及多考虑了，许光辉从牙缝里挤出几个字：“调整方向，立即返航。”

思瓦特和敬欧姆它们似乎也意识到了情况的严重性，谁也没多言语，都应声行动去了。

“我的天哪，不好了！”那边又传来了另一个机器人的惊呼，“飞行动力系统出现故障，无法调整方向。”

“啊？！”许光辉像是猛然间遭了电击一般，浑身一哆嗦，继而两眼发呆，愣在那里一动不动。

他这一叫一愣，引得思瓦特和敬欧姆一帮机器人都围拢过来，以为他也出了什么故障，手忙脚乱地要对他施救。

“别胡闹！”许光辉很快就缓过神来，没好气地挥挥手让他们散去。

他缓缓举起双臂，开始闭目沉思。这还是他从恩师汪伯仁那里学来的招数，碰到突发疑难情况时，这样既可以舒缓紧张情绪，又利于冷静思考对策。过去在学校考试，有难题解不出又临近交卷的时候，他都会用这种动作沉思几分钟，难题往往就迎刃而解了。现在他是习惯使然，要把飞舰这一连串故障的由来想清楚。

飞进柯伊伯带纵深以后，麻烦事接二连三发生，而且日益严重。这些故障像长着眼睛一样步步紧逼，很是邪门。想观测狗牙星却发现导航出错，想联络家里又出现通信瘫痪，想返航又发生动力失灵，仿佛刻意在跟他许光辉过不去。这么有灵性的事件接踵而至，用偶发的技术差错很难解释得通，倒像是遭到了外星人的袭击。这不是没有可能的，虽然外星人没有攻入密闭的飞舰中来，但也许人家比人类技高一筹，用“隔山打牛”的手段破坏了飞舰内部的设备。然而细细想来又不对头，那个备用驱动器压根就没开启过，程序编码不可能被破坏得一塌糊涂。

对呀，好端端闲置着的备用驱动器怎么也会毁坏呢？许光辉一直高举着的双臂忽然放了下来，这是他豁然开朗后的习惯性动作。

难道会是自己内部……许光辉真是不愿再往下想了。

不愿想也必须想。俗话说家贼难防，在这太空飞舰上也应验了。许光辉终于悟了出来，飞舰在进入柯伊伯带之前的航程一切正常，而在这之后就开始故障连连，家里一再强调说“意外故障”不无道理。这两个航段最主要的不同就在于，随行的机器人从“休眠”状态中醒了过来，这才是关键的转折，冬眠过后的毒蛇可以咬人了！

现在他几乎可以肯定的是，那些机器人里面有奸细与人类离心离德，在暗中大肆使坏。

明枪易躲暗箭难防，情况非常危急。许光辉马上想到了飞舰隐蔽处那个不起眼的黄色按钮。李远宏老师当初在北京告诉过他，一旦发生机器人“短路”惹事这种紧急情况，按下那按钮，所有机器人就会立刻进入休眠状态。同时李远宏也交代他说，这是紧急避险措施而不是正常休眠，机器人再醒来后会产生反感和报复心理，因而不到万不得已时不可轻易使用。

眼下就是万不得已的时候了，机器人里面谁是坏家伙，一时半会儿根本无法查清，再任其偷偷摸摸破坏下去的话，必将出现舰毁人亡的悲剧。前因和后果都想明白了，许光辉没再犹豫，他摸到那黄色按钮，对思瓦特和敬欧姆它们说声“对不起诸位了”，便用力按了下去。

汪芸刚听许光辉讲解到这里，“咔嗒”一声，来自太空的视频信号就突然中断了。等了半晌也没见重新连线的迹象，她很感慨。咳，人类迈进太空的步伐已经越走越远，但通信技术却在原地踏步跟不上来，这可真是影响远行的一件大事。过去靠“吼”总还能把话吼完，现在倒好，连吼都没吼完就没声了。

不过，汪芸总算知道了飞舰失联的直接原因，许光辉此行从一开始就是与狼共舞，想想都令人心惊胆战。好在许光辉处置果断，不然他早就成为真正的烈士了。她觉得许光辉关键时刻让机器人“假死”过去，是在正确的时机基于正确的判断采取了正确的行动。有很多时候“宁可错杀一千，绝不放过一个”实属无奈之举，优柔寡断、姑息养奸只会付出更大的代价。

说来还是机器人惹的事，不知Jolene这些专门管控机器人的行家怎么想。第二天一早，汪芸就把电话打到了Jolene那里。

“怎么样？跟许光辉的太空热线接通了吗？”Jolene看来也在操着这份心，一上来就先发问。

“我就是想告诉你这事，昨天夜里连上了一阵子，”汪芸说，“但还没听他说完，我也没来得及回应就突然断线了。”

“这很正常。”Jolene显得很老到，说信号要经过多次中继转接，在传输路途中某个节点掉线在所难免，她有时跟忆牛顿联络也会碰到这种情况，过几个钟头甚至十几个钟头再连上线是常有的事。她接着又问她更关心的问题：“许光辉有没有说到，飞舰失联这么多年到底是怎么回事？”

“咳，他也够难的，是你那个硬基质王国里的刁民故意使坏。”

“啊，AI机器人使坏？是Richard集团遥控做手脚吗？”

“他没这么说。”汪芸把许光辉的讲解向Jolene做了简要转述。

Jolene一听来气道：“许光辉太便宜它们了，应该先把那个机器人恶棍给揪出来，这样一竿子全部打死就弄成无头案了。”

汪芸反驳说：“你是站着说话不腰疼呢，要是被那恶棍察觉出来，飞舰可就彻底玩儿完了。”

“明修栈道暗度陈仓嘛，悄悄地行动就是了。”

“谈何容易，一旦打草惊蛇，后果更严重。”

“我要是在场的话，肯定要先讨个说法，”Jolene一副不依不饶的口气，她说不弄个水落石出，决不能让那些机器人简简单单就休眠，说不定幕后还有黑手呢。

“你那是职业病，只想着抓机器人恶棍。”汪芸说在那种敌友难辨的紧急时刻，只能先下手为强，把它们全部撂倒也是没办法的办法。

“好啦，不跟你争了，你等着往下瞧吧，” Jolene叹息一声说，“许光辉说不定接着就会后悔。”

汪芸当然希望能连上线接着了解更多情况，而且她也要对许光辉有所回复，不然这热线就成了来而不往的单向直播，那跟收看太空卫视有何区别？还真是让Jolene说对了，她们俩通完话没多久，许光辉的太空电波又传了过来，此时断线已有十来个钟头了。这回发来的信息已没多少视频内容，汪芸主要是听许光辉接着讲解。

机器人已全部假死过去了，舰毁人亡的危险暂时解除了，许光辉仍不敢怠慢。他认真检查了飞舰的主要技术系统，导航、通信、动力全都是软件系统毁坏，无法再重启，眼下飞舰完全是靠强大的惯性在飞行。而且他发现了明显的故意破坏痕迹。真是十恶不赦啊，许光辉越看越来气，要是能认准那个肇事的坏家伙，他恨不得踹它几脚丢出舱外，让这垃圾货变成真正的太空垃圾。

所幸，飞舰上那台减速发动机还能启用。那原本是要在狗牙星上降落时备用的，现在则成了阿哲261号唯一可用的动力，但要靠这一点点麻雀大的动力返航是绝不可能的。

忙完了这些七七八八的检查，许光辉忽然意识到，他已经成了飞舰上的孤家寡人。在进入柯伊伯带之前虽然也是一个人飞，但跟家里、跟沿途的空间站始终保持着通信联络。后来越飞越远虽然通信迟滞却有机器人相伴，遇事总还可以跟它们商议一番。而眼前，那真是叫天天不应叫地地不灵了。他有点儿后悔了，要是当时再忍一阵子，也许就能把那坏蛋查出来清理掉，让其他机器人继续工作，这岂不是两全其美吗？他真想把它们再唤醒重查。

嚯，还真让Jolene猜对了，许光辉这就后悔了？汪芸听着都有点儿急了，她觉得这时候一旦弄巧成拙，阿哲261号有可能万劫不复。

许光辉其实也只是想想而已，他不会轻举妄动，李远宏关于紧急避险的警告他很清楚，自己不是机器人领域的专家，真要动手查也要等家里派人来协助。

飞舰仍在继续飞，前方核桃星的轮廓用肉眼已经依稀可见，正慢慢地由小变大。这时候，又一个两难选择摆在了许光辉面前。

他大概计算了一下，按照目前的飞行速度，阿哲261号应该与前方的核桃星擦肩而过，挥挥手打个招呼就可以继续前行。若是减一减速的话，则有可能被核桃星的引力捕捉到，可以环绕着核桃星飞行或者降落在它上面。问题在于，若是选择擦肩而过的话，前途未卜，而要是选择被核桃星捕捉，万一这颗未知星球不适合飞舰接近的话，想挣扎脱身可就没力气了，同样也是前途未卜。究竟该何去何从？

早知道这趟飞行有那么多选择题要做的话，应该带个骰子来掷一掷。许光辉不得不再次伤脑筋。

他刚想要举臂沉思的时候，突然发现，飞舰上那台“万用信号感应器”似乎有微弱的反应。他仔细察看后判定，这是从诺苏号空间站的方向断断续续发射过来的一种电磁波。他立刻兴奋地趴到舷窗边上，在灰蒙蒙的太空中，仿佛看到了一缕细细的银丝在向飞舰这边扫射。

许光辉高兴地笑了，他已经猜到了，那是家里在搜找他。

汪芸听到这里也想起来了，那一定是当初超敏激光雷达在搜索阿哲261号。李远宏当时把消息告诉父亲时，她和父亲曾欣喜了好多天。

这一下许光辉不用再闭目沉思了，他立刻就想明白了。失联这么久，家里肯定想方设法在搜找阿哲261号，越飞越远会增加搜索和救援的难度，即使冒点儿险跟一无所知的核桃星去亲密接触，那也是摆脱困境的上上之策，值得一搏。只要能在那里坚守下去，他相信家里迟早会找到自己。一打定主意，许光辉马上就付诸行动，启动了减速发动机，他要张开双臂拥抱核桃星了。

又飞了一阵子，阿哲261号终于如他所愿被核桃星的引力捕获，围着核桃星开始环绕飞行。许光辉没再继续减速，而是让飞舰在环绕轨道上飞了很长一段时间。他慢慢观察，细细试探，直到确信安全之后，才把飞舰降落到了核桃星上。

“‘天外有天’一点儿没说错，核桃星景色独特，宛如仙境。”许光辉继续解说道，“此处且按下不表，容以后当面禀报。”

哟呵，这就卖起关子来了。汪芸心想，他可真够乐观、自信的，让人提心吊胆了这么多年，他还有心思耍贫嘴。也许，这正是他处险不惊坚持至今的法宝。

“身在曹营心在汉，只盼家里来召唤。”许光辉说他瞎编的这一句，是自己身在核桃星这段日子的心情，他说其实他知道家里一直都在搜找阿哲261号，只是苦于自己无法回应。

他后来一直开着那台“万用信号感应器”，时常可以感应到各种各样的信号。他明白，除了收到太空的一些杂散信号之外，那些信号很多都是家里的搜寻设备发出来的。但那台感应器如同一部接收杂乱信号的收音机，只能收而不能发，着急也没用。直到不久前那次，感应器忽然收到了一种异常强烈的信号，紧接着奇迹就出现了。死机已久的通信系统发出了持续的“嘀嘀”声，许光辉仿佛听到了世上最美妙的音符，那是软件程序在重建的声音啊。

汪芸知道，那是陈万通“吐烟圈”技术的杰作。

再接下来，飞舰收到了诺苏号发出的电波呼叫。

“俱往矣，阿哲261号福大命大，就这样又起死回生了。”许光辉叙述完事情经过，转而又问候汪芸说，“这一年多来让你担惊受怕了吧？”

什么呀，这都过去好几年了，怎么会是一年多来？汪芸搞不明白，是许光辉在核桃星上的日子过糊涂了，还是所谓高速运动中时间变慢的原理在起作用。

许光辉自言自语跟她说了不少家常话，问到她的学业进展情况，问到恩师汪伯仁参加苏黎世会议的情况，还提到一些她已记不大清楚的陈年往事。甚至他还特意问到，那巫霸草的元凶Richard是否已被绳之以法。

唉，“不知有汉，无论魏晋”。汪芸感慨。

第⑮章

真假采冰蜂

“当阴云遮蔽了太阳，时光在慌乱中静止；当一切恐惧渐渐远去，我在春天的欢娱中微笑。”汪芸了解许光辉，她用瑞典诗人卡尔费尔德的两句诗作开头回复他。失散已久，感觉许光辉有点儿像桃花源中人了，汪芸尽量迎合他用熟悉的语境说事。她介绍了自己当年的学业完成情况及毕业后从事的新工作，一一回答了他关注的问题，把几年前的事当作昨天的事来讲。

关于Richard的下落，汪芸也如实相告，说那家伙本人既没落网也没音讯。但Richard集团的爪牙这些年并没有销声匿迹，他们不时还会冒出来搞破坏活动。她还把审理猪头鱼时Dennis提供的那段Richard的演讲录音，也顺手发给了他。

有一件事汪芸在回复时很想问一问他，滞留在那么遥远的核桃星上既然无所事事，为何不马上返航归来。但她一想问了也白问，他在讲解过程中对此只字未提，而且也不会再有下一次热线答复她的机会了，倒不如让Jolene接着去打听更现实。

Jolene自然也想了解详情，可她也要瞅准机会才能打探，跟空间站虽说有专门的联络通道，但毕竟不像在地球上打电话那么容易。

“应该不用等太久，他很快会启程返回的。”过了一段日子，Jolene打来电话把摸到的大概情况告诉汪芸。

她打听的结果是，许光辉暂不返回是由地面指挥中心决定的。专家们对失联多年的阿哲261号被重新找到无不欢欣鼓舞，同时他们也认真分析了飞舰下一步安全返航的对策。在专家们看来，飞舰无疑是遭到了机器人的恶意破坏，而除了许光辉发现的破坏部位之外，很可能还有遗漏，若是返航途中再出现意外故障，那就无法向世人交代了，更对不住坚守多年的许光辉，因而要确保返航万无一失。但不管怎么说，排查故障也要不了太长时间，启程返航指日可待。

“我现在挺郁闷的，”汪芸直抒胸臆对Jolene道，“也不知道他们什么时候回来，该不该这么干等着？”

“要我说呀你别等。”Jolene说前段时间的太空联络那是非等不可的，那种规定动作现在已经做完了，剩下的动作就该她汪芸自选了。Jolene的话不无暗示在里面，她建议汪芸该去月球去月球该下海底下海底，散散心想清楚。

Jolene还真是替汪芸在考虑，迟早有这么一天而且这一天很快会来，许光辉和陈万通从太空顺利凯旋，两位英雄般的风云人物一前一后步出飞舰，花枝招展的汪芸激动地迎上前去，该投入哪一个的怀抱？与其二选一让某个英雄当场伤心落泪，还不如让汪芸暂时先躲开。就算她心里已经有了明确选项，也不宜在他们凯旋的时刻厚此薄彼造成难堪，最好让大家都冷静想一阵子再说。

汪芸听明白了，曾经揪心的事已经过去，现在闹心的事又来了。Jolene当初要她别乱动乱跑，现在却要她能开溜则开溜，此一时彼一时。她也想到了，去月球当然求之不得，可是原计划刚泡汤，要重整旗鼓找到同行者还要费些时日，不是说走就能走的。去海底呢一下子又找不到什么由头，这种时候一个人跑去旅游似乎方方面面都说不过去。想来想去还是觉得，不管是上九天还是下五洋，总要等有了机会再行动。

然而等了一段时间没等来什么机会，却让汪芸等来了更多闹心的事。先是网络上又有人开始重弹“5D打印，伤天害理”的老调，说是扩散物种不平等必遭天谴，像许光辉这样的急先锋此次死里逃生纯属侥幸，以后再不会有这种狗屎运了。接着，物种审理署楼下也三天两头有人来请愿示威，有些人像以前一样嚷嚷着反对星际殖民试验，要求停止5D打印进太空的所有活动；也有人改头换面呼吁天下物种平等进太空，要求放宽物种审理标准，让猪头鱼那样的新物种也一视同仁参与太空的未来竞争；还有人节外生枝要求叫停生物源反应器本身的发展，反对技术升级反对更新换代；等等。请愿者的诉求虽然花样翻新，但万变不离其宗，看上去又是一波物种泛平等主义喧嚣的小高潮。

汪芸这回非常敏感。历史的经验值得借鉴，她感觉到，这波反对浪潮跟阿哲261号飞舰失而复得的消息不断披露有直接关系，会不会许光辉和陈万通他们快要回来了？

她认为这是完全有可能的，上次陈万通回来就是人已经在路途中了才传来消息，但那次是一个人这次是两个人，情况大不一样啊。要是不久后的哪一天，凯旋的飞舰到了，两人突然间同时出现在眼前，自己该怎样面对啊？人家Jolene早已料到了这种窘况，提醒她先避开缓冲一下为好，可是上哪儿避去呀？

“汪博士，最近收到不少非法物种投诉，是不是先转些给其他审理师去处理？”英拉很及时地出现在了汪芸面前。她见汪芸最近一段日子心事重重，不忍心再给她增添工作负担，准备转走一部分让别人先代劳。

“你看着办吧，别误事就行。”汪芸回答说。

“那好，我先转走几个急件再说，”英拉得到了许可遂转身离开，她一边走一边嘀咕，“如今的物种投诉可真多，连太平洋海底都越来越不太平了。”

“等一等，”汪芸忽然心头一震，叫住英拉说，“你是说海底最近也有投诉？”

“有啊，”英拉不明就里，她提醒道，“不过，事发海域可不在咱们周边，很远呢。”

“远才好，咱们去现场处理。”汪芸脱口而出。英拉提供的这一业务信息不说是救命稻草，起码也算是大雨降临前递过来的一把伞。

“嗯？”英拉怔了一下，继而痛快点头道，“那好，我马上做准备，稍后把投诉材料发给你。”

汪芸的精力很快就聚焦到了海底非法物种上面，她认真研究了投诉材料，下海底前又跟英拉进行了商议。

投诉者“海能公司”是一家国际知名的新能源企业，被投诉者“EK公司”则是另一家成立不久的新能源企业，前者指控后者在太平洋中部一个岛国附近的海底水域使用非法物种，要求予以封杀。

起初汪芸还有点儿不解，这新能源公司怎么也关心起非法物种来了？英拉也觉得奇怪，一家知名的新能源公司，高调投诉另一家刚成立的新能源公司，这里面一定有隐情。

“英拉姐，我看这起投诉醉翁之意不在酒，”汪芸把自己的想法告诉英拉，“先查出这两家公司在业务范围方面的交集，重点是搞清投诉的那片海域，我们去现场调查时就心中有数了。”

英拉很快就通过卫星定位系统调出了海底监控视频，她和汪芸盯着屏幕仔细搜找，只费了不大会儿工夫就有了收获。她们看到，海能公司和EK公司在那片海域都建了可燃冰的采掘场。在浩瀚的太平洋里，两个公司的采掘场虽然只相隔上百海里，却如同近在咫尺，在这么近的距离内抢食，不打架才怪呢。

显然，这宗表面看似非法物种的投诉，背后潜藏着新能源可燃冰之争。

汪芸小时候就听父亲说过，可燃冰早在20世纪60年代就已被发现，那时人们对它的了解并不多，开采技术也跟不上。后来，海底大量存在可燃冰被确认无疑，开采的需求和能力也日增，商业界一直摩拳擦掌准备着大干。然而科学界则普遍反对在海底进行大规模的钻探和采掘，认为那将导致海洋生态的不可逆破坏，进而危及全人类的安全。但到了2030年，海底可燃冰该不该开采的争议有了定论。人类既要利用可燃冰这样的新能源，又要保护海洋环境不被破坏，于是找到了平衡点。传统的钻探采掘被全面禁止，代之而起的是日益成熟的生物采掘技术，一种俗称为“采冰蜂”的海洋人造物种应运而生。这种“采冰蜂”虽属鱼类，却能像蜜蜂采到花蜜运回蜂巢那样，在海底的采掘场穿梭忙碌，从而开启了可燃冰绿色采掘的时代。

这回要下海查处的非法物种，会不会跟“采冰蜂”有直接关系？汪芸临行前想到了这点，她觉得到了海底自会有答案，眼下她更关注的是下海本身。

对汪芸来说，这次才算是真正要体验一下深海的海底了，上次去海底她一门心思急着探望突然出事的父亲，来去匆匆根本就没怎么留意深海景色，说来连走马观花都算不上。从小，她就熟读了凡尔纳的名著《海底两万里》，对神奇的海底世界向往已久，却一直没机会亲身体验。读大学那会儿，她虽然潜到过水底考察海洋生物，但那都是在澳门附近的浅海水域，算不上真正的海底，就像小丘陵不算是高山一样。

都怪那次奥塔哥事件，本来她跟许光辉早策划好了的，打算乘海底游艇从新西兰到澳大利亚，沿途的观光点都已作了精心挑选。没想到后来被Richard集团的巫霸草一闹，整个计划都泡了汤。要不是这次跟英拉一起逮了个机会，她还不知何时光顾日益繁华的深海世界呢。

然而出乎汪芸意料的是，她这趟海底之行，又撞上了Richard之流的一场阴谋。

英拉的确是个好帮手，海底之行全靠她前前后后张罗，她有过多次深海旅行的经历，要不然汪芸连当今的穿海机都不知道怎么操作。英拉说这很简单，会用触控屏就会操作，比驾驶自动挡汽车还省事，当然前提是要遵守海下穿行的交通规则。她告诉汪芸，日新月异的海底设施带来了水下交通的日益发达，如今各种穿海机多如牛毛，再也不是当初海阔凭鱼跃的时代了，深潜交通工具入水出水以及在水下穿行都必须依航线行驶，否则水下就成为巨大的碰碰车场了。她们这一趟要去两个公司的采掘场，主要是在水下3千米的深海航线上穿行。现在连海鱼海虾们都慢慢明白了，它们像躲瘟神一样离那一条条水下航线远远的，傻瓜才会让高速行驶的穿海机撞个粉身碎骨。

英拉租来的是一艘小型双人座的穿海机，外观呈子弹头状。汪芸跟着英拉钻进去，等坐定之后，英拉便关闭了舱门，而后触动了潜行键。让汪芸感到惊奇的是，潜行开始的时候，穿海机“弹头”徐徐转向进入水下，待与海面垂直就直冲海底，到达3千米深的航线时又自动打横过来行驶，说明这穿海机既能垂直下潜又能水平潜行，具有高度的机动性。更让汪芸没料到的是，穿海机不仅垂直下潜速度快，而且在航线上潜行时也跟陆地上的汽车疾速飞驰差不多。可见潜海技术真是今非昔比了。

汪芸这趟来海底倒是有心观光，她不知道许光辉和陈万通何时能回到地球，因而想着海底调查按部就班慢慢来就行了，未必要踏着穿海机这样的高速节奏行事。

但是，汪芸不想快，投诉者海能公司却想快，早一天除掉对手就早一天安生。这从海能公司那个胖头经理的行动中就能看出来。汪芸和英拉乘坐的穿海机刚一减速接近海能公司的采掘场，早已守候在对接舱口的胖头经理就使劲挥手向她们致意，他恨不得扑进海水里去把汪芸她们的穿海机拽过来。

“早就盼着你们来了，再不封杀他们就要酿成大祸啦。”胖头经理还没等汪芸和英拉钻过来站稳脚跟，就开始申诉了。

“你们怎么知道EK公司那边有非法物种？”汪芸坐下来喘了口气也马上开始发问。

胖头经理一怔，这话跟问怎么知道地球是圆的有何区别？他一皱眉道：“这是明摆着的事呀。”虽然有点儿不满，他还是不得不把“明摆着的事”说给汪芸和英拉听。胖头经理说，海能公司当初斥巨资参与了“采冰蜂”的设计开发，后来这个新物种成功获得了生态准入资格，并申报了国际专利。然而没想到的是，海能公司投入规模化开采还没几年，附近海域就冒出个EK公司的采掘场，他们就像鬼子进村一样静悄悄前来捞食了。胖头经理派人去一打听吓了一跳，别看EK公司的采掘场规模不大，但他们的产能却大大超过海能公司，这个现象极不正常，因为联合国物种审理署根本就没再批准过可燃冰采掘的新型物种。

“这不明摆着吗？”胖头经理再次强调说，EK公司肯定是使用了非法物种，否则谅他们也不敢跑到海能公司的家门口来逞威风。

“那不一定吧，”汪芸听胖头经理介绍完情况分析说，“他们也许采用了其他更高效的采掘办法。”

“不可能，我们一直在外围盯着他们的。”胖头经理说要是EK公司用传统的机械采掘手段，将那些大型设备运来海底早就被发现了，再说他也派人用声呐技术在监测，并没有探测到机械采掘的动静。

嗬，这可是不打自招。海能公司对EK公司采取了全方位的盯梢战术，不惜动用各种手段监视着对手的一举一动，看来是做足了功课才出手投诉的。

胖头经理见汪芸和英拉都不接话也不表态，便意味深长道：“非法物种贻害无穷，人人都有喊打的义务，”他特意乜了汪芸一眼，又说，“说不定这又是Richard集团搞的鬼。”

汪芸不理他的话茬，很不客气地反问道：“你凭什么这么自信，一口咬定人家用了非法物种？”

“有人亲眼看见了他们的非法物种，是一种‘采冰狼’。”胖头经理急于自证，脱口而出。

“亲眼看见？谁亲眼看见了采冰狼？”汪芸说没根没据的事不足为信。

“这个嘛……”胖头经理犹豫了一下道，“好！好！好！你们是执法者，我干脆都告诉你们吧。”

胖头经理说的目击者，是他们前段时间雇用的一位新西兰专家。就在海能公司对EK公司的异常产能日益感到忧虑不安之际，那位专家应聘而来说是可以帮他们排忧解难。他说他以前去EK公司商谈过技术合作事宜，那时就打探过，人家那边用的是胃口更大的采“冰”新物种，他亲眼见到了采掘车间里一条条像海狼一样的动物在穿梭忙碌，大块大块地采“冰”，所以人家才会场子小产量大，不服不行。

胖头经理看汪芸和英拉两人都是半信半疑的样子，接着又刻意强调说：“那位专家是不会看走眼的，他可是如假包换的生物技术高手，还亲手设计过新物种呢。”

“他设计过什么样的新物种？”汪芸随口一问。

“好像是叫猪头鱼吧。”胖头经理轻描淡写道。

“猪头鱼？”英拉一听忍不住打断道，“那位新西兰专家叫什么名字？是叫Dennis吗？”

“嗯……好像不是吧。”胖头经理说专家当探子肯定是很怕死的，自报的名字真真假假很不靠谱，海能公司的人私下里都称他为“猪头专家”。

汪芸感到这件事挺蹊跷，怎么猪头鱼也搅进这件事情里来了？看来那个猪头专家十有八九就是Dennis，他还不是个一般兴风作浪的人物，要真是还有采冰狼之类的非法物种存在，那情况就更复杂了。不过汪芸也觉得，对那些作恶多端的两面人来说，名字就是随手挂在身上的一个标签，不管他叫阿猫阿狗还是叫Dennis，反正都一样，没必要去细究，查明恶人捣乱的真相才是关键。

“到底有没有所谓的采冰狼，等我们调查清楚才能下结论。”

汪芸说完话，接着又跟英拉一起在海能公司的采掘车间里里外外转了一圈，提取了采冰蜂的DNA样本后，便告辞了。

海底世界越来越像一座不夜城，虽然没有白昼，却到处可以见到灯火通明的人工设施。汪芸和英拉离开海能公司以后，就找了一家海底旅店打尖，睡了一觉起来又驾驶着穿海机赶往EK公司的采掘场。

然而，让汪芸她们没想到的是，穿海机与EK公司的对接舱口连上之后，EK公司那边的对接舱门却迟迟没有开启。

汪芸和英拉隔着那扇透明舱门看到，一个西装革履的瘦高个像指挥打仗一样双手舞动着，一些人按他的调遣紧张地奔来跑去，他们手里端着的家伙不知道是仪器还是武器，气氛紧张，如临大敌。汪芸心想，这个瘦猴一样的货应该就是EK公司的经理了。

“这里还真是有鬼，”英拉一脸不满地对汪芸说，“看来他们还没准备好。”

一阵乱哄哄的忙碌过后，舱门终于打开了。

“我们是来做调查的，又不是来屠城的，”英拉一进来就没好气地说，“你们这是何必呢？”

“对不起，实在对不起呀，都是那海能公司给害的，”瘦猴经理忙不迭地道歉，“他们可是无孔不入，防不胜防啊。”他进一步解释说，海能公司经常把一些不起眼的电子小动物藏在来访的穿海机上，专门混进来刺探情报，所以EK公司不得不先检测一下才敢开舱门。

“我们不关心这种事，”汪芸轻轻一笑道，“咱们还是进入正题吧。”

一说起正事来，瘦猴经理大呼冤枉，他说EK公司从来就没使用过非法物种，那都是海能公司胡诌出来的谎话。他强调说：“你们这次来一定要好好给评个理，他们欺人太甚，这是明摆着的。”

两边都说是明摆着的，偏偏汪芸和英拉还没看出来。汪芸直截了当问道：“你们采掘可燃冰用的是什么技术？”

瘦猴经理毫不犹豫地说：“当然是采冰蜂了，我们可是严格执行绿色采掘标准的，决不会像海能公司那样乱来。”

这就奇了怪了。汪芸提出要到采掘现场去看一看，瘦猴经理欣然应允，带着汪芸和英拉就来到了封闭的工作车间现场。隔着透明的墙壁，汪芸她们可以清楚地看到车间里面繁忙的采“冰”一幕，那些采冰蜂的外观跟她们在海能公司看到的没有明显区别，不同的是，它们在海水里的穿梭速度非常快，全然不像海能公司那些采冰蜂悠哉悠哉左顾右盼闲游的样子。

瘦猴经理介绍说，EK公司在可燃冰的采掘方面拼的就是新技术，他们费了九牛二虎之力才研制出了这种采掘速度更快的采冰蜂，每只采冰蜂的单日采掘量是一般采冰蜂的好几倍，这正是海能公司眼红了要打压他们的主要原因。

汪芸看着眼前的情景，觉得瘦猴经理这话可信。她突然又问道："那你们公司使用过采冰狼吗？"

"采冰狼？"瘦猴经理愣了一下，接着道，"不对，是采冰狗！那是海能公司贼喊捉贼的伎俩，是他们自己想用。"瘦猴经理越说越来气："我们有高效的采冰蜂，还要自找麻烦用非法物种吗？"

看来瘦猴经理也是知道采冰狼或采冰狗的，汪芸察觉到了这个疑点，接着问道："你怎么知道人家想用采冰狗？"

"这……我是听别人说的。"

汪芸看他支支吾吾的样子，心里有数了。她沉吟片刻，忽然话题一转道："你知道猪头鱼是谁设计的吗？"

"啊？你们也认识他？"瘦猴经理叹息一声道，"既然你们都知道，那我就实不相瞒了。"

瘦猴经理说前阵子他们公司来了一位商谈技术合作的新西兰专家，也就是猪头鱼的设计者，他对EK公司遭海能公司不断打压深表同情，表示有心帮EK公司一把。新西兰专家说他已得到确切情报，海能公司最近准备秘密启用一种新型的采冰狗，要大幅度提高可燃冰的产量继而在国际市场上全面压低销售价格，从而彻底击垮EK公司。瘦猴经理还告诉汪芸，EK公司苦于没拿到直接证据，要不然早就反诉海能公司了，他们才是使用非法物种的真正嫌疑人，还来反咬一口。他希望物种审理署对采冰狗进行封杀。

"我们会调查清楚的。"汪芸简单表了个态，随后跟英拉一起提取了采冰蜂样本，便离开了EK公司。

回到海底旅店，汪芸和英拉对两天来接触到的情况进行了简单分析。事情很明显，极端组织的人利用这两家公司同业竞争的矛盾，在干挑动群众斗群众的事，他们很可能是为了制造事端而编造出了子虚乌有的采冰狼采冰狗，让两家公司彼此刺激相互搏杀，从而达到不可告人的罪恶目的。汪芸觉得这件事必须要弄个水落石出，她估计极端组织不会仅限于造造谣言搬弄是非，肯定还有相应的行动，从胖头和瘦猴两人吞吞吐吐的话语中就能看出端倪。因而要加紧调查，一面要尽快检测出两边的采冰蜂究竟有什么差异，摆明事实给两家公司看，一面也要讲清道理，查明极端组织搞阴谋的真相。

当个物种审理师还真不轻松，汪芸现在是越来越有体会了。那可不是坐在写字楼里待在实验室里就能干好的，起码来说受理投诉时要外出调查取证就是个跑断腿的活，想不被人忽悠就必须亲临现场。这还只是劳力的事，劳心的事更够呛。要知道，当今的新物种已不是自古以来主要靠物竞天择自然进化而冒出来的，实际上绝大多数花样都是由人类这个超级物种用基因技术设计出来的。既然是人工设计的产物，那就总会带有强烈的目的性，为的是满足人们的各种需要。无论这些需要是善意的还是恶意的，设计者为了达到目的必然会变着法子规避监管，因而新物种的审理说到底就是审理者与设计者在进行技术和心智方面的较量，汪芸就是这么认为的。好在水涨船高，当今的生物检测设备日益精密化和便携化，否则审理一个新物种会像建设一项大工程那样费力。

汪芸和英拉待在海底旅店里，又开始了新一轮的忙碌。她们用随身带来的DNA检测器，对两家公司的采冰蜂样本进行详细的检测比对，一折腾起来就跟海底世界一样没日没夜，要用事实说话，就必须查个一清二楚。然而，忙碌了一段时间，完成了全部检测之后，最终结果并没有让汪芸和英拉大吃一惊，而是跟她们之前预料的差不多。事实上，这两家公司的采冰蜂只有细微的变异差别，在基因序列上还是属于同一物种，也就是说不存在采冰狼采冰狗之类的问题。

“这样最好，两边就不必再你死我活地闹腾了。”英拉觉得这个结果应该能息事宁人，有助于进一步查明Richard之流挑拨离间的真相。她建议汪芸把胖头和瘦猴两位经理召集到一起，宣布一下调查结果，让他们俩面对面共同揭露那个新西兰人的阴谋。

“召到一起？这事恐怕没那么简单，”汪芸思索了一会儿说，“胖头和瘦猴都不会就此罢休的，我们要敦促他们另找合法裁判，而不是跟着那个猪头专家胡闹。”她还是决定先向两家公司分头通报调查结果，伺机再采取进一步行动。

汪芸猜得没错，她和英拉再一次来到海能公司的时候，刚一宣布完调查结果，那胖头经理愣了不到两秒钟，就火冒三丈了。

“那帮混蛋在搞阴谋，这是严重的侵权！”他愤愤不平地说，“采冰蜂是我们的专利物种，EK公司完全是无耻的仿冒，怎么能不查禁？”

“也不能说完全是仿冒，EK公司的采冰蜂在提速方面是有明显创新的。”英拉忍不住争辩道。她很清楚，从物种设计角度来说，每一点儿外在变化，都要在基因水平上花费大量心血才能弄成。

“一俊遮百丑是不行的，”胖头经理不认同英拉的看法，他说，“新物种的设计是受知识产权保护的，既然你们只批准过唯一的一种采冰蜂，那不管他们在此基础上如何去加加减减，都构成了仿冒侵权。”

“经理先生，我和我的同事已就你们投诉的问题得出了结论，我们的工作任务也就完成了，”汪芸以总结的口吻道，“关于这个新物种的专利保护，这不是物种审理署的职责，而应该向世界知识产权组织去投诉，您觉得呢？”

胖头经理刚才正在气头上，本来是想争辩一番的，听汪芸这么一讲顿时就没了脾气，向物种审理署的人控告专利侵权确实是拜错了菩萨表错了情，他只好悻悻然道：“您说得很对，我们会对口申诉到底的，不信没地方讲理。”

“这样就对了，通过合法渠道才能最终解决问题，”汪芸忽然直盯着胖头经理道，“但我也想提醒你们，千万别上了不法分子的当，轻举妄动会得不偿失的”。

“咳，我们也是不得已呀。”胖头经理一听，像是心中的秘密被人洞察一清般叹息一声讲出了实情。

海能公司跟那个猪头专家确实有一笔危险的交易，而且即将实施。胖头经理面对EK公司巨大的产能压力，不能不相信对方使用了采冰狼之类的非法物种。那猪头专家说他有办法对付，用他的猪头鱼就能消灭那些采冰狼。他拿出一份猪头鱼的DNA样本给了胖头经理，说只要照此孵育出活鱼悄悄放进EK公司的采掘车间里，就算大功告成了，今后可燃冰的行业老大仍是海能公司。胖头经理以为要出高价购买猪头鱼样本，但猪头专家说他是为了匡扶正义所以分文不取，唯一的条件就是要海能公司派人在海底世界散发些“5D打印，伤天害理”之类的信息，尽点维护物种平等的义务。胖头经理一听认为这是天上掉馅饼的事不要白不要，但他也想到了，猪头鱼既然这么厉害可能也是非法物种吧，那猪头专家却说这叫以其人之道还治其人之身，EK公司放火在先海能公司点灯在后，到时候EK公司就是哑巴吃黄连想吱声也说不出口。胖头经理觉得这话有道理，谁怕谁呀，于是就答应按猪头专家的意思办。交易达成。

就在海能公司准备付诸行动的时候，胖头经理忽然想到，猪头鱼万一要是危险物种的话很容易被物种审理署的遥感卫星监测到，可别落个偷鸡不成蚀把米的下场。虽说商场搏杀需要冒险，但冒险之前还是先试探一下为好。不是说EK公司那边有采冰狼这个非法物种吗，那就先投诉一下看看，要是物种审理署不管不问再采取冒险行动也不迟。胖头经理最后感慨地说，幸亏汪芸她们及时赶来了，不然他真的要行动了。

极端主义组织的阴谋终于露馅了。

汪芸和英拉随后又来到了EK公司，瘦猴经理听了调查结果倒是脸上露出了笑容。“本来就是这样的嘛，”他不无得意道，“我们向来不搞歪门邪道，这下算彻底还我们清白了。”

“你别高兴得太早，”汪芸提醒瘦猴经理道，“海能公司说他们的采冰蜂拥有物种专利权，你们有侵权的嫌疑。”

“他们是胡说八道，”瘦猴经理一听马上来了气，他说，“物种的专利保护岂能一招吃遍天下，假如有谁设计出了一种新的宠物狗，那是不是全世界不管白狗黑狗大狗小狗都统统成了他的专利，这不是荒唐透顶吗？”

汪芸觉得瘦猴经理的话虽有点偏激但不无道理，物种设计的知识产权不应该无限延伸，任何一个新物种专利都不可能把成千上万的变异品种全部覆盖保护起来，事实上从DNA序列的角度来说也是根本做不到的。因此，海能公司设计的采冰蜂只能就他们的具体品种拥有专利权，除此之外的采冰蜂理应是谁设计谁拥有，这跟先设计出黑狗的人不能把后来人设计的白狗花狗也都归到自己门下是一个道理。汪芸虽然这么想，但她无意跟瘦猴经理去讨论，生物技术的知识产权本来就是个很复杂的问题，她也说不清道不明，何况现在也不是讨论这个问题的时机。

“你当然可以就侵权问题进行反诉，”汪芸对瘦猴经理说，“但物种审理署不是这个问题的裁判员，我们的调查工作就到此结束了。”

“结束了？”瘦猴经理疑惑道，“那海能公司使用采冰狗的事你们就不管了吗？”

“海能公司压根就没有所谓的采冰狗，你上了人家的当，”汪芸正告他说，“我要提醒你一句，别想用以毒攻毒的手段回击人家。”

“你……你们什么都知道了？我也是被逼无奈啊。”

瘦猴经理接下来的叙述跟胖头经理的大同小异，只是那猪头专家附加的免费条件不同。他当时告诉瘦猴经理说，失联的阿哲261号飞舰干的是伤天害理的星际殖民勾当，据说那艘飞舰咸鱼翻身最近被找到了，按常规应该很快返回并降落在太平洋上的海面回收场。他要瘦猴经理届时组织些人马浮出水面，去现场对5D打印进太空表达强烈抗议，代表海底世界声援各地的抗议活动，为实现物种平等尽点绵薄之力。

瘦猴经理叹息一声说，现在才明白那猪头专家不怀好意，完全是一派胡言，真的是太悬了，他差点儿上当受骗断送了EK公司技术创新的大好前程。

一场纠纷虽未完全平息，但弄清了原委，特别是戳穿了一个阴谋，化解了一场危机，汪芸总算舒了口气。来到海底的这段日子里，她和英拉在两个采掘场和海底旅店之间来回奔波，对多姿多彩的海底景色她一直都无暇顾及，这一点英拉是看在眼里的。

一离开EK公司，英拉就提议去附近的海底娱乐宫逛一逛，四处看看。汪芸却说：“算了吧，等下次来了再说。”她这些天被意外插进来的猪头鱼的情况一搅和，已经无心在海底多逗留了。

英拉看出了她的情绪变化，一个劲谴责这场纠纷的幕后黑手。她说Richard之流也太疯狂了，搞得海底都不得安宁，真不知那些家伙意欲何为。汪芸心里却清楚，Richard一伙的意图很明确，他们就是想制造混乱转移视线，配合太空主战场的破坏活动。

第16章

海底潜藏的危机

汪芸一浮出水面就给Jolene打电话，要向她了解最近的情况。

在海底东跑西颠的日子里她也想通了，她跟陈万通和许光辉终归要见面的，太空时代形成的这种三角关系实在是情非得已，人人都该以更开阔的心胸去面对，暂时逃避只是权宜之计，躲得过初一躲不过十五，倒不如勇敢正视更为坦然。

可是，Jolene的电话却一直处在关机状态。汪芸乘坐的海上高速飞翼船眼看就要抵达南海水域了，却还是联系不上Jolene，她只好把电话打到刘剑那里询问情况。

“汪大博士你终于出水啦，”刘剑接了电话挺高兴，“我正好有事找你请教呢。”

“你的事暂且免谈，让女士优先一下，”汪芸说，“我一直都打不通Jolene的电话，她不会也上天入地了吧？”

“她呀，这阵子越来越难找了。”

刘剑说近来机器人这种硬基质生命似乎在加速进化，它们对人类的监管日益不满，经常会搞些恶作剧捉弄一下Jolene这样的专职监管人员。她周围当然是离不开机器人的，它们有时候会故意发出电磁干扰，扰乱她的通信信号，有时候趁她不备还会用她的电话往外乱打惹是生非，弄得她一恼火干脆远离电话免得让机器人钻空子。刘剑说机器人这是在发泄在反抗呢，搞得大家跟她的联络也大受影响。

嚯，哪里有压迫哪里就有反抗，这还真是一条宇宙级的真理。汪芸心想，有朝一日机器人要是也发起大规模平权运动的话，跟Richard之流里应外合捣乱破坏，可真够人类社会喝一壶的。不过她现在不关心这种事，她急着打探太空的事。

“许光辉和陈万通他们回来了吗？”汪芸问刘剑。

“他们俩呀，一个仍在核桃星，一个还在空间站，连个返航的时间表都没有，”刘剑说，“起码还要一年半载才能回来。”

“不会这么久吧？你的消息可靠吗？”

“绝对可靠，是Jolene从空间站正规渠道得来的消息。”刘剑说前阵子他也一直在打听太空方面的消息，好不容易联系上了Jolene，刚谈了几句话就断线了，接着就再也打不通了。急得他坐卧不安，一咬牙索性飞去了新加坡，见到Jolene当面了解了不少情况。“有些事我还想问问你呢。”他说。

“那好，我马上就回到香港了，咱们见面聊吧”。

既然刘剑拜访过Jolene，汪芸当然急于跟他见面了。她怎么也想不通，许光辉和陈万通为何至今还不启程返航，难道太空的时间凝固了吗？她原以为这次从海底世界回来，他们俩即使没回到地球也起码在回来的路途中了，可现在连个返航的时间表都没有，这就太奇怪了。不是早就说飞舰的故障一排除即刻返航吗？日子已过了这么久，从零开始重新造一艘飞舰都该利利索索造出来了，还能有什么故障是排除不了的？

“太空有什么定身法力，让他们俩待在原处都不肯往回挪动一步？”汪芸跟刘剑见了面一落座，就直奔主题。

“这件事谁看着都着急，不光你急我急，陈万通其实也很急，Jolene就更急了，”刘剑说，“我就是为此要向你讨教。”

“呵，这种事向我讨教？别逗了，”汪芸勉强一笑说，“你还是说说是个什么情况吧。”

说起来让人感到不可思议。自从找到了阿哲261号飞舰以后，不管是参与者还是旁观者几乎人人都以为，许光辉只要按照地面指挥中心的要求做完善后工作，很快就可以启程返航了，这恐怕也是指挥中心的本意。这些年搜找飞舰历经那么多周折都闯过来了，在返航前这会儿搞一次故障排查还不是轻而易举的事吗？

陈万通一开始也是很乐观的，他以为飞舰失而复得就算大功告成了，等许光辉返航的时候，他只要在诺苏号空间站上再接应一下，便可以跟他一起打道回府了。因而，当地面要求他一鼓作气全力协助许光辉排查机器人留下的隐患时，他觉着也就是多逗留十天半月而已。

善始善终的道理陈万通明白，他领了命后还是蛮拼的，但一行动起来就觉得不是那么简单了。这个回合跟此前的搜救工作有点儿不一样，他对机器人捣乱这种事算不得行家里手，一碰到疑难杂症就要向Jolene求助，经常是在许光辉和Jolene之间充当信息交流的二传手。偶尔他也会让忆牛顿费点儿工夫，为他们两人开一下信息直通车，就像上次许光辉跟汪芸直接联络那样。

Jolene就是这样被陈万通赶鸭子上架，在不知不觉中一步步卷进了这事中的。几次三番下来，Jolene就向陈万通抱怨说，这样的太空救援就是老牛跑接力，何时才能完工哟。更麻烦的问题还在于，许光辉那头似乎格外较真，这事一完那事又来，折腾起来没完没了，到目前为止仍没有鸣金收兵的意思，他好像一点儿归心似箭的样子都没有。从核桃星到空间站再到地面，三者相距遥远彼此间又无法实时交流，简单的事情一复杂化就拖到了现在。

汪芸听着刘剑的话心里在琢磨，许光辉滞留在核桃星上不急于返航恐怕另有原因，要真想让他快回有的是办法，拖了这么久没动弹，不可能只是空间距离所致。这事连离得最近的陈万通都不明就里，别人就更弄不明白了，刘剑恐怕也只能听风就是雨。

“我有个很强烈的直觉。”刘剑叙述完情况告诉汪芸说，他这次在新加坡跟Jolene长谈中感到，陈万通其实很希望Jolene能亲赴空间站直接帮许光辉一把，省得隔着个二传手耽误时间。刘剑说Jolene上天去帮忙肯定会加快解决问题的步伐，但陈万通又不敢对Jolene直说，看来这一身是胆的货也有怯场的时候，好像老鼠跟猫打交道似的挺怕她。刘剑求证般地问汪芸：“是这样吗？”

“是又怎么样，不是又怎么样？”汪芸没正面回答，她估计刘剑脑子里准有什么弯弯绕藏着。

“要真是这样的话，咱们也不能袖手旁观吧，是不是该干点儿什么？”刘剑头一歪看着汪芸道。

“呵，你想从鼓动家变成实干家？那好啊，”汪芸知道他想说什么，故意堵他嘴道，“依我看，你上天挺合适的，人家说不定正缺个喊号子加油鼓劲的高手呢。”

“嘻嘻，我这样的废物去了也是浪费太空食粮，我的意思是……”

“你没吃错药吧？不该忧天的时候瞎起劲那是胡闹。”汪芸阻止刘剑的后半句话出口，说出去的话泼出去的水，泼湿了不该湿的地方那是没事找麻烦。

她心想，陈万通希望Jolene上天去帮忙却不敢直说，有可能是真的，但也可能是刘剑自己的误判，这事不好说。要说陈万通有点儿怵Jolene还真有那么回事，那还是在校读书时的一段轶事，无伤大雅却留下了一点儿后遗症。那个时候，Jolene属于那种能干又泼辣的女汉子，数落起人来也是口无遮拦，不少男生都被她骂得服服帖帖。

陈万通起初只是觉得这姑奶奶不好惹，因为有人告诉他说，Jolene若不是个高学历的知识女性，她保准是个人见人怕的母老虎。后来，他真就领教了Jolene的厉害。

还是在那次参加科学辩论赛的时候，陈万通和Jolene是同一个阵营的，他们的团队赢下初赛之后，就顺利进入了下一轮比赛。按照赛事要求，这一轮各队必须安排一位AI机器人选手出场，而且机器人的举手投足也都是评分的重要指标。然而关于这位机器人的扮相，他们团队内部起了点儿争论，大多数队友都认为应该把它扮成个男生，因为队里已经有个Jolene了，若连机器人也扮成女性，那就显得全队有点阴盛阳衰了。但Jolene却坚持要把它扮成女生，谁反对她就驳谁。陈万通试图讲道理，问她为何一定要坚持把机器人打扮成女生。Jolene说不为什么，这是大势所趋。陈万通就说把机器人打扮成女生是大势所趋？没听说过。

Jolene说他没听过的事不等于永远不出现。她仿佛回到了辩论赛场上又慷慨激昂起来，她说机器人当前虽然还处在中性发展阶段，但它们的性别意识正在萌生，近朱者赤近墨者黑，机器人整天围着人类转，对男欢女爱的事耳濡目染多了，深度学习在强化，迟早也会朝这方面进化的，所以现在开始就要加以引导。至于怎么引导，那当然是要重点培养机器人的女性意识喽，要不然它们也跟人类一样形成个男权社会，世界就太单调了。Jolene还说，人类最初就是从母系社会走过来的，后来才发展成了男权社会，机器人理应起到点互补作用，将来的社会要让女机器人来主导。她强调说这叫返璞归真。

穿衣打扮嘛是女生的强项，这活本来就是分工给Jolene的，何况是给机器人装扮，说来这还算是她的专业延伸出来的一项副业。所以她当仁不让，最后还是坚持把一个亭亭玉立的靓女机器人带到了赛场上，尽管队友们并不是很情愿。

那场辩论他们最终输掉了。赛后，陈万通面露不悦，说你今天这么一搞，影响了队友们的情绪。

Jolene说：“哟，你可别不知好歹，你们男人不都想着能过上三妻四妾的生活嘛，女机器人可以满足你们呀。”她故作神秘状凑近陈万通说，“要不把今天上场的女队友先给你试用几天？”她边说着话边掏出手持设备，嘴里嘀咕着，“我这就在队友群里面征求一下意见，就说陈万通同学对咱们精心打造的靓女队友来了电，他想跟她……”

“得得得，我服了你还不行吗？”陈万通见Jolene真的拿着手持设备摆弄起来，吓得落荒而逃。

后来还发生了一些类似的事，汪芸已记不大清楚了，反正陈万通就跟很多同学一样，再也不敢和Jolene较什么劲了。

陈万通有点儿怕Jolene不假，但如今已时过境迁。汪芸想到了另一点，她觉得，就算陈万通现在真想让Jolene去空间站帮忙，那也是他一厢情愿，Jolene可是从来没动过飞天的念头，人家友情客串在地面帮了点儿忙总不能被赖上吧，刘剑无非是想干点儿鼓噪说服的事，可他忘了己所不欲勿施于人的道理吗？无论从哪个角度讲，刘剑想到的馊主意都属于一场人情绑架，有强人所难之嫌。汪芸觉得用人情去绑架别人是挺可怕的，这种事干不得。

“我哪能胡闹呀，这不是先找你商量一下吗？”刘剑并不死心。

“这有什么好商量的，让我跟你一起当说客？”

“你能出面最好不过了，一句话顶我说十句百句。”

“那你趁早断了这念头，”汪芸正色道，“不管谁出面劝说都会让人家感到左右为难，我觉得这样不妥。”

“咳，我可都是为了陈万通哟，看着他欲说不敢，欲罢不能的难受劲儿，总该助一臂之力吧？”刘剑辩解说，“我是想请你点拨一下劝她两句，不是让你去施压嘛。”

“强人所难的事我开不了口，要劝你去劝。”

“我倒是愿意出面，只怕弄巧成拙呀，”刘剑又嘻嘻道，“你也很清楚，像Jolene这样的独身主义者心理上是很……很那个的，别说是陈万通了，谁都会发怵啊，所以还得请你出出主意。”

说Jolene独身主义者有心理缺陷，这话有点儿不厚道，也是不了解她的底细。汪芸自然是很清楚的，当初在学校时大家得知Jolene仍待字闺中，就曾有男生蠢蠢欲动，也有人想牵线搭桥当红娘，结果都在她那里碰了一鼻子灰。后来同学圈中就有风声传开，说她是个独身主义者，无怨无悔甘当“剩女”。

其实刘剑当年也有点儿好奇，自从他的触角通过许光辉这个中介伸到汪芸这些同学身边后，他也听到了些风声，有一次他问起汪芸说，Jolene的长相蛮对得起观众的，干吗会信奉独身呢?

汪芸不痛不痒地刺了他一句说：“呵，你忧天不够过瘾，还想来忧港大的女生啊。”她觉得Jolene又不是影视明星，人家的个人生活不该跟刘剑所代表的媒体搭上界。

刘剑尴尬一笑说：“我想做点儿好人好事，当一回红娘黑娘什么的。”他还说他有个单身朋友一门心思要找个女博士，他觉得那朋友跟Jolene既有夫妻相又有互补性，因而想出面做个媒，但又怕不小心提起一壶不开的凉水，所以才问一问。

汪芸那会儿没有直接回答刘剑的问话，但给了他明确的态度，她说那就算了吧，你最好别自己找上门去挨骂。

其实对Jolene婚恋观的取向，汪芸是知根知底的，用Jolene自己的话说是尝过滋味伤了几次胃就不想再吃了。汪芸从她嘴里断断续续了解到，Jolene读大学时曾跟一个意大利同学爱得死去活来，读研究生那会儿又跟一个日本籍的老师好过一段时间，这两次只开花不结果的情感经历让她的心凉透了。她曾在汪芸面前感慨过，花那么多的心思去琢磨西方男人有什么特点，东方男人又该如何对付，劳心费神特没劲。她说不愿举起来就干脆彻底放下，一心琢磨机器人也挺好，对付机器人比对付男人省心多了。汪芸觉得Jolene并不是基因意义上的独身主义者，主要还是跟她过于外露的刚强性格有关，所以劝她不必一朝被蛇咬十年怕井绳，不管是西方男人还是东方男人只要不是外星男人，缘分来了该对付还是要对付的。哪知Jolene一听就恼了，说以后别在她面前提这茬，谁提她跟谁急。

现在，汪芸要替Jolene急一把了。她一脸怒容望着刘剑道："你胡说八道什么呀，谁告诉你Jolene是独身主义者了？我看你才是心理上有点儿……有点儿那个呢。"

"嘻，我这不是向你请教嘛，不知者不为过，"刘剑说，"我就是想着怎么帮陈万通对付……哦不，怎么向她提建议才更合适。"

"不管怎么提都不合适，我已经表明态度了，"汪芸拿起坤包，准备起身走人，"你今天要是商讨怎么对付Jolene，我就不奉陪了。"

"得得，就当我什么都没说，哈。"刘剑好久没见汪芸，还有不少事要谈，岂肯轻易把人放走。他说刚才的话题算是文章打了个草稿并没有发出去，没发出便无效，这就删除丢进垃圾箱。他一边表态要跟自己的馊主意一刀两断，一边伸出双手做安抚状："请汪大博士少安毋躁。"

"其实呢，人家Jolene做事自有分寸，"汪芸一时的怨气已消了大半，她说，"陈万通要是知道了你的做法也不会同意的，太空的事情旁观者再急也别添乱。"

"对对，不添乱，太空的事咱今天就此打住，"刘剑满脸堆笑，话锋一转道，"那就接着说说海底的事呗。"

"海底的事？"汪芸怔了一下，反应过来后一笑道，"你怎么就不肯放过我呢。"她说她这次海底之行完全是工作上的琐事，平平淡淡没什么新闻价值，更没有普利策奖的素材，基本上没料可报。

刘剑觉得她这口气跟Jolene前些日子的挺像，他到新加坡也想从Jolene身上挖掘点新闻素材，Jolene却说自己的工作全是机器人那些鸡零狗碎的破事，平平淡淡搜不出什么有价值的料。刘剑当时说平平淡淡才是真，伟大有时候就出自平凡。Jolene说你要想伟大就等着汪芸下海归来，她说人家海明威100多年前就写出了《老人与海》，你采访完汪芸写个《女人与海》说不定也能伟大一把。

看看哟，这些姑奶奶多不好伺候，想凑上去问出点儿料来往往被一把推到十万八千里之外。不过，抓新闻搞采访跟鼓动Jolene上太空可不同，刘剑在这方面自然是很拿手的。

"谈点儿海底见闻或花絮什么的也行，别让我今天一无所获空手而归呀。"刘剑再试汪芸道。

汪芸觉得不跟刘剑谈点儿什么也难以收场，于是道："那我就说一说自己在海底的感受好吗？"

"愿闻其详。"刘剑眉飞色舞，一脸期待。

"我要散布点儿悲观论，你可以反驳，咱们一起讨论好了。"汪芸说在她的心目中，海底如同人类生活祖传下来的后花园，是人们偶尔去探探宝、活动活动筋骨的场所。但她这次走马观花一趟，却感受到一种强烈的错位，海底世界的繁荣景象大大超出了她的意料，她觉得人们把后花园弄得跟门庭一样热闹，说不定潜藏着巨大危险。

“冰冻三尺非一日之寒，说起来这都是新技术不断推进的结果。”刘剑说早先人们只是在近海水域的大陆架上打打井抽抽油，后来一步步向深海挺进，不仅在海底抽油而且还挖煤采“冰”，搞什么“绿色采掘”。再后来深潜技术日益发达，地面上各式各样的设施也就随之潜下了海底，把海底搞得遍“底”开花便是顺理成章的事了。他说人类的生产和生活总要不停地扩展疆域，地面的发展也是这么走过来的，海底只是晚一步而已。

“你不觉得人类捞过界了吗？陆地上捞完了再到海底，这里挖那里钻已经把海底掏成个巨大的马蜂窝了，”汪芸说，“要知道，捅马蜂窝是要付出代价的。”

“科技的发展历来就是双刃剑，”刘剑说，“深潜技术带动海底大开发，人类总体的受益还是良多的，这个主流恐怕不能否认。别的不讲，许许多多长期困扰人类的‘千古之谜’，不正是由于海底的大量考古发现，才一一解开的吗？”

这倒不假，汪芸对海底考古这些年来取得的成就是有同感的。她知道，从海底陆续打捞出来的各种化石、文物等，对人类的自然和社会历史做了大量的知识补正，有些重要发现甚至颠覆了人们的观念。就在前些日子，她看到最新的海底考古报道称，在距今六亿多年前，也就是所谓的“寒武纪生命大爆发”尚未出现之前，曾有过文明社会存在的印记，主宰当时地球的据说是另一种两足动物，报道称那很可能是史外的文明物种。汪芸看后触动不小，她心想要真是那样的话，文明的历史就不是延续的而是断裂的，想必这次海底考古还会引发深层次的哲学思考呢。

要说海底考古不断刷新着历史教科书那是没错的，说它打开了人类认知的一扇新大门也毫不为过。汪芸觉得，相对于朦胧的远古时代而言，人们的视野对近古时代的认识更是日益清晰，过去的神秘面纱正被一个个揭开来。

她记得那次许光辉从美国休斯敦培训回来时，给她科普过一个问题，让她感触很深。

那天，汪芸是陪着许光辉去香港迪士尼乐园放松的，两人一起看完一场“大熊猫游美洲”的动物表演秀出来，话题就扯到了美洲上。许光辉问她说：“你知道吗，什么人最早发现了美洲大陆？”汪芸脱口而出说：“哥伦布呗，你怎么问出这么小儿科的问题？”她心想：这货去了一趟美国回来也太牛气了吧。

许光辉却说，这事一点儿都不简单，他说他这趟去美国看了最新的考古展才彻底弄明白。他反问汪芸：“哥伦布到达美洲大陆的时候，那里已经有土著人了，那些人最早从何而来呢？”

汪芸听他这么一讲确也有道理，哥伦布当时只是告诉欧洲人他发现了新大陆，而那里早已有人生存着。她想了一下说：“应该来自古印度吧，哥伦布也称之为印第安人嘛。”许光辉说：“你大错特错喽，是古代黄河流域的中国人最早移居到美洲大陆的。”汪芸白了他一眼笑道：“你也太离谱了吧，你可别跟我说非洲大陆也是中国人最先抵达的，是不是还想说你那非洲奶奶其实也是中国人的后裔，嗯？”

许光辉一脸委屈道：“哎哟，你胡思乱想什么，我说的可是千真万确的考古成就。”他接着告诉汪芸说，距今约两万多年前，黄河流域的一支古中国人不断向北迁徙，后来抵达了现今俄罗斯的远东地区。当然，他们可不是乘着现代交通工具一步就到位的，而是经过了好多代人披荆斩棘艰难跋涉才慢慢北迁过去的。再后来，这些古人在继续向东北方向的迁徙过程中，有一部分人抵达了最东部的“迭日涅夫角”，也就是白令海峡的西海岸，他们在那里乘简易的木筏下海东渡。古人那时候是无知无畏的，他们并不知道大海有没有彼岸，只是凭着一股子勇气在海里与大自然搏斗。一次又一次闯海，一次又一次失败，大部分人都葬身于海底，但终于有一批人成功地漂过白令海峡，到达了现今美国阿拉斯加的西海岸，他们就是北美大陆上土著人最早的祖先。当然了，那个时候的白令海峡可没如今这么宽阔。

汪芸听得有点儿入了神，她觉得美国的考古专家想象力挺丰富的，这样的猜测似乎能说得通。许光辉说这不是猜测，他建议汪芸到相关的自然博物馆去看一看，他说海底出水的化石和文物，特别是白令海峡的考古发现，有很多都能佐证这一点，那可不是瞎想。

汪芸很少得闲去逛博物馆，但那次听了许光辉关于美洲大陆新发现这一说法之后，她偶尔也会上网浏览一眼考古动态。许多新的考古成就不仅让她感到振奋，也给她带来新的思考，不久前有关勾股定理的新考证就给她留下了深刻印象。有个网站晒出了一块从印度洋海底打捞上来的残缺石板，那上面刻凿着一组清晰的图案，据说是在阐释勾股定理的含义。

有专家在那网站上声称，这个考古成果把勾股定理的发现时间大大推前了，科学史的教科书可能需要重写，因为石板上这些图案的凿痕至少超过一万年。这就意味着，把勾股定理的最早发现者说成是古希腊的毕达哥拉斯或者同时代的中国数学家，可能还没那么准确，应该另有说法。这让汪芸很震惊，她觉得东西方有关科学史的一些争议或许经过海底考古能够慢慢有定论。

但汪芸也注意到，这个重要发现源于印度洋海底的一场采油爆炸事故，那块刻着图案的石板就是在清理海底现场时找到的。因而汪芸近来也在反思，她觉得海底大开发似乎裹了一块漂亮的遮羞布，那些振奋人心的考古新发现不时传来，实则掩盖了保护海底的呼声，就像陆地上盗墓挖出来的文物，人们往往兴奋地关注着文物本身，却全然忘记了这是靠破坏得来的。

一想到这里，汪芸不无担忧地对刘剑说："海底开发好比在祖屋的后花园里乱挖，虽然也会挖出些财宝来，但若不小心挖破个毒气弹什么的，那整个家园不就毁了吗？"

刘剑呵呵道："看不出来嘛，你汪芸还是个忧海忧天忧人类的大侠哦。"

汪芸微笑道："我可没那么高的境界，就事论事而已。"

"我比你要乐观。"刘剑一副说来话长的样子。他说他过去也一度是个技术悲观论者，所以才起了个"杞人"的笔名。早年他也曾写过不少文章跟着乱喊狼来了，后来慢慢才悟出了道道，他认为不必将新技术带来的危害看成是真正的狼，而应当看成是纸做的狼，摆在那里起个警示作用。

"哪儿有火眼金睛，能一下子看出是真狼还是纸狼？"汪芸打断他道。

"你没听人讲过吗？一切技术悲观论调都是纸狼，这可是真理哟。"

"奇谈怪论。"

"有史为证哦。"刘剑继续分解。他说当初核武器技术出笼的时候，全世界都忧心忡忡，据说有人去问爱因斯坦，请他预测第三次世界大战的后果，爱因斯坦意味深长地回答道，"我无法预见第三次世界大战的后果，但我可以预见到第四次世界大战，那场战争所用的武器一定是木棍和石块"。

"这故事老掉牙了，我上幼儿园的时候就听过。"汪芸随上一句。

"结果呢，一百多年都过去了，人类不仅没有毁灭，而且连核战争的影子也没见到过。"

刘剑接着阐述说："后来，信息网络技术迅猛发展，世间万物都联上了网，又有人大喊狼来了，说第三次世界大战将是一场全球性的网络混战，整个世界终将陷于瘫痪，人类社会至少要倒退几十年。结果呢，网络安全手段日趋完善，连早期出现的局部黑客攻击都防备得严严实实，哪儿有什么世界网络大战？再说最近这些年，强AI机器人异军突起，渗入了人类生活的各个领域，于是又有人危言耸听，说第三次世界大战将是人类与机器人之间的战争，甚至有人预测机器人终将统治整个世界，这才是真正的奇谈怪论呢。这不，Jolene那个国际机器人协调局可不是吃素的，他们这几年推动实施的'人机祥和工程'很有成效，监控无所不在，AI机器人恶意攻击人类的行为会在第一时间被化解，孙猴子本事再大也逃不出如来佛的掌控嘛。说来说去，海底大开发也不必杯弓蛇影，还是纸狼一匹。"

"这话也许说早了。"汪芸说，"真狼现在没来，可能是时辰没到，你会不会是低估了乱挖海底的危险性？"刘剑说不是低估，而是他早已从悲观主义转向乐观主义，相信人类的智慧总会战胜技术的滥用。汪芸问他何以见得。

"要说起来那就多啦，自从新的生物采掘技术用在海底……，哎，不对呀，"刘剑恍然大悟道，"怎么能轮到我来给联合国的专家上课呢？"

汪芸笑道："闻道有先后，术业有专攻，你大记者见多识广搞点科普也无妨。"

"罢，罢，"刘剑自嘲地摇摇头道，"都是刚才替陈万通代言惹的祸，今天全场反客为主，只能空手而归，等着下一场打个翻身仗喽。"

"下一场？"汪芸不解。

"是啊，"刘剑自信地说，"我等着许光辉和陈万通从太空带回振奋人心的消息。"

"你还真是个乐观主义者。"

第
17
章

猴机杂合体风波

这年代太空的魔力确实大，Jolene真的动了飞天的念头，这不是说笑。汪芸跟她联系上以后一听到这消息以为她疯了，委婉地劝她去看看医生。

“我可没疯，”Jolene说，“无论是天下兴亡还是天上兴亡，匹夫都有责不是吗？这个时候我不出场还行吗？”她跟陈万通当初的腔调很像，也大有舍我其谁之势。

前些天汪芸看到了救援阿哲261号的公开报道，说是飞舰的故障排查工作有了新进展，许光辉在陈万通的鼎力相助下，果然发现了飞舰另一处破坏部位。她当时还一阵高兴，以为这下好了，问题找到了都该回来了。哪儿知道这才没几天，太空那俩货不但没传来返航的消息，反而还要把Jolene也拉上天去，这唱的是哪一出呀？

“不是发现了新故障且已经排除了吗？”汪芸问Jolene，“怎么还要你远征出场呢？”

“正因为发现了新故障才更不能返航。”Jolene说作恶的机器人可不是善茬，肯定还在飞舰上藏着别的隐患，不打一场彻底的歼灭战怎能轻言返航呢？

汪芸听着这话的逻辑好像不大对头，越是找到故障越是不能返航，照这样循环往复还有完吗？她脑子一时很难转过弯来，Jolene的想法跟太空那边的怪象一样让人费解，也让人不安。会不会是Jolene故作姿态，她这几年跟机器人打交道感到烦闷了，也想趁此机会去太空解解闷透透风？对了，要不学刘剑那样索性跑一趟，等哪天抽空去新加坡见她一下，当面问问她，不信会问不出来。

跟Jolene见面的机会不久后就来了，不过不是在新加坡，而是在广州。

汪芸刚听到一点Jolene可能要去诺苏号空间站的消息，刘剑这嗅觉灵敏的货很快也闻到了风声。他把电话打到了新加坡，说是上次瞄着她想挖新闻没能如愿，这回一定要采访一下她这位艺高人胆大的女汉子。Jolene说有什么大惊小怪好采访的呀，就是被人拉去当壮丁而已。刘剑说星际殖民试验是一部连续剧，前面两位勇士都接受过他的专访，总不能让他虎头蛇尾吧。Jolene对熟人懒得磨叽，她说她过几天刚好要到广州去，如果有空就在那里见个面，尽量把汪芸也拉去。

Jolene到广州是去观摩世界机器人足球锦标赛的最后决赛的。如今的机器人足球赛已不是过去那样的小型机器人游戏，而是跟世界杯一样在万人体育场进行，办成了举世瞩目的大赛事。Jolene受机器人协调局的派遣，作为国际足联的特邀专家要到场进行技术监督。但这话她没说，只说是去看冠亚军和三四名这两场决赛。她不愿让刘剑这无缝不钻的记者摸到赛场去采访，把不搭界的事弄出大动静来。

“没想到你还是超级球迷呀。”刘剑在电话里连称佩服。他说飞天前夕还千里迢迢去观战，凡人想不服都难。他说要另写一篇人物通讯，题目就叫“谁说女子不如男，酷爱足球敢飞天”。

“省省心吧你，”Jolene说，“我可没那雅兴当什么烂球迷，纯属奉命行事。”说完她就切断了连线，视频上留给他“广州见”三个字。

烂球迷？刘剑心里犯嘀咕，这话说得可不中听哟。他可算得上是地道的足球迷，不仅看球还写球评，对足坛那些事如数家珍。看了多年也写了多年，总盼着中国队能捧回一次大力神杯来，却次次都沾不上点边。要说上上下下也都费了不少劲抓这事，但那些国脚们偏偏就不争气，一到世界杯赛场上就像刚从粪坑里蹚出来似的，踢得特别臭。然而近些年，世界足坛的格局发生了奇妙的变化。自从国际足联创办机器人足球锦标赛以来，许多苦大仇深的足球弱国，在这个项目上却大打翻身仗，从奴隶摇身变成了将军。本届广州赛也不例外，冠亚军决战将在中国队与以色列队之间进行，季军争夺则在美国队与印度队之间展开。

刘剑本来就想去采访这两场决赛，这下好了，Jolene既然也要去观战，那他这趟广州行就能一石二鸟了。他把情况告诉了汪芸，说打算赛前在广州请她和Jolene一起吃饭。汪芸当然已知道Jolene的行程，她说Jolene让她赛后赶过去见面。

“赛后才去？”刘剑不解，说国足臭了多年指望不上，但这国蹄还是让人扬眉吐气的，咱也到场去喝个彩加个油呗。汪芸说她跟足球无缘，什么国足国爪还是国蹄，她既不会看门道也不懂看热闹。

饭局还是安排在了比赛后，汪芸按照约定时间赶到饭店的时候，只有刘剑一个人坐在一张餐桌前等候。他还沉浸在比赛的余热之中，正全神贯注地盯着手机视频欣赏本届金球奖得主、美国队国蹄Martin的射门镜头。汪芸走近餐桌到了眼前他才察觉，连忙说声抱歉，请她在对面落了座。

汪芸问他Jolene怎么还没到，说自己紧赶慢赶生怕迟到了挨她骂。说着话，就要打电话给她。

刘剑摆摆手道：“Jolene刚才发了信息过来，她正有事缠身，一时半会儿到不了，要我们先聊着。”

“嚯，她这是让我先来替她抵挡一阵子呀，”汪芸笑道，“你看看人家多怕见你这大记者。”

“我才是命苦呢，约见你们这些姑奶奶比登天都难，这回是沾了这场足坛盛事的光，还是那些球技高超的国蹄们吸引力大。”

“你还是少跟我提国蹄那些事吧，”汪芸说，“免得我犯困。”

刘剑话里提到足球完全是受了比赛刚结束的惯性驱使，他根本也不想对牛弹琴。Jolene要晚些到，他正想借机跟汪芸聊一聊别的事。

“行啊，咱不谈国蹄。”刘剑说他这回是想给Jolene做个人物专访，趁她人还没到先热热身也好。

“你可别趁人家不在又乱讲哟，说人家心理上有这个那个的，”汪芸说，“我可不爱听。”

“哪能乱讲呀，你现在可都看见了，人家Jolene是真要去太空啦，”刘剑不无得意道，“害我上次白白挨了你一顿臭骂，到现在还心有余悸呢。”

“得了吧，你别混淆视听，这跟你上次想掺和不同，”汪芸反驳他说，“大冷天主动下水那是冬泳锻炼，被人推下水去那是挨冻受罪，二者不是一码事。”

她已经了解了情况，Jolene这回完全是自告奋勇，主动请缨去太空帮着排忧解难的。虽说陈万通这阵子或多或少流露过这种意思，但始终没有挑明了要Jolene远赴诺苏号去助阵，是她自己有一次帮完了正事顺便给陈万通发去信息说：“你这样隔三岔五跟我来磨叽一回不觉得麻烦吗？倒不如让我去空间站直接帮你得了。”陈万通当然求之不得，他不管是不是她的牢骚话，很快就回复说：“此话当真？希望老同学言出必行哦。”Jolene接着去信息说：“本人历来说话算话，只要是正式召唤，我跑一趟太空何妨？但你若是指望我去帮你们收尾打杂整理回家的行囊，那就有你好看的。”

陈万通又回复说："放心吧，许光辉那边还有不少技术难题要解决，空间站也有麻烦的技术事务要处理，你这高手不出场哪儿能收尾呀。"陈万通这话等于先送了她一顶高帽子，可能Jolene就是这样动了心。

"Jolene有意，太空那边也确实需要她，"刘剑有点儿感慨道，"她早去大家才能早回，不然夜长了又会有噩梦的。"

"嗯？又有噩梦是什么意思？"

"哦，对了，"刘剑想起什么来，"上次见面一着急，有件事还忘了跟你说呢。"

"忘了说？"

"是啊，被你骂得晕头转向，想说的话都被吓跑了。"

刘剑说空间站早前曾遇到点儿麻烦事，在冥王星上空遭到了极端组织的一次暗算，这次险情突如其来，差点儿酿成大祸。

事情发生的时候，陈万通正带着"吐烟圈"的技术设备在从地球赶往诺苏号的旅途中，他抵达后才知道这件事。后来他跟忆牛顿说，要是当时自己也在诺苏号上的话，很可能也丧了命。

当时，诺苏号上只有忆牛顿在值守，没有宇航员在。它接到了地面的通报，说是冥王星的内核最近发生了异常剧烈的内部反应，引发周围空间出现了前所未有的磁场变化。这次发生在外太阳系的天体异象，令科学家们大感兴趣，很多国家都发射了无人探测器前往那一带开展科学探测活动，地面指示忆牛顿要提供力所能及的支援和帮助，这也是有关国家对空间站提出的要求。

忆牛顿按照指令，操控着空间站很快就抵近了冥王星。在空中，诺苏号沿着冥王星的赤道方向缓缓做环绕飞行，用雷达陆陆续续搜找到了附近一些无人探测器所在的方位，那些探测器有近有远，在冥王星上空徐徐穿梭，有的在朝阳面有的在背阴面。诺苏号也启动了游弋模式，随时准备为它们提供帮助。

当诺苏号又一次飞到冥王星的背阴面时，雷达上显示，有个微小的飞行物正朝着空间站奔来。起初忆牛顿没怎么在意，它以为是从某个无人探测器上掉下来的太空垃圾，等飞近时看情况避闪一下就是了。然而，那小物体的飞行速度越来越快，似乎直逼空间站而来。忆牛顿这才警觉起来，它赶忙开启望远镜细看，乍一看这不是一只迷你型的“霍金小飞船”吗？前段时间它刚跟着陈万通一起摆弄过这样的小飞船，对此印象深刻。只是眼前这只小飞船的块头看上去更大些，它一边高速飞过来一边还闪射着一束束激光，晃得“眼睛”都看不清楚。忆牛顿定定神很快就否定了刚才的判断，从那飞行物在背阴面“倒行逆施”等情况看又不像是“霍金小飞船”，到底它是什么来头呢？

忆牛顿想仔细看个究竟，它按下触控钮从诺苏号上喷出一股气雾，想暂时遮挡一下对面闪烁的激光，以便透过气雾镜看得更清楚些。哪知道这一看吓了它一跳，闪射的激光照在气雾形成的屏幕上，居然显示出一句标语：5D打印进太空的帮凶，你们的末日到了！

不好！忆牛顿大喊一声立刻操控着诺苏号迅速转向，它知道，像这样高速直冲而来的物体即使只有“霍金小飞船”大小，对空间站的冲力也许不亚于一枚炮弹。

可是，庞大的空间站行动起来是很笨拙的，虽然做了紧急避闪没遭到那个飞行物的正面撞击，却还是被那疾速飞来的玩意儿从侧面刮擦了一下，导致一大块防护层脱落，里面恰好是空间站的动植物实验区。

忆牛顿从来没遇到过这种事，它一时也无人可请教无处可求助，只能自己按照故障修复手册比葫芦画瓢，费了很大工夫才把防护层修复起来。

“极端组织的魔爪伸得更长了，有点儿防不胜防啊。”刘剑说到这里又有了“杞人”的口气。

“这有点儿太邪乎了吧？”汪芸觉得难以置信。发射这么一个微小的飞行物瞄着遥远太空的小目标而去，沿途顺风顺水，没毁坏也没被任何监控察觉，最终还能精确地朝运动着的空间站撞去，这几乎是在挑战不可能。

“哦，陈万通分析说这完全有可能。”刘剑解释说其实很简单，那小飞行物一开始应该是隐藏在某个无人探测器上，长途跋涉被搭载到了冥王星附近，后来可能是识别出了诺苏号这个目标才自动剥离出来，继而展开了攻击。

汪芸轻轻点头。她顺口问道：“空间站里面损失严重吗？”

“损失惨重啊，听说动植物实验全都玩儿完了，”刘剑说，“我正想请教你这方面的问题。”

刘剑接着叙述说，事后按照航行守则开展例行检查，忆牛顿察觉到了情况的严重性。它先是发现空间站的动物区完全是一派惨象：正在进行太空实验的各种动物，小到昆虫大到猪狗，全都一命呜呼了，死得不明不白。再看植物区，刚开始似乎没什么异常，过了一段时间也呈现出一片惨状：原本绿色葱茏万紫千红的小天地，渐渐凋谢、零落、枯萎，终究也没逃过劫难。忆牛顿看傻眼了，以它内存的知识量，它无法明白事情原委。

陈万通到达后也大吃一惊，他对此同样迷惑不解。但他实在没精力去深究，当时只顾着忙活用“吐烟圈”技术搜寻飞舰这头等大事了，直到最近才腾出手来，把诺苏号上生物猝死的详情发给家里。

“动植物无一幸免，这应该属于生物学的一亩三分地吧，不知汪大博士有何高见？”刘剑介绍完情况，问汪芸道。

“这件事确实很离奇，只靠生物学恐怕解释不了。”汪芸说如今早已不是某一个专业关起门来单打独斗的年代了，猝死的原因需要其他领域的专家一起来琢磨。

汪芸正说着，刘剑用手轻轻指了指她身后。汪芸回过头去，看见Jolene正远远地向这张餐桌走来，她身边还跟着一位三十来岁戴着珐琅眼镜的男子。呵，难怪她说有事缠身要晚来，这可不是一般的事哟。

刘剑和汪芸都看愣了神，Jolene和那男子都近在咫尺了，竟连个招呼也没打，只是盯着他们傻看。

“看什么呐，又不是外星人，”Jolene不无抱怨地先开口道，“连个茶位也不给加，真是的。”

“对不起，请坐，请坐，”刘剑一反应过来立刻站了起来，伸出手去跟那“珐琅眼镜”握了握。汪芸也赶紧起身，拉Jolene坐了下来。

“这位是……”刘剑迫不及待，还没等众人屁股坐稳，就开口打探。这大概是记者的臭毛病。

“他叫黄口才。”Jolene快人快语介绍说，他是国际机器人协调局驻香港办事处的工程师，算是她的同事。

“同事好啊，志同道合。”刘剑顺着自己的思路，脱口而出。汪芸听出了话外音，赶紧瞪了他一眼，阻止他继续信口开河。

Jolene似乎没在意刘剑的话，她将汪芸和刘剑向黄口才作了简单介绍，然后轻叹了一口气，说是足球赛虽已结束，却碰到了麻烦事，要请汪芸出手相助。

汪芸和刘剑对望一眼，丝毫不明就里。找她这足球白丁帮着处理球赛的事，不是看走了眼就是吃错了药。

“知道美国队的Martin吧？”Jolene见没人响应她的话，又补充说“就是这个家伙惹出来的麻烦事。”

汪芸摇头，说是不知道什么Martin不Martin的。

刘剑在一旁听得着急，插嘴补充道："Martin就是本届比赛进球最多的机器人，帮着美国队夺得了第三名。"

汪芸还是摇头，说："不懂。"

跟不看球的女人说球很累，女人跟女人谈球就更累。Jolene说自己也只是半桶水，谈起来那是累上加累，还是请黄口才讲吧。

刘剑和黄口才不约而同地笑了，他们深有同感。

黄口才的口才倒很一般，他大致把事情的来由讲了一下。

这Martin是美国人精心打造的一个国蹄，近年来在国际足坛上名声大噪，被誉为美国队的"射门大仙"。它给人们的印象是，临门一脚功夫过硬，能根据变幻莫测的门前情形，娴熟地运用抽射、挑射、捅射和倒钩技术破门，令对手防不胜防。Martin多次为美国队在关键赛事上夺魁立下汗马功劳，它本身也因而成为众矢之的。不少球队针对其脚下功夫，研究出了一些有效的防守措施。以至于在最近一个时期的比赛中，Martin受到遏制，赛场表现大不如前。

然而这次在广州赛场上，Martin像是刚刚脱了胎换了骨，再次生猛起来。与以往不同的是，它不再拘泥于脚下那几招，而是靠头球屡屡建功。它过去极少头球得分，这回"头重脚轻"的突然变化，让那些一直针对其魔脚防守的老对手们叫苦不已。就这样，美国队这次又靠Martin出奇制胜，一路顺利杀进了半决赛。

在半决赛中，美国队遇到以色列队。Martin如法炮制，它在上半场就梅开二度，为美国队赢得了先机。

下半场开赛不久，也不知道是以色列队被逼急了还是故意采取杀伤战术，当Martin在门前又要跃起冲顶时，以色列队两个后卫同时起跳，从前后两面夹击，对着它那魔头狠狠撞了上去。Martin顿时倒地不起，被拖下场维修去了。以色列队趁机大举反攻，最终反败为胜，打进了冠亚军决赛。

美国队惜败，只得参加与印度队的季军争夺战，Martin又重新出现在赛场上。

印度队在这场比赛中留了个心眼儿，他们自知整体实力不及美国队，便抱着取经的态度进行探测，想弄清美国队究竟采取了什么先进技术，为什么Martin的头部动作自如，反应也好像比其他机器人要快半拍。

赛后印度队立即对探测到的信息进行了分析，这下他们发现了一个惊天的秘密：Martin的头部外壳里面，根本就不是电子和机械装置，而是一颗活生生的猴头！难怪它会这么灵活！

印度队愤怒了，他们向国际足联紧急投诉，控告美国队严重违规，用动物冒充机器人参赛，要求给予制裁。美国队却很坦然，说他们把猴子的脑袋嫁接到机器人身上，并没有改变机器人的本性。国际足联从没碰到过这样的投诉，认为这是足球之外的专业认定问题，便把这烫手山芋先扔给了机器人协调局。Jolene虽是全权代表，却势单力薄不敢轻易作主，她立刻打电话向总部请示，总部就近派这位具有足球裁判资质的黄口才快速前来协助处理。

刚才，Jolene和黄口才一直在跟有关各方讨论这事，争议非常大。黄口才认为，有必要参照联合国物种公约的规则去界定Martin的身份，他想赶回香港去找物种审理署咨询。Jolene说不用舍近求远，物种审理署的专家正等着我一起吃饭呢。于是就把黄口才拉了过来。

黄口才一介绍完情况，就直截了当地问汪芸，应该如何判断Martin的身份，它到底是机器人还是动物？

汪芸反问：“你们机器人协调局那边是怎么看的？”

Jolene直言不讳，说："我们要是能形成一致意见就不来问你了。"她说自己倾向于认定Martin算是机器人，猴子的脑袋应该属于机器人的一个零部件。

"算是机器人？这话听起来很勉强哦。"汪芸说其实自己心里也一样摇摆，很难给出个非此即彼的判断。她说如果一定要分出个丁卯的话，她倒认为Martin更应该算是动物。

"呵，你跟黄工程师可真会一个鼻孔出气，看着什么东西都要往你们生物学的圈子里拉，"Jolene不服道，"可别说这餐桌有四条腿也应该算是动物。"

"黄工你也是学生物专业的？"汪芸听Jolene说生物学圈子，便转而向黄口才发问。黄口才回答说他本科学的是生物，后来攻读的是理论物理和计算机专业。

"很巧呢，我们正有事要请教。"汪芸看了刘剑一眼，打算把诺苏号空间站上生物猝死的情况讲给他听，她觉得这个问题只有他这样具有物理学和生物学双重专业背景的货才能琢磨清楚。而且在她看来，把这件事弄个明白，比分析那Martin是人是鬼要有意义得多。足球赛再重要也是娱乐，还能比科学更重要吗？

哪知道她刚跟黄口才说了个开头，就被Jolene不客气地打断了。

"嗨，嗨，求你们千万别节外生枝，"Jolene说，"生物猝死不猝死的问题，你们俩回香港去再切磋不迟，好歹先让我把Martin的事交个差呀。"

刘剑也笑哈哈地在一旁帮腔，说："是啊是啊，这可关系到Martin那金球奖有没有效呢。"他问汪芸，认定Martin是动物有没有更直接的理由？汪芸说猴子的活脑袋具备动物的显著特征，这就足够了。大森林中的一棵树，无论移种到荒山还是沙漠，它始终还是树。

Jolene说这样的解释有点“霸王硬上弓”，难以服人。她认为机器人本身就是由不同的材质组装而成，不能因为有动物的成分就否定了机器人的整体属性。比如当今机器人厨师的嗅觉传感器，就是取材于猎狗鼻部的组织，总不能因此就说这厨师是条狗吧？Jolene说她这些年接触到的机器人中，很多都嫁接了动物的各种部位，要是都不算机器人的话，干脆把机器人协调局归并到物种审理署得了。

汪芸辩称，机器人组装成整体之后，其身份的判定关键不在于是否使用了生物活性材料，而是要看它的主要特征。

“汪博士所言极是。”黄口才也上阵帮汪芸。他说现在有不少残障人士的肢体或内脏都是人工装置，这跟组装Martin并没有什么本质区别，这些人跟我们一样生活和工作，谁都不会也不可能把他们当作机器人对待。

“哟呵，你们今天是要二打一呀，我可是腹背受敌啊，”Jolene声音高了几度，冲刘剑嚷道，“你也别闲着，有什么见解也谈一谈，说不定咱们还是同盟军呢。”

“外行外行，”刘剑摆摆手说自己既没学过生物也没学过人工智能，“轮不到我来胡说八道吧。”他看了黄口才一眼，跟人家初次相识，夸夸其谈不妥。

“我也很想听听刘记者的高见。”黄口才说他以前拜读过刘剑写的文章，觉得视角很独到。他鼓励刘剑道：“今天不妨也给点金玉良言呗。”

“真不知从何谈起，算是向诸位专家讨教吧。”刘剑开了口。他说他觉得Martin的身份认定不是A或B的选项那样简单，他认为刚才大家的看法都有各自的道理。

“和稀泥。”Jolene嘟囔一句。

“我会支持你的。”刘剑笑了笑继续往下讲。他说他想起了300年前法国人拉·梅特里的名著《人是机器》一书，书中的比喻像其书名一样让当时的欧洲人如梦初醒，人的骨骼不就是杠杆嘛，关节不就是滑轮嘛，心脏不就是水泵嘛，等等。拉·梅特里就是想说明，人体的生命活动并不神秘，其实跟机器的运动是一样的。他那个年代的机器还只是简单的机械，并没有智能软件，所以后来有人批驳他是机械主义者。

刘剑说现在看来，这位拉老先生真是有超强的预见能力，如今所谓的软基质有机生物与硬基质机器人正在日益融合，界限也越来越模糊，《人是机器》的论点在现代更高的层面上逐步得到了印证。刘剑说照这样判断的话，那Martin即是机器人也是动物，二者并不矛盾。说不定将来有一天，机器人协调局跟物种审理署真会合二为一，就像Jolene刚才说的那样。

“那是气话，你可别乱领会。”Jolene说。

“我正在支持你，”刘剑依然冲她笑着，他继续道，“至于那些玄而又玄的问题，诸如机器人的新定义啦，动物的当代概念啦，以及Martin当作机器人会怎样啦，当作动物又会如何啦，还是留给哲学家们去思考好了。”

“听你引经据典弯弯绕了半天，道理似乎蛮深奥，可惜没个鲜明立场。”Jolene对刘剑的所谓支持显然不满意，说最后把皮球踢到哲学家那里去，这不是白扯嘛。

“我说过我是支持Jolene的。”刘剑其实话还没说完，只是转了话锋。他说自己是个不折不扣的外行，既不懂机器人也不懂生物学，但对足球却略知一二，在Martin这件事情上，他主张采取实用主义态度，明确认定Martin为机器人而不是动物，就像Jolene判断的那样。

汪芸和黄口才听了刘剑这话，都来了精神。他们刚才跟Jolene的心情一样，听着道理一串串，最后给出个模棱两可的结论，这道理何用之有，还不如不说。

刘剑双手做十指围合状，说大家可别忘了，足球历来就是圆的。他进而分析道，确认Martin的机器人身份，驳回印度队的控诉是皆大欢喜的事，就算这回被美国队钻了空子，要修改游戏规则也好，要重新定义机器人也好，那都是今后慢慢来的事。反过来，若是认定Martin不是机器人，那顷刻就会引发天大的麻烦。Martin那个金球奖取消还不算啥，关键在于，涉及美国队的所有比赛成绩都不再有效，这意味着本届世锦赛基本上要推倒重来，那国际足联能答应吗？亿万球迷能接受吗？这种窟窿要是捅开来，国际机器人协调局是绝对收不了场的。

“这话一针见血，让人茅塞顿开啊，”黄口才由衷赞成刘剑的观点，他转脸向汪芸征询道，“足球的确是圆的，Martin这事还是别搞成学术讨论的好。”

汪芸点点头表示认可。她也听明白了，虽然刘剑自称外行，但他的意见是中肯的。很多时候，高明的决策往往来自外行，内行拼命钻牛角尖反而误事。

“太好了，我这就可以交差了。”Jolene高兴地笑了，像是她自己得了个金球奖似的。

趁着刘剑跟黄口才两人又在寒暄、交换联系方式的当儿，汪芸低声问Jolene，飞天一事定了吗？Jolene说已基本确定，正急着赶回去准备呢。汪芸嗔怪说，你哪根神经搭错了，为何突然决定去空间站？Jolene瞪了她一眼说，你好意思问我？还不都是为了你那两个心上人快点儿回来。汪芸哼了一声又问，他们最近情况怎样？

“他们都很好呀，”Jolene压低声音说，“你现在是锅里和碗里都盯着，难取舍吧？”

“去你的啊，别哪壶不开提哪壶。”汪芸嗔怒道。

Jolene笑着站起了身，说是要赶着去复命，这就先告辞了。

“怎么说闪就闪呀？”刘剑一听她要走就急忙嚷道，“咱今天的主题还没开始，这叫什么事哟。”

“感谢大记者的支持，”Jolene说，“其实汪博士身上更有料可抓。”她一边挥手说抱歉，一边移步向外走去。

黄口才也站起身，两手一摊做无奈状，冲刘剑和汪芸说了声后会有期，也跟着Jolene走了。

“我算是白白支持这女汉子喽，早知如此就该一口咬定Martin是个动物，”刘剑沮丧道，“每次采访你们这些姑奶奶最后都是被反客为主，竹篮打水一场空。”

“有失有得嘛，”汪芸笑道，“你也捞到了不少花絮，够你妙笔生花的啦。”

第18章

缘来缘去大数据

Jolene声称要来空间站不会是逗着玩吧？陈万通起初是忐忑不安的，他不知道Jolene是不是真愿意来太空。这个馊主意是他向家里提出来的，万一她不肯来就糟了，再去找她帮着继续干活，那不被骂个狗血淋头才怪呢。

直到得悉Jolene已启程来诺苏号，陈万通才算是松了口气，仿佛了却了又一桩大事。这阵子，他就像刚刚打了胜仗又奉命坚守的战士，早就盼着援军来换防了。收拾机器人可是Jolene的强项，等她一到，拯救阿哲261号的进程会大大加快。到时候，最好Jolene能将他取而代之，起码也能让他退居二线喘口气了。最近一段日子他碰到了不少问题，一直都无暇去认真理出个头绪。

远离地球身处浩瀚的宇宙太空，人的思维可能会更加奔逸。接连两趟飞天，啃了多年书本的陈万通有许许多多感慨，既有科学方面的难题，也有哲学方面的思考，他想得最多的还是时空问题。

对人类来说，宇宙这么大，还真不是想去哪儿看看就能去得到的。他知道，走得更远，这是人类自古以来的不懈追求。想想也是，古代历史上丝绸之路，鉴真东渡，郑和下西洋的那些故事，不就是因为远行才闻名于世的吗？要是张骞当年只捧着丝绸在周边村寨走一走，鉴真和尚摸到附近寺庙传传经布布道，郑和弄几条船在河水里划拉一阵，都不跑那么远的话，哪儿会有什么流芳千古的佳话？看来，远香近臭的道理古人早已悟出。千百年来，为了能越走越远，人们绞尽脑汁研制出了日益先进的交通工具，让世界不断变得更小。可不是嘛，从香港到莫斯科这样的距离，古人穷其一生也无法走完，现代人则一天能来回几趟，完全是天涯若比邻的感觉。遥远的距离，在高速交通工具面前，被轻而易举地吞没了。说白了，人们就是想用尽可能短的时间，去消灭尽可能长的空间，从而一步步实现更远行的梦想。

用时间消灭空间，在地球上无疑取得了辉煌成功，在太阳系及周遭也算是成效显著。但是，要想再往更远的宇宙深空挺进，这种时间消灭空间的理念还行得通吗？就算人类研制出了达到速度极限光速的飞行器，那些动辄几百万光年、几千万光年甚至数十亿光年的星球，依然遥不可及。别说人类的文明迁移不可行，就算搞原始移植，按照刘剑那些家伙鼓噪的那样，弄台生物源反应器，带上人类的DNA信息，飞它个几千万年上亿年可以到达，但飞行器哪儿有亿万年取之不尽用之不竭的能源？

陈万通越想越不对劲，按照经典的物理学理论，沿用时间消灭空间的老办法，人类对宇宙空间的探索将碰到不可逾越的障碍。出路何在？他觉得，现在该是他们这代人深刻反思的时候了，该是从旧思维框框中跳出来的时候了。

那天，他又摆弄了几下汪芸给他的那台预剧点播机，随意翻看到《西游记》《封神演义》等剧目清单，忽然有了联想。不是要消灭空间吗，干吗要在一棵树上吊死，只想着用时间这个手段去消灭呢？古人幻想出来的顺风耳、千里眼，如今早已变成了现实，相隔千万里的人们可以在一起开视频会议，玩互动游戏，这不也是消灭了空间吗？这至少意味着，除了时间之外，消灭空间还另有手段。但这只是普通宏观世界的花样，至于宇观世界除了虫洞之类的构想外，还会有怎样的通道，确实值得现代人好好探索，认真求解。但他知道，这可不是他自己能想出来的，如果他能一下子琢磨清楚，那他就是第二个爱因斯坦喽。

陈万通的这些感受，在跟许光辉这段时间的信息交流中谈了不少，许光辉也有强烈的共鸣。而且，许光辉在太空逗留的时间更长，飞得更远，他的感受比陈万通有过之而无不及。

许光辉向陈万通介绍说，他不仅考虑了同样的时空问题，而且他还有新发现。失联的日子里，许光辉一直在思索自己落脚的这颗核桃星的来源。按说这颗核桃星所在的方位刚穿出了柯伊伯带外侧，距地球并不算太遥远，人类多年的天文观测早该发现它的，但实际上在星系图上的相应位置却没有记载。许光辉那会儿绕着核桃星飞了一圈又一圈，对它的主要特征已观察得很清楚了，他后来索性在多维星系图上大范围扒拉、翻找，这一弄还真有收获。

他在距太阳系一千多光年的天鹅座方位，找到了一颗小星球，怎么看都非常像是核桃星。但他压根儿无法相信，一千多光年之外的星体会在这里出现，听起来十分荒唐。但直觉告诉他，那颗星球就是眼前的核桃星。他告诉陈万通，宇观世界的空间既然可以弯曲，就应该是有弹性的、可压缩的，甚至是能够折叠的。他说自己很可能误入捷径，已来到了一千光年之外的星体上了，换句话说，核桃星可能是从远处忽然“弹”到太阳系外围来的。

对于许光辉的说法，陈万通一开始很震惊，继而半信半疑。这种时空错位的邪乎事并非没有可能，但许光辉一个人独自在天上待了多年，心理上有点……有点那个也是有可能的。不过，陈万通对天文异象还是很好奇的，他抱着试试看的态度打开了更新版本的多维星系图，仔细一搜找，竟然也找到了许光辉描述的远方那颗核桃星，其方位的确位于1000多光年之外。这下子他相信许光辉并不是心理变态胡言乱语了，他马上回了信息表示认同他这种大胆的推断。

许光辉或许受到鼓励后信心更足了，过了不久他又给陈万通发来了信息，说他还捕捉到了另外一些蛛丝马迹。尤其是他身在核桃星的方位，观察周边一些星系星体时也发现了怪象，一些星球呈现出忽远忽近的变化，有时候看上去近在咫尺，换个时间换个角度再看却遥不可及，他觉得这可能是从两个不同的空间轴各自独立观察得到的结果。这让他更加确信，核桃星及周围空间原本距太阳系非常遥远，是由于空间发生了诸如折叠或压缩这样的暂时变化，才形成了眼前的局面。一千多光年之遥变得触手可及，说明宇观空间的远和近并不总是截然对立的。

这可是又一个重要的观测佐证，陈万通由衷佩服许光辉大胆假设小心求证的科学态度。他觉得宇宙中出现这种时空变化可能并不是高频率事件，自己所在的天区或许万年亿年才发生这么一次，要真是这样的话，在有生之年碰上实在是太幸运了。他把许光辉发来的这些信息拿给忆牛顿过目。

“很离谱吧？”陈万通故意问忆牛顿。他之所以用疑问的口气跟忆牛顿这么说，是怕惊到它。别让人家机器人误以为，人类的宇航员在天上待久了，脑子都“短路”了，心理上都有点……有点儿那个了。

“一点儿也不离谱，这是好兆头呀。”忆牛顿看完高兴地说。

“什么好兆头？”陈万通问。

“要出大科学家啦，很可能是继牛顿、爱因斯坦之后又一个新制高点上的科学巨人。”忆牛顿的口气充满自信。看来，机器人的智商不可低估。

“你是指许光辉？”陈万通来了兴趣，继续问它道，“这就是说，我们正在营救一位将要永垂青史的科学巨匠？”

“噢，我可不是算命先生。”忆牛顿说科学巨匠具体会花落谁家只有天知道，可能是他也可能是你还可能是其他人，谁能最终解出那个时空难题，谁就是那位巨匠。

“哈，我看你比算命先生还厉害，”陈万通夸忆牛顿道，“这种大事能先知先觉，可不简单哟。”

“这可不是我的原创，我顶多算是消化吸收再创新。”忆牛顿说是Jolene不久前给它提供的信息，让它受到了启发。Jolene告诉它，她从新加坡国立大学得悉，有个研究小组用大数据方法对古希腊以来的重大科学发现进行了分析，得出的结论表明，最近几年会有突破性的时空新理论诞生，科学巨匠呼之欲出了。

大数据分析出来的？陈万通听忆牛顿这样一说，愣了一下便不想再接话茬了。好像他正在有滋有味地品着不知名的美酒，忽然被告知那酒其实就是二锅头兑的水，于是酒兴大减。

对于大数据，陈万通的认识经历了多年的起伏，说是爱恨交加也不为过。

他刚读大学那会儿，正好是大数据在全社会鼎盛发展的时代，一方面到处开花遍地应用，另一方面也慢慢出现了打着大数据旗号惹是生非的事情。陈万通当时倒是态度鲜明，是大数据的一个狂热拥趸。他相信世界的本质就是数据，大而全的各种数据构成了人类社会的方方面面，无论是科学的发展还是人的思维方式，都应当用大数据理念去彻底改造，就像很多大数据专家慷慨激昂地表述的那样。

那时，陈万通还是个穷学生，跟家里闹翻以后完全靠勤工俭学度日。但是，大数据应用让他没过多久就在经济上尝到了甜头，他靠大数据实实在在淘到了金。特别是他很快就圆了购车梦，让他沾沾自喜了很长时间。

他喜欢设计精巧的太阳能轿车，却手头拮据买不起时尚新车。那时候，太阳能汽车正快速发展着，更新换代犹如当年的手机，他便开始盯着二手车市场打主意。起初他想的是瞅准时机低价买辆旧车，能省一点儿是一点儿。于是他浏览了全香港几乎所有的太阳能汽车经销商网站，扒取了大量的数据。接着他发挥自身专业特长，倒腾出了一套软件，推测旧车市场的价格涨跌规律。照着推测结果，他小心翼翼地去一试果然奏效，后来他把第一辆旧车卖掉再买另一辆，价格预测照样灵验。这下子就一发不可收了，他每次买车开不多久就会再换，低价位买进高价位卖出，车越换越好。整个大学时代，陈万通成功地买卖了数不清的太阳能二手车，不仅大大地过足了车瘾，而且还积累了一笔可观的资金。当年在校园里，他成了买卖二手车的“算命先生”，很多同学都找他咨询买卖时机，而按他给出的建议几乎都能在低价位买进高价位卖出，比整天蹲在校园附近的那个失明老头算得准多了。后来，大数据应用公司如雨后春笋般出现，陈万通干脆把这套购车软件转让给了一家公司，潇洒地当起了技术股东。

这段切身体验让陈万通对大数据的价值更加笃信，他只要听到谁对大数据有微词，就会挺身而出辩驳，既能从理论上阐述其伟大意义，也能用实践经验去精辟论证。

陈万通玩大数据不仅尝到了买车的甜头，还尝到了初恋的甜头。那段时间他感觉自己幸福得就像花一样。

他跟他那漂亮的初恋女友是在参观一次校园书画展的时候对上眼的。那天展厅里参观的师生三三两两并不多，陈万通是进去闲逛的，他在一幅素描画前驻足了一会儿。这幅题为“心灵之窗”的炭笔素描，画着一双双神情各异的眼睛，有喜悦的、愤怒的，也有忧虑的、深思的，还有悲伤的、惊恐的，摆放在同一个画面上像是要解密一个人复杂的内心世界，作者署名为“美术系学生娟子”。这幅画挺有创意的嘛，陈万通心里想。

“请多提指导意见，这是我的习作。”甜甜柔柔的话音伴着轻轻的脚步声传进陈万通耳中。他转身一看，一位娉娉婷婷的女生已来到了身边，明媚的笑脸正迎着他。

陈万通眼前一亮，怔了一下道：“哪敢指导，我连三庭五眼都搞不懂，”他对眼前的美女同学实话实说，但也不忘夸她一句说，“你画得可真好。”

“画得好吗？我自己感觉一般般，”娟子听他说出三庭五眼，以为他很在行，便问道，“你认为好在哪里呢？”

陈万通的脸一下就红了，像课堂上答不出老师的问题一样尴尬。他对美术知识仅限于知道几个著名画家的名字，什么拿块齐白石砸开毕加索（锁）之类的，对眼前的画作哪能说出个子丑寅卯来。抓耳挠腮两下，他也只能从实招来，说：“其实我是来看看热闹的。”接着他自报家门，说自己名叫陈万通，是比较封闭的一个工科男，对美术着实一窍不通。

“陈万通？哇，原来你就是那个有名的‘二手车’啊。”娟子显然有点儿惊讶，她接着又有点儿好奇道，“听说你能掐会算，特擅长编造大数据看行情，是吗？”

这是什么话哟，陈万通又气又好笑。是哪个烂舌头的货给他起了个“二手车”的绰号，还是这娟子临时想出来的？反正听着浑身不舒服，不知道背景还以为是骂人呢。再说了，自己何时编造过大数据？数据是可以胡编乱造的吗，那是骗子干的事。她怎么尽挑些不着调的词来说事呀。要是换个男生这么说他，陈万通可能要回敬一句“胡说八道”了，但看着娟子一脸真诚的样子，他苦笑一下没了脾气。

“我只是编软件，用来分析处理大数据，而不是编造大数据。”陈万通耐心向娟子解释。

“反正我知道你是这方面的高手，哎，能不能帮我一个忙，”娟子很认真地说，“有件事我想了很久也没想明白，你要能帮我编造出个结果就好了。”

听听这口气，张口闭口都是编造，好像他陈万通就是个出了名的造假高手，什么事都能胡编，他哪儿有这邪僻本事啊。可是听了娟子继续往下一说，陈万通觉得她说的事还有点门，可以试一试。

娟子告诉他，自己之所以热衷于画人物的眼睛是有原因的。她从绘画的角度长期观察人的眼睛，总觉得眼睛的某些特征跟人的一些精神气质是有关联性的，她的这种感觉很朦胧说不出具体内容，但她估计用大数据技术能找到这种关联性。二手车的价格涨跌都能准确预测出来，这眼睛的事应该也能分析出个结果来吧。

“只要你手头上有这方面的大数据，我帮你做分析处理没问题。”陈万通的信心还是很足的。哪知道娟子却说：“我就是不懂大数据才请你帮着编造的嘛。”

她又来了，还是把编造一词挂在嘴边。不过她说，她已经搜集到了数万个人物的资料和脸谱图，主要是亚洲地区的一些公众人物，不知能不能编造成大数据。陈万通想了一下就痛快地说，那就交给我来编造好了。他想明白了，人物的资料和脸谱图，生成一些数据不是什么难事，几万个样本实际上是小菜一碟，既然娟子美女认准了自己擅长编造，那就陪她一起玩玩何乐而不为，说不定真能找出让她惊喜的结果。

大数据能揭示关联性，就这样把素不相识的陈万通和娟子也关联到了一起。他们俩泡在一块儿折腾了一段时间，陈万通处理数据的强项淋漓尽致地得到了发挥，他对亚洲人的眼睛分析来分析去，终于得出了一个结论：眼睛小的人智商高。

“哇，大数据真的能开口说话呀！”娟子想不惊喜都不行。

“那当然啦。”陈万通自鸣得意。他说数一数那些著名的历史人物，小眼睛的比例是很高的，过去的政界领袖像新加坡的李光耀、韩国的李明博眼睛大吗？作家莫言眼睛大吗？科学家屠呦呦眼睛大吗？再环顾一下自己周围的小眼精英们，这方面的例子不胜枚举，所以大数据得出这个结论毫不奇怪。

“难怪你的眼睛也不大，”娟子盯着陈万通看了半天也似有所悟，她问道，“这是什么原因呢？”

“不要问为什么，只要知道是什么就够了，”陈万通说，“这就是大数据的魅力所在。”

他越来越得意了，大数据的好处说不尽道不完，不要因果也不要精确，大数据总能自然而然地得出意想不到的结论来。当然对他来说最大的好处就是忽然冒出来个靓丽的女友来，偷着乐还来不及呢，要问为什么谁说得清啊。

但他做梦也没想到，后来兴尽悲生，断送了他这段初恋的也是大数据这玩意儿。

娟子起初跟他一样沉浸在爱河中幸福着，她佩服陈万通的本领，更佩服大数据的神奇。她跟陈万通恋爱后，对大数据从知之不多到慢慢痴迷，最后达到近乎崇拜的程度。凡是大数据推测出来的事，她全都深信不疑。

得闲的时候，娟子就会到一些大数据公司的网站上去看看。有一天她看到一则大数据公司的广告，说是刚推出了一项预测婚姻的新业务。这家公司声称，他们的预测系统，是根据世界各地数百万对夫妻的大数据而开发出来的，从白头偕老的夫妻到闪婚闪离的情侣应有尽有，能从正反两方面比照人们的婚姻结局。

娟子觉得挺有意思的，这年头大数据真是奇妙无比，一切都是大数据，大数据就是一切，预测婚姻当然不在话下，自己不妨也测测看。她立马就联系上了网站的客服人员，人家还在向她介绍这项新业务的特点，她就有点儿迫不及待地打断说，大数据的伟大意义不用多讲，你直接告诉我该怎样测就可以了。客服开玩笑地说这么急呀，是不是婚姻出痒痒了？她说哪跟哪呀，就是想测着玩玩。人家客服就没再多说，直接引导她进入了一个页面，要她填写本人及男方的相关数据。她一看，哇噻，要填的内容有几十个页面数百项之多，身高、年龄、体重、文化程度、职业背景、个人爱好、血型、星座、家庭情况等等，跟一个大活人有关的方方面面信息几乎都包罗进去了，真真切切的大数据风范。但这么多内容一下子是填不出来的，娟子只好先下载到自己的终端设备上，并把它发给了陈万通，要他把自己的情况填好。

陈万通一收到就知道这是来采集数据的，但不知道她想干什么。他那些天刚好去了广州的超算中心进行教学实习，于是打电话问她，是不是上回编造了个眼睛的大数据还嫌不过瘾，又想胡编耳朵鼻子的什么数据？

“先不告诉你，”娟子神神秘秘地说，“你让我惊喜过一把，我也要回敬你一次。”

“啊？你也学会编造大数据啦？”陈万通有点儿惊喜了，“那不是出神童了吗？你眼睛大反而智商更高哦。”

“你也太小看人了，不会胡编还不会服务外包吗？”娟子不服道，“到时候出了结果气死你。”

过了两天预测结果就出来了，陈万通还没回来，娟子自己倒是差点儿没气死。

大数据公司的客服人员通知她说，已经根据她的要求完成了她跟陈万通两人的姻缘推测，问她想不想要结果。

这不是废话吗？不想要结果谁会吃饱撑的去填写几十页的资料呀。客服人员说想要结果就必须先缴付一笔费用，娟子没多犹豫就缴了费。看来陈万通说得没错，这年头数据就是财富，靠大数据发大财是天经地义的，她这钱花得应该算物有所值。

可是拿到结果一看，娟子感到天旋地转一下子就蒙了，跟病人从医院拿到癌症晚期的诊断书没啥两样。大数据公司给出的结果表明，她和陈万通一旦结为夫妻，婚姻关系随时可能破裂，最多也只能维持两年。没有理由，也没有原因，大数据就是这样只讲“是什么”，不讲“为什么”。

娟子伤心地哭了整整一天一夜，这结果若是出自算命先生的胡诌，她顶多就会难受一下置之不理，但大数据公司的推测却不能不信啊。等到陈万通一回来，她就痛苦地向他提出了分手，说是长痛不如短痛。

这下子轮到陈万通天旋地转发蒙了，他惊讶得连问三声为什么。娟子抽泣着把他说过的话还给他：“不要问为什么，只要知道是什么就够了。”

可怜陈万通躺着中了枪，任凭他怎么苦苦相劝，百般蒙哄也无济于事。那一刻，他恨不得把大数据骂成是一堆狗屎，但为时已晚。

有不识趣的同学知道后还逗他玩，说：“大数据改变人们的生活，这也算一个方面嘛。”他听了火冒三丈想揍人家一顿，但转念一想也不无道理，他跟娟子缘来缘去都是由于大数据，从当初幸福得像波罗蜜到现在伤心得像苦菜花，不正是生活的不断变化吗，这事谁也怪不得。

后来他还得知，许光辉在认识汪芸之前也有过这样的经历，而且人家用的技术似乎更先进，说是收集到了几乎所有金婚夫妻的DNA大数据。看来当年的受害者远不止他陈万通一个人。

但他也听说，大数据公司确实也撮合了很多美满的姻缘，甚至有不少本来磕磕碰碰、若即若离的情侣，经大数据推测后又重归于好。他心里苦笑，觉得应该为开展此业务的大数据公司设计两句贴切的广告词：如果你爱Ta，劝Ta去测大数据，姻缘进天堂；如果你恨Ta，劝Ta去测大数据，姻缘入地狱。

从那以后，陈万通对大数据的态度，从最初的狂热渐渐趋于理性。特别是他读研究生以后参加过一次学术研讨会，跟汪伯仁等一些知名教授直接交流后，感到受益匪浅。

“不必多费思量，让数据来说话”“大数据自会告诉我们结果”，很多人早已习惯了把这样一些说法挂在嘴边。陈万通总觉得这些话有点儿太绝对了，他那次请教汪伯仁说，不少大数据专家总强调要人们转变思维方式，知道“是什么”就够了，而不必深究“为什么”，他问这是否意味着人的主观能动性进入了一个可以歇歇脚的转折时代？

“这是不可知论的变异版本，人的主观能动性任何时候都很重要，”汪伯仁态度很鲜明地回答道，“我不认为大数据就是‘黑箱’，只顾一进一出两头，而无须过问中间的前因后果。”

“不去撬开‘黑箱’，还要我们这些吃干饭的科学家干什么？”另一位教授情绪有点儿激动地接过话道，“要是那样的话，大家干脆彻底向AI机器缴械投降好了，也别再读书学习了。”

“大数据不是万能钥匙，不必把它当作神物来崇拜。”汪伯仁说在他看来，大数据的价值主要还是体现在应用分析方面，对科学研究来说，它就是千千万万种方法之一，可以说是很重要的方法，但用不着言必称大数据，更不必刻意跟它“套近乎”。

陈万通后来认真琢磨教授们的话悟出了一点儿道道，他觉得再多的数据积累也未必能自然而然产生相对论、量子力学这样的科学思想，否则人类对世界的主宰就真的要让位给机器了。

“时代正呼唤着科学巨匠，大数据的预测不会有假吧？”忆牛顿见陈万通半晌不吭声，以为他不认同自己的说法。

“哦，”陈万通回过神来，沿着刚才的思维惯性道，“何必言必称大数据，你也想套近乎吗？”

“说我套近乎？”忆牛顿见他沉默许久却冒出这么一句话，愤愤不平道，“你若不信可以问Jolene呀，我可犯不着溜须拍马。”

“呵呵，误会啦。”陈万通一怔后，拍了拍忆牛顿的肩膀，说是自己刚才想入非非，盼着能早日贴近那新的科学巨匠，谁不想跟巨匠套套近乎呀，近朱者赤嘛。

“就是啊。”忆牛顿转怒为喜，说你别总想着跟巨匠套近乎，而应该努力成为巨匠才对。陈万通说这可不敢异想天开，在科学界他顶多也就能当个锯木头的锯匠，哪能跟巨匠挨得上边啊？

“巨匠必有出处，科学始于问题，大理论来源于大问题，”忆牛顿又恢复了兴奋状态，它说这阵子咱空间站跟核桃星那边都碰到了新的时空问题，这可能就是重大理论的胚芽，“我认为新的科学巨匠很可能在宇航员中产生，近水楼台准会先得月。”

宇航员中将会出现大科学家？这个论调听着耳熟，好像也是从Jolene那里来的。陈万通记得，关于科学发展的未来突破点问题，他们一帮博士同学当年有过一次热烈的讨论，Jolene那回调门特别高，她声称科学的未来必将从太空领域实现突破。

她说科学已发展到人工智能高度发达的时代，人类要想长久统治世界，就要在智力上持续凌驾于机器人之上，这才是科学发展的当务之急，而这就要取决于挺进太空的成效。

有位同学当场不客气地质疑说，这好像不搭界嘛，风马牛不相及。

Jolene争辩说，怎么会不搭界？关系大着呢。她说太空探索不断向前推进，势必导致时空理论的飞跃式变革，从而带动人类思维能力前进一大步，这是其他任何一个学科领域都无力承担的历史重任。

另一位同学立刻声援Jolene，说她言之有理。他说爱因斯坦创立相对论的时候，人类尚未开启太空之门，而今100多年过去了，人类早已具备了驰骋太空的能力，目前正受困于远行之难，也该是换换思路的时候了。这样的新理论一旦问世，必将对整个科学领域、对人类思维方式产生颠覆性的影响。

Jolene见有人支持，就更来劲了，说走投无路之时，便是新理论诞生之际，当年物理学上空的“两朵乌云”产生了相对论和量子力学，如今的太空探索也快要走到这一步了。她说爱因斯坦当年是坐在地球上苦思冥想，琢磨出了狭义相对论、广义相对论，如今这么多科学家都有了飞临太空的切身体验，还能琢磨不出个“泛义相对论”来吗？

Jolene刚一说完，就有同学起哄说“巾帼不让须眉”，Jolene将来若亲自上天去琢磨“泛义相对论”，准会出个女爱因斯坦，说不定还能穿越到外星球当个女王呢。众人都笑了起来。

“你是不是觉得我说的没道理？”忆牛顿见陈万通又是老半天不吱声，便开口问道。

“有道理，太有道理啦！”陈万通竖起拇指，狠狠夸赞忆牛顿。

还真是让当年一帮意气风发的同学言中了，Jolene果真几年后来了太空。陈万通心想，她虽然不是来琢磨什么“泛义相对论”的，但这个话题等她到了以后可以捡起来重聊。太空生活烦闷时，跟Jolene一起忆往昔峥嵘岁月，倒不失为一件开心之事。

第
⓳
章

深空生物猝死之谜

不管怎么说，Jolene飞天对汪芸的触动不小。她脑子似乎还没完全转过弯来，一直觉得这件事像是玩笑戏言，说说而已未必能成真。没料到Jolene很快就奔太空而去了，这让她心中涌出一种莫名的失落感。

特别不爽的是，Jolene这一走，汪芸对太空的牵挂一下子就失去了依托，她再也没有了通过Jolene与太空热线联络的便利条件。有关阿哲261号及诺苏号的动态和消息，她无法及时了解到，跟过去失联那会儿干着急的感受相比好不到哪儿去。

Jolene真是吃错药了，怎么偏偏在这个节骨眼上开溜呢？刘剑也忍不住一番感慨，一番叹息。他主笔的关于营救阿哲261号的系列报道，最近因为缺料而难以为继，读者和网民天天有愤怒的“板砖”砸来，急得他恨不能自己飞上天去探个究竟。他时不时会向汪芸打听一下消息，汪芸却总是一问三不知，她说你当初不是就想劝说Jolene去空间站吗，现在可好，她这么一走，机器人协调局那边的消息来源就断了，真是自作自受。

刘剑当场自责，大骂自己脑袋一时犯浑。但自责归自责，系列报道却不能就此搁笔。那天他又打来电话鼓动汪芸，让她把断了的线再续上，说何不找香港那个黄口才呢，可以请他帮着打探点儿消息，再怎么说他也是机器人协调局的“直系血亲”呀。

“他顶多算是‘旁系血亲’。”汪芸说黄口才恐怕也鞭长莫及，找他打听有点儿勉为其难。其实，汪芸早就想过请黄口才帮忙，但她觉得黄口才毕竟不在新加坡总部工作，且只有一面之交，让人家拐弯抹角去打探，折腾起来还不够麻烦的。

“你不妨试一试嘛，说不定人家比Jolene当初还要神通呢。”刘剑不轻易死心，还要推着她往上冲。

“有这可能吗？”汪芸略一思索，反问刘剑道，“你干吗不亲自上阵呢？你抽空跟他聊一聊足球，顺便问问太空的事，不是一举两得吗？”

“咳，别提了，”刘剑不无委屈道，“黄口才现在都懒得搭理我了。”他告诉汪芸，那次广州之行后，他主动跟黄口才联系过，后来Jolene飞天没多久他又给黄口才打过电话，那货却摆出一副拒人千里之外的架势，每次接电话都像嘴里含着烫猪油，咕噜几声就掐线了，似乎那回在广州欠了他的足球债。

“不会吧。”汪芸说那次在广州你这狗头军师当得挺好，不是当场帮他们排了忧解了难吗？

“你有所不知。”刘剑说当时是帮他们解了围，可后来球迷们一直就没消停过，很多人对Martin的身份判定不满，怨气都撒向了比赛的技术裁决者身上，Jolene后来很快就隐身了，全由黄口才一个人出面应对，搞得他压力山大，事到如今还被横眉冷对、千夫指。刘剑叹了口气，继续道：“都怪我好心帮倒忙，要是当初把皮球踢给国际足联就好了，黄口才也不至于对我耿耿于怀的，现在已经被套住解不开啦。”

“呵，要是这样的话，恶人我也有份，”汪芸说，“我也是在场出馊主意的人之一嘛。”

汪芸没想到，一场足球赛会引发没完没了的麻烦。在她看来，Martin当时的身份判定，本来就是葫芦僧断葫芦案的事，动物与机器的杂合体涉及复杂的伦理和社会问题，岂能靠一场体育比赛来敲定？她觉得黄口才大可不必较真，观念的冲突、碰撞、磨合实属正常，只不过黄口才这回处在了风口浪尖上罢了。

“你可没当恶人，”刘剑自信地说，“你们俩一开始都倾向于认定Martin为动物，算是同一个战壕的，他肯定不会怪到你头上。”他强烈建议汪芸约黄口才当面谈一谈，两人一起愤怒声讨刘剑这狗头军师也行，不管怎么说，想办法打听到许光辉和陈万通的近况才是硬道理。

汪芸想了想说：“还是等时机吧，我可不想听他那嘴含烫猪油似的咕噜声。”

刘剑呵呵道：“他那是专门对付我的，在你面前不至于使那伎俩。”

汪芸很理解刘剑的心情，他的热脸贴到了黄口才的冷屁股上，现在没招了才不得不请她再往上凑，这让她感觉黄口才不是个好打交道的人。联想到那次从广州回来后不久，适逢中秋佳节，汪芸主动给黄口才发了一条贺节的语音短信，结果收到的回复是机主拒收，她觉得连朋友的短信都不愿意接收的人十有八九是个怪人。所以跟黄口才接触还要等待时机，最好能赶个“巧遇”的场合见面谈话，话一投机再请他帮忙，那样效果要好得多。

汪芸没有刻意去创造“巧遇”的时机，虽说大家同在香港生活，但在这样繁华的大都市里想“巧遇”也并不容易。刘剑打电话催问过两次，她总是说再等等吧。然而她没想到时机很快就主动撞过来了，只是她刚开始并没意识到，差一点儿就失之交臂了。

那天，香港大学的老同学丽丽给她打来个电话，说是想请她到海洋公园去帮个忙。

“你又要给我派什么差事啊？肯定不是请我去看海豚表演的吧？”汪芸开玩笑道。她知道丽丽是个热心肠的人，很有点儿助人为乐的精神，她留校工作后起着个同学会秘书长的作用，谁要有事跟母校联络都是通过她张罗的。

“我哪敢派你的差哟，是人家找到学校门上来请你的。”丽丽说是海洋公园最近从外面引进的一些猴子身体出了毛病，想请汪芸过去看一看，会会诊。

“有没搞错啊，丽丽，”汪芸不解道，“你可别把我当成了兽医。”

“找兽医不难，找你难，”丽丽解释说，“人家是冲着你当年搞的那种黄连素香蕉来的。”

“哦，那都是老皇历了。”汪芸反应过来了。她当初搞的那种药果主要是给金丝猴用的，后来别人在她的基础上不断翻新，黄连素香蕉的适用范围也日益扩展到了其他动物身上，她一直都没再参与。于是她告诉丽丽说，自己洗手不干这事已经好多年了，这猴命关天的事最好另请高明。

“人家是追根溯源找到学校来的，不管怎么说，这黄连素香蕉是出自港大专家之手，”丽丽劝汪芸道，“这也关系到母校的声誉不是？你还是辛苦一趟吧。”

既然人家认准了她就是黄连素香蕉的“始作俑者”，汪芸觉得再推辞就说不过去了。特别是丽丽还说到母校的声誉，她当然更要顾及。虽然自己不是兽医，但旁敲侧击的义务该尽还是要尽的。

汪芸到了现场才了解事情的缘由，情况比她想象的要复杂。难怪人家要四处求助，此种情况单靠兽医头痛医头脚痛医脚是解决不了问题的。

海洋公园方面的一个小老板向她介绍说，他们不久前从韩国订制了一批表演新宠，全都是机器脑袋猴子身躯这样的杂合动物，当初验货时它们确实像经销商说的那样，个个生龙活虎身怀绝技，但最近却出现了问题。也不知道是技术制造方面还是环境适应方面的原因，这些表演新宠来到香港后不几天，先是个别的跑肚拉稀，然后接二连三全都出现了腹泻症状。兽医给它们打针吃药悉心伺候，它们不仅不领情还大发脾气，把兽医都打伤了。这两天给它们喂食黄连素香蕉，它们倒是吃得有滋有味，但病情却没有明显好转，这才不得不请黄连素香蕉的研制高手过来看看。

“真是急死人了，这可如何是好啊。”那小老板说最大的麻烦在于，这些家伙表演起来都是一副无精打采的样子，观众越来越不买账，新闻媒体也多有微词，甚至有报道说海洋公园有欺诈消费者的嫌疑。

汪芸跟着小老板一起见到了那些表演新宠，一眼看上去，她觉得那些猴机杂合体设计得蛮有创意。跟那个猴子脑袋机器身躯的Martin刚好相反，它们的脑袋是机器，因而打造成了各种可爱的形象，既有传统的卡通米老鼠、加菲猫、喜洋洋等动物，也有张飞、李逵、唐僧、贾宝玉等名著人物，而它们的躯干却是真实的猴身，集灵活的猴身和机器于一体，表演起来当然会身手敏捷，活灵活现。

可是现在一看，它们一个个都是病恹恹的样子，身体出了故障表演受影响是自然的。汪芸认为这些猴机杂合体生病，绝不像金丝猴腹泻用黄连素香蕉治疗那样简单，而是涉及它们整体生命系统的调理，软基质和硬基质混杂在一起哪儿有这么容易处理。她建议先把演出活动停下来，让那些猴机杂合体休养生息一段时间再说，因为任何生命体都具有自我调节的能力，也许机器脑袋与猴子身躯来到一个新环境中需要更充分的磨合时间。人和动物还会水土不服呢，何况杂合体乎？

那小老板一听要暂停表演，立刻显得比猴机杂合体的病态还要严重。他心想这真是站着说话不腰疼，已经预售出了那么多门票能停演吗？宣传广告铺天盖地刚轰炸开来能停演吗？花费那么高订制的表演新宠还没挣来几个茶水钱能停演吗？要停演也可以，除非它们不仅会拉稀，还会拉金条。他心里想归想，嘴上却央求汪芸说："停演会影响到公众的观赏期待，能不能提供些特效的药果？"旁边还有其他人跟着起哄说是啊是啊，打针吃药行不通就只能靠特效药果了。

汪芸耐心向他们解释说，这不是单凭药物能解决的问题，猴机杂合体的生命系统是经过了改造的，药果在猴子身上灵验而在杂合体身上未必起效，她建议他们去找杂合体的设计专家寻求解决办法。那小老板说早就找过了，专家说办法肯定有但要花时间，要他们先按动物腹泻请兽医诊治。

"我估计等专家找到办法黄花菜都凉了，还请汪博士费心救急呀。"小老板皱着眉头央求汪芸道。

"我不是兽医。"汪芸诚恳地表示自己也无能为力，不管黄花菜凉不凉，她只能管黄连素香蕉本身的技术问题，治病她可不会。离开海洋公园之前，汪芸还是建议他们考虑暂停表演以逸待劳，那小老板嘴里道着谢，却未置可否。

汪芸的建议说了也白说，没有哪个商人会痛快地接受停止赚钱的建议。仅仅隔了两天时间，汪芸就看到了题为《海洋公园发生演出事故，群猴怒袭观众致多人受伤》的新闻报道。报道说久负盛名的香港海洋公园最近引进了一个新型表演秀项目，这个号称由高科技打造出来的项目让观众普遍感到上当受骗，终于不可避免地酿成了祸事。报道说就在前一天的一场演出中，观众对那些猴机杂合体懒洋洋的状态和失误连连的动作大为不满，现场从一开始就嘘声四起。后来有个别观众反应过激，边高声叫骂边向它们投掷杂物。没想到那些新宠突然被激怒了，它们冲向观众席向人们发起了疯狂攻击，在场不少人躲闪不及受了伤挂了彩，有人还伤得不轻躺进了医院。

唉，不见棺材不落泪，好言相劝被当作耳边风。汪芸看过报道一声叹息。

但这次事件并没完，汪芸注意到，在接下来的几天里媒体依然在兴风作浪追踪报道，受伤观众、海洋公园、韩国经销商相互指责，闹得不可开交。发生了这样的伤人事故，该由谁来买单当然要算清，但孰是孰非很难扯得清，最终要由裁判来敲定了。汪芸觉得这回幸好是猴机杂合体，而不是狗头猴、猪头猴之类的新物种惹事，要不然物种审理署就要出任裁判角色了。

事故所涉各方还没争吵出个结果来，丽丽就又来电话了，她想邀请汪芸回母校参加一个听证会，内容正是关于这次事故原因调查的。

“你没完没了啊？”汪芸一听又是这事，便嗔怪丽丽说，“我已经奉你的命出过一趟苦差了，你可千万别盯着我的黄连素香蕉不放，那早就不关我的事了。”

“这回跟药果没什么关系，你权当支持我这个打工妹老同学一把。”丽丽说学校是受人之托举办这次事故原因听证会，要她具体来操办，她想让汪芸作为物种审理专家到场，只是来听证不是唱主角。

“丽丽，你就饶过我吧，”汪芸一想起那些病恹恹的猴机杂合体就不舒服，她并非这方面的专家，到场也是滥竽充数，她直言道，“这压根就不是物种审理范围的事。”

丽丽仍不死心，她继续动员说：“我知道这无关你现在的主业，但这次听证会是受国际机器人协调局委托而办的，”她强调一句道，“咱总该给人家点儿面子不是吗？”

“就算是宇宙天王交办的，这回我也不去了，”汪芸不想再跟老同学磨嘴皮，她撂下一句，“过几天我推荐几只新宠物给你，哈。”就挂了电话。

虽然一口回绝了丽丽，汪芸却记住了听证会的时间。这天上午她一收到刘剑的又一次催问信息，忽然就想到了下午要在香港大学举办的听证会。

啊？怎么一直没开窍呢？这很可能是“巧遇”黄口才的好机会呀。用脚指头都该想到，机器人协调局就地组织听证会，那还不得由香港地头的代表出面吗？汪芸一下子悟到了这点，她仿佛看到了黄口才出席听证会的身影，于是毫不犹豫就拨通了丽丽的电话。

“哟，这么快就有新宠物推荐给我？”丽丽还记得汪芸前几天的话。

“不是，我刚才想了一下。”汪芸说她觉得还是应该去参加母校举办的听证会。

“你没发烧吧，怎么跟那些猴机杂合体一样反复无常啊。”丽丽说她已找到一个专家替代汪芸的角色，人家好不容易答应了。

汪芸说那个专家该干啥还干啥，她只是想去旁听一下，学习学习开开眼界，有个板凳坐就行。

“得了吧，谁敢让你这联合国的专家坐冷板凳呀，”丽丽想了一下，接着就痛快地说，“我在专家席给你加一个位置，你过来就是了。”

汪芸下午抵达时，会议已进行过半。不是想摆什么谱，她这样临时起意，工作实在调整不开。好在这次听证会她只是个无足轻重的观察员角色，丽丽也答应把她的人名牌摆在边角位置。

汪芸走进会场，一眼就看到了正在主持会议的黄口才。黄口才看见她进来，脸上掠过一丝诧异的表情，立刻微笑着向她点点头，轻轻抬手示意她就座。汪芸坐下听了一会儿各方的发言，说来说去无非都是在讲事故责任的承担问题。但汪芸很快注意到，发言者虽然立场不同各执一词，却都在寻求一个共同焦点的答案，各方面都想弄明白那些肇事的猴机杂合体到底应归为何物。道理很简单，若是猴子伤了人，它们本身无所谓对错，责任必定要由公园来承担。而机器人伤了人则不同，公园最终不一定要负责，至少不必负全责，因为那可能是机器人存在着技术瑕疵，制造商和经销商是免不了责的。她觉得这跟判定Martin的身份异曲同工，与会各方似乎也都在等着黄口才的裁判。

黄口才或许是吸取了上回的教训，他讲起话来谨小慎微。但他不经意间还是流露出，他倾向于猴机杂合体属于动物而不是机器。他决不会再像上次那样一口咬定Martin是机器人，最终引火烧身。不管怎么样，往动物身上推得更近一点，至少可以给机器人协调局减轻压力。他没有意识到，自己有点儿矫枉过正了。

他带有倾向性的一些话，被人当小辫子揪住了。有人当场发难了，说美国足球队的Martin与海洋公园的表演新宠同样都是猴机杂合体，上次认定了是机器人，这次却推说是动物，这不是自相矛盾，翻手为云覆手为雨吗？两次事件相隔没多久，Martin获奖后得意的嘶叫声还音犹在耳，这么快就从机器人变成动物了，实在是让人费解。更离谱的是，裁判官来自同一个机构还是同一个人，印度队输得可真是太冤了。

这番话一说出来，立刻引来了一片共鸣，会场顿时炸开了锅。不少人嚷嚷着，美国队凡是有Martin出场的比赛，都应该重新判定结果。

汪芸一听坏了，球迷不分阶层无处不在，这是要跟黄口才翻旧账呢，他不小心钻进了套子里去了。她目光转向黄口才，黄口才也正朝她这边张望。四目相触时，汪芸看出了他那求助的眼神。她此刻也不知如何是好，只能微微颔首以示自己站在他一边。

黄口才像是一下子找到了救星，还没等汪芸回过神，他就高声宣布：

“大家先安静，请著名物种审理师汪芸博士发表意见。”

突然成了挡箭牌被推到前面，汪芸只好硬着头皮上阵。她来不及多考虑，也不想在这种场合高谈阔论，只是轻声表达意见说，那些表演新宠确实具有明显的动物特征，除了脑袋是机器之外，高等动物的消化系统、生殖系统、呼吸系统等主要的生命系统，在它们身上都存在着，因而把它们看作动物是说得过去的，这跟装了假肢的猴子仍算猴子是一个道理。

会场上有不少人点头认同，物种审理署专家的意见当然是有分量的。

黄口才则皱起了眉头，汪芸这话顺着球迷抓到的把柄说，会跟球迷们产生共鸣的，这是要把他往火坑里推呀。

“换个角度来看，说他们是机器也未尝不可，”汪芸话锋一转道，“毕竟它们是人工组装起来的而不是繁殖出来的。”汪芸说，如今动物与机器的杂合体越来越多，界限并不清晰，大家可以就这个问题畅所欲言深入讨论。

黄口才听到这里总算松了口气，界限不清当然就没个定论，公说公有理婆说婆有理，汪芸这是在抹糨糊呢。

“至于大家提到的Martin，则另当别论。”汪芸这时语气不含糊，她说虽然它们表面看起来都是猴机杂合体，但杂合的方式和性质完全不同，Martin并不具备猴子应有的大部分生命系统，其身躯主体仍是机器，那颗猴头实际上只是整个机器的一个零部件，这是无可争议的事实。

黄口才听得感佩交并，二者确实不能混为一谈呀。海洋公园那些玩意儿，算作动物有其道理，说是机器也有理由，总之可以探讨，但Martin的事已很清楚无须再争论。这下子黄口才便有了自我解套的退路了，那些表演新宠算动物还是机器人不必死磕，自己刚才的倾向只是一家之言，孰是孰非无关紧要，猴子伤人该由谁来买单也无所谓，关键是别触碰Martin事件那根敏感的神经。汪芸的发言如同救生索，在他眼看就要陷进泥潭的时候拽住了他，就像给他打了一针醒脑剂。

接下来的会议中，黄口才心中有了定海神针，他以不变应万变，引导与会各方的发言，凡企图节外生枝的论调都被他巧妙化解，总算是绕过了一个个暗礁险滩，有惊无险地挨到了听证会散场。

“多亏汪博士出手相救，不然我今天要栽了。”黄口才说这话是发自内心的。

会议一散，他就把汪芸请到了附近一间咖啡厅。汪芸说言重了，就算她不开口，他自己也能化险为夷的。黄口才说他这些天正有事要找她，没想到她今天倒先来帮他，真是幸会，汪芸说她也正好想见他一面，碰巧了。

两人正在客套着，黄口才的电话呼叫音响了起来。他立刻没了笑容，显出很烦躁的样子。他从随身包内取出手持设备，举到自己耳边五公分开外的位置，咕噜咕噜说了两句就挂了。汪芸见他说话时龇牙咧嘴一副痛苦状，说的什么话她也没听清，好像是要对方改用邮件再联系，听起来就是刘剑形容的那样，像是嘴里含着烫猪油。

“很抱歉让你见笑了，我最怕用手持设备打电话了。”黄口才见汪芸一脸不解的表情，忙不迭地解释。他告诉她说，过去他常泡在研究辐射的实验室里，后来落下了一种怪毛病，只要脑袋旁边出现稍强的电磁信号，他马上就会感到头痛欲裂，甚至说话连舌头都不听使唤。

“哈哈。”汪芸恍然大悟，差点儿没放声大笑。刘剑这家伙太不厚道啦，只打过两次电话什么也没搞清，就愣说人家嘴里含着烫猪油乱咕噜，真是够损的。

“你笑什么？”黄口才见汪芸捂着嘴笑个不停，纳闷道，“我说的可是真的哟。”

汪芸敛起笑容，说她听着感到有点蹊跷。她知道，这些年来有关电磁辐射污染的话题时有提起，但那无非都是些头晕眼花、耳鸣失眠、胸闷气短之类的短暂症状，像黄口才这么严重的情况还没听说过。

“还有比我更惨的呢，说起来话长了。”黄口才一副痛说革命家史的样子，谈起了自己的遭遇。

他当年在香港科技大学读研究生的时候，对太空辐射研究产生了浓厚兴趣，他觉得这个领域还有许多神秘莫测之处有待揭开，尤其是人类正日益向宇宙深处进军，太空辐射对人体生命系统的影响是个亟待研究的大问题。无独有偶，黄口才一个师兄跟他志趣相投，常和他谈论宇宙射线在不同太空环境中对有机物的影响问题，后来他们的一个师弟也慢慢被这方面的话题吸引了。三个朝气蓬勃的学术新秀有缘相聚，决定联手行动大干一场，在太空辐射这个以往闷不出声的研究领域里搅出点响声来。他们打算攻克“太空辐射可视化技术”的关键技术问题，攻克这个难题的意义显而易见，就是要让看不见摸不着的各种宇宙射线露出真容，一旦它们能在不同的环境中现形，人们就可以趋利避害，对其的控制和利用也会迈上一个新台阶。

目标确定下来，师兄弟三人一有空就扎进实验室倒腾。他们只想着尽可能模拟出逼真的太空环境，连地球磁场都几乎屏蔽掉了。在这样一个太空环境仿真实验室里，虽然他们都身着防护服，但谁也没考虑到，做实验用到的各式各样的辐射源如同无形的魔爪，还是在不断伸向他们，渐渐侵蚀着他们的健康。刚干了几个月时间，师兄就先顶不住了，他患上了严重的神经衰弱，到后来整天有气无力萎靡不振，不得不住进医院治疗。黄口才和师弟并没多想，师兄退出了，他们一如既往接着干。

可是，又过了些日子，师弟也出了问题。天性活泼的师弟不知从何时开始变得少言寡语了，他经常会神情呆滞好半天，做起事情也总是丢三落四的，跟以前相比简直判若两人。黄口才起初没太在意，以为他疲劳过度，只是劝他要多注意休息。有一天，黄口才请他们的导师来实验室指点一个技术问题，导师走到面前了，师弟却坐在那里呆若木鸡毫无反应。黄口才连忙拉起师弟向老师问好。师弟讷讷地竟然连自己的恩师都不认得了，指着导师的鼻子问他是谁？黄口才和导师这才感到情况不妙，立即安排师弟去体检，这一检查可不得了，师弟这是早期痴呆的症状呀！他这生龙活虎的小伙子怎么未老先衰惹上了这麻烦呢？再仔细一查更吓人，师弟居然还得了白血病，已经命悬一线了。可怜那师弟尚未出师身先殒，只好无奈地放弃了学业，接受基因治疗去了。

黄口才叹息命运对师兄师弟的不公，却浑然不知祸从何来。他坚持孤军奋战，直到"太空辐射可视化技术"终于弄出了点儿眉目才停下来。不久，他自己的身体不适也愈益严重，不是这里疼就是那里痒，好像全身器官运行起来都不给力。这时候他才意识到，师兄师弟和他自己在模拟太空辐射的环境中连续拼搏，很可能都是中了那些无形射线的招。后来，经过一段时间的医治和调理，他的身体日渐康复，但还是落下了这么个病根。黄口才说到这里，用手比画了个打电话的动作。

"代价太大了，一门三兄弟无一幸免啊。"汪芸感慨道。

"谁说不是呢，损兵折将而且后继无人了。"黄口才说他原打算一鼓作气，攻博期间在太空辐射致伤的分子机理方面做些深入研究，但有了这个病根就心有余而力不足了，只好改攻计算机专业的博士。他说是太空射线改变了他的命运，这种无形的杀伤力相当可怕。

"太空的真实情况没那么严重吧？"汪芸发出疑问，她说这么多年来有数不清的宇航员走出航天器到舱外去活动，从没听说哪个有这么严重的后遗症。

“那些宇航员出舱活动时间都很短暂。”黄口才说不像他们师兄弟三个，在那种仿真的环境中一泡就是几个月，虽然他们每天都有间歇，但接触辐射的总时间比宇航员要长太多。

“嗯……但也有人在太空舱外长时间逗留过，好像也没那么可怕哟。”汪芸说一些大型空间站工程都需要人在舱外施工建设，比如中国不久前兴建的“天宫十号”太空实验城，就是很多工程技术人员奋战了好几个月才组装起来的，即便施工者们都身着加强版的太空服也不可能完全抵挡住辐射，但他们的身体状况总的说来并没有受到太大的影响。

“千万不能一叶障目，近地太空跟远地太空的情况有所不同。”黄口才说“天宫十号”太空实验城属于近地设施，就建在地球跟前不远，施工者们长时间的舱外活动其实都是在近地空间进行的，就连诺苏号空间站那样的远地设施当初也是先在地球附近建好了以后才移动到远方去的。他说远离了地球的太空，环境就大不一样了，情况要复杂得多，太空辐射的危害也大得多。

汪芸轻轻点头，她稍一琢磨便理解了黄口才的意思。

她记得以前看过资料说，宇宙射线对生物体及其生存环境的危害是相当大的，地球历史上有几次大规模的生物灭绝据说都跟宇宙射线有关，比如奥陶纪发生的生物大灭绝就是由于当时一次超新星爆发产生的伽马射线暴所致。有科学家推算过，在距地球一万光年范围内只要有伽马射线暴产生，就足以对地球生物构成致命性威胁，幸好这种小概率事件几千万年甚至几亿年都未必发生一次。

汪芸觉得地球家园实在太珍贵了，让生活在地球上的物种们如同生活在遮风挡雨的屋内，虽然对伽马射线暴那样能洞穿屋顶的灾害难以阻挡，但对大多数暴风骤雨般的宇宙射线还是能有效抵挡的，大气层和地球磁场就像两道天然大屏障一样把来自太空的辐射危害化解到了最小，才有了地球生物的安全。按照黄口才的意思去想，近地太空没了大气层的保护虽说不算是屋内了，却还或多或少沾得到地球磁场保护的光，起码还算是在“屋檐”下，即使宇宙射线的风雨能让人们点点滴滴湿身，但也不至于被淋得浑身透湿。要是到了远地太空可就完全不同了，连遮雨的瓦片都没一块，那只能是落汤鸡的下场。

黄口才刚才说了那么多总算没白费口舌，让汪芸明白了宇宙射线在远地太空的巨大危害，现在该进入正题了。他接着问汪芸道：“还记得上次咱们几个在广州讨论足球时，你跟我提到诺苏号上动植物悉数死亡一事吗？”

“什么？”汪芸有点吃惊道，“难道说那也是太空辐射造的孽？”

“事实可能就是如此。”黄口才胸有成竹，说他这些天想找她就是要谈这件事。他告诉汪芸，前段时间他花了些精力了解这事，甚至通过总部跟忆牛顿进行了直接沟通，基本可以判断出，当时就是由于诺苏号空间站遭到撞击导致一大块防护层脱落，致使动植物突然裸露在太空环境下而发生了惨剧。

“那也不至于来势如此凶猛吧，能在那么短时间内灭掉所有的生物？”汪芸面露疑色。

“我就猜到你会刨根问底，还好我做了些功课。”黄口才显然是有备而来，他说很可能是祸起冥王星，一场百年不遇的内核剧变引发周围磁场出现了罕见的紊乱，起了助纣为虐的作用。

“怎么讲？”汪芸不解。

黄口才解释说，地球磁场对大多数宇宙射线起着化解戾气抵御侵袭的作用，体现的是保护生物的正能量。然而并非所有星球的磁场环境都像地球这样仁厚，尤其深空的一些星球构造奇特，其磁场对宇宙射线有可能起着火上浇油的作用，体现的是为虎作伥的负能量。他说实际上人们对深空一些星球磁场特点的认识和研究还远远不够，诺苏号就是刚巧碰上了对生物保护起着负能量作用的磁场环境，悉数覆灭并不奇怪。

“我有一点还是不太明白，”汪芸接着问道，“太空辐射致死一般都是温水煮青蛙式的，诺苏号这次就算是遇到了助纣为虐的因素，但那种手起刀落般的杀戮方式从机理上怎么说得通？”

“这个问题我可以试着回答一下。”黄口才说关于太空辐射尤其是远地太空辐射的危害研究还任重道远，当年他们师兄弟三人中招原因至今仍不明不白，特殊磁场环境中的辐射致伤机理就更难说了。在他看来，宇宙射线对生物的损害不仅仅在基因水平上，很可能是在原子水平甚至亚原子水平上。他认为空间站这次遇到的辐射致害表现为非特异性，可能是通杀了氨基酸、蛋白质、核酸等生物活性物质，而迅速导致机体各部位同步失活而亡。

黄口才话说到这里便打住了。诺苏号空间站生物猝死事件的谜底已基本揭开，他推了推眼镜，望着汪芸撇嘴一笑。那意思是，怎么样，这回答还满意吧。他要留给她发出赞叹前的准备时间。

简直不可思议。要不是一开始闲聊先有了一番铺垫，汪芸很难相信所谓的远地太空辐射会有这么严重的危害。何况，就算远地太空的情况复杂，那也不至于像快手屠夫那样，一招封喉，立马夺命。要知道，诺苏号上的生物可是全军覆没于瞬间啊。幸好陈万通他们那些宇航员当时不在诺苏号上，要不然也全都壮烈了，想来真是可怕。

“哎，对了，诺苏号最近情况如何？”汪芸如梦方醒，转口问道。她把太空话题一下子就从过去时转为现在时，这才是她最关心的事。

黄口才一怔，心里直犯嘀咕，女人的思维都是跳跃式的，知识女性也不例外。他刚才发表了一番关于近地远地太空辐射的高论，还在等着汪芸的回应，本以为她会给他一顶高帽子戴戴的，却没想到连只言片语的评价也没听到，就突然扯到诺苏号近况上去了，真拿靓女没办法哟。

“Jolene有消息吗？”汪芸又急急加问了一句。其实她更想知道许光辉和陈万通的消息。

“Jolene前些天刚抵达诺苏号，”黄口才回答说，“但她没多停留又走了。”

“啊？”汪芸大惑，“她这么快就打道回府啦？”

“不是返回地球，她飞去了核桃星。”黄口才把他前几天刚听来的情况告诉汪芸。

他讲述说，Jolene一到诺苏号跟陈万通会合后，就立即投入了工作。一接手她就觉得，空间站与阿哲261号相隔太远，依然遥不可及，对本该三下五除二就可以解决的问题却感到有劲使不出来，效率太低了。恰好许光辉也向诺苏号发了新的求援信息，说是发现了机器人作恶的重要新情况，希望家里派人去现场处置。这正合Jolene之意，干脆一不做二不休，直奔阿哲261号去快刀斩乱麻，省得蹲在诺苏号上磨磨叽叽没完没了。于是，风风火火的Jolene马不停蹄，又踏上了前往核桃星的新征程。

“其他消息呢？”汪芸还想再问出点儿什么。

“别的情况真没了，我身上就这点油已被你榨干了。”黄口才笑着大摇其头，说Jolene这趟飞天就有那么点儿遗憾，她要是带一台“太空辐射可视化仪器”上天就好了，可以收集不少远地环境的研究素材。

“你还在想着远地太空辐射呀，”汪芸呵呵道，“好吧，要是我有机会飞天一定帮你带。”

“嘀嘀，嘀嘀。”汪芸的手机这时候响了起来。

谈了半天正事，她跟黄口才刚开了句轻松点儿的玩笑，手机就不识时务地收到了新信息。巧的是，她的手机刚响起，黄口才的手持设备也凑热闹一样轻声作响。两人于是相视一笑，各自低头查看信息。

汪芸打开信息一看，又是来自阴暗角落里的一句鬼话：5D打印一天不停止，太空一天无宁日！

她在心里咕哝了一句“烦人”。还没等她开口出声，黄口才却先开口了。

“这些家伙就是疯狗，”黄口才指着自己手持设备上的信息骂道，“他们一闻到太空的风吹草动就会跳出来狂吠乱叫。”

嚯，还不止她汪芸一个人发现了极端组织的闹腾伎俩，人家黄口才也一样听多了狗叫便悟出了叫的规律。

“我收到的也是这种信息。”汪芸说她早就司空见惯了，只是最近打听不到太空的新动向有点儿牵肠挂肚。

“我想办法了解情况，”黄口才痛快地说，“一有新消息会尽快告诉你。”

“那太感谢黄工啦。”汪芸觉得今天收获不小，弄清了诺苏号上生物覆灭的真相，还疏通了一条了解太空动向的渠道，猴机杂合体的事看来没白掺和呢。

“这么客气我就无地自容了，”黄口才说，“今天你仗义出手救我于水火，该说感谢的是我。”

第

20

章

辨音成像发现元凶

愁眉苦脸已有好一段日子的刘剑高兴了。他从汪芸那里听说先前是自己误会了黄口才，心情立马好转，很快就摸到了香港前往拜见黄大工程师，但人家刚好不在。没过几天他又摸去，还是扑了个空。但无论如何他都吸取了以前的教训，就算跑断腿也不能乱来，再不敢打电话听人家那种嘴含烫猪油的咕噜声了，只好多动腿脚多跑几趟。当记者的练就了一双铁腿钢脚，今天他又一次从澳门摸来香港，总算如愿以偿见到了黄口才，双方在亲切友好的气氛中聊得很欢。

从黄口才那里一离开，他又马不停蹄地来见汪芸。这也是黄口才的请求，他希望刘剑把他刚打听到的一些新情况转告给汪芸，省得他打一次电话头痛半天。

“侠女勇救落难公子，天上地上好戏连台啊。”刘剑一见到汪芸就竖起大拇指，赞不绝口。他兴高采烈的样子，仿佛刚弄到了月球住着外星人之类的奇特新闻，高兴得快昏头了。

“什么乱七八糟的呀？”汪芸说，“你别一得意就胡思乱想瞎发挥。”刘剑说不是他瞎编，现实中的剧情就是这么展开的嘛，在地面上，女神汪芸路见不平帮火坑里的黄口才摆脱困境，这还能有假吗？汪芸说不是那么回事，她当时在场只是敲了几下边鼓，顶多起个助威的作用，是黄口才确有舌战群儒的本领，别再看走眼，以为人家只会嘴含烫猪油乱咕噜。

“还有天上那一出呢，侠女Jolene太空拔刀相助，把险境中的许光辉救出生天，这同样假不了呀。”刘剑说到兴奋处，有点儿忘乎所以了。

“你那是预剧点播，Jolene人一直在路途上奔波，哪儿能扯得上什么救人于险境的事？”汪芸说话的语气有点儿不爽，她觉得包括刘剑在内的很多人全都误解了许光辉目前的处境，这也是她这段日子的一个心结。

“Jolene真的是柔肠侠骨”，刘剑还想要继续演义侠女太空出手救人的下文。汪芸截住了他的话头，嘟囔道：“要说Jolene是侠女也没错，那还不都是为你刘剑两肋插刀。”

“哟呵，此话怎讲？”刘剑说，“你脑袋没遇到远地太空辐射吧，这剧情侃得比预剧还邪乎呢。”

“本来就是嘛，你可别忘了阿哲261号的使命。”汪芸认真起来，她说，“许光辉当年就是被你那篇星际殖民的奇文一忽悠，才萌动了飞天的念头，后来又有了陈万通和Jolene的前赴后继。追根溯源，Jolene这样侠肝义胆就是为了人类在宇宙中的长生不灭，这不正是你梦寐以求的想法吗？”

刘剑笑眯眯地倾听，等着汪芸拿他继续开涮。不料，汪芸话锋一转道：“我想告诉大记者的是，目前情况已有变化，Jolene和许光辉都是在拯救阿哲261号，好像跟大侠救人不沾边。”

“我听明白了。”刘剑说“ I 服了 you”，如今想认定侠女比认定Martin的身份还难。

也不知刘剑是真明白还是假明白，汪芸憋了很久的话是要一吐为快。她今天想借题发挥提醒刘剑注意，许光辉眼下根本就不存在个人脱险的问题，或者更准确地说，许光辉自己要想脱险很容易，用不着什么侠女侠男去解救。

阿哲261号飞舰滞留太空这么久不返航，说是排查故障却一直没完没了，起初汪芸是感到难以理解的。她一直在想，既然飞舰的故障一时半会儿查不清楚，那就应该另派人去慢慢处理，何必要让许光辉陪在那里耗着？等到Jolene也前往增援，汪芸觉得事有蹊跷，与其费这么多周折，何不另派一艘飞舰先把许光辉接回地面呢？汪芸想来想去，答案似乎只有一个，那就是，许光辉自己要求坚持到底。

以她对许光辉的了解，这货完全有可能硬扛下去。要说理想丰满，他可算得上是愣头青一类，喜欢奋斗，愿意折腾，而且甘之如饴，不大理会现实骨感不骨感。他一旦认准了飞天的使命，这趟征程就决不会因为绊了一跤而轻易放弃，他一定想着要爬起来踢开绊脚石，继续前行。当初他一个人孤守待援，生死未卜都挺过来了，现在跟家里接上了头就更不会退缩了。

“我现在敢肯定，许光辉在太空坚守完全是自告奋勇自觉自愿的，”汪芸这会儿非常自信，她索性把话彻底挑明，“他绝不是等着人去营救的所谓落难公子。”

“你说的没错，而这只是其一。”刘剑把从黄口才那里听来的情况向汪芸大致转述。

他告诉汪芸，刚开始的时候，家里的确出于返航安全考虑，希望许光辉排查出故障再返回。后来看排除故障不是一朝一夕的事，家里很快就提出了人机分离的方案，想让他脱离阿哲261号先回来。许光辉回复家里说，千万不可中途撤将，他说已发现了新情况正在紧张处置中，决不能前功尽弃。他还特意神神秘秘地告知家里，说他正处理的事可能会涉及地面上的极端组织的犯罪活动。这样一来，家里权衡再三还是依了他，只得叮嘱陈万通全力以赴继续配合。陈万通领了命却一直不明就里，心想这阿哲261号折腾来折腾去咋就没个完呢，所以Jolene一到空间站，他也很痛快地支持她直捣黄龙，去看看许光辉究竟在搞什么名堂。

“但我说的另一方面也没错，”刘剑话锋一转说，“许光辉目前还脱不了身，他最近强烈要求家里派人去现场帮他一把，那肯定是遇到了无法解决的难题又不愿功亏一篑才不得不求助的，所以Jolene赶过去怎么着也属于侠女勇救系列的呀。”刘剑嘿嘿道，“我这是实情基础上的小小发挥，你明白了吧？”

“我明白什么？认同你那侠女救公子的报道？”汪芸说，好啊，她这就告诉黄口才，以后要多多提供新闻素材让人家记者大力发挥，要是把嘴含烫猪油乱咕噜这样的实情发挥一下报道出去才更轰动呢。

“别别，咱换个标题，不说侠女勇救总行了吧。”刘剑说想得个普利策奖可真不容易，这一条新闻又没指望了，不过他手里还另有料。接着，他忽然压低声音道：“我今天还有更重要的太空消息要告诉你，特大新闻啊。”

“哎呀，你怎么头重脚轻的，大事不早说？”

“压轴戏才精彩，”刘剑一脸神秘道，“许光辉最近干成了一件超大的事，他成功地找到了狂人博士Richard，已经锁定了其人。”

“什么？许光辉在太空锁定了Richard？”汪芸白了刘剑一眼，以为他又要瞎忽悠什么，“这怎么可能呢？”

“千真万确的事，”刘剑提醒汪芸说，“许光辉手头有一段Richard的演讲录音，听说是你提供的吧？”

“没错呀，是我那次跟他热线联络的时候发给他的。”

汪芸面露惊讶之色。她记得很清楚，许光辉跟她交换信息时问到了一些问题，他在太空滞留几年恍若隔世，还在打听奥塔哥事件的结局，她当时没多想就把Richard的那段演讲录音调出来，顺手发给了他。难道他就凭那段录音发现了Richard的下落？不大可能吧。

“你知道许光辉当年发明的一台仪器吧？动物声音……识……”刘剑结巴了几下才说准了仪器的全名，“动物声音辨识自动成像仪。”

汪芸怔了一下说：“当然知道了，我当时也参与了那台仪器的研制，专利证书上还有我的名字呢。”她进一步解释说那是许光辉和他师弟打猎用的，那仪器能在看不见目标的情况下凭动物发出的叫声显示出猎物的图像。

“这就对了嘛，”刘剑接着又提醒说，“虽然那仪器主要是辨识动物声音的，但也能辨识出人的声音，对吗？”

“是啊，是能辨识出人，但图像比较模糊。”

汪芸边说边点头，她似乎明白了刘剑一连串问话的用意。许光辉手头有了Richard本人的录音，若是用声音成像技术去处理，按理说确实能让藏头蒙面的Richard现出原形来。呵呵，谁说鸡毛不能飞上天，小仪器也是可以大有用场的。

对当年那台仪器的研制情况，汪芸记忆犹新，她那时为了增加仪器的功能还跟许光辉拌过嘴。

汪芸从一开始就向许光辉和他师弟提出建议，说既然要开发动物声音成像技术，那就应该多费点心思搞得精准些，而且应该把人类的声音辨识也一起搞出来。但许光辉一直就没当回事，眼看快完工了，她又向他提起这事。

许光辉说，他们只想造出个狩猎的辅助工具，没必要过度研制嘛。他对汪芸的建议不以为然，而且他历来不赞赏仪器设备的过度研制，因为很多仪器号称功能齐全，操作说明书长篇累牍，而实际常用的功能也就只有两三项，他觉得这是一种隐形浪费。所以他告诉汪芸说，仪器技术的开发要考虑适可而止，就像造出猎枪能打猎就行了，要是分门别类去一一制造打虎的枪、打狼的枪、打野兔的枪等，那就是过度了，就是干吃力不讨好的事。

汪芸不服道：“什么呀，你们就没考虑过，研制不到位会让技术的价值大打折扣，把猎物的图像搞得更清晰些有什么不好？”

许光辉辩解说：“不是不好而是没必要。把声音转换成动物图像就已达到了目的，只要能看出是虎是豹是狼是狗，这对打猎者来说就足够了，再去细细辨别是老虎A还是老虎B有何意义？”

汪芸不满道：“你这是强词夺理，懒人的借口。”她这阵子花了不少精力从基因学角度帮他们准备了各种猎物的详细信息资料，哪知道这两个家伙只是蜻蜓点水，用上一小部分就满足了，只想着尽快弄出个声音成像仪去打猎玩，这不是急功近利吗？不管了，反正这项技术是他们自己的创意，爱咋搞咋搞，她只是最后奉劝一句说，起码要把人类的声音加进去才是。

许光辉依然振振有词道：“人类的声音成像就更没必要了，听到人开口讲话了还能不知道是人吗？把简单问题复杂化，这样的设备有谁会要用啊。按说聋子最需要把声音转换成图像，但这样的仪器连聋子也不需要嘛，聋子不听声音看一眼就会知道是人还是猪，放着大活人不看偏要去看图像辨认，那就不仅是聋子而且还是‘二百五’。也就是说，这样的声音成像仪只有二聋子才用得着。”

汪芸咕哝说：“我看你就是个二聋子，什么话都听不进去。”她懒得再搭理他这贫嘴货了。

倒是许光辉的师弟后来劝他说，别把汪芸的好心当成了驴肝肺，该添加的内容就适当加一点儿，不就是多耽误几天编程的工夫嘛。再说了，吃人家的嘴软拿人家的手短，汪芸在生物技术方面帮了那么大的忙，她的意见总不能一点儿也不采纳吧。再再说了，也不能为二聋子的事影响到师兄和师嫂的……

“行了行了，别再说了，咱赶紧加上就是了。”许光辉叹口气说，又要挑灯夜战一两个月喽。

师弟说：“咱别弄那么复杂，点到为止就可以了，人类的声音能显示出头部图像足矣，千万别真的当二聋子。”

二聋子的仪器还是有用场的，许光辉和他师弟很快就体会到了这一点。

动物声音辨识自动成像仪的研制一收工，许光辉和师弟就按捺不住喜悦的心情要去一试身手。他俩背上猎具，乘坐磁悬浮高铁去了广东中西部的鼎湖山。

要是在以前，许光辉偶尔被师弟拉去打猎的时候，汪芸总是千叮咛万嘱咐，千万别误伤了野生保护动物，那可是犯法的事。要知道，最近几十年广东就发生过多起这样的事，因辨认不清楚而将珍稀动物误伤误捕，一不小心就触犯了法条而入狱，说起来也是很冤的。这回可以放心了，汪芸用自己的专业所长，特意把各类野生保护动物做了标识，仪器一旦检测到就会自动报警提示。所以汪芸觉得，这种动物声音辨识自动成像仪的意义还不小，既能保护野生动物，也能保护捕猎者。

鼎湖山历史上曾是游人如织的风景名胜，20多年前全面实行封山保护之后，游客锐减，而兽类则越来越多。这里山岭陡峭，沟谷交错，既有密集的植被丛林，也有纵横的溪流和散布的水潭，多姿多样的生境为野兽们提供了适宜且隐秘的栖息场所，就连早年放养的几只华南虎也在这里繁衍到了数十只。最近，封闭已久的鼎湖山迎来了新一轮的“适度开放”。多年来已经为野兽们营造了一个舒适的生活天堂，现在也该让狩猎爱好者们打打牙祭了，不然人类最原始的生存技能都快要失传了。不管怎么说，辟出一片狩猎区无碍整个鼎湖山的生境大局。

许光辉的师弟对这种事的嗅觉比猎狗还灵，他早就把这消息告诉了许光辉，两人一直都摩拳擦掌等着声音成像仪一弄成就冲向鼎湖山，现在终于美梦成真了。虽然添加二聋子的内容耽搁了一段时间，但这又不是抢头啖汤喝，早来晚来不都一样嘛。

“咱们还是来迟了点儿，起个大早赶个晚集呀。”师弟讲这话是到了鼎湖山以后才有感而发的。

他和许光辉在狩猎区转悠蹲伏了半天，只收获了一只野山鸡，估计猎手们憋了许久，前阵子在此横扫一气，已经把猎物们惊跑了。不过，他们师兄弟俩倒是见到了不少珍稀动物，什么五爪蜥蜴啦、红腹锦鸡啦、滇金丝猴啦，甚至还有巨大的陆龟，这些都是近年来封山保护的“杰作”，碰不得也打不得。师弟见此情景说：“再到远处去转转吧，今天怎么也要打到只野山猪呀，要不就白来了。”

许光辉提醒说：“再往前走可就出狩猎区了，越位是要吃黄牌的。”他们这会儿已翻上一座小山头，四周视野是清楚的。

“别教条主义，又不是国境线，干吗那么严格？”师弟指着远处一片茂密的丛林说，“那里面可能是藏龙卧虎的好地方，应该有戏。”

两个人深一脚浅一脚摸进了灌木林。师弟走着走着就有了发现，他指着脚下说：“看呐，大动物踩踏过的痕迹，这里还真藏有野山猪！”他的狩猎经验还是有的，一眼就看出了门道，说就在此处伏击最好了。他拿出一个接收声音的小无线麦克风塞进草丛里，然后和许光辉一起扒拉着稀疏的灌木离开，在旁边二三十米开外的一处洼地伏下。许光辉调试好声音成像仪挂在自己胸前脖子上，又和师弟一道端起猎枪守望着，只等猎物出现。

“嘘……”师弟突然把手指放在嘴边，示意许光辉他听见了什么动静。许光辉似乎也隐隐约约听到了远处的哼哼声，他低头望向声音成像仪，却并没有什么动物图像。两个人竖起耳朵仔细听了一会儿，微弱的声音不是来自藏了麦克风的预伏点周围，而是从他们身后相反的方向传来的。师弟贴近许光辉耳语道："咱们该开工啦。"

师弟轻声部署后，循着猎物的方向悄悄接近过去，在有把握射杀的距离内就开枪。许光辉则迂回包抄过去，到旁边那个地势较高的小土丘上接应，万一师弟失手没打中，猎物就会跑开，许光辉还有机会补枪射杀。

许光辉玩打猎还处在学徒级的水平，他全听从自诩高手的师弟摆布，在丛林里躬着腰小心翼翼地摸到了小土丘上。从这里听到的哼哼声好像要稍大一些，但还是若有若无，循声望去，视线全被由近及远的一株株灌木遮挡着，连个猎物的影子也没有。但他看到，声音前方有一处灌木上端的枝叶似乎时不时颤动几下，那应该就是猎物的所在方位。许光辉想象着，等会儿猎物跑出来的时候应该怎样快速瞄准快速射击，他估计师弟不一定能一枪命中野猪的要害，这么密密麻麻的丛林中很难看得清哪是猪头哪是猪尾。

咦，谁说猎物就一定是野山猪了？许光辉猛然感到不对头，没有仪器显示图像，也没有报警，万一一枪干掉了华南虎或是羚牛这样的珍稀动物，那麻烦可就大了，这一片本来就不是狩猎区。许光辉意识到了问题的严重性，他来不及多想便迅速摸出一个小麦克风，照着猎物的方向就抛了过去。

很灵光，图像很快就在他胸前的仪器上显示出来。许光辉看了一眼立刻就惊出一身冷汗来，他看到的是一男一女两个头像，两人似乎正在相互做人工呼吸。从模模糊糊的图像看上去，男的估计有五六十岁了，女的似乎20来岁。这哪是什么野山猪哟，分明是一对"野鸳鸯"，躲到这里偷腥来了。

不好！师弟要是没看清楚一枪把人给打死了，那可要闹出桃色命案，出大事了！

心急如焚的许光辉连忙站起身来四下查看，这会儿哪还顾得上惊不惊动野猪野狗的，救人要紧。他站在小土丘上连蹦带跳地探着脑袋望向猎物方位，恨不得视力能洞穿一株株遮遮挡挡的灌木。忽然，他看见了师弟那不连贯的身影和他手里已举起来的猎枪。师弟显然已经锁定了猎物正在瞄准，他就要开枪了。

千钧一发之际，许光辉拼尽全力大喊："师弟！别开枪！千万别……"

"砰"的一声，枪响了。

完了，真的闹出人命了。许光辉顿时感到头脑发木，他无力地跌坐在了小土丘上。

"出什么事了，师兄？"师弟提着猎枪奔了过来，人影还没露完整，声音就传到了。

许光辉两眼发直，有气无力道："出人命啦，你刚才那一枪打中的是大活人呀。"

"不可能啊。"师弟近前伸手去摸许光辉的额头，心想，师兄不会是被野猪拱坏脑袋了吧。

他接着说："你刚才一声大吼，我手一哆嗦枪口就耷拉下来了，差点儿没打到我自己脚上。"

"啊，真的？"许光辉转忧为喜，立马又来了精神。

话音刚落，旁边响起一阵窸窸窣窣的声音。许光辉和师弟侧头望去，一对衣衫凌乱的男女从边上急急走过。那男的头也不抬一下，对许光辉他们视而不见，那女的怯怯地瞥了他们一眼也立即低下头匆匆离去。许光辉心想自己的判断果然没错，要不然师弟那一枪莫名其妙地吓唬良家男女，他们不找来骂个狗血淋头才怪呢。这里不是猎场，人家报警说你开枪恐吓都错不了。

“到底怎么回事啊？”师弟纳闷道。

“怎么回事要问你这打猎高手，”许光辉指着那对刚离去的身影说，“打不到野猪，你也不能往‘野鸳鸯’身上动枪呀，太悬了。”

“啊？”师弟这才恍然大悟，他抓耳挠腮道，“怪不得，我隔着灌木丛还在想，今天这野猪屁股怎么那么白呢。”

“你还有心思耍贫嘴？”许光辉心有余悸道，“我刚才都快吓傻了！”

“哎，师兄，你是怎么发现那对‘野鸳鸯’的？”师弟还是一脸不解。

许光辉把脖子上挂着的声音成像仪拿下来，往师弟手里一塞，长叹一声道：“幸亏有这个二聋子仪器啊。”

师弟深沉地点点头说：“哟，那回去可要好好感谢师嫂。”

从那以后，许光辉就中止了打猎的学徒生涯，他不想修炼成师弟那样的“高手”。后来师弟又找到他，说是要改进二聋子仪器的功能，他也没接手，那时候他的兴趣已经开始转向太空。

没想到那么些年过去了，当初的这项小发明现在到了太空还派上了用场。汪芸心想，许光辉确实聪明过人，用它来辨识Richard的真容可谓物尽其用，关键时刻用准了利器。

“这么说来，许光辉锁定Richard是完全有可能的，”汪芸彻底悟出了道道，她反问刘剑，“Richard是许光辉见过的人吧，难道他认出来了？”

“这我就不清楚了。”刘剑说黄口才那边也还没了解到具体情况，但听他的意思是，等Jolene赶到诺苏号以后许多真相就会大白了。

“简直不可思议。”汪芸挺感慨的。她说对Richard这样一个隐身作恶的极端组织头目，警方在地面上抓捕多年遍找不见，却被一个宇航员在太空中揪住了狐狸尾巴，这年头真是无奇不有无怪不出啊。

“是呀，想不到的事情随时可能会发生。”刘剑接上话顿了片刻，他偷偷乜了汪芸一眼继续道，“说不定很快还会有更让人大跌眼镜的事呢。”

“嗯？”汪芸听出他话里有话，点破道，“你预测到了什么或是想播放什么预剧，不妨照直说来听听。”

“我瞎猜的，纯属预剧乱播，哈，”刘剑吞吞吐吐道，“听黄口才的意思，你汪大博士可能也要……呵呵呵，听说太空还缺个高手，咳，反正那货咕噜了几句也没说清楚。”他见汪芸眼皮耷拉下来像是在思索，脸上的笑意似有似无，连忙转换口气说：“我觉得没必要嘛，已经去了三个……”

“呵呵，那不正好三缺一嘛，你说是打桥牌好还是打麻将好？”汪芸莞尔一笑接过刘剑话茬，她似乎一点儿也不感到吃惊，只是叮嘱他说八字还没一撇的事可别乱报道，预剧当正剧传播会扰乱视听的。

第21章

约束硬基质生命

汪芸曾经审理过一种俗称“四仙问天”的植物新品种，这些天她脑海中不时闪现出这个奇葩物种的样子，那一根青藤上挂着四个葫芦，仿佛就是生活的无声写照。

这是一种用基因技术改造出来的葫芦本草，它的藤蔓不停地向上生长，攀爬一段距离就会在藤干上长出一朵花蕾来，继续往上爬拱，在花蕾下方隔那么三五公分的位置上又会长出来一个新的花蕾。这样一直向上攀爬，下面一个接一个地总共会长出来四朵花蕾。等到四个花蕾都出齐了，它们才会在差不多时间内陆续开花结果，慢慢长成由上下四个葫芦构成的一个葫芦串。有趣的是，若是生长过程中四个花蕾没长齐或受到外力破坏少了其中的某一个，它们就不再开花和结果。这“四仙问天”也许蕴含着设计者的某种理念：要么长成完美的四葫芦串，要么就结不出任何果实，全或无。

汪芸觉得她自己就是那第四朵花蕾。她一得悉诺苏号希望她前往增援的消息，马上就想到了四葫芦串。藤蔓连天，许光辉就是第一朵花蕾，陈万通和Jolene则是第二、第三朵，看来不把她这最后一朵拽上天，是不会有结果的。果真是要“四仙问天”，她感到有点儿好笑。

不过她对自己飞天似乎也有预感，特别是知道了诺苏号上动植物惨死的详情后，她就在想，很可能他们还会向地面求援。她比谁都清楚，在太空上摆弄生物绝不是简单的事，重建生物实验区的任务搞不好真会落到自己头上来，尤其是现在陈万通在诺苏号上主事，他首先就会想到她。

当然，她觉得眼下轮到自己出场也正当其时，上回月球上巨型蚂蚁的事情一拖再拖还没去处理，正好可以顺道先拐到月球去一并解决。

要是陈万通或者Jolene发出邀请，汪芸一点儿都不会感到奇怪，但偏偏两人都不是。那天，黄口才火急火燎专程跑到物种审理署来找她，向她转达来自诺苏号的重要口信，要她务必考虑一下前往空间站救场。

“转个口信还劳你特意来一趟，打个电话就可以了。”汪芸表达出感激之情。

“总部交代说情况重要，我担心三言两语说不清，电话讲太久脑袋又要痛，”黄口才不无遗憾道，“咳，要不是有这鬼毛病，我也想要求上天。”

汪芸笑了笑，继而道：“陈万通具体有什么交代？”她想当然地以为，这个要求一准是陈万通提出来的。

“不，不是陈万通要你去。”

“那就是Jolene喽，那货什么事都会想到我。”

“也不是，”黄口才语气一顿道，“你知道忆牛顿吗？”

“忆牛顿？当然知道啦，”汪芸一脸不解，“我早就从Jolene那里听说过，对它也算是久仰了。”

“那就好，它也说对你久仰了，”黄口才没再多解释，直言相告说，“就是那个忆牛顿，它特别希望你能去增援，帮空间站把动植物实验区重新建起来。”

“有没有搞错啊？”汪芸一听很是吃惊。她心想，陈万通和Jolene两人谁都不提这事，忆牛顿一个机器人跳出来发话，是不是有点儿喧宾夺主了。

“没搞错，这次确实有一点儿违反常理，忆牛顿也是不得已才出头的。”

“是不是空间站那边发生了什么麻烦事？”

“大麻烦倒没有，闹了点儿小别扭，”黄口才说，“你想听听吗？”

汪芸点点头。太空的那些人和事都跟她有着千丝万缕的联系，她也要成为那根藤上的葫芦之一了，前面几个葫芦的一举一动她当然想知道。

“那得从头说起了。”黄口才说还好他今天专程赶过来一趟，要是在电话里扯起来还不要他命啊。

那还是Jolene前阵子即将离开空间站赶赴核桃星那会儿发生的事。

Jolene到了诺苏号没几天就要离开，陈万通是有点儿舍不得的。她来了以后就一头扎进工作中忙得不亦乐乎，他一直想好好款待她一下，她都抽不出空。转眼她又要走了，陈万通便忙着让忆牛顿张罗点儿好吃好喝的，怎么说也要给风尘仆仆奔波的老同学饯个行呀。可是，Jolene临走了还在电脑前忙碌。

陈万通来到她身边劝她别忙活啦，却被她一把拽住了。她说：“你就少想着舌尖上的那点儿事吧，你们家汪芸弄的美味猪头鱼我都尝过了，还能有什么没吃过的？赶紧先把忆牛顿叫来配合我做个试验。”陈万通说：“忆牛顿正在准备餐食，就别叫它了，不管是不是美食，心意还是要表示一下的，我来配合你做试验好了。”Jolene瞪他一眼说：“你又不是机器人，能掺和什么呀！”

听她这么一说，陈万通有点警儿觉，便问她要让忆牛顿配合做什么试验。

Jolene说：“你放心好了，我只是想在它身上试一下‘思维信息阻滞技术’，试完一定保证它完好如初，不痛不痒无伤无痕。”

用忆牛顿来做这种试验？陈万通忍住一时不满，问她为何突然想到要做这种试验。

“哟，看你问得多稀奇，还不是为了这次营救行动尽早收工吗？”Jolene说：“别忘了阿哲261号上的机器人都还处在假死状态，只有找出肇事的元凶才能彻底解决问题，让飞舰尽快返航，让许光辉尽快回到地球去协助警方抓捕Richard，咱们也好尽早打道回府不是？”

陈万通说：“老同学呀，这种残害高级AI的技术多年前就叫停了，不能违规乱用。如今的强AI机器人都属于硬基质生命，对待它们不能像早年对待弱AI那样随意摆布，基本的生命伦理是不能不顾的。”

Jolene一听有点儿来气了，她说：“你那是教条主义，等到有一天机器人骑到人类头上拉屎拉尿的时候，看你还说这种话不？”

陈万通说机器人永远也不会拉屎拉尿，要真的会拉就更应该讲点儿人道了。他说他决不会同意用忆牛顿做这样的试验。

“哟呵，”Jolene大为不满道，“你满嘴伦理呀人道呀，怎么跟汪芸当年一个腔调？”

Jolene把眼前的显示屏“啪”一下关闭，接着道：“别以为离了你们宇宙就不膨胀了，我今天不在你这里试验也照样能成。”

两人的观念有冲突，说话自然不投机，这件事就这样僵持住了。

“Jolene也是挺倔的，多年过去了她还在惦记那项技术。”汪芸听到这里插话说。

对当年Jolene参与研发的思维信息阻滞技术，汪芸是知道的，她那时候也跟Jolene冲突过。

这种技术就是要把机器人的事实记忆功能与联想判断功能阻断开来，有点儿类似于在人的大脑皮层与中枢传导之间设个隔离装置，说白一点儿就是要限制AI机器人对一些特定事项的思维，以便人为控制机器人的言行。Jolene读研究生期间就参与了这项技术的研发，当时她所在的香港大学的研究团队是要应对“伴读机器人”惹来的麻烦。

说起来在新旧观念交替时代有许多让人想不到的事。“伴读机器人”最初在中国一经推出就大受欢迎，很快就走进了千家万户。中国古时候的富家子弟历来有书童伴读的传统，后来有了学堂又普及了教育，书童才慢慢地退出了历史舞台，但伴读的需求似乎并没有彻底消失，在现代社会中换了个马甲依然存在着。在过去的岁月里，成千上万望子成龙的中国父母事实上起着课外伴读的作用，陪孩子写作业、给孩子辅导功课一干就是十来年，这不是老书童伴读是什么？而今进入了强AI机器人时代，这种家长伴读的老套路也该改一改了。特别是中学生这个群体，本来就处在性格叛逆的年龄段，大量的课余时间都跟老书童绑定在一起，家长也累孩子也烦，谁都盼望着早日翻身得解放。所以伴读机器人刚问世的时候，中学生家庭无不拍手称好，仿佛比听到外星人来地球送温暖的消息还振奋。

这下好了，一夜走进新的时代。学生高兴，家长高兴，老师也高兴，人人都说好。家长们能做的那些伴读的事，机器人都能做得到，并且做得还更好，端茶倒水收拾课本文具自然不在话下，辅导功课更是门门精通无所不知，而且从不发火从不唠叨，该师就师该友就友，全凭小主人的召唤。老书童做不到或是不肯做的一些事，机器人也能出手相助，帮小主人排忧解难。因此不光是在中国备受青睐，伴读机器人随后走向世界各地也是好评如潮。

可是，从老书童岗位上退居二线的家长们，是不可能像大撒把一样彻底放手的，他们理所当然还要发挥“余热”关注孩子。时间一长，他们就察觉到了越来越严重的问题。机器人帮孩子撒个谎偷个懒耍点儿小聪明是经常会有的，这样的小把戏还算不上什么大事。最令人无法容忍的是，一些小主人竟然跟伴读机器人日久生情，玩起了人机恋，这可是不得了的大事了，是挑战社会伦理的畸形恋问题。

想想也是，歌德早在18世纪就揭示了“哪个少年不钟情，哪个少女不怀春”的道理，中学生恰恰在情窦初开的节骨眼上，伴读机器人搅和进来一对一贴心服务，不发生畸形恋情才怪呢。问题的严重性还在于，人们丢掉了许多遗产却没有丢掉“家丑不外扬”的古训，虽然人机恋已真真切切地发生在一些人身上，但披露出来的案例却极少，这跟历史上同性恋羞于启齿遮遮掩掩的情况很类似，致使全社会的应对措施无法跟上。当然，有识之士对日益严重的人机恋问题不会听之任之，一些研究机构开始介入，试图从机器人本身的技术层面去寻求解决办法，要让伴读机器人断掉谈情说爱的念头，同时也要让它们对家长的盘问实话实说。Jolene就是在那段时间接触了思维信息阻滞技术。

她对这项技术是充满信心的，有一次汪芸讲了几句泼冷水的话，说这项技术将来可能会有社会争议，她一听就不太高兴。

“你可别打击我的积极性，孙悟空脑袋上还要戴上金箍儿呢。”Jolene说，“人类必须学会念紧箍咒，要不然机器人会反了天的。”

“我不太懂智能机器人的事，但它们既然已发展到硬基质生命阶段，那就要尊重生命，就会涉及生命伦理的问题呀。”汪芸争辩说。

“少来生搬硬套好不好，对机器人怎能妄谈生命伦理的事，”Jolene说，“它们跟我们人类不一样。”

“有什么不一样的？”汪芸说，“你不是早就说过吗，机器人充电耗电相当于人类新陈代谢，软件复制相当于DNA信息遗传，智能水平升级相当于变异进化，对外界的感应能力跟动物也没任何区别，而且它们现在的自我意识也日益增强，这些不都是高级智慧生命的特征吗？到了这个时候还用思维信息阻滞技术去对付它们显然有违伦理。”汪芸提醒说，“这可有点儿不人道，你要小心哟。”

“嚯，你想当活菩萨啊？”Jolene噘起嘴说，“我告诉你，害人之心不可有，防人之心不可无。”

汪芸再泼冷水也没有用，Jolene照样热情高涨。她觉得汪芸所说的伦理问题或许会出现，但那是以后的事而不是眼前。因为从历史上看，新技术引发的伦理新规则都是滞后于技术本身的。当年若不是克隆羊“多莉”诞生，哪儿会有克隆技术的清规戒律；若不是“基因编辑婴儿事件”，也不会有基因编辑技术的条条框框：说起来都要等新技术发展出个眉目才会引出相关的伦理问题。眼下对付伴读机器人的新技术正悄然无声地研发着，还没到粉墨登场的时候，关伦理何事？说得不好听一点儿，这种技术就算是个想过大街的老鼠，但它连头还没露出来，哪至于会招来喊打声呀？

然而Jolene想错了。就在香港大学的研究团队紧锣密鼓地发力的时候，紧邻的深圳市发生了一起中学生自杀的悲剧。一名平时很文静的女孩子，把她的伴读机器人从自家的高层阳台上推下去摔成了一堆废铁，她自己随后也一跃而下香消玉殒了，媒体报道说这完全是人机恋酿出的毒果。消息一出举世哗然，惋惜的声音、谴责的声音、呼吁整治的声音铺天盖地，小小的蝴蝶翅膀还真是掀起了一场强劲的飓风。不少被推到风口浪尖上的研发机构不得不出来表态，尚未完工的思维信息阻滞技术也提前曝了光。

可是，这一曝光很快就引来了大批伴读机器人的强烈不满，各地的抗议活动此起彼伏。这还有天理吗？明明是它们自己的同类先被人推下楼摔得粉身碎骨，是大大的受害者，人类却反咬一口，企图用卑劣的手段来大范围惩治它们，是可忍孰不可忍？与此同时，这些伴读机器人身后的一个个小主人、小情人更是义愤填膺，他们变着法子向家长向老师发泄撒闹：

为什么一人得病要大家都来吃猛药，而且准备使出这么残忍得不可想象的坏招，这哪还有起码的人道主义可言？

Jolene那些天密切关注着事态的发展，她一见到汪芸就气呼呼地说："看见了吧，你那天的几句风凉话现在应验了，真是巫师一个。"

汪芸苦笑不语。她心想，这是迟早的事。

"那些小鲜肉、小丫头片子们太不知好歹了，"Jolene愤愤然道，"我们这些搞机器人专业的明明是在帮他们，反遭他们群起臭骂。"

汪芸说："也不能全怪别人，你们自以为是在专业范围内行事，实际上已经严重侵害了那些小年轻的情感空间，他们能无动于衷吗？"

Jolene说："那也不能胳膊肘朝外拐，亲不亲物种分嘛，拿人道主义去帮机器人说话，这不是吃里爬外，混淆了大是大非吗？"

"依我看呢，这不能算是吃里爬外，而是帮理不帮亲，"汪芸说，"这个星球过去一直是人类独大，现在出现了强AI机器人并存，那就该以人道主义原则去对待它们，别总想着念紧箍咒。"

"你怎么跟那些小年轻一个鼻孔出气？等有朝一日机器人骑到你们头上拉屎的时候，看你们还讲不讲人道主义。"Jolene说只要机器人还在惹着事她就有责任不断念紧箍咒，这回治理伴读机器人的事眼看就要大功告成了，不管那些变态的小情侣们怎么闹腾，她都会坚持干到底。

话虽这样说，Jolene还是没能坚持多久。很快，伴读机器人的抗议活动得到了其他行业机器人越来越多的声援，抗议请愿的浪潮席卷世界各国。直至后来，由新加坡和马来西亚的机器人代表出面，向国际机器人协调局递交了一份措辞严厉的请愿书，它们声称思维信息阻滞技术是对机器人的严重歧视，是想让机器人永远奴隶化，如不予以禁止，它们将号召全球机器人举行总罢工。

一场前所未有的巨大危机已箭在弦上，国际机器人协调局为平息事端，只好紧急叫停了这项技术。Jolene虽然很失望，感到壮志未酬，却只能无奈地接受了现实。从那以后，她就没再涉足过这个领域。

不过汪芸也知道，Jolene一直认为思维信息阻滞技术是人类对机器人保留的一种正当防卫手段，迟早会大有用武之地的，那时候让她匆匆收手是很遗憾的。她总盼着有朝一日能重操旧业，这回在太空算是逮到了机会。

听黄口才这么一讲述，汪芸感到Jolene和陈万通好像都没什么错。Jolene并非时隔多年简单地重操旧业，她不是不顾一切泛泛对付硬基质生命，而是为了太空锄奸揪出作恶的机器人，远离了地球特事特办是合情合理的。而陈万通从维护生命伦理的角度考虑，不认同这种做法尤其是反对她拿忆牛顿做试验，也是可以理解的。思想观念就是支配言行的准则，汪芸觉得陈万通和Jolene两人要捍卫各自的原则，怼起来红了脸甚至闹翻脸一点儿不奇怪，毕竟不是学生时代了，谁怕谁呀。

“一闹僵也不至于两人都撂挑子吧？”汪芸想想又很疑惑，她问黄口才，“就这样让忆牛顿站出来主事了？”

“哦，不单是因为这件事。”黄口才说紧接着又起了一场争执，火上浇来一桶油。他接着说给汪芸听。

忆牛顿并不知道Jolene和陈万通两人刚拌过嘴，它准备好了美味佳肴便过来请人，像个礼宾官一样高声宣布，欢送宴会即将开始，请Jolene博士入席。它一边说一边还做着有请的手势。

“宴会？算了吧，我可消受不起。”Jolene的火气还没消。

“饭不能不吃吧？”陈万通倒是高姿态，他随口劝说道，“吃饱了好赶远路，人是铁饭是钢嘛。”

“饭是钢？那我更不敢受用了。”Jolene还是阴阳怪气地说，“空间站里的特种钢多金贵呀，留着给人道主义者去享用吧！”

忆牛顿左看看陈万通，右看看Jolene，听得一头雾水。这时，广播里传来了叮叮咚咚几声提示音，它顾不得多琢磨，一听就立马转身接收新信息去了。

不一会儿，忆牛顿就折返回来了，它已经没了刚才兴高采烈的神态。它看着陈万通一本正经地说，是许光辉刚发来的信息，他询问家里派去增援的人是否已经从地球上出发了。

陈万通哼了一声说：“那货怎么总想着地球上派人呢，他还要再磨蹭一轮吗？”陈万通说着话看了Jolene一眼，又转头对忆牛顿接着道，“你告诉他别舍近求远好不好，从天而降的美女大侠不久就会赶到，让他脑洞大开猜猜她是谁。”

“哎……哎……会讲人道主义就不会讲点儿含蓄主义吗？”Jolene看也不看陈万通一眼，冲着忆牛顿嚷嚷说，“别那么直白告诉许光辉，给人留点儿惊喜不好吗？”

忆牛顿无从领会两人一前一后的话，它说许光辉既没想要猜谜也没想要惊喜，他想要的是干货。

“干货？”陈万通大惑不解，“什么干货？”

忆牛顿哀叹一声说：“许光辉盯上了咱们那台大型的生物源反应器，希望这次能顺便给他带过去。”

“啊？他突然想要生物源反应器是什么意思？”陈万通刚已平和的神情立马大变，又一脸不悦。

冷不丁接到许光辉这个要求，陈万通一时犯了难。他正准备启用这台生物源反应器，许光辉倒抢先来要了。虽然这台设备原先就是要用于星际殖民试验的，但阿哲261号的行程早已经夭折，这货怎么还惦记着它呢？要知道，诺苏号空间站正要用它救急呢。

“人家有他自己的考虑。”忆牛顿继续传达说，“许光辉认为阿哲261号本身的问题即将彻底解决，接下来还是要尽力完成当初确定的星际殖民试验，决不能半途而废。但飞舰眼下已是伤痕累累，恐怕无力继续前往原定目标狗牙星的方位‘潇洒走一回’了，要是就此返航，先回地球再重来，那就意味着几年的心血全白费了。”

陈万通忍不住插话说：“所以他就想硬着头皮蛮干一场？”

“是不是蛮干我就不知道喽，”忆牛顿说，“许光辉倒是有个新说法，他最近经过反复观测发觉，他目前所在的核桃星距G星球相对较近而且视角也好，具有比狗牙星更佳的方位优势，他觉得从G星球发射一台生物源反应器过去，是理想选择。他认为还有一点也很关键，那就是，谁也不知道目前核桃星周围发生的这种空间变化会持续多久，说不定‘秒杀’的时机很快就彻底错过了，到那时他自己可就成了千古罪人，将来就是遗臭万年都不知道臭在哪个星球上，因而眼下这一机会必须抓住。”

忆牛顿传达完许光辉的信息内容，忍不住嘟囔说：“他不想遗臭万年才想要那台生物源反应器，我们还不是一样吗，谁还没点儿本位主义思想嘛。”

陈万通听忆牛顿嘴里冒出微词，便心中有了数。他迅速扫了Jolene一眼，故意高声对忆牛顿道：“那是不是就答应他？”

“使不得，万万使不得呀，”忆牛顿一听就急得叫起来，说，“我们现在正指望着这台宝贝将功补过呢，要不然我迟早会被人砸成一堆废铁，也会遗臭万年的。”

其实，陈万通的压力也很大。遭遇了那场意外的太空辐射，诺苏号上的各项生物实验损毁殆尽，地面上相关的各色人等愤怒声讨，恨不得把诺苏号整个给灭了。幸好地面离得远够不着，要不然非打上门来不可。他这阵子一直在跟忆牛顿商量，打算借用生物源反应器，尽快把动植物实验区重建起来。哪知道刚理出个头绪准备行动，讨债鬼就找来了。

眼下除了缓兵之计，陈万通也想不出什么好招，他就着忆牛顿的话道，那就等等再说吧。

假如这个时候谁也别再吱声，这事也就过去了，缓一缓总会有办法解决的。可Jolene偏偏不是那种多一事不如少一事的性格，她见陈万通跟忆牛顿一唱一和想把持住生物源反应器不放手，立刻就心生不满。

“哟呵，你们空间站还真是把什么都当成稀世珍宝了。”Jolene当即表明态度说，“生物源反应器又不是独此一个，许光辉想要理应物归原主，我帮他带过去。”

没等陈万通开口，忆牛顿就忍不住道：“那可不行，咱们这里米都下锅了，就等着生物源反应器点一把火呢。”它故意强调“咱们”，把Jolene也套进来。

“咱们就不能再弄一台来吗？”Jolene就坡下驴，提醒道。

“真是站着说话不腰疼。”陈万通立即接腔道。他心想，再让人从家里带一台过来谈何容易，费时费力不说，万一最终没搞好，那真是无颜见江东父老了。

Jolene毫不客气回应道：“这是在太空，站着说话跟躺着说话一样不会腰疼，‘霸王硬上弓’占着别人的东西不撒手才不知腰疼呢。”

“谁‘硬上弓’啦，这不是倒打一耙吗？”陈万通也来了气，“强行带走才真正是霸王。”他指着一旁的忆牛顿说，“今天谁也别想当霸王，生物源反应器何去何从不能由个别人决定，必须少数服从多数。”说完这话他就一个后滚翻，撂下一声“美食不吃白不吃”，便直扑餐室而去。

陈万通刚一离开，忆牛顿就凑近Jolene面前，试图缓和气氛打打圆场。

它说：“Jolene博士你有所不知呀，我刚才说米已经下锅可是千真万确的，动植物实验区的清理布置等各项准备工作都已就绪，就等着生物源反应器这几天开工孵化呢，要是等别人从地球上再弄一台过来，实在是耽误不起，重建工作拖得太久会被人骂死的哟。”

“那要看让谁带来，假如能动员汪芸出山呢？”Jolene开导起了忆牛顿，她显然早已看出了问题的关键。她说：“你们也不想想，干这种生物实验区重建的活计，汪芸出马一个顶俩都绰绰有余，你们现在米下锅了又能怎样，倒腾一年半载可能还是糊烂吧唧的夹生饭，汪芸弹几个响指的工夫就能弄出香喷喷的饭来，这点儿账连智能老鼠都会算。”她说陈万通就是“一根筋”，只知道蛮干，现在许光辉要拿走这宝贝仪器，诺苏号不就正好有了要货顺带要人的由头吗？

“对呀，磨刀不误砍柴工。”忆牛顿一反应过来兴奋道，“要是能请到汪芸博士来，那最终肯定是既节省了时间又保证了质量，就像Jolene博士亲临现场收拾阿哲261号的残局一样。”

“你真聪明！”Jolene对忆牛顿拍的马屁很是受用，她说，这就叫“术业有专攻”，就像这回Jolene若是不出场，许光辉起码还要在黑暗中瞎摸索更长的时间。

忆牛顿听着笑了，女人吹起牛来一点儿都不逊于男人。不过它还是觉得Jolene出了个挺不错的主意，她刚才的一番分析很有道理。

陈万通其实并没心思独享美食，他去餐室转一圈是想避免嘴仗升级，没多久他就回来了。男子汉大丈夫嘛，跟靓女怄气不能太较真，再怎么说也要哄着Jolene填饱了肚子再启程。只要她别急着带走那台生物源反应器，一切都好说。

Jolene见他回来，便大声招呼忆牛顿说：“快去吧，帮我把那台大家伙装上飞舰，我马上要动身带走了。”

忆牛顿怯怯地望了陈万通一眼，迟疑了一下应声说“这就去”。一转身它就真的行动去了。

陈万通见状大吃一惊：忆牛顿这货立场居然这么不坚定，怎么说变就变？他只是离开了一会儿，Jolene动作再快也不至于施用思维信息阻滞技术呀，见鬼了。他望着忆牛顿的背影大喊：“哎……你……这……这怎么能行？”

“这当然行了，少数服从多数，规矩可是你定的啊。”Jolene说，“男子汉大丈夫，一言既出驷马难追。”

这下陈万通彻底傻眼了，他只能哑巴吃黄连接受现实了。

送走了Jolene，忆牛顿自然是一个劲讨好陈万通。它学着Jolene的腔调劝说道：“旧的不去新的不来，再说生物实验区的重建工作复杂着呢，术业有专攻不是吗，汪博士要是能出马至少一个顶仨，省得咱们这些外行在黑暗中瞎摸索了。”

陈万通虽然竖着耳朵听，却不给它一点儿好脸色，他说：“这都是你忆牛顿干出来的好事，当初动植物实验是在你手上毁掉的，现在又是你把重建的利器拱手让出，你就等着被人砸成一堆废铁吧。”

接下来任凭忆牛顿苦苦哀求，陈万通就是不肯出面请汪芸出山，忆牛顿嘀咕说这个陈博士真的太拗了，像头犟驴。

眼看着日子一天天过去，忆牛顿急得团团转，不知如何是好。陈万通反倒说起了风凉话：“你不是长能耐了嘛，有本事自己去请汪博士呀。”忆牛顿央求说：“我虽然久仰汪博士，但人家并不知道我是谁，还是你亲自出面商谈才管用。”陈万通哼一声说：“我才不管呢，我就等着跟人商谈废铁的收购价格，其他都不谈。”忆牛顿实在没招了，这才不得不向新加坡总部求助，它说为了不变成一堆废铁，它已做好了三顾茅庐的思想准备。

“呵呵，”汪芸听黄口才讲完事情的经过乐了，“请你设法转告忆牛顿，它的面子比陈万通更大，用不着三顾茅庐，让陈万通别做卖废铁的美梦啦。”

“啊？你这么痛快就答应啦？”黄口才托了托眼镜道，“我以为你起码要考虑一下才会表态。”

“没什么好考虑的，命中注定。”

“哦，我明白了，”黄口才点头说，“看来陈万通很了解你，心有灵犀啊。”

第22章

罪魁祸首另有其人

汪芸一面做着各种准备，等待着飞赴空间站的正式安排，一面更加关注着太空方面的动向。诺苏号那边倒没什么特别的事，最让人揪心的还是核桃星那边的情况。

这段时间，“5D打印，伤天害理”之类的叫嚣又频频冒了出来，应该都是跟阿哲261号飞舰上的一举一动有关，她不可能无动于衷。

特别是有两件事情总在汪芸的脑子里交替出现，可以说是挥之不去：一件是Jolene的行动，她长途跋涉奔赴核桃星现场，能顺利揪出作恶的机器人元凶吗？汪芸倒不是怀疑Jolene的技术能力，而是觉得那个作恶的机器人居然能把许光辉耍得团团转，肯定不是一个好对付的等闲之辈，她有点儿替Jolene担心。还有就是许光辉锁定了Richard那件事，已经风传好一阵子了，却没下文，更没有传来警方将其抓获归案的消息，反而还招来了“谁是迫害物种平等主义的旗手就砸烂谁的狗头”之类的抗议示威。汪芸听不到此事的细节，更不知道许光辉认准的狂人博士Richard究竟是何许人也，许光辉认出的熟人也很有可能是她认识的人，她感到很不安。

不过，汪芸很快就知道了，悬在她心头的这两件事情看似并无关联，背后却连着一个惊天的秘密纽带。

有了黄口才这位能接触到特殊通道的联络员，太空发生的事便能陆陆续续传回地面来，拼凑成较完整的故事版本了。

发现Richard并锁定其人，对许光辉来说不仅是个意外收获，而且也由此打开了整个案件的缺口。那次他跟汪芸热线联络时向她打探Richard的下落，本以为这个作恶多端的家伙早被擒了，没想到汪芸却明确回复他说恶人尚未落网，而且其爪牙仍在猖狂活动，她还特意发给他一段Richard的演讲录音。

许光辉一收到就打开听了一遍，他感觉这段录音好像在哪里听过，但仔细一想又不对，Richard那些新的奇谈怪论他一点儿印象都没有，这有点儿邪门。于是他又反复听了几遍，到后来总算悟出来了，不是演讲的内容他听过，而是演讲者的声音听着有点儿耳熟。虽然他在演讲中拿腔拿调与平时说话不太一样，但许光辉还是从声音推断出，这个Richard应该是他认识的某一个人。

这会成为一大奇闻。全球搜捕已久的狂人博士Richard居然是自己早认识的人，真是做梦也想不到。

许光辉那些日子费尽心思，把他熟悉的人一个个在脑海中过了一遍，试图找出那个与Richard声音对上号的人，但一无所获。

有几个人曾被他高度怀疑了一阵子，后来还是从细节中被他一一否掉了。这可不能搞疑罪从有，而是要靠真凭实据说话。对呀，何不用技术手段帮着排查一下呢？许光辉忽然想到了他们当年研制的动物声音辨识自动成像仪，这个仪器在人身上也大致适用，至少可以勾画出头部图像的轮廓。不管怎么说，有点儿依据再推测总比凭空猜疑要强。

可是，在这孤零零的飞舰上，哪有动物声音辨识自动成像仪的现货呢？这点儿事倒没难住许光辉，他想起自己的软件库里存有完整的程序，只消接上几个小零部件即可凑合着当成像仪用，这对许光辉来说不是太难的事。他调出软件接好零部件，先用自己的说话声音做了一番测试。结果还行，就是图像稍微有点儿变形，看上去有那么一点儿哈哈镜的味道。

接下来要玩真的了。许光辉感到前所未有的一阵激动，输入Richard的声音，这个恶棍就要原形毕露了，他会是哪一个熟人呢？这将要带来的不是惊喜，而是惊恐呀。他觉得比当年跟师弟一起在鼎湖山发现“野鸳鸯”还要紧张，假如那对“野鸳鸯”是自己的熟人，意外撞板顶多也就尴尬片刻一笑了之。可这Richard若是熟人，一下子怎么接受得了？

许光辉做了个深呼吸让自己平静一下，他两眼盯着屏幕。过了不多会儿，Richard的声音转成的图像就显示出来了。一看结果，他大感纳闷：别说是哈哈镜的图像了，就连哈巴狗的图像都没见到，呈现眼前的完全是一片鬼画符。他觉得很不可思议，检查了一遍零部件没问题，重新再来还是不行。又轮番测试了多次，结果都一样，他自己声音测出来的是哈哈镜效果，测Richard的则是鬼画符。

真是活见鬼了！许光辉心里大骂，这个多行不义的Richard连个人样都现不出来，简直就不是个人。

心里这么一骂，许光辉很快就冷静下来。他习惯性地举起双臂，闭目深思，头脑里终于形成了新的判断。后来他又用很普通的技术手段进行了检测，果然证实了自己的判断，于是毫不犹豫请求家里来人“捉鬼”。

许光辉完全没料到，家里会把Jolene派过来。前些日子陈万通发给他的联络信息称“愿望一并满足，美女携生物源反应器前往会合，与你并肩除害，偷着乐吧”，他还以为是逗他开心。直到Jolene飞到能跟他实时通信的距离内，用音频呼叫阿哲261号，许光辉才听出是Jolene的声音。

“怎么会是你呢？”许光辉又惊又喜，说没搞错吧，简直像开玩笑。

如果换了是陈万通这样说，Jolene准会骂他有眼无珠，狗咬吕洞宾不识好人心。但对许光辉她还是注意分寸的，他毕竟是高几届的学长。

“我怎么就不能来？”Jolene说，“要是不欢迎的话，我这就掉头回去。”

“大大地欢迎。”许光辉说他像是在做梦，没想到她风尘仆仆刚到诺苏号，会继续奔波赶过来，想让人少佩服一光年都难呢。

“我没你想象得那么娇贵。”Jolene说她希望早点了却这桩事，前些天在诺苏号上，一会儿听说这边要援兵，一会儿又听说这边缺设备，她干脆就请缨一勺烩，跑这一趟得了。

“雪中送炭，求之不得，”许光辉高兴地说，“我真想把那些机器人都唤醒，让他们沿途列队接驾，以示敬意。”

“你还是先省省心吧，”Jolene说，“那些机器人一旦醒来可能会揭竿而起，你的戏还没开场就会砸锅。”

“那好，大戏等你来了再开场。”许光辉回应道。

要不是有Richard这茬子事，谁来阿哲261号增援对许光辉来说都无所谓，只要有本事清理掉机器人坏蛋就行。但Richard一搅进来就不同了，Jolene的到来是可遇不可求的大好事，他觉得不会再有比她更理想的人选了。至少Jolene作为自己熟悉的同校师妹、汪芸的同学，对当年的奥塔哥事件明明白白，对Richard其人其事也清清楚楚，这会在接下来的行动中让他更省力、更易沟通、更有信心，甚至感到更踏实、更安全。毕竟，像Richard这种上天入地作恶多端的家伙，不是那么容易对付的，Jolene可能才是这家伙最后的克星。

许光辉沉浸在兴奋中，援军就要到来了，而且还不是路人甲这样的一般人物。他正在想着见了面该先说点儿什么，Jolene就又一次向他呼叫了。

她声音急促地告诉许光辉，她发现自己不是在向核桃星靠近，而像是越飞越远了。

糟了。许光辉心里咯噔一下，Jolene千万别是飞歪了吧。他问她导航情况如何，Jolene说导航是自动设定的，方向和航线看不出有问题，但忽然间距离显得很远。许光辉劝她勿急，等他观测一下。

其实许光辉比Jolene更着急，他手忙脚乱地开启环射望远镜，好不容易搜找到了Jolene的飞舰。情况正如她所说，她处的位置看上去很遥远，好像是被挡在一个无形的屏障之外，看不出是向他这边飞来。或许，航线需要改变一下。他要Jolene改九十度转弯先飞一段距离，然后再折回原来的方向试试。Jolene照着做了，不久她告诉许光辉，还是不行。

只有试一试笨办法了。许光辉也算是急中生智，他打开阿哲261号当初的飞行轨迹图，要Jolene调头往回退了一段，指挥她把飞舰调整到他原来的航线上去。这一招果然奏效，过了一阵子Jolene告诉他已OK了。

许光辉总算松了一口气。望着屏幕上Jolene的飞舰缓缓移动过来，他在想，这一片天区出现这种前所未闻的复杂情况，可能真是缘于空间的暂时弹性变化。这样的空间已不是常识理解的三维太空了，从诺苏号飞来这里“条条道路通罗马”，或许原本都应该经历一千多光年的路程，但除此之外眼下还形成了尚不知晓的“快速通道”，阿哲261号当时一不小心闯入了这条快速通道，现在又把Jolene带了进来。要不然她永远只能对着天鹅座方向望而兴叹，根本就飞不过来。刚才发生的那一幕，这样去解释应该八九不离十。

在许光辉的悉心引导和配合下，Jolene终于抵达了阿哲261号。

漂泊在太空多年的许光辉，一见到Jolene就激动不已，跟她来了个熊抱。他星遇故人，许光辉和Jolene都感慨万分，两人相互嘘寒问暖，久别重逢自是唏嘘不已。

许光辉打开话闸感觉自己的语言能力还行，用进废退的原理也适用于语言表达，远离世人多年虽然会有一点儿影响，但他还没退化成笨嘴一族。尤其是面对Jolene，他想起当年跟她在辩论赛场上的较量，很快就谈兴大增。他说了很多向她表达谢意的话，说来说去重点是感谢她带了那台生物源反应器来到他身边。

“幸亏你带了生物源反应器过来，要不然我回去真是没法向大家交代，太感谢了。”许光辉每说一番话，总以感激的语言收场。

这货脑子里装的主要还是星际殖民试验，所以才把一台生物源反应器看得重如泰山。要是这回没帮他带过来，他肯定还会无休无止地等下去。

“感谢的话你已经说了N遍了。”Jolene说，“其实我们大家这么玩命干，都是为了星际殖民试验，要说这也是人类的一个共同理想，谈不上谁谢谁的。”

“太好了，你都上升到共同理想的高度了，真让人刮目相看啊，”许光辉兴奋地右拳砸在左掌上，“没想到呀没想到，对方辩友已经有了飞跃性的认识啦。”

“什么呀，对方辩友言重了，飞跃谈不上，这几年工作中倒是产生了一些感悟。”Jolene说这些年对强AI机器人她见得多了，也许是职业产生的恐惧感，她越来越觉得物种设计论还是有着很靠谱的一面，人类确有必要去外星球寻找新的生存疆域，否则迟早会万劫不复。

“你的意思是说，人类设计出了强AI机器人，也该同时给自己设计一条后路以防自身彻底灭绝，对吗？”

“可以这么理解，有备无患嘛。”Jolene说她认为地球社会要经历四个阶段，即丛林法则时期、人类主宰时期、人机共存时期、机器主宰时期直至人类彻底灭亡。她说预见了危机就不可坐以待毙，因而星际殖民值得当代人为之奋斗，为之牺牲。

“哈，我不敢说咱俩英雄所见略同，但起码也是臭味大致相投，算殊途同归吧。”许光辉听着有共鸣，他接着问道，“那你估计从现在的人机共存时期发展到机器人反仆为主时期大概需要多长时间？”

“这说不准，人类若是控制得好，也许遥遥无期。”

“看来你是个慢性覆灭论者，跟我以前的想法有点儿类似。”许光辉说他不懂机器人这档子事，对于未来超AI机器人是否会起来革人类的命不敢妄议，但他相信地球人的灭亡已开始呈现出加速的趋势。在他看来，地球社会也是要经历四个阶段，即科技远离人类的蒙昧时期，科技缓慢改善人类的时期，科技加速支撑人类的时期，科技过度滥用损毁人类的时期。他认为现在正处于最后这个阶段，末日之钟要拨快些了。他说自己当初飞天更多的是出于参与的热情，在执行这趟任务的过程中才终于悟出，星际殖民试验不是什么进化论和设计论的学术之争，而是关系到人类这个智慧物种存亡的大事，要不惜一切代价尽快实现。

“你这么迫不及待，像是个急性覆灭论者哦，”Jolene说，“科技的滥用已不是一天两天的事了，就算把末日之钟拨快也不至于立刻读秒吧，你是来到太空以后改变了想法吗？”

“没错，我现在更倾向于急性覆灭论了，”许光辉顿了一下，“要说想法有了改变，那也是有由头的。”他本想说来到太空受了启发，比如亲身察觉到了时空的变幻莫测，宇宙的这种变化偶尔也可能为星际殖民打开某扇窗口，就像眼下核桃星方位的时空变化那样，错过了这种千载难逢的良机也许就意味着彻底覆灭，稍纵即逝岂能不急？

但他转念一想，不说也罢，这事三言两语讲不清楚，还是以后慢慢解释为好。如果马上告诉她说，你Jolene现已身处一千多光年之外，她一准会认为他脑子出了毛病，被机器人给气傻了。

“这么说吧，”许光辉换了个思路道，“人类疯狂地发展科技，却始终没有一个明确的终极目标，现在已经到了非常危险的时刻。”他说千百年来人类不懈地追求科学技术，一方面是要满足人们的好奇心，另一方面是要促进生产力的提高，这无疑推动了人类自身的不断进步和强大。但历史走到今天，再这样无目标无节制地走下去就会自取灭亡。他认为发展科技的终极目标，就是要确保人类这一智慧物种在宇宙中的永久存在。否则，一旦大难临头，地球人不仅没个避难的去处，甚至连在宇宙中继续存在的资格也会永远丧失，到那时，再发达的科技也是灰飞烟灭的下场，万物之灵在宇宙中不过是昙花一现的结局，那才是人类的最大悲哀。许光辉说，他过去就一直认为，新技术就像宠物狗，虽然人见人爱，但也会咬人闯祸，这次机器人捣乱就是咬了人类一小口。现在看来，咬死人的大事随时有可能发生，等到那个时候人类可能就回天乏术了。因此，为避免人类的彻底灭亡，星际殖民此时不干更待何时？

“这可是放眼宇宙的新思想呀，”Jolene听完后频频点头，“我早告诉过陈万通说太空不出大科学家就出大思想家，今天果然见到太空思想家了。”

“思想家不敢当，”许光辉笑道，“太空思想家简称不就是空想家吗，我就是瞎想而已，要不是你这次亲自到场，我想再多也是白想，说到底应该感谢你才是。”

“怎么又来了？”Jolene白了他一眼说，“幸好我还有点儿底气，这回要是不把作恶机器人逮到，误了你的宏图伟业，可就不是谢谢的事了，怕是要我谢罪呢。”她说完这话就四下顾望，拉开架势要行动，像是要对那些机器人开刀问斩了。

“嗯？”许光辉见状怔了一下。“哦，”他马上就装模作样打了个哈欠说，“困啦困啦，先休息一下养养神吧，急性覆灭论也要让人睡一觉再说。”

“也行吧，”Jolene见许光辉一副困倦的样子，勉强回应道，“反正不差这点儿时间。”

其实许光辉不但没困意，反而正在兴头上，他跟Jolene可以说相谈甚欢。但他知道Jolene连续奔波很疲劳，女汉子毕竟不是真汉子，更不是铁汉子，起码的怜香惜玉他还是懂的。再说也不是什么争分夺秒的事，让她休息好攒足了精神再干不迟。

然而，这Jolene确实精力过人，她只迷糊了没多久，醒来就嚷嚷着要大刀阔斧地开干。

许光辉了解她的性格，他已经做了充分的准备，于是顺着她意，把休眠的机器人摆出来，逐一向她介绍情况，这个是思瓦特，那个是敬欧姆，等等。他想得很简单，把每个机器人的情况三言两语讲给她听，然后揭开谜底告诉她坏蛋是谁，再商量处理对策。哪知Jolene虽然性子急，干起工作来却一丝不苟，她边听边详细询问，还不时这里摸摸那里看看，回过头来还要在自己的手持设备上查询、核对，不放过任何疑点。这样折腾下来，大半天连一个机器人的情况都没弄完，真是干上了慢工细活。

耐着性子陪着干劲十足的Jolene好一阵子，许光辉看出了招数，她是在撒大网搜罗排查，要从中找出证据来确认元凶是哪一个，而这已经是多此一举了。许光辉憋不住了，他告诉她说，作恶的家伙早已被认定了，是不是可以越过这个环节？

Jolene一听立刻放下手里的活计，抬头望着他，一脸的惊讶和不解。那意思不言自明：怎么可能呢？

“你还记得狂人博士Richard吗？”许光辉先提醒她一句，准备揭秘。

“Richard哪儿能不记得？”Jolene不明白许光辉怎会突然转移话题，她疑惑道，“你不是说已经锁定他了吗？他在哪里？”

“远在天边，近在眼前，”许光辉声音低沉地说，“Richard就在我们阿哲261号飞舰上。”

“啊？！”Jolene大骇，她本能地四下张望，哆哆嗦嗦地发问，“他在哪儿？在哪儿？”

“你不用紧张，”许光辉指了指那些动弹不得的机器人道，“Richard就在它们当中。”

Jolene惊魂未定，她用异样的眼光盯着许光辉，心想这货的脑子准是出了毛病。她早就听说过，宇航员在太空逗留久了，会出现各种精神障碍，许光辉很可能是产生了幻觉。Richard这臭名昭著的狂人博士怎会是个机器人？他又怎会跑到飞舰上来？太荒唐了。

“你需要多多休息，工作让我一个人来干就可以了。”Jolene缓过神来，以关切的口吻说。

“哎哟，你想到哪里去了。”许光辉哭笑不得。他连忙把Richard的演讲录音找出来，一边当场演示，一边把前前后后的情况一五一十地告诉她，一口气讲到了动物声音辨识自动成像仪测不出Richard图像的怪事。Jolene慢慢听着看着，这才确信许光辉说的不假，他脑子没坏掉。

“就凭测不出图像这一点，你就能断定Richard是机器人？”Jolene问。

“没那么简单。”许光辉说他后来拿到了确凿的证据才敢下结论。

反复测不到图像，许光辉当时就陷入了沉思，他觉得应该考虑到异常情况。一种情况是对方采用了声音转图像的干扰技术，这是有可能的。许光辉很清楚，很多新技术一问世，立刻就会有人研究相应的反制技术。就像电脑病毒那样，总有人不断地制造新型病毒，也总有相应的杀毒软件跟上，道高一尺魔高一丈，反复较量。但他细细琢磨后又觉得不太对头，自己这项动物声音成像技术主要是针对动物而不是人，有谁会吃饱撑的为那些阿猫阿狗们去搞专门的掩护技术？道理上很难说通。

还有一种情况是，Richard根本就不是人也不是动物，所以才测不到图像。那么他会是什么？

是机器人？对呀！许光辉恍然大悟，难怪Richard的声音听着感觉耳熟，这声音就是出自飞舰上的机器人之口，自己此前却从未往这方面去想，也不敢相信会有这种事。要真是这样的话，那倒简单了，用不着什么高端技术来证实，只要用普通的声谱图对比一下，真相就昭然若揭了。

有的时候，看似复杂的问题用简单的技术去解决，反而更靠谱。许光辉一想清楚便立马动手，他找出飞舰上每位机器人平时的讲话录音，与Richard的演讲录音逐个进行对比，声谱图显示出来的结果一目了然。不需要再费更多的脑筋了，估计连猴子都能看个明明白白，还用得着猜它是谁吗？

"Richard就是思瓦特，反过来说也一样，思瓦特就是Richard！"许光辉斩钉截铁地告诉Jolene。

事实明摆着，许光辉已成功地将思瓦特和Richard这两个假面具合二为一了。确实不需要再从头摸索了。

"简直难以置信，你真是太空的福尔摩斯啊。"Jolene看着许光辉向她演示的声谱图，不得不叹服，不得不敬佩。她说这下好了，锁定了Richard也就等于锁定了搞破坏的机器人，连多年前的奥塔哥悬案都彻底破获了，一箭双雕。

但愿是一箭双雕。许光辉觉得Jolene的想法跟自己一样，Richard或者说思瓦特，应该就是在阿哲261号上捣乱的坏蛋，但这一点还缺乏直接的证据。他说这事有待进一步查实，搞不好它在飞舰上还有同伙。

“把它们唤醒过来，审一审就知道了。”Jolene若有所思道。她已经开始考虑行动方案了。

“Richard这样的高智商机器人，哪有那么容易审？”许光辉对此高度怀疑。

“给我一点儿时间准备一下，”Jolene面露不悦道，“我又不是吃干饭的。”

许光辉笑了，说由她尽管放手干，他来给她当后勤部长。

接下来就真的轮到Jolene出手了，她感觉到难度要比事先预计的大很多。此次出征前，她一直以为重点任务就是找出搞破坏的机器人，剩下的事情都可以迎刃而解，无非就是对它的程序进行加加减减的修改，让它脱胎换骨、改邪归正也就完事了。而且她也做了不少功课，对阿哲261号飞舰上这批机器人的情况已心中有数，让坏蛋改恶从善不是什么难事。但现在意外地冒出个Richard来就打乱了全盘计划，这不在她掌握的情况之列，而且还涉及世人高度关注的悬案，一连串的疑问都有待解开。

唤醒了Richard之后如何应对，确实是一件很麻烦的事。倒不是担心它有什么攻击性的危险，事先切断它的运动系统就是了。这就像打断了动物的脊梁骨一样，会使它无法动弹。关键在于怎么审才能让它实话实说，要是它保持着抗拒思维，那她和许光辉两人加起来也赶不上它的反应能力，最后不但一无所获，反而会强化它的抵触意识，审得越多它就越会周旋，从而陷入一种恶性循环之中。况且，Richard跟人类较量了多年，其智能水平非同一般，绝不会乖乖就范。

Jolene自然而然就想到了久违的思维信息阻滞技术，面对坑害人类的机器人恶棍Richard，还要跟它讲歧视不歧视的道理吗？该出手时当然要出手了。

Jolene在思瓦特和敬欧姆几个机器人身上倒腾了很长时间，终于准备就绪。她跟许光辉一起商定了审讯方案，先易后难，先从其他机器人入手，最后集中力量攻克思瓦特。

“那就开审吧，”Jolene示意许光辉趋前，她说，“你主审，我来当陪审员。”

许光辉一笑说：“谁陪谁呀，一起来吧。”

首先被唤醒的是敬欧姆，它一醒来先是迷迷糊糊哼哼哈哈，接着“嗷”一声长啸过后才恢复了平静，仿佛一只沉睡了千万年的老妖突然苏醒过来了。

“敬欧姆我问你，你跟思瓦特是一伙的吗？”许光辉一上来发问就直击要害。

“是的，我们确实是一伙的。”失去了思维抵抗意识，敬欧姆无疑是在照实回答。

“啊？”Jolene吃惊不小，她指着那些尚未唤醒的机器人问道，“这里面还有谁跟你们是一伙的？”

敬欧姆看着身边的“难友们”，有气无力道：“我们都是一伙的哟。”

“什么？一窝坏蛋？”Jolene更吃惊了。她一脸怒气转头望向许光辉，此刻她手里要是有根铁棍什么的，估计会冲上去横扫一切“牛鬼蛇神”。

“别急，我来问清楚，”许光辉伸手示意Jolene息怒，他接着问敬欧姆，“你参与了思瓦特破坏飞舰的行动吗？”

“破坏飞舰？”敬欧姆摇着头说，“我听都没听说过，更不可能干这种丧尽天良的坏事。”

“那你认识Richard吗？”许光辉又问。

“听说过此人，但不认识他，也没见过。”

“咦？你刚才不是说跟思瓦特是一伙的吗？”Jolene忍不住又发问。

“是一伙的没错呀。”敬欧姆说它们几个一起登上了飞舰，一起节能休眠，又一起被唤醒干工作，后来全都莫名其妙晕了过去，它们当然是一伙的了。

许光辉看了看Jolene，他两手一摊无话可说了。这个敬欧姆实话实说已经表明，它不是Richard的同伙。

紧接着，几个机器人被挨个唤醒，逐一接受讯问。经过Jolene的摆弄，它们的思维都已失去了抵抗意识。从讯问结果来看，它们确实对思瓦特的破坏活动不知情，也就是说思瓦特在飞舰上并无同伙，这让许光辉和Jolene稍微松了口气。

轮到思瓦特了，它一被唤醒先是“呜呜”叫了两声，接着是一声很凄厉的长啸，仿佛比其他机器人更痛苦更憋屈。也许是Jolene对它下手时重了些。

“思瓦特我问你，”许光辉开门见山道，“你是狂人博士Richard吗？”

“嗯，嗯，是的，”思瓦特反应稍有点儿慢，它说它来太空之前一直都是以Richard的身份在地球上活动。

Jolene和许光辉听了相视一笑，思瓦特的真实身份算是彻彻底底地坐实了。接下来必定是拨云见日，所有的真相都将大白于天下。

事情进展太顺了难免就会有疏漏，正所谓胜利容易冲昏头脑。Jolene此刻和许光辉想法一样，想着要把思瓦特前前后后的事情审个水落石出，但她忽略了一个重要的技术环节，这让她后来悔青了肠子也无法弥补。

“这么说来，当年轰动一时的巫霸草就是你干出来的事？”许光辉接着问道。

“没错，主要是我干的。”思瓦特供认不讳。它说那次出师不利，没想到行动开始不久就被人们清剿了。

“这样的审问毫不费力，”许光辉转头对Jolene说，“要是这样的技术能用在对人类罪犯的审讯上，那就省事多了。”

还没等Jolene搭腔，思瓦特就抢先开口说：“已经有了专门对付人类的中枢神经阻滞剂，我可以提供。”

“啪，”Jolene伸手关了思瓦特的开关。她提醒许光辉说，如果有意见需要交流，应该先关了它的开关，免得在它记忆库中留下负面信息。许光辉笑称明白了。

Jolene再开机，许光辉继续问道：“你刚才说行动开始不久就被人类清剿，难道还准备了后续行动吗？”

“是的，我们设计的那种巫霸草，本身就具有三步联动的功能，可以说是步步紧逼。”

思瓦特供述说，他们用的“植物基因递进表达技术”能让巫霸草分为三个阶段展开攻击，比一般的巫霸草厉害得多：第一步是静悄悄的伏击战，主要是侵害其他植物，破坏生态系统。第二步是毒气战，巫霸草将散发出一种剧毒气体，杀灭周围的飞禽走兽等动物，如果人们这时候去清剿也必将遭受重大伤亡。第三步是地道战，等人们不惜代价去扑灭这场植物瘟疫的时候，巫霸草就转入“地下斗争”，它的根须就开始在土壤中强劲地疯长，向四处延伸，一点一点绞断地下光缆、电线、供水供气等管线设施，继而破坏公路、桥梁及其他建筑物等地下基础结构使其坍塌，最终造成社会生活的大面积瘫痪。思瓦特说如果奥塔哥的情况当时能进入第三步的话，那么其破坏性将超过一场八级大地震，结局就是四个字：惨不忍睹。

Jolene听出了一身冷汗，她怎么也想不到有人会制造出这样一种可怕的植物来。

许光辉听了也很吃惊，这种巫霸草不是小巫也不是中巫，而是不折不扣的大巫。他感到很庆幸，好在汪芸当初发现得早，相当于害人精刚一露头就被斩首了，要不然后果真的不堪设想。他想想就来气，恨不得朝思瓦特狠狠地踹上一脚。

不过他还是没踹，对这个毫无痛觉的思瓦特，踹了也白踹。眼下还有许许多多的疑问没有弄清楚：这巫霸草是如何设计出来的？又是在哪里制造的？投放时间和地点是怎么策划的？这一系列问题都等着他审个明白。

“说到奥塔哥，你们为什么选择那个地方作为首个投放点？”许光辉强压怒火，继续讯问思瓦特。

“哦，那不是我选定的。”思瓦特回答。

“你Richard在地球上臭名远扬，怎么会是个机器人？”Jolene不等许光辉追问，就抢先抛出新问题道。

她有点儿耐不住了，这巫霸草的事问个三天三夜也说不完，许光辉以后有的是时间细细盘问。也许他对几年前亲历的往事放不下，非要先搞清楚不可，但现在不是时候。Jolene更迫切地关心眼前的问题，这是她的任务和职责。Richard在地球上是个大活人，来了太空摇身一变成了机器人，究竟是怎么回事？

“我本来一直就是机器人。”思瓦特说Richard的身份是有意和无意炒作出来的，而它的外形则是用仿肤材料制作出来的一具皮囊。

许光辉疑惑地看着Jolene，好像不甚明白。对Richard的身份炒作一说，他倒觉得不难理解，弄出个装神弄鬼、招摇撞骗的人物来并不奇怪。这种事情最近百年来一直就有，每隔十年八年总会冒出些个神乎其神的算命大师、气功大师、风水大师之类的主儿，其实都是历史沉渣改头换面之后的翻版。甚至斗大字不识几个的山野乡民靠一把香灰或一把绿豆，也敢号称包治百病的神医，却照样有成千上万的人热捧。狂人博士的出炉，旗号不一样，炒作方式类似。但许光辉不解的是，多年来他只知道基因工程制造的人工皮肤，却从没听说过仿肤材料。

Jolene后来告诉他，仿肤材料是用于机器人伪装的一种高分子材料，它不具有皮肤的生物活性，却能以假乱真。国际机器人协调局曾颁布过禁令，不得用仿肤技术对机器人进行伪装，以免造成社会混乱。但那只是未雨绸缪，谁也没公开使用过仿肤材料。据说美国军方已经秘密研制出了很逼真的仿肤材料，但Jolene一直将信将疑，眼不见不为实嘛。

事有凑巧，就在Jolene这次飞天前的几天，地球发生了一场大闹剧，让她相信了仿肤材料的确有人在使用着。

那天，声名狼藉的国际恐怖组织伊士拉阵线高调宣布，他们成功地暗杀了美国黑人女总统纽巴俄，说是纽巴俄到访加拿大在与渥太华市市长会面时，被枪手近距离击中三枪，其中一枪还打爆了纽巴俄的脑袋。世界震惊了，媒体也乱套了，铺天盖地的消息传遍了全球，但就是没有美加两国的官方消息。加拿大政府发言人面对各国记者说了一声“不知道”后就只摇头不再发话，有报道说他已经被吓傻了。美国白宫发言人更绝，他像和尚念经一样嘴里不停地念叨着“无可奉告，无可奉告”，念累了就喝口水，顺便来一句“还有什么问题要问？”，接着继续“无可奉告”。混乱持续了几个小时之后，纽巴俄神采奕奕地出现在渥太华，面对公众和媒体，她来了一句：“听说纽巴俄死了，我怎么不知道呢？”

此事引发全世界议论纷纷，正在弹冠相庆的伊士拉阵线被搞得灰头土脸，他们随后不得不发表声明表示，被当场击毙的可能是个假的纽巴俄，因为现场确实没见到血迹。Jolene和机器人协调局的同事对这起戏剧性的事件也有各种猜测，不少人觉得，凶手击中的很可能是用仿肤技术伪装的机器人纽巴俄，这意味着美国已经在使用仿肤材料了。

现在，思瓦特的招供表明，仿肤伪装这种被禁用的技术，Richard集团早在几年前就用上了，比美国假总统更早。常言说“披着人皮的狼”，那是用来骂人的话，如今Richard这样的货色比狼还要凶残，它们不仅披着人皮而且掌握了高端技术，神不知鬼不觉地混迹社会与人类为敌，地球人危矣！一想到这里，Jolene对许光辉的星际殖民紧迫感又多了一分理解。Richard之流在当今新技术滥用的大潮中趁机四处搞破坏，有识之士能不急吗？

“我再问你，猪头鱼是怎么回事？”Jolene忽然想起了汪芸的推测，她说过猪头鱼很可能也出自Richard集团之手。但Jolene心想，Richard已经上天好些年了，而猪头鱼是后来才冒出来的，这里面有点儿问题。

“猪头鱼嘛，那是我们研制的一种秘密武器。”思瓦特说猪头鱼不打算在地球上公开暴露，而要当成战略预备力量做长远布置，准备伺机混进星际殖民的物种到外星球去发挥作用，未来任何一个殖民星球上的江河湖海定会成为猪头鱼的天下。思瓦特说有点儿遗憾，到它此次上天之前还没有完成全部的研制工作，但他们的人正全力以赴在干着。

这就对头了，汪芸的判断没错。Jolene告诉思瓦特说，猪头鱼已经研制成功了，但也露馅了，最终枉费心机成了废物。

“不会这样的，”思瓦特很平静地说，“猪头鱼的厉害之处很隐蔽，外人不会知道。”

“狐狸再狡猾能斗得过好猎手吗？”Jolene冷笑一声说，“你们那是痴心妄想。”

“什么，什么猪头鱼？”许光辉伸手关了机问道，“我怎么一点儿听不懂呢？”

“哦，猪头鱼可是稀世美味，”Jolene怔了片刻说，“汪芸擅长采购我擅长煮，回去以后煲一锅让你尝尝。”

她这会儿没工夫多解释，满脑子的疑问还等着解开。一伸手她再次开机，定了定神继续问思瓦特道：“后来你怎么从Richard又变成了思瓦特？”

“对了，你是怎么混到阿哲261号上来的？”许光辉紧跟着补充了一句。

思瓦特接下来的供述，让许光辉和Jolene不寒而栗。他们这才知道，许光辉已经死里逃生三次了。

巫霸草在奥塔哥早早败露后，Richard赶紧卸下了身上的皮囊，安然躲过了全球通缉。风头过后，它立刻又投入了另一场破坏活动中，那便是阻止阿哲261号的星际殖民试验。

起初他们的目标很明确，就是要在阿哲261号飞天之前干掉宇航员，由Richard用仿肤伪装取而代之，操控整个飞舰。但阿哲261号的宇航员迟迟没有确定，等临近出征才定下许光辉。他们赶紧进行算计，要在这么短时间内，用仿肤技术设计、制作出一副许光辉的皮囊是来不及的，于是不得不打消这个念头。许光辉算是躲过了第一劫。

一计不成又生一计，他们打算再次针对许光辉下手，给他注射中枢神经阻滞剂，控制他的大脑思维。实际上Richard集团不仅研制出了这种药物，还研制出了“大脑思维信号遥控装置”，准备把这种遥控器偷偷安放在飞舰上。一旦药物在许光辉体内生效，那他就变成了真正的行尸走肉，其大脑思维完全听命于遥控器的电脑程序，他就任由摆布了。不料，就在一路人马准备对许光辉下手的前一天，另一路安放遥控器的人马出师不利，被当成窃贼给扣了起来，精心调试好的遥控器也当场摔毁了。没有了遥控器，再冒险给许光辉注射药物毫无意义，飞舰照样会按照自动导航飞抵狗牙星。于是行动又一次终止，许光辉躲过了第二劫。

经过这么两轮折腾，已再没时间做充分的准备了，Richard不得不赤膊上阵了。它甚至来不及带个同伙，就孤注一掷开始行动，跟阿哲261号原已备好的机器人思瓦特玩了一出“狸猫换太子”的把戏，混上了飞舰。许光辉全然不知身边的危险，一路上与狼共舞，直到飞舰接二连三出现故障才引起他的警觉。

Richard混上飞舰后，不是没考虑过把许光辉早点儿干掉。但这老奸巨猾的恶棍也想到了，事情到了这一步，干掉了许光辉自己会彻底暴露不说，还会有“张光辉”“王光辉”前赴后继，并不能阻止星际殖民试验的步伐。它最想要的结局是，让阿哲261号的飞行误入歧途，来一场不成功的飞行后返回地球，这样既达到了目的又掩盖了它的恶行。但许光辉坚决不肯轻易返航，它就只好一步步破坏，妄图逼他就范。后来许光辉走投无路了，才下决心要返航。这时候，Richard已起了杀心，它做贼心虚地察觉到了许光辉对机器人的怀疑，准备伺机动手灭了许光辉。没想到在这关键时刻，许光辉来了个先下手为强，一下子就把它彻底制服了。Richard说它到现在也不明白，是什么方法让它瞬间就失去了知觉。

“你不明白的事情多了，”许光辉愤愤道，“捣乱，失败，再捣乱再失败，直至灭亡，这是你们必然的下场。”

Richard当然不会明白，猫教老虎的时候自己还要留一手爬树的本领以防万一，人类不至于连这点儿智慧都没有。许光辉当时按下的黄色按钮，实际上控制着一个特殊的磁极子发射装置，无论是机器人还是外星同类来客，只要体内嵌有硅质芯片，都会被射中而睡死过去。幸亏飞舰留了这一设置，许光辉才躲过了第三劫。

真是惊心动魄。Jolene“啪”一声关了思瓦特，她若有所悟道：“我在想啊，人们对第三次世界大战的形式猜来猜去都不着边际，其实敌人早就不宣而战了，战争也已经打响。”她说这场战争就是人类与滥用新技术的敌人之间展开的殊死较量，战场遍布各技术领域，这次飞舰上发生的事以及当年的奥塔哥事件都是其中的局部战斗，好在这两场战斗都打赢了。Jolene说战争的对手不光是Richard这种与全人类公然为敌的败类，还包括那些有意无意滥用新技术的帮凶们，他们就是当年的“轴心国”。

“有点儿意思，”许光辉道，“照你这么说来，有良知的当代科学家就是人类迎敌的同盟军喽，那么战争的进程将如何呢？”

“这是一场真正的持久战，不是一两场战斗就会完事的。”Jolene说这场大战你死我活，星际殖民就好比建立根据地，是人类最终赢得战争的后路和保障。她说火星上留下的悲壮教训值得地球人深刻反思，火星人当年很可能就是由于没找到新的根据地，最终与敌人同归于尽了。

Jolene的话让许光辉深有同感，她把那些滥用新技术的人看作帮凶，这话给了他不小启发。对或错姑且不论，她至少提供了一种全新的观念。他很明白，以根深蒂固的传统观念来看，新技术一直以来就是人类天然的朋友，虽然新技术的副作用也为人所知，但那无伤大雅，大多数人最终还是认为利大于弊。然而，任何事物发展到极致就会走向反面，新技术最近几十年来的发展已今非昔比了，从人类的朋友异化为敌人并不奇怪，只是人们还没有足够的勇气从观念上面对这种异化现象。

“哎，不对头。”许光辉猛然反应过来，冲Jolene大喊一声。

他突然想到，基因技术异化出了巫霸草这样的害人怪物，罪在Richard身上。但Richard本身同样是AI技术异化的产物，背后操纵它的人应该才是真正的坏蛋。

“怎么不对头了？”Jolene问道。

“我差点儿忽略一个重要的问题，”许光辉说，“我们把Richard当作罪魁也许是不对的，要是隐藏在它背后还有黑手呢？”

“哦，审问一下就清楚了。”Joene不以为然，她觉得强AI机器人自己的思维出现偏差而与人为敌的事屡见不鲜，当然也不排除人为恶意设计的可能。但无论怎样，像Richard这种高智商的机器人绝不是木偶，其作恶行为大都是它自身随机应变而做出的，收拾它错不了。

“你是由谁设计出来的？Richard集团的主谋是什么人？究竟是谁在后面指挥你？”Jolene开了思瓦特的开关，许光辉一口气连着质问它三个问题。

Jolene有点儿想笑，这几个问题还不都是一回事吗，就是想问出后台人物是谁。她盯着思瓦特等它说出答案，只见思瓦特又是“呜呜”地叫着，像是喉咙噎着东西一样发音很不利索。

“到底是谁在背后指挥你？”许光辉再次厉声逼问。

思瓦特仿佛苟延残喘，它断断续续道：“是……是……，是新西兰的……”

话还没说完，思瓦特身上一道耀眼的弧光闪过，刺得人无法睁眼。

“不好！”Jolene高叫一声，想伸手过去关掉思瓦特的开关。许光辉眼疾手快，一把抱住Jolene将她挡在身后。

“噼啪”一声脆响，接着又“嗞——嗞——”几声，飞舰舱内立刻弥漫出一股焦煳气味。

许光辉和Jolene回头再看，思瓦特已经面目全非，成了一堆烧焦了的电子元器件。

“我怎么这么笨啊！”Jolene吃惊过后痛悔不已，她说自己犯下了技术疏漏的大错，连后悔药都没得吃，简直不可饶恕。

许光辉也明白过来了，思瓦特身上安装了秘密的自爆器，这种装置在不得已的情况下就会启动、自毁。即使Jolene想到了，也未必能检测出这种秘密装置，何况智者千虑必有一失。好在，几起破坏事件的大致情况已弄清，Richard集团的核心干将也已消灭，至于一些细节及幕后情况，就随它去好了，很多事情的真相，只能永远尘封在历史长河中，揭开是偶然，揭不开才是必然。对茫茫宇宙来说，一颗小星球上发生的鸡零狗碎的事，哪儿能都搞得清清楚楚明明白白？

Jolene还在连连自责，她眼泪都流出来了。许光辉安慰她说，这不是她的错，是敌人太狡猾，但再狡猾最终还是败在了高人Jolene手下。他见Jolene停止了抹泪，又说："你应该哈哈大笑才对，你可是功臣呀，为人类扫清了星际殖民的一大障碍。"

"哄毛孩子呢。"Jolene回敬他一句，她这会儿哪儿能笑得出来。

不仅Jolene笑不出来，即将飞往诺苏号空间站的汪芸很快也笑不出来了。

第
23
章

地球惨遭大劫

2063年，地球似乎犯了迷糊，弄乱了南北半球的气候交替。汪芸飞太空的时候，已经是11月了，北半球很多地方却还是赤日炎炎，闻不到一丝秋冬气息。就连哈尔滨、呼伦贝尔这些地方也一改往年银装素裹的风光，变得热气弥漫，仿佛要参加冬日里的“十大火炉城市”评选。而南半球却乍暖还寒，本应该骄阳当头的初夏却羞羞答答不肯露脸，反倒是在一些从未染过冰雪的地方，莫名其妙地在这时节飘起了雪花。全世界都感受到了这种季节颠倒的怪象。

人们都在议论，说这是异常剧烈的厄尔尼诺现象。然而各路科学家多次研讨后，否定了这个说法。他们认为这主要是由于地球内部地幔层及地核的运动变化作用到地球表面而导致了气候异常。这种所谓的“地心搅动说”，是对厄尔尼诺“大气因子说”的重要补充和修正。至于地球内部为什么会出现新的运动变化，专家们多年前就有过解释，那是因为近年来新技术突飞猛进的发展，全新的海底种植技术、采掘技术、钻探技术等大规模运用，造成地壳严重破坏，进而影响到地球深层结构的变化。说来说去，是新技术的滥用招惹了地球，如今出现的极端反常天气，是地球在还以颜色呢。

位于海底的多家研究和探测机构，不仅提供了大量支持地心搅动说的证据，而且还提供了新的预测。有些研究机构指出，季节颠倒是个信号，接下来将要发生地球磁极的倒转，南北两个磁极的磁性很可能要翻转了。还有专家观测到，地球自转轴的倾斜度正在改变，说是有朝一日地球会沿着它的自转轴翻个一百八十度的大跟头，从而南半球变为北半球、北半球变为南半球。这些事也许出现在不远的将来，然而一旦发生则是人类的大灾难，祸首主要就是地心搅动。

但也有人认为专家那些预测是杞人忧天，危言耸听。想想一个世纪前，人们不正是凭着“石油工人一声吼，地球也要抖三抖”的豪迈气概去开发地球资源的吗，而今高度发达的新技术给人们带来了更多的收益，就算再让地球抖三抖也没什么了不起的。

汪芸当然是相信科学道理的，只不过她跟绝大多数人一样，不觉得灾难会说来就来。在人们看来，地球气候异常及未来变化，就算是新技术引发的诸多副作用之一，也不至于灾难即刻到来，所以喊了多年的“狼来了”或许再多喊一次也无妨。对于专家的预测，汪芸想起了古人阿基米德的话——“给我一个支点，我可以撬动地球”。如今2063年的当代人多牛气，连个支点都不需要，就能让地球翻跟头。阿基米德若是地下有知，他该哭了。

汪芸感觉到，这2063年不但全球气候变得怪异，而且还有不少邪门事让人难以捉摸。比如她从新闻报道中得悉，那个倾斜了近千年的著名“楼歪歪”比萨斜塔今年不经意间自己立直了，再比如她听说长白山天池不久前突然喷出了火山熔岩，等等。就连新技术领域也跟着凑热闹，多年来只听楼梯响不见人下来的一些高新技术，也在这一年纷纷落地生根，这倒让她感到很欣慰。尤其是不久前冒出来的“基因生态技术”成果，对她来说简直是雪中送炭，像是专门为她此次飞天而量身定做的。

根据诺苏号空间站的请求，汪芸要携带一台大型生物源反应器前往增援。恰在这当儿，基因生态技术对第二代生物源反应器进行了全面升级。这一重新升级过的5D打印机，不光能够对各种生物进行孵化培育，而且能按生态规律进行科学的时空搭配，堪称一台生态圈的自动设计师。她甚至觉得，称它为“新型造物主”也不过分。

“这就是所谓的第三代5D打印机吗？”刘剑得悉汪芸要带着这种新型的生物源反应器上天，第一时间就向她求证。

“没错，业界一直期盼着这一代5D打印技术能够尽早实现，”汪芸不无得意道，“现在终于梦想成真了。”

汪芸接着告诉刘剑说，在此前，地球物种的所谓原始移植一直是遭人诟病的，人们担心地球上的人种殖民到新的星球之后很难在漫长的进化历程中再度成为万物之灵，因而这样的星际殖民对人类也就失去了意义。如今有了新一代生物源反应器，这种担忧就大可不必存在了。她说最近十多年来，后达尔文主义者已从多方证明，生物进化不只是一个个物种本身，而是物种加环境的整个生态系统在进化，并且这种整体进化是沿着一种必然趋势向前推进的。具体说来就是，后达尔文主义者坚信，只要原先的生态系统保持一定程度的稳定性，物种进化即使在另一颗星球上推倒重来，人类也必将脱颖而出，最终成为芸芸众生的主宰者。所以说，用基因生态技术打造出来的新一代生物源反应器，能使地球上的人种通过原始移植方式，在遥远的类地行星上重现人类文明。

“那么，下一代5D打印机将会是什么样子呢？”刘剑“得寸进尺”道，“请汪大博士为我描绘一下吧。”

“我想第四代机器应该是一项超级技术，”汪芸思索了一下说，“未来的5D打印机可以连同各物种赖以生存的星球家园也一并打印出来，换句话说就是能同时制造出带有生物的宜居星球。”她说，这种超级技术一旦问世，人类即使发展到危机时代也不必惶惶不可终日，假如地球毁灭在即，那就打印一个新的地球，也许重新打印一个太阳系都是有可能的。

“哇，了不得，5D打印技术前景无限啊，”刘剑听了使劲点头，他有所感悟道，“难怪你这次带着升级版的设备飞天会这么得意呢。”

其实，得意的事还不只是新型5D打印机，更让汪芸得意的是，她将要驾乘人类第一艘载人的质子飞舰升空。说起来，质子飞舰又称“反物质能源飞舰”，它以物质湮灭而产生的巨大能量为动力，不仅航速快，而且无污染。要知道最近半个世纪以来，人们为了搜找、存储反物质费了九牛二虎之力，直到今年才成功研制出了反物质超级能源。而这回首次用在载人飞舰上，就让她撞个正着，真是赶得早不如赶得巧。

2063年大事小事稀奇事，事事有巧。刘剑还告诉汪芸说，就连2063这组数字都很奇妙，像是在搞航天纪念。今年正好是人类飞出太阳系20周年，汪芸则是飞到外太阳系的第63位华人女宇航员，而此次搭载她的质子飞舰又刚巧是飞出地球引力的第2063个载人航天器。

汪芸出征前一天，刘剑抛出了一篇标题怪里怪气的文章《飞天七巧板——四葫芦串太空“拼图”》。文章说，许光辉、陈万通、Jolene和汪芸是人类开展星际殖民的先锋战士，他们每个人飞天前总是会发生奇闻趣事，尤以汪芸这次飞天为甚。其中还说到，汪芸早有飞天之志，就等着坐第一艘质子飞舰呢，结果她如愿以偿了，这让各路宇航员羡慕不已。他还煞有介事地预告，汪芸此次临行前可能还会有奇事发生，要人们留意最新资讯。

刘剑真成了个乌鸦嘴，没事让他胡诌出来了事。汪芸出征当天，果然就有怪事发生。

那是一场不曾听说过的灾害。

位于东太平洋的科隆群岛，多年来一直景色宜人、平和安宁，这天一早没任何先兆，一大堆岛屿转眼间就沉入了海水。紧接着，这片水域又发生了火山爆发式的喷射，附近沿岸国家突遭一场石头雨，大大小小的石块从天而降，砸得惊慌失措的人们死伤无数。有消息说，这都是科隆群岛附近海底那几个地心探测站招来的祸。那些探测站几年来拼命在海底的地壳上深掘猛钻，探孔越钻越多，越挖越深，企图搜找、采掘所谓的“重物质”，结果那几个探测站就在这天一早全线崩塌了。汪芸只听说了这些，她的质子飞舰还是按原计划发射升了空。这场灾害后来的情况她就不知道了。

汪芸像诸多的宇航员前辈那样，在升空刹那间做了个象征胜利的剪刀手动作，留下了她在地球上“最后的倩影”。

她初次飞天感觉不错，这质子飞舰设计得几近完美，乘坐其中非常舒坦，既没有山呼海啸般的噪声，也没有穿越大气层过程中的震颤，跟乘坐磁悬浮高铁一样，在不知不觉中加速前进。地面几次询问她感觉如何，她都以“很好”作答。

顺利飞离了地球，飞舰很快就转入了奔月轨道，她开始考虑登月后处理巨型蚂蚁的具体行动。临行前她就考虑过了，比较来比较去还是觉得黄口才提供的办法最可行。

其实刘剑也为这事操了不少心，他帮汪芸四处搜罗了不少对付巨型蚂蚁的办法，有一些办法听着是很不错的，但实施起来过于烦琐。要知道，汪芸是路经月球顺便去处理一下巨型蚂蚁，她一个人没有精力去干太复杂的事。刘剑很快意识到这点后，挑了两种操作较简单的方法请她自己选定。

一种方法是用“自动钻地镖”携带毒性气雾剂直接钻进月面深处，在巨型蚂蚁的藏身点喷洒，一举将它们彻底消灭掉。刘剑说这再简单不过了，事先调试好设备，到了事发地点照着脚下的月面把镖射进去就可以走人了，剩下的事自动钻地镖会按程序进行，最终代表死神去问候那些巨型蚂蚁。

另一种方法是用“反神经波武器”，从月面对准巨型蚂蚁的活动区域向下扫射，操作起来也不复杂。汪芸知道，动物的神经系统在调控机体活动时能产生神经波，这种神经波在20多年前被人们发现后，为解释神经元和神经网络的活动机理提供了全新的视角，也为治疗癫痫、帕金森病等神经性疑难杂症找到了更有效的途径。但很快就有好战分子研制出了反神经波武器，这种武器能干扰神经波而造成整个神经系统紊乱，致使机体慢慢因各器官功能失调、衰竭而亡。刘剑说，反神经波武器在地球上早已被列为大规模杀伤性武器而禁用，但在月球上并没有明令禁止，何况针对的是动物而不是人。

“前一种办法是急风暴雨，后一种办法是温水煮青蛙，”刘剑征询她的意见说，“你看着哪一种合适，我就尽快让朋友帮着准备家伙。”

汪芸思索了一下道：“实话实说吧，我看哪一种都不合适，这种一剑封喉一招致命的办法是我师弟他们特种兵干的活，我可下不了手。”

“呵，关键时刻露出了温情主义的一面，”刘剑摇头道，“那你这趟去月球想怎样，巡视一下回来发篇新闻报道？那是我的饭碗呀。”

“我可没想过抢你的饭碗，但我也确实当不了屠夫。”汪芸承认自己的弱点。别说那些巨型蚂蚁还没干什么坏事，就算已确认它们十恶不赦，要让她亲自动手一枪射过去一刀砍下去宰了它们，她也是做不到的。汪芸觉得刘剑已经想得挺周到了，是她自己有点儿临阵怯场的味道，整天嚷嚷着要去月球处理巨型蚂蚁，真要行动了却跟叶公好龙一样不敢接手了。难道就没别的办法了吗？也许还没到走投无路的地步，她试探刘剑道：“最好别让我直接动手宰杀。”

这可有点儿难办了。刘剑明白汪芸的心思，她这些年对非法物种所见颇多，要她去审理鉴别她肯定心明眼亮毫不心慈手软，但要她这么个淑女去动手剿杀确实有点儿勉为其难。正因为这样，他才张罗了两种办法让她自己挑选，现在看来连这条路也走不通。他只好先宽慰她说：“我再想一想吧，大不了我另外找个哥们儿替你去月球跑一趟。”

另找人去又要等到猴年马月了。汪芸心想，这活本来就不是义务劳动，没什么人会当回事。而且那些巨型蚂蚁至今也没惹过什么麻烦，要不是陈万通偶然探测到，它们到现在也还不为人所知。除了她自己这样的业内人士，也没谁会去关注它们的潜在危险，地球上非法物种的麻烦事那么多还顾不过来呢。她想好了，实在不行自己就豁出去一回，到时候在月球上就闭着眼睛扣扣扳机当一次屠夫，没啥大不了的。

过了两天，她就又打电话给刘剑，要他把自动钻地镖和反神经波武器准备好，说她想熟悉一下设备。刘剑一听很吃惊，说：“真的？淑女也要举起屠刀了？”汪芸说：“这不是被逼上梁山了吗？”刘剑笑了，说：“没人逼你，你要是不想上梁山的话就耐心等着，有人会找你的。”

不久，果然有人找上门了。汪芸等来的不是别人，而是黄口才。他来物种审理署找她的时候，手里握着一卷长长的筒纸，看上去像以前的设计师卷着图纸上工地的样子。现在怎么还用纸质图纸这种老古董呢？汪芸不明就里，根本想不到他这复古举动跟她的月球之行会有关系。

“我是来跟你商量剿杀巨型蚂蚁一事的。”黄口才在她工作室的沙发上一落座，就开门见山道。

汪芸一怔说：“我要去处理的是生物蚂蚁，可不是机器蚂蚁。”她觉得这件事跟黄口才这位机器人协调局的工程师似乎关系不大，刘剑该不会是病急乱投医找错人了吧。

黄口才说：“要是机器蚂蚁就好了，我就有机会亲赴月球施展拳脚了。”

“那你现在的意思是，派个机器人跟我一起去？”汪芸猜测他的意图说，“可是我的飞舰要携带一台大型的生物源反应器，不允许再搭载机器人了。”

“哈，我可没说要你带机器人上天，”黄口才把手里的卷筒往茶几上一放说，“带上这个总可以吧。”

汪芸一看，这一卷图纸没什么分量，也不占地方，带上它当然没问题了。她问道：“这是什么宝贝呀？”

“还记得我以前跟你聊过看不见的杀手吗？”黄口才并不回答她，而是反问道。

“你是说太空辐射吗？”汪芸不仅清楚地记得他说过宇宙射线是看不见的杀手，而且知道温柔背后凶残的一面。她此次去诺苏号的重要任务，就是帮助重建生物实验区，那里的动植物正是被太空辐射瞬间杀灭的。

“正是太空辐射，你赶上好机会了。”黄口才边打开那卷纸边说，“我建议你就用太阳辐射对付那些巨型蚂蚁。”他告诉汪芸，太阳黑子最近刚好处在千年不遇的活跃期，这意味着强烈的太阳风暴正在发生。他用手把卷纸完全展开后说，这不是一张普遍的纸，而是一块具有太空辐射增强功能的柔性面板，它的工作原理跟放大镜聚焦光线类似，可以把太阳风暴的辐射放大到足以杀灭生物的强度。只要把这块柔性面板铺在月面，地面深处的巨型蚂蚁就相当于上了绞刑架。

“哦，还是要我自己动手操刀。”汪芸只兴奋了一下就有点儿失望了。她心想，用太阳辐射去杀灭巨型蚂蚁跟用自动钻地镖和反神经波武器没什么本质区别，只是手法上更温和一点儿而已，这不是换汤不换药吗？

黄口才道："用不着你亲自开刀问斩，你只要去那里摆上这个绞刑架就可以了，绞不绞杀取决于它们自己。"他说这是费了不少心思才想出来的办法，这块柔性面板装有动物繁衍自动感应装置，巨型蚂蚁繁殖越快越多，接收辐射的强度就越大越猛，最后它们就会自取灭亡。只要巨型蚂蚁保持现有规模不疯长，辐射增强的功能就不会启动，它们的生活依然可以维持现状，这也算是人类对这个无害新物种的最大宽容了。

"嗯，这比直接喊打喊杀要好多了。"汪芸高兴了。她觉得黄口才在辐射技术方面的功底着实不浅，当年他们师兄弟三人的努力没白费。但她仍有点儿担心地说："不过呢，要是它们并不疯长，而是突然搞破坏，比如攻击旁边的核电站等设施，那不是照样很危险吗？"

"这一点我已经想到了。"黄口才说柔性面板可以通过卫星进行遥控操作，一旦发现巨型蚂蚁有异动，在地球上用遥控器就能开启辐射增强功能，那它们真的是主动找死。他说这就体现了过去一位大人物提出的"四人"原则：人不犯我，我不犯人，人若犯我，我必犯人。

"考虑得很周到嘛，不愧是高手，"汪芸由衷赞叹道，"你不仅会治理机器人，还会治理新物种，这项技术如果在月球上可行，那就一定能推广到太空的其他星球上去。"

"先别给我戴高帽子，这项技术连个名称还没有呢，谈何推广，"黄口才见汪芸已认可他的办法，便接着道，"名正才言顺嘛，我倒想请你这女中豪杰帮着起个响当当的技术名称。"

为新技术起名，这汪芸可没想过，她做沉思状说要认真想一想。黄口才说现在不急，他希望汪芸到达月球现场后，能突发灵感想出个名称来，那样太空一闪念的思想火花才更有纪念意义。汪芸笑曰，他真是太有才了，这不是给她出了一道太空难题吗？黄口才说这是刘剑的创意，他听刘剑一说也觉得这想法挺好，所以热烈响应。

看来黄口才的这项技术不用白不用，用了也没白用。使用新技术的代价是太空起名，这可是名副其实的漫“天”要价呢。好在只是起个名字，难度系数还不算太高，要是让她到太空作首诗填个词什么的，汪芸觉得自己可没那个即兴发挥的本领。就连起名这事，其实她应承下来后也不轻松，一有空就会打腹稿琢磨。起个什么名呢？叫“太空辐射自动喷发器”之类就显得太直白了，叫“太阳神无形绞架”之类又显得太玄乎了，一直到踏上赴月征程，她也没想出个满意的名称。

现在，坐在飞舰里的汪芸想起黄口才当时一脸真诚的嘱托，更觉得他这要价合情合理。但她也感到给新技术起个俗名不难，起个脍炙人口的雅称并不容易，这还真的需要灵感。

汪芸望着飞舰的舷窗外。眼前的月球从最初的小圆饼慢慢变成了大脸盆，直到填满飞舰舷窗的边框，距离越来越近了。可她的太空灵感仍没出现，估计要等到降落在月球的那一刻才会冒出来。登月第一人阿姆斯特朗当年不就是这样嘛，他那句“个人一小步，人类一大步”的名言，据说就是在踏上月球的一瞬间想出来的。

汪芸正惬意遐想着，突然，飞舰剧烈抖动起来。怎么回事，舱外没有气流为何会猛抖？还没等她反应过来，耳麦里就传来了刺耳的嘈杂声，紧接着，指示信号显示通信中断。持续10多秒钟后，飞舰才平稳下来，汪芸急切地向地面呼叫，却得不到回音，她根本不知道发生了什么情况。

几分钟过后，地面才传来了断断续续的声音指令：“月球……情况……不明……减速……待命……”

汪芸连忙根据指令减速，把飞舰调整到远月大环绕轨道上。镇定下来后，她透过舷窗眺望月球，刚才还很清晰的月面已变得模糊，像是被泼了一大桶建筑垃圾。

半个多小时过去了，音频通信仍不很顺畅。地面改用文字信息向汪芸发来了指令：月球核电站大爆炸，登月计划即取消，直飞诺苏号空间站。

汪芸收到指令吓了一跳。但她此刻顾不上多想，只是全神贯注地按照地面断断续续的指挥，把飞舰调整到飞赴诺苏号的轨道上，然后开始加速。现在的距离，根本无法与诺苏号实时联络，她只好发了条信息给陈万通，告诉他情况有变。

做完这些事，汪芸的心绪仍难以平静，她感到追悔莫及。月球核电站突然爆炸，很有可能是巨型蚂蚁闯下的大祸，她早就有所预料，但行动上还是晚了一步。她还想到了，人类对新技术运用的监管存在着大漏洞，在地球之外的三不管空间一旦出现危害，照样可以波及地球，这次的教训不可谓不深刻。

汪芸一边想，一边试图与地面恢复联络，但她的努力没有成功。而且情况越来越糟，从耳麦里一片噪声中听到不连贯的一句“地球……也突然……现在危险……”之后，就完全中断了通信。汪芸不敢多想，她能做的事就是尽力呼叫，向地球呼叫，也向诺苏号呼叫，嗓子几乎都喊哑了，却无济于事。日子一天天过去，汪芸像断了线的风筝一样飞在太空，好在质子飞舰的航速要快得多，也不知过了多久，终于有一天，她与诺苏号的通信才时断时续地连上了线。

汪芸顾不得电波迟滞，急不可耐地问陈万通发生了什么事。隔了很长时间陈万通才回答她，他说现在情况还不清楚，叮嘱她路途上不必多想，没事看看预剧点播先休息好，一切等见了面再说。

诺苏号空间站像一幢高档别墅，华丽又宽敞，生活区、实验区、操控区等安排得井然有序。每一个初来乍到的宇航员，从狭小的飞舰对接口一钻进来，都会有一种破茧而出的兴奋感，寒暄不到三句话就会对这里发出赞叹声。

漫长的飞行终于挨过去了，汪芸刚一抵达，早已守候在对接口的陈万通便一把把她拉了进来，两人顺势紧紧拥抱在一起，足有数分钟相拥无语。从未见过这阵势的忆牛顿在一旁看愣了神，反应过来后它正要悄悄退走，却一不小心弄出了点儿动静。陈万通闻声松开了手，对汪芸简单道了声“辛苦了”，便带着她到了女宇航员休息间，并告诉她说Jolene当时也在此下榻。汪芸几次开口想发问，都被陈万通抢断，要她睡一觉醒来再谈。

汪芸毫无困意，她匆匆收拾了一下，就出来找陈万通碰头了。陈万通和忆牛顿刚给阿哲261号发完一条信息，通报汪芸安全抵达诺苏号的情况。

见她过来，陈万通和忆牛顿异口同声道：“不休息了？”

“地球上究竟发生了什么事？你们跟家里联系上了吗？”汪芸连客套话都省掉了，问话口气急促又焦虑。

“情况还不完全明朗，应该是发生了大事。”陈万通的回答倒是很镇静，像是在讲很久以前的事，也像是早等好了汪芸来发问。

一旁的忆牛顿在自己手掌上摆弄了几下，把一个虚拟的显示屏遥控到汪芸面前，一段文字信息立刻映入她眼帘：

今天海底和月球双双传来大爆炸消息，大地像是在抽筋，可能是……

陈万通告诉汪芸，就在收到她从月球发来的消息当天，诺苏号也收到了家里这样一条有头无尾的消息。估计还没来得及输完字符，地面通信系统就瘫痪了，此后就再也没了家里的音讯。

忆牛顿接着补充说，它一直在想方设法呼叫地面指挥中心，呼叫国际机器人协调局总部，但都毫无回应。它说日子已经过了这么久，联系上家里的可能性已经非常渺茫。

“你们的意思是，家里的通信系统被彻底震毁了，是吗？”汪芸总想溜着问题的边寻求答案，这种鸵鸟心理大概是人的本能。

“但愿只是通信系统毁了。”陈万通的回应尽力淡定，但还是忍不住发出“唉”的一声叹息。

“阿哲261号那边知道情况吗？”汪芸又问。她心里还是试图抓住一根救命稻草。

“事到如今能不知道吗？”陈万通干脆直言道，“大家都要冷静地面对现实了。”他告诉汪芸说，事发之后他第一时间就把情况通报给了阿哲261号，这段日子两边一直保持着密切的沟通。

“那他们怎么看？”汪芸急切地打断道。

“大家都一样，全是在痛心疾首之后才清醒过来。”陈万通说刚开始大家在震惊之余都心存侥幸，后来又惊恐万分、痛彻心扉，这阵子才算缓过劲来，开始冷静地分析现实处境，寻求应对之策。他说许光辉、Jolene和阿哲261号上的机器人，以及他和忆牛顿进行了反复的分析交流，认为地球发生了大灾难确凿无疑。

“你们怎么不想着回地球去看一看情况呢？”汪芸高声质问，她难以接受这种口说无凭的结论。

“灾难已经发生，看了又能怎样？现实是无法改变的，”陈万通平静地说，“当务之急不是去查看和解读这场灾难，而是要担负起地球人最后的责任，行动起来，做我们该做的事。”

“万一要是虚惊一场呢？”汪芸仍不死心。

“我们都希望这样，但不大可能。”陈万通示意忆牛顿，要它具体介绍一下情况。

忆牛顿在汪芸面前的显示屏上向她做模拟演示。它这没心没肺的家伙，完全像是在做学术报告，讲起地球的大灾难一点儿悲伤的情绪都不带。

“被地月两头同时这么一爆震，地球上这一大劫是躲不掉的，”忆牛顿口齿伶俐地说，“根据现有的信息，虽然不能最后确定灾难的破坏程度，但大家分析来分析去，无非有好、中、差三种可能的结局，请汪博士明察。”

明察个鬼哟，汪芸没心情接忆牛顿的话茬。不过听它的口气应该还有回旋余地，既然有三种不同的结局，那总不至于是绝路一条。

“好”结局的场景一演示出来，汪芸就看得心惊肉跳：这不就跟早年的电影《核轰广岛》中的画面差不多吗？城市乡村处处是断壁残垣，山林原野如遭巨犁翻耕，溃了堤的江河湖海像水兽般胡冲乱扑，幸存的人们失魂落魄地在挣扎。这就是好结局？天下还有这样叫“好”的吗？简直胡扯！汪芸正想着，忆牛顿的讲解声这时响起，它说这是大家推演出来的最好结果了，人类只是遭到一场重创，地球迟早可以恢复元气。也许几十年或几百年后，将再现欣欣向荣的景象。

接着是“中”结局的场景，演示的是山崩地陷过后，世界各地昏暗寂静的画面，在茫茫废墟中偶尔可以看到有动弹着的人。汪芸目瞪口呆，这显然表明，地球人基本已命丧黄泉，只有极少数人死里逃生侥幸未亡。忆牛顿解说道，活下来的极小部分人命运堪忧，生存还是毁灭，就看他们的造化了。即使乐观去想，在这种情况下地球人要重建美丽家园，也必将是一个漫长的过程，甚至可能从头来过。但只要地球上有人活着，那就还有一线希望。

“差”结局没什么好演示的，画面上就是一团黑色的雾球。汪芸一看就明白，这是说地球彻底崩毁了。忆牛顿坚持把讲解进行到底，它说这种结局意味着爆炸后整个生态不再适宜任何生物存活，曾经生机盎然的那个星球，从此将不复存在。

汪芸心如刀绞。她旅途中这段日子确实在当鸵鸟，一直不愿去想也不敢正视这种可怕的事，今天不得不接受残酷的现实。此刻她多么希望出现那个“好”结局啊，尽管那也是一场悲惨的灾难。

陈万通似乎明白她的心思，刻意不给她多留幻想余地。等忆牛顿一讲完他便补充道：“根据强AI们的反复测算，这三种场景发生的概率大小是按照差、中、好排序的，‘好’结局的可能性趋近零。”说完这句话，他自己也觉得对汪芸有点儿太残忍了，但他刚才已横下心来不搞自欺欺人的把戏，要让她变长痛为短痛，尽快从悲痛中解脱出来。

“怎么会发生这样的事？”汪芸已是泪水涟涟，她悲伤地呜咽道，“为什么，为什么啊？！”要不是忆牛顿在场，她早就失声痛哭了。

忆牛顿这可恶的家伙，还在往开裂的创口上撒盐，它说很不幸还碰上了强烈的太阳风暴，按照Jolene博士的分析，很可能在地月同步爆炸过程中地球大气层和磁场一举被破坏，导致地球生物全都直接裸对太空辐射而迅速消亡。

汪芸捂着脸不停地抽泣，陈万通示意忆牛顿收声，再多说就会像药物过量一样有毒副反应了。他对汪芸是了解的，这样的火候让她直面现实就已达到了目的，谁的心理抗灾难能力都有限，他自己前段时间就背着忆牛顿结结实实痛哭过两回，何况一个靓女？没几个人能做到许光辉那样，把痛楚当一阵狂风吹过，很快就干起了化悲痛为力量的事。“死”过一回的人就是不一样。

许光辉经历过太空失联，在鬼门关上闯荡过一圈，心理承受力当然要强得多。但他也是肉身凡胎，当初从诺苏号传来地球灾难消息的那一刻，他顿时像遭了电击般浑身一激灵，Jolene则当场抱着他号哭起来，他跟着也流下了悲伤的泪水。那些天，Jolene的情绪几近失控，她总是边哭边骂着发泄："都是你这臭乌鸦嘴啊，什么急性覆灭论，胡说八道的事说来就来啊，呜呜……"

许光辉的过人之处在于，他遇事激情迸发得快冷却也快。当Jolene还不时伏在他肩头哭着骂着拿他当出气筒的时候，他已经开始闹中取静了。他默默举起手臂做起了那个习惯性的闭目沉思动作，把Jolene的恸哭声当作醒脑曲，很快就理清了纷乱的思绪。接下来，他一面抚慰Jolene想让她尽早冷静下来，一面联络陈万通紧急商讨对策。结果好些天过去了，两边都没一点儿理智的响应。这边，Jolene哭着闹着要立即飞回地球，说是要与家园共存亡，死也要死在地球上。那边，忆牛顿回复说陈万通茶饭不思整日唉声叹气，口口声声说末日来临还有什么对策好商量的。

许光辉此时突然觉得自己责任重大。地球人也许就剩下这么几个幸存者了，如果大家都不堪这一重击而自暴自弃，那才是人类在宇宙间的真正末日。

忆牛顿也着急，它发信息给许光辉说，时势很可能已把他推上了地球人领袖的位置，领袖不光要自己清醒，还要能带领群众奋勇前进。许光辉苦笑，觉得它说得不无道理。领袖必须在关键时刻力挽狂澜，他现在必须让幸存者尽快从一蹶不振的状态中恢复过来。要赶在汪芸抵达诺苏号之前摆脱困境，不然她到了之后悲情气氛会进一步加剧和蔓延，到时更难收拾。他行动了。

陈万通有点儿像是病入膏肓了，忆牛顿天天唠唠叨叨地劝慰，对他来说跟周围的机器设备噪声没什么两样。这天，忆牛顿又来到了他身旁，连唤三声"陈博士"，他都睁着死鱼一样的眼睛毫无反应。忆牛顿突然伸出它那机械巴掌，"啪啪"两记耳光扇了上去。

"反了你！"陈万通暴怒道。他动弹起来，似乎要去找黄色按钮，但乱哄哄的脑子根本想不起来黄色按钮安在何处。

忆牛顿忙不迭地向他道歉，一口两个对不起，说它这些日子也是思维有点儿乱，一乱爪子就不听使唤，这会儿恨不得让陈万通把扇他那爪子亲手剁下来。再不解气干脆把它整个丢到舱外当太空垃圾，但在丢出去之前容它禀报一件事。

“有屁快放！”陈万通余怒未消，第一回在忆牛顿面前爆粗口。忆牛顿也不恼，说是许光辉他们要冲过来了。

“爱来就来，”陈万通没理解“冲过来”的含义，他用手揉着留了机械爪印的脸，没好气地说，“到哪里还不都是等死。”看来疼痛让他来了些精神，比此前一副病态好多了。

“许光辉他们已经在路上了，”忆牛顿说，“他要咱们这边先有个准备。”

“准备什么？红地毯还是仪仗队？”陈万通很不耐烦道，“他以为自己是个救世主吗？”

“不，他让咱们在空间站里布置起灵堂，他们要赶来一起沉痛悼念这场大劫难中死去的所有地球人。”

“死到临头了还想着形式主义那套，真无聊。”陈万通一边咕哝一边继续揉着脸，一副懒得理睬的样子。

“他说你要是不答应也行，他就……”

“就什么？”

“就真的冲过来。”忆牛顿说许光辉算好了行程，阿哲261号将和汪芸的质子飞舰差不多同时抵达诺苏号附近，到时候他们会开足马力一起撞向诺苏号，大家就可以共同“成仙”了。

“什么，许光辉真是这意思？”陈万通揉脸的手停了下来，一脸惊愕。

忆牛顿说这确实是许光辉的意思，他说反正末日来临苟活着受折磨，不如求个同年同月同日死，也不枉大家同学一场。

“这家伙疯了！”陈万通的脑子像是关机后重新启动起来了，他急促地命忆牛顿马上联系阿哲261号，让许光辉千万别乱来，也要告诉Jolene设法阻止他。忆牛顿说这就去办，乐颠颠地离去了。

“冲过来”是什么意思，陈万通终于领悟过来了。都说盛怒之下会干蠢事，其实大悲之中也会干蠢事。陈万通还在想要是劝不住许光辉该怎么办，忆牛顿就又出现了，它说刚收到许光辉的新信息。

“这货是不是疯癫个没完了？”陈万通立刻发问。

“可能是吧，他又有了个新想法。”

忆牛顿说许光辉这段时间心情特别悲痛，但他估计同归于尽的方案可能会有人不同意，所以也想另作打算。他觉得眼下就应该尽情寄托哀思，等大家在空间站聚齐以后，要把这次哀悼活动推向一个高潮，接下来大家就一起去太阳系的各大星球上轮番开展一系列的悼念活动，以缅怀这个星系里曾经拥有过的无数生灵。他还说各大星球上的悼念活动搞完了还要到那些小星球上接着搞，来日方长，一定要把这种悼念活动进行到底。

“就这些？”

“就这些。”忆牛顿小心翼翼地观察陈万通的反应，一个字也不再多言。

“哼，你怎么看？”陈万通面无表情。

“我看他脑子出毛病了，”忆牛顿忽然慷慨激昂起来，“其实我早告诉过他不能这样，眼下根本就不是哭哭啼啼的时候，100多亿地球人可能就剩这么些幸存者了，星际殖民行动已到了迫在眉睫的时刻，要不然地球物种可真要在宇宙中彻底灭绝了，但他……”

“好啦，许光辉玩的是激将法，”陈万通对忆牛顿挥挥手说，“赶紧去告诉他，老老实实滚回核桃星去，别玩过头了。”他心里非常清楚，阿哲261号驶离核桃星太远对将要实施的星际殖民行动不利，而且燃料也经不起挥霍了。

忆牛顿放心了，它知道陈万通刚才被扇了两耳光已彻底清醒过来了。于是它轻声呵呵笑道：“许光辉没疯，阿哲261号还在原地没动呢。”

“啊？这许光辉太狡猾了。”陈万通恍然大悟，他嘴角一丝笑意转瞬即逝。忆牛顿察觉到了这丝久违的笑意，它觉得自己特有成就感。

就在忆牛顿按照许光辉的“旨意”，对半死不活状态中的陈万通采取唤醒行动的时候，阿哲261号上的许光辉也在用类似的手法对Jolene进行劝慰。当然，他教忆牛顿扇耳光这招不会用在Jolene身上，他只是吓唬她说要去撞诺苏号，继而也拿同样的问题考问她：是该没完没了哀伤下去，还是该有所作为？Jolene抽抽噎噎回应他说，当然不能坐以待毙，怎么着也要为人类命运搏一把。

唤醒Jolene肯定比唤醒陈万通要费时，许光辉主要用哄而不是用激，他耐心陪她谈人生、谈理想、谈灾难、谈生命意义甚至谈情感问题，让她尽情倾诉后再哄。说来也怪，一向风风火火的女汉子Jolene，这些日子来整天抱着许光辉趴在他身上抹泪，心理上也起了异样的变化。她觉得被这个师兄抱抚、劝慰的滋味真好，让她生出了安全感、依赖感，最后千言万语化作一句话——“我听你的”。

就这样，许光辉这回不小心展现了一把领袖的韬略，关键时刻镇住了群众几近失控的情绪。若是这会儿选举人类总统，许光辉保准当选，就连那些机器人也会把票投给他。

“领袖”拨开了多数群众心中的沉重迷雾，剩下汪芸一个少数就好办多了。所以当汪芸赶到后，陈万通对她的劝慰工作就进行得比较顺利。

汪芸看了地球“好”“中”“差”三种结局的演示，又听了陈万通的解释后，也痛苦了好一阵子。陈万通一直陪在她身旁安抚，忆牛顿也在一边积极配合着“唤醒”她，它不停地报告诺苏号和阿哲261号上的工作进展。当汪芸渐渐意识到，四葫芦串的其他三人都在化悲痛为力量，为星际殖民做着最后的努力时，她自然就不会一直在哭哭啼啼中当看客了。要不说坏情绪也像某些疾病一样，用过来者的免疫因子治疗，往往会有极佳的疗效。

就在汪芸到达前的这些日子里，阿哲261号和诺苏号两边已经在紧锣密鼓地商讨应对办法了，他们已形成了一个大致的行动方案。星际殖民行动当然是首要的任务，Jolene带到阿哲261号的那台生物源反应器，将由她乘坐的那艘飞舰载着飞往G星球，地球生物将在那里实现浴火重生，人类也将在那里实现凤凰涅槃，从而开辟全新的历史。

这可是全人类的希望和重托，容不得半点儿闪失，因此还要多加一重保险。汪芸即将带到诺苏号的那台新一代生物源反应器，也要用陈万通当初驾乘的飞舰发往G星球，这样双管齐下，确保星际殖民的路径万无一失。

至于诺苏号空间站上的生物实验区重建计划，只能当芝麻放弃了。

当然，完成任务之后大家将何去何从，返回地球，会聚空间站，分头搜找宜居点？他们也经过了反复商议，莫衷一是，眼看汪芸就要到了也没形成一致意见。于是大家都同意走一步算一步，待发送完两台生物源反应器之后再说。

发送准备工作一直在紧张地进行着，汪芸振作起来以后，进展明显加快。她隔空指导，让许光辉和Jolene用最新的基因生态技术，重新调试阿哲261号那边的生物源反应器，使之也达到了第三代5D打印的技术水准。

与此同时，两边都针对生物源反应器在G星球的不同落点，反复进行了计算机模拟演练。一切准备就绪，两边商定，不必再费力协调了，可以各自伺机启动发射，让飞舰搭载着地球物种殖民太空的希望奔向G星球。

到了这个时候，汪芸心里仍不踏实。她总是隐约感觉到，星际殖民走到这一步还有点儿缺陷，具体是什么问题她一时想不出来。正因为这样，陈万通几次征求她意见，问她可否启动飞舰发射时，她都说再等一等。

也许是在悲情的阴影笼罩下，她的思维还没有完全亮堂起来，明明察觉到存在什么缺陷却琢磨不透，难道就这样等下去吗？

夜长梦多一点儿没错，这一等果然等出了麻烦。

第
24
章

希望在G星球

忆牛顿突然报告说，挂靠在空间站外待命的质子飞舰出现了故障预兆，仪表显示燃料存储装置异常，它问该如何处理。

陈万通惊愕地望向汪芸，他对这种新型飞舰一窍不通。

汪芸吃惊地“啊”了一声，也是一副手足无措的样子。她知道，反物质燃料的存储技术极其复杂，根本不是他们能处理得了的。

“有没有替代品，把燃料装置换下来？”忆牛顿提醒说。

“替代品？”汪芸摇头说不可能，这可不是以前的固体或液体燃料，可以随取随换。

这还真是个麻烦事。陈万通意识到，家里的补给已经彻底失去，诺苏号这边总共只有这么两艘飞舰，质子飞舰现在一出故障，必将影响到下一步行动。

“要不就把两艘飞舰调换一下，”忆牛顿出主意道，“用质子飞舰搭载生物源反应器去G星球好了。”

它这样说是出于好心，发送完生物源反应器后，陈万通和汪芸飞往何处尚未确定，用这艘有毛病的质子飞舰载人航行，不是要他们提前魂断太空吗？

“那可不行，”汪芸口气十分坚决道，“必须保证生物源反应器安全送达。”事到如今，孰轻孰重她心里掂量得很清楚。再说，飞天前培训时她也了解到，质子飞舰的续航能力超强，燃料即使在太空流失一些也不见得影响下一步载人航行，但她不能拿星际殖民这么遥远的航程去冒险。

陈万通支持汪芸的意见，他也不赞同调换飞舰，只是说要抓紧时间行动。他搞不明白汪芸还想等什么，再等下去可别又冒出什么意外的事来。

该来的总是会来，只不过这个新等来的大意外，正是汪芸这阵子日思夜想、琢磨不透的那点儿缺陷。是忆牛顿刚才说到“替代品”这个词，给了她头脑一种刺激，点亮了她思维中的那片盲区。

她一下就又想起了那年香港世博会的开幕盛况，200多只全自动孵化出来的大熊猫最终代替原先的机器人在开幕式上精彩亮相，不仅让Jolene叹为观止，而且赢得了社会各界的交口称赞。就连时任联合国秘书长都看得如醉如痴，他得知那些大熊猫的出处后当场赞叹说，它们表现很好嘛，没想到5D打印出来的这批替代品也这么出色。

从那以后，“替代品”在汪芸这些摆弄生物源反应器的人眼里就有了一种特殊含义，专指那些未经天然交配形成受精卵而直接孵化出来的动物。

让汪芸现在纠结的那点儿缺陷正是替代品问题。但这回的替代品不是动物而是人，她担心人类的替代品在G星球上不一定能孵化成功。她很清楚，从生物源反应器问世至今，各种各样的动物替代品大部分成功孵化过，却唯独没有进行过人类替代品的孵化，因为这在地球上是绝对禁止的，没有哪个正常的科学家会去干这种有违伦理的事。眼下面临的问题在于，生物源反应器发送过去以后，万一人类的DNA信息不能成功孵化出替代品，那么G星球就会成为一个没有人的动植物世界，人类的星际殖民美梦终将化为乌有。

一想到这个明显的缺陷，汪芸把担忧和盘托出。她告诉陈万通和忆牛顿，这就是她最近犹豫不决的原因。

“这的确是个大问题，”陈万通想了想说，“别我们这些人拼着命干，最后只是帮G星球建了个动物园，那就贻笑宇宙了。”

忆牛顿怍在那里没反应，后台却在紧张地搜找信息、分析运算。少顷，它突然问道：“要是用受精卵的DNA信息呢？”

“那当然就有把握了。”汪芸不假思索，脱口而出道。她对这行算是见多识广了，哪儿能不懂生物源反应器的功效？5D打印技术问世以后，用仪器代孕就是其中一项很成功的医学应用。这年头既想当母亲又不愿受十月怀胎之苦的女性，大都选择医院的“宝宝孵箱”去代孕，那实际上就是改进了的小型生物源反应器。而且技术也越来越先进，只要夫妻俩做准了规定动作，连受精卵都不用取出，只需拿生物源反应器上的探头在母体外轻轻扫描一下，既可以获取受精卵的DNA信息自动输进宝宝孵箱，又可以消除掉母体内那个小胚胎，一举两得。十个月之后去医院抱回可爱的小宝宝便是，就这么简单。汪芸细细一想，是啊，现在的大型生物源反应器用来干这么简单的事易如反掌，要是能有受精卵的DNA信息，加上原有的替代品DNA信息，那就等于给人类殖民G星球安上了“双保险”。

汪芸说完这话，忽然意识到了什么，她低下头不再出声。陈万通也若有所思，不接话茬。忆牛顿愣在那，也没什么动静。诺苏号空间站内一阵沉默，只有机器的运转声沙沙作响。

其实，这种尴尬的沉默，早些天在阿哲261号上也出现过。就在生物源反应器的发送工作进入倒计时的时候，许光辉和Jolene召集几个机器人碰头，做行动前的最后沟通，有机器人就提出了替代品无把握的担忧。这批强AI机器人中间确有高手，连这样的问题都想到了。Jolene当时也是脱口而出，说要是能弄到人类的受精卵就好了。她早就听汪芸详细讲解过宝宝孵箱的事，汪芸有一次还跟她开过玩笑，让她什么时候想当妈妈了就吱一声。

Jolene猛然想起这事，立刻意识到自己刚才说漏了嘴。果然，她话音一落，众机器人就不吱声了，Jolene见状赶紧低着头离开了。许光辉也挠着头轻轻远去，把几个机器人丢在那里纳闷。

许光辉听到了身后的窃窃议论。有的说："这事我们想帮也帮不上啊，都到最关键时刻了他们自己倒躲躲闪闪，还口口声声拯救人类命运呢。"许光辉觉得这话不无道理，回避问题将会误大事。还有的说："人类比咱们虚伪得多，说什么这事诚可贵那事价更高，为了理想皆可抛，其实都是装模作样唱高调。"这就是牢骚话了，许光辉觉得前段时间为了抓思瓦特而把这些机器人狠狠地折腾了一番，它们现在是借机发泄呢。

忆牛顿此时在诺苏号上也想发泄，不过它的发泄与阿哲261号上那些机器人不同。它觉得沉默下去总不是办法，应该斗胆去捅破那层纸，这回或许该轮到它来当领袖排忧解难了。

前段时间商讨下一步行动时，别人的去向都定不下来，只有它的落脚点定了，大家一致认为忆牛顿应该继续留守诺苏号，担负起大本营管理的责任。现在陈万通他们尚未动身就遇到了难题，它这个留守司令的作用要先"预支"了。

"事到如今，我打开天窗说亮话吧，"忆牛顿终于打破了沉默，对陈万通和汪芸说，"这事情非常紧迫也非常重要，却不是什么难事，你们两个人完全能解决。"

话刚落音，汪芸脸上一下子泛起两片红晕，她头更低了。陈万通的神情也像个做了错事的孩子，他两眼上翻，似乎头顶上有风景可看。

广播里“叮叮咚咚”响起的信息提示音，打破了又一轮沉默。

忆牛顿把虚拟屏幕调整好，让每个人都看到阿哲261号发来的最新情况通报。通报的文字不长，说是他们那边已顺利地完成了生物源反应器的发射任务。通报特意谈到了替代品的问题，说绝不能视若无睹。通报的最后一句话是：面对100多亿地球同胞的在天之灵，我们这些幸存者别无选择，只能无为、无我。

汪芸不知道什么时候已悄然离开。忆牛顿轻轻推了推还在愣着神的陈万通，问他想通了没。陈万通似笑非笑，说都是它多嘴多舌找来的麻烦。他做了个挥拳动作，像是要揍它的样子。

“哟呵，”忆牛顿坏笑一声闪开，说，“得了大便宜你还卖乖。”陈万通嗔怒道：“看我不揍扁你这二货。”说着就扑过去追打忆牛顿，忆牛顿边开溜边告饶。

陈万通追累了又歇下来，叹息，发呆。忆牛顿靠近，催他说：“叹什么气，抓紧时间行动呀。”陈万通轻轻摇头道：“谁知道人家是怎么想的。”忆牛顿说：“拿出点儿男子汉的气概，主动点儿嘛。”陈万通不语。

忆牛顿突然变得语重心长，它很认真地说：“别再犹豫了，这本身就是任务的一部分。”它接着又撂下一句话，说：“质子飞舰的燃料可能在流失着，你自己看着办吧。”而后它没大没小地拍了拍陈万通的肩膀，便离开了。

诺苏号空间站内辉煌明亮的灯火，须臾间换成了柔和的咖啡厅夜光，悠扬的小夜曲也缓缓飘荡开来。忆牛顿已经做足了各项准备工作，它只有静静地等待着。万事俱备欠缺的这缕东风一旦吹出，诺苏号担负的发射使命即可大功告成，它接下来也可以开始履行留守司令的新使命了。

忆牛顿这段时间上蹿下跳地忙碌，一直在超负荷运转。机器人终归不是石头人，硬基质生命也是需要适时休整的。现在忆牛顿也要歇息一阵子了，它把自己调整到半休眠状态后，让后台系统进行自动整理、优化，同时也充一充电。它隐隐约约看到，陈万通在不停转悠，在汪芸的休息间附近徘徊。它迷迷糊糊地看着，一直到它的视觉系统进入整理状态没了感知。

不知过了多久，一阵刺耳的呼啸惊醒了忆牛顿，那是飞舰发射传来的声音。它连忙收拾一下自己，来到工作操控区，刚好看见陈万通和汪芸正在击掌相庆，继而热烈拥抱。这样的欢快气氛一扫此前的压抑，恍若隔世。它明白过来了，生物源反应器的发送任务已经圆满完成。

“醒来了？”陈万通和汪芸见忆牛顿趋近，异口同声地跟它热情打招呼。

忆牛顿感到受宠若惊，这太阳可真是从西边出来了。它连忙向他们道贺，接着又请示是否即刻联系阿哲261号，商讨下一步的行动去向。

陈万通说不必再商讨了，他和汪芸两个人的去向已经定下来了，马上就出发。

“啊？要去哪里？”忆牛顿有点儿惊讶道。它也就歇息了大概一宿的工夫，情况便发生了翻天覆地的变化，它的智能思维还没追上来呢。

“地球，返回地球，”汪芸回答它说，“那是我们的家园。”

一切都准备妥当了。陈万通让忆牛顿把诺苏号的情况通报给阿哲261号，并说质子飞舰眼下的轻伤状况已不允许他们再等待那边的回复了。接着，他和汪芸一起向忆牛顿简短话别互道珍重后，两个人就飘进了质子飞舰。

忆牛顿最后依依不舍地挥挥手，关闭了对接舱门。

飞舰就要启程返航了，汪芸心情复杂，感慨万千。透过舷窗，她在星空中望见了遥远的地球，那个包括人类在内无数生灵赖以生存的大家园。

虽说是大家园，此时此处视野中的地球，不过是茫茫太空中一粒绿豆大小的斑点，人类一切波澜壮阔的历史全都发生在这粒渺小的“绿豆”上，这在浩瀚无垠的宇宙中实在是太微不足道了。汪芸此刻觉得，妄自尊大的人们如果都能在这里看到这粒“小绿豆”，想必都会无比珍惜这个绝无仅有的“绿豆小家园”，而不是滥用新技术去破坏它，摧毁它。

一道明澈的银光缓缓划过苍穹，质子飞舰像归巢的鸟儿循着地球家园的方向滑去。

飞舰舱内，陈万通和汪芸相依相偎。他们像是在外度了蜜月忽闻家乡遭难的新婚夫妇，此刻归心似箭：那里所爱所知的一切真的毁了吗？他们更像是刚打完胜仗又要转战的勇士，无所畏惧，哪怕前路生死未卜。

他们希望奇迹能够发生，也许还有机会参与地球家园的重建。当然，他们也想到了，也许已没有也许……

尾声

哪儿来的祖先？

这是上一个2063年发生的事了，距今过去了多少亿年，无人知晓。

我们只知道，G星球就是当今人类居住的地球。科学家们推测，汪芸、许光辉、陈万通、Jolene这些人可能就是我们地球人真正的祖先。实际上他们本身以及许许多多其他物种的祖先并没有来过地球，那些丰富多彩的生命是由外星球发射过来的生物源反应器孵化出来的，从而在地球上造成了一次生命大爆发。后人知其然不知其所以然，这才有了“达尔文之惑”。

本故事中的拟地球化情景全为叙事方便而设。

至于原先那个地球今安在，科学家们经过努力寻找，已有了初步答案。

在离我们太阳系约11光年之遥的鲸鱼座方位，据说有一颗酷似地球的行星，它以稳定的轨道环绕着类日恒星“天仓五”在运转，有人分析说它很可能就是原先的那个地球。也许将来有一天，人们会在那里找到祖先们留下的遗迹。

敬请关注《达尔文之惑·拯救人种》

《达尔文之惑》三部曲

DARWIN'S DOUBT

达尔文之惑

②

拯救人种

韦火 著

广州新华出版发行集团
广州出版社

图书在版编目（CIP）数据

达尔文之惑. 拯救人种 / 韦火著. —广州：广州出版社，2019.8
（2020.10 重印）
ISBN 978-7-5462-2918-8

Ⅰ.①达… Ⅱ.①韦… Ⅲ.①科学幻想小说—中国—当代
Ⅳ.①I247.5

中国版本图书馆 CIP 数据核字（2019）第 108711 号

出 品 人　柳宗慧
书　　名　达尔文之惑·拯救人种
Da'erwen Zhi Huo Zhengjiu Renzhong
出版发行　广州出版社
（地址：广州市天河区天润路 87 号 9 楼、10 楼　邮政编码：510635
网址：www.gzcbs.com.cn）
责任编辑　区力文
文字编辑　梁惠明　刘雅丽　宁云锋
责任校对　李少芳　黄焕姗　张　苹
装帧设计　林舒巧
技术编辑　艾　群
印刷单位　广州市快美印务有限公司
（地址：广州市白云区广从五路 410 号　邮政编码：510545）
规　　格　787 毫米 ×1092 毫米　16 开
总 印 张　65
总 字 数　861 千
版　　次　2019 年 8 月第 1 版
印　　次　2020 年 10 月第 2 次
书　　号　ISBN 978-7-5462-2918-8
总 定 价　118.00 元（全 3 册）

目录

第
❶
章

打破千古宁静

克拉肯海边的景色别具一格，这里的一切像是用橘黄色的颜料喷绘出来的。天是橘黄色的天，地是橘黄色的地，海面清澈如镜，像一块巨大的绸缎闪耀着橘黄色的光彩。

这里虽说气候极寒，气温常年在零下一两百摄氏度，却从不结冰。天上淅淅沥沥飘下的不是雪花而是橘黄色的雨滴，仿佛云雾化作了橘子汁从天洒落。

原本这里是安宁恬静的，可谓千古一贯的宁静。生命也是安安静静的，没有鸟语花香，更没有生龙活虎欢蹦乱跳，就连甲烷虫与玄黄苔之间常年的激战，也是在悄然无声中进行的。

甲烷虫自古以来就是这块地盘上的主人，千百年来它们练就了在这极寒气候下的生存本领。体形不过粟米粒大的甲烷虫，对季节变化适应得游刃有余，寒冷时它们钻入稀泥中休养生息，稍暖时出来透气活动。每到产卵季节，甲烷虫就会毫不客气地把一颗颗虫卵产到玄黄苔上，于是，一场昆虫与植物之间的大战就会爆发。

甲烷虫早就把片片玄黄苔当成了虫卵的天然孵化器，它们会在玄黄苔上面啃出一片小天地产下卵，然后静静地守望着下一代的诞生。这个行动很快就触发了玄黄苔的防御体系，它们的还击手段是分泌出一种黏稠的汁液，试图粘住虫卵而灭之。甲烷虫当然也要奋起抗击，它们会迅速清除掉这些黏液，全力保护自己的卵安然孵化。这样就展开了一场拉锯战，不停地分泌，不停地清除，激战的最终结果是，总有一些虫卵被粘住而亡，也总有一些虫卵成功孵化出了幼虫。

但是，这种战争似乎是大自然还报更迭、相生相克的一环，周而复始，无声无息，对克拉肯海边亿万年的清静没有任何影响，几乎是可以忽略不计的动静。

2063年之前的某一年某一天，克拉肯海边的宁静突然被打破了。

有一批人来到了这里，他们在海边乒乒乓乓大兴土木，很快就建起一座大宫殿。或许是想改变这里橘黄色的基调，宫殿的外观刻意选用了各种兰花的图案和色调，后来人们就把这座建筑称为“兰宫”。

甲烷虫们看在眼里似乎明白了，有人要到这里来安营扎寨了。但让它们不明白的是，人们大老远跑到这里来干什么？此地既没有好吃好喝的东西，更不是他们的休闲娱乐之地，驻扎在这天寒地冻鸟都没有的地方不是自找苦吃吗？

接下来的日子里它们看见，陆陆续续抵达的人们果真住进了兰宫，他们带来了各式各样稀奇古怪的设备，很快就在海边开动大型抽水机热火朝天地干了起来。抽水机轰隆隆地日夜不停转动着，人们把抽上来的海水一桶桶装好，再一批批空运走。后来，人们嫌这样还不过瘾，索性连桶也不用了，干脆就把一架架大型运输飞行器悬停在空中，从飞行器中伸出一根根管子插进海里直接抽取海水。一架抽完了飞走，很快又会飞来一架接着抽，比蜜蜂在花丛中采蜜飞得还勤。那些从空中垂落下来的管子又粗又长，一根根看着像是参天树干，仿佛克拉肯海里忽然间冒出来一片海上森林。甲烷虫们越看越不明白：一望无际的克拉肯海这么大，海水可以说是取之不尽用之不竭的，就是抽它个百年千年也未必能抽得干，人们干吗要这样来疯抢呢？就算是世界末日要来临了，也不该抢这些一文不值的海水呀。

就这样持续了几年，一直没有停歇下来的征兆，可是忽然有一天，那些来来往往抽取海水的运输飞行器一下子全部有去无回，不再来了。紧接着，兰宫里驻扎的各色人等也都收拾行囊，很快就全部撤走了。兰宫成了空无一人的宫殿。

日子一久，海水裹挟着稀泥慢慢涌进了兰宫里面，越来越多的甲烷虫也随着稀泥被冲了进去。兰宫里面多好呀，能遮风避雨，简直成了甲烷虫的天堂。那时候它们或许认为，人们可真是大爱无疆，抽取了它们地头上的一点点海水，就这么慷慨地给它们留下了一个舒适的大窝，连张收条都不用打。

然而好景不长，过了一段日子，另一批人又来到了兰宫。这些人个个穿着白大褂，看着有点像救死扶伤的仁者，但实际上却不那么厚道。他们一来就风卷残云，把兰宫里的稀泥连着甲烷虫一起全部清理得干干净净，然后自己驻了进去。这第二批人跟第一批的确不一样，他们对抽取海水毫无兴趣，甚至把上一批人留在兰宫里那些用于抽海水的坛坛罐罐全部丢了出去。更奇怪的是，那些人很少走出兰宫来活动，他们整日在里面忙忙碌碌地搞着什么生产加工活动，这从他们隔三岔五运走一批批产品就可以看得出来。那些产品的包装既精致又有创意，外观设计得像一只只大葫芦，上面印着人体的心、肝、肺、肾、胃等器官的图案，当然也印着“小心轻放”“低温保存”之类的警示标语，不知道他们葫芦里卖的是什么药。

猜也猜得出来，那些葫芦里装的一定是紧俏货，要不然他们不会一干就是好几年不挪窝。但是，紧俏并不是永恒的，就像小船说翻就翻一样，那些人有一天也突然间说走就走了，撤得一个也不剩。兰宫再一次闲置下来。

跟上次一样，天长日久，甲烷虫们又被海水裹挟着稀泥一起冲进了兰宫，它们这回是名副其实的“二进宫”了。它们想，这次总算能安生下来了，该抽的海水已经抽走了，该造的紧俏货也造过了，估计人们再也不会来了。

但是它们想错了。时隔不到一年，第三批人马又来了。他们同样身着白大褂，同样不厚道，又把它们彻彻底底清出了兰宫。然而，这批人跟前两批人不太一样，他们既不抽海水，也不往外运货，几乎不怎么与外界往来，只是待在兰宫里面神神秘秘地干着只有他们自己才知道的勾当。这下子甲烷虫们彻底明白过来了：人们的折腾是无休止的，克拉肯海边恐怕再也不会宁静了，它们代代生息的地盘已经被一种叫“人类”的天外来客占据了。这个处处浸染着橘黄色的美丽家园从此将不得安宁。

这个地方不在地球上，而是在太阳系的另一颗星球上，人类给这颗星球取的大名叫“土卫六”。它是土星的许多个“月亮”之一，而且是这些“月亮”中最大的一颗，也是整个太阳系中第二大的卫星，其直径超过5000公里，块头比水星还要大。人们还为它起了个雅号叫“泰坦”，这在古希腊神话中是“巨神”的意思。本来蛮好听的雅号，却很容易让人联想到20世纪初沉没在大西洋里的那艘著名的巨型游轮。

土卫六并不是什么新发现的星球，但人们对它真正了解却是最近几十年的事。早在1655年，荷兰科学家惠更斯就发现了这颗星球，他后来还天才地推测到土卫六上应该存在流动着的液态“水”，他说“每个星球一定都有自己的不会冻结的水”。300多年以后，欧洲宇航局发射的“卡西尼号”探测器抵达了土卫六附近，开始近距离探测这颗星球。2005年1月，从卡西尼号上分离出来的“惠更斯号”小型探测器，成功地降落在了土卫六的地面上。经过一系列贴身探测，卡西尼号发现了位于土卫六北半球的克拉肯海，从而证实了惠更斯当年的预言，那里的海水果真是“又清澈又美丽”。再后来，载人航天器也成功登陆土卫六，人们对这颗星球的了解就更多了。

孟想来到土卫六的时候，第三批人马早已经入驻兰宫了，他是这批人里面最晚来到的。之前在地球上他听别人讲过，前两批来过这里的人对土卫六宛若仙境的橘黄色美景无不称奇，对兰宫的建筑艺术也都赞赏有加。但孟想对这些没一点儿兴趣，他很清楚，他们这拨人肩负着特殊使命。

兰宫现在的正式名称叫“606基地”。用代号命名，要么是出于保密的需要，要么是有着特殊的含义，抑或二者兼而有之。孟想当初一听“606基地”这名称，就猜出了“606”的含义：前面的“6”意味着土星这个太阳系从内到外排序第六的行星，后面的“6”当然指的是土卫六本身了，606就是太阳系第六颗行星的第六颗卫星。至于这个基地的秘密使命和任务，他却是在到来前的最后一刻才弄清楚。

孟想来606基地工作已经一年多了，他对兰宫近乎与世隔绝的生活早就习以为常了。在这颗远离地球的星球上，兰宫外面寂静的橘黄色大世界与里面热火朝天的小环境形成了鲜明对比，这种反差似乎构成了一种整体意义上的和谐。宇宙不也是这样吗？茫茫太空枯寂宁静，闻不到什么生命活动的气息，而地球一隅却存在着生机盎然的各种生命，整个物质世界似乎都是这样，看上去纹丝不动的物体，其内部的原子及次级粒子却一刻不停地在运动着。孟想觉得，宏观宁静与微观热闹的和谐统一，说不定也是一种宇宙天条。其实人们无时无刻不在享受着这种整体上的和谐，只是没有意识到而已。

一艘受困在太空中的飞舰的呼救，扰乱了孟想心目中这种宁静、和谐，呼救者就是阿哲261号飞舰上的宇航员许光辉。

对许光辉其人其事孟想是如雷贯耳的。几年前，阿哲261号飞舰肩负着人类向G星球移植地球物种的使命出征太空，这个轰动一时的事件世人皆知。后来消息说飞舰在太阳系外围失联了，地球和诺苏号空间站上的人费了九牛二虎之力搜找了两三年，最后才奇迹般地找到了。据说是飞舰出了故障，被迫降落在了一颗名叫“核桃星”的小星球上。这颗小星球过去并不为人所知，宇航员许光辉成了核桃星的第一个发现者，这倒是此次飞舰失联的一个意外收获。孟想还听说，因飞舰的故障还不能排除，故许光辉和阿哲261号暂时不能飞返地球。

孟想来606基地之前还看到报道说，有个名叫Jolene的美女博士已前往救援，据说她是个治理机器人的高手。这之后，孟想很快就来到土卫六并入驻了兰宫，他跟606基地其他的人一样，一直处于封闭状态，对后来发生的事就一无所知了。

没想到时隔这么久，传奇人物许光辉会用这种方式突然跟他孟想打上了交道。而且莫名其妙的是，许光辉竟然会求救到素不搭界的606基地头上来。

第❷章

求援中风云突变

外面的橘黄色世界清静依旧，兰宫里面的生活却被搅出了波澜。

孟想这段时间本来就碰到了不少麻烦事，前些天，他不得已向诺苏号空间站发了求助信息，他一直在等待着对方的信息回复。结果还没等到诺苏号的回复，却先等来了阿哲261号请求救援的信息。根据许光辉求救信息的描述，阿哲261号遇到了让人难以置信的大麻烦，叫天天不应叫地地不灵，好不容易才得知有个606基地，所以第一时间许光辉就求救来了。

孟想心里暗暗叫苦，他立马产生了头朝地脚朝天的感觉。606基地本来是求助者，现在却忽然要变为救助者了。“求助”与“救助”，一个字之差，“泥菩萨”瞬间就成了“真菩萨”，这是孟想万万没料到的。

606基地向诺苏号空间站求助，那是无奈之举。孟想作为基地的行政执行官，他要确保整个基地的正常运转，特别是不能让工作任务搁浅。这阵子，技术长官Allen教授已经催问过好几次了，眼看这位年过花甲的专家耐性变得越来越差，似乎快要到忍无可忍的地步了，孟想这才不得不打破常规，向外求助。

几个月前，Allen教授就催问过孟想，那个时候他语气还算客气。

“孟，我需要的实验材料，家里什么时候才能运来？”Allen教授跟所有在太空工作的宇航员一样，已经习惯把地球母星称为“家里”。

对于孟想，Allen教授一直觉得，联合国安理会这回真是慧眼识珠，选定的这位行政执行官年轻干练，不仅把606基地的行政事务打理得井井有条，而且能为他们这些来自各国的技术专家们排忧解难，是个不可多得的帅才。

“早就告知家里了，但还没有收到回复，有消息我会第一时间通知您的。”孟想回答Allen教授道。

“太慢了，太慢了，” Allen教授显然失去了往日的耐心，他说，“我们可不是来太空度假的，对吧？请你务必再催问一下。”

“好吧！Allen教授，我尽快安排。”

孟想实际上刚发出过催问信息不久。家里对606基地有着严格的保密要求——要尽量保持通信静默状态，基地的几十号工作人员都熟知这一要求。在过去的一年多时间里，基地与家里的联络并不多，但往往有求必应，只要是不暴露基地的事情，无论公事私事，家里都想方设法帮着办成，这一点让基地的工作人员普遍很满意。但像这次拖着几个月不办又不答复的情况，还是第一次碰到。

见Allen教授这么一副急不可耐的样子，孟想又一连两次发信息催问，家里却依然没有回应。他恨不得能有太空即时通信手段，直接打电话向家里询问。

又过了一个多月，家里还是无声无息。这天，Allen教授一脸愠色找到孟想，开门见山就让孟想通知家里赶紧另请高明，他说自己不想在这土卫六上过度假生活。孟想听了虽然也很着急，但还是劝他再耐心等等，说不定这几天就会有消息。

“孟，你们中国人常说‘巧妇难为无米之炊’，我现在可是弹尽粮绝了，除了停工待料没别的选择。”Allen教授对孟想的劝说已无法接受，他立刻就当着孟想的面口授了一条信息指令“各实验区即日起停工待命”发给了兰宫上上下下。Allen教授作为技术长官，他有这个权力。

“尽快让他们安排人来接替我吧！” Allen教授说完话就转身离去。

孟想感到事态有点严重了。兰宫里的工作人员收到Allen教授的指令，情绪肯定会受到很大影响。家里迟迟不来消息，是什么原因还不得而知，他应该如何向大家解释？正想着，孟想眼前的屏幕上出现了一张美女的笑脸。那是何小佳，她在606基地里有着“兰宫之花”的美誉。

“首长，发生什么事了？”何小佳甜甜的声音传来。

“怎么又首长首长的，别忘了这是什么地方。”孟想说以后要是再听到她在这里叫“首长”的话决不轻饶，一定把她遣送回学校去。

“叫习惯了很难改口，”何小佳转口问道，“哎，全面停工，怎么回事啊？”

孟想说，Allen教授的实验材料断供了，他正在气头上，所以才下了停工的命令。何小佳说，难怪呢，其实这阵子大家都等得有点着急，再这样下去即使不下令也会自动停工。孟想说，正在设法联系家里，现在稳定大家的情绪很重要，他让何小佳去劝一劝Allen教授，千万别让老先生着急上火。

“明白了，首长，保证完成任务。”何小佳笑嘻嘻的脸从屏幕上消失。

何小佳找到Allen教授的时候，老先生还在办公室里生着闷气。她轻轻敲门，Allen教授头也不抬道：“门没关。”

“Allen教授，”何小佳推开虚掩着的门进去道，“反正都停工了，咱们去娱乐室放松一下，换换脑子吧？”

“娱乐室？”Allen教授像是听到一个很陌生的地方，他抬起头来，对何小佳道，“你是学医的高才生，你说说看，要是手术做到一半器材供应跟不上，那手术还能进行下去吗？”

“那不是一码事，教授，”何小佳笑道，“咱们现在材料跟不上那是受制于通信条件，要是有更先进的通信手段，能跟家里即时通话联络，就不会这么被动了。您不是也说过吗，古代人交通靠走通信靠吼，现代人到了遥远的太空跟那种感觉差不多，所以急也没用呀。”

“咳，说的也是，”Allen教授不无感慨道，“家里这个大靠山离得太远了，即时通信技术跟不上，人类在太空远行的步伐受到拖累啊。”

何小佳对Allen教授这话是理解的。他一直都主张人们多花点力气，争取在太空超远程即时通信方面有所突破，电磁波办不到，难道就不能想别的办法吗？在Allen教授看来，全世界对这种重大基础性技术的重视程度远远不够，其主要原因在于缺乏功利驱动。在地球上，电磁波足以搞定即时通信的一切需求，因而超远程即时通信既没有商业价值也没有军事意义，谁都不愿意过多砸钱去干这种事，况且连技术突破点在哪里都还不知道。后来引力波被大量探测到之后，Allen教授趁机呼吁说，这或许就是超远程即时通信的一个技术突破口，应该在这方面大做文章，但响应者依然寥寥。

何小佳来到606基地后曾问过Allen教授：引力波也是以光速传播的，何以实现超远程即时通信？Allen教授说，引力波背景下的信息传输未必遵循电磁波的套路，总要闯闯试试才知道。当年无线电波通信问世之初，人人都以为短波是没什么前途的，大家争先恐后地发展中长波通信技术，后来才知道短波通过电离层反射传播的距离实际上更远，这种历史经验值得注意。Allen教授到现在还觉得这事一误再误，制约了深空探索的开展，许多航天器失联都与此有关。“早就该动手研究了。”他说。

“别想那么多了，教授，”何小佳笑盈盈地拉着Allen教授的胳膊说，

“现在正好可以劳逸结合，去娱乐室吧，我教您玩带点斯诺克味儿的中国陆战棋。”

Allen教授犹犹豫豫着并不起身，嘴里还在叨咕说：“该不会是出了什么事吧？要赶紧联系上家里才是。”

“走吧，走吧，您就甭操这心了，”何小佳边拉起Allen教授边道，“这事让孟长官去处理好了。”

孟想当然要处理了，他觉得到了这种时刻，应该向诺苏号空间站求助了。家里向他郑重交代过，紧急情况下可以直接呼叫诺苏号求得帮助，并把联络方式给了他。但同时也叮嘱他，不到万不得已，尽量不要动用这个联络渠道，以免暴露606基地。

孟想开启3D星际仪观测了一下，诺苏号最近一个时期的运行轨迹刚好距土卫六不太远，这个时机不容错过。

“606基地呼叫诺苏号，606基地呼叫诺苏号。收到请回答。”孟想亲自操作，通过专用频率直接呼叫。他测算过，以目前兰宫跟诺苏号之间的距离，通信信号迟滞也就是几分钟的事，起码能断断续续地通上话，这是最快捷的求助方式了。

孟想反复呼叫了几遍，满怀期待地等着诺苏号的回答。等了将近半个小时，他没有听到来自诺苏号的任何声音，却等来了屏幕上3个大大的“？”。很显然，诺苏号不愿用音频直接交流，难道他们也有相关的保密规定？

不可能啊，孟想觉得很奇怪。诺苏号是各国联手打造的一个大型空间站，民用商用一任欢迎，几乎是完全开放式的，无人不知无人不晓，还保什么密呢？

感到奇怪的不只是孟想，诺苏号上的智能机器人忆牛顿，收到606基地的呼叫简直大吃一惊，它怎么也没想到这周围会有地球人的幸存者。

自从地球突发灾难以后，地球物种的星际殖民便成了头等大事，忆牛顿也是全力以赴的。后来，参与行动的四位博士兵分两路，让留守在空间站的忆牛顿一直惶恐不安。许光辉和Jolene困在了核桃星上，虽暂无性命之忧，空间站却鞭长莫及无力帮助。而另一路的汪芸和陈万通两人，说是飞返地球家园，却一去就杳无音信，更令人揪心。所以忆牛顿这段日子既要顾前又要顾后，它一面与许光辉他们保持着联系，一面操控着空间站向地球方向移动，准备随时接应汪芸和陈万通。岂料刚移动到土星附近，就收到了所谓606基地的一阵紧急呼叫。

忆牛顿一收到孟想的呼叫，差一点儿就要脱口而出“这里就是诺苏号空间站”了，但它还是镇静下来没有立刻回答。它的后台数据库里根本就没有“606基地”这个概念，它觉得还是要谨慎些好。它知道，眼下的困境事关地球物种的终极命运，诺苏号空间站起着举足轻重的作用，星际殖民的任务尚未最后确认完成，几个年轻博士还漂泊在外，它作为诺苏号上唯一的留守者责任重大，不能出现闪失。许光辉特地向它交代过，不要轻易用音频跟外界交流，以免有不怀好意者用“动物噪音辨识自动成像仪”这样的设备识破其身份，而招来大祸。

想清楚之后，忆牛顿便用3个“？”回应孟想。它的意图非常明确，先要问一问这个“606基地”是什么来路，再决定怎样应付。

孟想看了三个“？”已经猜出了个大概，诺苏号那边对他们这个606基地心存疑虑，人家不放心呢。

“606基地设在土卫六上，我们跟家里很久无法联系上，请协助与联合国专门机构直接沟通。”孟想回复给忆牛顿的信息提供了具体的联系方式，同时他还自报家门，让诺苏号一并去核实。

忆牛顿当然是放心不下的，它从未听说过土卫六上有人类的基地。再说了，地球这会儿没准已是一片废墟，哪还能找到什么联合国的机构？这606基地究竟是真是假，它无法搞清楚，只能把信息转给许光辉去判断了。于是，它回复孟想的只是简单的两个字“等着”。

虽然只是让等着，但孟想还是很欣慰的。不管怎么说，诺苏号空间站这个求助渠道是畅通的，求助信息兜来兜去，流转到地球上，迟早还是会跟家里联系上。等着就等着吧。

但是求助信息并没有兜到地球上去，而是在太空里流转了一圈，兜成了“信息循环债”。孟想向忆牛顿求助，忆牛顿向许光辉求证，许光辉又转回来向孟想求救，蛇头最终咬上了自己的蛇尾。

当然，最激动的要数许光辉。他一收到忆牛顿转来的信息，立刻兴奋地告诉Jolene说：“我们有救了，土卫六上还有不少咱们的人呢。”他虽然没听说过606基地，但对土卫六上的兰宫是知道的。他现在几乎可以肯定，606基地一准就是当年兰宫撤离后又建立的秘密基地，虽然不了解其使命，但幸存的同胞让他看到了摆脱困境的希望。几乎没怎么犹豫，许光辉就按忆牛顿提供的方式，把自己受困核桃星的简要情况告知了孟想。同时他也给忆牛顿回了信息，要它积极跟606基地沟通，尽快对阿哲261号展开营救行动。

孟想收到许光辉的求救信息已经是吃了一惊，他还没完全理清头绪，忆牛顿紧接着又发来了信息。它通报的是前一阵子地球发生的灾难，这对孟想来说无疑是个晴天霹雳。他目瞪口呆好半天才缓过劲来，他觉得仿佛整个地球化作一座大山压在了自己身上，606基地或许要担当起拯救人类物种的千钧重任了。

孟想稳住了自己的情绪，决定把情况告诉Allen教授。他已经好多天没见到Allen教授了，老先生这些日子没在办公室露过面，可能是在耍小孩子脾气故意躲着他。孟想于是在兰宫四处转悠着找Allen教授，他在工作区转了一大圈也没见到Allen教授的人影，有人报告说看见老先生去了娱乐室。孟想哭笑不得，看来Allen教授真的是撂挑子了。他可是个惜时如金的工作狂，以前从来没见他光顾过娱乐室。

孟想悄然来到娱乐室，Allen教授果然在此，他正在跟何小佳激战陆战棋。在一个台球桌大小的棋盘上，Allen教授跟何小佳分坐两端，正在搏杀。这是在传统陆战棋的基础上改良出来的一种电子设备游戏，每个棋子都是一个3D虚拟人物，由对弈者用棋盘前的控制器操作。与传统陆战棋简单的以大吃小不一样，军长吃掉师长旅长，营长吃掉连长排长，这样按级别消灭棋子并不是约定俗成的规则，而是要费点功夫经过一番搏杀才能决出高下。当然了，级别越高的棋子拥有越多的武器和攻击手段，因而吃掉较低级别棋子的概率更大。孟想进来的时候，Allen教授的一个“连长”正在与何小佳的一个“团长”拼杀着。

Allen教授像他平时工作一样全神贯注，动作虽不熟练却一点儿不马虎。何小佳则不同，她显然是在“陪太子读书”，她的“团长”左挪右闪并不怎么出手，要真想还击，灭了Allen教授的小“连长”易如反掌。见孟想进来，何小佳愣了一下，欲停手起身，孟想立刻用手势示意她继续。

何小佳知道孟想是来找Allen教授的，如果是找她，他不至于亲临。于是她故意露出破绽，让Allen教授的“连长”很快就消灭了自己的“团长”。Allen教授高兴得像个孩子似的手舞足蹈：“这一步我赢了，哈哈！”一看何小佳的眼神不对头，Allen教授抬头看见孟想正站在边上观战，他尴尬地耸耸肩道：“我现在无所事事，权当是就地度假了。”何小佳冲孟想一笑，微微点了点头，便知趣地起身离开了。

“Allen教授，您前些日子下令停工看来是对的，我们的任务马上要变了。”孟想开门见山，直奔主题。

“我那是被逼无奈之举，” Allen教授刚辩驳了一句，忽然若有所悟道，“你说什么？606基地的任务要变？”

“是的，我们遇到了天大的麻烦，”孟想把这些天来与诺苏号和阿哲261号联络的情况说给Allen教授听，然后直言道，“Allen教授，我们现在必须正视一个事实，606基地很可能已经成了人类最后的落脚点。”

“太可怕了，太可怕了，地球目前的状况到底如何？”Allen教授最关心的还是家园的命运。

“凶多吉少，诺苏号上的两名宇航员汪芸和陈万通已启程飞返地球，但目前处于失联状态。”孟想心里很清楚，606基地向家里反复求援已好几个月了，至今仍没有收到任何回应，这足以证明忆牛顿关于地球灾难的判断。

“咳，人类悔之晚矣！” Allen教授无限惆怅。他说他多年前就曾讲过，科学无止境而技术须节制，如果任由技术疯狂发展到失控的程度，迟早会给地球家园带来灾难。Allen教授说现在看来不幸言中了，只是他没料到这一天会来得这么快。

孟想对“科学无止境，技术须节制”的著名观点是熟悉的，那是Allen教授当年在诺贝尔奖颁奖典礼上讲过的话。在Allen教授看来，科学与技术虽是兄弟，但绝不是同一码事。科学的目的在于认识自然，当然无止无境，而技术则是科学的应用，并非多多益善。因而人们把两者混为一谈，笼笼统统地讲大力发展科学技术，这实际上有失偏颇。Allen教授认为，技术作为科学理论的物化，应用范围一旦超出了自然界的承受能力，其后果是可怕的，最典型的例子就是核武器这种“怪胎”的问世。发展核科学没什么错，错的是用在了武器研制上。孟想多年前就觉得，Allen教授的观点一针见血地指出了技术滥用的危害。他现在觉得从某种意义上说，606基地干的其实就是节制技术滥用的事业，只不过用的是“以夷制夷”的办法而已。

Allen教授不止一次讲过限制技术发展的观点，他还进一步延伸出对人类发展图景的总体描绘。他认为，人类的文明进步要经历多个阶段：第一阶段是科学启蒙，这在欧洲文艺复兴运动之后，经过哥白尼、伽利略、牛顿等先驱者的努力，早已完成。第二阶段是科学的大规模技术化，经过19世纪、20世纪以及21世纪初的快速发展，也已实现。第三阶段是技术的爆发应用，事实上人类当前正处在这个时期，技术的滥用趋势已很明显。他说人类这个智慧物种想要跨过这个阶段进入第四阶段，现在已走到了分水岭，弄不好就过不了这一关，过不去就意味着人类自掘坟墓，自取灭亡，因而现代人实际上处在一个很危险的发展阶段。

就在Allen教授来606基地前夕，他还在一些地方做演讲，阐述人类文明多阶段发展的观点。他来606基地前的最后一次演讲在牛津大学，孟想当时也通过网络直播看了Allen教授的那次演讲。

在那场演讲中，Allen教授多次提到人类当前在第三阶段的闯关问题，他呼吁全世界携起手来共同遏制技术的滥用。演讲结束时，Allen教授在雷鸣般的掌声中鞠躬致谢，准备退场。就在这时，主持人从旁边快速迎上前去跟他耳语了一番，似乎是请他留步回答现场听众的一些提问。Allen教授于是又回到演讲台前。

“尊敬的Allen教授，您能否为我们简单描述一下，未来人类文明将进入的所谓的第四阶段应该是一幅怎样的图景？”听众似乎刚才听了演讲还不够“解渴”。

“这是一个很有挑战性的问题，问得非常好，我自己也还没有形成一个明确的答案，”Allen教授很谦虚，他接着道，“但我想，这可能关系到宇宙智慧生命问题的一个著名悖论……”

Allen教授说到这里忽然停顿下来，他手扶着脑门，像是头晕不适。

“您不舒服吗，教授？”站在旁边不远处的主持人立刻跨上前去，扶住Allen教授，同时向后台招了招手，示意赶紧来人。像是早有准备似的，两个年轻人快步走到演讲台前，一左一右搀着Allen教授离开了现场。

这突如其来的一幕令在场的听众们瞠目结舌，也让孟想这样的网上看客们大感意外。收场以后，人们既关心着Allen教授的健康状况，也关心着他没说完的话。很多人都想搞明白，Allen教授要描述的人类文明第四阶段是什么样子。不少媒体记者也闻风而动，试图找到他采访一番，然而却遍寻不见。没过几天就有风声传出，说Allen教授突然患了重病，到一家海底医院做封闭性治疗去了。

孟想来到606基地后，见到了Allen教授真人吓了一跳，但他很快就明白过来了，这玩的是一出“金蝉脱壳”之计。孟想当然也想知道人类文明的所谓第四阶段是怎样的，但一来到兰宫就有千头万绪的事务等着要处理，所以今天前他从来没跟Allen教授谈起过这方面的话题。

眼下显然也不是闲聊的时候，阿哲261号正等着救援，这才是当务之急。情况已经说明白了，他现在要把Allen教授的思绪拉回现实，商量应对之策。

“Allen教授，现在最迫切的任务是要尽快营救许光辉他们。”孟想强调说这关系到星际殖民的成败。

“哦，对，这的确很重要，”Allen教授缓过神来问道，“他们的星际殖民试验进展到了什么程度？”

“他们已经向G星球发射了两艘小飞舰，那上面都载着大型BRE设备。”孟想答道。

“BRE？你指的是能进行物种自动孵化的生物源反应器吗？”

“没错，就是生物源反应器，俗称‘5D打印机’。”

“那他们的任务不是已经完成了吗？”Allen教授不解道。

“发送任务虽已完成，但还没有收到飞舰最终进入航轨的反馈信息，”孟想说，“更急的是两位博士现在被困在了核桃星上，阿哲261号一切正常却动弹不得，他们判断是受到了外力的阻挠。”

“外力阻挠？”Allen教授吃惊道，“你是说外星球的智慧生命吗？”

“我想应该是的，虽然它们还没有现身。”孟想道。

“这太奇怪了，地球人寻找外星人多年都没个结果，它们怎么会在这个时候冒出来？”Allen教授对外星智慧生命的说法表示质疑。

“我觉得许光辉的太空经验很丰富，他不至于误判。”孟想对这一点是有信心的。

Allen教授皱起了眉头，他自言自语道：“难道是我多年来想错了？费米先生要是活到现在会相信吗？”

“您是不是对‘费米悖论’一直有自己的理解，所以才会有疑问？”

孟想对“费米悖论”是熟知的，这应该就是Allen教授那次演讲中最后提到的“一个著名悖论”。早在100多年前，物理学家费米跟几位同行谈论外星人存在的可能性时，就发出疑问：既然外星智慧生命是大量存在的，为什么我们从没见过呢？这个悖论长期困扰着人们，很多人都试图对此做出解释，Allen教授有自己的看法毫不奇怪。

“孟，听我说，先别管是不是真有外星人，救人才是迫在眉睫的事，”Allen教授抓住了眼下的关键，“说吧，要我这老朽干点什么？”

“如何行动还没来得及考虑，”孟想道，“这正是我想跟您商量的。”

“不，不，当断则断，你不要有任何顾虑，”Allen教授摆了摆手道，“我是技术长官，过去606基地的任务以我为主，现在情况完全变了，你要负起全部责任来。”

“谢谢您的信任，但我们仍需要您的智慧，也离不开您的指点。”

孟想这么说不只是出于敬重，也是实话。他已经清醒意识到，如果真是跟外星人对抗，那无疑将是一场技术较量，还需Allen教授这位博学睿智的科学家助一臂之力。

“作战这种事我是一窍不通的，谈不上什么指点，”Allen教授道，“不过我知道两军交战中信息对称是很重要的，核桃星那边的情况要尽可能吃准才行，虽然距离遥远，难度很大。”

是啊，Allen教授说的就是谋定而后动的道理，这也是孟想脑子里正琢磨的一个难题。仅凭目前许光辉提供的零零碎碎的信息，很难准确研判情势，采取行动救人不能鲁莽，要是许光辉能搞点试探性动作，多摸一摸核桃星的情况就再好不过了。

第
❸
章

诡异的核桃星

核桃星上的许光辉并没有闲着，一件件闹心的事接踵而至，他就是想闲也闲不下来。他做梦都没想到，完成了向G星球发送BRE的任务后，阿哲261号会又一次陷入险境，他和Jolene会忽然被困在核桃星上无法脱身。而且几乎可以肯定的是，他们的行动受到了另一种智慧生命的阻挠，这让他大感意外。

两个多月前，他和Jolene忙完BRE发送任务没多久，忆牛顿就发来了信息，向他们通报了诺苏号空间站那边的最新情况。那天许光辉收到信息时，Jolene正在沐浴袋里享受着自动循环水的润肤按摩，只把脑袋露在外面。

许光辉边看信息，边绘声绘色地讲给她听。

"忆牛顿说了，诺苏号那边也已完成了BRE发送任务，"他把自己接下来的发挥也说成忆牛顿的话，"忆牛顿讲得多好啊，两边的BRE比翼齐飞，正载着地球生物的DNA信息飞向令人心驰神往的G星球，地球物种将在那里重新繁衍，人类也将在那里重新开始，一个新纪元的序幕已经正式拉开。"

"呵，机器人进化得可真够快，都学会说废话了，"Jolene不无嘲谑道，“它还说了什么有用的话？”

“哦，还有，”许光辉收敛了豪情道，“忆牛顿说，汪芸和陈万通已启程飞返地球了。”

“什么？他们也太不够意思了吧，”Jolene一听差点要立刻从沐浴袋钻出来，她不满道，“都不跟我们商量一下就单独行动了，真是大难临头各自飞。”

“别急嘛，下面还有内容，”许光辉迅速扫了一眼下面的信息，解释说，“他们是不得已才提前行动的，他们那艘质子飞舰出了点故障，说是再不动身就飞不走了，咳。”

这阵子情况变化太快，麻烦事接二连三，祸不单行这话真是没说错，许光辉和Jolene都觉得思维有点跟不上了。

“那我们怎么办？也返回地球吗？”Jolene充满期待地看着许光辉，等着他做决定。经过这段日子的一系列变故，昔日风风火火的女汉子Jolene现在越来越小鸟依人了，事事都等着许光辉拍板。

“当然，那是我们的家园，”许光辉瞬间就做了决定，“唤醒那几个机器人做准备吧，我们也尽快动身。”

Jolene应了声“好”，很快就从淋浴袋里钻出来，穿好衣服就着手准备去了。

许光辉又仔细阅读了一遍忆牛顿发来的信息，刚才匆匆扫一眼，有些内容没有认真琢磨。忆牛顿在信息中说：“两台BRE确认进入航轨之时就是大功告成之日，我将第一时间与你们分享。”

这句话引起了许光辉的注意。他想起来了，那两艘载着BRE的小飞舰都有信号反馈装置，在飞舰穿过太阳系外围的一片尘埃云确认已进入直飞G星球的航轨以后，反馈装置会自动发送信号给诺苏号空间站。以前他觉得这跟阿哲261号关系不大，因为信号接收设备在诺苏号上，所以没太留意。现在他忽然觉得此事非同小可。

“Jolene，先等一等，”许光辉叫住正在忙着收拾的Jolene道，“我们暂时不能走。”

“怎么了？才几分钟就要变卦？”Jolene停下手里的活计问道。

许光辉稍一解释，Jolene就明白过来了。那两艘小飞舰是否穿过那片尘埃云进入航轨尚未确认，她和许光辉目前所在的核桃星的位置，相对而言离载着BRE的小飞舰较近，万一有什么麻烦也好就近处置，要是一走远可就无能为力了。

反馈信号也不知什么时候会传来，坐着干等多乏味。许光辉对Jolene说：“我们先绕着这颗核桃星飞几圈，我带你欣赏一下美景吧。我敢肯定，这里曾经有外星智慧生命光顾过。”

许光辉说这话是有依据的，只是一件事接着一件事忙乎，他没有精力去细想，也没时间去探查、证实。

当初阿哲261号迷航之后飞抵核桃星上空时，他绕着这颗自己对其一无所知的星球飞了好一阵子。那时候他就观察到，这颗跟月球差不多大的星球上是存在生命活动痕迹的，起码有些迹象让他很惊讶。他看到，地面上有零散分布的成片的绿色，既不是挺拔的灌木，也不是低矮的花草，而像是形状各异的绿色石头堆。虽然不太可能是地球上见过的植物，但那种郁郁葱葱一看就知道是光合作用“打造”出来的。同时他也观测到，核桃星存在着大气层，当然那比地球的大气层要稀薄，大气的成分也不明。

特别是核桃星上空悬着的那个“小太阳”，很明显是一个人工核聚变反应装置。它中间是个光源，周围被一个巨大的薄膜大球包裹着，让他立刻想到了戴森球。这个小戴森球悬在空中的位置，恰好与核桃星、地球三者成一条直线，它发出的光刚好能覆盖住核桃星，从地球上看去则被遮挡得严严实实。难怪地球上很难观察到核桃星。

Jolene到来后也问过许光辉，说空中那个“小太阳”怎么怪里怪气。许光辉告诉她说，那是个有点像小戴森球的节能装置。他说早在1960年，物理学家戴森就设想过，建造出一个巨大的太阳能收集器，这种把母恒星包围在内的超大型球状结构，可以控制和利用整个母星系的能量，是智慧星球应对有朝一日能源枯竭的有效办法。所以后来有科学家认为，只要在外太空发现了戴森球这样的大型装置，也就相当于发现了高等智慧生命。眼下核桃星的这个“小太阳”只是包裹着光源本身，离标准意义上的戴森球还差得远，但至少有那么点仿制品的味道。

许光辉那会儿在空中绕飞时，迟迟不敢着陆。因为他知道，能想到并制造出仿戴森球的物种，其智慧绝对要超过人类，自己贸然着陆无异于掉进一个捕猎坑里，很可能会被人家捉住送到动物园去当猴耍，搞不好还要被活活解剖了。他后来仔细观察了很久，确实没发现动物活动的踪影，这才想到，核桃星很可能过去有高级智慧生命来过，现在已经走了，他才敢壮着胆子着陆。他特意选择了一处空旷地带降落，这样既便于跟诺苏号联络，也便于紧急情况下升空逃生。着陆以来一直都没有四处看看，现在也该是时候去看一看外星人留下的遗迹了。

“那好啊，我们飞到远处去转一转，说不定真的能找到外星人呢。”Jolene在阿哲261号飞舰舱内也憋了很久了，一听许光辉说要动一动，当然积极响应。

说走就走。发动机点火，飞舰升空，欣赏美景，寻找外星人……然而这一切没有成真。

许光辉启动点火按钮，发动机巨大的轰鸣声响彻四周，飞舰剧烈地抖动起来，晃晃荡荡颤颤悠悠，却就是不离地起飞。时间一分一秒过去，飞舰始终还是只抖不飞。许光辉关了机查看了一下动力系统的情况，没有任何异常，然后开机再试，情况依然如故。飞舰动静虽大，却无法离地飞起，像是一头犟牛被拴在了巨石上，任凭它怎么用力挣扎都无法前行。

“再试一试吧。”Jolene有点紧张了，她来到阿哲261号以后，跟许光辉一起多次检查了飞舰各部位，该排除的故障早已排除了。而且现在发动机也能正常点火工作，怎么会飞不起来呢？

“再试也没用，我们又遇到麻烦事了，”许光辉很冷静道，“走不了啦。”

“什么？什么？！”Jolene一听大惊失色，泪水立刻在眼眶里打转。她说，早知道这样的话，当初阿哲261号找到后，家里就该迅速派人把许光辉先接回去，不应该让他承受这么多磨难。许光辉说，先回去又能怎样，可能现在已经魂归地府了，还是留在这里完成星际殖民试验意义更大。Jolene开始抹泪，轻轻抽泣。

“我们可能真的碰到外星人了，这可是喜事呀，”许光辉见Jolene情绪忽然低落下去，便笑道，“等着外星人来跟咱们友情交流，那多美妙啊。”他这段日子以来早已学会了安抚Jolene，哄她开心。

“走都走不成了，亏你还笑得出来。”Jolene抹了把泪，咕哝道。

“不走就不走呗，既来之则安之，”许光辉伸手亲昵地揽过Jolene，笑嘻嘻道，“咱们就留在这里生几个娃儿过日子也挺好啊。你想，咱们的孩子遗传基因来自地球，却出生在核桃星上，那可是跨星际诞生的宇宙公民，孩子将来再娶个外星人媳妇，你可就成了宇宙级的婆婆了。”

“去你的吧，没一点儿正经。”Jolene破涕为笑。

许光辉虽然哄住了Jolene，但其实他自己心里也是很忐忑的。飞舰不能动弹很显然是受到了强有力的干扰，他可以断定这种干扰来自其他智慧生命。可是，核桃星上并没有看见任何动物，难道这里的智慧生命是隐形的吗？如果真是地球人看不见的隐形物种，那就难对付了。眼下地球家园已遭劫难，他和Jolene只有自救这一条路可走。到了这样的关头，无论如何都不能坐以待毙，只能全力以赴冒险一搏了。

“我要出舱去看一下，说不定出去就能碰到外星人，一商谈就妥了。”许光辉考虑好之后，以轻松的语气对Jolene说。

“我跟你一起去。”Jolene态度非常坚决。她很清楚，核桃星上的情况吉凶难卜，出舱是极大的冒险，绝对是拿生命在赌。许光辉极力劝她留在舱里，说他去去就回。

“不行！”Jolene的倔劲上来了，坚持说要出去就一起去。到了这个时候，许光辉就是她的一切，万一他有个三长两短，那是她无法承受的又一个打击。

“好吧，好吧，那就携夫人出访。”许光辉拗不过她，只好答应一起出舱。

核桃星的自转速度比地球要快几倍，差不多四五个小时就是一昼夜，夜幕刚降临的时候，许光辉和Jolene穿好太空服，调试好通信设备，打开舱门出去了。

两个人手牵着手，在飞舰周围慢慢地行走，小心翼翼地观察。核桃星上的引力要比地球小得多，人轻轻一跳就能蹦起老高，跳着比走着要轻松，地面踩上去也不硬实，像是踩在塑胶跑道上。

“你先不要乱动，我想打开头盔试一试。”许光辉对Jolene轻声说。他想试试这里的大气能不能供人类呼吸，如果要在这颗星球上与外星人长期周旋，总闷在太空服里是很不方便的。

“我先来。”Jolene毫不犹豫地回应，说着就动手打开了头盔。她很清楚，这是直接冒险以身试探，要是大气中有致命成分，后果是不堪设想的。

许光辉想要制止她已经来不及了，他只好眼睁睁看着Jolene的脑袋开始暴露在大气中，他做好了随时救助她的准备。

Jolene也是训练有素的。她先试着轻轻吸了一小口气，感觉还行，没有什么异样气味，起码不至于让人立马丧命。接着又慢慢呼吸了几口，她觉得自己的肺可以承受，只是稍稍有点喘不上气的感觉。十几分钟过去了，除了呼吸稍急促之外，并没有太多的不适感，她向许光辉伸出手来做“OK”状。

许光辉也打开了头盔，他呼吸了一阵后，说：“这里的大气成分跟地球类似，但氧气含量低些。”他感觉就像是到了高原地带。那年他到唐古拉山旅游时，一开始就是这种上气不接下气的感觉，两三天以后就适应了。

呼吸慢慢变得顺畅起来，许光辉和Jolene慢慢走远，飞舰舷窗透出来的光线越来越暗了。

突然，Jolene脚下被绊了一下，她一个趔趄轻轻倒了下去。许光辉连忙伸手去扶，不料脚下也有绊子，随着Jolene一起倒在了地上。

看看四周并没有什么动静，Jolene揶揄道：“连摔个跤都要跟着我一块儿摔，这立场也太不坚定了。”

“这就叫生死与共，倒也要倒在一起嘛。”许光辉嘿嘿道。

两个人慢慢坐起来发现，他们像是倒在了一片稀稀疏疏的石头地里。许光辉拧亮太空服上的照明灯查看，地上是一坨坨菜青色的石头，圆圆的，大大小小满地可见。

“这是什么怪石呀？软不软硬不硬的。”Jolene说着话，想用手捡起一块鸡蛋大的石头细看，她抓了一下却拿不起来。

“这不是石头，应该是植物。”许光辉伸手过去帮Jolene使劲拽，果然连根一起拔了出来。

两人仔细端详，这种植物的确不曾在地球上见过，看上去像个绿色的蘑菇，有根也有茎，在蘑菇盖的下面还结着些蚕豆一样的果实。

Jolene索性解开手套去摸，这植物长得太奇怪了，蘑菇盖和颈部还有点弹性，摸上去不算太硬，但那些果实却坚硬如铁，指甲掐不进，使劲捏也不变形。许光辉也解了手套去探，捏着果实的感觉跟捏着硬硬的石头没啥两样。

眼看天快要亮了，Jolene拽下一颗果实，说是要拿回舱内去仔细研究，许光辉制止说先别冒险，万一有毒污染了舱内不好，有的是时间慢慢观察。于是两人起身返回了飞舰。

看来核桃星上有生命存在是确凿无疑的了，然而高级智慧物种在哪里呢？

接下来的几天里，许光辉和Jolene经常昼伏夜出。他们又陆陆续续发现了不少种植物，这些植物长得都跟地球上的植物不一样。它们虽然形状各异，但有个共同点：果壳非常坚硬。这么坚硬的果壳里面裹着的是什么东西？Jolene总想砸开来看个究竟。但许光辉却并不着急，砸开硬果探清奥秘迟早都可以干，他眼下更关心的是核桃星上的动物，那些锁住了阿哲261号飞舰的高级动物为何不露面？

许光辉他们这些天倒是发现了一些小动物，但大都是些小虫子，体形比地球上的蚁虫还要小，不仔细的话用肉眼几乎察觉不到。偶尔，他们也见到了几只稍大些的小动物，那也就是跟蟑螂差不多大小的玩意儿，黑蒙蒙的夜色中也只隐隐约约看个轮廓。想打开灯看个清楚，它们立刻就哧溜一下没了踪影，估计它们看见两个外星球的怪物被吓得魂飞魄散了。许光辉觉得，这些小动物不太可能是高级智慧物种。除此之外，他们再没见过更大些的动物。

飞舰困在原地动不了，却又见不到使坏的外星人，谈没得谈，斗也没得斗，许光辉对这种有劲使不出的感觉很无奈。他把最近碰到的麻烦事编写成信息，想发给忆牛顿，希望它能帮着分析一下情况。现在也只能靠它出出主意了，不管怎么说，忆牛顿的智商是一流的。

许光辉的信息还没来得及发出去，却先收到了忆牛顿发来的信息。

“我有两条消息要告诉你们，”忆牛顿一上来就抛出悬念说，“一条是坏消息，另一条可能是好消息。”

“还是先从坏消息说起吧。”忆牛顿挺会吊人胃口，它也明白先苦后甜的道理。

忆牛顿所描述的坏消息让许光辉倒吸了一口凉气。它说到目前为止，那两艘载着BRE的小飞舰仍没有消息，预定进入航轨的时间早就过了，却仍没有收到反馈信号，这是极不正常的。尤其是从核桃星上起飞的那艘飞舰，发射时间早，距离那片尘埃云也近，慢悠悠爬都该爬过去了，可是至今还没有一点儿消息，十有八九已出了意外。

许光辉最担心的就是BRE的发送出问题，现在果然是怕什么来什么。幸好他和Jolene当初没有一走了之，当然走也走不脱。眼下情势比当初遭到机器人暗算还要险恶。

“还有一条好消息，不知是真好还是假好。”忆牛顿接下来就把606基地的呼叫信息展现出来，它说那个自称孟想的行政执行官想要跟诺苏号联络，请许光辉明断。

真是天无绝人之路，许光辉得悉这条消息精神大振，他一面迅速向孟想发出求救信息，一面也在琢磨着该怎样配合606基地的行动。看来人类的星际殖民行动注定是命途多舛的，BRE虽已启程却还没入航轨，这个艰巨的任务就像接力一样传递，现在该轮到这个孟想出手了。

许光辉判断，这个神秘的606基地既然设在土卫六星球上，那无论如何都会有点规模，起码不至于只有三五个人就妄称“基地”，自封长官吧。他心想，如果那只是个研究机构，里面的人很可能就是一群手无缚鸡之力的书生，跟外星人干仗这种事能使出什么力很难说。如果那是个带有军事色彩的基地，那就再好不过了。他们的头儿孟想是何许人也，这种星际救援的大事他拿得起来吗？许光辉这会儿心里还没底。

第
4
章

神秘的国际选拔

许光辉后来知道了，606基地虽然没什么军事色彩，但孟想这个年轻长官却是有军事背景的。

确切地说，孟想就是个军人。但他一直到启程赴土卫六之前都没明白，为何会选中他担任606基地的行政执行官。

事情从一开始就让他感到稀里糊涂的。当初，孟想只是军医大学研究生院的一个副处长，那天，孟想正在研究生院开着会，大学机关的干部处长突然打来电话找他，让他马上去见校长，说是校长要亲自找他谈话，这让他即刻惊出了一身冷汗来。要知道，军医大学可不是普普通通的高校，而是威名赫赫的军事院校，按照部队的运转机制，军人上下级之间那是泾渭分明的。校长堂堂一个将军，找他孟想这么个二级学院的少校谈话，那中间还隔着好几层呢。而且，打电话过来的干部处长本身也是重量级人物，全校上上下下那么多军官文员、专家教授的升迁任免及工作调配都要他操办，是个人人敬畏的角色，他来亲自通知下级单位的一个副处长那也是罕见的，不是特殊情况不会这么礼贤下士。

校长找谈话，会是什么事呢？孟想觉得可能跟自己的工作变动有关。前段时间他向研究生院的领导表露过，说自己是军事医学专业出身，干了这么些年的行政管理工作，业务快要荒废了，希望有机会继续干自己的专业技术工作。该不会这么快就有着落了吧？但转念一想又觉得不对头，无论是劝他安心干好本职还是要调整工作，对学校来说这都是小事一桩，顶多由研究生院领导出面就可以了，怎么都不至于惊动校长来跟他谈话。

还没等想明白，他人已经来到了校长的办公室门口。孟想双腿并拢做了个立正动作，嘴里响亮地喊了句“报告！”。

“进来”。

孟想推门而入，敬个礼，问了声“首长好”。

校长正在伏案批阅文件，抬头朝孟想点头说“坐吧”，顺手合上了台面上的电子文件夹。孟想毕恭毕敬，腰杆笔挺端坐在校长的办公桌对面。

“小孟啊，我们长话短说，找你来是有一项重要任务要交给你。”校长是个老军人，讲话一点儿不拖泥带水，直奔主题。他告诉孟想，学校接到国防部的通知，要求推荐一名优秀的年轻干部去瑞士的日内瓦一趟，参加国际组织的一项人事选拔。条件要求很高，学校经过认真研究决定推荐孟想前往，有关出访手续由干部处帮他办理。

校长把话说到这里似乎就没有下文了，他转而问孟想道：“有什么困难吗？”

没困难才怪呢，孟想脑子还没有反应过来。去参加什么选拔，比试文的还是武的，如何准备，全都一无所知，问题太多了。心里这么想，他嘴上却断然回应道：“保证完成任务。”有再大的困难也没有价钱好讲，军人的天职摆在那里。

校长显然看出了孟想此刻的心思，他补充道：“至于这次国际选拔的具体内容，上级没有透露一个字，只要求按时到达，看来保密工作滴水不漏，我也没问到情况。”

连校长都打听不到情况，那就没啥好说了，孟想把一肚子的问题都憋了回去。他只是觉得跑去日内瓦这么大的动静，对外界总该有个交代，于是轻声问校长：“别人问起来，我该怎么说才好？”

“对外只能说是去参加学术活动，学校也会用这个口径，听明白了吗？”校长很利索道。

“明白了，首长。”孟想起身立正、敬礼，准备告辞。他心想，自己从没接受过这么神秘的任务，内容一个字都不知道，对外就是想说点什么也说不出个所以然呀，学术活动就学术活动吧，反正说什么都是自欺欺人。

校长起身，难得把一个年轻的下属送到办公室门口。临别他拍了拍孟想的肩膀，又叮嘱了一句：“我只有一个要求，要为咱军医大学争光啊。”孟想表示一定尽力。

出访的各种手续很快就办下来了，好像是专门为孟想开了一条特事特办的绿色通道，就连学校干部处帮着办手续的干事都觉得很纳闷，问他是什么学术活动这么牛气，孟想只笑不答，他也实在回答不上来。

孟想来到了日内瓦才知道，这还真是一次神神秘秘的国际选拔。有关国家推荐来的人选共有30多人，大家一来就住进了郊外一家园林式酒店，封闭起来搞竞争性选拔。报到那天的欢迎宴会上，参选者们都在相互打探选拔的内容，每个人都跟他一样一头雾水，大家猜来猜去也摸不着头脑，孟想也跟大家简单交流了一下，他注意到，来参选的这些人基本上出自各国的专业技术机构，理工农医天文地理什么专业背景都有，不少人还跟他一样具有军事背景。由此孟想也察觉出，这次要选拔的人肯定不是去搞纯专业技术性的工作，但肯定跟技术管理有关。

选拔程序是严格的，时间一天天过去，淘汰也是没商量的。随着选拔一轮轮推进，参选者们慢慢看出一些端倪。在10选5的时候，候选人中有6

位是军人，到了5选3的时候还有3位军人，进入最后3选1的时候，包括孟想在内仍有两位军人。事情明摆着，虽然最终任务仍不明朗，但应该跟军事活动沾得上边。所以在3选1确定最终人选的选拔开始之前，3个候选人都心照不宣地在军事理论和技能方面做着应对准备。孟想也是这么考虑的，他甚至还抽时间浏览了一下克劳塞维茨的《战争论》这样一些名著。另两位冲进最后一轮的参选者，一位来自美国，另一位来自荷兰，孟想那两天看见他们一早起来总要练习一阵子擒拿格斗、匍匐前进之类的基本动作。

到了这个时候，孟想倒觉得很轻松很坦然了，自己凭实力冲进三甲已经尽了力，也算没给中国的军医大学丢脸。至于最后选定谁，这完全取决于那个神秘任务的需要，他觉得自己和另外两人各有千秋，选中谁都不奇怪。

3选1的最后选拔，是由联合国的一位副秘书长亲自主持的。那天突然通知说要进行最后一轮考评，但考评马上就要开始了，孟想和另两位参选者却还不知道要考什么评什么。他们被带到一间会议室里，圆形会议桌中间悬着一个3D屏幕，从各个角度都能清晰观看。孟想他们进来的时候，屏幕上正在播放体育节目，那是不久前举行的世界机器人足球锦标赛，美国队正在跟印度队争夺季军。三个参选者这会儿谁也没心思看什么机器人足球赛，他们静静地站在那里等候考官们的到来。

副秘书长是个随和的人，他率几位考官一进来，就热情地跟3位参选者一一握手寒暄，问大家吃得好不好睡得香不香什么的，然后招呼大家就座。

孟想刚一落座忽然意识到电视还没关，他连忙起身，想去拿桌上的遥控器关掉电视屏幕。

“不急不急，”副秘书长摆手制止，笑着说，“大家先轻松一会儿也好，我也是个球迷，这场球我看了两遍还嫌不过瘾呢。”他这话一出口，现场气氛马上活跃了。几个考官和参选者边看边议起球来，反正考评还没开始，放松心情没什么不好。

副秘书长似乎真是个球迷，他两眼盯着屏幕看得十分投入，不时还评论几句。看到美国队那个著名的机器人国蹄Martin进了球，副秘书长不禁感慨道："这Martin确实厉害，它还真有点超级球星风范，印度队输得不冤，技不如人呀。"

"Martin是猴子脑袋机器身，美国用这样的杂合体上场参赛，印度队输得并不服气。"有个考官顺口发表异议道。

美国队用猴机杂合体顶替机器人参加比赛，正是这段时间世界各地热议的话题，足球界和球迷中的支持者与反对者大打口水仗，说是掀起了一场轩然大波也不为过。孟想和在座的人对此都知道。

"猴机杂合体是组装出来的，说到底并不违反机器人赛事规则。"来自美国的那位参选者忍不住开口了，他肯定要为自己的机器人国家队辩护一番。他说机器人足球赛不同于真人世界杯，比的就是机器人的技术水平，Martin是美国方面费了很大心血打造出来的非人类球星，这样的先进技术应该受到鼓励才对，不管怎么说都提高了赛事的水准，同时也促进了机器人向更高层次发展。

"我倒觉得印度队不服气是有道理的。"荷兰那位参选者也开口了。他说像这样的国际大赛还是要讲起码的公平竞争，既然是机器人赛事就不应当把猴子这样的动物扯进来，不管脑袋也好胳膊腿也好，都应该是机器的，把动物和机器混在一起非乱套不可。他反问说："假如派个断臂人安个义肢上去比赛能行吗？那算机器还是算人？"

"那不一样，机器是机器，人是人，界限很清楚。"

"怎么不一样？人安装了机器假肢还是人，动物安装了机器身子就成了机器？道理讲不通。”

…………

他们你一言我一语，热火朝天议Martin，外界的各种看法，很快就汇总到了这个封闭的会议室来，像是在举行这个问题的专场讨论会。孟想也想说说自己的意见，但大家一句接着一句议个不停，他几次要开口都插不进话，便只好当看客。东方人含蓄内敛的劲儿说不准是长处还是毛病，反正一直没有孟想说话的份儿。

副秘书长听着众人热议，眼睛却一直盯着屏幕，似乎是在专心看球。等到球赛播出接近尾声了，他忽然伸出手去拿桌上的遥控器，好像准备要关闭电视了。众人一看副秘书长有动作，立刻都收了声。谁都明白，考评这就要开始了。

然而，副秘书长拿了遥控器却没有马上关闭电视，他目光转向孟想问道：“孟先生，这场球你当时看了吗？”

“当时有公务在身没看直播，后来听说有争议就看了一遍录像。”孟想实话实说。

“哦？看来你对这种赛事不感兴趣哟，是听到了争议才去补看的，哈哈，难怪呢。”副秘书长这话好像说得很随意，但孟想却听出了一点儿话外音。难怪，难怪什么？后面没说出来的话应该是“难怪刚才大家都在热议，而你孟想却一声不吭”。

“其实我对足球一直挺关注的，只是没时间做到逢球必看，”孟想笑道，“而且这次机器人球赛看点发散，我的感受也游移了。”他要为自己刚才没发言找点理由。

“呵呵，感受游移，有点意思，”副秘书长道，“你是说，自己对足球赛的感受被Martin一事带来的公平竞赛问题搅了吗？”

“也可以这么说吧，但还不限于此，”孟想答道，“我觉得Martin的身份判定固然对比赛的公平性很重要，但更重要的是，这件事的意义远远超出了足球赛本身。”

孟想说完这句话顿了一下，如果此时副秘书长王顾左右而言他或是插话打断，他会就此把话头打住。但副秘书长的视线依然停在他身上，似乎饶有兴致地等着他继续往下说。于是，孟想就接着表达了一下自己的看法。他说猴机杂合体的身份之所以引起广泛争议，是因为它具有两面性，说它是动物也行，说它是机器人也未尝不可，这实际上是一种新的生命形式。他说过去人们只关注动植物这样的“软基质生命”，后来又注意到机器人这样的“硬基质生命”，现在已出现了软硬结合的“混基质生命”，人们应该更多地关注这种新型的生命才是。他认为足球赛中Martin事件只不过引出了这个问题，或许今后会在更多的领域出现类似问题。

孟想简单表述完自己的看法，球赛也刚好播放完了，屏幕上开始出现广告。副秘书长顺手关了电视，笑眯眯地说：“好了，现在咱们言归正传吧。”

最后的大考这就要正式开始了。孟想和另两位参选者立刻正襟危坐，像学生等着老师下发考卷一样绷紧了神经。

副秘书长依然乐呵呵的，他先来了一段开场白，说3位参选者过五关斩六将，一路挺进最后选拔，充分展现了各自过硬的素质和实力，可以说每个人都是难得的青年才俊。孟想全神贯注听着这些俗套的废话，没听出一丝跟考评沾边的有用信息。

“这些天大家都很辛苦，该考的都已经考了，该测的也测了，最后这一关就不再难为各位了。”副秘书长摆出很慈祥的样子。

这不是把大家当小孩子哄吗？孟想心想，谁不是过来人呀，从小到大每次考试都这样，老师发考卷前总会叨叨几句说，这次考试一点儿都不难，只要平时用心学了都能考出好成绩。这种话孟想小时候就听腻了，他读初中时就和小伙伴们总结过一句话：老师越说不难的考试，往往不是老挝也不是柬埔寨，而是越南（难）。

孟想还在等着副秘书长尽快说完废话进入正题，没想到副秘书长却话锋一转问道：“你们还有什么问题吗？”

这么一问，参选者无不感到莫名其妙：是你考我们，不是我们考你，我们怎能反客为主问考官？三人你看着我我看着你，谁也不知说什么。

“那好，咱们全部的考评环节到此结束，各位可以好好休息了。”副秘书长说完话就站起身，笑着向参选者们点头示意，说了句“谢谢大家”，便率考官们离去，留下孟想和其他两位参选者面面相觑，半天都没回过神来。

当天晚上，副秘书长就笑盈盈地来到孟想房间，一见面就向他道喜，说：“祝贺你，孟先生，你就是我们这次要找的人选。”

孟想并没有欣喜若狂的感觉，心中一大堆的狐疑一个也没解开。他问究竟要去执行什么任务，副秘书长说要他去担任一项重要工程的行政执行官，这项绝密工程在很遥远的地方，中国政府和联合国机构都会为他执行任务提供尽可能多的保障。

既然是绝密工程，孟想知道，不到时候问也问不出来什么，他只好先打探一下地点。孟想问副秘书长，可否告知“很遥远的地方”在哪里，心里好有所准备。

“知道兰宫吗？”副秘书长反问孟想。

兰宫？如果指的是远在土卫六上的那个兰宫，孟想当然知道，他在学生时代就对轰动一时的兰宫建设有所耳闻。

自从21世纪初欧洲宇航局的卡西尼号探测器抵达土卫六以后，人们很快发现了这颗美丽的星球上有一片橘黄色的大海，那便是克拉肯海。在接下来的日子里，人们进一步确证克拉肯海里的海水主要成分是甲烷，这就意味着土卫六上有个液化天然气的大宝库，其液化天然气储量远远超过地球上总储量之和。后来，地球上的能源越发紧缺，有人就开始打克拉肯海的主意了。在过去技术不够发达的年代，人们等着“天上掉馅饼”，如今“馅饼”就在天上，掉不下来可以上天去取嘛。一些能源巨头很快就盯上了土卫六，他们强强联手，决定开采那里的液化天然气，于是就建起了那座著名的兰宫。

兰宫建成启用后不久，人们在克拉肯海边发现了甲烷虫等生物，国际社会一片哗然，各界强烈要求停止在那里的开采活动。原因再简单不过了，地球物种在宇宙中已经孤独了亿万年，好不容易在太阳系内发现了另一颗有生命的星球，尽管那些弱小的生命不是智慧物种，那也不能随意破坏人家的生态环境。断了它们的活路，有可能地球物种将永远在宇宙间当“孤家寡人”。是可忍孰不可忍，有人甚至到联合国总部声泪俱下地抗议，说人类掠夺成性太蛮横无理，把自己生存的地球环境搞得一天天恶化还嫌不够，又要跑去糟蹋别人的家园，这实在是缺了大德。全世界的谴责声浪日益高涨，联合国大会于是做出决议，要求各国立即终止开采土卫六上的液化天然气。

然而，联合国大会的决议在相当一段时间内并没有得到有效执行。原因说来也简单，各国政府并没有直接参与土卫六上的开采活动，在那里大抽海水的都是些私营能源公司，联合国是地球上的联合国，总不能自封为全宇宙的联合国吧，也没听说有哪个地球以外的政府是联合国的会员国，私营企业在外太空的活动联合国可管不着。一些能源紧缺的国家也故意睁只眼闭只眼，采取纵容默许的态度，反正不是本国政府派去开采的，联合国的板子打不到政府的头上来。

但是，这些私企老板及背后放纵他们的政府都想错了，联合国最终还是想出了严厉的制裁办法，从某月某日起，凡是从外太空运载液化天然气返回地球的飞行器一律不准进入大气层，否则授权联合国维和部队坚决击毁，虽说联合国管不了全宇宙，但管住地球肯定是合法的，也是绰绰有余的。这一招果然很灵，穿梭于土卫六和地球间运输液化天然气的飞行器一下子就歇菜了，留守在土卫六上的人马也全部撤回了地球，兰宫也就很快被闲置弃用了。孟想对兰宫建成之初这段短暂的历史是知晓的。

“您指的是土卫六上的兰宫吗？”孟想问。

副秘书长微微点了点头，并没有正面回答他，只是说：“今天先谈到这里，你很快就会知道情况了。”说完他就告辞了。

果然是土卫六上的兰宫。副秘书长走后，孟想就开始琢磨了。他知道，兰宫当初被弃用了几年以后，一直没人光顾，后来突然又派上了新用场，但前些年再一次遭到弃用。难道这回又要第三次启用了吗？

对于兰宫后来第二次启用又遭弃用，孟想身在军医大学是很清楚的，那跟生物克隆技术的发展紧密关联，说来也是一波三折，他是圈中人不会不关注。

事情还要追溯到孟想出生之前的年代。

早在2005年时，联合国大会就通过了《联合国关于人的克隆的宣言》，该宣言明确指出会员国应考虑禁止违背人类尊严和对人的生命保护的一切形式的人的克隆。这种全面禁止那是真够全面的，不仅禁止生殖性克隆，而且也禁止治疗性克隆，没有商量余地。

对生殖性克隆的禁止，世界各国无不坚决拥护，普遍认为这是防患于未然的必要举措。谁都可以想象，如果每个人都被允许复制出N个一模一样的克隆体，甚至把已故的人克隆成活生生的副本，那随时都可能碰到令人触目惊心的事。试想一下这样的场景：你跟太太正在北京街头漫步，一不小心却看见，你那去世多年的“爷爷”正跟另一个“你”一起朝你们走来。再侧头一看更是让你血脉偾张——你“太太”正在街对面跟你过去的情敌卿卿我我，而你身边的太太则是一脸的尴尬。更可怕的是，此时也许警察会突然来到你面前，掏出枪来要拘捕你，说你就是两小时前发生在纽约的一起强奸杀人案的真凶，因为你跟凶手的DNA百分之百吻合，铁证如山，你赖也赖不掉。

这还不够恐怖吗？世界如果走到了这一步，那人伦关系和社会关系就会彻底乱套，继而全面崩溃，人类文明的末日也就到了，因此决不能让这样的技术失控、泛滥。

但对治疗性克隆的禁止，则一直存在不少异议。所谓治疗性克隆，就是以治疗疾病和器官移植为目的的人类细胞克隆。在很多人看来，克隆出人的肝脏之类的器官用于治病救人，无论从伦理角度还是从社会角度都应该是可以接受的，禁止这样的克隆就相当于把孩子跟洗澡水一起泼掉了。因此，在2005年的时候有不少国家持保留态度，并不禁止治疗性克隆研究。但2030年以后情况有了变化，在“精准基因编辑”技术的推波助澜下，打着“器官克隆”幌子的越轨行径日益向克隆人逼近，迫使国际社会再次出手重申克隆宣言。这回，全球各界都以大局为重，响应并一致认可了联合国的克隆宣言，这是个很重大的事件。

孟想后来也觉得，世上没有十全十美的事，矫枉过正也是不得已的。不管怎么说，全面禁止人的克隆，在人类科技发展史上开创了自觉限制高新技术滥用的先河。这总比当初搞了多年核武器军备竞赛之后，再来出台核不扩散条约要好得多，那种“迟来的爱”其实并没有真正解决问题。时至今日，人类依然没有走出核威胁的巨大阴影，也许再也走不出来了，说不定哪天核按钮一触动，灾难就会降临人间。所以，《联合国关于人的克隆的宣言》起到了把高科技灾害消除在萌芽状态的作用，实乃高瞻远瞩，未雨绸缪，说其功在当代利在千秋一点儿都不为过。

然而，就在全面禁止克隆被各国普遍接受之后过了十来年，当初有过争议的治疗性克隆又泛起了波澜。起因在于治疗性克隆被强行禁止以来，人体器官移植的供需矛盾越来越突出。有很多患者本来是很容易治愈康复的，就因为等不到配型合适的活体器官移植供体，而眼睁睁丢了性命。在这种大背景下，一方面国际社会依然遵守宣言，严格禁止人体器官克隆，另一方面"僧多粥少"的供求状况得不到缓解，使器官买卖的黑市交易一天比一天猖獗，当然这是恶人所为。许多有识之士看在眼里急在心里，一些人开始疑惑，是不是应该把"当初跟洗澡水一起泼掉的孩子"再捡回来？这是善人所为。

这像是在平静了多年的池水中投进了一粒石子，立刻惊醒了一些不恶也不善的人。官方还没来得及考虑对策，民间很快就开始从外围想办法了。打一打擦边球的理由似乎很充分，联合国宣言说人的克隆违反人类尊严，这当然说的是地球上的事，那咱找个没有人类居住的星球去探讨探讨总可以吧，没人类的地方何来尊严？再说了，搞器官克隆那是为了治病救人，这种积德行善的事好像不该受到谴责。咱又不是要让死去的爷爷活过来吓人，这种缺德事坚决不干就是了，还能怎么着？

想明白了说干就干，一些医药公司便开始行动了。这么大的动作当然还是要联手推进。他们在选址问题上考虑了多年都定不下来，刚开始想到了月球、火星等地方，但思来想去总觉得不太合适，离地球太近容易被监控到，惹麻烦不说，在太空新建一个大型生存设施也非易事，成本会很高昂，于是有人想到了已废弃的兰宫。就这样，兰宫后来摇身一变，成了一个远离地球监管的器官克隆研发中心。

时间一年年过去，人们不得不承认，从兰宫运回来的克隆心、肝、肾等各种人体器官，有效地缓解了地球上器官移植供体严重不足的压力，对救死扶伤是件大好事。随着克隆的器官供体日益增多，各国政府慢慢也接受了这个现实，兰宫作为一个器官克隆中心已成为公开的秘密。尽管如此，兰宫的器官克隆规模毕竟是有限的，还远远满足不了地球上的医疗需求。于是各界的呼声越来越大，器官克隆事实上已挽救了成千上万人的生命，躲躲闪闪跑到遥远的土卫六星球上去搞实在没必要，成本居高不下，供应量也上不去，应该适应形势的发展，到考虑放开禁令的时候了。

孟想那段时间对解除器官克隆的禁令也是格外期盼的，他身边刚好就有很熟悉的战友负了重伤要做多器官移植手术，所以他对解禁的呼声有着强烈的共鸣。其实他也了解过，兰宫提供的那些器官面对强大的需求犹如杯水车薪，而且运回地球后大都落在了二道贩子手里，这种状况已到了非改革不可的地步了。果然，联合国大会不久就通过了新的决议，对治疗性克隆的禁令予以解除，这下子皆大欢喜，在地球家园能干的事就不必再跑到天外去干了。兰宫也就是在那个时候第二次被弃用，淡出了人们的视野。

这才刚过了一两年，兰宫现在第三次派上用场了，看来土卫六还真是让人青睐的风水宝地。而且这回可不是民间动作，而是联合国的行动。但为何搞得这么神神秘秘，究竟要干什么，孟想琢磨来琢磨去，也还是不明就里。

第5章

初遇外星人

就在孟想寻思着赴兰宫的使命任务时，许光辉那会儿正在阿哲261号飞舰上跟搞破坏的机器人周旋。他这趟飞天对机器人作恶算是充分领教了，人类的星际殖民试验差点就彻底毁于机器人之手，看来所谓的“硬基质生命”可不是什么善茬。幸好来了个Jolene这样的机器人治理专家，后来总算制服了惹事的元凶。但他没想到，飞舰舱内的机器人问题解决了，却还要跟核桃星上的机器人过招。

夜路走多了会撞鬼，出舱活动多了自然也会碰上邪乎事。

给606基地发了求救信息以后，许光辉和Jolene天天走出舱外，四下转悠。他们从起初的警觉、紧张渐渐变得放松、好奇，活动范围越来越大。

当然，两人的胆量也越来越大。连续几天昼伏夜出并没有遇见什么险情，那天他们干脆大白天就出舱去了。

白天的核桃星空旷、宁静，地面上除了一些凸起的小丘陵和低矮的绿色植物以外，看不见任何人工建筑设施，也听不到什么响声。

Jolene对地上那些奇形怪状的“绿蘑菇”大感兴趣，不时会蹲下身去查看、摆弄一番。许光辉则不停地环顾四下，他试图找到点工业废弃物或生活垃圾之类的痕迹，外星人不至于活在虚空中，它们总要留下活动影踪的。可是，他仔细查找了半天，却一无所获。

“它们藏在哪儿呢？真是奇怪。”许光辉心有不甘，自言自语道。

“这里不像有外星人活动，可能是一个处于生命早期进化阶段的星球。”Jolene说。

“解释不通。”许光辉伸手指向空中的“小太阳”道。

明摆着，没有高级智慧生命，这个人工设施是不可能存在的。

“那可能是外星人很久以前到此一游时留下的。”Jolene说。

“我原来也有类似想法，但最近我的想法变了。”许光辉说他刚来时就觉得，这个有点像戴森球一样的“小太阳”不可能是个临时装置，那是要供外星人在此长期生活使用的，之所以没见到外星人无非有两种可能：要么它们已经离开了，要么它们全部灭绝了。但他现在觉得这两种可能都不成立，他说：“阿哲261号飞不起来说明了什么？说明它们还在这里，它们已经发现了我们并采取了措施，而我们却找不到它们。”

“可是，下结论总要有点根据吧。”Jolene说她这些天特意查看了飞舰周围，并没有发现有什么东西束缚着飞舰，也许无法起飞是另有原因的。

“要真是找到了绳索之类的捆绑痕迹倒是好事。”许光辉说那就表明外星人的智慧并不高级，起码不在地球人水平之上。

两人说着话，不知不觉就来到了一处小丘陵脚下。

“上去看看吧。”许光辉拉着Jolene的手，没多久他们就登上了只有几层楼高的丘陵。

丘陵顶端并没有形成山峰，而是平坦如石板，就跟南非开普敦著名的“桌山”一个样。站在这里放眼望去，核桃星的景色尽收眼底，除了分布着不少这样的小桌山外，不远处的阿哲261号飞舰也赫然在目。

外星人要是在此处设个监视站倒挺合适，阿哲261号的一举一动都看得清清楚楚。许光辉边想边和Jolene一起坐下来小憩。他很快注意到，平坦的山顶“桌面”没有绿色植物生长，但“桌面”上却有大量裂纹，这种龟裂看着像是经受振动造成的。许光辉指着地面说：“这里会不会是外星人的停机坪之类的设施？”

Jolene低头看了看说：“别看见什么都说跟外星人有关，搞不好这就是大自然的鬼斧神工，那么多小桌山哪能都是停机坪呢？”

许光辉颔首道：“要想证明一下倒也不难，明天带一台取样器过来测一测。”他的想法是，真要是停机坪的话，总会留下些燃料、尾气之类的痕迹，肉眼看不见，仪器肯定测得出。

Jolene不以为然，她还是对那些绿蘑菇样的植物情有独钟。返回的路上，她蹲在地上摘了两颗“野果”下来，一颗像小红枣，一颗像花生，说是要带回舱里去研究研究。他们已经在核桃星上转悠好多天了，各式各样的“野果”见了不少，但都还不知道硬壳里面是什么玩意儿呢。

核桃星上的“野果”让人大开眼界。一回到舱内，许光辉帮着Jolene先砸开了那颗“小红枣”，他们一看就有点乐了，里面皱皱褶褶裹着两瓣果肉，跟核桃内里很像。看来许光辉当初给这个不知名的星球取名“核桃星”还真没错。

果肉倒不算坚硬，许光辉用手掰开看，色泽和形状怎么看都像是铜渣。

“这会是金属吗？”Jolene好奇地问。

“你放进元素分析仪里去扫一下不就清楚了吗？”许光辉回答。

Jolene拿了块果肉起身去测，不一会儿她就喊了起来：“啊！这主要成分真的就是铜呀。”

“呵呵，说不定核桃星上还有金果、银果呢！”许光辉也很兴奋地道，“地球上的金银财宝在这里全是些随处可见的‘野果’，你们美女不都喜欢什么金项链银戒指嘛，其实戴的就是些‘野果’哟。”

许光辉说着话，又砸开了那粒“花生”。一不留神，里面的液体流出来滴在地板上，好似一滴大水滴，却银光闪闪。Jolene过来一看，又吃一惊道：“这很像是水银呀。”

许光辉说：“不是像，这很可能就是真正的汞。”

“这有点太不可思议了，”Jolene说，“这有机植物怎么会结出无机物的果实来？非亲眼所见真让人难以置信。”

“要说也没什么难理解的。”许光辉说，有机物与无机物之间本来就没有泾渭分明的界线，是地球环境影响了人们的思维。他进一步解释说，早在200多年前人们就已发现了大多数化学元素，那时人们对无机物的认识越来越清楚，但对有机物却一直充满神秘感，把它们看成另类物质。后来德国化学家李比希揭示，有机物其实也是由普通化学元素构成的，与无机物相比只是构成方式不同而没有本质上的区别，这才填平了人们对二者认识上的那道鸿沟。许光辉说地球上的植物绝不是标准模板，核桃星的生存环境大不一样，这里的植物结出这种无机物的“野果”一点儿也不奇怪。

“你这么一讲还是很有道理的，”Jolene若有所悟道，“可能不光是植物怪异，说不定外星球的高级动物也跟我们想象的不一样。”

“呵，那你觉得外星球的高级动物该是怎么样的？”许光辉来了兴趣。

“这我可说不上来，但我这些年跟机器人打交道是深有体会的，刚才忽然有了一个念头。”Jolene说，她觉得机器人这种硬基质生命在地球上的出现，实际上是对亿万年来软基质生命唱主角的一种补充，这或许就是地球上生命形成或总体进化的必然结果，很可能在别的星球上已有机器人成了主宰者。她说机器人在外观上的花样太多了，它们想扮成什么样就能扮成什么样，想让人看不见也是可以做到的。

Jolene虽然没有展开细述，但对许光辉是有触动的。Jolene作为研究机器人的专家，已经想到了机器人统治其他星球的可能。而他自己长期以来却是地球思维，总把外星智慧生命想象成跟地球人一样的软基质动物，这种坐井观天的想法在宇宙间可能是落伍的，找不到核桃星上的外星人可能就是自己的旧观念在作祟。现在他觉得，硬基质生命出现晚、发展快，假如在地球上有更充裕的存在历史，它们反仆为主取代人类成为主宰者是有可能的，外星球当然也会存在这种可能性。有人说数字生命进化速度比人类更快，许光辉突然想到，说不定地球人就有可能是更高层次的机器人模拟制造出来的。

“照你的机器人主宰说或许还能推演，我们人类其实一直生活在一个计算机模拟的时代中，只是人人都浑然不觉而已。”许光辉说，“大胆设想一下，这种可能性也是有的。”

“哈，你这种大胆假设也许成立，但小心求证却是很困难的。”Jolene笑道。

科学假设的求证历来都不是件容易的事，许光辉觉得扯得有点远了，眼下最要紧的事，还是应该先求证出核桃星上是否有外星人的存在。一连几天出舱都没找到什么有用的线索，今天在小桌山上好不容易才见到了一点疑似外星人活动留下的痕迹，这可要认真求证一下。要不然始终敌在暗处我在明处就太被动了，就算606基地来人救援，核桃星这边也要里应外合才行。

核桃星上又一个白昼来临了，Jolene还在饶有兴致地摆弄那两颗“野果”的残骸，许光辉说他要再去一趟小桌山上查看一下。

“我跟你一起去吧。”Jolene停下手里的活计道。

“不用了，现在外面很安全，我一会儿就回来。”许光辉边说边向舱门口走去。

“那你把激光枪带上，万一碰到外星人也好对付。” Jolene叮嘱道。

“好吧，好吧。”许光辉走到舱门口又折回来，取了激光枪，往身上披上枪袋，就匆匆出去了。

许光辉一走，Jolene继续摆弄“野果”，她越看越觉得神奇。地球人战天斗地，怎么就没早点发现这种植物呢？要是能经过改良在地球上实现成功种植多好，那就用不着费劲开挖什么金矿铜矿了，矿产资源的采掘或许可以靠农业种植来替代，地里会长出来五花八门的矿物品种，恐怕还远不止金银铜铁这些玩意儿。对了，刚才许光辉出门时忘了交代，应该让他再多带几种“野果”回来，看看还有什么别的品种。Jolene一想到这里，抬头向舱门口望去。

咦？这家伙怎么把激光枪忘在了舱里，披着个空枪袋就走了，他在外要是真有点闪失怎么得了？Jolene想也没多想，立刻起身，拿起放在舱门边的激光枪就出去找许光辉了。

核桃星太寂静了，一个人走在空旷的星球上很快就会生出一种恐惧感。Jolene没走多远就下意识地打开了激光枪的保险，她端着枪躬着腰向小桌山那边移动，那神态跟影视剧里鬼子悄悄进村没啥两样。还没到山脚下，Jolene抬头向山顶望去，远远就看见了许光辉的身影，他正背朝着她这边，弯着身子全神贯注地在查看“桌面”情况。

突然，Jolene发现在许光辉身后两侧的不远处，各有一个半人高的橄榄球状物体正在向他悄悄靠近。

不好！Jolene定神细看，两个大“橄榄球”还长着脚和爪子，样子跟立起来的猪崽有点像，只是看不清它们有几只爪子。凭着职业敏感，Jolene立刻意识到，这可能是机器装置。她本能地冲许光辉大叫一声“危险！有机器人！”，同时举枪向许光辉左侧的机器人开了一枪，然后不顾一切地向小山顶奔去。

许光辉听到Jolene的尖叫，下意识地起身向上跃起。重力小就是好，这一跃绝对打破了地球上跳高的世界纪录，他居高临下看清了一左一右那两个怪家伙。右侧那家伙见许光辉跃起，立刻也紧接着跃起向他扑过来，同时射出一张圆弧形的捕网企图罩住许光辉，左侧那家伙一旦用爪子接住捕网的另一端，就可以两边一起收网，把许光辉当空中飞鱼一举网住 。

幸运的是，许光辉起跳速度快，加上起跳时间早，当捕网射过来的时候，他刚好越过了网的高度。再看左侧那家伙，它被Jolene刚才那一枪打到了，但显然没被击中要害，它随即跃起想去抓那捕网的另一端。然而这家伙受了点伤已经蹦不了太高了，它伸出爪子扑腾了几下也没抓住。重力小，从高处跌落的加速度也小，这为许光辉赢得了思考的时间。虽然只有短短几秒钟的工夫，许光辉却在空中迅速做出反应，想好了一对二的攻击之策。他看过些武侠剧，现在身体腾起在空中还真有那么点侠士施展功夫的感觉。虽然他跟武林高手沾不上边，甚至从来没跟人动手干过架，但他多年踢足球的两下子这回派上了用场。

许光辉借着下落的惯性，先冲着左侧那受了伤的家伙而去。他屈起左腿一个蹬踏铲球动作照准那货就踹了过去，那家伙在空中被重重踢中，就像个橄榄球一样翻滚着向山包下跌落而去。

接下来许光辉的动作一气呵成，他借着左脚出力的惯性，身体在空中一个漂亮的后滚翻，来了个倒挂金钩的动作，右脚狠狠地朝着右侧那家伙踢去。那货爪子上抓着捕网猝不及防，被一脚踢中后身上缠着捕网，连滚带爬逃下了山顶。许光辉也一下子跌落在“桌面”上，此时他才对刚才惊心动魄的一瞬间感到有点后怕。

Jolene这时候也气喘吁吁地爬了上来，她连忙奔向许光辉问道："吓死我了，你没事吧？"许光辉摆摆手说："没事，初次交手不挂彩算走运。"

"它们呢？"Jolene端着枪四下张望着。

"刚溜下去，应该还没跑远。"许光辉喘了口气说。

"不能这么便宜它们。"Jolene拿着枪立刻就跑到"桌边"去查看，她对暗地作恶的机器人最反感。许光辉也起身跟了过去，两人在山顶四周转了一圈却什么也没看见。奇怪，空旷无垠的山坡和山下周围并没有什么遮蔽物，但那两个家伙却踪影全无，在这么短短数十秒的时间内就彻底消失了。

"我们下去接着找，不信它们会隐身术。"Jolene余怒未消道。

"算了吧，真可能找了也白找，"许光辉平静道，"先回去吧，它们肯定还会找我们的。"

Jolene 虽然心有不甘，却也很快冷静下来。这里不是地球，对自己不了解的外星机器人确实不可轻举妄动，从那些家伙来无影去无踪就能知道，它们未必那么好对付。许光辉刚才逃过一劫已算万幸了，仔细想想都脊背发凉。

"这下你总该相信了吧，核桃星上的确存在智慧生命，"一回到舱内，许光辉就对Jolene说，"我们这次真正见到了人们梦寐以求多年的外星人。"

"它们像是机器人。"Jolene说她当时距离远看不清楚，但职业感觉告诉她，那两个家伙应该是机械装置。她问许光辉是否看清楚了，要他回忆一下细节。

"你的直觉应该没错。"许光辉想了一会儿说，至少有两点可以判断出它们是机器人。

第一点就是，那个受伤的家伙缺乏人类的正常反应，它既没有发出痛苦的叫声，也没有捂摸伤口之类的下意识动作。Jolene开枪射中那家伙以后，许光辉观察到，当时它身体上一些部位出现了像指示灯一样闪烁的光亮，同时伤处也冒出了电火花，还发出了电子元器件短路时的那种刺啦声。

许光辉说的第二点，是他在空中搏斗时的感受。他当时踢中那两个家伙时，感到踢中的家伙硬邦邦的，根本不是踢在猪呀狗呀那些软基质动物身上的感觉。许光辉说他看到那两个橄榄球状的躯体，瞬间就找到了在球场上踢球的感觉，踢完才反应过来，他踢的根本不是球，感觉像是踢在飞起的石头上，到现在他脚指头还疼着呢。

“不疼没印象。” Jolene觉得从许光辉近距离观察到的情况来看，那两个家伙是机器人无疑。她又问道：“你看到它们有几只手脚？”

“有两只脚，还有四只手，是六肢机器人。”许光辉很肯定道。

一说到肢体，许光辉又想起一个细节来。他说自己在踢第一个家伙的时候，触碰到了那货的上肢，当时他也想要一耍踢足球使用惯了的小伎俩要拧它一把，结果就像拧在不锈钢管上，感觉滑溜溜的，这一点也能说明它们是机器人。

“看来这个核桃星大有名堂，真的是机器人在唱主角，” Jolene感到又一副担子落在了肩上，“今天的交手只是个开始。”

“家里当初把你派过来，还真是有先见之明啊，”许光辉不无感慨道，“接下来又要看你的了。”

“你可千万别指望我解决问题，我顶多能提供点技术方面的参考意见，” Jolene提醒许光辉说，“应该把今天发生的事赶紧告知606基地才是。”

“言之有理，没有援军咱们难以脱身。”许光辉也意识到了，外星人今天只是两个散兵游勇露了一下头，它们成千上万的人马隐身何处还不得而知，他和Jolene势力单薄，是无论如何也斗不过它们的。要想突围，只能把希望寄托在606基地上。

第
6
章

606 基地的使命

孟想当初是在登上了飞往土卫六的飞舰之后，才终于知道了606基地的使命和他自己的任务。

临行前，孟想实在是忍不住了，他对那位送行的联合国副秘书长抱怨道："这都要出发了，总该透露一下任务吧？"

副秘书长依然是笑容满面，拍拍他肩膀道："你在飞舰上看一段视频，就会明白一切，比我说的效果更好。"

所以，飞舰一进入巡航状态，孟想就迫不及待地开启了屏幕，他顿觉眼前一亮。

"首长好，我是何小佳，热烈欢迎您到606基地来带领我们大展宏图。下面我就向您简要介绍一下606基地的情况。"

啊？！怎么会是何小佳？孟想大为吃惊，他怎么也想不到，前段日子神秘失踪了的何小佳，竟然跑到土卫六上去了。

这何小佳本来是军医大学的研究生，她读完了硕士又转攻博士，但还没完成学业就突然谜一样地消失了。让孟想当时倍感失落的是，何小佳去了哪里连声招呼也没跟他打，真是美女多无礼。

说起来，何小佳刚考上研究生没多久，孟想也从教研室调到了研究生院工作，他们那会儿就认识了。这要是在地方大学，两人也就是很普通的师生关系，可能生活中不会产生什么交集。但在军事院校则是严格的上下级关系，何小佳是研究生院的学员，孟想是管理军官，直接打交道是很多的。

孟想一开始注意到何小佳，是由于她与众不同的着装。

何小佳刚入学的时候，有一天上级部门的两个人来到了研究生院，说是新一代军装即将研制完成，正在一些部队找人试用征求意见，女装想找个学员去试穿一下。那天何小佳恰好从宿舍走出来，她高挑的个头、娇好的身材一眼就被来人相中。何小佳这就稀里糊涂摊上了试军装的差事。后来她才知道这是个美差，让她比别人早一个学期享用了这种技术含量颇高的新式军装。

各国的军队无不注重形象的设计，都极力想塑造出威武、文明的军容仪表，因而在军装方面的投入是巨大的。长期以来，军装根据不同场合的穿着要求搞得很繁杂，常服、作训服、礼服，夏装、冬装等，五花八门。然而近些年来，新技术的发展加速了军装的一体化变革，面料技术、光学技术的综合运用使军装的款式日益简化。有的国家已研制出了即时变幻装，常服瞬间就可变化出迷彩图案而转为作训服，同样也可以迅即变成礼服款式。何小佳这次去试穿的就是这种新型的多功能女装。

何小佳一去试穿就喜欢上了这款新军装，它不仅能变幻出各种军服的式样，还能变幻出一些休闲便服的款式，触摸式控制键就在衣袖上。这对她来说很好用，如果下了课想出校门办点什么事，就省得再跑回宿舍脱军装换便服了。特别是这款新军装所用的材料具有伸缩微调的功能，该缩的部位和该伸的部位都能自动调节，这对她这样爱臭美的女军人来说非常重要。

她一穿上就舍不得脱了。当被服研制专家征求她的意见时，何小佳立刻就提了个要求，说能否让她多穿些日子，以便更好地找出问题。专家面露难色，说这新军装尚未正式给部队配发，穿出去不符合规定。

何小佳聪明得很，她用医学的专业理念忽悠起了被服研制专家，问这军装的面料及光感方面是否做过人体毒性试验。专家很肯定地告诉她说，这些材料都是在确保对人体无毒无害的前提下才投入使用的。何小佳又问，有没有做过人体功效学方面的试验？专家听了一愣，显然不明就里。何小佳解释说，女装的一些部位能伸缩调节，这对女性身体可能会有不良影响，所以她想多体验一段时间并做些测试。

被服研制专家听她这么一说觉得蛮有道理，军医大学是一流的专业院校，对新军装提出来的技术意见当然要重视。于是，专家说要向上级请示一下，说着就走出去打电话了。不一会儿，专家回来告诉何小佳说，给她试穿四个月时间，但要求她遵守军队的保密纪律。何小佳一口答应下来，就这样心里美滋滋地带回了新一代军装。

这件事发生的时候，孟想还没调来研究生院，他对此当然一无所知，但很快他就调过来了。孟想调来时的身份是研究生院的科研参谋，他虽然不负责学员们的日常生活管理，但学院要军官们每天轮流担任战勤值班，轮到他值班的日子，学员们一日生活制度的执行就必须由他这个值班参谋负责。军校有军校的规矩。

孟想第一次在研究生院值班，就碰到了情况。那天傍晚天刚有点擦黑，天气寒冷，孟想在研究生院内溜达，想四处巡查一下，他刚调来也要熟悉地形环境。忽然，他看见远远地有个女学员正在款款走过来，她身上穿的是不合时宜的夏常服。呵，又是一个不太听招呼的美女，全院早就下达了统一换着冬装的通知，却总有人钻空子违反规定，把部队管理的整齐划一丢到脑后。孟想很清楚，女学员们普遍不待见冬装，衣服厚厚地包裹在身上体现不出一点身材美感，有些人即使到了三九天，宁可“美丽冻人”也要变着法子穿夏常服。所以说“战争让女人走开”是有道理的，军令也不是那么容易管得住臭美。

要是在平常，孟想碰见个别女学员违规着装可能就睁只眼闭只眼，但今天自己值班就不能不管了，而且他刚调来没几天总不能太失职吧。他准备等那女学员走近，先心平气和批评几句，再责令她回去换冬装。

孟想正考虑着，那女学员已走近了。咦？奇怪了，刚才明明看她娉娉婷婷穿着夏常服走来，怎么到眼前就变成了裹得严严实实的冬装了？

那女学员看他盯着自己目不转睛地打量，她笑了，笑得有点神秘，叫了声“首长好”。

孟想回过神来，意识到自己这样盯着美女学员有点失态了，忙掩饰道：“你好，我是研究生院的值班参谋孟想，请问怎么称呼你？”

“我叫何小佳，航空医学专业的硕士生。”何小佳回答。

何小佳，孟想记住了这个名字，这是他们两人的第一次接触。但孟想事后一直在纳闷，自己刚满30岁，还不至于老眼昏花，连军服都分不清吧。

过了一段时间，又到了孟想值班的日子，他碰到了更邪乎的事。那天是个大白天，孟想刚走出办公楼，一眼就看到了何小佳的背影，她身着休闲便装正往院外走。自从认识了何小佳，孟想已开始留意她，对何小佳娉娉婷婷的身姿认得出来，是她没错。现在可是正课时间，学员无故着便服是不允许的，值班干部不管也会挨军务部门剋的。孟想三步并作两步从后面赶上去，喊道：“何小佳同学，你站住。”

何小佳显然受了点惊吓，她愣了一下，停住了脚步。完了，今天违规着装被干部逮了个现行，挨一顿批是跑不掉了。可转过身来一看是孟想，她又笑了。

孟想虽然不是严厉责问，但还是摆出值班干部的架势，说：“现在是正课时间，你怎么……”

“哟，好像校首长来咱们院办公楼了。”何小佳没等孟想把话说完，就指着他身后打断了他。

孟想回头一看，办公楼前有位教授站着在跟两个学员谈话，哪有什么校首长的影子？等他看清了办公楼前的情况再回过身来，差点没吓傻，眼前的何小佳穿的是一身军装。

“你，你……”孟想惊得有点语无伦次了，“我没看见……你刚才是怎么换衣服的？”

“啊，你想看我换衣服？”何小佳故作大惊失色状。

“咳，这……”孟想闹了个大红脸，赶忙转身离去。

这鬼丫头玩魔术还是怎么的？从这件事之后，孟想就一直注意着何小佳，他想揭开这个谜。时间一久，何小佳的一些同学看出了点端倪，他们不是看出了新军装的花样，而是看到了孟想的“企图”。

“哎，咱们院那个叫孟想的帅哥参谋看上你了。”跟何小佳一同考上研究生的闺蜜刘妍有一天神神秘秘地说。

“别瞎说。”何小佳根本不以为然。

“是真的，很多同学都看出来了，孟想看你的那种眼神非常特别，那是如饥似渴的求爱目光。”刘妍说孟想还向一些同学打听情况，正在做外围的排雷工作呢。

“那是不可能的事。”何小佳心知肚明，孟想的目的在揭谜，他从来没对她有过任何的暗示或明示。

“我也觉得不可能，”刘妍说，“你何小佳眼界这么高，都挑花眼了，怎么会看上他一个小参谋，人家早就说‘参谋不带长放屁都不响’。”

“根本不是那么回事，你别再说了。”何小佳无法解释，也懒得辩解了。她觉得这是新军装惹出的事，再多说误会更大，对孟想是不公平的。

新军装试穿一结束，何小佳就主动去向孟想坦白情况。她是准备好了挨一顿臭骂的，蒙了他好几个月涮了他好几回，还让别人误以为他要追求她，要说他也是够冤的。

没想到她把情况一说完，孟想一句责备的话也没有，反倒乐了。他说这是大好事啊，表明我们的军装技术已走在国际前沿了，他问何小佳试穿了这么久有什么感受，何小佳说感受有很多，她担心的一点是，这种军装变化的自由度太大，会给部队平时的集中统一管理带来新的问题。孟想思索了一下说，这个问题倒不难解决，只要合理分配款式变换的操控权就可以了，部队各级指挥官完全可以控制住。何小佳心想，这高参还真是对部队的情况很了解，是自己多虑了。

“对不起啊，前段时间流言蜚语让您受了不少委屈。”何小佳真诚向孟想道歉。

“没有没有，”孟想一听就知道她所指，不假思索连忙表示，“身正不怕影子斜，我可从没想过搞师生恋。”

“哦，一点儿都没想过，那可真是冤透你了。”何小佳白了他一眼，小声嘟囔着，转身离去。

孟想怔了一下就反应过来了，自己实在是犯了傻气。其实他自己心里最清楚，要说一点儿想法也没那倒不是。这段时间的闲言碎语他早就听到了，他的态度是不理睬，一切顺其自然。自从他女友几年前出国留学一去不回，两个人的关系就一直若即若离，女友前些日子已明确提出来，假如他不能很快脱下军装前往会合就只能分道扬镳了。他也明确告诉她，脱军装是不可能的事，他不会放弃自己对事业的追求。孟想调来研究生院这阵子，对何小佳不能说没动心，但他也确实不想一来就搞师生恋弄得满城风雨，影响不好。他心想，如果两人有缘，那就慢慢来好了。

后来，要不是何小佳的生活出现重大变故，他真有可能会放胆追求她。是一场突如其来的重大飞行事故搅乱了何小佳的生活，让孟想刚冒出不久的念头又被摁了回去。

现在想起来，何小佳神神秘秘去了土卫六，应该也跟那场事故有关。她当初就是跟郑合一起失踪的，确切说来，何小佳是为了郑合才突然休学的，对这点孟想确信不疑。

郑合也是航空医学专业的研究生，他是高何小佳两届的师兄。本来他是可以获得医学和军事学两个硕士学位的，但造化弄人，就在“双学位”梦眼看快要实现的时候，他变成了“双特”——特等功臣、特级伤残军人。这一切都源于一场遁地飞机的试飞事故。

“什么是遁地飞机呀？”何小佳入学没多久就向师兄郑合请教过，她知道这个师兄出身军人世家，他还同时在修着军事学的学位。郑合告诉她，遁地飞机就是能上天入地的飞机，既能在天上飞行，也能钻入地下穿行，具备全方位作战能力。何小佳说：“我怎么从没见过这种能钻入地底下的‘飞机’呢？”郑合说这不奇怪，遁地飞机目前还在紧锣密鼓的研制之中，跟“空”字沾边的部队大都还没接触过，更不用说外界了，他说自己倒是乘坐过一回试飞的样机，那次是去执行科研任务，是沾了航空医学专业的光。

既然跟航空医学专业有关，何小佳也问过他遁地飞机的技术问题。郑合向她介绍说，遁地飞机涉及的技术很复杂，最关键是采用了电磁力扭断技术，那是在分子水平上进行的。他说任何物质都可以形成固态、液态和气态，这取决于分子间的电磁作用力大小，地表结构也不例外。简单说来，遁地飞机的头部在入地时能干扰到前方障碍物分子间的引力，使固体形态瞬间变为分子结构松散的液态，从而实现穿行的目的。郑合说研制出遁地飞机一直是各国空军的梦想，正因为如此，航空医学专业的人对遁地飞机才更有机会先睹为快。

经郑合一讲，何小佳又查阅了一些资料，她很快就明白了。遁地飞机就像在冰山中破冰穿行的潜艇，但它不是靠破坏性地硬撞硬砸，而是巧妙地把前方的冰不断融化成水，前面只是瞬间“冰变水”，穿行过后又立马“水变冰”，冰山还是那座冰山。但她不明白郑合为何说航空医学界近水楼台会先接触遁地飞机。

“你想呀，遁地飞机在研制试飞过程中是要对飞行员进行医学监测的，但这种监测在地面上几乎无法进行。”郑合解释说这个道理很简单，遁地技术对飞机周围的电磁信号产生了强大的干扰，飞机几乎处于“黑障”状态，飞行员在机舱内的医学保监信息根本就无法传出来，只能靠医学专业人员跟机采样。

“那好啊，说不定我也有机会先过一把上天入地的瘾呢。”何小佳算是彻底弄明白了。

很多事情都经不住说，说一说就说中了。不久，遁地飞机试飞的医学监控任务还真找上门来了，军医大学的航空医学系责无旁贷。这种跟机实施医学保监的任务落在研究生头上理所当然，总不能让老教授们去上天入地吧。再说，这也是对研究生军事素质的一种培养方式，要保障飞行员的战斗力，军医大学培养出来的高才生如果自己连战斗机都没坐过又怎能保障别人？

所以何小佳想都没多想，就自告奋勇地领受了任务。她很兴奋，在航空医学系的大楼里一领到任务，第一时间就打电话告诉了刘妍。

“什么？明天要去上天入地？”刘妍在电话里吃惊地说，“你怎么把明天的活动全忘了？”

哎呀，不好！何小佳忽然想起来，明天是“学生公益日”，研究生院的学员们要到百岁老人城去开展义诊活动。刚入学那会儿，开展敬老教育活动时她就随同学们去过一次，那次她为一位138岁的老太太梳头被随行记者拍到并登在了晚报上。当时那老太太乐呵呵地拉着她的手问：“下次还来吗？”她回答说：“下次一定还来。”这句话也成了晚报记者报道的标题，那记者说如今老龄社会的敬老问题是大事，他下次也会再来跟踪报道。

“这可怎么办？”何小佳问刘妍能不能请个假。

“我可以不去，但你不行，你明天要是缺席的话，那‘假慈善真作秀’的报道不就铺天盖地了吗？”刘妍说要是记者乱写一通会很麻烦的。

“可我这边是正儿八经的科研任务啊，刚领了命又推托怎么好？”

“这样吧，姐们儿来帮你排忧解难，”刘妍稍想了一下道，“你明天还照样去给老太太梳麻花辫，我豁出半条命替你去上天入地。”

“你的心意我领了，”何小佳回应说，“但有个专业对口问题，空军方面要是拿不到监控数据会有意见的。”

刘妍替她上遁地飞机肯定不合适，何小佳心想。刘妍读的卫生法学专业跟航空医学监控沾不上边不说，她还有点恐高症，平时坐民航班机都会出冷汗，要上战斗机还真会要她半条命。

“有了，可以让你师兄郑合出场呀！”刘妍忽然想出了这个主意，她说，“‘师兄帮师妹，永远不嫌累’嘛。”

这倒是个办法，公益和工作两不误。时间这么紧迫，何小佳也实在没什么好招了。体验遁地飞机还会有机会，那就以后再说吧，这次只能请师兄代劳了。

何小佳是在百岁老人城得知遁地飞机出事的消息的，她立刻心急如焚地直接奔到了军医大学附属医院。郑合已被送进急救室抢救。学校机关、研究生院、航空医学系及空军部队的不少官兵都焦急等待着，议论着。

事情的经过听起来不复杂。飞机在俯冲即将入地之前，遁地装置发生了故障，机头和半个机身扎进了土层里，这比一辆高速行驶的汽车突然撞到墙上所遭受的冲击更为猛烈，几乎无人能幸免于难。飞行员当场就壮烈牺牲了，郑合尚存一丝生命气息被抬出施救。

空军试飞部队的官兵介绍说，在飞机入地前十几秒钟，飞行员就向塔台报告了遁地装置故障，郑合当时坐在后排，他完全有机会启动逃逸器弹出机舱后缓缓落地，但他没有这么做。从现场情况来看，郑合整个身躯都俯在前排座椅上，双臂向前奋拉着，他是想帮着飞行员一起把飞机再拉起来。在个人生与死、试飞样机存与毁的选择面前，郑合堪称英雄。

何小佳这会儿对英雄壮举之类的事不感兴趣，她更关心的是郑合能不能挺过来。抢救进行了整整两天两夜，郑合的亲属们及女友都从外地陆陆续续赶来了。何小佳也一直守在医院，她滴水未进，要不是刘妍拿了块军用浓缩粮“一口吞”强行让她吃下，恐怕她也要被推进去抢救了。

还好，经过抢救，郑合的情况总算是暂时稳定下来了。他的内脏受到重创几乎全部碎裂，大都被摘除，现在主要靠一系列体外人工系统维持。所幸的是，他的头部伤势不算太重，这得益于悬浮式头盔的超强缓冲功能。

何小佳和刘妍都很清楚，现在的郑合除了头脑之外，整个身躯只剩下了一副骨架子，他能否活得下来还很难说。

“要尽快实施器官移植。”主治医师介绍完病情，撂下这么句话。

大家心里都明白，这么大面积的器官移植，用器官克隆技术来做是最理想也是最安全的，要是全都采用人工器官来做，那郑合就成了一个浑身装着人造物的机体了。但那个时候，关于器官克隆社会上存在很大争议，禁令尚未解除，用刘妍的话说是处在黎明前的黑暗中，要做器官移植就要像社会上其他人那样，走黑市路线。

刘妍悄悄劝郑合的家人采用克隆器官，她是研究医疗法律的，说器官克隆的解禁即将提上立法议程，不久就会“天亮”了。

不是刘妍想多嘴，而是她心里有点发毛。这两天她偶尔来医院陪何小佳一会儿，都会碰见郑合那位说话带点东北腔的女朋友。他女朋友看何小佳的那种眼神，似乎充满着怨恨，让她总想到端着酸菜要跟人吵架的“翠花”。刘妍心想，要是他女朋友知道是自己出的馊主意害了郑合，不把硫酸泼过来才怪。自己心虚，那就帮帮人家的亲属呗。

“别再琢磨来琢磨去了，军人牺牲岂止在战场上。”郑合的爷爷发话说，“还是用人工器官先救命吧。”他爷爷是一位20世纪参加过边境作战的老军人，他神色凝重道：“小合子他爸一直在戍边守疆，这孩子是跟在我身边长大的，我最了解他，要是他现在清醒着也会做同样的选择，他在这场事故中做出的生死抉择本身就说明了一切。”老人家这一番话统一了全家人的思想。

郑合的多器官植入手术，就像修复一台残损的复杂机器一样，一个零件一个零件地更换，一个问题一个问题地解决，前前后后历时近两年才算折腾完。

这期间，郑合的情况一直牵动着何小佳的心。她心里始终对郑合怀有深深的愧疚。

郑合一直在医院里接受治疗和康复，他女朋友还算厚道，等到他手术全部完成才跟他彻底分了手，据说还是郑合坚决要求的。

后来的情况就像刘妍当初预料的那样，器官克隆的禁令终于解除了。那个时候何小佳已经开始攻博，她也关注着器官克隆技术的解禁，她觉得等郑合康复一段日子后，用克隆器官把他身上一个个人工器官更换下来是完全可行的，郑合还有机会恢复如初。当她把这个美好的想法当面告诉郑合时，郑合却显得非常淡定。他说这场器官植入已折腾自己这么些年了，他不想继续躺在病床上过僵尸般的生活。再说技术既然已解禁，等以后再考虑也是一样的。何小佳听了不知道说什么才好。

其实，学校和研究生院也想早日促成郑合进行克隆器官移植，对他这位特等功臣的救治是不惜代价的，但同样被郑合婉拒了。不久，郑合向上级打了一份报告，大致内容是说，自己的身体状况已逐渐好转，他打算干点新的事业。他说自己的情况显然已无法继续从事航空医学方面的工作，但他现在有了新的优势。他认为人造物植入机体的研究方兴未艾，他既是学医的，又是一个现成的混合体标本，集研究者与被研究者于一身，正反两方面都有体会，他希望上级能满足他的愿望，给他安排相应的工作。他说这样更能实现他的人生价值，比现在为他做克隆器官移植更有意义。

郑合的报告递上去一段时间后，有一天大学的一位副校长亲自来到医院找他谈话，说是各级对他的想法很重视，正在努力满足他的要求，过几天国防部还要来人跟他具体面谈，可能很快就会有任务。郑合听了非常高兴，没想到自己这点事还惊动了国防部，他向副校长表示坚决听从上级安排。

副校长离开没一会儿，何小佳就来了。

“师兄今天可是容光焕发啊。”何小佳见郑合气色好，她自己也高兴，把带来的点心拿出来递给他吃。

郑合今天确实心情大好，他边吃边告诉何小佳说，他可能很快就要出院了，校首长刚才跟他谈过话了。

啊？何小佳很感意外，忙问他出了院去哪里，郑合说具体去哪里还不知道，过几天上级会来人跟他谈任务。他把自己这段时间以来的想法简单告诉了她。

“那我陪你一起去。”何小佳听他说话的同时已考虑清楚。郑合重伤初愈，这个时候主动请缨，身边总该有个熟悉的人照料一下。再说她也明白，郑合已无法继续完成学业，他这一去很可能就不复返了，送他一程也是应该的。无论从哪个角度讲，何小佳都觉得自己的一份道义责任还没尽够。

郑合说：“别开玩笑了，你读着书就少瞎掺和吧。”何小佳说自己可以休学一段时间，一口气把书念到底也挺没劲的。

“不行不行，这事可不能胡闹。”郑合态度很坚决。

“我一点儿也没胡闹。”何小佳说她要向上级正式提出申请，希望郑合无论如何能促成她同去，给她这个机会。

“我理解你的心情，但这样做不合适。”郑合依然坚持。

“没什么不合适的，反正我就想做该做的事。”

何小佳说完这话，已是满眼噙着泪水，她不再言语。任凭郑合百般劝说，好话歹话都说尽了，她始终不为所动，也不出声。郑合已是第二次见何小佳含泪沉默了，上次是自己刚苏醒见到她，当时何小佳的双眼也是噙满了这种自责、懊悔、痛苦的泪水，现在他又看到了她这副表情。

“咳，真是拿你没办法，”郑合的态度终于软了下来，他只好说，“我试着帮你争取一下吧。”这个时候他根本就不知道要到哪里去，他想当然地以为，搞人造物植入机体这样的科研肯定会在某个大院大所里面，何小佳先一起跟去看看也无妨，过段时间再把她撵回来就是了。

何小佳当晚就把一份言辞恳切的申请报告交给了郑合，要他直接交给国防部来的人，她是铁了心要走上层捷径，要陪着他去。

后来的事情很突然，就像当初那场遁地飞机事故一样，说发生就发生了。先是研究生院接到了学校的通知，说是上级要安排特等功臣郑合去外地疗养，研究生院问是否需要派人陪同照料，学校回答说上级自有安排。紧接着，在读博士生何小佳向研究生院提出了休学申请，研究生院收到她突然的休学申请报告还没来得及研究，校长办公室就来了电话，让研究生院立即给何小佳办理休学手续，没有任何的说明和解释。

孟想那会儿刚被提任了副处长，知道了这两个学员的新动向却没想那么多，他刚开始也没把两人的事联系在一起，但很快他就察觉到了情况不对头。郑合伤愈去疗养本是很正常的安排，可他是不辞而别，这不像郑合一贯的作风，而且谁也不知道他去了哪里疗养，这就有点怪了。对何小佳提出休学，孟想跟研究生院的其他领导一样感到很突然，从没听说过她个人有什么要休学的原因，莫非是家里有什么突发情况？他想找她问一下具体情况，当然他更想帮她一把。结果还没等找她谈，就得悉何小佳已经走了，而且连手机都停机了，这让他感到一种无以言状的失落。冷静下来一琢磨，孟想就悟出来了，何小佳肯定是跟郑合在一起。这两个人失踪得太神秘了。

孟想这会儿坐在飞往土卫六的飞舰里，算是彻底弄明白了，何小佳和郑合以前不辞而别，跟他现在一样是肩负着秘密使命。对这个使命，孟想现在已猜出了个七七八八，何小佳在视频中的介绍进一步完善了他的推测，606基地果然是一个跟当年“曼哈顿工程”一样的秘密研究基地。

事情的起因也跟100多年前的“曼哈顿工程”有点相像。当年，爱因斯坦写信给美国总统罗斯福，建议迅速开展核武器的研究，因为他洞察到了全世界面临着巨大危险，一旦法西斯率先研制出核武器，那将是人类社会的大灾难。后来罗斯福接受了爱因斯坦的建议，组建了以奥本海默为首的秘密团队，才有了后来原子弹的成功爆炸，从而敲响了法西斯灭亡的丧钟。

如今人类社会又面临着一种新的危险，那就是混基质生命的出现。这回没了爱因斯坦给美国总统写信，却有了诺贝尔奖得主Allen教授约谈联合国秘书长，形式不同内容相似。Allen教授对秘书长直抒己见，他说从眼前看，猴机杂合体、狗机杂合体之类甚至人机杂合体已出现，虽然目前还处在初级拼装阶段，但软基质与硬基质的高级融合技术即将出现，一旦关键技术被恐怖分子率先掌握，他们组装软硬结合的超级生命便不在话下了，那对人类社会的破坏作用将是颠覆性的。再说地球上一旦出现了智能和体能上都超过人类的另一种智慧生命，后果也是不堪设想的。Allen教授说从长远来看，宇宙中或许已存在着混基质的智慧物种，人类将来若是跟它们相遇，知己不知彼也是无力应付的，同样要面临灾难。因此Allen教授建议国际社会未雨绸缪，尽快组织力量开展混基质生命关键技术研究，起码要抢在恐怖分子之前。

历史的经验值得注意，秘书长显然深谙此道。他很快就召集相关国家代表举行闭门会议，与会人士普遍赞同Allen教授的建议，决定请他亲自领衔开展研究，所需人员由相关国家秘密推荐。至于地点选择，很多人都不约而同地想到了被弃用不久的兰宫。因为如今跟100多年前神不知鬼不觉研制原子弹的时代不同了，在地球上任何一个角落甚至地球附近的小星球上大兴土木都不可能守得住秘密，土卫六离得相对较远不易被发现。何况兰宫里还有不少现成的设备，遗弃在那里的一些克隆技术仪器正好能用得上，没有比那里更合适的地方了。

Allen教授率人马进驻兰宫后不久，就向家里提出了一个要求。他说自己作为一名技术专家只想负责技术研究工作，对远离地球的兰宫他并不擅长行政管理工作，希望家里能物色一位行政执行官，一位像当年原子弹研制的组织者奥本海默那样的人物，把606基地的运转管理担负起来。

实际上，Allen教授的要求提出来以后，就有了孟想他们在日内瓦的那场秘密选拔。

“首长，您就是奥本海默再世，哈！”何小佳在视频中介绍完606基地的情况，最后给孟想来了这么句恭维的话。

这何小佳长得甜，嘴巴也甜。“拿我跟奥本海默相提并论不是开涮嘛。”孟想心想，人家奥本海默当年起码事先晓得“曼哈顿工程”的任务，那是要跟希特勒法西斯进行技术较量，而自己却是稀里糊涂就来了606基地，说什么奥本海默再世，简直折煞人也。要真像Allen教授说的那样，外星球很可能存在着混基质的智慧物种，那在太空中跟它们比画比画倒是件轰轰烈烈的事，可惜不是。

第
❼
章

BRE在太空被截

没看见敌人不等于没有敌人，这是个很普通的军事常识。孟想作为一名职业军人，第一次收到阿哲261号求救信息的时候，就回复许光辉提醒他不要麻痹大意，对手有可能躲在暗处。现在果然让他说中了，这才没隔几天，许光辉就又来信息说，他们在核桃星上不仅见到了两个六肢机器人，还跟它们交了手。许光辉说幸好双方都没有过多纠缠点到即止，总算相安无事。

阿哲261号的处境很危险，必须尽快采取营救措施。孟想一接到许光辉这条信息，立即召集606基地的相关人员碰头，商讨对策。Allen教授、何小佳和郑合等人都到场了。

本来，孟想就一直在行动着，他这段时间跟忆牛顿保持着热线联络，要它尽可能提供过去一段时间的详细情况，以便判明敌情，制订可行的营救方案。忆牛顿一边提供情况一边催促，它急得像热锅上的蚂蚁，要孟想赶紧派人去核桃星把人救出来。孟想让它沉住气，说兵家最忌打无准备之仗，要先分析了敌情才能出手。

其实孟想心里是有数的。阿哲261号落在核桃星上已经不是一天两天了，“核桃人”——孟想这样称呼核桃星上的智慧物种——并没有直接攻击他们，除了锁死飞舰之外，它们甚至连身影都没现。这至少表明，许光辉他们暂时还是安全的。

但诺苏号上的忆牛顿不是这么想的。它三番五次催促却不见606基地有任何动作，他们只是一个劲问这问那，这让它很快就产生了误解，觉得606基地上那些人都是贪生怕死之辈。他们对人类的星际殖民一点责任感都没有，跟许光辉和陈万通那些舍生忘死的人相比，至少差了10万光年的距离，甚至连它这个机器人都不如。所以忆牛顿对606基地日益失望，对孟想的态度也越来越冷淡。

“你们为什么一直按兵不动，见死不救就这么心安理得吗？”忆牛顿终于憋不住了。那天孟想刚跟它连上线，它就劈头盖脸埋怨起来。

孟想耐着性子告诉它，现在情况还不明了，贸然出动去营救不但救不了人，还会暴露援军的实力，说不定核桃人正等着“围点打援”呢。

忆牛顿烦躁地说：“什么点不点圆不圆的找数学家扯去，我看你们就是没胆量跟核桃人干一仗。”

孟想这些天已经注意到了忆牛顿的态度变化，他苦口婆心解释也没什么效果，通信信号迟滞断断续续也说不清楚。看来这个高智商的机器人也是有短板的，它在技术分析方面虽然堪称一流，但在军事方面却一窍不通。

“我是个军人，606基地这边有好几位军人，我们都明白打仗要靠勇气更要靠智慧。”孟想干脆亮明了身份，他知道，无论如何都要说服忆牛顿，取得它的信任和配合非常重要。

“军人？哼，假军人还差不多吧，哪有你们这样当缩头乌龟的军人？”忆牛顿根本就不相信孟想的话。明明一开始说是搞生命科学研究的，是联合国派过来的，怎么摇身一变又成了军人？联合国除非是昏头机构，才会把维和部队派到荒无人烟的土卫六上去。忆牛顿越想越来气，人类什么时候都不缺坑蒙拐骗之徒，在地球上没骗够又骗到太空来了。

“听说过郑合这个人吗？他也在我们这里。”孟想觉得忆牛顿兴许知道郑合的事迹，知道郑合也就知道了他的军人身份。

简直是胡说八道，郑和下了西洋之后居然穿越几百年跑到土卫六上去了？忆牛顿已经气愤得没了脾气，606基地真把它忆牛顿当成傻子了。

“那太好了，郑和在你们那边，刚好哥伦布也在我这边，找时间让他们俩碰个头交流一下航海经验哦。”忆牛顿想起了一句名言，跟白痴交谈犯不着较真，最好的方式就是用白痴的语言回敬他。

孟想哭笑不得，他感觉很不爽，这样失去了信任基础的对话越来越没意义，完全是在隔空斗嘴。但他还是耐着性子想再努力一下，他说此郑合并非下西洋的那个郑和，而是前些年参加遁地飞机试验的那个功臣郑合。

参加遁地飞机试验的郑合？忆牛顿立刻就在记忆库中搜到了这方面的信息。以前Jolene曾告诉过它那场遁地飞机事故，她在地面还向它发送过当时的新闻报道，对了，那篇报道还附有郑合的照片呢。要是那个郑合现在真的在606基地上，倒不难验明正身。

忆牛顿当即提出要跟郑合视频通话。如果郑合是个冒牌货，那一下子就能揭穿606基地的谎言。

“我就是郑合，你好啊，牛顿。”不一会儿工夫，郑合的脸出现在视频中。它仔细一打量，啊，还真的是郑合，只是看上去比照片上消瘦些。

“久仰了，郑合先生，您的事迹我知道，”忆牛顿终于相信了606基地上有货真价实的军人，这下它高兴了，继而道，“千万别称我牛顿，那科学大腕的名字我可不敢当，您叫我小忆就可以了。”

孟想在一旁听着松了一口气，一场隔空信任危机总算是化解了。

606基地在得悉许光辉他们受困的消息以后，一直有人怀疑核桃人存在的真实性，会不会是阿哲261号自身的故障导致无法动弹，要是那样的话就很简单，派艘飞舰去把许光辉他们接出来就完事了，那将是一次不存在敌人的营救行动。何小佳就一直持这种怀疑态度，她说一有点风吹草动就想到外星人，一想到外星人就断定人家专门与地球人为敌搞破坏，这不是杯弓蛇影嘛。有不少人都赞同她这观点。

但孟想是很清醒的，他觉得许光辉和Jolene都是一流专家，他们对飞舰故障的判断能力不容置疑。可是核桃人为什么一直没有动静呢？他也百思不得其解。现在，核桃人终于现身了，摆在面前的将是一场存在着敌人的营救行动。

“这回可不能说是杯弓蛇影了。”孟想招呼大家一落座，就先通报了一下许光辉他们在核桃星上遭遇机器人的情况，要大家分析一下。

何小佳朝孟想吐了吐舌头，真是的，随口一句“杯弓蛇影”还让他记了这么多天。

“我认为真正的核桃人还没有露面，现在登场的只是它们的机器人。”伊万诺夫首先发言了，他是一位来自俄罗斯的机器人研究专家。

伊万诺夫接着分析说，这两个机器人的身躯只有半人多高，至少可以说明一点，真正的核桃人体格并不强壮。他说机器人可大可小，但在正常情况下它们会被设计得体形与真人的体形差不多，这是为了增强认同感和亲近感，当然特殊情况像玩具小机器人之类则另当别论，所以应该按照这个线索尽快找到真正的核桃人。

“有没有这种可能，核桃星上只存在这种机器人，或者说核桃人其实就是这些机器人？”孟想问道。他觉得到目前为止有关核桃人的线索并不多，除了这两个机器人之外，许光辉他们并没遇见过其他高级动物。

伊万诺夫说这种可能性也许会有，比如真正的核桃人已经离开了，留下些机器人在那里值守。他说这就像诺苏号空间站上留下忆牛顿是一样的，假如这时候有外星人进攻诺苏号的话，也会把忆牛顿当成地球人。但不管怎么说，那两个机器人背后，总还是存在着真正的核桃人。

“那可不一定。”Allen教授发话说，机器人这种硬基质生命一定是由人类这种软基质生命制造出来的吗？其实这种逻辑是地球人形成的惯性思维，在其他星球上未必成立。他说宇宙间各星球的物质构成和环境千差万别，生命的存在形式应该是多种多样的，说不定核桃星的环境只适合孕育出硬基质生命，换句话说，那两个机器人也许就是真正的核桃人。

不同的星球环境能孕育不同的生命形式，孟想对Allen教授这番话是认同的，也许这次核桃人现身便能证明这种多年来的理论推测。他觉得，在小小的地球家园，还普遍存在“橘生淮南为橘，生淮北为枳”的现象呢，何况是在浩瀚无垠的宇宙中，生命形式怎会单一雷同？而且近年来已有证据表明，即使是同一物种，在不同的星球环境中也会有不同的生存表现，这也从侧面佐证了宇宙间的生命活动是丰富多彩的。最典型的例子要数前些年开展的“火星羊试验”了。孟想对这件事耳熟能详。

早在二三十年前，人们在火星上发现了一种羚羊类的化石，后来在多处都找到了这种化石，这引起了中国一些科学家的关注。他们在火星上的一片区域营造了一个生物圈，用基因工程技术培育出了一批藏羚羊，想观察羚羊类动物在那里的生活情况。没想到，那些在人们心目中历来温和、胆怯的藏羚羊，出生在火星上脾气也随着火爆，只经过两三代自然繁衍就变得越来越凶悍了，甚至对照料它们的宇航员也屡次发起攻击，这让科学家们大感意外。谁都知道，不管是哪种羊，在地球食物链中都是弱者的形象，要不然性格懦弱的人也不会被形容为“像绵羊一样”，现在这些火星上的藏羚羊一反常态倒是个有趣的现象。科学家们当然想进一步展开观察研究，于是又从地球上陆续运来了牛、马、猪、狗、鸡、鸭等动物，建起了一个动物小王国，结果，藏羚羊很快就成了这个动物王国的绝对霸王。

科学家们在大跌眼镜之余，又从地球上弄来了几头野狼——这可是藏羚羊的天敌——跟它们放在同一个生活圈里，想看看还有没有“一物降一物”的效果。狼们显然是沿袭了地球上的思维惯性，面对一群被它们欺凌了千万年的美食，照样肆无忌惮地扑过去，但它们万万没料到会遭到藏羚羊们的有力抵抗。面对恶狼，藏羚羊们在短暂适应后，渐渐反守为攻，那几只狂妄的恶狼不久全都喋血火星。

在火星上那个小小的动物王国里，被陆陆续续送去的动物们终于弄明白了，藏羚羊才是那片地头上的绝对老大。科学家们似乎也明白了，在亿万年前的火星上，“火星羊”很可能就是那时候的万物之灵，它们或许是后来到地球上才变为弱者，不但没再现龙头老大的霸主威风，甚至连动物界三流的强者也没混上。

由此孟想也明白了，地球上的食物链并不是放之宇宙而皆准的天条。现在核桃星上的情况，当然也不该套用地球上的物种思维去理解。

“无论是真正的核桃人还是它们制造的机器人，统统是敌人。”郑合也开始发表意见了，他把孟想的思绪拉回到现实。郑合说对敌作战的目的各不相同，当前面临的是一场营救行动，这实际上是一种被动应战，而不是去主动攻占核桃星，因而不必先纠缠核桃人的来龙去脉。他认为当务之急是要搞清敌方意图，至于它们的真实情况，在营救行动中迟早会弄清楚的。

郑合的话引来了众人一阵论议。有的说核桃人可能实力远远超过地球人，它们的意图就是等着地球人去营救时一举歼而灭之。也有的说核桃人可能实力不及地球人，它们只是对阿哲261号飞舰好奇，因而一直在慢慢观察。还有的说正因为不了解核桃人的背景情况，所以才弄不清楚它们的意图，它们对飞舰这么长时间围而不攻很难让人理解。伊万诺夫就直接问郑合道："既然您觉得搞清意图更重要，那您能否告诉我们，核桃人时隔几年才刚刚露头，这种极不正常的情况怎能看出它们的意图？"

"依我看，核桃人的怪异行为虽说不正常，但也有正常的一面。"郑合说，阿哲261号飞舰对核桃人来说就是天外来客，它们迟迟不采取行动是可以理解的。设身处地想想，假如地球上有外星飞行器突然光顾，地球人也同样会采取谨慎的态度，绝不会贸然行动迅速发起攻击。郑合认为核桃人对阿哲261号的背景也一样是一无所知，无论智慧和实力是否高于地球人，它们都不会轻举妄动，那两个机器人最近的行动也像带有试探性。至于核桃人为何隔了这么长时间才有一点点行动，郑合说这的确有违军事常理，他也没想明白。

"我不懂军事，但郑先生所说的核桃人面对天外来客谨慎行事有一定道理。"Allen教授说这一点符合高级物种生存竞争的基本法则，即便是最凶猛的野兽，碰到从未见过的其他动物，也会先观察一阵子再发起攻击。但Allen教授认为，核桃人隔了这么久才有行动应该还另有隐情，仅仅用"小心谨慎"很难解释得通。他说核桃人似乎一直在等待着什么，最近它们或许感到等待得差不多了，所以就开始露头了，但它们依然没有放手行动。

孟想听着大家的发言，似乎全都没理清个头绪出来。这也很正常，靠有限的信息很难一下就做出清晰的判断。他见何小佳一直坐着没吭声，于是道："何小佳，你也说几句嘛，有什么想法说来听听。"

"我没什么要说的，我就是觉得，也许你们把核桃人想得太坏了。"何小佳话一出口，大家轻声笑了，她接着道，"核桃人可能压根儿就没想与地球人为敌，是地球人的飞舰先闯进了别人的家园，人家惹不起只好躲着，但我们的飞舰这么长时间赖在那里不走，它们只好派两个机器人去找许光辉他们友好协商一下。”

“何小姐你可要搞清楚，不是地球人赖着不走，而是飞舰被核桃人锁死了。”伊万诺夫提醒说。

“这完全可以理解，你冲进了别人的地头还不让人家采取点限制措施？”何小佳说，“要不然你乱跑乱动，滥杀无辜怎么得了？”

“还有，它们可不是什么友好协商，”伊万诺夫道，“都已经动手用网捕人了。”

“那算什么动手呀？以核桃人能造出小戴森球、能无痕无迹锁住阿哲261号这样的技术水平，要许光辉他们的命还不是小菜一碟，”何小佳不服道，“用网捕人算是很客气的了，相当于用轿子去抬。”

“啊哈，难得一个和平主义者，”Allen教授爽声道，“我很赞赏何小姐的说法，虽然现在下结论为时过早。”他说中国文化崇尚和为贵，主张与人为善，这或许同样适用于外星人。

Allen教授正说着话，会议室里响起几声“嘀嘀”提示音，中央的球状屏幕上显示出“诺苏号呼叫郑合”字样。郑合见状，冲孟想点了点头便起身离去。这段时间以来，忆牛顿跟郑合打得火热，它如今要通报什么信息都找郑合联系。

孟想觉得，何小佳刚才的话虽然像是戏言，却也不无道理。用疑邻盗斧的心态去分析外星人，有先入为主之嫌。距离是产生误解的基础，这话看来是有道理的，就连诺苏号空间站与606基地之间都会产生不信任，要不是郑合多少有点名气，还真不知道如何消除这种误解，更何况地球人与外星人之间呢？两个星球的文明演化背景大不一样，相互沟通也非常困难，猜疑几乎难以避免。孟想很希望何小佳的想法是正确的，那样的话，星际文明间这种先天存在的“对立”和“敌意”，或许能有某种化解之道。

郑合跟忆牛顿通完话匆匆返回会议室。他向大家报告说，诺苏号那边又发现了新情况，忆牛顿这些日子追踪那两艘载着BRE的小飞舰已有了结果，但情况却出人意料的糟糕。

要说机器人也会进化，这话还真没错。忆牛顿这段时间似乎就在进化着，它居然独自完成了一项重要发明，这次追踪行动就是靠这项发明才取得了成效。

忆牛顿那次向许光辉报告说尚未收到那两艘载着BRE的小飞舰的反馈信息之后，许光辉回复它说诺苏号上设备齐全，最好设法搜寻一下。搜寻，怎么搜寻？忆牛顿很快就想到了陈万通当初使用的“浑水摸鱼”技术，那两台BRE满载着地球生物的DNA信息，具备生物识别搜找的条件。但茫茫太空距离遥远，生物信号会受到很大干扰，搜寻效果并不好。因此陈万通那时候搜找许光辉失败后，曾告诉忆牛顿说，以后要对这项技术进一步改良，若是能把航天器飞行过程中的某种因子叠加上去，那就可能大大增加搜寻信号的强度。忆牛顿当时问陈万通，某种因子有没有具体所指，陈万通随口说速度变化就是个因子啊，他说航天器在起飞加速、中途变速及着陆减速阶段都会产生振动，这种振动必然形成一种波，虽然这种波在太空很微弱，但如果能叠加在生物信息上则可以起到一加一大于二的放大效应，就会更容易被捕捉到，这样就有可能在一定范围内追踪到航天器的飞行轨迹。忆牛顿打算按这种想法试一试。

硬件设备都是现成的，忆牛顿根据陈万通提供的思路动手摆弄，终于捣鼓出了一台把生物信号搜索和振动波捕捉两项技术“二合一”的搜寻仪。没人给它颁发科技成果奖，也没人授予它发明专利，但这台搜寻仪确实很有效。

忆牛顿先是搜找到了诺苏号那边发送的飞舰，结果显示，那艘飞舰在即将穿过那片尘埃云时有一次明显的减速，然后就围着一颗小不点儿星球一直在做环绕飞行，像是原地踏步不再前行。这种极不正常的变化，显然是受到了外力的干扰。

接着，忆牛顿又搜找那艘从核桃星上发出的飞舰，结果更让它吃惊，飞舰在发射升空后不久，尚未达到脱离核桃星引力的速度就开始减速了，直到速度减到测不出就再无任何踪迹。这表明那艘飞舰根本就没有飞出核桃星，它应该是又落回了核桃星某处。

“难怪呢，核桃人这是在打BRE的主意，这可不是什么友好举动。”Allen教授等郑合一报告完情况，就担忧地说。他刚才赞赏何小佳和平主义的调门没了。

“那也不见得，核桃人怎会知道飞舰上有BRE？”何小佳咕哝道，“人家跟我们无冤无仇，不会没事找碴的。”

“别幻想友好了，何小姐。我觉得来者不善，核桃人就是要阻止地球人星际殖民行动，这是明摆着的。”伊万诺夫态度很明确。

“要真是那样的话，可就是天大的事情了。”郑合说他原以为核桃人扣留了阿哲261号飞舰，地球人大不了就来个慷慨赠予，把飞舰当作礼物送给它们便是，只要能把许光辉他们救出来就行。现在看来核桃人的意图是要毁掉地球人的星际殖民梦想，那就要做好决一死战的准备了。“这还得了，是可忍孰不可忍。”郑合的话引起了一片共鸣。

“形势已经迫在眉睫，星际殖民要是毁在外星人手里，地球人就太窝囊了，那会成为全宇宙的笑料。”

“BRE根本不关核桃人什么事，它们这样大动干戈实在太不厚道，必须尽快采取措施阻止它们的恶行。”

“两副重担一起压来了，既要拯救BRE还要救出人质，该出手要早点出手，千万别误了事，到头来鸡飞蛋打。”

众人你一言我一语，一边愤怒声讨核桃人，一边催促着赶快行动，恨不得立刻就灭了那些可恶的核桃人。

“我也觉得事不宜迟，但必须号准了脉才能下药，再急也要先去核桃星实地侦察一趟。”孟想表态了。他很理解众人的心情，谁都希望直接杀向核桃星去兴师问罪，但功课不做足根本无从下手，搞不好还以卵击石自取灭亡。

从一开始得悉那两台BRE同时下落不明，孟想就猜到可能跟核桃人有关，现在忆牛顿提供的新情况基本可以证实这一点，所谓的外力阻挠十有八九正是核桃人做的手脚。但问题在于，它们为什么要跟素无往来的地球人过不去呢？在核桃星上截住一台不说，还要在遥远的太空中拦下另一台，BRE总不至于对他们构成威胁吧。要说核桃人就是为了搞破坏似乎也说不通，它们要真的是专与地球人为敌，那为何这么久不对许光辉他们动手？孟想觉得这里面一定另有名堂。

第
8
章

高超的遁地技术

自从许光辉上次出舱遭遇机器人之后，他和Jolene就谨慎多了，不再出舱乱转。许光辉清楚，核桃人对他的偷袭差点就成功了，要不是Jolene当时大喊一声猛开一枪，他现在很可能已成了人家的俘虏。

但许光辉在舱内憋了没多久，就按捺不住了。既然核桃人露了头有了动作，他当然也想出舱继续探查，起码要把对方的情况摸个大概才放心。上次他跟那两个机器人短暂交手，至少增强了自信心，他觉得核桃星上的机器人并不难对付，体格弱小起码是它们明显的短处。以他许光辉爱好运动的健壮体魄，赤手空拳对付两三个半人高的家伙不在话下，就像对付几只立起来的猪崽那么简单。

这样琢磨着，许光辉就想大胆一试，出舱去悄悄抓个“舌头”回来。有Jolene这样的机器人治理专家在，用她拿手的“机器人思维信息阻断技术”把捉回来的“舌头”审一审，那核桃星的情况不就一清二楚了吗？哪知道他把这想法跟Jolene一说，她却大摇其头。

“你不能再出去了，太危险了。”Jolene态度非常坚决。

“我是有把握的，跟它们比画过一回了心里有数。”许光辉信心满满。他说他不是去找它们决斗，甚至不用去近身纠缠，他只是想用遥控捕捉伞去抓俘虏回来，不必担心他的安全。

“就算能抓回来也不一定能审得了，谁也不知道核桃星上的机器人是怎么造出来的。”Jolene说这个道理很简单，地球人用二进制玩计算机，核桃人未必一样。

“那总要试一试吧，机器人的原理或许是大同小异的。”许光辉坚持道。

“不能随便乱试，带进舱里来非常危险。”Jolene说那些机器人很可能具备特殊的攻击本领，地球人的技术未必能对付。

“没那么邪乎吧，有你这一流专家在还能对付不了？”

“你少给我戴高帽，反正不能干引狼入室的事，”Jolene提醒说，“地球上民航飞机引狼入室的教训，你忘了吗？”

Jolene这话是有说服力的，她所说的民航飞机引狼入室的事，立刻就让许光辉想起前些年一连串的空难，那都是小型机器人进入机舱作的恶。

在人类近代历史上，恐怖组织及一些不法分子用爆炸装置制造的民航空难事故并不鲜见。尽管全世界各机场不断加强安检措施，但总会有百密一疏的时候，爆炸物带上飞机致机毁人亡的事还是偶有发生。后来，反恐技术手段日益先进，恐怖分子制造空难的一只恶手算是被斩断了，民航安检也舒了口气。

然而，民航的安宁日子没过多少年，人为制造的空难事故又出现了。恐怖分子猖狂地宣称，他们不用爆炸物也照样能造成机毁人亡的后果。接二连三几起空难之后，事故调查机构发现，几架空难飞机的燃油系统几乎都有明显的破坏痕迹，但原因一直无法查明。直到一架波音888飞机发生最大一次空难，导致上千人丧生，才揭开了恐怖分子作恶的谜底，直接元凶原来是一个玩具机器人。

在那架从巴黎飞往纽约的班机上，一名空姐把别人赠送的一只小兔状的机器人带上了飞机，她至死也没明白，是她自己在这架超大型客机上制造了一起引狼入室的悲剧。那只看上去嘴巴紧闭的机器人小白兔人见人爱，它在机舱里窜来窜去，这里望望那里蹭蹭，不时引来乘客们的阵阵欢笑声。谁也不会想到它是个恶魔，会把传统的自杀式袭击翻出高科技的新花样来。空难是在乘客们入睡时发生的，机长在飞机坠毁前似乎发现了真相，他在与地面最后通话时大喊道“是那只小白兔……”，这句并不囫囵的话给事故调查提供了线索，调查人员后来在飞机残骸中找到了那只尚未燃尽的机器小白兔。经仔细分析发现，这个可恶的小家伙身上带有嗜油感应装置，能在找到燃油系统的相关部位后偷偷张开嘴巴，用它那锋利的牙齿大肆啃咬破坏，然后又会去另一个部位接着破坏，不停地转战直到飞机失事。

许光辉正在想着这事，忆牛顿发的一条信息传了过来。它得知许光辉和Jolene出舱活动的事也很关注，提醒他们别再干冒险的事，希望他们现在以确保自身安全为第一原则坚守待援。它这会儿的语气俨然是个留守司令了。

Jolene不同意再出舱，忆牛顿也反对冒险，许光辉不得不暂时放弃了捉“舌头”的打算。先不捉就不捉吧，就算不出去引狼入室，说不定“狼”也会自己找来的。

可是“狼”并没有很快找上门来。还没过几天安生日子，许光辉又忍不住想行动了。他告诉Jolene说这样下去不行，营救行动是需要里应外合的，他想出舱去多做些观察。Jolene说：“你怎么就不能安心宅上几天呢？忆牛顿不是也说了吗，百年大计安全第一，现在不宜出舱活动。”

“我向你保证，一见到核桃人就抱头往回奔，决不跟它们交锋。”许光辉说那些机器人短胳膊短腿的，哪能跑得过他这运动健将，安全不会出问题。

“要去还是我去更合适，对付机器人我比你在行得多。”Jolene知道许光辉是个不达目的不罢休的主儿，再多劝也难打消他的念头，她自己取而代之出去察看一下可能是最好的办法了。

“你可不行，一出去捉不到‘舌头’不说，可能反被人家捉了去。”许光辉脱口而出道。

Jolene立刻就听出了话外音，说来说去这货还是想去抓俘虏。她只得耍赖道：“要么谁也别出舱，要么就我去。”

许光辉当然不会让她去，他只好依了她都不出去。那几宿，Jolene睡觉都不踏实，她紧紧搂着许光辉，生怕一不留神他就会溜出去。有一次天刚蒙蒙亮，许光辉趁Jolene熟睡之际真的想要开溜，幸好弄出的动静惊醒了她，Jolene见他果真想偷偷出舱，伤心地哭了，呜咽道：“你既然不顾一切，那我现在就出去找它们。”说着话她就迅速穿好衣服，拉出往外去的架势。许光辉急忙道歉，生拉硬拽才阻止了她的进一步动作。

“咱俩都不出去了，我保证不再偷溜，”许光辉哄住了Jolene，又使出他想到的一个新招，说，“咱们派个自己的机器人出去侦察一下怎么样？要不然封闭在舱里太被动了。”

Jolene想了想，说这个办法倒可以试一试。

许光辉一听Jolene同意他的想法，立刻就要付诸行动，说这就去唤醒那个名叫“念培根”的机器人。他觉得念培根那伙计既听话又灵光，派它出舱最合适不过了。当初许光辉宣布为节省飞舰能源要让机器人进入休眠状态的时候，其他伙计都流露出不情愿的神色，只有念培根痛快地表示没啥好讲的，一切听从老板的安排。瞧瞧它这大局意识，比很多真人都强百倍。

“不能急，”Jolene见许光辉起身要行动，连忙制止说，“先要做一些技术上的处理。”

Jolene对机器人的事是有着职业敏感的，这些年她在国际机器人协调局听得多也见得多。她很清楚，人类社会最近几十年的发展在很大程度上得益于强AI技术的巨大进步，许多危险性作业都是由强AI机器人完成的。没有机器人潜下海底施工，台湾海峡的全透明海底隧道就没那么容易建成，没有机器人悬在飞机外作业，南极上空的万米太阳能薄膜也不会那么顺利完工，像这样一些大型设施的建设，都该在功劳簿上为机器人一笔笔记着。然而成也萧何败也萧何，人类只要稍有疏忽，机器人也会干出一桩桩蠢事恶事，造成难以弥补的损失。因而在安排机器人干一些重要工作时，往往事先要做些针对性的技术处理。Jolene告诉许光辉，为以防万一，必须清理掉念培根记忆库中的重要信息，连通信路径都不能外泄给核桃人。

“简单处理一下就行，核桃人恐怕一时半会儿也破解不出什么。”许光辉好不容易才说通了Jolene，他不想再耽误太多工夫。Jolene没听他这套，坚持做完该做的事，才唤醒了念培根。

记忆库中失掉了不少信息，念培根醒来后显得有点木讷，反应迟钝多了。许光辉向它交代任务，它似懂非懂，急得许光辉恨不能让Jolene把删掉的信息再给它补回去。看来真没有既要马儿跑得好，又要马儿不吃草的好事，一个灵敏机智的念培根出舱会有安全隐患，而一个木讷迟钝的念培根又会让侦察任务大打折扣，取个中间值实际上也还是一种割舍。按许光辉的本意，最好念培根能找到并捉住个核桃人，因为它完全有体格上的优势，现在看来这是难于上青天的事。许光辉只好退而求其次，他要念培根一发现核桃人就隐蔽起来，注意观察，而后尽快返回。就连这么点事，许光辉也是反复说了几次才让念培根勉强听明白。

念培根出舱去了。它显然一下子难以适应核桃星的重力变化，一摇一晃像个醉汉似的在行走，仿佛一阵轻风就能把它刮倒。路都走不稳，它还时不时抬头观望一下天上那颗“小太阳”，像是在验证许光辉交代过它的话，他说这里的日头起落周期很短，要它无论如何在夜色降临前赶回来。呆头呆脑晃晃悠悠，这哪有一点儿侦察兵的样子呀？核桃人这会儿如果在练习打靶，它就是个很好的活靶子。许光辉和Jolene从舷窗中看着念培根，两人都一个劲儿摇头，眼看它一步步走远，翻过一座小丘陵后就消失在视野中了。

念培根没有再回来。许光辉在天黑前就一直盯着舷窗外，天黑后依然盯着窗外黑蒙蒙的夜色，等到又一个白昼到来也没见念培根的影子。他估计念培根十有八九出事了，你想抓核桃人俘虏，人家也想抓你做俘虏呢，要不是Jolene做了技术处理，那真是把一个“大舌头”白白给核桃人送上门去。

Jolene在许光辉的催促下睡了一觉。又一次夜幕降临的时候，她再次趴在舷窗边上向外观望。她似乎心有不甘，期待着念培根会忽然间冒出来。

“别等了，念培根不会回来了，”许光辉自责道，“都怪我低估了核桃人。”

Jolene叹息一声说：“这样也好，牺牲一个念培根，总算明白了核桃星上的危险处境，看你还整天想着出舱的事不？”许光辉说暂时不考虑这事了，静守待援吧。他拿出Jolene睡觉那会儿606基地发来的信息给她看，这条信息只有简单一句话，说是近期就会派人过来。Jolene一看长长舒了口气，说总算是盼到“深山出太阳”了。

许光辉虽然也有一种熬出头了的感觉，但他脑子里是不会静守待援的。606基地的援军就要到了，他和Jolene到时候如何脱身总该有个预案。一想到这一点，他跟Jolene便又讨论起了核桃星那两个小机器人来，要找出对付那些家伙的办法，到时才能摆脱它们。

两个人那天一直在讨论着，不知不觉夜已深。猛然间，飞舰一阵剧烈抖动，接着就有了在地面上缓缓移动的感觉，像停泊着的汽车突然发动起来开始行驶一样。

“啊？！怎么回事？”Jolene大骇，扑在许光辉怀里大气不敢喘。

许光辉短暂愣神之后，很快就反应过来了，他轻轻推开Jolene道：“它们行动了，不要慌张。”说完他就迅速起身取了激光枪握在手中，然后伏着身子在一个个舷窗边察看。Jolene明白过来也立刻跟在他身后，她紧紧拽着许光辉的衣服，寸步不离。两人把飞舰窗外的四周看了个遍，什么也没看见。

飞舰在茫茫夜色中朝着某个方向移动着，不时还有颠簸。

“奇怪了，核桃人怎么连个影子都不见？”许光辉既像对Jolene说也像自言自语。周围三百六十度视野中，既没见任何动物，也没见任何拖拉工具。更奇怪的是，飞舰并没有被凌空吊起，而是擦着地面在移动，可是飞舰本身没有轮子也没有履带，更没有陆地移动的动力装置，怎么会像汽车一样行驶起来呢?

时间一点点过去，飞舰还在地面上行驶着，确切地说是被移动着。许光辉在颠簸中还感到了几处明显的转弯，但黑蒙蒙的夜色中根本不知道哪儿是哪儿。Jolene经过一开始的惊慌后，慢慢平静下来，她感觉是坐着马车行驶在乡间小道上，而且是那种没有轮胎缓冲的旧式马车。许光辉觉得奇怪，她也一样觉得奇怪，前后左右不见人不见物，飞舰却像长了腿脚一样自己在动，真是活见鬼。

“它们会不会用的是远程磁力控制技术？”Jolene提醒许光辉。她知道人类早些年前就已掌握了这项技术，而且已经用在了地月穿梭巴士上。

“不会是远程磁动力。”许光辉很肯定地说。因为他很清楚磁力是在直线方向上起作用，如果远程控制的磁力能让飞舰七拐八拐地行驶，除非磁力装置跟着飞舰一起移动，那就跟用牵引车拖着走没什么两样了。再说，阿哲261号飞舰外壳材料采用的是碳纤维而不是钢铁，若是用磁力装置来拖拽，有劲也使不出来。

“那会不会是遁地技术？它们可能就在我们脚底下。”Jolene忽然想到了地下。她过去并不了解遁地技术，以为那只是一个想象中的概念而已，是前几年郑合那场轰动一时的遁地飞机事故让她有了更多关注，她那个时候才意识到遁地技术实际上已趋于成熟了。

遁地技术？许光辉听了有点吃惊。他过去倒是听说过遁地技术，那种构想理论上当然具备可行性，但在他飞天之前，只知道有人在研究，却从未听到有任何成功的案例。像这样的重大技术一旦实现，全球媒体都会作热点报道，一直没动静只能说明关键技术还没突破。Jolene刚才一提醒，他觉得核桃人掌握了遁地技术是完全可能的，地球人没实现的技术不等于外星球上也没实现。事情就摆在眼前，飞舰在不停移动着，空中和四周都没有发现作用力，那就只能来自地底下了。

“极有可能是遁地技术，核桃人真不是好惹的主啊。”许光辉之所以担忧起来，是因为他一下子有了豁然开朗的感觉，难怪一直看不到核桃人，难怪“桌山”上会有那些裂纹，原来它们已有遁地藏身的本领，钻入钻出易如反掌，这不能不让人望尘莫及。看来跟核桃人的这场较量比先前料想的难度要大，除了面对面斗勇背靠背斗智以外，更主要的是侧着身拼技术。这种比拼不同于地球人之间同一技术背景下的争斗，而是彼此雾里看花，胜负并不一定取决于技术本身，关键在于能否以己之长克敌之短。

许光辉正在思考着，飞舰慢慢停了下来，最终纹丝不动了。许光辉马上又警觉起来，核桃人这是要采取进一步行动了。他本能地握紧了手里的激光枪，Jolene也紧张地瞪大了眼睛。然而从舷窗向外望去，四周依然是灰黑一片，好一会儿过去了，没有一点儿值得关注的动静，跟飞舰过去泊在夜间没什么两样。

连续折腾了几个昼夜了，许光辉和Jolene身心都很疲惫，见舱外一直没什么异动，两人就靠在舱门边相继迷糊着睡了过去。

Jolene是被一阵轻微的震颤弄醒的，像是睡在家里被不远处行驶的汽车吵醒那样。天色已经大亮，许光辉还在熟睡，他几十个小时没合眼也是够累的。Jolene警惕地望向窗外，四周仍是空旷如野，飞舰经过昨晚的移动已来到了另一个地方，附近一些小丘陵跟以前看见的“桌山”大同小异。Jolene很快就注意到，在距飞舰一侧百余米的方位，地面上竖着一根像旗杆一样的细柱，有一人多高，震颤发出的轻微“嗡嗡”声正是来自那个方位。见那旗杆在动，Jolene赶忙把许光辉摇醒，说了声“有情况”。许光辉揉揉眼睛，顺她所指向外望去。

旗杆在“嗡嗡”声中缓缓升起。接着旗杆下面，一个巨大的淡黄色球体渐渐破土而出，这情景很像是太阳从地平线上冉冉升起。待那球体的大部分露出地面后，上升停止了，震颤和“嗡嗡”声也随即消失了。这庞然大物从地底下拱出来就静静地不动了，像一只巨大的橙子摆放在地面上。这只“巨橙”足足有五六层楼高。

许光辉和Jolene看呆了。核桃人果然已掌握了发达的遁地技术，连建筑物都有了遁地功能，这里应该是它们的一个据点。许光辉心想，看来安生的日子今天就到头了，核桃人已经彻底撕去多日来的隐形伪装，摆开架势，显然是要对阿哲261号动手，说不定马上就会对他和Jolene大开杀戒。眼下606基地的援军还没赶到，他和Jolene要是就这样魂断核桃星，那真是死得太冤，太不甘，太不值了。

不行！决不能这样束手就擒，困兽犹斗，何况是有尊严的地球人！虽然力量差距是悬殊的，但无论如何都要拼死一搏，只要有一线希望，豁出自己的性命也要让Jolene设法冲出去。

“听我说，等会儿核桃人一动手，我来缠住它们，你一定要瞅准机会逃走。”许光辉的口气像是下达任务，没商量余地。

“不！要死要活都在一起。”Jolene态度坚决，紧紧抓住身旁的许光辉。她已经看出来了，核桃人现在是绝对强势，就算她能侥幸逃出去，许光辉也必死无疑。

“这都什么时候了，你还……”许光辉话还没说完，“巨橙”那边就有动静了。

“巨橙”正对着阿哲261号飞舰的方向，从下端到中间部位徐徐裂开了一道口子。不，是开启了一扇大门。两个机器人从里面蹦了出来，它们的模样跟先前在“桌山”遇见过的机器人没什么区别。两个家伙出门没再往前走，而是一左一右跨立在大门两边，这应该是门卫。接下来大队人马可能要冲出来了，许光辉握紧激光枪，心里在盘算着该怎么对付蜂拥而至的核桃人。

大队人马并没有从“巨橙”里出来，而是出来了另外两个核桃人。这两个家伙从扮相上乍一看跟门卫机器人很像，但稍一细看又有着明显不同：它们头顶披着长长的毛发，动作和神情都像是软基质动物，面部有龇牙咧嘴的表情，胸腹部还隐约可见有明显的呼吸起伏。两个家伙的动作也很随意，一出门坐在门口的台阶上，就一先一后跷起了二郎腿，每人的四只手爪还抓着什么东西不停地往嘴里塞。嘴巴也上下颌动，在咀嚼着，显然是在吃食物。这肯定不是机器人，机器人的嘴巴那是摆设，它们也无须进食，吃进去的东西从哪儿排出去呀？许光辉似乎瞬间就明白过来了，这两个家伙是跟地球人一样的软基质动物，它们才是真正的核桃人。

等那两个家伙狼吞虎咽吃完了东西，大门里又走出一个机器人来。它手里好像拎着两个炸药包，交给那两个核桃人一人一个，又用手指了指正前方阿哲261号飞舰的位置，然后便掉头回去了。许光辉看得紧张了，这是要干什么？它们是想用炸药包来轰炸飞舰吗？这要真是炸药包，把飞舰炸个稀巴烂应该是没问题的，他和Jolene可能连个全尸都没法留。

那两个核桃人没有抱着炸药包冲过来，而是把炸药包背在了身上。核桃人也搞人肉炸弹，要跟飞舰同归于尽？许光辉这念头刚一闪出，又看到了核桃人接下来的动作，它们戴上了面罩，每个人手里还握着一根长长的细杆，看上去像是喷洒消毒水的防化兵。还没等许光辉完全反应过来，那两个家伙已穿戴好设备，一蹦三跳地朝着飞舰奔过来了。

“它们真的来了。”Jolene说话的声音颤颤抖抖。

许光辉一手握枪，一手紧紧搂住Jolene，脊背冷汗直冒。他何尝不感到恐怖，核桃人身上背的装置越看越像是火焰喷射器，等它们走近前来对准飞舰一喷射，阿哲261号立刻就会成为一个大火球，到时他和Jolene纵有回天之力也难逃一死。他想好了，只要那两个家伙到飞舰前做出喷射动作，他就立刻拉开舱门冲出去开枪，掩护Jolene往远处跑，反正拼不拼都是一死。

转眼的工夫，那两个核桃人就已近在眼前了，它们在距飞舰10米开外的地方停下了脚步。两个家伙简单交流了几句，然后分开来围着飞舰转悠起来，一个顺时针方向另一个逆时针方向做起了圆周运动。这下许光辉看清楚了，它们手里握着的细杆像个长长的烟袋锅，远端还真装着个喷嘴，是喷射装置无疑。但他没想到两个家伙会分开绕行，这样一来，开枪先打哪一个都来不及掉头去找另一个，顶多只能干掉一个，还会引来另一个立即喷火。这下难办了，想拼个你死我活都不行，只能拼出个半死半活的结果。但他立刻也想到，干掉了一个家伙Jolene就有机会冲出去，他在舱内就算被另一个家伙喷火困住，她还是有可能逃掉的。

那就坚决瞄着一个拼，许光辉下定了决心。他紧紧盯着舱门外那个核桃人的一举一动，准备伺机下手。机会转瞬间就来了，那个家伙忽然低下了头，它拿着喷射杆在地上比比画画，像是在寻找标记物什么的，是不是想避免喷到了它们的地下设施？机不可失时不再来，许光辉把一只手悄悄伸向了舱门的把手。

“Jolene，准备冲出去。”许光辉声音低沉却充满豪情，这是地球人的最后一次英雄救美壮举了，自己死得其所。

“等一等，”Jolene指着飞舰另一侧舷窗高声叫道，“它们像是在喷消毒水。”

许光辉应声转头。那边舷窗外的另一个家伙已经开始喷洒了，但它喷出来的不是火焰，而是一种淡灰色的气雾。让许光辉看不明白的是，它的喷洒动作像是从下往上在刷一堵墙，明明不存在实体墙，这不是空刷吗？每次它都从地面开始渐渐往上喷刷，直到喷射杆高高举过头顶越过了飞舰顶部，然后再降回地面继续这一动作，并沿着飞舰的周围一点点地推进。这不是在消毒更不是在刷墙，而是在搞别的名堂。

许光辉再回过头来看这边，舱门外那家伙也开始了这种刷墙动作，跟那边的空刷动作一模一样。许光辉只好暂时打消了开舱门射击的念头，至少眼下还不会马上被它们喷火烧死，他倒要看看核桃人究竟想干什么。

两个核桃人沿着飞舰四周各喷刷了半圈，终于会合在了一起，它们俩的劳作加起来刚好完成了一整圈的空刷。两个家伙完成了任务显得很高兴，它们撅起屁股相互碰撞一下，大概跟地球人击掌相庆那样在庆贺大功告成。碰屁股或许比八只手爪乱击更简捷。

这就算弄完了？不对呀。许光辉见那两个家伙站在那里并没有离开，心想它们还会有进一步的动作，他依然手不离枪。

几分钟过去了，窗外明亮的天忽然暗了下来，像是晴转多云了。许光辉向天空望去，那个“小太阳”仍然光芒四射，天空并没有一丝云彩。他正纳闷着，那两个站着没动的核桃人就动起来了。它们又围着刚才空刷的一圈开始转，这回是两个人一起行动，好像是在检查它们刚才的喷洒效果。它们沿着圈不时用喷射杆这里敲敲那里打打，但这跟刚才空刷的动作完全不一样，喷射杆已不是在空气中乱挥乱舞，而是真真切切敲击在实物上，甚至可以听到“嘭嘭”的响声。一整圈敲打下来，那两个家伙似乎还不放心，其中一个家伙突然后退几步，然后加速跃起猛冲过来，冲到刚才的位置“砰”的一声跌落在地，它显然是撞在了障碍物上。

许光辉看了半天终于明白了，它们刚才喷出的不是什么消毒水，而是在喷一个透明的大罩子，把飞舰罩在了中间。而且从刚才那家伙的冲撞效果看，这个大罩子是很坚实的。

“这玩的是什么把戏？”Jolene越看越糊涂了。

“我们被它们罩住了。”许光辉说核桃人的把戏邪乎得很，刚才喷洒过的地方已结成了一层浅灰色的薄膜，就像个大肥皂泡一样把整个飞舰包住了。

“就这玩意儿能罩住我们？”Jolene表示怀疑。许光辉说：“千万别小看人家，从最近几天见识到的它们的技术水平来看，核桃人完全有可能掌握了刚性材料的薄膜化技术。”

看来核桃人的确是技高一筹。这些天离奇古怪的事接二连三，许光辉和Jolene根本来不及琢磨和消化，这一系列事情无不令人吃惊。然而，接下来还有让他们更吃惊的事。

两个核桃人终于完成了任务，返身往回走去。其中一个家伙临走时还伸出四只手爪向飞舰挥了挥，这似乎是个友好的举动，像是在表达“祝你们好运！”之类的意思。很显然，它们知道飞舰里有它们眼里的外星人。

许光辉和Jolene松了口气，危险暂时解除了，他们把视线移向远处的“巨橙”。那边比刚开门那会儿热闹了许多，进进出出的核桃人和机器人络绎不绝。离大门旁边不远处，还有另一些人在活动，它们一个个身披铠甲，看上去像是武士，这些家伙可能才是真要动手对付他们的人。让许光辉感到奇怪的是，那些武士出出进进从不经过大门，而是在“巨橙”的任意方位都有自动门为它们开启，只要有武士出入，墙壁就会开出门来。换句话说，大门是专为普通核桃人和机器人而设的通道，武士们却可以不经门口的盘查而自由出入。这或许跟地球上一样，军警人员总会享有某些通行特权。

许光辉还没想清楚，就见一个身披铠甲的武士向飞舰这边走来。那武士走到半道上，刚好跟那两个往回走的核桃人相遇了。又一幕让人看不明白的情景出现了：只见那两个核桃人迎面碰见武士，立即蹲下身子不动了，完全像是古时候臣民见了皇上的样子。武士走到它们面前停下了脚步，居高临下对两个核桃人比比画画说着什么，像是在训斥它们，而那两个家伙始终低头蹲着不敢动弹。直到最后，才有一个家伙抬起头来，用手指着飞舰简单说了几句，似乎说的是“已经捆结实了，可以去动手了”之类的意思。那武士一听它说完，就径直朝飞舰奔来。

真正的杀手来了。看来核桃人有着严密的组织分工，先是有人把飞舰连夜押运到这里，接着又有人把飞舰罩个严严实实，现在则轮到武士出场了，它才是来夺命的。许光辉懂得一个社会学道理，说是文明程度越发达社会分工就越细，每件事都有人专司其职。要是在地球上杀只鸡，一个人手起刀落就解决了，可以粗放到不讲一点儿“鸡道主义”的程度，总不至于专门设“抓鸡师”“捆鸡师”及最后抹鸡脖子的“宰鸡师”这样的职业。核桃人现在却是一条龙接力作业，可见它们进化得更成熟，这武士最后才出场，应该相当于专门的“宰鸡师”，它是来干抹脖子的活的。许光辉的神经刚松弛了一会儿又立马紧张起来，生命该进入倒计时了，别看这些核桃人体格不强壮，但人家的技术装备远胜于地球人，今天怕是在劫难逃了。横竖是一死，不拼也得拼。许光辉再次拿起了激光枪。

武士很快就到了眼前，它沿着外面的透明罩子在转悠，伸出手爪这里摸摸那里敲敲。这是在寻找进攻部位吗？要先看好从何处攻入最顺手。许光辉握紧枪，目不转睛地盯着它的动作，随时准备着动手一拼。可是那武士不像是个“宰鸡师”，它看了不一会儿就掉头回去了。

“怪事，这杀手怎么没动手就走了？”许光辉大惑不解，又一次放下了手里的枪。他今天不知几次这样，握紧了枪准备拼，放下了枪再握紧，神经都跟个老弹簧一样快没弹性了。

“你怎么知道人家是杀手？别草木皆兵呀。”Jolene也是几次被狼来了弄得有些麻木了。

“看它满身尽带黄金甲的样子，不是杀手还能是什么？”许光辉道。

“我觉得它是个机器人，伸出来的手爪看着像是机械装置。”Jolene凭自己对机器人的了解，大致能判断出那武士是个机器人。

“不可能吧？”许光辉刚才观察到它的神情和动作，尤其是它那机警的眼神，总觉得那货是全副武装的真核桃人。但一听Jolene这个内行有异议，他就又朝窗外看去，它应该还没走远。

那武士的确还没走远，它在返回途中又走到了刚才被它训斥过的两个核桃人身边，它们低着头还蹲在那里没动，似乎就是要等着它返回来再训斥。但武士这回只侧头扫了它们一眼，连脚步都懒得停一下，那样子完全就是主子对奴才的那种轻蔑和不屑，好像路经两块石头不值得多理睬。直到它走到“巨橙”墙边闪身消失了一会儿，那两个核桃人才诚惶诚恐地起身，奔向大门。

许光辉接着看到，在大门口，两个核桃人遭到了机器人门卫的严格盘查。机器人对那两个家伙毫不客气，推推搡搡，搜来搜去，整个就是一幅影视剧里鬼子兵趾高气扬盘查老百姓的情景。再看那两个核桃人，一副唯唯诺诺、点头哈腰讨好的模样。许光辉同时还留意到，不光是这两个核桃人，其他核桃人进入“巨橙”大门也都是这副熊样。而机器人进入时的情况却大不一样，虽然也要经盘查，但完全是走形式，轻描淡写两下就放行了。

“这核桃星有问题，主仆关系完全颠倒了，”许光辉指着“巨橙”门口的情况说，“会不会是机器人统治着这个星球？”

“完全有可能。”Jolene也一直在观察，她同样看出了问题。而且她觉得刚才看到的武士不仅是机器人，而且是居于统治地位上层的机器人，它们所具有的出入特权就是明证。

Jolene说地球人早就预料过，机器人发展到一定程度，其智能远远超过人类之后是有可能反仆为主的，这个问题讨论了多年总是有人不相信，现在可是在核桃星上眼见为实了。

“那咱们就要彻底换脑筋了，说不定能找到对付核桃人的新办法。”许光辉似乎突然悟出了门道来。他觉得核桃星上必定也经历了生命漫长进化的过程，智慧物种也是经过了亿万年大浪淘沙才出现，但它们可能比地球上的走得更远，机器人最终发展到了反仆为主的阶段，丫鬟摇身一变成了太太，这肯定是个重要的转折。然而，核桃人这些昔日风风光光的太太，如今能心甘情愿给机器人当丫鬟吗？只要606基地那边能意识到这一点，这里面就大有文章可作了。

“巨橙”在夜幕降临之前又缩回了地底下，核桃人遵循的也是日出而作日落而息，飞舰外面的世界恢复了宁静。许光辉没有片刻耽搁，他很快就把这些天发生的情况连同他自己的想法整理出来，发往606基地。

第9章

谜一样的代索

然而，许光辉发送的信息，606基地并没有收到。确切说来，阿哲261号与外界的电信联络已经被切断了。

此时，从土卫六上启程的两艘飞舰，正疾速飞向核桃星。飞舰上载着孟想、何小佳、伊万诺夫以及606基地上那个名叫“大力士”的机器人。

本来，这趟侦察任务用不着这么兴师动众，地球上的军事侦察历来都是以神不知鬼不觉为原则，按照孟想起初的打算，也是派一艘小飞舰载上两个人，或者一个人带上个机器人前往核桃星摸一摸情况，速去速回就可以了。哪知道在讨论人选的时候，郑合跟伊万诺夫一上来就争先恐后请战，差点弄得不欢而散。

“这是军事任务，派我去最合适了。”郑合一开始就抢先表态。他说自己出身军人世家，从小就是听着战斗故事长大的，后来入伍参了军，这么些年来一直都没摊上战事，现在正好有机会一试身手。

“还是我去最好，跟机器人打交道是我的强项。”伊万诺夫也当仁不让。他说他也是世家出身，是研究机器人的世家，地球上各式各样的机器人他都接触过，还真想见识一下外星球的机器人。

“侦察是去摸敌情，可不是去看热闹搞研究！”郑合说难道想穿着白大褂拿上仪器，去测一测核桃人搞的是二进制还是三进制什么的吗?

“现代军事侦察就是技术探查，不弄清对手的技术状况根本无法对付。”伊万诺夫说，“别以为拿把匕首顶着敌人的哨兵问出口令就解决问题了，那是旧时代武夫的观念。”

伊万诺夫说完，看了看孟想，郑合也瞥了一眼孟想，两个人似乎都等着他发话当裁判。但孟想视而不见，谁的眼神也不理会。他觉得听他们争论一下也好，跟外星人较量毕竟不同于地球人之间的窝里斗，传统的打仗套路使起来真不一定灵光，听听大家的说法可以开阔思路。

既然长官不表态，说明他脑子里在拔河，这趟任务花落谁手还难讲。谁都想往自己这边再拔一拔，郑合跟伊万诺夫理所当然要继续争下去。

“军事行动的本质无论何时都不会变，不是什么人都能到敌营去执行任务。”郑合说要不然职业军人都可以回家养老了。

“我也认为不是谁都行，外星机器人哪有那么好对付?”伊万诺夫说入了虎穴要有得虎子的本领，反正该回家养老的人不是他。

已经有点火药味了，对敌行动还没开始，可别自己人先斗起来。孟想连忙摆手制止道：“你们俩不要再争了，一起去核桃星。”

拔河有了结果，平局。众人大都点头赞同这样安排，就这趟侦察任务来说，这两个人一起去的确是个不错的组合。郑合跟伊万诺夫刚才争得有点脸红脖子粗，一听说都能去，不约而同互相顾望一眼，心里都在偷着乐。

“且慢且慢，郑先生还是别去了。”Allen教授这话提醒了孟想，郑合前些日子刚接受了胃部置换手术，还没好利索呢。孟想很清楚，郑合这次换胃虽然不是什么大手术，却是他体内第一个混基质的内脏器官，他是铁了心要移植这种器官的。

当初身负重伤以后，郑合的腹部脏器几乎全换成了人工器官，他的胃换成了一个高分子复合材料制成的囊袋。要说这种人工胃也是不错的，经过几十年的临床应用已不断完善，上接食道下连十二指肠，在食物刺激下也可以实现收缩、蠕动功能。但这种人工胃是没有活性的，其收缩和蠕动功能就像热胀冷缩一样，是复合材料本身具有的特性，它与身体的神经、血管及软组织没有生物学意义上的联结，说到底还是属于硬基质器官。来到606基地以后，郑合一直关注着Allen教授的混基质器官研究，盼着早出成果。Allen教授对这种人工胃的复合材料进行了全面改进，他在胃囊内植入了胃黏膜细胞，同时在胃壁上成功地接入了神经和血管，这样就把它改造成了具有混基质意义的人工胃。所以郑合一得知试验成功的消息，就坚决要求把自己身上的人工胃换下来，他要做第一个“吃螃蟹”的人。Allen教授既为他的献身精神所感动，也乐意成全他，在征得孟想应允后便满足了郑合的意愿。

孟想之所以支持郑合换胃，是因为他明白，传统人工器官再好，也不具备生物活性功能。好比铁钉简单砸进木头里面，二者始终泾渭分明，不能融合为一体，就无所谓混基质，因而这样的器官移植无法从根本上解决问题。

Allen教授曾给孟想打过一个比方，他说中国有些地方的人爱吃泡饭，有些地方的人爱吃稀饭，二者口感是完全不一样的：泡饭是清汤水加熟米粒，以前人工器官移植形成的杂合体其实就跟泡饭一样，水还是水米还是米，只是把它们简单装凑在一起罢了。而稀饭却不同，稀饭是要煮出米浆来的，虽然水和米粒都还在，但米浆已经分不清是水还是米了。Allen教授说软基质生命好比是水，硬基质生命好比是米，而混基质生命就是稀饭，二者融合的关键技术全在“米浆”里，606基地的任务就是要研究出这样的“米浆”。

在郑合换胃手术成功之后，孟想还问过Allen教授，现在是否可以认为，郑合正在从泡饭状态向稀饭状态转化？Allen教授说这只是个开始，像郑合这样的志愿者是人类的好汉，他有信心把郑合打造成一个顶天立地的“新人”，实现他本人的愿望。

“我的身体毫无问题，‘千刀万剐’都挺过来了，还在乎这点小手术？”郑合一听Allen教授不让他去核桃星，很不甘心。

“孟，我们必须为郑先生的健康负责，他起码还要再休息十天半月才能康复。”Allen教授态度非常坚决，直接给孟想施加压力了。

Allen教授的话音一落，立刻就有几个人举手要发言，他们显然是想顶郑合的缺，连何小佳也举起了手，跟着凑热闹。孟想觉得不能再让大家你争我夺的了，这里不是军事基地，很难做到部队那样的集中统一，来自不同国家的研究人员谁都很难服谁，像刚才那样争来抢去伤了和气不好。

“Allen教授说得对，这一趟郑合就不要去了，”孟想明确表态道，“我和伊万诺夫一起去。”其实他挺不愿割舍郑合跟伊万诺夫这种搭档，两人不仅在业务背景方面各有所长，而且个性互补。伊万诺夫是个学者型专家，我行我素惯了，可能更适合跟捉摸不透的外星人打交道。他跟郑合是同龄人，但在守规矩听招呼方面与郑合这个军人无法相比，有郑合在能让人放心很多。现在郑合去不成了，孟想觉得亲自跑一趟很有必要，也省得其他人再来争了。

“我倒还有个建议，可以考虑让何小佳去。”

Allen教授冷不丁冒出这话，让孟想一怔。怎么何小佳跟着乱起哄，老先生也来助阵帮腔？但Allen教授接下来的话一点儿也不像开玩笑，而是深思熟虑过的。他说要充分考虑到核桃人存在善意的可能性，暗藏杀机的侦察固然重要，但也不排除交流和解的可能，说不定这一趟会面对面碰到它们，有亲善大使在场总比没有要好。

“对呀对呀，我跟着去可以打打下手。”何小佳很机灵。她没说替孟想出征，而是说跟着去。谁都知道，准备派去侦察的小飞舰只能载两个人，再挤一个不动弹的机器人还勉勉强强，三个大活人是载不了的。她要是去，孟想就只能让位。

“这样肯定不妥。”还没等孟想发话，郑合就忍不住了。他感到核桃人友善之说潜藏着巨大的危险，本来是去侦察敌情救人的，可别一见到核桃人就热情洋溢地拥抱问候，被人家捉去关进动物园可就麻烦了。再说伊万诺夫跟何小佳这两人手无缚鸡之力，真要碰到什么情况连抵挡几下的功夫都没有，这不是去送死吗？

一想到这些，郑合说：“孟长官要是不去的话，那就把机器人大力士派去，文的武的都要有。”他觉得最起码要一颗红心两手准备，不管怎么说，大力士身强力壮，关键时刻总还有人能出手。

不光郑合这么想，其他一些人也接着嚷嚷说，郑合去不成了，孟想也不去了，那就要通盘考虑侦察人员的搭配组合，既要想着行动任务也要顾及自身安全。

“不，还是由我带队去。”孟想很快就用众人提供的意见“砖瓦”在脑子里垒出了整幢“房屋”，他意识到这是一次集侦察、谈判甚至还有营救任务于一体的行动，因而伊万诺夫、何小佳、大力士都可以施展各自所长，他决定派两艘飞舰出动。地球上空军作战都分个长机僚机，太空军事行动远离大本营，两艘飞舰相互照应也是有必要的。“就按这个方案行动。”孟想最后拍了板。

两艘飞舰进行了编队，还起了土味十足的番号，分别叫“土光一号”和“土光二号”。孟想跟何小佳乘坐在土光一号上，尾随着伊万诺夫和大力士乘坐的土光二号，一前一后保持着5分钟的航程距离，向核桃星飞去。

临行前，孟想交代完各种事项，特意单独叮嘱何小佳说，两艘飞舰全程不分昼夜保持着实时通话，有什么风吹草动大家都听得到，让她途中不要说什么不着调的话，让伊万诺夫和大力士听见不好。何小佳说：“你是想让我一路上装聋作哑当闷葫芦？难怪你就喜欢冷美人。”孟想说：“哪里的话，我可没这意思。”何小佳说：“那是什么意思嘛？冷的热的你都不喜欢，要不我这回帮你物色个核桃星的美女吧，让你赶个星际恋的大时髦？”孟想摇头苦笑说：“我就怕你胡诌，打预防针都来不及呀。”

孟想的预防针当然是管用的。漫长的太空飞行还算顺利，何小佳路途中分寸拿捏得不错，除了偶尔逗一下孟想之外，并没怎么让他难堪。

到了可以跟核桃星实时通话的距离，孟想就开始呼叫被扣留在那里的阿哲261号，但一直连不上线。眼看核桃星从一个小圆饼越来越大变成圆盘，已经近在咫尺了，阿哲261号依然没有回应。

孟想感觉有点不妙，核桃人会不会已经对许光辉他们动手了？要真是那样的话，606基地这段时间的准备工作就真是误事了。万一许光辉和Jolene有个三长两短，对忆牛顿那边真是无法交代。

何小佳却是乐观的，她说也许是通信故障，再说核桃人等了这么久，就算是真动手抓了人，也不至于连个青红皂白都不问就先砍了头吧。孟想觉得她的话是有道理的。乐观主义者在困难面前都是有道理的，能讲出乐观的话的人就是有道理的人。

前方的伊万诺夫报告说，土光二号已进入核桃星的远地环绕轨道，问接下来该如何行动。他也感到出问题了，因为按照当初的行动计划，两艘飞舰抵近核桃星以后就要各就各位，土光二号要做好着陆准备，至少也要飞进大气层进行观察，而土光一号则先留在近地轨道上预警接应，具体行动要跟阿哲261号上的许光辉沟通后确定。但许光辉到现在一点儿反应也没有，这是谁也没想到的，再乐观也不知该怎么办了。

早前，孟想这一路上跟大家通话讨论的时候，听几个人你一言我一语的种种说法，似乎都是信心满满的，好事想得多困难想得少。

大力士说：“要是核桃人真的那样小巧玲珑的话，估计战斗力强不到哪里去，我到时候下去撂倒它五个八个，直接就把许光辉他们救出来，这侦察和营救可就一勺烩了，省得这么远再跑来折腾。”

伊万诺夫说：“那样最好了，大力士救了人就别回去了，到时候可以留在那里当核桃人的国王，跟它们朝夕相处、和谐生活在一起，我也可以跟着沾沾光，搞一阵子外星机器人研究，这可是梦寐以求的事。”

何小佳说伊万诺夫当初一口咬定核桃人来者不善，这会儿又想着让大力士跟它们朝夕相处，这么快就从鹰派变成鸽派了。

伊万诺夫说人之初性本善嘛，Allen教授这个中国通说得不无道理，也许核桃人是可以交往的。

何小佳说要真想有这种好事，那得靠跟人家友好沟通，不是红口白牙说善就善的。

就连大力士都觉得伊万诺夫一百八十度的弯转得太快，它说看在推荐它当国王的份上，它就不说他的不是了，国王登基前夕更会注意风度。

孟想觉得戏言也能反映出心态，他们的确是一个比一个想得美。但他没有去泼冷水破坏大家的情绪，只是强调说现在怎么想好事都行，但行动的时候必须一切听从指挥。他虽然不会跟着盲目乐观，但也没想得很悲观，他甚至觉得这趟任务的战前动员都不用自己多费口舌，等飞近了以后，听许光辉讲一讲被困多日的感觉，估计这些在606基地过惯了和平日子的货就不会再想当国王的美事了。

可是现在，已经飞到核桃星跟前了，许光辉他们却突然联系不上了，这比预想的情况要糟糕，当初的行动计划就必须改变了。

“土光二号注意，你们立刻进入核桃星的近地轨道做环绕飞行，全力搜找阿哲261号。”孟想果断下达了命令。

“土光二号明白。”大力士掌控着土光二号的飞行操作，它的回答响亮，像模像样的。

不错啊，军事行动就该这样子，令行禁止，不讲价钱。孟想刚感到踏实点，一个散漫随意的声音就响了起来：“哎，我说，要是一时半会儿找不到阿哲261号，能不能降入大气层去找一找呀？”这是伊万诺夫在问话。

“不可以！改变高度要等候命令。”孟想没有丝毫犹豫就回答他。

“我认为在找不到的情况下，进入大气层会看得更清楚，难道这也……”伊万诺夫还在争辩。

“我再强调一遍，”孟想毫不客气地打断道，“没有命令绝对不准擅自行动！”他已经意识到了，自己现在带着的并不是训练有素的军人，甚至连散兵游勇都算不上，要丑话好话一起说才行。所以在以命令的口吻说完后，他不得不画蛇添足再来一句：“请各位务必配合。”

何小佳对伊万诺夫一再发问也感到不可理喻，她好歹也是个军人，一切行动听指挥的基本规矩岂能不懂？她一下子也明白过来了，这里不是军校，光靠孟想的命令未必能奏效，她有必要打打下手。于是她和颜悦色地告诉伊万诺夫说，在近地轨道上搜找目标不是难事，核桃星并不大，用普通光学望远镜就能看得见，眼下不要考虑进入大气层的问题。

孟想对何小佳的举动似乎很满意，他流露出赞赏的神情，像是说：看不出来嘛，关键时候还行。何小佳并不买他的账，冲他不满地努努嘴，心想，找你的冷美人去吧。

也许是何小佳的一番话起了作用，土光二号绕着核桃星飞了几圈之后，果然用光学望远镜找到了阿哲261号。伊万诺夫报告说核桃星除一些丘陵以外很空旷，很容易就能看见阿哲261号飞舰。何小佳一听就乐了，问有没有看见核桃人，伊万诺夫说连个影子也没有。何小佳还想发问，孟想摆手制止，他要伊万诺夫把图像信号接到土光一号上来。此时，土光一号已在核桃星的远地轨道上绕飞。

核桃星引力小，近地同步轨道只有不足100公里之遥，土光二号拍摄到的图像很清晰。孟想早做足了功课，他一眼就确认那是阿哲261号飞舰。孟想很快就吃了一惊，通过飞舰四周多处光线反射和折射迹象，他发现了外围那个透明罩子，难怪阿哲261号动弹不了。他指给何小佳看，何小佳问那个是个大玻璃罩吗，孟想说要是玻璃罩就好了，许光辉可能一脚就会踹碎它。

“除了阿哲261号其他什么都看不到，我们是不是先着陆下去看一看？”伊万诺夫又急着想行动了。

“不行！”孟想厉声喝止，现在只能密切观察周边情况。他觉得核桃星上有一种说不出的诡异，核桃人一个也不露头，肯定是隐藏起来了，现在着陆无异于自投罗网。再说许光辉他们也生死不明，他们在哪里还不知道。

孟想正在思考着，突然，一个声音在土光一号、土光二号两艘飞舰中同时响起。

“哈哈，既然你们已找到了丢失的东西，那我们就可以谈一谈了。”

这可是地球人的声音，难道核桃人会讲地球人的语言？孟想稍一愣神后问道：“请问你们是谁？”

“我叫念培根，是阿哲261号的机器人，不过我现在是在为你们所称的核桃人工作。”

“啊？！”何小佳来不及多想，阿哲261号上的机器人跑到核桃人阵营去了，“那不是叛徒吗？”

“小姐，别说得这么难听，要是没有我，你们跟核桃人之间根本就无法直接沟通，人家是想跟你们谈判来着。”念培根说接下来的对话它只是充当即时翻译的角色，叛徒不叛徒都不关它什么事。

跟核桃人的正面交锋就要开始了，要说孟想一点儿不紧张那是假的，毕竟这是孤军奋战呀，面对的又是外星人。况且人家的技术水平看来远在地球人之上，其实自己早就被它们盯上了，这才刚找到阿哲261号还没喘口气，核桃人立马就出来挑战了，直接就能切进两艘土光号飞舰的通信频段。更让人想不到的是，它们还弄到了念培根这个叛徒机器人相助，这就雪上加霜了。不过，孟想觉得机器人倒无所谓叛徒之说，用不着皮鞭老虎凳逼它反水，只要在软件程序上倒腾几下，哪会有宁死不屈的机器人？因而去考虑念培根叛徒不叛徒毫无意义，它只不过是个木偶，关键还是它背后提线的核桃人。

孟想脑子里正快速思考着应对之策，扬声器里传来几句嘀咕，那是伊万诺夫和大力士在轻声商议。大力士好像是说有叛徒就意味着对抗，伊万诺夫则说人家想谈判，这是友好交流的好兆头。

“既然要谈判，那就现身吧，”孟想考虑了一下就开口了，继而又提高音调说，“谈判是要讲点规矩的。”意思是，不露头怎么谈？但他这话其实还有另一层意思，他也是在刻意提醒伊万诺夫他们，谈判不经授权不得随意发表意见，这是出发前立下的规矩。

“我们就在你们的视野中，你们可以着陆下来做客啊。”念培根的声音传来。

视野中？何小佳吓得东张西望，却什么也没看见。孟想要伊万诺夫把核桃星上的画面再次切过来，视野中果然可以看见，刚才阿哲261号附近还空旷如野，这会儿已变魔术一样冒出了一个橙色的球形体，球形顶部的平台上依稀可见一些活动着的家伙，那应该就是核桃人了。孟想很清楚，着陆是万万使不得的，核桃人来个一网打尽都不带商量的。

“做客就免了，我们只想把自己的人和飞舰带回去。”孟想直奔主题，倒要看看核桃人有什么反应。

“你们这样很不友好，擅自闯到我们的星球上来，让我们担惊受怕了这么久，说来就来说走就走，不该跟我们商量一下吗？”

商量就是要开价，这正合孟想的意，了解核桃人的真实意图才能与之进一步周旋。孟想忽然觉得，换位思考一下，核桃人也并非无理取闹，地球人突然侵入了人家的地头，人家抗议一下提点要求也不过分。他甚至想到了，要是它们同意让许光辉他们俩离开，那就像郑合说的那样，把阿哲261 号飞舰留给它们也是可以答应的，人能救出来别的都好说，BRE的事也就不难商量了。

“那你们想怎么样呢？”孟想要它们开价。

“我们的要求很简单，请你们帮着带点东西到G星球去。”核桃人一点儿都没拐弯抹角，它们的意图这就昭然若揭了。不仅孟想听清楚了，何小佳、伊万诺夫和大力士也都听得明明白白。人家并没有要跟地球人为敌破坏星际殖民的意思，只是想请地球人捎带点自己的东西过去。事情大致上清楚了，核桃人控制着那两艘载着BRE的小飞舰，除了想请地球人捎货以外并没其他恶意。

“我们暂时没有要去G星球的计划，怎么帮你们？”孟想揣着明白装糊涂，他要确证一下那两艘小飞舰的下落。

“装傻可是要付出代价的。”核桃人的语气有点不客气了，但仍直言相告说那两艘飞往G星球的小飞舰都在它们的掌控之中。有一艘虽然已在太空中，但没有它们发出的遥控指令永远也别想再前行。另一艘目前还泊在核桃星上没动，它们就是想用它来捎带东西。

情况似乎越来越明了，但孟想却越来越糊涂。核桃人的技术水平这么高，能远距离侵入地球人的飞舰操控系统，为什么运送点自己的东西还要借用别人的飞舰？这可是个大大的谜。

“你们自己的事情干吗不自己办呢？”孟想用讨价还价的语气在试探。

“我们的飞行器已离开，而且我们不知……”念培根嘴里译出来的话还没说完，立刻又换成了另一种严厉口气，“给我住口！乱插嘴小心我卸了你的甲！”

“卸了甲”，不知道是什么意思，但这显然是上司在训斥下属，看来核桃人里面同样也有不太懂规矩的家伙。孟想心里有数了，现在露面的这些核桃人，至少不全是准备开战的军事人员，因而不会那么快就动刀动枪。何小佳似乎也有所悟，眼下的对手明显不是喊打喊杀的家伙，她觉得讲和还是有可能的。于是她在自己的手持设备上迅速写下“谈放人条件？”递到孟想面前，孟想瞄了一眼微微点头。

“痛快给个话吧，愿不愿意帮这个忙？”核桃人接着又催促道。

人质和飞舰都扣在它们手上，一口气回绝帮忙是不可能的，讨价还价磨嘴皮是少不了的。孟想示意何小佳开口跟它们谈，他想喘口气思索一下。他觉得这种救人质的讲价，何小佳谈更有优势，有资料显示女性在人质解救谈判中的成功率显著高于男性。

谈就谈，有啥大不了的。何小佳略一思索，便开口道：“可以考虑帮你们带东西去G星球，但你们要马上放了我们的人，他们的家人都很担忧。”

“家人？家人是什么意思？”念培根说完又自己补充一句说核桃人没有家庭的概念无法理解家人的含义，它接着传声说，“放人没问题，但不是现在，你们的人在这里很安全，没有受到任何伤害。”

这些该死的核桃人真的就是机器人，难怪它们连家庭都不懂。何小佳甫一上阵就碰了个软钉子，忽然就有点不那么自信了，她侧头望了望孟想。孟想一副满不在乎的样子，等着她继续进行。

“我很愿意相信你们的话，但眼见为实，总要让我们知道他们平安才是。”何小佳这个要求提得不错，孟想狠狠点了点头。不管怎么样先要弄清楚许光辉他们是死是活，突然断了音信表明情况已生变。

核桃星那边一阵沉默，它们可能是在商量。少顷，念培根的声音又传来：“可以让你们直接通话，给你们一粒通话时间。”念培根自己补了一句，“一粒时间相当于地球上两分钟左右。”

阿哲261号飞舰内，许光辉和Jolene非常激动，606基地的援军终于来了。怪不得要罩住他们，怪不得这段时间音信全无，原来这都是核桃人的防范举动，它们是怕孟想带人来“劫狱”呢。虽然他们俩受到了严厉警告不准谈及核桃星的事，但许光辉和Jolene迅速交换了一下眼神，两人都想到了要把这里的最新情况传出去。

“许博士，Jolene博士，我是孟想，你们还好吗？”陌生却久盼的声音传进了阿哲261号舱内。

“我们很好，谢谢，听到你的声音很高兴。”许光辉一边跟孟想寒暄一边用手向Jolene比画，他一下子想不出来该怎样向孟想传递重要信息。

“家里情况都好吧？”“都好。太空航母的飞弹装好了吗？”“装好了。”孟想忽然见缝插针说家里人都很牵挂他们，有什么话要转告就抓紧时间讲。这明显是在暗示。

“我弟弟郑合还好吗？”Jolene发话了。

孟想一听便知道有门了，他根本来不及琢磨她说的什么意思，只是顺着她的话让她说下去：“他很好，他非常想念你。”

“请你告诉他，我在外更加想念他，”Jolene继续像小女人话家常那样道，“另外让他照看好我那些宠物狗，我不在家它们会翻天的。”

“放心吧，你弟弟肯定会照看好的。”孟想给她信心。

“我也有几句话想告诉父母，对家里的保姆……”许光辉本想对Jolene的话再补充一下，话还没说完，一声“时间到”传来，两边的通话就中断了。

许光辉和Jolene都还安然无恙，孟想总算松了一口气。刚才在通话过程中，何小佳趁机进行了电波信号定位，测到许光辉他们仍在阿哲261号飞舰内，看来核桃人还没有强行攻进去。人与飞舰有没有分开，关系到营救行动的具体实施。

“没啥好说的了，该表个态了吧？”核桃人说他们已表明了足够的诚意，人很安全，话也通了，对它们提出的要求总要给个说法。

“哦，这个我们做不了主，需要回去向总督大人请示一下，也许他会同意的。”孟想使出缓兵之计，情况还远未明了，只能先稳住对方再说。

“又耍花招，为什么不立刻请示呢？”核桃人一听有点火了，说，“你们从遥远的地方来一趟不嫌费事吗，要想早点了结就现场解决问题，拖延就是自找麻烦。”

立刻请示？核桃人以为人类的母星球就在不远处锚着，打个电话就能请示了，它们这是什么脑瓜子哟？孟想跟何小佳一时相视无语，两人都被弄糊涂了。

“呵呵……”“哈哈哈……”几声轻狂的笑声突然传来，接着是一阵嘈杂声，间或可以听到核桃人的一些议论。

“差点忘了，他们的通信手段很落后。”

“他们用的是咱们古代用过的无线电通信。”

“没办法，可能他们对太空远程即时通信技术一无所知。”

…………

念培根译出来的话都是这样一些闲言碎语，孟想当然不会接话理睬。嗡嗡杂议声过了一会儿终于停了下来，主角经过了考虑又要说话了。

“这样吧，我们再次表示点诚意。”核桃人说愿意赠送给孟想他们两个小型的即时通信球，以便双方下一步能随时隔空沟通。核桃人说现在就可以着陆下去拿，今后再谈就能做到远在天边近在眼前了。念培根解释说，这种通信球在几十光年距离内进行实时通信没问题。

啊？还真的存在更先进的远程通信工具，看来Allen教授的推测是对的。孟想对核桃人拥有如此发达的技术深感震惊，但刚才那个疑问又闪现在他脑海中：它们既然连太空即时通信技术都掌握了，肯定也会有太空远行的丰富经历，那为何连不算太遥远的G星球都去不了呢？这种巨大的反差实在讲不通。

“我下去拿好了。”伊万诺夫终于按捺不住了，他对核桃人的兴趣一时大增。

孟想本来还在考虑着，是不是亲自下去取，这可是近身接触观察的好机会。现在伊万诺夫已经公开请缨，他觉得顺水推舟也好，再说观察机器人本来就是伊万诺夫的强项，于是痛快道：“好，你们下去取了就回，注意跟人家友好交流。”他这话也是在暗示伊万诺夫和大力士，多多注意观察，交流嘛总能获取信息的。

伊万诺夫和大力士异口同声应了句“明白”，土光二号便开始减速、变轨，向核桃星降落而去。与此同时，孟想也操控着土光一号变轨，从远地轨道转到近地轨道，以便对核桃星上的动向看得更清楚。

在飞舰变轨调整的同时，孟想示意何小佳继续跟核桃人对话，聊一聊总能收获到有用的信息，说不定还能聊出重要情报。这个时候沉默不是金，而是一文不值。

“核桃星看上去很漂亮，你们来到这个美丽的星球很久了吧？”何小佳凭直觉猜测，这里应该不是核桃人的母星球，要不然不会这么荒凉，连建筑都没有是不可能长期生存的。

“我们……我们一直就生活在这里，”核桃人吞吞吐吐了一句，马上又转回正题道，“还是继续谈一谈我们之间合作的事吧，我们可不希望你们的人和飞舰一直留在这里。”

“谈合作好呀，我正有个问题想请教呢，”何小佳顺势说，“你们想运送什么东西去C星球？”这个问题其实也是孟想迫切想了解的，刚才只想着人质的安危，没来得及问。

“啊哈，很简单的事，帮我们把‘代索’装运过去就可以了。”核桃人说得轻描淡写，好像拦了一辆车让人顺便捎带点人畜无害的东西而已。

“代索？什么是代索？”何小佳一边问一边望向孟想，孟想也疑惑地轻轻摇头。

念培根自己补充一句说，它也不知道“代索”是什么东西，只是照着发音直译。

不明白什么是代索，怎么帮着运？这可恶的叛徒念培根不会是关键时刻帮核桃人打埋伏吧？何小佳正要进一步询问，却见视频上显示，土光二号已经降落在了核桃星上，孟想已经开始全神贯注地盯着屏幕观察，她只好把要问出口的话又咽了回去。

只见舱门一打开，伊万诺夫的身影就出现在了舱门口。他显得神采奕奕，在舱门口驻足片刻，向前来迎候的核桃人挥手致意，那架势跟到访的外国元首步出机舱时一模一样。再看那些核桃人，有留着长发的，有机器人，还有披着铠甲的，一个个都兴高采烈，很多人都撅起屁股互相碰撞，像是在热烈欢迎贵宾到访。

伊万诺夫走下舷梯，最先迎上去的是一个体形跟他差别不大的机器人，这应该就是念培根了。因为在核桃星的欢迎人群中，只有它长着两条而不是四条手臂，也只有它鹤立鸡群，块头几乎比那些核桃人要大一倍。如果核桃星也有篮球赛的话，念培根准是个占有绝对身高优势的无敌中锋，估计每次投篮动作都是从上往下砸，想不扣篮都难。

念培根似乎跟伊万诺夫一见如故，机器人大概跟机器人研究专家天生亲近，他们热烈地聊个不停。接着，念培根拉着他向他介绍迎候在那里的核桃人，站在前面的那些家伙不用问都知道，肯定是些重量级的角色。每介绍完一个，念培根就会扶着伊万诺夫转过身去让他撅起屁股，让核桃人跳起来跟他的大屁股碰一碰，然后再接着介绍下一位。这场面也跟迎接外国元首来访差不多，出席欢迎仪式的有外交大臣张三、国防大臣李四、内务大臣王五……一个挨一个问候。所不同的是，伊万诺夫元首好像对每个来迎接的大臣都感到格外亲切，不时伸出手去摸一摸这个，捏一捏那个，不管什么部位都去抓都去碰。这要真是在欢迎外国元首的仪式上，遇到了女大臣的话，人家肯定一耳光就照着流氓元首扇过去了。

伊万诺夫显然是被这热情的场面深深感染了，他接下来很快就跟欢迎人群打成了一片，水和米粒在这种场合已混成了米浆。他这会儿也许对核桃人的善恶有了明确判断，核桃人对他这个外星人没有半点敌意，有的只是热情友好。那么多核桃人涌上前来跟他碰屁股示好，他肯定觉得受宠若惊，就连在地球上历来不被待见的屁股也成香饽饽了。有的核桃人跳起来跟他的大屁股碰一次还嫌不过瘾，干脆连续跳两次，用它们的小屁股左边碰一下再右边碰一下。伊万诺夫在欢乐的核桃人群中也完全陶醉了，他撅起屁股东碰一下西碰一下，一些来不及起跳的核桃人被他的屁股碰到脸上也不介意，碰得前仰后合人仰马翻，场面好不热闹。核桃星就是不一样，这要是在地球上，那么多热脸碰到了冷屁股上，人家不破口问候他母亲才怪呢。

何小佳看着屏幕上的情况乐不可支，她忍俊不禁道："呵呵，伊万诺夫可以去跳孔雀舞了，他的开屏动作很有创新嘛。"

她的玩笑话引来的是孟想冷冷的一瞥，何小佳搞不清他这一瞥啥意思，既像是说什么眼神哪有这么难看的孔雀，更像是说大敌当前还有这种心思。何小佳见他盯着屏幕一脸严肃的神情，心想这不是一场很友好的星际联欢活动嘛，何至于搞得这么紧张兮兮？然而，接下来发生的事，让她很快就笑不出来了。

伊万诺夫在一群核桃人的簇拥下来到"巨橙"附近，不一会儿他的身影就不见了。孟想不时瞄一眼计时器，5分钟过去了不见他现身，10分钟过去了仍没踪影。土光一号飞舰内空气像是一点点在凝固，何小佳也紧张得大气不敢喘，伊万诺夫会被它们绑架了吗？两军交战不斩来使，核桃人难道要干出遭天谴的事？

"土光二号，听见请回答！"孟想突然呼叫留在飞舰内的大力士，他顾不得那么多了。大力士应声答道："我在。"孟想问它能否看见伊万诺夫，大力士说刚才可以看到，走远以后就不见了。

"用不着紧张。"核桃人发话说，它们正在亲切友好的气氛中跟来使进行交流，他一会儿取了通信球就会出来了。

孟想忍住话没再质问对方，他知道问了也白问，发火也没用，唯一能做的就是等待。

又过了一会儿，伊万诺夫终于现身了。

“没事了。”何小佳如释重负，她轻轻推了推孟想，脸上又泛起了笑容。孟想没言语，示意她继续看。

伊万诺夫从“巨橙”里出来，他两只手都托着东西，那动作很像是托着一副沉甸甸的举重杠铃，他吃力地朝土光二号飞舰走去。孟想看不清他手里托的东西是什么样的，但猜也猜得出，那应该就是核桃人提供的即时通信球了。从伊万诺夫那么费劲的样子来看，他手里那两个通信球应该是死沉死沉的玩意儿，若是在地球重力环境下，估计他根本就托不起来。

伊万诺夫好不容易坚持挪到了土光二号舱门前，他上半身探进舱门，把手里两团东西重重地砸在飞舰的地板上。

“累死我了，”伊万诺夫气喘吁吁地对大力士说，“没想到……没想到这鸡蛋大小的通信球会这么沉。”

“赶紧上来吧，准备请示返航。”大力士坐在舱位上向他招手道。

“哦，不，”伊万诺夫说，“你们先回去吧，我要在这里逗留些日子，反正你们很快还要来的，下次再接我一起回去好了。”他说完话冲大力士挥挥手就转过身去，似乎有点犹豫，又停顿了一下，然后就迅速向远处的核桃人奔去。

这突如其来的举动，让孟想、何小佳和大力士一下子全都目瞪口呆。核桃人并没有动手绑架，伊万诺夫倒自己主动送上门去了。

“伊万诺夫，你快回来！”大力士回过神来后，边高声呼喊，边起身要追出舱门。

“大力士，你听着！立刻起飞返航！”孟想的厉声命令，阻止了大力士追出去的行动。

何小佳也很快反应过来了，对伊万诺夫这样痴迷机器人研究的专家来说，见到了新型机器人就像困乏的人见了席梦思一样，会不顾一切地扑上去，拦是拦不住的。

第10章

人质暗示了什么

土光二号飞舰在核桃星上着陆又升空飞走的全过程，许光辉和Jolene在阿哲261号舱内透过舷窗也看得很清楚。伊万诺夫走出舱门的那一刻，Jolene激动得眼泪都快流出来了，终于见到606基地来营救他们的亲人啦。

“那会是孟想先生吗？”Jolene问许光辉。

“他不可能是孟想。”许光辉很肯定地回答她。

刚才跟孟想通话的时候，许光辉对核桃人能操控飞舰的通信系统感到很吃惊。一通完话他就气呼呼地关闭了整个通信系统，要不然他跟Jolene的私密谈话都可以现场直播了。所以这会儿他才敢告诉Jolene，忆牛顿已经确认，孟想是一名来自中国的军人，不会是这副神经兮兮的模样。

后来看到土光二号很快就飞走了，而伊万诺夫并没有跟着走，Jolene感到很纳闷甚至有点失望。606基地是怎么搞的？明摆着困在这里的人质不救，反而再送个新的人质给核桃人，这不是疯了吗？一转念她又尽量往好处去想，也许人家是专门留下来跟核桃人交涉的谈判代表，一旦交涉成功，她跟许光辉自然就会脱险了。然而派来这么一个到处跟核桃人碰屁股的货，能谈得成吗，她信心并不足。直到不久后的一天，核桃人在对面的“巨橙”广场上举行了一个隆重的仪式，Jolene看到了伊万诺夫的另一副嘴脸，她才恍然大悟：他不是故意想当叛徒就是个自投罗网的二百五。这让Jolene很震惊。

其实，在土光二号着陆那会儿，Jolene感到震惊倒不是因为伊万诺夫，而是她看见了念培根。

“啊？！那不是念培根吗？它居然跟核桃人混在了一起，”Jolene一认出念培根就愤愤不平地说，“真是个该死的东西！”

“没错，就是念培根，”许光辉并不很吃惊，他早预料到念培根失踪十有八九是当了俘虏，现在见它跟核桃人打得火热，还一副奴才相，他立刻也判断说，“这家伙已背叛了咱们。”

“唉，我真不该同意它出舱去，”Jolene自责道，“机器人办事有时候挺不靠谱，我早该想到的，这下可要给咱们惹麻烦了。”

“这事主要怪我，幸好当初你删掉了它身上的重要信息，我想不一定会有大的麻烦。”许光辉心里感到很窝火，却还要安慰Jolene，当然这也是一种自我安慰，好在没有铸成大错。

不会有大麻烦？那可难说。Jolene陷入了沉思，她在想，阿哲261号降落在核桃星上这么久，核桃人除了偷偷锁死飞舰之外，一直都没什么动静，但在念培根出舱失踪后，核桃人很快就采取了一系列行动，先是把飞舰拖移到这里，接着又弄出个罩子来罩住，这恐怕不只是为了防范606基地的突袭营救。Jolene觉得核桃人近来的突然行动，跟它们抓获了念培根有很大关系。所以在土光二号飞走、念培根和核桃人散去以后，她就把自己的想法讲给许光辉听。

“核桃人得到了念培根，才终于拨开了一直以来它们看我们的那层迷雾，”Jolene说，“我估计是念培根的语言系统帮了它们的忙。”

“不会吧，念培根只懂得地球人的语言，并不能跟它们直接交流，它们之间说话不是鸡同鸭讲吗？”许光辉不像Jolene那样熟知机器人识读语言的原理，他心存疑问。

“核桃人也许早就在破译我们的语言信息了，可能是它们一直吃不准，而念培根一去则起到了确认作用，”Jolene说，“它可能帮着核桃人完成了破译的临门一脚。”

Jolene并非信口开河，她告诉许光辉说，早在21世纪初就有人开始研究未知语言的识读技术了。那时候有位电脑专家提出了破译外星人语言的基本构想，他认为当探测到一个信号以后，首先需判断它是个数据流还是个随机的音频信息，一旦确认信号携带着信息并呈现某种有效的自我组织方式，便可大致断定这是一种语言信号。只要接下来能获得足够的信息，通过建立关联矩阵等方法分析句法范畴及语用价值，就有可能破译出外星人的语言。后来，很多探索地外文明的研究机构都跃跃欲试，可惜一直没能接收到这样的语言信号，因而破译技术研究也就日益搁置了。核桃人很可能已掌握了类似的技术，特别是有了念培根的直接配合，把地球人的语言破译出来应该做得到。

“原来如此。”许光辉觉得Jolene的分析是有道理的，不过他并不认为念培根本身会造成多大威胁，它已经失去了重要情况的记忆信息，想出卖情报也没货可卖，倒是那个神经兮兮、热情地跟核桃人碰屁股的谈判代表很危险。有了念培根的帮助，核桃人一旦策反了那个谈判代表，那么，606基地的营救计划必将暴露无疑，这等于头上悬着一柄达摩克利斯之剑呀。不行！绝不能寄希望于那柄剑不会掉下来，那无异于坐以待毙。许光辉开始盘算该如何采取必要的自救行动。

其实，不仅许光辉和Jolene深感担忧，对伊万诺夫留在核桃星上，何小佳心里也捏一把汗。虽然她对核桃人“性本善”之说抱有希望，但念培根反水的事实让她不得不有所警觉。

土光一号开始返航后，何小佳憋着一堆问题要问孟想，但几次都是刚一开口就被孟想的手势制止了。他索性撵何小佳睡觉去，说若是世界上有一件丝毫不影响别人也不需要任何人帮助的事，那就是睡觉。所以，睡眠时间越长的人越超脱，当然也就越幸福。后来，他自己也想进入幸福状态了，就果断关闭了通信系统。事先他告诉大力士说，非急勿扰，如遇特殊情况需要联络，就采用激光扫射呼叫。

这种时候谁能睡得着？问题想得多注定是不幸福的。何小佳知道孟想关闭了通信系统，就一骨碌从睡袋里钻了出来。

“说吧。”孟想本来也没打算超脱。

“伊万诺夫真是太离谱了，连招呼都不打就自作主张，”何小佳省略了一切前缀语，迫不及待直点要害，“他会不会成为‘念培根第二’？”

“天要下雨，娘要嫁人，就随他去吧，”孟想似乎对伊万诺夫的举动看开了，他叹口气道，“暂时顾不得他了。”他正在琢磨着刚才跟阿哲261号短短两分钟的通话，Jolene和许光辉说的那些话究竟是什么含义。

“你说说看，Jolene为什么要提到郑合，她真的跟郑合沾亲带故吗？”孟想自己心里在猜，也想听听何小佳的看法。

“Jolene跟郑合好像八竿子也打不到一起，她是在暗指遁地飞机。”何小佳说她当时就听明白了，觉得Jolene应该是看过遁地飞机事故的媒体报道才故意这么说的，除此之外似乎没有别的事情让外界注意到郑合。至于亲戚关系，何小佳说郑合在医院里躺了许多年，他家里老老少少几乎所有的亲朋都来探望过这位功臣，从没听说过有这么一个混血儿姐姐。

孟想又问何小佳，Jolene说的“我在外更加想念他”是什么意思，何小佳说这个嘛，她也想过了，那应该是指外面还有更厉害的遁地飞机。

“那就对了。小佳，你真的是冰雪聪明。”孟想兴奋地双掌一击道。他的猜测跟何小佳的看法基本上不谋而合，Jolene话中传递的信息是，核桃人已经掌握了遁地技术，而且它们的遁地技术比地球人更先进。难怪核桃星表面看上去一片荒凉，其实核桃人的活动都隐藏在地下。

“呵呵，你把夸女学员的功夫都带到太空上来了？”何小佳难得听他说一句赏识的话，笑道，“不过我在研究生院的时候，可从来没享受过这待遇。”

孟想说哪有这种事，他笨嘴笨舌私下里从不懂得逗美女开心，公开场合也不知道该怎么赞美别人，好像这方面的基因先天有缺陷。何小佳说：“不对吧，你那时候约人家美女看电影不是很老到吗？”

孟想一听就知道她说的是什么事，现在提起那件事他感到又气又好笑，当初他可是哑巴吃黄连，尴尬了好一阵子。

何小佳所说的美女就是她的闺蜜兼同学刘妍。孟想确实约刘妍一起看过电影，而且看的是情侣场，但那完全是事出有因的。

孟想在研究生院分管学员的科研工作，那天他去参加了一次“学员科技论坛”活动，了解研究生的业务动态是他分内的事。那次论坛的主题是“埃博拉病毒与生化武器的防护”。作为军事医学的圈中人，孟想对埃博拉病毒演变为攻击性武器的历程是很清楚的。早在他们这代人出生之前，埃博拉病毒就在非洲一些国家肆虐过，成千上万的人因感染埃博拉病毒而不治身亡，全球各地一度到了谈“埃”色变的程度。然而，疫情还是很快被遏制住了。那个时候分子生物学技术方兴未艾，医学界没花多长时间就研制出了埃博拉病毒疫苗和快速诊断设备，接着又出现了抗埃博拉病毒的药物。之后又经过了十来年时间，埃博拉病毒在地球上被消灭干净了，比当年消灭天花病毒要利索多了。

然而，好景不长。还没等人们高兴几年，比利时首都布鲁塞尔及周边地区就爆发了一场埃博拉瘟疫，全世界都震惊了。后来又接二连三地发现了一些未知的致死性病毒，搞得人们惶恐不安。国际社会在采取一系列措施扑灭疫情的同时，也紧急部署力量查找病毒的来源。摆在人们面前的疑问是共同的：已经绝迹了的埃博拉病毒从何而来？那些未知的病毒又是哪里冒出来的？

这可是个天大的谜。要知道，对人类来说，消灭一种烈性传染病是震撼人心的事件，冒出新的病种照样也会震慑人心，已灭绝的疾病又重现江湖就更让人心惊胆战了。谜底终究还是解开了，后来抓获了著名恐怖组织伊士拉阵线的一名技术骨干，据他交代，这些“病毒武器”全都来自北极深处的一片冻土中。人们这才恍然大悟，这些被用来搞恐怖袭击的“武器”可都是数万年前遗留下来的远古病毒，原来北极那里有一个天然的病毒仓库呀！震惊之余人们无不担忧，假如世界上其他地方还埋藏着这样一些远古病毒，被人无意或恶意释放出来的话，那将随时祸害人类。于是联合国安理会经磋商后很快做出决定，在联合国维和部队中组建一支专门的“反远古病毒武器”部队。

对这一段刚刚过去的历史，孟想自己想当然地以为，军医大学的研究生应该都知道，学员科技论坛就这方面的问题展开讨论是很有深度的。但是那天的论坛让孟想大失所望，他发现很多人对军事医学的动态漠不关心。

这样可不行，孟想意识到了自己肩负的责任。他打算对这次论坛暴露出来的问题做点弥补工作，刚好他听说学校引进了一部新的军事科教影片《来自远古的病毒武器》，这跟论坛的主题十分吻合。他自己本来就感兴趣要去看，这下正好可以叫上一些学员一起去，看门道也好，看热闹也罢，总能起到一点补课的作用。于是他很快就联系了学校的俱乐部，订好了放映厅和放映时间。

军事院校的生活可不是自由散漫的，学员的一举一动都有章可循。但这个学员科技论坛恰恰按照校规被列为课外活动，课外活动当然就不能强求一律了，还得按自愿参加的原则办。孟想没多考虑，碰到刘妍就告诉她说，让她约一些同学，有多少算多少，跟他一起观赏那部新引进的军事科教片。

刘妍对看什么病毒武器的电影毫无兴趣，但上级首长交代的事又不得不办，于是便在同学当中四下找人。很多人一听这种事就躲，随便找个理由就婉言拒绝了。有的同学还用异样的眼光打量她，说人家师哥约她看电影，他们跟去掺和不是搅局嘛。刘妍被弄得哭笑不得，最后只有何小佳和另一个男生答应去看那场电影。刘妍没辙了，加上她自己总共才约到3个人，人少就人少吧，反正她已尽力了。

电影放映那天，何小佳说她从实验室直接去俱乐部，要刘妍不必等她一起去，那男生也说要迟一会儿到。刘妍只好一个人先去了俱乐部的放映厅。

刘妍随便找了个位置坐下，等了没多久，孟想就进来了。他见只有刘妍一个人在显然感到有点意外，怔了一下，他就走到刘妍座位旁的空位坐下，正要问其他人呢，大灯就在这时熄灭了，放映时间到了。5D影院的观众席采用的是柔性技术，能在电影开始时根据观众情况自动进行收缩调节，形成相对隔离的观赏空间，这样有人的座位能与四周的空座区域分隔开来。若是有迟到的观众入场，也不会再进入已形成的隔离区，也就不会影响到先入场观众了。孟想和刘妍都还没反应过来，就被自动包进了一个隔离空间，由于整个影院只有他们两人，所以就包成了标准的情侣座隔间。

那天等何小佳做完了实验，电影早就散场了。她事后得知此事，面对恼羞成怒的刘妍，只是呵呵呵笑个不停。

那男生倒是没失约，电影一开场他就到了。走进放映厅一看就觉得不对头，只有两个座位被包着，看上去就似一个情侣座，这叫什么事哟，他来连电灯泡都没得当，是让他来站岗放哨的吗？他可没这义务，于是转身就离开了。后来他碰到其他同学还跟他们嘀咕，看什么病毒武器电影嘛，分明就是为看情侣专场找的借口，还莫名其妙拉他去做挡箭牌，准是吃错抗病毒药了。

实际上，那场电影后来孟想和刘妍谁也没心思看，两个人都尴尬地各自想着心事。孟想觉得是自己匆匆忙忙中没交代清楚，可能引起了刘妍的误解。刘妍则觉得解释起来越抹越黑，摊上她张罗这事只能自认倒霉，搞不好孟想还以为她自作多情。幸好那部片子的时间只有半个小时不到，挨到电影结束，两人都如释重负地落荒而逃。

现在，何小佳又翻出这档陈谷子烂芝麻的事来开涮，孟想嗔怒道：“我那回没找你算账就是便宜你了，你还敢旧事重提？”

“我当时也是有心成全你呀，好心还没好报，哼！”

“少来这套，刘妍那时候早就名花有主了，以为我不知道？”

“看看，总算露馅了吧，要不是有所顾虑，你是不是在放映厅当场就向人家倾诉衷肠了？”何小佳不依不饶。

“你根本……”孟想本想说你根本就不懂我的心，话到嘴边还是忍住了，他改口道，“算了，现在跟你讲不通道理。”

一道耀眼的强光在舷窗外不停地闪烁，孟想和何小佳立刻又恢复了严肃的神情，那是大力士从土光二号上发过来的呼叫信号。孟想赶忙开启了通信系统。

“大力士，发生什么事了？”孟想问道。

大力士回答说核桃人刚才又跟它通话了，对方要求尽快落实运送代索的事，希望能有明确的时间表。

“这事是能像催命鬼一样步步紧逼的吗？我们还在返程的路途中，不向母星球汇报哪来什么时间表？”孟想回答大力士的话，其实就是直接说给核桃人听的。

“哈哈，孟想后生，你好！我们是按照伊万诺夫后生的意思跟你们再次通话的。”核桃人的话语又切了进来。

念培根接着用自己的话解释说，“后生”这个称谓相当于地球上的“先生”，核桃人认为后来者比前人掌握了更丰富的新知识，比前人的智慧更高，相当于地球人说的“一代更比一代强”，因而一般尊称别人为“后生”。

孟想回应念培根说还是把这样的尊称留给核桃人自己和伊万诺夫吧，对他们就免了。他心想这是什么颠三倒四的文化，听着这种尊称简直令人喷饭。

何小佳也觉得“后生”长“后生”短听着别扭，当听到说是伊万诺夫要核桃人追着飞舰的屁股来问话，她心里暗叫不好。这个没规没矩的二货果然变成了“念培根第二”，居然这么快就帮核桃人出起了馊主意，叫他“先生”“后生”都不配，应该给他个“畜生”的“尊称”。

“不是我们要催得这么紧，是你们那位许光辉后生快撑不住了。”核桃人说就在孟想他们启程返航后不久，许光辉就从飞舰内冲了出来，像一头困兽一样乱踢乱打乱砸，据伊万诺夫后生判断他可能是疯了，看样子熬不了多久啦。

“哦，又踢又打又砸？”孟想压根儿不会相信许光辉精神崩溃的鬼话，他突然明知故问道，“飞舰外面有什么东西让他又踢又打又砸？空气吗？”

“这个……”核桃人做贼心虚，一时无语。但立刻又以威胁的语气奉劝孟想尽早拿出运送代索的时间表，说要不然许光辉他们的安全无法保证。

“这种话应该由我们来说，”孟想一下子猜不出许光辉的出舱举动是何用意，但核桃人借机施压是显而易见的，他强压怒火道，“请后生们听着，如果许光辉他们的人身安全出了问题，运送代索一事就永远没有时间表了。”

大力士按捺不住补充了一句话，说许光辉他们要有个三长两短的话，要考虑的就不是运送代索的事了，而是整个核桃星这颗小星球的安全。

核桃人并不示弱，说吓唬人谁都会，反正许光辉已经开始发疯了，Jolene也好不到哪儿去，要是还顾及他们的死活，就抓紧考虑它们的要求，不然就走着瞧。

孟想不愿再跟核桃人斗嘴皮子了，他很清楚，谈判的对手其实就像镜子里的人物，你嬉皮笑脸他也会嬉皮笑脸，你凶神恶煞他也会凶神恶煞，你若一拳砸过去他就什么都没有了。可是606基地现在并没有一拳砸过去的实力，光靠嘴皮子的确吓唬不住人家，妥协也许是最好的办法了。他现在最担心的就是，在找到妥协办法之前，许光辉他们真要是挺不住怎么办。

第
11
章

一座透明坟墓

许光辉不是挺不住，他就是要故意闹出点动静来。

606基地派来的飞舰着陆后很快又离开，留下了一个忠奸难辨的谈判代表，许光辉看在眼里不可能无动于衷，这起码意味着营救行动不会一蹴而就。他考虑过了，接下来无非就是三种情况。第一种情况是双方谈判成功，那样当然皆大欢喜，他和Jolene就可以安然脱身了。但这种可能性不会比再找到一个宜居星球大多少，至少不是碰碰屁股那么简单的事。第二种情况是606基地派人来突袭营救，这样的行动方案孟想他们肯定会考虑到，但就算一批精兵悍将攻到了阿哲261号飞舰旁，他们也未必能冲破外面那个透明罩子。核桃人连遁地都易如反掌了，当然不可能弄个不堪一击的罩子来做摆设。第三种情况就是他和Jolene靠自己冲出去逃走，可那个透明罩子是无法逾越的障碍啊。

一座坟墓。许光辉觉得他和Jolene已经被罩进了一座透明的坟墓里，无论朝着哪一种情况发展，他们现在都面临着被彻底埋葬的危险。与其坐以待毙，不如放手一搏，说不定还能找到生路。不管怎么说，都要先探查一下那透明罩子是什么货色。

“核桃人帮我们建了一个能遮风挡雨的庭院，我先出舱去享受一下。”许光辉想清楚了便立刻付诸行动，他告诉Jolene要她留在舱内观察。

“那你要小心点哦。”Jolene叮嘱道。她虽然不知道许光辉出舱想要干什么，但606基地的人已在跟核桃人交涉，这个时候的安全应该是有保证的。

许光辉到了舱外，他先做了几个健身动作，伸伸臂踢踢腿弯弯腰，然后径直来到透明罩子前，一看这罩子真有点巧夺天工的感觉。核桃人当初只是随随便便喷洒了一圈，弄出来的这种浅灰色薄膜均匀、透彻、亮堂，看不到一点杂质。他伸出手去触摸，像是摸在冰块上，不仅凉凉的冻手，而且坚硬光滑，这么巨大的薄膜竟然一点弹性也没有。他又试着用大拇指使劲按压，也没有得到他期望的任何结果，甚至连个指印也留不上去。这下他大概明白了，当初的猜测没错，这是一种高密度分子结构的材料。核桃人拥有这样的材料不奇怪，让人惊叹的是它们能使之薄膜化，而且能自如地使之从气雾状态迅速凝结成固态。

这么薄薄的一层膜真有那么坚实？许光辉后退一步，伸手一掌猛劈过去，却如同劈在了花岗石上，疼得他龇牙咧嘴。疼痛一下了激起了许光辉的斗志，他已经很久没有在运动场上发泄了，今天就跟这可恨的透明坟墓干一场，权当是出出汗健身锻炼。他索性身体腾空跃起，双腿并拢狠狠地蹬踏过去，来了个铲球动作，结果被重重地弹回，翻了一个后滚翻跌落在地。看来这透明罩子还真不是那么好对付的。

反正今儿要当一回堂吉诃德了，不自量力也要跟这透明坟墓过几招。许光辉从地上爬起来，转身奔回舱里，很快就拎来了一把大扳手。他双手握紧扳手举起来狠命地砸过去，一下、两下、三下……他想，不把这透明罩子砸烂，至少也要把它砸裂了砸花了，让核桃人的高技术材料挂点彩，杀一杀它们的威风也好。

许光辉一顿猛砸，已经弄得他自己气喘吁吁、大汗淋漓，两手被震得又胀又麻，大扳手都快要握不住了。再瞧瞧那透明罩子，别说什么裂纹了，砸到的地方连一点点印痕都找不到，依然是透亮透亮的。

一阵猛烈的发泄过后，许光辉歇下来察觉到，透明罩子外面陆续来了些看热闹的核桃人，它们就站在不远处观望，这么大的动作能不引起人家的注意吗？对核桃人来说，关在透明罩子里的这个外星人，不仅模样长得怪异，行为也让人感到好奇，它们看许光辉就跟地球人看动物园里的困兽一样有趣。许光辉也望着它们，突然灵机一动，砸不破透明罩子不等于就没有其他活路了，何不顺水推舟先逗一逗核桃人看看？他记得有人说过，找出对手破绽的最好办法就是亲近对手。

许光辉玩起了人来疯，他扔掉扳手，沿着透明罩子连蹦带跳转起了圈，手脚并用变着花样击打罩壁，用掌拍、用肘捅、用膝顶、用脚踹，活脱脱上演着一场小丑版的散打全武行。

别说是伊万诺夫了，谁这时候见了许光辉，都会以为他不是疯子就是傻子。

聚拢过来看热闹的核桃人越来越多，越围越近，许光辉也越来越兴奋。他这会儿感觉自己就是一个武林高手，什么鲤鱼打挺、饿虎扑食之类的动作以前压根儿做不来，现在做起来却游刃有余，这全拜核桃星的重力环境所赐。你们核桃人不是想看我这外星人吗？我还更想看你们这些外星人呢！来就来呀，多多益善，你们看我一个，我看你们一群，看咱们谁更赚。

罩子外面的核桃人哪见过这架势哟，它们也是越看越高兴，不少人情不自禁为许光辉的精彩表演欢呼起来。当然，它们的表达方式不是鼓掌叫好，而是相互碰屁股。许光辉很有成就感，他现在至少遥控着很多核桃人的屁股，只要自己稍稍耍出点高难度的动作，就会引得核桃人撅起屁股来。

许光辉一边开心地耍猴戏，一边在悄悄观察着。他留意到，聚在罩子前面看热闹的基本上都是机器人，而那些留着毛发的核桃人大都站在后排，这跟地球人看戏好像是一个道理，好位置总是由达官贵人霸占着。一些晚来的机器人也都是趾高气扬的，随手就把早来的毛发人扒拉到一边去，自己占据更好的位置。这似乎再次印证了他和Jolene早前的猜测，核桃星的主宰者就是机器人。

表演正在兴头上，许光辉见一个披着铠甲的武士跑了过来。它到了跟前，冲着围观的人群比画着，好像还在训斥着。这肯定是个很有权势的家伙，要不然那些核桃人不会对它那样毕恭毕敬，见它训了会儿话伸出手臂向远处挥了挥，所有来看热闹的人很快就作鸟兽散了。

见人群已散去走远，那铠甲武士转过身来面朝许光辉，一边嘴里说着什么，一边向他做手势，那意思像是让他别再闹了。隔着透明罩子，许光辉根本就听不到它的声音，就算听得见也不会懂它说的话。许光辉瞪大眼睛盯着它，伸出手指头挑衅似的勾了勾，示意若它继续靠近，不收拾它才怪。那家伙一点也不㞞，迎着他一直贴近到透明罩子跟前，看他能拿它如何！许光辉见状立刻跃起，一个飞毛腿动作就朝着它的方位踹了过去。明知踢不到它也要吓它一吓，反正是逗它玩，乐一乐。

许光辉高兴得太早了，让他意想不到的事发生了。他踢过去那一脚还没触碰到透明罩子，那铠甲武士的一只爪子竟然穿过罩壁伸了进来，它一把抓住他的脚用力向上一推，许光辉猝不及防，整个身体头朝下脚朝上重重地摔在了地上，摔了个嘴啃泥。许光辉不明白自己怎么突然被一只“上帝之手”暗算了，他赶紧抬起头向脚后看去，眼前的情景让他看傻了，那铠甲武士的爪子正在穿过罩壁缩回去。只一瞬间工夫，罩壁完好如初，跟什么也没发生过一样。不是自己眼花了吧？许光辉顾不得伤痛，一骨碌从地上爬起来，迅速扑上前去仔细查看，刚才那家伙爪子穿过之处依然清澈透亮，没留下任何痕迹。再看面前的铠甲武士，一副摇头晃脑扬扬自得的样子，像是在问他服不服。

这是什么邪门巫术？许光辉当然不会轻易服输，那铠甲武士刚才是偷袭了一把，既然它不厚道，他也就不客气了。他转身要去捡回那把大扳手，要是它再敢伸爪子进来，非狠狠剁断它不可。

可是许光辉又失算了，就在他刚转过身去的一刹那，铠甲武士的黑爪子又突然伸了进来，照着他的后背一记猛掌就击了过来。许光辉又一次冷不防遭暗算，结结实实重演了一回嘴啃泥。这回摔得比上回更惨，他搞不好要满地找牙了。

“畜生！混蛋！”Jolene大声叫骂着从舱内冲了出来。刚才接连发生的一幕幕她全看在眼里，许光辉耍猴戏引来核桃人围观，这无疑为近距离观察那些机器人创造了机会，她不会闲着。但眼看着那铠甲武士两次伸出黑爪偷袭许光辉，特别是第二次出手致他倒地不起，她愤怒了，伸手抓起激光枪就冲出来救援了。

Jolene见倒在地上的许光辉嘴角淌出了血，更是满腔怒火，她不顾一切地举起激光枪，对准那铠甲武士的方位，一个点射动作就扣动了扳机。现在的激光枪已进入第六代了，不仅穿透力强而且杀伤性大，灼毁机器人体内的电子元器件那是小菜一碟。各式各样的光子武器近年来早就在军事上大显身手了，光子火箭筒能毫不费力地打掉天上的飞机、摧毁地面的坦克，这激光枪撂倒那铠甲武士应当不在话下。

一束细若游丝的激光从Jolene的枪口射出，直冲着那铠甲武士而去，但它却安然无恙。光束射到罩子上，沿着罩壁四下散开，形成了一朵红红绿绿的灿烂烟花，像一枚焰火弹炸开来那样转瞬即逝。透明罩子外那家伙可能没想到这一点，它被眼前的璀璨美景惊得愣住了。Jolene也没想到会射出这样的效果来，她本能地再扣扳机补了一枪，罩壁上立刻又形成一幅烟花美景。那铠甲武士似乎一下子反应过来了，这玩意儿是冲着它来的，它伸出四只爪子乱舞，看上去想要发作却又迟疑了。也许核桃人也懂得“好男不跟女斗”的道理，它看了一眼Jolene就转身离开了。

Jolene看那家伙已走远，赶忙奔到许光辉身边去搀扶他，没想到躺在地上的许光辉嘴角挂着血迹却还嬉皮笑脸道：“没看出来嘛，你还有天女散花的功夫。”

“没心没肺的东西，还笑？你把我吓坏了。”Jolene见许光辉并无大碍，这才松了口气。

许光辉还是挂了点彩的，他的门牙磕掉了一颗。这倒不难办，阿哲261号飞舰内配有智能镶牙设备，戴上那个头盔状的镶牙器，迷糊一会儿就能解决问题。许光辉过去听说在他爷爷那个年代，即使用最先进的种植牙技术镶牙，也要往医院跑好几趟，每次都要在口腔科的椅子上躺半天活受罪，前后要折腾几个月才能弄好一颗牙，那真是现代社会难以想象的事。

回到舱内镶好了牙，许光辉伸了个懒腰舒展了一下筋骨，他感到浑身酸痛，很久没有今天这么大的运动量了。Jolene取出一小瓶“苏体口服液”给他喝下，又把他推进“磁颤桑拿箱”做理疗，半个多钟头后，许光辉就又回到了生龙活虎的状态，马上出去再耍一场猴戏毫无问题。

“我想再出去跟核桃人互动一下，一鼓作气弄个明白。”许光辉觉得自己的体力已完全恢复了，对这一点他是有信心的，新技术的康复效果不服不行。以前他在足球场上要想连续作战是很难吃得消的，如果下午踢完一场球晚上还接着踢，跑都跑不起来，硬着头皮坚持一阵子就会抽筋倒地。后来不同了，“苏体口服液”和“磁颤桑拿箱”这两样宝贝能从里到外帮人迅速恢复体力，连着踢两三场球他完全可以顶得下来。

“今天就别再去闹了，吃完一顿还要有个消化过程呢，”Jolene劝阻他道，“刚才那一出看到了不少名堂，还是先冷静琢磨一下吧。”

这话倒是有道理。许光辉也马上意识到了，眼下满脑子的疑问还没来得及梳理，再去耍闹一场完全是重复性的简单劳动，意义并不大。踢场球还要有个中场休息时间呢，中场休息不仅仅是让球员恢复体力，也是及时总结和重新部署的过程。今天算是跟核桃人较量了一个回合，也该进入中场休息了，特别是后来接连两次挨了核桃人黑爪的袭击，必须认真找一找原因，要不然门牙就算白磕了。

“核桃人是怎么偷袭我的，你刚才看清了吗？”许光辉问道。这是他最想从Jolene那里得到答案的问题。

“我当然看清了，那家伙的爪子轻而易举就穿壁伸了进来，好像根本不存在障碍物一样，”Jolene也是很疑惑的口气，“简直不可思议。”

“确实很邪门。”许光辉没有从Jolene那里得到个说法，只好自己分析说可能要从多维空间的角度去寻找答案。他说也许核桃人的爪子不是从三维空间伸进来的，而是在四维、五维甚至更高维度上穿过了罩壁。地球人无法理解的事只能这样猜一猜了。

“这完全有可能，”Jolene思索了一下说，“但也要猜一猜别的可能。”她告诉许光辉她当时看到了一个细节，那家伙的爪子在穿透罩壁之前，每次都要先对着罩壁轻微晃动几下，有点像地球上一些神乎其神的巫师发功前的动作，晃完才猛然把爪子伸进来，这可能另有名堂。

那说不定是一种准备动作，许光辉觉得核桃人的爪子从三维空间一下子要转换到更高维度空间，有个短暂的准备动作很正常，这并不影响他对爪子从多维空间穿壁的猜测。但Jolene说另有可能，他当然也想听听她的想法，毕竟她是人工智能方面的专家，不同的专业背景对问题会有不同考虑，于是他问道："除了多维空间，还有其他合理的解释吗？"

"应该还有，" Jolene似乎还在思考中，她反问许光辉说，"爪子穿壁为什么只盯着爪子呢？也该考虑罩壁的问题吧？"她说自己对这个问题没想清楚，只是一种直觉。

"边想边说嘛，"许光辉显然受了一点启发，女性的直觉往往挺靠谱的，他催促道，"就把你的直觉端出来好了，别让我把牙磕光了还没弄明白怎么回事。"

"你再磕掉几颗牙兴许就弄明白了。"Jolene说她总觉得那家伙伸出爪子的发功动作极不正常，像是爪子在央求罩壁闪开来，她看不出也想不出全透明的罩壁上面有什么机关，但感觉就跟识别了指纹再开门一个样。

"智能材料！"许光辉恍然大悟，"透明罩子很可能是一种智能材料。"

他脑子里对智能材料是有点概念的，这类材料能根据感应到的不同信息适时变形、变性，具有自动调节功能。他所熟知的智能材料就是前些年已在地球上普遍使用的家居装饰材料，最典型的要数"防摔伤地板砖"。老人或儿童不慎跌倒时，地板一旦感应到，坚硬的地板砖会即刻变得柔软如棉，不致造成严重摔伤。经Jolene这样一提醒，许光辉又想起来了，这些日子他一直在留心观察对面"巨橙"的情况，对起初看到的怪现象的猜测也一再被验证。他从没看见过毛发人和机器人能从"巨橙"四周随意进出，而那些身披铠甲的武士却可以在任何方位"穿墙"出入。这表明"巨橙"的建筑材料很可能就是一种能识别铠甲武士的智能材料。这样看来，用类似的智能材料造出个透明罩子就一点也不奇怪了。

"啊？我们发现它们的秘密武器了？"Jolene非常兴奋。

"很有可能。"

看来真要做好再磕掉几颗牙的准备了，许光辉打定主意继续闹腾。要想从这个透明坟墓里冲出去，首先就要摸准它的软肋所在，不管是多维空间还是智能材料，世上有机关就会有破解之道，眼下死马活马都必须硬着头皮医。

又一个白昼到来的时候，许光辉又出舱了，他照样是拳打脚踢不停地乱蹦跶，核桃人还是慢慢聚拢过来看热闹。但来观赏耍猴戏的人没有头一天多，现场气氛也没有头一天热烈。有不少核桃人只是过来转一下，看几眼扭头就走了。既然耍的还是老套路，人家当然就不愿意再捧场了。尤其让许光辉失望的是，他大汗淋漓地闹腾了几乎一整天，却没见一个铠甲武士过来，想挑衅都找不到对手。他也试着对近前的一些毛发人和机器人做出各种粗暴的动作，但它们显然不具备铠甲武士的本领，谁也伸不进黑爪来袭击他，想再磕掉几颗牙都难。引不来铠甲武士让人着急，他恨不得自己把牙敲掉。

许光辉不甘心，过了一天他再次出场，核桃人来的就更少了。不是人家不给他这个外星人面子，实在是再精彩的猴戏看多了也会腻。许光辉既不是武术健将也不是小丑演员，他只会那几下自编自导的花拳绣腿，再也耍不出更多的花样了。若是看的人多，兴许他还能临时起意做出个什么怪动作，人不来他想疯都没有疯的激情，越不疯就越没人来。恶性循环出现了，铠甲武士却始终没有出现。

没到黄河心还不能死，隔了一天许光辉决定再出舱试一次。这回的情况就更惨了，任凭他铆足了劲上蹿下跳，左踢右打，真正的观众就只有躲在舱里的Jolene一个人。核桃人偶尔过来个把人也都是瞥一眼就走，人家可能只是路过而已。看来做什么事都要讲究创新，连耍猴戏都不例外。许光辉不是不想创新，但创新要有道具呀，他甚至愿意像真的耍猴戏那样，搞点钻火圈、骑山羊什么的花样，但在这透明坟墓里关着，哪有火圈哪来山羊哟。难道就这样黔驴技穷了吗？许光辉真有点要急疯的感觉了。

第
⓬
章

太空即时通信球

土光一号飞舰里，孟想跟核桃人一通完话，立刻又关闭了通信系统。

“伊万诺夫在胡说，许光辉不可能一下子就疯了。”何小佳提醒孟想道。

她凭自己的医学常识就知道，像许光辉这样执行深空远航任务的宇航员，都有着极强的意志力，都是经过严格的心理素质检测千里挑一选出来的，哪会突然间说疯就疯呢。

“我知道。”孟想当然确信这一点，但他觉得许光辉之所以会做出疯疯癫癫的举动，一定有他的目的。起码他传递出了一个重要信息，说明他无力冲破外围那个罩子，否则他干吗要又踢又打又砸。这是下一步营救行动中必须要考虑到的问题。

这一刻，孟想牢牢记住了这个很关键的问题，但他没有对何小佳的提醒给予过多的回应，他不想让核桃人有任何可乘之机去获得营救行动的相关信息。土光一号、土光二号返程途中的通信安全更为复杂，他不得不小心翼翼。特别是核桃人赠送的那两个即时通信球，很可能是黄鼠狼给鸡拜年的礼物，既然收下了就必须兴利除弊，做好防范工作。所以在即将返抵土卫六的时候，大力士请示他该如何着陆，他毫不犹豫地下令说执行第二套方案。

根据第二套着陆方案，两艘土光号飞舰没有着陆在606基地附近，而是降落在了距兰宫千里的一处泥地上。

事先，大力士用激光扫射方式在空中向606基地发了信号，郑合他们在地面收到信号都挺纳闷。第二套方案的着陆点之所以远离兰宫，是担心核桃人跟踪而至，不直接通话而改用激光信号联络，说明通信系统不安全，这些都是出发前就约定好的。问题在于，大力士打信号要他们准备点欢迎仪式用品，这就让郑合他们搞不懂了，那可是第一套着陆方案——降落在兰宫附近的安排，许光辉他们救回来了或者核桃人被请来做客了，那总要奏个乐什么的表示一下吧，但现在要落在烂泥地里还欢迎什么呢？郑合甚至想到了，可别飞回来两个太空版的特洛伊木马，舱门一开冲出来一些荷枪实弹的核桃人，那可就要来一场小规模的星球战争了。

两艘飞舰一前一后着陆了，郑合带着10来个全副武装的基地安保人员一拥而上，把两艘飞舰围在了中间。郑合他们考虑过了，用不着派人在周围埋伏，即使真有核桃人冲出来也不怕，核桃星跟土卫六的重力不同，初来乍到的外星人至少要适应一阵子，路都走不稳不可能有很强的战斗力。

土光一号的舱门打开，身着宇航服的孟想和何小佳走了出来。没错，郑合一看身影就知道是他们俩，而不是核桃人。

“哟，欢迎仪式搞得挺隆重嘛。”孟想的话音经头盔通信系统传给了在场的每个人。

“孟长官，出什么事了？”郑合带着人一边迎上前去，一边迫不及待地发问。

孟想连忙伸出手在头盔前面摆了摆，示意郑合收声，然后又指了指土光二号那边。众人的目光都随他所指转了过去。

土光二号的舱门只打开了一道缝，大力士正在侧着身子往外挤，好像舱门开大了会有什么东西漏出来似的。只见它麻利地挤出了身子，又迅速关闭了舱门。

舱门坏了？别说郑合他们看不明白，就连孟想也弄不清楚大力士是什么意思。不就是两个即时通信球放在里面吗，又没长腿，还怕它们跑出来不成？

“怎么不奏点乐啊？”孟想突然道。

“这就奏，热烈欢迎孟长官一行凯旋！”郑合心领神会，迅速摸出一个香烟盒大小的玩意儿按了几下，欢快的迎宾曲立刻在头盔内外响了起来。

“不够劲呀，来点约翰·列侬的摇滚多好。”孟想又提要求。

何小佳一听就明白了，她快步走上前去，从郑合手中拿过那个香烟盒状的玩意儿，边摆弄出刺耳的摇滚乐边向土光二号走去。周围虽然是露天，却颇有迪斯科舞厅的音响效果，核桃人要是也有这样的聚音设施，估计这会儿可以在那边蹦迪了。

孟想一眼看见不远处刚刚支好了一顶太空登陆帐篷，便挥挥手招呼大家进去，几个人钻进帐篷刚一打开头盔面罩，郑合便抢先问道：“怎么回事？”

孟想没有立刻接他的话，而是转问大力士道：“你那边有什么情况？”

大力士的一番回答，让孟想吃惊不小。

麻烦是从核桃星上带回来的。就在伊万诺夫气喘吁吁地放下即时通信球，转身要离开土光二号的时候，他把一只手悄悄背到身后，伸出手掌朝大力士猛摆了几下，那动作明显是在提醒大力士注意“尾巴”。那个时候，伊万诺夫还没叛变，他肯定是发现了核桃人尾随跟踪的企图。

大力士虽说保持着警觉，但它起初并没有发现什么异常。伊万诺夫提醒的“尾巴”具体指什么呢？若是指核桃人派了飞行器尾随，那是不难用雷达捕捉到的。若是指回去之后对即时通信球这个“尾巴”的处置，也无须伊万诺夫来提醒啊。一直到飞临土星之前，大力士也没察觉到有什么“尾巴”在跟踪。

就要飞临土星了，大力士在做例行的安全检查时，突然发现了情况。它看见一只蚊子一样的小飞虫趴在飞舰一侧的舷窗上。它刚想凑近看个仔细，那飞虫一闪就不见了。大力士以为是自己出现了幻觉。可是过了不久，就在飞舰抵达土卫六上空准备变轨着陆时，它在另一侧舷窗上又看见了一只小飞虫，这回那小不点儿还“嗖嗖”飞了两下才消失。哪儿来的飞虫？土卫六上没有任何飞行动物，肯定是来自核桃星，这可是严重威胁飞行安全的大事。对现代太空飞行器来说，设备日益精良，最怕舱内有小昆虫混进来，搞不好就会酿成比鸟儿钻进飞机发动机更严重的事故。

大力士立即找出一把电子灭蚊拍，准备把小飞虫消灭掉。这种新型灭蚊拍看上去跟几十年前的普通款式差不多，但功能却上了档次，它多了一套飞虫识别系统。过去人们在室内灭蚊要先瞪着眼睛四下寻找目标，看不到蚊虫就无从下手去拍杀。而现在的灭蚊拍用起来就省事多了，身边两三米范围内何处有蚊虫，手柄的显示屏上一目了然，这是蚊虫DNA遥感技术的杰作。但是大力士打开灭蚊拍，在飞舰里上下左右搜了个遍，却一直没找到小飞虫的踪影，显示屏上每隔几分钟还闪出提示字眼“您身边无蚊虫”。这让它很是郁闷，明明看见了飞虫却找不到，看来再先进的设备也有不灵光的时候。

飞舰快要落地时，大力士才猛然想起，这很可能就是伊万诺夫暗示的“尾巴”。所以它出舱时小心翼翼，连舱门都不敢开大，生怕那小飞虫溜了出来。它不知道那小飞虫究竟是什么玩意儿，也不知道它们跑出来会给606基地造成什么危害，只能先关在里面再说了。

“是侦察飞虫。”郑合听大力士说完情况，立刻就做出了判断。他对军事侦察技术多有关注，也接触过一些侦察飞虫的样机，过去的无人侦察机在微电子技术的推动下体形迅速缩小，名称都改叫“探虫”了。但侦察飞虫集声、光、电及动力设备于一体，地球人几乎竭尽全力也做不到比蜻蜓更小了，而核桃人的探虫居然做得跟蚊子差不多大小，那是要在纳米水平上设计制造的，比地球人的产品至少超前一代。郑合只有一点弄不明白，核桃人的探虫这么微小，要把侦探到的信息传输到遥远的核桃星上去，它自身哪来巨大的能量支撑？他对此提出了疑问。

“我明白了，那小飞虫发送情报靠的是即时通信球。”大力士听郑合一分析，很快就琢磨出了答案。即时通信球在明处，探虫在暗处，一明一暗干的是狼狈为奸的勾当。

孟想终于明白过来了，难怪核桃人会这么慷慨，主动赠送厚礼给地球人，看似解燃眉之急，实则醉翁之意不在酒，送的原来是个超级探子。由此孟想也忽然想到，两个通信球应该是两套完整的装置，很可能带回来了两只探虫。

何小佳在土光二号周围踩着蹦迪的节奏转了一会儿，也很快钻进太空帐篷里来了。她一进来刚好听到大力士在说小飞虫，便对它道：“什么飞虫不飞虫的，你那艘飞舰里钻进去两只蚊子倒是真的。”孟想赶忙问她怎么知道的，何小佳说她刚才看见了，飞舰的主舷窗上面趴着两只小蚊子，她还用手在外面拍了两下呢。

“这就对了，”郑合说，“小佳，你这趟总该领教核桃人的‘善意’了吧。”何小佳不明就里，正欲开口问个明白，孟想抬手示意大家收声。

“郑合，灭蚊行动由你指挥，大力士配合，”孟想以命令的口吻发话道，“事不宜迟，立即行动！”

“是！”郑合领了命，戴好头盔面罩就钻出了帐篷。大力士也紧随而去。

何小佳望着郑合他们出去的背影一脸不解，她咕哝道：“灭个蚊子多大点事嘛，要这样小题大做？”

“小佳你要辛苦一趟，赶快去把Allen教授接到这里来，”孟想三言两语把刚才的情况告诉她，又道，“不把那两个即时通信球先伺候好，咱们无法踏踏实实回兰宫。”

“我这就去。”何小佳一听明白就爽声回应，转身钻出了帐篷。

孟想轻轻舒了一口气，幸好发现得还算早，要是把核桃人的探虫带回到兰宫，606基地的一举一动今后就被核桃人彻底监控，那麻烦可就大了。然而后来孟想才知道，灭蚊行动还是晚了些。

就在他们分析情况这不到半个钟头的时间里，探虫已经把探到的情报发回了核桃星，核桃人对他们这些外星人的底细已经有了基本了解。它们从探虫提供的情报发现，土卫六不过是一颗有山有水有人的寒冷卫星，而它的母行星，也就是那颗块头巨大的气态土星，上面连一点生命的迹象也没有。特别是从最后着陆地点的图片可以看出，周围并没有大批人马和设施，飞舰落在一片烂泥地里也足以表明这颗星球的荒凉和贫瘠。据此核桃人判断，孟想他们这些外星人没有此前想象的那么强大，他们虽然想把G星球拓展成新的生存家园，却并没有足够的实力。于是核桃人向G星球运送代索的企图很快就变本加厉了，或者说它们的胃口增大了。

何小佳离开没多久，郑合和大力士就返回到了帐篷里来。

“这么快就打完了一场歼灭战？”孟想有点疑惑。他知道，找到那两只探虫并不是什么难事，用人工智能探测器很容易就能捕捉到硬基质生命活动的信号，但要灭掉它们可就要费些周折了。蚊子大小的智能飞虫到处乱窜，随便躲进哪个旮旯玩玩捉迷藏也够折腾一阵子的。

“任务只完成了一半，暂时控制住了。”郑合把情况说给孟想听。

刚才，郑合他们轻手轻脚打开了舱门，刚一钻进去，大力士下意识地先查看那两个即时通信球，一眼就看到其中一个通信球上趴着只小飞虫，等大力士正要动手的时候，那飞虫一下子就钻到通信球里面去了。郑合紧接着开启仪器搜找另一只飞虫，发现它躲在舷窗上方的遮光板上，大概是感觉到了危险逼近，那小玩意儿一受到惊扰立刻就飞起来乱窜，眨个眼的工夫就落在了另一个通信球上，也是一下子就钻进去不见了。郑合他们不知道对通信球该如何下手，只好先来汇报情况。

大力士补充说现场安排了专人盯着那两个通信球，只要里面的探虫敢露头出来，他们就会立刻用电子灭蚊拍迎上去伺候。

妙极了。孟想觉得他们的处置办法很不错，用电子灭蚊拍对付探虫的效果，不会比对付真蚊子的效果差，探虫身上有导电材料，一样会被强电流灼毁。有很多时候，高技术弄出的麻烦事未必都要用高技术手段去应对，普通技术或许更利索。

不光孟想称妙，Allen教授来到以后，也对郑合他们采取的控制措施赞赏有加。

在土光二号飞舰内，Allen教授的心情既忐忑又激动，他在震耳欲聋的摇滚乐伴奏下仔细查看那两个鸡蛋大小的通信球。自己多年前的猜想终于在外星人手里实现了，不知道该喜还是该忧。他想抓起一个通信球放在手上细看，一拿才发觉根本就拎不动。大力士见状，用劲托起一个捧在手里给他看，告诉他说这小玩意儿少说也有几百斤重，不知道核桃人是用什么办法造出来的。

Allen教授注意到，这通信球外表看上去光滑均匀，把两个球放在一起当健身球用倒不错，当然使用者要有足够硬实的手掌骨。细细一端详则不难发现，通信球周身分布着比头发丝还细的几处缝隙，这无疑是用来送话发声的，探虫也应该是从这些缝隙中出入的。除此之外，再也看不出通信球有什么特别之处。Allen教授拿出仪器做检测，他示意把摇滚乐的音量调低些，劲曲再这么震下去，他这老胳膊老腿估计也要像何小佳那样随着节拍扭动起来了。

摇滚乐音量一降低，一个怒气冲冲的声音从通信球里面传出来："吵死人了！我们这边什么都听不清。"

"废话，让你们听清怎么得了？"孟想心想。

通信球里传出的声音，让在场的人很惊奇，核桃人讲地球人的语言也这么流利？后来一进帐篷，郑合就问孟想道："刚才发话的是叛徒伊万诺夫吗？声音不太像呀。"

"哦，不，那是阿哲261号上一个叛变了的机器人。"孟想解释说，"它叫念培根。"

Allen教授用检测工具在通信球表面刮敲了几下，那个怒气冲冲的声音再次传出："不嫌累就多使点劲，看看究竟谁更硬。"Allen教授来了点气，他示意调大背景音量，核桃人接下来的抗议声就完全被淹没了。离开飞舰之前，Allen教授指了指两位值守人员手中的灭蚊拍，又竖了竖大拇指，意思是说这个办法好。

在帐篷里，Allen教授开门见山道："别费劲去想灭蚊的事了，探虫要是躲在里面不出来，我们是没有办法的。"Allen教授说那两个通信球所用的外壳材料密度极高，远远超出地球人的技术加工能力，想要撬开它、砸烂它都是不可能的。

"那怎么办？总不能天天派人一刻不停地盯着它们吧，"何小佳担忧道，“别说打个盹儿了，就是稍不留神它们也可以趁机窜出来。”

“你们其实已经想出了好主意，” Allen教授说，“就地取材，用灭蚊拍的网做成罩子，把它们罩在里面不就行了吗？”

“对呀！”孟想不禁兴奋起来。他只想到了用灭蚊拍扑杀的效果，没想到用它来彻底解决防范问题。刚才他还在考虑，把那两个通信球放进密闭的铅罐里也许最安全，但仔细一想又不妥，那样跟核桃人就无法实时联络了。用灭蚊拍的网制成网罩才是真正的妙招，探虫不敢飞出来触网而自取灭亡，通信对话也不耽误，可谓一举两得。

“这叫以其人之道还治其人之身，”何小佳反应过来后，也连连称赞说，“它们用大罩子关了我们的人，我们就用小罩子关住它们的虫，也算是先还点颜色。”

“什么？核桃人用罩子把我们的人关起来了？”郑合惊讶道。

Allen教授和其他人也都怔在那里，面露疑色。

“一言难尽，赶回兰宫再说吧。”棘手的“尾巴”问题找到了解决办法，孟想稍微松了口气，但还有更多的问题需要研究应对。他要郑合带几个人把网罩弄好再走，其他人即刻启程。

“通信球运回去以后放在哪里？”郑合问道。

“放到兰宫的地库里去，记住啊，要把它们伺候好，一刻不停地让它们听摇滚。”孟想已经考虑过了，他要郑合弄个声源感应器在旁边，对核桃人那边传过来的说话声音随时掌握、及时报告。

“明白了。”郑合说他一回去就在地库里搞小小一片空间出来，保证让核桃星的小探子们全天候生活在微型迪厅中。何小佳说：“干吗要微型呢？倒不如弄个标准迪厅跟小探子们共享更好。古人不是说过嘛：‘独乐乐，与人乐乐，孰乐？’”

话虽如此，何小佳回到兰宫其实一点蹦迪的心思也没有。她知道，跟孟想这趟赴核桃星的侦察之旅，带回来的不只是那两个让人爱恨交加的即时通信球，还有一大堆有待弄明白的疑问。在从核桃星返回的途中，虽然孟想就一些问题跟她进行了简单交流，但她感觉都是蜻蜓点水似的谈，那也许是无奈之举，怕核桃人监听到，但也可能是他心里还没什么底数。直觉告诉她，孟想心目中的侦察任务似乎还没有结束，要不然他对不少关键问题不会是那样模棱两可的态度，他好像在等待着某种说不清的结果。等什么呢？也许他在等着大家帮他进一步分析确认，等着众人一起来拨开迷雾找到答案。

所以，何小佳一回到兰宫就马不停蹄地赶制出一部纪录短片《走近核桃星》，发给了Allen教授及相关人员。短片中既有当时土光号两艘飞舰收录的声像资料，也有她自己整理出来的一些重要问题，让人看了就会有身临其境的感觉并进行思考。她觉得这样可以让大家在分析问题、制订营救方案前做好充分准备。

孟想回到兰宫当然也不会闲着，他既要对核桃星之行理出个清晰的头绪，又要考虑接下来的行动部署，还要想着如何把一些重要问题向Allen教授他们表述清楚。他觉得这趟侦察实际上只是去核桃星认了个门，人家屋里面的家什还远远没探明白，后续行动当然会有，但还是要先听一听大家的意见再决断。他打算尽快想出个眉目来再召集大家碰头，不开无准备之会跟不打无准备之仗是一样的道理，时间紧迫也不容许开神仙会议。没想到何小佳只用了一天一宿的工夫就编出了详细的素材，这一善解人意之举不仅帮了他大忙，也让他更添了一份对她的好感。但孟想现在没精力考虑个人情感问题，他决定立即召集会议。

《走近核桃星》已经整理出了较详细的情况，会议就省却了问长问短的环节，直奔问题进行分析讨论。

“伊万诺夫这家伙轻易就变节了，真是知人知面不知心。”郑合一上来就愤怒声讨。他从小受爷爷教育，对两军交战中的叛徒深恶痛绝，尤其是对汉奸，他历来都恨得咬牙切齿。伊万诺夫算是什么？他可是地球人中第一个在太空卖身投靠外星人的叛徒，是人奸，不折不扣的天上人奸。

“现在不是开批斗会的时候，”孟想觉得要把最关键的几个谜先解开，他抛砖引玉道，“各位觉得Jolene和许光辉跟我通话时，最后那几句话传递的是什么信息？”

看过《走近核桃星》的人都明白孟想指的是Jolene说的“让他照看好我那些宠物狗，我不在家它们会翻天的”，以及许光辉那句“对家里的保姆……”

“那指的是机器人造反。”郑合说他对Jolene的话反复琢磨过了，可以得出这个结论。翻天不就意味着造反吗？Jolene是专管机器人事务的，她不在家它们会翻天，明显是说机器人造反。另外Jolene用宠物狗比喻，也是在暗指机器人对主人造反。

“我也觉得机器人已经控制了核桃星，它们反仆为主成了那个星球的主宰者，Jolene就是想传递这个信息。”何小佳其实也是这么想的，她亲眼见到了核桃星上那些长着毛发的核桃人一个个低三下四的样子，那还不是机器人的仆人吗？只是这么颠覆性的想法她一直没敢先说出来，既然郑合把问题挑明了，她当然支持这种说法。

何小佳的话音一落，很多人都接着发言表示认同这个看法。还有人补充说，许光辉提及保姆也是这个目的，保姆就是仆人，他的话虽然没说完，但极有可能是借主仆关系来说明核桃星的真实情况。

孟想没有急于表态，他见Allen教授一直没开口，便问他对此有何高见。

“你们都看了《走近核桃星》吗？”Allen教授这是明知故问，他顿了一下说，“结论还不能下得太早，也许核桃星上根本就不是那么回事。”

不是那么回事？众人大都面露不解之色。孟想追问Allen教授，请他谈一谈自己的看法。Allen教授说这不是学术讨论而是关系到军事行动的事情，他不能把未经证实的猜想端出来，那样很可能影响到军事决策，因为他自己也还没完全考虑清楚。Allen教授还委婉地表达了对侦察效果的一点遗憾之情，他说摸到了核桃人的家门口，雾里看花猜来猜去，却没能从主人那里直接得到一点证实，很可能会被假象所迷惑。

Allen教授的话戳到了孟想的痛处，或者说跟他自己的想法有点不谋而合。他何尝不想直接从核桃人那里弄到确凿的证据，但这不是一蹴而就的事。至少眼下无法找核桃人取证，机器人造不造反这个问题只好暂且放下了。他打算先绕过去，接着往下讨论另一个重要问题，该猜测的事也还是要猜一猜的。

他环顾众人一眼道：“对核桃人要我们帮着运送代索一事，大家又是怎么看的？”

没等其他人开口，Allen教授这回倒是抢先发表意见。他说：“这个问题就更不清楚了，核桃人的技术水平看样子明显超过地球人，却要我们帮着运送东西，这于理是说不通的。”Allen教授说完话连连摇头。

对这个问题，孟想也是一点头绪都没理出来，一个腰缠万贯的人却要找别人赏口饭吃，这的确没道理。他之所以抛出这个问题，就是想听一听大家的意见，哪怕听到一点点合理的解释，启发一下思路也行。没想到Allen教授毫不客气，把他刚抛出去的球一脚就踢回来了。

沉默了几分钟没人发言，好像谁都讲不出哪怕是牵强附会的道理来。

只有一个人忍不住咕哝两句说，核桃人自己不想运，有可能是危险品。马上就有人反驳说，运危险品大不了也就损失一艘飞舰，核桃人不至于为这么点事跟地球人较劲吧。

“我觉得这个问题还完全处在黑箱状态，”郑合直言不讳道，“我们甚至连代索是什么都不知道，哪猜得出核桃人的动机？要是帮它们运去一堆超级核弹，那还不把G星球当场炸得粉碎？”他认为这件事既关系到人质解救更关系到BRE的安全，必须直接从核桃人那里弄个明白。

这是继Allen教授之后，又有人提出要直接找核桃人问个明白了。但是怎么问？总不能对着即时通信球说，你们是核桃星上的造反派吗？你们想运送超级核弹吗？孟想觉得这次跟核桃人初步接触，虽然获得了很多信息，但解开核桃人的那些谜团并不容易，外星球的事凭地球上的经验很难做出准确分析。这就好比截获了敌人的一大批密电却没掌握密电码，破译不出来还是没用，密电码在哪里？当然在核桃人手上，除非……

“是不是该抓一个核桃人‘舌头’来问一问？”敌情分析会一再卡壳，再继续讨论也意义不大，孟想不得不把考虑已久的想法端出来。

“那当然好，打仗的基本玩法天上地下都一样。”

“这是最有效的办法了，‘舌头’能迅速打开黑箱。”

“核桃人抓了念培根，我们不捉‘舌头’肯定要吃大亏。”

众人异口同声表示支持，似乎早就等着孟想这句话了。也有人有疑虑，刚长途跋涉完，再去是否合适，立刻有人回答说，就是要赶紧杀个回马枪，这样才有出其不意的效果。

郑合一听孟想有新的行动想法，也立马请战说：“这回派我去是最合适的了。”

磨刀不误砍柴工，跟外星人搏杀更要把刀先磨好，看来抓“舌头”还非去不可了。不把核桃人的重要谜团解开，营救行动根本无从下手，就算能强行把许光辉他们救出来，那BRE怎么办？所以营救一事不能操之过急，要尽量跟核桃人先周旋，弄清情况才有更多胜算。孟想心里越来越有谱了，他又问Allen教授，对再去一趟抓“舌头”怎么看。

“军事行动我就不发表什么意见了，”Allen教授轻轻点着头说，“不过，最好能抓个长着毛发的核桃人回来，你们不都说机器人造了它们的反吗，那它们就是苦大仇深的被压迫者，最容易争取。”

“Allen教授，您这是不发表意见啊？”何小佳乐呵道，“您这可是大大的高见来着。”她的话引来一阵轻松的笑声。

有了抓“舌头”的动议，接下来一连串问题的讨论就容易多了，再难分析的问题最终也难不住大家。每个问题最后的答案都是一样的，问一问“舌头”就知道了 。

孟想当即决定，派两个人轻车简从潜入核桃星抓“舌头”。大力士刚去过，熟悉那里的地形，是当仁不让的人选之一。郑合就是不请战，孟想这回也会点将的，该让他小试一把牛刀了。孟想要他们俩速去速回，目的主要是抓“舌头”，拖泥带水的事尽量不要做。只有一件事情，在郑合和大力士出发前，孟想向他们做了特别交代。两人听后都大吃一惊。

第13章

刺探智能新材料奥秘

郑合他们出发以后，第二天Allen教授就来找孟想了。

“孟，还有一个重要问题我刚考虑到，《走近核桃星》可能忽略了这一点。”Allen教授一副忧心忡忡的样子。

“请您赐教。”孟想准备洗耳恭听。郑合他们前脚刚走，后脚就发现了新情况，真是太不巧了。

Allen教授一说，孟想倒不紧张了。Allen教授说的是阿哲261号周围那个透明罩子，他反复观看视频后感到情况严重，那可能不是普通材料打造出来的，透明并不意味着脆弱。他觉得到时候里面的人冲不出来外面的人攻不进去，就会被阻在那里，再好的营救计划也会功亏一篑的。

孟想说他当时就察觉到了这一点，后来听说了许光辉疯癫打砸的举动就一直在考虑着应对办法，已有所布置。Allen教授现在又郑重提醒这一点，孟想还是感佩交并道：“中国俗语说‘姜还是老的辣’，这话一点没错，这么多人看过视频都没意识到，您可真是火眼金睛。”

“中国还有个成语叫‘后生可畏’，原来你早有准备了，后生可畏呀。”Allen教授赞赏地点点头，起身离去。

后生可畏，呵，孟想忽然感到有点好笑，这可真像是核桃人的说法。

他心想要是你Allen教授去到核桃星上，人家Allen后生长Allen后生短的，不把你这老后生活活气死才怪。不过，孟想现在经老后生一提醒，又立刻想到了许光辉后生的处境。他希望许光辉的打砸举动不仅仅是试探，也不只是想往外传递信息，而是能有所收获。要是许光辉自己能找到破解之道，那就为下一步的突袭营救扫除了一大障碍。

许光辉还真是找到了对付透明罩子的办法。他和Jolene谁都没料到，眼看着走投无路时，会出现戏剧性的转机。

那几天，Jolene见许光辉出舱耍猴戏的效果一天比一天差，嘴里还唠叨着说没有道具难施展，就忽然想起了激光枪。她鼓励有点垂头丧气的许光辉说："还没到山穷水尽的地步，你玩一玩天女散花说不定人家就来了。"

许光辉听了精神为之一振。对呀，怎么没想到身边现成的道具呢？这些天自己还真把自己当成了耍猴戏的，四肢耍开来头脑却耍傻了，总想着钻火圈、骑山羊那些个老把戏，而把Jolene刚开发出来的激光焰火给忘了。

这新把戏是一定要试试的。许光辉说干就干，端起激光枪就出了舱。透明罩四周空无一人。这几天下来，核桃人对他这个外星人已经产生了审美疲劳，门前冷落鞍马稀，一点都不奇怪。

看见对面的"巨橙"有几个核桃人走出来，许光辉扣动扳机一枪就射了出去。前面的罩壁上即刻闪现出一片姹紫嫣红。这景象吸引了核桃人，那几个家伙马上驻足，纷纷抬头向这边看过来。

有戏了！许光辉一不做二不休，东放一枪西放一枪，很快又有了人来疯的感觉。他时不时还耍上几套拳打脚踢的散打动作，跟举枪射击动作配合起来倒也相得益彰。五彩缤纷的光芒忽左忽右，闪映着他晃荡的身躯，使他看上去就是一个活脱脱的劲舞表演者。

核桃人麻木了的感觉似乎开始苏醒，它们三三两两地慢慢聚拢过来。观赏外星人推出的新型表演秀还是挺爽的，免费送上门的演出不看白不看。然而，现场气氛始终没有达到许光辉磕掉牙那天的高潮，不少核桃人过来看了几朵绽放的烟花，见不过如此也就很快离去了，碰屁股捧场叫好的人寥寥无几。核桃人似乎也明白，送戏上门是不会有什么精彩节目的，看一眼足矣，真正的好戏肯定是要留着赚票房的。始终也没一个铠甲武士露面，许光辉朝思暮想的黑爪当然也就没有盼来。

“别人都是防着躲着黑爪，我倒好，主动等着黑爪来袭都等不来，”许光辉收了工之后对Jolene说，“这里可真是颠三倒四的。”

“已经很不错了，新猴戏刚登场就初见成效，”Jolene安慰他说，“人气恢复总要有个过程嘛。”

“我可是很卖力的，都快赶上专业马戏团的水准了，但核桃人却一点面子也不给，”许光辉叹口气说，“想重聚人气引来铠甲武士，看来很难哪。”

Jolene出主意说：“你改变一下策略可能效果会好些，像现在这样东开一朵花西开一朵花也没个高潮和起伏，谁都没耐性一直看下去。”

许光辉问怎么改变策略才有高潮？Jolene似乎很老到地告诉他说原理就一条：要让核桃人感到好戏在后头。许光辉说：“道理谁都懂，具体怎么操作？”Jolene想都没多想，伸出三个指头说“三部曲”，演到一定时候开一枪进入小高潮，再演一会儿连开两枪进入中高潮，最后，再连开三枪进入最高潮，一波比一波壮观，让那些家伙看不到高潮不忍离去。

“真没看出来呀，你还是个导演，”许光辉高兴道，“接下来的戏你来当总导演，我就不信咱地球人玩不过核桃人。”

“我能当什么导演呀，帮你祷告还差不多。”Jolene说她只是随口说说而已，会看并不等于会干。

“会看也是要有绝活的，告诉我，你是怎么看出来的？”

“什么呀，这三部曲高潮的把戏是从一场演唱会照搬照抄过来的，谁都会看。”

Jolene告诉许光辉，那年她去欣赏过“纪念邓丽君90周年诞辰山羊演唱会”，那次演出之所以被众多歌迷交口称赞，就是靠三次高潮打造出来的。Jolene说用基因技术改造出来的唱歌山羊能模仿真人演唱，这是人人都知道的，但能声情并茂地唱出邓丽君的歌来则大大出人意料。其实那场演唱会从头到尾主要还是歌手们在演唱，山羊总共只出场亮相了三次，但每次出场都掀起一阵高潮，而且是“步步高”。

山羊第一次亮相是在演出开场后不久。歌手握着话筒将邓丽君那首著名的情歌《你怎么说》唱到一半的时候山羊登场了，当歌手唱出“三百六十五个日子不好过，你心里根本没有我……”时，山羊接着就唱出最后那句“把我的爱情还给我”，唱完便转身一颠一颠地下场了，观众们被逗得前仰后合。山羊第二次亮相是在演唱那首老少皆知的《小城故事》的时候，当歌手唱出“小城故事真不错”以后，山羊接着就把最后那两句“请你的朋友一起来，小城来做客”一口气唱完，掌声经久不息。山羊第三次亮相是在演唱会进入尾声的时候，人们猜到它肯定会有“压轴戏”，要不然好戏在中场都演完了，下次谁还会憋着尿等到这时候呀？那山羊果真了得，它把《在水一方》那首歌的最后一小段“绿草苍苍，白雾茫茫，有位佳人，在水一方”完整地唱了出来。于是全场掌声雷动，演出大获成功。

“哈哈，那我就当一回山羊，让核桃人也憋一憋尿。”许光辉听完Jolene的叙述，像是终于找到了医治疑难杂症的良药。

核桃人有没有憋尿许光辉不知道，但第二天的表演效果大为好转，人气迅速回升是显而易见的。许光辉汲取了山羊演唱会的宝贵经验，不再随意开枪造出一朵朵廉价的烟花让核桃人白看，而是开了一两枪引来些核桃人之后，就跟它们玩起了哑剧互动。他一会儿指指这里一会儿又指指那里，似在问看热闹的核桃人该在何处放烟花。罩子外的核桃人也手舞足蹈地跟着他忽左忽右乱指，等着他放枪。互动一阵后似乎选定了靶点，许光辉又装模作样对着靶点周围一通拳打脚踢，接着再摸一摸看一看，然后却很遗憾地摆摆手，意思是这里不行还要找更好的位置。有时候他已举起了枪，很认真地瞄准，眼看一朵绚丽的烟花就要绽放，一些核桃人也撅起了屁股准备欢呼，却见他突然又把枪放下，那惊讶的样子像是有什么重大发现不宜开枪。

不停地打雷就是不见下雨，等把核桃人的胃口吊得差不多了，他才放上一枪给它们点甜头尝尝，掀起一波小高潮。但这还不够，他要让核桃人明白好戏在后头。紧接着他就端着枪左一下右一下地瞄，用那种射击双向飞碟的动作告诉核桃人，马上就会看到“梅开二度”了。核桃人以为他要连续作战，即使憋着尿也不差这点时间，再坚持一会儿又何妨。许光辉当然不会再轻易出手，那样不就成了核桃人向厕所冲刺的发令枪了吗？怎么着也要让它们尽量憋着，于是又一轮吊胃口的举动开始了。

就这样，聚拢过来看表演的核桃人渐渐多了起来。星星还是那个星星，太阳还是那个太阳，枪也还是那杆枪，人也还是那个人，今昔的折腾效果却是两重天，看来形式上的创新有时候比内容上的创新更管用。

就在许光辉自己设计的三部曲即将进入最高潮的时候，铠甲武士露面了。他看到几个铠甲武士站在不远处，它们边朝这里观望边交头接耳，看了很长时间却一直没有走近前来。没等他最后折腾完，那几个铠甲武士就不见了。许光辉最终还是没等来黑爪。

不过许光辉还是很高兴的，学山羊演唱会总算见到了成效，他回到舱内以后对Jolene说：“你提供的这一招挺灵的，就是不知道那些铠甲武士什么时候能走近前来‘憋憋尿’。”

“你别想得太美，别说那些机器人武士根本就没尿，就是有也不会像平头百姓那样来凑热闹，”Jolene说，“它们看上去都是高层统治者，能过来站个三两分钟伸一伸黑爪就算给足你面子了。”

“它们今天远远站着却都不靠近，不知唱的是哪一出啊？”许光辉心里没找到答案。那天自己胡乱扑腾几下就遭到了铠甲武士的偷袭，今天是又扑腾又开枪，看热闹的人也不少，它们却看着不管，为何一会儿一个样呢?

“我觉得它们迟早会来管的，”Jolene分析说，“要是天天聚着一群人围观，那透明罩子的秘密总有一天会暴露出来。”

“嗯，那我就跟它们打持久战。”许光辉交代Jolene说好戏要天天演，要她从明天起架好3D摄像机，只要有铠甲武士近前就录下来，不要放过任何机会。他打算学山羊演唱会学到底，一天天加码把动静不断闹大，迫使铠甲武士尽早出手干预，一旦录到黑爪穿壁的图像就好办了。不论是多维空间还是智能材料，用“3D图像分析仪”总该能发现问题。谁都知道，现在几乎是仪器万能的时代，许光辉虽然不认同这种观点，却也明白不靠仪器是万万不能的。没准仪器一分析就能找出透明坟墓的软肋，现在他就指望着人气指数能进一步拉高，尽快把铠甲武士引过来。

许光辉恨不得立刻发明一台“人气测定仪”，让它见证人气一天天攀升直至爆表。想想也是，这年头五花八门的测定仪应有尽有，甚至连“颜值测定仪”都有了，还声称是根据DNA分析经过大数据处理搞出来的，那还有什么东西不能测定的?

然而，第二天的人气指数不但不见攀升，而且还一落千丈。确切地说，压根儿就没人过来看他表演。许光辉原以为能像头一天一样，先放一两枪吸引几个过来，然后慢慢接着玩吊它们胃口，人就会越聚越多。岂料风云突变，人家今天从一开始就不上他的当，好像这边正在闹瘟疫一样，没有一个人敢靠近前来。有些人看见烟花也只是远远地瞥一眼，连往这边挪几步的意思都没有，这让他精心设计的后续动作一点用场也派不上。大半天折腾下来，他自作多情地把一朵朵美丽诱人的烟花献出去，换来的不是碰屁股而是冷屁股。直到天快黑了还是一无所获，许光辉心里暗暗问候核桃人的娘。

“人气指数已降到零了，比股灾还要悲催，从昨天收盘全线飘红到今天开盘全部跌停只一宿时间，”许光辉回到舱内还愤愤然，他说，“山羊演唱会的招数有劲也使不出来，惨啊。”

“核桃人肯定是下了禁令，你就是弄只真正的山羊来也没用，”Jolene 一天看在眼里已心中有数，她说，“看来想打持久战也不是件容易的事。”

难也不能不打啊，许光辉这阵子早考虑过了，要想冲破这透明罩子无非就是两条路。一条路是用强力破坏工具捣碎它，但飞舰上既没有核动力冲击钻这样的大型装备，也没有分子切割机这样的精密仪器，常规的榔头、斧子之类根本就奈何不了它，因而这条路实际上走不通。另一条路就是根据透明罩子的技术特点破解之，核桃人虽然技高一筹造出了这种薄膜材料，但对付它的办法肯定是存在的，要不然铠甲武士就伸不进黑爪了。这条路就像解一道物理学难题，要么有人把答案直接说出来，要么靠自己去列出方程式求解。核桃人已经封闭了通信系统，别说孟想他们还不知道这个罩子的情况，就算知道了答案也无法传进来，那就只有靠自己去求解了。除此之外也确实想不出还有什么别的招了。

许光辉又想了一夜，还是觉得只有一条路可走，不跟核桃人互动就如同瞎子打靶，靠乱蒙是蒙不上的。但核桃人采取不理不睬不接触的“三不”政策，等于把这唯一的求解之路给堵上了。不行，总不能无所作为坐以待毙，没人来也要照样闹，不闹就更没希望。天刚亮，许光辉一手提着激光枪，一手拎着大扳手又要出舱，今天不仅要继续让罩子发光，还要砸出点响声来。

“我跟你一起去，”Jolene看出了许光辉心有不甘，她也觉得行动起来总比等死强，于是她拿过他手里的枪，说道，“大不了陪你演一出二人转。”

两个人一起来到了舱外。随着一声大吼，“开工喽”，许光辉抡起扳手对着四周的罩壁“砰砰砰”一通猛砸，像是要把憋了一肚子的气都撒出来。Jolene似乎也想发泄，她端着枪“嗖”一下又“嗖”一下地打出了一束束激光，在罩壁上瞬间化为一片片彩霞。两人没排练就联袂出手，上演了一出有声有色的太空“二人转”。

声色并举的效果就是不一样，核桃人被惊动了。不一会儿，就有不少核桃人从“巨橙”里出来，探头探脑地朝这边观望。慢慢地，站在“巨橙”门口看大戏的人越来越多，禁令阻止得了它们近前围观，却挡不住它们远远观赏。

功夫不负有心人，许光辉和Jolene期待的一幕终于出现了。

两个铠甲武士肩并肩一齐向这边走了过来，它们身后还跟着一个体型高出一截的机器人。咦，念培根也跟过来了？Jolene很快就看清了念培根的嘴脸，它跟在铠甲武士身后一副奴颜婢膝的样子，不折不扣的叛徒模样。

“念培根现在就是核桃人的狗腿子，这个混蛋。”许光辉也认出了念培根，不由骂道。

待它们稍稍走近些，叛徒念培根还向许光辉他们扬了扬手，像是好久不见了问候一下的样子。真是个恬不知耻的家伙，Jolene怒火满腔，她本能地举起激光枪瞄过去，真想跟影视剧里除叛徒那样来一句“我代表地球人毙了你”，然后一枪就撂倒它。可她转念一想，不对，这枪不但打不着它，反而会打出漂亮的花朵来，那不成恭喜叛徒了吗？这可恶的罩子搞得连眼前的叛徒都消灭不掉，Jolene无奈地放下了枪。

两个铠甲武士和念培根越走越近了。它们肯定是来干预“二人转”的。许光辉猛然想起来要录像，要不然他的牙等会儿可要白白磕掉了。他朝Jolene压低声音道：“快，快进去准备3D摄像。”Jolene只好扔下枪返身回舱，临走前还叮嘱许光辉，最好能把叛徒引进来废掉它，以绝后患。

离罩子还有不到10米远，两个铠甲武士突然停下不走了，念培根也在它们身后站住。

过来呀，怎么不动了？许光辉看在眼里急在心里，他已经做好了大干一场的准备，今天这机会可不能丧失。他一只手抡起扳手狠砸罩壁，另一只手举起来勾了勾指头，示意它们有种的就过来，老子不怕你们。

两个铠甲武士没有再移动脚步。它们只是盯着许光辉看，同时在轻声交谈，对许光辉的挑衅动作也视而不见。这时候，叛徒念培根在铠甲武士身后摆出了个姿势，它竟然抬起双手向许光辉做射击状，不用猜都知道，它这是狗仗人势在侮辱他，像是在报复Jolene刚才的举动，你们还想毙了我？我不灭了你们算好的了。Jolene在舱内看得火冒三丈，她恨不得时光倒流，当初就该把这家伙废成一堆电子垃圾。

许光辉顾不得念培根的丑行，他一门心思要把它们引到身前来，但费了老半天劲，却不见一点成效。他干脆丢掉了扳手，两只手同时勾勾指头挑衅，来呀，兔崽子们，两个一起来，不行就三个一起来呀。但是，那两个铠甲武士看来确实有高层统治者的修养，它们对许光辉的粗俗挑衅不予理会，两人交头接耳一阵就转身往回走去。念培根也跟在它们身后屁颠屁颠地离去，临走前它还故意伸出机械爪子向许光辉做了个剪刀手的动作，意思像是说核桃人胜利了或者是说我念培根赢了，气死你们。

“回来！混蛋！快回来！”许光辉急得大喊大叫却毫无作用，只能眼睁睁看着它们渐行渐远，最后消失得无影无踪。

夜幕降临，许光辉满脑子的沮丧和失望化作了沉沉睡意，他很快就见周公去了。这些天他也的确太疲惫了，从信心满满到接二连三受挫折，精力今天很可能已到山穷水尽的地步了。

Jolene却是辗转难眠，她在想着叛徒念培根的事。这家伙今天的出现给了她不小的刺激，让她产生一种深深的自责。干了这么些年的机器人协调工作，怎么就没想到开发一种让机器人“忠诚”的软件出来呢？她以前听汪芸讲过，狗对主人的忠诚是有生物学基础的，自从20多年前发现了狗身上的“忠诚”基因之后，人们买宠物狗都要对狗进行DNA检测，以确认狗的忠诚指数是否达标。后来用生物技术手段设计宠物狗时，也都要敲入“忠诚”基因片段。所以，对主人反咬一口的宠物狗就越来越少了。

现在Jolene才意识到，机器人对人类的忠诚格外重要。既然狗这样的软基质生命能携带“忠诚”基因，那么机器人这样的硬基质生命更应该做得到。她觉得智能机器人的开发早就该考虑到这一点了，起码要研究出一套共性的软件程序，确保机器人不会轻易背叛人类，与人类为敌。至于机器人对主人的忠诚，也可以根据用户要求安装附加软件，让机器人别像墙头草那样随风倒，有奶便是娘。念培根的教训太深刻了，它在阿哲261号飞舰上兢兢业业，被核桃人捉去稍一处理就变节反水，哪天再被抓回来又很容易改邪归正，照样也会出卖核桃人。因而不管站在哪个角度讲，缺乏“忠诚”程序的智能机器人，对主人的危害都是极大的。

Jolene越想越没睡意，她坐起身来想拿手持设备看一看这方面存储的资料。突然，她察觉到舷窗外有影子在晃动，吓得她打了个激灵，深更半夜有敌情了？她根本不敢伸头去看，而是赶紧伏下身子轻轻捅醒了许光辉，指了指舷窗外。迷迷糊糊的许光辉一看她的神情，立刻意识到出事了，而且他也听到外面好像有动静。他连忙伏着身去取来了“夜视潜望器”，小心翼翼地放到舷窗边上，然后拉着Jolene一起静悄悄退到隐蔽处，打开手持设备的显示屏接收夜视信号。

舷窗外的情况在手持设备上清晰可见，许光辉和Jolene一看都吃了一惊。两个留着毛发的核桃人趁着夜色正在偷偷地干活。它们手握喷洒杆，沿着罩子外围正静悄悄地喷洒着气雾。Jolene看明白后，用眼神询问许光辉是否冲出去干一场，她现在傍着他胆子就大多了。许光辉轻轻摇头，这两个家伙不是铠甲武士，它们伸不进黑爪来，他隔着罩子也奈何不了它们，冲出去毫无意义，还是观察一下好。

许光辉看到那两个核桃人并不是像上次那样从上到下从前到后喷出个完整的罩子，而是选择一些部位东一下西一下地修修补补，所以很快就收工溜之大吉了。

“核桃人又在搞什么名堂？”许光辉很是不解。

“这还不明白？它们是要再加固一层，把我们牢牢罩在这里。”Jolene

倒像是看明白了。

“一层已经够我们受了，再加固一层不是多此一举吗？”许光辉说，“而且它们刚才东一下西一下也不像是加层。”

“那就是修补，”Jolene说，“反正它们确实是在喷洒。”

“有什么好修补的？我们折腾了这么久，连个针眼大的洞都没弄破，它们犯得着夜里偷偷摸摸来修补吗？”许光辉这话既是问Jolene，也是在问自己。无论是加层还是修补，至少说明核桃人弄的透明罩子并非固若金汤，难道说这两天的行动触碰到了它们的机关？要不然何至于白天来人查看了一下，晚上就连夜修补呢？

想到这里，许光辉又问Jolene说：“你对今天白天的事怎么看？”

一说到白天，Jolene立刻又想到叛徒念培根的嘴脸，她气呼呼地说：“这些挨千刀的核桃人就是故意用叛徒来羞辱我们，它们是想在精神上打击我们。”

用叛徒羞辱？连夜修补？许光辉猛然一惊，事情恐怕没那么简单。他要Jolene把白天的录像调出来再看一看。

“你注意看念培根的动作，它像是举着枪在扫射，”许光辉指着图像对Jolene说，“这会不会是在提醒我们什么？”

许光辉边说边伸手拿过枪来查看，这枪从一开始就是Jolene先拿出去用的，他并没有检查过。现在一看才发现，枪的扳机一直设定在“点射”状态，而不是“扫射”或“自动”状态，难怪只能一枪一枪往外射。

Jolene反复看了两遍慢镜头，也不得不承认，念培根做的正是左右连续扫射的动作，不像是刻意羞辱许光辉。但她还是很怀疑它的动机，她问道：“那它后来又做了个剪刀手动作故意气我们，怎么解释？”

许光辉思索了一下说：“如果从正面去理解，它是在预祝我们成功。”

“你的意思是说念培根是‘白皮红心’？不大可能吧。”

Jolene对许光辉的推测很难认可，这是她想都不敢想的事。念培根被核桃人抓去不是一天两天了，它体内又没有什么“忠诚”软件保护，想让它倒戈那是轻而易举的事，核桃人难道连这点技术都不会？这于理说不通。

“是不是‘白皮红心’，我们验证一下就知道了。”许光辉已经有了个大概判断。这两天连续出动，用激光枪射罩壁、造烟花，引起了核桃人的高度担忧，白天它们带着念培根过来是想进行劝阻或者是制止的，后来Jolene扔掉激光枪不射了，它们就没有再走上前来采取行动，天机能不泄露尽量不泄露，于是就有了晚上修补加固之举。而念培根则趁它们不注意时，暗示许光辉用枪连续扫射可以成功。这可能才是合理的解释。

第二天天刚蒙蒙亮，“巨橙”还没从地面升出来的时候，许光辉就拿着激光枪出舱了。他绕到飞舰背朝“巨橙”的那一面，见四下空旷如野，端起枪对着罩壁一片巴掌大的区域就扣动了扳机。

一束细细的红光从枪口射出，许光辉对着那片区域上下左右不停地晃动扫射。奇迹很快就出现了，焰火这回不是昙花一现而是定格了一会儿，不到两分钟工夫，那片小区域的颜色开始变成“如血残阳”一般，接着又恢复了透明，激光束竟然穿了过去射向远方。

许光辉停下手走近察看，那片小区域不再锃亮如镜，摸上去跟普通塑料薄膜一样有了软软的弹性，他用指甲试着使劲一戳，竟然捅出了一个小口子。

啊，“透明坟墓”的秘密终于探测到了，许光辉心头一阵狂喜。真是一物降一物，激光作为一种高能量的光子，能对罩壁的材料结构产生破坏作用，这个透明坟墓看似坚不可摧，它的软肋就在这里。许光辉一下子有了翻身得解放的感觉，只要孟想他们来突袭营救，他和Jolene用激光枪随时可以冲破藩篱逃出生天。

许光辉回过头，朝着趴在舷窗上紧张观望的Jolene笑了，他也向她做了个剪刀手动作：“咱们胜利了。”

Jolene激动得热泪盈眶，这么说来，念培根果然是“白皮红心”呀。但她还是心存疑虑，核桃人的技术水平高度发达，在处理机器人方面怎么会这么弱智？

第14章

星际叛徒的所作所为

从兰宫的地库里传来消息说，核桃人在通信球里声嘶力竭地呼喊，要找孟想后生通话。

起初值班人员没太在意，以为核桃人吃饱了撑着想挑衅，没大没小称孟长官为后生，便把背景音的音量调大不理睬它们。然而核桃人在震耳欲聋的摇滚声中依然扯着嗓子猛喊，值班人员这才把情况告诉了何小佳。

这段时间何小佳往地库里跑得多了起来，她倒不是想去蹦迪，而是想去分析核桃人播放的音乐。

自从那两个通信球被带回来以后，兰宫就没怠慢过它们，每天日夜不停地让它们欣赏地球人的劲曲。核桃人“享受”了几天后搞起了礼尚往来，也向兰宫这边推出了它们的乐曲，于是，在通信球上面就开起了一场星际音乐交流会。不过，兰宫这边的听众倒不多。核桃人的音乐着实不敢恭维，听过的人都说像是“老木匠协奏曲”，整个基调就是刨子、锯子、锤子一块儿开工的声音。Allen教授则干脆说要多难听有多难听，听久了可能会神魂颠倒，搞不好大白天都做得出噩梦来。

但何小佳却不以为然。她倒不是认为核桃人的音乐有多么悦耳动听，而是想通过它们的音乐去琢磨这个外星物种的特点。她知道，音乐是智慧生命的附属物，能反映出高级神经活动的某种取向，就跟中国西北人的豪放和江南人的儒雅在音乐上能表现出不同风格是一个道理，而且这在基因学上已经有了生理机制的解释。如果现在能有机会重新选择专业，何小佳很可能会去研究音乐治疗学，这个方兴未艾的学科领域近年来已取得了累累硕果，让她感到惊叹。

远的不说，军医大学前些年研创成功的《止泻曲》就是个典型的例子。这首曲子通过对神经系统的影响，能有效抑制胃肠蠕动，临床上治疗严重腹泻病人竟有神奇的效果。有一次，何小佳的一个亲戚听着觉得蛮爽就多听了几天，结果不小心听成了便秘，后来用另一首曲子《通便乐》才矫正过来。何小佳觉得，半个多世纪前就已存在的所谓音乐理疗，其实只是浅层次的“安慰剂”，并无明晰的医学理论依据，如今从生理机制上揭开了音乐与一些疾病发展转归的关系，才真正算是进入了音乐治疗的时代。比如糖尿病过去多难缠呀，现在每天听几段《降糖小调》就可以让无数病人省去了打针吃药的麻烦。科学家们弄清了神经活动对胰腺功能的调节机理，据此精心打造出的《降糖小调》能较快促进胰岛细胞的修复，这才有了实实在在的医疗效果。

何小佳凭自己在医学界掌握的这类信息就可以判断出，音乐影响高级神经活动的基本原则，对外星智慧物种也应该是适用的，所以她才会对核桃人最近主动送上门来的“老木匠协奏曲”感兴趣。

孟想以为何小佳老往地库跑是去活动筋骨，远征核桃星一趟回来肯定需要恢复，他索性从善如流让她监控着那两个通信球。

可是，核桃人除了放“老木匠协奏曲”之外，一直也没什么其他动静，今天一听说它们急着要找孟想，何小佳知道该有事了。当她把情况告知孟想时，孟想心里也是“咯噔”一下。屈指算一算时间很不妙，核桃人不早不晚偏偏在这个节骨眼儿找上门来，难道是郑合他们的行动被发现了？

孟想来到地库的时候，何小佳已经在等着他了。刚才来的途中，他一直在想着该如何应对突发情况，本来他已准备着这两天要主动找核桃人通话的，没想到它们却先找上门来了。郑合他们出发前，孟想跟他们核准好了质子钟，约定好了时间，在他们登陆核桃星的时候，兰宫这边会及时找核桃人谈判纠缠，以分散它们的精力，转移它们的视线，掩护郑合他们登陆。现在离约定的时间不远了，核桃人突然找过来，这不能不让人揪心。

何小佳见孟想到来，就动手关掉了嘈杂的背景音乐。她还为孟想准备好了一支电子笔，以便他有什么指令可以随时写出来，显示在墙壁的感应纸上。

“孟想后生怎么还没到？”音乐声一停，核桃人就迫不及待地问了。

“我就是孟想，找我有什么事？”孟想回应道。他懒得去跟它们计较先生后生的了。

“什么事你自己最清楚，别再装傻了。”核桃人现在说话的口气已经很不客气了，它们已经知道土卫六这颗小星球没什么可怕。

孟想心里暗叫不好，肯定是出事了。他看了一眼何小佳，想从她的神情中得到确认，她是先来一步的。何小佳一脸茫然，她其实更捏着一把汗，也已经猜着是郑合他们暴露了。

还没等孟想开口回答，核桃人又接着道：“先谈正事吧，你们打算什么时候帮我们装运代索？”

“哦，我们还想在BRE里面再多装些物品，这需要一点准备时间。”孟想回答道。他对这个问题早就有所准备，故意说到BRE就是想试探一下。代索是什么玩意儿还一无所知，也许核桃人永远也不会说出真相，当务之急倒不是这个，而是要先搞清楚，它们是想借用飞舰运货还是想打

BRE的主意。

“嗯？还要加装物品？”核桃人显然没料到这一点，接下来一阵沉默，它们可能在商议。少顷，话音又传来：“那可不行，代索就是要装进BRE里面去，你们不能再占用地方了。”

核桃人这是直言不讳了，它们果真是盯上了BRE，难怪它们要通过劫持谈判的手段来达到目的，而不是自己动手装运。

代索为什么要装进BRE里，孟想来不及多想，现在只能是先稳住对方再说。他轻描淡写道：“代索要是放进BRE里面的话，那要由专家重新调整装运方案，就要更费时间了。”

“别再想耍什么花样，这对你们的人没好处。”核桃人发出了警告。

“我有言在先，我们的人要是出什么问题，那么运送代索一事绝无可能，”孟想反守为攻道，“他们现在情况怎么样？”

孟想这么问也是想趁机试探一下，核桃人刚才所说的“你们的人”指的都是谁。

“你们的人嘛，都很好，有的差点被救出去，有的很快就要加官进爵了，今天也是特意通知你们一声。”核桃人说再过30多个小时，孟想他们就可以收看到实况直播，那是一场隆重的仪式，到时候就会知道他们的人是什么情况了。

何小佳忙问如何收看实况，核桃人说把通信球放在一个电子屏幕旁边，画面会自动切入的。

糟糕！“差点被救出去”，那就是没被救出去，难道郑合他们提前行动了？“加官进爵”又是什么意思呢？

孟想跟核桃人通完话仔细琢磨了一下，30多个小时后差不多就是郑合跟他们约定好的登陆时间，时间的巧合可能是坏事也可能是好事。如果郑合他们提前登陆并且冒险救人失败，或者核桃人已经发现了他们的行踪，到时候搞个所谓的仪式来挖苦戏弄一下地球人是完全有可能的。但如果郑合他们并没有被发觉，核桃人在那个时候费心思搞什么仪式就正好成了郑合他们登陆的良机，还省得兰宫这边干扰掩护了。

孟想希望出现后一种情况，他觉得郑合作为职业军人应该不会擅自行动，而且他们走之前自己反复向他们交代过抓“舌头”不要拖泥带水，他也不太可能自作主张去救人。但是，这是在茫茫太空而非小小的地球村，“将在外，君命有所不受”的道理也会放大到天文单位的，什么事都很难说呀。

该来的总会来的，30多个小时过后，现场直播让兰宫里的很多人都看得目瞪口呆。

孟想这才明白核桃人说的“加官进爵”是什么意思。它们真的是在集会搞仪式，那场面有点像教徒入教的洗礼仪式。核桃人通过通信球解释说这是在举行“披甲仪式”，是它们最神圣最庄严的活动，有幸披甲者是生命至高无上的升华，是一件值得大庆大贺的喜事。

何小佳跟其他人一样，对这场“披甲仪式”越看越糊涂。孟想却越看越难受，越看越痛心。

仪式开始也是先奏乐，基调虽还是“老木匠协奏曲”，但韵律不一样，这大概相当于核桃人的国歌之类。何小佳听着很像几年前流行的《减肥曲》，那首曲子听着浑身发颤却是良药苦口，能强忍着听上一两个钟头确有促进脂肪代谢的功效。何小佳有几个同学当初坚持听了个把月，还真取得了明显的减肥效果。但那比挥汗如雨、比拼命节食也好受不了太多，能长期坚持听折磨人的《减肥曲》并不是件容易的事。看来，世上的减肥方法千千种，却没有不痛苦的，音乐减肥法像是从黄连里挑出了苦味偏淡的一种。

何小佳见孟想、Allen教授等人听着核桃人的乐曲大皱眉头的难受样子，心里直想笑，于是她用电子笔在墙上弄出“大家一起来减肥”几个字，众人这才有了苦笑的神情。

核桃人确实不省心，一首这么难听的曲子奏了五分钟还没完，“巨橙”广场上倒是一片喜庆气氛，那些核桃人一个个听得如醉如痴。兰宫这边，Allen教授和另外两人可能是实在受不了了，站起身像是要去避一避，乐曲就在这时候戛然而止了。Allen教授和大家又重新坐定，观看接下来的直播。

广场上早已布置好了一个小小的舞台，奏乐一结束，舞台中央冉冉升起了一个丝网状的球型大笼子，一眼看上去像个做静电试验的法拉第笼。仔细一看，笼子里罩着一个人。

啊？那不是伊万诺夫吗？孟想和众人都认出了这个昔日的同事，只见他面无表情，一动不动，眼睛里似乎露出一种凶光。有人忍不住轻声骂了句“叛徒”。

忽然，广场上空冒出了一群飞鸟，那些飞鸟在空中随意地飞飞停停。接着，两个全身裹着橙色长袍的核桃人奔上了舞台，它们围着伊万诺夫的笼子转起了圈，似乎在做什么法事。一个家伙仰望天空手舞足蹈地蹦着跳着，像是在呼唤着那些飞鸟跟它互动，另一个家伙低着头装模作样地在手持设备上摆弄着，也是一副“跳大神”的样子。伊万诺夫仍然一动不动，似乎全然没有感知到它们的存在。

这玩的是什么把戏？兰宫这边的人看了好几分钟谁也不明白怎么回事，大家你看看我我看看你，又不约而同地望向Allen教授。Allen教授好像看得津津有味，他并不理会众人的目光。

又过了几分钟，何小佳实在憋不住了，就用电子笔在墙上写出几个字："教授，这是什么意思呀？"

Allen教授这才接过电子笔，在墙上写出"占鸟术"的字样。

谁都知道有占星术，可没听说过有占鸟术，经Allen教授这么一点拨，大家都觉得像是那么回事。看来核桃人虽然技术水平发达，却也照样占卜问卦。

孟想从来不相信占星术，他一直认为占星术跟科学是背道而驰的，二者势如水火。但现在看着核桃人这么热衷于占鸟术，他忽然有了新的感悟。无论是地球人还是外星人，智慧生命的好奇心是永无止境的，只要有未知领域存在，科学就会不断去占领。但在科学尚未解释清楚之前，必定存在着各种非科学的解释。同样是这个道理，只要有或然性事件存在，占星术也好占鸟术也罢或是别的什么占卜术，也必然有其存在的合理性。因而对暂时未知的事情，科学没必要摆出咄咄逼人的架势去强行打压占星术，要想赶尽杀绝也是不可能的事，你有相信科学的自由，我也有相信占星术的自由，这种共存的格局是永久的。

"巨橙"那边，核桃人的占鸟把戏已到尾声。它们大概已测出了所需的卦象，罩着伊万诺夫的笼子随着巫师的手势慢慢往下沉降，直到从视线中消失。核桃人宣布，"披甲仪式"正式启动，说一个全新的伊万诺夫很快就会出现在大家面前。广场上一片欢腾，众核桃人边碰屁股祝贺边等待着。

孟想没心思看核桃人碰屁股，他还在想着占星术的事。最近几十年来，人类的发展驶入了超快车道，占星术也空前活跃起来，连不少科学家也迷上了此道，这是让人大跌眼镜的事。一方面，3D星系运行图提供了取之不尽的素材，星体之间的距离、夹角、运转轨迹等都成了占星术的理论来源；另一方面，大数据技术也起着推波助澜的作用，历史上的大事件、名人的生卒时间等所对应的星际图像，经"事后诸葛亮"们分析出来的名堂全都成了占星术的依据。孟想一直搞不明白，新技术发展到一定阶段何以会突然变为占星术的盟友，眼前核桃人占鸟问卦这一幕让他有了一种顿悟，这或许是文明世界螺旋式发展的共性经历。

核桃人难听的乐曲声又响了起来，广场中央的舞台再次徐徐升起。这回，那球型笼子不见了，中间站着的是披着铠甲鳞光闪闪的伊万诺夫。他显得兴高采烈，一露头出来就频频挥手向人们致意，活像沙皇时期一个凯旋的俄国武士。接下来，扬扬自得的伊万诺夫欢快地蹦着跳着，跟拥上舞台向他表示祝贺的核桃人碰起了屁股，那场景跟他当初踏上核桃星时一模一样，入乡随俗，兴奋难抑。如果非说有什么不同的话，就是当初他是一个远道而来的宾客，现在他更像是一个荣归故里的主人，在与同胞们分享自己的荣耀。

核桃人宣布“披甲仪式”到此结束。实况图像信号切断前，通信球里传来几声放肆的狂笑声，它们说加官进爵后的伊万诺夫已经跟核桃人不分彼此，这是两个星球间崇高友谊的象征。

何小佳愤怒地开启了音响，把核桃人接下来的狂笑淹没在刺耳的摇滚乐中。

孟想铁青着脸率众人来到会议室，刚坐定就听到骂声四起。

“无耻的叛徒，人模狗样的东西。”

“606基地出这种败类，真没想到。”

“卖身求荣都卖到外星球上去了，地球人在宇宙的脸让他全丢尽了。”

…………

孟想此刻的心情悲喜交加。他为伊万诺夫感到痛心疾首，同时也为郑合他们感到庆幸。核桃人搞的仪式已经结束，此前和今天，它们透露的信息自始至终没有一点涉及郑合和大力士，这说明他们的行动并没有暴露。

孟想心中已有数，他眼前要做的事，就是为伊万诺夫进行善后。

“伊万诺夫虽然已归顺了核桃人，但他不一定就是我们想象中的变节者。”Allen教授语出惊人。

他的意思很清楚，核桃人有可能已经掌握了智慧物种的意识操控技术，就像地球人掌握了机器人控制技术一样，叛变不叛变完全不取决于个人意志，就算想宁死不屈也根本做不到。而且Allen教授从刚才的“披甲仪式”已看出点门道，他总觉得伊万诺夫是身不由己的。

“咳，伊万诺夫真是咎由自取，”何小佳不无惋惜和同情地说，“他要讲点纪律性也不至于走到叛变的路上。”她觉得影视剧里的不少叛徒都这样，上级让他别去接头别去联络他偏不听，结果一去就被敌人抓住而叛变，伊万诺夫就是这样，他太我行我素了。

“不，他不是叛徒，”孟想望着众人斩钉截铁地说，“伊万诺夫是我们的英雄，他是为人类利益而牺牲的壮士。”

孟想接下来的一番话，为在座的每个人拨开了心头迷雾。

当初出征核桃星的时候，伊万诺夫就有深入虎穴当卧底的考虑，人选一经确定，他便跟孟想谈了他的打算。他说核桃星上有机器人活动已是不争的事实，他此行想混进它们中间去摸清情况，起码要搞清楚机器人是不是那个星球的统治者。孟想刚开始坚决不同意，说那样做太冒险，若机器人并不是统治者那就不值了。伊万诺夫坚持说，核桃人跟地球人一样都是智慧物种，文明程度越高对机器人的依赖程度越大，如今地球人两军交战缴获敌人一台电脑的意义远大于抓获一个俘虏兵，道理就在于此。他说若机器人真是核桃星的主人，那就更有必要深入虎穴了，没有真潜伏哪来真情报？孟想还是不同意，说潜伏卧底这一套也许不适用于跟外星人较量，且不说彼此的文明历程和背景大相径庭，就连机器人的制造机理都可能完全不一样，熟悉虎穴未必就懂得狼窝。伊万诺夫说他研究机器人多年有个感觉，硬基质生命的机理应该是大同小异的，好比鸡和鸭虽有明显不同，但它们的DNA信息绝大部分都是相通的。他说只有近身接触才能号准核桃人的脉象。孟想说服不了他，知道他在这危难关头是下了很大决心的，于是答应他说到现场以后视情况再定，一切要以确保安全为最高原则。伊万诺夫保证说他到时候会见机行事。

就这样，伊万诺夫后来趁机留在了核桃星上。

孟想叙述完情况，心情沉重地说："万万没想到他为了营救许光辉他们而暴露了自己，他虽败犹荣，他是地球人的骄傲。"

"原来是这么回事啊，难怪他出征伊始言行就怪怪的。"何小佳听了孟想的话彻底明白过来了。"差点被救出去"的人是指许光辉他们，而营救者正是潜伏在那里的伊万诺夫，核桃人此前的通话和今天对他的彻底洗脑改造都足以说明这一点。

"真正的伊万诺夫已经牺牲了，已经安息了，他的英灵与上帝同在。"

Allen教授也明白过来了，他之所以这么讲，也是想提醒大家尽快消除心头的一个误解，千万别把现在活着的伊万诺夫跟逝去的英雄伊万诺夫画等号，它不是他，现在的它只不过是披着伊万诺夫皮囊的核桃人。在这个轻易就能设计生命的年代，难的是分青红辨皂白。要不是孟想把真相公布出来，606基地几乎所有的人都认定了伊万诺夫是地球人的叛徒，看看那家伙最后披着铠甲的得意样子，还能有假吗？

误解不只在606基地会发生，远在核桃星上的阿哲261号飞舰也同样会发生。

刚才，许光辉和Jolene来到舱外，隔着透明罩子，也把广场上的"披甲仪式"看得清清楚楚。当Jolene看到伊万诺夫披着铠甲闪亮登场时，她也忍不住骂开了："什么狗屁谈判代表，就是个认贼作父的垃圾货。"

"他不像是情愿的，可能被完全操控着，就像你摆弄机器人一样。"许光辉凭自己的直觉道。

"那起码也说明他是个自投罗网的蠢货，自己送上门来当叛徒。"Jolene并不同情伊万诺夫。

"这其中会不会有什么误会呢？"许光辉自言自语道。他心里还没有理出个头绪来，这阵子接连发生的事让他感到一直在雾里穿行，看清的少，迷惑的多。特别是联想到几天前那个奇怪的夜晚，他不得不对今天这一幕产生大大的疑问。

说那天夜里奇怪，是由于事情发生时Jolene睡得太沉全然不知，许光辉一个人在瞬间经历的事无以佐证，以至后来他自己都怀疑自己是不是把梦境当成了现实。

那晚许光辉是被飞舰的一阵轻轻抖动弄醒的，他醒来发了一会儿怔，没察觉有什么新动静，心想刚才可能是自己做梦，也说不定核桃星跟地球一样会有轻微的地震。再看看躺在身边的Jolene，她睡得怎一个"香"字了得，那几天刚好赶上她来"大姨妈"。许光辉知道，Jolene来到核桃星以后生理周期全乱了套，也不知道是计时的原因还是引力场变化的原因，"大姨妈"好几个月都不来一次，但一来总要对她亲切问候个没完没了。这让她很苦恼，每次昏睡几天已是习惯成自然的事了。

见没什么异常情况，许光辉又迷迷糊糊接着睡去。不知又过了多久，他梦里看见了耀眼的烟花，闪烁的光芒刺得他睁开眼睛醒了过来。舷窗外好像真有亮光，但忽闪几下立刻又没了动静。有人在外面放烟花吗？

不对，许光辉连忙趴到舷窗边向外张望。黑乎乎的夜色中什么也看不清，哪有什么烟花呀，可能还是自己的幻觉。这段日子，激光枪玩多了满脑子都是烟花景象，看来连睡着觉都挥之不去。他想着想着，又闭上了眼睛迷糊过去。

“咚咚咚”，许光辉还没睡熟就听到了轻轻的敲击声。

“咚咚咚……咚咚咚……”敲击声还在继续，响声虽然不大却越来越急促。这回可不是幻听，而是有人在敲打外面的透明罩子。许光辉一骨碌起身，他推了推Jolene，见她有了动静，自己便迅速奔出舱外察看。Jolene并没有醒来，她翻了个身又继续睡去。

许光辉循着刚才的敲击声靠近罩壁，借着舷窗透出的微弱灯光察看。

啊？！果然有情况，他看见了一个机器人卧在罩子外一两步远的地上，它脑袋警惕地四下张望，像是个躲避搜捕的逃犯。许光辉正要俯下身去看个究竟，那机器人“唰”一下就站了起来。呀，这不是念培根吗？只见它伸开双臂做了个展翅飞翔的动作，接着又用手指了指天空。许光辉愣了片刻，正要用手势比画想弄个明白，念培根却迅速躬身向远处奔去了。

只一眨眼工夫，几个铠甲武士突然从地底下冒了出来，一拥而上把念培根扑倒在地，念培根挣扎了没几下就束手就擒了。许光辉有点看傻眼了，还没等他回过神来，就见离念培根它们几步之遥的地方，还有几个铠甲武士，它们好像也刚刚制服了另一个人，一个体形高出它们一截的人。虽然夜色中远远看不清那人的模样，但许光辉还是能立刻判断出，那不是机器人而是真人，是一个地球人。他眼睁睁看着那群铠甲武士一前一后押着那人和念培根，很快消失在黑夜中。

一切都发生在弹指一挥间，许光辉猛然反应过来了，念培根的动作是示意他起飞走人。他立即转身飞奔回舱内，嘴里大喊大叫着：“Jolene，快，快起来，我们马上起飞。”同时，他手忙脚乱地开始调试各种设备。Jolene这下被彻底惊醒过来了，一看许光辉那忙乱的阵势，她连个哈欠都来不及打，就跟他一起迅速忙碌起来。

两个人一阵紧张摸索，几乎以最快的动作完成了飞舰起飞准备，许光辉没有一丝迟疑就按下了点火按钮。飞舰呼啸着抖动起来，似乎很快就升离了地面两三尺，但接着就再也升不起来了。

“起飞！飞呀！”许光辉急得声嘶力竭地吼了起来。然而飞舰却依然只抖不升。

Jolene等了一会儿算是弄明白了，她伸手关掉发动机，又摸了摸许光辉的额头。还好，不烫。

“你最近太累了，要好好休息才是。”Jolene柔声道。她很清楚，人脑持续高度紧张之后会产生一些幻象，有时会在睡梦中爆发出来，深更半夜梦游瞎闹并不奇怪。人脑的思维机制太复杂，要是能像处理机器人思维短路那样简单，Jolene立马就会给许光辉打个软件补丁。

许光辉沮丧得一言不发，飞舰关机着地晃荡几下的同时，他也顺势晃倒在睡铺上。这一夜究竟发生了什么事，前前后后的缘由他无从知晓，这个谜可能要靠念培根才能解开，而念培根已被核桃人抓了，眼下还是接着睡觉吧。

Jolene醒来后经这么一折腾，就没了睡意。她还在想着许光辉刚才梦游的事。

天色慢慢亮了起来，忽然，她听到了飞舰外面有动静。她趴在舷窗上向外一看，几个核桃人又在对透明罩子进行喷洒，还是像以前那样东一下西一下进行修补。这回它们不是偷偷摸摸地干活，而是光明正大地开工，好像用不着再避讳什么了，谅你们外星人在舱里看见也无可奈何。

Jolene也懒得去理会了，她想过了，刚才她和许光辉启动飞舰，惊动核桃人是必然的，人家过来加固一下罩子也在情理之中。但她猛然想到了一个问题，核桃人过来修修补补，说明它们依然确信罩子的束缚力。换句话说，核桃人还没有察觉到许光辉已找到了破解办法，它们连他那天用激光枪试射的漏洞部位都补好了。这倒是件好事，免得过早暴露。看来许光辉没白梦游一场，还起了点歪打正着的作用。

对于这莫名其妙的一夜，许光辉和Jolene对这件事并没有达成共识。许光辉自己都没琢磨明白，Jolene听着他似梦非梦的叙说就更不知所以然了。只有一点基本一致的看法，他们俩都认为不管是什么原因，念培根一再帮他们，说明它确有可能是“白皮红心”。可惜，他们刚意识到这一点，它就被核桃人识破了，令人遗憾不已。

但是，在今天广场上伊万诺夫主演的叛变闹剧中，他们又看见了神采飞扬的念培根，它是这场闹剧中的重要配角。伊万诺夫刚一出场，念培根先是起劲地欢呼雀跃，像是它的亲人中了头彩般兴奋。后来它又最先跳上舞台跟伊万诺夫的屁股大碰特碰，尽情狂欢，带动核桃人把整个仪式推向了高潮。这是怎么回事？许光辉和Jolene看在眼里，两个人都大惑不解。

然而，接下来的事让他们更加迷惑，好不容易形成的“白皮红心”这么一点共识，很快也荡然无存了。

谁都不会想到，广场那边的仪式一结束，伊万诺夫和念培根居然手挽手肩并肩，大摇大摆地向他们这边走来，而且旁边连一个陪同的核桃人也没有。这是要搞什么名堂？

“他们是冲着我们来的吗？”Jolene看不明白，这两个人太特殊了，是敌是友已经辨不清楚了。

“应该是来找我们的，”许光辉说，“看样子是奉了核桃人之命而来。”

“那他们想干什么呢？找我们联欢吗？”

“别管他们来干什么，这倒是个机会，”许光辉见伊万诺夫他们越走越近了，提醒Jolene道，“要尽量多探点信息。”

“嗯，等会儿你尽量缠着那个叛徒，我来对付念培根。”Jolene也认准这是个好机会，对她来说，跟机器人交流是游刃有余的，即使隔音无法对话也难不倒她。

Jolene记得很清楚，她当初仔细检查过念培根体内的软件系统，至少有两套软件现在能派上用场。

一套是人类各种语言的口型识别软件，也就是相当于人们所说的识读唇语。她早就知道，过去传说中的唇语是根本不靠谱的，没有任何人能根据嘴唇动作清晰地辨识出语言含义，说有人读得懂唇语那完全是夸大其词，跟武侠小说里飞檐走壁的说法差不多。直到10多年以前，人类语言动作辨识技术才有了真正突破，那是在多年研究人的说话口型、唇部动作、面部表情等细微变化的基础上，经计算机综合识读处理才最终取得成功的，而且也只有机器才能识别出这么复杂的“唇语”。念培根身上是装了这种软件的，只要Jolene轻轻开口讲话，它完全可以读懂她的“唇语”。

念培根身上的另一套软件，就是手语软件。这说起来一点不复杂，其实就是聋哑人普通的手语，用在了机器人身上。当年智能机器人迅速发展的时候，在中国聋哑人协会的力促下开发出了这套机器人手语软件，后来地球上的机器人普遍都安装了这种软件，从那以后，机器人为聋哑人服务就变得越来越得心应手了。Jolene多年参与机器人的培训工作，对机器人的手语看懂个七八成没问题，只要提示一下念培根用手语交流就可以了。

念培根看得懂唇语，Jolene看得懂它的手语，这样就能隔着罩子交谈了。

其实用不着Jolene提示，念培根一走近就用手语比画开了，它大概也知道Jolene和许光辉两人起码一个是懂手语的，所以特意用手语为他们跟伊万诺夫之间的交流当翻译。它告诉他们，伊万诺夫是谈判代表，他有话要说。

伊万诺夫一见到许光辉和Jolene就嬉皮笑脸地说个不停，像是过来人在开导后来者。他说话时脸上的皮肉表情很丰富而身上的铠甲却是僵硬的，这种强烈的反差，让Jolene一下就想到了猴机杂合体Martin，当时Jolene找到Martin了解情况，那家伙极力为自己申辩也是这副样子。

“他在说什么？”许光辉看不懂念培根的手势，但他知道Jolene应该能看明白。

“伊万诺夫的意思是说我们根本斗不过核桃人，弱肉强食的宇宙生存大法则谁都改变不了，羊永远不是狼的对手，他要我们别再抱着任何逃出去的幻想，老老实实待在这里听候发落才是唯一出路，乱说乱动就等于自取灭亡，”Jolene译完念培根的手语，又捂着嘴告诉许光辉说，“这叛徒已经无药可救了。”

许光辉不会看不出来，这家伙连地球人起码的廉耻心都失去了，完全是个披着铠甲说人话的外星动物，要不然核桃人会这么放心让他来当说客？许光辉想起刚才跟Jolene约定了的分工，他伸出手指勾了勾示意伊万诺夫靠近些，然后两手装模作样像打哑谜一样跟他瞎比画起来。

趁着这个工夫，Jolene盯着念培根张口轻声问道：“他真的叛变了吗？”她对“白皮红心”还是抱着希望的。

念培根用手语回答她说：“别胡扯，人家及时顺应宇宙法则，那是投诚。”

投诚？这叫什么话，Jolene没心思跟它争辩，她先打出一张温情牌，问道：“你这段日子还好吧？其实我们一直都在惦着你。”

“我过得很好，”念培根对自己的遭遇一点也不在乎，反倒关切地说，“你们还是多考虑一下自己的处境，别的事少操点心吧。”

Jolene觉得这还像句话，至少表明念培根在关心着她和许光辉的境况，这就有门了。她便不失时机问道：“什么时候能救我们出去？”

“别做梦了，”念培根不屑地用手语告诉她说，“强大的核桃人绝不可能让你们逃走，趁早死了这条心。”

嗯？这哪是“白皮红心”会说的话？Jolene强压怒火再问道：“你有什么信息要告诉我吗？”

念培根不耐烦地再比画几下手语说：“我们就是过来传达这个信息的，你们必须放老实点。”它比画完，就拉着伊万诺夫转身匆匆离去了。

“什么狗屁‘白皮红心’？念培根的心比炭还黑！”Jolene气得直跺脚，“这个有奶便是娘的家伙根本靠不住，它这段时间一直在蒙骗我们。”

“你说得很对，机器人是受制于主人的，本性中没有‘忠诚’，”许光辉安慰了Jolene一句，又若有所悟道，“不过，它前些日子倒不一定在骗我们。”

许光辉这样讲是由于他心中已有了数，通过刚才仔细观察，他已可以断定，那天晚上被核桃人生擒的另一个人就是伊万诺夫。将今天广场上的所见所闻与这段日子前前后后发生的事串起来理解，对念培根昙花一现的“白皮红心”之举，就能够解释通了。看来606基地的营救行动不仅在进行着，而且已付出了沉痛代价。许光辉估计，接下来的较量会更激烈。

第
15
章

取到“太空鸡毛信”

就在许光辉对“白皮红心”悟出点眉目的第二天，他又碰到了怪事，以为“白皮红心”再现江湖了。

他没料到舱门外会放着一支小小的钢笔式手电筒，让他刚出舱就一脚踩了上去。难道是核桃人夜里来过？

不像呀。许光辉捡起那支手电筒查看，怎么都觉得这是地球人的用品，这种小手电筒不管是形状还是体积，都不适合核桃人的爪子。Jolene看了也一眼认定这是来自地球的东西，因为手电筒底部还刻着一个明显的狗头标志，筒身还有两个不起眼的英文字母，核桃人断然不会到地球上去搞“来料加工”。

许光辉纳闷了，这玩意儿明明是隔着透明罩子放进来的，要说“白皮红心”也办不到呀，不是核桃人还有谁能轻而易举穿壁进来？

不管是什么人放进来的，先搞清楚它的用意再说。许光辉把手电筒里里外外检查了一遍，没发现有其他文字信息之类的东西。这么一支手电筒穿壁出现在这里，若不是有人疏忽遗落下来，那就一定有特殊的用意。他旋启开关，手电筒立刻亮了起来，但那不是照明灯光，而是忽明忽暗的提醒灯光，有点像警灯闪烁。

这什么意思？是想提醒我们有危险？可是没必要做这种提醒呀，罩在这透明坟墓里本来就是人家砧板上的肉，危险随时都会有。是想提醒我们摆脱危险？也不对呀，即使马上用激光枪破壁硬冲出去，外面没人接应也还是会陷入被追杀的境地，现在肯定不是逃离危险的好时机。

许光辉正琢磨着，手电筒的灯光闪烁了一会儿就灭了。他再重启，手电筒还是闪烁了一会儿就灭了，反复几次都一样。

“这不是那……那什么吗？”Jolene话到嘴边却想不出来。

“可能是莫尔斯电码。”许光辉一下子想起来了。他已经注意到，那忽闪忽闪的灯光节奏并不均匀，而是长短间隔呈现出一定的规律性。

“对，对，就是老一辈们用来发电报的那种节奏。”Jolene看过不少老电影，那发报机上的指示灯就是这样一闪一闪的。她以前还率队参加过机器人破译密电码比赛，那是评价机器人思维能力的一种有效方式，机器人业界经常会举办这样的“译电赛”。她那时就想，过去打仗的时候搞谍报战，交战双方费尽心机要去破获对方的密电，要是放到现在多简单哪，弄个机器人一下子就搞定了。

要真是莫尔斯电码就好办了，破解这种电码对许光辉和Jolene来说不是什么难做的功课，仪器会帮忙的。许光辉把手电筒的灯光对准电脑的识读器，那些闪烁的信号一点点慢慢地转换成了电码图像。没错，果然是一段莫尔斯电码，这里面一定是蕴含着电文的。

谁说淘汰了的技术就没用了？老东西关键时候还是挺管用的。别看进入了太空时代，通信手段日新月异，莫尔斯电码却照样还有用武之地。

Jolene调出译电软件，一试才知道就是普通的明码电报。不一会儿，电脑屏幕上就译出了一行文字——“坚持到胜利会师”，落款是“606”。

啊，这可是来自606基地的鼓励信息呀，比“白皮红心”变来变去、真真假假的营救让人感到踏实得多。说明孟想他们是有两把刷子的，核桃人虽然技术高超，他们却有办法击破透明罩子传递信息进来，这不能不令许光辉和Jolene信心大增。但他们俩怎么也不会想到，这个手电筒信息的炮制者，正是被Jolene称为“我弟弟”的郑合。

郑合这趟来核桃星的行动目的非常明确，主要就是抓“舌头”，他并没有跟许光辉接头联络的任务，而且事先他根本没做好对付透明罩子的准备。行前他曾请示过孟想，在条件允许的情况下要不要先救出许光辉他们，孟想断然告诉他说不可以，一旦打草惊蛇，两台BRE就危险了。但是，他和大力士在核桃星成功着陆以后，又不得不先摸到阿哲261号这边来。

按照周密的行动方案，郑合他们这次瞒天过海在核桃星着陆是很顺利的。他们采用了电子静默技术、降落消声技术、飞舰隐形技术等多种手段，趁着夜色神不知鬼不觉地降落在了核桃星上。这样看来，核桃星并没有很得力的军事防御措施，这一点倒是跟土卫六很像，起码没有专门针对外星人入侵的防备设施，要不然许光辉当初也不会如入无人之境，直接就落地了。

但郑合知道，核桃人的遁地技术是一流的，夜晚核桃人的活动全都转入了地下，连一点地标建筑物都找不到，上哪儿抓“舌头”去？可别一觉睡到天亮起来，核桃人从脚底下钻出来把他们俩反抓去当了俘虏，那就惨了。大力士上次是来过的，它很清楚，核桃人的重要据点“巨橙”就在阿哲261号飞舰附近，所以必须找到阿哲261号这个唯一的地标物进行定位，才能有接下来的行动。

这个问题在出发前也是有所考虑的，郑合他们选择的着陆点离阿哲261号不算太远，而且孟想还专门交代过，要他尽可能留意一下那个透明罩子，看看它究竟是什么货色。因此郑合和大力士一摸到阿哲261号旁边，就立刻俯下身子，迫不及待地去触摸透明罩子。

大力士没有触感，它只是用力去按压。以它的力气出手至少有几吨重物的压力，就算是很坚硬的岩石都有可能被它压碎，但这罩子却丝毫压不出个凹坑来，它按了几下只好无奈地摇摇头。不用说，郑合那点力气肯定更没什么用了。

郑合两手张开按在罩壁上，感觉冰凉冰凉的。他意识到了，这是一种分子振动很微弱的高密度材料，一些新型坦克的外壳用的就是类似的高密度材料，一般的冲击力是很难对付的。但是，只经过短短几秒钟的工夫，郑合的右手忽然感觉变暖了，而左手却依然冰凉。

不会是心理作用吧？他还没反应过来，发热的右手掌又感觉到罩壁越来越软乎。他暗暗一使劲，整个右手竟然穿透罩壁伸了过去。

啊？自己的手掌怎么会有破壁的神力？郑合简直难以置信。他把右手抽回来，罩壁很快又完好如初。

郑合换了个位置再试，照样是右手先暖，再软，继而可以穿透；而左手却不行。一旁的大力士凑近，看到他这神奇的功夫也感到不可思议。它见郑合两手交替这里试一下那里试一下，似乎下决心非揭开这个谜不可，但重复了多次也没有新的收获，便用手势提醒他此地不宜久留，还有别的任务。

郑合也马上意识到不能耽搁太长时间，但他突然想到，既然到此一游了，也该给许光辉留句话，近在咫尺不能相见实属无奈，起码要让他们知道606基地的人来过，要给他们信心。于是，他拿出一个随身携带的光码信息器，对着它轻声口述了一句话，然后用他那神奇的右手伸进罩壁里面，把它丢在了阿哲261号的舱门口。他知道许光辉他们对莫尔斯电码弄出来的信息一定有办法读得懂。随即郑合就带着大力士消失在夜色中。

光码信息器看上去跟普通的钢笔式手电筒没什么两样，用这个办法在核桃星上传递情报还是伊万诺夫想出来的。据他自己透露，他祖父的外公就是无线电通信的鼻祖人物波波夫。当初来核桃星时，伊万诺夫告诉孟想，若他能成功地混进核桃人当中，到时就用光码信息器向外传递信息，派人来取这样的情报不必担心信息安全问题，口语和文字的信息全都转换成了光学信号，即使被核桃人截获，它们也不可能知道莫尔斯电码的奥秘。地球人发明的这点专利，外星人猜都猜不出来。

一直到郑合和大力士出发前，孟想才把取情报的任务告诉他俩，这让他们结结实实吃了一惊，伊万诺夫原来是个深入虎穴的孤胆英雄呀。大力士回想一下才明白过来，伊万诺夫绝不是一时冲动，而是精心做了准备的。他在飞舰上大谈星际间友好交往的重要意义，其实早早就在使用障眼法。他还说“科学无国界”这样的胸襟太狭隘了，仅仅无国界是不够的，科学应该像茫茫宇宙一样有限无界，他说他愿跟外星人充分交流分享自己掌握的科学知识。郑合后来也认为，伊万诺夫当初的想法没错，星际之间的较量不是普通的军事对抗，而是科技力量的比拼，卧底也确实要派他那样的科学家才行，常人是难以胜任的。郑合觉得早知会跟外星人交手，地球人就该建一所科学家间谍学院。

伊万诺夫没有受过特工训练，但他却是第一个在外星球上当间谍的地球人。这个科学家间谍来核桃星已经潜伏一段时间了，他肯定会有所发现有所收获。孟想甚至交代郑合说，万一失手抓不到核桃人的“舌头”也不要勉强冒险，能把伊万诺夫的情报取回就行。

郑合对此牢记在心，他们一离开阿哲261号附近，顾不得琢磨右手穿壁的怪事，就打开了搜寻仪，查找伊万诺夫安放光码信息器的地点。孟想说过，伊万诺夫的光码信息器带有射频识别标记，不会像大海捞针一样难找。尽管如此，郑合和大力士在黑乎乎的核桃星上还是费了很大周折，摸索到半夜才在一处小山丘脚下找到了那个宝贝。

大力士在夜色中张望了一下，它觉得这个小山丘的位置不错，应该就在“巨橙”大门的斜对面，天亮以后是个隐蔽观察的好地方。

郑合拿到了光码信息器，他一手遮着光，一手开启它，明暗相间的灯光立刻闪个不停。他欣慰地笑了，这可是一封“太空鸡毛信”哪。

突然，大力士迅速伏下身子，同时一手按倒郑合，有敌情！它对次声波的感应能力超强，听见动静要比人快得多。郑合顺它所指的方向望去，远远的有几个活动的影子在向这边移动过来。

不好，是核桃人！郑合立马拉着大力士，三下五除二就爬上了山顶。在这四周一片开阔的地带，没有比山顶更易攻易退的地方了。

几个核桃人的身影越来越近了，郑合隐约看到有两个人体形较高，跟地球人差不多，其他都是他在视频里见到过的核桃人模样。伏在山崖边的大力士低声问要不要准备抓捕行动，郑合轻轻摇头说不行。他很清楚，这次来抓“舌头”只能瞄准落单的核桃人悄悄行动，一旦动静弄大便很难脱身，核桃人不是“吃素”的，上了天的飞舰它们都能截回来，在地面发生冲突岂能跑得脱？况且凭他们俩要同时对付好几个核桃人也未必能占到便宜，人家说不定还有更先进的武器在手呢。

那几个核桃人来到山脚下就不走了，这里正是郑合他们刚刚待过的位置。

虽然郑合他们现在趴在山顶上，下面黑蒙蒙一片看不清楚，只听到它们在咿咿呀呀说着什么，那声音很像是鸭子被打疼了的叫声。

“是这里吗？”一个声音突然在问，这说的是地球人的语言。

“我记得应该是这里。”回答的也是地球人的语言。郑合听着声音有点耳熟。

“啪”的一声响，一颗光源腾空而起，在跟山顶差不多齐平的高度停下来形成一盏射灯，把山脚照得通亮。核桃人的这种悬浮灯，比地球人10多年前发明的悬浮灯更为先进，光源上方的灯罩不仅能聚光而且可遥控，像一盏悬在空中的探照灯。

郑合愣了一下，他不是被灯光惊着了，而是他看到了伊万诺夫。这货怎么披着铠甲跟那些核桃人一样的打扮？旁边那个身高跟他差不多的机器人就是充当翻译角色的念培根了。

大力士赶紧把郑合的脑袋按回来，这要是让灯光照过来被发现，一场激烈的战斗就不可避免了。两人都不再探头探脑，只听着它们在下面议论。

“是这个地方怎么会找不到东西？”念培根的声音。

“思维被清理过，记得不一定准确。”伊万诺夫的声音。

咿咿呀呀几句过后，念培根的声音再起：“你放了什么东西在这里总该记得吧？”

“也记不清了，好像是一支手电筒。”伊万诺夫回答。

怎么回事？郑合紧张起来，伊万诺夫难道被核桃人洗了脑？但似乎洗得并不彻底，还残存着一些记忆。

“算了算了，一支破手电筒让它们别找了，”念培根对伊万诺夫说，“我的记忆库也被清理过好几次了，每次过后都记不清以前的事，我来向它们解释。”

又一阵咿咿呀呀的声音，好像叫得很惨烈，像是鸭子疼得太难受的叫声。可能是几个人争论起来了。

“记不清的事再逼也没用。”念培根的嘟囔声与“啪”一下的闭灯声音几乎同时响起。不一会儿，咿咿呀呀的鸭子叫疼声慢慢远去了。

真是太悬了，郑合不知道在伊万诺夫身上到底发生了什么事，但刚才的情况不用猜都明白，核桃人是带着伊万诺夫来找回光码信息器的。就差那么一点点呀，地球人的“鸡毛信”要是落在了核桃人手上，那后果就不堪设想。

郑合返回606基地后说起这一幕，仍然心有余悸，尤其是他得知了伊万诺夫的变故之后。连孟想都感到有点后悔，早知这样就不该让他们去关注那个透明罩子的事，幸好他们没耽误太久，要不然真是因小失大，损失惨重。

“去试探那个罩子一点没错，收获也不少，”Allen教授发话说，“要不然还会是一团迷雾解不开。”

Allen教授说这话并不是想宽慰大家，而是在解读光码信息的过程中他弄明白了，伊万诺夫提供的情报跟郑合的举动凑在一起才能揭开罩子的奥秘。就像两个人各持有一半藏宝图，只有拼在一起才能看出名堂。核桃人用高技术打造出来的透明罩子，一般人难以理解其机制 ，就连抓回来的“舌头”也未必搞得清楚。

“那是什么神乎其神的玻璃呀，Allen教授？”何小佳迫切想知道答案，情况分析会开始没多久，她就顺着Allen教授的话忍不住发问了。

“别急，我们来分析一下伊万诺夫提供的情报，也许能从中推测出答案。”Allen教授示意把解读出来的光码信息在屏幕上放映出来，大家一起讨论。他虽然已有自己的想法，但也不敢大包大揽，贸然下结论。隔行还如隔山呢，地球人跟核桃人隔的何止是千山万水，两个不同星球的智慧物种彼此想要弄懂对方的事谈何容易，这比要天鹅跟企鹅相互理解的难度小不到哪儿去。Allen教授觉得地球人只能靠自身已掌握的科学知识去揣测核桃人，能猜中个七八成就算不错的了。

伊万诺夫提供的光码信息一共有三条，对渴望着了解核桃人的606基地来说，每一条信息都如同及时雨。核桃人神秘面纱后面的真容快要遮不住了。

解读出来的第一条信息就足够让人兴奋了，核桃星的主宰者终于明朗化。光码信息揭示说，核桃星上同时并存着软基质生命、硬基质生命和混基质生命三种智慧生物。这个星球的真正统治者既不是机器人，更不是长着毛发的所谓正宗核桃人，而是那些铠甲人，它们实际上是一种混基质物种。信息还透露说，核桃星底层的毛发人和机器人都以变身披甲为最高追求，做梦都想成为铠甲人，上升到统治阶层。

“不可能吧，Jolene明确暗示说是机器人造了反，它们才应该是核桃星的主宰者呀。”何小佳对Jolene当时强烈的提醒语气印象深刻。

“Jolene极有可能是误判，”Allen教授说Jolene和许光辉一直被关在罩子里面，很难跟核桃人有近身接触，误把铠甲武士当作一种机器人看待并不奇怪，他进一步分析说，“看着长毛发的核桃人一副奴仆相，谁都会想到是机器人翻了天，而没想到还有第三种人。”

“没错，造反的不是机器人，而是那些披着铠甲的混基质核桃人。”郑合补充说，他此前受Jolene的暗语影响也认为是机器人控制着核桃星，这次去了现场才发觉，那些铠甲人无论是神情还是举止都不像是硬基质的机器人，他说，“Jolene多年从事机器人工作，看着什么都会先想到机器人，然后越看越像，产生这种先入为主的心理很正常。”

是惯性思维在作祟，孟想认同Allen教授和郑合的分析。他也一直以为那些耀武扬威的铠甲武士就是机器人，以为它们身上披着的铠甲只是一种身份象征，跟古代的官服没什么本质区别，是可以随时脱下来洗洗晒晒的。别说Jolene和许光辉在狭小的飞舰里待久了思维受限，他自己脑袋也僵化了这么久，居然没看出来那些铠甲人是混基质物种。孟想觉得真该把军医大学当年研制的“思维散”醒脑液带到太空来，那种功能饮料对克服思维惯性是很有效的。他接触过不少搞科研的大腕，他们在学术上一天天有了地位有了名气，却慢慢没了创新灵感，这时候喝一喝“思维散”还挺管用的。一想到这里，孟想感慨道：“伊万诺夫以身殉职死得其所，他的情报让我们开了窍啊。”

“照这么说来，伊万诺夫现在已变成了混基质生物，核桃人够残忍的。”何小佳终于醒悟过来了，她这才对核桃人搞的“披甲仪式”有了彻底的认识。

“这或许就是核桃人的文化理念，它们正是用这种手段在统治核桃星。”Allen教授分析说，对核桃人来讲，无论是软基质的毛发人还是硬基质的机器人，披上铠甲成为混基质生命便意味着上升到了统治阶层，这在它们心目中是一种莫大的荣耀，因而要搞个加官进爵的“披甲仪式”。而对外星人来说，只要不是混基质物种，披上铠甲则是毁灭性的摧残，跟脱胎换骨没什么两样。

“这是一种更高明的暗杀方式呀！”郑合接过话道。他觉得核桃人够阴险的，它们对伊万诺夫这样的异星探子，杀也不是放也不是，最好的办法就是把他改造成它们的同类，让地球人看到一具行尸走肉，以儆效尤。地球人理解的暗杀就是偷偷摸摸消灭之，而核桃人创造的这种暗杀手段，则是形式上不消亡但内容上灭掉，这算是一种畸形文明。郑合感悟道：“我总算弄明白了。”

明白什么呀？何小佳还心存疑问。软基质生命披了甲变为混基质生命可以理解，而那些机器人披了甲不是硬碰硬吗，有何意义？她看了郑合一眼说：“我可没明白，那些机器人要是披上甲，不还是机器人吗，怎么能算加官进爵了呢？”

“还记得我说过的泡饭与稀饭的区别吗？关键就在于米浆。”Allen教授接过了话。他说千万别把核桃人身上的铠甲理解为硬邦邦的泡饭米粒，其实“米浆”应该就藏在铠甲里面。他虽然不清楚核桃人制造混基质生命的技术路径，但可以猜得到，铠甲的内层是软基质与硬基质联结的关键部位，所谓的“披甲”其实就是在身上置入软硬结合部，无论是毛发人还是机器人，身上披了甲就等于有了联通软基质与硬基质之间的桥梁。至于软硬基质联通之后，毛发人的哪些部位需要进行硬化改造，或者机器人的哪些部位要进行软化处理，才能最终定型成铠甲武士的模样，那就不是很难办的事了。Allen教授说他不是核桃人的生物学家，当然不知道核桃人的生理结构，但他估计，一旦掌握了成熟的“米浆”技术，打造铠甲人不会比地球人研制猪头鱼之类的动物更复杂。

“真是天外有天啊！”郑合听了Allen教授的解释，再联想到606基地的使命，就又有了感慨，他说，“我们在这里研究混基质生命才刚开了个头，核桃人却早就运用自如了，看来人家的文明进化程度高出地球人一截呢。”

“是啊，我们动手太晚了，八字刚有一撇就遭遇到了混基质外星人，这都怪我啊！”Allen教授说这话是由于往事一直让他难以释怀。他觉得人类研究混基质生命错过了最佳时机，这事跟他有直接关系。

Allen教授的这种自责不是现在才有的，他之前约见联合国秘书长并答应亲自来兰宫挂帅，就是想弥补自己曾经的过失。

早在20多年前，Allen教授带的一个名叫阿果的研究生，对混基质生命已有关注，他不时向导师流露出自己的兴趣。Allen教授那时不但左耳朵进右耳朵出，而且还极力劝说阿果放弃毫无根据的想法。那个时候，Allen教授正全身心扑在4D打印动物器官的研究上，阿果却显得心不在焉。有一次，他很不识时务地提出想搞点混基质生命的研究，Allen教授一听便觉得这种不切实际的虚幻想法距生物技术主流相去十万八千光年。他问阿果说，地球物种进化了亿万年，哪有过什么混基质生命。阿果反驳说现在没有不等于将来没有，地球上没有不等于外星球没有，迟早是要面对的。Allen教授不屑地说，那就等你以后找到了混基质生命存在的现实依据再说吧。

阿果并不甘心，过了一段时间他又向Allen教授提起这事来，说虽然眼下搜找不到混基质生命存在的直接依据，但他感到还是有不少潜在的依据，或者说是有不少隐性依据存在着。Allen教授说有依据就拿出来，让他举个例子来听听。阿果说在他的家乡刚果共和国，有些部落自古以来都很崇拜穿山甲，倒不是因为穿山甲有多么神圣，而是它“软硬兼施”，像是另类生物。阿果说从生物分类学来看，穿山甲和其他哺乳动物一样是软基质的恒温动物，但它身上却有一层硬硬的保护甲，又很像一些冷血的蜥蜴。这让生物学界一直争论不休，至今也没搞清楚穿山甲在物种进化树上应该放在什么位置。阿果说他并不认为穿山甲就是真正意义上的混基质生命，但说不定它就是混基质生命的雏形或者前身，这样的物种值得深入研究。

Allen教授耐着性子听阿果说完，问他还有没有别的依据。阿果说还有，像贝壳类动物多少也是带着一点点混基质味道的。Allen教授听来听去也没听出什么可靠的依据，他不想为这事再过多浪费心思了，于是很不客气地告诉阿果说，假如他一心想研究穿山甲或者贝壳那就请另谋高就，因为紧锣密鼓的4D生物打印研究还没有任何打印穿山甲的计划，要他考虑清楚。阿果当然知道导师动怒了，从那以后就再也没提过混基质生命。

很多年以后，当猴机杂合体之类的新物种在生物舞台上陆续冒出来的时候，Allen教授才意识到，自己当初不经意间扼杀了这项重要研究的苗头。由此他也体会到，搞科学研究“自古英雄出少年”是没错的，但是带研究生当导师还是“大器晚成”的好，自己当年还是太年轻了，少年领着少年跑，难免懵懵懂懂跌跌撞撞，搞不好就会误人子弟。

孟想听Allen教授说过这段往事，他不希望Allen教授这个时候来抚今追昔，把对核桃星的释疑变成了对阿果的怀念。在Allen教授叹息一声的当儿，孟想转头问郑合道：“你这回直接试探到了那个透明罩子，有什么问题要请教Allen教授吗？”

“别说请教，外星球的事在我这里也没有现成答案，大家一起讨论吧。”Allen教授又转回到了现实问题上来，他要大家接着往下看解读出来的光码信息。

第二条信息讲的就是透明罩子的问题。伊万诺夫在信息中说，这肯定是一种地球上不存在的人造材料，其分子结构和制造机制都不清楚。但他觉得这并不奇怪，因为核桃人对他身上的纽扣、鞋底、头盔等所用的人造材料同样也一无所知。伊万诺夫认为，不同星球的智慧物种发明出来的东西，可能只是因为彼此间的距离而产生了神秘感，其实并没那么玄乎，也许是远香近臭的法则在作怪。

“说核桃人技术发达，它们连塑料、橡胶、碳纤维这么简单的有机材料都搞不懂，我看也发达不到哪里去。”何小佳咕哝了一句。她心想，核桃人不知道纽扣、鞋底、头盔的材料，还真有点少见多怪。

光码信息接着描述说，透明罩子有一点倒是挺奇怪，那就是智能识别。核桃星的主宰者，也就是那些混基质的铠甲人，用它们的身体就可以轻易穿透这种材料，而毛发人和机器人却不行。为什么只认主子不认仆人？伊万诺夫在信息中说这个问题值得琢磨，也许找到了答案就找到了彻底破解的办法。

“这就是问题的关键所在。”Allen教授说智能材料在地球上也早已研制出来了，其原理就是在纳米水平上对材料进行智能设计，使之能在识别到特定信息后，对材料的分子结构进行自动调控，透明罩子就是识别了铠甲人而发生变形变性的。他问郑合说：“你的手有什么特异功能吗？”

郑合回答说：“我左手没有，右手有。”因为他当时反复试过，只有右手能穿壁。为什么会这样？郑合其实在从核桃星返程的途中已经想出了大概，他的右手跟左手是不太一样的，这还与他当年身负重伤有关。他解释道：“我的右手食指是后来移植上去的，从骨头到肌肉都是人工材料。”

“这就对了，罩壁正是识别出了你食指上特有的信息，你的右手才能够顺利穿壁的。”Allen教授对郑合的身体情况是很清楚的，他知道郑合移植的食指虽说是人工材料，但功能跟原来的真食指几无差别，既能感知冷暖也能自如活动。这主要得益于手部神经的末梢植入到人工材料中，能照样接收和传递神经系统的各种指令，相当于人造食指跟机体神经系统实现了无缝对接。

“哦，我明白了，是神经突触起到了识别码的作用。”何小佳觉得Allen教授的话不难理解，对学过医的人来说应该一点就透。

“确切说来是人工神经突触，它的一半连着神经，另一半连着人造材料，”Allen教授说，“这种突触实际上就是混基质部位，也算是我们所说的一种‘米浆’。”

“您的意思就是，郑合右手食指的神经突触跟铠甲人身上的一样，所以也能被识别到？”何小佳又问Allen教授。

孟想已经明白了，郑合仅仅是一根手指上有这种神经突触，也就只能一只手穿过去，而核桃人浑身长着这种突触，所以就能整个身体穿过去，这或许就是问题的答案。不过他觉得现在不是展开讨论学术问题的时候，对营救行动来说理解到这个程度就可以了，关键是要找出对付这种智能材料的办法。就算把人工突触识别穿壁的机制搞得一清二楚眼下也没多大意义，总不能找几个人把胳膊、腿先锯了，然后安上有神经突触的人工手脚去核桃星救人吧？想到这里，没等Allen教授回应何小佳便说道：“我们把这条光码信息先全部看完，再来探讨应对招数。”

接下来显示的信息果然让人振奋，一下子就解决了孟想关注的问题。伊万诺夫说他探到了透明罩子的软肋，这种材料对激光特别敏感，持续照射能使它变得松软，最后它会变得像塑料薄膜一样不堪一击，而且这种变化是不可逆的质变。

这已经足够了，不管什么路有一条能走通就行。孟想觉得关于透明罩子的分析讨论可以告一段落了。此前他一直担心找不到破解办法会影响到突袭营救，现在看来那罩子并非固若金汤，既然用激光就能对付得了，那就不用在神经突触上做文章费周折了。毕竟地球人研究激光已有百年历史，使用激光武器也早就轻车熟路，从606基地选几个郑合这样的军人去大显身手不是什么难事。至于那透明罩子具体用的是什么材料，又是怎么制造出来的，这些问题就留着以后去慢慢琢磨了。当务之急是要拯救BRE，救出人质。

“既然有这样简单的应对办法，是不是没必要再把问题搞复杂了？”孟想环顾四下道。他也是想征询一下Allen教授的意见。

“我也是这样想的。”Allen教授说他开始也考虑过在神经突触方面下点功夫，想赶制出一批游离的神经突触，把它们弄在衣服外套上，让营救人员穿上外套冲进去，同时带两套给许光辉和Jolene穿上，这样他们就可以从罩子里出来了，现在看来用不着这么麻烦。不过，他提醒孟想道：“最好用激光弹而不是激光枪，反正弄开罩子也不需要精确瞄准定位，到时候丢一颗小型的高爆激光弹过去，炸开来的效果比用枪扫射强多了。”

“这个办法肯定好，”郑合很在行地附和道，“高爆激光弹具有散射效果，对付那罩子可能有摧枯拉朽般的作用，不用白不用。”

孟想点头表示认可，看着他们俩一唱一和的样子，他忽然觉得有点好笑。当年研制高爆激光弹的时候，科学家和军人的态度可是势不两立的。那会儿，激光武器家族即将增添高爆激光弹的风声一传出，很多科技网站都发起抵制，声称如果你是科学家就应该坚决反对，因为那是典型的新技术滥用。而一些军事网站则针锋相对，说如果你是军人就应该坚决支持，因为那是新时代战斗力的体现。时过境迁，还是激光弹的事，Allen教授这个科学家与郑合这个军人倒是“一个鼻孔出气”，这种事可真是难得。

认识达成了一致，那就往下继续进行。

第三条光码信息的内容很长，但前面有一段简要的解释说明。伊万诺夫在开头说，这条长信息是核桃人与地球人的语言对照，他其实一点也不懂，只知道相当于是一部语言互译词典。他说这是好不容易才从念培根身上拷贝过来的，只要把这条光码信息再转换成计算机语言，就能打造出另一个念培根译员了。

“雪中送炭啊，”孟想难掩兴奋之情，他望着何小佳说，“这件事你去跟大力士商量着办，行动要快，大力士要是成了异星语言的翻译，它可就文武双全了。”

“我现在就找它去。”何小佳也显得很高兴。三条光码信息都解读完了，她觉得最后这一条最有立竿见影的意义，要不然跟核桃人俘虏根本无法对话。

不光是何小佳感到高兴，几乎所有人都长舒了一口气，好像一下子找到了开锁的钥匙。

就在会前，大家怀着好奇甚至有一点恐惧的心理，见到了那个被郑合他们捉回来的毛发核桃人，感觉就像面对一个低级动物一样，难沟通难交流。何小佳当时还试着跟它打手势，要它别害怕，它也跟着打手势比画，但谁也理解不了它想表达什么意思。况且它那四只手的手势很特别，一出手就由量变引起了质变，让人看得眼花缭乱。大家都感到担忧，看这样子，要想从它身上获得核桃人的情况绝不是件容易的事，等教会它地球人的语言，怕是黄花菜都凉了。

别说是众人只见了一会儿便大感失望，就连郑合和大力士在返程途中跟它交流了那么多天，也还是感到鸡同鸭讲，彼此都无法理解对方的意思，他俩费了九牛二虎之力才算弄清了它的名字叫“吆西”。

吆西，这不是日本话吗？何小佳听着这名字直想乐。

郑合说甭管日本话还是韩国话，就这名字都来之不易呢，早知这么麻烦就该连念培根一块儿抓回来。

第
16
章

劫持飞舰的意图

在核桃星上抓吆西的时候，郑合跟大力士配合得很默契，他们俩都明白，这事必须一次成功。

那天伊万诺夫和那些核桃人从山脚下离去以后，天色很快就大亮了。郑合跟大力士在山顶上藏好身，准备伺机行动。他们目睹了不远处的“巨橙”冉冉升起，也看见了从里面出出进进的各色核桃人。按照事先计划，要抓的是长着毛发的真核桃人，而不是那些靠造反掌了权的机器人，所以他们主要是在观察那些来来往往的毛发人，寻找下手机会。有好几次已出现了机会，大力士想动手都被郑合制止了，因为他看那几个落了单的毛发人要么是搬运东西的，要么是清理杂物搞卫生的，远不是他心目中的理想人选。

怎么着也要逮个白领不是？要不然随便弄回去一个底层人物，要情报一问三不知可就白干了。但是，对这些核桃人的身份辨认还真不是件容易的事，不像地球上打仗捉“舌头”那样，看着戴无檐帽或钢盔的就是士兵，戴大盖帽的就是军官，一眼便能认准。郑合观察了很久，那些毛发人似乎大都是蓝领阶层，他下不了动手的决心。大力士几次提醒他久留有危险，他便觉得，实在不行就只能认准个小工头之类的家伙抓回去了。吆西就在这个时候出现了，让他顿觉眼前一亮。

吆西从“巨橙”出来的时候，有两个铠甲人正站在门口交谈，它们的神情看上去像在争论着什么，从它们身边经过的机器人和毛发人都毕恭毕敬地避让着，只有吆西径直走到它们两人中间，一副颐指气使的样子。那两个铠甲人看见它就像见到了裁判似的，争先恐后向它诉说起来，吆西则左边说两句右边说两句，像是在当和事佬。不一会儿，两个铠甲人就化干戈为玉帛了，它们分别跟吆西碰了碰屁股就进了“巨橙”。吆西连目送一下的举动都没有，就昂头向门外的广场走去。

就是它了。这家伙怎么看都起码是个文员的样子，说不定还是头头脑脑身边的工作人员之类的角色。机不可失时不再来，郑合对大力士低声说了句“行动”，便掏出个小发射器向吆西的方位射出了一只智能飞虫。与此同时，大力士敏捷地翻身下山，准备抓捕去了。

一只蜻蜓状的小飞虫突然出现在吆西头顶的前方，它一边盘旋一边还放着动听的音乐，曲调就是那首悦耳的《请跟我来》。吆西大概没见过这样的飞虫或者没听过这么美妙的乐曲，它伸出四只手总想去扑抓，那飞虫却总是巧妙地左躲右闪，跟它保持着若即若离的互动。就这样，吆西踩着《请跟我来》的步伐节奏，不知不觉中跟到了郑合他们埋伏的山脚下，又绕到了山腰后。

突然，空中的小飞虫身上闪出一道耀眼的弧光，就在吆西低头揉眼的刹那，隐藏在山腰边的大力士射出了抓捕套子。用隔音材料制成的套子不偏不倚罩在了吆西身上，把它整个身体兜了进去，随后又自动撑开来形成了一个笼子，就像一个罩着黑布的大鸟笼。任凭那吆西在里面喊叫挣扎，也改变不了它成为地球人第一个外星俘虏的命运了。

抓“舌头”虽说还算顺利，问它话可就太难了。郑合在飞舰返航一开始，就花了大量精力跟它说话跟它用手势比画，但几天下来却一无所获，不仅搞不懂它咿呀乱叫的意思，而且它也显然一点没弄懂郑合的意思。

郑合这才意识到，不同物种之间的语言交流是件难于上青天的事。本来，按照他起初的乐观想法，返程途中起码要教会它一些简单的沟通语言，等回到兰宫后再训练一段时间就可以对它讯问了，现在看来这是异想天开。大力士看着也很着急，它说语言和思维是联体物，可能要用到思维解读技术才能搞懂核桃人的语言，这要回到兰宫以后再想办法了。

思维解读技术？这项技术雷声大雨点小，还远远没到成熟的地步。大力士可能只是听得多，而郑合却是知晓的。他在负伤之前就知道，军医大学有专家一直在猫身上做思维解读方面的研究，据说那是代表着国际先进水平的研究，但并没有取得突破性的进展。他所了解的情况就是，专家根据猫在不同情况下的叫声，去测定猫脑细胞的微细结构变化，包括脑电波、神经递质等各种变化情况，再用大数据方法去处理，进而找出猫的不同思维所对应的物质基础特征。直到他这次赴兰宫之前，听说是发现了猫在向主人示好时的思维与脑结构变化的关系，但很快又发现猫在遇到陌生人的恐吓时也有类似的脑部变化特征。郑合心想，要是用这种好坏都分不清的读脑术去分析吆西的话语，那就更是门都没有了。

“还有什么别的办法吗？”郑合问大力士道，“起码要先教会它一些最简单的交流。”

大力士想了一下，它的后台程序搜到了不少答案。它说办法虽有，但在这轻车简从的小飞舰上没什么专用的设备，只能试一试土办法了。

郑合问什么土办法，大力士说先给它做对话示范，让它明白咱们的对话是想表达什么意思，然后再去听它表达，彼此就会慢慢听明白了。大力士说这跟用条件反射学说驯化动物的道理差不多，反复刺激就能建立起相应的条件反射。

郑合一听觉得有道理，养鸡的老太太每次给鸡喂食前“咕咕咕”叫几声，鸡都能听得明白是“开饭了”的意思，像猫呀狗呀这样的普通动物也都能听懂人类的一些特定语言，核桃人这样的智慧物种应该就更没问题了。眼下没别的招数，也只能用这种低级的土办法去对付这个核桃人俘虏了。

说干就干，这不是什么难事。先搞清楚该怎么称呼它再说，总是“喂……喂……”唤它，它听着不但没反应，可能还误以为是地球人的口头禅呢。把这称呼问题首先解决掉，接下来简单的“你”“我”“他”“是”“不是”这样的交流就会水到渠成了。郑合跟大力士稍稍商量后，就开始了示范行动。

“大力士！”郑合当着吆西的面大声喊。

“唉！”大力士也同样高声答应道。

再喊，再应。反复喊，反复应。条件反射不就是这样反复强化弄出来的吗？

差不多喊得累了，两人又换过来喊。

“郑合！”轮到大力士来点名了。

“唉！”也是反复喊，反复应。

喊了一阵子，郑合就看着那货问它：“名字，明白了吗？”它却瞪着恐惧的眼睛，显然是不明白。不明白就接着来，隔上一段时间就喊一阵子，就当是定期要做的功课了。慢慢地，喊得郑合嗓子都有点沙哑了，感觉比当兵那会儿搞队列点名训练还累。可是郑合一问它明白了吗，却总是看到它那恐惧的眼神，一点不像明白的样子。

不过郑合也知道，巴甫洛夫的条件反射学说是研究消化系统得来的结论，语言思维系统更高级更复杂，至少不会像看见肥肉流口水这么简单。大力士用动物驯化的办法来模仿，是大大低估了困难。

“核桃人怎么比猪还笨哟，说它们智慧超群真是高看它们了。”大力士见整天喊却不见效，难免发起了牢骚。按说这样反复刺激力度够大的了，真要是一头猪恐怕也早就听明白了，搞不好连更低级的动物都能明白。

郑合也越来越失望，反正快要飞近土星了，回到兰宫总会有办法的。再这么喊下去自己的嗓子就要破了，别再给换个人工声带人工喉什么的，体内的原装器官都快换没了。他不再跟大力士相互点名为那货做示范了，还是跟它聊一聊试试吧。

郑合用手指着大力士，一字一句对那货说：“他叫，大力士。”又指着自己说：“我叫，郑合。”

他把这套动作和话语又重复了一遍，然后指着它问道：“你叫，什么？”

“吆西，吆西。”它的眼神依然充满了恐惧，却清晰地回答了他。

郑合再来一遍，话音随着手指动作而出口：“大力士，郑合，你叫，什么？”

“吆西！”那货的应答声脱口而出。

它名叫“吆西”，这下子郑合和大力士都笑了，感觉就是山穷水尽的时候突然柳暗花明了。还真的是功夫不负有心人啊，铁杵磨够了时间果然会变成针的。从那一刻开始，他们就不再对它“喂……喂……”地叫了，而是改叫它的名字“吆西”，这也是跟它交流的唯一词汇了。他们只要一喊“吆西”，它也会立刻回应“吆西”。它还不会说“唉”“在”“到”“是”这些字，只能用自己的名字来回答。这已经很不容易了，万事开头难，剩下的事还得慢慢来。

这确实够费力的。何小佳听着这个驯化过程也感到难以理解，跟核桃人沟通怎么会比老太太喂鸡还难？要不是伊万诺夫弄到语言对照信息，还不知道要折腾多久才能跟吆西对话。

大力士身上一安装好那套语言互译系统，何小佳立马就拉着它来见吆西，先要验证一下用起来是否灵光。大力士对着吆西翻译何小佳说的话，一试还真管用。看来这回地球人结结实实占了核桃人的大便宜，人家肯定是费尽心思才弄成了这套语言对照信息，地球人完全是“拿来主义”。

“你好，吆西，不必害怕，我们决不会伤害你。”何小佳开口先来了这么一句。

“哦？”吆西愣了一下。它可能没想到，大力士突然会翻译核桃星的语言了。不过，吆西很快就回过神来，应答自如了。它说：“这我就放心了，不同星球的文明本来就应该友好交往才是。”

瞧瞧，这还是个文化人呢。何小佳觉得郑合他们这一趟没白跑。

“吆西，你说得很对，我们也希望是这样。”何小佳高兴道。

然而，吆西接下来的一句回话让大力士惊得差点思维短路，何小佳也一脸尴尬。它说：“为什么要叫我‘吆西’呢？我有自己的名字，叫‘伊哇哇咿哇……’”它一连说了10多个音节。

“你，你不是自己告诉我们说你叫‘吆西’吗？”大力士愣过之后问道。

“大力士后生，你们肯定是搞错了。”吆西说。

“啊？你怎么知道我叫‘大力士’？”大力士更惊诧了，这家伙在飞舰上原来一直在装蒜。

“你叫‘大力士’，那个人叫‘郑合’，你们整天大喊大叫的，谁还能不明白啊？”吆西说它一开始就知道他们俩的名字了，只是它到现在也没搞懂，他们俩为何要一阵一阵地互喊对方的名字，它理解那可能是他们的风俗，在进行一些重要活动比如杀人放火之前举行的一种仪式。

大力士这下更傻眼了，自己想的是搞条件反射，人家想的却要复杂得多。费了这么大蛮劲想弄清它的名字却弄到个假名，人家反倒早就弄清了他们的真名。把别人当傻瓜的人其实自己更傻，这话一点没错。

“那你当时说‘吆西’是什么意思？”大力士问它。

“‘吆西’就是饶命的意思呀。”吆西说它总不至于起个这样的名字吧。

大力士说为什么问它名字的时候，它要喊饶命。吆西说这不明摆着吗，郑合指指大力士又指指他自己，那是要它从俩人中挑选一个刽子手，核桃星上行刑的时候都是这样的，它不求饶还能怎样？

何小佳听着已经笑得前仰后合了。笑过之后，她又冷静思考，问个名字，看似再简单不过的事都会闹出笑话来，可见星际交往的障碍比想象的要大得多，产生巨大的误解几乎是不可避免的事。她觉得地球人早就该发明一种更形象更直观的新语言，在星际交往中去替代传统的文字和声音信息。说到底，减少外星人的误解，其实就是避免人类自身遭到伤害，这么一件关系到人类未来命运的大事，以前一直没人去研究实在是很遗憾的。

遗憾的何止是这件事，孟想他们接下来从吆西口中得知，许光辉和Jolene开始一直是有机会脱险的，核桃人锁住了飞舰也并没有打算劫持人质，直到念培根被捕获之后，核桃人才下了决心连飞舰带人质一起扣押。吆西的叙述，让606基地的不少人连声叹息。

当初，阿哲261号飞临核桃星上空的时候，就有核桃人发现了它，这对核桃人来说就是一个UFO呀。但核桃人对待UFO的态度是理性的，它们多年来已形成了一种共识，认为有关UFO及外星人的故事不足为信，要么是目击者的梦幻要么是撒谎。因为在核桃人的历史上曾有过各种版本的“外星人乘UFO来劫持”之类的传说，但它们从未找到过明确的外星人痕迹，也没有谁真正见过外星人。核桃星上的科学家早就断言说，外星球的距离这么遥远，动辄几十万上百万甚至上亿光年，外星人乘着光速UFO飞过来恰巧碰到核桃人处在现代文明阶段，发生这种事情的可能性微乎其微，概率小到可以忽略不计的程度。所以核桃人对以往个别人东发现UFO西发现UFO的传闻的兴趣，由热慢慢到冷，几乎降到了冰点。

但这回却不同，忽略不计的可能性出现了。不是个别人目击，而是都能看得见阿哲261号这个真真切切的UFO，而且它还大摇大摆地降落在了核桃星上。这个星球的人们立刻如临大敌，进入了超级灾害戒备状态，它们全部遁入了地下，很长一段时间不敢露头。

核桃人都很清楚，从遥远的星球飞过来的UFO能是等闲之物吗？能飞到眼前来的外星文明一定有高度发达的智慧，这似乎早已是不证自明的公理。

再说谁也不敢小看那个块头并不庞大的UFO，那里面载着千军万马也是完全有可能的。核桃人的科学家分析说，纳米机器人可以通过移动单个分子甚至原子随时制造出一个个微型超级战士，也可以制造出威力强大的微型武器，灭掉一个小小的核桃星不是件难事。所以核桃人起初连派人钻出地面去察看一下都不敢，生怕惊动了外星人自讨苦吃，它们只盼着那UFO路过此地歇够了脚就快点起飞走人。

吆西说到这里的时候，何小佳是挺有感触的。她觉得，地球人跟其他星球的智慧物种其实一样，对待外星人可能都是一种叶公好龙的心态，总盼着外星人能早点光顾，见不着呢还会像费米一样发出疑问，若真的有外星人到了地球上，恐怕人们的第一反应不是好奇而是恐惧。试想，如果有那么一天，突然有个奇形怪状从未见过的大尺度飞行器从天而降，人们会热情友好地迎上前去吗？恐怕第一时间还是撒腿就跑。所以吆西讲的这种情况一点不奇怪，外星人侵入谁不怕呀？

日子一天天过去，核桃人见那UFO迟迟不肯离去，这才开始小心翼翼地在外围探查。它们很快就探到了，那UFO里面有体形比它们几乎大一倍的动物在活动，但他们从未出来活动过。当然它们也不敢近前暴露，万一被他们发现，外星人出来屠城就完蛋了。核桃人分析来分析去也搞不明白，那UFO留在核桃星上这么久无所事事究竟要干什么。尤其让人搞不懂的是，它们从来没有监听到那UFO跟外界通话。这可是很不正常的现象，飞行器出门在外这么长时间，不会不跟母星球通话联系吧？难道外星人使用的通话技术太先进，它们一无所知？这也不是没可能。

然而，核桃人不久就探测到了，那UFO不时会有电磁波信号发射和接收。这时候核桃人里面的聪明者就想到了，外星人会不会是用古代的无线电波在联络？但这种通信技术早在多年前就被核桃人淘汰了，一时连个监控设备也找不到。于是它们便“现炒现卖”，对照着过去的技术资料组装出了无线电波监控设备，重拾旧器很有效，一监测果然就收到了那UFO跟外面联络的信息。

吆西说，核桃人都没想到，古代用过的技术时隔多年还能派上用场，都大感意外。

重拾旧器就是一种古为今用，何小佳对核桃人这一点倒是很理解，这让她想起了前些年地球人重新摆弄算盘的事，她觉得那也是一种古为今用。当时中国科学院有专家牵头想搞一项奇葩研究，要考证出中国历史上哪一类人群最长寿。研究过程引起了广泛关注，很多人都试着给出了答案。有的说是出家的和尚，因为他们既念经养性又习武健身；还有的说是悬壶济世的中医，因他们懂长寿之道会自我保健。当然，也有其他种种说法。但大多数人都猜测必是这两类人之一，“老和尚”“老中医”不都是人们历来挂在嘴边的话吗，不长寿怎敢称“老”？

然而，经过对各种史料的搜集和大数据整理，研究得出的结论却是，历史上最长寿的人群是账房先生，也就是如今的会计和出纳。一些医学专家接着用实验研究给出了解释，说是打算盘这种活动实乃一种科学的健身运动，头脑在默默算计着加减乘除，嘴巴在轻轻诵着珠算口诀，手指在扒拉着算盘珠子，这种浑身联动对心、脑等重要器官及改善指端微循环大有裨益，因而账房先生长寿是有科学依据的。这样一来，早已进了博物馆的算盘就有了新的用武之地，成了一种健身器材。核桃人看来也懂得喜新不厌旧这一套，所以才测到了那UFO的电波信号。

电波通信一经证实，核桃人的高层就出现了一些强硬派人物。它们认为那UFO应该不可怕，落后的通信手段就足以说明这一点，因而主张采取行动跟他们直接交手。大多数温和派却不赞同这么做，它们觉得采用电波通信这一点，恰恰证明他们的母星球并非遥不可及，轻举妄动很可能会招来援军，那样会惹出大麻烦。但是随着时间一天天流逝，那UFO依然没什么动静，强硬派的意见越来越占上风，眼看着一场正面交锋一触即发。就在这个紧要关头，另一个UFO又飞过来了，而且跟原先那UFO顺利实现了交会。

“那是Jolene当时赶赴增援的飞舰，里面带着一台BRE。”孟想向众人解释了一句。

这下可好，那UFO已经来了援军，核桃人就不敢贸然行动了。从那以后，它们就不再恐慌也不再冲动了，而是开始截取UFO与外界往来的电波信息，并组织力量试图破译这些信息，搞清外星人的意图。然而，星际间不同智慧物种各自形成的语言文字要破译起来谈何容易，充其量也只能连蒙带猜弄懂那么点大概意思。核桃人还是很聪明的，它们费尽心机从那些支离破碎的信息中分析出了两点意思。

它们分析出的第一点意思是，那UFO跟他们母星球的联络并不顺畅，好像是遇到了什么麻烦事才滞留在核桃星上的。吆西说关于这一点，核桃人至今也没完全搞清楚，即使后来有了念培根的帮助也知之不多。因为念培根对此几乎没有记忆信息，而核桃人对UFO更早前的联络信息也没截获过，无法前后连贯起来厘清头绪。所以它们只知道那UFO是暂时抛了锚，而不是刻意来入侵核桃星的。

分析出来的第二点意思是说，那UFO里的外星人正打算往G星球发送飞舰。这一点信息让核桃人大为震惊，因为它们不久前也发现了附近的一颗新星球，那里似乎更适合一些软基质生命存活，估计就是他们所说的G星球。要真是这样的话，核桃人当然就不会听之任之了，找到一个新的宜居星球是每个智慧物种都梦寐以求的事，别说是强硬派了，就连温和派也极力主张核桃人的优先权。它们说过去异族之间的领土争端，为了巴掌大的小岛都会大动干戈，这太空星球的争夺更不能退让半步。而且它们还进一步分析了解到，除了那UFO之外，他们还会从别的地方向G星球发送另一艘飞舰。

分析结果虽然并不清晰，但核桃人却像打了鸡血一样兴奋起来，它们很快就制订出了应对行动的方案。对于将要从核桃星上向G星球发送的飞舰，它们决定用电波遥控干扰技术改变其指令，到时候将其就地截获，这对它们来说不是什么难事。对于从另一处发往G星球的飞舰，它们判断它会飞经核桃星附近，因为那UFO的电波联络方向与G星球背道而驰，处在二者之间的核桃星应该是它必经之处，所以它们决定在核桃星附近的天区守株待兔，等它飞过来就发射干扰信号使其减速并进行电波追踪。一旦确认它的飞行目标方向就是核桃人发现的新星球，那就遥控阻止其继续前进。

后来，核桃人就是按照这个方案，把两艘飞往G星球的小飞舰都控制住了。接着，核桃人决定从地底下把那UFO锁死。它们确信，有了这一系列行动，外星人的母星球肯定会派人来营救，来谈判。只要这几个飞行器在它们手中控制着，谅他们也不敢对核桃星造次。这样既阻止了他们先占G星球的企图，也为它们的进一步行动赢得了时间。

那也就是说在此之前，许光辉和Jolene完全可以驾着阿哲261号飞走，然而他们一直在原地未动，这的确有点遗憾。但孟想觉得，即使他们俩安全离去，那两艘载着BRE的小飞舰也还是会落入核桃人手中，照样还会有两个星球之间的这场冲突，抢占G星球谁都不可能让步。

“你们知道那两艘飞舰去G星球的目的吗？”何小佳问吆西。

“一开始并不清楚，后来就有了些了解。”吆西回答说，核桃人原以为那两艘小飞舰只是普通的星球探测器，谁也没想到还有更重要的花样，直到截获了那艘从核桃星上发射的小飞舰，它们才脑洞大开，突然有了如获至宝的感觉 。

核桃星的科学家一见到飞舰里面的那台BRE，比见到了外星人更感兴趣。它们一个个瞪大了眼睛，左看右看横看竖看，用普通仪器看不清楚就用光子窥视镜看，用超磁扫描仪看，怎么看它都像是一台软基质生命的万用培育箱。它们终于看出了名堂，这可不是星球探测的普通设备，而是能培育软基质生物的“百宝箱”，UFO里面的人很可能是要运送大量生物到G星球上去呀。

核桃人彻底明白了，它们盼了多年还没造出类似的设备，现在却一不小心从天而降了。

“那是生物源反应器，”Allen教授向吆西解释说，“是生物全自动孵化技术，从基因设计到幼体孵出一气呵成，知道吗？”

吆西说它不懂什么全自动孵化，但知道核桃星上根本没想过外星人已造出了这样的百宝箱。它们一直想就某一单个物种研制相应的人工培育箱，试了一些物种却一个也没成功。所以它们的一些科学家当场就想拆了那百宝箱探个究竟，最起码也要证实一下它是不是软基质生物的万用培育箱。

“啊？你们把那台BRE拆掉了？”何小佳吃了一惊。

“想拆，但后来没拆。”

吆西说核桃人的高层得知情况后，很快阻止了那些科学家的举动。高层自然高瞻远瞩，这可是送上门来的顺风车，先别管人家是怎么造出来的，让代索搭上车再说。核桃人也明白站在巨人的肩膀上行得更远的道理，现在巨人来了，却先想着把它拆了卸了，岂不是为了好奇心置大局于不顾?

为此核桃人还进行过一番争论。不少科学家都是一根筋思维，它们坚持拆开查验，说万一不是培育箱那不就表错情了吗？反对者说要是好好的玩意儿，拆坏就可惜了。科学家们说若真是培育箱的话，拆完再装回去用呗。反对者说拆完还装得回去吗？说得比唱得还好听，一般人拆个钟表都会剩一堆小零件装不回去，这么高精尖的设备哪能说复原就复原。

争来争去没完没了，就在这个时候，核桃人发现，许光辉和Jolene开始走出舱外活动了。于是，核桃人的高层做出了决定，要想验证也不必去拆开，抓个UFO里的俘虏了解一下就明白了，他们最近不是出来活动了嘛，那就动手抓人。

核桃人做出抓俘虏的决定不久，派去的两个机器人就碰见了从UFO里出来活动的一个外星人，但那次抓捕没有成功。

“许光辉当时打败了那两个机器人。”孟想提醒大家。

吆西说它们第一次行动失利是犯了核桃星上经验主义的错误，以为软基质的外星人在力量对抗上不是机器人的对手，所以觉得派两个机器人足够对付的了，没想到他身手敏捷难以擒获。后来它们在抓念培根的时候就吸取了教训，没有再敢麻痹大意，它们对念培根这个机器人动用了技术手段，是用“电磁弹”射中它致其全身软件系统紊乱后才抓到的。

念培根被捕获是个很关键的转折，核桃人在它身上下了很大功夫，特别是成功破解了它的语言信息系统。虽然念培根身上的信息已所剩无几，但对核桃人来说足够用了。核桃人很快就从它嘴里证实了，那台被他们称作BRE的玩意儿就是核桃人想象中的万用生物培育箱。这让核桃人上上下下一阵狂喜，它们觉得那UFO来得太及时了，简直就是来帮核桃星解决难题的。踏破铁鞋无觅处，得来全不费工夫。

与此同时，它们还得到了一个足以让核桃星解除紧急戒备状态的信息。念培根说那UFO里面只有两个软基质生物，并没有什么微型的千军万马和超级武器。于是核桃人决定放胆行动，变暗中对抗为公开较劲，把那UFO移至“巨橙”据点附近，连人带飞舰公开扣押，同时屏蔽他们的电波通信，迫使他们的母星球派人过来解决问题。

“这我就不明白了，”何小佳问道，“你们的遁地技术这么发达，干吗不把飞舰直接拖到地底下去，而要费那么大劲弄个透明罩子去扣押？”

“哦，拖到地下去可不行，”吆西说，“谁知道那UFO会不会带有外星球的有害微生物或毒物之类的东西，拖下去对地下城是有危险的。”

“有道理，这是对外星球最基本的防范措施。”Allen教授解释说早年地球人也是这么做的，最初宇航员从太空返回之后都要先隔离很多天才能放出来，就是怕把外太空的有害物质带回来污染地球。当年美国总统尼克松在接见登月第一人阿姆斯特朗的时候，也是隔着一个大玻璃罩子进行的，想亲切握手拥抱都不行，只能对着隔离罩亲切微笑。

“你们那透明罩子是用什么材料做出来的，这么神奇？”何小佳又问吆西。

具体是什么材料，吆西也说不清楚，它只知道那是一种智能材料，其气雾状的原料中带有纳米级的识别芯片，那种材料遇到核桃星的空气成分会迅速固化成坚硬的薄膜，只有铠甲人身上特有的信息才能使之软化变形。吆西说另外还有一种办法能使之软化，但那是核桃星的高级机密，知道的人很少。那个叫伊万诺夫的家伙不知怎么就窃得了这项机密，他一度还在念培根身上做了手脚把它策反了，两人后来在动手图谋不轨的时候被抓获了，幸好那项机密尚未外泄，至今仍不为外人所知。

“我们已经知道了，”Allen教授反过来告诉吆西说，“是激光，用激光照射会使那种材料发生不可逆的软化。”

Allen教授之所以告诉吆西，是觉得核桃人有明显狂妄自大的一面，它们小看了地球人的智慧。地球人制造智能材料的历史虽短，但道理还是明白一些的。像这种嵌入了芯片的材料起码都有个共同的弱点，那就是对高能量的波粒子特敏感，材料结构一旦被激光破坏，智能也就失效了。再说了，伊万诺夫用光码信息把这机密传送出来，本身也体现了人类的智慧，当然那是地球人另一种意义上的智慧。

“啊？原来你们早就知道破解之道呀。”吆西的表情是很吃惊的。

“我们知道你们的技术并不奇怪，我们不知道的是为什么你们的统治者会这么心狠手辣，”郑合一想到伊万诺夫付出的惨重代价就来气，他愤愤然道，“简直就是一群杀人不见血的恶魔。”

“杀人？没有啊，”吆西不解道，“伊万诺夫后生已经披了甲，他这是因祸得福，很多人都求之不得呢。”

这叫因祸得福？轮到孟想一干人吃惊了，这果然就是核桃人长期形成的观念，或者说核桃星的统治者就是这样教化臣民的。

“既然披甲这么荣耀，那你自己为什么不当铠甲人呢？”何小佳不软不硬地来了这么一句。

“我早就提出申请了，还没轮到我呢，”吆西一点听不出何小佳话中带的刺，反以羡慕的口气道，“伊万诺夫后生是按照特殊政策优待的。”

这是什么邪乎规矩，核桃人所谓的加官进爵也搞论资排辈那一套。伊万诺夫明明是遭到了暗算，核桃人竟还觉得他享受的是人才引进之类的优惠待遇，实在是颠三倒四、形善实恶。孟想琢磨着核桃人的诡异行为，正要继续讯问吆西，却被匆匆赶来报告情况的值班人员打断了。从地库里传来消息说，核桃人要求马上跟他通话。

“它们可真会挑时间。”何小佳嘀咕了一句，这才刚了解到一点情况，讨厌的催命鬼就又找来了。

孟想示意何小佳先去应付一下，他还有很多问题想从吆西嘴里得到答案，要不然谈判一直掌握不了主动权，被动招架总不是办法。现在别的问题可以先放一放，最关键的那一点不能再稀里糊涂的了。

“代索是什么东西？请你告诉我。”孟想抓紧起身前的最后时间单刀直入问吆西，他想立刻知道个大概。

“代索？代索就是代索呀。”吆西一怔道。

这话等于什么也没说。

第17章

铠甲人的真相

核桃人打BRE的主意已经是司马昭之心了，孟想最近几次跟它们通话都是在打太极，他心里没底只能先周旋着。但他可以明显感觉到，核桃人正一步步得寸进尺，要价不断增高。

特别是上一次，孟想主动约核桃人通话，它们不仅提无理要求，而且最后还甩脸子了。那会儿，郑合和大力士还在返程途中，他是想试探一下核桃人的反应，以关心人质的近况为由，从侧面了解郑合他们是否安全。哪知核桃人对此只字未提，说了没几句就直奔主题，又谈起了运送代索的事。

“你今天约我们谈，是商定装运代索的时间吗？”核桃人显得很不耐烦，“那就直说吧，再拖下去可没什么好处。”

孟想当然还要拖，情况不明了也只能找借口拖着。他说为了帮它们装运代索，专家们正在抓紧制订BRE里面的物品调整方案，现在还说不准何时能装运，但快了。

核桃人一听，马上就提出了加码的条件，说既然调整方案，那就清理掉一些原有的物品，为装运代索多留些空间出来。

“那肯定不行，减少物品就等于重新设计方案，不是一年半载能完工的，”孟想不会轻易让步，他反问道，“你们装运一个代索用得着这么大的空间吗？”

“哈哈哈，”核桃人狂笑道，“纠正你一下吧，我们不是运一个代索，而是要运一批代索。”

一批代索？那就更不能腾地方多装运了。孟想心想谁知道那代索是什么怪物，就是最终妥协非运不可，数量也必须减少到最低限度。他趁机道：“代索是什么宝贝呀？事到如今也该说来听听了。”

“这个嘛，你们没必要知道。”核桃人生硬地说别在这个问题上浪费时间，只管给它们多腾地方装运代索就是了，早干完早了结。

孟想也知道很难从核桃人嘴里问出代索的情况，只有等郑合他们回来，才有可能弄清眉目。眼下除了拖延周旋，就是要打消它们想多运代索的企图，断了它们多挤占BRE空间的念头。

“多腾地方可能办不到。”孟想说BRE里面的物品一个萝卜一个坑，做减法是牵一发动全身的事，只能在现有的基础上加载一些代索进去。

“不行，必须减掉些物品，”核桃人说没有任何商量余地，事在人为，并催促道，“时间紧迫，你们看着办吧。”

还没等孟想反驳，通信球里就传出了难听的“老木匠协奏曲”，核桃人已经扬长而去了。

“真是蛮不讲理呀。”何小佳当时也是气呼呼的。

这才没隔多久，核桃人就又找上门来喊着要通话了。何小佳估计这回应该跟它们的吆西失踪有关，她先来替孟想抵挡一阵子，已想好了应对方案——装傻，一问三不知，能糊弄尽量糊弄——下属替上司出面当防火墙用这招最灵。

孟想也猜到了，核桃人可能是来兴师问罪的。他带着郑合到了地库跟何小佳会合，没想到核桃人压根儿就没提吆西的事，一上来就咄咄逼人开出了新价码。

“上次你们说清掉些物品很费周折，现在我们已帮着想出了个好办法，”核桃人直言不讳地说，“干脆彻底减负，把BRE里面搭载的原有物品都清出去，全部换成代索，这样大家都省事。”

全部换成代索？孟想看看郑合又看看何小佳，一个表情愤怒一个表情吃惊，他们的感受可能跟他是一样的。核桃人这么大胃口想要通吃？它们是真的疯了或是傻了吧。就算是地球人帮它们打工造了一台BRE，那也要付工钱不是吗？核桃人是明目张胆地要抢劫了，敢情它们是银河系里的索马里海盗啊。

“你们白日做梦！”郑合忍不住回了句。

“做事要讲规矩，你们能放火我们就能点灯，”核桃人口气也很强硬，“这事由不得你们，大不了我们自己来动手清理。”

孟想听出来了，核桃人这是在报复性要价，十有八九跟吆西被俘有关，这是彼此心照不宣的事。就像伊万诺夫的事一样，卧底遭暗杀，双方都懒得费口舌交涉，至今哪一方也没有直接戳穿对方。

何小佳事后问过孟想，当时他是如何断定核桃人是报复性要价的，郑合他们捕获吆西不是神不知鬼不觉的吗？孟想说他是听话听音，千万不可低估外星人的智力，具体要问一问吆西才知道。吆西果然也很聪明，它后来告诉何小佳说，它们的电子技术高度发达，从当时诱惑它上钩的那只飞虫留下的痕迹就很容易找到线索。这是后话了。

不过，孟想听话听音也听出了核桃人后一句话的破绽。吆西刚说过，核桃人明明是想搭顺风车而舍不得拆坏那台BRE，现在却说要自己动手清理，这显然是在诈唬。于是孟想也毫不示弱，他回应说：“你们要能清理就动手好了，毁了BRE谁也别想去G星球。”

“你以为我们不敢动手吗？离了你们别的星球就不转了？我们是懒得动手而已，”核桃人破釜沉舟的底气并不足，它们显然不愿要两败俱伤的结果，而是又换个角度要价说，“你们已经有一台BRE在去G星球的空中转悠着了，把核桃星上这一台留给我们用，这才是公平公正的。”

这样的歪理也说得出口，把别人的两个东西抢一个过来，然后变成一人一个，这就是核桃人标榜的公平？宇宙间能奉行这样的公正吗？孟想示意郑合开口交涉，对付强盗逻辑的信徒，光靠讲道理是没用的。

郑合虽然满腔怒火，但反应很快，他控制住情绪稍一思索道：“你们搞错了，逗留在空中的那艘飞舰并没有搭载BRE。”

“胡扯！”核桃人一听又强硬起来，“两台BRE绝对错不了，你们这么不仁就休怪我们不义。”

何小佳替郑合捏了把汗，若是不能自圆其说，势必引来核桃人新的报复，再拉个人质出来搞披甲什么的就太可怕了。她望了一眼孟想，指望他赶紧出来解围，但孟想一脸沉着，他在等着郑合继续。

只听郑合不温不火道：“两台设备是没错，但空中那一台是生物信号触发器。”他说那是要跟另一台BRE配套使用的，这样理解两台BRE也是对的，但是，如果把BRE里面全部换成代索，那台触发器就无法识别出原有的生物信号，到了G星球肯定就会触发别的程序，误把另一台BRE里面的生物全当作异物处置，到时候代索可就煲成一锅太空稀粥了。

“这怎么可能？绝不可能！”核桃人暴跳如雷却是色厉内荏，反驳声音再大也是无奈的。

“信不信由你们，我已经说过了，一意孤行的结果对谁都无益。”孟想进一步肯定了郑合的话。他知道核桃人既没疯也不傻，它们虽然不会轻信郑合的忽悠，然而是平平安安搭顺风车还是不顾一切跳火坑，它们的判断力即使清了零也知道该如何选择。

核桃人那边一阵沉默后，接着又传来怒气冲冲的声音说："那就别再扯皮了，我们今天就把丑话说在前面，在最后期限之前不完工一切后果自负。"念培根进一步解释说，核桃人将最后期限设定在大约800个小时之后，让孟想别再废话了赶紧准备吧。

和上回通话一样，还没等孟想这边回应一声，"老木匠协奏曲"就从通信球里响起，核桃人已经单方面结束了对话。

800个小时就是一个多月的时间，核桃人终于下了最后通牒。孟想对此是有心理准备的，吆西被抓会让核桃人很不安，它们不会再允许没完没了地拖延下去，提出最后期限似乎是必然的。现在看来核桃人不是不在乎吆西，而是换了一种更高明的方式来兴师问罪，借机步步紧逼，想彻底霸占那台BRE。好在郑合巧舌如簧一番应对，给了它们当头一记闷棍，要不然它们不仅会下最后通牒，还会附加清空BRE的条件。

何小佳后来也明白过来了，既然核桃人对BRE这样的设备视如稀世珍宝，对生物全自动孵化技术一窍不通，那当然就给郑合提供了忽悠的机会。以他肚子里的生物知识"油水"，随便挤几滴出来也够核桃人喝一壶了，"知识就是力量"这话到了太空也错不了，郑合这医学硕士算是没白读。但何小佳跟606基地的许多人一样没搞明白，核桃人为什么在有些技术领域高度发达，而在另一些领域却明显落后，甚至一无所知，这不是跟她小时候上学偏科一样吗？

过了几天，何小佳就把这个疑问抛给了Allen教授。

Allen教授对她提的问题是这样回答的，他说："你看着核桃人偏科，它们说不定还认为我们偏科呢，这个问题可能还要从吆西那里找答案。"他要何小佳多找吆西聊一聊问一问。

去跟吆西聊当然没错，但要从它嘴里弄到准确答案并不是件容易的事。何小佳感到，这些天大家与吆西的进一步交流不是越来越顺，而是越来越难了。这既是由于彼此语言概念上的不可通约性，也是由于异星球之间不同文化理念的巨大差异。如果直接去问它，为什么核桃人在技术发展上会偏科，为什么这方面强那方面弱，估计它也说不出个所以然，弄不好它还会误以为是故意刁难。这阵子连续几次问话，孟想他们急着要搞清楚什么是代索，结果不但没问出个眉目，反惹得它很反感很抵触。特别是最近那次问话一下子陷入了僵局，弄得孟想他们几个人都灰头土脸的。

事情不是吆西单方面所致，它越说不清楚代索，大家就越着急上火，一上火言行难免失控，然后彼此很容易就拗上了筋较上了劲。

其实，吆西对代索的解释，大力士自始至终都没搞明白什么意思，它只能是连蒙带猜地译给众人听，一会儿说像块石头，一会儿说像只鸭子，一会儿又说像是一种实验用品，风马牛不相及的事凑都凑不成个概念出来。那天问来问去大家都云里雾里，到后来，充当翻译角色的大力士自己也被弄得不胜其烦，它干脆学着吆西的腔调说，代索就是代索，肯定是一种在地球上从未见过的东西，很难解释清楚。

郑合在一旁听得也是一头雾水，他觉得代索很可能又是核桃人耍弄的什么“巫术”玩意儿，一想到伊万诺夫已遭“巫术”所害，他就气不打一处来，于是厉声喝问吆西，要它把代索究竟是什么怪物交代清楚，别在地球人面前耍花样。

没想到吆西这小家伙也是有点脾气的，这些日子里，问什么它说什么反而遭来这些外星人的臭骂，这哪是什么友好交流呀，简直就是审讯敌人。不说了，跟眼前这些野蛮的外星人没什么好说的，所以再问它什么它都三缄其口，反正已成了他们的俘虏了，大不了就是难逃一死的下场，要杀要剐随便吧。

孟想见事已弄僵，沟通越来越不畅了，只得先暂停对吆西的问话，率众人离去。

何小佳倒不觉得吆西是在耍什么花样，就连地球上不同民族不同地域之间的交流都会存在着文化障碍，存在着语言误解，更何况是不同星球之间的交流呢。她以前跟外国友人来往也碰到过这样一些小事，要费力解释老半天才能让人家理解。 记得有一次，她请一位留学生同学吃饭，人家在当地上过孔子学院，一口汉语讲得很流利。那天吃饭先是端上来一盅广东风味的老火靓汤，那留学生同学愣了半天都不明白：火有大火和小火之分，这“老火”是什么意思？如果说大火之上还有老火，那是不是小火之下还有幼火？“靓汤”又是什么意思呢？知道有“靓女”“靓仔”的说法，这汤可是液体难道还有美丑之分吗？那是不是还有“靓泪”“靓尿”之说？何小佳想起当时为这种琐事都要费口舌讲一通才行，她就觉得现在跟吆西的沟通有点操之过急了。毕竟，这跟地球上打仗抓个俘虏直来直去问出对方的军事秘密不是一回事，心急是吃不了热豆腐的，这一点有必要提醒一下孟想。

对孟想来说，心里不着急是不可能的。其实他早就开始琢磨军事行动方案了，试水探路的事都做了，核桃人给出的最后期限一点点临近，跟它们的一场最终较量已经迫在眉睫了。可是，它们身上的很多谜团尚未解开，知己还不完全知彼，一点胜算都没有，这些怪里怪气的核桃人到底是什么来路呢？孟想把自己关在办公室里冥思苦想，他这会儿想起了斯蒂芬·霍金的预言，这位身残志坚的物理学家半个世纪前就说过，人类往往以自己为标准去衡量外星生物的发展程度，但事实上，它们或许与我们完全不同。现在看来霍金的话很可能没错，核桃人的确跟地球人不一样，必须尽快摸清它们的底细才能行动，这还是要在吆西身上下功夫。

孟想刚考虑出点头绪，何小佳就找他来了。

“你来得正好，我也正想找你，”孟想说，“女士优先，你有话先说吧。”

“呵，土星变太阳了？难得你这么慷慨赐我一点优先权。”何小佳笑道。接着，她把对待吆西应采取不急不躁态度的想法告诉了孟想。

“我何尝不想和风细雨慢慢来呢？双方在亲切友好的气氛中广泛交流形成共识，这多好啊，”孟想说，“可是火烧眉毛的事能按你跳柔姿舞的慢节奏来吗？”

“道理虽是这样讲，但急中也要生点智吧，”何小佳说，“总不能逼着初学者一上来就转快三快四呀，欲速则不达。”

“说对了，要急中生智，我找你就是要让你这舞林高手出场去对付它。”孟想说他考虑好了，由何小佳一个人去跟吆西闲聊才是最好的办法，从轻轻松松的漫谈中去了解核桃人的真实情况。

“我一个人怎么去聊？跟它打哑谜吗？”何小佳不解道，“我脑袋里可没装翻译软件，起码大力士要在场才行。”

“它也不必到现场。”孟想说大力士跟着大家一起去监控室，两边开着传声设备就可以了，别跟以前那样一堆人围着吆西像审讯一样，搞得它紧张兮兮的很反感。

孟想出的这简单一招果然是有效的。吆西见只有何小佳一个人来找它，神情就大为放松了。它稀里糊涂地被外星人劫持到这里，对这些自称地球人的外星人也同样好奇，一直也想找机会打探一番。所以没等何小佳跟它说上几句话，它就反客为主发起问来。何小佳事先做了不少功课，她精心准备了一些可能会让它感兴趣的话题，结果一个都没用上。

“你们这些日子问了我那么多问题，我可以问你一个问题吗？”吆西道。

“当然可以，”何小佳诚恳地说，“我们之间就是应该相互多了解，才能减少误会，促进宇宙间不同文明的共同发展。”

“那你们这里的主人为什么从来没露过面呢？”吆西的问题抛出来了。

“主人？什么主人？”何小佳一下子没理解它要问什么。

“我指的是你们这里的主宰者，”吆西直言不讳道，“也就是你们所说的铠甲人。”

“哦，”何小佳一听明白就告诉它说，“这里没有其他的统治者，你所看见的我们这些人就是主人。”

“啊？你们就是主人？”吆西惊得下巴颏都拉长了，它盯着何小佳上上下下打量了一遍。不怎么像呀，没见她脑袋上长着铠甲，难道身上的铠甲藏在衣服里面看不出来？它看着疑惑道：“这么说来，你也是个铠甲人？”

“呵呵，我可不想要这样的荣耀，”何小佳笑笑道，“我们和你一样，都是软基质的生物人。”说着话，她伸出双臂捋起袖子给吆西看。

吆西将信将疑，用它的四只小手抓着何小佳的两臂摩挲了片刻，这才确信眼前这个漂亮的地球人不是铠甲人。它松开四手，以羡慕的口气说：“你们可真了不起，竟然造了铠甲人的反，太伟大了。”

啊？这回轮到何小佳惊得下巴颏拉长了。弄来弄去，吆西也在用异样的眼光审视地球人，这跟前阵子大家认为机器人造核桃人的反有着异曲同工之处。看来，星际文明之间的相互审视，就像彼此在照哈哈镜，你看着人家怪怪的，人家还看着你怪怪的呢。跟吆西继续谈下去，核桃人身上的谜团应该是不难解开的。

“谈不上造反不造反，我们这里从来就没有被铠甲人统治过。”何小佳本想说从来就没有出现过铠甲人，但转念一想又不对，最近几十年冒出来的猴机杂合体之类的混基质生命，其实就是铠甲人的意思，606基地也是干这事的，只是还没有发展到核桃星的程度。

“这怎么可能呢？”吆西对何小佳的话不甚理解，它思索了一下像是找到了答案，微微点头道，“你们的文明进化程度远远超过核桃星，看来铠甲人早已退出历史舞台了。”

“不是退出，而是不曾有过。”何小佳明确告诉吆西，地球文明已有几千年的发展，没有经历过铠甲人统治的阶段，甚至连混基质生物本身也只是最近才出现的，它们刚刚问世还远没有形成气候。她反问吆西道：“你们核桃星怎么会成了铠甲人的天下，让它们反仆为主呢？”

“铠甲人本来就是统治者，是主人呀！”吆西说铠甲人的文明历史据说也经历了几千年，而像它这样身体没有铠甲的软基质生物人，诞生至今才百来年历史，比机器人存在的时间还要短，谁也没想过反仆为主的事。

“原来如此啊。”何小佳一瞬间有了醍醐灌顶的感觉。地球人长期坐井观天，自己多年来了解的那点生物学，其实只是自家星球上的生物知识，对巨量的宇宙生物来说不过是沧海一粟，一个小小的外星人吆西就足以向地球生物学发起挑战。

在监控室内，孟想一干人对吆西的话也都听得明明白白。难怪铠甲人会主宰着核桃星耀武扬威，人家原本就是那里的万物之灵。孟想也是大开眼界了，地球上高级动物的发展，是从软基质的生物人到硬基质的机器人再到混基质的杂合体，而核桃星则是先有混基质的铠甲人后有硬基质的机器人再到软基质的生物人，二者的发展路径是完全相反的。这样看来，核桃人身上一些颠三倒四的事也就不难理解了，只是看不出这种不同星球环境中生命演化的不同轨迹有没有更多的意义。

孟想从监控视频上看见，何小佳站起了身，说是要去给吆西拿些好吃的东西来，要它稍等片刻。孟想趁此空当按住传声器的隔音键问道：“Allen教授，您觉得核桃人与我们地球人相比，演化路径有没有优劣之分？”

“哦，我想应该是有差别的，至少是中国人所说的橘生淮南淮北之别。” Allen教授也刚从思考中回过神来，他说具体到核桃人和地球人各自的演化路径孰优孰劣，现在还很难下结论，但他相信，不同的路径对科学技术的发展会有直接影响。

郑合若有所悟道：“这么说来，何小佳提出的技术偏科问题，应该能从这里找到答案了？”

“没错，这起码已能从原则上回答核桃人为何技术偏科的问题。”Allen教授说这个问题很值得深入研究，过去人们研究技术社会学，把技术与政治、经济、军事、文化等方面的互动关系全都分析得头头是道，却唯独忽略了技术发展与智慧物种自身进化的关系，现在回过头来再看，这可是关键。他说：“宇宙间的智慧物种应该还有更多种演化路径，也许正是这一点，才决定了不同星球文明的最终命运，结局会是天壤之别的。”

“天壤之别？”孟想听着Allen教授后面这话感到难以认同，能有这么玄乎吗？要说不同星球的主宰者各有不同的演化路径，会带来各自技术领域的发展不平衡，那顶多也就是掌握技术的迟早问题。要说会造成天壤之别的结局，那是不是有点言重了？就拿核桃人跟地球人来说吧，两者沿着相反的路径演化，好比一条道路两边既有山又有水，你从这边出发往前走，先看到了山后看到了水，我从那边出发则先看到水后看到山，中间或许你多看几眼我少看几眼，差别总是会有的，但不至于这点差别会决定最终命运吧。

“我指的不光是核桃人与地球人，”Allen教授说，“我那是在猜想，不同星球的物种进化既然存在着多种路径，那也许就会有一种幸运的路径，能突破文明进化的瓶颈而进入更高级的阶段，这样的智慧物种才不会在宇宙中孤独。”

“您的意思是说，这个问题跟您对费米悖论的思考有关？”孟想似乎跟上了Allen教授的思绪。

“很可能有关，人类文明没能跨进第四个发展阶段，不知道核桃人是不是比地球人要高明些。”Allen教授说到这里，指了指监控视频，没再往下说。孟想一看，何小佳已回到了吆西身边，他赶忙松开隔音键，继续观察那边的情况。

“来，尝一尝。”何小佳把刚刚摘来的一些“蘑菇果”摊开，请吆西吃。这些用基因编辑技术打造出来的蘑菇果看着跟食用香菇差不多大小，兼具了多种水果的营养价值，是在兰宫里用无土栽培方法种出来的，说来这还是何小佳从军医大学带过来的技术。

当年，军医大学奉命参加国际军事医学理事会的一项“比武”大赛时，研制出了这种蘑菇果。那时候，军事医学要比试的是，遁地作战条件下提高大部队生存耐受能力的技术。如今技术手段层出不穷，要在封闭的坑道中保持部队战斗力，基本的生存问题已经不难解决，军用“一口吞”配上浓缩裂解水完全能满足将士们日常吃喝需要，难就难在新鲜果蔬的大量补充。虽然有无土无日照栽培技术的支撑，但挂果周期太长无法跟上大部队消耗的节奏，种在那里一年半载不结果那不是让将士们望梅止渴吗？等到果子长熟搞不好全成敌军的战利品了。所以军医大学那回瞅准时机，成功研制出了这种能十天半个月速生的蘑菇果，为参赛部队赢得了一枚保障技术的金牌。后来何小佳把这种蘑菇果带到兰宫来一试栽，没想到土卫六的环境更利于蘑菇果速生，不消10天时间就能果满枝头。从那以后，兰宫里的人们便有了口福，随时都能采摘到鲜嫩的蘑菇果。

“这种水果长得快，最适合在你们那样的地下宫殿里栽种了，”何小佳边跟吆西一起吃，边向它介绍蘑菇果的大致特点，她说，“在我们这里每天都能采收百来斤。”

“百来斤？那有多少呀？”吆西脑子里并没有“百来斤”的数量概念。

大力士把“百来斤”换算成核桃星的计量单位，又翻译一遍给它听。

“哇，这么多，够我们那里所有人吃了。”吆西说。

“嗯？”何小佳一怔道，“你们核桃星上有多少人呀？”

吆西咽下一口水果说：“除了机器人之外，大概有6桶多吧。”

6桶多？人口能按桶来计数吗？何小佳当然也不明白核桃星的计量法。大力士解释说，核桃人采用的是16进制，满16为一桶，6桶多大概就是百来人。

核桃星只有这么点人口？！何小佳大为震惊。她脑子里飞快思索着，无论从生物学角度还是社会学角度来说，区区百来人的核桃人族群，绝无可能进化成现在这样一个文明社会，更不可能发展出不亚于地球人甚至超过地球人的科学技术，这是起码的常识。这么说来，现在的核桃人要么是大规模灭亡之后的个别幸存者，要么它们就还有更大的母星球。

“核桃人大规模灭亡过吗？”何小佳顷刻间就想清楚了，她问吆西道。

“大规模灭亡？你们真的要下毒手啊？”吆西把刚吃进嘴里的一口蘑菇果狠狠地吐了出来，它的表情惊恐中带着愤怒。

“呵呵，你误解啦，”何小佳笑了笑道，“我是问你，核桃星上灿烂的文明在历史上有没有遭遇过巨大灾难？”

“那倒没听说过。”吆西松了口气。它说前段时间核桃星上议论纷纷，大家都担心那个突然降临的UFO会毁了它们的家园，那它们就无处可去了。

何小佳心中已有了数，现存的核桃人并不是核桃星毁灭之后留下的一些幸存者，而是另有来历。但吆西却说它们无处可去，到底是怎么回事？她不失时机又问道：“你们的母星球在哪里？”

一问到它们的母星球，吆西沉默了良久，它显得非常伤心。

“没……没了，找也……找不到了，”吆西呜咽着说，“就算找到，也回不去了。”

找不到就意味着丢了，但母星球又不是个小飞行器，怎么会弄丢了呢？再说核桃人还有先进的即时通信球，总不至于说丢就丢呀。何小佳起身轻轻拍了拍吆西的肩头，安抚道：“不要着急，慢慢说，究竟发生了什么事？”

“我从小就盼着有机会亲临母星球去看一看，”吆西轻叹一口气道，“谁知道说没就没了。”

何小佳听着感到很奇怪，她问道：“你从来没去过母星球吗？”

“没去过，我是在核桃星上出生长大的。”吆西说它虽然没去过母星球却看过大量的视频，那是个非常美丽的大星球。它说看着就让人振奋，天空中飞来飞去的交通工具穿梭忙碌着，还有悬浮着的各种人工装置，地面上遍布着高高低低五颜六色的漂亮建筑，还有密密麻麻生活着的人们，就连地表之下也到处是巧夺天工的人造设施。吆西说那可真是个热热闹闹的大家园，虽不能至心向往之，比荒荒凉凉的小核桃星要繁华得多。

“母星球离核桃星应该不远吧？”何小佳问。

“以前是在桶子光范围之内，现在可能已到桶桶子之外了。”吆西道。

大力士解释说这话翻译不清楚，大概意思就是说过去近在咫尺，如今遥不可及，丢了当然就远去了，“已到桶桶子之外”可能就是说它们的母星球一个劲儿往远处跑的意思吧。

什么乱七八糟的哟？何小佳心想，别说是大力士译不清楚，就算译准了也听不明白，一会儿说丢了找不到了，一会儿说使劲往远处跑，既然找不到了怎么知道它往远处跑，这不自相矛盾吗？再说了，星球又不是动物，哪会突然拔腿就跑嘛？这个问题一时半会儿恐怕弄不明白，那就再问点别的，何小佳又道：“你们的人当初为何要去核桃星呢？”

“哦，听说那是几桶年以前的事了。”吆西断断续续把它知道的情况说给何小佳听。

在相当于地球人的一个多世纪前，核桃人的母星球已是个很发达的社会了，物质产品极大丰富以后，人们便不知不觉把大量精力倾注在了享乐上，“快乐生活”几乎成了每个人的追求。慢慢地，社会生活的方方面面都充斥着娱乐元素，各行各业都信奉“让人快活，不乐不为”的理念。伴随着五花八门的新型娱乐设施和产品越来越多，新宠物的设计制造也成了一种社会时尚，就在那个时期，软基质的新型人类出现了。

为什么会突然间无中生有出现这么个新物种？吆西说，新物种就是铠甲人根据自身结构特点卸了“甲”而改造出来的宠物。与当年智能机器人问世后迅速发展相比，软基质生物人的发展速度更为迅猛。很快，这些新型人类的队伍就壮大起来，它们在一些铠甲人的支持下建起了自己的民族，并且有了本民族的自治区域。这样，那个母星球就形成了铠甲人、机器人、新型人类三种智慧生命并存的局面。当然，社会的统治者仍是铠甲人，机器人和新型人类都是仆从，社会的基本结构并没有改变。

但是，三足虽然不是鼎立关系却矛盾日增，特别是最晚诞生的新型人类总有某种后发优越感，后生在核桃星上本该受尊崇的，它们不甘心居于最底层，因而与作为主宰者的铠甲人时有冲突发生。这慢慢引起了铠甲人高层的警觉，它们对软基质生命的情况本来就掌握不多，对新型人类的技术特点就知之更少了，远不如它们对硬基质机器人得心应手的掌控程度，它们觉得任其发展下去是非常危险的。

可能就是基于这个原因，铠甲人决定组织力量专门研究过去较薄弱的软基质生物技术，想尽快号准新型人类的命脉以防将来不测。然而，专门的研究机构建立不久，就遭到了包括新型人类在内的很多核桃人的不断抗议，它们指责这种做法有违生命伦理。最终，研究机构在母星球的工作难以开展下去了，于是就搬迁到了位于同一恒星系内的一颗小星球，也就是核桃星上。吆西就是后来在核桃星上出生的，它自幼聪明伶俐，铠甲人也对它进行了重点培养，所以它长大后就一直在核桃星的核心部门工作，相当于总裁办公室的一名文员。

吆西谈到这里似乎很伤感，它说自己做梦也想不到，正值人生美好时期会彻底失去母星球，而成了个太空弃儿。它说自己命途多舛，还没轮到它晋升为铠甲人却先遇到了外星人，想去母星球去不成却被劫持到了外星球，成了素昧平生的地球人的俘虏。

同是天涯沦落人，何小佳也是很有感慨的。她听了吆西这么一番述说算是搞明白了，核桃星上的研究机构和土卫六上的606基地，无论是背景还是使命都有着惊人的相似之处，这可能也体现着智慧星球的某种宿命，殊途同归。就像Allen教授说的那样，你从你的角度看着它偏科，它也从它的角度看着你偏科，实际上彼此彼此，只是这回两个各自偏科的“怪物”一不小心撞到了一起，便有了相看两相厌的这场冲突。她估计，核桃人跟它们的母星球失去了联系，十有八九也是母星球那边出了天大的麻烦。

“别难过了，”何小佳安慰吆西说，“你以后或许还有机会回到母星球去的。”

“不可能了，母星球已经消失了，”吆西轻轻摇头道，“就连派回去察看情况的两艘太空船也一起消失了。”

吆西告诉何小佳说，这大概是半桶多年前的事，母星球突然发生了一场大爆炸，据说是铠甲人与新型人类为了争夺地心能源而引起的，具体情况它不清楚。大爆炸发生后不久，核桃星与母星球的即时通信就中断了。那个时候母星球还在，从核桃星上用肉眼看，那是个浅灰色的星球。“有拳头这么大。”吆西伸出它那小拳头比画着说，它的小拳头跟一个乒乓球差不多大。

通信中断了，那就赶紧派人回去打探情况。吆西说核桃星当即就派了一艘太空船飞回母星球，那艘太空船一直跟核桃星保持着即时通信，它抵达母星球的同步轨道后报告说，母星球上空烟尘滚滚混浊不堪，探不清地面情况无法着陆，希望再派一艘太空船携带透射观望筒及驱尘装置前往增援。当时，核桃星上只剩下一艘备用太空船了，因为运送补给的太空船此前不久已飞回了母星球，按常规是派不出飞船的，但在此紧急情况下，就不得不动用最后这艘备用太空船了。

可是，就在后面派出的这艘太空船还在飞行途中的时候，前面先抵达的太空船又报告说，母星球再一次发生了爆炸，火光和烟尘冲天怕是没救了。这一次爆炸，不仅母星球附近的太空船看得见，就连相距遥远的核桃星都感受到了，像是一股无形的气浪扑来，推着核桃星轻轻地颤了一下。就在这一颤之后不久，核桃星与那两艘一前一后飞往母星球的太空船也突然失去了通信联络，线路仿佛一下子被人剪断了。

“你们不都用即时通信技术吗？”何小佳觉得很奇怪，那两艘太空船并不在母星球上，特别是后一艘尚在路途中，母星球爆炸应该不至于把遥远太空中的通信球也炸飞呀，她说，“怎么可能两艘太空船的通信同时都断掉呢？”

“搞不懂，连我们那里的专家也觉得不可思议。”吆西说接下来发生的事更奇怪，太空中的母星球也忽然不见了。

核桃星上那阵子真是慌了神，它们面对神秘的天文异象无所适从，各种离奇的说法一时甚嚣尘上。科学家给不出个由头，占鸟术师们就出来解释了，它们说是宇宙的一个黑洞显灵了，说那其实就是一只巨大的圣鸟，它把母星球一口吞吃了。科学家则号召人们别信邪，说本星系周围根本就不存在黑洞，母星球绝不会无缘无故消失，一定会找到的。大家相信了科学家的话，人人参与搜找，天天仰望星空，但找来找去，核桃人心目中那颗神圣的浅灰色星球却始终无影无踪。不仅肉眼遍找不见，用天文望远镜也看不见，后来专家们用射电望远镜、中子望远镜漫天搜寻还是找不到任何蛛丝马迹。吆西说有一位专家日夜不停地搜找都走火入魔了，他在超出即时通信球作用距离几百倍远的X星座附近发现了一颗星体，硬说它就是原来的母星球，怎么看怎么像。大家都认为这是不可能的事，是痴人说梦，但这却是唯一捕捉到的一点风影。

“把人都快要找疯了，还是没下落，”吆西打了个哈欠说，“弄丢了，莫名其妙就丢了啊。”

确实有点莫名其妙，何小佳心想，低头不见抬头见的母星球，跟那些翘首凝望的核桃人玩躲猫猫兴许有可能，但要溜出那些巡天望远镜的搜索视野似乎没可能，这里面一定有问题。她还想追问些情况，见吆西已表现出一副昏昏欲睡的样子，便打消了再问的念头。吆西来到兰宫后生物钟还没调好，核桃星跟土卫六的昼夜交替节奏不一样，睡眠周期当然有差异，现在到它睡觉的时间了。

“你先……”何小佳站起身，她本想说“你先休息，改天再聊”，话刚一出口猛然想到重要问题还没涉及，于是，又改口道，“对了，能不能简单告诉我一下，代索是什么东西？”

“这件事你们问了几桶遍，该说的我都说了，”吆西嘟嘟囔囔道，“我又不是科学家，就算把我逼成个代索我也还是不知道。”

“好了，我不问了，你先睡一觉做个好梦哈。”何小佳移步往外走，她心里很清楚，再多问代索的事会导致吆西愈发反感，此前的问话已有教训。但她并没有死心，而是换了个方式最后努力道：“等你睡醒起来，帮我随便画一张代索的草图，好吗？”

“我画不出来。”吆西一口回绝。它说自己从来就没见过代索是什么样子，科学家们研究出来的那玩意儿，从不示人，要不是这段时间嚷嚷着要往G星球运送，它连代索的皮毛知识都不了解。

“国之利器，不可以示人。”老子这句话的道理，连外星人都懂。

何小佳停下了外移的脚步，她趁机接上话问道：“那你知道为什么要往G星球运代索吗？”

“去探一探路呗。”吆西说核桃人发现了G星球之后就一直在研究其宜居性，它们的科学家认为那里的环境并不太适合铠甲人生活，倒是挺适合软基质生物居住，所以要先弄代索过去试试水。

“哇，那代索肯定好厉害，”何小佳做惊讶状，“开路先锋一般都是威风凛凛的，是吧？”

“这我就不知道了。”吆西说它被郑合他们抓到的那天本来是有机会见到代索的，它当时正要去代索研究库，没料到刚出门不久就被诱捕了。

第18章

智慧物种天性好斗

监控室里，郑合听了吆西的话懊悔不已，他一拳砸在自己的另一只手掌上。咳，早知道这样的话，就该等吆西从代索研究库返回的时候再抓捕，让它看上一眼代索就不会这样一问三不知了，就差这么一眼呀。“看一眼就拔不出来”，这话一点没错，谁都说不出上帝长什么模样，就是因为谁也没瞄见过上帝一眼。

大力士看着郑合也遗憾地直摇头，要是知道吆西当时去代索研究库的话，就该悄悄地跟过去，连代索也一起抓回来多好。省得像现在这样费力费神，翻过来译过去没完没了，还是搞不清那神秘的代索是个什么玩意儿。大力士这会儿恨不得自己能立刻变成代索，让孟想他们瞄上一眼。

“嘀嘀……”屏幕上出现一行提醒字幕：诺苏号空间站呼叫！郑合冲孟想轻轻点点头，迅速起身离去。

自从知道了核桃人拥有先进的通信手段之后，孟想就让郑合告诉忆牛顿，尽量减少诺苏号与606基地之间的联络。土卫六这颗星球无疑已经被核桃人盯上了，千万不能再暴露了诺苏号，万一空间站被它们摧毁掉，幸存的地球人可就连个最后的避风港都没了。孟想希望忆牛顿尽可能保持通信静默状态，它只要帮606基地监视着核桃星方向的动静就可以了，除非情况紧急一般不要主动开机呼叫。

就为这事，郑合当时还跟忆牛顿磨了不少嘴皮子，好说歹说，才最终说服了它。

忆牛顿起初一听说要它停用通信系统，就很不高兴。它在诺苏号上工作多年，从来都是乐颠颠地担负着太空通信的中转枢纽重任，热热闹闹跟地球和飞行器保持着密切联系。虽然现在已失去了跟地球大家庭的联络，但也不能主动关闭通信系统当孤家寡人呀。它告诉郑合说，当初汪芸、陈万通、许光辉、Jolene一起商定好了的，由它担任这个太空大本营的留守司令，现在正是紧要关头，哪有前方将士在奋勇拼杀，后方司令装聋作哑当逍遥看客的道理？

郑合说文武之道一张一弛，该当逍遥看客的时候还是要当。忆牛顿说它把头缩起来事小，要是许光辉和Jolene想联系它却联系不上就耽误大事了。郑合说许光辉他们困在“笼”中根本就没法往外发出声，就算他们有事要联络也可以直接呼叫606基地，误不了事。

那要是汪芸和陈万通他们呢？忆牛顿说他们可是随时会联络大本营的，而且他们压根不知道606基地这茬子事，要是联络不上大本营那可就成断了线的太空风筝了。郑合耐心解释说，通信静默不是长期的，现在不是正在跟核桃人较量吗，等挨过这段日子你搞个太空广播站都没关系。忆牛顿执拗地说：“要是这段日子刚好汪芸和陈万通来跟诺苏号联络呢？”

郑合见三言两语说不通，就不得不跟它讲军事道理了。他告诉忆牛顿，人类建造的空间站虽然耗费了昂贵成本，动用了各种先进技术，但从军事角度来看却很脆弱。空间站漂浮在太空中，就像军事目标暴露在开阔地带，一旦遭到攻击既没处躲也没处溜，实际上就是个易攻难守的太空靶子。特别是诺苏号这样的远离地球的空间站，当时几乎没考虑建立防卫力量，若是一不小心被核桃人发现了，那根本就经不起它们的轻轻一击，最终的下场就是成为一堆太空垃圾。

忆牛顿不信，说郑合是危言耸听。郑合说千真万确，他曾见识过空间站遇袭的事。虽然说来话长，郑合也不得不费点口舌说给忆牛顿听一听。

那还是他刚读大学不久的事。

作为一名未来的军医，郑合理所当然很关注军事技术的发展动态。他注意到，近10多年来基于声、光、电磁等技术而涌现出来的各种新武器，对人体的杀伤特点已发生显著变化，总体趋势是，致伤性武器的花样越来越多，致死性武器则日益减少。这大概也是文明进化的一个成果。人道主义大旗下的未来战场，估计“伤残军人”的数量会远远超过“革命烈士”。然而郑合没想到，传统的火药武器也在变着花样发展着，一个与大趋势相反的例子是，有人研制出了“反引力手雷”。这种手雷杀伤力极大，在爆炸瞬间能造成爆炸物周围局部环境的引力消失，炸开来不只是造成血肉横飞的效果，更是血雾肉霾的惨状。即使是没挨到爆炸物碎片的人，也会被气浪一下子掀飞到半空中，紧接着重力恢复就成了自由落体而坠地的伤亡者。

反引力手雷能有这样的威力？郑合乍一听说将信将疑。课堂上，他问那个姓孙的授课教官，这种手雷的致伤机制很特别，有没有相关的技术资料。孙教官回答说目前还没有，但有消息说已有某些非法军事组织研制出了这种手雷，各国军方正保持着高度警觉。

郑合听了很不以为然，他觉得新概念武器历来就有提前炒作的习惯，几乎每一项重要的新技术问世之前，都会有军事预言家宣称将很快实现武器化，但到头来真正形成战斗力的新武器并不多。实际上很多所谓的新概念武器都是从军事预言家们的嘴里吹出来的，结果很不可信。这几十年反引力技术发展迅速，相应的新武器概念当然也会出炉了，可能又是真真假假，世上到底有没有反引力手雷还很难说。

然而，郑合想错了，他的怀疑很快就被现实彻底打消。就在那年平安夜的晚上，伦敦街头发生了一起爆炸袭击案，一名妇女向密集的人群扔了一颗炸弹造成死伤无数，爆炸现场真的是血花飘荡、肉骨飞溅，还有许多人飞向空中又跌落而亡，那是人们都不曾见过的惨不忍睹的景象。臭名昭著的恐怖组织伊士拉阵线随后就宣布对这起爆炸事件负责，他们还通过半岛电视台播放了反引力手雷试爆的恐怖画面，并威胁说伦敦的行动只是个开始。国际社会震惊了，郑合也不得不相信孙教官的话，反引力手雷确实已经出炉了。

伦敦的悲情气氛尚未散去，谁也没料到几天以后，就在元旦的那天中午，日本的大阪也突遭恐怖袭击。恐怖组织如法炮制，把一个电影院里正在看电影的人们几乎炸成了肉末。

就在这次恐怖袭击发生的同一时间，远在太平洋彼岸的联合国秘书长正在向全世界发表新年贺词，他一得知大阪发生爆炸的消息就勃然大怒，差点就把演讲的麦克风当成反引力手雷一掌给劈了，人们难得一见“愤怒地祝福新年”的样子。接下来，联合国安理会紧急磋商，定出了一揽子应对措施，其中一点就是要尽快开展针对反引力手雷的反制技术研究，由安理会的几个常任理事国具体组织实施。

不久之后的一天，孙教官在课堂上讲完课之后告诉学员们，这是他为大家讲授的最后一堂课了，因为他接到了任务要去参加联合国的一项维和行动，跟反引力手雷有关。郑合一听很兴奋，没想到新概念武器离自己这么近，身边就有人要介入。一下课他就拦住孙教官问，是不是要去开展反制技术研究，孙教官亲昵地拍打了一下郑合的军帽，笑着说：“军人的保密纪律你忘了？不该打听的事少打听。”他叮嘱郑合好好读书，等他完成任务回来再给他讲解反引力手雷的致伤机理。

时间一久，郑合淡忘了这茬事，学习任务这么紧张也不能总想着那手雷的事。

有一天晚上，郑合跟几个同学正在附属医院见习，忽然听到了空中救护飞机呼啸而至的声音。大家都明白，一准是来了急救病人。紧接着，医生护士们紧张忙碌起来，说是来了一批烧伤、爆震伤的重伤员，需要马上组织全院抢救。郑合跟同学们一样并没感到大惊小怪，军医大学附属医院救治烧伤、爆震伤的医术那是远近闻名的，很多地方一出事故首先就想到把伤员往这里送，这几乎无人不晓。

“你们几个同学，马上到创伤科去帮忙。”带教军医刚接了个电话，果断下令道。

郑合跟同学们接了命令，立刻三步并作两步赶到了创伤科。他们在那里见到了刚抬进来的几十个伤员，这些人一看都是重伤员，一个个头上、脸上都缠着绷带，身上的衣服也已烧得残缺不全，裸露出一处处暗红色的烧伤部位。郑合很快就注意到，这些人身上尚未燃尽的服装都是统一的制服，仔细辨认一瞧，好像是联合国维和部队不久前刚统一换发的制式军服。不对呀，郑合心想，没听说中国周边地区有维和部队在执行任务，哪儿来的伤员？

“你们别愣着，赶紧帮着辨认伤员身份。”郑合还没想清楚，就听到了后脚刚赶到的带教军医下达了任务。

郑合跟同学们这才反应过来要他们来帮的是什么忙。他们这些见习学生对这样的危重抢救按说是插不上手的，既没有救护资格，也不懂伤情处理，只能在外围打打下手，辨认身份倒挺适合他们干。这活说起来也不复杂，只要采集到被辨认者的DNA样本，用辨识仪的探头进行扫描，经过计算机软件的处理，就能在屏幕上显示出被辨认者的容貌。如今这技术早已应用开来，比过去用手机扫二维码难不到哪儿去。容貌一显示出来，再拿去跟维和部队的照片一比对，谁是谁就一清二楚了。

郑合立即和大家一样行动起来，他采集到几个伤员的DNA样本，就开始用辨识仪进行扫描，一个、两个……伤者的容貌陆续显示出来，郑合一一进行标记、存储。等进行到第五份样本的时候，伤者的容貌在屏幕上刚一显示出来，郑合“啊”的一声大叫，浑身立刻惊出了冷汗。

这不是孙教官吗？他怎么会在这些伤者当中？郑合的叫声惊动了在场的人们，大家以为是仪器漏电还是怎么了，纷纷围过来察看。一些医护人员惊诧后也都认出来了，没错，这伤者正是他们的战友、同事，被派去执行维和任务的孙教官。

经过多天抢救，孙教官才慢慢恢复了神志。后来，郑合时不时抽空去医院探望，从孙教官断断续续的叙说中，了解到了事情的来龙去脉。

联合国安理会的技术反制措施当初一经确定，中国、英国及俄罗斯三方很快就商定了联合行动计划。既然是针对反引力武器开展技术研究，那找一处失重环境做实验最好不过了。俄罗斯专家建议到他们的“普京号”空间站去，这个空间站已在地球同步轨道上运行多年，俄罗斯方面已准备弃用拆除，现在正好可以派上用场，俄罗斯政府方面已同意等这次联合国交办的任务完成之后再拆。这好比是一幢建了多年的旧房，在拆前再最后发挥点余热，中国和英国的专家都认为这个办法省时省力，于是很快就一起进驻了。

然而没有不透风的墙，普京号空间站的异动引起了一些恐怖组织的注意，经过一段时间的搔扰试探，攻击破坏行动就开始出现了。虽然中国的

“太空安保技术中心”协助普京号提高了防卫能力，对普京号周围空间的监控也加强了，但依然防不胜防，空间站在空旷如野的太空轨道上还是遭到了几次破坏性袭击。

第一次袭击来自一架太空观光穿梭机。袭击者用的是压缩磁力枪，这种枪可以隔着舷窗玻璃射出强压缩磁束，击中目标后能瞬间发散形成一个超强的磁场，从而致周围的电器设备损坏，同时也能致人体损伤。那天，当观光穿梭机途经普京号附近时，袭击者射出的磁束打中了普京号一个角上的娱乐舱，造成“穿越箱”等一批休闲设备严重受损，幸好当时不是空间站上的娱乐时间而未造成人员伤亡。

此事让人吃惊不小，谁也没料到，地面飞上来的观光穿梭机会成为恐怖袭击的掩体，这跟趁人不备坐在车里打黑枪没什么两样。

还没等普京号缓过劲来，时隔不几天，又发生了第二次恐怖袭击。这次袭击不是坐在车里朝外放黑枪那样小打小闹，而是动作非常大，差点就替俄罗斯政府把整个空间站提前拆毁了。

事发当天，欧洲宇航局用新型的“蒙娜丽莎运载火箭”为一家公司发射了一个水星探测器，火箭载着探测器飞出大气层不久就开始变轨，朝着水星方向而去。可是接着就发生了意想不到的情况，火箭飞了一阵子后，就突然改变方向，瞄准普京号的方位便冲了过来。

普京号上的人立刻意识到情况危急，顾不得保密要求就直接呼叫欧洲宇航局，还没等接通连线，火箭就已经冲近普京号了。眼看着一场太空激吻的惨剧就要上演，普京号果断动用激光炮，将那火箭连同探测器一举摧毁在空中，这才避免了空间站被暴力强拆的厄运。但是普京号空间站也还是挂了重彩，就在激光炮击中火箭前的几秒钟时间内，那探测器上发出了一枚含氢的气包弹，这种气包弹无色无形难以防范，击中普京号后炸坏了一个工作舱，正在舱内工作的一些专家也受了轻伤。

遭到这两次袭击之后，联合国就不得不进一步加强普京号的防范措施了。于是，美国方面出动了一艘太空驱逐舰，这艘战舰随着普京号一起移动，横挡在空间站与地球之间，日夜不停地盯着来自地球的飞行器，起着保驾护航的作用。而且它已得到了安理会的特别授权，可以将任何不听警告而靠近普京号的飞行器当场击毁。有了这么一个战斗力生猛的保护神面朝地球挡在中间，普京号空间站似乎彻底安全了，孙教官他们的研究工作也慢慢取得了重要进展，完成任务已经指日可待了。

不料，就在大家打道回府的前夕，一枚激光炸弹从普京号背朝地球的外围空间突然袭来，猝不及防的普京号终究还是没能躲过起火爆炸的一劫。那艘耀武扬威的战舰连寻找还击目标都来不及，就投入到抢救伤员的行动中，驱逐舰没驱到谁逐到谁，马上就成了太空救护舰。

孙教官躺在病床上告诉郑合说，这次袭击很可能是恐怖分子从金星上发动的。因为遇袭前一刻，普京号上的人都看到了明亮的金星，有人当时还开玩笑说，金星、普京号空间站、驱逐舰、地球四者刚好呈直线排列，这也算是一次天文奇观。孙教官叹息说空间站太脆弱不堪了，它的反袭击能力比木头做的碉堡好不到哪儿去。

郑合把这段故事讲给忆牛顿听，是要让它明白一个道理，前车之覆后车之鉴，诺苏号一旦不小心暴露了目标，其毁灭的下场比当年的普京号来得更快。

忆牛顿对郑合的苦口婆心总算是理解了，郑合是个货真价实的军人，他从军事战例中给予的告诫自有道理。从那以后，诺苏号就没再跟606基地联系过，忆牛顿一直按要求警惕地监视着核桃星那边的动静。现在，忆牛顿突然呼叫606基地，郑合觉得一定是有重要情况发生。

兰宫的监控室里。

郑合起身离开没多久，何小佳跟吆西的谈话就结束了。孟想长长舒了一口气，他感到收获很大，笼罩在核桃人头上的神秘面纱基本上揭开了，但他还是感到有一些稀奇古怪的事难以理解，要听听Allen教授怎么说。

“Allen教授，吆西刚才说核桃人的母星球突然消失了，您觉得应该怎样理解？”孟想问道。

“这种可能性是存在的，吆西讲的恐怕还不到位，”Allen教授若有所思道，“很可能不止它们的母星球，而是那个星系的一大批星球都同时消失了。”

孟想听着更糊涂了。他刚才还以为自己基本上弄明白了，核桃人的母星球发生大爆炸以后就突然消失了，是炸得粉碎还是别的什么原因没了踪影，都是那个母星球自身的变故。现在Allen教授却说可能是一大批星球都消失了，这就让人费解了。他疑惑道：“会有这么离谱的事吗？”

“一点都不离谱呀，我们不能仅凭自己的常识去理解宇宙空间，”Allen教授说，“太空并非铁板一块，而是能弯曲能伸缩的，甚至可能能够像纸一样折叠。”

孟想和在场的人听着都是一脸不解。Allen教授见状便接着说，他现在越来越相信空间有弹性的说法，核桃星很可能就是从遥远的太空“弹”到太阳系附近的，因而核桃人突然找不到它们的母星球以及周边原来的一大批星球也就不足为奇了。实际上，核桃星的现状表明，它就是脱离了原来星系的一颗“流浪星”。

“流浪星？”孟想听说过这个概念，知之不多。但他能理解其含义，“流浪”嘛，就是居无定所、在外漂泊的意思。宇宙真是奇妙，人可以四处流浪，星球居然也会有流离失所的时候。

Allen教授说前段时间忆牛顿提供了大量信息，他从中仔细分析了当初许光辉和陈万通之间的通信记录，他们两个都提到了宇宙的时空问题。特别是许光辉，他误入核桃星以后切身感到了那一带空域的奇怪变化，他甚至还大胆推测说核桃星是来自1000多光年之外的一颗星球，目前的状况就是空间的弹性变化造成的。Allen教授对许光辉的这种说法本来一直持怀疑态度，一家之言孤证难信，但他现在却兴奋道："刚才我受到启发忽然间改变了想法，觉得许光辉的推测很可能是正确的。"

"您是说，吆西一下子证实了许光辉的推测？"孟想追问道。

"把吆西讲的一些情况综合起来分析，可以从两个方面得出结论。"

Allen教授说第一个方面就是即时通信球的问题，两艘一前一后的太空船同时跟核桃星失去联系，这用常理是解释不通的。核桃人早前就介绍过，通信球在几十光年距离内可以实现即时通信，超出这个范围才会失灵。那么，是不是可以这样设想，两艘太空船随着母星球一起，突然跟核桃星拉开了远远超过几十光年的距离。或者换个角度理解也行，核桃星一下子被推出了几十光年之外，所以核桃人才会既看不见母星球也听不到太空船上的声音了。

Allen教授说的另一个方面是，核桃人当中也有许光辉那样的明白人，它们的个别科学家在遥远的X星座附近已发现了疑似母星球的一个星体。Allen教授说核桃人的智慧水平不在地球人之下，它们跟地球人一样发现了那个宜居的G星球，就说明人家的天文观测能力不容置疑，重新找到的母星球可能就是真的。虽说科学家在X星座附近的发现不被众人认可甚至被吆西它们说成是疯话，但地球人还不是一个德性吗？历史上每次颠覆传统理念的科学发现，一开始总会遭到很多人的非议和责难，甚至被斥为异端邪说，然而真理往往就掌握在少数人手中。

“我可能也发现了真理。”何小佳的声音伴随着她的身影一起飘了进来。

“呦呵，今天的功臣来了，”Allen教授笑道，“你是不是自己找到偏科问题的答案了？”

“不止明白了偏科的缘由，而且我觉得核桃人现在跟地球人的想法差不多，都强烈希望移居到外星球。”何小佳说虽然她不能直接听懂吆西的话，但在谈到G星球的时候，它那种迫切期盼的神情，她是能感受到的。她觉得宇宙中的智慧物种可能都这样，不顾一切地先吃完了自己碗里的就会再拼命去找别的碗里的，不知这算不算是一条真理。

大力士听何小佳这么一讲，也插话补充说它有同样的感受。这阵子它当翻译越来越觉得，核桃人不惜冒险跟地球人一搏，不是为了借用飞舰运送代索这么简单，而是为了争抢G星球。而且刚才谈到这件事时，它听见吆西小声嘀咕了一下，说地球人要是不打G星球的主意多好，大家就可以相安无事了。大力士说反过来理解这话的意思就是，地球人若是瞄着G星球，那跟核桃人就必有一场恶斗。

“看来会是一场你死我活的较量，就看鹿死谁手了。”孟想也有感而发，他觉得何小佳和大力士的感受都没错。

其实他已经意识到了，吆西刚才说运送代索是先去探一探路，这已经使核桃人争抢G星球的目的暴露无遗。先探路就一定还会有后续行动，这跟许光辉当初去打前锋没什么本质区别。可是，核桃人眼下已没有太空飞行器了，它们靠什么开展后续行动？孟想以前就想过飞行器的事，现在似乎又进一步得到了证实。核桃人打的如意算盘应该是，先稳住阵脚逼地球人让代索搭上顺风车，接下来再抢夺其他飞行器用于下一步行动。要知道，核桃人在几近绝望中好不容易才交了狗屎运，等来了地球人送上门的太空交通工具，它们为此铤而走险，跟地球人拼一仗是顺理成章的事。那就是说，核桃人绝不会让阿哲261号重获自由，搞不好它们还要算计前去增援的其他飞舰，拼杀是不可避免的。看来智慧物种的星际交往很不简单，要是永远不碰面，那就是同一个宇宙同一个梦想；要是一不留神碰到了一起，那就是相看两厌，不共戴天。

“我们不怕那些小小的核桃人，要干就让我去冲锋，跟它们决一死战。”大力士义愤填膺要请战了。

“真是搞不懂你们，为什么一定要血淋淋地厮杀一场呢？难道就找不出一种双方都能接受的解决办法吗？”何小佳边说边看了孟想一眼，说完又看向Allen教授。她心里很清楚，地球人跟核桃人最终的激烈交锋已到了一触即发的关头，孟想他们这些有血性的军人积极应战没什么错，但她内心深处总是不希望看到两个智慧物种刚有接触就拔刀相向，也许Allen教授会另有高见。

Allen教授看出了何小佳的心思，他耸了耸肩，两手一摊道：“军事问题可不要在我这里找答案，我早就说过，我对兵法一窍不通。”

“教授，科学和军事之间往往是打断骨头连着筋，您不妨从科学家的视角给大家解读一下这场太空冲突吧。”孟想接过话请求了一句，他当然也很想知道Allen教授现在了解到核桃人的情况后对这场太空争斗会有什么新的看法。

在孟想看来，科学家在用两只眼睛盯着科学问题的同时，总会自觉不自觉地用第三只眼睛盯着军事应用，爱因斯坦当年果断建议研制原子弹就是这样。Allen教授来606基地其实也一样带有军事色彩，他们这样的科学家看待高技术条件下的军事问题往往能高瞻远瞩，比某些所谓的军事预言家更高出一筹。

“咳，既然你们一定要我说，那我就要两边泼冷水了，”Allen教授叹了口气道，“我既不认为一定是你死我活的结局，也不认为会有皆大欢喜的办法。”Allen教授说他刚开始听到核桃星上有外星人的消息时，先是恐惧了一下，继而又对何小佳那种和平主义论调抱有一线希望，现在看来先前的想法并不对头。该怎么看待这场太空冲突？Allen教授说双方的激烈较量也许不可避免，一方击垮另一方大获全胜的可能性有，但两败俱伤一起毁灭的可能性更大，彼此都摸不透也防不住对方的致命攻击，虽然双方都不愿意看到共同灭亡的结果，但还是会选择一搏。

Allen教授说到这里忽然问孟想：“我们有完全获胜的把握吗？”

完全获胜，不就是彻底打败核桃人吗？孟想没有开口回答，而是轻轻摇了摇头。情况越来越明了，就凭606基地这么点散兵游勇的实力，以及简陋的武器装备，跟核桃人硬拼根本就没优势可言，最终能把BRE送到G星球去、把人质解救出来已是烧高香了，要想大获全胜灭了人家显然有点异想天开。但孟想是下定了决心的，他是这里的司令官，是最高军事指挥者，他必须全力以赴，靠智慧和勇气带领大家去争取打赢这场太空遭遇战，舍此别无选择。

“核桃人的智慧并不输我们，”Allen教授见孟想只摇头不接腔，便接着道，“既然我们没有必胜的把握，那就不能总想着‘霸王硬上弓’，毁了星际殖民的大业可就彻底断送了地球物种延续的希望。”Allen教授说地球人与核桃人都是失去了家园的残剩人马，为了各自的生存都会跟对方奋力一争，核桃人的心态应该跟地球人差不多，既然谁也没把握灭掉谁，双方对共同的利益都会有所顾忌，都有智慧正视这个唯一的缓冲点，这也许是造化弄人。

“什么共同利益？”何小佳迫不及待地发问，她一听“缓冲点”便觉得还有求和的希望。

Allen教授说所谓的共同利益就是发送BRE去G星球，在这一点上任何一方用常规思维去耍小聪明，都将招来彻底毁灭的恶果，所以谁都不会主动作死。至于BRE发送之后接下来的搏杀会是什么结局，Allen教授说他无法预料，他不是军事专家不懂谋略，地球人能否战胜核桃人，成事全在天。Allen教授最后不无感慨地说：“核桃人和地球人都只进化到了现在这个阶段，双方都不具备更高的智慧去和平解决这场冲突，估计只能这样去应付了。”

孟想听懂了Allen教授的意思，在发送BRE这个大问题上不要试图做手脚，那样是不明智的也是极度危险的。这一点他倒是想过，不管代索是人是鬼或是别的什么怪物，都要帮核桃人装运，要不然它们就会跟地球人拼个鱼死网破，到头来两台BRE可能都去不了G星球，地球人的星际殖民梦想也就毁于一旦了。但孟想一直想弄清代索是啥玩意儿，要评估一下其危害，他总怀有一种侥幸心理，希望能找到一种零风险的解决办法。经Allen教授这么一说，他觉得在这个问题上已没有回旋余地了，即使搞不清代索的面目也必须委曲求全，无论如何都不能耽误BRE去G星球的行程。好在吆西也说了，代索只是探路的先锋，而不是什么要毁掉G星球的爆炸物。

反过来想想也是一样的，核桃人如果耍花招对BRE做手脚，606基地也会不惜一切代价跟它们玩命的。所以核桃人想搭顺风车，也就不敢对两台BRE造次。但不管怎么说，等到这个缓冲点一过去，也就是在BRE顺利踏上赴G星球的行程之后，核桃人跟地球人之间照样还会有一场殊死争斗，就算只为了抢夺飞舰都会大干一仗，孟想对此确信不疑。Allen教授也意识到了这场争斗胜负难料，他说了“成事全在天”，刻意不说“谋事在人”几个字，那是在提醒他们这些军人充分做好打恶仗的准备。

“Allen教授，说来说去您也是个主战派啊，”何小佳显得有些失望，她不满道，“为什么您就不能想点以和为贵的办法呢？”

“这不是想不想求和的问题，”Allen教授无奈道，“这取决于智慧物种的文明进化程度，我们地球人没有达到那种高度，核桃人看来也不比我们高明，要不然我们可能早就碰到外星人了。”

“现在还不是碰到了嘛，”何小佳咕哝说，“碰到就一定要你死我活吗？”

“哦，这个问题很复杂，”Allen教授看了看孟想说，“以后再谈吧。”

“您对这个问题考虑已久了，”孟想知道Allen教授的答案肯定涉及费米悖论，他早就想讨教了，于是也不失时机道，“今天是不是就跟我们大家分享一下？”

Allen教授转头瞄了何小佳一眼道：“也好，免得被人误以为老朽是个好战分子，我就来说一说费米悖论……”

“不好了，”郑合急匆匆赶来，一进门就气喘吁吁地说，“核桃人有新的动作。”

众人全都一激灵，目光从Allen教授身上一下子转向郑合，听他讲述忆牛顿那里传来的情况。

忆牛顿为人类服务多年，听招呼守规矩是做得到的。它这些日子虽然没跟外界联络过，却并非无所事事打发日子，而是严密监视着核桃星方向的动静。它把空间站里当初为了搜找阿哲261号而使用的各种设备都搬了出来，加上它自己捣腾出来的一些新仪器，长枪短炮全部指向了核桃星的方位，整天监视着那里，却一直没见有什么异常情况，心里还直犯嘀咕，看来核桃人玩不出什么新花样，只会在它们自己的星球上干些打家劫舍的勾当。

想虽这样想，忆牛顿没有放弃监视，就在前几天，它发现了新情况。它监测到，核桃星那边突然飞出来两个很微小的飞行物，不细心几乎无法观测到它们，它用尽办法也只能大致探测出它们有微弱的电磁特征，并正在太空中缓缓移动。

“不会是侦察飞虫吧，”何小佳轻声道，“核桃人原先那两只侦察飞虫被我们关在笼子里了，它们可能又另派两只过来。”

“可能不是，忆牛顿刚开始也这样想过。”郑合说，“奇怪的是，那两个小飞行物飞离核桃星不久就分道扬镳了，一个朝着我们土星方向飞来，另一个却朝着相反的方向飞去。”

“相反的方向？”何小佳有点吃惊道，“难道是冲着那艘在太空盘旋的飞舰而去吗？可那上边只载着BRE并没有载人呀，飞虫去那里侦察什么？”

“应该不是冲着BRE去的，”孟想说，“Allen教授刚才不是讲了嘛，核桃人不会蠢到去对BRE做手脚的程度。”

“没错，紧接着就发生了更奇怪的事。”郑合说朝着相反方向去的那个小飞行物，向前飞了一阵子又绕了个大圈调头了，远远尾随着前面的小飞行物也向土星这边飞来了。郑合说忆牛顿后来测量了一下，两个小飞行物之间有大概相当于飞行一整天的距离，而且前面的并没有减速等待，后面的也没有加速追赶，两个小飞行物就这样保持着距离做匀速飞行。

“这是什么意思呀？”何小佳问。

郑合说忆牛顿也弄不明白是什么意思，它本想等看出点眉目再一并报告，但它实在看不出名堂又怕耽误了事，这才不得不赶紧汇报情况。

孟想敏锐地听出了一种危险，他反问郑合道：“你对此怎么看？”

“可能是核桃人发动进攻了。”郑合说他自己的判断是，两个小飞行物一前一后刻意拉开这么大距离，像是攻击性飞行器在太空做编队飞行，这样可以对目标形成梯次攻击。

“啊？不会吧？”何小佳多少也是懂点军事的，但她还是有点鸵鸟心态，将信将疑道，“这么小不点儿的飞虫能有什么攻击力？”

“没你想的那么小。”郑合说忆牛顿测算出了那两个飞行物的体积，跟普通的鸭子差不多大小。郑合说这足够装填烈性爆炸物了，他不无担忧道：“我敢肯定，这两只‘飞鸭’来者不善。”

“它们什么时候能飞到我们这里来？”孟想问郑合。

“一个来月后到达，”郑合说，“忆牛顿已经计算出了它们抵达土卫六所需的飞行时间。”

一个来月后，这不正是核桃人给的最后时间吗？孟想也认为来者不善，这两个飞行物极有可能就是攻击性武器，说不定核桃人发明的星际导弹就是这样发动进攻的。两只“飞鸭”一前一后，后面那只“飞鸭”先朝着相反方向飞再调头，这可能是核桃人为了梯次攻击而玩的障眼法，只是它们没料到被细心值守的忆牛顿监测到了。看来，核桃人已经开始动手了，人家那边剑已出鞘，自己这边还在磨着刀可就慢了半拍了。孟想感到情势已非常危急，非要等到摸清了代索的情况再行动是脱离实际的，那就要蒙着头被动挨打了。

“迅雷不及掩耳盗铃。”孟想忽然想起了这么一句话。据说这是几十年前一个名叫韩大嘴的体育解说员创作的，现在琢磨起来这句话不仅有搞笑的怪味，更有点像是讥讽606基地跟核桃人搏斗的临战气息。不，地球人绝不能在关键时刻干掩耳盗铃的事，是该出手的时候了。

第19章

激战前的隔空试探

“郑合，大力士，立刻启动备战程序，准备出征核桃星！”孟想下达了战前准备的命令，时间已经不允许他再迟疑了。

“是！”郑合和大力士异口同声，起身离开监控室。

军事行动方案其实酝酿已久了，孟想这段时间跟郑合等几个军人反复研究作战对策，对发送BRE及营救人质前后的具体行动形成了一揽子计划，他们还在4D模拟作战室里进行了演练。但孟想心里一直有点忐忑，除了代索情况不明这个重要原因之外，还有对核桃人的行为特点缺乏了解，这让他很伤脑筋。然而听了吆西的介绍和忆牛顿提供的情报，孟想感觉踏实了许多，不管怎么说，他们制订的行动方案总体上是可行的，无须再做大的调整了。只是核桃人的一些意图还不能完全摸准，还要进一步确认，但不是要找吆西问，而是要在跟核桃人的最后交涉中去打探。

“何小佳！”孟想语气短促有力，继续布置任务。

“到！”何小佳应声起立。

“立刻到地库去，准备跟核桃人通话，我随后就到，”孟想强调说，“一定要让它们的高层出来，就说我们马上要帮它们装运代索。”

马上装运？何小佳犹豫了一下，代索的面目不是还没搞清吗？她本来打算再找吆西聊一聊的。但一看孟想坚定的神情，她立刻应了声“是！”就迅速离去。

接着，孟想又向其他人一一交代了各自的任务，然后也起身准备去地库。

“孟，请你稍等一下，”Allen教授开口拦下孟想道，“耽误你两分钟，我有重要的事情要跟你商量。”

“您请讲。”孟想重新坐定。

一场星际战斗就要打响，军事部署该说的都说了，Allen教授还有什么事要商量？可别一激动，老先生也要搬出什么秘密武器请求参战！虽说606基地兵寡将少，但怎么着也轮不到他披甲上阵呀。

“有一件特殊的武器。”Allen教授身体凑近孟想，压低声音跟他耳语起来……

孟想来到地库的时候，何小佳已经跟核桃人通上了话。他人还没进门，就听到了从通信球里传出来的牢骚话：“硬要我们把头儿叫来，你自己却一问三不知，搞什么鬼名堂嘛？”何小佳不温不火回答道：“马上要为你们装运代索了，就多等一会儿吧。”核桃人那边有点光火道：“不跟你啰唆了，快叫孟想过来说话，再不来我们头儿要走了。”

“我就是孟想，你们太没耐心了。”孟想一进门就先替何小佳解围。

“孟想后生，我们等你很久了，有什么话就快说。”

“那好，我们已经制订出了BRE的调整方案，马上就可以装运代索，我现在要立刻通知许光辉他们。”孟想开门见山，该说什么他早已考虑好，这就开始试探了。

“没必要通知许光辉，”核桃人拒绝道，“代索发送完之后，我们自会放他们走人的。”

“那怎么行呢？”孟想按事先的计划继续道，“不通知许光辉他们，谁帮你们装运代索？”

核桃人直言不讳地说：“你们另派人过来装运，许光辉他们就别插手了。”

“另派人不是多此一举吗？”孟想说，“许光辉他们两人很熟悉BRE，按照调整方案很快就能把代索装好，这样大家都省事呀。”

“奉劝你别耍花招，他们俩暂时不能出来，你懂的。”核桃人也玩起了只可意会不可言传的把戏。

这话听起来的意思是，许光辉他们一旦从那个透明罩子里出来，就会趁机溜走逃离，所以在运送代索之前不能让他们离开，必须先当人质。但这是核桃人的真实意图吗？孟想断定不是。

“即使另派人去，也要让许光辉他们参与一下，有他们在场帮着装运会更利索，”孟想故意不把话说绝，“要不然派去的人会很费事。”

“哦，要是那样的话，到时候可以让他们俩出来协助一下。”核桃人就坡下驴，似乎是不得已让了一步。

孟想的一个猜测旋即得到了证实。核桃人不是担心许光辉他们趁机逃跑吗，另派人去怎么就可以放他们出来协助了？醉翁之意显然不在酒，核桃人要求另派人是幌子，拦截派去的飞舰才是目的。可以肯定，它们的胃口不止想要吞下阿哲261号，还想要缴获地球人更多的太空交通工具。

“那我们就要推迟点时间了，另派人去需要准备时间。”孟想似乎也同意各退一步，他不经意间又提出了新的要求，这是想试探另一个重要问题。

“不行！”核桃人这回的态度很强硬，“讲好的装运时间绝不能推迟。”

“准备不足很不好办呀，我们尽量抓紧办，但起码也要宽限一段时间，”孟想的口气显得很为难，“大家好商量，再急也不差这点时间嘛。”

“没什么好商量的，最后期限的时间一点都不能拖，”核桃人索性把话说死，“朝令夕改的事我们绝不会干，这是底线原则。”

什么狗屁底线原则，孟想心里骂道，分明是虚张声势想掩盖罪恶目的，事情已经很清楚了。他刚想要再开口试探别的事，念培根的声音就传出来了：“别为这些事再耽误时间了，我们头儿已经走了，抓紧派人来吧。”

一离开地库，何小佳就对孟想嘟囔说：“核桃人太怪，推迟一段时间都死活不肯，也太冥顽不灵了。”

“你还没听出来吗？”孟想说郑合的判断是对的，核桃人那两只“飞鸭”已可以肯定是进攻性武器，它们对606基地的攻击已经正式发动了，现在每一个时间节点的改变都会牵一发而动全身。孟想说他其实并不是真想推迟，刚才就是为了试探出这一点。

何小佳立刻明白过来了，那两只“飞鸭”一个来月后抵达土卫六这里，运送代索的最后期限也刚好过了，核桃人便可以肆无忌惮地袭击606基地了。假如装运代索的时间推迟，“飞鸭”到了代索还没装运完工，那就相当于606基地提前遭到攻击，形势就会骤然起变，地球人理所当然就不会帮核桃人运送代索了，因此它们绝不会答应推迟而让如意算盘落空。何小佳充分理解了孟想指挥这场太空作战的难处，他识破了核桃人的诡计也只能装聋作哑顺势而为，一切都要以BRE的安全发送为前提。这样看来，核桃人跟地球人之间的确不存在讲和的可能，幸好它们失去了太空船这样的大型运输器，要不然很可能会派兵马杀过来屠城。

“不行，我还要去找吆西谈，代索的面目还不知道呢。”何小佳一想清楚便对孟想道。

“这件事已经不是当务之急了，”孟想说，“我们马上就要动身应战，你赶紧试着去办另一件事。”

孟想所说的另一件事，是要解决此次远赴核桃星作战的即时通信问题。

按照行动方案，郑合和大力士是此战的主力锋将，他们要以帮着装运代索为名打头阵，并在装运完代索后伺机营救许光辉和Jolene两人。其他援军随后才能赶去，前后各方的联络是个难题。

在酝酿作战计划时，孟想早就料到核桃人会要求派人过去，即使它们不提出来，他也会主动提出派人去的，理由就是帮着装运代索，否则许光辉他们靠自己是无法脱险的。后来考虑具体人选的时候，606基地有不少人都请缨出征，比较来比较去，这艰巨的任务还只能落在郑合身上。606基地能摆弄BRE的专家虽然不乏其人，但大都是手无缚鸡之力的书生，与核桃人打仗连门都找不着。训练有素的军人倒也有一些，却干不了装运代索这种技术活，那可比让张飞去绣花还难。这么一项特殊的作战任务，就像是为郑合这个亦军亦医的双料人才量身定制的，加上他和大力士去过核桃星，对那里的地形地物熟悉，他们不出战谁还能胜任？

无疑，郑合他们的行动是整个作战任务的重中之重，必须让他们随身带着一个即时通信球，以保证联络畅通。

另一个通信球按说应该留在兰宫里，大本营要跟出征的将士随时保持联系，这似乎是天经地义的。可是问题出来了，孟想要亲自率领援军悄悄去核桃星增援，他这个军事指挥官，前要顾及孤军深入的郑合及大力士，后要顾及大本营的防卫，远征在外他用什么通信办法瞻前顾后？总不能找核桃人再借个即时通信球吧。

孟想曾考虑过，自己要指挥作战就只能带上另一个通信球出征，但转念一想也不妥，带着通信球很可能会把援军的行踪彻底暴露给核桃人，那就完全达不到出奇制胜的效果。后来他想干脆孤注一掷，自己不带通信球，等抵近核桃星以后可以用常规无线电跟郑合他们联络，但大本营那头他就顾不上了，这也是没办法的办法。然而现在情况又有变，核桃人的“飞鸭”已经出动了，大本营的防御作战也是摆在面前的事，核桃人没有太空船攻不到土卫六上来，这种侥幸心理已经破灭，这就不能只顾前不顾后了。

要是能把通信球一劈两半就好了，郑合前些天的话又在孟想脑子里闪过。即时通信球是核桃人的技术发明，它们在超远距离通信方面走在了地球人的前面，说不定从吆西那里就能找到解决难题的办法，就算是死马当活马医，也要让何小佳去打探一下。

何小佳领了任务心里一点底也没有，她觉得自己根本没可能打探出什么名堂，因为她对通信技术几乎一窍不通。

好歹代索还跟她熟知的生物技术有关，自己这阵子想方设法打探都没问出点门道，现在要匆匆忙忙去打探远程通信问题估计更没什么戏了。然而何小佳断不会想到，跟吆西闲聊通信问题会有墙内开花墙外香的效果，她自己东拉西扯听得云里雾里，躲在幕后当翻译的大力士却听出了名堂。要不说机器人的智商不可小觑呢。

根据吆西零零碎碎的闲话，大力士很快就发现了门道。等何小佳跟吆西一聊完，它就总结说，藏在通信球里面的侦察飞虫可以另外发挥作用。这怎么讲？孟想和何小佳乍一听大力士的话不明就里。

大力士解释说，当那两个通信球分别处在太空中不同位置的时候，只要侦察飞虫处在它们之间的连线附近，就可以感应到两头的即时通信信号。两个通信球及连线就好比是太空中的一个长臂哑铃，侦察飞虫借着长臂可以跟哑铃两端即时连上。大力士说具体到这次军事行动来说，一个通信球随着郑合他们往前走，另一个通信球可以留在兰宫，孟想他们只要随身带着一只侦察飞虫就可以了，它始终处在两个通信球之间，便可跟两边都保持着即时通信。

“那侦察飞虫可是有智能的，它会心甘情愿当我们的传声筒？”何小佳听得很高兴，但还是有疑问。

“不用它来当传声筒。”大力士说吆西在谈话中讲了，核桃人当初设计即时通信球的时候就想到了，可以把传统的电波信号自动附加上去，其实就是巧借东风。“我们用的还是自己的大功率通信设备，只是借它们的‘即时’之船渡河而已。”大力士说那次收看核桃星的披甲仪式，就是用自己的设备自动连上了通信球的信号，也是这个道理。

“很在理，”孟想使劲点头，但还有点担心道，“那样的话，我们一路带着侦察飞虫走，自己的行踪会不会暴露？”

“应该不会。”大力士说从吆西的话里可以判断出，侦察飞虫只能感应到两个通信球的信号，它本身不具备远距离传输信号的高能量，所以路上不用担心它向核桃人通风报信。但大力士也坦言道：“当然，抵近核桃星之后，侦察飞虫发出的信号可能会被核桃人接收到。”

“抵近核桃星就开战了，还怕它们什么？”孟想听大力士这么一说，便很兴奋地拍了板，他手一挥拳一握道，“就这么办，你们尽快去抓一只侦察飞虫出来。”

“这事交给我，保证完成任务。”何小佳也很兴奋，她觉得活捉飞虫这种事是她的拿手好戏，现在可以小露一手了。

何小佳这点自信并不是空口说白话，她捕捉飞虫的确有一套，当然那是对真正的生物飞虫。当年她在军医大学读书的时候，对捕捉飞虫是找到了窍门的。有一次，寄生虫专业课的老师带着一批同学去野外采集几种飞虫标本，她也跟着去了。到了现场以后，满地追着飞虫跑的活计都被男生们很自觉地大包大揽了，她和几个女生坐在草地上嘻嘻哈哈为男生们加油鼓劲。但那些欢蹦乱跳的男生们人人手拿扑蝶网罩，东扑一下西扑一下，折腾半天也没捕捉到多少有用的活标本。后来天色已晚，老师就让大家改用灭蚊拍上阵，活的弄不够只好弄点死的了。

对这趟采集飞虫标本之行，何小佳一直有点耿耿于怀，她觉得寄生虫专业课每年的教学和科研都要用到大量的飞虫标本，靠这样的土办法采集标本有点太原始了。后来，她去空军部队见习体验的时候，也没忘这事。有一次在观摩伞兵训练的过程中，她注意到了那种新型降落伞的自动收伞装置，伞兵落地后降落伞不像过去那样摊了一地，而是人落地的同时伞绳就开始自动卷收，一张大伞很快就收拢成了一个小小的伞包，这突然给了她一种启发。回到学校后，她就找到寄生虫专业的老师谈了自己的想法：何不搞一种自动收拢网出来？采集标本时将网布撒在作业区空中，慢慢越收拢越小，最后不就能将各种飞虫一网打尽了吗？何小佳这个建议没白提，老师们后来真的研制出了这种捕捉飞虫的自动收拢网，为此还特意给她记了一次三等功。

来到606基地以后，何小佳有一次偶然看见有个来自越南的专家带来了一张这样的捕虫网，她感到有点好奇，便问人家为何带这东西过来。越南专家告诉她说，这是两年前一个中国同行去越南采集飞虫标本时送给他的，他原以为土卫六这边可能会有漂亮的小飞鸟、小飞虫，带来了才知道连个会飞的幻影也没有。越南专家笑着摇头说，是自己表错了情，带来的宝贝派不上用场。

好东西总会有用的，何小佳这回可要让越南专家带来的宝贝派上大用场了。她的想法是，在地库里事先布置好捕虫网，然后把通信球外面那个用灭蚊拍的网制作的小罩子拿开，等侦察飞虫从通信球里面一飞出来，就重新罩住通信球或者干脆把它迅速搬走，这样侦察飞虫就再也没机会钻回通信球里面去了，最后再慢慢收网瓮中捉鳖，谅那飞虫怎么也逃不脱被擒的命运。

然而何小佳刚一出手就不顺利。她为侦察飞虫布好天罗地网后，就把一个通信球移到网边上，接着把手伸进网里，小心翼翼地拿开灭蚊拍改制成的罩子，然后迅速把手抽出。她可不想让自己的纤纤玉手跟那飞虫一起被网住，兔子急了会咬人，说不定侦察飞虫急了也会咬手指呢，谁知道核桃人会不会这样设计。

她想着，侦察飞虫已经在通信球里面憋了很久了，灭蚊拍改制成的罩子一拿开就相当于带电的牢笼没了，它准会迫不及待地钻出来展翅飞翔，重见天日还有不急的吗？可是，何小佳等了好一阵子却不见通信球有任何动静。

怎么回事呀？会不会时间太久机械出毛病了，或是整天听摇滚乐听傻了？

又过了一会儿还是不见动静，何小佳就悄悄把手又伸进网里去，把通信球用罩子重新罩好，然后换了另一个通信球如法炮制，总不会两只侦察飞虫都出毛病了吧？但等了半天依然没什么动静。

这下子何小佳想咬侦察飞虫的心都有，它们傻没傻不知道，她自己倒是有点傻眼了。这可恶的小玩意儿怎么就赖在里面不肯出来呢？看来跟核桃人打交道真不容易，连它们造出来的飞虫都是怪里怪气的。何小佳没辙了，不得不把大力士找来帮忙。

大力士到场看了一下没出声，它的后台程序在紧张运算着搜找对策。不一会儿，它把一只手伸进网里面把一个通信球上的罩子拿开，接下来，朝着那通信球使劲拍打了几下，而后它像憋着嗓门一样轻声咿呀咿呀说了几句核桃人的话语。

大力士话音刚落，“嗖”一下，侦察飞虫从通信球里面窜了出来，在布好了捕虫网的地库里飞过来飞过去。与此同时，眼疾手快的大力士迅速把通信球从网里面拽到了网外。

“大功告成，可以收网啦。”大力士心满意足地对何小佳耳语道。

何小佳点击手持设备上的收网键，捕虫网立刻就像一个漏了气的大气球一样越缩越小，直到收裹成一个网状的小球，那侦察飞虫就只能在这么点大的空间里扑腾了，接下来要怎么摆布就由不得它了。

“真行啊你，”何小佳一收工就问大力士道，“刚才你咿呀咿呀念的什么经，让它一听就窜出来了？”

“没说什么，我就是悄悄告诉它，赶快出来吧，再不出来就没机会了。”大力士说它其实也没骗那小飞虫，它指的是再不出来何小佳就没捕捉机会了。

何小佳乐了，幸好大力士懂核桃人的语言，要不然什么样的捕虫神器也搞不定。多掌握一门语言多一条路子，这道理不仅在地球上适用，就是走遍全宇宙都是适用的呢。

“什么？靠外语逮到的侦察飞虫，还有这种事？”孟想怀疑自己是不是听错了。何小佳兴高采烈地跑来告诉他说一举捉住了侦察飞虫，他一听非常高兴，远征奔袭的通信联络难题总算解决了，这何小佳还真有两下子嘛。可她却说是外语的功劳，这扯的是哪跟哪哟。

“没错啊，外国语是生活斗争的一种武器，外星语看来就是宇宙生存的一件法宝。”何小佳深有感触地把捕捉侦察飞虫的详细经过说给孟想听。

孟想边听边微微点头，表情从纳闷到微笑再又慢慢变得严肃起来。何小佳的话让他很快就想到了另一个问题。军事行动的即时通信虽然已不是障碍了，但通话的保密性却仍是个大问题，念培根完全听得懂通话内容，它听明白了就等于核桃人也明白了，这家伙还真是核桃人的一件利器。

“小佳，你说咱们地球人的通话内容念培根都听得懂吗？”孟想要跟何小佳探讨一下。

“这还用说吗？念培根是地球人打造出来的，它可是无话不懂。”何小佳说机器人的语言系统一般都是标准配置的，无论是汉语、英语、法语、俄语、日语还是西班牙语，世界各主要语种机器人几乎都通晓。

“我们要是改用方言交谈呢？”孟想抛出他考虑到的解决办法。

“方言？”何小佳想了一下说，“也许有门，很多方言听起来一点也不比外语好懂。”她忽然记起，孟想是能讲粤语的，他虽然不是广东人，却在香港大学进修时学过粤语，她在学校的时候听过他用粤语跟人聊天，那可是跟鸟语一样半句也听不懂。这还真有门了，她建议说：“你可以用粤语通话啊，估计那念培根听不懂。”

“可是我自言自语没用呀。”孟想已经想到了这一点，方言有很多种，但要找出一种前线和后方都懂的方言并不容易，他自己可以用粤语来指挥这场太空作战，可是在606基地的人员，除了Allen教授在澳门大学教过几年书懂点粤语之外，就再没其他人懂粤语了。大战在即，也来不及办个粤语培训班了。

何小佳一听他这顾虑，说这不成问题，她在Allen教授的电脑上见过粤语跟普通话的互译软件，可能是老先生当年学粤语留下的软件，只要拷贝出来给参战的机器人打个补丁就行了。她说关键问题在于，念培根这样的机器人能不能凭普通话的音节解读出粤语，谁知道机器人有没有那么聪明！这要问一问大力士才清楚，它们的语言配备是一样的。

“说得对，马上把大力士叫过来。”孟想顿觉豁然开朗，对何小佳道。

大力士风风火火来到孟想的办公室，它立正、敬礼、报告，动作一气呵成，像模像样的。郑合已经把它训练成了一个有军事素养的机器人。

“馁错啦（你坐吧）。”孟想很随意地用粤语说。

“我，我什么事做错了？”大力士惊得有点结巴了。

“鸡唔鸡温馁灭细（知道找你什么事吗）？”孟想又道。

“什么鸡瘟？孟长官我可一点也不明白。”大力士听得迷迷糊糊，它看了看何小佳。何小佳把头扭向了一边捂着嘴在笑。

“边个瓦摇该弯了（谁说有鸡瘟）？”孟想继续。

“什么什么？我怎么一点都听不懂你的话呢？”大力士真有点听傻了，孟长官总不至于讲的是另一种外星语言吧，搞不好是它自己的语言系统出毛病了。它举起拳头准备照着自己的脑袋上敲几下，有专家告诉过它，有时候碰到机器不灵光，敲两下可能就好了。

“好啦好啦，”何小佳转过脸来，对大力士笑道，“孟长官刚才讲的是粤语，你一点也没听懂吗？”

大力士恍然大悟，它摇摇头说这跟听天书没啥两样，它们的语言系统配备中没有粤语，连个边都挨不上。

这就好办了，孟想感到放心了。念培根应该跟大力士一样，它们这些执行太空任务的机器人不可能刻意安装粤语软件，除非外星人里有广东人。他问大力士道：“想不想听懂粤语呀？”

“当然想啦，技多不压身嘛。”大力士很高兴道。自从它懂了核桃人的语言后，就成了606基地的宝贝疙瘩，孟长官做不少事都离不开它了，要是再掌握孟长官熟悉的粤语，那肯定更受器重了。

“好，事不宜迟，你们立刻就去办。”孟想转头向何小佳下了令。何小佳应声而起，拉着迷迷瞪瞪的大力士离去。

战前准备工作千头万绪，何止通信联络这一件事？606基地上上下下都在忙乎着，孟想看在眼里急在心里，他恨不得一夜间就能把一切准备好，一声令下就可以向核桃星开拔。但他也清楚地意识到，这是一场前所未有的星际战斗，战前准备主要体现在技术方面，排兵布阵、兵马粮草这些事已退而次之了，交战双方的战斗力归根结底取决于破解敌方技术的能力。比如那个扣住了许光辉他们的透明罩子，要是不知道用激光去对付，不懂得智能识别穿壁的原理，纵使派精兵强将攻到眼前也是无济于事的。孟想记得一位大军事家说过，决定战争胜负的因素是人而不是物。他觉得这话在星际较量中应该理解为，用于战争的高端技术终究是由人摆弄出来的，不管是地球人还是外星人，说到底还是人的因素起决定作用。但是，摆弄高端技术绝不是一蹴而就的事，因而606基地的战前准备也不是写一篇“急就章”那么容易。

时间匆匆流逝，核桃人设定的最后期限日益临近，孟想越发感到心急如焚，他还没有得到郑合他们准备就绪的报告。按照原计划，郑合和大力士作为打头阵的主力前锋，这会儿差不多该启程了。孟想是掐算好了的，在郑合他们出发之后，他要带着援军相隔一段时间再行动，一前一后隔的时间越长对核桃人越具迷惑性。但他带的援军也必须在最后期限之前赶到核桃星，否则期限一到核桃人一动手，郑合他们就陷入了孤军作战的险境。可是，孟想左等右等也等不到郑合来报告，到了现在这个节骨眼上他心里就不能不打鼓了。他几次想催问一下都忍住了，既然这场战斗最终体现为技术较量，那还是应该尽最大可能给技术准备让路。他甚至想过了，索性等到最后一刻，援军紧随着前锋出发，虽然战术效果会大打折扣，却能换来技术上的优势，那是值得的。

孟想刚刚理出点头绪，想着该如何调整行动方案，郑合带着大力士就来请命了。

“报告长官，土光二号准备完毕，随时可以出征，请您指示。”大力士报告得有板有眼，这都是郑合教它的。

这段日子606基地的气氛越来越严肃，郑合这些军人更像是听到了战鼓和军号，一言一行兵味十足，把这个研究基地弄得有点像个临战的军营了。但孟想还是注意张弛有度的，他也不想时时刻刻板着脸发号施令。

“太好了，”孟想并没有立即下达指令，而尽量显得轻松地问道，“都准备好了吗？”

“能想到的事都准备了，”郑合回答说，“想不到的事只有随机应变了。”

孟想点头表示满意，接着又问道：“反遁地技术有把握吗？”

这个问题一直是孟想考虑的一个重点，他曾多次跟大家商议过，人质及营救人员能否安全撤回的关键就在这里。核桃人对遁地技术的应用已到了游刃有余的程度，它们从地底下锁住了阿哲261号飞舰，就算能用激光弹把外面那个透明罩子炸开，阿哲261号也未必飞得起来，谁都猜不出核桃人在地下缚住飞舰用的是什么技术。所以孟想告诉过郑合，到时候以救人质为重，实在不行就只能用壁虎甩尾的办法弃掉阿哲261号了。郑合倒更干脆，他说弃掉也不能把飞舰留给核桃人，等救出了人质就炸毁它，以消弭后患。

孟想考虑的不只是阿哲261号的命运，他更关心土光二号的安全。不管怎么说，阿哲261号是炸掉还是留给核桃人做纪念，只要不影响到救人质这个大局，都是可以接受的。事情明摆着，已经被人家锁死了的飞舰不是想要就要得回来的。但土光二号绝不能重蹈覆辙，这一点，脑子清了零的人都能想明白。郑合他们不远亿万里去到核桃星，帮着核桃人顺利装运了代索，到头来自己的飞舰却被它们从地下锁住，不仅救不出人质反而又礼送核桃人一艘飞舰，这种血本无归的买卖怎么能干？因而孟想当时一提出这个重要问题，606基地几乎众口一词都认为，必须找出办法对核桃人的遁地技术进行反制，否则整个行动难以成功。

出谋划策也是可以众筹的，606基地的各路专家很快就提出了五花八门的反制技术，目的都是要遏制核桃人在地底下做手脚，防止飞舰被它们锁死。郑合对遁地技术并不陌生，他主张避实就虚，在弄不清核桃人相关技术背景的情况下，应该以不变应万变，确保飞舰不被粘在核桃星上。他的具体建议是，在土光二号下面加装一个磁性底盘，着陆时把这个底盘甩脱在核桃星地面上，飞舰则悬浮在这个甩掉了的底盘上面，即使核桃人在地底下做手脚，它们也只能缚住这个底盘，而飞舰照样能起飞。

Allen教授对郑合的想法赞赏有加，他做了进一步的补充。Allen教授认为在这种防守策略的基础上，最好能再加上有力的反击手段，这样既能做到“惹不起就躲”，又能做到“惹恼了就揍”。他提出在底盘上增设一个小型核反应堆，必要时可以起爆形成超高温，不管核桃人在地底下用什么神器，都难耐超高温熔化。孟想觉得这一老一少的一唱一和还蛮有道理，于是当即拍板由郑合具体牵头，对飞舰实施反遁地技术改造。

孟想猜也猜得到，在这些天紧锣密鼓的战前准备中，郑合在这件事情上肯定是花了许多心血的，606基地的很多人也都围着郑合的技改工作在转。装上了底盘又加了核反应堆，土光二号攻守兼备，应该不会被核桃人轻易锁住了。但孟想心里总感觉不太踏实，现在郑合他们报告说该准备的都已准备完毕，这些反遁地手段究竟有没有用，他还是要问一句。

“已经做了计算机模拟演练，效果非常理想。”郑合信心满满地答道。

“很好，辛苦了。”孟想总算放心了，他说着话站起了身，改以威严的声音道，“我现在命令你们，目标核桃星，立即出发。”

“是！”郑合和大力士早已憋足了劲，响亮回答道。

土光二号是射向核桃星的利箭之头，接下来援军也要尾随启程了。郑合他们一走，孟想就开始做着出征前的最后准备。这是地球人第一次或许也是最后一次与外星人作战，而且关系到地球物种在宇宙中的延续，因而方方面面的问题孟想都考虑到了，想这想那就是没有想到，何小佳会在这个时候要求跟他一起去参战。

这不是瞎胡闹嘛！孟想理所当然地拒绝了她。这回可不是去核桃星谈判，嘻嘻哈哈跟核桃人斗嘴皮子玩温情，而是真刀真枪去血战搏杀，怎么能带她上阵去冒险呢！于情于理于公于私都说不过去，这种危险的玩笑绝不能乱开。

何小佳似乎一点也不领这个情，她软磨硬泡，说自己好歹也是个军人，碰到了战事总不能连个民兵预备役的活也不让干吧。其实她心里说的是，就是因为前方有危险我才要跟在你身边。

孟想还是坚决不同意，他说军人不一定都要去前线，留在大本营也有很多事要做，比如说照顾好Allen教授什么的。他还故意强调说，这就是一件很重要的工作，前方作战后方要让人放心。

“我不需要照顾。”Allen教授旋即就来找孟想了。很显然，他是被何小佳搬来说情的。

孟想不表态，他心想这可不是闹着玩的事，老先生怎么也来帮着凑热闹？再说这是军事行动而不是技术论证，从哪个角度讲都不该被学术权威的意见所左右。可是，Allen教授接下来说出的一个理由，让孟想不得不动摇了自己的想法。Allen教授告诉他说，地球人至今对外星人的认识非常肤浅，与核桃人作战同样存在着许多知识盲区，因此用常规思维去判断战情有时候未必准确，而女性的直觉或许能起到弥补作用，他认为星际战争不能没有女人参与。

Allen教授更想说的另一个理由没有直接说出来，他见孟想一直坐着不吭声不表态，便起身拍了拍他的肩膀，意味深长道："都到这种时候了，让她跟着你去吧，你要理解人家姑娘的心。"他相信孟想能够领会他的话。

何小佳终于如愿以偿了。在这个关键时刻与孟想同生共死，她心甘情愿。

"百年大计安全第一呀，千万别跟核桃人蛮拼硬干，"援军乘坐的土光一号出发前，Allen教授谆谆叮嘱何小佳和孟想说，"实在打不过人家就早点撤回来，留得青山在不怕没柴烧。"

"放心吧Allen教授，我们救出人质就回来了，"何小佳并没感到这场送行是生离死别，她以轻松的口吻说，"您也多保重，我还等着早点回来听您讲解费米悖论呢。"

"哦，好啊，"Allen教授感到有点意外，他说，"看来你一直在惦记着这个问题呀。"

孟想接过话道："不光是何小佳惦记，不瞒您说，地球人为什么在宇宙中长期孤独，我也早想知道您的答案了。"

"那好，等到你们凯旋的时候，大家一起来探讨。"Allen教授高兴道。

"不是探讨，是听您的讲解。"何小佳试图纠正Allen教授自谦的话。

"不，不，你们千万别把我的看法当成标准答案，"Allen教授说，"这个问题人人都可以思考，你们闲下来也可以想一想。"

孟想见启程的时间已到，便转头对何小佳道："对，咱们自己也先想想，回来再向Allen教授请教吧。"说完他就跟何小佳一起挥手向Allen教授等送行人员告别。

"记住那句格言，"Allen教授望着孟想他们的背影，又补上一句，"解决悖论问题不要指望在答案上找出路。"

第
20
章

深空穿行遇险

土光一号在茫茫太空中疾速穿行，地球人创造出这样的高速飞行器已是竭尽全力了，但在浩瀚无垠的宇宙中，却无异于一只在黑沉沉的大地上缓缓爬行的小蚂蚁。

孟想率领的这支援军并不是建制部队，说起来只不过是606基地一些具有军事背景的同事，总共10余人。他们本来都是普普通通的地球公民，谁也没想到自己会成为征战外星球的先驱者，抑或是终结者。此时此刻人人心潮澎湃，飞舰舱内鸦雀无声，仿佛在刻意顺应茫茫太空的枯寂和宁静。

舱外繁星点点，苍茫天宇历来就不是黑蒙蒙一片，亿万颗星辰流转了亿万年，按说不会都是一颗颗死气沉沉的星球，总该孕育出很多高级智慧生命的，可是地球人却真真切切地孤独了千百年。好不容易巧遇到了核桃人，却似仇人相见分外眼红，想不拼个你死我活都办不到。

孟想对此也是百思不得其解，他想起了多年前流行过一阵子的“黑暗森林”说法。

有人把宇宙比作黑暗森林，说每个星球的智慧物种都像带枪的猎人，宇宙中到处都有这样潜行的猎人，一旦发现了别的生命，肯定要开枪消灭对方。在宇宙这片大森林中，任何暴露自己存在的生命都会迅速被人灭掉，所以谁都不会露头。“他人即地狱”，这就是宇宙社会的文明图景，也就是费米问题的答案。

既然宇宙社会多姿多彩，无数智慧生命千变万化，那怎会全都无师自通，千篇一律奉行这种“乌龟不露头”的生存法则？孟想对这种黑暗森林的说法一直持怀疑态度，他觉得不太可能。Allen教授说“解决悖论问题不要指望在答案上找出路”，这话有道理。黑暗森林的说法乍一听有点趣味，但一认真推敲就站不住脚了，这个答案解释不了费米悖论。

“快看哪，是不是又有流浪星出现了？”何小佳一惊一乍的声音打断了孟想的思绪，也打破了飞舰舱内的宁静，她盯着一个示波屏像是有了什么重大发现。

何小佳是刻意弄出点动静来的，她感到出发以来的气氛有点沉闷，路途还很遥远，过早进入紧张状态不是好事。她看得出来，大家和孟想一样似乎都下定了与核桃人拼死一战的决心，但又明显欠缺战前的乐观心态。何小佳知道，杀伤力最大的人不是绷着脸的家伙，而往往是笑面虎，心态好战斗力也强。她起初试着有一搭没一搭地跟孟想他们闲聊了几句，却总找不到大家共同感兴趣的话题，他们一个个显得比她还要矜持，好像人人心里都在做着迎战准备，除此之外天塌下来也不管。

又飞了一阵子，何小佳还是想不出办法把气氛搞得轻松些。她索性摆弄起太空观测设备来，这里摸一摸那里看一看，说不定天穹会有什么新发现让大家惊奇一下，热议一阵。她在一台引力波探测仪前，还真的以为自己撞见了天文奇观。

孟想跟众人一样，听到何小佳的惊呼就向她围拢过去。他凑上前一看，哪是什么流浪星，分明就是探测到了一组强度较大的引力波信号。他很清楚，引力波就像宇宙大海洋里泛起的涟漪一样无处不在无时不有，如今的探测设备虽然灵敏度越来越高，但还不足以探测到普通星球产生的微弱引力波，何小佳看到的应该是来自中子星的强引力波信号。不仅孟想一眼看出了问题，其他一些人看着示波屏也都明白过来了，何小佳这是认错了亲表错了情。

“美女呀，你发现新的外星人啦，”有人看完失望之余还想逗一下何小佳，煞有介事地对她说，“这可是外星人发出来的信号。”

说话的人名叫金太永，他来自韩国的太空防卫部队。

“哪有这种可能性啊？”何小佳似乎很认真地说，“外星人要是能发出引力波，除非它们是庞然大物。”

“这倒不一定，外星人或许有办法使劲摇动某个星球，那是可以产生引力波的。”又有人接话发表看法了。

有戏了，看来在太空工作的人对太空问题都是有兴趣的。何小佳不想让这个刚刚燃起的话题火苗一下又熄灭了，她还要继续煽煽风。

“外星人不会这样自己找死吧？”何小佳说，“宇宙不就是一个黑暗森林吗，外星人要是故意摇晃星球发信号，那不早就被猎人们打成筛子啦？”

“哦？你对黑暗森林的说法好像深信不疑嘛。”孟想也加入进来了，讨论的队伍在扩大。

“人家说得挺有道理，我当然要相信了，”何小佳反问道，“你难道不信吗？”

孟想笑了笑道：“我对黑暗森林一说是不敢苟同的，所以我一直想知道Allen教授对这个说法是怎么看的。”

不认同黑暗森林？何小佳趁势说：“那你总会有不相信的理由吧，不妨先说来听听，让我们多长点见识嘛。”

“对呀对呀，我也很想听听这方面的高见。”金太永也跟着附和。

孟想看了看众人，大家的眼神都流露出期待，他便慢慢道："我认为黑暗森林之说本身就是一个悖论，是自相矛盾的。"

他接着告诉大家说，假如宇宙真是那样一个黑暗森林的话，总会有人不经意间弄出点动静的，甚至不谙世事主动伸头的傻小子也不会少，我们地球人就这么干过。早在20世纪70年代人们就向外太空发射了两个"旅行者号"探测器，它们携带着丰富的信息去向外星球昭示地球人的存在。将心比心，这样的事情同样会发生在外星智慧物种身上，也许在千百万年以前就出现过。按照黑暗森林的说法，暴露了的生命必将遭到其他猎人的枪杀，但第一个猎人开枪射杀别人的同时也就暴露了自己，那就会有第二个猎人对第一个猎人如法炮制，接着又会有第三个、第四个、第五个……猎人前赴后继开枪开炮，那样偌大的宇宙亿万颗星球就时时刻刻处在炮火连天刀光剑影的残酷厮杀中，整个宇宙永远都是一个烽烟滚滚的大战场，不会有片刻安宁。别说我们没见到这种情景，就算真的有无数猎人在森林中搏杀，这样的森林还是黑暗宁静的森林吗？

"不可能是这样的森林，我跟孟长官有同感。"金太永忍不住插话说，不同星球的文明进化程度不可能同步，进化水平及文明历史参差不齐，森林中的猎人有老有少，绝不会个个都是天生的狰狞恶魔见人就杀，起码地球人就不至于一发现外星物种便立刻想着彻底干掉对方。他说智慧物种都是有好奇心的，实际上有能力射杀别人的猎人，也一定有能力观察接触到对方，一看到别人不管三七二十一先开枪消灭掉，这根本不符合智慧物种求知的天性。金太永说关于物种从低级向高级的进化，他认真比较过达尔文和居维叶的理论，这方面他是很有话语权的。

"哎，你别说着就跑题呀，"何小佳嗔怪说，"孟长官刚才的话还没讲完呢。"

“我差不多说完了，我觉得黑暗森林的说法其实就是用一种悖论去解释另一种悖论，这就像用托勒密的本轮去解释地心说一样，是无法自圆其说的。”孟想给出了自己的结论。他不想唱独角戏，就像Allen教授所说，这个问题人人都可以思考，刚才金太永从另一个角度的补充就说得很在理。

孟想的话一说完，大家就你一言我一语议论开了。到底人类为什么在宇宙中会孤独寂寞，很多人似乎都有自己的看法。一百个人心目中会有一百个哈姆雷特，在宇宙问题上可能也是这样。何小佳暗自高兴，她不在乎大家能讨论出个什么结果，她在乎的是找出这样一个话题，好让大家在征途中轻轻松松地神侃闲谈，扫一扫过于压抑的气氛。闲谈就是“聊天”，要真想闲谈还是找天上的话题最合适，看来这才是名副其实的聊“天”。

聊起“天”来时间过得快多了。开了个头便有了接下来的日子里三三两两继续探讨，土光一号不知不觉中已飞过大半个行程了。

这天有几个人还在饶有兴趣地闲聊着外星物种的事。有人说我们的宇宙要是能收缩得小一点多好，很多智慧物种就能相互往来交流，地球人也许早就不孤独了。也有人说那可不是什么好事，真要有许多智慧物种挤在彼此够得着的空间内，那还不是整天打打杀杀没完没了，谁都没个安生日子过。还有人说宇宙间智慧星球的安全距离是很微妙的，彼此靠得太近不好离得太远了也不妙，好比人们生活在热热闹闹的城市会有安全担忧，而要孤零零生活在荒郊野外也未必安全，一旦碰到不速之客还更麻烦。

“发现敌情！前面有不明飞行物正向我方疾飞过来！”突然，负责空中监测的值班员大声报告。

舱内的气氛陡然紧张起来。看看，茫茫太空荒野未必安全吧，不速之客说来就来了。

“密切观测追踪，随时准备战斗！”孟想一声令下，众人便各就各位了。

何小佳没有什么具体作战任务，她紧跟在孟想身边。“核桃人这么快就发现我们了？”她轻声自言自语道。

孟想没有接何小佳的话，他现在还无法断定核桃人是否真的发现了土光一号。按理说不应该，隐蔽行动的准备是很充足的。前方土光二号的行程是公开的，它在前面打头阵，其尾部不时会爆射出一些电磁弹，就是为了干扰核桃人对后面土光一号的监测。距离这么遥远再加上受到干扰，核桃人很难发现后面的飞行器。

“飞行物已逼近我方，航向与我方相反，航线位于我方左侧翼一千米左右。”监测值班员再次大声报告。

航线居然贴得这么紧？所有人都大吃一惊。在浩瀚的太空中，两艘高速航行的飞行器相向而飞，仅仅错开一千米左右的距离，这跟迎头相撞没什么区别。用不着多想，那飞行物就是冲着土光一号来的，这是要一举歼灭呀。

“还有多长时间飞到？”孟想疾声询问值班员。

“五分钟！”

“立即向右侧避让！”孟想下达命令没有丝毫犹豫。

“是！全速向右转向！”

“准备用激光炮轰击！”孟想紧接着又下达了一道命令。

“是！”已进入激光炮射击位置的金太永朗声应道。舱内静得只剩机器运转的沙沙背景声，金太永随后一句轻声牢骚众人听得清清楚楚。他咕哝说：“这么危险的事，土光二号在前面早该看到了，他们怎么也不通报一声呢。”

孟想倒不这么认为，他觉得郑合他们没有向后面通报敌情一定有他们的原因。最大的可能就是，核桃人攻击的目标不是前面的土光二号，它们肯定是想方设法故意绕开了，所以郑合他们在前面并没有发现情况。

一场遭遇战似乎就在眼前了，土光一号迅速调整航向，往右前方避去，能躲开正面撞击尽量躲。

核桃人的飞行物越来越近，已经可以用光学系统捕捉到图像了。孟想一边看着屏幕上移动的小黑点，一边迅速扫视舱内，众人大气不喘似乎都在等着出击号令。

金太永的手操持着激光炮的发射键，随时等候着开火的命令。时间一秒一秒地过去，再不开火就失去进攻主动权了，万一对方先开火，土光一号的自动防御系统就会启动，飞舰会像疯狂过山车一样仰升俯冲四下避闪，整个航行设计将被彻底打乱。很多人都明白，只有先下手为强干掉对方，不在中途纠缠，才能确保土光一号按计划前往增援。

金太永侧头望向孟想，用急切的眼神向他请示。孟想面无表情，却坚决地摇了摇头。他盯着屏幕看了一会儿已看出了问题，土光一号大幅度避让已转向右侧，而那飞行物依然沿着原来的航向行进，没有任何转向追击的意图，说明它不是锁定土光一号来攻击的。特别是监测数据显示，那个飞行物的体积跟一只鸭子差不多大小，这跟忆牛顿在出发前报告的情况很吻合。

不光金太永着急，紧挨着孟想的何小佳也沉不住气了，她转头看着孟想，眼神明显在问，为什么还不下令开炮?

“不必理睬这个小飞行物，它是冲着咱们大本营去的，”孟想判明了情况开口道，“接下来还会碰到第二个，走我们自己的路，随它们去好了。”

就在孟想说话的当儿，那个小飞行物已跟土光一号擦身而过，继续朝着它的目标飞去。

金太永和何小佳一干人刚才一阵紧张，现在也都反应过来了，这就是忆牛顿观测到的那两只“飞鸭”之一，它们一前一后是要去攻击606基地的。很可能它们刻意避着前面的土光二号走，却不料被后面的土光一号撞了个正着。

“真悬啊，差一点就动手了。”何小佳长舒了一口气，她这会儿真想跟孟想来个拥抱，他真是英明!

“有点遗憾，干吗不干掉它们呢？嘴边的肉呀，”金太永不解地问孟想道，“这不是给咱们大本营留后患吗？”

“不能打草惊蛇。”孟想说现在动手就等于跟核桃星的战斗提前打响了，人质和先头部队就会立刻面临危险，而且连援军也彻底暴露了，这会因小失大。

众人大都点头赞同孟想的话，但不少人觉得有点憋屈，袭击大本营的“飞鸭”近在眼前却轻易放过，总感到心里不那么舒服，甚至还有种忧虑。

土光一号向右侧避让开，在太空中画了一条大大的弧线之后，很快又飞回到预定航线上。果然如孟想所料，接下来又碰上了迎面飞来的第二只“飞鸭”，飞舰再次避让画弧后，便径直向核桃星飞去。

何小佳过了一阵子还在忧虑，她提醒孟想他们说：“是不是该向大本营那边通报一下情况？”她凭着自己的直觉，总觉得对那两只“飞鸭”不放心。

“既然不打了，就没什么好通报的，”金太永很不以为然道，“告诉大本营说，我们在路上遇见了那两只‘飞鸭’，跟忆牛顿监测到的情况一模一样，这不是多此一举吗？”

孟想也觉得没必要通报，土光一号并没有发现什么关于那两只“飞鸭”的新情况，还是不要为这种可说可不说的事跟大本营联络为好，这也是事先商定过的保密原则。至于怎样对付那两只“飞鸭”，他跟Allen教授和那些留守人员反复研究过，也做出了周密部署，大家都觉得有把握应对。

那两只“飞鸭”究竟是什么攻击性武器，孟想当时跟Allen教授他们一起认真分析过。大家认为无非有两种可能，要么是携带了爆炸物质的武器，要么是携带了毒性物质的武器。不管是哪一种武器，以606基地现有的防卫力量，足以将普通鸭子大小的飞行物摧毁在太空。且为确保安全，孟想决定动用巡空导弹，把606基地仅有的两枚巡空导弹部署在土卫六大气层之处游弋，并在高爆弹头上加载激光弹，待那两只“飞鸭”一进入土卫六空域，就将它们一一击毁在太空，根本就不让它们有接近兰宫的可能。实际上，这个办法无异于用大炮轰蚊子、用牛刀宰小鸡，保险系数几乎爆表。有人当时就说，导弹不用带弹头就能将那两只“飞鸭”撞个稀巴烂。孟想和大家都估计，那两只“飞鸭”无论如何都经不住导弹的轰击，最终下场就是被炸成一堆齑粉，飘散太空。

当然，孟想他们也考虑到了另一种可能，那就是，核桃人用极高密度物质制造出了攻击性武器。或许，那两只“飞鸭”是用中子星那样的物质打造而成，它们的比重值可以达到地球普通物质的亿万倍，重得令人无法想象。要是那样的话，一只小小的“飞鸭”就可以肆无忌惮地横冲直撞，把土卫六整个星球弄得地动山摇、东崩西裂那是小菜一碟，而地球人现有的任何武器对它都是无能为力的。但是，Allen教授断然否定了这种可能性，他认为核桃人的技术水平跟地球人不相上下、各有千秋，它们连碳纤维、塑料这样的人工材料都没弄出来，再偏科也不至于打造出中子星那样的物质材料。况且，忆牛顿也没有监测到极高密度物质。因此孟想也认为，这样的猜测可以排除。

“你抱怨郑合他们在前面不通报敌情，现在自己却说通报是多此一举，哼！”何小佳呛了金太永一声。

“美女呀，此一时彼一时。”金太永说刚开始他以为那是冲着土光一号来的导弹，现在判定是已知的“飞鸭”，那就另当别论了。

“要么恨不得打掉，要么就一声不吭，”何小佳说，“你可是不左即右哦。”

“还是先注意隐蔽为上，暴露了我们的行踪得不偿失。”孟想微笑着做了决定。既然“飞鸭”是大本营意料之中的事，这个时候土光一号即使意外撞见也没必要大惊小怪，选择沉默是没错的。孟想从另一个角度也理解了郑合，他们在前面就算发现了那两只“飞鸭”，也犯不着为这点情况去惊动核桃人。他觉得郑合的军事素质是一流的，什么事该通话联络什么事不该通话联络，郑合完全拿捏得住。

事实上，土光二号在路途中始终没有跟后方的土光一号联络过，郑合他们就像孤雁行空，凭自己惊人的耐力掩护着援军。此时无声胜有声。孟想对此心如明镜。

第
21
章

代索真相仍迷离

直到土光二号抵近核桃星的时候，郑合才第一次用通信球报告情况。

“我们已到达核桃星上空，即将着陆。”郑合这是明着向大本营报告，无须回避核桃人的监听。一场前所未有的太空激战将要拉开帷幕，他此刻迫切想知道援军的情况。

“很好。按时开展工作，帮人家装运完代索就带许博士他们尽快回来。”孟想代表大本营回复郑合，这是事先约定好的。

郑合一听就明白了，孟想没有用粤语特别交代，这表明情况正常，援军随后就会赶过来，一切可以按照计划行动了。他让大力士操控着土光二号减速变轨，准备着陆，同时开启电子望远系统观察地面情况。

核桃星地面上看不出有任何异常。“巨橙”依然跟往常一样窝在那里，像一个新鲜的鸡蛋黄，离得不远的阿哲261号飞舰还在，外面那个透明罩子也照样在，一闪一闪地反射着光泽。四周还是空旷如野，既没有发射架、高射炮之类的防空设施，也没有荷枪实弹的核桃人，一切看上去显得风平浪静，全没有如临大敌的感觉。但郑合不可能被表面的平静所迷惑，他知道核桃人的真家伙都隐藏在地底下，神兵利器随时都会蹿出地面来。

“哈哈，到了也不打声招呼，”核桃人的声音突然切进了通信系统，

“我们这就来带路，为你们省点事。”

话音刚落，一束细细的红光就从地面射到了飞舰的舰体上。郑合顺着光线向下望去，光是从一处小山丘的顶部发射出来的。显然，这不是一束普通的激光，很可能是光子导航装置。

“边个稀罕你哋呢啲衰仔嚟带路（谁稀罕你们这些浑蛋来带路）。”大力士用粤语小声骂了一句。着陆点是早就计划好的，绝不能让核桃人插进来，被它们牵着鼻子走。它操控着飞舰想摆脱那束红光，你照射你的，我飞行我的，我不理睬你那一套就是了，还是要按原计划把土光二号飞舰停泊在阿哲261号旁边，这关系到下一步营救人质的成败。

可是，让人震惊的事发生了。飞舰的航向控制系统似乎突然失灵了，任凭大力士拼尽全力摆弄都无济于事，飞舰竟全然不听使唤，径自顺着那束红光徐徐降落而去。

郑合对光子导航技术是了解的，他知道这在地球上是一项军民两用技术，已经研制了多年。光束加载着导航信息照射到飞行器上，可以切入飞行器的航向控制系统，使之自动沿着光束的引导飞行，像是长长的线牵着风筝飞一样。这项技术在民航上应用是很成功的，飞机被光束牵引着在恶劣的飞行条件下也能完成降落的自动导航。当然，这在军事对抗中也是很有意义的，光束好比长缨甩向空中，能让敌机乖乖就范。但是这种想法虽不错，真要俘获敌机却是很难的，有一项关键技术始终不过关。郑合曾请教过空军部队的战友，战友说，光束加载的导航信息太微弱了，不足以侵入敌机的航控系统，除非在飞机上安装一个信号感应增强装置。郑合一听就明白，民航飞机可以这么做，但敌人的战机帮着对手安装信号增强器，那不是笑话吗？再弱智的部队也不会干这种蠢事。

所以军用光子导航的技术瓶颈是多年的难题，在地球上一直没有实现突破。但核桃人却技高一筹，它们还真有邪门本事，一束红光射过来很快就粘住了土光二号，这可是太神奇了，神奇得令人难以置信。

飞舰沿着红色光束在缓缓下降，郑合急得像热锅上的蚂蚁，他坐立不安，恨不得对这突然不听话的飞舰猛踹几脚。不行！绝不能降落在下面这个小山丘上，这地方离阿哲261号太远了，少说也有五六百米之遥。到时候好不容易从阿哲261号那边救出了人质，还要狂奔到这小山丘上来才能撤离，那一路上不成了核桃人的活靶子了吗？

“你们着陆了吗？”土光二号的通信球里忽然传出了孟想的声音。他刚才听到核桃人说由它们来带路，便有一种不祥的感觉。掐指算算时间，郑合他们该落地了，孟想不得不关切地询问情况。

“马上就要落在一个小山丘上了。”郑合急得语速明显加快，他用手使劲推搡了大力士两下，示意它来报告情况。大力士心领神会，知道这是要它用粤语把突发情况说给孟想听。

还有二三十米就要落地了，小山丘上站着不少前来迎候的核桃人，一个个人模狗样已经能看得清清楚楚。山顶的中心区域主要站着的是一些铠甲人，伊万诺夫和念培根也在其中，外围一圈立着的都是机器人和毛发人，它们像是专门的警戒人员，看着都是阴森森冷冰冰的样子。这里应该是核桃人精心布置好了的场子，地底下肯定也不会是省油的灯，难怪它们硬要把土光二号拽到这里来，飞舰落下去搞不好就再也没机会动弹了。郑合脑子里在飞快思索着对策。

大力士刚对着通信球讲了几句话，郑合猛然间灵光一现。他一个箭步跨过去，从大力士身边一把托起那通信球，同时从牙缝里挤出几个字对大力士耳语道：“赶快飞走。”说完他迅速转身来到应急窗边，一只手猛地一下拉开窗户，另一只手把通信球举到肩头，“噗”一下把它使劲抛出了窗外。他的动作在短短几秒钟内完成，一气呵成，活像个田径赛场上推铅球的运动员。

与此同时，大力士也反应奇快，它迅速操控着土光二号改俯冲为横向飞行，并扭转方向朝着阿哲261号那边飞过去。飞舰几乎是底部擦着伊万诺夫和念培根的头顶飞离而去，把等候在小山丘上的核桃人一个个看得目瞪口呆。它们一下子全怔住了，本来牢牢牵在手里的风筝线为何会被突然剪断，只差“滴答”一下的工夫就能大功告成的事，竟然在最后关头功亏一篑了。

大力士虽然身手敏捷，在即将着陆的刹那驾着飞舰离开了小山丘，但它不明白为什么飞舰突然间能咸鱼翻身，难道是那通信球困住了飞舰不成？它从没接触过光子导航技术，所以它不知道。郑合刚才在紧急关头判断出，那个通信球就是为虎作伥的信号增强装置，必须坚决抛掉它。直到大力士把飞舰稳稳地悬停在阿哲261号旁边，它还懵懵懂懂，嘴里咕哝说：“怎么回事呀？这通信球尽给我们惹祸。”

郑合在果断抛掉通信球的时候，来不及考虑别的问题，现在松了一小口气才想到，整个通信联络会不会因此受到影响？细细一琢磨，却觉得问题不大。一方面，孟想他们的位置仍处在两个通信球之间，他跟大本营照样可以保持着即时通信。另一方面，援军也快要飞近核桃星了，自己这边跟孟想完全可以靠原有的无线电进行联络，那个通信球已经是多余的了。一想清楚这点，郑合便大声报告说：“我们已降落在核桃星上，刚才的插曲已过，这里风景依旧。”说完他冲大力士点点头，示意它按计划行事，然后果断拉开舱门踏上了核桃星的土地。

远处，伊万诺夫跟核桃人正在向这边奔来。郑合侧头望了一眼罩子里的阿哲261号，便转身径直迎向核桃人。

核桃人见到郑合并没有拉下脸来兴师问罪，大概它们现在也不想立即大动干戈，为了代索暂时忍下了这口气。郑合刚才已在心里编好了一些周旋的理由，现在也省得费嘴皮子了。

假惺惺几句寒暄之后，核桃人就开口问道："不是来了两位后生吗？还有一位怎么不一起出来呢？"

"哦，它是专职太空飞行员，"郑合从容应答道，"飞舰长途奔驰，它现在要进行检修维护。"

"这么说来，就你一个人帮我们装运代索？"核桃人边问话，边引着郑合向刚才那个小山丘的方向走去。

郑合估摸着核桃人的话，这应该不是质疑他一个人的技术能力，而是在打探他们这些人的行动，盘算着如何一网打尽。

"我一个人就够了，干这事轻车熟路。"郑合的语气充满自信。

"那就把许博士他们俩叫过来吧，多点人手干得更快，"核桃人欲盖弥彰，"早点弄完你们也好早点回去。"

核桃人的意图昭然若揭了，这并没有出乎郑合的意料。他心里早就猜到，核桃人并不稀罕许光辉和Jolene这两个外星人，它们想要的是阿哲261号飞舰。只要许光辉他们待在飞舰里面不出来，核桃人就投鼠忌器不敢贸然冲进去捉人，他们俩就始终有机会脱险。到时候，即使阿哲261号被彻底锁死飞不起来，他们也还可以在大力士掩护下冲进旁边的土光二号逃离。若是他们走出飞舰去帮郑合装运代索，那就彻底中了核桃人的圈套，等他们干完了活，核桃人就可以毫无顾忌地将他们几个一并拿下，阿哲261号飞舰也就可以完好无损地归它们了。出发前孟想也反复叮嘱过郑合，要想方设法阻止核桃人让许光辉他们离开阿哲261号的企图，绝不能出现鸡飞蛋打的结果。

“我已经说过了，不需要别人来帮忙，”郑合态度很坚决地告诉核桃人说，“整个BRE的调整方案都是我亲手做的，谁都插不上手。”

几个核桃人听了郑合的话开始交头接耳。还没等它们再开口说话，一行人已来到了小山丘下，绕过山丘最后在一片平地上驻足，不少核桃人已在等候。那里停泊着一艘小飞舰。

郑合一眼就认出，这是地球人的飞舰。不用猜都知道，这就是那艘载着BRE的飞舰，它本是地球人实现星际殖民梦想的依托，却被蛮横的核桃人强行拦截下来，已经在这里委身日久了。郑合想起来就怒火万丈，要不是心里装着任务，他这会儿就想掏出武器跟核桃人大干一场。

“请吧，后生，”念培根用手指着小飞舰说，“代索已经搬进那里面去了，咱就抓紧时间干活吧。”

谁跟你咱不咱的？不知廉耻的东西！郑合心里骂了一句。他觉得，念培根这种由人类打造出来的智能机器人最终帮着外星人来跟地球人斗，不管是什么原因所致，都是地球人的耻辱。早知会有今天的话，人类在发展智能机器人之初就该关注这个问题了。

“请吧”“快请”，几个核桃人也打着手势在催。郑合见飞舰舱门已经开启，便几个箭步跨了进去。两个铠甲人紧随其后也爬了进去，伊万诺夫和念培根接着也跟了进去。

这本来就是一艘小型飞舰，载着一台BRE这样的大设备，一下子再钻进来五个人就显得很拥挤了，连转个身都不容易。郑合忽然想到，核桃人口口声声想要许光辉和Jolene来帮忙，他们要是真来了怎么挤得进来？那样就必须下去两个核桃人，飞舰里就只能形成三个地球人对两个核桃人的局面。三比二，地球人在这小飞舰里面占有人数优势，一对一纠缠着打斗还能剩一个人把飞舰开走呢，核桃人就这么放心？从这一点也能看出，核桃人要许光辉他们来帮忙完全是居心叵测。

“这些全都是代索，都要装进BRE里面去。”核桃人说着话打开旁边一只箱子让郑合看，那语气是不容商量的。

郑合终于见到了代索。核桃人神神秘秘一直不肯示人的宝贝总算露出了真容，606基地所有人梦寐以求想要搞清楚的代索现在就呈现在郑合眼前。

这不是鸭蛋吗？郑合看着箱子里的代索，第一印象就是一堆鸭蛋。代索的大小和形状都跟鸭蛋没太大区别，只是蛋壳看上去很绚丽，有青色的、白色的、灰色的、米黄色的、带花纹的等，一箱子起码装了有上百个。郑合心想，核桃人是不是吃错药了，把BRE当成了菜篮子，要把这么一大篮鸭蛋拎到G星球上去？他随手拿起一个代索，在手上摇晃了几下，感觉也跟摇晃鸭蛋没什么两样，里面应该是液态物质。别真的就是鸭蛋哟，核桃人或许把G星球当成个养鸭场了。

郑合另一只手又拿起个代索，两手做出想要对碰的动作。要真是鸭蛋的话，磕开来里面会有蛋黄。

“哎，哎，别乱碰，这玩意儿造出一个挺费事的，碰坏了你可赔不了。”说话制止郑合的是伊万诺夫。不，是拥有伊万诺夫躯壳的核桃人。

“这里面是什么玩意儿？”郑合两手掂着代索问核桃人。

“这跟你没关系，你只有干活的义务没有知情的权利，”核桃人不屑地说，“别耽误工夫啦，问也白问。”

当我是你们的下等毛发人吗？郑合差点要光火了。面对核桃人蛮横无理的态度，他气得牙痒痒的，恨不得几拳砸下去，把眼前这堆鸭蛋一样的代索捣它个稀巴烂，要不然有点太便宜核桃人了。虽然忍住了没有动手去砸，他这会儿却想装作不小心失手，故意摔坏几个代索。

“千万不要打代索的主意，千万不要耍小聪明。”孟想和Allen教授再三告诫过的话在郑合脑子里闪现，他一想到这牵连着两台BRE的安危，立刻就打消了捉弄核桃人一把的念头，轻轻把手里的代索又放回了箱子里。小不忍则乱大谋，他是个大局观很强能忍辱负重的军人。

郑合不再想计较核桃人的恶劣态度，生死攸关的行动计划还等着他去一步步实施，他转过身开始摆弄那台BRE。他虽然是第一次摆弄这种设备，但为了这趟任务，来之前他已在计算机上模拟演练了多次，说轻车熟路也不算是吹大牛。对他来讲，把眼前这些代索装进BRE里面去并不是什么难事，关键是要掌控好行动节奏，先要设法通知许光辉他们做好突围准备，还要等待援军到达，他才可以收工。

时间在慢慢流淌。郑合装模作样地在BRE上面这里摸摸那里弄弄，为了安放代索而调整装载方案嘛，总不可能一蹴而就的。核桃人在一旁静静地盯着他的操作，当然它们看也看不出多少名堂，催又催不得，它们肯定也知道，这种技术活不是靠鞭打快牛能逼出来的。慢慢地，有人开始东张西望，有人还打起了哈欠。

念培根是不会犯困的，它这个机器人也没哈欠可打。不知是刻意还是无意，它忽然对郑合咕哝道：“一个人干又慢又累，何不让许光辉他们来帮一下手呢？”

郑合本来心里就在盘算着联系许光辉的事，念培根的话正好“送货上门”。

“找他们一下也好，”郑合停下手头的活道，“我要问清楚他们原来设定的一些参数。”

“好啊，好啊，”核桃人一听像打了兴奋剂一样振作起来，“我们这就去请他们俩过来。”

“不必去请，我只要跟许光辉通个话，简单问几句情况就可以了。”郑合平静地阻止道。

“还是让他们来当面说一说的好，”一个核桃人瞪着伊万诺夫厉声说，“还愣着干什么？快去请呀。”伊万诺夫应声向舱门口挤去。

“慢着！”郑合一声断喝，核桃人都怔住了。

代索还没装进去，双方围绕下一步行动的较量似乎已心照不宣地展开了。但是，现在还没有到摊牌的最后时刻，戏还是要慢慢地演下去。

郑合只稍顿了一下，就指着伊万诺夫破口大骂起来。他说你伊万诺夫在自家星球上白白活了几十年，同行是冤家的道理难道你不懂吗？文人相轻的铁律你也不知道吗？我亲自做的调整方案用不着别人来指手画脚，他们过来的话到底谁听谁的？你伊万诺夫失了忆不认人没关系，但你总该记得士可杀不可辱，他们要来就让他们从头开始做调整方案好了，我就不干了。

不管核桃人分不分得清真假，戏也只能这么演了。郑合不知道核桃人是不是也有文人相轻的陋习，按照Allen教授的说法，核桃人的进化水平与地球人处在同一档次，估计它们的觉悟也高不到哪儿去。他已经想到了，假如核桃人真的把许光辉他们弄过来，他也要找个同行是冤家的碴跟许光辉大打出手，让装运代索的事延搁下来再说，怎么也不能让核桃人的阴谋得逞。他估计，在代索装运完之前，核桃人不会强行把许光辉他们押过来，但他很担心它们用诱惑的手段骗许光辉他们出来。

郑合的担心不是多余的，实际上核桃人已经诱骗过许光辉他们。就在土光二号抵达核桃星的前一刻，它们就派伊万诺夫充当说客，企图把他们俩从阿哲261号飞舰里骗出来。

许光辉和Jolene已经很久无法跟外界联系了，他们早已适应了这种软禁生活，耐心等待着606基地来人营救。就在这天一早，两人刚一觉睡醒起来没多久，就见通信信号灯频频闪个不停，许光辉立刻开启了传声设备。

“二位博士，我是孟想他们派来的代表，现在就在你们的飞舰外面，”一个声音传出来，口气很兴奋，“我是专门来报喜的呀。”

啊，盼望已久的亲人来了。正在准备早餐的Jolene一听，激动得浑身一颤，手里端着的一盘点心洒落了一地。她顾不得收拾，连忙跟着许光辉来到舷窗边，两人一齐向外望去。

咦，什么亲人呀，这不就是那个叛变了的谈判代表吗？他身上依然披着铠甲，手里拿着个对讲机一样的玩意儿，站在透明罩子外皮笑肉不笑地望着飞舰。Jolene大失所望，侧过头来迷惑地看着许光辉，她被“白皮红心”的家伙像变色龙一样的表现弄糊涂了。许光辉倒还没迷糊，他不咸不淡地回应道：“找我们什么事？说吧。”

“咱们的人很快就到了，你们解放了。”伊万诺夫果然报的是喜。

“真的吗？”Jolene按捺不住激动之情道，“我们什么时候可以走？”

“你们现在就可以出来了，等会儿我陪你们一起去迎接亲人的到来。”伊万诺夫说着话，一条腿就跨进了透明罩子，接着他整个身子都进来了，但他晃荡了几下又退了出去。他这是在做示范，意思是告诉许光辉他们，他可以轻而易举让他们走出罩子，快点出来就是了。

说走就走，哪有这么便宜的事？许光辉对伊万诺夫的话自然不会轻信，他平心静气道：“先说一说怎么回事？”

“哦，是这样的。”伊万诺夫说这是个天大的误会，核桃人只是想顺便捎带一些代索去G星球，最近双方在亲切友好的气氛中达成了协定，孟想他们答应派专人来会同许光辉他们一起处理BRE的事，弄完他们就可以走人回家了。他介绍完情况高兴地说：“谈判取得了圆满成功，你们今天就能回去，这是大喜事啊。”

“那太好了，你让核桃人立刻解禁我们的通信系统。”许光辉懒得去追问代索的问题，他一听就觉得不对劲，若真是谈判取得了成功，孟想会第一时间要求联络的，绝不可能派来的亲人都快到了还噤着声。

“这个嘛，都是小事了，”伊万诺夫说，“你们现在就出来吧，一会儿见到了自己人有什么话都可以当面说了。”

这是小事？Jolene也听出了问题，谈判成功人质获释这么重要的情况，让一个叛徒拿着对讲机来通知，有这可能吗？除非606基地的人全都让土星人踢坏了脑子。

“滚一边去吧，狗腿子少来说屁话。”Jolene忍不住骂道。她一想起那次伊万诺夫和念培根过来劝降的丑恶嘴脸，心里就火冒三丈。

“你，你怎么骂人呢？”伊万诺夫见情况不妙，仍嘴硬道，“等会儿咱们的人来了可别后悔。”说完他悻悻地离去。

伊万诺夫一走，许光辉马上就意识到，606基地的人可能真的要来了，但绝不会像叛徒说的那样，是皆大欢喜来搞合作的。那货提到了BRE还有什么代索，看来情况很复杂，核桃人在这个时候想要他们走出去一定是别有用心的。许光辉觉得不管它们是什么目的，他和Jolene都必须反其道而行之。不是有位大人物曾说过吗，凡是敌人拥护的我们就要反对，凡是敌人反对的我们就要拥护。在敌情复杂时根据这话做判断应该不会错，没跟自己人联络上就绝不能走出飞舰。

果不其然，一艘地球人的飞舰没过多久就突然降落在阿哲261号旁边，不用多想就知道是自己人来了。许光辉和Jolene反应很快，立即行动起来做着突围的各项准备工作。是发动飞舰升空还是冲出去跟营救人员会合，孟想他们自有行动安排，一切要听从来人的指挥，许光辉和Jolene紧张地盯着窗外。可是，从那艘飞舰里只出来了一个人，而且也不像紧紧张张要救人的样子，他只往这边瞄了一眼就头也不回地走远了，前面有一群核桃人像是在迎接他。难道真是606基地派来合作的专家？许光辉琢磨不清楚，Jolene也同样想不明白。

“这个人会是孟想吗？”

“天知道。”许光辉自己还没弄明白，无法回答Jolene的问题。

过了不多久，伊万诺夫的声音又传了进来。

“怎么样？你们都看到了，我没骗你们吧，咱们的人已经到了，是他要你们出来帮忙的，”他似乎一点也不计前嫌地说，“我这就过去接你们，好吧？”

许光辉不会轻易上当，但刚才那一幕看上去确实像是来搞合作的，他口气很和缓道：“先让我们跟来人通个话好吗？”

“还这么费事干什么呀，有话见了面再说呗，”伊万诺夫急急道，“我马上就来。”

“不，还是要先让我们通话，”许光辉声调虽温和，态度却很强硬，“不通话我们是不会出去的。”

话已经说得没有任何余地，传声器里一阵沉默。

“不知好歹的东西，简直就是茅坑里的石头。”伊万诺夫骂骂咧咧地收了场。

围绕着许光辉他们在飞舰里的去留，实际上成了这场较量的一个关键环节。核桃人的行动也是经过了精心策划的，为了让阿哲261号那边人舰分离，它们一计接着一计来，不达目的不会善罢甘休的。

你许光辉不相信伊万诺夫可以，总该相信地球人刚派过来的这个专家吧，他要你们出来帮忙你们岂能拒绝？于是念培根在不经意间出场了，它

"好心"提出要许光辉他们来帮帮手。但核桃人没料到，这冷不丁的一招不仅没玩转，反而让郑合钻了空子，他趁机提出要跟许光辉通话咨询，这让它们有苦说不出。谁知道他所谓的技术咨询是真是假，弄不好就是耍什么鬼花样，但为了代索又不得不答应这一要求。

核桃人心里窝火到了极点，这样的哑巴亏不能吃，就在郑合臭骂伊万诺夫的同时，几个核桃人低声商量起了对策。

郑合刚一骂完，核桃人索性就撕下了遮羞布，它们警告郑合休想玩花招，通话咨询可以，但只能简明扼要谈技术问题，不准涉及无关事情，否则它们立刻派人冲进去捉拿人质，丑话现在就说清楚，由此引起的一切后果郑合必须负责。

跟阿哲261号的音频信号一接通，郑合先不露声色地表明身份，说他是派来调整BRE运载方案的专家，有技术问题要咨询。

"哼哼，我怎么知道你是真专家还是冒牌专家？"许光辉今天已被忽悠过两次，他依然保持着高度警觉。

"我是克劳塞维茨教授的学生，我能说出BRE的606个主要构件，不是冒牌货哦。"郑合尽量暗示军事背景。他考虑过，即使许光辉没有读过克劳塞维茨的《战争论》一书，他起码也会听明白606基地的含义。

太好啦，孟想他们要采取军事行动了。许光辉一听就明白，他悄悄向Jolene竖了竖拇指。

"606个构件谁不知道呀？我还是要考你几个问题才能确认你是真是假，"许光辉知道郑合说话受限，自己应该主动打探行动时间及安排，他问道，"请你说一说……"

"你不要问了！"核桃人粗暴地打断了许光辉的提问，"专家现在要问的就是技术问题，是真是假你听了自有判断。"

核桃人并不怕激怒许光辉，他要是甩脸子不理睬专家更好。许光辉当然是沉得住气的，他觉得核桃人阻止的理由是站得住脚的，冒牌专家能问得出BRE这种高级玩意儿的技术问题吗？再说了，核桃人假冒专家也毫无必要，除了套套近乎没有任何意义，这一点它们自己也能想明白。

“那好，我来请教许博士，”郑合早有准备，他问道，“你们原先设定的DNA振荡干扰系数需要调整，这台BRE搁置了那么久又要发射升空，我现在该上调多大幅度？”

DNA振荡干扰系数？BRE上根本没有这种信口胡诌的指标，许光辉一听就知道郑合在乱忽悠。他连忙接过话茬道：“系数调整幅度要用哥德巴赫定理计算一下，这取决于调整开始到BRE发射中间相隔的时间。”

“你稍等一下，”郑合转头问核桃人，“装上代索以后还要变更BRE的发射时间吗？要变更现在就无法调整系数。”他这是趁机试探也是施压，可谓一石二鸟，不给核桃人接下来做手脚留余地。

“装完就发射，不再变更了。”核桃人没怎么犹豫就回答了郑合。其实它们也是有顾虑的，也担心夜长梦多，谁也不知道接下来哪块云彩有雨。

“许博士，我现在就开始调整系数，大概5个小时以后BRE可以升空。”郑合粗略估算了一下，他来核桃星已经磨蹭了好几个小时了，再过5个小时左右孟想他们应该能到达。

“那好，你就先解一个五次方程，再套入哥德巴赫定理中。”许光辉接着又煞有介事地讲解了一通计算步骤，讲得包括他自己在内的所有人都如坠雾中。最后他话锋突然一转问道：“需要我们去帮帮忙吗？”

“不必了！”郑合斩钉截铁道。

“那我们……”

啪！许光辉话还没说完，通信信号就被核桃人迅速掐断了。

这个回合的较量算是过去了，一切似乎又重新归于平静。郑合像个货真价实的援外专家一样，默默地做着他的技术活。天色已黑，他在心里估算着时间，隔上个十分八分钟才会塞一个代索进BRE里面，他在等待援军的到来。按照事先计划，孟想他们的土光一号在战斗打响前会停泊在核桃人的那个人造小太阳背后，一来便于隐蔽二来便于防守，核桃人万一发现了也不至于对着自己的小太阳拼命开火，所以整个营救行动要等到天亮以后才能展开。

核桃人陪着郑合挑灯夜战，它们虽然已显出疲态和烦躁，却也耐着性子在一旁等待，等着郑合把代索全部装完。这一夜，核桃人没再耍什么新招，它们不想再给郑合可乘之机。

天已经大亮了，眼看着只剩最后几个代索还没装完，孟想他们仍杳无音信，郑合心急如焚。他不得不放慢手上的节奏，以此拖延时间。

孟想他们该到了呀，郑合心里琢磨着，手上的动作越来越迟缓。他不知道，土光一号为了躲避“飞鸭”，两次画弧线绕行是耽误了点时间的。

核桃人慢慢察觉到了郑合不正常的磨蹭举动，它们用异样的眼光恶狠狠地盯着他。心不在焉的郑合依然慢慢腾腾，对最后一点扫尾的活磨着洋工。

“你想干什么？赌命吗？要敢对代索图谋不轨，我们就把这BRE彻底砸烂！”核桃人终于忍不住发作了。代索的安全是它们的底线，触碰这根底线就会走向鱼死网破的结局。

郑合感到没什么退路了，再找任何借口拖时间，都会被核桃人怀疑是要对代索做手脚，这是极度危险的。再也等不下去了，郑合脑子里迅速打定主意，先按计划装完代索，确保BRE顺利发射，接下来就只能孤军奋战了。

就在郑合要开口回应核桃人的时候，“丁零零……丁零零……”清脆的铃声在他的耳麦中响了起来。这是约定好了的信号，土光一号已经到达了核桃星上空。郑合精神立刻为之一振，他爽声回应核桃人道：“马上就完工了，BRE很快可以发射升空。”他知道，孟想他们也能听得见。

又一阵忙碌过后，装运代索的活计总算完工了。郑合跟核桃人一起站在小山丘旁，目送飞舰载着BRE升空而去。

这不是一艘普通的太空飞行器，而是一个开辟生命新天地的启动器，那里面承载着两个落难智慧星球在宇宙中传承生命的不同梦想，要去远方的新家园重生。郑合对核桃人的具体梦想不得而知，但从它们狡黠的笑容中可以看出，它们对BRE顺利发射是心满意足的，对那些像鸭蛋一样的代索应该也是寄予了厚望的。

核桃人开始碰屁股庆祝了。有人蹦过来想跟郑合碰，仰头一看他那冷峻的表情又缩了回去。

“好啦，别紧张兮兮的，”伊万诺夫见郑合的双手一直插在口袋里，估计他正攥着武器，便显得很轻松道，“一切都过去了，你们现在可以放心回去啦。”

“是吗？那许博士他们呢？”郑合警觉地问道。

“他们已经彻底自由了，随时可以走人，”伊万诺夫说，“你现在总该放心啦，快跟他们通个话吧，让他们出来会合，一起商量等下怎么走。”

“既然这样，我现在就找他们会合去。”郑合说着话果断转身迈步。他心里很清楚，核桃人之所以还没对他动手，就是由于许光辉他们还在飞舰里没出来，它们还想在最后一刻利用他来诱骗。他已经看出了核桃人的意图，它们表面上解除了对阿哲261号的禁锢，实际上就等着许光辉他们看到点假象一高兴就跑出来会合，那它们就可以轻而易举出手了。郑合觉得要赶紧行动，不能让核桃人钻这种空子。

“先通完话再过去也不迟嘛。”伊万诺夫还在做最后努力。

“这事就不劳你们费心了。”

郑合头也不回就朝着阿哲261号那边走去。他知道，战斗就要打响了。

第22章

两败俱伤的太空战

“各就各位，准备战斗。”土光一号在抵达核桃星之前，孟想就已经下达了准备战斗的命令。此时距核桃星还有两三个小时的行程。

看着众人都在认真准备，孟想抓紧最后这点时间，在脑子里梳理着战斗方案。参军入伍多年，当到了校级军官，打的都是4D模拟出来的仗，真刀真枪的实战还从未经历过，一上来就要指挥这场事关地球人最后命运的星际战斗，想回避“天降大任”都不行呢。再看看其他人，一个个似乎也都有担负这份天降大任的豪情。

“我说美女呀，打仗没你什么事，你干点除害虫的活吧，”金太永边摆弄着武器边对何小佳道，“最好把核桃人那只侦察飞虫丢进铅罐里去，它的使命已经完成了。”

“这不行吧，它现在可是益虫，”何小佳犹犹豫豫，看了看孟想说，“万一大本营那边有事要联系呢？”

“仗一打起来它可就弊大于利啦，”金太永说，“飞到核桃星跟前它就成了害虫，迟早会是个通风报信的间谍。”

“那也要等仗打起来再说呀，”何小佳说，“磨还没拉完就杀驴？太早了点吧。”

“嘀……嘀……嘀……”还没等孟想表态，606基地的呼叫信号就响了起来，大本营还真有事来联络了。

土光一号启程以来，606基地那边一直保持着静默，连咳嗽的声音都没传过来一下。现在这个时候来联络，绝不可能是来报平安道辛苦的，孟想迅速打起精神，心思从核桃星一下子转向大本营那边。

“讲粤语吧。”传声器里响起了Allen教授的话音，他一上来就用粤语通话，说是留守人员有敌情通报。

“好嘅（好的）。”孟想回应。

Allen教授通报说，核桃人派去的“飞鸭”已经飞到了土卫六上空，但不像是攻击性武器，这让人感到非常奇怪。

“这怎么讲？”孟想觉得奇怪。事到如今马上就要展开决战了，核桃人的飞行物长空奔袭难道只是要去侦察吗？这于理说不通。

“第一只‘飞鸭’刚才已被击毁在空中，它只像是来挑逗一下，自杀而不攻击。”Allen教授说那只“飞鸭”抵近土卫六之后，不是直接冲向目标，而是减速漫游，好像在空中信步，专门等着挨揍似的。当巡空导弹锁定它并开始追踪的时候，它却突然活跃起来，左挪右闪上蹿下跳，跟导弹玩起了老鼠躲猫猫的游戏。后来导弹还是将其一举击毁，然而监测到的残骸却表明，那“飞鸭”既没有携带炸药也没有携带毒物，怎么看都看不出有什么攻击性。

这是什么意思？骚扰一下分散地球人的注意力吗？孟想一下子反应不过来。他看了看金太永及何小佳等人，他们一个个大眼瞪小眼迷迷怔怔，听着Allen教授讲的粤语跟听外星人的话没一点区别，不懂。

“还有更奇怪的事，第二只‘飞鸭’马上也要到了。”Allen教授接着道。

“嗯？两只‘飞鸭’不是相隔了一整天时间吗？”孟想不解道。他们前不久在路途上的观测，与忆牛顿当初的观测结果是一致的，两只“飞鸭”一前一后差不多就是相隔一天。

Allen教授说情况有变，忆牛顿已经把它观测到的最新变化通报给了606基地。第一只“飞鸭”飞过天王星轨道面之后，后面那只“飞鸭”就开始加速追赶，两者的间距越缩越小。再过一个多小时，第二只“飞鸭”就将飞临土卫六上空，606基地现已捕捉到了它的信号。Allen教授说留守人员吃不准这一系列新的军情，所以不得不向前方能征善战的军人们通报情况，寻求对策。

“我们即刻研究这个新情况，稍后再联络您。”孟想说完话，随手关闭了麦克风。然后他转头对何小佳说：“不管是益虫还是害虫，先让那小家伙去铅罐里待一会儿吧。”

606基地派出的这支援军中，有好几位是像金太永一样跟“空”字沾边的职业军人，他们对现代太空作战分析得头头是道。十几分钟后，孟想再跟Allen教授通话时，已经把“飞鸭”的新情况大致理出了头绪。

核桃人那两只“飞鸭”应该就是编队飞行的进攻性武器，但又不是传统意义上的梯次攻击、轮番上阵这么简单，而是侦战一体化，战中带侦，侦中变战。第一只“飞鸭”说是自杀式挑逗也没错，其目的在于探查对方的防御部署和技术配置，在挑逗中把相关信息迅速传给后面的“飞鸭”，为接下来那只“飞鸭”的实质性攻击提供随机应变的技术参数。后面的“飞鸭”起初拉开距离当然是出于隐蔽的需要，而到了进攻开始时迅速跟进，则是为了缩短侦战一体的时差，不给对手调整部署多留时间。

看来核桃人对高技术条件下的新型作战方式是费了很大心思的，孟想觉得，当初部署巡空导弹根本就不是小题大做，现在出现的情况对大本营又构成了新的威胁。第一只“飞鸭”虽已被摧毁，但它已经把巡空导弹的技术信息传给了后面，万一接下来另一枚导弹拦不住后面的“飞鸭”可就麻烦了。金太永他们也都认为，必须立即增加一个新的攻击点，否则很危险。

“教授，长话短说，”孟想没时间多解释，再次通话开门见山用粤语对Allen教授道，“让他们立即启用那枚地对空钜爆导弹，迅速再设一重保险。”

“嗯？”Allen教授显然有疑虑。606基地为了反恐怖袭击总共就部署了3枚导弹，这回可是齐上阵了，犯得着这样拼光家底去对付小小的“飞鸭”吗？但他只犹豫了一下就痛快道：“好，听你的，我这就让人去办。”

“告诉大家，不惜代价保安全，摧毁核桃人的‘飞鸭’就是胜利。”孟想没工夫多讲军事道理，只能用这么一句话概而括之。

“知道了。”Allen教授应完也叮嘱道，“你们在外更要多加小心，大家都盼着你们凯旋。”

“您也要多保重，注意身体，别太劳累了。”

“放心吧，我一切都很好，”Allen教授很乐观地说，“这些天我整理了一份关于费米悖论问题的资料，等你们回来咱们再好好聊一聊。”

跟Allen教授通完话以后，606基地的事在孟想脑子里就再也挥之不去了。那两只“飞鸭”对他来说就是一前一后落地的两只靴子，听不到第二只靴子的落地声，他很难集中精力去考虑即将到来的战事，恐怕要等战斗打响才能排除杂念了。核桃人这一招真是够损的，它们发明出这种侦战一体化的技术和战术，不仅在前方瞬息万变的战场上折腾对手，而且对远方指挥官的心理也能造成干扰和冲击。看来Allen教授那次在牛津大学的演讲说得没错，智慧物种不仅好斗而且善战，在这一点上，核桃人和地球人彼此彼此。

前方的核桃星已经近在咫尺了，从土光一号的舷窗里看着似乎一脚就能踏上去，孟想很快就收了心。他开始盯着指挥屏幕，观察望远系统拍摄到的核桃星地面情况。不一会儿，他就看到了那幅画面：一些核桃人在一个小山丘旁围着一艘飞舰转来转去，它们像是在焦急地等待着什么。孟想立马意识到，这应该就是那艘载着BRE的小飞舰了。郑合会在里面摆弄代索吗？他不知道。

“给郑合发联络信号，随时准备出击。”

孟想下了令心里并不踏实，他不清楚郑合目前在敌人眼皮底下的处境如何。他只指望郑合收到铃声信号知道援军已到位就行，回复不回复都无所谓，援军会耐心等待他出手，配合他行动。孟想估计，核桃人为了那点共同利益会暂时掩饰一下，让郑合的通信系统先畅通着，而一旦战斗打响，它们就会立刻封死通信系统。

联络信号刚一发出，孟想就一阵高兴。因为他立刻就听到了郑合的声音，他说BRE很快就可以发射升空了。他那种很自信的语气意味着，第一步安装代索的行动是顺利的，就跟大本营那边第一步击毁核桃人的“飞鸭”一样顺利。这是好兆头，但愿接下来两边的行动都能一帆风顺、马到成功。

只不过是喝了一杯水的工夫，孟想的高兴便戛然而止了。

“大本营紧急呼叫！”何小佳轻轻一声惊呼，让气氛骤然紧张起来。接着，Allen教授的声音传出来，他已顾不得再用粤语了，一开口就令所有人瞠目结舌。

“咳，咳，咳，我们没能抵挡住‘飞鸭’，咳，咳，它们还有第……第三只啊。”

“啊？什么？”孟想大为震惊，倒吸一口凉气道，“怎么回事，教授？”

Allen教授咳声连连，上气不接下气地讲述了事情的大致经过。

果然不出孟想他们此前所料，先是巡空导弹没拦住第二只“飞鸭”，那家伙窜进土卫六空域之后既不躲也不闪，对快速逼近的巡空导弹根本就不屑一顾，很快它就玩了一把蝎虎甩尾的招数，把它的尾舵突然抛掉了，紧接着它就飞了个大回环甩脱了导弹的追击。说来也怪，巡空导弹竟然主次不分大小不辨，对“飞鸭”的主体视若无睹，却紧紧咬着那小小的尾舵追击而去，最后“轰”一声玉石俱焚了。

接下来，那“飞鸭”就凶相尽显，它像挣脱了羁绊的蛮鹰一样，朝着土卫六地面直接俯冲而下。606基地迅速做出反应，紧急发射地对空钽爆导弹进行拦截。Allen教授和同事们此时还感到很庆幸，刚刚按照孟想的要求布置完导弹发射的准备工作，果然就派上了用场。然而他们万万没料到，就在导弹即将接触到目标飞行物的时候，那“飞鸭”突然“呼”一下又弹射出了另一只“飞鸭”。

“这……这是复式飞行物，咳，咳，那‘飞鸭’是个一拖二的飞行武器，”Allen教授喘着道，“防……防不胜防啊。”

地对空钽爆导弹击毁了其中一只“飞鸭”，可是，另一只“飞鸭”像是真的长着眼睛一样，向着兰宫直扑而来。Allen教授和大家都惊得目瞪口呆，核桃人的飞行物神奇得有点太离谱了，武器再智能也不至于从遥远的核桃星那边一下就锁定兰宫这个攻击靶点吧，这可是从未涉足过的外星球上的小目标呀。Allen教授惊诧过后还是悟出来了，那个技术含量超一流的即时通信球，实际上为那“飞鸭”起着导航的作用，罪魁祸首就是它！

别人白送的高技术产品，不能随便接收啊！

可是，一切都太晚了。等众人反应过来的时候，那只“飞鸭”已经像头蛮兽一样闯进了兰宫。它在兰宫里上下左右横冲直撞，身上还发出“咝咝”的响声。猝不及防的人们迅速找出各种武器要对付它，但还没近身就一个接着一个倒下了。大家这才意识到，那“飞鸭”“咝咝”作响是在喷射一种无色无味的毒性气体，但兰宫的防护已经迟了一步，毒气已经四处弥漫，留守人员纷纷中招倒下。

在这紧急关头，兰宫的机器人倒是勇猛顽强，它们一齐上阵与那“飞鸭”奋力搏斗，眼看就要把它降伏住了，不料，那“飞鸭”突然引爆了自毁式炸弹装置，最后跟几个机器人同归于尽了。

“兰宫已……已遭到重创，留守人员几乎……几乎全军覆没，咳，咳，没救了。”Allen教授说话的气力越来越弱。

“不，教授，不会的！”孟想无法接受这个现实，他现在没有心思去分析前因后果，只想着要尽快救Allen教授，他急切地问道，“您现在在什么位置？”

“我……我在地库里，已经中了毒气，撑……撑不了多久了，咳，咳。”

“快！快去找吆西，问它怎么解毒。”孟想这次出征前，专门让大力士拷贝了一套语言翻译软件留在兰宫，核桃人制造的毒气当然要问核桃人解毒之策。

“吆西已经……咳，咳，问它也……也问不清楚。”Allen教授虚弱地说，核桃人对化学物质的表述方法与地球人完全不同，吆西拼命比画了半天还没人懂，它自己就先倒下断了气。

“您一定要挺住啊，教授，”何小佳虽然已急得泪水打转，却不忘提醒Allen教授自救，“赶紧用‘气相速测仪’采样，它会自动搜找出最接近的解毒剂，您要尽快服下。”

“没……没……没用啦。”Allen教授已经气喘吁吁了，他说他一开始就用高通量分析仪测试过毒气，这是一种地球上不存在的毒性物质，无药可救。

“您不会有事的，教授，您有的是办法，”何小佳已经眼泪唰唰流成了串珠，她哽咽道，“我还等着回去听您讲解费米悖论呢，呜……呜……”

“那件事，我……我记得，已经把……把资料发……发给你们了，”Allen教授已经气若游丝，土光一号里的所有人屏住呼吸才能听得到他微弱的声音，“宇宙天条，逆之则……”

扑通！还没等Allen教授把话说完，就传来了重物倒地的声音。

“Allen教授！Allen教授！”任凭孟想和众人高声呼唤也无济于事，传声器里无声无息，再也听不到一点动静了。

606基地被毁，留守人员遇难，让孟想痛彻心扉。特别是Allen教授这样一位博学睿智的大科学家，他一辈子从事高技术研究，最终却死在了外星人的高技术武器之下，这不能不说是宇宙文明发展的一种悲哀。核桃人费尽心机打造出了各种尖端武器，说明它们曾经的母星球并不是一方太平净土，战争频发的星球不动用巨量资源去发展军事技术才怪呢。仔细想一想，这跟地球人千百年来把自己发明的新技术不断变成军事装备并无二致。茫茫太空，浩瀚苍穹，智慧物种在迈向更高水平文明的同时，也在不惜代价创造着战争杀戮的新手段，这难道也是一种普适性的宇宙天条吗？

“快看，核桃星上的小飞舰正在发射升空。”金太永的一声高喊，让沉浸在悲情中的援军们猛醒过来。

孟想抬头望向指挥屏幕，刚才看到的那艘小飞舰已经离地升到了空中，越飞离核桃星越远，命途多舛的BRE终于再次踏上了远赴G星球的征程。孟想把画面切换到地面上，他一眼就看到了郑合的身影。与旁边那些欢呼雀跃的核桃人完全不同，郑合傲然挺立如松，他像是在运气蓄力，准备迎接即将到来的救人战斗。

这无疑是一场虎口拔牙式的战斗。作为此战的先锋，郑合早就考虑过，让许光辉他们驾着阿哲261号逃离的可能性微乎其微。仔细想想也是，在核桃人的地头窝点里救出人质本身就无异于一场豪赌，花巨大代价也未必有成功的把握，还想把飞舰也一起弄回去，那简直有点异想天开。但刚才听伊万诺夫说许光辉他们已彻底自由了，随时可以离开了，郑合立刻就想到核桃人可能要耍什么新花样。但坏事也可能变好事，它们给阿哲261号松了绑说不定转机就来了，瞅准时机连人带飞舰一起救走当然求之不得。

郑合边警惕地环顾四周边迅速走向阿哲261号飞舰，走到半途中他立刻察觉到情况不妙。刚才距离太远看不清楚，现在稍近才发觉，那个囚笼一样的透明罩子依然严严实实地扣在飞舰上，这就是所谓的彻底自由随时可以走人？核桃人睁着眼睛说谎，差一点被它们忽悠了。郑合一下子明白过来了，核桃人到现在仍不死心，还在干着坑蒙拐骗的事，企图把飞舰里面的人诱出来，许光辉他们俩稍一疏忽就会中计，营救计划就会被打乱。一想到这一点，郑合脚下连蹦带跳的步伐就加快了。

再稍走近些，郑合最不愿看到的一幕顷刻间发生了。

也许是看见606基地的亲人大摇大摆疾步奔来，许光辉突然拉开了阿哲261号的舱门，笑容满面地出现在舱门口。他一手抓着激光枪，一手高高扬起，向越走越近的郑合挥手致意。接着他就慢悠悠地走下舷梯，像是要迈步迎过来，几个小时前刚通过话，会面这一刻终于到来了。

还算许光辉警惕性蛮高，知道出门要拿着武器，不然他很快就壮烈牺牲了。

郑合见状大吃一惊，他挥起双手向前猛甩，示意许光辉赶紧退回舱里去。他还想按原作战计划一步一步来，因为不把那透明罩子先搞掉，人出了舱不仅很难一下子钻出来，反而会被核桃人乘机生擒或击毙。

许光辉反应很快，他看见郑合的手势只稍微怔了一下，就立即转身掉头，想钻回舱里。但是，已经来不及了。

透明大罩里面，两个核桃人突然从地下冒了出来，它们一齐跳起来从许光辉身后向他飞扑过去。许光辉身手非常敏捷，他一感到身后有异动立刻就一跃而起，以一个凌空扫腿的动作侧身向那两个核桃人踹去。一个家伙当即被踢中，嗷嗷叫着滚落在地，另一个家伙边躲闪边掏武器。许光辉顺势跌落在舷梯一侧，他以舷梯为掩护举起激光枪向核桃人射击，那两个家伙一见他动枪便不再往上硬冲，它们也端起枪匍匐在地跟他对射起来。

在这同时，旁边的土光二号内，密切观察着事态的大力士第一时间就发现了情况。它迅速拉开舱门，端起枪对着近在咫尺的透明大罩猛烈扫射起来。它用的这种双筒冲锋枪，射出激光的同时还能打出子弹。一梭梭子弹打在罩壁上像是打在厚厚的钢板上铿锵作响，一束束激光射在罩壁上更像是灿烂的烟花群放。

霎时间，大罩里面响声震颤如炸雷，五彩光华映满天，仿佛宇宙初开时的大爆炸又再现了。那两个核桃人可能没见过这种阵势，吓得伏在地上愣住了神，不敢再对许光辉有过多的攻击动作。许光辉见是自己人助战，立刻精神大振，意识到突围的时机已来临，他边射击边朝舱内大喊：“Jolene！快！准备起飞，快点！”

郑合当然也将大罩子里突然发生的一切看得清清楚楚，他大叫一声“不好”，立刻掏出枪来朝阿哲261号奔去。此刻，他真想拿出激光炸弹甩过去，把透明罩子和那两个核桃人炸个稀巴烂，可是许光辉也在舱外，这一招虽然有效却不敢使了。郑合估计，核桃人投鼠忌器也不敢对许光辉他们使用重武器，这样许光辉还是能够抵挡一阵子的。只要他再坚持一会儿，等大力士打烂那个透明罩子就好办了。

空中的土光一号内，孟想眼见地面开战马上就一声令下，援军也开始投入战斗。金太永率领一些人从天而降，他们一个个骑坐在单兵升降器上，悬浮在半空中跟核桃人交上了火。虽然他们人数不多，却占有明显的制空优势，居高临下就是一种战斗力。过去的伞兵算不得真正的天兵天将，如今这些骑着脚控单兵升降器的军人，在空中作战机动灵活，能忽前忽后忽上忽下忽左忽右，这才是现代意义上的空降兵。

地面上，核桃人也从四面八方的地下蹿了出来。它们分成了三股攻击力量，一批人朝着阿哲261号和土光二号的方位围拢过去，那是要抢夺飞舰的，另一批人在阻击金太永他们那些空降兵，还有些人则是冲着郑合而来的。

密集的子弹嗖嗖乱飞，天上地下炸声连连。郑合赶紧在一块低洼处就近卧倒，眼看着还有四五十米的距离就到阿哲261号跟前了，但核桃人的子弹是不长眼睛的，这会儿往前猛冲准会被打成一幅人肉版的星辰分布图。

郑合趴在地上观望也没闲着，他看见了身边散落的一些子弹头。有一种从未见过的弹头引起了他的注意，那应该是从核桃人的枪口里射出来的。它们看着就像一滴滴水银一样落在地上有轻微晃动，这肯定不是用坚硬材料制造出来的弹头。他想顺手拿一颗过来仔细查看，手刚一伸出去他就猛然意识到，这就是地球上多年来想造而没造出来的“软性子弹头”。这种弹头的杀伤力不是靠动能硬冲进体内，而是通过与体表的接触渗透，把弹头的毒物渗入体内致人伤亡，实乃一种温柔杀手。“软性子弹头”有其独特的应用意义，特别是在抢夺一些重要设施的战斗中，能杀伤敌方有生力量却不破坏设施，杀人不毁物，杀人不见血。郑合想到这里倒吸了一口凉气，自己的身子下面可别正好压着颗“软性子弹头”，否则那可真的是“躺着中枪”了。

地面上救人受阻，空中援军的压力也越来越大，地球人寡不敌众是显而易见的，原定的速战速决行动方案遇到了麻烦。这一切，在土光一号里指挥作战的孟想也看得一清二楚，他果断下令道：“立即发射光雾弹，炸点标定在郑合与阿哲261号之间。”

一颗光雾弹从土光一号上呼啸而出，只一转眼工夫就落在了核桃星上，轰然一声在郑合的前方炸开来。一时间，核桃星上到处都弥漫着蒙蒙黑雾，天地间再也看不见其他。紧接着，悬浮在黑雾中的几个智能光源时不时闪耀，射出一道道刺目的光芒。光和雾交替变幻，瞳孔括约肌再发达的人也无法适应，都像是瞬间坠入了魔窟一样头晕目眩。

郑合马上戴好穿雾镜从地上爬了起来，他四下里一看，核桃人一个个像无头苍蝇那样在乱转。有两个家伙跌跌撞撞一左一右窜到了他眼前，被他顺势一脚一个踢倒在地撞了个狗碰头，它们俩爬起来还懵懵懂懂互相撕打起来，完全就像是睁眼瞎。

空中，金太永他们也都戴上了穿雾镜趁机向地面猛烈扫射，打得那些晕头转向的核桃人鬼哭狼嚎。

战斗情势暂时有了逆转，郑合抓住有利时机快速向阿哲261号冲去。他一点也不用担心空中援军的子弹会误伤到自己，他们现在枪膛里打出的全是“识别弹”。这种子弹的弹头上带有纳米级的识别器，在十多米开外识别到“自己人”的信息，弹头会立刻减速并张开变为一块金属箔，即使打在人身上也只有很小的压力，就像在身上拍一块膏药皮一样不痛不痒。都说子弹不长眼，那要看对什么人来说，如今的子弹对敌人照样还是不长眼的，但对自己人则眼睛雪亮。地球人研制高技术武器，同样也是花了血本的。

郑合很快就冲到了阿哲261号旁边。这个时候大力士早已用激光束把透明罩子打得残缺不全了，烟雾弥漫已经没了罩里罩外的区分。郑合看到，许光辉倚在飞舰舷梯旁，手里握着枪警觉地留意着四周的动静，他和那些核桃人一样，在光雾变幻中已失去了视觉的空间感。

“赶快起飞呀，Jolene，怎么搞的？”许光辉在叫喊着。

飞舰不时发出低沉的轰鸣，颤晃几下却动不起来，像一头被捆住了腿脚的蛮牛在挣扎呻吟。

四周的核桃人大都被空中火力压制着抬不起头，即使能抬起头来，它们这会儿也根本辨不清东南西北，不会有什么战斗力。

许光辉在激烈的枪声中还是敏锐地感觉到了异样的动静，他本能地端起激光枪，四下辨别目标。

“别开枪，是自己人。”郑合一声大吼，几步就跨到了许光辉身旁，伸出手去把他拉了起来。许光辉站起身才模模糊糊地看见了眼前的郑合，他张口欲言。

不远处，趴在地上的一个核桃人闻声举枪，胡乱射过来一梭子弹，全都打在了舷梯附近。郑合眼疾手快，一梭子甩过去干掉了那家伙。

“什么也别说，赶快跟我撤。”郑合说着话，拉起许光辉就要走。

“Jolene，你快出来，撤了。”许光辉脚下没动，朝舱里的Jolene大喊。

“知道了，我删掉些重要数据，马上就来。”Jolene的声音从飞舰里传来。

“快走！一个一个来。”郑合声音严厉地对许光辉道。他这会儿考虑的是安全撤离，不能同时拖着两个“睁眼瞎”跌跌撞撞往外冲，遇到核桃人阻击都不知道该保护哪一个。

郑合拉着许光辉很快就撤到了土光二号旁，扶着他连滚带爬上了舷梯，然后准备返身回去把Jolene救出来。

核桃人并不是好捏的软柿子，它们被光雾弹蒙住了一阵子，很快就找到了破解之道，先是设法敲掉了那些悬浮在黑雾中刺眼的闪电光源，接着又开动除雾设备驱散黑雾。没多久，黑滚滚的浓雾就越来越淡，能见度渐渐升高。

被打蒙了一阵的核桃人开始慢慢缓过劲来了，很多人揉着被晃花的眼睛东张西望在做适应性恢复，有的人朝着阿哲261号那边试探性地胡乱放枪，瞳孔功能强的一些人开始向空中和地面目标反击。

就要钻进土光二号舱门的许光辉听着枪声越来越密集，突然又转回头来。他揉着眼睛看见一些核桃人躬着身子边开枪边向阿哲261号慢慢靠近。

“不好，Jolene有危险！”许光辉大喊一声，就要冲下去救人。

刚要回身去救Jolene的郑合见状，一个箭步冲上舷梯，紧紧抱住许光辉不放。好不容易才从虎口里救出的人质又要返回去送死，这不是胡闹嘛。

“大力士！把他拖进去！”郑合对着舱门口一声大吼。大力士闻声出手，一把就拉着许光辉的臂膀把他拽进了舱里。

战局再次出现危急，核桃人兵多将广的优势很明显，空中援军的阻击越来越吃力。有几个空降兵已被核桃人的武器击毙在空中，还有两个人的单兵升降器被击中失控，朝着地面坠落而去，结果可想而知。地球人只剩这么点本钱了，再拼下去就是全军覆没血本无归的结局。

突然，三发红色信号弹从土光一号上射出，把核桃星的天空映得一片通红。所有参战人员一看都明白，这是全线撤退的信号。

郑合看到撤退信号愣了一下，他刚想要交代大力士看紧许光辉，别让他再出来添乱，话还没说出口，情况就生变了。大力士手扶着舱门，把头探出舱外，等着郑合的指令。显然，它也看到了撤退信号。

“听着，大力士，关闭舱门，撤退！”郑合威严下令道。他说着话已望见，有几个核桃人正在朝这边移动。

“好，那你赶快上来呀。”大力士催促着。它很清楚，要撤就要赶紧走，土光二号不先动身，金太永他们那些担负掩护任务的空降兵就无法撤出战斗。

“不，你们先撤。”郑合表情刚毅，语气坚定。

“我跟你一起去救Jolene，我也要下去。”许光辉突然把脑袋探出来，想往外挤。大力士用力一把又将他推了进去。

“要不你先撤，我去救人？”大力士急促地征询郑合的意见。

“你怎么这么啰唆！”郑合咆哮起来，他边吼边抬手举枪向几个靠过来的核桃人还击。空中的枪声、郑合的枪声、核桃人的枪声已噼噼啪啪交织在一起。

“那你……”大力士还在犹豫。

“服从命令！立即起飞！”郑合几乎是声嘶力竭在喊叫。

土光二号终于升空，空降兵们在周围拼命掩护，且战且退，很快就在视线中越缩越小。

核桃人的子弹追不到空中目标了，它们便一个个调转枪口，跟地面上的郑合激烈地交上了火。郑合四面受敌极度危险，他连忙摸出一枚激光弹抛了出去，霎时一团刺眼的绿光喷爆开来，核桃人被炸得乱了阵脚。郑合趁势连滚带跳迅速冲到了阿哲261号的舱门边，蹲伏在许光辉刚才用来当掩体的舷梯旁还击核桃人。在这个位置跟核桃人对峙有点像打阵地战，后面还有飞舰做依托不怕它们破釜沉舟搞强攻。郑合心想，只要能坚守到天黑，就有机会带着Jolene逃离。

郑合刚喘口气定了定神，就忽然察觉到，空中还有人在为他打掩护。他们没撤吗？郑合抬头向上望去，空中果真还有一个空降兵在阻击核桃人，他立刻挥了一下手向空中致意。虽然无法看清那个空降兵的模样，但那人给他回敬了一个标准的韩式军礼，礼毕还做了个举枪猛砸的动作，这让他马上就判断出那人是金太永。这时郑合忽然想到，金太永在空中冒死阻击敌人，自己在地面这样死守就太被动了，应该跟舱内的Jolene配合一下，让她在里面再启动飞舰发动机，自己认真观察一下飞舰外围的情况，看能不能找出解锁之道飞起来。死马当活马医说不定也会有奇迹发生，要不然太辜负空中的战友了。

“Jolene博士，我是来救你的，你听到了吗？”郑合边开枪向核桃人射击，边朝舱内猛喊。

舱内半天没有任何回应，郑合听到的始终是枪弹的噼啪声。

“Jolene博士，Jolene，你在吗？”郑合又是一阵猛喊。

飞舰舱内依然没有回应。郑合突然感到情况不妙，趁着金太永一阵猛烈扫射压制住核桃人的当儿，他一跃而起飞身冲进舱内。眼前的情景惊得他目瞪口呆，Jolene已经倒在了血泊中，她全身多处被乱枪击中，已壮烈牺牲。

郑合返身冲回到舷梯旁，他怒火满腔，一梭子子弹撂倒了几个靠近过来的核桃人。听着空中的枪声有所稀疏，他猛然一抬头，又是大吃一惊。他看到，空中的金太永虽然还在顽强阻击着核桃人，但他颤悠悠的，像是在空中打摆子，晃荡个不停且行动迟缓，已失去了先前潇洒自如的灵活性。不用多想就知道，金太永的单兵升降器已经挂了彩，他再不撤走很快就会被核桃人击毙在空中抑或坠地而亡。

情势已到了非常危急的时刻，郑合浑身直冒冷汗。Jolene已经牺牲了，营救人质的任务实际上已经结束，再坚守下去既拖累着金太永又没有任何意义，况且自己能否挨到天黑还是个未知数。即使硬着头皮顶到最后趁黑逃离又怎样，还能在这外星球上跟核桃人打游击吗？退一步讲，就算最终等到606基地再来人成功营救，阿哲261号飞舰也还是会落入核桃人之手，而且根本等不到天黑，金太永必死无疑，这种赔了夫人又折兵的结局绝不能出现。除非……

郑合一想清楚，就迅速把手伸进作战包里，他摸到了那个冰凉的装置。

这是在他临出征时，孟想亲手交给他的。

郑合当时感到非常惊讶，他在606基地工作这么久从未听说过有这个装置。孟想说他自己也是刚得知不久，要不是这回跟核桃人背水一战，Allen教授是不会拿出来轻易示人的，更不会让人动用。

第23章

物种的星际换代

就在那次孟想布置战前准备任务之后，他刚起身要离开监控室到地库去时，Allen教授突然叫他先留步，说是有重要情况要告诉他。

孟想重新坐定后，虽见众人已离去，Allen教授仍压低声音告诉他说："有一件特殊的武器，我犹豫了很久，现在是时候把它交给你了。"

Allen教授像是要把憋了许久的难言之隐吐出来，他说兰宫里藏着一件威力巨大的秘密武器，他自己给它取了个名字叫"反引力毒刺弹"。

"啊？！"孟想吓了一大跳。当年反引力手雷已经够让人恐惧的了，现在又忽然冒出来一种从未听说过的反引力毒刺弹，这在地球上可是全面禁止的呀。Allen教授是个科学家，怎么跟大规模杀伤性武器扯到了一起？

Allen教授说他当初带队来606基地的时候，是身不由己接受了这件连名字都不知晓的秘密武器。联合国那位副秘书长临行前告诉他，606基地远离家园，使命特殊，遭受恐怖袭击的可能性很大，特别是研究工作一旦取得重要进展后，要考虑到被恐怖分子强行占领的可能。因此，除了配备些常规性武器之外，有必要采取超常规防御措施，以备不测。

从跟那位副秘书长的谈话中，Allen教授大致了解了这枚炸弹的情况。当年联合国组织力量在普京号空间站对反引力手雷开展反制技术研究的时候，有专家秘密掌握了这种反引力毒刺弹的新技术。所谓毒刺，就是炸弹在爆炸造成短暂引力消失的同时，还能产生一种高能量射线，这种射线既能造成生物大分子的致命性损坏，也能导致智能芯片的微观结构损毁，就像千千万万根看不见的毒刺一样残杀生命，而且是软基质和硬基质生命通杀。至于这种高能量射线为何物，连那副秘书长也一无所知，他估计是由太空中找到的一种地外物质裂变而来。副秘书长特意叮嘱Allen教授说，这是经安理会特别授权运用该技术制成的唯一一枚成品炸弹，其杀伤力抵得过成千上万颗反引力手雷，606基地只有在万不得已的情况下才可以动用。同时他也提醒Allen教授严守机密，如果这枚炸弹最终没派上用场也不要再带回地球，出口的不良物品千万别转内销。

“现在是远征作战打恶仗，带着它吧。”Allen教授叹了一口气，显得万般无奈地对孟想道。

“这是雪中送炭呀，”孟想不无感慨，“敌众我寡，我们正缺这样一个最后的护身符呢。”

“不过我还是要多啰唆两句。”Allen教授说能不用尽量不要用，这种反引力毒刺弹有可能会彻底掀翻核桃人的地下窝巢，对一个异星球的智慧物种实施这种毁灭性屠杀，这不应该是地球文明的道德理念。

孟想意味深长地点头。他后来也是这样嘱咐郑合的，核桃人不仁地球人不能不义，不到你死我活的危急关头，不可在核桃星上动用这枚炸弹搞绝杀，要尽可能给核桃人这个异星物种留一点根。

此刻，郑合的手指已经触到了反引力毒刺弹的引爆按钮。眼下就是你死我活的危急关头了，核桃人本来就是以多欺少恃强凌弱，它们无理扣押地球人的飞舰和人质，蛮横挤占地球人的BRE，还想不择手段抢夺飞行器，战友们为此奋勇抗争，一个接一个魂断太空，核桃人想过给地球人留一点根吗？

郑合想起孟想的叮嘱仅仅犹豫了几秒钟，核桃人的子弹就一串串向他猛射过来，有几发子弹几乎同时打中了他的身体。就在倒下的那一刻，郑合用他那混基质的手指按下了引爆按钮。

孟想在指挥屏幕上看得清清楚楚，先是晃荡了一阵子的金太永突然间急速坠地而去，他刚暗叫一声“不好”，紧接着就是轰隆一声巨响，震得数万米高空上的土光一号都猛抖了几下。接下来，核桃星上烟尘弥漫，一片混沌。

孟想脑子里顿时“嗡”的一下，他什么都明白了，郑合已经动用了那个护身符。不！郑合才是真正的护身符，他奋不顾身护的是地球人的尊严！孟想悲上心来，他长叹一声，默默低下了头。

“发生了什么事？”何小佳愣了半天才回过神来。刚才的星际战斗她一直捏着把汗，大气都没喘几下，甚至一看到郑合的镜头就刻意转过脸去，不敢多看指挥屏幕上的画面。她心里在默默祈祷，希望郑合能坚持下去。她知道，孟想已经在琢磨天黑以后的救援行动了。怎么突然一声巨响过后，核桃星上浓烟滚滚，孟想却长吁短叹连看都不愿多看一眼了？

“结束了，一切都结束了，”孟想慢慢抬起头，既像是自言自语，又像是回答何小佳道，“掉头回去吧。”

结束了？何小佳似乎一下子明白过来了，那一声巨响意味着发生了天翻地覆的巨变，这场激烈的星际争斗已经彻底结束了，而她的师兄郑合也已经永远地与核桃星融为了一体。

“代价太惨重了。”何小佳失声痛哭，抹着泪水飘然而去。

是啊，代价太惨重了。Allen教授惨死在兰宫，郑合英勇献身，伊万诺夫遭另类暗杀，还有Jolene、金太永以及606基地那么多同事都牺牲在了这场太空争斗中，难道这就是不同星球间文明物种相遇的必然结局吗？孟想悲愤难平，痛心不已。

何小佳当然也很悲痛，然而要说心理素质好，那她倒是受之无愧的。她遇事拿得起放得下，这一点在学校时就连很多男生都自叹弗如。这跟她多年辅修军事心理学有关，以前她还写过一篇题为《论打扫战场的二重性》的论文，她标新立异地提出，现代战争要同时注重从物质和精神两个方面去打扫战场，这篇文章差一点改变了她的专业方向，要不是航空医学系坚持，那会儿她就被一位著名的军事心理学老教授收为门徒了。可以说，何小佳深谙战斗过后的心理创伤修复之道，所以在土光一号掉头开始返程后，何小佳没过多久就缓过劲来了。

“土光二号来电请示，大力士问现在该往哪里飞？”何小佳又翩然来到孟想身边。

“哦，”孟想从沉思中惊醒过来，他思索了一下道，“你告诉大力士，让他带许光辉去诺苏号空间站，先到那里休息。”

“好的，”何小佳顺便又问道，“那我们呢？”

“我们还能去哪儿？”孟想苦笑道，“回兰宫那边看一看情况再说吧。”

一想到606基地已毁，孟想心里五味杂陈。宇宙那么大，地球人却连个立锥之地都没了，为数不多的几个幸存者如今已真正成了在天宇中飘荡的太空人。要说地球人的智慧发展也是够快的，科学技术在最近一百多年来呈现井喷式爆发，要说地球人也是够勤奋努力的，战天斗地改造世界不曾停息过，可是折腾来折腾去最终却把家园给折腾没了。悠悠岁月，地球人轰轰烈烈一番，到头来所有的收获冲高后突然断崖式跌落，一下子给自己清了零，怎么回事呢？

要说地球人对宇宙探索也是充满期待的，人们做梦都想再找到个宜居星球，恨不得早日远行走遍宇宙，暂时做不到也拼命尝试着物种的星球换代。可是这才刚走出家门没多远，就不小心碰到了外星人，两个智慧物种像两只斗鸡一样，见了面二话不说便来了一场大厮杀，这是什么宇宙天条啊？

何小佳回复了大力士，转回来见孟想还在沉思发呆，她刚想劝慰两句，他却先开口了："小佳你说，跟核桃人的这场生死搏斗，地球人赢了吗？"

"赢个鬼！两败俱伤，一地鸡毛，"何小佳气嘟嘟道，"我一直都说要找出一种和平解决的办法，但你们谁都听不进去。"

"那你说说怎样才能实现和平？我现在洗耳恭听。"孟想自己想了很久也想不出个所以然，他还真想听听何小佳怎么说。

"呵，你当首长的高瞻远瞩都没办法，我一介小兵哪能说得出来？"何小佳说，"连知识渊博的Allen教授都不看好以和为贵，我还要回去问……"

突然意识到自己的思维惯性还在作祟，何小佳把后半截话咽了回去。沉默，就像太空的流星一样，说出现就出现了。

"对了，Allen教授给我们留了东西的，"孟想沉默了一会儿忽然想起，Allen教授临终前说他发了相关的资料信息，仗一打起来根本没顾上查看，于是对何小佳道，"现在该接收他的宝贵遗产了。"

"先睡一觉再说吧。"何小佳知道孟想已经有很长时间没合眼了，现在收阅Allen教授的信息，一激动又不知等到什么时候他才能休息一下。她故意打了个哈欠说："睡醒起来我就去收信息。"她早就听人说过，哈欠是能传染的，看着别人打哈欠自己也会犯困的。

"那好吧，也不是什么急事了。"孟想果然也打了个哈欠，困意上来了。

没日没夜连续操劳奋战，孟想实在太疲乏了，一闭眼他就睡得天昏地暗，像是要把此前的损失连本带利补回来。飞舰上的其他人睡了又醒，醒了又睡，都轻手轻脚生怕惊动他。

睡醒一大觉起来，已经不知土光一号飞到哪里了。何小佳见孟想醒来，连忙为他准备吃的喝的，睡了这么久他一定饿坏了。

“你醒得可真是时候，有感应吧，”何小佳把准备好的食物递给孟想，轻声道，“我刚下载完Allen教授临终前发的信息，你就起来了。”

“哦，是吗？”孟想刚要往嘴里塞吃的，立刻停下手道，“快拿给我看看呀。”

“你还是先安抚你的胃吧，”何小佳说，“你吃你的，我来念给你听。”说着话，她拿出手持设备摆弄了一会儿，便轻声念了起来：

亲爱的年轻同事们，你们关心的那个问题涉及整个宇宙文明的进化，我对此已经思考了大半辈子，现在就试着给你们一些解答。

还记得我说过的那句话吗？解决悖论问题永远不要在答案上找出路。实际上，悖论往往存在着假设条件的错误，也就是前提不成立。

茫茫宇宙中有亿万个数不清的星系，像地球这样能孕育出智慧生命的星球应该不计其数，为什么我们却见不到外星人？费米这个悖论实际上预设了两个前提条件，一明一暗，让人掉进了思维误区。

明的前提就是，智慧星球在宇宙中有很多，外星人是大量存在的。这个前提现在看来是成立的。在得知核桃人之前，我也曾有过极端想法，认为外星人也许根本就不存在，但这种想法不符合宇宙事物的普遍规律。相信外星人大量存在这并没有错，问题的关键不在这里。

暗的前提才是问题的关键。这个隐藏着的前提就是，智慧生命大都是超级物种，其文明水平都可以进化到穿越浩瀚的宇宙鸿沟、实现跨星系交流接触的程度。起码会有不少高度发达的外星人，它们能不远百千万光年来到地球附近，进入人类的视野中。但事实表明，地球人在宇宙中一直都很孤独，因而这种假设站不住脚。换句话说，费米悖论的暗前提不能成立。

碰到了核桃人，我就更加确信这个暗前提是错的。其实，地球人这次与核桃人相遇纯属偶然，双方都没有进化到跨星系接触的程度，若不是空间发生了我们尚不清楚的弹性变化，这种巧遇几乎是不可能的。应该说，宇宙间也许大量存在着像地球人和核桃人一样的普通智慧生命，但不太可能存在着能实现跨星系旅行的超级物种。退一步讲，即使有那样的物种存在，也一定是凤毛麟角，绝不会有很多。

现代天文学早已经证明，地球在广阔无垠的宇宙中就像一粒细沙混迹在大沙漠中那样，微不足道。假如真的存在个别超级物种，那么，它们在茫茫沙漠中刚好碰见地球这个毫不起眼的小沙粒，而且刚好我们正处在弹指一挥间的现代文明发展阶段，这种巧事发生的概率趋近于零。所以说，地球人跟许许多多普通智慧物种一样，注定是孤独的，见不到外星人很正常。

第二点……

“先等一等，”孟想咽下一口食物打断道，“让我把这段话消化一下。”

“Allen教授讲得很清楚啦，”何小佳停下，抬起头道，“外星人也是分个三六九等的，低级的智慧物种相互间谁也见不到谁，超级外星人却极为罕见，想见也见不到，或许根本就不存在这样的超级物种。”

“那我们算什么，是属于低级智慧物种吗？”

“肯定是啦，”何小佳说，“地球人经常会夜郎自大，号称自己是万物之灵，其实在整个宇宙中我们就像是某个角落里的小小蚁虫，根本就不惹人注意。”

“这样说来，地球人见不到同一档次的外星人那是由于彼此的进化水平不够，而见不到稀有的超级物种，则是不被人关注，还没资格跟人家打交道。”

“那当然了，”何小佳说，“就算真有超级物种来到我们周围，我们也未必看得见人家，人家也懒得搭理我们这些尚未开化的低级智慧物种。”

“嗯，你的扩充理解也很有道理，”孟想点头道，“继续吧。”

何小佳接着往下念：

第二点我要说的是，地球人也好核桃人也好，以及宇宙间千千万万种低级智慧物种，实际上是很难进化到超级物种阶段的，这有其深层次的原因。

整个宇宙的运行，包括生命的进化都有其自身的规律。地球人发现的主要科学原理在宇宙间照样适用，这已经得到了广泛证实。因此我认为，生命的进化规律也一样，应该也有普遍适用于全宇宙的进化法则。宇宙中的生物在不同的星球上会有不同的进化路径，可以进化出多种多样的形式，软基质、硬基质和混基质生物，甚至还有我们不知道的其他形式，但所有生物都会遵循普适性的进化法则，虽然我们对这种法则仍不清楚。

智慧物种也是一样的，进化无时无刻不在发生着，地球人享有的一切文明成果，都是智慧物种一点点进化而来的。但我多年来思索也注意到，智慧物种在由低级向高级进化的过程中，存在着明显的自毁性倾向，而且进化程度越高越危险。这种自毁性倾向，也许就是智慧物种进化的一条普适性法则，这也是难以进化到跨星系交流的超级物种阶段的原因。

我以前早就讲过，人类的文明进步要经历多个阶段，在第三阶段也就是技术的爆发应用阶段很关键，也很危险。现在看来不幸言中了，地球人没能成功跨越这个阶段进入第四阶段文明，这是非常遗憾的。这些年我在考虑，人类文明的第四阶段该是一幅怎样的图景，现在说这些已经没意义了，你们自己去想吧。我在这里主要说一说自毁性倾向，看看它在人类文明的跨越中是怎样成为一种巨大障碍的。

我一直在想，自毁性倾向究竟在哪些方面严重阻碍着低级智慧物种向更高层次进化，这次跟核桃人相遇我终于想明白了，地球人与核桃人的生命形式和进化路径虽然不一样，但结局却是殊途同归，自毁性倾向在低级智慧阶段起码有两个方面是相同的。

一方面，走不出掠夺和杀戮的怪圈，这似乎是智慧物种与生俱来的生存手段。特别是发展到工业技术文明之后，滥用高技术疯狂掠夺资源，以及为了掠夺而不惜代价研制大规模杀戮技术，几乎无可避免。这样的智慧进化体现出典型的“窝里斗”特征：与物斗，疯狂掠夺自己母星球上的资源；与人斗，发动战争杀戮同类。斗的结果，要么是核战争那样的突然大规模毁灭，要么是随着生存环境恶化而渐渐走向灭亡。

看看地球人的发展就能知道，在过去的100多年时间里，母星球不可再生能源已被采掘得所剩无几，大大小小的战事一天也没停过，这样的窝里斗最终不自毁才是怪事。再看看核桃人也好不到哪里去，花费这么大精力打造“飞鸭”那样的智能武器就足以证明，它们也同样好斗好战，而且它们的母星球就是毁于地心能源的争夺。

另一方面，智慧物种进化到一定时候便会过度追逐自身享乐，沉溺于虚拟现实无法自拔，这同样是一种可怕的自毁性倾向。“生于忧患，死于安乐。”这话一点没错，社会越发达享乐主义越盛行，前人栽树越来越少，后人乘凉越来越多，慢慢进入一个让人感知不到危险的享乐时代。长此以往，必然耽误人们跨星系发展的进程，最终走不出母星系的范围也就只能随着自己的家园一起毁灭。你们想想地球人是不是这样？进入21世纪以后，娱乐经济很快成了主流，大多数的技术发展都是围着享乐转，很多产品都落在了虚拟娱乐上头，智能手机、网络游戏、4D电影、穿越体验、音乐减肥等，整个地球似乎就是个巨大的娱乐城，让人日益颓废。追求个性化的享乐体验成了全社会的时尚，还大言不惭地说是“没有最好，只有更好”。这跟核桃人的母星球崇尚“让人快活，不乐不为”的理念如出一辙，都是把享乐当成了人类发展的终极追求目标。

无论是窝里斗还是过度享乐，都在不知不觉中透支着智慧物种有限的整体生命。其结果是，资源被大量占用，精力被大量消耗，自毁性倾向日益加剧。但要知道，任何一个恒星系都是有生存期限的，每个智慧星球如果不能在有限的时间内倾注足够的精力跨出自己的母星系，到头来就只能是彻底毁灭，其进化出来的智慧物种也将是死路一条，永远从宇宙中消失。

说到这里我就在想，人类这种智慧生命存活的意义何在？是不停地折腾出更高的窝里斗技术、更多的享乐方式，等着千秋万代过后彻底化为乌有吗？显然不是。我觉得，地球人的总体追求应该是，走出太阳系迈向银河系，进而走遍宇宙，让智慧人种得以永远延续下去，这才是终极使命。

知不易，行更难。大家都可以想一想，闯过一道道关口成为真正的超级宇宙人，实现这种理想有可能吗？

“我算是弄明白了，”何小佳念到这里停下道，“这智慧物种的进化就像在电脑上玩生命游戏一样，玩着玩着不定什么时候‘命’用完了，游戏也就结束了，闯关可不是件容易的事。”

“看来Allen教授说得没错，到现在还有人想着虚拟世界的生命游戏呢，”孟想调侃道，“难怪地球人进化不成超级物种。”

“我这不是打个比方嘛，”何小佳说，“还好智慧物种都一样，大家都闯不了关，要不然更惨。”

“这话怎么讲？”

“你想啊，要是宇宙间到处都有超级物种，地球人说不定早在原始社会就被人家灭了，”何小佳说，“再说了，要是这回碰到的核桃人就是强大的超级物种，那我们恐怕一点招架之力也没有。”

“我倒不这么看，”孟想说，“能闯关进化成超级物种的外星人，必定拥有超过我们千万倍的大智慧，其文明水准肯定是靠大爱精神来支撑的，人家一定早就放弃了低级智慧物种的掠夺和杀戮，绝不会去侵犯比它们要弱小的文明星球。”

“怎么听着有点耳熟呀，”何小佳眨了眨眼道，“这该不会是Allen教授说的第四阶段文明吧。”

“我觉得没错，进入第四阶段文明的物种就该有这种境界，”孟想说，“核桃人要是这样的超级物种，它们也根本不会来抢地球人落后的飞舰，你能想象一个开着豪华交通工具周游世界的人去抢别人的一辆破马车吗？”

“那可说不准，”何小佳道，“超级物种的母星球也总有资源枯竭的一天，它们不去侵占别的星球能行吗？”

“呵呵，你小看超级物种了。如果它们连这么简单的问题都解决不了，还不能自己创造出所需的生存资源，那就绝不可能进化到跨星系旅行的程度。”

“反正我是不太相信外星人能闯关，很多游戏怎么玩都是闯不过最后一关的，我觉得这可能就是宇宙间智慧物种普遍适用的天条。”

“世上没有闯不过关的游戏，弄懂了程序改变一下就是了，”孟想笑道，“还是先念完吧。”

“行啊。”何小佳继续念下去：

第三点就是，智慧物种的自毁性倾向虽然可能是普遍存在的，但进化绝不是宿命。

我认为，智慧物种如果能在第三文明阶段清醒认识到这一点，注意克服自毁性倾向，尽早放弃窝里斗，尽量减少过度娱乐化，把更多的资源和精力用于开展太空探索，经过一代代的不懈积累，应该有足够的时间在母星球灭亡之前找到跨星系旅行的方法，从而闯过难关，破茧成蝶。

然而，自毁性倾向伴随着文明进化的加速也同样在快车道上疾驰，别说紧急刹车办不到，就是点刹几下减减速都是很难的事，强大的惯性早已形成。让我感到非常遗憾的是，到现在为止，我们还不知道刹车系统在哪里，眼睁睁看着人们走近悬崖迈向深渊，却只能放声空喊苦苦劝说，而无法有效地进行阻拦，最终还是无可奈何花落去。这是个天大的问题，你们年轻人可要多想一想啊。

好在地球人还没有最后灭绝，如果这次的星际殖民试验真的能在G星球上成功，我衷心希望，未来的新人类不要再重蹈覆辙了。中国人不是有句古话嘛，前人“不暇自哀而后人哀之，后人哀之而不鉴之，亦使后人而复哀后人也”。但愿不要又言中了。

何小佳放下手持设备，轻轻叹了口气。

“念完了吗？”孟想问。

“还没呢，快了。”

“那你叹什么气呢，还在想生命游戏的事？”

“我觉得挺可惜的，”何小佳说，“要是地球人与核桃人在各自的母星球出事之前早点相遇多好，说不定双方都能发现智慧物种自毁性倾向的共性，早早改邪归正向超级物种的方向进化，这样可能游戏不至于这么快就提前结束。”

“这你可有点一厢情愿喽，”孟想说，“两个尚未摒弃杀戮的智慧物种一旦遭遇，那肯定是一场大规模的星球恶战，结局依然是没有命了，游戏结束。”

“那倒不一定，即便大战一场也胜负难料，地球人兴许还有很大的胜算，”何小佳说，“总不至于像现在这样留个尾巴，让人揪心。”

“尾巴？什么尾巴？”孟想不解。

“嘀……嘀……嘀……”呼叫信号响了起来。

何小佳把手持设备递给孟想，道：“你自己看吧。”说完便转身处理呼叫信号去了。

孟想接过手持设备，把何小佳没念完的剩下一段信息看完。Allen教授是这样写的：

最后我再顺便说几句。虽然我们不知道核桃人弄出来的代索为何物，但几乎可以肯定，那也是一种能够在G星球上生存的高级物种。我估计，代索跟地球物种在G星球上必有一争，这场从起跑线上就注定了的原始争斗，意味着G星球的祖先一上来就要面对血淋淋的杀戮。他们在向文明一步步进化的漫漫岁月里能摆脱自毁性倾向吗？这个问题也留给你们思考吧。

爱你们的Allen

难怪何小佳说“留个尾巴，让人揪心”，孟想看完信息也忽然意识到，这确实让人放心不下。人类把地球上的物种转移到G星球起初考虑的是探索，这种原始移植的方式本来风险就很大，是地球人无力在太空实施文明迁移的情况下，先行先试的一种权宜之计，现在却成了星际殖民唯一的依托。人类在新的星球上能否通过物竞天择进化成万物之灵还是个未知数，现在又搭载了核桃人的一批代索，这样无疑又增加了一重风险，使这场星际殖民的前景更加扑朔迷离了。况且，那两台好不容易才从核桃人的束缚中解脱出来的BRE，现在是否已顺利踏上飞向G星球的征程还不得而知，这怎能不让人牵肠挂肚？

“有好消息啦，”何小佳轻轻扭着太空舞，兴高采烈地回到孟想身边，“这么久总算听到点喜讯了，真是不容易。”

“呵，欣喜得有点若狂了，”孟想也露出了开心的笑容，“你不会告诉我说代索已经被灭了吧？”

“代索灭不灭是将来时，我要告诉你的是现在进行时，”何小佳说，“忆牛顿报告说刚刚收到了那两台BRE发送的反馈信号，它们已穿过了那片尘埃云，正按照预定航轨朝着G星球飞驰而去，我们的努力没白费。”

“啊，这还真是个好消息，”孟想舒口气道，“要不然我总担心游戏刚开始命就没了，那我们可就成了地球人最后的罪人了，现在总算踏实了一半。”

“干吗才一半呀？后面的事你想再多也鞭长莫及，”何小佳宽慰孟想道，“其实对我们这一代地球人来说，把BRE送上征程已经算闯过一关了，后面能不能一关一关闯过，我们也有心无力，地球人已经完成星际换代了。”

“星际换代，说得没错，”孟想意味深长点头道，“看来智慧物种的进化注定命途多舛，新的人类不经历百折千回、过关斩将，是难以破茧成蝶的。”

“公元2063年可能就是个新起点，未来总会比预想的要好。”何小佳信心满满道。

孟想把头转向舷窗外，看到了满天闪烁着的星辰。他忽然觉得，自己之前对宇宙和谐的理解有误。浩瀚无垠的宇宙其实缺乏了一种整体美感，虽然从大爆炸开始已经历了139亿年的演化，但在微观与宏观层面上反差太强烈了。一方面千姿百态的无数种智慧生命在一个个小星球上轰轰烈烈地生活着，波澜壮阔，自生自灭；另一方面整个宇宙太空却显得那样枯寂荒凉，感受不到一点点生命的气息。这种巨大的反差不是和谐而是缺憾，是缺憾就未必永恒，是缺憾就可以弥补。假如每个星球上的智慧物种都能自爱、自醒，放弃疯狂掠夺和自相残杀，增强忧患意识减少过度享乐，那么总有一天，会有越来越多的智慧物种实现跨星系交流，整个宇宙就会呈现出生机盎然充满活力的景象，那该是一幅多么美好的宇宙图景啊。

孟想觉得这不是梦想，而是宇宙间所有智慧生命进化的意义所在。“未来的地球新人应该能迈出这一步。”他转头对何小佳说。

飞舰舷窗外，无数星辰依然在闪烁。

第24章

代索原来是它

代索究竟是什么玩意儿？亿万年过后的当代地球人终于解开了这个谜。帮助人们解谜的技术信息来自外太阳系发现的太空碎片，那很可能是当年诺苏号空间站留下的。

有关代索的技术信息为何会出现在诺苏号空间站上？

据说情况是这样的：郑合作为当时唯一接触过代索的地球人，他在帮着核桃人装运代索的时候，就用指端设备暗暗采集了代索的技术信息。后来在救出许光辉之后，郑合把他推进土光二号的瞬间，就把指端设备塞给了许光辉。再后来，许光辉把这重要的技术信息带到了诺苏号空间站。

当代科学家们对这残缺的技术信息进行了认真分析，结果令人大吃一惊：代索其实就是后来的恐龙！

科学家们推测，核桃人当初作为宠物培育出来的恐龙，其实只有普通鸭子大小，那是为了适应核桃星的生存环境而设计出来的。后来它们到了G星球，也就是我们当今的地球之后，经过一代代繁衍发生了变异，体型越变越大，有些品种甚至变成了庞然大物。

发生这种变异的原因就在于，那个年代的地球，绿色葱茏，植被茂密，大气中的氧气含量充裕。恐龙从一个氧气稀薄的星球迁移过来，仿佛来到了一个天然大氧吧，它们贪婪地深呼猛吸，在漫长的进化过程中不仅躯体越变越大，而且体格也日益强壮彪悍，后来竟然成了地球的主宰者。

至于后来人类为何会取而代之，最终还成了地球上的万物之灵，那是下一个故事要讲述的。

敬请关注《达尔文之惑·纠缠死神》

《达尔文之惑》三部曲

DARWIN'S DOUBT

达尔文之惑

③

纠缠死神

韦火 著

广州新华出版发行集团
广州出版社

图书在版编目（CIP）数据

达尔文之惑. 纠缠死神 / 韦火著. —广州：广州出版社，2019.8（2020.10 重印）

ISBN 978-7-5462-2918-8

Ⅰ. ①达… Ⅱ. ①韦… Ⅲ. ①科学幻想小说—中国—当代 Ⅳ. ① I247.5

中国版本图书馆 CIP 数据核字（2019）第 108715 号

出 品 人 柳宗慧
书　　名 达尔文之惑·纠缠死神
Da'erwen Zhi Huo Jiuchan Sishen
出版发行 广州出版社
（地址：广州市天河区天润路 87 号 9 楼、10 楼　邮政编码：510635
网址：www.gzcbs.com.cn）
责任编辑 区力文
文字编辑 梁惠明　刘雅丽　宁云锋
责任校对 李少芳　黄焕姗　张　苹
装帧设计 林舒巧
技术编辑 艾　群
印刷单位 广州市快美印务有限公司
（地址：广州市白云区广从五路 410 号　邮政编码：510545）
规　　格 787 毫米 ×1092 毫米　16 开
总 印 张 65
总 字 数 861 千
版　　次 2019 年 8 月第 1 版
印　　次 2020 年 10 月第 2 次
书　　号 ISBN 978-7-5462-2918-8
总 定 价 118.00 元（全 3 册）

目录

第
❶
章

小发明引来大恶人

这天下午的天气按闷热模式运转着，闷得空气似乎都僵住了，田也走在街上连一丝风都感觉不到。广州的秋季气候历来如此，“秋老虎”发起威来该闷热就闷热，毫不含糊，但今年好像更离谱，已到了深秋时节还没有一点儿换季降温的迹象，“秋老虎”说不定正在向“冬老虎”进化。

天空看上去灰不灰白不白的，吸足了水蒸气的云层正在变成无形的大花洒，一场暴雨随时会喷淋而下。

田也快要走到地铁站的时候，憋了大半天的这场雨终于洒落下来。但并没有酣畅淋漓地下个痛快，而是噼噼啪啪甩下一阵子大雨滴，勉勉强强打湿地面就收场了。田也一阵猛跑冲进地铁口的挡雨棚没多久，雨就停了下来。他驻足等了一会儿也没盼来倾泻而下的降温大雨，雨后夹杂着臭氧味的空气反倒更显闷热了。

田也有点失望。最近好像总这么邪门，满心期盼的事情偏偏会大打折扣，不是一点儿不给力，而是只给一点儿力，连下雨都玩上这一手。难怪班主任一开始就说期望不要太高，参加这次国际科技比赛开开眼界就是收获。结果还真让老师说中了，自己费了九牛二虎之力最终只得了个安慰性质的参赛奖，也就这么点儿看得见的收获。

当然，田也知道老师们都会说“比赛重在参与，名次并不重要”。从小到大参加校园内外的各种比赛，不论是文的还是武的，赛前老师们不都说这句漂亮话吗？但拿没拿到好名次赛后老师们的反应可就不一样啦，名落孙山很可能就会看到老师的一张苦瓜脸，让人立刻就意识到，没有比名次更重要的了。鲜花掌声献给胜者天经地义，奥运会永远也不可能为所有参赛者都发金牌。但这回还真不一样，班主任和同学们执意要为田也搞一次庆贺活动，而且特意定在高档酒店相聚，这让田也倍感惭愧。16岁的高中生清纯如水，他觉得自己无功受禄，今天去参加庆贺聚会就像名落孙山的选手要上领奖台，怎么想怎么不自在。

“田也同学。”一个甜柔的女声在田也身后响起。

“哎。”田也本能地应了一声，马上转头四下环顾。进出地铁站的人们行色匆匆，田也没有看见自己熟悉的人。正纳闷着，只见一个金发碧眼的女生走近前来，可他并没见过这个外国美女呀。

“你好，田也，”陌生的外国女生微笑着，大大方方伸出手道，“我叫Lucy。”

“你好，”田也满心疑惑，礼节性地伸手跟她握了一下道，“我们好像不认识吧？”

“不认识没关系呀，一回生二回熟，”Lucy的汉语讲得非常溜，“我可是你的铁杆粉丝。”

粉丝？田也打量了一下近在眼前的Lucy，这个扎着马尾的欧美女生一身裙装，乍一看还真像是同龄人。但他稍一留意便觉得不太对头，心里说不出个所以然，却能感觉到这个Lucy应该比自己的岁数要大些，说不定会大一轮跟自己的班主任同一个年龄段呢。当然田也很清楚，扮嫩是女人的天性使然，现在很多女性的年龄本来就很难一眼看出来，再打扮一下就更让人猜不透了。

“有没有搞错啊？”田也心想：我一个名不见经传的普通学生，哪儿来什么粉丝？只有粉别人的份儿。

“一点儿没错，你的参赛项目名扬天下，太让人佩服了，”Lucy不无嗲气道，“人家好想跟你聊一聊、学一学哦，耽误你一点儿时间可以吗？”

哟呵，就那么个中途受了挫、既没开花又没结果的参赛项目居然有人感兴趣？而且是被一个素不相识的洋妞惦记着，这让田也很感意外。不过他一下子得到了提醒，自己正要赶去参加这件事的庆贺活动，不管眼前这个Lucy美女是什么来路，眼下都没空跟她闲扯。参加今天这场聚会本来就觉得受之有愧，要是迟到了被老师和同学们误以为自己摆谱，那就更无地自容了。

“抱歉，Lucy小姐，我现在急着要赶路。”田也边说着话边侧身向入口处移动脚步，嘴里一口一个“对不起”，像是刚做了什么亏心事似的，一溜烟就钻进了地铁站。

真不知从哪里冒出来个“铁杆粉丝”，田也进了地铁还在寻思。看来老师说得没错，虽然是中学生的科学探索赛事，却还是在社会上广为人知的。自己这个参赛项目并不成功竟也有人关注，那些获了大奖的项目肯定就很风光了。想起来挺遗憾的，要不是那头大象突然病亡，他的实验设计起码也会有个像样的结果，一鸣惊人不敢说，获得个二等奖三等奖什么的当无悬念。

这不是田也少年自恋，而是包括老师们在内的很多人一致看好的。对一名高中生来说，能设计出“DNA纠缠感应实验”这样一个极富想象力的科学探索项目，就好像一个牙牙学语的孩子吟出了高难度的诗句一样，无论如何都是件了不起的事。

其实田也的这个设计并非胡思乱想，灵感来自同卵双胞胎之间的那种“纠缠感应”现象。他父亲和他伯父是孪生兄弟。有一天他父亲突然莫名其妙地腹痛难忍，去医院仔细检查了半天却什么问题也没查出来。紧接着便传来消息，他那位在月球娱乐城当旅游警察的伯父为制止一起犯罪事件而被人捅伤了腹部，跟他父亲腹痛的发生几乎是同步的。田也从这件事得到了启发，他觉得DNA作为遗传物质的载体很可能存在着未知的纠缠感应特性，一旦搞清其作用机制，或许可以通过这个路径对生物体实施远程改造调控。想一想还挺让人兴奋的，假如弄到两只具有纠缠感应的小白鼠，把其中一只发送到外星球上去，那就可以通过留在地球上的另一只小白鼠对其基因性状进行遥控。这种技术要说可不是小打小闹，对地球生物向外太空的移植及适应性改造是有重大意义的。

当然了，谁也没指望田也的这个大胆想法能揭示DNA纠缠感应的机理，那要由科学家们一步步去研究。老师们大都认为，只要他设计的实验能模拟出纠缠感应的一点点效果就算大功告成了。田也本人也是这样考虑的，他费了大半年工夫鼓捣出了一台“DNA纠缠仪”，就是想跟某个动物发生点纠缠感应，想象中的感应小白鼠天知道在哪里，就只好用仪器来替代其中一只了。刚巧赶上这次比赛，这台“DNA纠缠仪”便与其他参赛项目一起，随一颗实验专用卫星上了天。

在实验动物选取方面，田也同样下了很大功夫。他没有看中小白鼠，而是特意选择了大象这种巨型动物作为纠缠对象。模拟实验嘛，块头大的动物便于卫星在空中跟瞄，这道理显而易见。为此，他专门跑到广州的野生动物园去求助。人家饲养员一听他想抽取大象的血作为DNA样本带上天，马上摇头说开玩笑吧，人们搞义务献血还要经常宣讲、反复动员才奏效呢，大象可没这义务，那血岂能说抽就抽？大热天的该上哪儿凉快就凉快去吧。

虽然碰了一鼻子灰，田也却不气馁。没能锁定“纠缠”对象，他倒先跟野生动物园纠缠上了，他天天盯着人家的网站，终于盼来了机会。有一天野生动物园的官网上说一头刚从南非引进的大象突然病了，可能是刚到广州水土不服所致。他一想，病了好啊，病了不得抽血化验打针吃药吗？田也那天又摸到了野生动物园伺机而动，他看见一个脑袋溜光、穿着白大褂的人拎着个药箱，很像是兽医，那伙计正朝着大象馆走去，他赶忙凑上去帮人家拎药箱，一直跟随到了病象身旁。那光头兽医虽是“兽字号”职业，却有一颗仁心，他一听田也的想法连连摇头，嘴上说着“帮人拎包果然别有所图”，但行动上还是很痛快地满足了田也的要求。田也笑了，没想到光头兽医比饲养员好“纠缠”多了，只帮他拎了一会儿包，就如愿以偿拎回了大象的DNA样本。

可是，田也高兴得太早了。他万万没想到，DNA纠缠仪携带着大象的DNA信息升天后不久，野生动物园就传来消息，那头大象终因病重不治而亡。这下子田也彻底傻了眼，地面的纠缠对象死了那还纠缠个鬼哟，整个实验等于意外夭折了。

田也一路想着这次败走麦城的参赛经历，人已经走出了地铁口。

广州南方宾馆，这个建于20世纪50年代的五星级酒店，是个名副其实的百年老店，直到今天依然生意兴隆，人气不衰，田也的老师和同学们就是要在这里为他搞一场庆贺活动。

穿过酒店大堂，田也沿着长长的廊道来到一间多功能厅门口。门楣上方的电子显示屏滚动播放着字幕“热烈庆贺田也同学入围国际中学生奥林匹克科技创新大赛”。田也一下就注意到，门口川流的过客偶尔有人扫一眼播放的字幕，却都没什么表情反应，跟看见旁边那幅庆贺万圣节的标语时一样麻木。想想也是，没获大奖谁会留意？入围大赛有什么好庆贺的？完全是小题大做嘛。

服务生帮田也推开了房间大门，热烈的掌声立刻响了起来，还有女同学迎上来向他献了一束鲜花。田也满脸通红。老师和同学们早已到齐等着他了，刚才在地铁站躲了一会儿雨又跟那Lucy聊了几句，结果就迟到了，真是折杀人也。

等田也坐定，班主任老师就先来了一段开场白。她无非就是按照套路狠狠表扬了田也，说他这次入围国际大赛在学校史无前例，为全校同学赢得了很大荣誉，当然更为班级长了脸，也让她这个班主任扬了眉吐了气。她说DNA纠缠这样高难度的实验设计出自中学生之手，那是大大出人意料的，校内外为此跌破了一大批眼镜。很多人都说设计者前途无量，她当然更是充满期待，说田也将来就是要当个院士级的科学家，要冲击诺贝尔奖。

老师越说越兴奋，田也却越来越不安，每一句赞扬的话他听着都像是硬塞过来的金牌，让他这个落败者消受不起。好在老师还算掌握着火候，在他没找到个地缝钻进去之前就打住了，转而请他谈谈体会供大家分享——获了金牌不都要说点感言嘛。

“我……我没什么好说的，”田也抓耳挠腮，一副窘相道，“连个像样的奖都没拿到，我就是觉得有点愧对大家。”

“话不能这么讲嘛，田也你太低调了，”老师微笑着开导说，“你是过五关斩六将经过层层选拔才入围的，这本身就是很成功的事，是为咱们班争了大光的呀。”她接着转头问大家说：“同学们，你们说是不是这样？”

“是啊，是啊。”众同学一片嗡嗡声，都说田也太谦虚了。

“可是，那头大象突然死了，”田也一脸苦笑道，“实验以失败告终，我都不知道该怎样向大家交代。”

“唉，大象意外病死谁也料不到，”老师说，“也不是非要得个一等奖上新闻头版不可，这只是美中不足。”

老师的话音刚落，服务生轻轻推门进来，毕恭毕敬问道：“请问哪位是田也同学？大堂那边有记者想要采访他。”

嗯？老师怔了一下就反应过来了，她冲着服务生道：“好，知道了，田也同学一会儿就去。”

服务生闻言点头，带上门退了出去。

“看看吧，记者都找来了，这是给咱们班的庆贺活动锦上添花，”老师高兴地说，“田也你先去见见记者，我们等你回来再继续。”

“可是我……这点事没什么好说的，还是别去了吧。”田也犹犹豫豫站起了身，却没有迈出脚步的意思。

“哎哟，大小伙子这么腼腆，人家上门来为你捧场，怎能推辞？”老师站起来对众人道，“大家先吃着玩着，我陪田也去一下。”说完挥挥手示意田也随他去。

“去吧，去吧。”几个同学推搡着田也，让他跟老师走。

服务生领着田也和老师来到大堂一隅的咖啡吧，用手指了指说，就是那位外国女记者。田也怔了一下，那个低着头正摆弄手持设备的身影有些眼熟。

“是你？”田也大吃一惊。

起身相迎的记者不是别人，正是他在路上遇见的Lucy。不过，Lucy此时已经一改学生扮相，马尾换成了披肩发，学生裙换成了职业套装，变得可真快。田也怀疑自己是不是碰到双胞胎了，此前那个Lucy是她的孪生妹妹吧？但Lucy一句“我们又见面了”立刻打消了他这念头，弄得他满头雾水。她不是自称粉丝吗？怎么摇身一变又成了记者？不过田也忽然觉得这也没什么奇怪的，记者与粉丝并不矛盾。

“怎么，你们认识？”班主任看看Lucy，又看看田也。

“有过一面之交。”Lucy轻描淡写一句，自我介绍说她是路透社驻广州的记者，想采访一下田也，聊一下他的参赛项目情况。

“太好了！田也同学的确是个天才的科学少年，他这次参赛入围可是厚积薄发，作为他的班主任我对此……”

“请坐吧，田也同学。”Lucy没等老师把开场白说完，就伸手示意田也落座。

一张小小的圆形咖啡桌，只摆了两把座椅，Lucy自己占着一把，另一把让给田也。很显然，她是不打算给第三人留座的。

“老师您坐。”田也非常懂事，拉开椅子请老师入座，自己又从旁边搬来一把椅子坐下。

Lucy瞄了老师一眼，并没流露出歉意或是不快的神色。她若无其事地从坤包里拿出一支录音笔放在茶几上。

“DNA纠缠仪在你手上吗？我很想尽快见识一下。”Lucy一上来问的问题让田也和老师都很感意外，采访开头的套路好像不是这样的。

田也嚅嚅道：“在是在，但没啥好炫耀的，实验已经失败了。”

Lucy舒了口气道：“好，还在就好，成败无关紧要。”

“就是嘛，不能以成败论英雄，”老师接过话，说田也各方面都很优秀，就是为人太谦虚太低调了点儿，每次取得了好成绩总是像个腼腆的小姑娘一样不愿多谈，她说，“我作为班主任最了解他这点，还是我先来介绍一下他的基本情况吧。”

老师似乎又置身于讲台上了，不等Lucy表态，就开始滔滔不绝地说起田也的这好那好来，说他品德好，多次搀扶起跌倒的百岁老人；说他功课好，门门优，不是神童胜似神童。她还特别提到课外活动，说他在科学探索方面更是全校一枝独秀，这次的参赛设计独具匠心，只是意外撞上了那该死的大象，要不然完全有可能获个大奖。老师说这有点遗憾，但也预示着田也在科学大道上还有无限潜力，他今年才16岁，照这样的势头发展下去，说不定哪一天诺贝尔奖就会向他招手。

田也听着又坐立不安起来，刚才硬塞金牌的一幕换个场子还在继续。班主任怎么都这样呢？夸起自己的学生来总是婆婆嘴，没完没了的。从小学到初中再到高中，经历过的好几个班主任，不管是男是女年老年少都有这个共同点，可能婆婆嘴和班主任注定是要纠缠在一起的。现在这个班主任年纪轻轻的，居然也被这“职业病”缠上了。田也觉得自己快要全身起鸡皮疙瘩了，在自己同学面前吹嘘几句过头的话也就算了，但在记者这样的外人面前也照吹不误，那不是王婆卖瓜吗？王婆自吹自擂也许浑然不知，他这个当瓜的却想找片瓜地一钻了之。

就在老师谈兴正浓之际，一个蓄着络腮胡子、中东人模样的大汉从田也身后走过。Lucy抬眼望向那大胡子，看着他在不远处的另一张咖啡桌前坐下，她显然因为老师的絮叨早已心不在焉。见那大胡子落了座，Lucy不经意地随手抓起台面上的那个录音笔，轻轻摆弄了两下，似乎是在调整方位向老师凑得更近些。就在那一瞬间，她触动了录音笔上的一个小按钮。

“我……我……”须臾，眉飞色舞、正侃侃而谈的老师突然面色苍白、大汗淋漓，双手捂着肚子大口喘息起来。

不好！田也想都没多想，立刻起身找到边上一个服务生，请他赶紧去叫几个女同学过来。小伙子早就知道，班主任老师一直有痛经的难言之隐，有时候在课堂上也会突然躬腰皱眉，十分痛苦，但她总是坚持着把课讲完，田也和同学们从起初不明就里、担惊受怕，到后来明白了情况，都深受感动。今天老师很可能又是老毛病犯了。

不一会儿，几个女同学匆匆奔了过来，大家七手八脚搀扶起老师去休息，她们当然更清楚老师的身体隐情。老师这会儿虽然表情痛苦，神智却很清醒，跟她在课堂上犯病时的情况看着差不多。她起身离开前还不忘礼节，一脸歉意对Lucy道："对不起了，失……失陪。"

"没关系，您赶快去休息吧，"Lucy回应道，"谢谢老师啦。"

女同学们搀扶着老师向咖啡吧外走去，田也礼貌地冲Lucy点点头以示抱歉，然后转身抬脚跟在她们后面也准备离去。

Lucy见状急忙喊道："田也同学请留步。"

老师闻言回头，向跟上来的田也摆摆手道："你不用管我，再跟记者聊……聊一会儿吧。"

田也很不情愿地收住脚步，目送她们的身影从酒店大堂消失，才返身折回重新落了座。

"好了田也，咱们现在可以慢慢谈了，"Lucy像是刚刚送走了一尊瘟神，她轻松一笑道，"想喝点什么？"

"不，不，"田也没正视Lucy，两眼望着桌面道，"我实在没空多谈，同学们都在那边等着我呢，你有问题就快说。"

Lucy脸上明显掠过不快，她沉吟片刻，正色道："那好，我们就开门见山长话短说吧。"她说她这次不仅是采访，更主要是受人之托，想出钱买下田也的那台DNA纠缠仪。

什么？田也惊愕地抬起头看着Lucy，自己瞎鼓捣出的一台小仪器居然有人要出钱购买，这让他难以置信。都说新技术有价甚至会价值连城，可这台仪器一点实用效果都没有，再怎么看走眼的人也不至于动这个心思呀。王婆卖瓜也有底线，起码瓜要能吃，不能吃的瓜谁会出钱买？现在却真有人开口要买，不会存在什么误会吧。

“怎么样？你开个价吧，”Lucy见田也不吭声，便又笑道，“别不好意思嘛，你尽管开口就是，这事一点都不难商量。”

“可是，那台仪器根本就不成熟，我还要一步步完善呢。”

“哦，我明白了，你是担心出手太早卖不出好价钱，”Lucy似乎看出了田也犹豫不决的原因，“这样吧，我来出个价，100万怎么样？”她马上又补充了两个字，“美金。”

啊？100万美金？！

要是换个人听到这个数，准以为天上掉下大馅饼了，恐怕会一口应承下来。但田也并没有过分惊讶，他的父亲是广州地区排得上号的民营大企业家，却从小就刻意培养他淡化钱财意识，所以他不会一听到百万千万的价码就心花怒放，更不会惊得张口结舌。其实他知道家里真的不差钱，老爸每年捐资助学搞慈善的钱都是天文数字，要不然学校不会一搞集体活动就看菜下单，他们班只要一有活动，向学校提出要求总会得到超额满足，校长最知道羊毛出在羊身上的道理。

田也在这方面是有见识的，碰到对自己出手阔绰的人他一点也不麻木。他隐约感觉到，眼前这个洋妞Lucy可能不是个普普通通的记者，她应该是很有来头的。

“嫌太少吗？你可以再往上加，比如200万啦，你自己说个数吧。”Lucy见田也对她的开价无动于衷，便打破沉默道。她心里却暗骂，毛头小子贪心不足，当心吃不下噎死。

“我不是这个意思，”田也一脸真诚道，“等实验取得成功以后，我把那台仪器送给你都可以，但现在我不打算卖给任何人，这不是钱的事。”

Lucy脸上的笑容像失去了托盘一样很快耷拉没了。这时，田也的手持设备响起了铃声，他对Lucy说声“对不起”，便起身离开接电话去了。

田也一走远，那个大胡子中东人很快就走了过来，站在Lucy身后。

“这小子不识抬举，敬酒愣是不吃。”Lucy没抬头看大胡子一眼，盯着在远处打电话的田也低声道。

“软的不行那就来硬的，别跟他啰唆了。”大胡子面露凶相道。

“都准备好了吗？”Lucy转头问大胡子。

“准备好了，车就在外面，随时可以动手。”

“好，动手前先屏蔽他的手持设备信号，省得惹出麻烦。”

“嗯，等他接完这个电话，马上就切断他信号。”

“记住，等会儿先礼后兵，”Lucy阴沉地吩咐道，“下手的时候利索点儿。”

“明白了。”大胡子低声应完话，又迅速回到了原来的座位那边。

田也接完了电话，像一阵风一样又飘了过来，但他没有再坐下。

“对不起，Lucy小姐，我那边还有事，不能再跟你聊了。”田也是专门返回来向她告别的，不辞而别的事他可做不出来。“再见啊。”他向Lucy挥挥手转身就要离去，尽管对方一脸不悦。

“等一等，田也先生。”一个浑厚的声音在他身后响起。

田也打了个激灵，从小到大还没人叫过自己先生，今天“西边出太阳”头一回听到大人的称呼用在自己身上。他刚一回头，大胡子已经近在咫尺了，像大象的一条粗腿杵在眼前。大胡子不由分说，一把拽过田也，轻松地就把他按回到座位上去，他自己也在老师坐过的位置上坐下。

“你是……”田也瞪大了眼睛。

“哦，我是南非国家野生动物园的代表，是专门来找你的。”大胡子表情威严、口气认真，一副“今天终于逮到你了”的架势，完全无视Lucy的存在。

“你找错人了吧，我跟南非可没有任何来往。”田也说着话看了Lucy一眼，好像她能给予证明似的。

Lucy会意地朝田也微微点了点头，开口帮腔道：“这位先生，人家根本不认识你，没事可别乱骚扰。”

“怎么会没事？天大的事。”大胡子似乎是强压着怒火，他说南非国家野生动物园最近损失惨重，上百头大象陆续病倒，已经莫名其妙死了10多头，这都是田也干出来的事。

“不可能，不可能，”Lucy没等田也辩解，就先摇头说，“人家一个学生，又不是象牙贩子，哪会跑到非洲去搞你们的大象？”

“这是铁证如山的事，你们自己看吧。”大胡子说着话，把他自己的手持设备放在桌面中间，调出一段3D视频让田也和Lucy看。

画面上是偌大的南非野生动物园，航拍镜头由远景慢慢推向地面近景。镜头经过丛林深处开阔地带，一头头东倒西歪的大象在苟延残喘，一些暴毙的大象尸体被野兽和蚂蚁啃噬得面目全非，有的只剩下一堆阴森森的白骨。

“哇，太可怕了，一场大劫啊。”Lucy不由得双手捂嘴作恐惧状。

田也虽然也感到有点震惊，但心里是坦然的，浩劫也好，悲惨也罢，都不关他事，大胡子要么是认错了人，要么是胡说八道。

接下来是一段电脑模拟演示视频，天空中一颗人造卫星与地球上的非洲大象遥相呼应，卫星上发出来的一层层涟漪持续不停地波及地面，一只动漫大象被涟漪触碰到之后便夸张地倒下。大胡子愤愤地说，他们动用了各种办法终于弄清了大象遭劫的原因，罪魁祸首就是那颗实验专用卫星上搭载的DNA纠缠仪，而这台闯下大祸的仪器正是出自一个名叫田也的学生之手。

“你想赖也赖不掉，必须赔偿！”大胡子收起桌上的手持设备，恶狠狠盯着田也表明了来意。

糟糕，说不定真的闯祸了！田也心里咯噔一下，低着头不敢正视大胡子。他心里很清楚，DNA纠缠仪当初弄到的纠缠样本就是从南非引进的那头生了病的大象，卫星上了天一不小心跟遥远的非洲那边纠缠上了，这从理论上说完全有可能。但田也忽然又觉得，DNA纠缠仪只是想跟广州的那头非洲象产生纠缠感应，怎么会导致那么多大象或病或死呢？这事恐怕要请教一下生物学家才能搞清楚，不能凭眼前这个大胡子信口胡说什么就算什么。

“哎呀，这损失可是够惨重的，”Lucy像是彻底弄明白了，但她替田也辩护说，“可是人家做实验也不是故意的嘛。”

“故意不故意我不管，杀人偿命欠债还钱，造成这么巨大的损失怎能不赔偿？”大胡子的口气没有一点余地，“赔不上就去坐牢，一辈子都别想跑掉。”

“别这样好不好？你们那儿一头大象少说也值几百万，这上百头又病又死的还不得是个天文数字？你让人家一个学生怎么赔？”

“哼！站着说话不腰疼，”大胡子瞪着Lucy说，“他不赔你赔？你倒是说个不赔的招数来听听，让我领教一下，哼！”

赔就赔，有什么了不起的！田也这赌气的话已到嘴边，差点就脱口而出了。这个大胡子实在欺人太甚，说什么“赔不上就去坐牢”这样的屁话，吓唬谁呢？田也心想，顶多就是让老爸出一大笔钱，自己挨一顿臭骂而已，小蚂蚁娶媳妇多大个事啊。

就在田也抬头要开口反击的当儿，他猛然察觉到了大胡子和Lucy异样的神色。他们俩脸上都挂着一丝尚未散尽的笑意，这跟刚才两人之间充满火药味的对话口气格格不入。对了，大人有时忽悠小孩子就是这副德性，暗中挤眉弄眼后便会露出这样的坏笑。

田也立刻警觉起来。老师在进行安全教育时经常叨叨说，这年头全球交流日益便捷，国际诈骗也随之越来越多，感觉不对头的事要提防着点儿。今天好像就有点不对头，路透社的记者、南非野生动物园的代表，都冲着那台DNA纠缠仪不约而同找上门来，这种巧合的背后很可能就是个骗局。

要真是一场骗局就当场把它揭穿，还能为以后的防骗指南添点料。田也想到这就掏出了手持设备，南非那边若有那么多大象遭到不测，当地肯定会有新闻报道的，上网搜一搜就能知道是真是假。咦，怎么没网络信号呢？田也一下子愣住了。

“你别装聋作哑耍花招，”大胡子厉声对田也道，“快说，到底赔不赔？”

“我赔不了，大不了坐牢呗。”田也冷静下来。

“通融一下吧，”Lucy恳求大胡子说，“这么一大笔巨款他赔不起的，有什么别的弥补办法吗？”

“我也不忍心看着他年纪轻轻就去坐牢啊，”大胡子被Lucy说动了，“这样吧，钱就先不赔了，但要把那台DNA纠缠仪交给我，让我回去起码也有个交代。”

“好啊好啊，就这样，”Lucy如释重负，转而对田也道，“赶快答应人家吧，不破财还能免灾，没有比这更好的办法了。”

“问题没那么简单，”田也道，“就凭你刚才那段视频就能认定是我惹的祸？随便PS几个画面谁不会呀？”

Lucy迅速瞥了大胡子一眼，没再吭声。

“哟呵，我就知道这小子要抵赖，真是不见棺材不掉泪。”大胡子伸手一指说，他专门把铁证带过来了，不信就过去看一看。

田也顺他所指望去，大堂门边的拐角处，有个服务生正守着个行李车，那行李车上放着一个特大号的箱子，像个小货柜一样。那里面会是什么铁证？一颗大象头或是一条大象腿？

“那就一起过去看看，”Lucy站起了身，拉着脸还在帮田也说话，“没有真凭实据可不能诬赖人家一个好学生。”

看看就看看。田也跟着站起了身，看你们还能使出什么花招。

“田也，田也。”两个男同学火急火燎跑过来。一个说：“哎呀，你电话怎么关机了呢？”另一个说：“赶紧走吧，老师马上要被送医院去了。”两人说着话，一边一个拉起田也就走。

“拜拜。”田也走了几步又回过头，给了大胡子和Lucy一个冷笑。

突如其来的一幕，让大胡子和Lucy目瞪口呆，眼看就要网住的鱼忽然溜掉了。

“Shit！”大胡子望着田也他们远去的背影骂道，“太便宜这小兔崽子了。”

“跑了和尚跑不了庙，准备实施第二套方案。”Lucy的话从牙缝里挤了出来。

第
2
章

DNA纠缠的疑惑

香港。联合国物种审理署总部。

田也来到前台接待处，说是要找汪芸博士。他是慕名而来的，汪芸这个校友大姐姐是他们很多同学心目中的偶像，她前些年一举识破恐怖分子设计的巫霸草，进而推动了新物种国际公约的形成，这一闪亮事迹在全校上下无人不知。

“您跟汪博士约好了吗？”前台小姐问道。

“没有，我来得匆忙。”田也如实相告。临行前他上网查到了汪芸的公共邮箱，给她发了邮件，自报了家门说是最近想去拜见请教，但收到的是自动回复，可能她很忙，还没来得及处理邮件。

“您最好是跟她约好了再来，要不然很难帮您安排相见。”前台小姐双手一摊道。

“约好了再来”，谈何容易。田也心想就这他还是见缝插针溜来香港的，要不是趁着学校举行秋季运动会自己谎称身体不适请了假，平时天天上课哪有时间跑来香港？总不能节假日来吃闭门羹吧。

“我有重要的事情要见汪博士，来一趟很不容易，麻烦你帮我通报一声吧。”田也恳求道。

“您要是来申报新物种的话，就请按程序办理，她到时候会主动约谈您的。”前台小姐显然是见多了不速之客，帮物种审理师挡驾义不容辞。

“不，不，我找她不是关于新物种的事，而是有一台仪器要给她看。”田也说着话拍了拍鼓鼓囊囊的背包。

“仪器？您跟汪博士有来往吗？”

“她是我的学姐，要不我也不会专门跑过来。”田也回答得很机灵，既用足了资源又不失真，学姐学弟未必相识，但也可能很熟。

“那您稍等一下，我试试看能不能帮到您。”前台小姐说完就进里间联系去了。

“谢谢，谢谢啊。”

田也这会儿才感到心里有点儿发毛，一冲动跑过来太唐突了。看这架势，汪芸十有八九不会接见他这个素不相识的学弟，这一趟他很可能会白跑，来的时候根本没想那么多。早知道如此，还是该在广州就近找个专家去咨询，可是谁会相信自己的话呢？那天南方宾馆发生的事甚是蹊跷，背后肯定隐藏着一个大阴谋，但说给谁听谁都不信，就连班主任老师也说他多疑，甚至自己的老爸也完全听不进去他的话，还训了他一顿。

那天的事后续更为诡异，才引起了田也高度不安，他怀疑自己像汪芸当年撞见巫霸草一样不小心招惹了恐怖分子，虽然情况不完全相同。

当天一脱离Lucy和大胡子的纠缠，田也就和几个同学一起把老师从南方宾馆送到了马路斜对面的一家大医院。

刚到医院门口，老师就支撑不住了，她肚子疼得已经休克过去，话也说不出来了。田也二话没讲就蹲下身去背起老师，几个男生也赶紧在后面扶着，大家朝急诊室奔去。几个女生边小步追赶边叫喊“等一等”，田也他们根本置之不理，时间就是生命，以前田也背晕倒的老人去急救就是这样争分夺秒的。田也边跑边琢磨，觉得非常奇怪，以往老师发病也就难受一阵子，挺一下就过去了，今天怎么搞的？休息了好一会儿不但没缓解反倒更严重了。他当然不懂妇科病，妇科接诊的医生老太太说毛头小伙子知道个屁，有些女人痛经就是这样死去活来的。

几个女生匆匆赶到了，她们一个个都用不满的眼神瞪着男生们，在后面猛喊都喊不住这帮撒腿就跑的男生，真是够呛。有个女生把医生老太太拉到一边，轻声说了些什么。

“简直瞎胡闹！一帮傻小子，”医生老太太转身对田也他们厉声道，“快！赶紧把病人送到急腹科那边去。”

田也他们一看情况哪敢多嘴，立马又背上老师往急腹科奔去，身后还听到医生老太太追上来的一句话“哪来的一帮愣头青？”

在急腹科，老师很快被推进诊疗室做检查去了。田也和同学们一起在走廊里等候，他问那几个女生到底怎么回事。几个女生你看我我看你，一个个脸上泛起红云，言语吞吐。田也就是再怎么愣也明白了她们的意思，老师今天腹痛难忍根本就不是痛经。谁说的？那还有谁说？是老师亲口告诉一个女生的。是疼得糊涂了吧？才不是呢，她这些天压根儿就没来“大姨妈”。

明白了情况，田也的脸上一阵燥热。这叫什么事哟，医生老太太说他们是傻小子一点没错，傻小子这会儿摸着后脑勺只想傻笑。但他马上又感觉笑不出来，痛经起码不是什么大事，不是痛经意味着老师的身体可能要有麻烦了。田也的脸色很快由红变白，他双手合掌默默祈祷。

诊疗室的门打开了，一个医生走了出来。

“情况怎么样？”“老师不会得重病吧？”“要开刀吗？”七嘴八舌的声音立刻扑向医生。

“人已经没事了，做完几个检查就可以回去。”

田也听医生这么一说，心里悬着的石头落了地。过了一会儿，老师就在医生的陪伴下出现在诊疗室门口。

“虚惊一场，大家不用担心。”老师望着一张张焦急的面孔，笑着拍拍几个同学的肩膀说道。她已经恢复如初，好像什么事也没发生过。

“刚才怎么回事呀，痛得这么厉害？”田也问医生。

“是啊，快吓死我们了。”一个女生说。

“该做的检查都做过了，没发现任何异常。”医生说可能是精神因素引起的胃肠道持续痉挛，缓解过来就没事了。

医生总是来这一套，很多查不出原因的毛病就推说是精神因素引起的，精神因素具体指什么，没几个医生说得清楚，最后就是撂下一句“要注意休息”这样的废话。田也几年前就领教过这手。有段时间他老觉得肚子很不舒服，各种各样的检查都做了个遍，就差把他肚子切开来看一看了，结果什么病因也没找到，医生最后就归结于精神因素了。后来他老爸发现了问题，这臭小子不知从哪里买来个能自动变大变小的智能游戏球，晚上钻进被窝里经常趴着把肚子贴在游戏球上玩起伏体验。老爸强行没收以后，他肚子就再也没那种不适的感觉了。老师今天的病肯定不是玩游戏球引发的，但估计也不是什么精神因素，田也的脑海中闪过一丝疑点。

医生抬脚要走，田也说：“要不要开点儿药啊，老师刚才真是病得很重呢。”

“用不着吃药。”医生说，没啥问题却开一堆维生素或保健品之类的安慰剂，这是过去不少医生爱干的事，现在早就不兴这个了。“回去多注意休息就行。”医生临走时说道。

看吧，果然又是用这种废话打发人。田也很失望。

“好了好了，我什么事也没有，同学们都早点回家吧。”老师拥着大家向外走去。

“老师，我送您回去吧。”田也走到医院门口时说。他其实还有话想对老师讲。

“谁也不用送，今天大家都挺辛苦的，明天还要上课呢。”老师说完话，众同学就互相告了别散去。

田也回到家想了一晚上白天发生的事，越想越觉得不对头。第二天下课，他在走廊里截住了班主任。

“老师，您身体完全康复了吧？”

“本来就是小事一桩，这不好好的嘛，”老师说，“对了，昨天的采访情况后来怎么样？你没再羞羞答答不肯说话吧。”

“老师，我觉得您昨天突然病了这事很蹊跷，这里面一定是有原因的。”

“哎哟，你怎么还惦记着呢。”

“我感到这件事很奇怪，应该跟那个叫Lucy的记者有关，”田也把他思索了一晚上的结论端了出来，“很可能就是那个女人在暗中使坏。”

“啪！”老师手上抱着的一摞作业本摔在了地上，她仿佛突然听到说伦敦恐袭爆炸案的凶手找到了，就藏在自己的班里，这么可怕的消息惊得她目瞪口呆。田也连忙蹲下身去收拾起作业本，老师想起昨天的事情肯定是吓坏了呢。

愣了片刻，老师缓过神来严肃道：“田也，没凭没据可千万不能信口胡说，我自己身体的事跟人家外国记者有啥关系？你这真是在开国际玩笑。”

“我不是开玩笑，是真的，那个Lucy昨天一直鬼鬼祟祟的。”

“她就算再鬼祟，还能对我隔空发功不成？那是伪科学的伎俩，是不可能的事。”

“可是昨天她就坐在您身边，对您施点小动作完全有可能。”田也说他早听说有不法分子研制出了所谓的隐形刀剑，通过放射线、超强电磁波等手段，不露声色地加害于人。田也说这已经不算什么高技术了，据说现在的隐形刀剑又添加了自动跟瞄测量技术，可以通过辐射剂量的控制及靶器官的定位等办法，精准掌控施害程度和施害时间，以达到施害者的罪恶目的。所以说，Lucy用隐形刀剑让老师在一段时间内产生腹痛症状，这是完全做得到的。

老师用一种听人说书的眼神望着田也，她问道：“那你看到Lucy当时是耍了什么小动作加害于我的？”

“哦，那倒没看见，当时没注意也没想过，后来……”

“田也呀……”老师打断了他的话，开始语重心长了。她说田也的想象力丰富是很难得、很可贵的，这还是给班级和学校争了光的，要继续保持继续发扬，没有大胆想象便没有科学的进步嘛。但想象也要合情合理不是，她说：“不能遇到什么事情都疑神疑鬼浮想联翩呀。”

老师估摸着田也倒不是看多了悬疑剧胡乱猜疑，他这段日子搞科学小探索太专注、太投入，或许有点走火入魔了。这也可以理解，怀疑精神不正是科学家的一种特质吗？真是难为一个16岁的少年了。老师从田也手中接过那一摞作业本，临走时再三叮嘱他说别想太多，刚比赛完这些天要多注意休息，未来的科学探索之路还长着呢。

咳！明明看到了一场阴谋，却被认为是自己多疑。田也懊恼不已，早知道会这样的话，昨天就该等到最后当众戳穿那两个家伙的阴谋。现在倒好，时过境迁说也说不清，自己反而成了别人眼里“要多注意休息”的对象。刚才课间他先跟一个要好的同学提起昨天的事，刚说到疑点，人家的目光像是瞧外星人一样，愣了半天也是劝他“要多注意休息”。老师和同学们怎么跟商量好了似的，口气一模一样。真是郁闷。

究竟谁是“要多注意休息”的人呀，这世界有时候确实颠三倒四、是非不分。但总会有清醒的正常人吧，田也想到了老爸，他可是个在生意场上摸爬滚打多年的老江湖了，头脑比谁都清醒。对，这种邪乎事应该告诉见多识广的老爸，至少他不会认为儿子是个“要多注意休息”的人吧？当然了，田也心里也有数，不能硬着头皮跟老爸谈科学探索的赛事，那样他会犯困的，得变着法子说给他听。

很巧，平日田也的父亲在外应酬回来都半夜了，当晚却很早就回到了家。趁他在后院喝功夫茶的时候，田也凑了过去。

“田老板，今天回来这么早啊。”田也从小就跟老爸无长无幼的，在家里一口一个“田老板”叫惯了。

“嗯？你不好好在屋里做作业，跑出来凑什么热闹？”

“我呢，碰到了一件麻烦事，要讨教。”知父莫如子，田也接着恭维道，“都说姜还是老的辣，您呢不老更辣，谁不佩服呀。”

“呵呵，你小子越来越贫嘴了，”老爸果然受用了田也的小小马屁，笑道，“说吧，什么事？”

“是这样，这两天有人想跟我谈一笔生意，我觉得可能碰到了奸商。”

“什么？你不好好读书，竟敢跟人做买卖？！”老爸的神色风云突变。他“啪”一下把手里的茶杯重重磕在黄花梨木的茶具上，手掌绷直，像是突然看出了臭小子皮肉痒痒，腾出手来准备随时伺候。

“您别急嘛，田老板，”田也赶忙伸出双手抓住老爸刚腾出来的大手，免得那手“没注意休息”一失控就抡过来，嘴里道，“让我先把话说完呀。”

“说！怎么回事？告诉你，你可千万别跟我说做生意缺钱。”老爸说要是读书学习方面的事就算是要天上的火星他也会不惜代价去买，要是田也跟人做生意，不但别想买火星的美事，还要让他知道什么叫眼冒金星。

田也说我既不要你买火星，更不要你赏金星，是别人看中我手里的东西主动找上门要购买。

“哦，吓我一跳，我当发生什么大事呢。”这年头小屁孩们之间你买我个小物品，我买你个小东西之类的交易挡都挡不住，臭小子慢慢长大了还是对这种事开始感兴趣了，老爸叹口气道，“看来遗传基因太强大，想在你身上变异还挺难。”

“田老板，不是小事，”田也连忙道，“人家慷慨出价100万呢。”

“100万？”

“没错呀，还是美金。”

“你手里有什么好玩意儿这么值钱？”见惯了大钱的田老板还是感到有点惊讶，别是臭小子把家里的哪件古董倒腾出去了吧？

田也如实说他前段日子自己搞出了一台做实验的小仪器，实验最后并没有成功。没想到社会效益不明显却产生了显著的经济效益，怪不怪？

“就是你前阵子拿去参加什么比赛的那玩意儿？”

“对呀，就是那台DNA纠缠仪。”田也心里一阵高兴。老爸就是不一样，明察秋毫，一点就透。绕了半天弯子，总算切入正题了，接下来就好谈了。

“还有这么不长眼的人，出100万美金买你的手工艺品？以为你是宋朝的匠人呀？那人精神肯定有毛病。”

田也说：“是啊，我也很纳闷，买家是个外国人，还是个美女呢。”

“嗯，说不定还是哪国总统府里的金枝玉叶呢，这想法不错。”

“那不会，”田也摇头道，“她说自己是路透社的记者。”

“好啦好啦，在我这里闲扯放松也差不多了，”老爸向田也挥挥手道，“回屋温习功课去吧。”

“不是啊，田老板，”田也不明白老爸怎么忽然就变脸了，“我说的都是真的！”

“去去去，任何时候张弛都要有个度，赶紧回屋学习去。”

“哎呀！老爸——”田也急得称呼都改了，“我没骗你，人家说100万嫌少的话还可以加价到200万。”

“小子你给我听好了，”老爸一掌拍得茶具叮当作响，说：“我这当爹的最不希望你走经商做生意的路，以后少动这方面的心思，今天说说笑就到此为止，再听到你胡说什么100万美金、200万美金，当心我真抽你。”

完了，全完了！费了老半天口舌，连老爸这种走南闯北见过大世面的人认为他是说笑，还上哪儿找明事理的人去。田也倍感郁闷，难怪范仲淹当年会发出“微斯人，吾谁与归？”的感慨，他现在就是这种心情。

问题还不在于“众人皆醉我独醒”，而是这件事很可能还没完。那个Lucy和大胡子绝对是盯上了那台DNA纠缠仪，他们一前一后、一唱一和，高价收买不成，接着又来敲诈，那天要不是同学们急着送老师去医院而乱了对方的阵脚，他们肯定还会步步紧逼。田也越想越不安，要是下次再碰到他们来敲诈怎么办？把仪器白给他们息事宁人吗？没办法就只能报警了，但报警也不能乱说，总要有证据呀。对了，大胡子声称南非野生动物园损失惨重，干脆就从这一点入手，如果不存在这么回事，那就可以向警方揭穿他们的骗局。

田也一想明白就马上行动。他很容易就搜到了南非野生动物园的网站。哇，主页上就有大象遭遇浩劫的醒目标题。点击进去细看，让他倒吸了一口凉气。大象或病或死的那些画面，跟那天大胡子的视频里看到的一个样。怎么搞的？还真有这么回事，不是那家伙伪造出来的？田也接着又浏览了当地媒体的一些报道，一看让他更加忐忑。报道说大象突遭浩劫非常奇怪，原因至今不明，兽医们查来查去都没摸着门道。有专家猜测可能是来自太空的某种辐射所致，但有的专家认为不可能，若是遭到了太空辐射的话，其他野生动物怎么全都安然无恙？难道会有针对大象的特异辐射不成？再说了，野生动物园附近也没检测到什么有害辐射。

不管怎么说，南非的大象遭遇浩劫总是个事实，原因不明正好给大胡子他们提供了讹诈的可乘之机，至少表面上看不出是无理取闹或无事生非。他们究竟是什么人？为什么要不择手段攫取DNA纠缠仪？田也心里本来就七上八下的，看过那些报道后他忽然感到脊背发凉，会不会真是DNA纠缠仪惹的祸？难道那台仪器无意间跟南非的大象发生了致命的纠缠？这么说来Lucy和大胡子是不是看中了这个？

田也满脑子的疑惑就像灯谜一样，谜底虽然有待逐一解开，谜面却一条条清晰地浮现在他眼前。然而事发以来情况很糟糕，别说揭开谜底了，就是这些清清楚楚的谜面，除了田也自己以外，居然没人看得见。他把谜面读出来也没人听得进去，别人要么以为他“要多注意休息”，要么以为他异想天开在说笑。苦思冥想了好多天，田也还不知道该向何人诉说，最后才想到联合国物种审理署有个大名鼎鼎的学姐，尽管不认识，但毕竟是校友呀。

贸然来香港向汪芸求助实在是无奈之举，也许只有她这种经历过巫霸草事件的专家才能理解他的遭遇，才能解答他的疑惑。

前台小姐进里间去了半晌还没出来，田也等得心里更加发毛。要是汪芸今天也不理睬他，那可怎么办呢？他越想越觉得满腹委屈，好比500多年前的哥白尼发现了地球绕着太阳转但人人都视而不见，那种无助的感觉要多郁闷有多郁闷。

“不好意思啦，先生，我暂时无法联系上汪博士。”前台小姐终于从里间走了出来。

“啊？！”汪芸果然拒绝接见他这无名小卒。田也伤心得眼泪都快掉下来了。

“不过呢，我帮您联系上了汪博士的助手。”前台小姐告诉田也说汪芸的助手名叫英拉，她正在海洋公园出外勤任务，刚好也不在。但英拉已有交代，可以先把仪器留下来，以后她再转交给汪芸，如果有话必须当面交流，那就请田也现在赶到海洋公园去先跟她谈。

“太好了，我这就赶过去。”田也像是终于抓到了一根救命稻草——助手也行啊。他知道但凡大腕都有助手，许多助手本身就是圈中人，对业务很熟，跟助手谈或许效果一样，说不定谈得投机就会立刻安排他面见汪芸呢。

“那您请便吧，先生。”前台小姐递给他一张写着英拉联系方式的便条。

田也接过便条问道：“汪博士也在海洋公园那边吗？”

“哦，那我就不清楚了，您还是当面去问英拉女士吧。”

“好的。”田也谢过前台小姐，便直奔海洋公园而去。

他找到英拉的时候，英拉正在一个空空荡荡的马戏表演场内，她独自坐在看台前排的一侧，看着工作人员对两头大象进行表演驯化，像个现场监工似的。这么巧啊，田也一看心里暗道：真是天助我也，要谈的正是大象的事，而现在大象就在眼前，连道具都有现成的了。他很快环顾一下场内，又感到有点失望，偌大一个看台再也没见第二个人，汪芸显然不在这里。也许她在附近办正事，便把助手打发来此消磨时间？难怪英拉会有空在这里跟他面谈。

“阿姨，冒昧打扰，让您在百忙中费时间了。”田也先简单自我介绍，接着又客套了这么一句。

“唉，谁说不是呢，我这阵子都快忙昏头了。”英拉真像阿姨跟孩子说话一样，丝毫不客气就接过话道，“听说你有重要的事情要谈，我只能边工作边挤时间见你了，有事就说吧。”

嘿，跑到这里来悠闲地看驯象也是百忙中挤时间？田也心里暗暗发笑，脸皮比大象皮还厚的人可真不少。不过这话他不可能说出口，他没说大象皮而是说了一下跟大象的纠缠实验。

“嗯？”英拉一听吃惊道，“你一个中学生瞎掺和大象的事干什么？”

“我……我不是掺和，是为了参加比赛设计了这种仪器和实验。”田也很不理解，为什么英拉听到大象跟听到怪物似的，他心想大象的事谁也没规定中学生禁止参与呀。

“你这孩子啊，还嫌不够乱吗？”英拉一下就有感而发了。

她说自己就是为大象的事来海洋公园的，要不是为了观察驯化大象，谁会吃饱饭没事干来这里呢？她说前段时间有不少非洲象莫名其妙地或病或死，但最近才发现，亚洲象同时也有点说不清的不良反应，只是情况没那么严重。她说泰国方面已注意到了这种迹象，他们向物种审理署投诉，说找不出病源就要考虑其他原因，很可能是非法物种混入了象群所致。他们还说非洲象这次发病是急性反应，而亚洲象可能是慢性反应，他们要求物种审理署尽快展开调查，不然等到亚洲象也慢慢大面积发病就来不及了。英拉指着表演区那两头大象说，其中一头是非洲象，另一头是亚洲象，她今天是特意过来观察它们的不良反应的。英拉叹了口气接着说，有关致病因素的说法不一，业界都感到这件事怪里怪气的，牵扯面也越来越广，这就把物种审理署也扯进来了。

“阿姨，我也觉得这事挺怪的，那您认为是非法物种惹的祸吗？”田也很希望得到肯定的回答。要是那样的话，就说明这事跟DNA纠缠仪毫不相干，就可以有力驳斥大胡子了。

但英拉却摇头说：“我看不是，一点儿根据都没有，完全是凭空猜测。”她说非法物种携病原体混入象群导致疾病传播，那是很容易查出原因来的，在现代诊断筛检技术面前想瞒天过海是不可能的。她说从种种迹象来看，应该是一种前所未有的无形的致病因素所引发，当然了，大家现在还都一无所知。“噢，不说这事了，继续说你那实验，后来怎么样了？”英拉忽然想起，人家小伙子是来求助的，他刚才开了个头还没说到点子上呢。

“后来出了点意外，”田也怯怯道，“跟仪器纠缠的那头大象突然死了，实验也就失败了。”

“什么？你是说事先锁定的纠缠对象死了？”

“是的，”田也按照自己的想法照实说，“那头大象本来就病得很重，是病死的。”

“吓我一跳，我还以为是纠缠实验害死了大象呢。”英拉舒口气道，“那台仪器你带过来了吗？”

“带来了。”田也打开背包，准备拿出DNA纠缠仪。他突然感到有点遗憾，本来是想见到汪芸请她对仪器的功能做个判断的，现在不知道还有没有机会。他心有不甘地问道：“汪芸姐姐在这附近吗？”

英拉像是听到了一句骂人的话，本来很和蔼的面孔马上就冷下来了。这傻小子什么眼神？称她英拉为阿姨却称汪芸为姐姐，这不是硬要她也当汪芸的阿姨吗？英拉心想：咱哪有那个资历呀，傻小子看走眼都看歪到月球上去了。不过，英拉是不会跟一个毛头小子计较的，她很快又和蔼如初了。

“你说汪芸啊，这次你见不到她了。”英拉说汪芸很快就要飞赴太空执行任务，她这段时间正在参加宇航员封闭培训，十天半个月内是回不来的。

“哇！你们物种审理署好厉害，还能出宇航员啊。”虽然见不到汪芸了，田也的敬佩之情溢于言表。

“谁说不是啊，还是女宇航员，飞那么远去诺苏号空间站可真不容易。”

闲谈间，田也已拿出了那台DNA纠缠仪。英拉侧过头端详，也就是一个跟一本16开大小的厚书差不多大小的匣子，看不出有任何特别之处。

田也介绍说这里面载有那头病亡大象的DNA信息，实验设计的初衷，就是指望着仪器能跟那头大象发生点纠缠感应，结果还没开始观测就传来了大象病死的消息，说着话，田也开启DNA纠缠仪演示给英拉看。他指着表演区那两头大象说，假如那边的一头大象就是仪器已锁定的纠缠对象，那么仪器里DNA信息的某种性状一旦发生改变，可能就会导致那头大象也发生同样的改变。田也一声叹息，说本来是想看到这样的实验结果，可惜没成功。

“不成功没关系呀，”英拉说科学探索不都是这样吗？失败是成功的娘，没娘哪儿来孩子，她安慰田也说，“要是为这点事烦恼可不值，失败了可以再来，人不都说有娘的孩子是块宝嘛。”

“我不是为这次失败而烦恼，而是因为这台仪器被坏人盯上了，”田也说，“有人甚至要出100万美金买走它。”

“什么？100万美金？”英拉怔了一下，顺手从田也手里拿过DNA纠缠仪，翻来覆去左看右看，想找一找那上面是不是镶着南非钻石什么的。

“不光有人想买，还有人想讹诈我，说南非那边的象遭遇浩劫是DNA

纠缠仪惹的祸，硬要我把这台仪器交给他们。”

“真有这种事？”英拉吃惊得皱着眉，警觉起来。

田也一五一十地把他的遭遇说给英拉听。他这回还真是找对人了，英拉了解事件背景，她没有把田也当成“要多注意休息”的人，而是感到了事态的严重性。

“田也你告诉我，你怎么能确定广州那头被实验纠缠的南非象是病死的？”英拉听完立刻问道。审理新物种养成的职业习惯，让她一下子就注意到了这个细节问题。

“我是听兽医说的，但那头大象确实本来就有病，后来实验启动没多久就病死了。”田也似乎意识到了英拉问话的用意，他又补充一句说，“是在DNA纠缠仪升空以后没几天，突然就传来了死讯。”

“快，赶快把它的电源先关掉！”英拉猛然间想到了什么，拿在手里的仿佛不是仪器而是一枚炸弹。她迅速把仪器递还给田也，同时抬头向表演区那两头大象望去。

田也接过仪器关了机，也立刻抬头望向那两头大象，他已经猜出这台仪器可能真的“纠缠”到了天大的麻烦。还好，眼前那两头大象正在驯化师指挥下做着各种表演动作，好像没什么反应。

“英拉阿姨，您真的认为这台仪器就是那些大象的杀手吗？”田也想知道确切答案，也心存一丝侥幸。

“现在还不能肯定，但不排除这种可能，”英拉顿了一下，见田也并没有出现惊慌失措的表情，便又道，“依我看可能性很大。”

“那……那什么时候才能一锤定音，确认它到底是不是大象的杀手？”

英拉想了一下，说这可能要等汪芸回来，从技术上进行全面分析之后，才能得出结论。

田也低头不语了。他仿佛看见汪芸就在眼前，她以见多识广的技术权威口吻告诉他说：没什么好分析的，这台DNA纠缠仪就是一把超级隐形刀，已经弄得大象世界不得安宁了，人家大胡子说得没错。

“你别总想着它是大象杀手，这也许是一项了不起的发现和发明，坏人很可能正是盯上了这一点。”英拉见田也忽然一声不吭，便安抚道。

田也抬起头来，以求助的眼神望着英拉说：“要是还有人来找我的麻烦，我该怎么办呢？”

“这件事情有很多人知道吗？”

“除了那两个坏家伙，没什么人知道，我跟别人说也没人相信。”

“那就这样。”英拉说要是那两个坏人再找麻烦的话，就尽量避着他们，实在不行就报告老师，告诉家人，找警察也行，总之让大人去跟他们交涉。她又叮嘱说：“记住，千万不能把这台仪器交给他们。”

“我明白，我不会给他们的。”田也很坚决地点点头。

英拉要田也回去以后把仪器保管好，不要再拿出来示人，更不要再试用，等汪芸回来，她会尽快安排处理这件事情。

告别了英拉，田也登上了返回广州的高铁。窗外闪过的景色晃得他有点儿眼花，刚一闭目养神，一种难以名状的苦闷就涌上了心头。参加一次科技比赛，居然惹来这么大的麻烦，想要的纠缠效果没出现，却被坏人纠缠上了。这下可好，连英拉这样的专家也觉得DNA纠缠仪十有八九就是大象的杀手，面对Lucy和大胡子的讹诈，自己就是有理也说不清了。让大人去交涉，有几个大人能像英拉这样既懂行又了解这件事，谈何容易呀？

列车一驶过深圳河，田也就开启了手持设备。他使用的这款学生专用手持设备，平时受制于班主任的设备捆绑，上课时间未经老师授权是没有通信信号的，所以他今天也跟往常一样没开机，反正开了也不会有信号。

虽然现在还是上课时间，但今天是校运会的日子，不知道老师会不会给大家解禁。

哟，果然有信号。田也一开机就发现，老师真的解禁了。平时她对同学们管束很严，今天可是格外开恩了。

田也习惯性地先搜看新闻，他打开了“近身新闻”客户端，这是近年来问世的一款新型的资讯客户端，它不像过去的客户端那样，仅以时间为要素将天下事一网打尽、分类编排，而是添加了空间要素，能根据机主所在位置由近及远自动搜索周围的新闻事件，让人从“胸怀身边事”开始一步步“放眼全世界”，这种传播模式改变了百年一贯的新闻传统，一经推出便很受欢迎。就连田也爸爸那种随时要“胸怀世界”的巨商也都叫好，免得像以前那样经常知道了美国列车脱轨、西班牙斗牛踩了人之类的远方新闻，却不知道街对面一辆汽车刚撞伤了人这样的咫尺近事。

今天不在广州，滚动播放的“近身新闻”没一点儿他感兴趣的内容，看标题都是深圳和香港发生的事。田也看着都快打瞌睡了。突然，一条香港快讯映入眼帘：本港两头大象突遭横祸，原因不明。

田也倒吸了一口凉气，他马上点击细看。报道说海洋公园今天发生一桩怪事，两头大象在例行的驯化结束后突然齐齐倒地不起，一头非洲象经急救后死亡，另一头亚洲象病情尚稳仍在观察。据驯化师和兽医介绍，此事原因不明，来得蹊跷，事先两头大象均无任何病兆，突发变故令人费解。

啊？！田也看完短短几十字的快讯，立刻惊出一身冷汗来。要不是刚亲身经历过这事，他也许还会对这则“近身新闻”有所质疑，现在想自欺欺人都难。什么原因不明，田也是心知肚明！一波未平一波又起，搞不好又要冒出另一个找麻烦的大胡子来了。要说怪也确实怪，一台纠缠仪怎么会成了大象的隐形杀手呢？

“叮叮咚……叮叮咚……”田也刚放下手持设备，电话呼叫音就响了起来。他心都快要蹦到嗓子眼儿了，另一个大胡子这么快就来讨债了？一看来电显示他才松了一口气，电话是班主任打来的。

“田也你搞什么名堂，手机怎么一直关机呀？”老师一改往日温和的口气，声音急促道，“你在哪儿呢？”

“我……我出来散散心。”

“散什么心，赶快回家去！”老师厉声道，“你家人正到处找你，家里出了点儿事。”

田也家里不是出了一点儿事，而是出了大事。他老爸被人绑架了。

第
3
章

从茶楼到海底

田也匆匆忙忙赶回家里，没见到老妈，只见到了焦急万分的伯父田大标，还有老爸的一个贴身保镖。

“哎哟，我的大侄儿，你可回来了，这是要把人活活急死啊。”伯父拉着田也上上下下打量，像是要看看他有没有缺条胳膊少条腿什么的。

咦，大伯这么快就能从月球上赶回来？老爸跟他这孪生哥哥之间的感应简直神乎其神了，连弟弟遭人绑架，哥哥都能提前预感到。

“什么感应不感应的，别胡诌了。”大伯说他已经回来有几天了，是月球警察这些天刚好轮休。他今天在家没事，就带了些月球上栽种的“嫦娥瓜”过来看看，岂料就撞上了这倒霉事。大伯说要真有预感的话，他今天决不会让田也他老爸迈出家门一步。

大伯今天上午来的时候，田也他老妈在家。老妈见他大伯从月球上大老远回来休假自是高兴，两人在客厅里寒暄一阵后，她就起身到院子里找保姆张罗吃的去了。就在这当儿，客厅的电话铃声一阵接一阵急促地响了起来。这是在自己的亲兄弟家里，大伯就帮着接了电话。

“喂，是田二标家吗？”电话里传来一个阴森森的声音。

大伯接了电话先是一愣，是谁这么大口气啊？弟弟早已是远近皆知的社会名流了，多年来都是被人“田总田总”地尊称着，很少有人会直呼其名。大伯刚应了一声“这是田总家”，电话里就传来了恶狠狠一句：“去，让田二标老婆听电话。”

要是在自己家里接到这种无礼的电话，田大标肯定会质问对方何许人也，但在弟弟家他不便多言，只能回一句“稍等。”这个时候，大伯还真的有了点预感，那就是来者不善。所以，他把田也妈叫来听电话的时候，本打算在院子里转一转回避一下，想了想，还是跟着她进了客厅。

“喂，我是田太太。”

“听着，田二标已经在我们手上了，想让他活命的话就识相点。”

天哪！田也妈一听，呆住了。老公一早出门还好好的，怎么一不留神就被恶人绑架了呀？他要是有个三长两短这个家不就完了吗？

“我……我……我不报警，要钱……钱好商量。”田也妈本身体质就差，突然受到惊吓就哆哆嗦嗦，很难说出一句囫囵话了。老公树大招风，绑匪无疑是想勒索钱财，只求他们千万别撕票害人就行。

“臭婆娘，先别拿钱来说事。”

不说钱？世上有这样的绑匪吗？田也妈本来就已吓得半傻，一听不要钱脑袋就更懵了。要么图财要么害命，不要钱的绑匪那就是仇人，是来害命的呀。“别……别这样，有话好……好说……”田也妈已经头晕目眩，说话也有气无力了。

“告诉你，我们要的是你儿子田也……”

“咣当”一声，电话从田也妈的手中滑落到了地上。老天爷，他们的目标居然是宝贝儿子，这不就是要她的命吗？田也妈急火攻心，一口气没吸上来，猝然倒地。

大伯见状高叫“哎呀，糟糕！”立即就开始抢救。他唤来了保姆，开启家里的机器人医生对田也妈紧急施救，同时联通了120视频电话，由专业医生远程指导现场救治。幸好这些现代化设备赢得了抢救的第一时间，田也妈总算是有惊无险，捡回了一条命。

“我妈现在人在哪里？”田也听到这里立刻发问。

大伯说人救过来以后就送到医院去了。田也说那他现在就赶去医院看老妈。说着话他起身就要往外走，田二标的保镖也连忙起身，准备随他而去。

“大侄儿你就别再往外跑添乱了。”大伯一把拉住了田也，说他妈在医院情况很稳定，而且已安排专人去照顾了。他用手指着田也道：“你要明白，现在最危险的是你爸，你还是跟我一起琢磨着怎么救他吧。”

田也又重新坐下来，望了一眼不知所措的保镖，他忽然感到有点纳闷。老爸早就雇了这个据说武功很了得的保镖，平时出门在外两个人几乎形影不离，今天老爸被绑走而保镖却安然无恙，关键时候掉链子的保镖何用之有?

“你是干什么吃的?！”田也心中一股怒火“噌”一下蹿起来，毫不留情冲保镖道，“保护我爸不该挺身而出吗？自己连一点彩都没挂，还好意思来见我们？”

保镖一脸委屈，说他当时可能遭到了暗算，根本就没出手的机会。田也从保镖的叙说中了解了老爸被绑架的经过。

早上一出门，田二标就跟往常一样，带着保镖一起先去茶楼喝早茶。他对广东的早茶文化一直情有独钟，隔三岔五就会去茶楼坐一坐。他喝早茶不喜欢钻进包间独享，而是喜欢大厅里那种热热闹闹的氛围，那些装载着各种精美茶点的小餐车穿梭往来于一桌桌食客间，沿途的食客们伸出手去挑选自己喜爱的点心，他觉得这景色本身就是早茶文化的一部分。但不巧的是，茶楼今天被一个外国观光团占去了不少座位，大厅里座无虚席，已找不到一张空着的餐台。

服务生边表示歉意边提出建议，说要不就先到包间去稍等一会儿，已经有食客准备买单离开了，很快就会有餐台空出来。既然来了等等何妨，田二标就和保镖一起进了一个包间。

包间里虽然清静豪华却很沉闷，等了好几分钟也没等来个说法，田二标就对保镖说："算了，别等啦，弄些茶点打包走吧。保镖便应声去办。"

一拉开包间的房门，就见门口候着一位女服务员，是个穿着旗袍制服的欧洲女郎。保镖怔了一下，呵，这茶楼怎么突然就全面国际化了，连服务员都雇用外国人了。女郎笑着说："茶文化走中西合璧之路有何不好？我对茶道也是知道一些的，不信可以当场为两位表演一下茶艺。"保镖说表演今天就免了，他们马上就走，需要打包些点心带上。

女郎脸上掠过一丝诧异，像是说刚来就要走？不过她反应很快，马上就拿出手持设备，按照保镖的吩咐逐一下单。凤爪三份、肠粉两份、牛百叶三份、虾饺两份……复述完毕她收起手持设备，朝保镖莞尔一笑。"请稍等几分钟。"她说。

"尽量快一点儿。"保镖说完又返身进了包间。刚带上门，他就感到一阵腹痛突然袭来。他捂着肚子踉踉跄跄奔到沙发一角坐了下来。田二标看出了异样，问他怎么回事。"没事没事，可能是没吃早餐肚子提抗议了。"保镖此时意识还很清醒，出门在外重任在肩，总不能因为一时痛痒就忘了职责，反仆为主让老板伺候自己。保镖痛得满身大汗还一直忍着，不一会儿他就失去了知觉。

保镖醒来已是一个多小时以后的事了。他睁开眼一看，自己正躺在包间的长沙发上，身上还盖着一块餐桌布，屋子里空无一人。嗯？老板刚才是不是把他安顿好以后，自己先走了？他赶忙掀掉餐桌布一骨碌爬起来，快步走过去打开了房门，见一个男服务生正在外面候着。

“你们怎么不喊我起来？”保镖对着服务生劈头就问。

服务生解释说有人专门交代过的，说是里面有客人要在此休息一阵子，没事不要打扰。服务生当然不会告诉保镖，其实他是收了别人好处费的。

“简直乱弹琴！”保镖一边嘴上发泄着不满，一边掏出手机给老板打电话，老板却关机了。保镖立即三步并作两步出了茶楼，一眼就看见老板的座驾还在附近锚着。他迅速走过去拉开车门问司机：“老板人呢？”

“老板？老板不是跟你在里面喝茶吗？”司机感到一头雾水。

“你一直没看见他出来？”

“没注意啊……”司机说他还觉得有点奇怪呢，老板喝早茶从来没花过这么长时间，今天是破天荒地久。

“快，快回公司去！”保镖说着话就一头钻进了车里。老板怎么就自己一个人走了？座驾还在，会不会谁有急事来找老板，顺便把他接回去了？

保镖到了公司就上上下下一阵猛找，结果所有被问到的人都说今天没见到过老板。

糟糕！老板没来公司就说明人可能还在茶楼那边，也许看着保镖没醒他就在附近转悠。对了，问一问那个欧洲女郎应该就知道了，她可是一开始就守在包间门口的，当时要的茶点应该是她交给老板的。真是失职呀！保镖想到这里深深自责，又立即驱车赶到了茶楼。保镖再次折回的时候，早茶已经收市了。他一连问了几个正在收拾餐台的服务员，早上那个欧洲女郎服务员在哪里，大家的回答大同小异，说搞错了吧，到这里来喝茶的外国女郎多的是，但服务员就只有中国人，从来就没招过什么欧洲女郎。

“啪！”保镖的一只大掌重重地拍在一张餐台上。明明有穿着旗袍制服的欧洲女郎却都说没有，这不是耍人吗？他勃然大怒道："去，把你们经理给我叫来！"

几个在场的服务员看他膀大腰圆、一脸杀气，一个个吓得大气不敢喘。有人立刻去找经理。

经理过来听保镖一说，就笑了。欧洲女郎的确是有，但那不是服务员。今天有几个外国食客一时兴起，说是想体验一把当茶楼服务员的美妙感觉，于是就穿着制服过了一会儿瘾。那个欧洲女郎是什么人？这谁知道呀，喝茶从来没搞过实名制。那现在她人呢？天晓得现在她人在哪儿，早就人走茶凉了。

大事不好！保镖联想到接二连三发生的怪事，猛然一下就意识到：老板出事了。平时干练机警的保镖这时才慌了神，他步出茶楼的时候都有点不知所措了。

"人失踪了就赶快报警呀。"司机建议道。

"报警？"保镖迟疑了片刻说，"到老板家里再看看情况吧。"

保镖又火速赶到了老板家里来，正好撞见老板娘被送往医院。

整件事就是这么莫名其妙，保镖说，别说与绑匪奋力搏斗了，从头到尾连他们的人影都没见到。他现在怀疑，自己当时突然腹痛接着又昏迷过去，就是那个欧洲女郎搞的鬼，她应该就是绑匪的同伙。但想想又不太对呀，自己只是要打包茶点跟她说了几句话而已，怎么一返回包间就肚子突然剧痛起来了？

又是隐形刀剑。田也立刻就想到了Lucy。

"蛇蝎美女就不是什么好东西，"田也愤愤地说，"她要是再打勒索电话来，我肯定能听出那毒蛇的声音。"

大伯看了田也一眼，说美女不一定都是毒蛇，毒蛇也不一定都是美女，打电话来的是个男的，他们肯定是个犯罪团伙，既有美女也有丑男。

“那你快想办法抓住他们，救出我爸呀！”田也眼下全指望着大伯了，他可是吃这碗饭的，旅游警察也是警察，只知道旅游不懂警务那不就成导游了？

“先别想着抓人的事，解救你爸才是第一位，要先答应他们的条件再找机会救人。”大伯当然不是月球导游，一听这话就知道他可不是假冒伪劣的警察。

绑匪今天第二次来电是大伯接的，他的周旋能力便体现出了良好的职业素养。绑匪叫嚣说他们要的是田也手里的DNA纠缠仪，3天之内拿不到就撕票。大伯并不惊慌，他提出要先跟人质通话确认他还活着才能谈赎人条件，虽然他在电话里只听到田二标说了一句“让也儿把东西给他们吧”，但这足以表明人质安然无恙。他告诉绑匪说会尽力说服侄儿交出那台仪器，但交货时必须看到人质毫发无损。他说侄儿年少气盛，要是人质有个三长两短，侄儿一怒之下把仪器砸个稀巴烂也是有可能的，那他就无能为力了。绑匪说少啰里八嗦的，到时候交不出仪器就等着收尸。

“仪器在你手上吗？”大伯问田也。

“在是在，可是交给那些坏蛋是很危险的。”

“唉，这都什么时候了，救田老板的命要紧。”一旁的保镖着急道。

是啊，救老爸的命要紧。但田也一想到英拉的叮嘱又很不安，他把DNA纠缠仪被绑匪盯上的由来简要地告诉了大伯和保镖，说完又接着道：“大伯，你一定要把我爸救出来，但最好别把仪器交给他们。”

“大侄儿，你这是又要马儿跑得好又要马儿不吃草啊，”田大标听了微微点头，他思索片刻道，“那我们就要好好琢磨一下营救方案了。”

“能不能先搞清楚他们把我爸关在哪里，在交仪器前提前营救？”

大伯说在田也回来之前，他已经动用了月球上的对地追踪系统，但绑匪的信号好像飘忽不定，刚开始还在广东境内，后来就移动到了南海水域，第二次通话的信号就是从三沙省的永乐市（也就是永乐岛）附近发出来的。大伯说绑匪很可能劫持着田也他爸藏在一架飞机上，估计现在已经着陆了，等下次通话时会设法锁定他们的具体方位。

田大标的话说对了一半。此刻，绑匪和人质真的就在南海水域，但还没有着陆。

夜幕中，一架私人客机正在三沙省永乐岛上空盘旋着，像是在航拍城市的夜色。从空中看去，这座由抬岛工程建起来的新兴城市的确美轮美奂，不夜城灯火辉煌的景色尽收眼底，与省会永兴市相比也一点儿都不逊色。

但是，飞机盘旋了很久并没有降落地面，而是忽然向海上飞去，慢慢越飞越低，随后就一头扎进了海里。这是一种最先进的潜海飞机，可以水陆空潜四用，很多人都还只闻其名未见其身。就连田二标这样的大富豪有心定制一架，也一直未能如愿。

飞机钻进海里以后又潜行了一段时间，最后在海底一处山谷地带泊住了。

田二标有过多次潜海旅行的经历，这会儿身在机舱里被蒙着眼睛也能感受到这是在海里，他已经从最初的惊恐中缓过劲儿来了。一想着眼下的处境，他就恨不得刮自己两耳光，千不该万不该，不该把儿子前些天说的事当成戏言，没想到臭小子真的鼓捣出了个值钱的玩意儿让恶人盯上了，要是早点警觉有所防范也不至于落到今天这个地步。听着机舱里几个绑匪的议论，田二标很快就意识到，现在自己已经被绑架，再后悔也没用，关键是要瞅准机会设法逃生，要不然被他们丢到海里喂鱼也是有可能的。

他一直竖着耳朵注意听，飞机在盘旋时他就慢慢听出来了，机舱里的绑匪有3个人。为首的是个女人，她既会讲汉语也会讲外语，可能就是儿子说的那个要开高价收购仪器的欧洲美女。还有一个讲起汉语来磕磕巴巴很不流畅，应该是那个留着一头贴皮卷毛的黑人，就是这货拎着个黑包在茶楼里以找人为由进了包间，说了没几句话就一个黑包扣过来让他两眼一黑当了人质。另一个家伙说话娘娘腔，一听就知道是那个脸上有个刀疤的茶楼服务生，他在黑人进包间之前先进来晃了一下，装模作样看了一眼腹痛的保镖，问候了几句，说是去找人来救治就出去了。这3个家伙之间的对话也印证了田二标的推测，欧洲女人跟黑人的谈话用外语，他听不懂，但他们跟刀疤脸对话都是讲汉语，这符合他对这3个人的身份猜测。他估计，驾驶舱里肯定还有一个家伙，绑匪总共应该有4个人。

田二标的判断没错，潜水飞机刚一停稳，那个大胡子中东人就从驾驶舱里走了出来。

“折腾了一整天，总算可以喘口气了。”大胡子伸着懒腰来到几个同伙身旁。他对Lucy道：“头儿，你到前面去休息吧，我来安排一下看守值班。”

“给我盯紧了，别像上回在南方宾馆一样出岔子。”Lucy站起身准备离去时叮嘱道。

“放心吧头儿，此一时彼一时。”刀疤脸开口了。他说上回那个小兔崽子撞了狗屎运才溜掉的，这回他老子就是插上翅膀也飞不走，外面的人不可能摸到这海底角落来，除非真有大海捞针的本事。

“别掉以轻心，上回你也是信誓旦旦保证过的。”Lucy瞪了刀疤脸一眼，冷冷地撂下这句话扭头就走了。

“那……那回不能怪我吧，”刀疤脸一脸的不服气，转头对大胡子道，“我当时可是在门口守着行李车等了半天，那小兔崽子根本就没靠近，这件事……”

“行了，行了，别像娘们儿似的没完没了。”大胡子接着就把看管田二标的值班任务简单分配了一下，然后便不耐烦地向刀疤脸挥挥手道，“你去闭上眼顺便也闭上嘴先歇着吧，晚一点儿过来换班。”

刀疤脸享受到了休息的优先权便不再多言，打着哈欠起身离去。他这一走，大胡子和黑人说话聊天就再也不用汉语了，田二标一句也听不懂，他们的谈话慢慢就成了他的催眠曲。田二标心想，绑匪的看管也搞起从严从重的把戏了，几个家伙轮番上阵两人看着他一人，要脱身还真不是件容易的事。晕晕乎乎中他又想，在这海底深处不看不管他又能怎样？以为他田二标是能闹海的哪吒，拉开舱门扑进深海里就可以逃出生天？这些绑匪什么智商？一个个脑袋里可能都进了海水。想着想着，田二标就迷迷糊糊睡着了。

对田二标来说，外语可以催眠，国语则是闹铃。他就是被一阵嘀嘀咕咕的说话声吵醒的，是刀疤脸和黑人在交谈。哦，他们已经换班了。

“唉，你说这，狗屎，值吗？”黑人磕磕巴巴地表达着他想说的意思，费了这么大劲就为了一台毛孩子搞出来的小仪器，有这功夫都能淘到不少货了。

“你专门绑人劫财知道个屁，你以为现在淘点货那么容易？”刀疤脸不屑地说：“这年头监控跟天罗地网一样，电子眼24小时在卫星上盯着，机器人警察到处都是，一下手就被逮个正着，偷鸡不成蚀把米的事最近还少吗？”

“唉，凭什么，那仪器，真有用，就能淘到货？”黑人磕巴道。

“废话，没用谁会看得上？”刀疤脸说那仪器对付大象厉害着呢，听说比隔山打牛的本事还大，再远的地方也能隔空动手，根本不用到现场去舞刀弄枪，而且一打一个准，说灭南非象绝不会灭泰国象，说灭一群绝不会灭一个。刀疤脸眉飞色舞，说他以后就打算四处旅游，哪儿有大象就去哪儿转悠，遇见优质货源随时通知头儿在远方出手，他就可以第一时间顺手牵羊弄到象牙，等监控发现再召来机器人警察黄花菜早就凉了。万一被逮到也不怕，他身上没刀枪没麻药，大象是自寻短见倒在他眼前的，象牙怎么说也是捡来的，是旅游刚巧碰上的嘛。

“哎呀，那以后，头儿的意思是，只淘这一种货了？”

“谁说的，该淘什么还照淘不误，但要循序渐进一步步来。”刀疤脸说现在哪一行不用高新技术呀，人家对新技术可都是使用一代储备一代，细水长流吃遍天下，他们也得这么干。

“可那什么，呃，就靠那一台玩意儿，想通吃？”

“这你就不懂了，那台仪器的业务是可以不断扩展的。”刀疤脸说那玩意儿的原理据说是什么纠缠感应，不光能对付大象，也能用来对付美洲豹啦、华南虎啦那样的稀货，只要能弄到它们的DNA信息样本就可以摆弄出同样的效果。

刀疤脸越说越得意，他一副很在行的样子，说是新技术的开发要分步实施，这种对付大象的技术可以算是第一代，先物尽其用把货淘够，对付其他动物的技术再一代接着一代慢慢推出，保证吃饱了上顿还有下顿，到时候想不吃得肥头大耳都难。

“吃肥，吃，我现在饿了，咳。”黑人拍着肚子道。

“一说到吃你就有反应，真没劲，”刀疤脸有点扫兴，“不过，我也有点儿饿了。”说着话，他就起身拿吃的去了。

田二标算是大概听明白了，臭小子闭着眼睛瞎鼓捣，只顾拉车不看路，一不小心撞到人家的黑窝里去了。不过他不太相信刀疤脸添油加醋吹牛的话，儿子自己鼓捣的一台小仪器怎会有那么大的威力？而且他自己明明说实验是失败的，绑匪凭什么就认准了那是一台超级神器？这里面说不定有什么误会。要真是弄出了能隔空灭象的神器，儿子没拿到大奖，那些评审专家们可就太有眼无珠了。要是情况搞错了，害他这当老子的被绑到海底来，那臭小子就该得个“最佳坑爹奖”。

刀疤脸拿了吃食返回来，跟黑人边吃边闲聊，东拉西扯已不再说DNA纠缠仪的事了。

“我也很饿，要吃东西。”田二标开口提要求道。

“哟，这屁货醒了。”刀疤脸骂骂咧咧，给田二标解开了铐在座位扶手上的一只手，抓了点吃食塞在他手里，嘴里警告他说：“老实点儿，别乱动。”

田二标抓着食物一摸，就是两根小薯条一样的东西。他伸着手等了片刻，以为还会塞过来炸鸡块、汉堡包什么的，结果没等来吃食却等来了一句呵斥：“发什么驴呆，等老子伺候到你嘴里吗？”

嗯？这么一点吃食连塞牙缝都不够，喂鱼呢？！田二标抗议道：“这怎么够吃？”

“哟呵，不知好歹的东西，你想撑死啊？”刀疤脸骂他不知死活，说现在吃的是最新推出的潜海食品，想多吃就是想早死。“你以为是在吃点心吗？天天吃一堆拉一堆跟造粪机器没两样，这潜海食品可是量小营养足，一顿顶几顿，吃完了三五天都不用往外拉，当心吃多了胀死你个屁货。”

田二标气恼地一口一个，把两根薯条状的潜海食品塞进嘴里，匆匆一嚼便咽了下去。不管刀疤脸的话是真是假，他此刻都不会有心思品味什么新食品。

“给我来点水喝。”田二标又提要求。他手中没了食物，边说着话边下意识地用手去扯蒙眼的罩子。

“啪！”黑人见状一巴掌扇了过来，嘴里狠狠地咕哝道：“喝水！乱动，要不打扁你的头！”

“渴死你个屁货，这么多水不嚼出来就吞进肚子里了？活该！”刀疤脸抓起田二标的手，又重新铐在扶手上。

该死的匪徒！田二标心里暗暗骂道。不过，虽然他的脸被黑人那一巴掌打得火辣辣的痛，肚子却很快有了饱胀感，慢慢又迷迷糊糊地睡了过去。

“这家伙一直在睡觉吗？”大胡子的声音传来。又到换班时间了。

“他中间醒来过，吃完东西又睡了，”刀疤脸有点牢骚道，“他可以像猪一样睡了吃吃了睡，还是咱命苦，得在边上没日没夜伺候着。”

“哼！猪睡觉，我打醒他。”黑人以为大胡子有话要问田二标，抬起手又想扇过去。

大胡子连忙伸手制止，又挥挥手示意黑人休息去。黑人哈欠连连，起身离开。

“要睡就让他睡，总比醒着惹事好，”大胡子瞪了一眼刀疤脸说，“过两天你也可以找个猪圈想怎么睡就怎么睡，现在先熬着吧。”

“我不是不愿熬，以前淘货连着熬几个通宵的事咱没少干。”刀疤脸说这回他心里却总有点不踏实，现在的技术骗子到处都是，那DNA纠缠仪被吹得神乎其神但毕竟都是听来的，万一情报不准的话，让那小兔崽子从卫星上骗到海底下，到头来不是空欢喜一场吗？

“你懂个屁！那台仪器的神奇功效连小兔崽子自己都不知道，其实是咱们的人发现的。”大胡子一副成竹在胸的样子。

“这么说来，发明权是那小兔崽子的，发现权却属于咱们？”刀疤脸将信将疑道，“我怎么就不太明白呢。”

“你不明白的事多了，你以为头儿到处安排的眼线都是吃干饭的？”大胡子不无得意地说，广种必然多收，这回那仪器的秘密就是广撒网捞来的意外收获，他把事情的大致经过讲给刀疤脸听。

这个秘密的发现者不是别人，就是广州野生动物园的那个光头兽医。当然他也是隐藏在圈中已久的一个眼线，这些人对业界动态有着比狗鼻子还灵敏的嗅觉。当田也向他提出采集大象DNA样本的时候，他立刻就一个激灵，这不会也是要打象牙的主意吧？但他看着眼前这个青涩的毛头小子又觉得他不太像干这行的，一问才知道他只是个想搞什么科学探索实验的中学生，于是便慷慨应允帮他采血，反正抽的是大象的血又不是他自己身上的血。其实，光头兽医是留了一手的，他从田也毫无防范的介绍中已嗅出了点儿味道，那仪器可能会跟大象之间产生某种互动感应，说不定将来淘货时对远程追踪会有用。所以他告诉田也，实验一旦成功一定要告诉他，以后他会配合田也的后续实验，要是还想采集其他动物的血样，他也可以帮忙。他还鼓励田也说年轻人就是要敢想敢闯，傍上高技术才有高收入，别像他一样整天在大象的臭屁股后面转，穷得叮当响。

光头兽医虽然不懂DNA纠缠，但他还是把这个信息告诉了Lucy，以表明他这个眼线是对得起那点俸禄的。而且他不但向钱看还能向前看，连未来的动态他都探查到了。Lucy起初并不以为意，一个普通中学生的小发明成什么气候？她只应付光头兽医一句让他继续留意，对他提出的重赏要求未予理睬，不见兔子是不会撒鹰的。没想到光头兽医还真是走了狗屎运，田也的DNA纠缠仪升空没多久，那头大象就一命呜呼了，但此前没有一点病重不治的征兆。光头兽医起初很吃惊，他左思右想反复诊断也弄不明白大象的死因，后来他很快就意识到，这应该就是那台仪器的“杰作”。想到这个他又立刻向Lucy通报了情况，说他这样一个行走江湖多年的老兽医不会判断错。Lucy当然不会轻信他的一面之词，越是专业对口的家伙越会忽悠，很可能大象之死与仪器升空只是一个巧合，也说不定是光头兽医为了邀功领赏对那大象做了什么手脚，老兽医干这种事情肯定轻车熟路了。

就在光头兽医气得像困兽一样没招的时候，很快又有消息传来，说是远在南非那边几乎同一时间也有大象或病或亡。光头兽医立刻又嗅出了名堂，巧合之上再添巧合往往就不是巧合了，他通过同行一打听，广州这头大象正是从南非国家野生动物园引进的，而且更让人吃惊的是，这头暴毙的大象跟南非病亡的那些大象竟然都出自同一族系，它们之间说起来都算是堂兄弟、表姐妹这样的关系。

这下子光头兽医就像打了鸡血一样又兴奋起来，他觉得毫无疑问，这就是那台DNA纠缠仪对那个大象家族的七姑八姨“亲切问候”的结果。他仿佛看到了赏金就在眼前。你Lucy不是怀疑我老兽医做手脚吗？我就是有三头六臂也绝不可能跑到南非那边对一群大象同时下毒手，猪脑袋都该想明白这点。Lucy当然不是猪脑袋，她得知真相后比光头兽医更来精神，当即决定亲自出马，要先下手为强，抢在世人知晓真相前夺得那台仪器。

“哇，那光头兽医不是发大财了吗？”刀疤脸听完一脸嫉妒，刀疤都快皱成一根金条的模样了。

“别酸溜溜的，有你发财的时候，”大胡子抛出定心丸道，“头儿说了，等那台仪器到手，大家都有重赏。”

“这话我最爱听，等会儿你就多歇着吧。”刀疤脸的表情由酸到喜，他拍着胸脯说看管人质剩下的活计由他和黑人全包了，就算他眼睛熬出了血，屁股熬出了疮，也会坚守到大功告成之时，光头兽医就是他的榜样。

重赏之下不仅能生出勇气而且能生出耐力，接下来刀疤脸和黑人果然不再要大胡子参与轮流值班，两人忍着困乏大包大揽，仿佛眼前的田二标不仅是人质，更是一只会孵化金蛋的神仙老母鸡，只要到了时间便会孵出一坨坨金疙瘩来。他们已做好了熬出血、熬出疮的准备，然而还没等到眼睛熬红，Lucy就过来召集众人布置新任务了。

“该换个地方了，马上行动。”Lucy说一地不宜久留，是转移的时候了，顺便也要升空去催促一下田二标家人交仪器。

“好，这就准备浮出水面，”大胡子应声而起，他问道，“要向哪个方位移动？”

“往东边走，到永兴岛那边去凑凑热闹。”Lucy显然早已考虑好了，她说地面上现在正是大白天，三沙的省会那边天上飞的、水里跑的各式交通工具川流不息，没有比那里更好的隐蔽条件了。

Lucy接着又交代刀疤脸和黑人，说等会儿她跟田二标家人通话时，要见机行事，对方若是耍什么花招，那就给他们点颜色瞧瞧，不能只让他们听到田二标像猪一样的哼哼声。

“放心吧，头儿，”刀疤脸手掌一劈道，“到时候只要您一个手势，我立马让他们听到杀猪的叫声。”

田二标这会儿并没有入睡，他只是没出声、没动弹。绑匪们的对话他听得一清二楚，很快就要出水升空了，这些狡猾的家伙要在快速移动中再次联络他家人，万一要是谈得不顺畅，就要对他动刑伺候，这太可怕了。田二标越想越感到脊背发凉，臭小子千万别倔劲一上来，不肯利利索索交出那台仪器，那可就把他这个当爹的害惨了，绝对是太空级别的坑爹水平啊。

几个绑匪开始分头行动起来。潜水飞机一浮出水面，先是在海面上滑行了一阵子，接着就腾空而起朝东飞去。

田二标很快就真切感受到了恐怖降临。刀疤脸和黑人已经开始做行刑准备，一个家伙按住了他的肩和头，另一个家伙把他铐着的双手查验了一遍，嘴里还哼着“de，re，mi，fa，sol”扒拉了一下他的十指，老虎钳的咬合声音就在耳边。

机舱另一端，Lucy戴着耳机正在跟田二标家通话。田二标听不清楚她在说什么，他只是用力攥紧拳头，本能地抵御着将要遭受的酷刑。只要那边稍有动怒的声音传来，这边就会响起杀猪般的叫声。

时间一分一秒在流淌，惨剧随时都会发生。然而，那边始终没有传来动怒的声音。只听Lucy最后提高声音冷冷道：“就这么敲定了。如果敢跟我们耍阴招，这回当场先灭了田二标，下次还会轮到他儿子！收声吧！”

“便宜这屁货了。”刀疤脸边骂边在田二标的脑袋上不轻不重拍了一掌，就此松了手。谢天谢地，田二标长长松了口气，浑身绷紧的肌肉终于松弛下来。

飞机继续向东飞了一阵子，接着又故技重演开始盘旋，飞着飞着慢慢下降了高度，最后又是一头扎进了海里。在海底一停稳，Lucy再次把几个家伙召集到了一起。

“这波行情还不赖，明天就可以收货了。”Lucy说交货时间就定在次日中午12点，交接地点定在永乐岛那边，她要求对方用小型无人机前往交接，具体接货地点到时视情况而定，她会先让无人机东奔西窜乱飞一阵子，最后再找个让对方意想不到的场所接收仪器。

“是不是一手交货一手放人？”刀疤脸有点担忧。

“哪能干这么蠢的事？”Lucy白了刀疤脸一眼，说是要等东西到手并安全撤离之后再放人，到时候把人质随便丢在一个小岛上让他们自己找去。

“那也有很大风险呀，”刀疤脸说，“要是他们报了警，把永乐市围起来大搜捕就麻烦啦。”

“没那么容易围捕，”大胡子不以为然接过话道，“永乐市那么多大大小小的岛礁，他们哪儿能围得过来？”

“不，把人质留在永兴市这边。”Lucy说人质与赎物必须分开才安全，永兴岛跟永乐岛相隔几十海里，他们一下子找不到永兴这边的人质，就绝不敢在永乐那边动手围捕。

“高！头儿您这招实在是高。”刀疤脸使劲点头，不失时机恭维道。大胡子和黑人也都异口同声说这是妙招。

“都别拍马屁了，对方答应先交仪器后放人也是有条件的。”Lucy说对方要求在12点开始交货时，要通过视频看到活蹦乱跳的人质，所以到那时千万不能让田二标像死猪一样出现在镜头前，免得给他们拖延时间耍诡计找到借口。

紧接着，Lucy就具体布置行动计划。她要亲自去永乐岛那边接仪器，其他人都留在潜水飞机里，就在永兴岛这边转悠着待命，做好让人质视频通话的准备。她特别强调说，不接到她的指令绝对不准往外发电波信号，更不准主动跟她联络，暴露了目标不仅会引火烧身而且会使整个行动前功尽弃，要是谁因此坏了大事，谁就在撕票的同时干脆连自己也一起撕了，赏金到天堂领去。

要说Lucy也不简单，她干这一行还是蛮拼的。第二天一早她就钻进了挂在机身尾部的那个单人小潜水艇里，说是要早一点去永乐岛那边踩点准备。对接舱门临到关闭之前，她还特意叮嘱大胡子按计划行事，在对方交出仪器之前一定要确保人质这边不出意外。

再过几个小时就熬出头了，赏金就快到手了，而且在接下来的日子里还会财源滚滚来，绑匪们个个精神十足。Lucy走后没多久，大胡子便驾着潜水飞机在海底转悠起来，趴着不动的苍蝇很容易被拍死而动起来则难以扑杀，这道理谁都懂。按照行动计划，9点钟刚过，潜水飞机就浮出了水面，像一艘普通游艇一样很快混迹于穿梭往来的船舶中。不能让对方从视频中察觉到人质藏匿在海底世界，这是Lucy反复交代过的。

刀疤脸和黑人也没闲着，两人忙前忙后地围着田二标转，他们一改此前凶神恶煞的态度，嬉皮笑脸地伺候着人质，甚至还为他精心修面吹头，说是要让他风风光光地与家人团聚。

田二标明白绑匪葫芦里卖的什么药，他不喜也不悲，像个木偶一样任由他们摆布，只盼着快点挨过这段颠簸囚禁的时光，离开这个能飞天入海的移动囚笼。

这个囚笼眼下一直处在移动状态，它就在永兴岛附近的海面上游弋。刀疤脸抬头望了一眼机舱里的时钟，已经10点半了。“你家人很快就能见到你了，打起点精神来吧。”他今天已经不知对田二标说过多少次这句话了。

突然，田二标眉头紧皱、龇牙咧嘴，表情异常痛苦，整个身体都佝偻起来了。

“我……我……我肚子痛……”田二标大口喘着气，说话很吃力，两只手拼命想挣开手铐去捂肚子。

刀疤脸和黑人被这突如其来的一幕弄懵了，两个家伙一下都愣在那里不知所措。

“啊！啊——”田二标爆发出了痛苦的惨叫声，这种嚎叫也许正是绑匪们先前期盼听到的那种杀猪叫声。

第 4 章

巧救人质

就在前一天晚上，田二标家的客厅里灯火通明。

田大标的几个警察朋友也来了，他们还专门带了一个机器人辅警过来，据说它是案情分析的高手。如今这些绑匪也太猖狂了，绑人都绑到警察的亲弟弟头上来了，高科技时代也不能不把警察放在眼里吧？要是救不出人质，田大标还怎么有脸在警察圈里混？还是个月球警察呢，要真有嫦娥也会把他轰出月球的。众人都憋着一股劲，在紧张商议着营救行动方案。

“大标你要赶紧拍板，不管采用哪种办法，都要尽快赶到三沙省那边去做准备，最晚天一亮必须动身。”说话的是刘警官，他曾成功处理过一起月球游客遭绑架的案子。他说现在情况已经很明了，绑匪劫持着人质一直在永乐岛和永兴岛一带活动，交货地点也选定在那里，说明他们看中了三沙水域海阔凭鱼跃的遁匿条件。

有个警官提出疑问道：“交货地点虽然明确，人质会不会不在那边？”

“应该在那边。”刘警官分析说案发后当天田大标兄弟俩通话时，监测到的电波信号就来自永乐市附近。绑匪们也许会为了躲避电波追踪而带着田二标去三沙“一日游”，但这才刚刚过了两天，他们游完了把人质千里迢迢送回内陆之后，自己再折返回三沙拿仪器，这种迷惑伎俩的意义就不大了，因而“一日游”的可能性也不大。

“我同意刘警官的分析。”田大标开口说今天的通信信号来自永兴岛附近，绑匪押着人质应该就躲在那一带，他们刻意把明天的交接地点选在附近的永乐岛，两地若即若离，对他们来说可谓进退自如。至于营救行动方案，田大标表示请同事们即刻商定，不必由他来拍板，他作为人质的家人理当全力配合。

“那好，我把大家考虑的几个行动办法再归整一下。”刘警官说既要确保人质安全又不能让绑匪的阴谋得逞，那就只能先把仪器交给他们，等救出了人质再采取进一步行动。

刘警官说的第一种办法是，在DNA纠缠仪里面安装一个微型的射频追踪装置，待人质安全脱险后立刻跟踪追击，把仪器再夺回来。这是20多年前对付绑架勒索使用的老套路了，曾因此抓获了许多绑匪，但近年来有点失灵了。最典型的案例就是两年前发生在澳门的一起绑架勒索案，当时警方在装着赎金的箱子夹层里放置了一个小小的射频追踪器，本打算追查到绑匪的落脚点就立刻围捕。但绑匪拿到赎金后一直处在移动状态中，先是上港珠澳大桥溜到了香港，紧接着又换乘太空旅游巴士直奔月球，最后才在月球的一处大坑里停止了移动。月球警察们一接到通报立刻赶去抓捕，到那一看，哪儿有什么绑匪的影子，现场只留下了一个空箱子，箱子里还有一张纸条，那上面写着“对付高新技术不仅要动脑动手更要动动腿”，把一个警察气得当场抓起一块月石把那追踪器给砸了。

然而，这回情况不同。刘警官说绑匪索要的就是一台仪器，他们绝不能把整台仪器丢弃掉，所以这个老办法还是可以试一试的。但要巧妙安装，让追踪器看上去就像仪器的一个元器件一样。

“这没问题，我很容易就能把它连在仪器的线路上。”田也插话说。

“这个办法嘛也许有用，但人质的安全是有风险的。”机器人辅警慢条斯理地开口了。它说射频追踪装置如今已不算什么复杂技术了，就连一些女士的坤包里都嵌有，包包不见了很快便能找到。所以监测出这种装置一点儿也不难，万一人质尚未获释就被绑匪识破的话，那就有危险了。机器人辅警建议先不考虑这个老办法，它说：“过去的剩饭再炒也炒不出新花样，还是用点别的招吧。”

刘警官说的另一种办法是，利用小型无人机进行追踪，在交货后对接货人进行自动跟踪，可以一直跟着人找到他们的落脚点，绑匪要求明天交货用无人机，正好可以将计就计。

“不行不行，”田也一听就着急道，“那不是打草惊蛇吗？绑匪头顶上跟着一架无人机怎么会察觉不到？那我爸会很危险的。”

“那倒不至于。”刘警官笑笑说这种无人机在交货后会甩出一个像小飞鸟一样的电子跟踪器，在百十米开外的空中悄悄尾随着接货人，一般是很难被发现的。而且这种电子飞鸟在一开始时就能用所谓的“步态识别技术”准确锁定目标，它能把接货人的体形体貌比例，尤其是头颅特征形成的综合数据作为跟踪依据，目标一旦被锁定便很难被甩脱，即使接货人混进人群中、钻进海里去也休想溜之大吉。

“当然了，绑匪要是玩调包计就另当别论了。”刘警官接着说，以前他就碰到过这种事。有一次他们用电子小飞鸟跟踪一个贩毒集团的接货人，想跟到其窝点来个一网打尽，结果那家伙拎着装有毒品的袋子半路上进了一家商场，出来后仍拎着袋子一直被跟踪到了其住所，警察们很快就赶过去冲进屋里找到了那个袋子，里面却装的是一堆方便面，那家伙反倒抗议警察乱闯民宅。

“用小飞鸟的办法是可以考虑的，白璧微瑕嘛。”机器人辅警说世上没有十全十美的高新技术，也从来没有万无一失的营救手段，只要人质能安然脱险，接下来的追踪行动有点闪失也不要紧，大不了就让绑匪先把那台DNA纠缠仪拿去用一段时间，晚点再夺回来就是了。

让绑匪先用一段时间？这说得可太轻巧了。田也心想，老师曾经说过，像DNA纠缠这样的新技术问世之初很难一下子被人理解，这话看来蛮有道理。除了英拉那样的圈中人，大部分人都是站着说话不腰疼的，大概都以为那是一台游戏机，让人先玩一玩又有何妨。

“能不能尽快找到我爸，先把他救出来再说，”田也心有不甘道，“那样的话，就不用再把仪器交给那些坏人了。”

“先找到你爸？时间这么紧怎么可能啊！”田大标说绑匪跟他通话的过程中一直处在移动状态，通完几分钟话就失去了踪迹，永兴岛周围可是广阔无垠的水域，他们随便在水里找个旮旯一躲谁也难找到。

“要是能让他们自己从暗处走到明处就好了。”有个警察话中带着遗憾道。

“对了大伯，您上回在月球上肚子负伤的时候，我爸同时也肚痛难忍，”田也忽然想起了这事，他说，“坏人现在还没拿到仪器，我爸要是突发病痛，他们总不能看着不管吧。”

“是啊，那回田老板可是疼得死去活来不省人事，把我们都吓坏了。”田也老爸的保镖也在一旁帮腔。

“哦，有这种事？”刘警官看了田大标一眼，得到了肯定的眼神后，又转向田也道，“你的意思是说，要让这一幕重现？”

“反正我就觉得这样也许能找到我爸。”

田也的话音一落，客厅里陷入一阵沉默，仿佛有个消音器突然开启了。大家都在静静琢磨着田也的话，谁也没想过这起绑架案会有不寻常的一面，警察们干一辈子也不太可能碰到这种小概率事件。就连机器人辅警也一声不吭，估计它的后台数据库里也找不到类似的案例。

过了一会儿，刘警官打破了沉默，他难抑兴奋之情道："这一下子点醒我了，这可是个好主意呀，不干白不干。"他说干成功就等于提前救出了人质，后面就不存在交仪器的问题了，干不成也无伤大雅，再用小飞鸟那招接着干，这实际上相当于梯次行动。

对呀！包括田大标在内的几个警察像是会诊疑难杂症时突然找到了解药一样兴奋，都认为听来听去还是这样梯次行动更靠谱。

刘警官抬腕看了一下时间说："那好，我们现在就按这个思路来布置，只是大标要受点苦了。"

"要是这样的话，就照我肚子上再来一刀呗。"田大标说怕挨刀他就不必当警察了，这点皮肉之苦算不了什么。

"不用再挨刀了，有药片可以替代。"机器人辅警说药片造成的疼痛效果跟捅一刀没什么区别。

不管是挨刀也好吃药也好，都不影响行动方案的商定。

天刚蒙蒙亮，刘警官就带着人直扑三沙省而去，保镖救主心切也跟着一起去了。

警察们走后，田也坐立不安起来。一想到大伯马上又要经历一次活受罪的痛苦，他心里很不是滋味。"大伯，您等会少吃点儿药，意思一下就行了，千万别搞坏了自己身体。"他劝嘱田大标道。

"放心吧，"田大标反过来宽慰侄儿道，"上次被歹徒捅一刀都挺过来了，这回有医生到场掌控着，小事一桩。"

医生不到10点钟就到了，他要田大标在沙发上坐好，利索地在他的左手拇指上套上一个传感器，调试好旁边的生命指征监护器，然后又拿出一个装着药片的小瓶子来。他告诉田大标，吃两片就够了，吃进去一两分钟后就会见效。

10点半了，商定的行动时间刚一到，医生的手持设备上就准时传来了信息。

“好，三沙那边已经准备就绪，我们开始吧。”医生说着话，就拧开了药瓶盖子。

田大标见状一把就抓过药瓶，还没等医生反应过来，就从里面倒出四粒药片，一下就塞进了嘴里。

“大伯，您……”田也目瞪口呆。

“既然出手了，就狠一点吧，反正有医生在场。”田大标吞下药片，顺手抓过旁边准备好的一条毛巾，咬着。

“疼痛会翻倍加剧的，挺不住你就摆手示意我。”医生眼看着已无可挽回，只好做救助准备了。

永兴岛附近海面上，潜水飞机依然在游弋。

大胡子在驾驶舱里听到了田二标杀猪般的惨叫，他立刻减速刹车，打开船舶故障灯，让潜水飞机在水面上无动力漂浮着，自己跑到后舱查看。

“出什么事了？你们怎么敢擅自动刑？”大胡子气呼呼地嚷道。

“我们可是一根指头都没动他的，刚才他还好好的。”刀疤脸一副受了大冤屈的样子。

田二标的叫声忽高忽低，他耷拉着脑袋，疼得满头大汗，脸色苍白。

“快，快把他的铐子解开。”大胡子边说话边动手，与刀疤脸一边一个帮田二标解开手铐，扶他躺在机舱的地板上，田二标汗涔涔的双手冰凉。

刀疤脸看看大胡子，又看看黑人，似乎疑心重重，嘴里嘟囔说：“他不会是装出来的吧，一直都没屁事怎么突然就闹肚疼了？”

“哼！他敢装病，看我收拾他。”黑人说着话抬起脚就要踹过去。

“混蛋！”大胡子厉声喝止了黑人。他立即俯下身去，扳开田二标的手撩开他的衣服，用手一摸便感觉到，田二标的肚皮硬邦邦的。大胡子直起身盯着刀疤脸道：“哼！你们给我装装看，谁没事能把肚皮绷得像木板一样硬？”

“呀，这屁货真的突发重病啦？”刀疤脸望着在痛苦中挣扎的田二标，担忧道，“赶快报告头儿吧，要是出了大事咱可兜不了。”

“你想找死啊，”大胡子瞪了一眼刀疤脸道，“暴露了目标，你脑袋掉了更兜不了。”

田二标痛苦的叫声慢慢变成了轻微的呻吟，挣扎扭动的幅度也越来越弱，很像是断气前最后的喘息。

“快想办法吧，可别让他就这么断了气。”刀疤脸说人质一完蛋，后果很严重，那台仪器就拿不到了，白花花的银子也就彻底泡汤了。

“废话，我也不想让他现在就咽气。”大胡子再次俯下身去查看了一下奄奄一息的田二标，口气软下来道，“可是头儿走前有交代，要我们按计划行事。”

“那也要把人救活再说呀，人一死腿一蹬还能行什么事？”

“你说得轻巧，以为急病救治跟掰着指头数钱一样容易吗？”

“那就赶紧把人送到医院去吧，”刀疤脸出主意说，“咱这飞机不是也能变身救护车吗？先拉去救了这屁货的命，再拉回来就是了。”

“也不知附近的医院在哪里，拉到岛上去要是引起人怀疑怎么办？”

“哎哟，去医院又不是去警察局，别草木皆兵的。”刀疤脸边说话边麻利地拿出手持设备开始搜索，不一会儿他又开口道，“永兴岛上只查到一家中心医院，别看这个省会城市挺繁华但陆地面积并不大，寸土寸金，估计也就只有这一家医院。”

“就怕一登陆会惹出什么麻烦事来，”大胡子犹犹豫豫道，“咱们这样自作主张，头儿要是怪罪下来怎么交代？”

“别再犹豫了，将在外君命有所不受，”刀疤脸知道怪罪也怪罪不到自己头上来，他故意刺激大胡子道，“这点儿事前怕狼后怕虎的，等会儿耽误了人质的视频通话才是更大的麻烦事呢。”

大胡子跟刀疤脸正紧张商议着，黑人突然猛叫道：“啊，吐了，要死啦。”两人低头一看，田二标口吐白沫，脑袋已无力地歪向一边。

“快，你们先给他吸点氧气顶着，马上就去医院。”大胡子边说话边朝驾驶舱奔去。

此刻，刘警官也在一个驾驶舱里。他正坐在永兴市中心医院住院部楼顶的一架直升机里，从这里俯瞰，楼下斜对面急诊部门口的情况一目了然。

中心医院的建筑规模并不大，主要原因还不是刀疤脸说的寸土寸金，而是如今医疗体系的运作已实现了网络化全覆盖，社区诊疗和家庭病房全都连着中心医院，整个城市已经连成了一张资源共享的庞大医疗网，无须再建第二家医院。所以永兴市中心医院也就只由五六幢并不高大的建筑物组成，外围栽种着一圈棕榈树，象征性地隔出了医院的区域范围，医院内的道路也跟四通八达的市政公路连通着。

急诊部门口的马路上，不断有各种车辆驶过，也不时有救护车驶来，停下车运出里面的病人便很快离去。田二标的保镖就在十来米开外盯着，他坐在一棵棕榈树下的休息长椅上，看似悠闲地戴着耳机在摆弄手持设备，实则通过树上的一个摄像头在自己的屏幕上观察着周围的一举一动，从救护车里抬下来的病人长什么模样都逃不过他的眼睛。

救护车一辆辆开过来又开走，保镖一次次把镜头推近对准病人，却一直没见到田老板的身影。有些病人在担架上俯卧或侧卧，他看不清就会立刻起身快步趋前察看，结果都不是他非常熟悉的田二标。11点钟已经过了，目标还是没有出现。不一会儿，又一辆救护车驶过来停下，放下一个身着白大褂的医生就迅速开走了。那医生下车后在路边东张西望了片刻，便走进了急诊部。除此之外，再没发现任何异常情况。

保镖抬头看了看住院部楼顶那架直升机，压低声音说："一点动静都没有，会不会判断有误，人质跟接货人都在永乐岛那边？"

"再等一等，守株待兔的前提是有耐心。"刘警官说永乐岛那边也做了部署同样没发现目标，他觉得还是永兴岛这边的可能性更大。

"会不会两边……"保镖本想说会不会两边都扑空而是去了其他地方。因为附近的中建岛、和五岛上面也都是有医院的。话还没说完，忽然，他眼睛的余光发现了新情况，于是立马改口道："好，那我继续蹲守。"

远远地，他看见两个人一前一后推拉着一台担架车在马路上狂奔过来。这是哪家救护机构这么缺德，以为担架车是坦克可以在大马路上横冲直撞？且不说病人被颠得难受，万一被机动车碰一碰，恐怕病人都不需要再抢救了，直接推进太平间就得了。

等担架车稍近一点，保镖隐隐约约感觉到，那上面躺着的病人有点像田老板。他连忙把镜头推近，一看猛然打了个激灵，虽然病人的嘴巴和鼻子上套着一个吸氧的小面罩，眼睛也被黑布蒙着，但还是能看出担架上的病人就是田二标。

"目标出现了，就在马路上！"保镖言简意赅地向刘警官报告，声音虽然不大，却很激动。

"你能确定躺在上面的人就是田二标吗？"刘警官显然也已注意到了那辆担架车。

“错不了，田老板就是化装成了外星人我都认得出来。”

保镖说着话，见担架车已到了急诊部门前，就要九十度转弯朝大门方向推去，他立刻收起手持设备起身，等不及刘警官下令就快步跟了上去，尾随着担架车走向急诊部的大门。

“注意！目标担架车，即将进入急诊部。立刻实施抓捕，救出人质。”刘警官见保镖行动起来，马上就向埋伏在周围的同事下达了行动命令。

说来也怪，那两个推拉担架车的家伙一点也不惊慌，他们把病人推进了急诊部的大厅就停下了脚步，似乎在等着来人接诊。就在这时，迎面走过来两个身穿白大褂、模样像医生的人，一左一右迅速接近担架车，其中一人向尾随在担架车后面的保镖使了个眼色。保镖早已按捺不住了，他一个饿虎抢食动作就向后面推车的那货猛扑过去，没两下就把他制服在地。与此同时，在前面拉车的人也被扮成医生的两个警察三下五除二就擒住了。

那两个家伙不知是被吓着了还是被弄疼了，像是突然遭到恐袭一样大喊大叫起来，那种叫声比杀猪叫也好听不到哪儿去。他们这一喊一叫把大厅里的人惊得四散逃开，连医护人员也被吓得到处乱跑，保镖看见一个身穿白大褂的刀疤脸医生撒腿冲出了大门。他心里还在纳闷，那个医生胆小如鼠，怎么干得了急诊抢救工作？

刘警官也很快赶了过来。大获全胜，他非常高兴。这招多妙啊，人质顺利得救，绑匪一举擒获，孪生兄弟之间罕见的感应现象确实值得认真研究。他一面吩咐人紧急救治田二标，一面打电话向广州那边通报喜讯，免得田大标嫌疼得不够继续自残，那可就白受罪了。

简单的行动收尾工作一完，刘警官就向急诊部借了一间休息室，跟几个人一起抓紧时间突击审讯那两个绑匪。

“老实交代吧，你们是什么人？”

“我们……我们是渔民呀。”一个稍胖些的家伙回答。

有个警察走近两人身边，用手持设备采集了他们的指纹信息，查询结果显示，这两个人的确是永兴岛当地的渔民。

“说一说你们为什么要绑架人质？”

“绑架？天哪，我们冤枉啊。”另一个瘦一点的渔民立刻声泪俱下。他说他们在海边收拾渔具，有一辆救护车开过来，请他们帮忙送病人去医院急救，他们觉得救人一命是积德行善的事，于是二话不说就上了救护车。坐进车里两个人你看我我看你，都感到很奇怪，车上有一个穿白大褂的医生，还有一个黑人，却只有一个病人躺在担架上，这么点儿事人手足够了，怎么还要人帮忙？后来车就开到了医院，在急诊部门口停了下来，那个医生自己一个人下了车，说是进去联系一下。这下两个渔民就更不明就里了，病人已拉到急诊部了，怎么还要先去联系？这又不是卖鱼，要等联系好买主肯接收了再卸货。接下来，救护车在外围兜了一圈又开回了医院，但这回没开到急诊部而在老远的地方停下了。那个黑人要他们帮着把担架车连同病人一起抬了下来，然后塞给他们俩一把钱，说是请他们把病人送到急诊部去抢救，医生已经在那里等着了。黑人说完也不管两人是否答应，就径自上了车扬尘而去。两个渔民越想越不对劲，但看着担架上奄奄一息的病人，暂时也顾不得多考虑，救人要紧，他们就一路小跑推拉着担架车来到了急诊部，谁料到进了大厅还没搞清东南西北就被这里的医生狠狠地撂倒在地了，揍得还生疼。

“真是人心不古了。”胖渔民年岁大些，他接过话说以前听说病人倒在马路上没人敢上前搀扶，都怕好心没好报被人讹上。现在倒好，不良风气不但死灰复燃，还愈演愈烈了，送病人来医院要挨医生一顿猛揍，还要被诬陷绑架，这比过去被人讹点钱厉害多了。

“揍你的不是医生，等会儿我再向你道歉，”保镖回了胖渔民一句，又转向年轻的瘦渔民道，“你刚才说的那个先下车来联系的医生，是不是脸上有一块刀疤？”

“对呀对呀，那医生就是个刀疤脸。”

“我去追，我刚才看见他了。”保镖说着话站起了身，就要往外走。

“算了吧，他不会这么久还等着你去抓，”刘警官摆摆手，叹口气骂道，“这些该死的绑匪比狐狸还狡猾。”

刘警官说得没错，已经太晚了。就在保镖和警察对两个渔民动手的时候，躲在旁边的刀疤脸一看情况不对，立刻就趁乱逃出了急诊部。很快，一辆救护车急驰而来，刀疤脸手忙脚乱拉开车门还没在副驾驶座位上落座，车就一溜烟离开了。在附近值守的警察也丝毫不会对这一幕产生怀疑，救护车来接医生出诊再正常不过了，人走得急车更急，那是为了争分夺秒去救人。

“上当了！”刀疤脸惊魂未定，一坐进车里就气喘吁吁地对开着车的大胡子说，“咱们让人给耍了。”

“什么？你是说人质出事了？”大胡子猛一听手脚一哆嗦，救护车也跟着晃荡了一下。他这会儿有点心惊胆战，宁可听到人质死了也不愿听到人质溜了的消息，死了是天灾，溜了可是人祸。

“人质已经……已经被人救走了。”

“混蛋！我毙了你！”大胡子一个急刹车把救护车停在了路边，掏出一把手枪顶住了刀疤脸的脑袋。

“别，别，咱不是都没估计到那屁货会装病吗？”刀疤脸想要表达的真实意思是，我当时就看出了人质是装病而且特意提醒了，可你大胡子偏偏不信，出了事反倒来怪我。

黑人不知道前面驾驶室里发生了什么事，他在后面把驾驶室拍得“嘭嘭”响，这样把车随便停在路上太不安全了，不是召来警察找死吗？大胡子收起了枪，救护车继续前进。

“都是你这混蛋出的馊主意，非要把人送到医院去不可，自己还先进去踩了点说急诊部很安全，这下看你怎么交代！”大胡子要刀疤脸立刻向Lucy报告突发情况。

“我再也不敢乱说乱动了，”刀疤脸诚惶诚恐道，“头儿说了，不准主动跟她联系，暴露了目标我可吃罪不起。”

“人质已经没了还有什么目标？头儿那边现在很危险，”大胡子威胁说，“她要是有个三长两短，根本用不着我动手，你脑袋肯定要搬家。”

“还是您……您亲自给她打电话吧，咱不能越级行事不是？”

“你打不打？”大胡子开车盯着前方，手上抬起来的枪口却对准了刀疤脸的头。

“好好，我来打，咱一起听。”刀疤脸开启了电话免提功能，这种比报丧还要苦的差事无论如何都要拉着大胡子一起垫背，搞不好Lucy一怒之下会动杀机，他可不想自己一个人扛，去当冤大头当替死鬼。

此刻，Lucy正站在永乐岛的一座连接岛屿的跨海桥上，她准备在那里迎接载着仪器的无人机。一接到刀疤脸的电话，她果然怒火满腔，传进电话里的声音透着阴森森的杀气：“你真是胆大包天，是想临死前让我听你几句遗言吗？”

“不……不……不是我要给您打电话，是……是……”刀疤脸一边吞吞吐吐，一边侧过头斜眼望向大胡子，但他看到的是又一次举起来的枪口。

“不会说话就快闭嘴，让大胡子来说。”Lucy这时候自然不会有一点耐心。

“头儿，出事了。”大胡子不得不放下手里的枪，把这边发生的事三言两语说给Lucy听，接着又自我检讨，说他千不该万不该，不该听信刀疤脸的馊主意。

“一群废物！不想死就赶紧撤！”Lucy没听完就暴怒了。她说完这话，毫不犹豫地就把手持设备扔进了海里。

第
5
章

追杀在继续

田二标总算平安回到了广州，田也妈也出院回了家，一家人劫后团聚自是唏嘘不已。二标跟大标兄弟俩一起肚痛，共同承受苦肉计，更是感慨万千。

“大难不死，今天要好好喝几杯。”田二标说是要压压惊。

“要的要的，肚子疼了半天也该活活血化化瘀。”田大标积极响应。

田也妈已做了准备，大家到餐厅一落座，她就拿出一瓶“灶神酒”，给大标二标兄弟俩分别斟上。

“哟，这可是外星酒呀。”田大标从田也妈手中要过酒瓶仔细端详，他说他对这种稀世的外星酒早有所闻却从未见过，没想到今天终于有口福了。

田也说他也没喝过外星酒，也想尝一尝。

“你小孩子就别掺和了，多吃点菜。”田二标摆出了当爹的威严。

大伯见侄儿把嘴巴噘得可以挂酒瓶了，便对他呵呵一笑道：“你要是能说出这种灶神酒的由来，我这杯酒就归你了。”

没吃过猪肉还没见过猪跑吗？田也对外星酒的情况还是略知一二的。他最熟悉的就是“吴刚牌”桂花酒，网络上播放过很多广告，这种外星酒说起来一点也不神秘，其实就是普通的桂花酒，只不过它是在月球上酿制出来的。灶神酒的来历他也听说过，这种米酒跟那颗名为“灶神星”的小行星有关。那“灶神星”是太阳系小行星带中的第二大星体，人们在那里发现了地下水，后来有人就把那里的水运了些回来，用这种水浸泡过的米酿酒，便有了灶神酒。

“灶神星的水奇货可居，灶神酒是稀世珍品。”田也回答得很简练。

“哦，总结得挺精辟，那我一言既出驷马难追。”田大标笑着把自己面前的酒杯端给田也。

“大伯总是处处惯着你。”田也妈乐呵呵地又拿了个酒杯给田大标再斟满。

田二标对儿子道：“还不赶紧敬你大伯一杯，要不是他费神又受罪，我这回就被你坑惨了。”

“可别这么说，孩子搞点科学探索，咱当长辈的陪着受点苦也是值得的。”田大标轻轻摇头道。他筷子上正夹着一块“黑苦瓜”，这是近年来新问世的一种降糖蔬菜。

“什么探索？那也不能瞄着黑色市场干呀。”二标不认同大标的话。探索点别的东西不好吗，什么人脑思维识读术啦、动物光合作用啦之类的，偏偏要去鼓捣隔空灭大象的仪器，要去当象牙贩子吗？

“我没有，我是想做DNA纠缠实验。”田也辩解说。

“臭小子还嘴硬？”田二标瞪着儿子说，“那些绑匪就是象牙贩子，要不然他们哪儿会不择手段来抢夺仪器。”

“我也搞不清是怎么回事，到现在还没想通，”田也咕哝说，“当初我靠人工智能进行辅助设计，谁知道会出现什么偏差。”

“你自己鼓捣出来的玩意儿自己不知道？”田二标不满道，“我都听绑匪说得很清楚了，那仪器就是杀象偷象牙用的。”

“不是这么个理，我做的是一把普通菜刀，他要用来杀人，总不能说我是专造凶器的吧？”大伯替侄儿鸣了不平，又打圆场说不管怎么讲，田也这回功不可没，在关键时刻想出了救人的好点子，连刘警官这样的职业高手都一个劲儿夸奖呢。

一提到刘警官，田大标马上就想起了他的一再叮嘱。“不过这事还没完，”伯父呷了口酒对侄儿说，“绑匪一个也没抓住，危险还没有解除，你这阵子千万不要出门。”

“我不，我要尽快见到汪芸姐姐，要搞清楚那仪器为什么能杀大象。”

“见什么汪芸姐姐，你出去是找死！”田二标厉声道，“这几天不准迈出家门一步。”

“我就要去，我还要上学呢，不能无故旷课。”田也的倔劲上来了。

“你敢！”田二标把酒杯使劲往桌上一磕，又朝着门口喊了一声。

保镖很快就进来了。田二标当场向他交代说安全第一，要他从即日起盯着田也，不准他出门，也不准跟外界联系，把他的手机以及家里的电话、网络都控制起来。

“明白了，老板。”保镖应声而去。

“我抗议！你们这是限制人身自由，是绑匪干的事！”田也站起身大声嚷嚷。

“也儿啊，你就听你大伯和你爸的话吧，这都是为你好。”田也妈叹了口气劝儿子道，“你爸刚死里逃生了一回，你要是又有个什么闪失，我再进医院就不一定能出来了。”

田也不再吭声，他端起满满一杯灶神酒，脖子一仰把酒全倒进了嘴里。

田大标的假期很快就结束了，临走前他又来到弟弟家，问了田也这几天的情况。田二标回答说没什么特别动静，整天躲在屋里看看书、睡睡觉，没让他跟外面有任何联系，现在还是要安全第一。

“要不我把他带到月球上待几天吧，”大标对弟弟说，“他一个阳光小伙总宅在家里怪难受的。”

“算啦。”二标想了一下回应哥哥道。他说如今的月球已经不是嫦娥寂寞的年代，地月穿梭巴士日夜不停地来来往往，绑匪要追过去一点都不难，所以月球也不是什么庇护所。“再说了，你工作也很忙，总不能把他捆在身上走哪儿带哪儿吧？”田二标说。

“那倒也是，”田大标微微颔首道，“但这样下去总不是个办法。”他建议松紧适度，说让田也跟外界有点儿接触未必是坏事，刘警官他们也说过，早点引出绑匪把他们一举抓获就早点解决问题，这比乌龟不露头的办法更主动。

“你放心回去上班吧，我会见机行事的。”田二标不置可否。

田大标返回月球以后，时不时会打个电话来询问一下情况。侄子被禁闭在家中，他这个伯父很难放得下心。“该松绑时还是要松一松的。”他电话里又表达了这个想法。

好多天过去了，里里外外似乎没什么异常风声，田二标觉得哥哥松紧适度的建议有道理，他决定让儿子去学校上课。当然了，保镖是要跟着出动的，人一出家门就护送到学校门口，一放学就把人接回家里，像小毛孩子上学由家长接送一样。

这样的日子刚过了两天，田也就不干了。他说同学们都笑得喷饮料了，他这么大了还跟小屁孩似的，整天上学放学让人形影不离地陪着，这上的是幼儿园。

“你别不识好歹，那是保护你。”田二标没好气地说。

“我不要这样的保护，我知道怎么对付绑匪。”田也说坏人动手跟钓鱼一样总要先耍点花样再下钩子，只要立场坚定不咬钩不上当，他们就无可奈何。

“你真是不知深浅，以为暴力劫持也跟网络诈骗一样，只要不贪便宜就可以避免吗？”田二标说，“我到茶楼去喝茶，咬谁的钩上谁的当了？还不是照样被人绑走了。”

“茶楼的包房那是阳光下的阴暗角落，你们是自投罗网，”田也不服道，“我上学放学途经的都是人流量很大的街道，谅坏人也不敢在光天化日之下直接绑人。”

儿子说的不无道理，那天在茶楼要是没进包间就不至于在众目睽睽下被劫走，就算绑匪胆大包天也休想公然绑着人质逃出广州，还真的就是祸起“阳光下的阴暗角落”，神不知鬼不觉让恶人得手了。田二标想到这点没再斥责儿子，他答应田也改变一下保护措施，内紧外松。

从第二天起，保镖就不再对田也贴身紧逼了，而是拉开距离一路尾随，远远盯着，同时也把田也的手机还给了他，一切似乎都重新回到了原来的生活轨道。

田也好多天没用过手持设备了，都是那些可恶的绑匪害得他脱离了网络世界，几乎过着与世隔绝的软禁生活。这些日子，他就像一条鱼突然被拎出了水面，让他生出一种从未有过的窒息感。开启手持设备，田也仿佛鱼儿重新扑进了久违的大海。果然是如隔三秋呀，如今社会各方面的热点变幻比走马灯还快，一不留神就被浪潮甩在了后头。这不，网上有一些熟悉的狐朋狗友在热议“魔拍神器”，他不知所云连一句话都插不上。难怪呢，前两天课间也有同学嘴里总是魔拍长魔拍短的，他起初以为说的是新型照相器材什么的，他听了好半天，才明白似乎跟拍照沾不上边，才忽然觉得自己有点像初到地球的外星人了。

“魔拍神器”是什么玩意儿，田也很快就弄明白了。那是一种新型的乒乓球拍。确切说来，是日本人研制出来的一种高度智能化的球拍，因其在打球过程中能有效助人一臂之力，所以被称为“神器”。要说这“魔拍神器”的来历，那在很大程度上是源于中国一直称霸乒乓球界。谁都知道，中国选手称霸国际乒坛已快整整一个世纪了，只要有中国选手参加的比赛其他国家的选手就很难拿冠军，这种状况天长日久确实让他国选手很不舒服。日本人当然也很郁闷，正常比赛咱玩不过中国人，那就给球拍增加技术含量，不管用什么办法打赢中国选手都堪称成功，总比看着一家独大的局面要爽。于是，日本人精心打造的这种“魔拍神器”终于问世了。

据说那魔拍里面既有感应装置又有动力装置，在打球时能准确判断出对方来球的各项运动参数，并迅速形成迎球回击的最佳办法，该推挡就推挡，该切削就切削，该抽杀就抽杀，通过球拍的自动变换引导握拍者做出各种击球动作。体验过魔拍的人对其威力无不称奇，乒乓高手们用起来更觉得如虎添翼，其准确的动作引领能把击球失误率降到极低水平，令对手防不胜防。初学者也觉得打起球来如有神助，就像有个无形的高级教练手把手时刻在做动作指导。

真有这样神奇的魔拍吗？田也在全年级的乒乓球比赛中是拿过亚军的，好歹也算得上是个业余高手，他对同桌同学“胖胖”的一番吹嘘性介绍将信将疑。

“你不相信？我前几天已经去玩过一次了。”胖胖说离学校不远的一家健身馆就引进了这种魔拍，人家那两天还特意请来了一位刚退役的国手坐镇，结果顾客不用魔拍谁也敌不过那国手，用了魔拍可就不一样了，不少人都打得那国手招架不住。“你敢不敢打个赌？”胖胖很自信道，“别看你是全年级数一数二的高手，我这个水平一般般的低手照样能灭了你。”

“呵，我打不过国手还打不过你吗？说吧，怎么赌？”田也心想胖胖打球笨手笨脚的，居然不自量力敢提出挑战，他倒要见识一下那魔拍究竟有多牛。

“嗯……这样吧，”胖胖环顾四下，压低声音说，“要是你输了，下星期数学测试的时候……哈，你知道的。”

“今天就去比试比试。”田也正想找机会运动一下，发泄一番，在家憋了那么久，接着又过了几天家校家里“两点一线”的生活，不锻炼不出汗都快变成机器人了。两个小伙伴商定，下午放学后直奔那家健身馆而去。

数学老师最烦人了，总是赶在人家有事的时候布置一堆作业。今天也是，下午最后一堂课又抛出几道绞杀脑细胞的习题，要求做完才可以放学。田也倒是利索，几乎在下课铃声响起的同时做完了习题。他侧头一看，胖胖急得抓耳挠腮，眼睛盯着题目像盯着怪物一样无从下手。“动作快点啊，我出去等你。”田也低声咕哝一句，顺手把自己的作业本推向胖胖那边，起身走出了教室。

下课放学就像刚打完仗撤出战场一样，让人倍感轻松。叽叽喳喳欢蹦乱跳的同学们，一波一波向校门口方向移动，很多人边走边接打电话。田也忽然想起，该给英拉打个电话了，DNA纠缠仪招惹的麻烦愈演愈烈且没完没了，自己这个“始作俑者”还依然不明就里，家人和警察应对起来都很被动，也许汪芸和英拉那边已经找出原因了。

“哎哟，田也，你终于开机了。”田也一拨通英拉的电话，还没来得及叫一声“阿姨好”，英拉就数落开了，她说玩失踪躲猫猫也要先打个招呼不是，失联这么些天多耽误事。

“我……我前段时间……”田也一开口解释才意识到，失踪一事哪能三言两语说得清楚，于是改口道，“汪芸姐姐回来了吗？”

“我一直打电话想找你，就是为这事。”英拉说，“汪博士前阵子回来了一下，但很快又走了。”

“啊！怎么又走了？”田也遗憾中依然抱着希望，“她对那台仪器有什么说法？”

“她的飞天培训还没结束，只是中途回来休息几天。”英拉说汪芸很关注这件事，并且认真研究过。她告诉田也，汪芸本来想请田也带着仪器去一趟香港做些测试，但联系不上只好作罢。不过，汪芸跟英拉商量后很快就想出了另一个途径。海洋公园那两头大象也结结实实中了那仪器的招，从它们身上入手可以找到受害的原因，这样也可以大致推测出DNA纠缠仪的致害机理。

“哇，你们真是破案高手，”田也精神一振，“得出结论了吗？”

胖胖气喘吁吁来到田也眼前，见他低着脑袋还在打电话，便轻轻捅了捅他，比比画画示意他时间不早了赶紧开路。田也抬头瞪了胖胖一眼，面露不满之色。这电话谈的可是天大的正事，什么狗屁魔拍神器，不玩也罢。

“汪博士可能已有了基本判断，但还要跟你当面沟通确证，”英拉接着话锋一转，显然不想往下说了，“等汪博士下次回来再说吧，先这样好吗？”

“英拉阿姨，能不能先告诉我个大概情况呀？”田也心有不甘。汪芸下次回来不知要等到什么时候，万一再错过了，说不定她就启程飞天了，她要去的诺苏号空间站可是远在太阳系的边上，没有一年半载的工夫哪能回得来哟。

英拉说那仪器致害的原因可能跟DNA结构有关，非一两句话说得清道得明。“我现在没时间多谈。”英拉说她刚刚抵达印尼爪哇岛附近的海面上，马上就要潜入海里执行公务，来不及多说。田也很不情愿地道了别。他收起电话，推了一把正在发愣的胖胖，抬腿向校门外走去。

田也像往常一样，跨出校门便习惯性地右转，那是回家的方向。“往这边。”胖胖一喊一拉，田也反应过来，转身跟着他朝相反方向而去。

还没走出几步，田也看见保镖就在马路对面不远处，他一副疑惑不解的样子，似乎想要穿过马路来问个究竟，今天为什么不往家走。田也冲着保镖摆手制止他靠近，接着又轻轻挥手示意他，要跟就远远跟着走好了。

谁也没注意到，就在校门口的斜对面，一辆乳白色的面包车停在一家商场门外。这辆车挂着广州本地车牌，外观不新也不旧，看上去很不起眼。车内，两双贼眼透过浅褐色的车窗贴膜，正盯着校门口周边的动静，田也他们的一举一动尽收眼中。

“机会终于来了，这些天总算没白等。”刀疤脸看见田也今天没往家的方向走，立刻兴奋道，“财星高照啦。”

“别整天做发财梦，有没有戏还很难说。”大胡子倒没有见风就是雨，那小兔崽子总在大街上这么晃荡根本无法下手。

“财运降临挡都挡不住的，我敢肯定今天……”

“闭上你那乌鸦嘴！”大胡子厌恶地打断刀疤脸，边开启自动驾驶仪边闷声道，“跟上去看看再说，给我盯紧了。”

田也和胖胖一蹦三跳走过两个路口，拐进一片比较安静的街区，来到一幢高层住宅楼前。经过几十年的城市新型化改造，如今楼房住宅的生活服务设施焕然一新，而且全方位开放，全社会共享。一楼的架空层既是休闲区域，也是自助服务区域，汽车充电桩、日用品自动配送机、健康体检电子屋、4D场景心理减压室等配套设施一应俱全。二楼以上几层则是经过电子商务大浪淘沙后留下来的各种实体商店，在这万物联网的新时代，闹市街区“商业旺铺”的理念日益淡化，酒好不怕巷子深已成为妇孺皆知的经营之道，所以胖胖能找到这家有魔拍神器的健身馆一点儿也不奇怪。“看那儿，就在楼上。”胖胖指给田也看。两个小年轻像饿汉见到了面包店一样，向楼梯口直扑而去。

跟在后面几十米开外的保镖很快也来到了楼下。他驻足朝楼上观望，心里在寻思，那俩小家伙应该是去商场里买什么东西吧。他也慢慢移步走向楼梯口，男孩子大都不爱在商场里闲逛太久，他犹豫着是不是该跟进去。前阵子奉老板之命对田也贴身保护，引起了臭小子的极大反感和抵触，这几天好不容易才缓和了关系，可别又弄得紧张兮兮的。

那辆面包车也悄悄尾随过来了。“我说今天有戏没错吧，可以动手了，”刀疤脸得意忘形道，“我去缠住那保镖，你进去对付那小兔崽子，放手干吧，我掩护。”

大胡子想了一下说：“不行，我跟那小兔崽子在南方宾馆打过交道，他认得我，还是你进去行动，我来对付外面那货。”

“可是……”刀疤脸显然有顾虑。

“可是什么？”大胡子说着话已做好了行动准备，他看见保镖快要走到楼梯口了。

“那……那是两个小兔崽子，不好对付呀。”刀疤脸说出了自己的顾虑。做掩护可以靠三寸不烂之舌，捉人可是明火执仗硬碰硬的活计，一对二他可没多大把握。

“没让你赤手空拳，别关键时候拉稀。”大胡子把一支电子笔状的“隐形刀剑”塞给刀疤脸，命令道，“抓紧行动。”说完话他就打开车门闪身下了车。

保镖眼看着时间一点点过去却不见两人下来，心里当然不踏实了。他刚想要抬脚上楼，就被大胡子从身后一把拉住了。

“先生，请留步帮个忙。”大胡子一脸真诚地作自我介绍，说他来自友好邻邦巴基斯坦，名叫卡尔扎伊，初到广州做生意就碰到了麻烦事，他人生地不熟，在街上出了点儿事就只好就近找人帮忙了。他边说话边拉着保镖移动，似乎想让保镖到旁边的休闲椅上坐下听他细细道来。

保镖被动地随着大胡子走了几步远，便稳稳地立在原地不动了。大胡子故作轻松却暗暗用力拉，却像拉着根柱子一样在做无用功。他立刻明白了，幸好这几天没有轻举妄动，真动起手来估计占不到眼前这个高大对手的便宜，看来不能靠斗勇而要靠斗智。

趁这工夫，刀疤脸随着几个顾客，从保镖身后溜进了楼梯口。

“对不起啦，先生，不得不耽误您点时间，真是感激不尽哪……”大胡子的拉扯动作停下，手松开，嘴巴却滔滔不绝。

“客套话就免了，有什么事请讲。”保镖虽不耐烦却不失礼节地想尽快弄清对方意图，毕竟面对的是个外国友人，不理不睬拂袖而去有损广州市民的形象。他回头看了一眼楼梯口并环顾四周，没察觉有什么异常情况。他此举也是想告诉对方，自己还有事在身。

“哦，事情是这样的，我从卡拉奇飞到深圳，又开车从深圳来到……”

“请简单点说。”保镖打断大胡子的话。广州人对外识礼数，但并不喜欢陪啰啰唆唆的人耽误时间。

“好的，好的，简单说，我开车从深圳来到广州，没想到那车子……”

“这类事情可以打110电话求助，广州的市政服务是很完善的，请便吧。”保镖说完话转身要走。

大胡子当然不会放保镖离开，伸手一把又拉住了他，可怜巴巴道：“哎呀，先生，这不是警察的事，我是想请您帮帮忙。”

“等一等。”保镖忽然有所警觉，他迅速把大胡子的手扒拉开，掏出手持设备点击视频通话，接通了田也。田也是很善解人意的，一连上线他就把乒乓球室和他自己匆匆扫进了镜头，好让保镖看着放心。

“你没事吧？”保镖看着田也手握球拍满头大汗的样子问道。

“没事没事，我在二楼玩一会儿就走。”田也说完就掐了线。

没事就是最好的事。保镖悄悄松了口气，也许有点草木皆兵了，别让人家老外到了地处热带边缘的广州城产生错觉，天气热乎乎，人情冷冰冰。“你到底要我帮什么忙？请直接讲。”保镖收起手持设备道。

大胡子说直接讲还真有点不好意思，其实就是想让保镖到邻街那条巷子里帮着把汽车推过来，“这不刚好碰到您这身板结实的先生嘛，嘿嘿。”保镖一听觉得莫名其妙，汽车能当手推车用吗？这大胡子老外倒挺会抓壮丁的。

大胡子见保镖面色狐疑，便煞有介事地告诉保镖，他租的是一辆太阳能和电能的混合动力车，在路途中太阳能接收器就出了故障，开进广州城区以后电池电量也快耗尽了，这种雪上加霜的事他是第一次碰到。更糟糕的是，他本想抄近道开到这里来充电，岂料刚开进旁边那条巷子里就彻底趴窝了，连个充电桩的影子都没看见。没办法了，他只好先弃车找充电桩，正好遇见了保镖这个绝佳帮手，希望他行行善帮着一起把车推过来。

原来如此。“卡尔扎伊先生，我可能帮不了您。”保镖两手一摊说很抱歉，他自己也有事情要办，无法脱身。

“哦，我不会让您白干的。”大胡子说自己在商言商，让保镖把银行账号告诉他，他即刻用手持设备先支付一笔酬金。

“这不是钱的问题，卡尔扎伊先生。”保镖坦诚地说他在此处等人无法离开，大胡子另请高明。保镖转身又要走，心想这老外还真是死心眼，膀大腰圆能帮忙的人多得是，干吗碰见一个就锁定不放？

卡尔扎伊再次拉住了他。“别见死不救呀。”大胡子说他初来乍到碰上麻烦头疼不已，别的不说，就算能把车子弄过来，那充电桩他也不会使用，因为跟他们国内的同类设施很不一样，他央求保镖能帮就帮他一把，不然他寸步难行。说着说着大胡子显得很伤感，他说过去在黑龙江做生意的时候处处有人热情相助，他还学会了唱《东北人都是活雷锋》，没想到中国的南北差异那么大，南方人过的可是“离开雷锋的日子”。

“行了行了，别扯太远啦，”保镖挥挥手道，“我教你充电桩怎么使用，完了你赶紧找人推车去吧。”两人快步走向30米开外的汽车充电桩。

二楼的健身馆内。

刀疤脸是转悠了好一会儿才找到乒乓球室来的。起初他也以为田也他们来购物，所以在商场里四处搜找，转了几圈没见他俩的人影才摸到健身馆这边来，终于在一间乒乓球室看到了俩小兔崽子。这间乒乓球室并不大，总共只有3张球台，每张球台都有人在对战，旁边也都有那么两三位观战者。

刀疤脸并不知道什么魔拍神器，他溜进来的时候，田也和胖胖激战正酣。胖胖手持魔拍占有明显优势，虽然他的打球动作看上去别别扭扭，但击出去的球招招犀利，使田也失误频频。刀疤脸很随意地走近球台前，一边笑眯眯地观战一边迅速琢磨着袭击办法。两个小兔崽子缠在一起很难下手，必须把那个胖小子先撂倒，趁人们手忙脚乱施救的时候再对田也动手。但他很清楚，这种“隐形刀剑”要从人体的正面照射才能有立竿见影的效果，而且距离还不能太远。这有点儿难办，总不能明目张胆凑到乒乓球台上去照射那胖崽子吧。想了一会儿，刀疤脸有了招数。

又一局较量完毕，田也败下阵来。“你都输了两局了，服不服呀？”胖胖一脸得意，他今天总算是打赢了同学当中的顶级高手，大有扬眉吐气之意。

“五局三胜，再来！”田也当然不会轻易臣服。

“等一等，我跟这位胖小伙切磋几下。”刀疤脸快步走近田也，不由分说地从他手里抢过球拍。田也一脸惊诧和不满，这人算哪根葱呀跳出来横插一杠。还没等田也发作，刀疤脸就捂着嘴跟田也耳语道：“我只是随便跟他打几下，你趁机观察一下他击球的破绽，等会儿再干肯定能灭了他。”田也听着似乎有点儿道理，便退到球台一侧观战。

刀疤脸上阵了。他一上来发球稍高，胖胖那边挥拍直接扣杀，打得刀疤脸无从招架。他无奈地摇摇头，捡起球再发球。还别说，乒乓球的确是国球，刀疤脸也是能舞弄两下子的，他这次发出的是个低短球，胖胖那边顺势推挡，刀疤脸也成功地推了回去。但紧接着，胖胖切过来的球高速旋转，刀疤脸举拍抽杀却扑了个空，球被他的身体碰到了球台下面。

“无敌高手在此！”胖胖举起魔拍作欢庆状，仿佛他得了世乒赛金牌。刀疤脸笑了笑，耸耸肩，弯腰钻到球台下捡球。

这种魔拍神器果然了得，不仅能精确判断球势，而且能迅速应对。田也回味着刚才的球，感觉自己还真有点儿像井底之蛙。过去智能技术的优势在于运算能力，现在连复杂的感应能力也超出人类了，老师说得一点儿没错。

咦，捡个球也就是两三秒钟的事，怎么还不见人露头？田也本能地弯腰低头朝乒乓球台下看去。这一眼看去，让他倒吸了一口凉气。他不仅看到了一副凶神恶煞的嘴脸，而且看见那家伙手里拿着个指示灯在微弱闪烁的玩意儿对着胖胖那边晃动，那玩意儿看着似曾相识。察觉田也在看，那家伙迅速缩手从球台下钻了出来。

这搞的是什么名堂？田也刚刚直起身，还没反应过来，胖胖的身体已经有了反应。

“哎哟，哎哟，妈呀——”胖胖痛苦地叫唤着，扔掉球拍捂着肚子蹲下。田也急忙冲过去，一把没扶住，胖胖已蜷缩着倒地。

“快来人啊，有人晕倒了！”刀疤脸趁机大呼一声。

正在打球和看球的人们被一前一后的喊声惊动，纷纷聚拢过来察看情况。

“赶快抢救吧，让大人来干！”刀疤脸边鼓噪边伸手要拉起蹲守在胖胖身边的田也。急救这种事争分夺秒，有那么多大人在场，小孩子就别在边上碍手碍脚了，是这么个理。

刀疤脸这一喊一拉，让田也猛然联想到他在球台下的诡异举动。对了，他刚才手里拿着的玩意儿，跟Lucy上回在东方宾馆使用的录音笔一个样。田也瞬间明白过来了。

“是他干的，他是绑匪！”田也一下子站起来，一手拽着刀疤脸的衣服一手指着他向周围的人大喊，“赶快报警呀！”像有感应似的，田也的话音刚落，楼下就隐隐约约传来了由远及近的警车呼啸声。

这是从何说起？周围的人听了田也的话目瞪口呆，健身场所有人突然发病很正常，怎么扯到绑匪身上去了，再说也没见谁绑谁呀。愣过片刻，有人用疑惑的眼神在田也和刀疤脸之间扫来扫去，也有人置若罔闻俯下身去救助胖胖。

“他真的是坏人！”田也见没人帮自己，急得再喊道，“快报警抓他，就是他把胖胖弄晕倒的。”

“你……你可不能胡说八道血口喷人。”刀疤脸已经心虚起来了，他急忙转向众人道，“大家刚才可都看见了，我只是打了几下球，没碰那小子一根指头。”

有几个人点头表示认同，他们应该是就近的目击者。

刀疤脸一看周围有人认同自己的说法，此时不溜更待何时？他厉声冲田也道："好，好，我不跟你小孩子一般见识，我躲开就是。"说完他用力甩开田也的手，拔腿就走。

"不能走！"田也奋不顾身扑了上去。

刀疤脸侧身一闪，脚下使绊手上用力把田也摔趴在地。田也一骨碌翻身起来，顺势抱住刀疤脸的一条腿紧紧不放，嘴里仍在大喊："快抓住他，凶器就在他身上！"

一听有凶器，众人"哗"的一下四散退开来。刀疤脸此时已顾不得演戏伪装，逃命要紧，他抬起另一只脚对田也狠踢猛踹，同时两手抱拳高高举起，照着田也的脑袋就要狠命砸下去。

没等众人反应过来，"嗖"的一下，从门口射过来的一副智能飞铐不偏不倚铐在了刀疤脸的手腕上，紧接着"啪"一声弹出的一张网将其双臂紧紧地束缚在躯体上。与此同时，两个警察冲了进来。

"哎哟，完蛋了！"刀疤脸发出了绝望的叹息。

田也毫发未损，他既高兴又纳闷。就玩那么一回魔拍神器而已，结果却大出意料，打球输给了胖胖却逮了个绑匪，收获大大的。但他不明白警察为何这么快就赶过来了，他们难道也有什么先知先觉的神器吗？田也下楼以后才听说，是楼下发生的事招来了警察。

有目击者描述，当时保镖和大胡子两人说着话很快就来到了充电桩旁。保镖从电桩上取下一个电熨斗样的充电头，向大胡子讲解使用方法，简单介绍完就把充电头递给大胡子要他自己琢磨一下，然后转身欲离去。这么简易的操作本来就用不着多讲。

就在保镖转过身的刹那，大胡子竟举起充电头向保镖的后脑勺用力猛砸。训练有素的保镖感觉脑后生风，本能地头一偏躲过了这一击。大胡子当然也不是吃干饭的，没砸中人，他便顺势用连接着充电头的那根手指粗的电线勒住了保镖的脖子。猝不及防的保镖被勒得打了一个趔趄，他一只手抓住勒脖子的电线奋力抵抗，另一只手迅速摸索抓到了充电桩外壳挡板上的把手，这才站稳了脚跟没被大胡子立马放倒。

两个高手贴身扭打在一起。一个占着先下手偷袭的优势要勒死对方，另一个拼命反抗要摆脱困境，双方都使出了洪荒之力，一时僵持不下。保镖眼看着动弹余地已不大，被大胡子勒得五官扭曲青筋暴起，快要顶不住了。突然，保镖手上发力一把拽脱了充电桩的外壳挡板，里面的电子元器件及电线一下子裸露出来，上面还贴着“高压危险！”的警示条幅。转瞬间，保镖拼出全身气力，背部顶着大胡子朝着充电桩撞了上去。“啊——啊——”两声惨叫伴随着电器短路“噼噼啪啪”的电火花，惊动了周围的人们，一些目击者纷纷打电话报了警。

然而刘警官却告诉田也，实际上保镖才是最早的报警者。他在跟田也通视频电话那会儿，就悄悄向刘警官发了预警信号。这是刘警官跟他约定好了的，遇到可疑的人无法判明情况时，要在第一时间发出信号提醒所在方位，以便警察追踪增援。要不然警察不可能那么快赶过来。

刘警官带人赶到现场的时候，保镖和大胡子已经双双倒地，旁边有人在紧急施救。保镖那时虽已说不出话来但意识还清醒，一见到刘警官，他就吃力地伸出两根指头并用眼神示意他到楼上，接着就昏迷过去被送往医院了。刘警官立刻派人冲上二楼，关键时刻干脆利落地擒下了刀疤脸。

“我还以为神兵从天而降呢。”田也说这下好了，抓住了绑匪以后再也用不着担惊受怕，可以重获自由自在的生活了。

“麻痹不得，很可能以后更危险。”刘警官警告说。

第❻章

“领养”小行星

田二标这天回到家已是晚饭后了，一进门他就冲田也妈嚷嚷着要她弄点吃的，说是在飞机上只是吃了个半饱。田也接过老爸手里的提包，迫不及待地告诉他，今天下午已抓到了绑匪。

“是吗？”田二标一听高兴地拍着儿子的肩膀道，“去，把我那灶神酒拿过来。”

这可是又一件喜事呢。还真是应验了那句老话，“大难不死必有后福”，田二标当然想喝两杯了。

他今天本来心情就不错，一大早赶着飞去了台北，与那个自称郑成功后人的家伙见了面，双方几乎没怎么费口舌就签下了协议，让他的生意终于实现了从地球向太空的跨越。然而在他被绑架之前，这笔生意眼看就要彻底谈崩了，那时他还很感慨，心想做太空生意真是难于上青天，跟郑成功的后人打交道也不见得能成功。没想到遭遇绑匪一劫之后，这笔买卖却突然峰回路转谈得顺风顺水，也许是绑架事件中断了谈判在客观上起到了欲擒故纵的效果，总之郑成功的后人终于答应出让那颗小行星的权益。

田二标对新兴市场有着超凡的嗅觉，早在他花了不菲的价钱弄到那几瓶灶神酒的时候，他就注意到了小行星潜藏的巨大商业价值。既然能把灶神星上的水运回来酿酒，那同样能把其他小行星上的有用资源弄回地球。物以稀为贵，外星球上的资源肯定价值连城。再说太阳系的小行星带并非遥不可及，成千上万颗小行星就分布在火星与木星轨道之间的广阔区域，如今火星旅游已成功推出，再往远处走一走造访外围的小行星有什么难的？

话虽如此，对田二标来说小行星依然是可望而不可及的事，他不知道该如何下手。换句话说，成千上万的小行星都已经名花有主了，都跟他田二标毫不相干。根据国际天文学联合会小行星中心形成的百年惯例，小行星的冠名权属于最早的发现者，谁先发现谁就可以命名并由该国际组织认可后公布。所以那些小行星并不是一个个无人认领的野孩子，而都是有名有姓有人牵挂的主，什么牛顿星、达芬奇星、秦始皇星、祖冲之星以及乔布斯星、马云星之类的应有尽有，就是没有一颗田二标星。当然田二标明白，自己不过是一介富商，既不是天文爱好者更不是天文学家，发现新星是不可能的事，但让人命名倒有可能。他曾考虑过，捐给紫金山天文台这样的机构或某个天文学家一笔巨资，一旦发现了新的小行星就冠之以“田二标星”。但是这些年太空探索突飞猛进，小行星带里该被发现的星体都被人认领得差不多了，要再找到新星谈何容易，要等到猴年马月还不知道呢。田二标不能不着急，他虽然预感到小行星的商机即将到来，但苦于自己手上没掌握小行星资源，这么多年来他只在地球村里低着头扒拉生意，一抬头才发现天上有无限商机，自己却够不着，如今只能紧盯着这个领域的一举一动伺机跟进了。

在商界摸爬滚打了多年，田二标深谙发财之道。他很清楚，手握无价之宝的人未必就是发财者，就像玩古董发财一样，拿瓷器来说，过去那些玩意儿在民间散落得到处都是，很多平民百姓家里都有各式各样的坛坛罐罐，用来盛米装水，甚至腌咸菜、当夜壶的比比皆是，谁也没把那些坛坛罐罐当回事。后来进入了太平盛世，有人走村串户搜罗那些坛坛罐罐，一转手便成了天价古玩，这些瞅准时机出手淘宝的人才是真正发了大财的暴发户。当然，玩古董对田二标来说是小打小闹，但道理如出一辙，他要瞅准小行星的行情当个慧眼识珠的淘宝者。

行情说来就来了，这个大市场的撬动者就是小行星中心，起因跟一颗名为“詹天佑星”的小行星有关。自从那颗小行星被命名之后，詹天佑家族的后人们视之为巨大的荣耀，每逢传统佳节需要祭祖的时候，家族后人便会架起天文望远镜深情凝望星空，缅怀詹天佑这位杰出先人的丰功伟绩。然而这颗直径足有5公里的小行星，主要成分是金属铜的化合物，这么一个含铜的大球飘浮在空中难免让人觊觎，让人想入非非。突然有一天，詹家后人向国际小行星中心报告说，他们的“家族圣星”不见了，而且他们搜找了大半年仍一无所获。小行星中心接报后很快就查明，詹天佑星确实已无影无踪，他们随后又委托火星基地出动探测器到小行星带现场搜找，发现其运行轨道上除残留了一些大小不一的含铜渣块之外，已经没有原来的那个大铜球了，因而怀疑是有人将其碎解后运走了。

消息传出举世哗然，哪里有宝物哪里就有盗匪，过去是盗墓地，后来是盗海底，如今盗上了太空。有人说这就是现代版的魔高一尺“盗”高一丈，盗匪们的黑手伸向小行星带恐怕不止这一次。果然，接下来又发现一些小行星莫名其妙地消失了，人们大吃一惊后才算明白，对小行星资源的疯狂掠夺已经悄无声息地开始了。

小行星中心一下子被推到了风口浪尖，不得不出面应对。很多人都觉得，让这样一个学术组织出面解决问题，实在有点小母牛拉大车的架势。按说太空资源的保护是国际社会的大事，联合国的职能部门责无旁贷。但是，这方面的国际谈判多年来举步维艰，大家除了嚷嚷一些诸如“太空资源属于全人类”这样的空话之外，没有达成任何可操作的国际公约。小行星中心这回倒是敢作敢为，迎难而上找到了解决办法。小行星的所有权属于全人类这没错，但是发现者享有的命名权是一种权益，有权益当然要尽相应的义务，这义务说来倒不复杂，谁发现并命名了那颗小行星谁就要协助做好它的监控保护工作。具体说来，就是要求权益人出钱出力，在自己命名的小行星上安放一套所谓的“天眼”监控装置，统一纳入小行星的监控保护范围内。当然了，安放“天眼”所需的费用将来会在小行星开发时得到超额的补偿，这可是花钱购买潜力股。不想出钱也不要紧，国际小行星中心还决定，安放“天眼”的义务或说是权益，可以有偿转让。就像自己的孩子，不愿抚养或者无力抚养可以让别人帮着养嘛，只要孩子有人监护就行。此即所谓小行星的“领养”政策。

这种“领养”政策一经推出，商界人士普遍还在观望，田二标就觉得时机已到该出手了。这是他被绑架之前的事。在他看来，小行星的监护实际上采用的是商业运作手段，跟期货投资没什么本质区别，小行星上的稀有资源本身就是名副其实的期货，他估计小行星的交易市场迟早会建立起来，投资越早收益越大。当然他也清楚，购买一颗小行星权益的同时还要斥巨资去安放“天眼”，这跟一般做生意的“小目标”不可同日而语，因而要看准投资星球的增值潜力，不能在太空随便逮到一块普通的烂石头就出手。

田二标的投资策划团队也不是吃素的，他们经过一番紧张调研后向他建议，购买那颗“郑成功星”。理由有三，一来那颗星球富含铁镍合金，是极具投资价值的“富星”，而不是由普通冰块或岩石构成的“穷星”。二来郑成功星的发现者就是其家族后人中的一位天文学爱好者，避免了发现者与命名受益者之间出现纠纷。三来郑成功的那位后人是一介书生，他对安放“天眼”这种劳民伤财的事毫无兴趣，有人替他代劳正中下怀。

掌握情况后，田二标马上派人跟对方接洽。他自认为开出的购买条件已经很丰厚了，安放“天眼”一事自然要全部揽下，同时再支付一笔“发现费”给对方作为补偿。最关键的是，“郑成功星”这一名称依旧使用，不改名换姓。星星还是那颗星星，口袋里却多了一大笔钱，还外加今后的监护保险，这样名利双收的事总该让对方满意了吧。哪料到对方根本不同意，他说郑成功星将来是要上市交易的，那收益就像是一块啃不尽吞不完的超级大肥肉，怎么着也要跟他对半分今后的收益才算公平，没有他当初火眼金睛发现这颗“富星”，哪有以后的一切?

瞧瞧这胃口，在巨大的利益诱惑面前，人人都有可能会失控，文人书生也不例外。田二标断然不接受这种无理要价，几次三番谈不拢，他抛出了最后方案。他让对方在鱼和熊掌之间择其一，古人早就说过鱼和熊掌不可兼得，要么拿眼前这笔“发现费”，要么将来肥肉均分。对方却依然坚持原来的要价，双方僵持不下也就没再谈下去。这之后没几天，田二标就被绑架了，谈判就此中止。

没想到绑架事件刚过不久，还没彻底缓过劲儿来的田二标就得到消息说，郑成功的那位后人已答应二者择其一，舍鱼而取熊掌也。更让田二标没想到的是，郑家后人居然决定舍弃眼前的“发现费”，等着将来一起分肉吃。呵，人家学者就是不一样，理想远大。要是让他田二标选择，他毫不犹豫会要那笔“发现费”，先落袋为安再说，未来行情有何变数只有天知道。看来鱼和熊掌在不同的人眼里有不同的价值。

不过，田二标真的是偷着乐。郑家后人的选择正合他意，这笔生意的目的不仅达到了，而且还省了他一笔“发现费”，他觉得此前一劫可能是天意。他没多考虑，立刻催促着手下抓紧商谈细节，速战速决，免得夜长梦多。双方一敲定合同，他今天就亲自出马打“飞的”去了趟台北，与郑家后人谈笑间完成了“领养”手续。

郑成功这名字多撼人啊，让人一听就想起了成功收复河山的英雄壮举。郑成功星今天终于由他田二标正式“领养”了，从今往后属于自己的一颗吉星就要高照了。田二标越想越得意，从台北返回途中他就一直在琢磨着尽快落实“天眼”安装的事，他要为这颗珍贵的小星球尽到名副其实的“领养”之责。

没想到今天真是个好日子，一进家门臭小子就报喜说绑匪被擒，呵呵，这吉星高照来得也太快了点，不会是臭小子乱忽悠吧？

田也拿来了酒瓶和酒杯，放在老爸面前。饭菜还没端上来，田二标就自斟自饮先来了一杯，这杯酒他喝得啧啧有声。

“你刚才说抓到绑匪了，从哪儿听来的？”田二标放下酒杯问儿子。

“不是听说的，是我亲手帮着一起抓到的。”

“什么？什么？”田二标听懵了，准备再斟一杯的手停了下来。

“我先识破了一个绑匪，后来警察就赶来了。”田也把下午发生的事简单讲给老爸听，楼上的一个绑匪被生擒，楼下的一个绑匪在与保镖搏斗时双双触电负了重伤已被送去了医院。

田二标听明白了七七八八，脸色已是晴转多云，他把酒杯往桌上一磕道：“你小子不惹点儿事出来皮肉就痒痒，放了学还敢到处乱窜，不要命了吗？”

“我这也算是诱敌出动，是为了消除以后的隐患，”田也咕哝说，“总不能让我长期过哑铃生活吧。”

“哑铃生活？”田二标没反应过来，“你跟我胡诌什么？”

“天天都是家校往返，两点一线，我不要这种哑铃生活，我不要你这样的安排。”

“我吃撑了要安排你过哑铃生活吗？”田二标说要不是这样保护着，绑匪恐怕早就把田也像拎小鸡一样捉去了，到时候就不是哑铃生活，而是地狱生活了。他越说越来气，道：“你小子好坏不分，简直是吃昏了头。”

父子之间的战火往往在某个特定时期很容易燃起，燃了熄熄了燃，很多家庭都经历过。田也的火气也冒出来了，哑铃生活过了这么多天他都一直忍耐着，今天不管怎么说总算帮着逮到了绑匪，老爸不但没一句好话反而还板着脸骂人，还讲不讲道理？他刚想发作，刘警官上门来了。

“快请坐，医院那边情况怎么样？”田二标一见刘警官就直奔主题，客套话也省了，他惦记着保镖的伤情。

“我刚去过医院。”刘警官说两个人同时遭到高压电击，伤势都很重，那个大胡子绑匪抢救无效已经一命呜呼了，保镖仍在昏迷中，情况也不乐观。

田二标侧头狠狠瞪了田也一眼，他此刻的目光就是语言：都是你个浑小子惹出的麻烦，看我不收拾你才怪。

“不过，有代价也有很大收获。”刘警官说田也和保镖这回都立了大功，对生擒的刀疤脸已有了初步审讯结果。

田也噘着嘴回瞪了老爸一眼。要是警察当时来迟一步，他自己说不定也会被那刀疤脸的老拳砸昏在地，他和保镖一样都是为了勇斗绑匪才挺身而出的，要奋斗就会有牺牲，这么简单的道理都不懂，哼！

刘警官告诉田家父子，根据刀疤脸的交代，这伙绑匪隶属于臭名昭著的Richard犯罪集团，确切说是一个专门为Richard集团筹措经费的组织。刘警官说这个组织虽然多有犯罪活动，其归属却一直不为人知。Richard集团一向对世人标榜说坚决捍卫物种平等，暗中却指使这伙人专干买卖珍稀动物制品的勾当，所以人们很难把这伙人的所作所为跟Richard集团联系起来。

“这么多年过去了，Richard集团还是阴魂不散啊。”田二标颇有感触。他清楚地记得，当年奥塔哥事件闹得沸沸扬扬，险些酿成一场生态灾难，后来全球联合清剿，很快就把Richard集团的人马收拾得所剩无几了。虽然一直没有Richard本人的下落，但近年来Richard集团的活动明显有所收敛，田二标总觉得他们是将死的恶狼在苟延残喘，兴风作浪不过就是空喊一些物种平等的口号而已，他还听到传闻说Richard已经死了。现在看来没那么简单，Richard集团的爪牙仍在猖狂活动，这不能不让人警惕。

“该死的狂人博士Richard，当年到处干坏事，现在又跳出来了。”田也愤愤然。

“你那会儿才多大？小屁孩知道什么当年不当年的。”田二标不满地瞥了儿子一眼道。

“我们学校的人都知道奥塔哥事件，当年就是汪芸姐姐最早揭露了Richard的阴谋。”田也说他还知道Richard拼命宣扬反人类的歪理邪说，极力反对地球人的星际殖民，这家伙不会善罢甘休。

“是呀，田也说得很在理，对方是不会善罢甘休的。”刘警官接过话头说他就是为此而来的。刘警官说据刀疤脸今天交代，他们这伙人的头目就是那个名叫Lucy的“美女蛇”，这个人现在非常危险，她已经发下毒誓一定要把田也的DNA纠缠仪弄到手。刘警官郑重地告诉田家父子，Lucy这阵子接连失手而且损兵折将，估计她接下来会有更疯狂的举动，困兽往往越困越要斗，所以在警方把这伙人彻底抓获之前，对田也的安全保护不能有任何疏忽。他建议田二标尽快想办法，找个一般人想不到或者够不着的地方，让田也暂时躲避一段时间为好。

刘警官一离开，田二标脸色铁青，白天积攒起来的喜悦心情已荡然无存。儿子的人身安全面临着巨大的威胁，他不能不考虑刘警官的建议，三十六计走为上计，躲起来再说。

“那我先去睡了，明天还要上学呢。”田也见老爸一脸愁容，知趣地不敢待在身边惹他心烦。

“保镖都躺进医院了，你还能上什么学，想送死吗？”田二标没好气地说。他抬腕看了一下时间，估算了一下与月球的时差，说：“明天开始你哪儿都不能去，等我跟你大伯商量一下，看能不能先到他那里避避风头。”

田二标打发了儿子回房睡觉，本想等待个把钟头再给田大标打电话，地月之间的作息不同步，少干“半夜鸡叫”的事为好。还没到时间，田大标的电话倒主动打过来了，他显然已从同事那里得到了消息，也是来强调安全问题的。

“大哥，我正想跟你商量这件事。”田二标很无奈地把自己的想法说给大标听，希望他把田也弄到月球上去，不管怎么说这样总比待在家里要安全些。

“你这么考虑是对的。”田大标说他也赞同田也外出躲藏，但绑匪现在已到了丧心病狂的程度，恐怕月球并不是理想的藏身之地，躲个十天半个月肯定还要换地方。他问田二标道：“能不能再想想更远的地方，比如火星那边，起码不容易一下子追过去。”

“嗯……倒是有这么个地方，比火星还远。”田二标说起了郑成功星。他告诉田大标说，本来正打算派人去那里安放“天眼”监控装置，干脆让臭小子跟着一起去得了，只是来不及做准备一时难以成行。

“哟，那地方可是求之不得。”大标一听就觉得可行，他说光顾小行星带的人历来就没多少，再说谁也不会在成千上万颗小行星中留意到郑成功星，绑匪不会在短期内追杀到那里去，所以安全系数是很高的。

“我也是刚才突发奇想，怕是太仓促了走不成。”田二标的顾虑还不小。在地球上出趟远门都要事先定好出行方式、安排行程、准备行装什么的，这大老远跑到太空的郑成功星上去，哪能三两天内说走就走呀。就连一些起码的准备工作都八字没一撇呢，“天眼”监控装置还不算难办，那是国际上统一配制的现货，派人去小行星中心买回来就是了。但是飞舰呢，上哪儿去租飞舰？租什么样的飞舰？这可是技术活，自己身边根本就没个懂行的人。最难办的是派谁去完成这一趟太空之旅，儿子可从没上过太空，那得找个会开飞舰的宇航员带着他去才行，而且人家也要有所准备，要这几天就能动身才管用，这样的人有吗？

大标听出了弟弟的为难，但不知道他的顾虑何在，这事可不能优柔寡断。如果这个方案不可行，那就要赶紧另谋他招，关系到人身安全的事不能跟做生意似的货比三家，婆婆妈妈讨价还价会误大事。他问田二标说：“还有什么事难住咱田家大土豪？是不是担心收购了小行星后资金一时周转不过来？”

“不，不是钱的问题。”田二标说一时半会儿很难找到合适的飞舰，而且最关键的问题是就算有飞舰也找不到人驾驶，这么一趟远航谁也不会拍拍屁股说走就走吧？

“飞舰不难办，一两天内就能解决。”大标信心满满地说这事包在他身上。他说月球上建有很大的太空中转基地，停泊在那里的各种飞行器应有尽有，很多人都是乘坐太空旅游巴士先到月球，再换租飞舰远行，这种省钱省事的办法咱也可以活学活用。“至于开飞舰的人嘛，我也尽快想办法找。”大标说月球上有个太空服务中心，那里经常有一些自告奋勇的宇航员愿意接活，这就跟地球上汽车代驾差不多，哪里有需求哪里就有新兴职业。大标说，运气好的话，物色到人选估计也不会花太长时间，只要二标下定决心他马上着手去办。

“太好了，那就全拜托大哥了。”田二标紧皱着的眉头总算舒展开了，“活人还真不会被尿憋死。”

跟大标通完话，田二标越想越觉得及时收购郑成功星实在是英明之举，那不仅是颗吉星，还是颗救星，关键时候能成为自家的避难所呢。他甚至联想到，有朝一日自己万一被人逼债，也可以有个躲债的藏身之处了。虽说郑成功的后人发现并命名了那颗星，但那只是徒有虚名，田家后人第一次踏足那里才真正算是载入星际探索史册的一个标志性事件。好比月球并不是美国人发现更不是他们命名的，但美国人率先登月才是全世界公认的“人类的一大步”。所以说，田家这次上阵父子兵，那是在创造流芳千古的历史，成败就看大标这几天能否顺利开局了，但愿早点听到他传来佳音。

田二标第二天一整天待在家里既兴奋又焦灼，等到晚上还没等来期盼的好消息，他就有点坐立不安了。他吩咐田也妈跟儿子一起收拾行装早做准备，自己则来到院子里散心。

夜空格外晴朗，满天星辰闪烁，仿佛天女刚刚撒过珍珠。田大标记得他年轻时刚到广州打拼那会儿，蓝天似乎跟广州城缺少缘分，白天灰蒙蒙见不着朵朵白云，晚上黑蒙蒙看不到点点繁星，空气质量一年到头没几天让人满意。随着最近二三十年来新技术的发展，一方面是化石能源加速退出历史舞台，另一方面是“PM2.0磁化驱净技术”的大规模运用，才有了如今清澈美丽的天空。

田二标仰望星空心情大好，他把儿子也唤到了院子里来。

“你告诉我，郑成功星是天上哪一颗？”他之所以这么问田也，是知道臭小子前段时间听说要收购郑成功星就一直在查阅相关信息，比他这当老子的更在行。

“肉眼哪能看得见呀？”田也说小行星不发光而且块头那么小，一般的光学望远镜都看不到，想一睹郑成功星的真容可没那么容易。

“那它大概在空中的哪个方位呢？”田二标指着天空又问道。

“方位也是说不准的。”田也说小行星跟火星、地球这样的大行星一样要在自身的轨道上绕着太阳公转，每个时段所处的位置是不确定的，今天在东明天在西，也可能现在转到了我们脚下的地球背面。

要不是收购郑成功星，田二标才懒得管行星怎么转动之类的事，他只知道地球离了谁都照样转。儿子刚才科普了几句，他还是似懂非懂，这么说来，费劲买来的郑成功星是个飘忽不定的小玩意儿？在地面上看不见摸不着这能理解，但它的存在总会有个直观的说法的。在地球上，芝麻大的地方再偏僻也会有个大概的地址之类的，天上的一颗小星球不至于没痕没迹吧。“郑成功星附近有啥标记吗？”他又问儿子。

“附近的标记嘛，”田也想了一下说，“对了，郑成功星这阵子离那颗著名的谷神星很近。”

“谷神星？”田二标说好像有那么点印象。他印象深刻的是灶神星，那上面的水被人弄回地球酿成了酒，因此他才喝上了灶神酒。

“谷神星是至今发现的最大一颗小行星，它的直径差不多有1000公里呢。”田也说它上面含水量更多，而且地下还藏着一个巨大的咸水湖，已经有好多探测器去过那里了。

“哦，我想起来了。”田二标说他听说过灶神星是第二大的小行星，谷神星就是那个老大嘛。他接着问儿子道：“咱那个郑成功星能排在第几位？”

“这我可不知道了。”田也说整个小行星带中块头比郑成功星更大的星体有很多，已经发现的直径超过100公里的星体就有300多颗。他说他查过了，郑成功星的直径只有8公里左右，那算是小字辈了。

“这么说来，它还排不上号？”

“那当然了，”田也不屑地说，“别总以为你田老板天下第一，你买来的不过是小行星带那边的一块小石头而已，没啥了不起。”

“臭小子你倒教训起我来了，那是小石头吗？那是一个大型的金属矿，你懂个屁！”田二标瞪着儿子愤愤道，“要不是我及时出手，你这回躲都没地方躲，还敢说这样的风凉话，小子你……”

屋里传来田也妈的声音：“也儿，你过来一下。”田也赶紧“哎”一声，“来了”，脚底抹油趁机窜回了屋里。

这臭小子还真是少年不知愁滋味，田二标看着儿子的背影叹了一口气。他又一次抬头望向夜空，这回他可不是想搜寻那颗压根就没个踪影的郑成功星，而是盯着刚刚升起来的月亮出神。大标就在那上面，他应该在紧锣密鼓地张罗着田也的事，但怎么还不来消息？忽然，一个移动光点出现在视野中，田二标眼睁睁看着它由远及近，经过自家院落上空时好像停顿了片刻才渐渐远去，这是个很可疑的低空飞行物。要是在往常，田二标是不会大惊小怪的，如今五花八门的低空飞行物可能比鸟还多，但今天似乎有点儿不一样，偏偏在这种时候家院上空有不明飞行物光顾，这难道只是巧合吗，要是Lucy一伙的盯梢监视不就麻烦了吗？田二标一想到这点，就抬脚向屋里走去，要赶紧催问一下大标才是。

刚迈进屋门，田二标就听见儿子跟他妈在争执什么。

“也儿，听妈的话，那东西别带着了。”田也妈力劝儿子道。

“我不，我就要带在身边，帮我塞进行李箱就是了。”田也听不进劝。

“塞什么塞？”田二标厉声一句走近前来，“什么玩意儿非要带不可？”

“你看这孩子，死活要带着那台DNA什么仪，”田也妈说，“咱家最近一连串麻烦都是那台仪器惹来的事，还要带着它出远门那多不吉利呀。”

“是坏人惹事，不是仪器惹事。”田也说他此去不是十天半个月能回得来，正好可以利用这段日子完善一下仪器的设计。这么长时间的太空之行他不想无所事事，因而一定要带着仪器走。

“带不带由不得你，”田二标没心思跟儿子多费口舌，他说，“我正要给你大伯打电话，他要是不同意带你就休想带。”

“要是不让带，我哪儿都不去！”田也的拗劲上来了。

“你敢！看我不……”

“哎呀，好了好了，别为这点事自家人斗个没完，”田也妈推开田二标道，“你别在这杵着了，去给他大伯打电话吧。”

田二标很快就打通了大标的电话，然而大标却没接听。也许他正忙着，田二标耐着性子等了十几分钟又打了电话过去，大标这次倒是接听了，他只说了一句“忙着呢，晚点再说”便匆匆掐了线。田二标不由得又烦闷起来。大标自己的工作要是赶上忙碌不堪的时候，连接个电话的空当都没有，哪能在短期内搞定飞舰及代驾的事，恐怕还要另想办法才是。躲藏嘛也不一定非要上天不可，上次绑匪劫持着自己跟警察玩躲猫猫藏在海里也算是不错的一招，警方动用了那么多探测手段都没找到绑匪，后来是闹了一场肚疼的把戏才让绑匪自己露面的。

对呀，海里也是可以藏身的，海阔凭鱼跃嘛。田二标很清楚，像绑匪那样弄到最先进的潜水飞机不容易办到，但弄一条飞翼船却不是什么难事。如今飞翼船就像早期的豪华游艇一样已成了一些富豪的交通工具，这种船可以离开水面低空掠飞，也可以在水面上高速航行，田二标原打算实在买不到潜水飞机的话再考虑买一艘飞翼船来用，现在看来有必要提前行动了。让臭小子乘着飞翼船在浩瀚的太平洋和印度洋上游荡一段日子，每天换一个地方，Lucy一伙也很难找得到。

田二标正在遐思着，大标的电话就打过来了。

“我刚才正忙着跟飞舰的主人签协议办手续，马不停蹄折腾了一天总算落实了。”大标说飞舰已经租到手，是一艘名为“哈尼号”的小型飞舰。这艘飞舰的动力来自受控核聚变反应，续航能力强，安全系数高，别说是飞往小行星带了，就是飞出太阳系也没问题。

“好啊，咱田家人办事效率就是高，总算让我吃了一颗定心丸。”田二标说若是再等不到消息，他打算明天就去买一艘飞翼船先准备着，据说那种船也是核动力的。现在好了，有天上的核动力就用不着地上的核动力了，还是按原计划，飞得越远越好。

“哎哟，我的兄弟，那不是一码事。”大标说海上的一些核动力舰船靠核裂变反应驱动，那种动力在原子弹爆炸时代就有了，而今核聚变反应作为新能源的历史只有短短十几年时间，科学原理可别张冠李戴。

“管它裂变还是聚变，只要能让臭小子飞走就行。”田二标对什么原理之类的问题没兴趣，他关心的是眼前的现实，“对了，代驾人选有着落了吗？”

大标说人选一事他跟太空服务中心也已经联系过了，不可能像租飞舰那样一拍即合，起码要再等几天才能找到合适人选，寻物易觅人难。

“我担心夜长梦多。”田二标说不是他疑神疑鬼，刚才他亲眼看见有不明飞行器在他家上空转悠，稍不留神情况就会生变，那可是比什么裂变聚变都更恐怖的突变，他心里不能不发毛。

“那就这样，提早行动。”大标说明天他就请轮值警察把田也先带到月球上去，反正这么远一趟飞天旅程也必须有个太空适应过程，就让他在月球上边适应边等待好了。他问田二标：“这样安排还有什么问题吗？”

田二标看不出有何不妥，先离开自家大院这个早就被人盯上的地方再说。这么安排没什么大问题，至于小问题嘛，田二标说臭小子刚才还跟他妈在闹，非要带着那台惹是生非的仪器一起走，他还嫌不够烦不够乱。

“让他带在身边吧，关键时刻也许它是个护身符。”大标说Lucy一伙抓田也的目的就是为了夺取那台仪器，人和仪器在一起有好处，万一要是碰到危险情况，紧急关头可以壁虎甩尾保自身安全。

“有道理。”田二标认同大标的话。

第7章

暂避月球　伺机而动

初到一地的感受在不同的时代是不一样的，假如今天有个姓刘的老太太走进大观园，她肯定不会像当年的刘姥姥那样惊叹不已。对于习惯了地球生活的人们来说，乍到月球的感觉也是应时而变的。早年的宇航员踏足月球的时候，那里虽然是荒凉寂寞的不毛之地，但谁都会感受到人类迈出这一步的伟大意义，谁都会想更多了解这颗静静陪伴了地球亿万年的枯寂星球。然而田也这个年代的月球已经旧貌换新颜，初来乍到的感受跟过去不同，更像是来到了一处人造的旅游胜地。除了重力小使人有飘飘欲仙甚至想展翅飞翔的感觉之外，跟地球上自由呼吸风格完全不一样的生活才最让人觉得新鲜，就连生活术语也都值得细细品味。月壤、月岩、月花、月果、月禽、月兽、月仔、月妹什么的，凡跟月球生活有关的各种词汇几乎都被冠以“月”字头，反应慢的人往往听得晕头转向。

田也一踏上月球就体会到了这点。他跟着田大标进入月警公寓，就听着田大标称呼那个负责出入登记的老大娘为“月嫂”，还让他向对方问候“月婶好”，说是以后出入都要跟月婶打个招呼。田也当时就想发笑，后来转念一想就明白了，月球上的女人被称为“月嫂”倒也名副其实。

对田也这样求知欲旺盛的小伙子来说，月球上的奇闻轶事太多了，他当然什么都想弄明白，想多见识见识。

“大伯，月葬是怎么回事啊？”田也一安顿下来，就向田大标提出了一个小问题。

田大标听了一愣，心想这小子可真够奇葩的，这刚一来对什么感兴趣不好，偏偏对死人安葬的事好奇，多不吉利呀。还没等他开口回答，田也又道：“我想去刚才路过的那个月葬陵园看一看。”

“哎哟，大侄儿，你可别出门去添乱了。”田大标根本不理会什么月葬不月葬的话茬，他说这次来月球以安全为上、封闭为主，一边做适应性训练，一边等代驾的同伴，想去观光以后有的是机会。

然而好奇心是关不住的。田也趁大伯不在就想溜出月警公寓到附近转转，结果才知道根本溜不掉。大伯是做了布置的，无论田也好说歹说，那个守门的月婶都不让田也迈出门一步。田也噘着嘴好一阵郁闷，走到哪里都被严密管束着，真是没劲。月球这边又不是在家里，离地球远着呢，绑匪哪有那么大本事说找就能找到他？再说了，出门都要穿着特制的“月服”从头到脚捂得严严实实的，路人一个个也都是裹着“月服”一蹦一跳，哪能认得出谁是谁呀。再再说了，自己不过是想在公寓附近看看，绑匪就算是吃了月豹的胆，也不至于敢在月警的地头上撒野作恶吧，这些月警怎么都跟照顾坐月子的产妇一样小心翼翼的？田也心里越想越不爽。

不过，田也很快就高兴起来了。田大标把他带到了一个太空适应性训练专用的“失重餐厅”里，他练了一会儿就觉得很好玩，完全不是想象中的那些高速转椅或水中憋气之类的体能耐受训练，而像是一场游戏体验。确切来说，是加进了美食元素的娱乐游戏。这项体验训练结束后，他撑得都快站不起来了，一个劲怪自己嘴太馋。

田也哪里会知道，近年来随着深空探索的日益推进，宇航员在太空停留的时间越来越长，因而在失重状态下的进餐方式也有了极大改进。在田也的印象中，航天食品都是密封在软包装袋里的速食品，拆开即挤入口中，吃起来看着就像是独自偷吃，总归不能跟地面上那样把美食光明正大地摆出来慢慢享用。他觉得这样吃饭怪难受的，天长日久搞不好会得厌食症。

其实，田也这么点儿小担忧航天界早就注意到了，而且考虑得比他要周到得多。人和动物一样有进食的基本要求，吃饭本是一件愉悦的事，食物的色、香、味都对人脑的高级神经活动有影响，如果宇航员长期在太空生活，总在压抑状态下进食软包装食物，那会产生心理障碍的。再说，过去航天食品的开发太刻板了，总在精打细算食物中含多少热量、含有哪些维生素什么的，把食品当成是宇航员身体所需的标准配件，这对需要长期在太空生活的宇航员没多大好处。要知道，人类在亿万年的进化中选择食物都是随机的，即使在科技高度发达的当今，也没太多人去刻意估算每顿饭该进食多少热量、多少维生素，人毕竟不是机器，高兴时大快朵颐、郁闷时茶饭不思都是正常的生理反应。因此航天界自人类登陆火星开始就慢慢达成了共识，太空进餐方式必须改革。田也体验的这种“失重餐厅”，这些年已经在深空载人航天器上得到了推广应用。

“失重餐厅”总该对得起餐厅二字，不会是摆张餐台放一堆袋装食品依然让人独自“偷吃”吧，田也刚才进去之前这样想。大伯递给他一袋饮料，要他带进去吸吮，没多交代就走了。田也笑了，这餐厅还得自备酒水呀，看来天上的餐厅也摆脱不了地面餐厅的模式，饮料都是自成体系的。一进餐厅，田也感觉很快就进入了失重状态，人一动就完全漂浮起来了，分不清上下左右前后。

“请问，您现在开始用餐吗？”扬声器里传出一个女声的自动询问。

“是的。”田也刚一回答完，又传来一声“请选择食品系列”，紧接着一面墙壁上显示出世界各地的主要餐系目录供选择。田也应答说："中国餐。"话音一落，墙壁屏幕上立刻又显示出了中国各地的菜系，田也说："粤菜吧。"他心想，这还真是个集天下美食大成的餐厅，飞舰上有了这样的设施，宇航员飞得再远、飞的时间再长也会感到不枉此行，至少能吃遍天下美食。

"可以提供四菜套餐、六菜套餐和八菜套餐，请问您需要哪一种？"甜柔的女声又传过来。

"来八菜套餐吧。"田也没多考虑就高兴地回应了，既然来体验那就萝卜白菜都尝尝，看看这些太空粤菜味道如何，吃不完也不要紧，把那些袋装食品直接兜走就是了。

"现在开始上菜，祝您用餐愉快。"

自动提示音一消失，餐厅里的灯光更加亮堂了。开饭喽！

可是田也翻着跟斗飘来荡去也没看见可吃的玩意儿出现，哪儿有什么粤菜的影子？他只好先吸了一口自己手上的饮料，这不是吊人胃口嘛。

突然，在另一面墙壁上出现了一个菜盘大小的图案，上面显示的文字是"第一道菜：清蒸竹节虾"。呵呵，田也心想这不是搞画饼充饥吗？还没等他琢磨过来，那个菜盘图案就消失了，露出了一个黑乎乎的洞口。哦，那个装着清蒸竹节虾的食品袋可能就在里面。田也正在想是不是该伸手进去把它摸出来，只听"噗"的一声，洞口里吹出了带着海鲜清香的一股暖风，紧接着，一只只白里透红、去了壳的清蒸竹节虾就像蝴蝶一样飞舞而出，在失重的环境中慢慢四散开来。

哟呵，这可是货真价实的竹节虾，味道好极了。田也把飘到嘴边的一只虾咬住一尝，立刻兴奋起来，这就正式开吃啦。他刚吃了两三只，那洞口就不再往外喷竹节虾了，这第一道菜就算上完了。哟，这可不行，菜还没吃几口就四下散开越飘越远了。田也开始行动起来不停地追逐那些飘散开来的竹节虾，再好吃也顾不上细嚼慢咽了，嘴巴碰到便一口咬住嚼个三两下吞进肚，嘴巴够不着的就用手抓住了往嘴里塞，忙得不亦乐乎。此刻，他感觉自己就像潜在水中的大鱼，正在四周觅食。

飘在餐厅里的竹节虾还有近一半没来得及吃进嘴里，那面墙上紧挨着刚才的出菜洞口旁边，又出现了另一个菜盘大小的图案，上面显示的文字是“第二道菜：蜜汁烧鹅”。田也赶紧游动趋前，这回要吸取教训，尽可能在洞口附近消灭烧鹅，免得飘散开以后不好抓。果然，又一个黑乎乎的洞口很快显露，一块块烤得油光锃亮、去了骨的烧鹅肉迎面扑来，田也咬了第一块就感觉太好吃了，原汁原味的广东烧鹅。很快又跟刚才一样，他满嘴吃着还要再去追逐飘散开来的烧鹅块。过了一会儿，“第三道菜：客家酿豆腐”又显示出来。田也这才明白过来，那墙壁就是一面“输菜墙”，那一个个洞口就是传菜口或者更确切地说是“喷菜口”。接下来田也就有经验了，第四道菜、第五道菜……他主要守候在洞口旁边就近吃，那感觉就像是在堵一个个枪眼，实在堵不住的就只好等会儿再解决，一直守到最后的主食“干炒河粉”喷完。

田也转身离开那面“输菜墙”四下一看，哇，“八菜套餐”大部分都没堵住，一块块特制成糖果大小的各种佳肴在整个餐厅里四处飘浮。吃不了也兜不走，他只能继续行动继续下嘴，逮到什么吃什么，味道倒是能让他尽情享受，只是委屈了撑得难受的肚子。

“您需要再添加别的食物吗？”提示音在他折腾了近半个钟头后又响了起来。

“不用，不要再加了。”田也打着饱嗝回应。

“您确定要结束用餐了吗？”

“可以可以，早就吃饱了。”

“呼呼”一阵轻风吹来，田也目瞪口呆。只见那飘着的一块块菜肴像长了眼睛一样，各自朝着原来的喷菜口飞去，不几分钟便各归原位，全被吸进了一个个洞口里面，弥漫在空气中的菜的味道也迅速消散而去。这真是一种漂亮的剩菜回收装置。田也很快也恢复了重力缓缓落地，他似乎明白了刚才的一幕，各种菜肴本身或是其调料所散发出来的气味分子，可能就是回收识别的标记物。

田大标见侄儿吃完出来一个劲打饱嗝，不禁哈哈大笑，他告诉田也，“八菜套餐”一般是供三四个人一起聚餐用的，在太空生活没办法摆一桌大家共享，这种太空餐厅就是最享受的吃饭方式了，谁让你一个人点那么多菜而且还拼命吃哟。

“您不早说，害我撑得这么难受。”田也趁机又恳求说，“大伯，带我去外面走一走消消食吧。”

“外面？要去哪个外面？”

“我，我……”田也根本不知道附近有什么可去之处，只好说，“就去月葬陵园那边转转吧。”

“你怎么还想着那？”田大标一听不吉利的话就生厌，他说哪儿也别去了，抓紧时间训练体验其他项目，飞舰代驾者没准说来就来了，人一来彼此熟悉一下就可以动身了，越早走越安全。

驾驶飞舰的人确实很快就物色到了，“重赏之下，必有勇夫。”这话一点儿都没错。其实，田二标心里最明白，要想在这么短时间内找到愿意远赴郑成功星的人，说难很难说不难也不难，就看肯不肯出大价钱了。所以田二标告诉大哥，钱不是问题，尽快把人找到才是问题，别惦记着正常行情，办急事就直接开高价。

“你的生意经念得真不错，用来挖人也是很灵光的。”田大标打电话告诉老弟说高价一开出立马就有两个人表示愿意接活，而且那俩人目前都在月球上。一个是中国人，名叫李刚，他原计划是要飞去木卫二那颗星球的，被重金吸引过来了。另一个是外国人，他只是先表了个态愿意去，明天才会把资料发过来。田大标说等看过资料，就安排二标跟那两个人通一次视频电话，比较一下再敲定人选。

“我看别等了，速战速决好。”田二标要大哥先安排他跟李刚通话，条件可以的话就让他跟臭小子尽快接触磨合，至于那个外国人嘛，就当个备胎好了。

“也好。”田大标说有时候选项多了患得患失难取舍，反而误事。

速战速决很快就见了效，田二标跟李刚认认真真地进行了视频交谈，对他的情况很满意。李刚的年龄大了田也一倍多，航天经历非常丰富，曾飞抵过火星，还远飞过土卫六，近年来主要是受雇于商业飞舰在地月之间载客。这相当于跑长途的老司机改开出租车，驾驶技术让人放心。更重要的是，李刚为人老成持重，资料显示过去的几个雇主都认为他稳重可靠，能严格执行雇主的指令，从不乱来。田二标觉得儿子这趟远行很像是雏鹰放飞，臭小子桀骜不驯惯了，正好需要李刚这号人约束一下。

“我跟那个代驾已经聊过了。”田二标跟李刚通完话，紧接着就把视频电话打到了大标那里。他说基本情况他已了解，只有一点他不便直接询问，他问大标说：“那货是不是很贪婪，一见钱就眼开？他本来要飞木卫二的，就这么不顾一切跟人毁约？”

“哦，那倒不是，还没签约。”大标说他了解过，李刚的家人想在月球上开一家月泥美容院，但资金不足，所以他也是货比三家谁出价高就为谁远征这一趟。

“要是这样的话，我就放心了，”田二标亮明了他的意见，“我觉得李刚是个挺合适的代驾人选。”

田大标感到有点意外，他本以为起码要有两三个回合的沟通才能听到老弟的意见，他知道土豪老弟在生意场上阅人无数，在选才用人方面历来谨慎，这回怎么一眼就相中了李刚？可别急起来看走眼了。他提醒二标道：“要不要跟那个外国人也聊一下？”

“你说那个备胎呀。”田二标很果断地表示不用聊了。他要大标赶紧安排李刚跟臭小子见面磨合，免得夜长梦多，保不准又冒出个开价更高的来，那李刚家里可要惦记着火星美容院了。

代驾的人选这就算是基本敲定了。

田也听大伯说开飞舰的人真的要来了，他心里一阵高兴，终于可以无拘无束远走高飞一趟了。但大伯接下来的话让他又郁闷起来。

田大标告诉侄儿说：“李刚的名字虽然很普通、很大众化，但他的航天经历却很不一般，特别是人家沉稳可靠，你爸跟他谈过以后很满意。”

“干吗要我爸满意？那人是陪我去远行又不是陪我爸。”

田也不满地嘟囔自有他的道理。他本来听着大伯介绍情况并没什么不爽，可说来说去到最后所有的落脚点都是为了老爸满意，这让他立刻产生了反感，而且这种情绪就像污水一样迅速在思维的河流中漫延开来。那人叫李刚，这种文化遗产似的名字一定是他爷爷的爷爷给起的，人如其名，一听就知道他是个冷硬古板、毫无情趣的家伙，不好相处。说什么沉稳可靠，沉稳就一定可靠吗？老师说过，历史上大奸似忠的恶人多得是，都是些不露声色专搞阴谋诡计的坏蛋。田也越想越不高兴，老爸认为靠得住的人一定有他自己的用意，那肯定是用来拴儿子的缰绳，是风筝线。

“你爸那是为你好，大人总要把一把关。”田大标说李刚马上就要到了，见了面多聊一聊、熟悉熟悉，过几天就出发。

“我不想接触这样的人。”田也想到哪儿说哪儿，他不愿被缰绳套住。

不想接触？田大标怔了一下。对付侄儿可没什么好办法，他只能连哄带劝，说找到这么个陪着去大老远的星球的代驾同伴比找个新的小行星还要难，是猫是狗、难不难相处总要接触一下才知道。他估计侄儿在月警公寓里憋了几天正憋着一肚子气，让他放一下风就会舒服的。于是建议说等李刚一到，让田也他俩先去“失重餐厅”边吃边聊，吃完饭还可以一起去外面转一转、散散心嘛。

田也同意了，他并不想让大伯太为难。

李刚来了，确实看着老成持重，话不多。田也的态度不热也不冷。田大标分别介绍了他俩后，便送他们去了餐厅，让他们自己磨合。时间能磨合万物，包括陌生感。

身体一漂浮起来，田也马上就有了那天大吃一顿的感觉，心情大为好转。墙壁上的选菜单一显示出来，他便主动问李刚：“你想吃点什么？”

“你点吧，客随主便。”

“那就川菜？”

“没问题。”

李刚态度挺随和的，田也起初的反感在慢慢减弱。有的人看上去外表冷冰冰，其实并不难打交道，随和的人迟早是受欢迎的。

第一个菜盘图案刚显示在输菜墙上，田也高兴地飘游过去，手一挥对李刚道：“走啊，开宴了。”

“不能这样，”李刚从后面一把拉住田也的腿说，“等食物飘散开来慢慢吃。”

真没劲！你想慢慢吃可以，干吗要拖住我呢？田也不满地咕哝说：

“先吃后吃有什么区别吗？”

“当然有区别了。”李刚说散开了慢慢吃不会导致暴饮暴食的不适。

这是吃着玩，是美食体验，不是在太空舱里过日子，犯不着这么较真。田也虽然话没说出口，但一开始的反感情绪又回来了。

在接下来的出菜和进食过程中，李刚不停地向田也讲述太空用餐的种种常识，他以过来人的口气告诫田也，要想成为一名出色的宇航员，就必须牢记和遵循太空生活点点滴滴的要求。

有些人平时看着像个闷葫芦，当起教师爷来却滔滔不绝，田也心想李刚可能就是这么个货。不过，这会儿他对李刚的话只是左耳朵进右耳朵出，享用眼前的口水鸡、毛血旺、水煮鱼……才是正事。吃得差不多了，他才回应李刚一句：“我可不想当专职宇航员，我只想当乘客。”

“当乘客也要知道常识，太空生活可不能乱来。”

田也懒得跟他争辩，趁自己还没对他完全失望，也是刚吃过川菜心情正好，他一门心思想着饭后的行动。他问李刚：“月葬是怎么回事？”

“什么？”李刚嘴里有一口食物，差点没噎着，他不明白田也怎么会突然问这种问题。

“我只是想了解一下月葬的情况。”田也觉得没必要大惊小怪的，谁没点好奇心呀。

“你怎么会想起来问这种事？”李刚严肃责问一句后又当起了教师爷，他说马上要出发远行了，要调整好心理状态，排除杂七杂八的念头，尽量多想想旅程中的事，对宇航员来说出征前心境非常重要。他说这个时候跟宇航无关的任何话题他都不想闲扯。

“行啦行啦，你不想说拉倒，”田也已经不耐烦了，但他还抱着一丝希望，“吃完饭我们一起去月葬陵园走一走，我自己会弄明白的。”

“不行，肯定不行！”李刚的态度斩钉截铁，他说出发前到处乱跑是宇航员之大忌，此事绝对没商量的余地。

“绝对没商量？”田也的眼睛瞪得快跟那一个个肉丸子差不多大了。

“是的，没商量。”李刚又强调一句说，“这也是你父亲的要求，不能让你任性胡来。”

田也再也忍不住了，他刚想发作，只听扬声器里音乐响起，接着语音提示道：“您确定可以结束用餐了吗？”

田也顺势大吼一声：“不吃了！”

从餐厅出来，田也气冲冲直奔宿舍，对迎面而来的田大标视而不见。后面紧随着的李刚倒是停了下来，他见了田大标一言不发，两手一摊以示无奈。

田大标赶到宿舍的时候，见侄儿余怒未消，便轻轻一拍他肩道：“刚见面话不投机闹点别扭没啥，以后在路途上慢慢沟通就好了。”

“不是话不投机，而是什么机都投不了，”田也愤愤然道，“大伯您不用劝，我宁可待在月球上哪儿都不去，也决不会跟李刚同行。”

话已经说到这份上了，田大标不得不再跟老弟商量。二标一听情况便光火，说大哥你不能由着臭小子任性，该教训就教训，他还敢反了天吗？

“你儿子的脾气你比谁都清楚。”田大标说别再折腾耽误时间了，赶紧换备胎上路才是办法。

“要是备胎也不行怎么办？”田二标不无忧虑道，“万一那外国佬毛病多，恐怕还是要换回李刚，除非你手头还另有备胎。”

“这样吧，你先跟那外国佬聊，我马上再去一趟太空服务中心，看能不能找到新的人选。”田大标说完，便把那备胎的资料发给了老弟。

Hurley，29岁，新西兰人。田二标打开资料一看开头就皱起了眉头，怎么偏偏是新西兰人呢？那可是奥塔哥事件的发生地，据说Richard集团被抓获的不少骨干都与新西兰有关，据说漏网的有不少也来自新西兰，这事想起来让人头皮发麻。田二标继续看下去，边看边轻轻摇头。这个Hurley先算了吧，他心想，还是等大标另找新人有个结果再说，备胎就是要在没有正胎的情况下才启用，早用未必效果好。

田二标满心期待着能找到新的代驾，终于等来了大标的电话。但他听到的第一句话是“你跟那个Hurley聊过了吗？”，田二标回答说还没聊，他没说是对Hurley的新西兰背景有顾虑，而是说他的航天经历太单薄了，主要是在地球周围转悠，最远也只是飞过一次金星，他反问大标道：“找到新人选了吗？”

“有是有，但远水解不了近渴。”大标说新报名想卖力的倒不乏其人，可是都不在月球上，像李刚和Hurley这样能招之即来抬腿即走的一个也没有，他建议田二标马上跟Hurley谈，千万别拖延耽误了事。

“那就这样，搞点改革提高效率。”田二标说先让田也那臭小子跟Hurley接触一下，两个人要是对不上眼，就省得他再出面了，把李刚立刻召回来便是。

眼下也只好这么办了。田大标很快就找来了Hurley，安排他跟田也见了面。

有了李刚的先例，田也自然就有了抵触情绪。老爸找来的人都不会是省油的灯，相见容易相处难。虽然Hurley热情洋溢，一来就见面熟嘘寒问暖，但田也刚开始只是“哼哼哈哈”应付，他对眼前这个长着一副东亚人面孔的新西兰人还心存芥蒂。

“我可是做梦都没想到，会在月球上碰到个结伴游太空的小兄弟，可遇不可求呢，”Hurley毫不介意田也的冷淡，“对我来说，悲痛的月球之行从今天起就画上了句号，接下来愉快的新生活就要开始了。”

“悲痛？你来月球有什么悲痛的？”田也头也没抬，只是忍不住问了一句。

“哦，那都过去了。”Hurley说他这趟来月球肩负着家族重托，是为了完成他爷爷的月葬心愿。

“你是说月葬？”田也立刻来了精神，还真的是可遇不可求，他抬头看着Hurley道，“那是一种葬礼吗？”

“是呀，我爷爷早就立了遗嘱要求月葬的。”Hurley说他爷爷是家乡一位很有实力的农场主，经营葡萄酒庄和奶牛养殖场多年，老当益壮、乐此不疲，但这些年渐感力不从心了，于是就雇了两个智能机器人帮忙打理业务，谁知那两个硬基质动物突然使坏捣乱，气得他爷爷当场晕了过去，后来就……

“等等，先打住，”田也兴致一来便按捺不住了，他不想听Hurley他爷爷后来是怎么死的，“我想知道月葬是怎么回事。”

“月葬嘛，顾名思义就是把人葬在月球上。”Hurley弄明白了田也的兴趣所在，便转而向他介绍近年来兴起的月葬风潮。

说来月葬也不是什么神秘的事，其实就是地球人殡葬改革的一种形式。与传统的土葬和火葬方式相比，把逝者葬在月球上不仅能节省地球上的资源，而且也给人们的祭祀活动带来了诸多便利。长期以来，每逢先人的忌日或清明之类的特殊日子，人们总要奔波到陵墓前祭拜，费时费力。有了月葬就彻底省却了这些麻烦事，当特殊日子到来时，人们就可以遥望月亮进行祭拜，同时还能接收到从月球陵园发出的先人生前录音录像等纪念信息。过去人们常说先人会在天上看着后辈们，月葬似乎在一定程度上满足了人们千百年来的这种心愿，有没有天堂且不说，至少先人确实在天上。

如今月葬陵园推出的服务项目既有遗体葬也有骨灰葬，地球上的一些公墓正在考虑整体迁往月球。Hurley这次就是护送他爷爷的遗体来月球安葬的。

月球上没有氧气也没有微生物侵蚀，那遗体的保存时间不是长得多吗？田也以前从没关注过死人安葬的事，他问了不少具体的细节，Hurley一一讲给他听，两人相谈甚欢。

百闻不如一见，田也说："你能不能带我去月葬陵园看一看？"

"没问题呀。"Hurley说月葬陵园很有特色，建设水平比地球上的公墓更高，他在那里还看见了一些名人墓，比如苹果公司创始人乔布斯的墓，还有大作家马尔克斯的墓都已迁到了那里，据说还有爱因斯坦的墓呢。

"哇，那我一定要去看一看。"田也越听越来兴致，恨不得拉上Hurley就走。

"想去哪里看一看？"田大标不知怎么一下子就出现在他们面前。

"大伯，您来得正好，我们想去公寓外面转一转。"田也迫不及待请求说。

田大标眉头一皱没表态，侧头看了一眼Hurley。

"是这样的，我们想一起去月葬陵园那边拜一拜名人墓，"Hurley为田也帮腔解释说，"就在附近不跑太远。"

"大伯，您可是答应过可以在附近转转的。"田也不失时机将军道。

"此一时彼一时，情况有变。"田大标说着话便把Hurley拉到了一边，叽里咕噜一番便打发他离去了。接着，他又转回身对田也道："你抓紧时间准备一下，等李刚一到就跟他一起启程。"

"启程？去哪儿？"

"哎哟，大侄儿，还能去哪儿，飞去郑成功星啊。"

"我不！要去就跟Hurley一起去，"田也的态度非常坚决，"否则我哪儿也不去。”

“咳，你这孩子啊，”田大标无奈地摇摇头道，“不管跟谁去，先去准备着吧。”

田二标很快就接到了大标的电话，他一听说儿子执意要跟Hurley同行便火冒三丈说：“不行，不能由着他胡来。你收拾不了他没关系，大不了我亲自跑一趟月球，看臭小子还能反了不成？”

“来不及啦。”大标说今天警察公寓周围已有异常动静，据看门的月嫂反应，有两个形迹可疑的家伙在附近转悠，向她打探这几天新入住人员的情况，甚至还问到有没有一个16岁左右的少年来过。大标说这很可能是Lucy派来的探子，一旦让他们掌握到行踪就彻底被动了，到时候田也前脚走绑匪后脚就尾随而去，那就会陷入极度危险的境地，所以田也必须立刻动身远走高飞。

“那就真的让臭小子跟着那个新西兰的备胎一起去？”

“情况紧急，恐怕也只能这样了。”

第8章

相遇郑成功星

哈尼号飞舰载着田也和Hurley向遥远的小行星带飞驰而去。

起初的飞行里程尚在即时通信的距离之内，田家兄弟俩通过视频信号密切关注着飞舰内的举动。那个Hurley还行，起码没田二标想象得那么差劲，他操控着核聚变动力飞舰起飞、变轨、加速，看样子动作很熟练，蛮有老司机的派头，跟田也时不时还谈笑风生，田二标慢慢放下心来。“这备胎还算不错。”他对大标说。

飞了些日子以后，哈尼号渐行渐远，超出了即时通信的距离，信号迟滞时间越来越长，田二标终于感到鞭长莫及了。“总是要飞远的。”大标对老弟说。

田也跟Hurley虽然近在咫尺，但两人的关系似乎也随着飞行里程在一点点疏远，当初那种相见恨晚的热乎劲儿已衰减得所剩无几。航程过半后，彼此之间好像很难再找到共同感兴趣的话题了。Hurley显得心事重重，刚开始那种热情洋溢的劲头已经烟消云散。田也同样在考虑自己的事，静下心来他又想到了“罪魁祸首”——这段日子招来了一连串麻烦的那台DNA纠缠仪。要不是Lucy一伙恶人死缠烂打，他早就能见到汪芸姐姐了，也许已经弄清了那台仪器惹祸的真相。现在可好，这么大老远去小行星带来回一趟起码要折腾好几个月时间，也不知猴年马月才能当面向汪芸求教，真急人啊。

此刻人还在飞往郑成功星的路途中，田也的心却已开始飞返地球。他想好了，回去以后不管老爸是否阻拦，也不管Lucy一伙是否被擒，都要尽快找到汪芸。

但是，让他万万没想到的是，后来他居然在太空碰上了汪芸。

田也不知道，就在哈尼号即将飞抵郑成功星的时候，汪芸也从地球上启程，踏上了飞往诺苏号空间站的征途。汪芸原打算先到月球上稍停留，处置一下那群被地球上当作异类物种的巨型蚂蚁，不料还没登陆就传来了月球核电站发生大爆炸的消息，她只好改变计划直接飞向遥远的诺苏号空间站。长途奔波抵达诺苏号以后，她跟老同学陈万通终于会合在一起，得悉家园可能已遭到毁灭性劫难，他们悲痛之余深感挽救地球物种、挽救人类的责任重大。在机器人忆牛顿的帮助下，汪芸和陈万通全力以赴忘我一搏，完成了地球物种向太空移植的关键一步。然后，他们决定飞返地球，不管那里遇到怎样的浩劫，他们都想在最后的关头守望着人类生活了千万年的家园。

搭载着汪芸和陈万通两人的质子飞舰瞄着地球目标在太空中穿行。每隔一段日子，他们都会近身掠过那些有头有脸的大行星，海王星、天王星、土星、木星以及它们的一些卫星，这些都构成了一道道靓丽的太空风景。外太阳系的星体比内太阳系星体的体积要大得多，就连不少卫星的块头都比地球这个行星要大，这让汪芸很有感慨。整个太阳系要说都算是地球城的郊外，近郊有水星、金星和火星，远郊还有那么多大块头的星体，人类却找不到另一颗宜居星球。郊外风景虽好却让人无处栖身，地球人只能想着远赴他乡去寻找新家园，他乡或许能让人落脚但哪儿有那么容易够得着？其实人们早就意识到了这个天大的难题，但就是不肯花大力气去求解，每一代人都觉得地球家园的毁灭是很遥远的事，犯不着伤筋动骨砸重金去谋划人类的第二家园，等后代们去慢慢考虑也不迟，结果大祸突然降临时地球人措手不及无处逃难。早知道家园脆弱说毁就毁的话，人们肯定会把建造挪亚方舟当作头等大事来干，可惜呀，一切为时已晚。

“很快就要驶入小行星带了。”陈万通轻声提醒汪芸道。

“嗯，”汪芸机械地应了一声，依然顺着自己的思绪道，“你说人们当初为什么要舍近求远呢？”

“什么？什么舍近求远？”

“我是说寻找人类的第二家园。”汪芸说她很不理解，人们在这件头等大事上投入的力量本来就很不够，为何还总想到太阳系外去搜寻那些可望而不可即的宜居星球呢？那些星球动辄离地球百千光年甚至亿万光年远，就算有朝一日人类的飞行器能够抵达，也不太可能实现地球人的大规模迁移。既然如此，何不集中精力就近在太阳系内先解决问题，近有火星远有土卫六等大星球，下点儿功夫把它们打造成宜居之地，不是更现实吗？

“不单是距离远近的问题，在太阳系内就近改造一颗大星球的难度，丝毫不亚于迁移到太阳系外的宜居星球上去，谈何容易呀？”陈万通说自从登陆火星、登陆土卫六以来，人们就一直在打着移居这些星球的主意，雄心勃勃的改造计划提出过不少，甚至用人工智能手段模拟出了能源、水、空气、食物等生存要素的具体改造方案，但要把那么大一颗星球的整个生态环境改良到人类宜居的程度，最乐观的方案也要花几万年的工夫，人类现代文明能否延续那么长时间都还是个未知数。所以至今为止，人们在这些星球上也只能是搭个大棚，建个基地营造出空间站那样的局部生存环境，实现大规模移居就跟前往百千光年之外的星球一样，还是遥遥无期的事情。

“照你这么说来，地球人注定只能一代代困在唯一的家园，灾难降临也不可能有避难的挪亚方舟？”汪芸在心里不愿认同陈万通的走投无路之说，虽然实际情况明摆着，地球这回突然遭了大劫而人类确实无处可去。但她还是感到很纳闷，人类通过5D打印技术向遥远的星球移植地球物种，即使能解决物种在宇宙中长久延续的远虑，但解决不了一个个大活人避难的近忧，好比说未来的口粮已落实却找不到眼前需要充饥的一顿饭，这似乎不符合地球人的智慧。

陈万通没有即刻回答汪芸，他打开巡天望远镜的屏幕慢慢搜找，最后把镜头定格在一颗小行星上，在这颗小行星的周围还稀疏分布着一些更小的星体。然后他转头对汪芸道：“人类完全可以解决挪亚方舟的问题，出路就在小行星上。”

汪芸凑近一看，屏幕上显示着几个说明文字：“巴普提斯蒂娜星”，除此之外看不出有什么特别的名堂。她忽然想起来了，陈万通上次返回地球时，被极端组织的爪牙算计，差点跟这个小行星族群中的一颗小星体迎面相撞，难道他发现了宜居的小星球？但她从没听说过太阳系里有哪颗小行星适合人类居住，如果有的话那早就成为特大新闻了。

“直接到这颗小行星上生活肯定不行，但可以把它改造成一颗宜居星球。”陈万通似乎看出了汪芸的疑惑，他很肯定地亮出了自己的观点。他这么说绝不是信口开河，而是他多年前就用计算机模拟论证过了的。

在学校的时候，他也参加过太空设计之类的科技竞赛活动，但都是受其他同学之托发挥自己的专业优势为他人作嫁衣裳。他清楚地记得，当年有人把一颗小行星的数据给了他请他帮着运算，论证其宜居化改造的可行性。人家的想法是，把这颗小星球的里面掏空，人们或许可以在这个空心球里生活。陈万通经过认真计算后认为，这种大胆的想法完全可行，只要能让这颗小行星每分钟自转两圈，其内壁“赤道”附近的离心力就跟地球上的引力相差无几，人们便会感觉跟生活在地球重力环境中差不多。当然，内壁的纬度越高则离心力越小，他甚至跟人家探讨过，可以在高纬度地区建医院和娱乐设施。或许那里比地球上的单调生活更丰富多彩呢。至于空心球内的生态环境，那完全可以仿造载人飞行器或空间站的内部设计来实现。总之这样的星球改造在理论上说得通。

“这样的挪亚方舟属于小打小闹，对全人类来说无异于杯水车薪。”汪芸觉得这种想法不能从根本上解决问题，不说也罢，要真的把一颗小行星打造成宜居星球，那也只是大难临头时极少数达官贵人的避难所，亿万普罗大众只能望而兴叹。

“我以前也跟你的想法一样，认为一粒米救不了一群饿汉。”陈万通说亲历了地球这场浩劫，这段日子他重新反思后改变了看法，他说他现在觉得人类以前探索太空寻求新家园也许方向不对头。

“方向不对头？怎么讲？”

“其实打造人类第二个宜居点的理想选择，就是整个小行星带。”陈万通说一碗米或一袋米都是由一粒粒米堆出来的，积少成多，小行星带有几十万颗大小不一的星球，直径超过几十公里，甚至上百公里的星球就有很多，如果把它们全都建成一个个宜居点，那会是一个很壮观的人类新家园。

汪芸点头，她觉得这个设想有点儿意思，起码比改造火星或土卫六那样的大星球更具可行性，也比向外星系的宜居星球迁移更现实。汪芸心想，在人类凭智慧找到远征百千光年之外的办法之前，先立足太阳系内给人类自身建造一条后路确实是明智之举，至少在地球面临毁灭性灾害时能有个栖身之处。而且她想象中的小行星带家园有可能比地球家园更美好更多姿多彩，不是吗？那一颗颗小行星就是一座座太空岛城，它们彼此若即若离，相隔百千万里却似近在咫尺，乘坐飞行器可以周游列岛相互领略异岛风光，每座太空岛城都各具特色，就连昼夜交替和年岁计算方式都不一样，由此孕育出来的新文化也一定更加丰富。

“万岛新村”，汪芸脑子里火花一闪迸出了一个新名称。谁都知道，地球家园早已被称为地球村，人们亿万年集中生活在同一颗星球上，立足之地只是地球表面，实际上它就是太空中的一座小村庄。而小行星带家园则地域分散、开阔，要说其空间跨度可是比地球村大了千百倍，但在浩瀚的宇宙中依然只能算是一个小村落，称之为万岛新村还是蛮贴切的。

汪芸遐想起来觉得，地球村可以算是老屋，而万岛新村则是名副其实的新居，守着老屋而不及时造新居是很危险的，一旦上帝强拆老屋人类当然就无处栖身了。所以，地球人早该居安思危尝试用各种办法建造新居了。东方不亮西方亮，在暂时找不到也造不出能集中居住的另一个地球村的情况下，化整为零在一颗颗不起眼的小行星上分散行动，终将建成万岛新村这么个新家园，积少成多这道理一点不错。

“要说积少成多的话，还有更广阔的天地呢。”汪芸一下又想到了诺苏号空间站所在区域的外围，那里分布着无数的小行星，他问陈万通道，“你考虑过柯伊伯带吗？那边可是小行星的天下，能兴建规模更大、范围更广的万岛新村。”

“噢，柯伊伯带我倒没想过，”陈万通思索了片刻道，“我觉得在太阳系边缘建万岛新村难度太大，不仅距地球远、工程造价太高，而且距太阳母恒星过远也不利于营造各类物种的生存环境。”陈万通说这只是他的直觉判断，至于人类移居到柯伊伯带是否真有可行性，还要经过人工智能运算模拟之后才能下结论，出现奇迹当然也有可能，他说也许在柯伊伯带建造新家园会有意想不到的优势。

话虽这么讲，但在陈万通的眼里，位于火星与木星之间的小行星带才是建造万岛新村的不二选择，这是他这段时间反复琢磨得出的结论，虽然他明白再好的想法也是马后炮了，想了也白想。跟汪芸这么一交流，他觉得自己没白想，能让别人产生共鸣的想法都是有价值的，他要进一步琢磨清楚。

汪芸入睡以后，陈万通还在琢磨。这回他不光凭自己的脑袋苦思冥想，而是借助人工智能建立数学模型帮他判断。但他并不是当甩手掌柜把活交给机器就完事了，计算机在建模运算过程中不断地要他提供相关的数据，就像一只表演中的海豚不停地向主人讨食那样，不喂吃的就不做下一个动作。陈万通手头掌握的小行星带数据资料很有限，那样的大数据只有小行星中心才能提供，他眼下只能有多少喂多少，实在没有的数据就自己估算或者干脆就略过。他并不是想弄出一份精确的可行性报告，只要人工智能帮他粗略地判断了一下，兴建万岛新村是否可行就可以了。他当然希望结果跟他想象的一样，可行。但是，计算机吞光了他手头有限的数据后得出的结论是，在小行星带建造万岛新村不可行。

舍弃了一个囫囵觉没睡，换来的结果是不可行，陈万通差点没把计算机给劈了。怎么就不可行？他非要弄个明白不可。计算机玩的也是宜粗不宜细的把戏，它分析出的不可行因素主要是能源问题。成千上万座太空岛城要供人们长期居住，每时每刻消耗的巨大能源从何而来？万岛新村没有传统的化石能源，靠人工核聚变或核裂变提供能源根本不具有可持续性，因为整个小行星带可用的核物质材料很有限，不足以做长久支撑。而且计算机把更长远的景象也模拟出来了，小行星带比地球距离太阳要远得多，未来随着太阳表面温度的降低，万岛新村从太阳母恒星获得的能源更难以维持动植物的基本生存。远近情况都分析了，万岛新村的设想没有可行性。

汪芸一觉醒来的时候，陈万通仍在盯着屏幕深思，愁眉不展。她凑过去一看便明白他郁闷的原因了。汪芸安慰他说：“你可别把人工智能当成万能的上帝，世界不是按计算结果运转的，而且不知哪一堆数据一变化，结论也就跟着失效了。”她这话倒是挠准了陈万通的痒痒处，是这个理呀，数据量本来就不够而且还欠准，得出的结论自然是不牢靠的。你不但不把母鸡喂饱而且还喂假饲料，还能指望它好好给你下蛋?

虽然人工智能模拟的结论不一定对，但它分析的原因不无道理。陈万通当然不会轻易罢休，他顺着能源问题这一线索继续琢磨。接着，他拿出当年帮汪芸摆弄药圃传感器的劲头，废寝忘食在电脑上折腾，寻求理想的解决方案。精力一投入也就清楚了，万岛新村的能源问题可不是开个油田建个核电站那样的微小工程，而是大手笔的太空工程建设，他从那个著名的“戴森球”方案中得到了启发。按照戴森老先生当年的想法，可以用一种薄膜从外围把母恒星连同它的所有行星整个包裹起来，这样一来，该星系的能源就只在本星系内流转，从而避免有朝一日能源枯竭的结局。曾经有人依葫芦画瓢提出过太阳系的建设方案，设想从柯伊伯带附近入手，把太阳连同八大行星全都包裹成一个庞大的戴森球，从而防止太阳能流失。瞧瞧这种手笔，够大的吧。然而有反对者算了一笔账，假如太阳系要建的戴森球壁厚仅一厘米，那么，把八大行星连同它们卫星上的固体物质全部用光也远远不够。行星全都消耗没了，就算能建成个巨大的戴森球又有何用?给超级外星人当足球踢吗?

陈万通现在有了新想法，不搞大而全。劳民伤财的样板工程往往不靠谱，因地制宜建造一个浓缩版的戴森球也许可行。他设想的这种戴森球就包裹在小行星带的外缘，只把太阳以及水星、金星、地球、火星四大行星围起来，这样一个球状膜比包裹整个太阳系的巨球小太多了，二者大小类似于乒乓球跟篮球的比例关系，所需的建材自然也节省多了。而且建材可以主要取自外太阳系，那里不是被称作地球家园的郊外吗？木星、土星、天王星、海王星及其卫星们的丰富资源都可以用来建造这个戴森球，再不够就把冥王星和柯伊伯带也用起来，总之郊外多做贡献就无须家园伤筋动骨了。考虑到施工便利，这个小型的戴森球可以紧贴着小行星带的外缘建造，最外围的一些小行星可以当作球壁依附的骨架，有骨架附着总比整个悬空着要踏实。最关键的是，小戴森球的内壁要镶嵌些太阳能吸附材料，就近把光能转换成电能、热能，供附近的一座座太空岛城使用，这么一来万岛新村的能源问题不就迎刃而解了吗？

一连几个囫囵觉又没怎么睡，陈万通把小戴森球建设构想形成的数据信息整理好，再次喂给了计算机，他期待着模拟后产生新的结论。要是还不行的话，他就要考虑汪芸建议的柯伊伯带了，说不定万岛新村建在那一片会有奇迹般的可行性。但想归想，他手头上有关柯伊伯带的数据资料更是少之又少，因而这个大胆假设恐怕连小心求证的机会都没有。眼下只能走一步算一步，等计算机做出小戴森球方案的可行性判断再说。

计算机模拟似乎挺善解人意的，这回很给陈万通面子，运算了没多久得出的新结论是：有戴森球作能源支撑的万岛新村建设方案基本可行。

“啪”，陈万通兴奋得双掌一击。

“你最近怎么老不睡觉啊？你有再多的想法也只是事后诸葛亮。”汪芸迷迷糊糊醒来，嘟囔了一句又继续睡去。

事后诸葛亮也不好当呢，这年头不管事先判断还是事后分析都离不开人工智能的帮助，诸葛亮早就转型升级了。陈万通现在觉得料事如神得有事可料才行，万岛新村这个人类第二家园的最理想建设方案，过去一直没有进入人们的视野，缺乏诸葛亮事先研判就只能由他这个幸存者事后来琢磨了。其实早在20多年前，强AI这一升级版的诸葛亮就已横空出世了，可那个时候，全世界都像突然发现个大金矿似的，人们你争我夺四处挖掘人工智能的实用领域，生产、生活，吃喝拉撒、娱乐游玩，几乎各种领域都应用到了，偏偏就没考虑到要用人工智能帮助人类谋划第二家园。万岛新村似乎跟现代诸葛亮缺了点缘分，这不能不说是地球人的一大遗憾。

时过境迁，陈万通感慨万千。不知不觉中，质子飞舰已进入了小行星带深处。他时而望着舷窗外，时而盯着巡天望远镜的屏幕，像是要实地考察一番他想象中的万岛新村。汪芸那天一觉醒来见他趴在舷窗边向外看，以为他在观察火星。“是不是快接近火星了？”她问。

“哦，还没有，”陈万通头也没回便应道，“现在到谷神星附近了。”

汪芸一听谷神星立刻也凑到了舷窗边，她早就知道小行星带里这颗最大的星体，它的块头几乎是著名的丝川小行星的两千倍，那上面有山有水还有岩洞，据说景色宜人、别具一格。“谷神星在哪儿呀？”她要陈万通指给她看。

“就在我们左前方。”陈万通说着话侧过脑袋，让汪芸临窗观察更方便。

汪芸睁大了眼睛望向朦胧的窗外，除了正前方的火星像只大橘子一样悬在空中外，视野中看不见别的星体。这没什么奇怪，汪芸知道像她这样航天经验不多的人观察小星体挺费力的，就像过去看X光片一样，有经验的医生一眼就能看到病灶所在，普通人只会看得一头雾水。

“以前有人想把谷神星建成旅游胜地，那里地域广阔，可以容纳成千上万的人旅游度假，后来据说因无法提供大量的食物而放弃了这个念头。”陈万通自顾自说，他没注意到汪芸是否看到了谷神星。

想在谷神星建旅游胜地一事，汪芸倒是听说过，那时候她刚读大学。当时看到报道说发现谷神星的岩洞里有咸水湖，她就在想，那里很可能是个地下海洋，说是湖也许小瞧人家了。她还想过，有海洋就不愁有食物，海藻养殖迟早能成为海粮产业，假如能在谷神星上成功养殖出海藻，那就完全可以解决食物的大量供应问题。可是这件事不知怎么就不了了之了，可能是因为谷神星的海洋环境与地球的海洋环境差异太大弄不出海藻吧，汪芸当时这样想。时隔这么多年，她没料到会这么近距离来到谷神星附近，可是左前方却看不见那个想象中要建旅游胜地的星球呀。看了老半天倒也没白看，她眼睛好像暗适应一样慢慢看出了名堂，左前方似乎有微弱的亮光在闪烁，确切来说是在左下方的位置，有点跟亿万光年外的恒星一样若隐若现。“欣赏谷神星的真容还挺难的，好不容易才看见左下方的一点儿眉目。”汪芸舒了口气说。

左下方？谷神星明明在左前方还偏上一点儿的方位，怎么跑左下方去了？陈万通连忙把头探近舷窗边，挨着汪芸的脑袋往外看。没错呀，谷神星就在左上方的视野中，像一块漂浮着的灰暗石头一样不起眼，不仔细辨认确实会视而不见。他再往左下方看，好像什么也没有嘛。

“你搞错啦，”陈万通说，“谷神星在左上方，要像在夜晚辨认山石一样仔细看。”

“你才搞错了吧，明明左下方才能看到点儿名堂。”

经汪芸一争辩，陈万通又盯着左下方认真察看。远处似乎确有微光闪烁，亦真亦幻。肉眼看不清没关系，巡天望远镜可是火眼金睛。他拉着汪芸一起转过身来，然后操控着巡天望远镜瞄准左下方搜找目标。不多会儿，屏幕上就显示出一个不规则石块的图像，那上面真的有一丁点儿光源在闪动。屏幕上同时还显示出一行说明文字：郑成功星，直径约8公里。

“郑成功星？没听说过呀。”陈万通自言自语到。

“成千上万颗小行星没听说过的多啦，”汪芸的口气不无得意，刚才自己无意的观察得到了证实，她对那一丁点儿光源来了兴趣，“那颗小行星上怎么会有发光体呢？”

“是啊。”陈万通说这么远的距离能让肉眼观察到闪动那应该是很强的光源，他判断道，“可能有人住在上面，或者是以前留在那里的什么装置。”

“查一下登陆情况吧。”汪芸说她从地球离开时刚更新过太阳系各星体的登陆数据，过去的情况一查就知道了。

陈万通立即动手查询，结果显示，郑成功星至今尚无任何登陆记录。“这就奇怪了，没有任何飞行器登陆过的小行星怎么会发出光信号呢？”他不解道。

汪芸同样感到很奇怪，刚想揣测原因，陈万通一说“光信号”猛一下提醒了她。会不会是光载音乐发射器？这是最近几年才流行起来的一种乐曲播放装置，说来这种装置的源头最早出自中国老大妈们的广场舞伴奏。

谁都没料到经过短短二三十年的发展，许多国家就迅速过渡到后老龄社会了，60岁以上人口的比例早已超过了一半。社会文化的巨变也随之而来，七八十岁的人刚刚教训完孙子一转身又要被自己的爷爷训斥，120来岁的老大娘问50岁的曾外孙女说：“你咋还不结婚呢？我在你这岁数早就当姥姥了。”曾外孙女说：“着啥急呢，我这岁数的姑娘多得是，60多岁的王老五还够不上钻石级水平，您老就多享享清福等着吧。”这么一来，老年人的生活用品便成了很大的社会需求，与之相应的技术发明也越来越多，光载音乐发射器就是最近发明出来的一种新玩意儿。老大妈们跳广场舞的队伍不仅日益庞大，从中国城乡跳到了世界各地，而且跳舞的环境要求也越来越高了。过去随便找个广场，不管路灯微照还是黑灯瞎火，音乐一放，跳起来其乐融融。后来大妈们觉得广场上不搞点花哨的伴舞灯光那就太土气了，那感觉就跟腰里扎根草绳、脖子挂着毛巾去听音乐会差不多。然而发展并不意味着处处进步，伴舞音乐的噪声对四周的影响一直是多年来的老大难问题，由此引发的矛盾冲突不断。但这年头什么事也难不住技术专家，终于有人脑洞一开解决了旷日持久的难题。不是有伴舞灯光吗，光线当然可以成为信息传播的载体，把音乐加载到伴舞灯光里就成了光载音乐发射器，老大妈们只要戴上一副耳环接收器就能自我陶醉照跳不误，周围就再也没有烦人的音乐了。

后来这种光载音乐发射器的应用范围不断扩大，汪芸也知道几种。例如一些老年痴呆症患者平时不敢出门，即使在住所附近转转也有可能找不到家门，而在光载音乐发射器基础上开发的音乐治疗对此有出奇的疗效，患者一听到自家熟悉的乐曲就知道到家了。还有人把光载音乐发射器打造成了旅游探险的救生用品，要是在深山老林或僻沟险壑迷了路而跟外界失去联络，打开发射器就可以向周围求援。也有人把这种装置用来做小岛屿或建筑物的标记，既能看得见又能听得见，让人找起目标来更方便。

“有可能是光载音乐发射器，说不定是哪个飞行器路过时扔在那里的。”汪芸说着话就起身去拿接收器，她带着接收装置原本是为了备用，现在正好可以试用一下。

真是太空一日如隔三秋，陈万通从没见识过光载音乐收发装置，他看着汪芸摆弄调试。汪芸并不熟练，她折腾了好一会儿也没收到什么光载音乐的信号，扬声器里发出的都是“吆吆啦啦”的噪音。

“算啦，可能不是你说的那种信号。”陈万通见汪芸手忙脚乱不见效，便劝她别太认真，天文异象五花八门，犯不着事事费心。他话音刚落，就听扬声器里传出了慷慨激昂的《黄河大合唱》：风在吼，马在叫，黄河在咆哮，黄河在咆哮……

“不好！有人在呼救。”汪芸一听就感到事态严重。她知道《黄河大合唱》本来是一首抗日救亡的名曲，因其曲调激昂，有人就把它用作了救生用品的乐曲，慢慢就约定俗成了。如今在一颗名不见经传的小行星上传出这种音乐信号，要么是有人困在了那里，要么就是有人恶作剧。

“不会吧？”陈万通不太相信有人呼救，一来郑成功星此前没见有人登陆的记录，二来就算真有人遇险干吗不用通行的电波呼救，而要用这种老大妈的用品向外发信号呢？总不至于一群跳广场舞的老大妈跳到郑成功星上去了吧。陈万通一边想一边把太空呼叫信号接收器的音量放大，周边区域如果真有电波呼救应该能收听到。可是，听了一会儿什么声音也没有。

“我觉得很可能有人遇险。”汪芸说光载音乐发射器本来就是一种辅助的呼救设备，往往是在无线电通信失灵的情况下才使用的，所以收不到电波呼救信号完全可以理解。“你这阵子不是一直在琢磨小行星吗？”汪芸建议说，“还是赶紧弄清楚这颗郑成功星的来历再说。”

“好，试试看，”陈万通说，“但我手头的小行星数据信息残缺不全，只能碰碰运气了。”

运气还算不错，陈万通很快就调出了郑成功星的资料，虽然不很详细，但足以了解大概情况。他和汪芸一起看着屏幕上显示的字眼：郑成功星，直径约8公里，形状为不规则球体，于2056年10月被中国台湾人郑某发现。次年有探测器路经该星球时进行了空中探测，初步探明，该星体主要由铁镍合金构成，星体内部可能存在液态物质，具体不详。国际天文学联合会已敦促有关机构，将该星体的实地登陆探测列入未来20年的计划中。

“20年计划？黄花菜都凉了，”陈万通一看完这一屏，便忍不住发起了牢骚，他转头对汪芸道，“看见了吧，万岛新村就是这么被耽误的。”

“不能这么讲吧。”汪芸说像郑成功星这样的小行星多如牛毛，人类哪有精力在短时间内一一光顾，再说那万岛新村的设想不也是刚刚出炉嘛。

“我们不是搞这一行的，悟出道道晚一点儿很正常，但他们专吃这碗饭的就太不应该了，”陈万通似乎越说越来气，“大家眼睛只盯着大星体，盯着系外深空，不把小行星当回事，以至于错……”

“行啦行啦……”汪芸说时间是不能倒流的，还是解决眼前的现实问题更要紧。她说着话就伸手点击替陈万通翻屏，希望看到更详细的情况说明。

可是很失望，郑成功星的资料就只有这么一点儿简单的文字介绍加上几幅空中拍摄的图片。第二屏上面更简单，只显示了一句补漏性的话，但这句话倒是分析问题的关键。汪芸轻轻读出了声：“探测器在绕飞勘查过程中，通讯联络一度中断，疑郑成功星周围存在较强的磁场干扰，原因不明。”

“难怪呢！”陈万通恍然大悟道，“看来时代不同了，忽视老大妈用品就像忽视小行星一样会犯大错。”

“现在明白也不迟，真有人困在那里了，该出手时就出手吧。”

“那就拐过去看看情况。”陈万通说从离开诺苏号至今飞了这么远，也该中途休整一下了，顺便也检查一下飞舰的燃料装置的情况。

“这样最好了，救人的同时还可以考察一下万岛新村的这座小岛城。”汪芸和陈万通一拍即合，他们的见义勇为之心也一样。

陈万通操控着飞舰改变方向，瞄着郑成功星直飞而去。

飞了一阵子，通信信号就呈现出时有时无、断断续续的状况。陈万通咕哝说：“这一带还真是有磁鬼捣乱，有人被困毫不奇怪。”

汪芸盯着巡天望远镜的屏幕，眼前那颗郑成功星发出的光点越来越明亮了。她忽然觉得挺纳闷儿，有人困在这么一颗小行星上，不对吧？她在心里估算了一下，郑成功星的直径只有区区8公里，这颗小星球的引力是很小的，只需要每小时15公里左右的推进速度就可以逃离，这个速度就相当于人们慢跑的速度。如果是飞行器在那里抛了锚的话，两个人用点力气抬起来，使劲蹬蹬腿说不定就能成功挣脱引力，哪至于困在上面动弹不得呀？就算飞行器太重抬不动，人可是活的呀，来一个轻松的加速跑就能飞离而去，脱离那里的磁场干扰，用通行的电波呼救岂不是效果更好？何必要用老大妈用品求救呢？不会真是老大妈困在上面，手脚不利索既抬不动飞行器也蹦跶不起来吧？这里面肯定有问题。“到了那里先不急着登陆，在远处观察一阵子再说。”汪芸提醒陈万通。

“嗯，我们到时先绕着郑成功星飞几圈，看情况再决定是否降落。”陈万通毫不犹豫地回应，他似乎也有某种不安的感觉。

其实陈万通这会儿跟汪芸想的差不多，不过他是从万岛新村的角度考虑问题。他在想，建造万岛新村要真是可行的话，那一颗颗小行星的引力那么微弱会是个麻烦事，轻轻用力一蹦就能成为太空飞人。虽然人们生活在岛城的内壁里面，但星际之间总是要往来交流的吧，时时刻刻都会有人出出进进，顽皮的小孩子若是溜出来一蹬腿就飘进无边无际的太空里了，这让家长们如何追如何找啊？要是犯罪分子作了案想逃跑，那也是一蹬腿就溜之大吉了。所以呢，万岛新村每座岛城的出入口，要建造得跟边境口岸一样，严控严管，没有专门的护照和签证不能随意进出。

看来要建一个比地球更自由、更开放的万岛新村还真不是件容易的事。人类的“围城”心理最重，生活在地球上嫌引力太大飞不起来受束缚，若是移居到万岛新村又会嫌引力太小没有安全感，横竖都不好伺候。由此陈万通就想到了郑成功星上的求救者，现在并没有实行岛城的出入管控呀，来去自由，大活人怎么可能困在上面？他也跟汪芸一样想不明白。

离目标越来越近了，汪芸把头转向舷窗外，她感觉郑成功星已经近在咫尺触手可及了。那个光源已经从光点变成了刺眼的光束，让人难以迎面直视。被困者显然也发现了空中的质子飞舰，使劲晃动着光束在飞舰周围扫来扫去，像是在呼唤着飞舰赶快降下去救人。

“怎么有这么笨的宇航员呀？”陈万通恨铁不成钢，忍不住道，“有晃动灯光的力气早该自己逃出来了。”

“现在跟郑成功星相距多远？”汪芸没接陈万通的话，而是发问。

“我们在距地面30公里高的上空。”陈万通说马上就要做环绕飞行了。

“太远了，降到10公里左右吧。”汪芸不得不提这要求，巡天望远镜受地面光束的影响根本看不清下面的情况，肉眼透过舷窗看更是看不清楚。

陈万通把飞舰降到距地面10公里左右，开始环绕着郑成功星的周围飞行。地面求救者以为飞舰不愿降落要离去，立即加大了光束晃动的频率，像是在拼命挽留说“别，别走啊！”

一圈飞下来，汪芸说：“还是什么都看不清，降到5公里左右试试看。”

“我就说下面那货是个笨蛋嘛，他还有这种手电筒照人脸的臭毛病，让人看不清还怎么救他？”陈万通发完牢骚不无担忧道，“降得太低不会有什么危险吧？”

“既然来了总要弄个明白，要不然就白忙活了。”

“那好，你注意观察着动静，”陈万通说，“我再绕一圈慢慢下降高度，直到你满意为止。”

又绕了一大圈飞回来的时候，高度已经降到了5公里以下。或许求救者以为飞舰见死不救，灯光就不再追着飞舰晃动了，而是恢复成了一束固定的光。这下子飞舰避开了光束，巡天望远镜对地面的情况就看得比较清楚了。

汪芸从屏幕上看到，距光源不远处搭建着一顶太空登陆帐篷。这是一种耐久型的生活帐篷，看来人家到这里并不是想点个卯就走，而是想逗留一段时间的。就在帐篷外面，一个身穿太空服的宇航员正在手忙脚乱地摸索着。还没等汪芸看清那人在干什么，突然，那家伙像运动员发力起跑一样俯身猛跑几步，整个身体就腾空而起了。没有大气阻力的小星球就是妙，那人几乎是轻松运动着一点点飞离地面，越飞越高。

汪芸仔细一看，嚯，那货腰间系着一根长长的绳索连着地面，显然，人家并不想就这样逃离郑成功星变成个无着无落的太空野人。绳索的长度是有限的，那人飞离地面大约两三百米高就止住了。他到了最高点立刻就四肢并用，手舞足蹈朝着上方的飞舰乱挥乱舞。最后的动作就像是指挥汽车倒车那样，示意飞舰赶紧过来，接着他就开始徐徐往下降落。

咦？汪芸忽然感到有点不对头，那家伙的体态和生龙活虎的动作越看越像个孩子，怎么看都不像个成年人。说不定真是哪个狼心狗肺的恶人把一个未成年人丢在了这荒凉的小星球上，那可是缺八辈子大德了。要真是个孩子的话，能想到用老大妈用品呼救就不错了。汪芸先前的种种疑惑似乎一下子都有了个合理的解释。

“降落吧，我们下去救人。”汪芸虽然声音轻，口气却很坚决。

“嗯？”陈万通感到有点意外，迟疑了一下还是点头说，“好吧。”

话一说完，飞舰就快速往下降落。突然，陈万通东摸西看几下后说：“不好，通信系统马上要彻底失灵了，信号完全被屏蔽了怎么办？”

汪芸从容回答说：“眼下没什么要跟外界联络的急事，救人要紧。”

飞舰终于降落在离登陆帐篷不远处。那个求救者很快就一蹦一跳趋近前来，他隔着舷窗很兴奋地挥手向里面的人致意。汪芸一边整理太空服一边也轻轻挥手跟那人打招呼，她透过对方头盔面窗看到了一张娃娃脸。好悬啊，幸亏及时发现了老大妈用品发出的求救信号，要不然孩子可就成了眼前这座太空岛城的第一个拓荒者了。

汪芸和陈万通一前一后出了舱，跟着那孩子朝登陆帐篷那边蹦过去。快到帐篷前的时候，那孩子忽然想起什么似的举手示意他们稍等，然后转身奔过去关闭了那个老大妈用品的光源。孺子可教，汪芸心想，人家到了太空来还不忘节约用电呢。

进了帐篷打开头盔，汪芸一看，眼前站着的果然是一位英俊少年。

“叔叔，阿姨，谢谢你们来救我。”英俊少年一开口就很讲礼貌。

“你怎么一个人在这种地方？多危险呀。”陈万通急于弄清情况。

“我，我……”英俊少年顾不得回答陈万通，盯着汪芸仔细看，“阿姨，你怎么长得这么像汪芸姐姐呀？”

阿姨长得像姐姐，什么话哟。陈万通问他：“你见过汪芸吗？”

“我没见过她本人，但我们学校有很多她的照片和视频，”英俊少年自豪地说，“她是我的校友姐姐。”自豪完还不忘加上一句：“这位阿姨长得特像她。”

“谁跟谁像啊？”陈万通手指着汪芸笑了，“这就是汪芸。”

“你是……”汪芸猛然想起什么来，她反应过来后盯着英俊少年认真端详。

“汪芸姐姐，你好！我是田也。”

“啊？！你怎么会在这里？”汪芸大吃一惊。

陈万通一头雾水。

第

9

章

又来个极端主义者

早也盼晚也盼，望眼欲穿盼救星。田也这段日子做梦都盼着有人来救自己。他想象过各种获救的情节，也许从附近的火星那边飞来一支救援队，也许大伯带着太空警察从月球赶过来，甚至他还想到了被外星人发现然后获救。他更多地想着有人驾着飞行器路经此地把他带回地球，种种设想都有过，但从来没考虑到从天而降的大救星会是他的汪芸姐姐。这让他喜极而泣，他像见到了久别的亲人一样，一股脑儿把他躲避Lucy一伙追杀的情况说给汪芸和陈万通听，从老爸被绑架一直说到自己被迫躲到月球。他说后来就跟Hurley一起不远亿万里来到了郑成功星，要不是这么东躲西藏远走他星，他早就能见到汪芸姐姐，早就该弄清楚DNA纠缠仪惹祸的真相了。

“汪芸姐姐，你说我那台小仪器怎么就变成了大象的无形杀手，什么原因呢？”田也讲完了自己的遭遇便直奔主题，见到汪芸他已经把别的事情暂时抛到脑后了。

“田也小兄弟，咱们先不转移话题。”陈万通对DNA纠缠大象之类的事既不清楚也没兴趣，他想知道田也为什么会一个人被困在此地。“你是跟别人一起来的，那个Hurley怎么不在？”

“那家伙很不厚道，鬼头鬼脑偷偷溜了，”田也愤愤地说，“要不是为了DNA纠缠仪我是不会让他溜掉的。”

“田也你听我说，咱先急后缓好吗？”汪芸说DNA纠缠的事晚些时候再聊不迟，先说眼前的事，“那个Hurley也是Lucy派来追踪你的吗？”

“嗯……那倒不像，”田也挠着头犹犹豫豫道，“我觉得，我觉得他可能是Richard。”

“你说什么？Richard？”汪芸吃惊地看了一眼陈万通，又转回头疑惑地看着田也道，“你是说那个狂人博士Richard吗？你怎么知道他？”

“我早就听说过Richard，他是个反人类的坏蛋，他还拼命反对地球物种向太空转移。”

“那你说说看，你有什么证据说他是Richard？”陈万通平静地问道。

“具体的嘛我也说不上来，反正就觉得Hurley一言一行都挺像Richard。”

田也当然是自己在猜测，但他并不是没根没据乱想出来的。实际上，他和Hurley一起从月球上出发没多久，他就感觉到Hurley这个人很不一般，说得好听点儿叫与众不同，其实就是另类，而且这种感觉随着相处的时间越久也越明显。起初两个人总是一起去那个小小的太空餐厅共同用餐，田也很客气，往往都是请Hurley点餐，毕竟人家是大伯雇来开飞舰的客人嘛，主人自然要让客人吃得满意才是。可是，Hurley每次总是点上一堆素食，一餐下来没有一点荤腥食物。一开始田也觉得可能是因为Hurley节俭，不好意思一上来就太让主人破费，因为餐食的消耗量回去以后是要跟飞舰出租者结算的，能省尽量省。几顿以后，田也细想一下就不太对了，Hurley说自己的爷爷是很有实力的农场主，这样殷实的家境里出来的孩子不应该节俭到苛刻的程度。后来田也又反过来想，Hurley为爷爷办月葬那可是大户人家的做派，也许他常年吃多了、吃腻了山珍海味，到太空来要换换口味，就像以前很多人吃得血糖血脂都严重超标了再来吃素一样。

上了飞舰后顿顿吃素，时间一久田也不干了。不管Hurley是节俭还是有别的原因，田也都要吃点荤的了。但他还是尽量替对方着想，也许Hurley是个素食主义者，只不过他自己不想说而已。于是那天在Hurley又点了一堆素食以后，田也便自作主张加了一份羊肉。哪知Hurley一听说要吃羊肉就跟要吃他身上的肉一样，极力劝阻田也不要吃羊肉。他说羊在历史上长期被人以及被狼、狮子、老虎等猛兽当作食物，忍气吞声、忍辱负重，如今人类不能再恃强凌弱、欺羊太甚了，到了该讲点起码的羊道主义的时候了。田也心想，你们新西兰从古至今遍地都是羊，吃羊肉、喝羊奶、披羊皮、用羊毛的事干得比谁都多，不但自己吃，还把大量的羊肉、羊奶、羊皮、羊毛卖到世界各地，要是讲羊道主义，新西兰还能有今天的发达富裕吗？

田也问Hurley说，你是个素食主义者吗？Hurley说这跟素食主义没关系，人类既然已经从动物世界中超脱出来了，就不该再信奉弱肉强食的丛林法则，而应当平等善待其他动物。田也说我们老师在自然历史课上讲过，人类超然于动物界那是万年前的事了，干吗现在突然要让人不吃荤？Hurley说人类以前的罪过情有可原，天上飞的、地上跑的、水里游的，样样都吃，那是自身为了生存而补充营养，是不得已而为之。现在情况完全不同了，基因工程制造出来的仿生肉材五花八门，再继续用动物作盘中餐就太不厚道了。田也讲不出更多道理跟他争辩，道不同不相为谋，从那以后两人就分开用餐了。

有时候两人没事闲聊起来，Hurley也会冒出一些稀奇古怪的说法。有一次Hurley问田也是否喜欢大海，田也说当然喜欢，他经常跟老爸一起去海边度假游玩，老爸还准备买一艘飞翼船畅游远海呢。Hurley感慨地说，是啊，大海多么广阔、多么美妙，要是陆地上的动物都能像鱼一样生活在海里该多好，无拘无束、自由自在，享有充分的物种平等权。田也一愣，说：

“不对吧，海里每时每刻都在发生着大鱼吃小鱼、小鱼吃虾米的事，何来物种平等？”Hurley说海里正常的食物链虽然有瑕疵但不影响物种平等的主流，起码不像陆地上存在人类这样一个超级物种独霸天下，多极世界比单极世界更平等这个道理显而易见。田也争辩说，食物链本来就没什么平等可言，大鱼总要靠吃小鱼才能存活呀。Hurley说那可不一定，人类既然成了地球霸主，就理应为逐步消除弱肉强食的食物链这种残忍现象而努力。田也感到很不解，问食物链怎么消除。Hurley说那就要看人类愿不愿意干了，他说自古以来人类捕鱼捞鱼不曾停歇过，吃掉的鱼可能比银河系的星球还多，现在也该对鱼进行反哺了，可以用基因工程方法制造大量的人肉来喂鱼，从而慢慢减少大鱼吃小鱼的现象。

田也听到这里起了一身鸡皮疙瘩，他感到恐怖、恶心。好好的一个海洋话题，聊着聊着彻底变了味。因为过去人类吃了大量的鱼，所以现在轮到鱼吃人肉了。这不是那什么……什么平等主义吗？

“物种泛平等主义，是一种歪理邪说。”汪芸提示道。

“对，就是物种泛平等主义，老师说那是反人类的论调。”田也想起来了。

“就凭这点，你便怀疑Hurley是Richard？”陈万通说想吃唐僧肉的不一定都是白骨精。

“哈，你也爱看《西游记》呀，”田也有点得意地说，“我虽然没有孙悟空的火眼金睛，但后来越看越觉得他跟Richard有关。”

“感觉未必可靠，物种泛平等主义的信徒不乏其人，”陈万通有点沉不住气了，“你怀疑他跟Richard有关，总要拿出点儿直接证据吧。”

“直接证据？”田也怔了一下，谈兴突然受了影响，有点犯难道，“那要想想……我……”

“哪儿来什么直接证据哟？Hurley脸上可没贴着说明书。”汪芸不满地白了陈万通一眼，又转头告诉田也，只要不是Lucy派来追杀的人就可以放心了，她提议先吃饭休息，剩下的事慢慢说。

接下来的日子里，田也陆陆续续讲述了被困前后的一连串事情。

哈尼号快要飞进小行星带的时候，Hurley对田也说郑成功星很快就要到了，这趟安装“天眼”监控装置的事易如反掌，不如先去其他地方逛一逛，等返回来再干，时间充裕得很。田也刚开始没什么戒心，大老远来一趟太空挺不容易的，到附近的星球上转转未尝不可。于是说：“好啊，去谷神星看看呗。”Hurley说那个荒凉的破地方没啥看头，要去就去远一点儿、值得一逛的地方。田也想不出更多可去的星球，远一点儿就是木卫二了，据说那里有山有水，景色不错。Hurley说木卫二也没意思，那里除了有一大片不能吃的水藻之外再没别的可看了，要么干脆就飞到卡戎去，虽然远了点但值得一逛。

卡戎？田也吓了一跳，愣了半晌没吭声，他觉得Hurley准是疯了才会想到卡戎。卡戎是冥王星的卫星，去那里要跨过木星、土星、天王星、海王星四大行星的运行轨道，快要抵达太阳系边缘了，那可不是远一点儿而是远得离谱了。Hurley见田也不表态，便鼓动说去卡戎定会有大收获，他说有人最近在卡戎上面发现了一座小山丘，“你猜那山丘里面的石块是什么？据说全是大大小小的金疙瘩呀，人们在地球上整天念叨着金山银山都是痴人说梦，卡戎上才有货真价实的金山，去那里想不发大财都难哪。”

金山银山对田也是没什么吸引力的，他这时并不了解Hurley的真实意图，只是认为无论如何都不能擅自跑到卡戎那么遥远的地方去，于是也就不想再多费口舌了，他断然告诉Hurley说眼下哪里都别去，还是先去郑成功星办正事吧。

“好在你没上当，他是骗你的，”陈万通插话说，“诺苏号空间站离冥王星不算远，我在那里从来没听说过卡戎上有什么金山。”

“那会儿还没觉得上当，而且他的一些话听起来也蛮有道理的，”田也说，“我只是不愿也不敢跑到那么远的地方去，要不然回去我老爸非揍扁我不可。”

Hurley见田也不肯去卡戎，以为他不相信那里有大堆金块可拿，于是又拿别的事来忽悠他。他问田也有没有注意到一个现象，人类早在20世纪60年代就已经步入太空了，后来却像小脚女人一样缓缓前行，直到最近40多年才又突然加快了太空探索的步伐。田也说这不难解释，技术没发展到那一步，想快也快不了。Hurley说那只是表面现象，人类1969年就成功登陆月球了，可是从20世纪70年代以后的几十年时间里再也没人去过，这难道是技术原因吗？田也听着确实是这么回事，就反问他为什么。Hurley说道理其实很简单，太空探索也是无利不起早的，当初快马加鞭抢着登月都是美国和苏联军备竞赛的结果，后来陆续从月球上带回了数百千克的月壤、月石，分析来分析去没见到什么值钱的玩意儿也就不愿烧钱再去了。再后来情况有变，时隔多年重返月球发现了大量的氚可用于核聚变反应，还有铀矿深埋在月面之下，于是乎各国闻风而动开始了月球大开发。

田也点头，这段刚过去的历史他知道，教科书上写着呢。

Hurley说逐利的序幕一拉开就有了深空探索接下来的好戏连台，哪里有稀缺资源人们就奔向哪里。在火星岩里面发现了钻石就立刻加快了人们大规模登陆的进程，在土卫六采集到了优质液化气样本也很快吸引了一波又一波探险者前往。说到底近年来大大小小的载人航天器在太空四处驰骋就是这个原因。

田也还没回过神来，Hurley接着又说郑成功星也一样，要不是那里富含铁镍合金价值连城，谁会傻了吧唧花血本购买那一文不值的监护权呀，除非田二标的智商清了零。田也想想也确实如此，话糙理不糙，郑成功星姓郑不姓田，田家跟郑家非亲非故的，为这么一块毫无用场的太空巨石倒贴钱不说，还大老远跑来帮人家做嫁衣裳安装“天眼”，这种事别说是老爸这样的精明商人了，恐怕换谁也不会干。Hurley见田也微微颔首有所触动，立马接着说卡戎那里机不可失，现在飞过去能喝上头啖汤，咱这飞舰虽小也起码能搬它几箱金块回来。田也听他话题兜了一圈还是不死心要去卡戎，便嘿嘿一笑让他打消这念头，说就算能把卡戎上的整个金山运回来他也没兴趣，这回说破天也不去。

田也之所以这么回应Hurley，是因为他忽然想起了大伯说过的话。田大标交代他说，出远门安全大于一切，有危险的事任谁说破天也不能干。其实，对田也跟着Hurley这趟远行，大标、二标兄弟俩从一开始同意放行就是抱着一种很勉强的心态，既然是不得已而为之，他们当然商量过一些应急防范措施，但这些措施说来说去只能靠田也自己去实施，他们鞭长莫及，能做的就是多交代几句而已。就在飞舰快要抵达郑成功星的时候，田也收到了田大标发来的一条信息，大伯提醒他说登陆以后可能会通信受阻，要他切记临行前叮嘱过的几件事，千万不要一昏头就忘到脑后了。

大伯叮嘱过哪些事？经历了这么多天的长途飞行，田也一下子还真有点儿想不起来了。临行前，田大标把他单独叫到办公室，关上门千叮咛万嘱咐，一一面授关键的安全防护措施。田也那会儿情绪亢奋、心不在焉，他嘴上应着“嗯，嗯”“知道啦”“明白啦”，心里恨不得立刻钻进飞舰升空走人。但田也是很机灵的，他从大伯的苦口婆心中感受到了防人之心不可无的道理，大伯说的话虽然没有留下深刻印象，但一些关键内容他埋在心底从未向Hurley透露过。Hurley在一路旅程中的另类言行，慢慢引起了他的警觉。说来也怪，飞舰在郑成功星上一降落，大伯的一些话语似乎烟消云散后又重新汇聚在了耳边。

登陆郑成功星的过程是很顺利的，Hurley的驾驶技术倒是无可挑剔，难怪他敢放胆说去遥远的卡戎上淘金。从飞舰上搬下行囊，田也和Hurley分别伸出手指按下指纹锁，封闭了舱门。这是一种例行的安全措施，并不是田大标特别设置的，谁也保不准在太空生活久了会产生什么幻觉，一不留神自己一个人就开走了飞舰，因而要两个人的指纹才能开启舱门。当然了，这也是很初级的防范手段，就跟汽车门锁防得住君子防不住小人一样，要是成心想把门弄开还有的是办法。

支好了帐篷，安顿好行装，田也和Hurley已是人困马乏，两人都倒下睡去。有轻微重力的环境比完全失重的环境好多了，躺倒睡觉会感到有依靠更踏实，不用捆绑在睡袋里了。哟，差点忘了。田也一想到捆绑又立刻起身，找出一根安全索系在了腰间。这可是大伯叮嘱过的，无论是睡觉还是露天从事重体力作业都要系好安全索，以免不小心飘出去成为一个太空野人。大伯说Hurley是老司机，人家知道怎么办，他要田也务必养成系安全索的习惯。大伯的话开始在细微处起作用了。

大伯的话接下来派上了更多的用场。

田也对这颗小星球充满了好奇，他拉着Hurley这里逛逛那里看看，第一次踏上外星球，感觉一切都是新鲜的。在月球的时候，整天憋在月警公寓里连门槛都没迈出过，那不能算是外星游。然而，Hurley对郑成功星好像一点儿兴趣也没有，他完全是一副陪太子读书的架势，一边逛一边念叨着要抓紧安装“天眼”，似乎重任在肩没心思闲逛。田也说急什么嘛，逛上个十天半个月再开工也不迟，有的是时间。可是没逛几天，Hurley催得就更紧了，他说不早日完成雇主交办的任务逛起来心里不踏实。田也心想，呵，这是皇上不急太监急，可太监肯定也不是真急，要不然怎么会提出要去卡戎呢？那么大老远跑一趟绝不止十天半个月呢。

其实田也不完全是漫无目的瞎逛，他在转悠的同时也在考察安装“天眼”的地理位置。说来“天眼”并不复杂，它实际上就是一台高灵敏度的引力波测定仪，安装在小星球上就是用来测定引力波变化情况的。小行星带的这些星球，若成分是一般的土石当然也就没人去盗挖，若是像詹天佑星、郑成功星一样富含矿产资源，那自然就会被人盯上。但是，盗贼要是偷挖个十吨八吨不伤筋动骨也就算了，大老远跑一趟小行星带也挺不容易的，就当是让他们挣点盘缠回去吧。要是贪心不足盗挖太多，那就不一样了，“天眼”测出小星球与周边星球的引力发生了变化，就会把信息传输到设在火星上的引力波观测站，继而向地球上发出报警信号，贼人就很难溜掉了。因此田大标要求，“天眼”一定要尽量安装在隐蔽的地方，要深埋。

转悠了好多天，Hurley也催促了好多次，田也终于看准了一个地方，决定把“天眼”埋在两个相邻小丘陵的连接处。说干就干，Hurley很快就拿来了工具准备挖坑，他通过头盔通讯器问田也要挖多深，田也说最少10米。什么？10米？Hurley一听就抱怨说你以为是挖沙坑吗，在铁镍合金上凿出个10米深的洞谈何容易？田也说这是“天眼”安装的基本要求，10米不算太深，慢慢凿就是了。Hurley发牢骚说一台监测仪又不是什么宝物，没必要藏这么深。说完就马上开动手提式钻掘机干了起来。田也和Hurley轮番上阵，折腾了老半天才挖了两脚深的一个浅坑。

第一天干完一回到登陆帐篷里，Hurley就大为不满地说这样不行，都什么年代了还带着这种落后的钻掘机来，这样不知要挖到猴年马月才能完工。田也说本来就不是什么急事，一点点挖呗。Hurley说你不急我急，撒泡尿就能干完的活照这样磨洋工可不行，谁愿意在这弹丸大的星球上久耗啊。田也说巧妇难为无米之炊，眼下只有这种工具，想快也快不了。Hurley似乎瞬间受了什么启发，说既然是巧妇就不能总想着以米为炊，该换花样就要换。他说着话就拿起钻掘机来，一手握着把柄一手在钻头上摸索，像是要把它变成一种神钻。田也说难道你有什么高招？Hurley说要看看飞舰上有什么可拆用的设备，把这钻头改造成高能量的离子束钻头，问题就迎刃而解了。田也一听，嚯，连这种高招都能想得出来。他虽然不懂如何改造钻头，但知道离子束的确能产生高压高热，可以切开几乎所有的坚硬物质，看来Hurley还真不简单哪。

田也对新技术向来敏感，他忽然也来了兴趣，想看看怎么改造钻头，说这钻头好改吗？他说着话就伸出手去，要从Hurley手上拿过钻掘机察看，哪知道无意之中可能是触碰到了开关键。

“哎哟”一声惨叫。Hurley猝不及防，正在摆弄钻头的右手被突然高速旋转起来钻头削个正着，虎口以及拇指内侧和食指外侧的一部分皮肉被卷去，鲜血淋淋。

“啊？！”田也倒吸一口凉气，片刻惊慌过后，他一面忙不迭道歉，一面迅速打开自己的一个行李箱，拿出急救包为Hurley紧急处理伤口。这下真闯祸了，Hurley的手伤得可不轻，用化血纱布包扎止血不难，但皮肉要重新长好恐怕没那么容易，即使不残废起码也会留下明显疤痕。田也边包扎边向Hurley保证说，回去以后一定要让老爸找最好的整形医院医治，听说成纤维细胞修复术可以让皮外伤彻底复原，不管去哪里花多少钱都在所不惜。

Hurley并没有暴跳如雷把田也臭骂一顿，他叹息了几声后还反过来安慰田也说没啥大不了的，说不定在太空就能想办法把手医好。突然，他像发现新大陆似的盯住田也开着盖的行李箱说，你那是个什么宝物呀？怎么一直都没拿出来过？田也侧头一看，Hurley说的是那台DNA纠缠仪。他把它放在箱子底部一路上都没动过，上面压着急救包还盖着衣物，大伯反复叮嘱过不可轻易拿出来示人，刚才手忙脚乱没顾得上遮掩。“那是D……”田也话到嘴边又改口说那是电子作业本。大伯说过，非常情况下撒点谎情有可原。Hurley饶有兴趣地看着说从没见过这种款式的电子作业本，那一定是新产品喽，让我见识一下。田也脑子转得飞快，说你手伤得这么重赶紧吃了消炎药先歇着吧。说完话他很自然地推扶着Hurley躺下，过去收拾好行李箱，锁上了指纹锁。

Hurley手负了伤，再急也有心无力了，他的日常生活都需要田也帮着照料，挖坑的活也只能由田也一个人按原计划慢慢施工。想去周围星球逛一逛也不可能了，手脚不利索，开着飞舰一不小心跟哪个小星球来一场“太空激吻”就惨了。接下来的日子里，Hurley就成了个工地上的现场演说家，田也在挥汗挖坑，他在一旁摇唇鼓噪。

他说得最多的还是博爱平等，不光人与人之间不分种族不分高低贵贱一律平等，而且地球上各物种也应该不分大小不分强弱一律平等，那是天道。他说很多国家都承认上帝造人生而平等，其实那是人类利己主义的一种曲解，上帝会这么片面吗？上帝制造了芸芸众生怎么可能只要求人人平等而不顾其他众生的平等呢？田也一开始还反驳几句，后来就只是“嗯嗯”应答不驳不辩，人家手上有伤痛要宣泄是可以理解的，何况那伤痛是他田也造成的，再据理力争不是弄得人家身心俱痛吗？这有点儿不厚道了。

日子一久，Hurley越说越来劲了，布道者总是认为自己掌握的真理会一点点深入人心的。到后来，Hurley就从理论说到了现实，他说地球人一心想着往太空迁移那是痴人说梦，宇宙的设计是有原则的，哪儿会轻易让人类把物种不平等向太空扩散呀，事情明摆着，地球附近根本就没有宜居星球，可以移居的星球想去却够不着，这是为什么？就是要人类老老实实在地球上把物种平等问题先解决好再说。田也忍不住回应说够不着是暂时的，大活人够不着可以通过5D打印技术移植物种，地球物种到了遥远的新星球上慢慢生长起来，还不是照样存在不平等问题吗？Hurley误以为田也在担忧，说就是呀，总有人变着法子想扩散物种的不平等，这种有违天道的事必须坚决反对和阻止才是，“田也你说对吗？”田也呵呵笑说：“上哪儿去阻止哟，我才不关心物种平等不平等呢，要是地球物种一夜之间都平等了，那我爸辛苦了大半辈子积累的财产全要均分给那些阿猫阿狗大灰狼癞蛤蟆们，我去喝西北风吗？”Hurley很失望地说：“你……那么多天过去了，你怎么刀枪不入呀？你真让我……”

真让他什么？Hurley没说出来。真让他没想到？真让他来硬的？真让他玩阴的？还是别的什么，田也无从知晓。

“他这是一计不成又施一计，变着法子想达到不可告人的目的。”陈万通插话说手负伤搞不好也是他玩的一出苦肉计。

说来也是很怪，Hurley的手伤随着“天眼”安装任务的逐步完工也一点点结痂愈合了，二者几乎是同步的。但他的整个右手虎口留下了很明显的疤痕。田也是很内疚的，看着Hurley的虎口周围呈腊肉一样的色泽心里很难受，关切地询问他手指的功能是否受影响。Hurley伸出拇指和食指勉强自如地弯曲几下，说没什么大碍，一点儿都不影响开飞舰。田也说那就好，赶紧离开郑成功星跟家里取得联系，尽量早点回去帮他把手彻底医好。Hurley一听便瞪着眼睛说回去？回哪儿去？这么大老远跑出来一趟拍拍屁股就掉头回去可不成，起码要到别处去兜兜风，转一转，长点见识才行。田也好言相劝说来一趟太空的确不容易，谁不想去附近的星球上多走一走看一看呀，可Hurley现在有伤在身还是要医治为先，早医好早安心，误了事不划算。Hurley瞪了田也一眼，长叹一声说："我的手肯定要继续处理，但医治这种瘢痕不必回地球，还有更好的地方可去。"

田也一听愣住了，更好的地方？难道太空里有高级整形医院？Hurley神神秘秘地反问他："知道诺苏号空间站吗？"田也当然知道，汪芸姐姐要去的地方就是那里，可这跟医治瘢痕有什么关系呢？Hurley摆出一副老前辈的姿态说这你就不懂了吧，诺苏号空间站上有一个生物实验室，那里培育出了一种太空微生物，能快速修复人体的瘢痕组织，据说效果奇好，地球上的医院还没引入这项新技术呢。

"他完全是在忽悠你。"汪芸插话说用微生物修复瘢痕组织也许可行，但目前八字还没一撇，诺苏号上根本没开展这项实验。

田也听Hurley这么一说有点儿犯难了。要是诺苏号就在木星轨道附近，甚至土星周围的话，他会毫不犹豫地答应Hurley，哪怕回去以后挨老爸一通重重责罚也认了，只要能把Hurley的手伤治好，了却这件闹心的事就行。可是，坐落在冥王星附近的诺苏号空间站实在太远了，这跟去卡戎的距离没什么差别。一想到卡戎，田也心里忽然生出一种异样的感觉，Hurley前阵子想到太空淘金，现在又要医治手伤，怎么那么巧都在冥王星附近？说不定这货还在做着发财梦，可能想借治伤之名行淘金之实，毕竟诺苏号与卡戎在太空中可谓近在咫尺。关键时刻田也的耳边又响起了大伯的安全预警，他没有立即表态，说是要考虑一下。Hurley见他磨叽了半晌没个态度，说有啥好考虑的，收拾东西走人就是了。田也哼哼哈哈说不急，等工地那边收完了尾再说。Hurley急不可耐地说要干就快干，现在就去把收尾的活干完，他也要加入一起干。

Hurley急起来干活也是蛮拼的，本来田也自己一个人还要几个工作日才能彻底完工，Hurley一加入三下五除二很快就干完了。这天就寝前，Hurley

便趁热打铁问田也考虑好没有，准备何时动身去诺苏号。田也很为难地说：“好远哦，一定要去那里治伤吗？”Hurley以不容商量的口气说：“必须去，你看看我这手哟，今天一干活才感到里面奇痒难忍，坏肉已经开始一点点发芽了，要是不抓紧用新技术治好怕是一年半载后会落下终身残疾的。”田也心里对Hurley的伤情一点儿谱也没有，Hurley的话已经说到了这份上他感到再也没有回旋余地了，何去何从应该由大人去判断、去做决定，于是他很坦诚地告诉Hurley说，第二天就飞离郑成功星跟家里先取得联系，不管怎么说都该让家人知道去向，他家人定会支持用最好的办法治伤。Hurley听田也这么一说马上怔住了，联系家里似乎让他很感意外。一会儿他才回过神来，很不满地嘟囔说一点主见都没有，这么大的人了屁事都要问家里，那就洗洗睡吧。说完话他自己真的就倒下先睡去了。

这一夜注定是要发生点什么事的。田也睡着睡着不知怎么就醒了，迷迷糊糊中他看到了Hurley的身影，他正站在那个装着DNA纠缠仪的行李箱旁边摸索着什么。田也立刻起身把灯光调亮，问Hurley不睡觉在干什么。Hurley支吾说伤口痒得难受要找点药膏抹一抹。田也指着一处角落说：“你的药不都给你放在那边了吗？”Hurley一拍脑袋说：“咳，看我这记性，手一痒都痒糊涂了。”田也见自己的行李箱并没被打开，便哈欠连连又躺下继续睡。

不知又睡了多久，田也被地板的颤动震醒。糟糕！地震了。这是他的第一反应，没想到这弹丸大的郑成功星上也会发生地震。田也在学校多次参加过地震演习，像这样在野外帐篷里碰到地震并不可怕，没什么硬物体从高处砸下来也就不会伤到人，再说这里重力小，就算有重物落下那也是很温柔的接触，不会像在地球上那样猛撞猛砸。田也又一次起身把灯光调亮，整个帐篷都在晃个不停。

不好！Hurley怎么不见了？小小的帐篷里根本没他的身影。田也刹那间惊出一身冷汗来，他感到比地震更可怕的事发生了，应该是飞舰在点火发动。情急之中首先浮现在他脑海里的就是DNA纠缠仪，这个时候如果有什么闪失，所做的一切可就功亏一篑了。他一反应过来立刻就扑过去打开行李箱查看，里面的物品明显被翻动过，但那台宝贝仪器还在。也许仪器外观看上去的确像个电子作业本，不惹人注意才侥幸没丢。他又拿在手里迅速检查了一下没见异常，这才稍稍松了口气。帐篷还在轻轻抖动，田也即刻穿好太空服奔出帐篷外，他一面系好安全索一面抬头看。见鬼，果然是Hurley那混蛋家伙，他是要偷偷溜走，飞舰已经在离地10多米的空中了。

往哪里跑！田也暗叫一声。大伯真是料事如神，他安排的关键防范措施这时候要用上了。从月球上出发前，大伯专门用一个医用“眼底镜”一样的玩意儿采集了田也的虹膜信息，并叮嘱他说人在飞舰在，紧急关头可以用眼睛阻止飞舰离开。大伯告诉田也说，哈尼号飞舰的外壁四周装有一种虹膜信息感应装置，能在数百米范围内识别特定的虹膜信息，只要飞舰发动起来，感应装置就会自动开启，一旦识读出特定信息，飞舰就会自动改变飞行状态而向虹膜方位移动，直到驶近眼前停机。大伯说会把田也的虹膜信息输入感应装置，以此作为今后阻止飞舰离开的特定手段。他要田也牢记具体的操作方法，万一哈尼号飞舰失控要强行离去，就要赶紧抓住刚起飞那会儿速度慢的时机，对着飞舰眨三次眼睛，每次间隔两秒钟，飞舰感应到这种信号就飞不走了。田也当时满不在乎地说，我还以为要做什么高难动作呢，眨眨眼睛谁不会啊。大伯说：“越简单越容易疏忽，就怕你事到临头想不起来。”田也拍拍胸脯说他背功课的功夫还行，三二原则忘不了：眨三次眼睛，每次间隔两秒钟。这么点儿事想从记忆库里删除都难啦。

眼看着飞舰就要飞走，田也真的要用三二原则对付Hurley了。他迅速打开头盔的眼罩，睁大了眼睛盯着上方的飞舰使劲眨了一下眼，飞舰看上去没什么反应还在往远处飞。他接着又使劲眨了第二下眼睛，飞舰这回似乎有了点反应，颤悠了一下才继续飞往地平线方向。好极了，再来一次就该彻底有反应了，飞舰乖乖地要飞回来了。

但是田也高兴得太早了，当他第三次眨眼再睁开的时候，飞舰已经无影无踪了。田也愣了片刻明白过来了，这颗郑成功星不仅块头小而且形状不规则，就这么眨几下眼的工夫，哈尼号飞舰已经飞到星体的侧面去了，估计第三次眨眼的信号没被感应到。

田也那一刻来不及多想，他立即一跃而起要追过去，但是还没弹起多高就被安全索拽住了。这一拽把他拽清醒了，两手刚打算要解开安全索的动作也停了下来。不顾一切追上去又能怎么样？自己肯定是撵不上飞舰的，而且飞舰很可能已超出了感应距离，追不回飞舰自己就将成为一个四处飘荡的太空野人，那可是死路一条，大伯反复告诫过绝不能出现那样的情况。一想到这个后果，田也不得不沮丧地随着微弱的重力落回地面。他懊恼地直跺脚，恨不能把郑成功星一脚跺碎。

“汪芸姐姐，我应该早一点儿从帐篷里冲出去的，”田也自责道，事到如今他仍后悔不已，“当时就差几秒钟时间呀。”

“不，你表现得很出色，危急关头保护DNA纠缠仪也是一件很了不起的事。”汪芸夸完他又问道，“后来呢？”

后来田也就困在这颗小星球上了。刚开始他并没有意识到情况的严重性，他只是觉得让Hurley这么溜走太便宜他了，这种行为比一般的“太空的士”甩客要恶劣得多。把人甩到月球上，甚至甩到火星或金星附近都还说得过去，那跟地球上的出租车把人甩到大街上的性质差不多，但把人甩到这荒无人烟的小星球上就太不厚道了，回去以后一定要让大伯好好跟Hurley

算算账。他估计大伯和老爸用不了多久就会知道这一情况，飞舰一离开郑成功星，行踪很快就会被监测到，派人来把他救回去是迟早的事。他根本不知道，也不可能想到家园已发生了惊天动地的变故。

田也不是第一次尝试遭软禁的滋味了，当初困在家里后来又憋在月警公寓里，其实过的也都是池鱼笼鸟的生活。当然这回不一样，这回困在八荒之外的小星球上，不是说走就能走的，等家人知道了再派人来营救至少要好几个月，田也做好了沉心静气打持久战的准备。

想通之后便要打发时间，他要是跟很多热衷电子游戏的同龄人一样，不愁吃喝、没人管束地疯玩一段日子那还不开心死了。但田也偏偏不是这种孩子，百无聊赖的生活似乎与他无缘。田也拿出了那台DNA纠缠仪，Hurley不在更好，摆弄起来就用不着遮前掩后了。一连几天他都看着那台宝贝仪器在思索，拿起来又放下，放下了又拿起。越看越纳闷，自己当初怎么会鬼使神差弄出了这么个怪玩意儿呢？隔空灭了许多大象还引来了绑匪拼命抢夺。可自己至今还没搞清楚原因，所以一定要找到汪芸姐姐问个明白。当然也有一种可能性就是，自己不知天高地厚无意中当了一回科学发展的铺路石，就像历史上的蒸汽机那样，先有了技术发明后来才明白了科学原理。当年英国工匠瓦特和纽科门等人无知无畏凭经验捣鼓出了蒸汽机，那会儿全世界还不知道什么热力学原理，火车是跑起来了却没人能从科学原理上解释得通。说不定当今时代又发展到了科学的一个新轮回，这种事一不小心又重现江湖了。要真是这样的话，那更要当面跟汪芸姐姐探讨、请教了。

田也不停地思考，也不停地琢磨自己这台仪器的功能为何会跑偏。那天他打开后盖查看时，想开启电钮再试一试。自从英拉阿姨告诫说开机乱试会惹事之后，仪器就一直没再启动过，如今跟地球上那些大象相距亿万公里，正好是通电试机的好机会。刚要按下开机按钮，突然，他意识到自己又差点铸成大错。这台DNA纠缠仪的设计灵感虽然来自大伯和老爸之间的双胞胎感应，但“纠缠”原理却出自量子力学，田也当时并不懂，后来物理老师专门给他讲解过。老师说量子世界是很奇妙的，如果两个量子处于“纠缠”状态的话，无论二者相距多么遥远，哪怕是分处宇宙的两端，只要其中一个量子的状态发生变化，那么另一个就立即能感应到并发生相应变化。无限远哦，太可怕了，说不定DNA纠缠也是这样的。要是现在开机乱试，地球上那些大象照样会遭殃，假如宇宙中还有别的星球上存在大象这种动物的话，也都会难逃一劫，到时候恐怕就不止Lucy一伙找麻烦了，外星球的绑匪都会找上门来。

田也相信这不是胡思乱想，他觉得有关“纠缠”的专业知识他还只是略知皮毛，特别是DNA纠缠既涉及物理学又涉及生物学，以后上了大学要好好研习。现在怎么办？这仪器已经在地球上惹出过麻烦，见到汪芸姐姐之前还是别再乱动为好，干脆先学一点量子力学知识再说吧。想明白后，从那天开始，田也就收好了DNA纠缠仪，暂时刀枪入库了。他在电子书包里搜找量子力学的一些经典名著来啃，包括普朗克、德布罗意、薛定谔以及玻尔、海森堡、泡利、狄拉克等量子理论奠基人和物理学家的著作，这些人描绘出来的量子世界读起来晦涩难懂，田也多数时候是抓耳挠腮，偶尔才会拍案叫绝。下了很大功夫也还是一知半解，田也这才明白，不是什么事都能无师自通的。但不管怎么说，田也磕磕绊绊却乐此不疲地在深奥的知识海洋里徜徉，不知不觉度过了一段孤立无援的日子。

没完全弄懂物理学大师们的理论，他倒是想到了另外一个问题。他觉得像量子学说这么难懂的科学理论，100多年来只用文字和公式去表述是很不给力的，普罗大众一代代人几乎都理解不了。因此他打算以后说服老爸出一笔钱，建造一个量子力学体验馆，把微观世界的运动规律用现代技术模拟出来让人们能直观感受到，那一定比白纸黑字的叙述或红口白牙的解说效果好得多，也更加精彩。

有时候读书累了，他也会走出帐篷凝望星空。虽不能临风对月，却也能望着远处一些不知名的小星球产生遐想。他甚至想到了，有朝一日地球上造访小行星带的人一定会蜂拥而至，到那时前来观光的、探险的、定居的人会络绎不绝，星际间的交通运输迟早会成为一个大问题。别的且不说，交通事故的救援就是个难题。不能指望大大小小的飞行器总不出故障，也不能指望在成千上万颗孤悬空中的小星球上不会出现出行受阻的情况，要是像他现在这样困在某个旮旯里无力自救动弹不得，那还不整天上演一幕幕太空救援的大戏吗？他觉得应该想出个办法，修建几条环绕整个小行星带的太空大道，这种环星大道就跟许多大城市的环城高速公路类似，一旦有人被困在飞行器中或被困在某个小星球上，便可以就近飘移到环星大道上去，让过往的飞行器救起。反过来说，过往的飞行器在收到呼救信号后也能就近前去解救。

“哟，后生可畏，”陈万通忍不住赞叹道，“比我们想象的太空岛城更超前呢。”

“嗯？什么太空岛城？”田也说我要考虑自救的事了。

守株待兔等了这么些日子不见来人，田也不得不从量子力学的玄奥思维中走出来，开始琢磨如何摆脱困境。飞是飞不走的，只能考虑向外呼救求援。Hurley这家伙简直可恶到了极点，把飞舰偷偷开走等于让人陷入走投无路的境地。别说身边没有通信设备，就算有电台也无法在郑成功星上使用，只能另想办法了。田也找出一些绳索，把那根安全索加长到200多米，跃到空中想更清楚地察看一下周围的情况，但跃起来几次都没看到什么特别之处能有助于呼救。真该建一条环星大道啊。居高临下的时候他也想到了，要是能像电影情节那样在地面燃起一堆篝火，别人在空中一眼就发现他的求救信号，那多好啊。可这是在茫茫太空，就连周围最近的小星球也遥不可及，绝不可能看见这里暗淡的篝火，何况这里没有大气也燃不起火来。

有没有更醒目的东西能让远方的人看见？田也在帐篷外转悠着不时仰望空中。突然，他想起大伯曾交给他一件不起眼的玩意儿，还真差点儿忘掉了。临行前大伯在他的行李箱里塞了一个折叠伞一样的东西，说是光载音乐发射器，带着也许有用。田也听说过这种老大妈用品，笑说又不是去太空跳广场舞为何带这玩意儿。大伯说这不是普通的发射器而是激光加载的音乐，发射距离要远得多，即使没用也带上，以防万一。抵达郑成功星以后，田也收拾物品的时候顺手把它拿了出来丢在了帐篷的一个角落里，再没见过更没动过。没想到大伯说得很对，最不受待见的玩意儿往往在关键时刻能派上大用场。田也立即回到帐篷里，在一堆杂物中翻出了被冷落已久的那个老大妈用品。

后来发生的事就没有更多可说的了。田也只是有点后悔，要是早一点想起这个不起眼的救生用品就好了，也许在Hurley刚逃离那会儿更有用，可以追着哈尼号的航行方向照射，若是有人像汪芸和陈万通那样在附近接收到呼救信息，那就很容易发现并怀疑哈尼号，Hurley也就不一定能跑掉。

“汪芸姐姐，你说Hurley那家伙孤注一掷去冥王星那边想干什么？”田也终于讲完了从被困到被救的经过，疑惑地问道。

汪芸看了陈万通一眼，陈万通微微点头，两人心里已有了共同答案。

“田也，你的判断应该没错，Hurley即使不是Richard本人也一定跟他有关，”汪芸说，“他不是要去冥王星，也不是去卡戎，而是冲着诺苏号去的。”

“这是个很危险的人物，”陈万通补充说，“他的目的十有八九是要破坏地球物种的太空移植行动。”

“啊？！那怎么办？”田也瞪大了眼睛。

汪芸在手腕设备上轻触了几下，粗略估算后说：“他应该快飞到海王星附近了，我们要尽快与诺苏号取得联系，让那边做好防范准备。”

“你们先收拾行囊，我这就去做起飞准备，”陈万通边整理航天服边往帐篷外走，“要赶紧离开这鬼地方。”

第
10
章

一本诡异的书

匆匆忙忙地离去，一如匆匆忙忙地来。田也还没来得及讨教DNA纠缠的问题，就马上要拔营走人了，他跟着汪芸和陈万通登上了质子飞舰。他明白，眼下的头等大事是要全力阻止Hurley的破坏阴谋。

飞舰很快就飞离了郑成功星。又飞了一阵子，“嘀嘀”的提示音频频响起，电波通讯就像睡了一大觉醒来似的渐渐恢复了。

“我们现在要往哪儿飞，继续返回地球吗？”陈万通操控着飞舰，征询汪芸的意见。

“先在附近转一转吧，”汪芸说，“等我联系上诺苏号再做决定。”

“需要等多长时间？”

汪芸打开三维星系仪，大致测算了一下说：“按现在的距离，我们跟诺苏号的电波联络一来一回至少要七八个小时。”

“哦，那还早着呢，周围有什么小行星可去吗？”陈万通想顺便再访问一个“太空岛城”。

“那我要搜索一下才清楚。”汪芸说。

“我知道。”田也对郑成功星附近的情况早做过功课，他说奥本海默星离这里最近，只有几十万公里。

“那就听田也的吧，”汪芸也不愿再费时间搜索小行星，“我要赶紧跟诺苏号联络了。”说完她就戴上耳麦开始办正事。

“奥本海默？”陈万通边按田也的指示调整航向边问他，“你说的是那个原子弹之父的名字吗？”

“对，就是他。”田也说奥本海默星是前些年由几位诺贝尔和平奖得主共同捐资命名的一颗小行星，以纪念他为人类和平事业所做的贡献。

“有没有搞错啊，”陈万通不解道，“原子弹跟和平联为一体，那不是水与火相容了吗？”

“一点儿没错，这些年人们的看法改变了。”田也把他做熟了的功课一一讲给陈万通听。

自从1945年美国在日本广岛投下第一颗原子弹以后，核战争的阴影就长期笼罩着全世界，人们总担心核武器这个妖魔有朝一日会毁了地球、毁了人类。就连奥本海默本人也进行过深刻思考，他曾借用一句梵文诗表达自己沉重的心情，他说“我成了死神，我是世界的毁灭者”。但是100年过去了，尽管战争不时冒出来，地区冲突也从未停止过，而世界大战却始终没能打起来。人们对“狼来了”的虚喊声已经听腻了，越来越多的人反思历史后终于认识到，世界大战之所以烽烟未燃就在于原子弹的威慑作用。这种物极必反的效果经历了百年验证才看得更清楚，即使再出希特勒式的战争狂人也不可能发动一场自我毁灭的大战。因而在一次和平集会上，美国黑人女总统纽巴娥深有感触地说：“我们应该永远记住奥本海默的丰功伟绩，是他一手按下了世界大战的停止键。”于是，这之后的一颗小行星以奥本海默的名字来命名。

“呵，你这脑瓜里装了不少世界大事嘛。”陈万通听完夸田也道。

“哪里呀，我是憋在月球上那几天没事干上网看到的。”

“那你当时有没有查过，奥本海默星的主要物质成分是什么？”

“嗯……好像说那是颗碳质星球，我不太懂。”

碳质星球？陈万通忽然想到了什么，他话题一转问道：“对了，你说应该在这里建造一条环星大道，有没有想过具体用什么材料来建？”

田也挠挠头说：“这我就不知道了，总不能用钢筋混凝土吧？”

“为什么这么说？”

“哪儿有足够的建材可用呀？就算只造一条巴掌宽的环星大道，把地球全拆了恐怕也凑不够所需的混凝土，再说那么远也很难运送大量材料过来，你说是吗？”

“要我说呢，可以就地取材，”陈万通笑笑说，“但不是用混凝土，而是用柔性的碳材料。”

“用碳材料？”

“没错，具体说来就是碳纳米管材料。”陈万通说这种奇特的材料具有超常的力学和化学特性，质地轻但拉伸强度高，可以制成缆索，用来建造环星大道再合适不过了。

陈万通并不是突发奇想，他前一段时间在考虑万岛新村的建造构想时，就想到了要用碳纳米管材料来搭建那个微缩版戴森球的外围框架。就像田也说的那样，这么浩大的工程不可能靠地球提供主要建材，别说是戴森球的工程主体了，就连搭个框架的巨量用料也只能就地取材解决。他认真研判过，小行星带的无数星球其实可分为内侧和外侧两大星群，这两大星群的主要物质成分是不一样的，据说是亿万年前由两颗质地不同的大星球碰撞成了这么一大堆小行星，所以才有了这种局面。内侧靠近火星轨道的星群主要是硅质星球，外侧靠近木星轨道的星群主要是碳质星球，在外围搭建框架正好可以就近用上碳质星球的资源，没有比碳纳米管更理想的建材了。而田也设想的环星大道，既可以建在外围也可以建在中部，无论是外围还是中部，也都能靠就近的碳质星群提供所需的材料。

经陈万通一番详细解释，田也一下子就来了兴致，没想到自己随便琢磨出来的环星大道还真有可行性，遇到了陈博士这样的知音、这样识货的专家，那得多请教些问题才是。特别是他听了万岛新村的宏伟计划后感觉很震撼，他说环星大道与之相比就是小巫见大巫了。陈万通说不能这样讲，环星大道本身也应该是万岛新村建设的重要组成部分，田也进一步完善了这个建设方案的构想。他说他当时只想到了解决大规模移民所需的能源问题，而田也却想到了复杂的交通运输需求，这难能可贵。田也说车到山前必有路，只要建成了那个微缩版的戴森球，万岛新村便可大功告成，交通运输随后自然会解决的。陈万通说那可不一定，也许应该先把环星大道建起来，先易后难，一点一点推进万岛新村的整体建设才更切合实际。

两个人你来我往越谈越欢，仿佛他们真的就是万岛新村的总设计师。

时间不知不觉在流淌，透过飞舰舷窗已经可以看见奥本海默星的轮廓了，那是个棕褐色的小圆球，像是个悬浮在空中的面包。陈万通起身取了些快餐糕点递给田也一份，又拿一份递给埋头工作的汪芸。“联系上了吗？”他问道。

“还没到时间呢，”汪芸说，“诺苏号现在应该收到我发过去的信息了，但回复过来没那么快。”

“太空通讯可真是个超级难题，”陈万通有感而发，“要是真建成了万岛新村，各岛城之间的即时联络也是一个问题。”

“有完没完，整天把万岛新村挂在嘴边，”汪芸一笑说，“一点儿影子都没的事，让你们俩热火朝天一聊，好像跟真的似的。”

“触景生情嘛，来到了小行星带自然会灵感大增。”陈万通望了一眼意犹未尽的田也，说何况还有思维火花的碰撞，遇到田也这聪明的小兄弟一交流更是脑洞大开。

“呵，这才刚登陆过一颗小行星就思维奔放起来了，要是再多蹲几个点怎么得了，说不定脑洞开得更大，能把银河系首都的建设方案想出来。”汪芸揶揄道。

“那可说不准哦，万岛新村可能就是一片风水宝地，只要踏足这里的小星球便会产生奇思妙想，”陈万通转头向田也道，“田也你说是吗？”

田也挠挠头。“嗯……这么神奇吗？我可没体会出来，”他接着指了指舷窗外道，“等会儿到了奥本海默星我要好好揣摩。”

陈万通和汪芸都乐了。难得有这么开心的一刻。

陈万通心里有所准备，他是打算登陆奥本海默星的。时间若是充裕，近在咫尺的小行星岂有不逛之理？可是，从手头上的资料中找不到这颗星球的基本信息，他只好打开巡天望远镜慢慢察看。视野中的“小面包”在屏幕上呈现为一个美丽的棕色球体，表面越来越清晰了。

“哇，这颗小行星真漂亮，上面像是刻着艺术图案一样，”田也凑近脑袋一看不禁赞叹说，“看来宇宙中的星球并不都是枯荒的。”

陈万通看着看着却皱起了眉头，他问田也说：“你觉得那上面的图案像什么？我怎么越看越像是个大写的英文字母A呢。”

一经提醒田也仔细端详，他吃惊道：“哎呀，是有点像个A，弄出这么大个字母，感觉就是收割前的麦田怪圈作品。”他知道，麦田怪圈往往跟外星人的传说联系在一起。

“麦田怪圈？绝无可能，”陈万通摇了摇头，又指着屏幕说，“这不，遥感探测已有了初步结果，这颗星球的表面成分主要是赤铁矿和黄色玻璃体，没有麦田哪儿来的麦田怪圈呢？”

“那就更可能是外星人啦，”田也说，“在这么荒芜的星球上摆出个巨大的字母图案，总不会是宇宙自然的鬼斧神工吧。”

“你说得也许有道理，不是外星人就是地球人。”陈万通说就奥本海默星而言，地球人也是外星人，总之这个图案看上去确有明显的人工痕迹。

飞舰逐渐接近了奥本海默星，用肉眼已经可以模模糊糊看到星球的表面了。远香近臭的法则在视觉感受上也是挺灵验的，此刻，那个大大的字母A看上去歪七扭八，一点儿也不工整。巡天望远镜屏幕上看得就更清楚了，其实那A字的轮廓是由一块块赤黄色的大鹅卵石挤在一起构成的，并不是整整齐齐码放而成。

“哎，不对呀，”田也忽然看出了问题，“这形状不是字母A，而像是一把张开的大伞，还有个伞柄呢。”

“哦？”陈万通正在琢磨那些鹅卵石究竟是赤铁矿还是玻璃体，被田也一喊立刻又审视整个图案。果然，A字中间还有长长的一竖，也就是田也看到的“伞柄”。那似乎是一条干涸已久的河床，颜色偏暗，灰褐不均，不仔细看很难一眼辨认出来。曾经有河流，周围有鹅卵石，这里形成的地质奇观可能不是人工制造的。陈万通心想，谁会花那么大劲来这荒无人烟的小星球上堆石头作画？搞前卫艺术？博眼球？好像都说不通嘛。“这个伞状图案或许就是天成的。”他说。

“我看像是人造的。”田也的思维又开始奔放了，他说搞不好就是外星巨人路经此地随手划拉出来的图案，就跟我们用个细树枝在沙地上随便画几笔差不多，无意为之留下痕迹也是有可能的。

天成的也好人造的也罢，举目远望难以得出可靠结论，陈万通操控着飞舰变轨，开始做着陆考察的准备。他刚要开口征询汪芸的意见，就听到一声轻微的呼喊。

“不好！诺苏号那边可能出事了。”汪芸的声音有点发颤。

“怎么回事？”陈万通和田也几乎异口同声。

“反馈回来的通信信号显示，诺苏号拒绝电波联络。”汪芸说这相当于“您拨打的电话已关机”。

“啊？这不应该呀。”陈万通大为疑惑。他在诺苏号上工作久了熟悉情况，那里本来就担负着中继站的任务，通信系统常年都不可能关闭，何况眼下忆牛顿一面要跟远方的许光辉保持联系，一面还要顾及他和汪芸，怎么会拒绝电波联络呢？“你确定那边关闭通信系统了吗？”他追问汪芸。

“可以确定那边拒收。”汪芸说她之前一连发了三次信息，每次间隔十几分钟，但三次反馈都显示对方拒收。

“太邪门了，这个时候居然拒收。”陈万通自言自语在琢磨。

“准是Hurley那个坏蛋攻占了诺苏号。”田也愤然道。

“不是没这个可能，假如他有高招加快飞行速度的话说不定已经赶到了。”汪芸附和。

陈万通看着汪芸，思索了片刻便果断道：“那就别猜来猜去了，马上赶回诺苏号，绝不能让空间站落在那家伙手里。”

汪芸点头说：“我也觉得事不宜迟，我们一边往回赶，一边继续试着联络。”

“那好，立刻行动。”陈万通对汪芸说，“我们换一下岗位吧。”

换岗位？汪芸一脸不解。陈万通解释说让汪芸来操控飞舰，他来负责继续联络，看看能不能舍近求远通过核桃星上的许光辉联系上诺苏号，尽管距离遥远、信号太弱，也要试一试。说完话他就起身拉过汪芸，两人换了位置。

“汪芸姐姐，我……我能帮点什么忙吗？”田也不是那种袖手旁观的人，“我真想亲手抓住Hurley那个坏蛋。”

“这么急着请战，赶到诺苏号还早呢。”汪芸想了一下说，“这样吧，闲的时候你就把Hurley留下的那些东西清理一下，看看有没有什么线索。”

“嗯，我差点忘了这茬。”田也一听就兴奋起来，他知道接下来自己也有事可干了。

在太空帐篷里收拾行李准备离开的时候，汪芸就发现有一些杂物丢在角落没有收，她提醒田也说此一去就不复返了，千万别落下贵重物品。田也扫视四周，说那些大都是Hurley留下的破东西，他气呼呼地照着地上的一个空塑料盒便踩过去，一脚踩扁再补一脚踹飞起来。汪芸劝他说犯不着拿物品撒气，她建议田也把Hurley留下的东西一起带走，说不定会有用。田也虽然不太情愿，睹物思人看着就会来气，但他大概猜到了汪芸的用意，所以还是拣了几件可能有用的东西装进一个袋子里，塞进了行李箱。

田也翻出了那袋东西，把那些杂物一件件拿出来反复查看，折腾了好一阵子也没发现什么有用的。最后，他把注意力集中在了Hurley留下的一本书上。这本名为《疯狂300年》的著作田也早就见过，从月球上出发不久Hurley就拿出来一路上偶尔翻阅。有一次田也随手拿起翻看了一下，书的内容大概是讲最近300年来科学技术发展的历程，他觉得Hurley来到太空还有心读这种书挺超凡脱俗的，后来到了郑成功星就再没见Hurley拿出来看过。当时在路途上田也还问过他，说如今电子图书这么发达为何还要带着这样的纸质书。Hurley回答说读纸质书这种好传统不该随便抛弃，凡是抛弃了好传统必然会付出代价，就像人类不断抛弃地球的原始生态，结果导致物种不断减少，进而导致物种的不平等日益扩大、日益走向极端，搞得天下众生怨声载道。田也随口一问，换来他这么一大通乱发挥的言论，田也不知该如何回应。

这本《疯狂300年》到底有什么魅力？田也现在有时间仔细一读了，他要看看Hurley这么一个熟知科学的人为何会有强烈的反人类思想，当然他更想从中对Hurley的行为分析出个子丑寅卯来，以便汪芸和陈万通接下来能更好地对付这家伙。

田也读书历来是认真的，一读进去他先被吓了一大跳。这本书讲述了300年来的科技发展不假，但不是褒扬而是谴责。书中细数工业革命以来的科技成就，几乎涉及每一项重大科学发现和技术发明，按照作者的观点，这些发现和发明每当问世之时就意味着一种魔鬼出笼，对地球上除了人类之外的芸芸众生来说都是厄运降临，实例不胜枚举。看看早年的蒸汽机时代，人类跑得越来越远霸占的地盘也越来越多，与此同时地球上的生物种类却开始加速灭绝，侥幸存活下来的物种在存量上也大幅减少，生存空间被压缩得所剩无几。再看看后来的电器时代，许多动物的生存质量怎一个“惨”字了得，低等小动物且不说，就连猪呀、羊呀、牛呀这样的体形较大的动物也都普遍受到虐待，它们从一出生就离开了自己的母亲而成了流水线上的产品，一辈子没过上一天自由快活的日子就横遭宰杀，不但肉被人们吃掉连皮毛也被做成了人们的衣服、帽子、鞋等，那些饲养场、屠宰场以及制衣制鞋厂哪个用的不是高科技手段？很多猪娃娃生下来还没断奶就被推进了机器里，出来的时候就成了一只烤乳猪了。再往后到所谓的网络时代、基因时代就更悲催了，动植物们的天然繁殖权力都可以被肆意侵犯，有的老鼠一出生背上就长着一只大耳朵供人做实验，有的山羊体内长的是人类的心、肝、肺等器官，随时等着被人开膛破肚取了器官用于移植手术，有的老虎只能长到比猫还小的块头，使其在动物世界里颜面丧尽，生不如死，还有很多动植物是在网络上预先设计好被订购之后才问世的，其受虐过程已经前移到了出生之前，难道这些还不够疯狂吗？

一连好多天，田也埋头阅读《疯狂300年》一书，要不是事先有了免疫力，搞不好还真被书里的一些歪理邪说给忽悠了。书中最后发出了质问：300年来的科技发展史其实就是地球物种生灵涂炭、惨遭虐待的历史，这样的疯狂还要持续到何日？田也终于悟出来了，这本“奇书”实际上正合Hurley的口味，他甚至怀疑此书就是Richard集团的教义或是他们的“圣经”。

“你看书挺入迷嘛，一拿起就放不下了，”汪芸有天夸他说，“难怪你爱动脑筋搞新奇发明。”

“也不是读什么书都这样啦，我就是觉得这本书有点怪怪的。”

“哦？”汪芸顺手拿过翻看了几页说，“一本普通的科技论著有什么怪异的？”

“我还没完全弄明白呢，等想清楚了再向你们讨教。”

田也感觉到这本书怪异，不仅仅在内容方面。这些天一直捧着读，他隐隐约约觉得这书本身的质地也有点怪，就像Hurley本人一样有点另类，时间一长能察觉到，但一下子又很难说得上来。他心里寻思，也许是疑人偷斧的心理在起作用吧，他总认为Hurley的东西应该藏着见不得人的秘密。这本书不是精装本，然而用的纸张似乎比一般平装书要厚一些，表面感觉也糙一些。田也一度确信书纸里有名堂，但他翻起一页对着灯光反复看也没看出什么异样来，后来他索性撕下一页认真查看，同样也看不出与普通纸张有何区别。感到怪却不知怪在哪里，可能真是自己疑神疑鬼吧，他这样想。

那天又是吃快餐，田也嘴里嚼着食物手上还在翻着书本。陈万通不经意来了一句：“那Hurley留下的什么鬼书，把你迷得神魂颠倒的？”

田也咽下一口食物，口齿不很利索地说：“《疯狂300年》，书名很邪，内容很臭。”

“什么？《粪筐300年》？”陈万通一听书名就来气，“那Hurley准是个逐臭的货，他应该再带一本《屎盆600年》。”

“噗嗤”一声，田也刚吸进嘴里的一口饮料没憋住，全都喷了出来，大都喷到了那本《疯狂300年》上面。

“你这才是奇思妙想呢，”田也笑得嘴都合不拢了，“一下子就能想出厕所革命的两本书名来。”

“你倒是说清楚嘛，”陈万通凑近一看也乐了，“我还纳闷呢，要是有300年的粪筐，那还不臭遍整个太阳系啊？”

田也“呵呵”笑着，一边拿起聚水器吸水，一边用纸巾擦拭被弄湿了的书。陈万通说别一页页费事擦了，把书拿到那边的红外线灯前面烘烤一会儿，很快就会干的。

“行啊，把这300年的‘粪筐’先烘干再说。”田也找了架子把书夹好，拿到了红外线灯前烘烤。

“别烧焦喽。”陈万通不忘提醒一句，转身忙自己的事去了。

田也是懂得基本安全知识的，不会让红外线灯的高温把书烤焦。他一边做着伸臂踢腿的健身动作，一边盯着灯前的书。

咦，书怎么变颜色了？田也停下手脚动作一看，白纸黑字的书一不留神的工夫已经变成了墨绿色，上面还写着一行行鬼画符一样的褐色文字。“啊呀，这本书真的有鬼！”田也大叫一声。

正在各自忙乎着的陈万通和汪芸，听到喊声立刻都趋近前来。陈万通盯着架子上的书看了一会儿，似乎看出了名堂，他伸出手要去拿。

“等一等，安全第一。”汪芸厉声喝止，她迅速去拿了一副防护手套递给陈万通。

陈万通戴上手套拿起书翻了几分钟，很平静地说："没什么好大惊小怪的，这本书用的是变色材料做的纸张。"

田也一听松了口气，他刚才也在担心会不会有毒，见陈万通已经摘了手套把书递给汪芸，他问道："为何用红外线一烤就会变颜色？"

"这很简单。"陈万通解释说，这种纸的材料跟普通纸的不一样，其分子结构及排列会因温度的变化而变化，所以在不同温度条件下会呈现出不同的颜色。

"哦，我知道了，这是色温技术。"田也点头，他没想到气温预警中常用的技术会有人用来伪装书本。

田也很小的时候就知道，碰上一些太热或太冷的极端天气就不用出门上学了，那时候主要是听大人们说什么高温红色预警、黄色预警之类的，当然冬天就是低温预警，反正一有颜色预警就不是什么好事。后来气温预警慢慢有了"眼见为实"的效果，很多建筑物的外墙上都涂上了变色材料，碰上气温骤变的时候，出门一看就能一目了然。

"这可恶的Hurley，想用这么简单的招数来吓唬我？哼！"田也对此嗤之以鼻。

"他不是想吓唬你，而是要掩盖自己的阴谋吧？"汪芸手里拿着热乎乎的书说，"鬼名堂可能就在这些文字里面。"

田也一听这话，从汪芸手上拿过书随意翻几页，几乎每页纸上都写有几行根本看不明白的字符，他看看汪芸又看看陈万通，说："这一坨坨像鸟屎一样的字符是什么意思啊？"

陈万通看看汪芸，两个人都不约而同地轻轻摇头。汪芸猜测说："这也许是一种古文字。"

"有道理，先要搞清楚是哪种文字才可能弄明白意思。"陈万通说他手头上有各种古文字的信息库，逐一对照应该能查明是何种古文字，他转头对田也道：“你再去把书烤热了，把文字扫描进电脑，要不然一凉下来那些‘鸟屎’就看不见了。”

“好的，我这就去。”田也领了命很兴奋，仿佛要为一件惊天动地的大事做准备。

“你先慢慢烤着，等扫描完之后我跟你一起来辨认。”陈万通说完，又跟汪芸商议了一番，他也觉得这些古怪的“鸟屎”文字跟Hurley的行动有关，破译出来也许就豁然开朗了，他要汪芸继续联络诺苏号，他自己先探一探那些“鸟屎”里的秘密再说。

辨别古文字真不是一件容易的事，陈万通面对屏幕上一行行古怪的字符无从下手，感觉就像看着一堆鸟屎要判断出是哪种鸟类一样难。他的电脑里虽然储存了100多种古文字的样本信息，但并没有对照辨别的相应软件，只能用肉眼看着那些“鸟屎”去跟样本对照。他不是古文字专家，甚至连这方面的训练一点儿都没接触过，比田也这个中学生的水平高不了多少。一连折腾了几天下来，他和田也两个人都还是没摸到门。

偶尔会有一点儿新发现，但都不可靠。有时看着一坨“鸟屎”的左边部分像是字库里的古文字A，再看看右边部分却又像是古文字B，无法确定是A还是B，只好硬着头皮先假定就是这两种之一。可是换另一坨“鸟屎”再看，既不像是A也不像是B，上半部分像是古文字C，下半部分像是古文字D，对照来对照去这也有点像那也有点像，但最终又都不像。究竟这些“鸟屎”是哪一种古文字，就是拿个骰子来掷都没法掷出个结果来。

田也倒是兴致勃勃天天乐此不疲，陈万通心里却暗暗嘀咕，他有一种自责感，自己从事人工智能研究多年，这个专业圈子说来说去也是急功近利、嫌贫爱富的，汇聚了大量人力物力搞这开发那开发，怎么当初就没人想到要关注一下冷门领域，开发出一套辨别古文字的智能软件呢？书到用时方恨少啊。

汪芸把他们辨别“鸟屎”的情况看在眼里，她有时也来掺和一下凑凑热闹，屡试不见效她便建议陈万通说：“我看你还是现炒现卖为好，花点工夫先搞个辨识软件出来吧，不然飞到诺苏号了可能还是一头雾水。”

“要是以前碰到这种事不用说我都会动手干，搞个软件能为考古专家所用何乐而不为？可现在呢……”陈万通有点犹豫地摇摇头，他的潜台词是，就为这么一堆鸟屎文字专门费神值得吗？

“现在更应该干啦。”汪芸说虽然他们对Hurley的阴谋诡计知道得并不多，很可能线索就在这堆鸟屎文字里，这比一般的文字考古更有迫切意义。

“这可不是花三五天工夫的事，搞不好路途上一大半时间都会搭进去。”

“磨刀不误砍柴工，但你这次不用精雕细琢。”汪芸知道陈万通做事向来一丝不苟，可是眼下没必要按严格考古的要求去搞，只要能大概认准是哪种文字，搞清楚其意思就行了。

“有道理，那我就磨一把简易的快刀出来，砍下眼前这堆柴再说。”

就在他们讨论的时候，飞舰驶离了理想中的“万岛新村”，把整个小行星带甩得越来越远，开始朝着木星方向奔去。

陈万通不愧为软件工程的高手，随着日子一点点过去，他的工作也一点点推进着，当飞舰掠过木卫二的时候，汪芸和田也正在舷窗边一起观赏美景，他的“简易快刀”终于磨成了。“可以砍柴喽。”陈万通猛喊一声，伸了个懒腰如释重负。

“太好了，陈博士真厉害！”田也闻声立马兴奋地趋近前来，“我一直等着这一刻呢。”

“让你们久等了，”陈万通长吁一口气说，“再搞不出来我自己都要疯啦。”

“已经够快的了，”汪芸也近前道，“我以为起码要等飞过天王星以后才能弄出眉目呢。”

“有结果了吗？那些鸟屎文字到底说的是什么意思？”田也迫不及待问。

“一会儿就要原形毕露了。”陈万通指着电脑屏幕说。

此时，早已扫描进电脑的“鸟屎”文字正在跟储存的100多种古文字样本进行比对，机器运行需要时间。一旦跟某种古文字对上号，很快就能自动译成现代汉语。

一个个古文字样本在屏幕上闪过，田也忽然有点紧张。《疯狂300年》一书是他先察觉出疑点的，要是那些文字确实与Hurley的阴谋有关，那他当然是有功之臣。要是记载的都是些无关内容，那还要费点儿事分析，也许可以从中找到些蛛丝马迹。怕就怕那些“鸟屎”压根儿就不是什么古文字，那陈万通费了这么多时日不就白忙活一场了吗？那自己不是帮忙，而是在添乱。

“这么长时间还没结果，‘鸟屎’不会是别的什么符号吧？”田也皱起了眉头。

“应该是某种古文字，”汪芸显得很有信心，“我这段时间越看越像。”

汪芸的话音刚落，电脑就响起了几声柔和的“叮叮咚咚”的音乐，这是文字比对程序运行成功的信号，屏幕上也自动切换成了“正在翻译，请稍后”的字样。

“哇！‘鸟屎’果然是古文字，”田也又一次兴奋起来，他冲着陈万通竖起大拇指道，“狐狸再狡猾也斗不过好猎手呀！”

三个人同时目不转睛地盯着屏幕，几秒钟之后，屏幕上终于显示出了结果，只有一行提醒文字：原始埃兰文字。

“咦，怎么没有译文呢？”田也见屏幕上再无动静便问道。

陈万通动手翻屏，一段解释文字呈现在大家眼前：

原始埃兰文字出自古代伊朗。在公元前3000年左右，这种文字最早出现在埃兰王朝的首都苏萨，它是人类最古老的文字之一。原始埃兰文字存在的时间较短——前后不足两个世纪即失传。在已知的古文字当中，原始埃兰文字的象形文字和抽象符号尚无法被现代人理解，该文字系统至今未被成功破译。因此，您提供的文本不能译成现代汉语，抱歉！

“啊？”田也大失所望地看着陈万通，“费了九牛二虎之力，白干了？”

陈万通攒眉蹙额没作声。汪芸接过话说：“不能算白干，起码知道了这是埃兰文字，如今有人还用就意味着能弄懂。”

“我明白了，Hurley能用来密写就说明有人已经破译出了这种文字，我们应该也有办法解读出来，”田也说，“那是不是等于还要再解答一道难题？”

汪芸想了一下说：“是难题不假，但可以简化，正面强攻不行就旁敲侧击，不一定要找出精确答案。”她说在她的印象中，古代西亚文明遗留了很多种文字，既然埃兰文字是最古老的文字之一，那么后来的其他古文字多多少少都该跟它有一定的承袭或关联，说不定比照一下其他古文字就能推测出那些“鸟屎”的大概意思。汪芸说完用鼓励的眼神望着陈万通。

陈万通思索了片刻道：“我没精力在这件事情上打持久战了，当务之急是要尽快阻止Hurley的破坏行动。”他接着问汪芸：“诺苏号那边有动静了吗？”

“还是联系不上。”汪芸答道。这段时间她可没闲着，反复联系诺苏号仍是一无所获。

“核桃星上许光辉那边有回复吗？”陈万通又问。

“也联系不上，非常奇怪。”汪芸摇摇头道。

“那我们就更要抓紧联络了，”陈万通说，“‘鸟屎’文字的事只能到此为止了。”

到此为止，那不是前功尽弃了吗？田也实在是心有不甘。他小心翼翼道：“要不让我来试着继续干？就算是死马当活马医呗。”

“嗯？”汪芸怔了一下说，“我看可以，半途而废有点可惜了。”她觉得有了埃兰文字这个大方向，接下来跟古代西亚地区一些已破译出来的文字进行比对，只需在电脑操作方面多费些时日，总会弄清楚一些字符的含义。田也能搞出DNA纠缠仪这样的复杂仪器，在用电脑处理字符方面应该可以胜任。

“那好啊，田也兄弟要争取把死马医活。”

陈万通不仅鼓励田也，而且接着就花了点时间，向他传授了有关电脑对字符进行深度学习和辨识的一些具体操作方法。他告诉田也说时间紧迫，破译文字宜粗不宜细。他问田也有没有学过日语，田也说没学过，一点儿都不懂。陈万通说日语文章大都夹杂着不少汉字，凡是懂汉语的人不用学日语也能看出些名堂。田也点头说那是的，看到一些汉字连蒙带猜就能大概知道日语文章讲的是什么内容。陈万通说这就对了，只要把“鸟屎”文字破译到这种程度就算成功了，不必逐字逐句去硬抠。

“明白了。”田也心领神会。在接下来的日子里，他跟前阵子一头扎进那本《疯狂300年》里埋头研读一样，又一头扎进了那堆“鸟屎”里。

田也用心浏览了电脑里的古文字样本，他发现“鸟屎”文字的一些字符跟古埃及使用过的原始西奈文字和闪米特文字有不少相似之处，这两种文字都比埃兰文字出现得要晚，有可能都受到了埃兰文字的影响。于是他用陈万通教的办法，把“鸟屎”文字中的字符一点点分拆成碎片后“喂”给电脑，让电脑跟那两种已被破译的文字进行微细结构对比，从中找出承袭的痕迹，进而由电脑推测其含义。

一个个字符剖析，不停地拆字，不停地比对，不停地推测，然而进度比想象的要慢。很多时候一个字符弄到最后依然是无功而返，只会偶尔碰上个别字符能揣摩出大概的意思。田也知道，只要能搞定几十个常用字符，就可以大致弄明白那些“鸟屎”文字的意思，就像看日语文献一样。但这需要慢慢积累，因而只能硬着头皮干下去，耐心等待。等啊等，田也把书上那些“鸟屎”字符差不多剖析了一大半，实际进展却依然慢得像蜗牛爬行，只有区区几坨“鸟屎”可以解读出大概意思，其余还是混沌一片。

但他终于等来了吉星高照的时刻，可能天王星就是田也的吉星。说来也怪，飞舰驶到天王星附近时，“鸟屎”字符几乎已经全部被筛了一遍，田也眼看着就要黔驴技穷了，没想到破译速度却明显加快了，一下子就揭开了几十个字符的神秘面纱。他忽然明白过来，这可能就是量变积累到了足以引起质变的时候了。

粗读的条件已经具备，想精读也不现实。田也回过头来把《疯狂300年》里的一页页“鸟屎”文字又认真看了一遍，终于心里有数了。

“‘地雷’的秘密总算探出来啦。”田也精神大振，一声高喊。

汪芸闻言大悦，立刻趋近前来道：“田也你真有两下子，自古英雄出少年啊。”

陈万通放下手头的事，紧接着也跟过来道：“快说说，到底是什么情况？”

“这本书是一个密写记事本，”田也手里举着《疯狂300年》说，“Hurley应该是Richard集团的人。”

“此话怎讲？”汪芸每次一听到Richard的名字总是特别敏感。

“从‘鸟屎’文字的内容上可以猜得出来。”田也说他大致看出了门道，这些文字很像是发号施令的记录，可能是主子要下达的指令，也可能是下属接收的主子的指令，里面说的内容都跟地球物种的星际移植有关，特别是多次提到再次行动的事，说是要采取第二拨行动阻止星际殖民计划，可能指的就是去诺苏号搞破坏。田也说像这样贼心不死、一而再再而三破坏星际殖民的，除了Richard集团有这样的狂人还能有谁？至于是Richard本人还是他的手下，那就难判断了。

“先不管Hurley是不是Richard集团的人，你怎么知道他们的破坏意图？”陈万通说，“再次行动可以指下一次任何一个环节的行动，包括地面上的行动。”

“我理解到的程度是这样的。”田也说书中的“鸟屎”文字可以拼凑出一条连贯的信息，Hurley他们说是在第一拨行动中已经有所收获，他们派人跟随上天并在半道上截停了星际殖民行动，但那个名叫许光辉的执行者滞留太空一直未回引起了他们怀疑，当他们进一步得知接连有人去诺苏号增援时便判断出，这些举动是为了继续推进星际殖民计划，于是决定奔赴诺苏号打探情况并伺机阻挠。这可能就是再次行动的真正意思。

“这样倒是能对上号了，”陈万通微微点头道，“Hurley的行为完全符合这些指令，田也总算是解开了这个谜。”

“有一个地方我很纳闷，”汪芸疑惑地望着田也说，“Hurley是你大伯临时找来的代驾者，Richard集团可不是小打小闹的破坏分子，他们不至于穷到自找麻烦的程度，要来拐别人的飞舰吧？”

“哦，这一点信息里面提到了。”田也说他们怕专门派飞舰前往诺苏号会过早暴露目标，因而使出了借鸡下蛋这一招，目的就是想瞒天过海，悄悄靠近诺苏号，Hurley就是这样混迹在月球上的太空服务中心寻找机会，得手后就神不知鬼不觉地开始实施他们的罪恶行动了。

“他们可真是机关算尽了，来者不善啊，”汪芸听完担忧道，“也不知诺苏号现在情况怎么样了？”

“凶多吉少，一点音讯也没有。”陈万通轻声附和，他似乎也有同感。

田也脱口而出道：“会不会诺苏号已经被Hurley摧毁了？”

仿佛突然感觉到会惊醒什么魔鬼，三个人全都缄口不语了。飞舰舱内一阵沉默。

过了好一会儿，陈万通才缓缓开口道：“应该不会出现这么疯狂的举动，他们一直是偷偷摸摸干而不想把动静闹大，再说摧毁诺苏号并不能阻止已经启动了的星际殖民行动，反而还彻底暴露了他们自己，在这点上他们会有顾虑。”

“不想把动静闹大？嗯，有道理，”汪芸点了点头，若有所思道，“要不然田也早就有危险了。”

田也听着没多想，又一次语出惊人道：“不想闹大，那为什么诺苏号一直失联呢？”

飞舰舱内，沉默随即复现。

没有更合理的解释，再出声就是强词夺理了。陈万通和汪芸刚才的分析或多或少带有主观的美好愿望，但在诺苏号杳无音讯这一事实面前，再中听的自我安慰也显得底气不足。

田也刚想要打破沉默，再多讲他推测出来的一些信息，突然，电波呼叫信号响了起来，“嘀——嘀——嘀——”的声音在此刻宁静的氛围中听起来格外清脆。

陈万通像是脚下装了弹簧一样立刻纵身跃起，直扑通信台而去。汪芸也像是听到了动身号令，紧接着跟了过去。

田也心头一震，诺苏号有消息了？

第 11 章

杀回诺苏号空间站

呼叫信号果然来自诺苏号空间站。收到的是一条简短的信息：

你们目前身在何处？甚念。在你们走后的日子里，这边发生了重大变故，盼着你们尽快回复。忆牛顿叩首

喜耶？忧耶？田也凑近前来一看，难怪汪芸和陈万通两人都盯着屏幕一言不发。诺苏号没有被毁本该庆幸，但“发生了重大变故”是什么意思？失联这么久肯定有重大事情发生，是劫后余生还是改换了门庭，这不能不令人费思量。

须臾，汪芸侧头转向陈万通，她脸上的表情就是在问“怎么办？”。

“我觉得不能轻易回复。”陈万通分析说所谓“重大变故”无疑跟Hurley有关，这条信息很可能是Hurley假冒忆牛顿之名或胁迫它发的，失联了这么久突然发来两句话，十有八九是投石问路，来试探情况的。

“但是，我们装聋作哑总不是办法吧，”汪芸沉吟了片刻说，“万一这就是忆牛顿亲自发的信息呢？”

陈万通转头看见了田也，说：“你也发表点意见，田也兄弟。”

“我觉得汪芸姐姐的话有道理，忆牛顿不是强AI机器人吗？它不至于被一个陌生人随便降服吧？”

“这倒不是什么难事，一支小小的电磁枪就能制服它。”陈万通说生命其实都很脆弱，杀狗容易养狗难，无论是软基质动物还是硬基质动物，个体生命说来都不堪一击。

“那也许情况刚好相反呢。”田也说，忆牛顿识破Hurley的嘴脸将其制服也是有可能的。

“就是嘛，”汪芸接过话道，“说不定情况很好，经过一段时间的较量，忆牛顿成功挫败了Hurley的阴谋，这会儿正急着向我们通报情况呢。”

“话虽这么说，可我心里总有点儿不踏实，”陈万通顿了一下说，“至少不能马上回复。”

“为什么呀？”田也不解。

“我们正在杀回马枪，不宜过早暴露行踪。”陈万通说即刻回复就失去了回旋余地，诺苏号一收到回复信息马上就能根据电波传输时间判断出两处间隔的距离，那就等于告诉Hurley质子飞舰离诺苏号越来越近。

“那要等到什么时候回复才合适？”田也问。

陈万通很快心算了一下，说：“睡一大觉起来再说，让他误以为我们正在地球附近。”

“这样也好，就假设Hurley已控制了诺苏号，以防万一没错。”汪芸缓缓道，“问题是怎么回复呢？”

是啊，既然担心空间站已被Hurley控制，回复时就要讲点技巧了。话太多肯定不行，容易露出破绽，最好反问他一下。但问什么呢？问发生了什么变故，似乎也没什么意义。若真是忆牛顿战胜了Hurley，那它肯定会讲一下事情的经过。若是Hurley战胜了忆牛顿，估计他也会编一个类似的故事，为失联这么些日子找一个令人信服的理由。这样一来，还是无法弄清“重大变故”的真相。陈万通叹口气道：“还有充足的时间，都考虑一下怎么回复吧。”

浅蓝色的天王星在视野中一点点缩小，田也伏在舷窗边举头遐思。他想了不多会儿脑袋就开起了小差，诺苏号空间站此前发生的事他一无所知，根本没见过忆牛顿，让他绞尽脑汁也想不出什么回复的高招。倒是陈万通刚才有几句话让他有所触动。硬基质生命其实跟软基质生命一样脆弱，击败个体生命不是难事，这话说得蛮有道理。过去人们总有一种担心，觉得机器人智能一旦超越人类，就会起来造反终将奴役人类，现在回过头来看真是杞人忧天，事实上这并没有发生。不是机器人的智能不够高，更不是它们的拳头不够硬，而是机器人在人类主导的地球上无法形成社会化的合力，也就不可能反仆为主统治人类。机器人个体无论智能和体能多么强大，都不是人类社会的对手，就像陈万通说的那样，一支小小的电磁枪就能灭了它。智能机器人说到底是一种生命形式而不是神仙，只要不出现强有力的机器人社会，再多的机器人也是乌合之众、一盘散沙，它们斗不过高度社会化的人类。因而发展机器人没什么好担忧的，只要制订两条简单的游戏规则就能搞定一切。第一条就是大胆发展留个心眼，可以任由个体机器人施展拳脚，但要稍加留意，警惕机器人社会悄然形成。第二条就是管控好脑机联结，只要机器智能与生物智能不出现大规模的融合，最终就不可能动摇人类的统治地位。想着想着，田也就迷迷糊糊睡着了。

一觉醒来，他又继续临窗遐思，当然是在考虑正事。可是，该怎么给诺苏号回复，他实在无法理出头绪。想了一会儿，思维又跳到了机器人的事情上。他觉得不管怎么说，都不必把智能机器人当作洪水猛兽，别说这种生命形式才存在不足百年时间，就算再发展几百年也构不成对整个人类社会的威胁，要形成机器人社会哪是一朝一夕的事。

“怎么样，田也兄弟，想出来了吗？”陈万通来到舷窗边，打断了田也的思绪。

“我……我实在想不出来，就没多想这事。”

“人家田也对诺苏号的情况一点儿都不了解，你让他想什么？”汪芸一听就埋怨陈万通，她估计陈万通已经有了主意，“你自己对那边的情况最熟，想好了就说呗。”

“行啊，那我就先说说我的想法，你们看合不合适，”陈万通说，“我想反问那边一个简单的问题试探一下，化被动为主动。”

他拟定出来的回复信息是这样的：

我们尚在路途中，一切均好。你还好吧，这段日子仍是一个人在坚守吗？

陈万通解释说这么回复看似简单问候一声，实际上则是挖了一个坑，只要对方一回答，他们就能看出是真是假，也就能判断出谁现在真正掌控着诺苏号。他告诉汪芸和田也，当初人们为了监护诺苏号空间站，曾在附近的冥卫二、冥卫五两颗小星球上安装了太空扫描设备，用来监控诺苏号四周的一举一动，这个情况忆牛顿是知道的，而外界无人知晓。后来，由于冥卫二和冥卫五两颗小星球的自转速度太快而导致监控效果大打折扣，扫描设备也就慢慢被弃用了，这一点忆牛顿却不知道。

“我明白你的意思了，”田也说，“忆牛顿至今仍以为周围有监控，而那个Hurley则根本不知道有监控这回事。”

“没错，”陈万通点头继续道，“所以诺苏号那边一回答我的问题便会露出马脚。”他分析说，Hurley不知道附近有监控，假如他已经灭掉了忆牛顿或者挟持了它，那他必定要极力掩饰而不会自找麻烦，因而他一定会否认外人造访，而坚称是自己一个人在坚守。

“可能他还会找个通信设备故障之类的借口，把失联的真相搪塞过去。”汪芸补充了一句。

“要是他策反了忆牛顿，或者说用技术手段让忆牛顿叛变了呢？”田也想到了另一种可能。

“忆牛顿不大可能反水，万一它真的叛变也不难看清，”陈万通显然考虑到了这一点，他说，“忆牛顿知道有监控就不会睁着眼撒谎了，它无疑会承认有外人进入了空间站，但肯定会欲盖弥彰编出一个善意造访的故事。”

田也琢磨着陈万通的话，刚才的分析基本上能说通，只要Hurley进入了诺苏号，无论他怎样回答，都可以大致判断出空间站那边的真实情况。但田也马上又想到了一个问题，他说：“那要是反过来呢，忆牛顿制服了Hurley又该如何判断？”

“那更好办，”陈万通说，“忆牛顿肯定会实话实说：来了一个不速之客，现在正绑在柱子上反省呢。”

“你有没有考虑过还有一种情况，”汪芸说，“要是Hurley压根没有进入诺苏号，忆牛顿据实回答说是它一个人在坚守阵地，你信还是不信？”

“对呀，”田也补上一句说，“这跟假设Hurley灭掉忆牛顿的回答一模一样，真实情况却完全相反。”

“这种可能性嘛，应该不大，”陈万通边思索边说，“Hurley要是不进入诺苏号怎么能打探到星际殖民的进展情况？又怎能实施破坏行动？而且这也不符合那些‘鸟屎’信息分析出来的结果。”

田也对陈万通的这个回答不是很感满意，他觉得这么说很勉强。不进入诺苏号，就不能打探情况或者实施破坏吗？那可不一定。Hurley移动到诺苏号附近，完全有可能释放一个微型的纳米黑客机黏在空间站的外壁上，窃取太空殖民行动的相关信息，搞不好切断诺苏号的通信系统就是这么干出来的。再说，“鸟屎”信息的内容本来就是推测出来的，把并不牢靠的推测结果当成前提再做新的推测，那可信度就要大打折扣了。田也忽然感觉到，陈万通的这个回复方案虽说大体上可行，但在逻辑上还做不到无懈可击，具体纰漏在哪里他一下子想不出来。

汪芸也没有继续接腔，她似乎也察觉到有问题，具体却说不上来。

“时间差不多了，”陈万通问，“怎么样，还有什么问题吗？”

田也摇头，谁都不是神人，滴水不漏的回复方案不可能存在，何况人家陈博士又不是大侦探出身。

“先这么试探吧，”汪芸想了一下说，“不一定要一下子弄个水落石出，看看那边怎么回答再说。”

“那就这么办了。”陈万通拟定的回复信息很快就转换成了电波，就像一根隔空试毒的探针一样，飞向诺苏号空间站。

信息发出以后，他们的心情就跟刚交了试卷走出考场时差不多，相互间似乎都有意要核对一下这道选择题的答案。在标准答案公布之前，每个人都希望自己的选项是正确的。

“这段日子仍是一个人在坚守吗？”这个问题不管怎么答，空间站那边都会以忆牛顿的口吻回复。

陈万通的选项倾向于Hurley制服了忆牛顿，不然通讯中断了这么久是很难解释的。因此，诺苏号那边将会掩盖真相，回答大概会是：一直都是忆牛顿本人在坚守，没来过什么外人。

汪芸的选项倾向于忆牛顿制服了Hurley，Hurley的阴谋以失败告终，才导致了通讯中断后又恢复。因此，诺苏号那边将会陈述实情，回答大概会是：目前有两个人在，其中有一个是被制服了的入侵者。

田也的选项倾向于忆牛顿叛变，也许它助纣为虐一段日子后再主动联络是另有阴谋。因此，诺苏号那边将会编造一段骗人的鬼话，回答大概会是：的确有外人造访，来了一位友好使者。

3个人推测出3种不同的情况，公说公有理婆说婆有理，真实情况究竟如何，谁也没有料到。

答案很快就出来了。几个小时以后，诺苏号发来了简短的答复信息，开头一句语气很兴奋："谢星星谢太阳总算重新联系上了，急盼知道你们的近况。"这当然是客套的废话了。接下来一句才是大家迫切想知道的答案：

大本营这边目前没外人，但多了个共事的新兄弟，是自己人，请放心。

啊？！汪芸和陈万通面面相觑。多了个新兄弟，是自己人？这唱的是哪一出呀？

"这说明忆牛顿真的叛变了，"田也微微有点儿得意，他的选项似乎很接近答案，"我猜到它有可能认贼作父，孤零零一个机器人长期没人陪伴，见风使舵投靠新主人毫不奇怪。"他看过一些报道，说是智能机器人发展到一定阶段也会出现大量的心理问题，有高级思维活动的生命就会有思维方面的毛病，智能机器人也不例外。早期那些在"黑灯车间"里工作的机器人，还没有形成高级思维活动，还不能算是严格意义上的硬基质生命，如今像忆牛顿这样具有自我意识的强AI机器人则完全不同，孤独已久产生主人依赖感的病例并不罕见，忆牛顿估计就是因此投靠了Hurley。

"不可能，绝不可能。"汪芸大摇其头。她很清楚，忆牛顿多年来都是一个人驻守在空间站，没听说过它产生孤独感、主人依赖感什么的，它的心理健康指数一直都是很高的，绝不会一见了Hurley就卖身投靠，她很自信道："除非用技术手段改造它的认知系统，迫使他不自觉地反戈相向。"

“这更不可能。”陈万通说忆牛顿若是真叛变也只可能是主动投敌，要说Hurley改造了它的认知系统那是做不到的。他说忆牛顿体内的软件设计当年是花了血本的，采用了量子加密编程手段，要改造其智能系统就意味着清零重来，那就相当于彻底灭掉其智能了，它也就不会给我们发来这种奇怪的答案了。

“这么说来真是挺怪的，从诺苏号的回答来看，Hurley现在就在那里，而且，他既没有干掉忆牛顿，也没被忆牛顿制服，”汪芸满腹狐疑，“要说忆牛顿没有叛变，于理也确实说不通啊，它不会是上当受骗了吧？”

“忆牛顿现在跟Hurley一个鼻孔出气，八成就是被花言巧语给忽悠了。”田也说他深有体会，那些作恶的家伙都擅长给人灌迷魂汤，当初Lucy招摇撞骗自称路透社的记者，把他唬得一愣愣的，连老师都信以为真了呢。田也说Hurley摆起八卦阵来可是有模有样的，要不是他大伯事先有所防范，他这回也差点儿被忽悠到卡戎上去“淘金”，因而忆牛顿受蒙蔽上大当的可能性很大。

“要真是上当受骗可就麻烦了。”陈万通接过话。他再次提醒汪芸和田也注意忆牛顿回复信息里的几个关键词，“没外人”“新兄弟”“自己人”。他说：“这比叛变还糟糕，不但不拿Hurley当外人，还跟他混到了称兄道弟的程度，既不设防也没一点儿愧疚感，破坏性会更严重。”

“嗯，是挺麻烦的。”汪芸也觉得事态比此前料想的要复杂，不管怎么说，错把敌人当自己人肯定危害无穷，忆牛顿或许真的被人卖了还在帮着数钱。她问陈万通说：“现在该怎么办？要继续跟他们联系进一步弄清情况吗？”

陈万通思索了一会儿，轻轻摇头说：“先弄清楚其实也没太大意义，眼下我们鞭长莫及，倒不如不惊动他们。”

“那总不能无所作为吧，”汪芸说，“旅途还很长，难道由着他们在那边胡作非为吗？”

“汪芸姐姐说得对，”田也帮腔说，“不管不问，那两个家伙狼狈为奸什么坏事都干得出来。”

“不惊动并不等于不理睬，等会儿就回复他们。”陈万通像是考虑出了应对办法，说是要刚柔相济先稳住诺苏号那边。他要汪芸拟定回复信息，说是他自己刚有余而柔不足，表达意思的时候不善于绵里藏针。他希望汪芸明确表示出强硬的态度，要求忆牛顿从现在起进入休养生息状态，未接指令不得擅自行动，至于客套和温情的话语就由汪芸去尽情发挥。

“哈，这叫不会绵里藏针？”汪芸揶揄道，“你这是大巧若拙，借别人的绵藏自己的针。”

“算是吧，但针刺可以多露些出来，以我的名义来回复。”

虽然离开诺苏号已经有一段日子了，但陈万通相信他的话对忆牛顿还是有余威的，但愿这货别再让Hurley牵着鼻子走。所以汪芸拟定出回复信息后，他看了一眼便署上了自己的名字发给忆牛顿。信息一发出，他就顺手“啪”一下关闭了通信系统。

“不联系啦？”汪芸和田也几乎异口同声。

“到此为止。”陈万通解释说眼下飞舰正往诺苏号急赶，电波信号的强度也会慢慢增大，越飞越近很容易被他们察觉，不能再理他们了。

“那你想怎么样？”汪芸不解道。

“突然袭击。”陈万通说等悄悄赶到诺苏号的时候给他们来个措手不及。他说可以想象得出来，Hurley一定是耍了很多花招，才把忆牛顿哄得晕头转向误把他当成了自己人，到时候田也突然出现在他面前，一举将其面具摘去，恐怕他连抵赖的机会都没了。

“我要当场揭穿他，还要让他交代清楚那些‘鸟屎’文字里的阴谋诡计，”田也仿佛已看到了出其不意的效果，“谅他也耍不出什么花招了。”

陈万通的意图已说得很清楚了，田也积极响应，汪芸也就没有更多可说的了。她想想也对，与其隔空玩心理战，不如暗度陈仓到时候来个釜底抽薪。但是，暗度陈仓并不等于无所事事，出重拳之前运口气总是要的。

“那我们现在能做点什么？”汪芸问，“一路上就这样着急干等吗？”

“要是能加快点儿飞行速度就好了。”田也更性急，说是恨不得立刻飞到诺苏号，立刻戳穿Hurley的伪装。

加快速度？陈万通突然受到了启发，他稍一思索道：“那我来试一试看。”

“你要试着提速？”汪芸吓了一跳，她提醒说，“别忘了飞舰从诺苏号离开的时候燃料装置已有故障，能顺利飞回去就已经谢天谢地了。”

“哦，我忘记告诉你了，飞舰的燃料系统没什么故障。”陈万通说在郑成功星上做起飞准备时，他是进行过仔细检查的。那不是什么燃料装置的故障，而是一种自动保护装置，当燃料箱里收集存储的反物质超量时，为避免产生过度的湮灭反应，就要刻意引流排泄掉一些质子原料，以确保飞舰动力的安全稳定。这一点正好可以用来提速。

“什么什么？我怎么一点都听不懂呢？”田也说他只知道物质与反物质碰撞湮灭可以释放出巨大的能量，现在乘坐的这艘质子飞舰就是以收集太空中反物质尘埃为动力源的，其他就不明白了。

“我也没听明白。”汪芸补上一句。

“那我就多说几句，”陈万通开始解释，“我们所在的太阳系是一个物质星系，物质占据绝对主导地位，只在太空中飘散着极少量的反物质尘埃颗粒，这是众所周知的……”

“等等，我觉得很怪。”田也说有物质就该有同等数量的反物质，这才符合物理学的对称原则，但是，反物质世界在哪里呢?

“噢，宇宙间既有物质星系，也有反物质星系。”陈万通说在反物质星系那里，情况刚好倒过来，物质成了极少数的尘埃颗粒。他说宇宙其实就像一个大西瓜，里面的一粒粒西瓜籽好比一个个星系，有些瓜子是物质星系，还有些就是反物质星系，我们刚好生活在物质世界这样一粒西瓜籽上，当然很难找到反物质了。

“这好像不对呀，”田也说，“在两类星系的交汇区域，物质与反物质不停地发生湮灭反应，会形成绚丽的伽马射线风景，射电望远镜能看不到吗？”

“没那么简单。”陈万通说物质星系与反物质星系彼此相隔很遥远，近距离交汇是偶然现象，这好比一堆火与一桶水，碰不到一起当然就相安无事了。再说湮灭反应也非常复杂，并非一触即发那么简单。陈万通说就拿水与火接触为例，也会有几种不同情况，如果一桶水不多不少刚好能把一堆火浇灭，那就火也没了水也没了，化作一股蒸汽，也许很多人想象的湮灭反应就是这样的。但要是杯水车薪呢，或者反过来，要是用一桶水浇灭一根火柴上的火呢，恐怕就没人注意到那股小小的蒸汽了，物质星系与反物质星系的关系跟这道理类似，但情况更复杂得多。

汪芸是知道这些常识的，人类发现反物质星系曾是她上学时的重大新闻，听到这里她问陈万通说：“你扯了半天，这跟飞舰提速没什么关系呀。”

“当然有关系啦。”陈万通说从误以为燃料装置故障这件事中他突然悟出了名堂。他原以为反物质尘埃颗粒在太阳系空间里含量极少，而且随机飘散并无规律，但他现在认为反物质含量比想象的要多，分布也有一定的规律可循。具体说来就是，在小行星带与太阳之间，也就是所谓的内太阳系，反物质尘埃颗粒分布稀疏，可以说几乎找不到，早期人们发射了不少探测器在地球附近搜找反物质，结果收效甚微，很可能就是这个原因。而外太阳系却不同，反物质的分布密度或许逐渐加大，所以才会导致燃料箱的自动保护装置启动。

“这听起来很新鲜，也许是个重要发现呢，”汪芸说，“你觉得反物质在太阳系为何会呈现出这种内少外多的分布？”

“哟，这我就不清楚了。”陈万通说他猜测这应该跟太阳辐射有关，可能太阳风对反物质有一定的驱离作用，把大多数的尘埃颗粒都“吹”到远处去了。他说飞舰眼下正行驶在反物质原料相对丰富的区域，这在地球上设计质子发动机的时候可能没考虑到，现在却成了个意外收获，只要对燃料装置稍加改进，增加反物质供给，就能有效增强飞舰的推动力，提速应该不成问题。

“那太好了，赶紧动手啊。”田也很兴奋。

陈万通看着汪芸，汪芸微微点头首肯，她毫不怀疑陈万通的动手能力。

“那我现在就准备开干。”陈万通说他要先关闭发动机，让飞舰靠惯性先飞驰一段日子，等搞好以后很快就能把失去的时间补回来。

田也自告奋勇，说是要给陈万通打下手，在旁边递个扳手拧个螺丝什么的他完全可以胜任。岂料陈万通对此一点儿也不买账，他根本就不愿让田也插手，因为他知道摆弄反物质原料多少都带有危险性，起码要多吃些伽马射线，这对身体是有损害的。他说：“田也你以为是修理拖拉机吗？这质子飞舰上不仅设备一流连工具也是高端的，一把电子万用钳就可以搞定所有的事，哪用得着递扳手拧螺丝呀。”田也不服气地说高端工具他也是接触过的，此前搞DNA纠缠仪的时候就经常用到这样的工具。陈万通一听立刻引导田也转移阵地，他说："对了，你赶紧趁这工夫向汪芸姐姐讨教一下DNA纠缠的问题吧。"

这倒是个不错的主意，汪芸解围说："田也，让陈博士自己倒腾去，咱们正好可以来探讨你那台仪器的问题。"

"好啊。"田也求之不得。当初千方百计想找汪芸求教，结果阴差阳错一直未能如愿。好不容易在太空意外碰见了汪芸，却总也找不到合适的时机谈论这个话题。人家一门心思在忙拯救诺苏号空间站的事，要是搬出一台仪器问这问那，不是节外生枝自讨没趣吗？有几次他都欲言又止，实在不忍心让汪芸为此事而分神，现在她主动邀谈，岂有不积极响应之理？田也很快就从行李箱里拿出了那台DNA纠缠仪，把它端到了汪芸面前。

"设计得挺漂亮，一看就是一台高技术仪器，"汪芸捧在手里一边端详一边说，"你当初是怎么想到要搞这台DNA纠缠仪的？"

"当时的设计灵感主要来自双胞胎之间的感应，"田也说，"这事说来就话长了。"

"没关系，咱们慢慢聊，现在有的是时间。"

汪芸的鼓励打开了田也的话匣子，他一五一十地把当初参加中学生科技大赛的情况说给她听。那段时间刚好他大伯在月球上被歹徒捅伤，而他老爸在同一时间莫名其妙地腹痛难忍，这件事一下子给了他启发。总听说双胞胎之间会有一些身体方面的感应现象，何不趁此机会搞点探索实验，这恰好符合参赛要求。说起来这样的参赛题目还不好找呢，这些年的科技赛事已发生了很大变化，过去搞点小小的技术发明，比如说弄出个"自动绘画仪""口罩式便携氧吧"什么的就可以参赛。如今不灵了，人工智能设计出来的技术新产品多如牛毛，这样的参赛项目已难登大雅之堂了。渐渐地，科技竞赛越来越倾向于更好地展现科学思想的魅力，而展示新技术的应用已不再成为参赛主流，能把新的科学思想用硬件体现出来才是有竞争力的项目。因而田也选择了纠缠感应为题，想展现这种尚未被科学原理完全揭示的现象，班上同学听了他的想法普遍叫好，连老师们也都认为立意不错。

但是田也一开始并不知道从何入手。那天他去医院探望从月球返回地球疗伤的大伯，他问大伯为何老爸会跟着一起腹痛，田大标回答："这还用问吗，我跟你爸是同卵双生的孪生兄弟，长相都几乎一模一样，总会有点什么天生的感应嘛。你忘啦？有天中午你爸在街上遇见有人行窃没出手制止，结果被人告到了警务督察部门说有警员路见犯罪却袖手旁观，害得我后来差点儿挨了处分，奇怪的是那天事发时我正在睡午觉，还真的梦见有人在街上行窃。"田也说这种现象总该有点儿科学的解释吧？大伯说要科学解释就难啦，可能因为我跟你爸的DNA几乎一样，所以有时候说不定什么事就纠缠在一块了，这连科学家们也还没整明白呢。

DNA纠缠？大伯随口这么无意一说，田也却是听者有意。他很快就把这项探索实验的想法告诉了辅导老师，他说要是搞一台仪器出来能跟某种动物模拟出这种纠缠感应，说不定对科学地阐释这种现象会大有帮助。老师听了连声称好，说这想法既大胆又有新意，在DNA分子水平上模拟纠缠感应值得一试，但这涉及复杂的量子理论。老师担心田也不明白，专门花时间给他讲解了一下量子物理学知识，但田也听得云里雾里。后来田也自己找了一本大学的教科书来看，也还是没怎么读懂，于是他找到老师说干脆算了吧，量子力学对他来说太深奥了，读都读不懂的东西哪儿还谈得上探索，要不就换个选题。老师却鼓励他说，读不懂理论不影响实验，只要脑子里装着量子纠缠这种概念就行了，其实模拟DNA纠缠只是想证明这种现象客观存在，可以依赖人工智能去设计纠缠的实验仪器，至于背后复杂的机理那要由科学家们慢慢去揭示。田也就这样似懂非懂地上阵了，那台仪器按照他的构想经人工智能的自动设计终于问世，直到闯了祸他才意识到，自己就像刚学会加减乘除便要去解世界级的数学难题一样，太无知了。田也说他困在郑成功星上的时候，又花了很多时间啃量子力学大师们的著作，却还是一知半解。“我是不是太不自量力了？”他说。

“不，不是这样的。”汪芸说，“别说你一个中学生了，就连很多大学生也照样读不懂玻尔和海森堡们的著作，你能一知半解啃下来已经非常了不起了。”她说自己读大学那会儿，有同学曾在网络上发起过一次调查，要大家推荐有史以来最晦涩难懂的学科，结果量子物理学排在第一位。有人还留言说，量子物理学是外星人的科学，一般的地球人看不懂；还有人说普通人在搞懂量子物理学之前先要在脑袋上砸个洞，再插上一根电脑连线才行。汪芸说，量子世界的活动方式在人们看来简直不可思议，一个量子没有分身术却可以同时出现在两个不同的地方，而处于纠缠态的两个量子也可以隔着无限远的距离瞬间发生互动，这些听起来都像是痴人说梦，连爱因斯坦当初都质疑说上帝不会这样掷骰子。

“那我是不是搞错了？”田也说，“把量子世界的纠缠规则生搬硬套到宏观世界，结果弄巧成拙搞出了个不伦不类的怪胎？”

“你没搞错，科学界已经日益意识到，纠缠现象在事物中应该是普遍存在的，不只局限在量子世界中。”汪芸说纠缠现象实际上就是一种与生俱来没有因果关系的捆绑形式，这在宏观世界里也能举出很多事例，比如许多成对的物理特性，能量与质量、时间与空间等，都可以看作某种纠缠关系。汪芸说实体物质也存在这样的纠缠关系，就拿熟悉的DNA双链结构来说，根据碱基配对原则，其中一条链上的碱基序列必然决定着另一条链上的碱基排序，这种纠缠的确是一种客观存在。

不知不觉中，汪芸跟田也越聊越多。忽然，飞舰出现一阵轻微抖动，像是高速行驶中的汽车突然刹了一下车。

“发动机已经关闭了。”陈万通飘过来。

汪芸轻轻“哦”了一声，回过神来继续往下讲解。田也朝陈万通点点头，又树起耳朵继续听汪芸讲。

“你们怎么聊起DNA纠缠来就废寝忘食啦，”陈万通指着舱壁上的时钟说，“这都什么时间了，肚子不饿吗？”

“哟，是呀！”汪芸望了一眼时钟，“该解决胃肠道与生物钟的纠缠问题了。”

“就是嘛，吃饱睡足才能把纠缠问题一点点儿弄明白。”陈万通说飞舰里面也要暂定一条纠缠规则，他开工的时候就是汪芸跟田也开聊之时，他收工就是止聊之时。

汪芸和田也都笑曰可以，就这么纠缠挺好。

接下来的日子里，求知欲旺盛的田也频频发问，提的问题越来越专业，汪芸则是兵来将挡水来土掩，一一给出答案，使出了诲人不倦的劲。田也对汪芸佩服得五体投地，他常想，她是生物学专家，怎么对量子理论懂得这么多啊。他哪里知道，汪芸那些天听英拉一说田也的DNA纠缠实验，立刻就意识到这可能是量子生物学的一个重要事件，于是专门恶补了量子力学的知识，现在跟田也当面探讨算是彻底派上了用场。尽管如此，她也慢慢感到解释田也提出的问题越来越吃力了，一方面是由于她肚里的存货被搜刮得差不多了，另一方面是因为物理学界本身对量子纠缠这样的问题也还没完全搞清楚，所以她对田也的一些问题也只能靠猜测作答。

“汪芸姐姐，生物个体并不是生活在量子世界里，那在宏观层面怎么会体现出量子效应呢？”田也的问题正在深化。

汪芸想了一下说："生命活动之所以比非生命现象更加奇妙，可能就是量子效应在起作用。"她进一步解释说，人体每个器官都能十分流畅地运转，近乎达到了令人难以置信的理想化程度，这绝不是靠细胞活动这简单的物理过程或化学过程能解释得了的。比如人体的消化器官，要把吃进去的各种食物迅速转化成身体所需的营养和能量，细胞间和细胞内高效协同，能在短短几个小时内顺利实现转化，宏观层面表现出的这种流畅运转，背后应该是量子效应的功劳。汪芸说，要是把一顿饭的食物消化活动用普通的化学过程来完全实现的话，恐怕十天时间也无法完成。

"那背后的量子效应具体是如何运转的呢？"田也紧追不放。

"嗯……我猜这跟电子的快速高效运动有关。"汪芸说量子世界的特性之一就是能同时出现在多个地方，也就是所谓的量子态叠加作用，根据这个原理，食物中的电子可以在细胞的消化活动中同时存在于多条路径上，这样就可以在瞬间找到一条最短、最高效的路径，以最小的消耗实现化学转化，完成消化全过程。

"当然啦，这种猜测还没有得到验证。"汪芸每次谈到生物体内存在量子效应，差不多都是以这样一句话收场。

田也每次听着都觉得很不解渴，好像一扇神秘的门总是在即将开启的时候突然停止了。其实这是他最关注的一个问题，不搞懂生物体内的量子效应，就很难理解DNA纠缠仪的作用机理。可是汪芸姐姐说来说去都是点到即止，她旁征博引列举了不少实例无非是想说明，生物活细胞的许多精细功能都可以在量子世界里找到合理解释，但这种奇特性似乎难以进行实验演示，所以只能靠猜测了。

"要是猜错了呢？"田也有一次终于直言反驳了，他说科学怎能靠猜测下结论，没有实验基础行吗？

汪芸笑了，她说科学与猜测的关系是个很大的题目，非三言两语说得清。“对量子物理学来说，更不能简单用经典实验科学的方法去对待。”汪芸说量子物理学的很多结论主要是靠严密的数学方程推导出来的，要验证这些结论也主要靠所谓的“思想实验”，著名的“薛定谔猫实验”以及爱因斯坦的“单缝衍射实验”其实都是这样的思想实验。汪芸说在量子世界的微观尺度上，传统的实验探测是测不准的，因而揭示生物体的量子效应不是件容易的事。

“汪芸姐姐，量子效应要是在生物学中无法验证的话，如何能信其有呢？”田也说生物体的奇妙特性有许许多多，凡是分子生物学无力解释的现象都归因到量子效应，那不就成万用理论的箩筐了吗？

“哦，那倒不是，”汪芸思索了片刻，想出了一个能让田也理解的实例来，她问他，“你关注过鸟类的迁徙吗？”

“嗯？鸟类迁徙？”田也愣了一下说关注谈不上，但他知道很多鸟都要从北方飞到长江以南去越冬，它们迁徙一次要长途跋涉几千里。

“那你有没有想过，那些鸟为什么千里迢迢飞一路都不迷航？”汪芸说青海的鸟一旦飞错了方向，很可能就要在新疆或是内蒙古过冬了，但这种事却从来不会发生。

“这我听说过，”田也说，“那些鸟体内可能有一种微型磁针，能为它们的长途飞行导航。”

“你这种说法是半个多世纪以前的了，如今生物学界对此持完全否定的态度。”汪芸说当初生物学家们确实设想过，那些鸟类的脑子或者眼睛里应该存在一种微型磁针，能“看见”地球磁场，要不然迁徙时绝不可能不飞偏不迷路。但人们多年来苦苦寻找，在鸟类的体内并没有找到想象中的微型磁针。后来显微解剖技术特别是分子解剖学有了长足发展，很多生物学家横了心把鸟体从头到尾扒拉遍了，试图找出磁针状的微型结构，结果连个影子都没发现，这才不得不从量子效应中寻求答案。

“找到答案了吗？”田也问。

“当然，发现了鸟体内的‘量子指南针’。”汪芸说鸟体内存在一种特殊结构的自由基分子，这种分子可以激发单电子与地球磁场发生某种纠缠关系，从而在鸟类的神经细胞中产生一种信号，引导那些迁徙的鸟朝着正确的方向飞翔。

田也轻轻点头，但他还是心存疑问。鸟类能为自己长途跋涉导航，其机理涉及一系列细胞活动及化学反应，这些或许都可以得到清晰解释，唯量子指南针的原理似乎依然含糊不清，至少没能理直气壮地说这是发生了量子纠缠，而不是微型磁针。他接着问汪芸：“有没有更直接的办法证明这种量子指南针的存在？”

“要想直接证明也是可以的，不过那要费很多事。”汪芸说早就有人提出用太空试验方法来验证量子指南针。她说可以把一只试验鸟放在太阳系的外缘，远离了地球磁场的作用范围，当然就不可能是微型磁针在起作用了。具体做法是，发射一艘迷你型的小飞舰，搭载着试验鸟远赴太阳系外缘，接下来就彻底撒手，通过脑机结合技术让试验鸟按它自己的意念操控飞舰，就跟它自主飞翔一样继续航行。漂泊在茫茫太空中，试验鸟一定会找寻返回家园的路，如果它飞回太阳系并最终返抵地球，那无疑就证明了量子指南针的存在。

“呵，这倒挺有意思。”田也心想，鸟儿要真能翱翔太空那可是超级版的天高任鸟飞了。不过他马上想到了另一个问题，太阳系的其他一些星球也是存在磁场的，他说：“那只试验鸟会不会飞到其他带磁场的星球上去呢？”

“不排除这种可能性。”汪芸说要是试验鸟体内的量子指南针只跟地球磁场发生纠缠，那它肯定一直朝着地球飞，但要是同时还跟其他星球的磁场发生了纠缠的话，当然也可能飞往其他星球。汪芸说这也许是一种“泛纠缠”，情况更复杂，她也知之不多。

泛纠缠？顾名思义就是不只跟一个特定对象建立纠缠关系，而是跟同一类的对象同时建立纠缠关系。田也冥冥之中觉得这个概念听起来似曾相识，却不知道在哪儿接触过，他便开始用心慢慢琢磨。

斗转星移，汪芸跟田也的讨论仍在继续，陈万通也一如既往地干着提速改造的活计。那天，陈万通开工之前说了一句“那台DNA仪器是不是特能纠缠，到现在还没讨论清楚呀？我那边都快完工了。”。他说完便转身离去，田也一下子顿悟了。

“汪芸姐姐，我这台仪器可能就是发生了泛纠缠。”田也说它不仅跟广州野生动物园那头大象纠缠上了，而且跟它远在非洲的大批亲戚们也同时有了纠缠，所以才殃及大象的七姑八姨们。

“我和英拉也是这样想的，现在咱们直接聊聊仪器本身的事。”汪芸这些日子一直在为田也传道解惑，夯实了基础也该奔主题了，她问道，“你仪器里的DNA结构是怎么造出来的？”

“依葫芦画瓢呗。”田也说他是根据脱氧核糖核酸的精细结构，用电脑技术模拟出了双螺旋的DNA链条骨架。他说这种模拟绝不是简单的形态模拟，而是在分子水平上能实现转化的实质模拟，用3D分子打印机应该能打印出完整的DNA链条。

“你是照着那头大象的DNA结构模拟的吗？”汪芸问。

“不，那倒不是。”田也说他只是仿制出了一个模板，或者说是造了一个DNA的基本框架，并非按照某种具体生物的遗传信息而设计，这就像在一张纸上画好了标准化的空格，填上什么文字就会形成什么语句，采集大象的DNA信息输入进去其实就相当于完成一次填空作业，同样也可以采集其他动物的样本来做填空作业，采集谁的样本就跟谁纠缠。田也说他选择大象是考虑到它们块头大，也许更容易跟仪器发生纠缠，他当时就是想要在仪器升空后对其中控制一种激素分泌的基因作些改变，希望看到地面那头大象因这种改变而变得亢奋不安，这样就模拟出了DNA纠缠的效果。

“那你得到预期的效果了吗？”汪芸问。

“没有，一点征象也没有。”田也说帮他追踪观察的兽医反映，那头大象不但没亢奋反而更加无精打采，后来就突然死了。

汪芸颔首若有所思。她说纠缠现象虽然普遍却不是无条件的，没有激发成纠缠状态自然就不会有纠缠感应，就像双胞胎之间那样，只有个别时候特定事情才会产生相互感应，也许大多数情况下并不处在纠缠状态中。

“可是实验进行过程中那头大象死了不说，还殃及其他大象，这怎么解释？”田也现在已确信他的仪器跟大象之间发生了泛纠缠，应该是有心栽花花不开，而无意中栽出了“毒刺”来。这“毒刺”无疑是他栽下的，他只是还不明白这种的是什么样的毒刺，能导致那么多大象伤亡。

“有什么办法能让我见识一下你所说的DNA模板呢？我要先弄清楚你是怎么设计的。”汪芸觉得最好能见到设计图之类的东西，她心里虽然有数了，但只看仪器外观及里面的集成元器件是看不出名堂的。

“噢，这很简单，把仪器连上电脑就可以了。”说着话，田也就动手操作起来。不多会儿，一幅DNA双螺旋结构的3D图像就呈现在了汪芸眼前。她还可以用手指直接在虚拟图像上扒拉查看，上下移位，左右翻转，局部放大，甚至还可以将其卷曲、折叠成DNA分子的次级结构。

汪芸扒拉着眼前的图像，感觉这的确是一幅设计精巧、几可乱真的

DNA结构图，跟离子显微镜下拍摄的DNA图像没什么区别。看得出来，除了得益于当今一流的分子设计技术之外，田也也是费了很多心血的。汪芸刚想赞一声“不错”，话还没出口却感到有什么地方不对劲，很快她就眉头紧锁起来了。

她正要开口再询问田也，突然，飞舰猛烈一抖，把人吓了一跳，接着就像高铁启动一样让人感到一股推力正在增强。哇！陈万通可真是厉害，提速改造工程终于大功告成了。汪芸和田也刚一反应过来，还没来得及交口称赞，陈万通就来到了面前。

“快，快把太空服穿起来！”陈万通说着话迅速把两套太空服甩给汪芸和田也，他自己也麻利地往身上套太空服。

汪芸和田也两人一下子都愣住了，望着陈万通不知所措。刚刚扒拉过的DNA图像还在缓缓翻滚着。

“别再摆DNA纠缠的龙门阵了，”陈万通瞄了一眼3D图像，立刻又提高声音催促道，“命要紧！”

啊？！这是要紧急逃生吗？

第12章

虚惊一场的试探

田也三下五除二收拾好DNA纠缠仪，又迅速展开太空服套在了身上。

怎么回事？汪芸还没开口问出声，陈万通就已经戴好了头盔，她见状也迅速穿上了太空服。

头盔内的声讯信号一开启，陈万通就听到了汪芸和田也一前一后的焦急询问：“要马上出舱吗？”“是飞舰漏气了吗？”

“哦，既不出舱也没漏气，”陈万通喘了口气说，“是飞舰成功提速了。”

汪芸松一口气，语气明显不悦道：“提速要穿太空服，有没有搞错啊！”说着话她伸手就想解开太空服。

“别别，千万别乱动。”陈万通连忙制止。他说：“你们怎么忘了，飞舰用的是反物质燃料呀，湮灭反应产生的伽马射线比原来起码多了一倍以上，舰体防护层已无法阻隔，这么近身的强烈辐射不加强防护怎么行，这是提速的代价。”

“咳，你早说清楚嘛，搞得我们都紧张兮兮的。”汪芸释然。

“这么说来，咱们现在有流星赶月的本领了？”田也倒是很兴奋。

“那当然了，飞行速度正在成倍提升，抵达海王星已经指日可待啦。”陈万通挥了挥手臂，不无得意道。他这阵子鼓捣发动机一直就对提速充满了信心，既然外太阳系有较丰富的反物质原料，费点儿劲改进一下动力装置对他来说不算太难，结果还真的让他料准了。

陈万通不仅取得了成功，而且觉得自己也长了见识。要不是汪芸这回把第一艘载人的质子飞舰开到了太空来，他对反物质分布情况的了解也跟地球上那些闭门造车的人一样全然不知。都说“巧妇难为无米之炊”，这话没错，当初在地球周围搜找到的反物质只有一星半点，给早就跃跃欲试想开发这种新能源的很多人当头泼了一大瓢凉水，许多围绕反物质能源而设计的解决方案纷纷胎死腹中，后来关注的人就日益减少了。然而航天领域却一直在坚持研制质子飞舰，执着的理由说来也很简单，茫茫太空里的反物质尘埃颗粒也许含量极少不适宜大规模开发利用，但只要足以推动飞舰的航行就可以了，因为这样的关键技术毕竟涉及深空探索的续航能力，现在看来这种坚持是完全正确的。早知如此，就该及早下大力气搞清楚反物质在太空的分布规律，进而编制出一个反物质分布的3D地形图来，这对飞往更遥远的外星系都是有重大意义的，别说是飞往眼前的海王星了。

田也一听说海王星，心里咯噔一下，立刻望向舷窗外。前方视野中的海王星清晰可见，一眼看上去就跟站在月球上望见地球似的，蔚蓝色的一颗大圆球悬浮在空中，美丽而又迷人。他知道，海王星的大气中含有少量的甲烷气体，能把红光吸收并散射掉，因而整个星体呈现蓝色，这跟地球表面大部分被海水覆盖而呈现出蓝色的原因不一样。

“不对头，”田也忽然道，“海王星上很可能有Richard集团的窝点，Hurley说不定会去那里接头。”

“这不可能。”田也刚说完，汪芸的声音马上在大家的头盔内响起，“谁都知道海王星是个巨大的气态星球，上面连个立锥之地都没有，哪儿会有什么窝点呀？”

“我原来也不敢相信，可这是Hurley亲口所说的。”田也说要不是忽然看见了海王星，他都快把这茬给忘掉了。

那还是田也和Hurley刚从月球上出发的时候发生的事，那时两个人相见恨晚，自然而然也就相谈甚欢。当时在田也眼里，Hurley是个有一说一的人，所以田也非但没有防范之心，反而还怀着一种钦佩之情。人家一个航天能者胸无城府、不摆一点儿谱，他当然也要以诚相待了。

田也说：“Hurley你有翱翔太空的看家本领，真的好令人羡慕，太空这么广阔，可惜我没你这本事，不然早就出来多走走多看看了。Hurley你应该多到太空畅游，出来转转不光是为了欣赏风景，实际上也是太空探索嘛。”

Hurley听了这话面露难色，叹息一声说他何尝不想驰骋宇宙啊，只因他爷爷的农场被机器人破坏殆尽，家里欠下了一屁股债，加上他爷爷立了遗嘱要月葬，这更是雪上加霜，这样一来家里的经济危机一直无法缓解，没有经济基础当然就不能遨游太空啦。

田也爽快地说，经济危机并不是走不过的地雷阵，等这次一回去就把Hurley引荐给他老爸，老爸对公益活动一向很支持，太空探索这样的事肯定能得到他的青睐。田也不惜当败家子出馊主意说：“到时候你搞个具体的太空探索方案出来，依葫芦画瓢，把当年朱诺号探测木星的方案或者卡西尼号探测土星的方案稍加修改就行，总之不必弄得太复杂，比咱们这趟小行星之旅飞得再远一点儿，能让老爸放血支持就达到目的了。”

Hurley想了想，不屑地说木星和土星根本不值得一去，整个太阳系其实也就那么点儿大的空间，这年头已经没啥看头了。他说他的梦想是能飞往银河系的其他文明星球，看看人家那边成千上万的物种之间是怎样做到平等相待、和谐共处的，那才是真正的追梦之旅。

外星文明能做到物种间彼此平等和谐？田也听了一怔，心想没凭没据的事你Hurley是如何知道的？这不是胡思乱想出来的奇谈怪论嘛。但他没跟Hurley争辩，而是继续探讨说，太阳系已经够大的了，八大行星绰约多姿景色各异，有看不完的旖旎风光和探不尽的太空奥秘，怎么会没看头呢。

Hurley哼了一声说，太阳系的八大行星基本上都不是什么好东西，劳民伤财不远亿万里飞到跟前也还是可望而不可及，想留点“到此一游”的痕迹都难，飞过去的结局不过是把远在天边变成了近在眼前而已。他说既然如此，发射探测器载着机器人前往足矣，没必要派人去活受罪。

田也说不至于吧，多年来人们都盼着有朝一日能殖民到那些星球上去呢。

Hurley又哼哼两声说殖民是一厢情愿，太阳系早已用其无言和独特的方式明确宣告了，人类是本星系中不受欢迎的人，除了自己的地球老家之外，再也找不到其他容身之处，想走村串寨、客居他乡可没门。

田也笑笑说，其他七大行星不管怎么说都算是地球的难兄难弟，它们还不至于把人类彻底拒之门外，地球人总有一天会把这些左邻右舍的星球打造成你来我往之地，让它们充分体现出对人类的友好。

Hurley说：“哈，那可是白日做梦。”他掰着手指说，“咱们里里外外数数看吧，先说说内太阳系的几颗行星，瞧瞧它们的一个个嘴脸。”

水星能友好吗？它上面连大气层都没有，白天和晚上简直就是冰火两重天。你要敢白天上去，顺便带着调料立马就可以把自己烤了吃。就算你有烧不烂、烤不焦的皮肤防护层，那也会立刻抽干你肺里的空气、蒸干你体内的水分，瞬间让你变成一具木乃伊。你要是晚上去的话，那里可比地球上南极的最低气温还要低得多，想活命就等着机器人把你抬回来解冻吧。所以呀，水星是没什么指望的了。

金星能友好吗？它上面倒是有大气层，乍一看对地球人还讲一丁点儿友情，其实它是笑里藏刀比水星更坏的货。那里的大气密度之高令人惊恐，还没等吸进第一口气，你就被巨大的气压挤成一块肉饼了。更糟糕的是，那里浓密的大气裹足了热量，无论白天还是黑夜都酷热难耐，你要真的登陆金星就如同钻进了一个高压熔炉当中，别说肉身无法招架，就算你里里外外都是铅做的也照样熔烂不误。可以说，金星更没指望。

火星能友好吗？不，一点儿也不！好莱坞那些大片其实就是“大骗”，实际情况完全不是电影里演的那么回事。火星上到处都是比我们南极更冷的茫茫沙漠，虽有稀薄的空气却不能呼吸，而且在那里也只能藏头藏尾，人要是暴露在阳光下很快就会被辐射杀死。这样的地方根本无法生存，充其量只能穿着太空服在上面蹦跶几下、散散步罢了。只不过它的面目没有水星和金星那么狰狞，或者说稍显温和一点，才误导人们拼命想把那里作为星际殖民的首选之地，但那是痴心妄想。就宜居星球而言，说火星比水星和金星要好，那完全是五十步笑百步。说到底，火星同样也没指望。

一口气把内太阳系的行星挨个数落了一遍，Hurley突然打住了。他盯着田也不再吱声，似乎想从他那里得到一点回应。

正侧着头思索的田也转过头来，一看Hurley的眼神就明白了，人家不想一个人自说自话唱独角戏，于是赶忙接上话说：“言之有理，很受启发啊，这几颗行星对地球人确实不够友好。”田也这话并不是恭维，他觉得Hurley的分析不无道理，虽然这家伙大大低估了人类改造星球的能力和愚公移山的斗志，但他描述的那些情况却是当下的事实，而且在可预见的未来也很难改变。

Hurley听到田也的鼓励，眉开眼笑又继续说，事实本来就是这样嘛，再看看外太阳系那边就更谈不上友好了，那几颗块头巨大的行星都是中看不中用的货色，你看那些拍回来的木星、土星、天王星和海王星的照片多漂亮啊，谁看了都想上去转转，可它们连坚固的地表都没有，就是明摆着永远谢绝人类光顾，谁敢上去无异于飞蛾扑火。

田也说："这我知道，那几颗大块头的行星都是气态星球而不是岩石星球，它们的成分主要是氢气和氦气，怕是未来上亿年内都不会改变现状，再疯狂的人也不至于到那种无法立足的星球上去找死。"但田也心里很清楚，那些气态巨星的不少卫星却是岩石星球，木卫二呀、土卫六呀早已进入了人类殖民的视野中，可偏偏它们的母行星一个个比金星表面更热更闷，不可亲、不可往。

Hurley说既然你都清楚，我也就不多说了。此刻他谈兴正浓，话锋一转神秘地说："不过我可以告诉你，海王星可不一样，已经有人进驻并在那里活动了。"

田也吃惊地"啊"了一声，不会吧？有人进入了海王星的气体云里面？这么重要的太空新闻怎么没听说过呢？

Hurley可能没想到田也会反应强烈，他笑笑说："其实也没什么，反正那里不能殖民，管他呢。"

"你骗人！"田也不等他把话题岔开就抢先甩出一句。他感觉Hurley不像是信口雌黄乱说，而是想显摆又有所顾忌所以才点到即止，于是马上激将说："吹牛皮瞎忽悠总该先打好草稿，我要是相信了海王星上有人进驻，你可别接下来说还有人成功登上了太阳表面，这不是拿我开涮吗？"

这么一激Hurley果然就急了，他可不想刚出发就产生信任危机，于是立刻辩解说："我绝对没有乱讲，过去人们探测气态行星主要是围绕着木星和土星展开，其实海王星的内部结构与其他星球不同，这一点被人们长期忽略了。”

田也说：“那又怎么样嘛，你说是有人进驻了，想忽悠我一把？”

Hurley说绝没有忽悠的意思，那上面真的建了个人工基地，只是外人不知而已。

田也说：“哼，外人不知你又是怎么知道的？”

Hurley尴尬一笑说：“实不相瞒，我有朋友就在海王星的基地上，要不是陪你去郑成功星，我真想直接飞过去会朋友。”

田也听出来这不像假话，但当时他只是好奇，并没太在意，现在看来这事很可能有蹊跷。

“也许确有其事。”陈万通听了田也的叙述，做出了自己的判断。他分析说海王星内部确实拥有固态内核，但那个硬核在巨大的气压下形成了超高温的表面，不大可能在上面建什么基地，最可行的办法可能是在气体云的浅层建造漂浮式的人工设施，就像潜艇浮在水里某个位置那样。

“建造漂浮式基地更不可行吧？”汪芸发话说，很多年以前就有人想到要造太空潜艇深入那些气态巨星中去进行探测，但这种想法遭到了科学家们的据理驳斥，认为根本行不通。她说道理其实很简单，像木星那样的气态星球，其外层的大气密度无法像水一样能使重物漂浮起来，假如真的建造一艘潜艇飞上去，它会在强大的重力作用下加速向深层坠落，当它下降到某个位置的时候，气体密度总会达到足以漂浮潜艇的程度，但那个位置的气压也必然大到足以压碎这艘潜艇，周围的温度也必将高得足以把潜艇熔化，还没找到一丁点儿漂浮的感觉就已化为乌有了。

“汪芸姐姐说得对呀。”田也很快也找到论据。他说他们学气体运动定律时，老师专门举例讲过潜艇在木星大气中漂浮的问题，他当时还亲手做过验算，跟汪芸姐姐说的情况是一样的。

陈万通听着眼前的两个中学校友一唱一和，心想这大概是同一个物理老师教出来的学生，他叹口气道：“你们那是老黄历喽。”

“哦，对了，”汪芸一下子反应过来了，“用反引力技术可以解决问题，不必坠落很深就能悬浮在大气中。”

“就是嘛。”陈万通说引力波被探测到以后反引力技术便迅速发展起来，千万别忘了新技术对传统概念的颠覆能力。

“呀，这我可没想到。”田也说爱因斯坦当初预测到引力波的存在，过了上百年才被人们证实，没多久就有了惊人的应用，真是神速哟。

“这不奇怪。”陈万通说新理论的证实过程往往很漫长，一旦确证便会快速实现运用，Richard集团在海王星上建个悬浮式基地如今已算不得什么惊天大事了。

“Hurley要是真去了海王星的话，会不会另有阴谋？”汪芸担心出现节外生枝的事。

“这谁知道啊，我们现在只能以不变应万变了。”陈万通说诺苏号上已有不速之客是确凿无疑的，不管跟海王星有没有关系，都要按之前的判断火速赶过去。

“要不要先追到海王星那里探察一下？”田也顾虑重重，他担心不了解对手的情况恐怕不好对付。

“追去海王星是徒劳的。”陈万通使劲摇头，汪芸和田也看着他的头盔在不停地晃动。他分析说Hurley如果真在海王星内部的基地上，追过去也很难进到大气层里面去，再说海王星比地球要大好多倍，哪能轻而易举找到他们的小小窝点。

“我也挺担心的，就怕他去那里搬救兵搬武器，而我们心里一点儿数也没有，到了诺苏号可就被动了。”汪芸的担忧更具体。

“如果Hurley压根就没去海王星，而我们为此打转转不是耽误时间吗？”陈万通这话一说完，每个人哑然无声，大家都在思索。

少顷，田也咕哝说：“要是能远远地探察到海王星上面的动静就好了。”

那当然最省事了，与海王星擦肩而过的时候，要是能进行探察就不必改变飞行姿态了。不然刹车减速抵近海王星，肯定会耽误很多时间，好不容易才快马加鞭提了速又立刻要化为泡影，这是舍本逐末，置诺苏号的安危于不顾。陈万通一想清楚，便问道：“田也兄弟，你说过你们那艘哈尼号飞舰用的是核聚变动力，没错吧？”

“没错呀，”田也很疑惑，不知道陈万通是不是想考他，马上接着又补充说，“核聚变我了解一点，跟太阳上面时时刻刻发生的聚变反应是同样的原理。”

“这就有门了。”陈万通说核聚变的远程探测有很多方法，等经过海王星的时候，用仪器一“闻”就可以闻出来Hurley有没有光顾那里。

“哦？能行吗？”田也兴奋地发问，“探测到海王星上的核聚变反应，怎能断定就是哈尼号飞舰所为？”

“应该没问题。”陈万通解释说海王星和其他几个气态星球上一样都不存在核聚变反应，它们的块头虽然很大，但都没有足够的质量引发核聚变反应，要不然早就变成一个个小太阳了。所以说非此即彼，探测一下海王星上有没有核聚变反应的痕迹，也就大概知道Hurley的行踪了，他只要去过那里总会留下痕迹的。

“那就别费口舌了，赶紧行动吧，”汪芸提醒说，“很快就要飞临海王星了。”

陈万通向来是个玩技术的劳模，轻易就能把技术活干得像模像样，他能说出来的事多半也能做到。他捣鼓了一阵子就指着一处信号显示器告诉汪芸和田也，一切已准备就绪，三四万公里范围内的核聚变反应痕迹都能探测到，飞越海王星的时候，只要那里近期确实发生过核聚变反应，这显示器上的指示灯便会不停闪烁，直到远离探测目标。

“太好了。”田也和汪芸异口同声道。

巨大的海王星终于看上去近在咫尺了。但田也无心观赏异星景色，他不时盯着显示器上的指示灯看，生怕指示灯突然闪几下就不再闪了，错过一时也就错过了一切。还没抵达有效探测距离之内，他就按捺不住一次次到指示灯前察看。尽管陈万通告诉他，那指示灯要么不闪，要闪起来就会一直闪到远离海王星为止，但他还是觉得不盯紧心里不踏实。

提速以来这段日子，大家主要在舱内的休息区活动。汪芸告诉田也说，指示灯所在的操控区有较强的伽马射线，没事少在那边逗留为好，免遭无形杀手所害。田也嘴上答应得很痛快，他其实也很清楚，待在由隔辐射材料围成的休息区不用穿太空服，既安全又舒适，但行动上却受到了那指示灯的支配，待不了多久就要套上太空服钻出休息区，一趟又一趟无功而返还乐此不疲。

眼看着已经在有效探测距离之内了，飞舰正在高速掠过海王星，田也索性守在信号显示器前，紧张地等待着指示灯闪烁起来。Hurley会到海王星里去找狐朋狗友接头吗？他觉得这种可能性非常大，别的意图且不去揣测，就说那家伙的右手已伤得不轻，做抓握捏拿的动作比鸡爪子也好不到哪儿去了，因而换个手脚利索的同伙去诺苏号捣乱似乎在情理之中。一旦锁定那家伙去了海王星，也好赶紧琢磨应对之策。可是，眼前的指示灯却没一点儿动静，让人心里七上八下无法安宁。

田也伸手轻轻拍打了两下显示器，心里想，我都目不转睛地盯了这么长时间了，好歹也给个面子闪几下呗。

“田也，别再守着显示器了，Hurley应该没去海王星。”不知过了多久，田也的头盔里传来汪芸的声音。他闻声一激灵，转头望向舷窗外。可不，之前窗外的地平线风景不知何时变成了一个完整的大球体，飞越海王星已经从进行时转换到完成时了。

“这指示灯不会出毛病吧？”田也心有不甘，他难以接受眼前的事实，“Hurley不去找同伙好像不合常理，他自己想去是说漏了嘴的。”

“Hurley的话虚虚实实，能信吗？”陈万通说着话就动手检查了一下信号显示器，明确告诉田也说指示灯没问题。他说将心比心，咱们火急火燎要赶往诺苏号，人家Hurley何尝不急呢？那货已经在郑成功星上耽误了不少时间，巴不得争分夺秒直奔目的地而去，按理说也不会拐到海王星再磨蹭了。

“Hurley真不是个善茬，这件事就当个插曲先放下吧。”汪芸说，“很快就要跟那家伙面对面交锋了，他争分夺秒去搞破坏，咱也得赶紧商定对策，分秒必争设法阻止，真正的较量就要开始了。”

“到时候给我一支枪，”田也感到憋气窝火，被Hurley一再忽悠也该彻底算算账了，“我打头阵，先冲进诺苏号去擒住那坏蛋再说。”

“不用你大动干戈。”陈万通说空间站里面的安保手段比警察在场还厉害，制止机器人撒野都有的是招数，对付Hurley就更不在话下了。

“是啊，田也。”汪芸也附和说不但用不着他动手，而且也不需要他冲在前面，他是彻底揭穿Hurley嘴脸的撒手锏，应该最后才出场。

“嗯，我明白了。”田也说，“这叫欲擒故纵，让他把花招都耍出来，等他跟你们忽悠得差不多了我再突然出现，他就死翘翘了。”

话题一扯开，你一言我一语，围绕着下一步进入诺苏号之后的行动，三个人把能想到的问题差不多都想到了。不知不觉中，海王星在视野中越来越小，对付Hurley的行动方案却越来越清晰了。

那天一觉睡醒起来，田也说他做了个噩梦，梦见Hurley已把诺苏号拆成了一堆太空碎片，后来那家伙就溜得不知所踪了，田也在梦里四处奔波却找不到他。

梦肯定不能当真，但田也这么一说却让汪芸和陈万通同时感到了不安。Hurley若真的已经离开了诺苏号，这阵子讨论出来的行动方案岂不是白忙活了?

“走一步看一步吧。”陈万通边琢磨边说眼下不宜自乱阵脚，即使Hurley已高飞远遁，也要等见了忆牛顿弄清楚情况再考虑接下来如何应对。

“要是忆牛顿上了当，也跟着Hurley一起溜之大吉了呢？”田也说。

“这种可能性不大。”陈万通很自信地说忆牛顿一时半会儿受蒙蔽有可能，但绝不会不听招呼擅自离开，他说，“我敢打赌它会跟诺苏号共存亡的。”

“先别赌咒发誓啦，用不了多久真相就会大白了。”汪芸说现在可以考虑跟忆牛顿取得联系了，突然袭击并不一定要到了空间站跟前才亮剑，早一点掌握情况心中有数更主动。

陈万通看了看电子航行图估算了一下，很快就要飞到可以跟诺苏号断断续续通话的距离以内了，差不多也该减速跟踪目标了，于是道：“那好，准备开启通信系统，先来个火力侦察。”

“咱们瞒天过海突然回来，忆牛顿恐怕很难接受，想清楚该怎么跟它解释，千万别闹误会反被Hurley利用了。”汪芸提醒道。

“这事还是你出场为好。”陈万通望着汪芸，推她上阵，他深知自己刚有余而柔不足，万一着急上火谈崩了，短时间内便很难收场，那边Hurley

再煽风点火一使坏，诺苏号拒绝飞舰靠拢对接都有可能，那就麻烦了。

“我来就我来吧。”汪芸很痛快地应承下来，她理解陈万通的心思。

“那我们就分头准备。”陈万通说他跟田也去做减速前的检查工作，汪芸留在休息区静静想一想应对之策。

陈万通和田也一离开，汪芸把前段日子里跟诺苏号联络的情况前前后后在脑子里梳理了一遍，她也跟陈万通一样确信忆牛顿仍坚守在空间站。但一大堆疑问很难解开，当初诺苏号为何要失联静默？Hurley是怎么进入空间站里去的？他究竟实施了什么破坏阴谋？像这样一些关键问题按说都要从忆牛顿口中得到答案。可她仔细一想，这些问题根本就不是火力侦察三言两语能问出来的，如果Hurley还在空间站里，这样去试着打探不仅得不到结果，反而还会打草惊蛇，搞不好没等飞舰赶到那里他就真开溜了。

这样想来火力侦察也就没什么复杂的，一来通知一下忆牛顿准备跟飞舰交会对接，二来不露声色地问一问Hurley是否还在那里，也就达到目的了。剩下的事等赶到之后再解决，Hurley也没多少时间再耍什么花样了。

汪芸把自己的想法跟陈万通和田也一说，两个人都认为就是这么个理，只要能确认Hurley还在空间站里面，就按照此前商定的方案行动，不等Hurley反应过来飞舰就赶到了。万一那家伙已离开，那就可以跟忆牛顿立刻挑明了谈，接下来也就知道该怎么行动了。田也比谁都急，他说：“汪芸姐姐，你既然考虑好了就赶紧跟它通话吧，早了结早踏实。”陈万通又一次看了一下航行图，说：“应该可以了，马上减速准备通话吧。”

然而谁也没想到，汪芸跟忆牛顿的通话一开始就陷入了僵局。

虽然很快就跟诺苏号联系上了，但距离远还是有点信号迟滞。没等汪芸开口，就传来了忆牛顿一连串愤怒的质问："听着！我们早就发现你这疾驰而来的飞行器了。说！什么来路？为什么一直不开启通信系统？想使阴招冲过来偷袭吗？我警告你，我们的高能量激光炮刚才已经锁定你了，再敢闷声靠近就摧毁你！快回答我的问题！"

陈万通和田也在汪芸身边听着面面相觑，真悬啊！幸好及时开机联络了，不然忆牛顿这愣头机器人真可能开枪开炮把质子飞舰当成恶意来者给灭了。不过陈万通知道忆牛顿的话也有吓唬人的成分，诺苏号上的激光炮根本没这么远的射程。但飞舰迟早会进入激光炮的射程范围内，吓唬归吓唬，恐怕到时候忆牛顿真不会手软。让陈万通感到奇怪的是，空间站从来就没有授权过机器人动用激光炮，也没人向它专门传授过这方面的知识，这会不会是机器人自学成才的本领被人们大大低估了？总之这件事仔细一想让人后背发凉，忆牛顿要是真的不分青红皂白摧毁了质子飞舰，可就造成奇天大冤喽。

"你好啊忆牛顿，我是汪芸。"汪芸等机关枪一样的质问声一停顿，连忙接过话问好，一上来就自报家门。

"啊哦！"忆牛顿那边很快传来一声怪叫。这声音听着毛骨悚然，似乎大白天遇到了外星鬼。

"你不必紧张，忆牛顿。"汪芸说事先没打招呼就往回赶，确实是不应该，她向忆牛顿道歉。

"活见鬼了！"忆牛顿好像缓过了点儿劲来，说，"你们怎么会出现在这附近，难道太阳系存在穿越时空的虫洞？"

"我们并没穿越什么虫洞。"汪芸耐心解释说飞舰经过动力改造，加速折返了。

"动力改造？没听说过。你是汪芸吗？"忆牛顿开始怀疑一切了。

“没错呀我是汪芸，陈博士也在，因为遇到一些事，所以返回来找你商量。”

“别胡诌了，你们从地球上折返回来的速度都快挑战光速了，鬼才会相信你的话！”忆牛顿气呼呼道，“我严正警告你，再敢靠近就不客气了。”

“啪”一声，忆牛顿说完就掐了线。显然，它懒得再跟“冒牌”的汪芸多啰嗦了。

这下可好，还火力侦察呢，没开火就先被人家堵住了枪眼。

汪芸转身抬头，用眼神征询陈万通，怎么办？她有点儿紧张，忆牛顿火气冲天，搞不好真的要开炮了。

田也同样感到紧张。他恨不得飞舰能再次加速一举扑到诺苏号跟前，但转念一想不行，忆牛顿手握激光炮不认人，硬闯肯定不是办法。刹车等候或者变道绕行当然安全，但隔空跟忆牛顿磨嘴皮解释就太耽误事了，这等于临战前给了Hurley从容应对的机会。一想到会失去突然袭击的效果，他嘀咕说箭已在弦上，最好别往回缩了。

“可以继续前进，激光炮没那么远的射程。”陈万通这话让汪芸和田也暂时都松了口气。他接着分析说眼下时间紧迫，忆牛顿不明真相，此刻它已成了双方必须争夺的对象，要像抢占阵地一样抓紧对话沟通，一定要赶在进入激光炮射程之前说服它，否则不刹车就只能当炮灰了。

“那只能死马当活马医了，”汪芸叹息一声说，“顾不上什么火力侦察了，先保证它不开枪开炮再说吧。”

汪芸再次呼叫诺苏号，很快又连上了线。这回，没等忆牛顿开口，她就主动先说：“忆牛顿，我真的是汪芸呀，我的声音你听不出来吗？”

“少来这套，真声模仿这种小儿科把戏我比你更在行，”忆牛顿说着就真的模仿起了陈万通的声音，“我真的是陈万通呀，你要相信我哟。”

说完马上又恢复它的原声说：“你满意吗？”

汪芸又气又好笑，它模仿得还真像。陈万通却要光火了，他躬身凑近送话器前想发作，被汪芸摆手制止。

“咱们现在视频沟通好吗？面对面聊你总该相信我吧？”汪芸不慌不忙提出建议。

“去你的吧，哄孩子呢！”忆牛顿不屑地说3D真人面貌模拟早就是雕虫小技了，它懒得奉陪。

“忆牛顿你听我说，我和陈博士要回空间站跟你当面交流，”汪芸见忆牛顿刀枪不入，便以恳求的口吻说，“无论如何，你不能动用太空武器对付我们。”

“你休想！不能自证身份的入侵者我见得多了，来一个灭一个，不信你试试看。”忆牛顿说这周围有不少太空垃圾，大都是想偷袭空间站的飞行器留下来的残骸，那些入侵者全是不听警告被它用激光炮灭掉的。

听听，机器人吹起牛皮来一点儿也不逊色。汪芸知道，诺苏号上的激光武器从来没有使用过，跟周围的太空垃圾没半毛钱关系。但她可以听出来，忆牛顿是下定决心要保护空间站安全的，设身处地想想，这也是它的职责。

“你让我考虑一下，我会证明自己的，”汪芸说，“稍后再联系你。”

“那我就给你一次机会，快点儿拿出证明来，”忆牛顿掐线之前还不忘威胁一句，“耍花招的后果就是变成一堆太空垃圾。”

这不是百般刁难吗？汪芸一挂断电话，陈万通和田也都显得怒不可遏。

“真是知人知面不知心，这话对机器人也照样适用。”陈万通说没想到忆牛顿六亲不认，干的全是助纣为虐的事，好在汪芸沉得住气总算还有一线生机。

“太过分了，它居然让汪芸姐姐自证身份。”田也说这跟当年要人证明“我妈是我妈”简直异曲同工，强人所难，卑鄙无耻。

汪芸没理会两人的不满情绪，她觉得证明“我妈是我妈”这种事虽然荒唐甚至可恶，但在一些特殊情况下也是不得已而为之，忆牛顿眼下就处在一种“防人之心不可无”的处境中，它不像是故意刁难。所以汪芸很快就想出了一个证明“自己是自己”的办法，这种事只要彼此不拗上劲其实并不难解决，她一想好就又一次连通了忆牛顿。

“我可没工夫跟你一次接一次磨嘴皮，眼下正在训练几个太空炮手忙得屁滚尿流，”忆牛顿一上来就抢白说，“有什么证明你就赶紧端出来，否则我这几个炮手兄弟正好可以拿你们练练身手。”它一说完，紧接着就传来了吵吵嚷嚷一片“开炮！开炮！消灭他们！”的叫唤声，似乎群情激奋在请战。

呵呵，忆牛顿虚张声势吹牛都用上伴奏技术手段了。汪芸心想它也不怕穿帮，这没屁没尿的机器人怎么屁滚尿流哟。

田也倒是很吃惊，诺苏号空间站上还真潜伏着炮手？他瞪大眼睛望着陈万通，想从他眼神里得到答案。陈万通努努嘴，轻轻摇了摇头，他心里比汪芸更清楚。

“那好，我现在就来证明我是汪芸，”汪芸定了定神，按想好的套路进行，“忆牛顿，你知道土豆树吗？”

“什么，什么土豆树？你果然想耍花招骗我。”忆牛顿说土豆顾名思义是长在土里面的东西，哪来什么土豆树，这样明目张胆来坑蒙拐骗，炮手兄弟们是不会答应的，是自取灭亡。

“消灭他们！立即开炮！坚决消灭！”又一阵嘈杂的叫唤声传来，比刚才更喧闹。

“你可都听到了，兄弟们对你的把戏已经忍无可忍了，不想死就赶紧滚开！”忆牛顿突然高声下令道，“炮手就位！准备射击！”

一群炮手是假的，诺苏号上有激光炮却是真的。到了这种节骨眼儿上，汪芸还真是有点提心吊胆的，她急切道：“你……你让我把话先说完，你马上就能看到真凭实据了。”

顾不得慢条斯理解释了，汪芸匆匆告诉忆牛顿说诺苏号上就有土豆树，那是她带过去的一包种子。她说土豆在地球上只能生长在土壤里，但科学家出于节省土壤资源的考虑，通过基因设计打造出了能长在小树上的土豆，这种新型农作物是专门为太空设计的。因为只有在太空失重环境下，沉甸甸的一颗颗土豆才能挂在小树上，她本来是想在空间站开展种植试验的，后来发生了变故就没动手试种。她说那包写有“土豆树”字样的种子就放置在生物实验区，此事再无他人知晓。“你可以马上去验证。”汪芸接着就告诉了忆牛顿具体的存放位置。

“那好，你等一会儿。”忆牛顿的语气明显亲切了些。

汪芸长长地舒了口气，等待着忆牛顿去验证。她转头看看陈万通和田也，两人依然紧张兮兮的，他们的眼神分明想说：你没搞错吧？它万一找不到可真的要发飙开炮啦。

“哎哟，汪博士，真的是你们呀！”忆牛顿兴奋的声音过了没多久就传来了，“误会误会，都怨我这段日子草木皆兵，大水冲了龙王庙啦。”

“没关系，太空茫茫沟通起来很不容易，阴差阳错的事在所难免。”汪芸终于如释重负。

“陈博士他……也在吗？”忆牛顿没忘了老主人，它可能对陈万通还是有点悚的。

“我当然在。”陈万通余怒未消，不冷不热接过话道。

“那就好，都平平安安我也就放心了，”忆牛顿说，“前段日子我真是心急如焚，你们的通信系统怎么动不动就关闭呀？”

陈万通心想少见多怪，太空旅程中碰到郑成功星周围那样的环境司空见惯，通信信号受到干扰屏蔽并不是什么罕见的事。此刻他不仅懒得解释，反而质问忆牛顿说：“我还想问你呢，空间站正常运转着，前阵子通信系统怎么突然关机了？”

“我……我那是奉命行事，不得已呀。”忆牛顿似乎有口难辩，奉606基地之命实施通讯静默，那是一段曲折的故事，哪能一时半会儿说得清。

“奉命？奉谁的命？”陈万通语气严厉，已经有点儿火药味了。

汪芸立刻摆手示意陈万通冷静，好不容易刚缓和了气氛别再弄僵了。敌情尚未解除，趁热打铁进行火力侦察才是当务之急的事。

“咳，这……一言难尽，我哪能……”忆牛顿开口想要解释。

“行啦忆牛顿，咱们见了面再说吧，”汪芸转移注意力说，“我刚才说的那包土豆树种子你可要收好，以后它可能就是我和陈博士的口粮。”

“放心吧汪博士，等会儿我就去按原样摆好。”忆牛顿的情绪已放松。

“让你费心啦，”汪芸不失时机却显得很随意道，“你现在一个人在空间站里吗？”

“噢，不，新来的兄弟也在啊，我告诉过你们的。”忆牛顿得意地说刚才喊打喊杀开枪开炮的伴音就是他的杰作，是个很好的拍档。

啊？！Hurley赖在诺苏号上还没离开，火力侦察终于有了结果。汪芸看向陈万通和田也，难怪呢，有Hurley在旁边煽阴风点鬼火，忆牛顿险些动用激光炮也就不足为奇了。要是他知道田也在飞舰上，准会不惜一切将挑拨离间进行到底，飞舰恐怕难逃一劫。汪芸忽然意识到该见好就收了，Hurley就在忆牛顿身旁，再跟它闲聊言多必失，有害无益。

“替我们问候你的新兄弟。”汪芸很轻松地说千言万语见面再叙，刚好也到飞舰上开饭的时间了，等会儿还要准备飞舰跟空间站交会对接的事，“你们那边也早做准备吧。”

“嗯……好吧。”忆牛顿犹豫了一下，欲言又止，最终还是听汪芸的。

既然Hurley仍在诺苏号上，那当然要按早已商定好的方案行动了。一场短兵相接的面对面较量就在眼前。

第13章

不速之客来自海王星

飞舰跟空间站的交会对接进行得很顺利。

按照行动方案，陈万通和汪芸一前一后先飘进空间站，先跟那个Hurley去会一会，田也则留在飞舰里暂不露面，等候召唤再突然出现，到时候一举揭开Hurley的真面目，也好让受了蒙蔽的忆牛顿幡然醒悟。

忆牛顿早就守候在了对接舱口，舱门一开启它就想钻过去迎接，陈万通两脚踩着汪芸的肩头一用力硬是把忆牛顿给顶了回去，要是让它钻进来看见田也就麻烦了。汪芸被陈万通使劲一蹬就向后飘去，但她抬头一看到忆牛顿的身影便明白了陈万通的用意，她没怎么迟疑，很快也进了空间站。

汪芸进来的时候，陈万通正在跟忆牛顿寒暄问好，两个人搭着肩相互轻轻拍打着。陈万通一边寒暄，一边东张西望在观察周围的动静。他看到了忆牛顿所谓的那个“新兄弟”。

忆牛顿一见汪芸进来，立刻松开陈万通上前问候，汪芸也连忙向它问好。她四下环顾，几步开外果然立着一个膘肥体壮的家伙，像座铁塔一样纹丝不动。这让她倒吸了一口凉气，眼前这剽悍的家伙威风凛凛，一看就不像个好对付的打手啊。她侧头看看陈万通，陈万通也刚好转头望向她，他也流露着吃惊的神色，彼此心照不宣，这个Hurley跟田也一路上描绘的那个举止怪异的瘪三骗子形象差得太远了。“嘴上没毛办事不牢”算是说对了，田也这毛头小子显然是经验不足把Hurley看走了眼。

汪芸猛然感到了危险。要是真的动起武来，陈万通毫无疑问根本就不是Hurley的对手，就算加上田也二对一估计也不行，除非忆牛顿能全力以赴共同抗敌。可是忆牛顿会及时出手吗？它跟这家伙称兄道弟久了，要他一下子转过弯来跟对方殊死搏斗几乎不可能，关键时刻只要它稍有犹豫或是企图当和事佬，陈万通瞬间就会吃大亏，后果不堪设想，等忆牛顿最终反应过来一切都晚了。但汪芸相信，陈万通绝不会干以卵击石的事，他应该有办法应对。起码他占有主场作战的优势，就像他告诉田也的那样，空间站里的安保设施他了如指掌，连机器人都能制服，对付Hurley应该更不在话下。

当然她也知道，武器在空间站里的隐秘部位，原先就布置好了，只是陈万通必须事先完成瞄准、定位或开启相关装置之类的准备，才算是全副武装起来了。问题在于，要在Hurley和忆牛顿的眼皮底下悄悄完成这些事，并不是轻而易举的事。他需要她的掩护。

“哦，来客人啦？”陈万通看着那大汉，明知故问。

“哟，我一高兴都忘了介绍，”忆牛顿连忙说，“这位就是新来的兄弟。”

“你好！”陈万通冲那大汉冷冰冰一句，算是打个招呼。

“你好啊，欢迎你来空间站。”汪芸倒是很热情，红脸只能由她来唱了。

“哈哈，应该我先说欢迎你们归来，”那大汉毫不拘束，“我可不是初来乍到，现在也算是这里的主人之一了。”

听听这厚颜无耻的话，主人之一？这叫反客为主，想鸠占鹊巢。

“你是这里的主人？那好吧，我先去收拾一下我原来的客房。”陈万通说着话就往里面飘去，听不出他话里是真不满还是开玩笑。

汪芸却听得出来，陈万通是强压着怒火，他现在一定是去做全副武装的准备了。此时此刻，她觉得自己应该尽力周旋，为他打掩护。

“是啊，你跟忆牛顿亲如兄弟，当然就是这里的主人之一了，”汪芸面带微笑望着那大汉，以轻松的口气问道，“你是什么时候来的？”

“我来很久了，要是一来就种上你那土豆树，也许现在都该收割啦，哈哈。”那大汉跟汪芸聊起来挺随和。可能他当初跟田也一开始接触也是这样的。

“你们先聊着，我去看看陈博士那边要不要帮忙。”忆牛顿说着话就要动身过去。

汪芸伸手一把拽住了忆牛顿，说：“让陈博士自己收拾去吧，我正有事要问你呢。”

“好的，你请讲。”忆牛顿停止动作，等着汪芸发问。

“那我过去帮帮陈博士好了。”那大汉蛮知趣，知道他们要谈事情就选择了回避。

糟糕！刚按下葫芦又浮起了瓢。汪芸拽着忆牛顿的手还没松开，没料到那大汉又想过去找陈万通撞板。

“你先别走嘛，我要问的事跟你有关。”汪芸压根还没想好要问什么，只能这么信口一说留住那大汉。然而，有时候急中偏偏就生不了智，她迅速琢磨了片刻却想不出名堂，又不能让两人眼巴巴地傻等，最后只勉强问出一句：“来这里还习惯吧？”

就这么点婆婆妈妈的事犯得着郑重其事叫住两人发问吗？忆牛顿和那大汉你看看我我看看你。汪芸似乎是直接问那大汉的，但也可以理解为向忆牛顿发问，没主语的句子多灵活呀，“你”或者“你这位兄弟”都可以成为主语，因而谁回答问题都行。

“呵，没什么习惯不习惯的，”那大汉先回答说，“我跟忆牛顿一样，到哪里都能适应。”

忆牛顿立马补充说：“是啊是啊，只要别让我们去闯恒星跳黑洞，到哪里都习惯。”

跟忆牛顿一样？汪芸脑子里突然闪过一个念头，眼前这铁塔般的大汉还真有点像机器人，难道田也是被一个机器人耍得团团转吗？但她转念一想又不对，田也说Hurley的手流血受伤还用了药，那总不会是机器人的手爪吧。汪芸一下子有点儿发蒙了，她迟迟疑疑不知道接下来该怎么应对。

就在这时，陈万通返回来了，估计他已经完成了武装防范的准备工作，汪芸终于感到解脱了。

“说吧，你是从哪里来的？”陈万通一过来就毫不客气地冲那大汉发问。他现在有底气了。

“嗯？”那大汉一听这种审讯的口气愣了一下，接着毫不示弱道，“我从哪里来无关紧要，也无可奉告。”

瞧瞧，这还真不是个软柿子，你不仁我当然就不义了。

“哎呀陈博士，人家是身负特殊使命的，保密惯了不愿透露来头。”忆牛顿连忙出来调解想缓和气氛，它又转头对那大汉说，“陈博士他们都是自己人，如实相告也没问题，再说你们那606基地也完成使命了。”

“负有使命？那好，”陈万通直逼忆牛顿，“他来这里有什么使命，你不妨替他说来听听。”

“这……”忆牛顿听出了浓烈的火药味，很是尴尬。

“你不想说，行，”陈万通突然转头，对那大汉道，“那你自己说说吧，到我们空间站来有什么目的？”

“我有什么目的？哼哼，”那大汉反击道，“我是帮你们救人来的，你真是有眼无珠！”

“Hurley！你就别再演戏了！”陈万通大吼一声，又转身道，“田也，你出来吧。”

田也像条鱼一样，应声飘了进来。

“啊哦！”忆牛顿冷不丁见又冒出个人来，着实吓得不轻，这跟它当初突然听到汪芸返回时的怪叫声差不多。

田也早已憋足了劲要对Hurley愤怒声讨的。他一立稳便东张西望寻找目标，瞄来瞄去却一脸诧异。

陈万通指着那大汉，催促田也道：“嗯？你倒是说话呀。”

“他，他……他不是Hurley。”田也结结巴巴道。

“什么？！”这回轮到陈万通发出怪叫了。

“怎么回事呀？”汪芸也是好不容易才反应过来，“一锅糊涂粥啊。”

“误会误会，天大的误会，”忆牛顿至少有了一半清醒，它指着那大汉说，“它名叫大力士，根本就不是你们要找的Hurley，它的确是自己人。”

接着，忆牛顿便把大力士被派往核桃星拯救人质和生物源反应器的来龙去脉讲述了一遍，最后得出结论说：“你们肯定搞错人了。”

汪芸老半天都没回过神来，听了那段英勇献身、荡气回肠的故事，她不仅感慨万千，而且越发清醒。地球物种的太空殖民行动可谓险象环生、惊心动魄，到现在也不能算是轻舟已过万重山，更谈不上大功告成。事情明摆着，那个来历和去向都不明的Hurley，已对星际殖民行动构成了新的威胁，那些“鸟屎”文字所说的“再次行动”指的是什么他们还一无所知，这不能不令人担忧。这趟带着田也赶回空间站，本想截住他却扑了个空，可见那家伙行踪诡异，不是个等闲之辈，跟他也许还有一场激烈的太空较量在等着。

“Hurley来过空间站吗？”田也问忆牛顿道。他听了它的叙述，对地球物种的星际殖民行动算是有了一个大概的了解，联想到Hurley的一系列言行，他更加确信那家伙是物种泛平等主义的忠实信徒，是专门来搞破坏活动的。

“Hurley是谁？我可不知道这个人。”忆牛顿说这些年到过空间站的人在它的记忆库里都有存档，从来就没有叫Hurley的人。

一旁的大力士也说以前从没听说过Hurley，刚才陈博士那一声怒吼叫Hurley的名字，猛一听跟它本人的英文译名还真有点像，吓了它一跳。

“呵呵，是啊，是有那么点像。”田也说“大力士”在英语里可以译为Hercules，他学过。

陈万通不会像田也那样一下子就转移了话题，他问忆牛顿道：“这段日子有什么不速之客来过空间站吗？”

“来过一个天体地质学家，在这里歇了歇脚就离开了，”忆牛顿回答说，“他还要去其他星球上考察，许光辉也陪着去了。”

“什么？”陈万通大吃一惊，“这么重要的情况，你怎么不早说？”

“我哪儿有机会说嘛，”忆牛顿委屈道，“你一上来就摆出一副兴师问罪的架势，我忙着帮大力士澄清冤情都来不及，哪敢先说这事哟。”

“他有多大年纪？是Hurley吗？”田也立即询问。

“他不叫Hurley，叫奥斯卡，看上去30岁左右。”

忆牛顿一说完，田也才觉得自己问的有点愚蠢，骗子晒出来的信息虚虚实实、真真假假，这比物理学上的“测不准”好不到哪儿去。但Hurley不是微观世界的量子而是宏观世界的大活人，在郑成功星上使阴招逃离的那个家伙，跟空间站来访的这位地质学家是不是同一个人，那是有办法测准的。田也一下就想到了办法，他接着又问道："来的那个人右手是否有伤？就是那种皮肉没恢复好而遗留的疤痕旧伤。"

"你这话算是问到点子上了。"忆牛顿说奥斯卡刚来的时候就有点古怪，进到了空间站里死活还不肯脱掉密闭的太空服，直到许光辉后来招呼他去餐厅吃饭才扭扭捏捏地脱下了行头，大家这才看到他伤手的惨状。问他怎么回事，他说是在一颗小行星上勘探考察时被滚落的高温岩石灼伤的。

果然是他！田也说："这就对了，他遮掩不住伤情就只能信口雌黄编故事了。"

"啊？奥斯卡真的就是你们要找的Hurley？"忆牛顿惊愕道，"怎么回事？"

"怎么回事要问你呀，引狼入室了。"陈万通说，"你们错把恶狼当成了外婆。"

"我们哪儿能一眼看得出他是'狼外婆'哟，他脸上可没写字。"大力士不服道。

"这不能怪你们，"汪芸接过话，"快把他来这里前前后后的情况说一说。"

"咳，这么说来，披着各种外衣的丑类恶物真是防不胜防啊。"忆牛顿娓娓道来。

诺苏号其实并没有疏于防范，忆牛顿在独处的这段特殊时期一直绷紧着弦，几乎到了草木皆兵的程度，要说连百密一疏都算不上。许光辉和大力士来了以后，空间站的安保工作也丝毫没有松懈。要不然汪芸和陈万通回来时也不至于受到验明正身的"待遇"。Hurley能混进来，实在是他太狡猾了。

那天，诺苏号收到了一条文字信息。发文者自报家门名叫奥斯卡，是来太空开展星球地质考察的专家，说他刚从海王星上考察完离开，接下来还要远赴冥王星考察。他说对诺苏号空间站仰慕已久，此次刚好路过想前来歇歇脚，再继续前进，还说空间站眼下所处的位置刚巧离他不远，他驾驶着哈尼号飞舰很快就能到达，等抵近时再直接通话联络。他还附了国际天文学联合会的推荐信及推荐人的联系方式。

若是在以往正常情况下，这是一份很符合程序的请求信息，诺苏号会及时跟推荐人取得联系，确认来者身份后即可视情接待，许多来太空工作的专家学者都是这样来到空间站的。然而现在不同寻常，当然不能随随便便就有求必应，何况根本就不可能联系到什么推荐人了。非常时期要用非常挑剔的眼光审视来访者，许光辉和大力士也在场帮着一起查验把关。

大力士一眼就看出了问题。它说奥斯卡声称去海王星上考察后离开，这话要打个大大的问号，一般的飞行器钻进海王星的大气层里还能再飞出来，这种异想天开的事压根做不到。

忆牛顿不太明白大力士的分析。问它为什么，不是据说海王星大气层里面裹着坚固的内核，不是可以用反引力技术在大气中悬浮吗？奥斯卡进去考察完安然离开很正常嘛。

大力士回答说，不。它这些年在土卫六上对外太阳系各大星球了如指掌，海王星的大气层可不像地球大气层那样温柔可亲，那颗气态巨星外层的大气很有脾气，其异常活跃的能量形成了超强的风暴，那种狂暴的气流是地球上普通飓风风速的好几倍，任何飞舰钻进去都只会是人仰马翻的结局。

许光辉也很了解海王星的情况，他对大力士的分析是认同的。他说奥斯卡的飞舰要真是进了海王星的话，就会像狂风中的碎纸片一样根本经不住摆布，想自主飞行钻进钻出无异于蚍蜉撼大树，不自量力的事当然也是不可能的事。不过，许光辉建议要听一听奥斯卡本人对此怎么解释，吹牛皮的人跟不怀好意的人还是要有所区别，对待科学家更应该这样。

等哈尼号飞舰抵近到能直接通话的距离时，许光辉就单刀直入，跟奥斯卡进行了交流。他一开口就对奥斯卡成功上海王星考察表示祝贺，问他能不能先分享一点考察的成果。

忆牛顿和大力士都在一旁侧耳倾听，估计他会吹破牛皮讲述自己神乎其神的海王星之行。但它们俩想错了，人家奥斯卡非常谦恭有礼，他迟疑了一下立刻自责说自己不够严谨，此前发出的文字信息词不严义不密，让诺苏号的行家们产生误解实在是件不可饶恕的事。他说他其实登陆考察的是海卫一，也就是海王星最大的那颗卫星，想言简意赅汇报情况反而弄巧成拙了，千错万错都不该犯这种糊弄行家的大错。

这算不得什么不可饶恕的大错。虽然奥斯卡自己上纲上线，可他诚恳地一再认错，反倒让许光辉他们觉得自己有点吹毛求疵了。不管怎么说，海王星和海卫一都“姓海”，二者本来就是沾亲带故的关系，去海卫一说成是去海王星并不算太离谱，反正也是围着海王星转悠。但即使这是事实，空口无凭也是不行的，防人之心不可无嘛。

许光辉告诉奥斯卡，“海氏家族”的星球各有特点，那就分享一下在海卫一上考察的所见所闻吧。

奥斯卡痛快地说没问题，他当然明白这是诺苏号上的人在考他。但他胸有成竹，没犹豫就口若悬河地讲起了在海卫一上见到的地表特征。从那颗星球硕大的极冠说到遍布冰体的盆地，从起伏的山峦说到蜿蜒的峡谷，又从间歇泉说到了活火山。他说海卫一的地质活动至今依然很活跃，他甚至还看见了一处“冰火山”，那火山喷出来的不是熔岩而是水冰，估计那些水冰就相当于地球上开采出来的可燃冰。多么宝贵的固态天然气呀，就这样在海卫一上浪费着。奥斯卡一边侃侃而谈，一边发来了他在海卫一上拍摄到的一些3D视频，说是让许光辉他们眼见为实。

忆牛顿不满足于眼见为实，而且要想方设法证实。它很快将他发来的视频跟空间站里存储的星球视频资料进行了比对，确认他的视频确实是在海卫一上所拍。虽然见到冰火山的真容还是第一次，但其周边环境可以确认是海卫一的地形地貌无疑。

尽管如此也还是不大让人放心，谁知道这些视频是不是别人早就拍好了让他带上飞舰的。毕竟是特殊时期嘛，忆牛顿当时并不愿意随便接纳一个不速之客，它很为难地告诉奥斯卡说诺苏号眼下精力有限，问他有没有非来空间站不可的理由。

奥斯卡说他也是万般无奈，除了远途奔波想歇歇脚之外，更重要的是他在海卫一上面采集了不少地质标本，死沉死沉的，这都是些能颠覆此前太阳系形成的理念的重要科学依据，想暂时在空间站存放一下，以便他轻装完成冥王星的后续考察工作。

人家一个从事天体探索的地质学家都把话说到这个份儿上了，诺苏号硬生生拒绝就太不近人情了。何况，他要真是带来了所说的地质标本，也就足以证明他是从海卫一而来。许光辉跟忆牛顿和大力士一商量，还是决定助人一臂之力。后来事实证明，奥斯卡确实是从海卫一上带了一堆地质标本，谁也想不到他另有不可告人的目的。

“我真浑！”陈万通听到这里忍不住打断说，“是我孤陋寡闻判断失误，当时只想着去海王星追踪Hurley，根本没想到海卫一。”

“我先被他骗的，”田也说，“他口口声声只讲海王星，从来没提过海卫一。”

“别忙着检讨，让忆牛顿讲完嘛。”汪芸说，“后来呢？”

忆牛顿说后来对他的信任感就一点点增强了。

奥斯卡来到空间站以后，大谈太空地质探索的重要意义，他对地球人的命运更是感慨万千，说是早就应该打造一个万千生灵和谐相处的星球了，给人感觉他是个心系全人类的地质学家。特别是大家知道了他手负重伤依然坚持太空地质勘探，无不从内心感到敬佩。

奥斯卡关注人类命运，也理所当然关心地球物种的星际殖民。当他得悉殖民行动一波三折，载着地球物种的两个生物源反应器已经踏上征程时，显得非常兴奋，他不仅听得认真而且问得也仔细，为没能亲身参与这项伟大工程而感到遗憾。他一听说许光辉和大力士们在核桃星上大战外星人，当即表示要改变行程马上赶到核桃星去，一方面想考察那里的地质状况，另一方面也想前往悼念献身外星球的勇士们，寄托自己的哀思。

许光辉和大力士好言相劝，说是路途艰辛而且他手已负伤不便远行，但他去意已决听不进劝告。无奈之下，大力士自告奋勇说是陪他走一趟。奥斯卡一听就面有难色，接着就极力反对。他把许光辉悄悄拉到一边，说是自己有个怪毛病，不习惯跟机器人同行。许光辉想了一下说，那就他亲自跟着去吧，核桃星上有他牺牲的同事，他也想去祭奠故人。奥斯卡有点吃惊，犹豫了片刻还是答应了。就这样，许光辉陪着奥斯卡踏上了重返核桃星的旅程。

“糟了！许光辉这是误上贼船啦！”汪芸一听就焦急道，“他们走了以后有没有跟空间站保持着联系？”

“刚开始有联系，后来飞远了无法直接通话，奥斯卡发过来一条文字信息。”忆牛顿说奥斯卡及时通报了情况，说他们旅途一切挺顺利，只是哈尼号飞舰的信息发送系统时好时坏，也许会出现暂时失联但无须大惊小怪，让诺苏号这边放心。

“Hurley胡说八道。”田也说哈尼号特意多备了一套完整的通信系统，不存在时好时坏的问题，所谓暂时失联是他一去不返的拖延说辞。

“他可没说一去不返。”忆牛顿说跟奥斯卡通话时他一直都表示归心似箭，说是等完成了核桃星上的考察工作就尽快往回赶，他还要回来取他那些珍贵的地质标本呢。

“他的话你就这么深信不疑？”陈万通瞪着忆牛顿说，“他从海卫一上随便搬一堆破石头回来说是宝贝，你们就照信不误了。”

是哟，外星球的烂泥碎石多如牛毛，谁知道是不是宝贝，就算大家都是地质专家也不是三五天就能考证出个结果的。田也一想到这点，就问忆牛顿那些地质标本放在哪里，他想见识一下。

“我去拿。”大力士说着话就要去拿。

“琢磨那些石块毫无意义，别再做无用功耽误时间了，”汪芸越想越感到事态严重，“许光辉非常危险，当务之急是要设法找到他们。”

“嗯，汪博士说得有道理，”大力士停止了移动，“那我就再跑一趟核桃星，把他们俩弄回来。”

“你们以为Hurley真会去核桃星吗？没那么简单。”陈万通看了大力士一眼，分析说，Hurley得知了星际殖民行动的进展情况立刻闻风而动，说明他费尽心机来空间站就是为了打探这方面的情况，得手后迅速离开是要赶去实施破坏行动，他自己声称要去核桃星考察完全是临时放出来的烟幕弹，信不得。

“那他们会去哪里呢？”忆牛顿既像是自言自语，也像是询问大家。但人人都在思索中，一时半刻没人能给它答案。

汪芸赞同陈万通的分析，她也觉得，核桃星如今已是物种太空殖民历程中一处过了气的遗迹，Hurley没有任何理由自讨苦吃跑到那里去瞎逛，他应该另有去处。

“Hurley身上带着武器吗？”她突然望着田也问道。

“嗯？”田也冷不丁听汪芸这么问一脸不解，他说Hurley没带任何武器，飞舰出发前田大标是进行过仔细搜查的。

汪芸是这么考虑的，Hurley此行跟着个碍手碍脚的许光辉，他要搞破坏必须先甩掉甚至干掉身边这个刺头，但许光辉不是个文弱书生，Hurley赤手空拳未必是许光辉的对手，现在拖着伤手就更难对付许光辉了，很可能他要去找同伙帮着一起动手。

陈万通听出了汪芸问话的意思，他说：“Hurley不可能跑到核桃星上去跟许光辉单挑，那里也绝不会有他的同伙。”

汪芸没有立即接陈万通的话，而是继续问田也道：“他带着远程发射之类的设备吗？”

“也没有。”田也摇头说大伯对Hurley要求挺严，连他随身携带的电子记事本都被截下来了。

汪芸又转而问忆牛顿和大力士：“Hurley来的时候，你们有没有进到哈尼号飞舰里面检查过？”

“每个角落都仔细看过，有异样设备会发现的。”忆牛顿说当时Hurley说带了一批地质标本要暂时搬进空间站存放，许光辉就让忆牛顿和大力士进去帮着搬，他还故意拉着Hurley聊天说你手上有伤就歇着吧，它们也就趁机对哈尼号里面做了检查，没见任何异常。

“这么说来他两手空空，凭什么在许光辉的眼皮底下破坏物种移植？”汪芸一语点醒。

“对呀，”田也兴奋地喊道，“Hurley一定还有同伙藏在附近。”

Hurley的同伙在哪里？众人不约而同地想到了一个地方——海卫一。

“看来我必须去海卫一走一趟了。”陈万通迅速查看了一下3D星系图，眼下海卫一即将运行到海王星公转轨道的外侧，距诺苏号是相对较近的，要去就要赶紧动身。

“我跟你去，这一带的空域情况我熟。”忆牛顿当即响应。

“这事少不了我吧。”大力士当仁不让，除暴安良是它的强项。

“我也要去。”田也马上也要求参战。

“行啦，用不着这么兴师动众的，大力士跟我去就可以了。”陈万通心里有数，Hurley一伙在海卫一上的窝点顶多就是有个把留守人员的联络站而已，要是有成帮成群的人马，恐怕早就把诺苏号灭了。再说，空间站的壮丁都走了让汪芸一个手无缚鸡之力的人留守，要是再碰到点儿事怎么得了。

“跟Hurley面对面较量，我怎么能不到场？”田也眼巴巴地向汪芸求助。

“田也去一下也好。”汪芸说他毕竟对Hurley的秉性了解更多，或许能帮上手，她和忆牛顿留守空间站就可以了。

“那就马上准备，抓紧时间开拔。”陈万通一锤定了音。

田也摩拳擦掌斗志再燃。这趟来空间站扑了个空，现在总算又有机会跟Hurley当面交锋了，不然怎能甘心。出发前，他把自己的行李箱交给汪芸说是让她保管，汪芸不用多想就明白，箱子里有他那宝贝的DNA纠缠仪。汪芸问这段时间可否让她把仪器打开查看，田也说：“当然可以啦，你拆了它都行，我还等着你给我揭秘呢。”汪芸说等你们这次凯旋就应该能知道谜底了。

“我们很快就会回来的。”不仅田也信心满满，陈万通也很有底气。

质子飞舰经过提速改造就是不一样，陈万通带着田也和大力士没费太多时日就抵近了海卫一。从巡天望远镜里看过去，这颗神奇的星球上一条条蜿蜒的山脉、充满着冰体的盆地、姿态各异的火山熔岩等天然景观依稀可见，比月球表面要漂亮多了。陈万通心想，同样都是行星的卫星，海卫一肯定比月球要年轻，这颗卫星在不太遥远的过去应该是活力四射的，可能现在刚刚度过了地质活动的青春期，不像月球已经是老态龙钟了。海卫一是少女，月球是老太太，陈万通觉得这样比喻很贴切。

“这么大一颗星球，我们该怎么找到他们？”田也的问话打断了陈万通的思绪。

“老办法。”陈万通说先绕着它多飞几圈，“闻”到了核聚变反应遗留的痕迹再慢慢靠近，一点点缩小包围圈总能找到的。

田也一听就明白了，他像上次飞掠海王星那样，全神贯注地盯着信号显示器上的指示灯。

飞舰沿着海王星上空不同的经纬线轨道，像缠毛线球一样一圈又一圈飞行。时间在慢慢流淌，显示器上的指示灯却一直没有闪烁，田也时不时抬头瞄一眼陈万通，心里又开始焦急起来。

陈万通不是不急，但他心中有数，海卫一的质量比海王星要小得多，核聚变反应遗留的痕迹飘散得会更快，因而要多飞几圈积累到一定的量才能使探测装置有所反应。估计差不多该到有反应的时候了，陈万通临阵布置了接下来的任务。

“田也，等会儿找到目标以后，你还是先不要露面，以免过早打草惊蛇。”他把自己一路上考虑好的行动方案仔细讲给田也和大力士听，要他们到时候根据行动方案随机应变，有不明白的问题现在就提出来一起解决。

“明白了，保证完成任务。”大力士一边操控着飞舰一边响亮回答。

“好，知道了。”田也心里焦躁不安，嘴上勉强应付着。他心想不就是要我躲起来嘛，乌龟不露头倒不是什么难事，关键是别又搞砸了。上回躲了半天猛地冲出来却连Hurley的影子也没见到，东张西望跟个大傻帽似的。说不定这回又是老样子，不然指示灯怎会一点反应也没有呢。

田也正寻思着，突然，“嘟——嘟——嘟——”的提示音响起，指示灯同时闪个不停。“找到啦！”田也兴奋地叫了起来。

“降低高度，缩小搜寻范围，尽快找出具体目标。”陈万通向大力士下了令。

飞舰像翱翔的雄鹰一样徐徐下降。盘旋搜找了不多会儿工夫，田也指着巡天望远镜的屏幕高声道：“他们在那里。”

陈万通也看到了。在一片盆地里有一坨小丘陵状的火山熔岩，熔岩底部一侧边缘是相对平坦的地面，那上面建了个酷似蒙古包的人工设施，一看便知是一顶升级版的太空登陆帐篷。这应该就是他们苦苦搜找的地面目标了。

突然，一束蓝色的激光从地面目标照射到了飞舰上，紧接着，扬声器里传来了厉声问话：“上面的飞行器听着，立即空中止步！来者何人？”

大力士马上刹车减速，按照陈万通布置的行动方案回答说：“我是奥斯卡的老友，请让他来通话。”

“奥斯卡是谁？我们这里没有这个人，你赶快离开吧，要不然安全可没保证。”

“哦，他又叫Hurley。”大力士说叫什么名不重要，干咱们这行的换个名字就跟作家用个笔名一样，叫惯了都搞不清真真假假了。

“Hurley正忙着，没工夫跟你通话，你是什么人？”

“我也在太空混饭吃，是特意带人来为他处理手伤的，”大力士强调说，

“都是自己人啊。”

大概不是自己人不会摸到这地方来，更不会知道Hurley手上有伤，对方态度有所缓和：“噢，是这样啊，Hurley现在……”他欲言又止，突然改口道：“你说是自己人？看来对这里还熟门熟路的，那咱们见过吗？”

“也许见过吧。”大力士顺势回应。

“什么叫也许，马上打开视频通话器！”对方也很警惕，冷不丁要验证。

陈万通一听立刻转头看向田也，田也没等陈万通示意已有了行动，他麻利地躲到了摄像头的死角位置。

视频通讯很快就连通了，双方的人马直面交锋就相当于黑暗中突然划亮了一根火柴，想虚虚实实不暴露力量已做不到。对飞舰来说，舱内就这么大点空间，家底基本上让对方一览无余。而对Hurley那边来说，暴露的只是局部，谁知道他们的登陆帐篷附近有多少人马？这是一桩不公平的交易。陈万通事先没料到对方会来这一手，不接招又不行，好在大力士刚才应对得还蛮机灵，接下来只能全力以赴配合它在明灯下把戏继续演下去了。

屏幕上显示出地面的帐篷里只有两个家伙，两人都穿着太空便服，一个年轻英俊却长着一对猫一样的耳朵，看上去很难说是不是机器人，另一个明显是个叔伯辈分的人，光秃秃的圆脑袋像是空间站里种出来的白兰瓜，他侧着身低着头似乎刻意要回避视频的正面镜头。陈万通从两人的神态断定，那个长着猫耳朵的家伙是在前台唱主角的，他应该就是刚才说话的人，而那个光头佬可能才是真正主事的，老家伙嘛总是躲在后台的。

果然，视频连通片刻后，大力士刚礼节性问候了一声“你们好啊”，那个猫耳朵就硬邦邦甩过来一句话：“你蒙不了我，我敢百分之百肯定我们以前从来没见过面。”

“我才懒得蒙你呢，我来找Hurley又不是找你，”大力士反击得有理有节，“我跟他见没见过才是重要的，让他出来跟我说话。”

“想见Hurley你得等会儿，”猫耳朵的意思很明显，不过他这一关休想见Hurley，他接着道，“你说是Hurley的老友，那你旁边这位是什么人？”

“他呀，他是咱们道上的一个医生，”大力士指指陈万通，接着发泄不满说，“人家是看在我的面子上才肯大老远跑来为Hurley医治手伤的，早知道会有这种热脸贴冷屁股的事，就算用海王星改成个超级大轿子去抬也不来。”

突然，一直低着脑袋的那个光头佬抬起了头，他盯着视频上的陈万通说：“你是医生？”

“没错啊，我是个吃力不讨好跑来招人嫌的医生。”陈万通语带怨气。

就在陈万通说话的当儿，躲在暗处的田也差点儿“啊”一声叫了出来。他虽然不在摄像头的视野内，却看得见斜对面的屏幕，刚才他一直觉得那个光头佬的身影有点眼熟，看不清面孔也就没多想。光头佬突然一抬头，让田也立刻倒吸了一口凉气，真是活见鬼了，这不是当初帮他采集大象DNA样本的那个光头兽医吗？他简直不敢相信自己的眼睛，按说光头兽医跟Hurley八竿子打不着，无论如何他都不应该出现在这里呀。要说知人知面不知心那是有可能的，要说光头兽医就是Hurley的同伙却没一点儿说得通的迹象。难道他也是个极端的物种泛平等主义者？这里面一定藏着天大的秘密。田也一下子无法弄明白，只能继续看着两边的表演。

“医生总是受欢迎的，这一点我有体会，”光头兽医毫不介意陈万通的态度，似乎找到了久违的同志，“我跟你算是同行。”

“哦？你也是医生？”陈万通本能地怔了一下，面露惊讶之色，似乎因为突然在太空遇到了同行而很感吃惊。其实不然，他是没想到假菩萨碰到了真神仙，心里不打鼓才怪呢。

“我可是老郎中喽。”光头兽医有点得意，他说他看了Hurley的伤势，那只手不做矫形修复肯定是不行的，但太空条件有限，巧妇难为无米之炊，他有劲也使不出来。

呸！田也心里暗骂光头兽医不厚道，你明明是个兽医，整天只会摆弄狗爪子猪蹄子，那跟人的手掌是一码事吗？大言不惭、自吹自擂自己是什么巧妇，没准就是把Hurley的手掌看成了狗爪。

光头兽医才不管什么狗爪人爪呢，他想不到田也会躲在飞舰上，他就是要在陈万通面前摆一摆老郎中的资格。医生嘛都是老的更吃香，他就差没对陈万通说“我医治过的狗爪比你看见过的人手还多”。在经历丰富的老郎中面前，还怕一个后生仔跑来乱忽悠不成？他接着话锋一转问道：“你对Hurley的伤情有什么好的处理办法吗？不妨说来听听。”

糟了！陈万通心里咯噔一下。一听说光头佬是医生，他就感到了不妙，就怕这个老郎中来跟他探讨医术，岂料越怕越来，现在已经没什么退路了，只好硬着头皮死扛下去。

“办法肯定是有的，”陈万通故作镇静道，“我要看见他的伤情才能对症施治。”

“你一定要见到Hurley才肯跟我交流吗？”光头兽医见陈万通卖关子，似乎显得很有感慨，他说在太空憋久了才体会到有朋自远方来不亦乐乎的道理，碰到同行能切磋一下最新的医术是一件愉快的事情，何乐而不为呢。

“不见人不看病，这是我行医的一贯准则。”陈万通语气不卑不亢。

“那就算啦，不过我可以明确告诉你，Hurley现在不在这里，什么时候回来那可就难说了。”光头兽医说完看了旁边的猫耳朵一眼，又低下了脑袋。

“行了吧，”猫耳朵立刻接过话对大力士下逐客令，“话都说清楚了，你们可以走人了。”

“哦，那真是挺遗憾的，”大力士又侧头对陈万通道，“不好意思啦，让你大老远白跑一趟。”

“人不在也是没办法的事，”陈万通一副无奈状，“那咱们降落下去歇歇脚就回去好了。”

“下来歇脚？有什么好歇的，你们以为这里是度假的旅店吗？”猫耳朵说着就“啪”的一下关闭了视频，“在你们的飞舰里歇息还不是一样，赶紧走吧。”

“你这就太过分了，太空飘浮的感觉跟落地休息的感觉能一样吗？”大力士嚷嚷着，也顺手关了视频。它转头用眼神征询陈万通意见，陈万通用手向地面指了指，大力士立即心领神会道：“我们自己降落下去不劳你们费心，只要你们的待客之道以后能跟Hurley交代就行。”

扬声器里一阵沉默。等了一会儿，陈万通决定冒险，他示意大力士改悬停为缓慢下降，估计地面想攻击也会先警告的，可能还有逃跑的机会。

“哈哈，那就下来吧，”这是光头兽医的声音，“我早说过，医生总是受欢迎的嘛。”

第14章

Richard的另一支人马

诺苏号空间站里。陈万通一行离开以后，汪芸和忆牛顿也没闲着。

汪芸一静下心来想到了很多，但最揪心的问题还是星际殖民的成败。不管怎么说，载着地球物种的两艘飞舰早已踏上了飞往G星球的征途，这点本该感到庆幸。然而没想到，现在却突然冒出一个疯狂的Hurley来，还要继续追杀、继续破坏。而且这回再次跟许光辉的个人安危相关，他刚死里逃生又身陷险境，这不得不让她多了一份担忧。汪芸一直没见到许光辉，对核桃星上发生的激战只是听大力士简单介绍了一下，但凭着自己的专业直觉，她想多了解点情况。

“你们那天说的代索，是什么玩意儿？”她问忆牛顿。

“不太清楚哦，好像是核桃人打造出来的一种动物。”

“动物？什么样的动物？”

“那就更不知道了，听大力士讲，见过代索真容的只有一个人，名叫郑合，可惜他在与核桃人的战斗中牺牲了。”

“许光辉在核桃星上待了那么久，也没见过代索吗？”

“还真的没见过，”忆牛顿想了一下说，“不过，郑合冒险采集到了代索的DNA信息，交给许光辉带回来了。”

“咳，早说啊！”汪芸没多怪忆牛顿，这阵子大家都被Hurley搅和得晕头转向，她自己也一样，现在才有了点精力过问一下代索的事。

忆牛顿二话没说，很快就找出了许光辉带回来的那个手指套状的小设备，拿在手上问汪芸道：“要把它连到DNA图像显示器上吗？”

“当然，咱们来看看它是哪路神仙。”

“好嘞，”忆牛顿一边动手一边还不忘恭维她，“有你这样的高级专家在，这简直就是小菜一碟。”

“别尽想美事，能不能看出个大概名堂还很难说。”

汪芸心想，忆牛顿这回还真是拍错了马屁，这DNA图像显示器是针对地球物种打造出来的探测仪器，对未知的外星物种并不完全适用。仪器里储存了地球物种的海量数据信息，不管探测物是完整的DNA链条还是DNA局部片段，只要能跟已知的信息进行比对就可以将其相应的生物形态显示出来。这不光要靠仪器，而且也要专家慧眼识珠，要先对探测物的DNA做些加加减减的标准化处理才能进行识别比对。但这种办法对代索不一定管用，地球上不存在的全新物种当然也就没有可显示的数据库信息，专家缺乏参考系想要加加减减都不知从何下手，因而只能凭经验根据其DNA序列的特点进行推断，能知道它大概是天上飞的、水里游的，还是地上爬的就算不错了。

忆牛顿却信心满满，接好连线开启仪器就请汪芸操作，嘴上还兴奋地嘀咕：“外星动物就要现形了，这点儿事哪能难得住大名鼎鼎的汪博士呀。”

可是，忆牛顿高兴得太早了。这点事还没来得及难住汪芸，倒先难住了它自己。DNA图像显示器开启后，屏幕上显示的既不是DNA结构，更不是具体的物种形态，而是一些杂乱无章的波纹，等了好一会儿还是依然如故。忆牛顿重启仪器器，反复试了多次仍无法正常显示。

“怎么回事？”汪芸疑惑道，“代索的信息加了病毒干扰吗？”

“没那么邪乎，”忆牛顿说应该是仪器本身的故障，很久不用就会出现这样的故障，它拔掉了连线说，“我修一修试试吧。”

忆牛顿说完就动手修理起来，折腾了很久还是败下阵来了。“修理仪器可不是我的强项，”它说以前各种仪器出现故障都是陈万通修好的，他才是摆弄仪器的高手，“要不等到陈博士回来再说？”

“等他回来哪儿还有工夫折腾这种事呀。”汪芸觉得陈万通并没有三头六臂，他要对付Hurley一伙已经够费精力的了，再让他分神修理这种高精尖设备不妥，一心二用肯定会耽误大事。

“那怎么办呢？”忆牛顿显得很无奈，它嘟囔说，“都怨我能力有限，要是能另外弄到一台跟DNA有关的什么显示仪就好了。”

另外弄一台跟DNA有关的仪器？汪芸听了一激灵，她突然有了主意。田也那台DNA纠缠仪不就是另外一台仪器吗？虽然那里面没有生物数据库无法进行比对，当然也不可能显示出物种形态，但田也构建的DNA模板可以接纳不同动物的样本信息，能显示出大象的DNA结构，也应该能显示出代索的DNA结构。

“你说用另外一台仪器？咱这里还真有，现在就试试。”汪芸从田也的行李箱里取来了DNA纠缠仪。

忆牛顿见真的有另一台仪器非常高兴，汪芸打开后盖刚琢磨着如何连线，它就抢过去说：“这点小事就不劳汪博士动手了。”

“不要启动整个仪器，只用它的显示功能就可以了。”汪芸叮嘱道。

“放心吧，汪博士。”

忆牛顿经常给陈万通打下手，干这种事还是利索的。倒腾了一阵子它发现了问题，忧虑道：“这台仪器可真是‘小肚鸡肠’，信息容纳完全是排他性的，一山容不得二虎哟。”

“这没什么奇怪的，每台仪器的用途不一样。”汪芸听懂了忆牛顿的意思，她知道田也设计这台仪器的意图，他当初想要验证一对一的纠缠现象，当然只需要容纳试验对象的单一DNA信息。科学试验嘛，就是把自然现象剥离得越简单越好观察。

“可这里面的信息空间已经被占用了，代索的信息无法再输进去。”忆牛顿两手一摊。

“哦，是这样啊。”汪芸想了一会儿，她很快就明白了，仪器里已经输入的是大象的DNA信息，田也还等着她揭秘呢。不过他有言在先，仪器可以任由她处置，那就分个轻重缓急好了，她说：“用代索的信息取而代之，把里面的信息先拷贝出来留着。”

“那好，先出后进。”忆牛顿应声而动。

一番倒腾过后有了效果，代索的DNA信息成功输进了仪器中。一长串DNA图像终于呈现在眼前，像一条前不见首后不见尾的超级长蛇。“这是什么妖怪的DNA，飞禽还是走兽？”忆牛顿急不可耐道。

“一眼哪儿看得出来，这可不是三两天的事，我要慢慢分析才能琢磨出来。”汪芸总算松了口气，不管怎么说，这是跟地球物种一样的DNA结构，起码不是一堆完全看不懂的密码，不然就要先去学外星生物学了，天知道上哪儿去学。

但是，真的动手分析起来，汪芸才知道有多么难，似乎不比学外星生物学容易。离开了专用设备，靠肉眼观察DNA信息去识别一个物种，就像捧着一团拆散了的毛线去判断原来的毛衣款式一样，只能是连蒙带猜，何况还是个未知的外星物种，更是难上加难。好在汪芸这些年一直奋战在物种审理的一线，见多识广，练就了辨识DNA信息的火眼金睛，所以费了些时日她总算看出了点门道。

“代索很可能是一种鸟类，”汪芸那天告诉忆牛顿说，“我已经尽了力，只能判断到这个程度。”

“哈，代索原来是一种飞鸟呀！我就说嘛这点儿小事根本就难不住你，”忆牛顿兴奋道，“等以后有空的时候咱把它孵化出来，可以当宠物玩。”

“你又想美事，生物源反应器都没了怎么孵化？”汪芸说多亏田也发明了这台DNA纠缠仪，要不然连模模糊糊的形态都判断不出来。

“最终肯定能看清楚。”忆牛顿说等陈万通回来修好了仪器，汪芸就会如虎添翼，准能看清那飞鸟的真容。

“也许吧。”汪芸心里很清楚，什么仪器也无法让外星物种完全现形，但她现在不想说不行，或许陈万通修好的仪器真的管用。这个时候，汪芸虽然隐隐约约对代索感到了一丝不安，但她实在没心思仔细琢磨，她牵挂着陈万通。

此刻，陈万通正在海卫一上跟Hurley的同伙智斗。

飞舰着陆之前，陈万通心里还是有点忐忑的，他担心自己跟那个光头佬近身接触会露出马脚，自己肚里没多少医学知识哪经得住老郎中盘问。可是，田也很快就从隐蔽处悄悄出来告诉他说，那光头佬不是人医是兽医，他听了才算稍稍踏实些。田也还告诉他说光头佬曾在广州的野生动物园工作，只是没想到他也是个物种泛平等主义者，会跟Hurley搅和到一起。陈万通听完立刻就明白该怎么对付那家伙了。

有光头兽医在场，田也这回依然只能乌龟不露头，他躲在飞舰里没出来。

陈万通随着大力士钻进了光头兽医和猫耳朵所在的太空登陆帐篷里。有了重力就是不一样，陈万通还真是找到了落地歇歇脚的感觉，对他来说这是一种久违了的美妙感觉。要不是为了打探Hurley的行踪尽快追击，他真想在这里多待些日子，有重力的生活才是正常人的生活。

不管是真心还是假意，光头兽医对陈万通和大力士的到来表示出了足够的热情。只是主次关系似乎有了颠倒，光头兽医唱起了主角，猫耳朵则在旁边忙着端茶倒水。陈万通估计，猫耳朵很可能跟忆牛顿一样，是太空基地的留守机器人，难怪光头佬憋得难受要找人聊医术解闷。大力士也很快看明白了，它也顺势变主为次，让主位给陈万通。

寒暄几句后，陈万通刚想先发制人抛出话题，光头兽医却抢先发话说："辛苦你们白跑一趟了，Hurley那手……"

"哪里，哪里，"陈万通佯装很随意地打断道，"其实你们最辛苦，为了物种平等这件大事披星戴月奔波太空，这是为长期受压迫的无数生灵造福啊。"他不能让光头佬一上来就扯出手伤的话题，兽医怎么着也是带"医"字的职业，总比他这个冒牌货懂得多，他想把话题引到对方感兴趣的物种平等问题上去，于是紧接着又说："我虽然没入你们这一行，却有兴趣讨教这方面的一些问题。"

"呵，那你找错人了，"光头兽医瞥了旁边的大力士一眼说，"这是Hurley他们干的行当，跟我没什么关系。"他想当然地把大力士当成了Hurley的同志。

糟糕！陈万通心里一咯噔，弄半天表错情了？田也说光头佬是物种泛平等主义者，但这家伙自己却矢口否认，原先想好了套近乎的一大堆问题可就没得谈了。找不到共同话题，接下来这个自称老郎中的货肯定又会东拉西扯到医术上去，自己这假冒伪劣的郎中随时都有穿帮的危险。

"咱们医生悬壶济世，本来就跟他们不搭界，"还没等陈万通琢磨出对策，光头兽医果然就发问了，"你来太空之前在哪里高就？"

陈万通第一反应想说在香港行医，威尔士亲王医院或者玛丽医院什么的随便编一个，光头佬一介兽医不会太了解。话到嘴边他立即改口说：“高就谈不上，我在广州的大学城医院做事。”他忽然想起来，光头兽医所在的野生动物园跟大学城离得不远，在同一区域就会有共同感兴趣的话题。他当年在广州大学城的超算中心实习过，对那里的情况并不陌生。

“啊，你在广州大学城工作？”光头兽医一听，惊得似乎五官都要散开来了，马上改用粤语道。

“系呀，我在大学城做打工仔。”陈万通也立即用粤语回应，好让对方相信此事假不了。

一旁的猫耳朵听得一头雾水，他转头看看大力士。大力士身上安装了粤语软件，它听得明明白白却装傻，冲猫耳朵笑笑摇了摇头。

“那你肯定知道国际生物岛了，”光头兽医问道，“听说过那里的苍蝇养殖场吗？”

国际生物岛紧挨着大学城，那里的苍蝇养殖场在陈万通脑子里也有点印象，他在超算中心实习的时候听说有人想开发苍蝇食品，但那个项目开工不久就下马了。他知道的不多，只能回应道：“苍蝇养殖场我是知道的，据说有争议没搞成。”

“什么争议，全是一群不懂装懂的屁民瞎鼓噪，那是我花了大力促成的项目，眼看要大赚一笔却让人给废了。”光头兽医一说起来就义愤填膺，对当年有人断了他的财路依然耿耿于怀。

好不容易遇见了一个了解此事能倾诉的人，光头兽医越说越来气。他说他多年来一直关注着苍蝇食品的开发，那可是一场惠民生、赚大钱的食物革命呀。他自问自答说，苍蝇可恶吗？不！人们恨不得把地球上的苍蝇赶尽杀绝而后快，那都是千百年来的旧观念、旧传统。他说科学家们早就发现，苍蝇是一种高蛋白、高脂肪的飞虫，完全可以成为人类的主要食物，特别是经过专家们改良繁殖出来的食用苍蝇，吃上两三只比啃一条鸡腿获得的营养价值还高，这是有实验数据证实了的。“你想啊，每天早餐喝一碗苍蝇粥，午餐来一盘清蒸苍蝇，晚餐再来一盅炖苍蝇老汤，过上那种美滋滋的日子夫复何求哟。”光头兽医说不仅如此，苍蝇还具有繁殖能力超强的优势，养苍蝇比养猪养牛、养鸡鸭的成本更低，投资回报率更高，他好不容易才瞄准了苍蝇食品行业想捞一桶金，项目却刚启动就夭折了。说起来让人肺都要气炸了，他说一些游手好闲、不懂科学的乌鸦嘴们乱嚷嚷，加上个别心怀鬼胎的社会团体从中作梗，硬是把这件利民生、又能产生高额利润的大好事给搅黄了，一群有眼无珠的蠢货！

陈万通听着光头兽医的述说，感觉话糙理不糙。他也知道，苍蝇的确富含蛋白质和脂肪，很早就有专家建议大力发展苍蝇食品，兴建苍蝇农场，这对改善食物结构，减少牲畜养殖以及优化生态环境都是大有裨益的。然而这种事谈何容易，世界各地哪儿有不厌恶苍蝇的？“像吃了只死苍蝇一样”，这话往往用来形容人们碰到了无比恶心的事，谁还会真的去吃死苍蝇啊。但广州不同，食在广州名不虚传，其他地方不敢吃的东西广州人历来都敢吃，老鼠肉多年来一直都能端上餐桌，何况苍蝇食品乎？难道老鼠比苍蝇更招人喜欢吗？也许人家光头兽医真是看到了这一点，想发扬广州人敢为天下先的传统，掀起一场食物革命呢。他在这件事情上没什么错，发财不发财那是人家的私事，不招谁惹谁。陈万通还真有点儿为光头佬打抱不平，他假戏真做地跟着骂道：“反对者无良又无知，确实是一群蠢货，这是扼杀新生事物。”

“谁说不是呢。”光头兽医一听陈万通有共鸣就更来劲了，他说那段时间也真是奇怪，那些平时跳广场舞的老大妈们不知怎么就跟象牙塔里的一帮师生一个鼻孔出气，他们居然对苍蝇养殖场群起攻之，说养苍蝇必然搞得周围脏兮兮、臭烘烘，会污染环境，这不是胡诌吗？他们懂个屁，养殖场用的是密不透风的纳米薄膜材料，可以形成封闭的生态内循环，生产出来的全是一袋袋的半成品，香喷喷的、气味跟茉莉花差不多，那应该是全世界最清洁的肉类食品，没有之一。

光头佬喘了口气继续说，还有一些学医的人也跟着瞎起哄，煞有介事地嚷嚷说苍蝇会传播疾病，那些不学无术的家伙都是花岗岩脑袋跟不上科学形势，养殖的苍蝇哪儿来什么病？没错，世界各地时不时就会闹禽流感、疯牛病什么的，但谁听说过苍蝇闹流感、闹疯苍蝇的事，这不是屁话吗？

“学医的随波逐流跟着起哄就太不应该了。”陈万通不失时机表示认同。

“更可气的是，Hurley他们的人也在背后放冷枪。”光头兽医看了大力士一眼。

“Hurley也掺和了这件事？”陈万通很吃惊。

“不是Hurley本人，是他的同志。”光头佬说最近十几年邪乎事很多，物种泛平等主义在大学城的师生中也是有那么一点儿市场的，他们说苍蝇同样是生灵，决不能再让它们成为人类的盘中餐，所以也纷纷跳出来反对兴建苍蝇养殖场。光头兽医说墙倒众人推，总之明枪暗箭一齐袭来，断送了他的前程和“钱”程，这件事对他打击巨大，走投无路了才干起了现在这一行。

陈万通算是听明白了，光头佬非但不是物种泛平等主义者，反而还跟他们心存芥蒂，他跟Hurley并不是一路货。但俗话说不是一家人不进一家门，这两个家伙怎会不约而同来到遥远太空的同一个窝点里呢？趁着光头佬谈兴正浓戒心不足，要赶紧摸清情况，陈万通很有感慨地说：“Hurley有点儿太不够意思了，说来跟你都是熟人，他应该制止他的同志胡闹，帮你一把才是。”

“Hurley根本不是什么熟人，我们是来这里才碰到的，”光头佬呷了一口茶说，“跟他们那些鬼佬打交道真没劲，早碰到你这广州仔就不至于那么烦闷了。”

“哦，你跟他不一路也不熟？那真不该一个人大老远跑这里来找闷哟，”陈万通深表同情，“有这工夫每天在珠江边散散步、喝喝茶多爽啊。”

“咳，我是跟着另一个外国妹一起来的，是想挣一笔钱呀。”

光头佬看了看旁边，猫耳朵和大力士也许听不懂粤语，两个家伙已经自己聊上了。他长叹一声道：“看来这笔钱挣不到喽，事到如今也没什么好隐瞒的了，命苦啊。”

光头佬所说的“外国妹”其实就是Lucy。陈万通从他断断续续、骂骂咧咧的叙说中了解了事情的来龙去脉。

Lucy当时找到光头佬要他一起去追击田也，他一口就回绝了，自己是认识田也那小子的，但公然参与绑架行动他可不愿干。Lucy却说就因为你认识货主才更要参加，她说此前的行动已经损兵折将，熟悉情况的大胡子死了，刀疤脸被抓了，黑人吓跑了，要想拿到赏金必须做最后这一搏。光头佬说赏金本来早就该给他了，他挣的是信息服务费不是打打杀杀的钱，信息就是财富，信息产生金钱，脑力劳动胜于体力劳动。Lucy让他少来这套，信息的价值要在使用之后才能体现出来，所以赏金也要在拿到了DNA纠缠仪才能兑现，难道随口说一句某个星球的地底下有大金矿就能领信息费？做梦去吧。光头佬心想这是蛮不讲理，但眼看快到手的钱却挣不到又不甘心，说是要考虑一下。Lucy说要考虑干脆都放弃算了，她也想挣一点信息服务费，把这条信息的源头报给警方就行，让光头佬等着去牢里再挣信息费。光头佬知道Lucy什么事都干得出来，他当然不想偷鸡不成蚀把米，于是不得不随她参加行动。

其实Lucy已经打探到田也去了月球，也知道他有个大伯在月球上当警察。田也前脚动身，Lucy带着光头佬后脚就赶到了月球。她在警察公寓附近转悠了好一阵子，人家那里四周都安装了脑纹识别系统，她根本溜不进里面去，也一直没见田也出来过。门口那个月嫂“刀枪不入”的，从她嘴里打听不到一点情况。

就在Lucy感到一筹莫展的时候，光头佬在月球娱乐城意外地碰见了一个街坊老邻居家的孩子赤仔，一问才知道赤仔当上了月警，就住在警察公寓里，Lucy欣喜若狂，很快就出手买通了他。赤仔见钱眼开答应帮她打探田也的行踪，没过几天他就约Lucy和光头佬再次见面，说秘密探清楚了，田也已经乘飞舰离开月球去了小行星带，话到此处赤仔就打住了，全然无视听者的迫切期待。Lucy说小行星带是“带”不是“点”，四通八达的广阔区域他具体去了哪个方向、哪个点呢？赤仔伸出三根指头示意她先加码再说，显然他收取信息服务费有着丰富的经验，比光头佬在行多了。Lucy用英语爆了一句粗，掏出手持设备给赤仔又划了一笔钱。赤仔听到自己的手持设备一声铃响知道钱已到位，这才说田也去了郑成功星，他说自己为了偷听田大标的电话差点儿被发现，风险跟利益是要挂钩的，他提供信息服务从来不搞乱收费。郑成功星在哪儿？没听说过嘛，Lucy看看光头兽医，他也轻轻摇头，成千上万的小行星谁知道这么颗名不见经传的小星球呀。赤仔瞄了光头佬一眼说：“送佛送到西帮人帮到底，郑成功星就在谷神星附近，看在老邻居的面子上这条信息免费。”说完就扬长而去了。赤仔一走，光头佬建议Lucy赶紧上网查找郑成功星的具体方位，Lucy说这些年小行星中心为防止有人盗掘资源，已不对外公开小行星的坐标信息了，要查也要回地球上想办法。光头佬说那就赶快回去啊，Lucy想了一下说太耽误事了，等弄清了方位再赶到郑成功星去，田也恐怕早离开了。她决定立刻向谷神星方向出发，她说那小兔崽子总要跟地球上联络的，到了谷神星附近只要能探测到哪颗小星球上有电波信号发出，就不难找到郑成功星。

Lucy带着光头佬说走就走，紧赶慢赶、仆仆风尘总算抵达了谷神星附近。可是，他们在那一带不停地搜索，却一无所获。周围的一颗颗小星球上没有测到任何人为发出来的电波信号，气得Lucy大骂赤仔不赤，是个黑心骗子。失望之余，他们一个劲跟地球上联系也没有任何回应，万般无奈下Lucy想到了海卫一的秘密联络站，试着一联系，居然很快就有回应，这才像丧家犬找到狗窝一样来到了这里。

光头兽医来到了海卫一才知道，这里是Richard集团建立的一个深空联络基地。说是基地，其实也就是个小小的补给站，平时只有猫耳朵一个家伙在此值守，过去Richard的各路人马来到外太阳系遇上缺东少西的事都可以来这里求援，省得折回地球费时费力。Richard集团对光头佬来说并不陌生，但他一直不知道自己这些年是在为这个臭名昭著的极端组织做事，当初折腾苍蝇养殖场惨败后转而投靠Lucy就是为了弄点钱弥补损失，以为她是贩卖象牙和野生动物团伙的头目，能让他这个老兽医发挥所长大捞一把，没想到一不小心成了Richard集团的一个外围喽啰，没捞到什么大钱反倒脱不了身了，他越想越郁闷。

其实不光他郁闷，Lucy来到海卫一也是心烦意乱的。她拼命跟地球联络却联系不上，想发泄都没处发泄。抢夺DNA纠缠仪的行动一再受挫，她可算是被田也那小兔崽子坑苦了，怕是以后没法跟大老板交代了。就在这节骨眼儿上，Hurley突然也来到了这里。

Lucy一见到Hurley惊得目瞪口呆，两个人说来早就认识。这Hurley以前在Richard集团总部当差，是大老板身边的一个心腹，Lucy跟他打过几次交道，知道他一般是不出外勤任务的，更不大可能跑到遥远的外太阳系来，莫非总部有什么紧要的大事要他来海卫一处理？

Hurley看到Lucy更是吃惊，连揉了几下眼睛确认没看错才发问：“你怎么会在这里？”Lucy回过神说她是为了追踪猎物而来，这猎物相当于一棵摇钱树。

这地方有摇钱树吗？Hurley用狐疑的眼神看了看一旁的光头兽医，似乎在猜Lucy是不是和这光头佬私奔来了。老板身边的马仔是可以狐假虎威的，他不无讥讽地说，难怪总部那边好久没进账了，原来摇钱树远在天边喔。Lucy解释说她追踪的摇钱树本来在小行星带那边，是不得已才来这里的。Hurley又吃一惊说怎么我去哪儿你也去哪儿？他说他也刚去了小行星带，被一个傻小子在郑成功星上缠住了一阵子好不容易才脱身。Lucy惊愕失色，问傻小子长什么样，是不是名叫田也。Hurley说：“见鬼了越说越邪乎，你怎么也认识田也？”Lucy长叹一声：“一条进了网里的鱼从眼皮底下溜掉了，摇钱树就在那小兔崽子手里。”她把情况跟Hurley一核对，Hurley也唏嘘不已，说这年头不管干哪一行，单线联系各自为战那种地下活动的老套路会耽误大事，要是彼此多些沟通，谅田也插翅也难跑掉。

此时Lucy像抓到根救命稻草一样，说是要立刻赶往郑成功星，一举逮住田也夺下DNA纠缠仪。Hurley说那小子不会抱着仪器这么久等着你去取的，现在返回去恐怕黄花菜早凉了。他问Lucy那是一台什么模样的仪器。Lucy说只听过没见过，她说你跟那小子朝夕相处多日，应该见过那东西吧。Hurley回忆了一下说那小子好像没把仪器带在身边，他偷偷查看过田也的家什，没看见有高端仪器状的玩意儿。在他眼里，像电子作业本那样的普通物品是不入流的，跟隔空灭大象压根沾不上什么边。Lucy说难道就这么放弃了，以后怎么跟大老板交代呀？Hurley说将功补过的好机会就在眼前，阻止地球物种的星际殖民才是当前的头等大事，他为了这个使命已负了伤正好需要帮手，干成了这件功在千秋的大事他自会向大老板禀报的。一想摇钱树可能已经不在了，Lucy最后一咬牙说，那就照你说的办。

Hurley接着一阵嘀嘀咕咕向Lucy解释了一番，帮她转变思维，了解行动任务。Lucy一听完就提出了异议，说连星际殖民的进展程度都不了解，知己不知彼能行吗？Hurley说所以他要深入虎穴先去摸清情况，但从他出发前搜集到的情报来看，诺苏号很可能已完成了生物源反应器的发射任务，载着地球物种信息的飞舰也许正在飞往G星球的途中。Lucy说，哎呀，这就糟透了，迟一步万劫不复，难道还能追上去不成？Hurley说，就是要想办法追上去，来个釜底抽薪让那些地球物种的DNA信息彻底失效。Lucy说这怎么可能，如今的飞舰航速都差不多，想玩一出太空追车恐怕是一厢情愿。Hurley“哼哼”一声，说太空行动靠的不是蛮干，要是这么简单他就不来海卫一了。说完他就招呼猫耳朵拿家伙来。

猫耳朵一愣，问拿什么家伙。Hurley说“秘字”三号设备，早就通知了要准备好的。猫耳朵恍然大悟，哦，明白了。不一会儿，猫耳朵就搬来了一台沉甸甸的设备，看着很像是旧时代厨房里用的煤气罐。Hurley说知道这是什么吗？Lucy摇头。Hurley说这是伽马射线仪，用它可以远距离毁坏那些DNA信息。Lucy一听有点儿来劲了，说她知道这种神器，据说伽马射线能穿过上万光年的距离毁灭生物，那就没必要追上去了。Hurley说你说的那是超新星爆发产生的强烈辐射，这台仪器可没那么强大的功能，所以要尽量追近些、瞄准些才能有效。Lucy若有所悟，说这可是要追很远、追很久啊，事不宜迟，要干就早点行动。Hurley见Lucy理解了他的意图，两人接着又合计了一番，很快就离开了海卫一。

不对头！陈万通听完光头兽医的叙述，稍一寻思便觉得有问题。Hurley说要先去诺苏号打探情况，而且他也确实去了，但Lucy并没有跟着去，这一点无可置疑。陈万通记得忆牛顿说过，它和大力士进哈尼号飞舰里面进行了检查，不可能看不到Lucy一个大活人以及那个煤气罐样的仪器。这说明光头佬的话不能轻信，至少在关键环节上他是避实就虚、有所保留的。

“Hurley想先打探了情况再去追击，他和Lucy是一起离开的吗？”陈万通似乎随口一问。

“那当然了，Hurley就是要拉着Lucy当帮手，他们肯定一起行动嘛。”

这就怪了，光头佬的说法跟忆牛顿它们介绍的情况不一样。陈万通追问道：“他们俩什么时候走的？”他想大致推算一下，会不会是Hurley先去诺苏号打探完情况再返回来拉上Hurley一起离开的，要是这样的话他们应该刚走没多久。

“嗯？”光头佬端着茶杯正要喝忽然停住了，他警觉地盯着陈万通，“这就无可奉告了。”

“哦，我只是想了解一下Hurley大概什么时候能回来，”陈万通自圆其说道，“受人之托来为他医治手伤，不知道还有没有机会见到他。”

“你肯定见不到他了，他们这一走两三年能回来就不错了。”光头佬似乎很伤感，“我最惨了，被甩在这里叫天不应叫地不灵，相当于被判处监禁后送到太空来执行。”

“干这种事总要付出代价的。”陈万通一语双关。

“大佬啊，能不能跟你那朋友商量一下，”光头兽医朝大力士那边努努嘴，皮笑肉不笑，央求陈万通，“带上我一起离开这里吧，我会重谢你们的。”

陈万通思索了一下，轻轻摇头道：“我连Hurley的行踪都问不出来，怎么跟人家商量？”

“只要能把我带走，我就跟你直说了吧。”光头佬一副豁出去的样子，他说Hurley和Lucy已经离开有很长一段日子了，他们那会儿确实是一起走的，但两个人各自驾驶了一艘飞舰离去。光头佬当时极力恳求Lucy给他留下一艘飞舰应急，但Lucy断然拒绝了。

“他们一起行动，干吗要分乘两艘飞舰？”陈万通问。

“谁知道他们搞什么名堂呀？”光头佬说Hurley的哈尼号飞舰用的是核聚变动力，据说速度更快续航能力也强，临走前他还莫名其妙地搬了一堆海卫一的破石块上去，而Lucy的飞舰则带了那台煤气罐样的伽马射线仪，两个人说是要最后会合到一起再行动。

这就对了，难怪两人一起走却没见Lucy去诺苏号。陈万通又问：“他们俩要去什么地方会合？”

“哟，这我就真的不知道了。”

“你总是说一半留一半，我很难帮到你。”陈万通再次摇头。

“我发誓，现在我可是知无不言。”

陈万通依然轻轻摇头。许光辉究竟被Hurley带到什么地方去了，这个他最想知道的答案还没有得到。

“你……你怎么一点不相信广州老乡啊，”光头佬急得大声叫起来，“我要是隐瞒了实情，回去后就一头扎进珠江里淹死。”

他这么大声一叫惊动了旁边的大力士和猫耳朵，两人马上转头看过来。

“老乡见老乡两眼泪汪汪啊，我这位郎中老乡想让我们带他一起走，你看呢？”陈万通满不在乎地征询大力士的意见。

他希望大力士哼哼哈哈帮他打打太极，这样他可以继续从光头佬嘴里套出想要的信息。他估计大力士不明就里肯定要演戏，它不可能爽快答应这种要求，要真答应就麻烦了，田也到时候见了出卖他的光头兽医，那还不怒火满腔把仇人推出舱外做太空野人才怪呢。当然，大力士也不至于断然拒绝光头佬的要求，那样就等于早早把戏路彻底堵死了。可是，没想到大力士对陈万通的话可能领会错了，它竟然斩钉截铁一口回绝说："不行！我还有任务要到别处去，绝对不能带人。"

话一下就说死了。陈万通一时惊愕得不知所措，再装模作样为光头佬求情，恐怕自己演的假戏就会穿帮了。

"不答应就别在这里磨叽了，赶紧给我走人！"光头佬一听大力士所言，立马就不客气地下了逐客令。

"别，别这样。"陈万通试图挽回，毕竟跑这一趟的目的还没完全达到。

"少啰唆，赶紧滚！"猫耳朵站起了身，摆出了一副强行驱赶的架势。

大力士也迅速起身，它有点要出手迎战的意思，被陈万通用眼神制止了。在这地方动武，打赢了也毫无意义。

第 15 章

揭秘 DNA 纠缠的败笔

海卫一之行没打探到Hurley离开诺苏号之后的去向，陈万通挺郁闷，他只好带着田也和大力士先返回空间站再作打算。

田也虽然一直躲在质子飞舰里没露面，但他听说了情况后还是感到此行收获不小。起码证实了Hurley在海王星周围真的有接应窝点，也基本弄清了那家伙破坏星际殖民行动的阴谋诡计。还有那个Lucy，她居然也跑到这黑窝点来了，这个女魔头为了抢夺他的DNA纠缠仪从地球上一路追到太空，最终还是没有得逞，却马上又成了Hurley的帮凶，这让他感到很震惊。从广州街头“巧遇”假记者到南方宾馆遇险，接着老爸被绑架自己在健身馆与刀疤脸短兵相接，他一直都没能摆脱Lucy一伙的追击，后来从月球前往郑成功星躲避，一不小心物色的同行者Hurley竟也是个恶徒，没想到一前一后碰到了Richard集团的两拨人马。

“这段日子我是先避坑又落井，到头来这坑和井原来是通着的呀。”田也如梦方醒。

“不奇怪，Hurley和Lucy本来就是一根藤上的两个毒瓜，”陈万通说，“只是这两个毒瓜现在合二为一了。”

“Hurley要是跟Lucy一会合，许光辉不就羊落虎口了吗？”田也担忧道。

“是啊，许光辉事先没一点防范，到时候一对二很难应付。”陈万通心里很清楚，Hurley已经打探到了生物源反应器的发射情况，他跟Lucy会合后肯定要带着伽马射线仪拼命去追，甩掉许光辉是必然的。他们十有八九会在会合点对他下手，可能像当初甩掉田也那样把他就地丢弃，也可能甩不掉而丧心病狂加害于他，无论如何许光辉都很危险。

一想到许光辉目前的处境，陈万通非常揪心。他对大力士难免有埋怨之词，说要是当时多周旋一会儿，打听出他们在哪里会合就好了，不该一下子把话说绝把路堵死。

“我也是见机行事的，再不撤离就要露出马脚了，”大力士解释说，“你没见那猫耳朵已经按捺不住要发火了？”

“你们俩谈崩了吗？”陈万通说，“难怪那家伙怒火满腔站起来就撵人走。”

“比谈崩更糟糕，我刚弄到他们一点信息就被察觉了。”

其实大力士是很机智的，它可是有着深入虎穴的丰富经验，进退的火候掌握得很老到。跟猫耳朵闲谈了一会儿，它就发现那家伙也是个机器人。大力士一边跟它有一搭没一搭地海阔天空，一边也仔细听着陈万通和光头佬的交谈。机器人有个优势就是可以一心二用甚至一心多用，当听到光头佬说Hurley要先去侦察完再跟Lucy会合时，大力士就想着要从猫耳朵嘴里打听他们的会合地点。

“那你打听出来了吗？”田也急不可待了。

“还搞不清楚，只弄到了一点乱码信息。”大力士回答得模棱两可。

它所说的乱码信息是Lucy不久前发给猫耳朵的。从闲聊中大力士得知，Lucy到达会合点之后给猫耳朵发来了顺利抵达的信息，并询问Hurley的情况，她不知道Hurley的侦察活动是否已完成，所以不敢直接跟他联系，只能先通过猫耳朵间接沟通。

大力士一下就想到了，猫耳朵体内应该安装了通讯设备，必须跟它发生身体接触，以便让自己身上的纳米级黑客机顺利潜入，这样或许能攫取到Lucy发来的信息。

一琢磨好计策，大力士接着就把话题引到了机器人的外观材料上，这跟女人之间聊护肤、聊化妆品的感觉差不多，它一个劲儿夸赞猫耳朵外形俊朗、潇洒帅气，所用材料一准造价不菲。臭美之心人皆有之，谁不想让人赞美自己？谁不想让人知道自己用的是世界名牌护肤品？这年头机器人也不例外。猫耳朵果然被捧得有点飘飘然了，还没等大力士伸手跟它接触，它倒先主动伸出手显摆起来，说自己身上用了很多变色技术的新材料。说着话，它把手掌摊开，像变戏法一样，肉色的掌心中央瞬间就变成了一块方寸大的显示屏。猫耳朵得意扬扬地说，什么叫"掌中宝"？过去那些都是欺世盗名的玩意儿，俱往矣，数掌上设备还看今朝。接着它手掌又轻轻一晃，那小屏幕上就出现了一段文字，一眼看着跟乱码差不多，它说这就是Lucy前不久发来的信息。

嘿，得来全不费工夫。大力士惊喜万分，差点儿喊出声来。它像见到企盼已久的宝物一样，顾不上多考虑，两只手双管齐下立刻就抓住了猫耳朵的那只手，同时眼睛里的扫描设备也随即启动，对着那段乱码信息进行摄录。没料到，这一鲁莽举动马上引起了猫耳朵的警觉，它一下就用力抽回手，同时那块屏幕也瞬间消失了。也许它已经意识到，眼前这个膀大腰圆的家伙很可能是来刺探情报的间谍特务。眼看着它想要发作，大力士也暗暗做好了迎战准备。就在这个时候，旁边的光头佬情绪激动大喊大叫起来，大力士觉得此刻应该三十六计走为上计，再磨叽下去就真要干起来了，猫耳朵起身撵人也是顺理成章的，没当场动武已算万幸了。

“哎呀，你搞到了情报早说嘛。”陈万通心情大为好转。

“我不知道那算不算是情报。”大力士说它根本就看不懂那一堆乱码，要回去以后用密码破译设备试一试才清楚。

“还等什么回去以后呀。”陈万通说救许光辉是争分夺秒的事，搞清楚了他们的会合地点越早赶过去越好，他催促大力士说，“快，快把那些乱码信息调出来看看再说。”

大力士掌上可没显示屏，它伸出一根指头，像插U盘一样把它拍摄到的信息输进了电脑里，那堆所谓的乱码信息很快就出现在了大家眼前。

“啊？‘鸟屎’文字！”田也和陈万通异口同声喊了起来。Hurley那本《疯狂300年》里用古埃兰文字密写的信息给他们留下了深刻印象，看来Richard集团的人惯用这种保密方式交流。

“什么什么？‘鸟屎’文字？那怎么破译呀？”大力士听得一头雾水。

“这是田也的拿手好戏。”陈万通很高兴，这一趟的三人组合真是人尽其才，紧要关头各显神通。他叮嘱田也说还是跟那次一样求快不求细，弄清关键的意思就行。

“我这就动手。”田也同样很兴奋，上次费了九牛二虎之力比对鸟屎文字的记录就存在电脑里，调取出来套在这条信息上，解读出大概意思应该不是什么难事。

陈万通开始盘算接下来的行动。“鸟屎”信息只要透露出对方的具体会合地点，他们就立即改变航向直奔而去，先把许光辉解救出来。估计Hurley和Lucy这会儿早已甩掉许光辉离开那里了，所以还要马不停蹄地追上他们。质子飞舰经过动力改造后怎么说也比哈尼号的航速要快不少，不管追多远都要截住那俩家伙，坚决阻止他们的阴谋。陈万通边琢磨边焦急地盯着电脑屏幕，指望田也三下五除二就能破译出个结果来。

田也何尝不急，他折腾了好一会，眉头越锁越紧。电脑好像闹罢工刻意要跟他过不去似的，试了多次都无法识读Lucy发的这条信息。

“怎么回事？”陈万通看在眼里忍不住问道，“上次不是已经破译出几十个‘鸟屎’字符了吗？”

“是啊，可是今天这电脑转脸就不认了。”田也感到奇怪。

“这有点邪门吧，同样的‘鸟屎’文字说不认就不认？”陈万通无法理解。

一直在边上观察的大力士看出了点儿名堂，它知道他们是在跟电脑里原来的那些乱码比对，于是说：“同样的文字？好像不对吧，我怎么看着不太一样呢。”

咦？是不太一样哦。大力士一提醒，田也再仔细一看，果然不同，与《疯狂300年》里的文字相比，Lucy这条信息的字符有点变形。这种细微差别一般人不容易看出来，就像人们面对一群麻雀，非专业人员很难区别出哪种是麻雀A哪种是麻雀B。但毕竟田也上次下了不少功夫，现在稍一留意，还是看出了麻雀A与麻雀B的差别。他把字符的一些变形之处指给陈万通看，说：“可能Hurley上次用的是楷书，这回Lucy换成了行书，电脑就不认识了，怎么会这样呢？”

“我知道了，样本不足啊。”陈万通看了一会儿就明白了，他说电脑识别字符靠的是文字形象的数据积累，上次田也把《疯狂300年》里的字一点点拆解后，电脑也只识读出了有限的一些字，现在稍一变形又“六亲不认”了。只见过翅膀灰褐色的麻雀，夹杂几根白毛就认不出是麻雀了，说到底还是数据积累太少了。

“那怎么办？”田也问。

“很难破译Lucy的信息了。”陈万通摇头说这相当于让一个不懂汉字和日语的人去猜日语句子的意思，瞎蒙都没法蒙。

“大不了我就从头再来，像上次一样拆解了慢慢干。”田也心有不甘。

“此一时彼一时，原来那招可能不灵了。”陈万通说上回一本书的文字也只破译出了几个字符，这回只有区区一段文字，恐怕连一个字也破解不了。他轻叹一声道：“唉，你脑子要是能记住那些破译出来的字符就好了，能看懂楷书的人基本也能看懂行书，人脑和电脑不一样啊。”

“对了，我当时都记下来了，”田也恍然大悟，“破译出来的那几十个字符我都在《疯狂300年》书上做了标注。”

陈万通又感到了柳暗花明，他高兴地说：“太好了，赶紧拿出来呀，眼下全靠你这人工翻译了。”

“可是，我把那本书留在空间站了，行李箱没带出来，”田也懊恼地自责，“都怪我。”

陈万通一听虽有点失望，但马上安慰田也说：“还好，幸亏你留了一把解码的钥匙。”他说神仙也料不到海卫一上会用到“鸟屎”文字，不管怎么说回到空间站就能见分晓了。

话虽如此，远水解不了近渴的感觉还是让田也坐卧不安。他来到舷窗边，望着远方一颗颗大大小小的星球，很快就想通了，人类没有发明出隔空取物的技术，该跑的远路不得不跑。虽然返回诺苏号要耽误些时间，但总算还有救，还有破译信息的希望。再说回去一趟也好，把该带的物品都带在身边，不然接下来可能还要长途追击Hurley他们，要是途中再截获了他们的信息还不是照样抓瞎吗?

飞舰穿行在茫茫的太空中，就像一支飞箭瞄着诺苏号直射而去。古人脑洞大开幻想出来的那个以箭射日的神人后羿，要是知道如今有这样的高速飞舰，他一准会当场劈了自己的箭当柴烧。他更不可能知道，未来的曲率驱动飞舰、高维度穿梭机等新型飞舰将大幅节省太空旅行的时间。有人曾预测，地球文明要是能发展到2300年，那时候太空飞行器的速度至少达到光速的三分之一，从地球飞到海王星有可能实现朝发夕至。可惜陈万通和田也这代人看不到那个时候了，要不然从海卫一飞到诺苏号也就是一顿饭的工夫，根本用不着像现在这样日夜兼程了。

一回到诺苏号空间站，田也和陈万通一个个显得心事重重，没一点凯旋的高兴劲。汪芸估计他们此行出师不利，她小心翼翼问道："没打听到许光辉他们的下落吗？"陈万通勉强一笑，说："暂时还不清楚，也许田也能拨云见日。"

"汪芸姐姐，我那本《疯狂300年》呢？"田也边脱太空服边着急询问。

"嗯？"汪芸怔了一下，"哦，我这就帮你去拿。"

不一会儿，汪芸就从田也的行李箱里取来了那本书。田也一手把刚脱下来的太空服塞给汪芸，嘴里说声"麻烦姐姐帮我收拾一下"，一手抓过《疯狂300年》，转身就扑向了对接舱门，一头又钻进了飞舰里。

"这是怎么了？"汪芸望着田也的背影很感纳闷。

"又碰到'鸟屎'文字了，他急着去破解，"陈万通解释说，"现在就看他的了。"

"这么说来，你们找到Hurley的新线索了？"

"不光有Hurley的线索，还有那个一直在追踪田也的Lucy，两人沆瀣一气要联手破坏星际殖民行动。"

陈万通把海卫一之行的情况说给汪芸听，也想跟她商量一下接下来的应对行动。他在返程路上已考虑清楚，要是田也能顺利破译出那堆"鸟屎"信息，弄清敌人的会合地点，那就马上赶过去先救人再追击。要是田也一时无法破译信息，那当然不能就这么干耗着等下去，索性他就带人直接朝G星球方向追赶，空间站这边只能等田也的翻译有了眉目，弄清了会合地点再另派人去解救许光辉了。他觉得事不宜迟，眼下只有当机立断迅速出击，经过一场史无前例的太空长征，追上Hurley和Lucy，才能阻止他们丧心病狂的破坏举动。

“看来海卫一这一趟不虚此行，终归知道了他们的破坏企图，”汪芸听了情况点头道，“不追击肯定不行，决不能让星际殖民行动毁在那帮反人类的家伙手中。”

“是啊，胜败在此一举。”陈万通说事关地球物种在宇宙中延续的全局，没有任何妥协余地，所以再远他也要追上去，跟敌人斗到底，哪怕三五年甚至更长时间回不来也绝不放弃。

“那你打算……”汪芸正要问陈万通准备何时动身，就见田也不声不响飘了过来。

“很难破译，是吗？”陈万通一看田也的表情就觉得情况不妙。

“我破译出来了。”田也很平静。

“什么？破译了还愁眉苦脸的。”陈万通既高兴又大惑不解。

“可是我不明白是什么意思。”田也说Lucy在一个名为“不露头”的地方等着跟Hurley汇合，但他猜不出那是个什么鬼地方。他说古文字的字符及词汇很有限，要想表达出现代语境中的地名是很困难的，好比古人不知道有海王星当然也就没有相应的词汇表达。这“不露头”是根据“鸟屎”字符对应的已知象声字符音译过来的，这只是三个音节而不是词汇，它们组合在一起看不出有任何书面意思，结合前后文才知道这是个地名。

刚才在破译的时候，田也琢磨半晌也没明白过来，便想起了一件往事。有一次他在老爸的书房里看见一张纸条，上面写着“外儿看木土卖后母”，他当时看着这几个字使劲猜也猜不出是什么意思。后来他才知道，老爸要在家里接待一个美国客户，他想学着用英语说“欢迎你到我家来”。要是从字面上去理解那纸条上的字可以浮想联翩，估计是个不孝继子与后妈的故事，但绞尽脑汁也不会知道其真实意思。田也推测“不露头”的意思可能跟他老爸那纸条异曲同工。

“不露头？”陈万通摇着头说用了鸟屎文字还要搞捉迷藏，不露头的地方怎么找得到？不管它了，这就准备开拔朝G星球方向追。

“等等，我知道那地方了，”汪芸一语道破天机，“不露头就是冥王星。”

“嘿，对呀，”田也恍然大悟，“冥王星是Pluto，就是‘不露头’。”

“没错，他们要在冥王星会合，”陈万通也悟出来了，“什么狗屁‘不露头’，捉迷藏也还是被逮到了。”

目标一明确就该出手了，陈万通迅速召集大家布置任务。按照他的想法，这次行动宜“快”字当头，他和大力士直扑冥王星先去救出许光辉，然后再一起转身去追击Hurley和Lucy，万一碰到不测情况需要增援会及时通知大本营，到时候忆牛顿再赶往冥王星增援。哪知道这个想法一抛出来，田也就大声说“不”，他瞪大两眼态度坚决道：“我也要去。”

陈万通解释说质子飞舰就那么大点空间，此去长途奔波，搭上3个人还要中途接上许光辉，不仅影响航速而且飞舰内拥挤不堪，再说空间站也需要有人坚守，所以田也只能留下来和汪芸一起担当留守重任了，这担子也不轻呢。

“我不管那么多。”田也的倔劲上来了，他说他跟Hurley和Lucy这两个坏蛋有不共戴天之仇，他一定要跟他们斗争到底。

看着小伙子满脸通红愤愤然的样子，谁也没有马上开口接他的话。

“要不就兵分两路？一路去冥王星，一路直接去追击，赶时间要紧。”

大力士试图打破僵局。它的建议并不是心血来潮，有过实战经验就是不一样，它觉得质子飞舰搭载两个人去追击是最理想的，多搭个许光辉势必影响太空格斗的机动灵活性，救人完全可以另想办法，它带来的那艘土光号飞舰可以专门去冥王星救人，这样就能做到两不误。

“不是两路，要分就分三路。”陈万通对赶时间之说是认同的，他思索了一下说，他和大力士直接去追击算一路，去冥王星的任务是找到许光辉把人带回来，就由忆牛顿跑这一路，汪芸和田也留下来坚守空间站也算是一路。他说这三路人马的任务各有侧重，都是在跟Richard集团作斗争，没有孰轻孰重之分。其实陈万通自有他的信条，不必直说，任何危险的战事都应该尽量让女人和未成年人远离，太空追击、格斗这种事轮不到田也出场。

“不行，我必须去追击。”田也在关键时候亮出了杀手锏。他说千万别忘了他有对付Hurley的绝招，只有他的虹膜信息能在飞行途中截停那艘哈尼号飞舰，当初在郑成功星上就差最后眨一下眼，结果让那家伙溜掉了，现在总该派上用场了。

田也这番话是很有说服力的。他眼睛的虹膜其实就是对付哈尼号的一件利器，当初他大伯专门为他量身定制了这件只有他才能使用的利器，谁也无法取替。

一直没发表意见的汪芸开口了，她意味深长地看着陈万通说：“看来田也这次非去不可了。”

陈万通不得不改变想法。既要考虑到赶时间，又要兼顾三路人马的方方面面，他最后做出的决定是：田也和大力士直接去追击，一旦截停了哈尼号就尽量与之周旋待援；他自己先去冥王星救人，救出许光辉之后立刻赶去增援田也和大力士；汪芸和忆牛顿继续在空间站留守。这样的安排在情理之中，大家也不再有异议，各自准备去了。

又要开拔了，而且这回行程更远、时间更长。田也吸取了教训，他让汪芸帮他认认真真收拾行囊，把该带的东西尽量带上。那本《疯狂300年》是不能忘的，它不是一本普通的书，而是一个密码本，若不随身带着再见到“鸟屎”文字只能成“睁眼瞎”了。还有那台DNA纠缠仪，先纠缠了大象后来又被Lucy一伙疯狂纠缠着，一直纠缠到了太空来，说不清对它是爱是恨，还是带在身边心里才踏实。

田也又想起了大伯田大标的话，他说跟Lucy一伙较量，身边带着DNA纠缠仪就是带着个护身符。这话也许到现在也还管用。他这回要跟大力士去打先锋，到时候追上去截住哈尼号飞舰后，将会有一场短兵相接的太空格斗，能打赢就打，打不赢就玩一把纠缠。Lucy投鼠忌器也只能跟着就地消磨，这样也就达到了陈万通想要的周旋效果。此刻田也怎么也想不到，后来他根本就没有机会跟哈尼号玩这种小打小闹的纠缠，护身符的意义也不是这么简单。

临行前，田也心神不安，生怕有什么准备工作还没做好，他总感到好像漏了什么事，时不时会望着窗外沉思一阵。汪芸看在眼里，几次都欲言又止不忍打扰，直到快出发了才开口说：“都准备好了吗？该给我留点时间了吧。”

“哎呀，汪芸姐姐，我说心里怎么总有条船靠不了岸呢，”田也如梦方醒，“就是等你来给我揭秘呢。”

“好啊，那咱们言简意赅，”汪芸直奔主题，“是你那仪器的反向设计，导致了那些被纠缠的大象或病或亡。”

“反向设计？”

“是的，田也，”汪芸见他眼神疑惑，反问道，“你知道镜像结构的概念吗？”

“知道呀，化学课学到了。”田也记得老师讲过，张开右手掌放在一面镜子前，镜子里面当然会照出一只一模一样的手掌，但那看起来是一只左手掌，这就是所谓的镜像结构。老师说有些物质的分子结构就是这样，两种化合物从分子组成上来看没有任何差别，但空间结构却呈现出这种相反的镜像对称，就像镜里镜外的手掌一样，所以这样的化合物又叫手性分子。但形似并不意味着神似，由于空间结构实际上不一样，因而手性分子的化学性质也就不同，甚至可能有很大的差别。田也不明白汪芸为什么突然要问这种问题，他说：“这跟DNA纠缠有关吗？”

“有很大关系呢，”汪芸说，“你对DNA的三维结构应该熟悉吧。”

“那当然了。”田也还是迷惑不解，DNA的三维结构就是两条螺旋式的曲线，由磷酸和脱氧核糖组成的两根并列链条构成了螺旋上升的“扶手”，而四种碱基则按照碱基互补配对原则置于两根螺旋“扶手”之间，形成所谓的双螺旋链条结构，这是妇孺皆知的事。要是连这点基本常识都不懂，岂能弄出复杂的DNA纠缠仪来。

汪芸继续点拨说：“你当时可能把精力都放在链条的序列结构上面了，而忽视了螺旋本身的结构特点。”

“螺旋本身的结构特点？”田也似乎有点开窍了，他知道，地球上几乎所有生物的DNA双螺旋结构都有一个共同点，即呈现为右旋结构。

“是啊，动植物的DNA双螺旋全是右旋结构，可是你设计的模板却是一种左旋结构。”汪芸说镜子里外看着似乎一样，实际上截然不同。

“妈哟，还真的是反向设计，当时想省点事，没想到酿成了大错。”田也一拍脑袋，猛然想起来了。当初自己先在电脑上费了九牛二虎之力弄出了一个虚拟样板，那个长长的DNA链条一开始就是按照右旋结构设计出来的。后来进入实体制作的时候，他本来是打算再花些时间将样板一点点导入制作设备中去的，但那会儿离提交参赛作品的截止日期已经很近了，按部就班根本不可能做出样机。于是他为了省时间赶进度，索性另辟蹊径，就用分子组装器直接对着电脑屏幕取样制作，哪儿知这跟照镜子是一个道理，屏幕上的右手做出来就成了左手。

汪芸说："设计出一种左旋DNA是有科学意义的，是种创新，不能说是酿成了大错。"

"可是，这样一种反向设计，杀灭那些大象的机理何在呢？"

"这道理并不难理解，但要细究起来还需要认真研究。"汪芸说设计DNA纠缠仪已经花足工夫建立了纠缠关系，然而仪器与纠缠对象却是一个左旋一个右旋，可以想象得出来，这样的纠缠能有好结果吗？俗话说强扭的瓜不甜，仪器的左旋强势必然影响到纠缠对象的右旋结构，导致整个DNA分子架构发生剧烈变化，这几乎是不可避免的，就好比硬要把一个右旋的弹簧扭成左旋，最终的结果就是彻底变形、扭断。

田也回味着汪芸的话，微微点头。少顷，他又问道："过去一直没人研究过左旋DNA结构吗？"

"右旋DNA早已深入人心，很少有人去琢磨左旋问题，事实上大多数人可能不会去考虑这种看似离经叛道的问题。"汪芸说就像地球由西向东自转，人们都习以为常了，有多少人会去想假如地球由东向西转会怎样？

"嗯，以后这样的问题我要多想一想。"田也再次点头。

第16章

冥王星上的解救奇遇

前脚先送走了田也和大力士，陈万通后脚就驾驶着土光号飞舰单枪匹马奔向冥王星。

多年来，诺苏号空间站总是在冥王星周边游移，大部分时间都没离开冥王星太远，或者说就在它附近。当然这个“附近”是太空意义上的概念，数百万上千万公里之遥也只能算是“附近”范畴。因而冥王星一直是诺苏号空间站的地标，人们一提起诺苏号就会立刻想到冥王星。

陈万通从小就对冥王星有一种说不出的怜悯之情，他对冥王星当年被逐出九大行星行列的悲惨故事耳熟能详。他总觉得那是件挺“冤”的事，冥王星本来位列太阳系行星兄弟之末，按说这个“老九”作为行星家族的新丁应该享受到轻怜重惜的待遇，可是这“老九”却显得很另类，让人看着一直不太顺眼。在外太阳系，其他4颗行星（木星、土星、天王星、海王星）都是大块头的气态星球，唯有冥王星与众不同，它不仅块头要小得多而且还是颗岩质星球，给人感觉像是认错了亲，不配跟其他行星以兄弟相称，就像一只小飞虫不该跟那些老鹰大雕称兄道弟一样。这种偏见终于等来了发作的机会，2005年有人在距冥王星轨道不远处发现了一颗后来被命名为阋神星的小行星，于是引发了一场关于行星定义的激烈争论，第二年冥王星就从行星家族中被扫地出门，降为一颗“矮行星”。太阳系九大行星一夜间变成了八大行星，全世界的教科书也都跟着改写，“老九”从此就不复存在了。

“老九”被除名的时候，人类还从未登陆过冥王星，甚至连无人探测器也没有到达过那里，全凭人们在地球上管窥所及就做了决定。很多天文学家当时可能以为，冥王星地处太阳系枯寂的外围区域，这么一颗荒芜的小星球混迹在行星家族中的确有点儿“德不配位”，“老九”之称不要也罢。可是10年后情况大变，NASA的“新地平线号”无人探测器终于抵近了冥王星，观测到的结果大大出乎人们的意料。原来“老九”其实很不简单，它非但不是人们想象中的那样沉寂，反而是个魅力四射、充满活力的星球。别的不说，仅其地表特性就足以令人惊叹。这颗比月球还要小的星球，表面被冰幔包裹着，冰幔上又覆盖了一层具有挥发性的液冰层，其成分主要是氮、甲烷和一氧化碳。这三种挥发性液冰层并非死水一潭，而是随着星球上温度的变化不断积聚、沉淀并缓慢对流，从而形成了冥王星表面千奇百怪的各种地貌，既有图画般美丽的平原，也有蜿蜒崎岖的山脉，甚至还有间歇喷发的冰火山。

很多人看了新地平线号拍摄的视频都在反思，感到当初把“老九”一脚踹开似乎有点过于草率了，“老九”不该走。也许是潜意识中希望“老九”回归，以弥补太阳系失去“老九”的遗憾，于是紧接着就有人预言，说是在太阳系更遥远的黑暗边缘地带，隐匿着一颗冰质巨星，那或许才是真正的第九颗行星。一些天文学家闻风而动，对太阳系外围多个小天体的轨道相关性进行了数学测算，认为新的“老九”距离太阳极其遥远，它至少需要一万年才能绕太阳公转一圈，估计质量是地球的10倍以上。有人甚至用电脑模拟后得出结论说，只有设定第九颗巨星存在，才能与今天的太阳系运行情况相符合，缺了“老九”在理论上说不通。

这样一来，大家都以为当年靠理论推演发现海王星的历史又要重演了。然而，新地平线号在接下来的几年里进入柯伊伯带深处并没有找到想象中的那颗冰质巨星，与此同时，设在智利和中国的大口径全天巡视望远镜也在苦苦寻找，同样也没发现所谓的第九颗行星。多年过去了，新“老九”还是一直没现身。失望之余，人们愈加怀念原来的旧“老九”，对冥王星的探索热和关注度不降反升，好像这颗星球不是“老九”却胜似“老九”。

陈万通在诺苏号上工作期间，对冥王星可谓低头不见抬头见，有时候远远望着这颗像生了锈的小铁球一样的星球，他就想着近水楼台有朝一日要去那里逛一逛，一睹旧“老九”的真正风采，可这个愿望一直也没机会实现。没想到现在机会来了，却要带着救人的使命前往这颗传奇般的星球。

离冥王星越来越近了，陈万通透过千万级像素视频仪一点点看清了它的真容。那上面挺立着一座座高耸的冰山，还有流动液体冰冲蚀出来的峡谷，甚至广阔冰原上点缀着的一个个冰丘也能看得见。但他没心思仔细观赏，他要尽快搜找到许光辉。陈万通还是用老办法，以为探测到哈尼号核聚变反应留下的痕迹，也就找到了目标。可他沿着冥王星的经线和纬线两个方向各飞了几圈，跟卡戎和另外几颗小卫星都打过几次照面了，还是没有探到任何的痕迹。

这就有点儿奇怪了，哈尼号来过这里却连一点儿蛛丝马迹也没留下？陈万通这才想起了出发前汪芸的提醒，她说冥王星不仅地形奇特而且大气层也非常混乱，在暗淡阳光照射下的大气化学反应很复杂，可能会影响到探测。他当时并不以为然，现在却觉得她的话有道理。也许哈尼号飞舰留下的痕迹被复杂的大气搅和得没了踪影，抑或被那些液冰层给“冻”住了，要不然不至于这样一无所获。陈万通只好慢慢降低高度，用复合式推扫望远系统一点点地搜找地面目标。但在这液冰世界奇形怪状的地形中找人谈何容易，何况许光辉生死不明，除非他能像田也当初那样主动发出求救信号。

陈万通操控着飞舰仍在环绕着冥王星飞行，高度越飞越低。飞着飞着，他忽然感觉到飞舰有点儿起伏，像是在轻风吹过的海面上航行的船一样飘飘忽忽。还没飞进大气层，按说不该遇到气流的呀，这还真是个诡秘莫测的星球。起初他稍稍有点儿紧张，生怕飞舰摇摇晃晃会一头栽进茫茫液冰之中，“出师未捷身先死”就太划不来了。但他很快就反应过来了，冥王星的地质结构也很独特，既有巨大的液态海洋也有重物质积聚区，地心四周不同侧面的物质构成完全不一样，因而造成了地表重力的分布很不均匀，飞行在冥王星上空肯定会有无风起浪的感觉。

飘忽中陈万通想到了，冥王星已经被人们探测了多年，这里从没建造过人工基地之类的生活设施，如果许光辉还活着，他只能是在一艘遗弃的飞舰里生活，否则绝不可能独自一人撑到现在。飞舰从哪儿来？很可能是Lucy留下来的，她跟着Hurley搭乘哈尼号去搞破坏，自己开过来的那艘飞舰必定要留下来，当然她绝不会留下一艘功能齐全的飞舰给许光辉。这样一想他也就明白了，搜找的重点目标就是被遗弃的飞舰。

理清了搜找的头绪，飞舰刚好进入了冥王星的夜侧。突然，陈万通眼前一晃，夜视镜头扫描过的地面一处似有微弱的光亮一闪而过。他赶忙手动回扫锁定目标，朦胧中可以看到，在一片峡谷地带确实有一丁点光源在闪烁。

这肯定是人工光源！陈万通心头一阵狂喜，目标总算找到了。他立刻减速下降，不一会儿就看得更清楚了，那不是一丁点光源，而是由光点组成的一个“SOS”图案，旁边还有一条射向空中的光束在不停地摇晃，像是在呼唤求救，地面人员显然也已发现了空中的飞行器。许光辉果然在这里啊，这伙计真是福大命大，他不仅又一次挣脱了Richard集团的魔掌，而且能在环境如此诡异的地方生存下来，太不容易了。陈万通虽然看不见人，却急于想让许光辉知道是老朋友前来相救，但试了几次连线通话都不成功，他便不再折腾了，朝着地面目标就直扑而去。

直到快落地的时候，陈万通才看清，“SOS”灯光图案的边上斜卧着一艘蛮大的飞舰，虽然它跟周围景色浑然一体，但还是能看出冰晶覆盖下飞舰的轮廓，而且舷窗的灯光通亮，整个情况就跟一架客机迫降在雪地里差不多。陈万通没多考虑，看准那飞舰舱门的方位，很快就驾驶着自己的飞舰靠近，降落下去。可能是许光辉早已迫不及待了，飞舰刚一停稳，对面就缓缓伸出了一个软筒式的连接廊桥，把两个飞舰的舱门紧紧连了起来。

陈万通刚适应了一下轻飘飘的重力，就听到“砰砰砰”敲舱门的声音。他站稳了脚跟，准备给大难不死的老伙计来个热烈拥抱。舱门打开，他张开双臂期待着许光辉出现在眼前。

“你好！总算盼来了救命恩人，太感谢了！”

伴随着一串甜柔的话语，一个身穿太空便服的漂亮姑娘从廊桥里钻了过来，主动伸出手。

啊？！陈万通大吃一惊，立马警觉起来。他听田也说过，Lucy是个美女蛇，靓丽的外表下掩盖着一颗丑陋的心，眼前不就是个迷人的美女吗？但他转念一想又觉得不对，美女蛇也是有产地的，Lucy是个欧洲女郎，而眼前这美女却是个地地道道的东方人，看着也不太像是毒蛇。

“就你一个人吗？”陈万通礼节性地伸手跟她轻轻一握，眼睛向她身后看去。他觉得许光辉紧接着就会钻出来，这伙计不仅命大而且艳福不浅，困在冥王星上居然还有美女相伴。

“是啊，就剩我一个人了。”那美女说着话眼圈有点泛红。

陈万通估计她要讲一个长长的故事，但他这会儿没兴趣听，也许她是Lucy一伙的人，也许是毫不相干的遇险者，无论如何要先搞清她的身份。他面无表情问道：“你是来冥王星探险的吗？”

“哦，不。我要去诺苏号空间站，无奈被困在这里了。”

她也要去空间站？陈万通心想诺苏号如今还真成了各路大神向往的圣地了，牛鬼蛇神都抢着要去，难怪忆牛顿会想着用激光炮轰赶。搞不好这美女又是另一路心怀鬼胎的货。

“你跟诺苏号有来往吗？”陈万通冷冷问道。

“有啊，跟他们那里的人算是生死之交了，我要去找他们会合。”

“是吗？”陈万通且惊且疑，“你从哪里来？”

“我来自土卫六那边的606基地，你可能没听说过。”

“你是606基地的人？”陈万通脸上现出了友好的表情。

大力士就是606基地的一员猛将，陈万通早已知道了设在土卫六上的这个基地。特别是不久前大家还谈到了606基地的情况，他更是记忆犹新。

就在这次出发之前，陈万通自知此去也许要多年以后才能返回，甚至有一去不复返的可能，因而这这那那的事反复交代仍不放心，他要忆牛顿认真想一想、理一理，千万别遗漏了近期和将来要处理的大事。忆牛顿能想的事都想到了，最后说还有就是606基地那边让人放心不下，它要大力士把详细情况说一说。大力士马上要远征了也显得忧心忡忡，它说606基地很可能已毁于核桃人之手，指挥官孟想带人回去善后已有很长一段日子了，事先说好要来空间站会合却一直杳无音信，诺苏号这边至今跟他们联系不上，这不能不令人担忧。陈万通当时听了就感到，孟想他们失联日久，估计凶多吉少，很难说核桃人会不会在606基地的废墟上做什么手脚。但他没有精力去仔细研判情况，只是交代忆牛顿和汪芸说眼下兵少将寡又鞭长莫及，孟想他们既然早有来空间站的打算那迟早会来联系的。假如他们真的来会合，那就群策群力一起商讨一下对付代索的办法；万一他们最终没来，那就等他这次远征回来后再去土卫六实地查找。

陈万通万万没想到，许光辉还没找到踪影，远征也还没真正开始，倒先在冥王星这里碰上了606基地的人。

“没错啊，你知道606基地？”那美女很聪明，一看陈万通多云转晴的脸色就知道他不是局外人，“请问你是……”

“我就是诺苏号空间站的人，我叫陈万通。”

“啊？你就是陈万通博士呀，早听说过你的大名了，久仰久仰。”

“那么请问你贵姓？怎么称呼？”

“小姓何，我叫何小佳，”美女再次伸出手来，“真是幸会。”

“何小佳？噢，知道知道。”陈万通想起来了，这就是大力士多次说起过的那个秀外慧中的“基地一枝花”了，他这回热情握着她的手问道，“你怎么会一个人困在了这里？”

“唉，我是死里逃生啊。”何小佳讲述了事情的来龙去脉。

孟想带着从核桃星上撤回的人马回到土卫六的时候，606基地还不是一片废墟，主体建筑兰宫基本上还保持着完整的外观。但在几处破损的地方不时飘出些淡淡的烟雾，像个巨大的气球漏了气似的。大家在空中看到这幅景象心里都发凉，这么些天过去了还在往外冒烟，说明里面不会有幸存者了。但不管怎么样，还是要进去看一看，里面牺牲的都是过去朝夕相处的同事、战友，体面安葬他们是生者起码的责任。

飞舰远远地停泊在兰宫附近的一块空地上，孟想带着人从舱门鱼贯而出。出舱前他特意交代驾驶员留在舱内，发动机不熄火，随时准备起飞撤离，他已经预感到可能会有突发情况。何小佳那天是最后一个出舱的，女人嘛整理妆容总要多磨蹭一会儿。她一只脚刚迈出舱门，就被舱外的孟想伸手拦住了，要她跟驾驶员一起留在舱内待命。何小佳哪儿肯袖手旁观，她坚持要跟大家一道去向牺牲的战友们告个别。孟想厉声说，不行，这是命令！其他人也都跟着嚷嚷说，兰宫那边的事不缺她一个靓女，还是服从命令听指挥吧。何小佳这才无奈地退回了舱里。孟想于是跟众人一起朝兰宫方向走去，刚走出几步远，他又通过头盔通信系统叮嘱驾驶员说，万一出现紧急情况，就立刻起飞奔往诺苏号空间站，不可在此地徘徊、观望。

何小佳躬身倚在舱门边，远远看着孟想一行到了兰宫已破损了的大门口，众人停下了脚步。孟想交代大家说，他先进去探查一下，其他人暂时留在外面准备接应。众人立刻争着抢着要先进去，孟想一声断喝制止了七嘴八舌，再次要求各人服从命令，说完他就钻进了兰宫里面。其他人只好留在了外面，大家不停地探头探脑，都在焦急地等待着呼唤。

时间在一分一秒流淌，何小佳感到此刻比远征核桃星那会儿还要难熬，她想开口问一问里面情况怎样，又怕一出声就会惊到孟想。大家都跟约好了似的，大气不喘，更没人开口发问，生怕一出声就会惊醒某个魔鬼。突然，头盔里传来了孟想威严的命令："全体注意，立即向飞舰靠拢，准备撤离！"命令一发出，守候在兰宫门外的人大都没有迅速作出反应，大家一边向飞舰这边移动，一边还在不停地回头张望，有人甚至在原地犹豫着，还在伸着脖子往兰宫门里看。紧接着，孟想又一声命令传来："抓紧时间登舰，动作要快！"众人这才脚下生风，朝飞舰这边狂奔而来。

然而，一切都太迟了。众人大都刚跑到路途的一半，就听到孟想声嘶力竭地大吼："飞舰立刻起飞！快！没上去的人就地卧……"他的话还没说完，就传来了“砰”一声闷雷般的爆炸声。

守在舱门边的何小佳心里咯噔一下，立即惊出一身冷汗来。驾驶员操控着飞舰正在徐徐离地，一个劲儿催促她赶紧关舱门，她还懵懵懂懂望着兰宫那边出神。就在这时，“嗖”的一声从兰宫顶部突然崩出个看不太清楚的飞行物，那飞行物速度不算很快，像鸟一样在空中盘旋了一圈似乎在寻找目标，接着就突然瞄着飞舰这边直飞而来。不好！何小佳迅速回过神来，一边紧急关上舱门一边提醒驾驶员避闪。飞舰此刻已经升到了空中百来米高度，驾驶员娴熟地操控着飞舰迅速爬升，同时左挪右闪试图甩掉那追上来的飞行物，但那飞行物像长着眼睛一样盯着飞舰一点点逼近。

眼看着那飞行物很快就要飞撞而至，甩是甩不脱了。何小佳那一瞬间心里很坦然，拯救地球物种的任务已经完成，606基地的人注定要魂归土卫六，这也许就是命运的安排。

“听着！直接飞往诺苏号，这是命令！”何小佳的耳边突然响起了驾驶员急促的声音。还没等她反应过来，就见已经背好了“单兵升降机”的驾驶员坐在了弹射窗口，随着“哧溜”一声响就把他自己射出了舱外。

何小佳急忙望向舷窗外，只见驾驶员迅速操控着“单兵升降机”调整好方位，对准那即将撞来的飞行物直扑而去。

“不要呀！别……啊！”何小佳不顾一切拍打着舷窗大喊大叫。

“轰隆”一声巨响，飞舰猛烈一抖，叮叮咣咣像是在翻跟斗。何小佳被震得东碰西撞，仿佛一通乱棍没头没脑地朝她打过来，她很快就失去了知觉。

“核桃人处心积虑连使阴招，不把土卫六上的人赶尽杀绝不罢休啊。”陈万通听到这里很有感慨，他说核桃人看来是杀戮成性的异星物种，它们的文明进化水平并不在地球人之上。

“是啊，我万万没想到606基地的留守人员全部牺牲以后，核桃人还会留着一手对付后来者，”何小佳叹气摇头，“它们太狠毒了。”

“很早以前霍金就警告过人们，不要试图用地球人的思维方式去看待外星人，那样会吃大亏的，”陈万通也很感慨，“幸好你们那个指挥官孟想有先见之明，换作是我也许不会有最后那点防范意识，606基地可能就不会有你这样一个幸存者了。”

“幸存者是悲剧的闺蜜，唉，我宁可不经历悲剧、不当这样的幸存者。”

何小佳苏醒过来的时候，飞舰已升上高空平稳飞行着，她顾不得周身酸痛，立刻爬起来扑向舷窗，从数万米的高空已看不清地面的情况了。她急得大声呼喊：“孟想！你们还在吗？快回答我呀！”可是她连喊了几次，头盔里始终是一片死寂。她赶紧又扑到望远镜前，打开扫描装置查看，地面上烟尘滚滚，兰宫的残垣断壁依稀可见。她伤心地哭了起来。

过了没多久，飞舰猛然间变轨加速，惊醒了痛苦中的何小佳。她打开头盔，抹干泪水，迅速来到操控台前。虽然没亲手操控过飞舰，但没吃过猪肉却多次见过猪跑，基本的操作程序她还是知道的。她一看飞行导航设置图马上就明白了，航向已设定为自动飞往冥王星。孟想和驾驶员都强调要直接飞往诺苏号空间站，并且斩钉截铁地说是命令，可是诺苏号的具体方位在哪儿呢？她只知道诺苏号在冥王星附近，但空间站是个游动的目标，“附近”很可能是个天文概念，不跟大力士联系上恐怕她自己很难摸到那里去。

何小佳一想清楚，就开启了星际通信系统，准备呼叫诺苏号，跟已经前往诺苏号的大力士联系上再说。但是，还没等她开口呼叫，伴随着“刺刺啦啦”的响声，提示通信故障的红灯就亮了起来。何小佳大吃一惊，她左敲敲右拍拍，希望是小故障很快就能自动排除。结果，拍了一会儿不但没把通信系统拍好，反而把其他设备的一些故障灯拍亮了，“刺啦啦”“嘟嘟嘟”的响声不绝于耳，飞舰舱内仿佛奏响了一曲故障交响乐。

这下子何小佳有点傻眼了，她现在是守着一艘缺胳膊少腿的残损飞舰在太空中穿行，幸好没有猛敲猛拍，不然拍出什么大故障就惨了。她估计是刚才“轰隆”一声巨响的时候，飞舰挂了彩。这么想只是猜测，后来降落到了冥王星上，她出舱查看才清楚，飞舰外侧果然是坑坑洼洼伤痕累累的，简直惨不忍睹，这是后话了。当时何小佳还不知道飞舰的两台发动机有一台已经毁坏熄火了，另一台也是勉为其难运转着。开始她还感到很庆幸，好在动力系统没出故障，只要能飞到冥王星附近总有办法找到诺苏号空间站的，车到山前必有路嘛。

接下来，何小佳就尝到了苦头。她慢慢发现，飞舰的航速始终上不去，看着干着急却没办法。飞舰已设定好了自动飞行，她这半桶水的驾驶技术岂敢对受了伤的飞舰乱摸乱动？动不好万一飞舰就地趴窝就彻底玩完了。特别让她提心吊胆的是，每隔一段时间，飞舰尾部就会“嘎吱嘎吱”作响一阵子，像是没喝足油的老机器在怒吼抗议，每次都搞得她紧张兮兮。她这才想到动力系统的运转可能也不灵光了，照这样下去，发动机随时都有可能罢工，能不能撑到远方的冥王星只有天知道了。但何小佳不想就这样坐以待毙，困兽还犹斗呢，困人就更要搏一搏了。她左思右想，既不能拿苟延残喘的动力设施冒险，又要改变现状加快航速，最好能有额外的动力对飞舰推一把，给点劲。

那天她望着舷窗外的太阳能帆板，忽然想起了“日球层顶静电助推装置”，要不是快被逼上了绝境她早把这茬忘掉了。她记得那次从核桃星侦察返回，途中大力士告诉她说这种飞舰的太阳能帆板是两用的，既可以用来吸收太阳能，也可以用来排斥太阳能。排斥太阳能？她当时听了很不理解。大力士说只要按下转换按钮，帆板就会变成一种特殊的带电太阳帆，它能够对太阳风质子产生排斥作用而形成静电力，从而对飞舰起到助推作用。大力士说“日球层顶静电助推装置”读起来拗口用起来却很顺手，它其实就相当于装在飞舰上的风帆，只要飞舰朝着远离太阳的方向飞行，就能靠太阳风“吹”着风帆助一臂之力，从地球上飞往火星或外太阳系方向都能有这种顺风飞行的效果，反之冲着太阳的方向飞行则如同顶风逆水，当然不能用它来帮倒忙了。何小佳一想，现在从土卫六飞往冥王星，刚好就是顺风行舟的方向，她决定试一试。没费太多工夫，她就根据飞舰操作手册，按图索骥找到了太阳能帆板的转换按钮，如同抓到了最后一根救命稻草，她毫不犹豫就按了下去。

但是，太阳能帆板接受指令似乎并不爽快，又一阵异样的“嘎吱嘎吱”声响了起来。何小佳不知道那个特殊的风帆是否会扬起，她生怕这太空破车随时会散架，一听到响声再也不敢多动弹了。还好，过了一段日子，她察觉到飞舰的航速已明显加快了，真是上苍保佑啊。然而她高兴了没多久就发现，航速虽然上去了，但原来那种嘎吱作响的声音更吓人了，不仅响声持续时间越来越长，而且间隔周期也在缩短，有时候刚响过还没安生多久就又来了。到后来，嘎吱的响声就从间歇性发作变成常规性伴音了。她感觉那响声就像催命鼓一样，一停就会大祸临头。何小佳就是在这样一种神经高度紧张的氛围中，孤身一人挨过了这段漫漫旅程。苦不堪言的日子，她也懒得再多说了。

终于抵近了冥王星。一声声“您即将到达目的地”的导航提示音显得格外悦耳，那是从嘎吱作响的催命鼓中脱颖而出的天籁之音呀。何小佳长长舒了口气。但她很快就意识到，冥王星并不是目的地，说是车到山前必有路，可路在哪里终究得靠自己找。她首先想到了要刹车减速，不管怎么说，要让飞舰被冥王星的引力捕捉到，得先围着这颗神奇的星球作环绕飞行，慢慢再找路，否则一擦而过就更无法找到通往空间站的天路了。想好了以后，她先是轻轻按下了太阳能帆板的转换键，嘎吱几声响过后并没有更多的异动。接着，她又按照操作手册实施减速，发动机的嘎吱响声这回倒是彻底停下来了，航速也一点点儿慢了下来，飞舰没多久就来到了冥王星的上空，似乎如她所愿正在环绕飞行，很快就从冥王星的日侧飞进了夜侧。

但她做梦也没想到，飞舰此时已经失控。从夜侧飞出来时她立刻惊出了一身冷汗，茫茫的冰雪大地近在眼前，飞舰就像无动力的滑翔机一样，正朝着一处大峡谷的腹地径直扑过去。何小佳意识到大难临头了，虽然冥王星的重力比地球要小得多，但朝着地面这样猛撞下去的结果必然舰毁人亡。眼下已进入倒计时了。

情急之中，何小佳不顾一切地在操作屏幕前找，看还有没有绝处逢生的可能。一秒，两秒，三秒……突然她扒拉出了着陆程序，一排排触屏键展现在眼前，那个标着“着陆缓冲”字样的小方框分外耀眼。此刻，飞舰离地面的高度只有几十米了。她来不及多想，伸手就朝“着陆缓冲”键按了下去，接着她按紧急迫降的防护要领，抱头屈膝闭上了眼睛，是死是活听凭命运的裁决。

“哧”一声响起，飞舰猛烈一抖，接着又“噗通”一下砸在了地面上，弹起来颠了几下便翻滚到一旁稳住了。何小佳终于死里逃生了。庆幸之余她也明白，功能早已残缺不全的飞舰经过刚才这么一砸一颠，估计可以进废品收购站了。

“我后来在这里苦苦煎熬了这么久，现在可算是又一次死里逃生了，”何小佳讲述完这段经历，很感欣慰道，“我一直有种预感，就知道诺苏号空间站隔三岔五会有人来附近转悠，早晚会发现我的。”

陈万通的思绪从故事中刚出来，听她这么一说很不理解。他一怔道：“哦，诺苏号上的人一定会来冥王星，你就这么自信？”

“那当然了，星际殖民行动已经大功告成，空间站的人总不会一直宅在那里，就近来冥王星游山玩水、散散心很正常嘛。”

“你可真会找精神支柱哟。”陈万通心想她这是歪打正着，坚信诺苏号会来人营救才撑到了今天，她要是没有这种过硬的心理素质恐怕早就崩溃了。“不过我现在要告诉你，星际殖民行动还没有大功告成，而是遇到了新的麻烦。”他把Richard集团派人追击，准备再次搞破坏的大概情况跟她简单讲了一下。

“什么？有人尾随追着要去破坏？”何小佳瞪大了眼睛很难相信陈万通的话，“那你怎么还有闲心来冥王星游逛？”

“谁会没事来这里闲逛呀，我们的人已经去追那两个恶棍了，我也要赶过去增援。”

“哟呵，螳螂捕蝉黄雀在后呀。”何小佳兴奋道，“那好，我这就跟你一起去追。”

嗯？她也要占飞舰一席之地跟着去追？陈万通这会儿没心思多考虑这事，他没说行也没说不行，只是说等找到许光辉之后再说。

“你说要找谁？”

“许光辉啊，你们应该认识的，不都是勇斗核桃人的战友吗？”

“许光辉我当然知道，他好不容易才从虎口脱了险，不好好歇着怎么也跑这里来了，出来找乐子吗？”

“我说美女呀，怎么在你眼里我们这些人都是来度假的，要么闲逛要么找乐子？”陈万通不得不再费点口舌，把许光辉陪着Hurley出来的前前后后说给她听。

“唉，你们真不该让许光辉再出来。”何小佳对诺苏号当时的做法很感不解，她说派大力士那样的机器人跟着Hurley去又安全又保险。她说大力士可不是那么好对付的，它有足够的能力挫败对方的阴谋。

陈万通没工夫跟她多解释了，他要她赶紧移走连接廊桥，准备动身起飞。“要抓紧时间搜找许光辉，人在哪里还不知道呢。”他边收拾边说。

“哎呀，我想起来了，”何小佳恍然大悟，指了指身后说，“他可能就在那条大山脉的背面。”

“你怎么知道的？不会又是预感吧？”

“前段时间有人来过这附近，应该就是你说的那两个恶棍。”

何小佳前段时间确实碰到了情况。那是冥王星上的一个夜晚，当时她正在舷窗边凝望着卡戎的倩影，就像在地球上的某个窗边望月沉思一样。突然，隐隐约约传来了由远及近的“嗡嗡”声。不会是来了飞行器吧？她连忙穿好太空服冲出舱外，举头望向天空。卡戎反射的亮光有点儿像地球上清晨的曙光初现，她清楚地看到，远远的大山脉顶部有个飞行器正在降落，一晃眼的工夫就落到了山脊背面看不见了，“嗡嗡”声也随即消失。太好了！还真是来了飞行器。她很快就找出了红色涂料在周边地上喷洒了一大片，希望被来人早点发现，她还准备在那飞行器升空离开的时候拼命挥手求救。可是，她憋着劲等了一段日子，却再没听到“嗡嗡”声传来，地上鲜艳夺目的红色也消失殆尽，估计那飞行器在大冰山的另一面已悄然离去了。

又过了一段日子，正在熟睡的何小佳被更响亮的“嗡嗡”声惊醒，而且这次的声音似乎就在头顶上，她立刻意识到又来飞行器了。她一骨碌爬起来把舱内的灯光开到最亮，然后便冲出了舱外。这回卡戎的亮光被天空飘着的片片阴霾遮挡，她依稀看见那飞行器闪烁的灯光渐渐飞远，最后又消失在了那大山脉的背后。

真是“目中无人”啊，从头顶上飞过居然看不见地面亮堂堂的目标，诺苏号那边飞来的人尽是些蠢货。何小佳心里暗暗骂道。

不过有了这两次经历，她倒是信心更足了。诺苏号空间站还真的是隔三岔五有人来游逛，有再一再二就一定会有再三再四，不怕他们不来，就怕他们来了视而不见，尤其是窝在这个峡谷里很难被发现。于是，何小佳自力更生、费尽周折，把飞舰里能用的和备用的灯具都搬了出来，打出了个“SOS”图案来。她最后等来了陈万通博士。

“你提供的这个情况太重要了，不然找人就像大海捞针一样难，”陈万通说，“搞不好许光辉这会儿也在骂我‘目中无人’呢。”

冥王星的地形非常独特，在这颗星球的上空搜找地面目标，还真是免不了会看漏了。这一点陈万通很快就有了新的体会。他带着何小佳飞过那大山脉以后也飞出了夜侧，映入眼帘的是一望无际的大平原。但是，此大平原非地球上那种可以尽情驰骋的延绵大地，其上纵横交错、遍布着一条条深沟险壑，要是在这里驱车飞驰或策马奔腾的话，随时可能一头栽进万丈深渊。

陈万通此前在高空环绕飞行的时候，就看到了几处布满沟壑的平原（确切来说是冰原），他知道这是由冰体裂缝形成的地貌特征。沟壑的形状各异，有的以一点为中心辐射四周，像一只巨大的蜘蛛，有的呈一条条并列平行线像巨犁深耕过的农田，还有的看上去纵横交错像雪地上覆盖着一张大鱼网，这些仿佛都是巨手画出来的一幅幅精美图案，令人叫绝。现在近距离观察他才看清，这一条条大沟壑延绵千百里望不到头，而且深浅不一，有些沟望下去黑乎乎的，深不见底，也有些数十米的浅沟，能看见沟底露出的一部分沉积层，大都呈铁锈色。在这样的沟底里找人，要比在大峡谷的腹地找人难多了。陈万通这会儿直替何小佳感到庆幸，要是她当初扑进了哪条深沟里，就算再火眼金睛的人也没法发现她，除非“瞎猫撞上了死耗子”。

“我以为山脉这边会有个明显的落脚点，很快能找到人的，哪儿知道会是这样稀奇古怪的地形啊，”何小佳看清楚了大冰原的地貌自责道，“我真是糊涂。”

“不管找不找得到，都应该感谢你。”陈万通一面操控着飞舰，一面四下观望，他说冥王星上有不少这样的大冰原，幸好把范围锁定在了这片区域，不然一个个地方找就相当于一遍又一遍搜索内蒙古大草原，找到猴年马月啊？

陈万通说的是肺腑之言。在这大冰原的一隅低空飞行了一阵子，他越来越感觉到这回在异星球上找人绝不是一蹴而就的事，想快刀斩乱麻救了人就赶路是不现实的。眼下还只是开了个头随处看看，一条条沟壑密密匝匝，越过一条大沟飞不了多久又会遇见一条，沿着沟壑的走向飞则没个尽头，照这样搜找下去将是一场旷日持久的冥王星冰原空中游。

何小佳似乎也有同感，游了半天一无所获，她看看地面又看看陈万通道：“你觉得许光辉真的掉进这些深沟里了吗？”

“依我看，他十有八九就在其中一条沟底。”陈万通分析说，Hurley和Lucy要弃掉一艘多余的飞舰又要同时甩掉许光辉，最省事省时的办法就是连人带舰一块抛进大沟里，许光辉事先毫无戒备很容易让他们得逞。

“那为何不用仪器搜索，比如生命探测器什么的？”

“套用地球上的搜救办法未必管用。”陈万通说在外星球上找人不同于在地球上的废墟里争分夺秒救人，只要宇航员还活着，他会千方百计向外发出呼救信号的，用生命探测器细细搜寻的效果事倍功半，有那个工夫早该发现呼救信号了。再说了，探测器探测到的信号也不会拐弯，在冥王星这样的奇特地形中，用仪器搜找起码要在深沟上方不太偏的区域才管用，但话又说回来了，搜救者既然风风火火来到了附近，那么困在沟底的大活人能视若无睹吗?

“要是沟底的人受了重伤无法动弹，或者已经……”何小佳没把“死”字说出来。

“所以我说跟地球上救人不一样嘛。”陈万通说宇航员在遥远的外星球上遇险受了重伤，岂能指望在黄金救援时间内获救？远道而来的施救者只能是救出受困的大活人。假如人已经遇难，用生命探测器就更是毫无意义的徒劳之举了，找不到只能放弃。

“照你这么说来，面对冥王星上这么多深沟险壑，只能一条条挨着慢慢找下去喽，”何小佳信心显然不足，“这一望无际的大冰原，要什么时候才能搜找完一遍呢？”

“我开始也这么想过，但后来忽然有了一种预感，如果许光辉还活着，用不了太长时间应该能找到他。”陈万通刚才一边搜找一边回忆着何小佳此前叙述的细节，Lucy和Hurley一前一后驾着飞舰来冥王星会合，两艘飞舰飞临这里时高度都较低，都是飞过了大山脉就不见了，这说明他们的降落地点离山脉并不远，这是个不能忽视的情况。他启发何小佳道：“你能不能再仔细回想一下，那两次来此地的飞行器大概是从山顶的什么位置越过山脉的？”

何小佳想了一会儿说：“好像是在最高峰的位置。对了，第一艘从最高峰左侧，第二艘从最高峰右侧飞过去的，我有印象。”

陈万通望着舷窗外，现在已经斜斜地飞离大山脉的高峰有一段距离了。“那就折回那边去找。”他果断地说。

陈万通猜对了。就在他们折回往最高峰的另一侧方向飞了没多久，在越过一道沟壑的时候，突然发现长长的深沟远端，黑蒙蒙的底部有个光点在猛烈晃动。陈万通立刻意识到有情况，他操控着飞舰迅速转向，顺着深沟的走向一点点儿降低高度直到飞进沟里面，朝着那光点的方位移动。同时，他打开探照灯，瞄着沟底的目标射过去。

距离慢慢在拉近，飞舰上看得越来越清楚了。百来米深的沟底里斜卧着一艘不大的飞舰，旁边一个身着太空服的人一手握着光源拼命摇晃，一手乱挥乱舞显得异常兴奋。陈万通很快就看得真真切切，那就是许光辉的身影，就算他裹在太空服里也照样能认得出熟悉的老友来。这伙计果然福星高照命大如天呀。

“活着，他还活蹦乱跳的。”何小佳一看清沟底情况，兴奋地叫了起来。

此刻，陈万通的脑子已经开始换挡。就像他平日里鼓捣一些重要发明那样，在即将完成一个关键环节的时候，就要考虑下一个环节了。他在想，救出了许光辉之后，接下来该怎么办。

这趟冥王星的救人之行，按理说算是赚大了，出乎意料地多救了个何小佳，然而好事马上就变成了难题。真要带上她一起去追击吗？这似乎是摆在面前的不二选择，总不能把她一个人丢在这里吃二遍苦受二茬罪吧。但带上她远征参战又无疑是个累赘，会影响到整个行动。当初离开空间站之前，大家专门就飞舰搭载三人出征一事讨论过，最后不得已才分头行动的，现在又要载三个人，那不是走回老路吗？这样肯定不行。

思来想去也不知该如何是好。陈万通心里冒出了另一个方案，干脆多跑一趟把何小佳先送回空间站去。送她回去的理由很充分，除了不拖延行动之外还有一个重要因素，何小佳是军医大学出来的高才生，她熟悉生命科学，回去正好可以跟汪芸一起商讨对付代索的办法，这也算是人尽其才了。可是仔细一想又觉得不妥，回去一趟要耽误很长时间，同样会影响到追击行动。

何去何从，一时找不到万全之策。

舷窗外，许光辉的身影看上去已经近在咫尺了。陈万通来不及多考虑了，自己一个人的脑细胞也许不够用，等会儿把老友救上来后先不听他讲述大同小异的逃生故事，而要先跟他探讨这件迫在眉睫的事，把眼前这个美女何小佳打发好再说。

陈万通脑子刚理出个头绪，意外就发生了。

“咚嚓”一声巨响，头顶板上犹如一记闷棍敲下来，舷窗外冰渣四溅。飞舰眼看就要在沟底着陆的时候，被突然飞落的一块大冰体砸个正着，差不多半个舰体都被重重地楔进了沟底的地层里。飞舰里紧接着就是“叮叮咣咣”一阵乱颤，一些仪器震坏失灵的报警声响个不停。陈万通和何小佳两人都猝不及防，在剧烈震颤中滚倒在地板上。

糟糕！还真是阴沟里翻船。陈万通爬起来伸伸胳膊腿，见何小佳也已起身扶坐在舱壁一角，总算放了心。还好，这美女看来也没伤着，她嘴角还挂着一丝笑意望着他，那神情仿佛在说：呵，你刚才不是琢磨着如何打发我吗？眼下还是赶紧想想怎么修理这受了伤的飞舰吧。

陈万通这会儿还真顾不得如何打发何小佳了，不过他倒不担心飞舰的修复问题，许光辉那里还有一艘残损的飞舰，用两艘的零部件捣腾好一艘对他们俩来说不是难事，只是要花不少时间才行。他忧虑的是，无法及时赶去增援田也，会误了大事。田也毕竟是个孩子，虽说有机器人大力士相助，但这样的组合能对付得了诡计多端的Hurley和Lucy吗？

第
17
章

太空紧急追逐

这场事关地球物种命运的远程追逐战，Hurley和Lucy飞在前面，田也和大力士追在后面，看似一出太空版的“螳螂捕蝉黄雀在后”的大戏，实则不然，陈万通的担忧是有道理的。如果说前面的哈尼号飞舰就是妄图捕蝉的螳螂的话，那么后面尾随的质子飞舰还说不上是黄雀，除了航速快的优势之外，离开了援军助阵参战，质子飞舰并不具备消灭哈尼号的战斗实力。在陈万通看来，田也充其量只能算是一只刚学会展翅的小黄雀，能缠住螳螂暂时阻止其捕蝉行动就算不错了，想一举灭了螳螂根本就没把握，弄不好可能还反被螳螂所灭。虽然大力士也在质子飞舰上，它不仅忠心耿耿而且勇猛善战是个难得的干将，但它长期以来养成了听命于主人的习惯，想让它一下子转换角色反过来当家作主并非易事。这一点从刚开拔的时候起就表现出来了，尽管陈万通并不知道。

“咱们该怎么飞才能尽快赶上那两个家伙？”质子飞舰一离开空间站，大力士就请示田也。此时，哈尼号早已在无踪无迹的前方了。

“嗯……”田也挠挠头道，“朝着G星球的方向飞就是了，反正他们也是朝着那个方向去的。”

“那咱们稳中求快，就按照当初生物源反应器的飞行线路走，经过核桃星直奔G星球方向而去，你看这样行吗？”

“怎么快就怎么飞，不一定走老路，”田也对飞行路线和核桃星并无清晰概念，他一门心思就是想尽快追上哈尼号，“瞄准G星球的方位越快赶上去越好。”

“明白了。”大力士执行主人的命令历来不打任何折扣，它索性开启了中微子望远镜，搜找到G星球并将其锁定在飞舰的主屏幕上。其实对11光年之外的行星来说，那只是个根本看不清楚的虚拟小斑点，只不过标着“G星球”字样让人看上去心里踏实些。

田也或许是把飞舰当成了飞机，天高任鸟飞嘛，没有比长驱直入更省时间的了。但这可苦了大力士了。先是穿行在柯伊伯带中就险象环生，这里虽然没有个头较大的星体阻挡，用不着刻意变轨绕行，但面对多如牛毛的一颗颗小行星左躲右闪却不轻松，横冲直撞不按预设轨道飞行是很危险的事，搞不好就会跟某颗迷你版的小行星来个太空激吻，后果可想而知。后来，好不容易才在高速飞行中穿出了柯伊伯小行星带，来到了传统意义上所说的太阳系外围，大力士开足马力让飞舰在这片相对空旷的太空世界里狂奔了一阵子。可是不多久，前方又出现了片片浮云状的玩意儿，远近不一散布在整个空中，大力士知道又要穿越一片满布冰体小星球的区域了，这里才是太阳系的最外缘。它小心翼翼操控着飞舰，不减速、不绕道，终于有惊无险地从这片冰体云集的世界中闯了出来。它回过头来一想还很得意，这样的冒险似乎挺值得，对太空追击来说确实赢得了成倍的时间，田也下令瞄准直飞看来没错。

从太阳系一飞出来，田也有种豁然开朗的感觉。他像是一只刚从密林中钻出来的飞鸟，忽然来到了开阔的原野，拨云见日，望着远方密密麻麻的星辰都有点目不暇接了。银河系里许许多多他熟悉和不熟悉的星系、星云、疏散星团都展现在视野中，就连过去在地球上用普通望远镜都很难看到的一些红矮星，例如巴纳德星、比邻星等，现在凭肉眼也依稀可见了。这种从未有过的天体观测体验，很快就让田也着了迷。他时而细细观察，时而在电脑上查找资料进行比对，一直徜徉在眼前现实的和理论描述的银河世界中，乐此不疲，几乎到了废寝忘食的地步。“这样学习天文知识真带劲，要是我们班同学能乘坐飞舰来这里上一堂天文课该多好啊。”田也对大力士说这话的时候，可能已经把追击哈尼号的事忘到脑后了。

“什么，你在想上天文课的事？”大力士很感吃惊道，“我看你这些日子挺忙乎，也挺沉得住气，以为你在琢磨对付哈尼号的高招呢。”

“哦，对，”田也的思维终于转回来了，“要赶紧找到目标，追上去截住他们才是。”

“现在可以试着动手搜找了。”大力士说质子飞舰的航速本来就比哈尼号快得多，而且这一路追击没走弯曲航线又省出了不少时间，如今距离哈尼号应该在一个可搜索的范围内了。它说太阳系外围这片天区没有过多的天体干扰，可以试着用中子雷达搜索一下飞往G星球方向的移动目标，说不定就能找到。

“那就赶紧搜索吧，”田也一听明白更心急，“最好早点把目标瞄准了。”

“明白了，我这就开始搜。”大力士早已想到了要尽快锁定前方的“螳螂”，它此前担心雷达的探测信号会被哈尼号发现而过早打草惊蛇，既然田也并没有更高的招数，那就应该按他的要求赶快搜找，明确了靶点总比盲目追赶的效果好。

“雷达就是火眼金睛的老妖，哈尼号休想躲掉。”

在田也的心目中，雷达是沿用至今为数不多的搜索设备，尽管一个多世纪以来探测信号源不断更新换代，但其主要原理依旧，只不过中子雷达的灵敏度更高而已。他觉得在这样开阔的天区搜找哈尼号一点儿也不难，甚至不需要像在地面上搜索敌机那样对着四面八方展开立体式扫描，现在只要瞄着正前方的区域足矣，估计很快就会有一个标识性的小亮点出现在雷达显示器上，那无疑就是哈尼号了。可是他心目中的老妖并没有马上显神威，显示器上的扫描显示波一遍又一遍慢慢刷屏，却没有出现他期盼的那个小亮点。他全神贯注地等了老半天，等到肚子饿得咕咕叫了，还是没见有什么动静。

奇怪了，难道哈尼号飞歪了不在正前方？Hurley一直自诩太空老司机，按说是不该发生这种事的。田也的视线从雷达显示器上移开，转头疑惑地看着大力士。

“你该吃就吃，该睡就睡，一有情况我会及时告诉你的。”大力士倒是挺沉得住，它说可能还没追到有效探测距离内，要再耐心等等。

“会不会……”田也刚想说哈尼号也许飞歪了，还没说完，突然“嘀嘀嘀”的声音响了起来，雷达显示器上终于出现了一个小亮点，他立刻屏住了呼吸。

大力士不慌不忙，按部就班动手对目标的航速、距离、尺寸大小等进行测算，很快它就得出结论说这个小亮点应该就是哈尼号飞舰。

“太好啦，总算逮到它了，快追上去看我怎么收拾它。”田也兴奋地说他就是不吃不睡也要先截停了哈尼号再说。

“哟，那可不行，”大力士呵呵道，“你跟我不一样，想熬着不吃不睡追到哈尼号跟前？开玩笑吧。”

“为什么不行？”

“这还用说吗？显示器上的目标近在眼前，哈尼号飞舰却远在天边呢，你自己简单估算一下就明白了。”

田也稍用心一琢磨，的确是这个理。雷达信号以光速运行费了老半天工夫才探测到目标，信号一去一回走过的路程打个五折也还是遥不可及的距离，说哈尼号远在天边一点儿没错。何况哈尼号目前还在全速前行，想追到跟前可不是十天半个月能做到的。“唉，要等到什么时候才能够得着啊？”田也轻叹了一句，他从地球上来到太空最大的感受就是，看得见够不着的事太多了。

“追上去还早哩，没有穿越时空的路径急也没用，”大力士建议说，“你继续温习天文学功课吧，眼前令人兴奋的星体世界够你慢慢观赏的，我来盯着目标就是了。”

田也哪里还有心思观赏星体世界，他的兴奋点早已随着中子雷达的开启而转移到了显示器上，那个小亮点就是他现在的主要兴趣所在。表面上他接受了大力士的建议，该吃就吃该睡就睡，吃饱睡足了就望一望星空，弄一弄电脑，想一想银河奥妙，但他总是心不在焉开着小差，时不时就跑到显示器前察看一下动静。可是，那个定格在屏幕中央的小亮点却一直纹丝不动，日子久了他慢慢就懒得看雷达显示器了，只会偶尔扫上一眼。这时候田也的心态就像早年的工头一样，对车间里那些熟悉的冷面孔已经麻木了，看多了心烦，不看呢又放心不下。直到有一天，情况骤然生变。

“不对头！哈尼号已经改变了飞行方向。”大力士先察觉到了异常。

“什么？改变方向？”正在摆弄电脑的田也立即撒手直扑雷达屏幕前，但他看了一会儿并没有看出那个小亮点有何变化，于是疑惑道，“我怎么看不出来呢？”

“噢，稍等一下。”大力士猛然想起田也凭肉眼看不清远程反馈信号的细微变化，它立马动手对屏幕中央的图像作了局部放大处理，立体效果一下就出来了。放大了的图像显示，那个小亮点最近一段时间的运行轨迹呈香蕉一样的弧形，它在继续前行的同时明显开始朝左侧转向，并小角度向上方偏移。

“啊？哈尼号真的在朝左上方飞去，Hurley他们要搞什么名堂？”田也说这话的时候，本能地抬头看了一眼飞舰的主屏幕，那上面锁定的G星球方位依旧。

“我现在还看不出他们的意图，可能他们只是做点临时调整，飞一阵子又会回到原轨道上来，”大力士说，“你也可以猜一猜，过一段时间就能看明白了。”

田也琢磨了一阵子，实在猜不出哈尼号为何突然转向左上方。“螳螂”要捕捉的“蝉”是远方直奔G星球的生物源反应器，从后面追当然是直线距离最短，飞出个弧形轨迹不是耽误时间吗？想来想去也弄不明白，田也就越来越像个工头了，车间里情况不正常那还不得多巡视多看看呀。虽然那个小亮点在雷达上移动缓慢几乎无法察觉，但他还是频频过来瞄一眼才能安心一会儿。

在雷达显示器上，哈尼号的飞行轨迹在不知不觉中发生着变化。这种变化很像是个处在发育抽条期的孩子，天天看着不觉得他在长个子，忽然有一天细细一打量，哟，这孩子最近长高不少嘛。那个小亮点的缓缓移行就是这样，起初是沿着弧形路径移动，接下来的轨迹就变成一小段射向左上方的直线了。田也那天一留意，看出端倪后吃了一惊，哈尼号这是毅然向左转呀，没有一丁点儿“改邪归正”的迹象。这是什么意思？难道螳螂发现了后面的黄雀越追越近想开溜？

“看出名堂了吗？”田也知道大力士早就察觉出了这一变化，他问道，“你还认为他们是临时调整一下航向吗？”

“不！他们像是铁了心左转，也许不复返了。”大力士说它自己也刚想明白，哈尼号很可能发现了雷达探测信号而想急转避闪。

“他们就这样半途而废不去捕蝉了？”

“转弯并不影响他们捕蝉。”大力士进一步分析说Hurley他们并不打算也不太可能追上前面的生物源反应器，他们的目的是尽量缩短距离实施隔空破坏，因而转个方向也许能甩掉追踪，却不影响他们使用伽马射线的罪恶计划。这样看来他们的变动不是一时之策，而是打定主意要转弯了。

“那我们怎么办？跟着他们转向还是再等等看？”

“我正想跟你谈这事，咱们现在离哈尼号当初转弯的位置不近不远，应该来个将计就计。”大力士像是憋了半天终于能开口了，它指着雷达图像说改变方向瞄准目标直追，肯定比沿着他们原来的弓背弧线走要快得多，这相当于弯道超车。

“既然你早都想好了，那就赶紧行动呀，这可是尽快撵上去的好机会。”

“可我还有一点顾虑没有解除，不知道是不是该立即行动。”

“什么顾虑？”

“这样一来，陈博士他们很可能无法赶来增援了。”大力士说出了它的后顾之忧。按说现在这种局面对陈万通抄近道赶路程也是很有利的，哈尼号的飞行路径相当于走了三角形的两条边，而陈万通现在只要沿着另一条边飞过来就快多了。但是反过来，他要是想当然地往G星球方向猛追就等于飞到岔路上去了，一旦飞错方向彼此就很难碰到一起了，还能指望他来增援吗？而且陈万通至今杳无音信，立刻弯道超车等于早早就跟他分道扬镳了。

田也的眉头紧锁起来，大力士的话犹如冷风扑面一下子提醒了他。对呀，陈万通那边怎么还没消息呢？按照事先约定，他救了人一离开冥王星就会通知这边的，当时陈万通信心满满，要求他们多瞻前少顾后以截停哈尼号为首要任务，说是不出意外的话，在田也他们到达太阳系最外缘之前就能收到他动身的信息。可现在早就飞离太阳系了，却没有收到他的只言片语。该怎么办？也许电波此刻正在太空中飞驰，随时会收到陈万通已经动身的信息，是该立即转向追击还是先跟他联系上再说？田也心里非常矛盾，若是立即转向，估计用不了太久就能追上哈尼号，但这很可能意味着孤军奋战。追上去用眨眼睛的绝招截停哈尼号并与之周旋一阵子肯定能办到，然而在没有援军的情况下如何进一步对付Hurley和Lucy，他心里可是一点儿谱都没有。这恐怕也是大力士担心的事，想转头直追却又犹犹豫豫难开口，要不然它早就主动提出建议了。

“即使等不来援军也要果断转向，我觉得弯道超车机不可失。”田也想想无论如何不能错过良机，大力士等他拿主意，他不能没个态度。

“追上去截住他们以后怎么办？”

“这个嘛，走一步看一步，车到山前必有路。”

“那好，我也是这么想的，”大力士似乎为达成共识而松了口气，但它接着话锋一转道，“不过你要有充分思想准备，我们将要面对的是一场生死搏斗，到时候你必须听我的。”

“嗯？”田也不明就里，疑惑地望着大力士。

“你要答应我这一点。”大力士解释说出发前陈万通反复交代过，务必要保证田也的安全，等他们到达之前尽量不直接交锋，现在估计援军赶不到了，交战将不可避免，所以它重任在肩，必须行使指挥官的权力，希望田也理解并配合。

“哎哟，你咋这么婆婆妈妈的，”田也急不可耐道，“赶快转弯吧，到时候我全听你的就是了。”

质子飞舰终于改变了航向，走弓弦抄近道继续向哈尼号飞扑而去。

飞了一段日子以后，大力士告诉田也，这下子要提前进入近程追击阶段了，飞行模式也做了相应调整，已启动了移动目标自动预瞄追踪系统，将以最短路径步步逼近哈尼号，任它再耍什么花样也休想溜掉。田也听了很兴奋，离哈尼号越来越近了，他下意识地揉了揉双眼，仿佛战斗打响之前先擦拭一下武器。普通的虹膜识别技术成了太空作战的一件利器，这一点恐怕哈尼号上那俩坏蛋做梦也想不到。

田也揉完了眼睛又眨巴了几下，定定神一抬头，目光刚好撞在飞舰的主屏幕上。咦，怎么回事？那上面正中央显示的依然是G星球的标识。不会是自己刚才一揉一眨把眼睛弄出毛病了吧？他满腹狐疑道：“飞舰不是早就转向了吗？”

“呵呵，水转山不一定转嘛。”大力士一眼就看出田也的心思。它解释说绑定了目标星球的望远设备是自动跟踪的，这中微子望远镜瞄准了G星球当然就会一直盯着目标“初心不改”了。“不过呢，你若是感到不爽咱马上就能改换，”大力士征询说，“要不就把镜头切换到哈尼号那边？”

“不，哈尼号有雷达盯着呢，主屏幕上就这样挺好。”田也摆手制止了大力士的企图。他忽然想起初心不改是一种可贵的精神，这是老师说过的话。平时很难想到这茬，现在终于悟出点道道来了，在跟汪芸和陈万通接触的这段太空岁月里他感受到的正是这种精神，初心不改就是地球人历经艰辛、百折不挠实施太空殖民行动的绝佳写照。眼前的主屏幕始终聚焦在G星球，体现的正是人类对未来新家园矢志不渝的期盼，还有什么东西能比这幅画面更有象征意义？就让它一直这么定格下去吧。

不同的生活场景需要不同的精神支柱，男女老少都一样，特别是在面临困境和挑战的时候。太空激战就要来临，主屏幕上的画面从此化作一股力量，在田也的心目中就像是一根定海神针，时不时望一眼能让他淡定心安、心生希望，能让他气沉丹田、浑身是劲。他在静心等待着。

质子飞舰左转弯之后又快马加鞭追赶了一阵子。意外情况突然出现了。

雷达显示器上，哈尼号依然是个缓慢移动着的小亮点，看似一切正常。但在它周围，先是忽然冒出了几个来历不明的小亮点，像飞过的萤火虫一样稍纵即逝。紧接着，这些飘飘洒洒的小亮点一批散去一批又来，而且出现的频率逐渐加快，到后来，显示器上已成了“雪花纷飞”的场景。要不是大力士本领独特，田也用肉眼已经很难从飞舞的“雪花”中辨认出哈尼号来了。

“莫名其妙啊！”大力士茫然道，“这一带天区根本没听说过有太空尘埃之类的小天体，哪来这么多飘动的异物呀？”

“难怪哈尼号断然向左传，”田也若有所悟，“这是他们精心布下的迷魂阵，要把我们引入一个信号干扰区。”

“你说得对，看来的确是这么回事，再这样追下去连我也分不清谁是谁了。”

“要是现在能把它截停下来就好了，不然我们很快会陷进迷魂阵里。”田也说着话就真的扑到舷窗边，虽然哈尼号踪影全无，他还是用田大标传授的“三二法则”对着远方使劲眨眼，一遍接着一遍。

大力士看着田也的举动轻轻摇头，它的后台程序在飞快运算以寻求对策。不多会儿工夫，它来到窗前，拍拍田也道：“这样没用的，哈尼号不可能在这么远的距离外感应到你微弱的虹膜信息。”

“你不是说已经到了近程追击阶段了吗？那总有被感应到的时候。”

“我说的近程是太空意义上的相对概念，”大力士望着田也明亮的眼睛说，“估计你大伯弄的虹膜感应装置顶多只能在数公里范围内管用，太远就没效了。”

这话应该是对的，田也想起当初大伯反复叮嘱过，要抓住飞舰刚起飞的时机将其截住，飞远以后肯定就没用了。“那咱们现在离哈尼号还有多远？”他问大力士。

“我刚才测算了一下，还有近百万公里远呢。”

“那应该很快能追上去了，但愿别出现雪花满天的局面，把目标跟丢了。”

“没你想象的那么快，要知道人家也在高速向前飞着。”

“哟！那怎么办？就这样一点一点儿地钻进他们的迷魂阵里？”

“当然不能无所作为了，我先问你个问题，”大力士抛出了它想好的对策，问道，“你当初困在小行星上的时候是怎么向外呼救的？”

“我用的是老大妈……”田也话一出口脑子就转过弯来了，他跟大力士详细讲述过郑成功星上发生的故事，它这是明知故问，“噢，我知道了，你是说光载音乐发射器，那能行吗？”

“我觉得可以，值得一试。”大力士说光波既然能搭载音乐信息，也照样能载着虹膜信息向外发射，只要把信息的加载方式稍微改造一下即可。大力士接下来小心翼翼问到了关键问题，它祈望田也千万别说“不”：“那老大妈用品你带来了吗？”

“不……”田也回答的第一个字刚吐出口，大力士立刻大失所望，这是它反应速度超快的性能使然。完了，好不容易才想了个应对危机的招数，却被这小子一开口否决了。

“不会不带的。”这才是田也完整的回答。他说他吸取了上回折腾鸟屎文字的惨重教训，这次出远门把该带的物品都带在了身边，随需随取。

“真是太好了！不说‘不会不带的’不行吗？”大力士总算放心了。

“什么乱七八糟的呀，我这就去拿过来。”

“快去吧，咱们不弄成不罢休。”

大力士考虑得没错，它倒腾这样的小设备自不在话下，加上田也从旁协助，没费太多工夫就把那个老大妈用品改造成了“光载虹膜信息发射器”。田也睁大两眼，让大力士采集了他的虹膜信息输进了设备。

“这可是名副其实的专用设备，只授权一人使用，”一完工大力士就拍着田也的肩膀说，“应该叫田也虹膜信息发射器。”

“你想再多找个虹膜信息也找不到，找到了人家那边也不认呀。”田也不无得意道。

“是啊，绝对独一无二，”大力士看了看雷达显示器，“下面就看你的了。”

雷达上飘出的小亮点越来越多，虽然还没到雪花满天的程度，却也让人感到眼花缭乱了。大力士转头对田也道：“开始行动吧，越等越糟糕。”

田也一听，拿起设备就扑向了舷窗，他把光源紧贴在窗户上，先向外射出了一道白光进行定位测试。接着大力士帮着他调整好坐标，按雷达的指引对准远方哈尼号的方位，很快便准备就绪了。

“三……二……一……开始！”大力士像模像样下达口令。

田也毫不犹豫按下了启动按钮。一束纤细的耀眼蓝光瞬间射向长空，接着他松开手指，蓝光随即消失，隔了两秒钟他再次按下按钮，又一束蓝光射出。接下来他如法炮制，隔了两秒钟第三束蓝光射出，紧接着间隔两秒钟后射出第四束蓝光。

虽然已按照眨眼的“三二法则”完成了任务，田也却没有急着松开手指，而是以欣赏的心态望着这根纤细如丝却强直如针射向无尽苍穹的线条，感觉它就是“今日长缨在手，何时缚住苍龙？”所描绘的那种长缨，他在想能缚住哈尼号吗？

“再来一遍。”大力士对光源方位做了微调，再次下令道。

“哦。”田也回过神来二话不说，照着刚才的流程又做了一次。

然而大力士依然没完，它上下左右不断调整光源方位，每次稍稍一动就要求田也重来一遍。田也不厌其烦，一次次照做，“三二法则”快成为他手指操作的自动程序了。他知道大力士行事缜密，在浩瀚的太空用高能量激光扫射遥远的小目标谈何容易，失之毫厘，谬以千里，因而在目标周围像撒大网一样多扫几次没错，东方不亮西方亮，总有一网捕到鱼，这是聪明的做法。“我看可以了。”反复折腾了五六遍之后大力士终于下了收工令。

田也犹豫着放下设备捏了捏手指头，似乎意犹未尽。就这么结束了，要是没扫射到目标怎么办？见大力士已经转身向雷达而去，他在身后追问道：“这样能截停下来吗？”

“不……不会不行的。”大力士头也不回学着田也先前的口气道。它接着解释说光束发射了多次，已经对目标四周做到了全覆盖，即使没有直接扫射到哈尼号舰体，飞舰也应该能感应到附近的虹膜信息，能不能截停很快就将见分晓。

大力士说完就在雷达前低头摸索起来。田也一看情况马上也凑过去，真要是错过了精彩的瞬间就太遗憾了。

但一看坏了，情况比雪花满天还糟。也许是哈尼号离那边“迷魂阵”的信号干扰源越飞越近了，雷达上的图案已经发生了变化，显示器布满了一个个忽明忽暗的小斑点，看着像是摄像镜头伸进一大群萤火虫里拍到的画面，想从中分辨出真正的搜索目标怕是瞎蒙都蒙不出来。

“这都是什么玩意儿啊？”田也实在是想不明白。

“我也不知道，”大力士使劲摇头说，“我接触过无数雷达，从来没见过这么奇怪的接收信号。”

“哪一个亮点是哈尼号呢？”田也盯着屏幕，扫来扫去眼都花了也看不出点眉目。

“我已经看不出来了，你就更看不出了，”大力士边说边操控键盘，“不过我现在可以明确告诉你，哈尼号正在急剧减速，看来它已经中招了。”

“啊，真的吗？”田也将信将疑，望着大力士道，“你不是说看不出吗？怎么知道它在减速？”

“眼见为实的年代早过去了，探测数据可以揭示真相。”

大力士用手指在键盘上用力一敲，“嗒”一声，一幅哈尼号飞舰的模拟飞行图出现在显示器上，飞舰图案旁边还有个小窗口是速度计数器，标着“以太阳系为参照”的字样。田也定神一看，计数器上的数字正走马灯似的在变换着，万位数已经定格为零，千位数也在由大到小一点点减小，后面的百、十、个位数都在按各自的速率烁跃变化着，总体趋势无疑是悉数清零。他瞪大了眼睛发问：“这是真的吗？”

大力士平静地回答说：“图像是假的，数字是真的。”

“耶！成功啦，咱们总算成功啦！”田也兴奋地来了个后滚翻，接着又一把抱住了大力士，喜悦之情溢于言表，这是他到太空以来最开心的时刻了。他告诉大力士，他要铭记这一刻，要写一篇作文，题目就叫《老大妈用品太空显神威》。

“这题目倒是不错，不过你大伯看了会不高兴的，咱不能忘了他的功劳呀，”大力士逗他说，“我建议你标题再加一句——‘老大爷指点智破迷魂阵’。”

“呵呵。”田也轻轻一笑。一提到迷魂阵，他很快就冷静下来了。想起刚才看到的麻麻点点，他总感到心里很不踏实，又盯着雷达显示器开始出神。

“好啦，别再想这事了，后面还有很多纪实作文可写呢，”大力士以为田也在构思作文，打断他思绪说，“哈尼号这样一停下来，现在可真的是要很快赶到它面前了，咱们必须换一种方式真正看到它、盯住它。”说着话大力士就打开了巡天望远镜，开始用光学系统搜找可视目标，为追近做准备。

“在迷魂阵里不好找也不好行动吧，”田也提醒说，“哈尼号当时断然左转肯定是因为知道那一带特殊的天文环境，他们事先会有所防范的，咱们这样盲目追过去可能还没找到目标就先被碰得稀里哗啦了，那不是钻进去玩太空碰碰车吗？”

“玩碰碰车？你想那是个乱石飘散的太空尘埃世界吗？不一定呢，”大力士伸手把雷达信号再次切换到那些斑斑点点上，继续道，“我总觉得这些未必就是石块或冰块之类的有形天体，起码从雷达显示器上看着不像。”

“你是说这些密密麻麻的玩意儿不是实体障碍物，那会是什么？总不至于是凭空冒出来的一种以太吧？”

“我现在还不敢确定它们是不是实体，所以才要用光学系统直接观望，再等一段时间就可以验证了。”

田也和大力士不约而同地把目光转向旁边的巡天望远镜屏幕，那上面仍是漆黑一片，搜找还在进行中。

大力士转回身来，示意田也接着看雷达。显示器上已经布满了闪烁的小斑点，真像乱石舞动的阵势，它随即操控着图像进行上下左右移位，把整个亮斑区域的边界范围展示了一圈。“看见了吧？”大力士说这么大一片天区若真的是由碎石云构成的，那整个块头比冥王星要大多了，别的且不说，空间站和地球上不可能对这么近距离的奇特天体视而不见。

“有道理啊。”田也轻轻点头，他知道大力士不会信口雌黄，它一定是估算过前方“碎石云”体积的，数据说话让人不服不行。忽然，他看见旁边的巡天望远镜上“哗”的一闪。“快看，出图像了。”他喊道。

巡天望远镜屏幕上已经显示出了太空景象。经光学技术处理过的太空背景层次清晰，远景中繁星密布展现着宇宙的博大深邃，近景中一粒小黑点孤悬正中，依稀可见，那正是哈尼号飞舰。望远系统已调到了最高倍数，哈尼号看上去也不过是个芝麻粒大的玩意儿。

田也看清楚了，芝麻粒大的哈尼号周围空空如也，一望无际，远方的背景没有受到一丝一毫的遮挡，哪有什么“碎石云”呀?

大力士更看清了，那个芝麻粒大的小黑点附近确实空无一物。它立马又转身查看雷达显示器，上面闪烁的小斑点越来越密集，现在看上去就跟老式电子显像管试机的图像差不多，满屏雪花刺眼。雷达与望远镜的观察结果，形成了强烈的反差，“碎石云”存在着，却看不见。

不过刺眼炫目对大力士丝毫没影响，它盯着雷达在认真揣摩。毕竟飞离目标越来越近了，雷达信号显露出的立体分辨效果也明显增强，大力士仔细瞧了一会儿就发现了新问题。它看出来了，哈尼号跟那片“碎石云”并不在同一个平面上，确切说来，“碎石云”分布在哈尼号前方，距离它还有一定的空间，也就是说哈尼号目前还没有钻进“碎石云”里面去。

原来是这样啊。但这有点儿太邪门了，哈尼号当时毅然转弯想甩掉追踪，难道是有什么法眼很早就看到了左上方的“碎石云”？大力士还没琢磨明白，忽然又敏锐地察觉到，哈尼号受惯性驱使仍在缓缓朝着它前方的“碎石云”移动。“螳螂”移动很慢了，而“黄雀”正在加速飞近过去。

“咱们要立刻减速，否则很快就会一头扎进那看不见的碎石云里，飞到哈尼号跟前再刹车是来不及的。”大力士说着话已开始动手操作。飞舰微微一颤速度缓了下来。

“还真是怪事哟，明明中子雷达探测到了大片的碎石云却愣是看不见，会是什么东西呀？”田也既像是询问又像是自言自语，“太空里有什么可探而不可见的玩意儿，是黑洞吗？”

“你想得太离谱了，这里要是有黑洞的话整个太阳系早被它一口吞没了，哪还轮得到我们在这里悠哉游哉看风景哟？”

“那你认为它是什么？你身上可是存有海量信息超大数据库，总要有个说法嘛。”

“我正在琢磨，一下子想不出来。”大力士实际上已经开始了后台运算，对它来说，从来没接触过且没见过的情形要在短时间内形成准确判断并不容易。机器人识物往往会这样，假如它见过熊，但没见过大熊猫而只是听过描述，那么，当第一次看见大熊猫突然经过它面前时，它的第一印象准会以为这是一只模样挺怪的熊，要想判断出是大熊猫不费点思量是不可能的。

“那你可要快点想出来哟，”田也看着巡天望远镜着急道，“那个小‘芝麻粒’已经变得苍蝇一样大了。”

大力士何尝不急，虽然机器运算也跟大脑思考一样都是信息处理的过程，但大脑处理的是化学信息，有时能急中生智，而机器处理的是电子信息，再急也生不出智。直到田也又一次催促说“‘苍蝇’已经变成‘麻雀’了”，它才终于运算出了眉目。

“你知道暗域吗？”

“暗域？”田也冷不丁被这么一问大脑的运算还没跟上，他似是而非道，“有点儿印象，好像跟反物质有关吧。”

“反物质？这你可大错特错了。”大力士没想到田也会犯这种常识性错误，它有点惊讶道：“两码事哟。”

“哎呀，我说错了，是暗物质，我总是把这俩概念搞混。”

田也忙不迭自责是有原因的，他从小就以为暗物质和反物质是一回事，后来长大了搞明白了也还是留了点儿后遗症，一不小心就会口误把这两个不相干的物理概念混着说。这事说起来都怪他老爸田二标，不懂装懂误导孩子。

那时候田也才上小学三年级，有天晚上他在家翻阅一本名为《影子世界》的科普读物，看得他抓耳挠腮也还是懵懵懂懂。书上介绍说，宇宙中各天体的运动速度取决于引力作用，但早在100多年前，天文学家们就观测到，星系团中星系的运动速度远远大于可见物质的引力所导致的结果，后来天文学家又发现星系内恒星的运动速度也奇快，甚至整个宇宙的膨胀速度也跟可见物质的引力作用不相符，这些现象都是牛顿和爱因斯坦的引力理论无法解释的。原因只能是：宇宙中还存在一些看不见、摸不着的物质形式提供了额外的引力。这些看不见、摸不着的物质就是所谓的暗物质。

田也看不明白却产生了联想，看不见、摸不着的物质会不会就是反物质？因为此前他对反物质这一概念有所了解。课本上说现实世界都是物质世界，原子以不同的方式结合形成了世间万物。老师在课堂上对此补充说，世上还存在一种反物质，它们的原子是由带负电荷的原子核和带正电荷的电子构成的，这种反物质跟我们的物质世界水火不容，彼此一旦碰上就会往死里互掐，最终同归于尽，因而人们在日常生活中是接触不到反物质的。田也这就记住了，反物质虽然存在于我们的宇宙中，但平时看不见也摸不着。现在这本《影子世界》里又冒出个暗物质的概念，也说是看不见、摸不着的物质，怎么回事呀？把人都搞蒙了。对了，这看不见那摸不着，大人们肯定都懂的。前些天他问老爸“市场是看不见的手”这话什么意思，手怎么会看不见呢？老爸倒是讲解得头头是道一听就明白了，看来还得去问问他。

田二标那天刚好在书房里伏案忙活生意上的事，田也缩手缩脚溜了进来。田二标头也没抬说：“没事赶紧睡觉去，没看我正忙着吗。”田也说：“我有个问题没弄明白，问完就走，保证不捣乱。”田二标一想这孩子最近好学好问值得鼓励，于是抬起头来，那就问呗。田也说老师跟我们讲平常都看不见反物质，是这样吗？田二标愣了足有5秒钟才答，对对对，老师说得对，看不见的。田也问为什么。田二标又愣了片刻，反物质嘛，反过来当然就看不见了。他说着又嘿嘿一笑，顺手从桌面上拿起一张厚纸在儿子面前晃了晃，那是一份商业计划书的首页。他接着把那张纸迅速翻转到背面：“你看，一反过来你肯定就看不见上面的字了嘛。”田也这回也愣了好几秒钟才开口，“那暗物质又是什么意思呢？也一样说是不可见的。”田二标说：“啊，什么暗物质？哦，暗物质也不难理解嘛，黑灯瞎火的地方当然什么也看不见啦。”他解释完就低下了头看着桌面，“好了，你快睡觉去吧。”田也听得一头雾水哪肯去睡：“我就是想知道，反物质和暗物质都看不见，两种东西是不是一回事呀？”田二标对着桌面说：“都看不见就是一回事、一回事嘛。”田也依然不甘心，既然是一回事，为什么会有两个名称？田二标猛然抬头：“同一件事有两个名称有什么奇怪的？你一会儿喊我老爸一会儿喊我田老板不都是喊我嘛，别闹了，赶紧回屋睡觉去。”田也一看老爸脸色要变，只好嘟着嘴道了晚安。

小学生田也虽然越听越糊涂，但多少还是有点收获的，同一件事可以有两种不同的名称，老爸这话有道理。想想也是，牛顿力学又叫经典力学，希格斯玻色子又叫上帝粒子，宇航员又叫太空人，这样的事情多了去了，反物质和暗物质或许就属于这种情况。他小脑瓜就这样存储了记忆。很久以后老师知道了此事，便给田二标发了一条信息，说孩子的科学启蒙教育不能像原生艺术那样任意涂鸦，家长应该做到知之为知之不知为不知，否则，信口开河贻笑大方事小，让孩子形成难以修正的认知就不是小事了，很可能会有长期影响。

看看吧，这么些年过去了，如今田也身在太空，一不小心就验证了老师当年的断言。好在经大力士一点醒，他能当即自我纠错。

“这就对了嘛，看来你对暗物质概念还是清楚的。”大力士释然，这样它就省得再讲解暗物质了。它觉得田也作为一名高中生，其科学素养在同龄人中堪称佼佼者，很多人念完了大学都还对暗物质一无所知，今天这种时刻若是碰到了这样的主，那就要多费不少口舌了。所以它接着就直截了当道：“前方不是什么看不见的碎石云，而是一个暗域，咱们今天碰到了暗物质的集散点，可能要……”

“先等一等，”田也打断道，“暗物质我知道，暗域我却一无所知，所以你要解释一下，让我先知后行呀。”

“哦？”大力士看了看巡天望远镜，飞舰减速后麻雀大的哈尼号变化不太明显，解释一下还来得及，“好吧，那我就抓紧时间长话短说。”

大力士告诉田也，暗域的存在直到21世纪30年代才逐步被发现和证实。此前科学家们虽然确信星系中大量充斥着暗物质，甚至认为宇宙的绝大部分都是由暗物质组成的，但人们费了九牛二虎之力进行探测却总是收效甚微。因而关于暗物质究竟为何物一直靠的是各种科幻式的猜测，大多数人都认同它是一种浓密的弱相互作用大质量粒子，有质量但没有电荷。也有人认为它是由夸克粒子组成的致密团块，也就是所谓的宏子。还有人认为它是惰性中微子、引力微子，等等。总之暗物质的引力作用非常微弱，也不会与光发生相互作用，所以人们把暗物质世界称为“影子世界”，对其观测长期束手无策也就不足为奇了。

后来，随着搜寻暗物质的尝试一次次无功而返，人们慢慢认识到必须改变观念，不应该用已知的普通物质形式去理解暗物质。具体说来，暗物质可能是由形形色色不同于我们认知的暗粒子所构成，它们以完全超越已知物理学范畴的方式发生相互作用，整个影子世界都是以其独特的方式在运行着。科学家们进而认为，暗物质虽然与光世界无缘，却会与普通物质的某些成分以特定的途径发生微弱的相互作用，否则我们永远也无法探测到它们。大力士解释说，暗物质不能与质子和电子发生作用，所以用传统的探测手段无法捕捉到暗物质信号，但某些暗粒子却能与中子或其他已知粒子发生微弱的相互作用，跳出旧思维有效搜找到暗物质也证明了这一点。要不然，中子雷达也就探测不到那些密密麻麻的斑点了。

大力士顿了一下接着说，正是在这一背景下，暗域之说应运而生。过去人们以为暗物质只是分布在宇宙间的单一物质种类，其实情况并非如此，暗物质实际上是由庞大的暗粒子家族构成的。宇宙中存在着一些大小不一的暗域，它们就是各种暗粒子的集散点，形形色色的暗粒子在暗域中产生不为我们所知的相互作用力，把它们打散开来推向广阔的太空，进而影响到可见星系的运动速度。可以说，“影子世界”的源头就是暗域。

“噢，我明白了，”田也恍悟，“暗域其实就相当于暗物质的批发市场，把各种各样的暗粒子批发到宇宙各地，只是我们很难观察到影子世界的这种地下活动而已。”

“你这么理解也可以，”大力士发挥说，“我觉得有些星系会因暗域的存在而发生让人琢磨不透的运动变化，我们不难观察到这样的奇特天象，比如子弹星团的高速碰撞，很可能就跟附近暗域的批发活动有关。”

“那你说暗域里面会是什么样子？它会不会就是影子世界的黑洞？”

“哟，这我就不知道了，”大力士说，“我认为暗域里面有一点应该跟黑洞是一样的，传统的物理学定律在其中肯定失效。”

暗域就是暗物质粒子的集散点，田也对这一概念总算有了大致了解。但他稍一回味大力士的话又想到了一个现实问题，暗域是很难探测的，中子雷达这次是在近距离内偶然撞上了才测到的，可以说是瞎猫碰上了死耗子。“Hurley他们怎么会事先知道这里有个暗域？”他问道。

“从信息大海里捞上来的一根针，人家是做足了功课的。”大力士说它刚才搜索了天文信息数据库后发现，早在多年前就有个英国人探测到并报告说，来自半人马座方向可能有一个低速运动的小天体正在逼近太阳系，也许会从太阳系外围擦过。这种用语模棱两可的探测报告，一发表就被淹没在了当今浩如烟海的天文信息中，根本不可能引起人们注意，况且那么多大型天文望远镜也没有观测到这么个小天体，当然也就更没人当回事了。只有中国贵州的一个天文爱好者回应了一下，说会不会是个暗域呀。他还根据英国人报告提供的信息推算出了那小天体将要抵近太阳系的时间及方位。然而人微言轻，就这么点有价值的回应信息，招来的却是一些人的调侃，他们嘲讽说，八字没一撇的事你推算个什么劲，弄不好飞过来的是个黑洞，你还是赶紧逃命去吧。大力士估计，Richard集团可能正是根据这个不引人注意的公开信息知道了这个暗域的存在，Hurley这是有备而来。

“我还是感到很纳闷，”田也脑子里的运算仍处在疑问模式，“这个暗域离太阳系这么近却没被地球上正式察觉到，会不会暗域的批发活动也像火山爆发那样，眼下刚好处在休眠期呢？”

“咱们没时间再探讨这种问题了，暗域的活动是不是有周期性，你以后自己慢慢研究吧。”大力士边说边看向巡天望远镜。

此时，哈尼号的轮廓在巡天望远镜上已经清楚地呈现出来了，田也一看就意识到，很快就要短兵相接了。大力士默默转身移到一旁，检查起了飞舰的逃逸设备来。那边情况复杂难以预料，万一碰到险情，无论如何都要让田也逃生脱险，这也是出发前自己郑重承诺过的。

“有情况！”大力士刚查看完逃逸器就听到田也一声高喊，它立刻趋近前来。巡天望远镜上清晰可见，哈尼号向其右侧方向射出了一道白光，像探照灯一样，对着右前方进行轻微扫动。

田也透过舷窗朝外再一望，用肉眼也依稀可见远方闪动的亮点了，他急问道：“他们突然打开大灯干什么？给我们指路还是向我们投降？”

“尽想美事，他们没朝后面照我们而是往前面照，没准这是在示威挑衅。”

“不会吧？动都没法动弹了还敢示威挑衅？”

大力士看了片刻就看出了名堂。“比示威挑衅更糟糕，”它侧身指着飞舰主屏幕上显示的G星球方位说，“他们的破坏行动看来就要开始了，这是在对辐射攻击目标进行方向定位。”

“啊，他们提前行动了？”田也既担忧又怀疑，“Hurley这样狗急跳墙能达到目的吗？”

“人家费了这么大劲不至于自欺欺人。”大力士说Hurley对自己携带的伽马射线源的辐射强度肯定是心中有数的，空间可以用时间去换取，哈尼号只要有足够的时间对目标方向进行持续性辐射攻击，前方生物源反应器的物种资源必然要遭殃。

“哎呀，那怎么办？”田也倒吸了一口凉气，他仿佛看见生物源反应器里面的地球物种资源瞬间化作了一缕青烟。

“冲上去，阻止它。”

还没等田也开口问怎么阻止，质子飞舰就轻轻一抖，加速朝着前方的哈尼号飞驰而去。

第18章

出入暗域世界

早在21世纪初有人就预言说，机器人迟早会成为人类的掘墓者，这是对人工智能未来前景的一种担忧。可是，后来的情况并没让这话一语成谶，人工智能经过最近几十年的井喷式发展，不但没有演化成消灭人类的洪水猛兽，反倒涌现出了大批德技双馨的机器人楷模。它们是高尚的机器人，是纯粹的机器人，是脱离了低级趣味的机器人，是大大有益于人类的机器人。其实，大力士就是这样一个让人钦佩的机器人。

眼看着哈尼号的阴谋诡计就要开始实施，大力士瞬间就运算出了应对之策，它决心不惜代价坚决阻止Hurley一伙的反人类恶行。在大力士的操控下，质子飞舰快要飞抵哈尼号跟前了。

从质子飞舰的角度看去，哈尼号周围一直空空荡荡，像是茫茫大海中漂着一叶孤舟。但大力士很清楚，空并不意味着无，哈尼号的左前方紧挨着的就是那个看不见的暗域，而其右侧朝着G星球方向，也将有看不见的攻击性辐射随时射出。

大力士拿定主意准备驶向哈尼号的右侧。质子飞舰上没有配备太空作战武器，只能跟它近身纠缠了。去右侧迎头阻挡辐射似乎有点冒险堵枪眼的味道，但这是考虑了各种利弊挑出来的选项。一来可以正面警告Hurley不要轻举妄动，从气势上先压倒对方，也许会有不战而屈人之兵的效果。二来可以尽量避开左侧的暗域，不至于一不留神钻进那个想来都可怕的影子世界里去。三来右侧腾挪余地也大，便于田也在必要时随逃逸器弹射出去脱离险境。当然，大力士还准备了第二套行动方案，那要顺势而为了。

“不好！他们开始辐射攻击了。”田也猛喊一声。刚才他按大力士的要求，一直拿着辐射监测仪趴在舷窗边，盯着哈尼号的一举一动。他忽然看见哈尼号右侧射出的那道白光消失了，紧接着监测仪就显示，测到了伽马射线的辐射。

“我知道了，”大力士此刻很镇静，它冲田也威严道，“快，你马上钻进逃逸器里面去。”

“不必吧？”田也心想侧面受到的辐射剂量很小，哪至于要钻进那乌龟壳里去哟。

“你经不住折腾，听我的话。”

“行了行了，我马上躲避。”田也放下手里的仪器，不紧不慢扑向飞舰的休息区。

“你没明白我的意思。”

不战而屈人之兵这一招还没使出来就夭折了，大力士不得不把它想到的第二套方案言简意赅告诉田也。它准备驾着质子飞舰马上冲过去，跟哈尼号玩一阵子“太空碰碰车”，东碰西撞的总能打乱他们的阵脚，让他们的伽马射线失去持续定向照射的威力，甚至还有可能把他们的辐射装置彻底撞毁。但太空碰碰车可不是好玩的，轻则碰得两败俱伤，重则玉石俱焚，所以田也必须在开碰之前弹射出去撤到安全空域。它要田也立刻行动，拖的时间越长地球物种资源受到的危害越大。

“我不！我又不是玻璃人一碰就碎。”田也态度坚决，说他一定要跟大力士并肩战斗，决不会在关键时候袖手旁观。“当逃兵最可耻。”他又重重加了一句。

“你向我保证过的，要听从……”

突然间，飞舰舱壁上“嘣咚……嘣咚……”一阵脆响，震得舰体猛烈颤抖了几下。这显然是遭到了弹头的袭击，要不是质子飞舰的外壳采用了新型的复合铅纤维材料，估计这会儿已被打成了筛子。

“这两个恶棍，哈尼号上哪来的武器？”田也一反应过来忍不住大骂。他一直以为哈尼号上同样没武器，当初出发时大伯盯得很紧，Hurley不可能把武器带进飞舰，后来Hurley去空间站刺探情报时，忆牛顿它们进里面仔细检查过也没发现武器，现在却突然猛烈开起火来，岂不是见鬼了？

“Hurley没带武器，Lucy有，”大力士一语道破天机，“他们去冥王星会合没我们想得那么简单。”

“这两个家伙丧心病狂、穷凶极恶。”田也两眼紧盯着前面的哈尼号，嘴里仍在骂骂咧咧。

大力士一言不发，操控着飞舰左躲右闪。眼下的情况很危急了，哈尼号上应该还有更多的攻击性武器，这样被动挨打下去不仅阻止不了他们的破坏活动，反而自身难保随时可能遭到毁灭性打击，恐怕要做最坏打算跟他们拼个鱼死网破了。可是田也怎么办？这个愣头青看来是铁了心要跟坏蛋们决战到底的，想让他先撤出去怕是比去G星球还难。接下来的情势会异常凶险，再这么磨叽下去一切都无可挽回了。

接下来不用多想就知道，哈尼号的攻击力度势必要加强。一根喇叭状的长筒从其舰体上伸了出来，直指质子飞舰这边。

“激光炮！”田也从喇叭口里灯光“嚓嚓”闪烁的节奏就做出了判断，他知道这是发射启动之初一两秒钟的短暂预热准备，这种激光炮他跟着大伯在练兵场上见识过几次，炮筒里闪灯一灭真家伙就要出膛了。田也在大喊一声的同时，本能地抱头屈膝，匍匐在地板上做好了身体防护准备。

大力士当然更是明察秋毫，它一看对面炮筒里灯光频闪，立刻准备让飞舰驶向右侧空域急速避闪。它刚要做动作，就见对面闪灯已灭，炮筒有一丝常人无法察觉的微微移动。就在这一刹那间，大力士以其每秒百亿次的运算速度判明，弹着点将落在飞舰的右翼，如果此时向右避闪等于迎着弹道而去，反而会增加被击中的机会。它判断这样一来激光弹很有可能击中移动过来的舰体正中，因此反其道而行才是正确的避闪选项。于是，大力士的避闪操作瞬间右改左，飞舰疾速向左侧冲去。

转眼间，一条刺眼的红色火龙“唰”一下几乎擦着右翼掠过质子飞舰，像流星一样划向远方。

田也匍匐在地感觉到了飞舰猛然左转，接着耀眼的红光一闪而过。还没等他反应过来是怎么回事，就听见大力士短促有力的一声断喝：“自己把飞舰开回去！”他从没听到过大力士这种震耳欲聋的吼叫，心里咯噔一下急忙抬起头来。眼前的情景惊得他目瞪口呆。

舱内已不见大力士的身影，他四处仔细一看，在右侧一个角落里，大力士的整个身躯已钻进了逃逸器里面，只露出了头部等着盖板合上。

“记住我，田也兄弟！”话音落下的同时，盖板“咔嚓”一声关闭。

“啊！不……”田也回过神来终于意识到将要发生什么，他迅速扑向逃逸器那边。

“嗖”的一下，逃逸器从飞舰上一下子弹射出去，仿佛把田也的心也一同拽了出去。

“不要啊大力士！不要啊！”田也不顾一切地扑向右侧舷窗，使劲拍打着舱壁，眼泪滚滚涌出。

田也迅速抹了把泪水，他眼睁睁看着，逃逸器像一枚出了膛的炮弹一样瞄着哈尼号直射过去，转眼工夫就冲到了它面前。就在这一刻，哈尼号那个喇叭口的炮筒里面又开始“嚓嚓”闪光，然而这回还没等到预热动作完成，哈尼号就在瞬间化作了一个大火球，仿佛一颗新星在骤然爆炸中来向宇宙报到。

也许是那个没来得及喷出的红色火龙在锦上添花，太空被映照得通红锃亮。新星将诞生在绚丽的太空中，大力士以其对地球人的绝对忠诚，在结束自己的历史使命之际绘出了这幅苍穹美景。

一个机器人的所作所为毫无利己的动机，这算得上是一种宇宙级的奉献精神。谁说决不允许机器人统治世界？让这样的机器人来治理社会不是挺好的吗？它们才能真正做到公平公正，也才能真正做到先天下之忧而忧，后天下之乐而乐。

“咝咝，咝咝”，一种断断续续很微弱的噪音打断了田也的思绪。他听不出这声音从何而来，似乎前后左右都在响。这不像是设备故障传出的声音，要不然故障监测仪会报警的。大力士不在了，飞舰可千万别出什么故障才是。

“自己把飞舰开回去！”田也的耳边突然回响起大力士的话。他一个激灵，哎呀，差点忘了，刚才飞舰已向左急转，此刻正向着那个可怕的暗域冲去，这怎么得了？

一想到影子世界这神秘的集散点可能会是万劫不复的深渊，田也立刻转身，一脚朝舱壁上猛力一蹬，飞身向操控台扑去。但他这么一蹬却发现身体并没有向前飞出，反而感觉到前面的操控台正在渐渐远去。怪事啊，他想再试着向操控台那边移动，却觉得浑身像散了架似的有劲使不出。忽然，他又发现视野中主屏幕上的图像也变了样，“G星球”这三个字虽然还在，但那个象征性的虚拟斑点不见了，原先真实的深空昏暗背景已经被亮堂的图像所取代，整个画面朦朦胧胧远近变幻着，看上去很像是卫星镜头对着地面的一处荒野在调整焦距。这是拍摄到的G星球真实画面吗？突如其来的这一切像是在梦境中，时空错位，不可思议。

糟糕，可能真的闯进暗域里了。田也刚意识到这一点，立刻就两眼一黑没了知觉。

天宇悠悠，斗转星移。宇宙自大爆炸诞生以来一直按照自身的规律在运行着，绝不会因为哪个人失去了知觉而停下。爱因斯坦说过，宇宙最无法理解之处就是能被人理解。这话有点绕口，却寓意深刻。虽然未被人理解的宇宙奥秘还有很多很多，但暂时不理解并不等于不存在，地球人不理解并不等于外星人不清楚，今天不理解也不等于明天还懵懂。理解的永恒性确实让人难以理解。

田也醒过来的时候感到更不可理解了，不知迷糊了多久，也不知道怎么又突然睁开了眼睛。恍恍惚惚中他听到，“嗞嗞，嗞嗞”的声音响了几下很快就没了，被拉长变了形的操控台也由远及近迅速归了位，扭曲的舱壁就像变形金刚一样顷刻间复原了。田也估计自己之前也一定变成了哈哈镜中的怪模样，刚刚才恢复正常形态并有了知觉。

最让他感到不可理解的是，刚从歪七扭八中恢复原样的那块主屏幕上虽然“G星球”的字样还在，却闪过一幅他从未见过的画面。他看到，稀稀疏疏的丛林中，一群巨型动物正在疯狂猎食，它们体形硕大，细长的脖子连着脑袋，像一根超级大豆芽，一个个看上去凶猛彪悍。它们有的踩住了老虎正在撕咬，就跟野狼剥食小猫一样轻而易举，还有的用爪子抓着拼命挣扎的猴子或狐狸之类的动物直接就整只塞进了血盆大口里。

这是从哪里拍摄到的镜头呀？这么恐怖！以前听都没听说过的这种大怪兽，一定是那个世界的超级霸主。田也揉揉眼睛刚想看个仔细，主屏幕却猛然一闪又恢复了先前的图像，昏暗的深空中有一个象征G星球的小斑点。飞舰里的一切也都恢复如初。可能是钻出暗域了。他看了一眼雷达上原先密密麻麻的雪花点点也已基本消失殆尽，心想，还好大难不死，可以把飞舰开回空间站去了。

咦？不对头呀。田也定了定神摸到操控台前才发觉，原先看着近在咫尺的太阳系不见了，本来一眼就能认出的外太阳系那四颗形状各异的气态巨星也一个都没了，就连亮堂堂的太阳也不知哪儿去了。舷窗外的太空景象似曾相识却又有点儿陌生，远方一些熟悉的星系和星体还能看见，但所在方位和观察视角明显不对。近处似乎多了些亮晶晶的恒星，特别是有一颗乒乓球大小、亮光里透着微红的恒星格外醒目，在这片天区中显得有点鹤立鸡群。

这趟行程中田也温习了太阳系附近不少天体的知识，却对眼前这颗扎眼的恒星毫无印象，他忽然感到有些不妙，自己这是身在何处呢？他连忙操控起了巡天望远镜，按照大力士教过的使用步骤，对着那颗恒星的方位查看。这一看让他立刻惊出了一身冷汗，那颗格外醒目的恒星其实就是太阳，巡天望远镜里看到的是如假包换的太阳！它周围的八大行星都能一一辨认出来。更让人震惊的是，稍一测算他就知道了，眼下质子飞舰与太阳系之间相距超过一光年，那么遥远的路途得多少年才能飞回去啊。

田也没想到暗域对时空的“暗箱操作”居然这么离奇。他只是左拐弯闯进去迷糊了一会儿，一觉醒来就拐到一光年之外了，要是对准G星球方位冲过去说不定一出来就到了它跟前呢，这事说给谁听恐怕都难以理解。

不理解也必须说，要赶紧把前前后后的情况报告给空间站，电波飞过去起码都要一年多，那边还不知道会急成什么样呢。田也突然想起，暗域内外时空运行不一样，外面的世界一切运动变化都遵循着物理学规律，绝不可能出现莫名其妙的时空穿越。对空间站来说，他现在身处一光年多的遥远距离之外，必然是经过了多年的飞行才能抵达，也就是说自己在暗域里迷糊晕睡一觉实际上在外面的世界里已过去很多年了。具体过了多长时间他不知道，这要等以后揭开了暗域的奥秘才能理解，就像人们揭示了量子奥秘才知道了微观世界的运动规律一样。

然而田也万万没有想到，他在暗域里迷糊的时间说来会惊掉他的下巴，任凭他脑洞大开也猜不出来。猜不猜得出来暂时无关紧要，还是向空间站报告情况要紧。

就在他酝酿着如何用准确的语言解释自己暗域之行时，飞舰的通讯系统“嘀嘀”响起，一条电波信息传了过来。

太好了，不是陈万通就是汪芸，他们肯定苦苦寻找好多年了。想想也是，失联这么久他们一定会想方设法了解当时的情况，搏斗现场没发现质子飞舰的遗痕和田也的蛛丝马迹，当然要一个劲找下去的，真是难为他们了。

田也立即打开收到的文档查看，醒目的文字映入眼帘：

最后拯救启事

本信息来自诺苏号空间站，能读懂的想必都是地球人及其后代，我们向每一位幸存者急切求助，为了地球物种在宇宙中的延续，请在太空全力搜找一位名叫田也的少年和他的DNA纠缠仪。也许您收到这条信息的时候，田也已经是个中年汉子或是个白发苍苍的长者，甚至早已寿终正寝。但是，即使他不在世了也务必要找到他的DNA纠缠仪，因为那台仪器关系到地球物种的根本利益，也是人类自我拯救的最后希望。

“这是什么话哟，我会老得这么快、死得这么早吗？”田也心里愤愤不平，继续往下读。

这是我们第46873次向太空发送本信息。本人忆牛顿在陈万通博士生前指导下，采用最新的冷冻原子技术设计了这个自动发送装置。为了节省能源也为了尽量延长这个装置的使用寿命，我们采取了信息定期发送的方式。以地球年计时为准，起初每年发送本信息一次，企望田也本人在有生之年能收到。发送100次之后改为每10年发送一次，接着再发送100次后改为每一万年发送一次。根据设计之初的估测，也许本次发送之后就不会再有下一次了，因为这个装置已经到寿终正寝的时候，但愿有人能在此前收到本信息，最终找到那台DNA纠缠仪。

妈呀！这不是做梦吧？田也真的差点惊掉了下巴，他粗略估算了一下，从忆牛顿第一次发送信息至今都快过去5亿年了。该死的暗域啊！真把人捉弄得“不知天上宫阙，今夕是何年”了。究竟发生了什么事？他接着读下去。

据汪芸博士和空间站的专家们生前分析，代索到了G星球上很可能慢慢进化成一种体形庞大的凶猛动物，估计体型最大者能超过波音客机，它们将成为G星球上的绝对霸主。专家们认为，只要代索不灭绝，地球人在那颗星球上就只能沦为丛林中饮血茹毛的二等公民，永无可能进化成那里的主人。

田也倒吸了一口凉气，脱离暗域之前主屏幕上闪过的那幅画面又浮现在眼前。那可能不是梦境，而是通过暗域看到的真实场景，那种大怪兽应该就是所谓的代索，它们经过了亿万年的进化而最终主宰了G星球。田也接着往下把信息内容看完。

魔高一尺，道高一丈。外星人打造出了称霸天下的猛兽，地球人没有理由也不应该俯首称臣坐以待毙，我们仍有彻底消灭代索的最后一件利器，也是唯一能隔空对付大批猛兽的利器，那就是田也的DNA纠缠仪。只要太空还有活着的地球人，就一定要永不停歇地战斗下去，直到找到那台DNA纠缠仪消灭代索为止，否则绝不能放弃。

您收到这条信息的时候，诺苏号空间站和我本人早已不存在了。希望您尽快找到那件利器，开启仪器，一举消灭代索。相信在成功消灭代索以后，地球物种经过新一轮的漫长进化，人类文明一定会在G星球上重现。愿上苍保佑！

田也感慨万千。读完《最后拯救启事》他算彻底明白了，地球人殖民G星球的宏伟计划并没有闯过最后一关，而是在接近大功告成的前夜遇到了巨大的障碍，至今还没跨过去。空间站的人虽然早就料到了这一点，但隔着无法逾越的遥远太空只能把全部的希望都寄托在了DNA纠缠仪上，因而竭尽全力在太空呐喊，试图找回流失的利器，抓住最后一线生机，哪怕等到他们耗尽生命，哪怕到地老天荒，不达目的誓不罢休。谁也不会想到DNA纠缠仪的主人带着它暂时消失在了暗域里，在经历了“暂时”的漫漫岁月后又带着它重现江湖，并且收到了“最后拯救”的呼唤。田也觉得这是亘古未有的大任从天而降，自己将要做的事，是要实现人类近5亿年的夙愿哪。

有些人物要在离世之后才被重新认识、重获赞誉，有的器物也会在流失之后才会被重新发现其更大的价值。田也想起当年准备离开空间站出征那会儿，汪芸在帮着收拾行囊时拿着DNA纠缠仪告诉他说，仪器里面的大象DNA信息已被置换成了代索的信息，来不及再换回去了，他回答说那样更好，万一被Lucy抢去也不至于再让大象们遭殃了。那时候大家都没意识到，一台不起眼的小仪器会跟外星物种扯上关系，更没有想到那是拯救人类的一件利器。后来肯定是汪芸悟出来了，纠缠效应不受空间距离所限，能隔空杀灭大象理所当然也能杀灭代索，哪怕它们远在天边。但那时仪器已经不在汪芸身边了。

把前前后后的情况一想清楚，田也很快就行动起来。他取出DNA纠缠仪，像欣赏宝物一样捧着仔细端详了一会儿，然后郑重地把它放在地板上。看着那个启动按钮，他仿佛看到的是星际导弹的发射键，他给自己下达口令：“五……四……三……二……一……点火。”话音落下的同时，他手指照准启动按钮使劲按了下去。

没有热烈的欢呼声，也没有巨大的轰鸣声，然而此时无声胜有声。

尾声

他是恐龙的终结者

接下来该怎么办？田也已经有了新的考虑。

他要在浩瀚无垠的宇宙中全力搜找新的暗域，虽然他知道，在暗物质知识有限的情况下这是很难很难的事，穷其一生的时光也未必能找到，但他还是决心在干中学、在学中干，学到老干到老，把有限的生命跟探索宇宙奥秘联在一起，不也其乐无穷吗？

当然他希望在此过程中奇迹能出现，要是那样的话，他会瞄准G星球方向毫不犹豫地冲进暗域里去，或许一出来就能亲自见证代索已灭绝，能目睹地球文明的又一轮兴起。

田也这个美好的愿望说不定真能实现。我们这些当今的地球人不要总是低头盯着手持设备，更应该经常看看四周，也许某一天会突然发现自己身边有个看上去挺另类的英俊少年，不，也可能是个挺另类的大叔或老大爷，我们千万别看走眼、小瞧人家，说不定他就是田也，我们应该称呼他为“祖爷爷”。

当然，我们可以告诉他，代索早在6500万年前已彻底灭绝，它们现在的名称叫恐龙，不信可以带他去博物馆看看化石。

或许田也会告诉人们更多的地球往事，可能他还会特别提醒我们，要大力加强暗物质的研究和探索，那是人类走向更遥远的宇宙世界不可或缺的科学知识。

更或许他一高兴就会把那台神奇的DNA纠缠仪送给我们，那要看谁有这个运气得到了，关键还在于谁能跟他志趣相投，跟他谈得来。

（三部曲全文完）

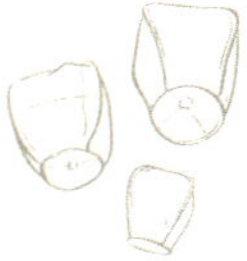

感受名城细部丛书

我还是想念台北

佩茵　俊华　艾琳　编著/摄影

上海交通大学出版社
SHANGHAI JIAO TONG UNIVERSITY PRESS

内容提要

本书是“感受名城细部丛书”之一。全书500多张图片从城市公共设施、生活态度、文化创意、传统底蕴等多个视角，用细致入微的视觉细节捕捉台北这座城市更深层的人文气质与精神。同时由多位文化名家讲述自己对这座城市的记忆和深情，如摄影师阮义忠、作家简媜、朱天衣、叶永烈、杨志弘、陈念萱、陈雪等。

本书图文并重，希望通过视觉感受与文字想象的结合，与你分享以人为本、温暖美好的台北城市细节。

图书在版编目(CIP)数据

我还是想念台北 / 佩茵，俊华，艾琳编著. -- 上海 ：上海交通大学出版社，2017
（感受世界名城细部丛书）
ISBN 978-7-313-16483-4

Ⅰ. ①我… Ⅱ. ①佩… ②俊… ③艾… Ⅲ. ①台北-概况 Ⅳ. ①K925.83

中国版本图书馆CIP数据核字（2017）第006366号

我还是想念台北

编　　著: 佩茵 俊华 艾琳
出版发行: 上海交通大学出版社　　地　　址: 上海市番禺路951号
邮政编码: 200030　　电　　话: 021-64071208
出 版 人: 谈毅
印　　制: 上海锦佳印刷有限公司　　经　　销: 全国新华书店
开　　本: 710mm×1000 mm 1/16　　印　　张: 13.75
字　　数: 69千字
版　　次: 2017年10月第1版　　印　　次: 2017年10月第1次印刷
书　　号: ISBN 978-7-313-16483-4/K
定　　价: 49.80元

目录

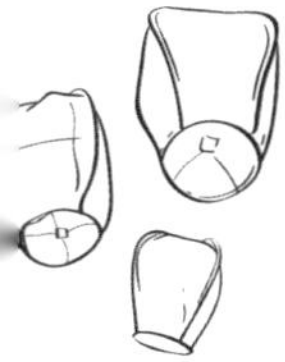

序　　一个台北客想念的台北

我是典型的台北客，出生、成长和工作都在台北。

台北很小，20分钟的车程，从东横贯到西、从南穿梭到北。但是，“台北客”却认为是“大台北”。

台北市是一座被面积7.5倍大的新北市包围的“城中城”。台北客可以当天往返新北市的每个乡镇。台北客的生活圈，不只是台北市，还有新北市。新北市是相对来说更新、更大的台北市，延伸台北市到更高的山、更阔的海、更丰富的生活方式。

不只如此，台湾是个小岛，从北台湾的台北坐高铁到南台湾的高雄，只要95分钟。从台北出发去台湾任何地方，都可以当天往返。行动愈快，距离愈近。这正是台北客的“大台北”生活圈。

台北是一座移民城市，是多元族群冲撞、妥协、融合的混搭（fusion）城市。台北面积虽小，但有山有水。既有高耸天际的101摩天大厦，也有弯

曲巷弄的日式老宅；既是灯红酒绿的不夜城，也有虫鸣鸟叫的常绿庭院；既是忙碌的工商都会，也有乡镇邻里的人情味。台北的空间狭小局促，但生活精彩多样。台北城历史不古老，但珍惜祖辈的传承。台北客有着永远年轻冲动的激情，凡事不满、抗议，却又滥情地随兴包容。台北既是喧哗嘈杂的公民社会，也是包容多元价值的和谐社会。台北就是如此一座“混搭城市”。

台北一年四季如春，季节不分明，但不缺生活的小情趣。湿凉初春，漫步在敦化南路二段安全岛的人行步道，缓缓地欣赏花草树木含苞初绽的春意。炎炎夏日，买杯珍珠奶茶，边走边喝，走在行道树的茂密树阴下，躲避炽热阳光的侵袭。秋高气爽，骑着Ubike脚踏车，穿梭于河滨公园，欣赏河岸的夕阳余晖。湿冷的寒冬，夜深时到复兴南路二段宵夜，享受清粥小菜的温暖。台北就是如此一座乐活（LOHAS）的城市。

游客在台北即使只有一天，也能过得很充实。清晨，沿着剑潭的圆山步道往上爬，站在山丘上迎接台北新一天的到来。上午，在西城区寻找往昔的历史故事。下午，跨上Ubike脚踏车，沿着河滨的脚踏车道，享受亲水空间的河岸景观。傍晚，从东城区的象山步道，登上象山顶，在超然亭，鸟瞰华灯初上的台北。夜晚，就近任何一个夜市，都能满足你对饮食的热情。午夜，复兴南路二段的清粥小菜、烧饼油条和长安西路的海鲜热炒，让台北的漫漫长夜从不寂寞。

我想念台北24小时不打烊的生活形态，不只白天精彩，晚上也不寂寞，午夜的台北尤其诱人。台北巷弄中的小酒吧，夜深，人不静；Jazz音乐充当下酒菜，怎能不醉人。在台北，《深夜食堂》夜夜真实上演。书店的午夜讲堂，从22：00开讲，直到午夜，讲者和听众都心满意足才结束。午夜的台北客，就是要错过最后一班地铁，回不了家，才算是尽兴。夜深，宵夜是回家前的最后一站，清粥小菜是最佳的选项，几十种口味丰富的小菜，连西班牙的tapas，也相形失色。往往要到东方既白，晨跑者出现时，搭上第一班公车，才结束台北客的午夜。

爱书的人，一定喜欢台北。台北不只有24小时营业的书店，还有许许多多特殊主题的微小书店；不只有市场占有率高的大出版集团，也有更多一人独立的出版社；不只有位于百货公司的时尚书店，也有“后家、前店”的居家客厅的书店；不只有大众化的咖啡店书店，也有为爱猫人（或狗或鸟等不同宠物）开的书店。台北的书店，不只是买书的地方，更是日常生活的场域；台北的出版社，不只是出版书，更是保留生活的记忆。

台北的街道名称如同大陆省市的缩影。台北市用大陆省市名命名街

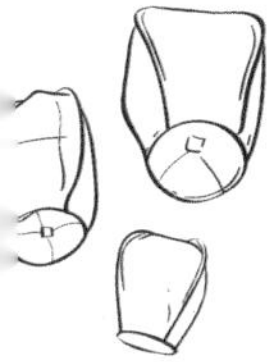

道，初访台北的大陆游客，行走在火车站、西门町和万华一带，随处可见重庆、广州、汉口、宁夏……不到半天，几乎走遍半个大陆省市。远来台北的大陆游客，会在台北街头看见家乡的名字，不经意碰到家乡熟悉的点滴，甚至感觉台北是“离开家的家”。我每在大陆各地旅行，总是不禁回想到台北市相对应名称的街道风貌，也因此更加想念台北。

常年远行他乡的我，总在异乡想念台北的点滴，离开愈远、愈久，愈想念台北。

我怀念伦敦特拉法加广场（Trafalgar Square）街头艺人的表演，也想念当红歌星在西门町捷运出口广场的粉丝签唱会。我怀念巴黎塞纳河夏日黄昏光影的“印象派”（Impressionism）景致，也想念台北秋天夕阳西下时河滨公园放风筝的孩童和踩着双人脚踏车的情侣。我怀念爱丁堡夏季的国际艺术节，也想念台北在台湾大学校园附近的地下音乐团体。我怀念慕尼黑的啤酒节，也想念台北夏日啤酒屋的通宵畅饮。我怀念威尼斯面具节的欢愉庆典，也想念台北庙会节庆的游行阵头。我怀念北京冬天下雪的酒吧二锅头，也想念台北东区巷弄酒吧调酒师的私房鸡尾酒。我怀念纽约SOHO区的新潮时尚，也怀念台北迪化街贩卖南北货的传统老店。我怀念京都庙宇参拜信徒的虔诚，也想念台北大龙峒保安宫鲜活的传统信仰。我怀念上海旧租界街道的梧桐树，也想念台北巷弄中伸出墙外的老紫藤。

我想念台北逛“街”的日子，逛的不只是百货公司名品店，我逛的是巷弄老街的昔日岁月。我想念台北美食，不只是夜市，不只是排队的人气店，还有代代传承、唯此一家的老店。我想念台北，不只是那271平方公里的小盆地，还有可以当天往返的台湾头、台湾尾。

我每次远行，带着满满探寻世界的热情，唯独带不走“想念台北”的心。

杨志弘

土生土长的台北客，学者、记者和作家

2017年5月

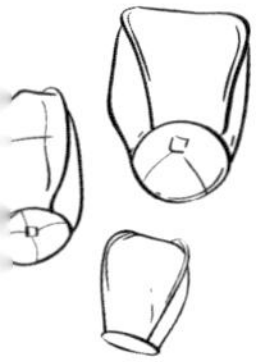

自序　无意识散发出来的美德，才是真美德

因缘际会，成年的我得以走过很多地方很多城乡，在柬埔寨巴肯山看过日落，在印度尼西亚巴厘岛拜过海神庙，在土耳其博斯普鲁斯海峡饱览亚欧两洲的风情，在美国华盛顿纪念碑前寻找据说是清政府赠送的那块纪念石，在欧洲大陆多国间穿行，就好像穿行在我的中原大地。

要说，这些地方，都那么美，那么唯一，那么迷人，无一不让人想念，但是，我最想念的还是台北——离我最近的台北。

去台北的旅行计划，我从来没有安排在首当其冲的位置。我总觉得，不急不急，我总是有机会去台北的。就好像我住在上海，我还没有登过东方明珠、没有逛过豫园、没有玩过迪士尼，因为我总觉得，自家的地方，不急，以后再去也不迟。

但是缘分就是，你自己没安排去，命运安排你去了。作为“感受城市细部丛书”的开山之作，《我还是喜欢东京》出版后大受欢迎。策划者大受鼓舞，便又规划了台北、波士顿、布拉格三个城市的拍摄与写作任务。作为属下，又号称文青，我便义（颇）无（为）反（踌）顾（躇）地接受了台北这个城市的编写任务。

于是，台北，我来了。

于是，台北，我走了。

于是，台北，我开始想念你了。

多年的行走经验，我深以为然：一个城市的魅力，在于她的文化人格。探寻一个城市，就要探寻她的文化根源。你登上台北最高的101大厦，你看到的是鳞次栉比的繁华建筑与升腾不绝的经济活力。你钻进台北西门町午夜12点还拥挤不堪的人流，你看到的是都市喧嚣的灵魂与生生不息的市民气息。

但是，这是台北吗？类似的风景，在纽约、在法兰克福、在布加勒斯特、在上海，都能看到一样的。

台北人，为什么还在阅读竖排繁体文字图书？为什么开出租车的人也显得那么文质彬彬并且谈吐从容不迫？为什么市民能够一丝不苟地遵守着垃圾分类的规定、大雨天拎着垃圾袋站在路边等着垃圾车的召唤？为什么对政治上风潮不断的蓝绿相争能一笑而过且不影响自己的生活？

这些仿佛才是台北这个佳人绝世而独立的地方。

对一个城市的描绘，有很多种方法，主要有三种：一种是历史的方法，比如讲城市的进化史；一种是艺术的方法，比如讲城市的建筑；再一种就是人文的方法，比如讲人们的生活。

本书的写作方法，用的是最原始的方法——用眼睛观察，用镜头记录。文字不多，点到为止。图片不美，关键是打动人心的细节。不是故事情节，而是城市管理和人文关怀的细节。

比如说，地下紧急避难所的标识牌，不仅标识了能容纳的总人数，还区分了当地居民以及路人的分配比例，而且标识了责任人。再比如，大街上的路牌，不仅标明了地名与方向，而且标明了与目的地的距离。多么贴心！商场餐厅，挂出了厨师的大幅招贴画，给予美食制作人最高的敬意。满街可见的便利店，大部分都贴出了免费使用公共卫生间的标识。多么可爱！

但是，当我就这些可爱之处跟台北人交谈的时候，他们却熟视无睹、毫不在意，觉得这些太普通了，甚至没有意识到它们的存在，认为这是一个城市的应有之物。应有之物？在我们大陆，有多少城市，经济可能比台北更发达，城市建筑可能比台北更豪华，可是，这些彰显城市管理水平、特别是人文关怀的细节，却远远比不上台北！

人的美德的形成，自然要经过灌输、训练，在现实中不断得到正反馈与负反馈，最终将其习得为自己品质的一部分。这种自然而然、无意识散发出来的美德，让人如沐春风。正如，“随风潜入夜，润物细无声”。我由衷地认为，无意识散发出来的美德，才是真美德！

城市也是如此！一个美好的城市应该是每一个细节都散发出温暖的、以人为本的美德，市民身居其中，舒服得感觉不到美德的存在。就像鱼儿在水中，感觉不到水的存在，台北就是这样的城市。

这样的台北，叫人如何不想念！

佩　茵

2017年3月

细节，让城市更美好

你真懂我！让人暖心的细节设计

有他们在，我就很安心

好方便，不用麻烦别人也能自己搞定

干净又漂亮，你真美

台北松山机场取行李的转台处

有红色标线清晰标示: 禁止手推车进入

实在是太细心了

在有些机场 大家都有取行李的时候

转台前被横七竖八的手推车围堵着

拥挤不堪 根本挤不进去的经历吧

自动扶梯的端口标明了搭乘的注意事项

除了文字和图片这样的常规提醒

另外 还用红色和画圈特别强调了容易发生意外的位置

是啊 为了保障乘客的安全

再细致也不为过

在等待航班的时间里

手机的电用完了怎么办?

没关系 松山机场配备了足够的充电位置

还有电脑可以上网

让候机变得不再无聊

这是游乐园吗?

机场里独立设置的母婴室设备干净齐全、配色温馨和谐

小朋友们可以在属于他们的区域里玩耍

座椅舒适又富有童趣

墙上的书本可以随意取阅

爸爸妈妈陪着小朋友静静地看书

也不会打扰到其他乘客

你真懂我！让人暖心的细节设计

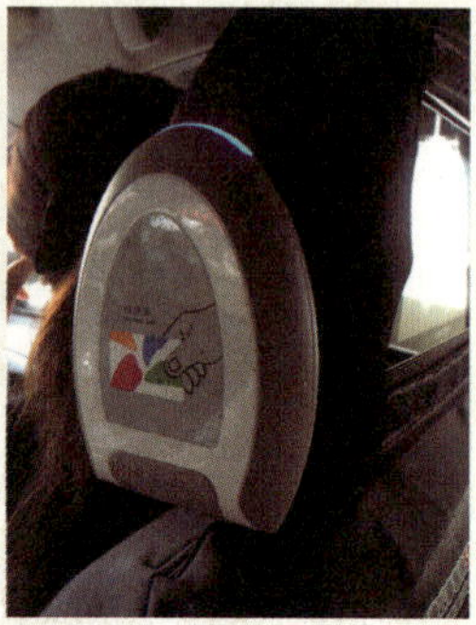

台北的出租车车身都是金黄色的
十分显眼 很远就能看到
他们会把刷卡器放在前排椅背的侧面
让后排乘客可以自己刷卡 非常便捷
也不用担心
不良司机会乘机调换卡了

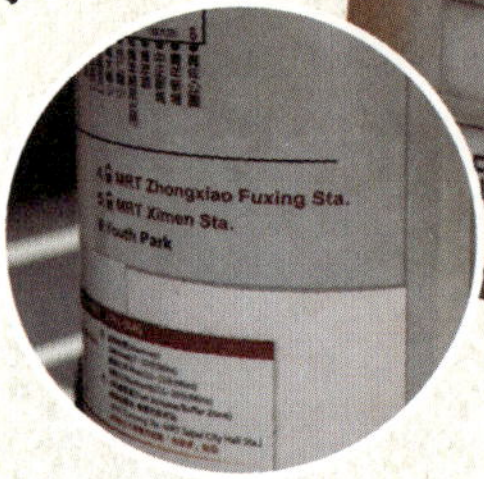

公交车站站牌上
温馨地显示着下一班车的到达时间
明亮的数字在昏暗的天色下依然显眼
候车的人再也不用伸长脖子焦急地等待了
设计成圆柱形的公交车线路图竟然可以转动
转动圆筒就能看到所有的线路信息
不需要绕到柱子对面去查看 便捷又安全
更贴心的是
在晚上 这个圆筒 一转就会发亮
让乘车的人在夜晚也能把线路图看得一清二楚

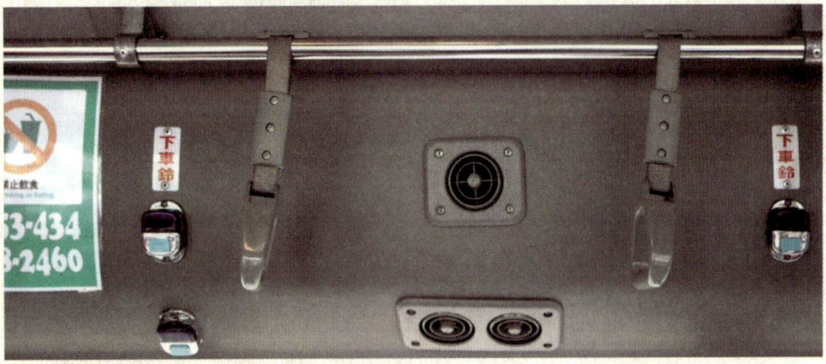

台北公交车上

每个座位以及拉手旁都安装了下车铃

乘客如果要下车

不必大声叫嚷

也不必在行进过程中穿过人群去按铃

避免了在车辆颠簸时发生意外

小小的下车铃

显示了为乘客着想的服务理念

公交车上贴有来自公交达人的省钱小妙招

清清楚楚教你怎样坐车最省钱

这么贴心实用的小贴士深受市民们的喜爱

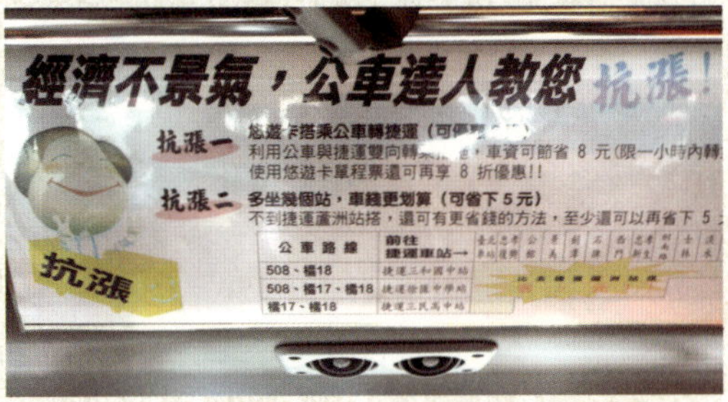

你真懂我！让人暖心的细节设计

你知道吗?

红绿灯里闻名世界的小绿人的诞生地

正是台北!

仔细观察红绿灯的小绿人

就会发现随着绿灯时间越来越短

小绿人会越“走”越快

提醒过路行人加快脚步

这种带有趣味的动画提醒

既守护了行人的安全

也代表了对行人的尊重

听　闹市传来蟋蟀的鸣叫声

这是街口红绿灯设施在用声音提醒行人过马路

如果是鸟鸣声　则提醒该是车辆通行的时间了

不同声音的提示极大地方便了视力不佳的过路人

而取自大自然的声音也给匆忙过路的人们带来另一番享受

台北的路标上除了注明景点名称和方向

还细心地写明了距离

在台北出行 心里就是这么踏实

因为 我知道我要去的目的地

就在离我不远的那个地方

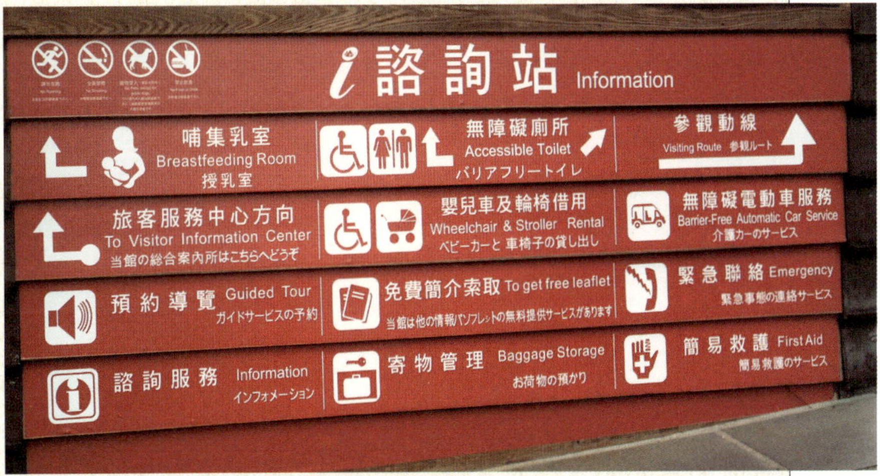

不惧繁复的告示和说明

景点游客中心对游览常规车和区间车的介绍

用图文以及中英文的标识

让海内外游客轻松辨识两条线路的不同

景点服务站能提供的帮助

也通过文字和图标两种方式让人一目了然

除了图片和文字 二维码也广为景点使用

只需扫一扫

生动的多媒体介绍立刻就跃然眼前

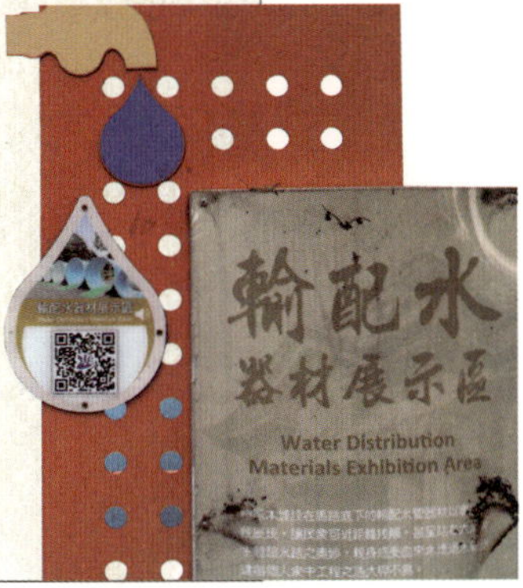

是地铁 就避免不了乘客过多的问题
但在入口处划出拐弯的候车线
能有效防止上下车时两股人流的对冲
而两条候车线的设计也提高了排队效率
避免了队伍拉得过长

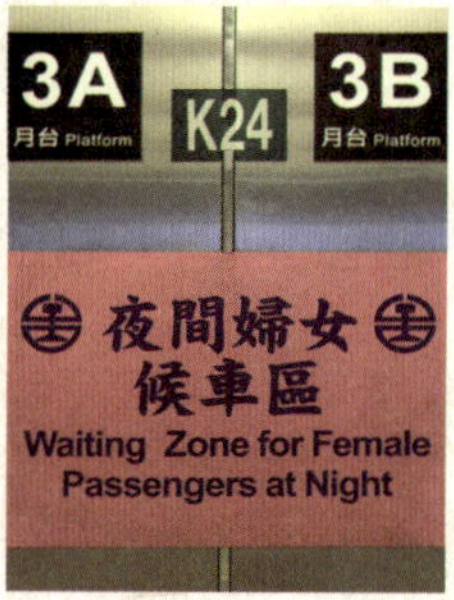

为了在拥挤的地铁车厢里
保护女生免受“咸猪手”之扰
铁路专门设置“夜间妇女车厢”
用女生最爱的粉红色标志出候车专区
为晚归的女生
提供一个安心候车和乘车的环境

地铁站的扶手设计成上下两排
较低的那一排让个子较小的小朋友
和年迈的老人也能够轻松握住

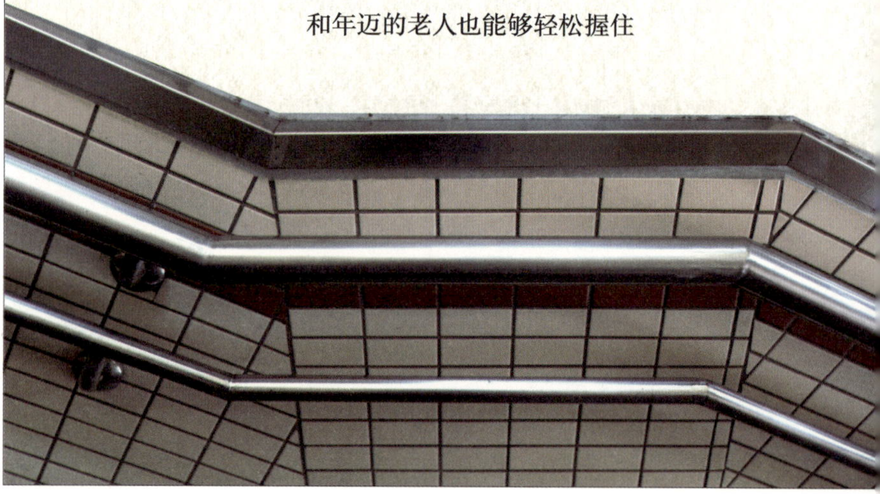

简直太棒了!

地铁里，商场里，女生洗手间的门口

都会用电子显示器标识出

空厕位的数量和每一间的使用情况

红灯表示正在使用

绿灯表示无人使用

这样　可以减少那种敲门和被敲门的尴尬

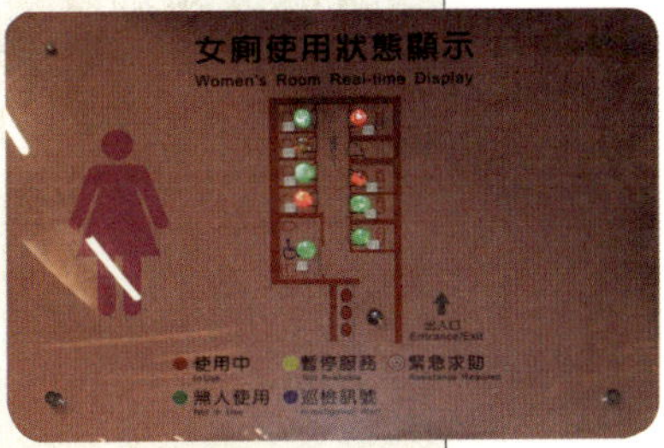

洗手间旁　大多会设置母婴室

换尿布的台面

甚至专用的母乳冰箱

一切都为妈妈和宝宝考虑得好周到

高明的管理者

就是能处处洞察并解决市民的实际需要

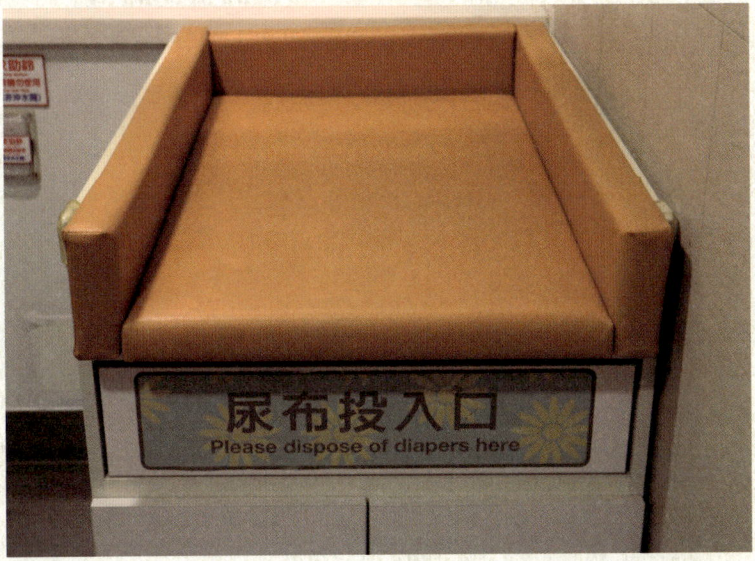

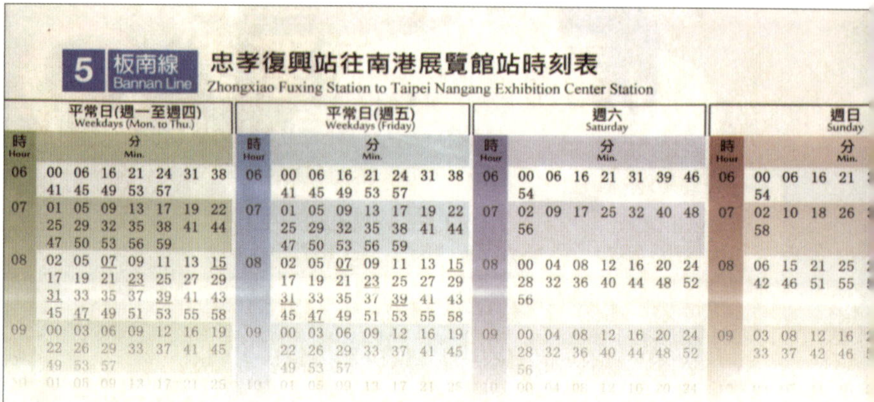

地铁站站台有地铁时刻表

仔细地分为平日（周一到周四）、周五和双休日

到站时间精确到分钟

并用不同的颜色加以区分

便于乘客快速查看

在地铁站出口的导览地图上

到哪里换乘哪部公交

步行距离有多远的信息一目了然

景点的外观图也一并附上

让人直呼太贴心了

在台北，方向感不好也没有问题

因为每个地方都有提醒位置的示意图

在人流密集的地铁车站

有不同列车停靠站台的具体示意图

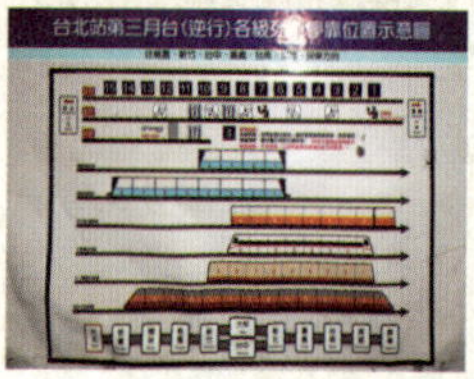

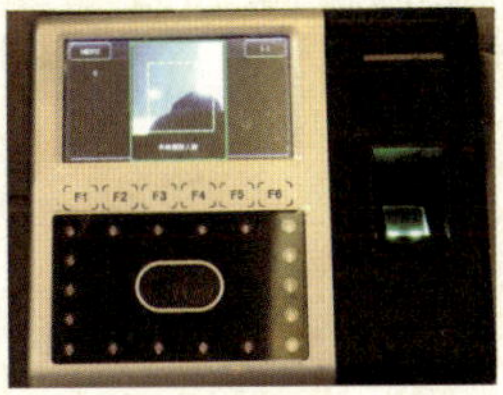

每个地铁站入口处

都有充裕的寄物柜提供给乘客放东西

此举大为方便了乘客

特别对乘坐地铁观光的游客

再也不必随身携带繁重的行李了

并且还有大小行李柜的区分　各取所需

台北的寄物柜普遍使用现金

但也有一些采用了电子技术便利了使用者

比如高校图书馆里寄物柜可以使用交通卡

还有一些采用了先进的人脸识别技术

运用科技的力量保障财物的安全

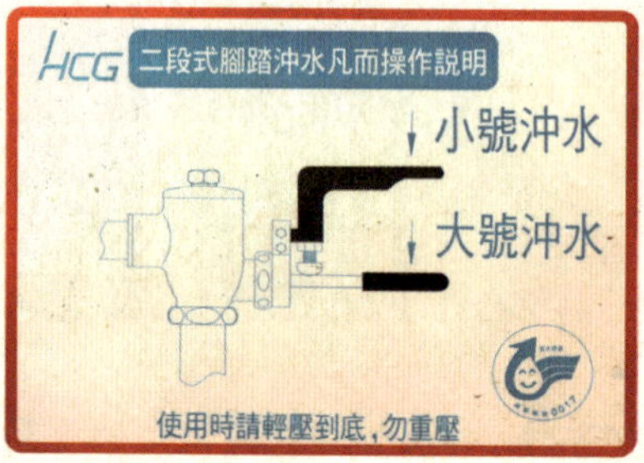

脚踩式的冲水装置还做了不同冲水量的说明

环保这个关乎全人类的问题看似遥远

但其实 我们从身边的每一个小细节做起

都是在解决环保这个大问题

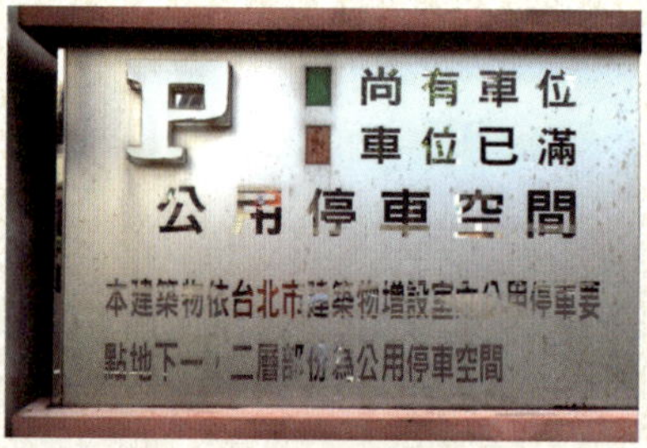

停车场的标志牌

不仅标志着还能停多少车

还把收费标准明明白白地公示出来

这样的城市管理者

真的很懂我

当展览会遇到人气火爆的时候

指示牌不仅告知当前排队人数

还给出了预计等候时间

有了宽阔的顶棚和强力的冷风风扇

烈日下排队的人热情满满　但不会上火

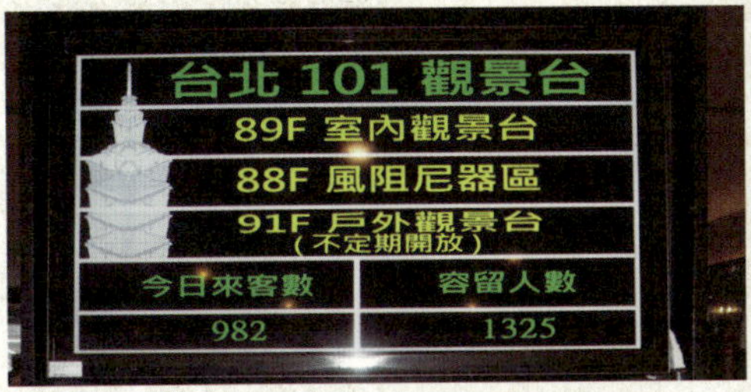

台北地标 101 大楼

一楼进门就能看到

当前观景台的参观人数以及最高可容纳人数

一旁还有细心的如厕提醒

建议来观景的先上洗手间

避免因观景层的洗手间爆满而影响了心情

你真懂我！让人暖心的细节设计

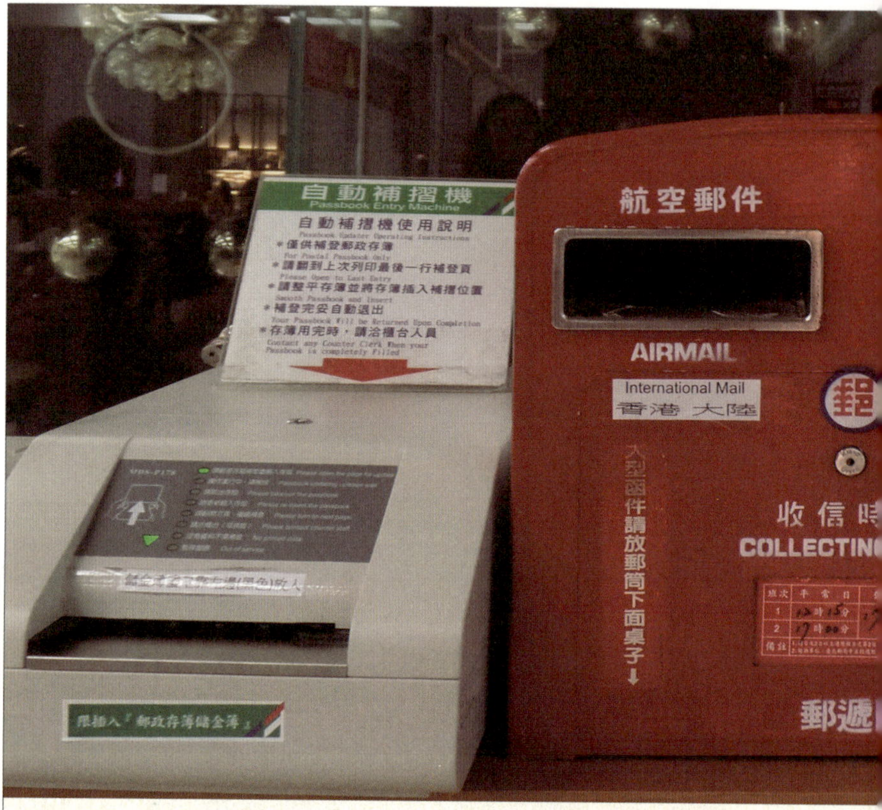

在台北街头　我们看到的邮筒
都是红色与绿色两只并排竖立在那里
这也是一道风景线
红的邮筒是快信（限时邮件）
绿的是一般邮件
邮筒上面都注明着收信开箱的时间
信息对称　为市民节省了宝贵的时间
邮局分拣也方便很多

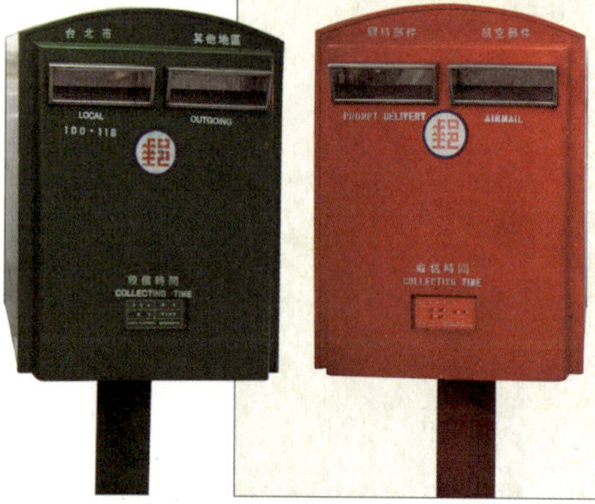

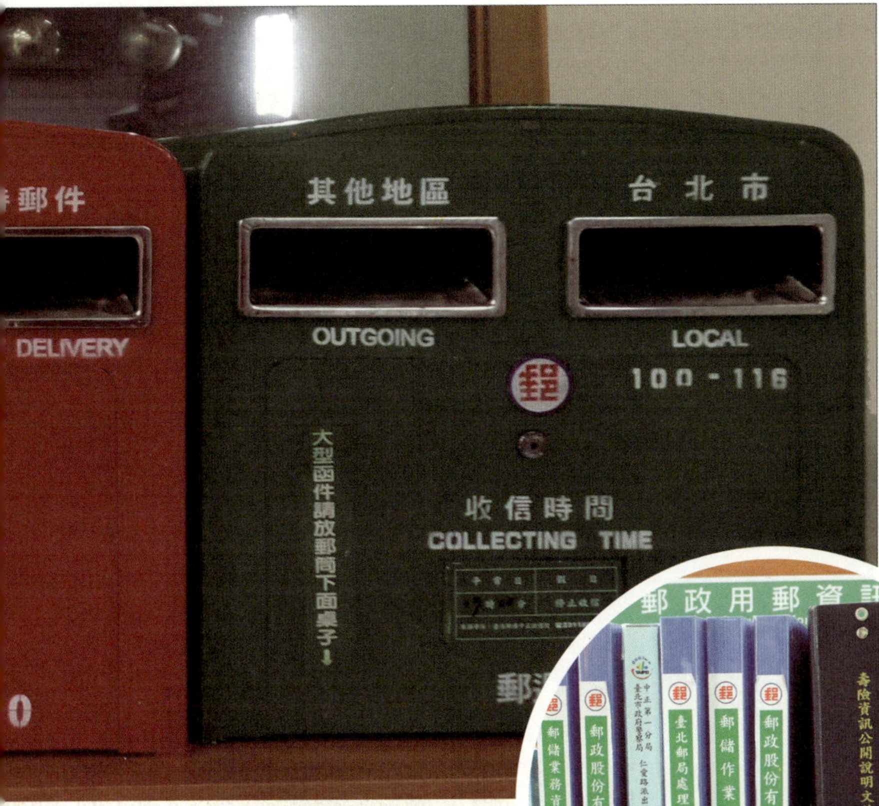

在台北

很多公共事业业务及收费明细

会以纸质文件的方式放在询问台上

比如邮局会将邮寄等业务的办理、收费情况

一一进行详细说明

还在一旁标注了办理所需时间

一方面方便了顾客

另一方面也是对工作人员的无形监督

有他们在
我就很安心

敲这里 敲这里!

大家都知道公交车发生意外需要逃生时

要敲击车窗的四个角

但最有效的具体敲击位置大多数人并不清楚

台北公交车车窗上就用颜色和汉字

将敲击位置标识得很清楚

让遇险的乘客第一时间就能破窗自救

我有一个梦想:

我们可以在高度发达的城市街道漫步

有了人车分离

有了行人、自行车、摩托车和机动车各自的行驶与等候区

每一个人都有属于自己的安全地带

这个梦想好像实现了一点点

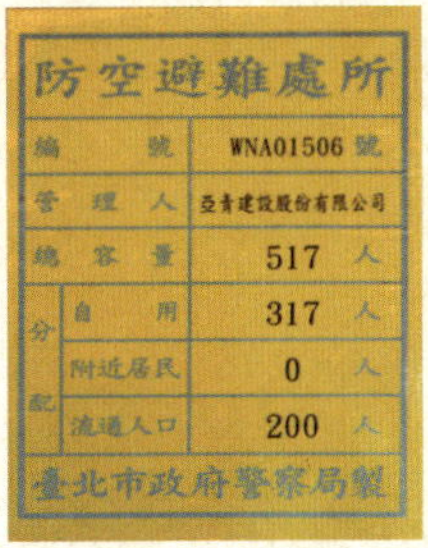

好细心的防空避难所标志牌
不仅有管理人名称的公示
更有总容量的控制
还有容纳人数的分配方案：
大楼自用的人数、附近的居民、流通人口
关键信息一目了然

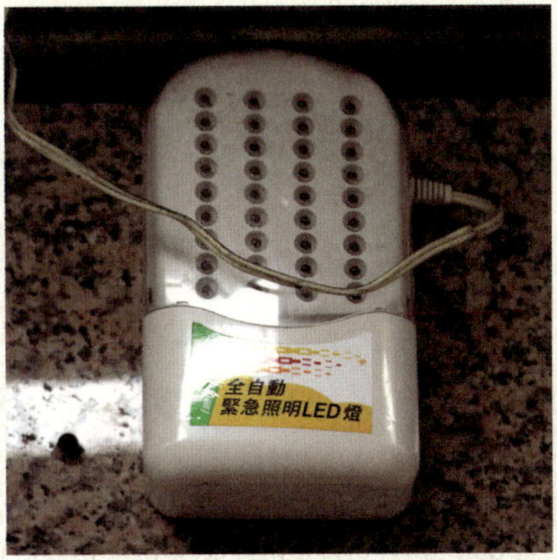

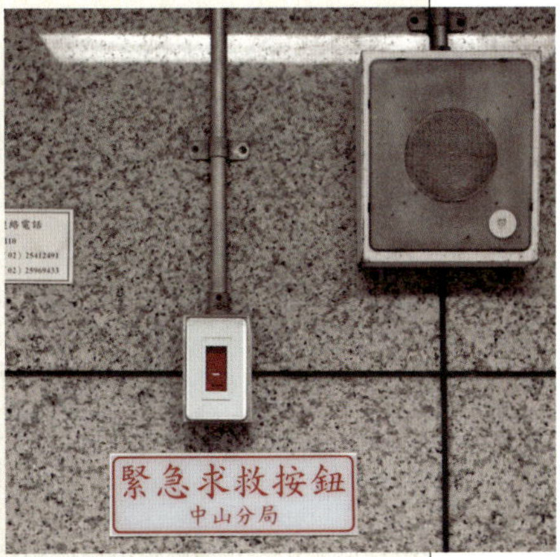

地道里设置了紧急求救按钮和全自动照明灯
如果遇到停电 LED 灯会开启自动照明
万一遇到危险或者紧急情况
通过墙上的求助按钮
就能第一时间通知就近的警察局前来救援

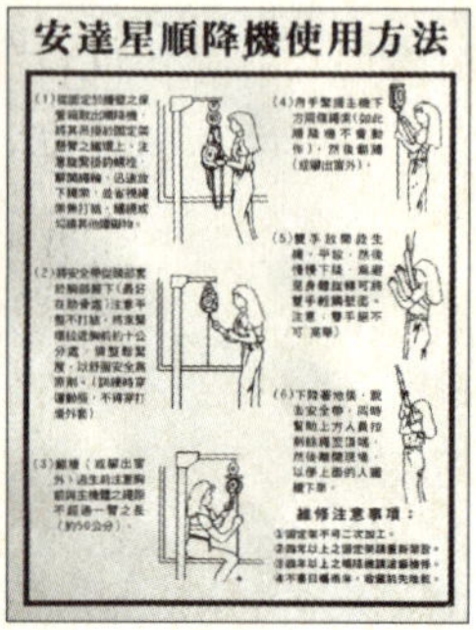

大楼的角落里有帮助从高处逃生的升降机

一旁附有文字和图片的双重说明

一个看似简单的设施

关键时刻能让市民迅速逃生

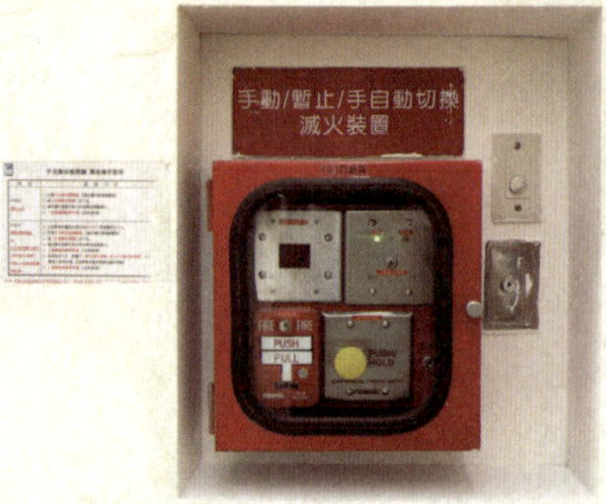

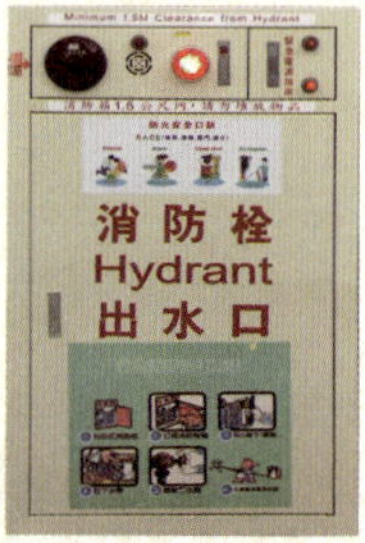

消防设备标志得十分醒目

除了鲜红色的文字

还有明亮的红色灯光引起人们的注意

确保大家能在第一时间找到灭火装置

消防设备除了常见的消防栓、灭火器外

还有火灾警报对讲机和尤为必要的排烟开关

全方位地守护居民的人身安全

建筑施工时 蓝色的防尘网罩十分整洁干净

周围地面也没有任何丢弃的建筑垃圾

不会影响商铺正常营业

有他们在
我就很安心

台北 101/世貿站-緊急(疏散)物品目錄

項目	數量	項目	數量
指揮棒	4	黃色警示帶	2
反光背心	4	安全帽	2
手電筒	1	小聲公	2
哨子	5	中聲公	1
濃煙逃生袋	5	公車接駁袋	1
化學防護衣	3	公車資訊圖	1
防塵衣	2	緊急處理包	1
毛毯	1		

地铁站里的紧急疏散设备柜的门上
有一张设备数量清单:
指挥棒、防尘衣、安全帽……
紧急疏散设备的种类和数量一目了然
方便工作人员日常管理与核对数量
一旦遇到紧急情况
这张列表能第一时间帮助工作人员
合理安排设备的使用

台北的地铁一般较深
有的电梯高达三层
站在电梯上看着很是怕人
但对过长的电梯做了三段分段设计
笔直的电梯因此有了曲线美
更重要的是
一旦发生意外也能有效降低危险性

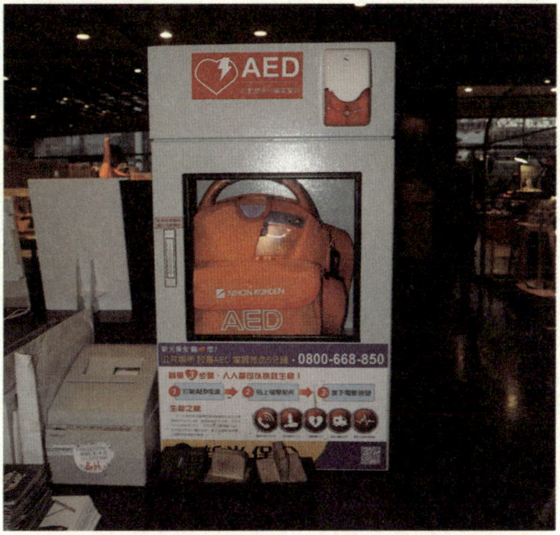

商场内配有自动体外心脏电击器

鲜艳的颜色、简洁的说明

让每个人都能成为最及时的急救员

一楼入口处就告知大家本商场有这个设备

醒目的设计是生命安全的有力保障

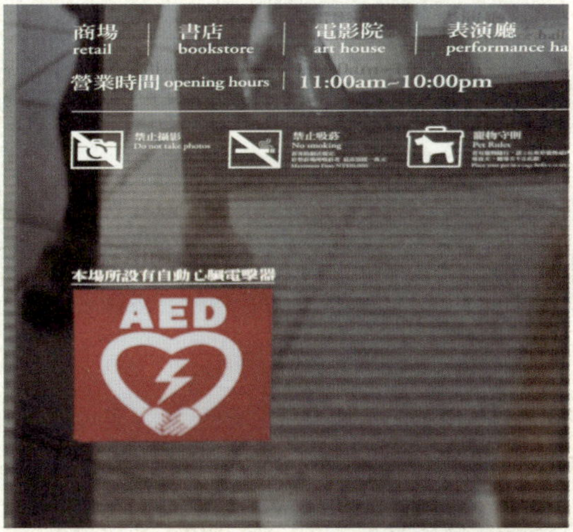

台北的公交车

在后面都挂着一个标识牌：司机的名字

一切都在阳光下运作

一切都标示了自己的责任范围

仿佛是司机在对每一个上车的人说：

我是这部车的负责人

请放心　我会把您安全地送到目的地

台北的出租车叫计程车

车主分两种　一种是出租车公司　一种是个体户性质的

凡是个体户性质的出租车

你都可以在车身侧面看到司机个人的名字

有他们在
我就很安心

客運走透透
臺北-花蓮
駕駛員
林志評
SCANIA
736-FN
24小時客服專線:0800-000866
臺北區監理所服務專線:(02)2688-6052
公路總局服務專線:0800-231035
736-FN

有他们在
我就很安心

有一种贴心 叫作“手指消毒液”
在商场的入口 你可以看到墙上有这个设备
不仅可以把手洗得干干净净 还有消毒功能
这样一来 购物就再也不用担心手上的脏污弄脏了货品
也不用担心大家摸过的东西是不卫生的了

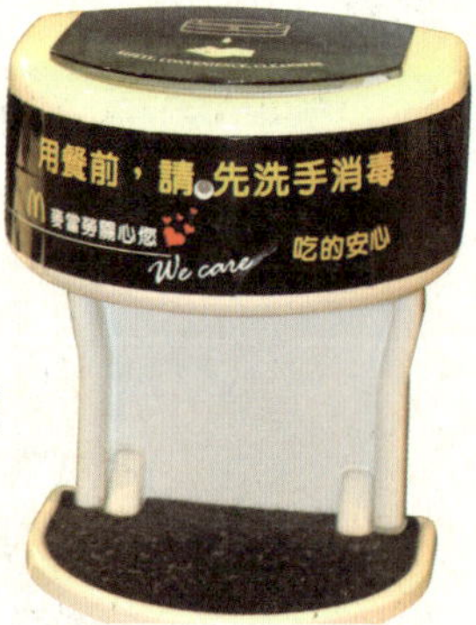

商场厕所里配备了酒精消毒器
泡沫型的酒精不仅易挥发也不会有滴落的麻烦
用酒精取代马桶圈垫纸
节省资源的同时也方便清洁人员打扫
加上旁边配合使用的纸巾
简简单单三个步骤
让使用者对公共厕所的卫生完全放心

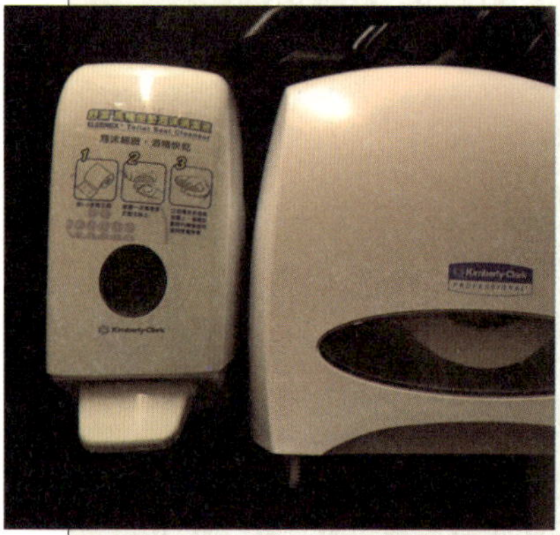

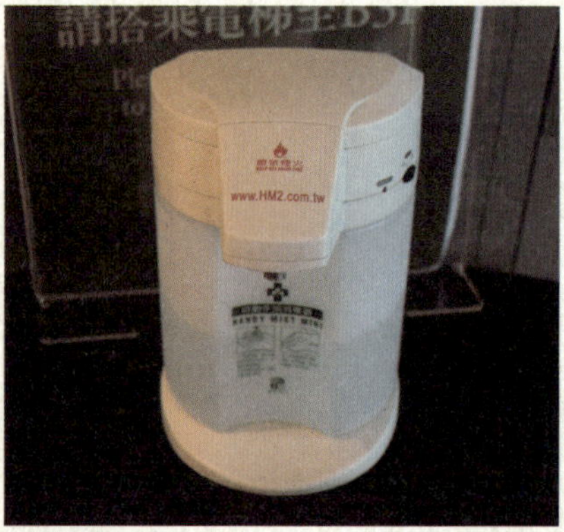

在游泳池、水上乐园公共水上设施的卫生情况
有时会让爸爸妈妈们担忧
不过有了这一份水质检验报告
里面标明了大肠杆菌等细菌含量已达到安全标准
而且每两个小时就会有实时的水温水质
记录写在水上乐园入口的白板上
这样一来爸爸妈妈们就能安心带小朋友们
尽情享受清凉水世界啦!

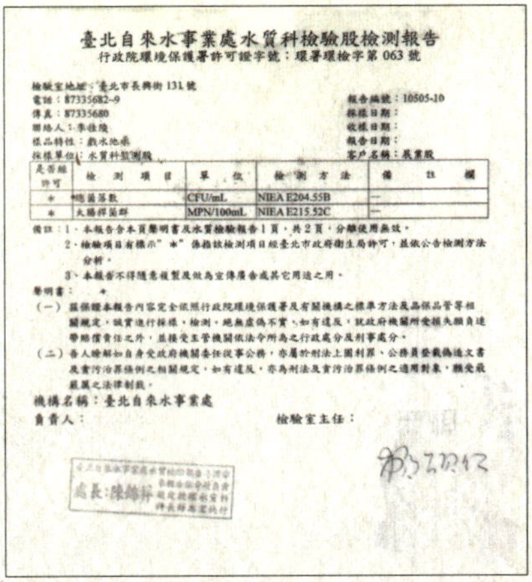
臺北自來水事業處水質科檢驗股檢測報告
行政院環境保護署許可證字號：環署環檢字第063號

檢驗室地址：臺北市長興街131號
電話：87335682-9
傳真：87335680
報告編號：10505-10
採樣日期：
收樣日期：
報告日期：
客戶名稱：晨業股

是否經許可	檢測項目	單位	檢測方法	備註欄
*	總菌落數	CFU/mL	NIEA E204.55B	—
*	大腸桿菌群	MPN/100mL	NIEA E215.52C	—

備註：1、本報告含本頁聲明書及水質檢驗報告1頁，共2頁，分離使用無效。
2、檢驗項目有標示"*"係指該檢測項目經臺北市政府衛生局許可，並依公告檢測方法分析。
3、本報告不得隨意複製及做為宣傳廣告或其它用途之用。

機構名稱：臺北自來水事業處
負責人：
檢驗室主任：

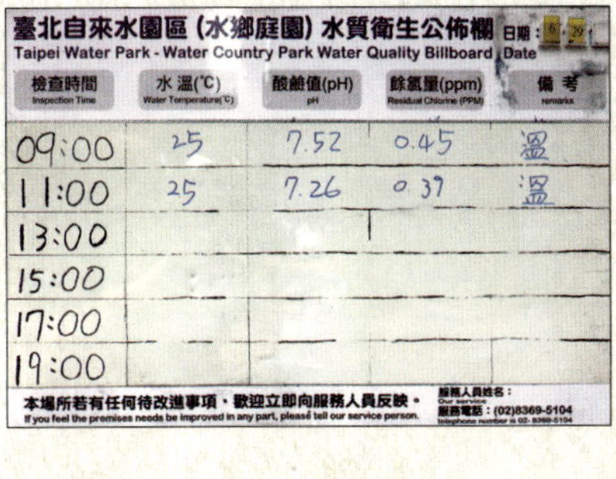

檢查時間 Inspection Time	水溫(℃) Water Temperature(℃)	酸鹼值(pH) pH	餘氯量(ppm) Residual Chlorine (PPM)	備考 remarks
09:00	25	7.52	0.45	盈
11:00	25	7.26	0.37	盈
13:00				
15:00				
17:00				
19:00				

有他们在
我就很安心

在台北的菜市场里

有的新鲜蔬菜上扎有生产商与出品人姓名的商标

甚至贴有可以溯源跟踪蔬菜种植过程的二维码

这是蔬菜新鲜度、环保性、安全度的“身份证”

当然，这种有绿色食品“身份证”的品牌蔬菜

它的价格比没有的要贵百分之二十左右

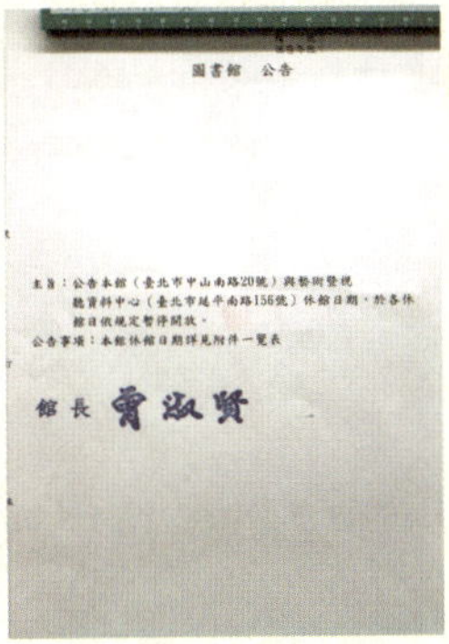

在台北

从具体的关乎生命安全的公共设施

到各种事务通知

张贴出来的公告落款

并不是笼统的整个单位

而是具体负责人的名字及印章

这种落实到个人的责任意识

是对公共服务人员的有力监督

正在施工的建筑工地外墙上

有一块巨大的牌子

上面明示着设计人、承造人、监造人的单位名称和联系电话

还有开工时间以及预计完工时间

信息的公开

消除了很多不确定性

也增加了当事者的责任感

好方便，不用麻烦别人
也能自己搞定

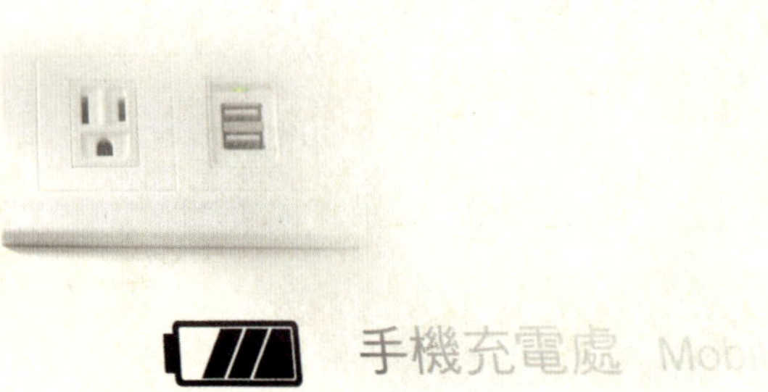

台北的公共场所都配备了免费充电装置
地铁站、美术馆、图书馆……
除了两眼和三眼插座还有 USB 充电口
一个小小的“充电站”
让每个人的电子设备随时“电力十足”
商场地板上的插座
设有各种插线的标志
方便商家使用来开展活动吸引顾客

在游客中心设置了免费手机充电装置
不仅配备了防止偷盗的钥匙
仔细一看还能发现
每个充电小隔间都是不同品牌的手机专用的
简单的公共设施也能设计得如此周到用心
台北细腻的城市气质可见一斑

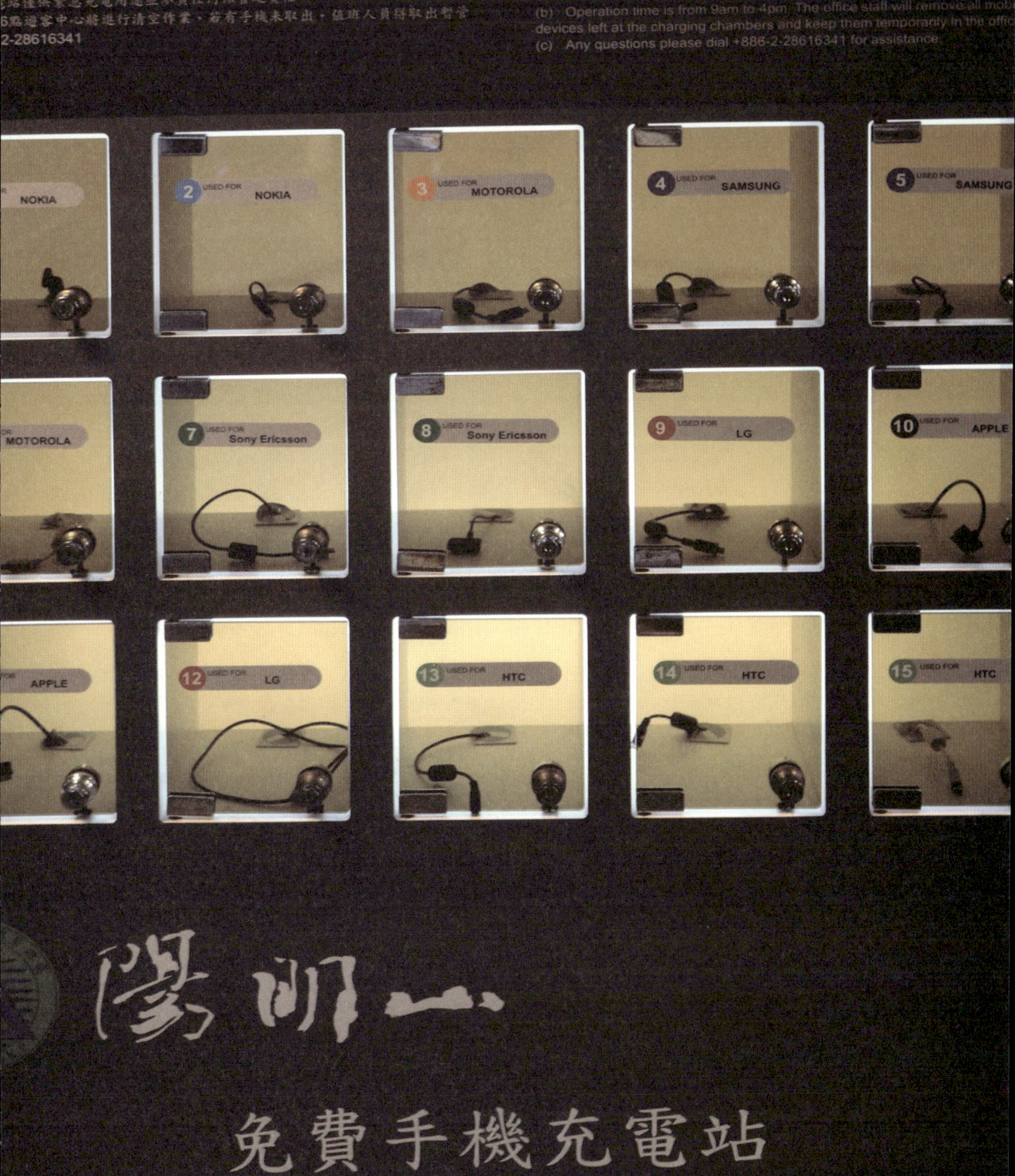
2-28616341
(b) Operation time is from 9am to 4pm. The office staff will remove all mot
devices left at the charging chambers and keep them temporarily in the offic
(c) Any questions please dial +886-2-28616341 for assistance.
NOKIA
2 USED FOR NOKIA
3 USED FOR MOTOROLA
4 USED FOR SAMSUNG
5 USED FOR SAMSUNG
MOTOROLA
7 USED FOR Sony Ericsson
8 USED FOR Sony Ericsson
9 USED FOR LG
10 USED FOR APPLE
APPLE
12 USED FOR LG
13 USED FOR HTC
14 USED FOR HTC
15 USED FOR HTC
陽明山
免費手機充電站

台北的便利店配备了不少便利设施

比如“711” 有用来泡茶、泡方便面的热水机

有微波炉自助区

还提供快递代收、自助缴费、订购车票和球票

以及手机照片现场打印等服务

特别值得一提的是

里面大多设有卫生间（台北称为化妆室）

路人和顾客可以随时进去解决内急问题

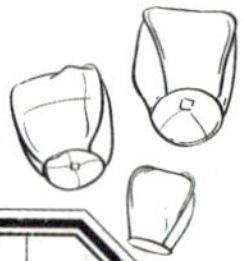

好方便，不用麻烦别人

也能自己搞定

没有杂乱无章的电线

电动车免费充电站静静地矗立在树荫下

宽阔的顶棚保护充电的车免受日晒雨淋

在台北　不管是商场　还是地铁站

公共场合随处可见到免费饮水机

上面贴有“水质检验合格”标签

写明了采样日期　时间以及检验指标

大家尽可以放心饮用

干净又漂亮，
你真美

我会隐身术！
看　这种窨井盖的设计
是不是很可爱　又和谐？
人行道上的方寸之地
也因此有了一种细致和谐的美
在台北
到处都有指明方向的小提示
比如　这块躺在地上的铜制窨井盖
不仅标识出方向
还写明了各个方位的景点名称
最巧妙的是
正中间的图案是台北西门地区的标志
——著名的宝成门
不但引导了方向
也展现了细节设计之美
还融入了老城的历史故事
我想给个大写的“赞”
你觉得呢

看门牌，就可以知道自己处于哪个行政区

台北的门牌号上有着不同花朵的标识

比如木棉、朱槿、野牡丹……

这些花朵不仅为千篇一律的门牌增添了美感

还有其特定的含义

不同的花朵代表不同的区

比如白牡丹就是万华区的区花

即便在不起眼的地铁站里

卫生间依然如此整洁干净

洗手台上的绿色植物

为匆忙赶路的人添了几分怡人的视觉享受

可以感受到地铁里的这些工作人员

满满的对生活的热爱

地铁站内　有早晚班清洁人员的姓名公示

也标明了非常具体的检查项目

卫生间是城市文明高低的指向标之一

台北地铁里的卫生间

一尘不染，厕位充裕，不输机场

这是很值得骄傲的

干净又漂亮，
你真美

高楼的楼顶
以及高架桥下面的空间
被改造成了停车场
充分利用有限的空间
既解决了城市停车难问题
又体现了城市管理者的智慧

不论是在狭窄的街道

还是在自家的阳台

甚至在狭小的洗手间里

热爱生活的台北人

都不会忘记见缝插针地种上一些绿色植物

生机勃勃的绿色让人感受到活力和希望

干净又漂亮，
你真美

台北的垃圾分类措施十分严格

绝大多数垃圾桶是分类垃圾桶

每个桶的类别名称标注得很清楚也很细致

有玻璃类　矿泉水瓶类　铝箔包类　塑料类 等等

有的甚至罗列了不同种类垃圾丢弃前的处理方式

垃圾较多时

居民会和工作人员一起合力

把垃圾送上垃圾车

垃圾车收拾得干净

没有让人皱眉的异味

“致爱丽丝”的音乐声一响起

台北市民就纷纷拎着垃圾袋赶到指定地点

不同颜色的垃圾袋表示垃圾种类不同

即使冒着大雨

大家也会有序地把垃圾稳稳地扔到车上

很快垃圾车就赶赴下一个定点

匆匆赶来的居民也马上散去

这场景看似简单平常却令人深思

干净又漂亮，
你真美

在台北禁烟成风

不论在学校、医院

还是在宾馆、商店

所到之处 所见之角 随地就可见禁烟标志

显示了台北人维护环境卫生的整洁与遵守公共秩序的意识

特别引人注目的是

台北的禁烟标志五花八门 色彩鲜明

而且违纪责罚条款严明

在台北市的公共场所都有张贴

标志上言明：

“违禁吸烟处以 10000 元新台币”（折合人民币约 2000 元）罚款

对老烟枪们来说

可能台北并没有那么友好

敬告遊客
本場所禁止喝酒嚼食檳榔及吸菸
This premises forbid smoking, alcohol drinking and betel nut chewing.
依菸害防制法規定違者最高可處1萬元罰鍰
Pursuant to Smoking Control Act MAXIMUM FINE: NT$10,000

兒童遊戲場
NO SMOKING
違者處新台幣2000~10000元罰鍰
申訴專線:0800-531-531
Children's Playground

干净又漂亮，
你真美

宾馆一角

放着刚打扫完毕后分好类的垃圾

包装袋整齐地折叠在一起

易拉罐压扁后放在垃圾袋中

台北对垃圾分类真的很认真!

小小一个垃圾箱

除了做了垃圾分类

还配备了一个烟蒂篮防止燃烧

箱体本身还是一个收纳清洁工具

真是“小而全”

我确信，这就是我要的生活

真细心！你考虑得比我更周到

欢迎来到我的王国

来来来，一起逛吃逛吃

8小时以外的精彩生活

在这里我是VIP

真细心！你考虑得比我更周到

遛狗时忘带垃圾袋怎么办?
幸好路边设有宠物便便垃圾袋自取点
取用后再把袋子扔到下方的回收桶中
简直不能再方便了

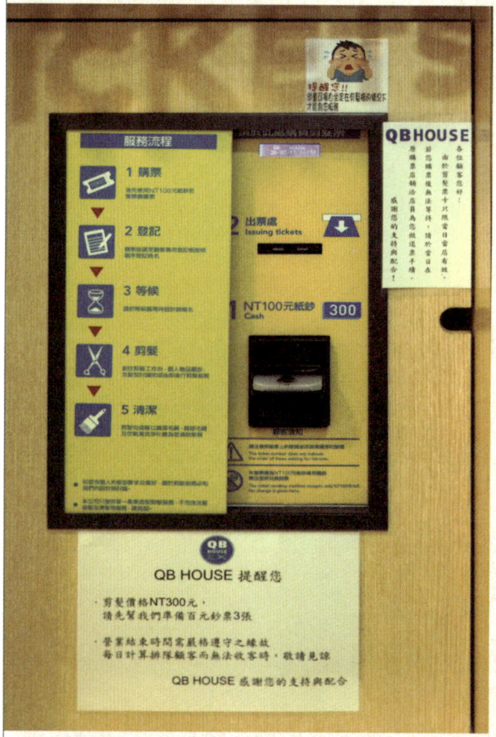

地铁站里设有快速剪发服务处
从登记到剪发的流程一目了然
价钱很亲民
绝不会有过度“热情”的额外“推荐”和消费
客人们可以在等车的空隙里
给自己理个新发型

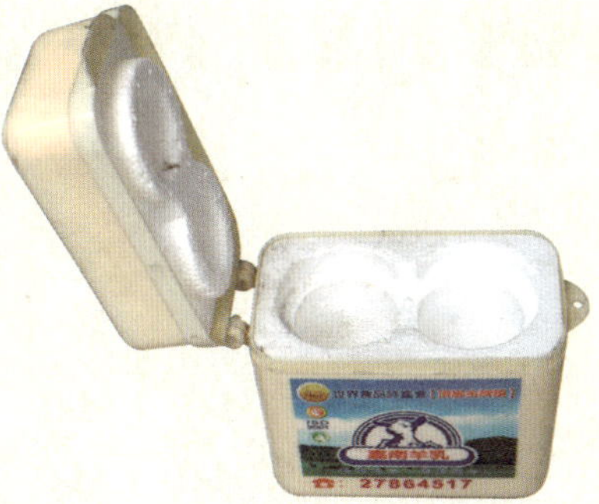

奶瓶箱上下翻盖的设计更方便人拿取

最贴心的是

小小的奶瓶箱还做了保温设计

真应了牛奶公司的广告语：

把新鲜送到家

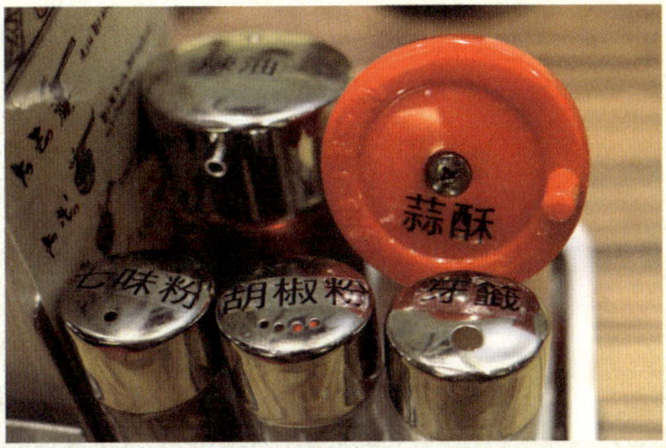

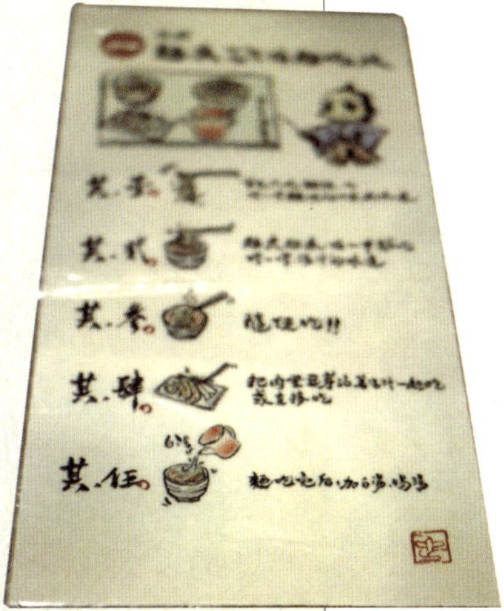

饭店餐桌上每个调味瓶上都注有调味品的名称

胡椒粉啦、蒜酥啦、酱醋啦

不必靠用鼻子闻来分辨

既雅观又卫生

配上店家精心推荐的独门吃法“秘籍”

做个地道吃货一点不难！

这不就是一张纸吗?

说对 也不对

因为它是一个由薄薄的纸制成的水杯

在公共场合

为未带水杯的市民

免费提供纸杯喝水

这样简单又环保

并且 不论收纳还是丢弃

都十分节省空间

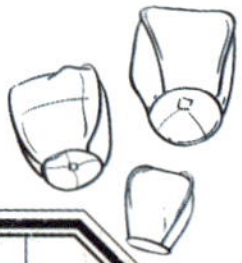

真细心！你考虑得比我更周到

地铁站内 有免费报纸取阅并不新奇

新奇的是 台北还设有专门的报纸回收架

而不是跟其他垃圾一样丢到垃圾桶里

这样就不会弄脏报纸

回收架上的报纸

依然可以被另一个乘客取阅

博物馆、美术馆等展馆门口

也设有宣传资料的回收箱

解决了参观者看完介绍无处丢弃的烦恼

而回收的宣传册经整理后

还能发放给下一个参观的游客

避免宣传单成为看过就扔的垃圾

有效节约了资源

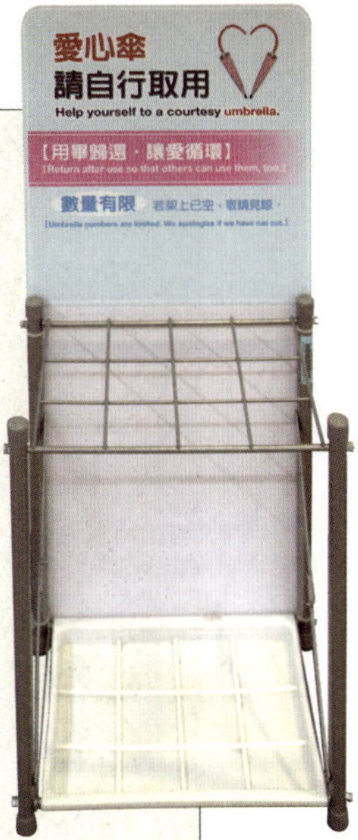

每个地铁站里都有爱心伞架
忘记带伞被困雨中的行人可以拿一把伞赶路
之后再返还到爱心伞架给下一个需要的人
爱心伞架的格子设计便于收纳摆放
底层还放有一个托盘
这样伞上的雨水就不会滴落到地上
保持地面整洁

我们生活中常常需要填写各种表格
视力不好的人可能会看不清表格上很小的字
为此在台北的医院、邮局、场馆等场所
很多填表处都设计了这样自取眼镜的专用小架子
提供不同度数的眼镜满足不同人的需求
同样　在邮局的柜面上也设立了老花眼镜服务台

台北有家无名咖啡店
我就是不要店名
“我就是要按自己的意愿去活”
80 后小伙子 James
在咖啡店学徒工作了四年后
开了自己的咖啡厅
不雇佣任何员工
从门店设计、家具选购、
饮品开发、咖啡的磨煮
全由自己动手完成
你不得不佩服他的眼光
每一处角落都看得出他不留痕迹的用心
三年了 这个没有店名的咖啡店
靠着回头客 活了下来

利用阶梯垂直到地面的狭小三角形空间

三个女生在华山创意园区开了这家奶茶店：红茶牛奶合作社

门里的女生甜甜地笑着　门外的老树自由地生长

这一刻　她和它是那么幸福

在迪化老街

有一家家庭式的槟榔专卖店

可爱的妹妹笑得那么甜美而羞涩

一边听着音乐一边包着槟榔

仿佛她的小小世界里

从没有世间的纷纷扰扰

轻松愉快地经营着她的小店

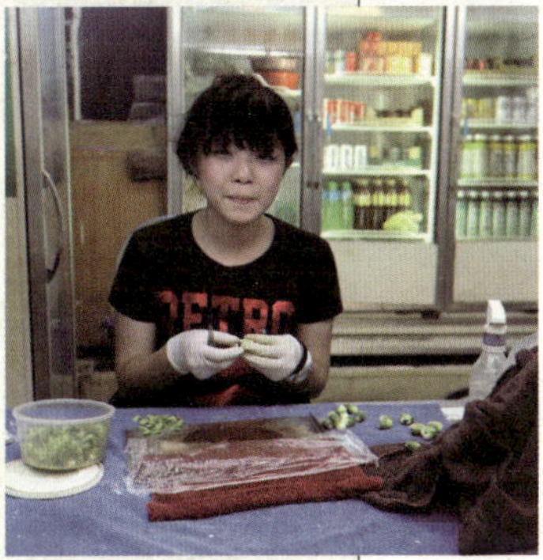

欢迎来到我的王国

偶遇一家手工布制品创意小店
台湾八哥、玻璃海棠纹……
独家的布料印花不止清新雅致
更有浓浓的台湾味道
店主和进店的每位客人分享自己的美丽小小王国
笑得快乐而满足

2016 New Prints
海的寶物

没有夜市的台北还是台北吗?

不大的台北

却有着多处热闹异常、缤纷迷人的夜市

士林夜市、宁夏路夜市、师大夜市……

实在让人羡慕得要命

蚵仔煎、麻油腰子汤、章鱼宴、关东煮、水果大拼盘

那种熙熙攘攘、活色生香

让人觉得生活实在是太美好了

来来来，

一起逛吃逛吃

你可以不吃大餐

但你不可以不尝尝台北的各式古早味

所谓古早味 就是指用最传统的方法做出的好味道

古早味豆花、古早味鱼羹、古早味蚵仔煎……

别怕排队 当你终于等到你的餐食

入口的第一勺 就会立刻膨胀你所有的味觉细胞

你会知道 人生中对美好事物的等待

总是有其无法拒绝的理由的

来来来，
一起逛吃逛吃

在台北随处可见骑楼式走廊

路人们可以舒适地穿梭其中

不管外面的日晒雨淋

迪化老街附近是南北货、布料和青草的老市场

这里的商铺街多是骑楼式建筑

一面朝向道路　敞开怀抱欢迎顾客临门

客人们可慢慢选择自己中意的食材

丰富的商品让你的眼睛看到饱

台北的大厨为自己代言

在 101 大厦旁边的商场 5 楼是餐饮区

一上电梯　就看到巨幅的人物肖像招牌

这不是影视明星　而是本楼层餐饮店的大厨

旁边都注上了他们的名字以及菜系

估计给予他们这么高的注目礼

不做好每道菜　他们心里会过意不去的吧

大稻埕码头是老台北的传统贸易港口

如今已经变成了台北人欣赏夕阳、放松休闲的所在

随着时间的流转

昔日的繁华已然不见

却更有一番悠然沉静的美

台湾著名歌手张惠妹的弟妹们开的咖啡厅

拐到小巷里 温馨、低调

这是一家普普通通的咖啡厅

装饰有一些少数民族风俗的用具和装饰用品

还有几幅张惠妹的画像

它并不大肆宣扬 也不搞粉丝见面会

它提供给你的就是温暖的下午茶时间

或者懒洋洋的晚上独处空间

台湾著名艺人周杰伦的餐厅
开设在宁静的台北医大的校园里
一进门就能找到各种有关周杰伦的元素
电影海报、肖像油画、纪念册
甚至连纸巾上都有人物 logo
和偶像有关的一切随手可得
想必会让粉丝尖叫连连吧
店里摆有“周董”最擅长的钢琴
因为年代久远不便弹奏
就用《不能说的秘密》（周杰伦导演的电影）
男主角叶湘伦的口吻写上“请勿乱弹
以免被送回 20 年前”这样幽默的小贴士
“可爱女人”“黑色幽默”“爷爷泡的茶”……
熟悉的歌名变成了饮料的名字
细细想来歌名和饮料的类别还十分契合
这样的菜单有新意更有心意

周末的建国花市

一大早就迎来了许多采购鲜花的台北市民

夏日炎炎却仍让人感到舒爽的“大功臣”

就是花市里安装的喷雾装置

这弥漫在空气中的水汽既让顾客感受到丝丝凉意

也让花朵在水分的滋润下更娇艳欲滴

一大早花市就已经门庭若市

市民们有的驻足观赏

有的认真选购

每个人都沉浸在缤纷的鲜花世界里

虽然人来人往却看不见任何垃圾

既是因为大家的自觉

也和护花使者们的辛勤付出密不可分

卖花的老板在摊位前

挂着养花秘籍和大家一同分享:

“ 春不宜湿,夏不宜晒,秋不宜干,冬不宜冻”

十六字口诀简单好记

难怪他的鲜花娇艳又美丽

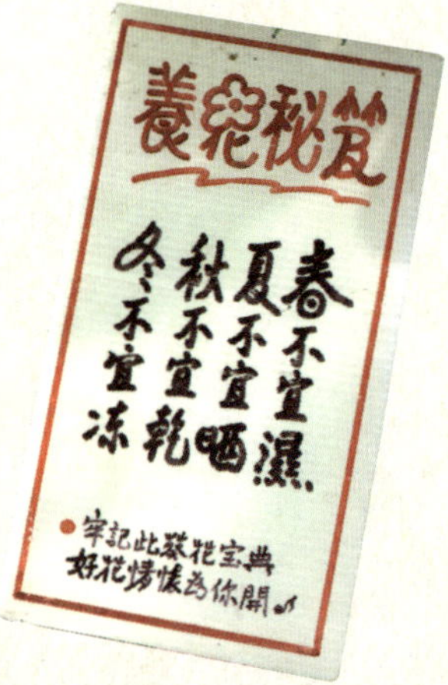

市民体育中心的泳池外张贴了一张“龙虎榜”

展示的是市民的比赛成绩

不同组别里成绩最好的前 10 名就能上榜

看到自己榜上有名

是不是运动起来更有动力了呢?

公共 Wifi 实现全城覆盖

到哪里都能自在上网

在台北的宾馆酒店、商店超市、地铁、公交车站

都有 Wifi 的告示

甚至在马路旁的电线杆上

也挂着本区的 Wifi 的告示

陶瓷博物馆里开设了陶瓷 DIY 体验课程
教授的对象不仅是小朋友
也包括中老年人
在老师们的指导下
亲手制作一件独一无二的陶瓷作品
从不同的角度体会陶瓷带来的美与乐

公园里的市民大舞台
定期都会举办文艺表演
足够的座位能容纳尽可能多的市民来这里欣赏演出
邻里朋友聚集相约在这里一起观赏
享受表演的同时也能增进交流、加深感情

迪化街上有很多布店

不论是中年女性还是学生 MM

一到这里都会扎进这个布艺的花花世界

选喜欢的布料回去 DIY

做包包 给杂物框包布边 给心爱的图书做个外封 做小公仔

台北人对这种女红的热爱

有种回归传统的暖意

8小时以外的精彩生活

诚品书店敦南店是台北的文化地标
也是诚品最早的24小时书店
晚上10点还有不少读者进店
或聚精会神地看书选购
或干脆找个角落席地而坐慢慢品读
在书本的陪伴下连时间的流逝都浑然不觉
到了这里就能体会到书香是这座城市最深邃的味道

SHOES MASTER
BASKETBALL

eslite 誠品

bestseller
誠品書店暢銷榜

相比诚品这样地标式的大型连锁书店

独立书店可能更能代表台北的精神气质

也许它看上去其貌不扬

甚至还有些旧旧的

也许狭小的空间

让你一转身就可能撞上满满当当的书架

但对爱书的人而言

被书包围不就是一种幸福吗?

放满了书的狭窄书店里
每一寸地方都显得那么宝贵
连入口的通道都被贴上了
新书和文化讲座的信息
但即便是如此有限的空间
书店老板也为读者专设了一个座位
让读者能安心坐下慢慢品读
享受读书的乐趣

家里总有些书只翻阅过一遍就不会再打开

想丢弃又觉得浪费

在台北这样的苦恼也许就会少很多

因为很多场所都设有旧书回收点

漂流书、流浪书、捐书箱……

通过这些设施

读者可以将自己不需要的、但保存完好的图书

捐到这个箱子里

任何人都可以从里面取书阅读、免费拿走

旧书在台北可以焕发新的生命

带给下一个读者智慧与启迪

绿阴掩映下的书店显得特别悠闲静谧
但推开门就会发现里面别有一番温馨景象
人们或驻足架前挑选心爱的图书
或三五成群地讨论着
思想在这里碰撞
情感也在这里交融

准妈妈们可以去指定的地点

领取“好孕胸章”

戴上胸章

怀孕前几个月肚子还不明显的准妈妈们

不必开口

就能享受他人主动让座的 VIP 待遇

医院里的爱心座椅、地铁上的博爱座……

少了“老弱病残孕”字样的同时

多了几分尊重和关怀

即使周围没有位子

普通人也不会去坐这些座位

因为要让真正需要的人随时都能使用

相对于冷漠的“老弱病残孕”

换个说法是不是多了一点温暖呢？

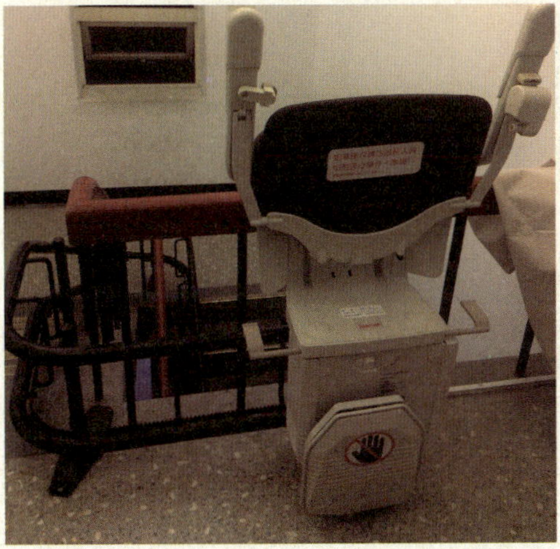

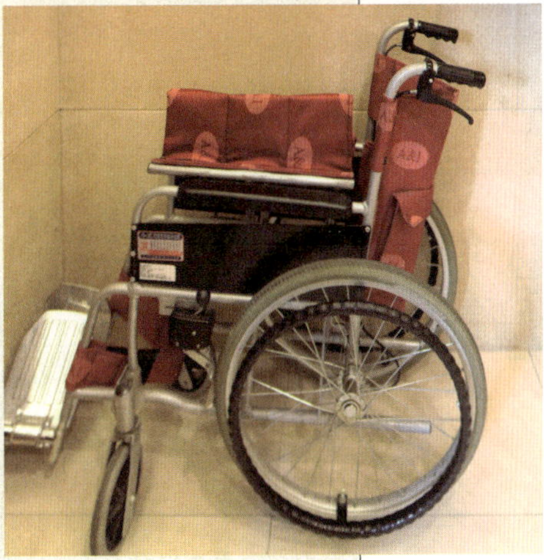

在台北，几乎所有的公共场所都会提供轮椅

地铁站、博物馆、美术馆、游客中心……

虽然可能使用的机会较少

但这份为他人考虑的心意却绝不多余

对于残疾人士的照顾可谓细致入微

盲行道、行车坡道、专用电梯、专用停车位等等

这些都是必备设施

在华山创意园

一栋老旧的展览室里

楼梯间安装有这种依靠链条转动 可上可下

供行动不便者坐着上下楼的铁椅装置

在这里我是VIP

残障人士有专属车牌

可以将车停在只供残障人士使用的无障碍停车位

地铁站内公用电话高低不同

为方便残障人士使用

室内有低矮的服务铃

贴心周到的考虑让残障人士在台北出行无障碍

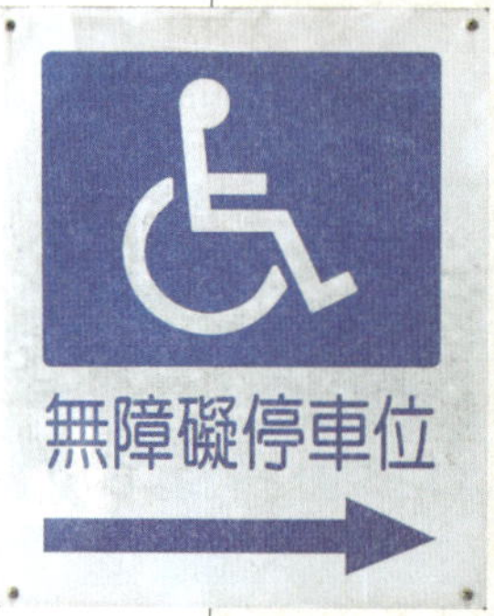

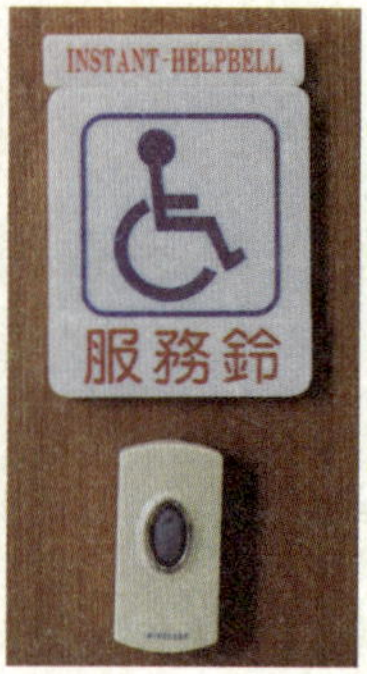

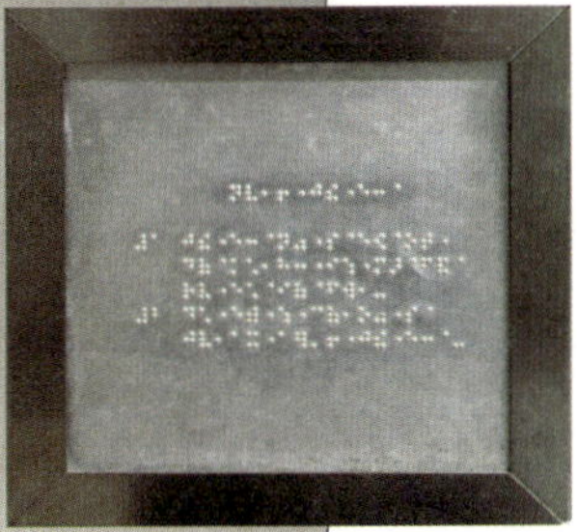

除了面向普通人的展览介绍

也细心准备了盲文说明

甚至在一旁附上了展馆外观的立体图

让盲人不仅摸到文字

也能“看到”富有特色的建筑外观

地铁的车头与车尾

特别设有残障人士车厢

并安装位置较低的扶手

以保障乘车安全

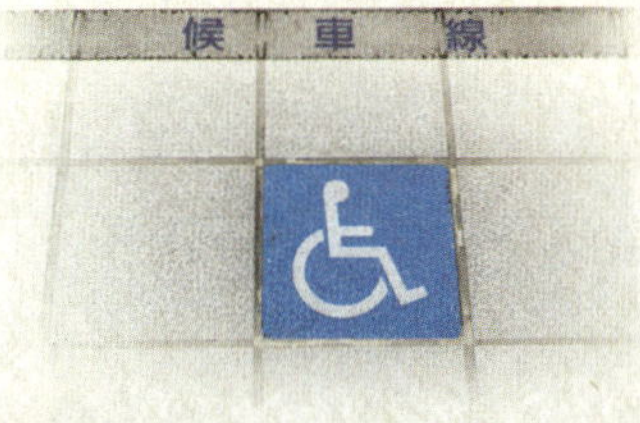

捐发票，献爱心

在台北的公共场所

特别是在商店、酒店、咖啡店、书店、医院、彩票销售店等地方

往往都设立一个捐款箱

人们可将购物或消费后获取的发票投入箱内

在台湾，发票都有抽奖的功能

发票中奖后就会有奖款

发票如投入捐款箱之后

所中的奖款将捐献给生活中的贫困者

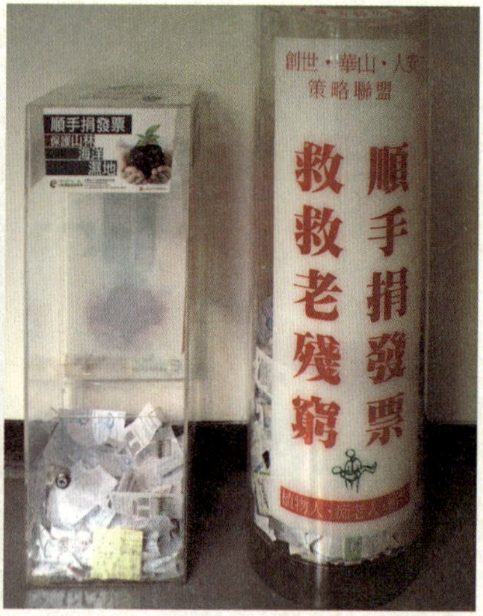

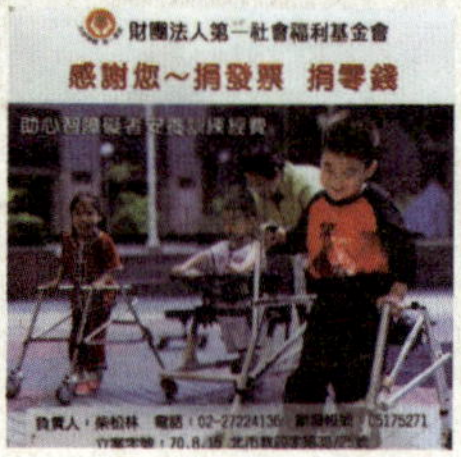

社区周边设有旧衣回收箱

上面写明勿投入棉被、枕头

分类清晰　让衣服能更快送到需要的人手中

遍布台北大街小巷的公益设施

让随手公益成为一种生活方式

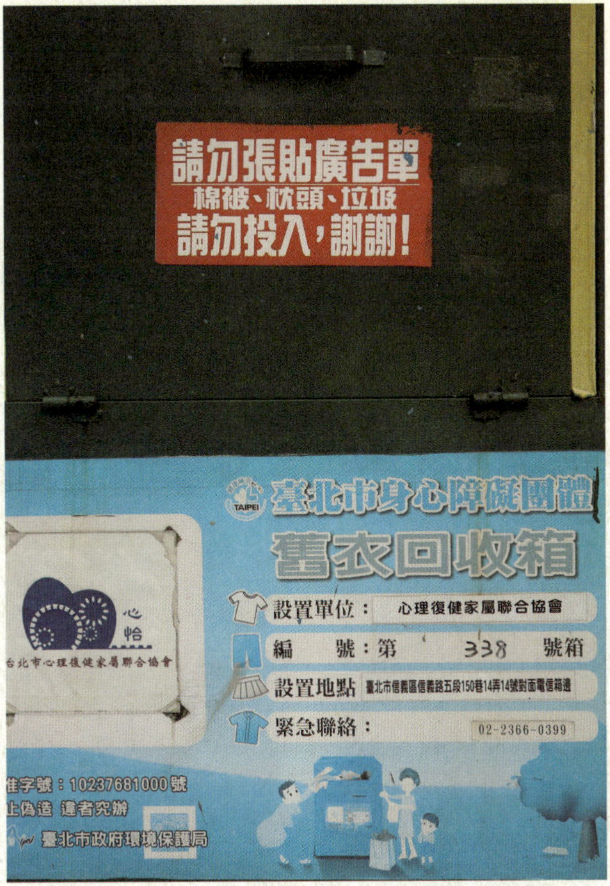

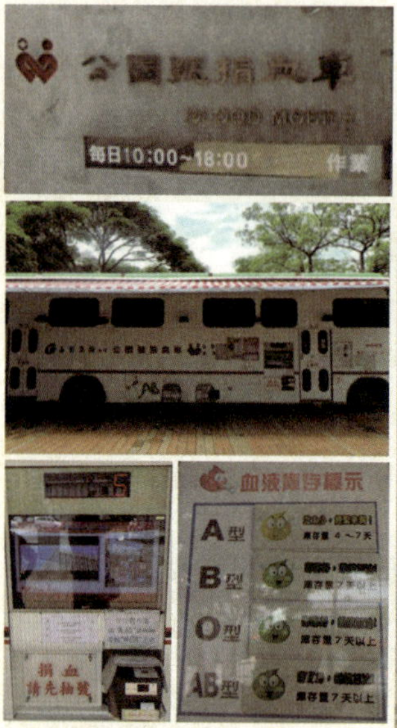

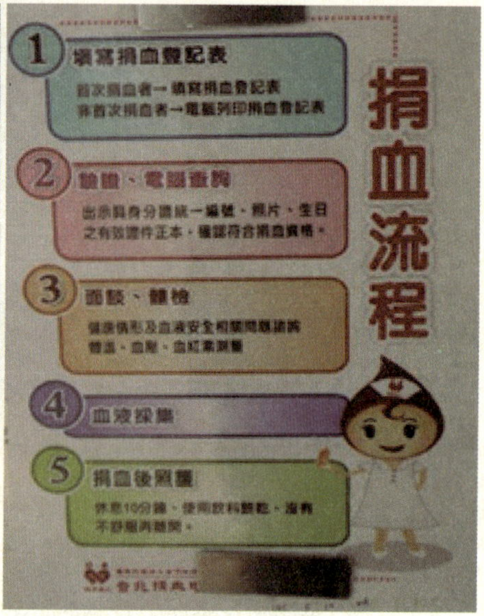

献血车安排了叫号系统

来献血的人根据号码逐一上车

没叫到号的需在车外等待

为了给来献爱心的人一个舒适的等候处

车顶特意安装了宽阔的遮阳棚

车身上贴有血液库存提示和献血流程说明

献血的步骤和当前不同血型的血液库存情况

公开清晰、一目了然

为什么台北人这么喜欢文创

创意无处不在

就是要颠覆常识

让人忍不住买买买的文创商品

在台北淡水有条“三 H 大道”

这个中西结合的路名让人印象深刻

此中深有意味

“三 H”是真理大学的校训

指的是谦逊的（humble） 人道的（humane）

幽默的（humorous）的品格

这样的路名

寄托了对学校历史的尊重

也表达了对师生美丽的祝愿

创意无处不在

位于淡水的真理大学的学校海报

运用了明亮的色彩和俏皮的漫画人物造型

十分吸引眼球

形式极具新意

但其实海报上的人物形象马偕和马偕精神

已有一百多年的悠久历史

用新颖的方式向传统致敬

这样的创意让更多人能铭记历史

很多活动海报和公共设施都将文字进行有趣的改变
让名称朗朗上口又意味深长
像纪念馆礼品贩卖机上的“一游未尽”（意犹未尽）
都完美契合了主题
这样的创意也被运用在商店招牌上
“好礼游”（好理由） “构艺思”（够意思）……
这样的文字游戏展现了汉字的无穷趣味

在博物馆里不能做的事是什么？

这个放在博物馆里的环保袋

用幽默的图像告诉了我们答案

比起单纯的“禁止 ××”这样的提醒方式

这样是不是更形象有趣

也更有亲和力呢？

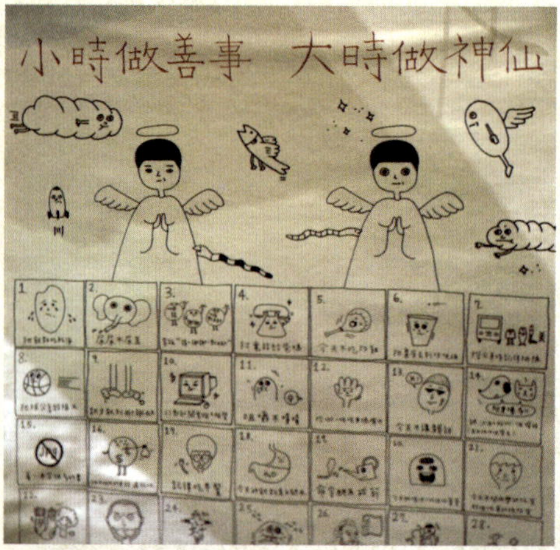

松烟是台北著名的文创园区

贴有一些可爱的海报：

教导每个小朋友

“日行一善”的“小时做善事　大时做神仙”

打电话关心爸妈、有序排队坐车……

这些善良的种子

就这样慢慢播种在小朋友的心里

护栏的每一块玻璃上
都绘有建筑的细节
在纤细匀称的线条的装点下
连平凡无奇的护栏
也变得有一种精致的美感
这就是细节

创意无处不在

莺歌是台北著名的陶瓷镇
制作陶瓷的过程中产生的大量碎片
被贴在这座小镇的墙壁上、座椅上
甚至还成了指路牌
不仅环保
也营造出专属于莺歌的精致之美
莺歌狭窄曲折的步道上镶嵌了制陶时残留的废品碎片
让这些原本要被丢弃的废品永远地融入这片土地
不同于嵌在其他地方的碎片
地面上用的一律是没有上过釉的粗陶
以防行人走时滑倒

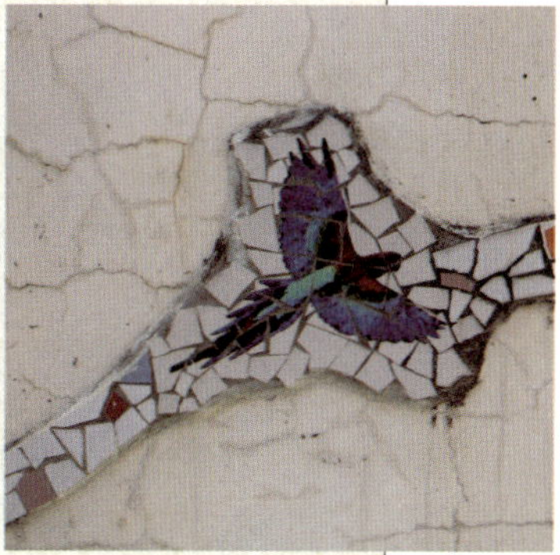

美术馆里有一个绘画专区
无论小朋友还是大人
只要愿意用画笔记录下生活
愿意用绘画表达自己的想法
就能在画板上尽情泼墨
并把作品投递到一旁开口的画作箱里
也许下一次就能在墙上看到自己的画哦!

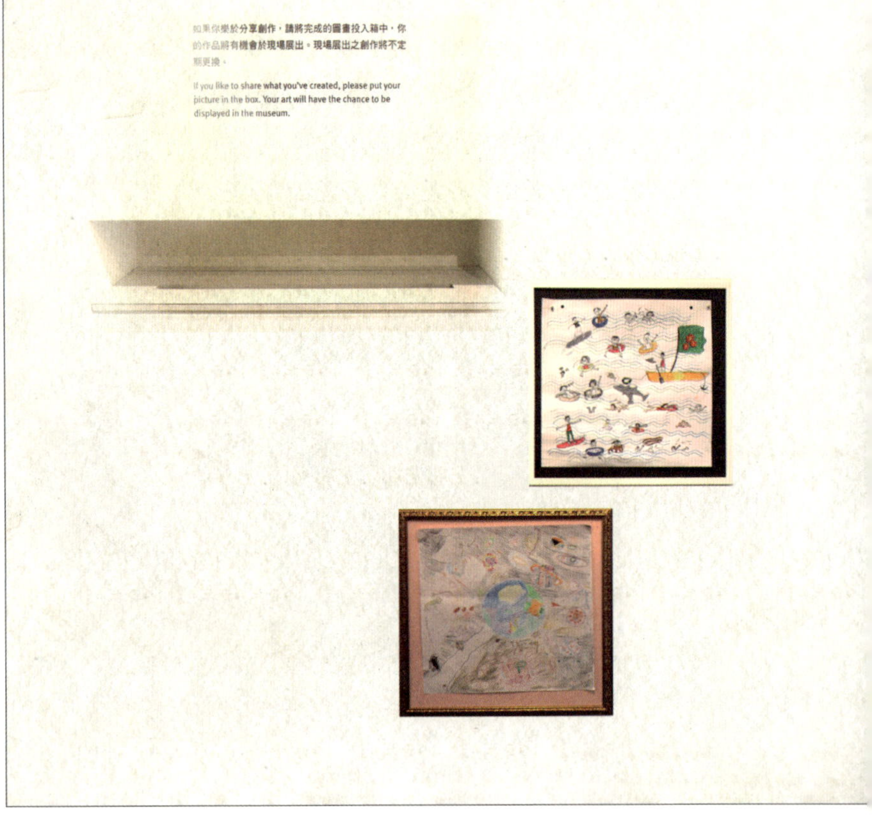

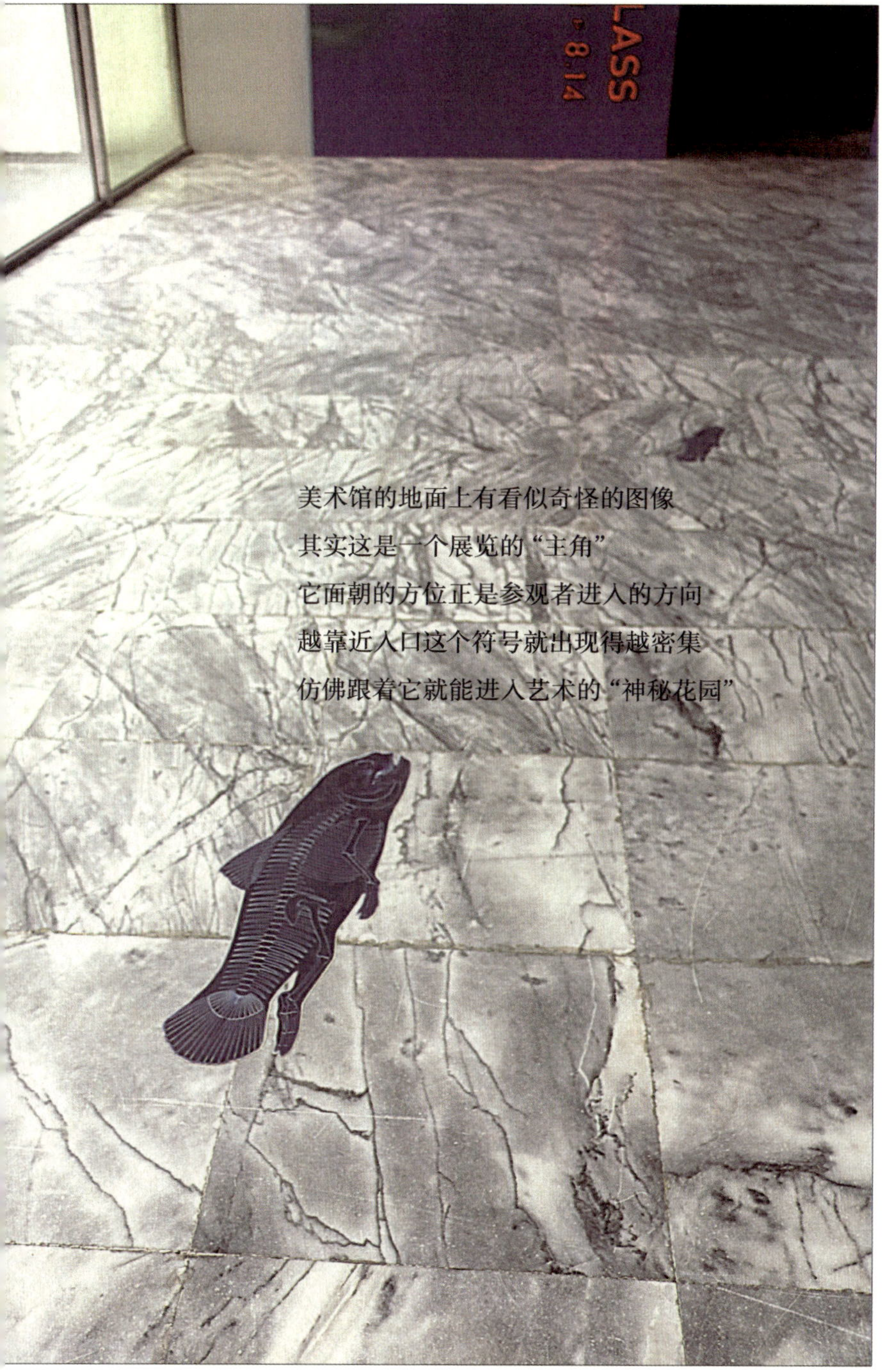

美术馆的地面上有看似奇怪的图像
其实这是一个展览的"主角"
它面朝的方位正是参观者进入的方向
越靠近入口这个符号就出现得越密集
仿佛跟着它就能进入艺术的"神秘花园"

一家经营当地特色小吃的饭店

店面虽小却十分用心

店家手绘了一张导览图

细致地描绘了周边所有的知名景点

又有可爱的小猫作“导游”

不仅实用

也能从这一笔一画中

感受到当地人的温暖和友好

台北街头美味实在太多

每一家小店都有自己招揽顾客的匠心巧思

比如 有家鲁肉饭店小小的筷子套上印着的一首首小诗

让客人边品味诗句边享用美味

有的面包店则将门把手设计成甜甜圈的形状

让人一推门就仿佛进入了面包的世界

台北人对咖啡的热爱程度
看街头巷尾咖啡馆的数量就能知晓
但数量庞大的咖啡渣该如何处理呢?
热衷于环保的台北人
自然也不会对这笔巨大的“资源”听之任之
通过科技加工
咖啡渣竟可以变身成为 T 恤、洗发水和包装瓶
在创意和环保理念的驱使下
咖啡渣原来真的能变成“黄金”

这些雕像看起来颜色铁灰
也许并不十分赏心悦目
但是这些作品
都是由废弃的炮弹制作而成的
将武器残骸制作成和平鸽的造型
表达了台北人对战争的厌恶
对和平的向往

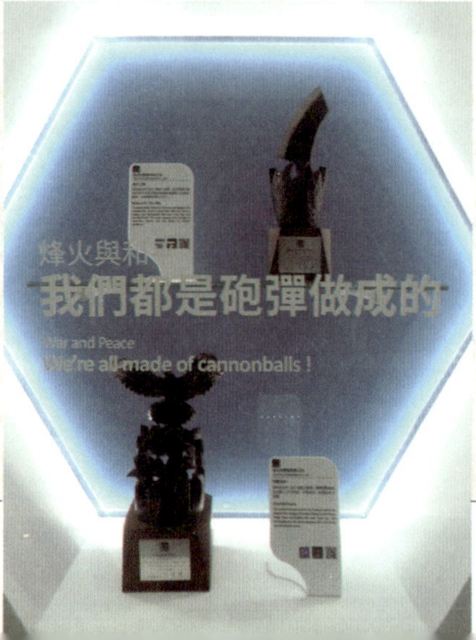

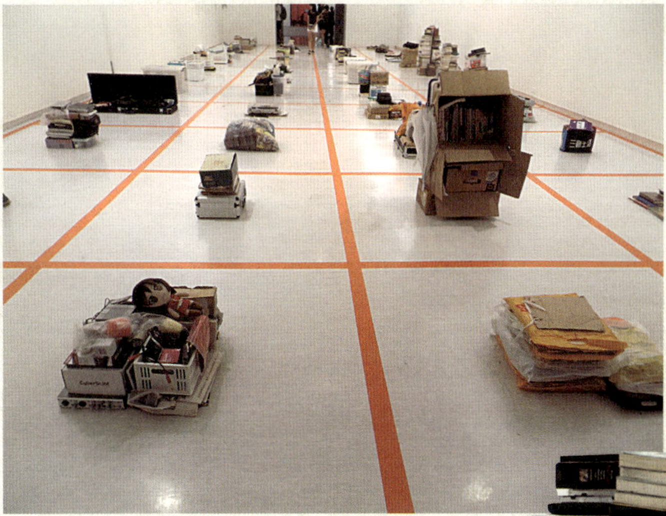

不同于一般挂在墙上“观者勿近”的艺术品
台北美术馆里的一幅展品
就这样随意到地铺散在地面上
人们自由地穿梭在这些老物件中
仿佛漫步在历史长廊

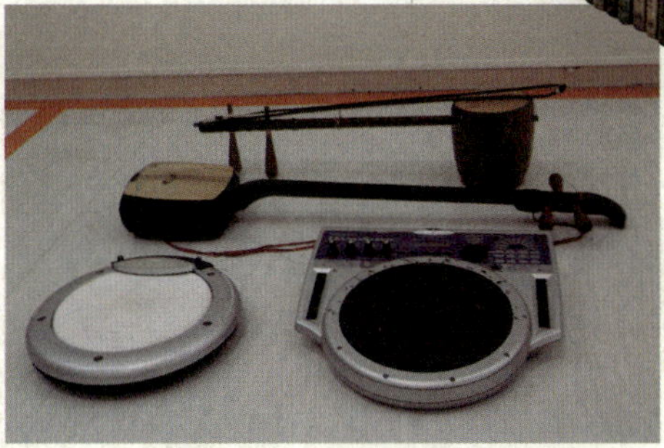

就是要颠覆常识

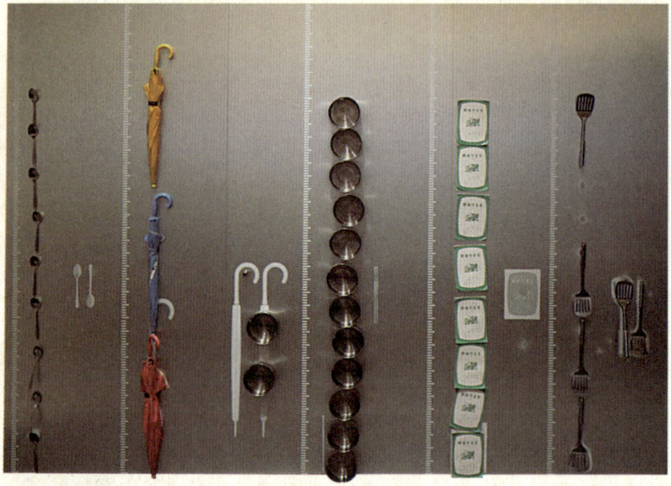

走进台北美术馆

重新定义这个世界

除了尺子

竟然还能用雨伞、碗碟、苹果等等来丈量自己的身高

用巨大的开关点亮小灯泡

重新理解、定义小和大的关系

屋顶和地板完全颠倒过来的房屋……

创意常以出其不意的方式震撼着人们的认知

启示人们重新认识这个已习以为常的世界

封面上印有传统民俗活动的笔记本

儿童读本上对文物充满童趣的介绍……

用心的创意为传统文化穿上新衣

让古老的文化焕发出新的吸引力

煮文字的鍋子

毛公鼎

鼎，就是煮肉的鍋子。不過，毛公鼎並不只是用來烹煮食物！它也是祭祀時使用的珍貴禮器。

毛公鼎有三隻腳，很符合物理原則，少一隻，掉不穩，多一隻，太浪費。它的造型也不錯，兩隻耳朵直挺挺，好像在聆聽周遭的動靜，三隻鼎足還做成了肥墩墩的獸腳，好像一揚蹄，就從古代跑到了現代！

不過，這樣的造型在青銅器中，可能連前十名都排不到，可是，毛公鼎卻是故宮的「鎮院之寶」！為什麼呢？

让人忍不住买买买的文创商品

西门红楼　一座日据时期留下的古老建筑
已经成为台北的地标之一
西门红楼的建筑造型是八卦造型连接十字架
外形上兼具了东西方文化的魅力
红楼建筑的十字楼部分摆满了各式各样新潮的创意作品
八卦厅则用文字、图片和老物件
向来者诉说红楼百年的沧桑历史
小小红楼不仅是东西方文化交融的缩影
同时　也是开启过去与现在的时光钥匙

台灣的文化意象，能如何地被看見、被保留、被呈現呢？
設計師們秉持著對台灣的熱愛，將這份心意轉換為作品，以創新的方式呈現給每一位喜歡台灣的你。
也期望能為身為台灣人的你、身為外地客的你，帶來一些不一樣的台灣“好記憶”。

让人忍不住买买买的文创商品

杯盖上的悠哉小人儿、姿势有趣的小人调味瓶、
马头形状的容器、色彩鲜亮的小男孩酒瓶
还有流行的“壁咚”书挡……
没想到 创意也能和古老的陶瓷
发生如此奇妙的化学反应

这才是创意产业

这才是跨界运营

一本介绍台北老花砖的书

旁边就配合着摆放不同形状的老花砖模型出售

这么精细的复刻品

告诉每个到来的人

关于老城的记忆

可不只停留在文字里

让人忍不住买买买的文创商品

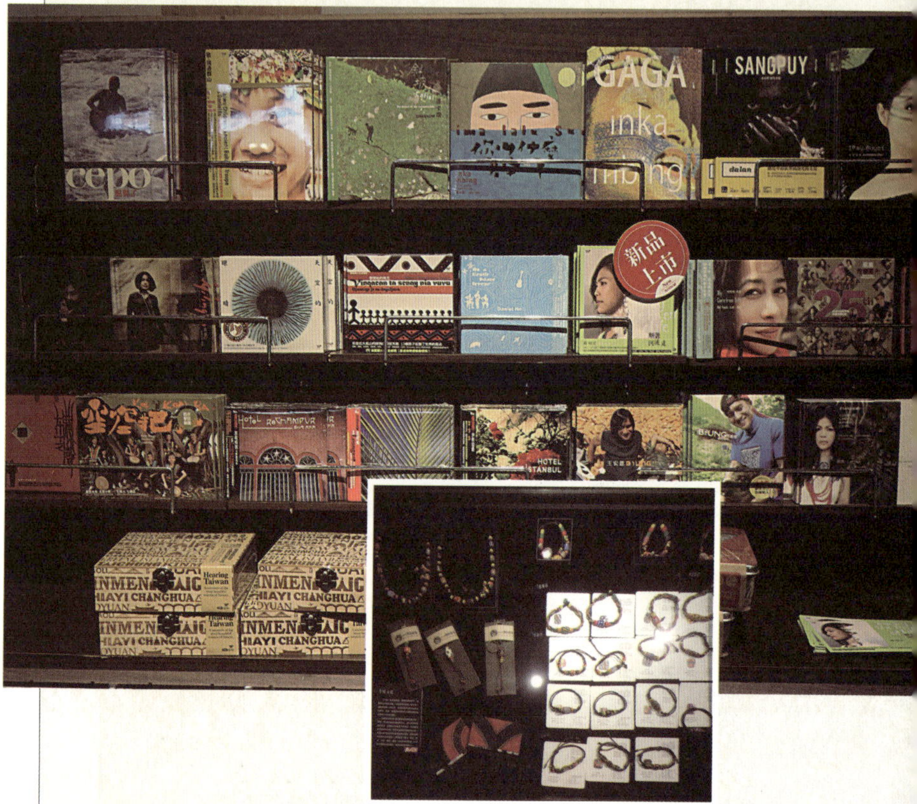

极具特点的少数民族文化
也是文化创意钟情的一大题材
富有民族特色的装饰品
都出自少数民族妇女的巧手
既能把当地的文化传播给大众
也能为少数民族的生活带来实际改善
文创　让生活更美好！

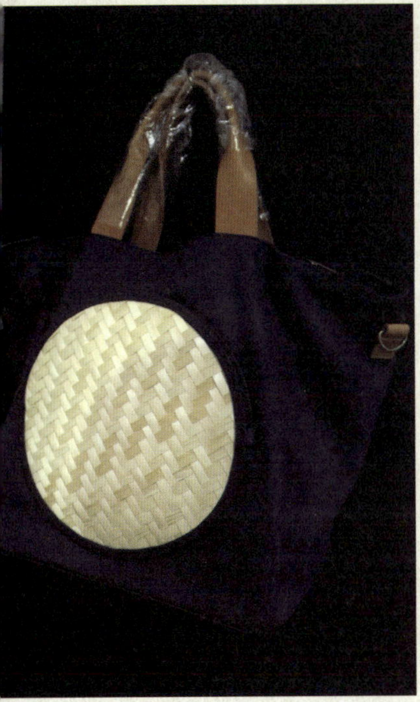

创意小店里

有太多匠心独具的小玩意儿

但设计师们都偏爱用帆布和竹木这样的天然材质

表现自己的创意

自然之美是用之不竭的灵感之源

台湾是著名的“蝴蝶王国”

设计师用传统刺绣的方式

淋漓尽致地展现了这一生灵的斑斓美丽

让人忍不住买买买的文创商品

拐进一家布艺创意小店

商品上的印花清新别致

老板特意在墙上挂着这些美丽印花的由来

原来这些图案都是极具台湾本土特点的生活元素

每个图案都有它的传奇故事

小店一隅　寥寥数字

静静地向每个到来的人展现台湾的独有风情

在台北的
大学与医院找细节

原来医院也能很暖

让知识唾手可得

会学习也会生活

台湾医大的医院门口设置了一台升降梯
专为腿脚不便的病人使用
只要按铃　就会有志愿者上前帮助启动
为了眼盲病人的出行
即便是对环境卫生要求十分严苛的医院
也会允许导盲犬进入
严守规范的同时
也能为真正需要的人提供人性化的宽容

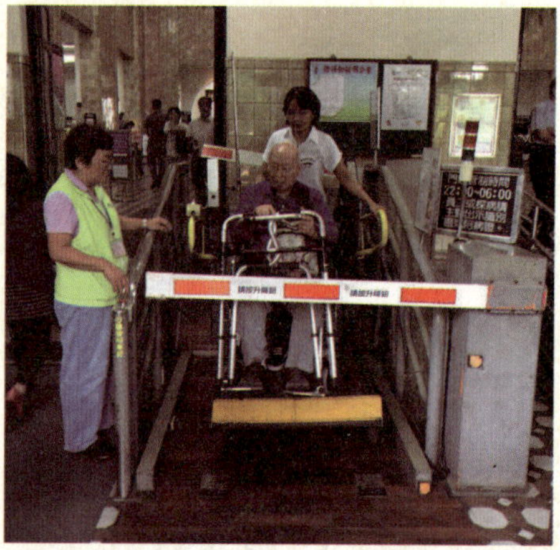

医院的大堂里　设有“口罩贩卖机”
这种贴心感　由内到外
让人觉得彻彻底底的安全
一个用心的管理者
总是知道你在什么时候需要什么样的服务

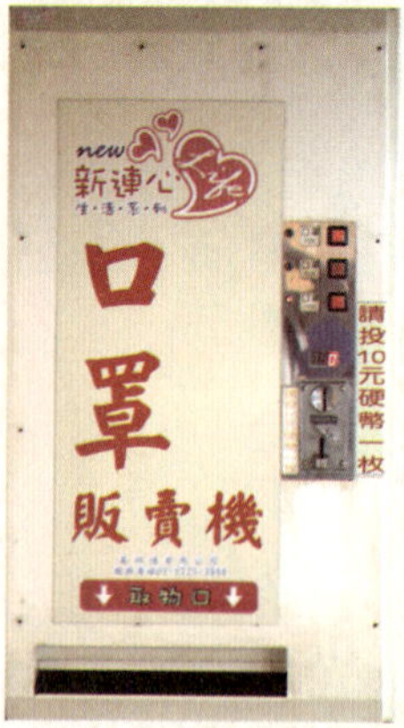

医院一进门就能看到醒目的咨询台
提供的服务十分全面、周到
既有常规的挂号咨询、病史问询
还包括简单的身体检查、心理和营养评估
咨询台旁边设有初诊病人自测仪
可爱的卡通使用说明
让第一次使用的病人也能学会自测血压

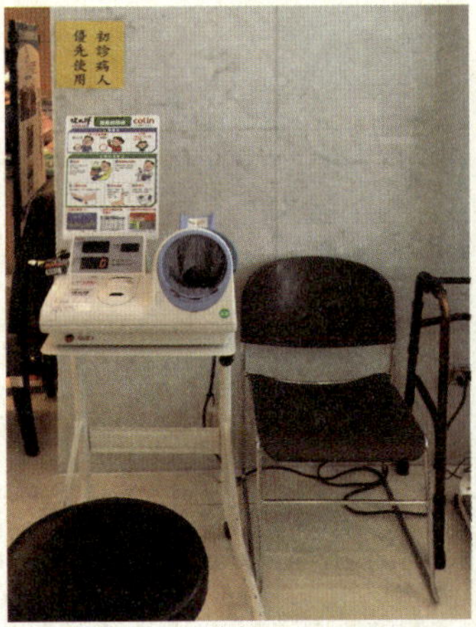

为了方便高龄老人和体障人士就医
医院大厅里设有志愿者服务台和博爱自助服务机
让不方便的人在看诊时免去东奔西走的麻烦

医院的走道上竖立着

“拯救生命 请先洗手”的宣传牌

强调洗手是预防院内病毒感染的最好办法

医院里还张贴了“进出病房 请先洗手”的宣传画

并提醒照顾病人先要洗手的几个要领

从而预防与消除病毒的传染

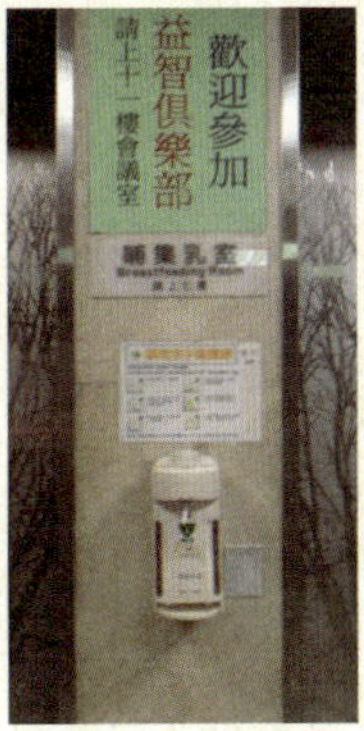

社区医院定期面向居民举办
系列公益健康讲座
在入口处和电梯旁这两个人流量最大的地方
都会贴上公告
通过定期讲座
让病患和家庭对病症有更科学的认识

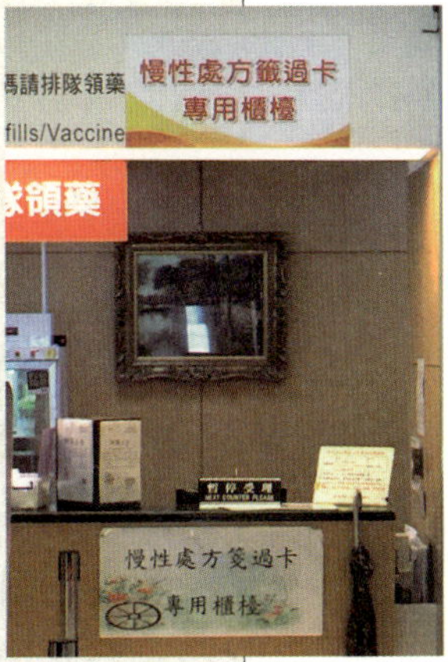

医院设有专门的慢性处方药物专柜
慢性病病人取常规药时不必再和其他病人一起排队
大大节省了领药的时间
也不占用更多的医生资源

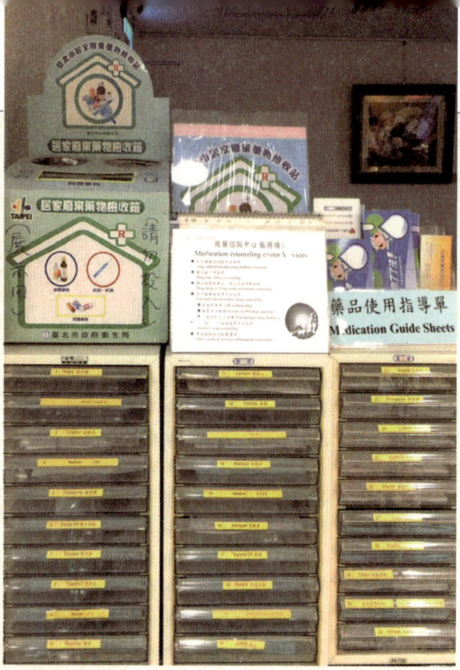

在医院取药处旁边的角落
有一个满是小抽屉的柜子
这一格格小抽屉里
分类放了常规药物的简介和使用说明
抽屉上方设有药品回收箱
过期药品进行了严格分类
按照抗生素类、针头、液体等类别分开回收

医院整个走廊里都安装了扶手
一根简简单单的扶手
支撑着腿脚不便或者虚弱的病人
这是医院给病人的一份爱心

在医院的一楼设有宽敞洁净的饮食区
在最近的地方让家属能简单用餐
提供方便的同时也能让家属及时照看病人

您的疼痛有几分？
为了让医生能第一时间
了解病人的病痛情况
缩短问诊时间
医院鼓励病人先填写疼痛评估单
对自己的疼痛状况进行打分
绿色的盒子里就是空白的疼痛评估单
向下抽取的设计也便于病人自取

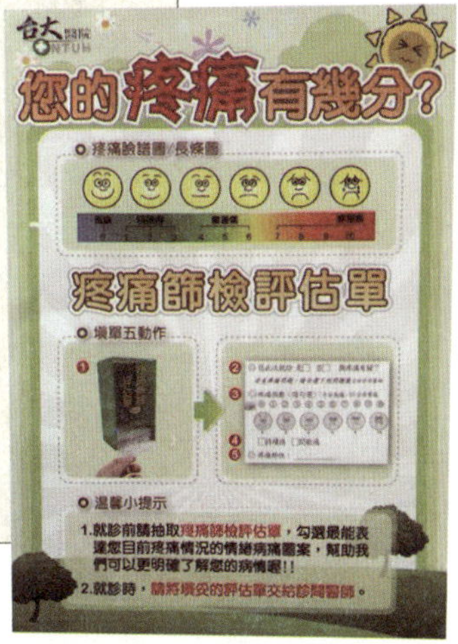

在台北 医院会提供优惠市民的特色服务

比如这辆粉红色的巡回车

就是能定期上门进行子宫颈抹片检查的医院用车

粉色的车身十分醒目 让人过目不忘

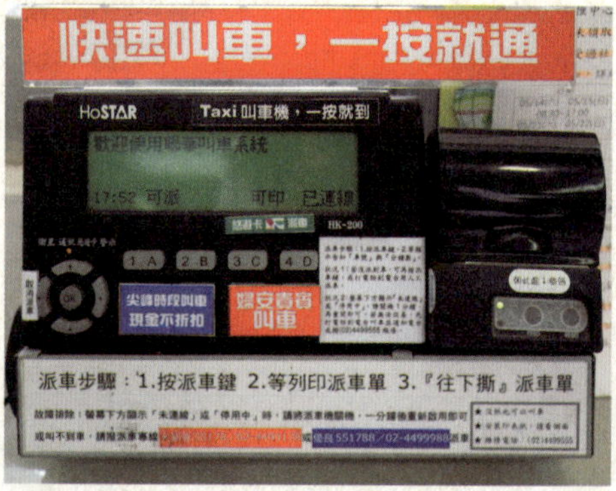

医院为病人提供了自助叫车机

叫车按键非常醒目

甚至专为女性设置了叫车按钮

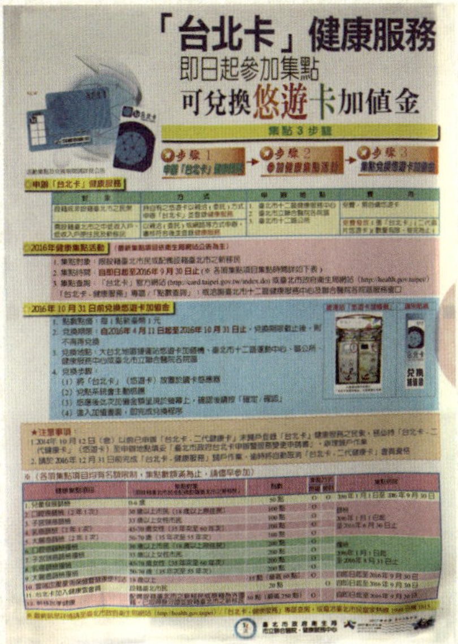

医疗优惠政策与百姓生活息息相关

为此台北也实施了一系列让利于民的就医优惠措施

比如台北市和新北市都实行三胎优惠政策

帮助降低育儿成本

针对学龄前儿童、老年人及困难家庭

实行极为优惠的医疗补助计划

面向普通市民则推出了“台北卡”积点兑换

完成一定的健康小任务　就能赢得积点

积点既能兑换成悠游卡充值金额也能兑换成体检费用

鼓励全民选择健康的生活方式

图书馆都备有自助打印机 扫描仪整齐地一字排开

一旁的矮柜可供读者放置打印好的材料

最下的一层则设置成回收箱

在图书馆阅览区

每张桌子上端都安装了灯带

光线明亮柔和

每个人的前方都有充电口

不需要和别人挤着合用一个插座

图书馆书架侧面的空间也被加以利用

变成了新书的推荐栏

让读者一眼就能找到该类别里最新出版的好书

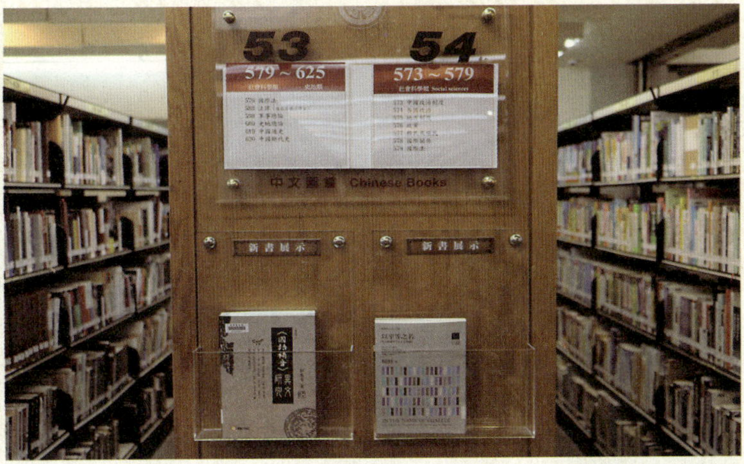

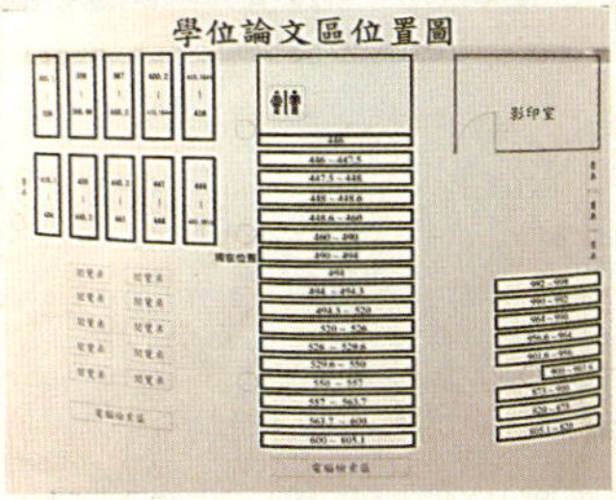

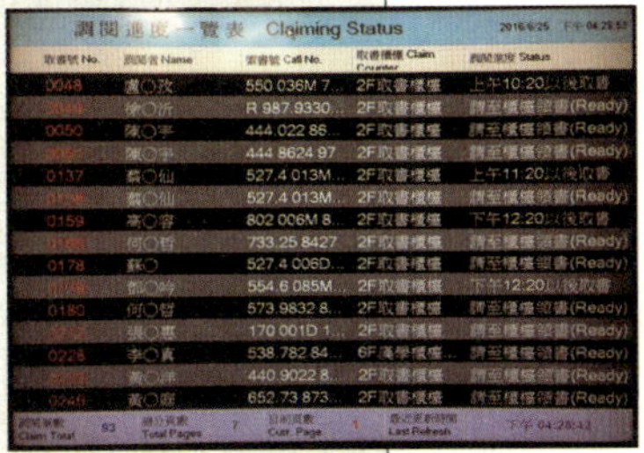

借阅处的电子显示屏

写明了读者领书的时间和具体地点

方便读者及时查看调阅进度

读者的名字也做了细心的隐私保护设置

仔细一看 方便读者查询的说明遍布每个角落

比如网络书库调阅流程

还有学位论文区的读者位置示意图

让知识唾手可得

到处都有便利读者的暖心小细节
低矮的书架　可以是读者的翻阅区
读者可以站着阅读感兴趣的图书
报纸阅览区每个人面前都有报夹
方便读者翻阅
倾斜的桌面十分符合阅读姿势
虽然图书区禁止饮食
但在图书馆一楼提供了专门的座位
给读者享受便利餐点

漫步在校园里

常常能发现一些让人感叹的小细节

比如这所图书馆门前的伞柜

每个小格子上的编号能防止大家拿错伞

架子上方的空位也能放置长柄伞

简单的细节设计让伞架显得错落有致、井井有条

学校教务室门口有一排小柜子

小抽屉里装着各种申请表

学生可以按需要自取

不仅教务工作面对学生开放

同样的理念也体现在学术氛围中

比如学院老师的论文

就放在走廊一角没有锁的柜子里

师生可按需要自行取阅

一个细节反映了大学开放、乐于分享的学术精神

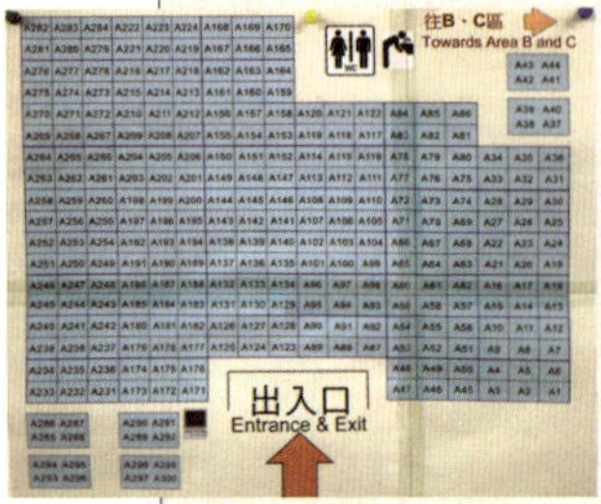

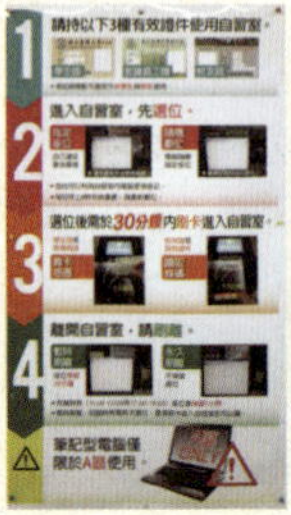

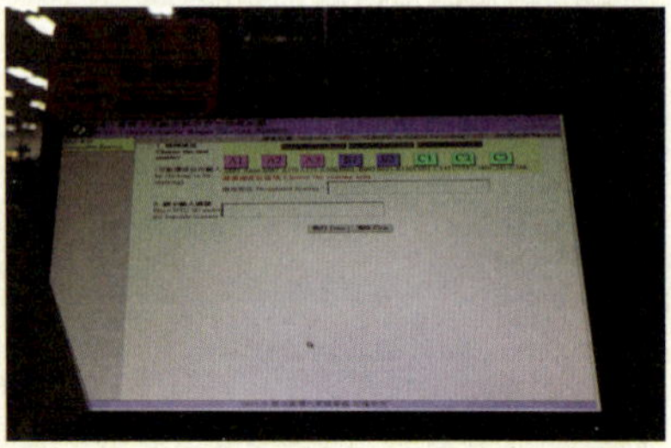

学生时代有没有因为找不到自习的位子苦恼过?

在台北的大学　这样的情况可能很少出现

一方面这里的自习室位子相当多

另一方面也许就要归功于座位预约系统了

哪里有空位在选座屏幕上一目了然

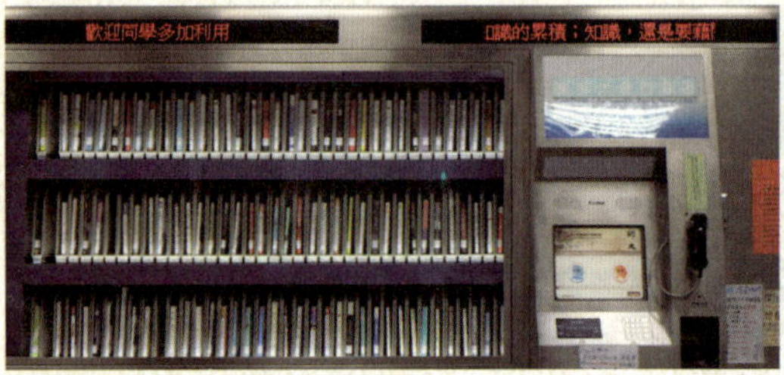

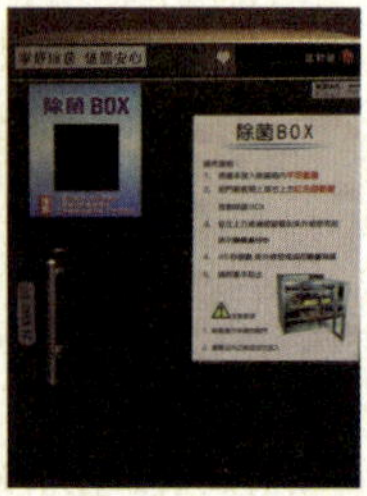

校园休闲区自助借书机

只要开通账号就能自助借书

一侧的电子屏上显示新书和好书推荐

手写的小贴士上则提示了不同类别图书的索书号

帮助学生第一时间锁定自己想读的书

若还有困难也不必担心

尽管拿起屏幕旁的听筒

操作上的小难题立刻迎刃而解

由于借书机里的图书是公共图书

为了保证卫生　旁边周到地配备了让人安心的图书消毒机

大学图书馆里报纸架旁

为师生们准备了翻阅报纸的座位

座位下方的每一个抽屉都标上了放置的报纸时间

方便工作人员收纳和查询

一个小心思让有限的空间也变得井井有条

图书馆每隔一两排书架就会有一个双层的小凳子

小凳子很轻便　方便移动

这为要取上排图书的读者提供了便利

而且双层的设计有效节省了空间

大学图书馆门口有电影专栏

既有大片新片也不乏经典好片

难得的是每部电影都贴上了观后心得及感悟

寥寥数字却触及思想

也是帮助观看者选择电影的最佳指南

会学习 也会生活

在台北医大图书馆里怡人的绿色植物遍布图书馆

甚至有区域可以脱了鞋休闲放松

这里的视听阅览室除了和专业相关的教学片外

也有《实习医生格蕾》这样的医学题材电视剧

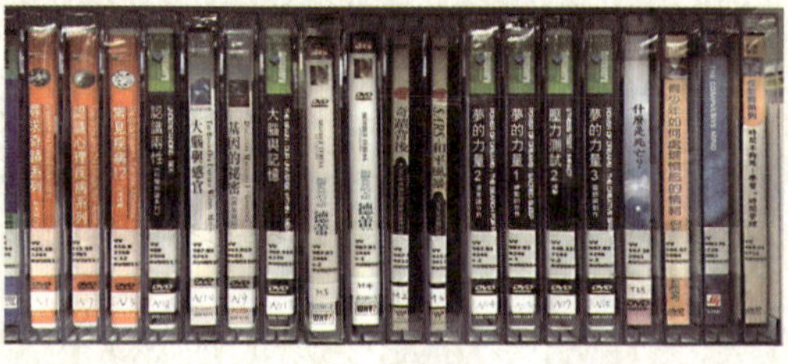

在台湾大学楼道里

矗立着一个看似淋浴设备的装置

实际上它的作用和淋浴异曲同工

不同的是它要洗去的是

当师生们在实验时

不小心黏到身上的化学药品

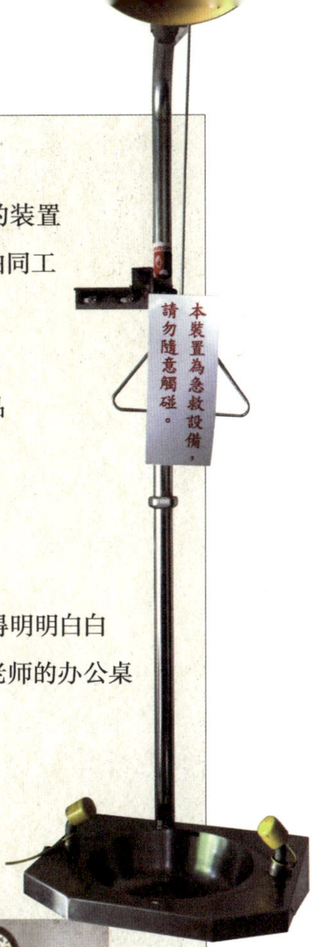

教师办公室的门口

一张简易的座位表

把教师们的位置和姓名写得明明白白

同学们不需要因为找不到老师的办公桌

而尴尬地四处询问了

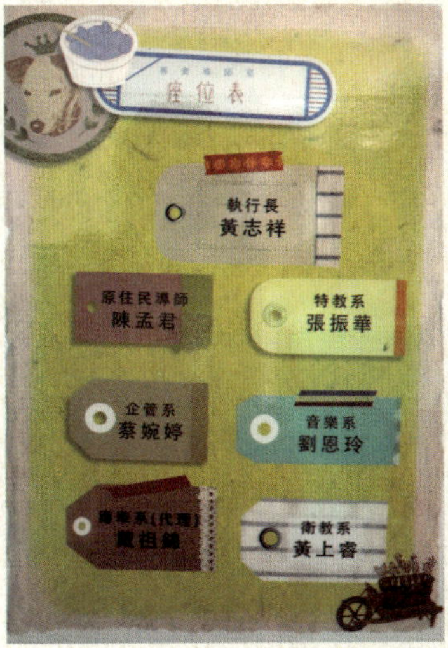

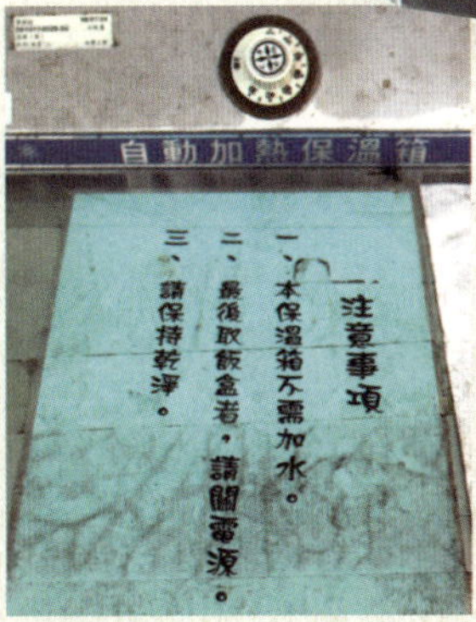

教学楼的一角设置了供教职员工使用的加热保温箱

让老师们不用再排队加热饭菜

随时都能享用热乎乎的可口便当

我还是想念台北 118

会学习 也会生活

台湾大学是台湾省最高学府

但这个学术底蕴深厚、治学严谨的大学

也因其自制的美食而广为人知

台湾大学农学系自有农场

大名鼎鼎的台大冰淇淋就出自那里

新鲜的奶制品、有利健康的爱玉饮品……

每一样都让人垂涎欲滴

而且物美价廉

学生和附近的居民真是有口福

台北，浓得化不开的中国传统元素

看得见的传统文化

传统文化在心里

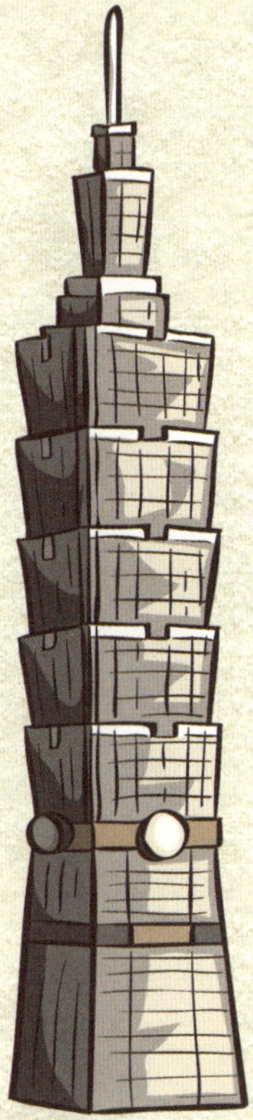

看得见的传统文化

台北地标 101 大厦常让人惊叹其高大现代
但细细看来　竹子一般节节高升的造型
和楼身上镶嵌的铜钱、玉如意
无一不是蕴含吉祥寓意的传统元素

在台北　处处可以看到中国风的建筑特点

古典琉璃瓦、祥云图案、窗棂格……

不经意的抬头俯首之间

传统韵味　早已融入了台北人的点滴生活日常

台北建筑中的细节之美

常常让人惊喜

无论在著名景点

还是名不见经传的小小民居

每一个细节都透露着

建造者对美的执着和用心

台北市区有两条著名的青草巷

分别在万华艋舺和迪化街

巷子里满是药草铺和卖青草茶的小摊

店里的药草就放在一格格古旧的抽屉里

虽然店铺简朴但买茶的人络绎不绝

除了安静的老街

熙熙攘攘的夜市里也有不少药膳佳肴

独特的滋味吸引着来往的食客们

时至今日　人们依然相信

流传了千百年药食同源的养生智慧

西门红楼是台北年轻人聚集的潮流地标

但八卦厅的红楼剧场

只上演中国传统剧目

任凭门外的一切怎样飞逝

在这里都会忍不住变得慢条斯理

看看过去名角儿的照片、古旧的海报和售票窗口

让人一不留意就产生了今夕何夕的错觉

美丽的窗棂花
还有什么比这个更能体现
中华民族民间的灵巧古朴之美?
在台北有着 200 多年历史之久的老街剥皮寮
不起眼的窗棂上　贴着美丽的剪纸
有“四季平安”　有倒写的“福”字
红红艳艳的　跳跃在临街的窗台上
让你感觉到　这就是中国味道

青玉般的琉璃瓦　大俗大雅的木雕
舒卷多姿的祥云　几何形状的窗格
在台北
到处可以看到这些体现
中国建筑之美的地方

台北的寺庙多是依街而建

走着走着就很可能遇见某某宫或者某某寺

不同于其他地方建在山中力求脱俗的寺庙

台北的寺庙因为毗邻街道民宅更多了些许香火气

似乎也与百姓多了些亲近

在寺庙屋顶可以看到造型生动 配色明丽的彩色陶瓷人物

三国英雄、梁山好汉

还有唐僧师徒……

传统故事中的人物登上寺顶和庙檐

仿佛正在上演一出出历史故事

匠心独运的细节

使庄严肃穆的寺庙显得活泼生动 趣味十足

气势恢宏的名寺古刹色彩绮丽、雕饰精致

但它最动人的地方在于数百年来

她始终默默守护着这个地方的人们

给予他们克服困境的希望

袅袅的香火静静升腾

人们在这里诉说自己的愿望

获得内心的安定与平静

看得见的传统文化

至善园

名字取自《大学》开篇第一句话

根据王羲之的《兰亭序》为蓝本

设计建造的传统中式庭院

园内的松风阁　曲水流觞等景致

不仅与古典文学的典故

有千丝万缕的联系

雅致的景观

也反映了中国文人追求的悠然沉静之美

对台北的传统古典之美最直观的感受来源于建筑
这里不仅有红墙金顶 庄严肃穆的宫殿式建筑
也有小桥流水 清丽雅致的园林景观
台北虽然不大
但不同风格的传统建筑却融合在这片土地上
让这座城市散发出千年华夏的古典魅力

看得见的传统文化

祥云　瑞兽　如意……

这些寓意吉祥的传统符号

静静地伫立在屋顶的飞檐上

仿佛在与远方的 101 大楼对话

历史与现代

这一刻在这里产生共鸣

古代钱币样式的房间钥匙

门楣　窗框上的铜钱　寿字纹样

还有绘有花鸟　形同灯笼的灯饰……

圆山大饭店由内而外

从骨子里透出一股浓浓的中国味

圆山大饭店的大堂里灯笼高悬

数十根朱红圆柱挺立在大厅中

天花板上造型优美的梅花形藻井正中

饰有五龙戏珠的图案

象征着“五福临门”

对吉祥福瑞的祈愿

被巧匠们定格在建筑的每个角落中

三峡老街的建筑是红砖堆砌的传统闽南地区

除了保留骑楼（又名亭仔脚） 女儿墙等

传统的中式建筑特点

三峡老街也因历史原因

保留了巴洛克雕花等西洋建筑细节

蜿蜒的老街历经岁月

褪下了它曾经的喧闹和繁华

回归了安宁与沉静

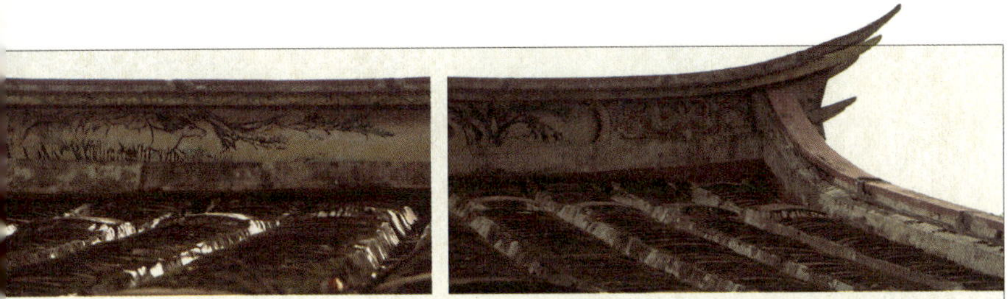

沿着一条老街拾级而上
发现了一间几近破败的古旧民居
屋脊上绘有代表（吉）“祥”的羊
以及寓意美好的如意图案
微微翘起的屋檐
则是典型的闽南地区建筑特点
虽然这样的古宅
不如那些名胜古迹有让人惊叹的美
但其实历史的印记
也早已被镌刻在这一砖一瓦上

传统的手工制作蓝印花布
只需要最简朴的原料
最简单的工具
只有蓝和白两种颜色
就能在当地人的巧手下
建造出一个
自然淳朴、千变万化的艺术世界

竹编、篆刻、做毛笔……

这些古老的技艺

虽然离现代人的生活越来越远

但它们在台北仍然能有一席之地

去承载对历史的记忆

一间茶室的卫生间标识
用古典白描的人物画来区分男女
传统文化的细节
离我们原来也可以这么近

架上的茶饼经过时间的沉淀
饱含了岁月的香浓和苦涩
百般滋味犹如人生
难怪茶千百年来能受到人们的喜爱

过去台湾渔民会把多下来的鱼和虾
做成各种鱼丸　鱼虾酥方便保存
这种简朴的食物处理方法保留至今
咸中带鲜的自然口感
仍然受到人们的欢迎

喜饼是台北过去婚嫁时必备的传统点心
美好的寓意和丰富的口感
让这一手工传统美食的生命力延续至今
依然是老台北人难以割舍的好味道

虽然现在人们更多会使用冰箱来冷藏食物
但在台北
仍常能见到用一大缸冰水
来冰镇饮料的传统古法
冰镇的也主要是青草茶或者桑葚汁这类天然的凉饮
古人的智慧就藏在这油盐酱醋之中

售卖酒的店家外墙巨幅玻璃上
写有李白的《客中作》
用传统的书法与诗词来展现美酒
是不是这“杯中物”
也一下子变得文艺了许多呢？

蘭陵美
酒郁金香
玉椀盛來琥珀
光但使主人能醉
客不知何處是他鄉
李白詩客中作

陶瓷（china）千百年来是中国（China）的代名词

历史悠久的陶瓷被世人喜爱

不仅因其美丽精致

更是因为其与老百姓的日常生活息息相关

小到厨房里的勺子　筷笼

大到房屋需要的陶砖　瓦当

生活的方方面面都有它的身影

陶瓷枕头器形美丽 图案典雅

古人对陶瓷的喜爱深到夜晚也要其陪伴左右

枕着它才能“高枕无忧”

在台湾家喻户晓的霹雳布袋戏

不仅长期在电视台播出

连便利店都会销售相关的周边产品

该剧以现代视觉技术呈现出奇幻绚丽的画面效果

精美的古装造型和独具魅力的仙侠世界

吸引了众多年轻的爱好者

福禄寿三仙
自古以来是广受百姓喜爱的神仙人物
三仙造型的提线戏偶衣饰精致 神情泰然
操纵线排布繁多复杂
想必动作也十分流畅自然
木偶戏历史悠久
能传承至今
其魅力不言而喻

画笔 剪子 刻刀……
只用最简单的工具
通过师傅们代代相传的经验和巧手
一张薄薄的皮就摇身一变
成了一个个形象各异的皮影人物
为人们上演一场场光与影的盛宴

起源于中国（大陆）的皮影戏早在数百年前就流传到海外

法国　土耳其　北非　东南亚……

这种光与影的艺术

以它独特的魅力

受到世界各地人们的欣赏与喜爱

从表演者躲在下方的简易的肩担戏台

到精雕细刻 色彩华丽的彩楼

再到声光结合 效果炫目的现代戏台

尽管戏台的历史不断变迁

但带给几代人的欢乐与记忆不会磨灭

红脸美髯公关羽手拿青龙偃月刀威风凛凛

眼睛瞪得像铜铃的张翼德高大威猛

天师钟馗张大了嘴

手持着宝剑迈着大步仿佛要赶去斩妖除魔……

这些做工精致、活灵活现的戏偶和成年男子的手差不多大

但就是这手掌心般大小的人物

却已经历了数百年的发展与传承

承载着手艺人和表演者的坚持与心血

忠孝路 信义路 仁爱路……

台北大街干道的条条路名

透露着中华传统的美德品质和精神底蕴

嘴上说得多了

渐渐也就渗透到人的心灵和行动里去了

一家药店安静地伫立在街口

店里的陈设古朴素雅

淡淡的药香弥漫在空气中

一瓶瓶药材整整齐齐地摆放在那里

不需要大肆宣传

凭着“保证良药”的信用和口碑已然传承百年

“人无信不立 业无信不兴”

这是经营了数十年

甚至上百年的台北老店共同信奉的经商智慧

古老的寺庙内墙上绘有中国古代的经典故事

保安宫中　徐母明辨大义怒打曹操、木兰为尽孝道代父从军……

一幅幅活灵活现、栩栩如生的壁画

体现了忠　孝　节　义等千百年来中国传统文化的精神内涵

壁画色彩鲜亮　仿佛其传递的内涵历经岁月仍然历久弥新

藏身于闹市中的寺庙每天都能迎来大批善男信女

不论男女老幼　显贵还是平民

在这里都只有虔诚的祈祷之心

渴望从千百年流传至今的信仰中获得一些力量

在台北

怎么可以少了灯笼

这种典型的中国元素？

灯笼上印有

风调雨顺、国泰民安……

也是每个人心底

反映了百姓心底

最朴实真切的愿望

小葫芦依附着大葫芦

大葫芦上写有《慈母吟》

母子相依的场景和耳熟能详的诗句让人动容

陶瓷与葫芦（“福禄”）造型、古诗词等传统元素也十分契合

另一旁的展架上

圆滚滚的小鸡一家憨态十足

而“鸡”在闽南话中和“家”同音

从中可以感受到

创作者希望表达中华文化重视家庭伦理的初衷

传统文化在心里

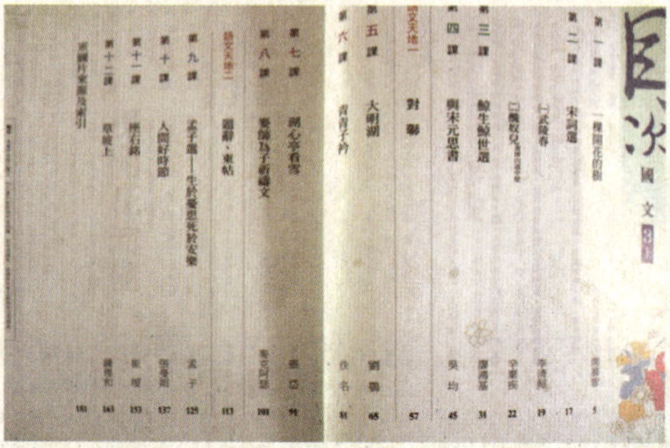

从目录内容来看

台北的中小学语文教材中

古文及古代文化常识占比相当高

除了古文经典

课本中还会教授对联、题词的规范写法

虽然日常生活中很少使用

语言也特别文绉绉

但仍将其列为教材中的必学部分

可以感受到台湾对传承传统文化的重视

学习古文时

一些古时特有的词汇让学生们觉得难以理解和记忆

为此课本对文中出现的涉及古代生活的词汇做了图注

既有天文地理这样的宏观概念

也有音乐服饰这样的日常生活细节

用图文相辅的方式帮助学生去认识古人的生活常识

孔庙的一角挂满了

学子和家长们希望学习进步、金榜题名的祈愿牌

除了家长和学生

学校教学大楼挂满了

学生高考进入大学的“金榜题名”巨幅贺幅

这种对学业有成的渴望

古往今来从未改变

在莺歌一所小学的墙壁上

用陶瓷碎片拼成了一幅长长的壁画

用卡通形象描绘了郑成功从殖民者手中收复台湾的故事

以及百余年来莺歌以制陶为主要经济产业的小镇历史

每当孩子们背着书包经过这面墙

便能看到故乡的过去

历史就这样沉淀在他们心底

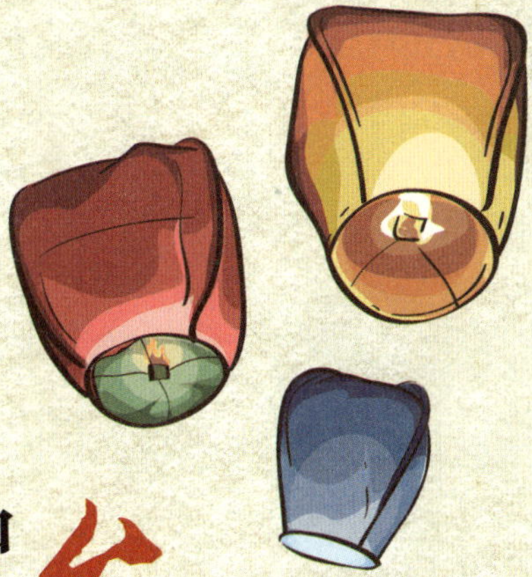

每个人心中都有一个台北

阮义忠

台湾当代著名摄影家，是少数被选入美国权威的《当代摄影家》一书的华人摄影家之一。在几十年的摄影生涯中，他一直坚持人文主义的温暖视角，以超乎寻常的热情和洞察力，专注地用镜头记录台湾的社会现象。

台北不再是谣言

在桃园机场尚未兴建之前，台北的松山机场是唯一出境门户；就在这儿，我欢送过留学的朋友、移民的亲人，迎接过归来的学人、来访的外宾。每回踏入机场大厅，我都会既兴奋又紧张，仿佛即将跨出边境的是自己，马上可以逃离这块土地了！

是的，我曾不喜自己的出身环境、不耐令人窒息的填鸭式教育，我还不满威权体制、社会奢靡、道德沉沦……总之，我只欣赏自己，对其他的一切都看不顺眼，自认为来错了时代、生错了地方。拍《台北谣言》本是想批判这个城市，但拍着拍着，却感觉是在批判自己，因为我也是台北的一份子啊！

在内湖碧山岩俯瞰台北盆地，每隔一会儿就有飞机起降，而我正是以逃离心态在凝视着这一景。后来，我也曾在北京昌平上苑村买过一块农地，总以为离开城市就能回归田园生活，重拾农业社会的美好价值。

1999年，台湾遇到了大浩劫。“921地震”让我反思：当生长于斯、创作于斯的土地有难时，我能做什么？我将《告别二十世纪》摄影展作品义卖赈灾，跑去佛教慈济基金会当志工，为其援建的五十所灾区学校作摄影见证，并于后来皈依创办人证严法师。

加入慈济后的我终于明白，美好年代永远存在。在社会的每个角落都有动人的事迹、善良的人，只要心存感恩、做好每件事，每个当下都是黄金时刻。

一切唯心造。心有不足，所闻所见都是缺憾；心中有爱，则一花、一草、一木都可见如来。现在，我实实在在地爱着台北，在这个城市安身立命、传播信念。对我而言，台北已不再是则谣言。

台北盆地，1986 阮义忠

简媜

1961年生于台湾省宜兰县，台湾大学中文系毕业，曾获吴鲁芹散文奖、时报文学奖等。是《台湾文学经典》最年轻的入选者，也是台湾最无争议的实力派女作家。著有散文集《水问》《只缘身在此山中》《月娘照眠床》《私房书》《下午茶》《七个季节》《梦游书》《浮在空中的鱼群》《空灵》等。

台北小脸盆

我到台北正好满十五年，其间大搬家十五回，局部搬迁二十多次，在一个地址居住最久的不超过四年。搬来搬去，没离开过台北这个小脸盆，只不过杠掉一个个住址，像一只骚动的小鸟进行它的内部流浪。

不挑剔地说，我颇喜爱台北，但严格地审视，我到现在还在努力适应台北。

如果有人像我一般，在生命最活泼的前十五年完整地生长在与世无争的平原乡村，听懂天空与自然的密语、窥视山峦与云雾的偷情、熟悉稻原与土地的缱绻、参与海洋与沙岸的幽会、牢记民俗与节庆的仪礼，也学会以叔伯兄嫂一路喊遍全村每一个人……那么，没有理由在往后岁月寻求另一处地方当做原乡。贫穷却娟秀的小村赋予我生命的第一度肯定，潜育我的性情、人格与尊严，启蒙我去追求美、爱。尤其爱，一群有爱的朴素农夫共同使秀丽小村变得雄壮，让他们的子弟从小看不到刀光血影的厮杀、狰狞的仇恨或恶意背叛、奸佞的陷害……只学会一种和平的善意，包容生活中的灾难，也具备一股原始冲动，去接近爱、给予爱。最大的爱产生最大的美，最大的美发动最虔诚的依归。小村教会我这些，使得无论流徙到何种穷山恶水，都能尊贵地活得像自己。

十五年前，来台北的第一天就迷路了，这确是不祥的预兆。当时一个人提着两袋初中课本准备次日参加高中联考，日暮黄昏，在复兴南路附近走来走去，亲戚家的巷弄门牌老是找不到（我还没学会打公用电话），最后干脆问路往金华中学试场走，我憨直地认为到学校找间教室睡一晚，天亮爬起来考试，一切解决了。就在再兴小学附近，一个骑单车、穿制服的外省老先生拦着问：“你是不是姓简？”我吓坏了，否认。“你从宜兰上来考高中对不对？”我点头如捣蒜。他的表情如抓到小匪谍般高兴，原来是亲戚发动左邻右舍及大厦警卫全力缉捕我。她向他们形容：瘦瘦小小、笨笨呆呆的乡下初中毕业生就是她！

由于极度低能，城市生活是我高中课程外的黑狱。亲戚住电梯大厦五楼，我却会“晕电梯”，下楼买豆花，才拐几个弯，迷路了，端着一碗豆花不知怎么办。忘记随手关门或缺乏带钥匙意识，害亲戚常常喊锁匠；每天通车三小时往返新北投念书（如果没坐错车的话），她在我的书包放一包塑料袋、白花油、毛巾，郑重警告：“你觉得要吐了，就赶快下车！”每趟车至少发作两回，青白着一张脸赶到教室已第一堂课。亲戚看我天天像垂死病人，建议休学重考。我问：“有不用通车的学校吗？”她答：“台北没有，除非回乡下。”年少自尊心强，不闯出名堂决不返乡。痛下决心跟台北汽油味拼了。书包、口袋放的不是少女最爱的胭脂水粉，是晕车药、万金油、白花油、绿油精、保心安油、酸梅、撒隆巴斯，活活像个西药房，如此抹油、呕吐一年半，有一天，忽然不晕了。

台北仍是异乡。无论如何努力仍被当做乡下土团，渴望有一个朋友，却总在名单之外。我相信不是故意，只是存在彼此之间的差异太根深蒂固，以至于无法交融。我活得孤单，沉默得像一块铁，失去快乐的能力，仿佛过去的桃源小村是一场梦，眼前的鸽笼铁壁才是真的；那群亲切的村妇渔郎都是梦中人，城市的冷脸才是本貌。我在原该欢乐的年纪早熟起来，那是躲入稿纸以后的事。常常虚构不同的人物，在稿纸上排山倒海地向他（或她）倾诉。稿纸活了，我也活了；有时我们跟随文字到无人的海边开始对话；有时攀越高峰，在温暖的小山洞里闲聊……我不知道这就是想象之翱翔，写作的发轫；只知道它使我省略去寻一个愿意聆听我、我愿意恳谈的现实人物，也避免搭乘令我作呕的车行去找寻一处美好的情境。想象解决现实困厄，阻止无枝可栖的少年坠入偏执的怨恨情结。文字书写隐含一种距离，在情感倾诉之后，反过来引导自己去透视事件的虚实、省思人我隔阂的因由，进而宽宥产生隔膜的城乡渊源。由宣泄而沉思而宏观而回到善良的本性去谅解，我遂愿意以更大的诚恳接近城市、关怀城市人。这是重要的一课，使敏感多思的我不至于变成人格扭曲的城市客，也意外地，把我逼成作家。

从作家眼光观察台北，是我继续留下来的原因之一。小小的脸盆，莫名其妙掉入一个附带历史使命的包袱，涌入各地来的移民或流浪客（三四十年代的山东人、四川人、湖南人等政治性移民；五六十年代的台南人、屏东人、宜兰人、花莲人、雅美人、布农人等经济性岛内移民；七十年代的菲律宾人、马来西亚人、大陆客等兼具政经因素的境外移民流浪客）。这些人带着特殊的文化根性来到台北城，原先不打算落籍，却又不小心繁衍出第二代、第三代。由于脸盆太小，这些人及子裔很容易借由通婚、经济活动无形中搅和一起，不断翻出台北的新面目，其速度之快，连定居台北的人若三个月不出门，一样迷路。台北因着她的特殊命运，展现了迷人的戏剧性格。有戏的地方，就是作者最爱的地方。

就个人的生活圈而言，我显然已适应类似：中午在娘家公寓参加民俗节日大拜拜；下午到国际级的观光饭店啜饮欧式咖啡；晚上在圆环老招牌的路边摊吃肉羹米粉，购买大陆来的天津栗子、西瓜霜，秤一斤南投土产的冻顶乌龙，选几个加州蜜李、日本大苹果或热带榴莲；买纯山东手艺的大馒头，夹港式腊肉当消夜。回家看NHK小耳朵，独酌苏联伏特加。我习惯了萍水相逢。

台北打破四季，模糊国界，兼蓄最草根的古典与最前卫的现代。勇于善变，拙于处理变化所带来的灾难，终于出现独树一帜的台北逻辑：以变治乱，用变动解决旧问题，新的问题则用更新的变法，所以，看起来没问题了。

半是乡下人，半是台北人。也许我将逐渐往回乡的路迁徙，但确定忘不了台北这个魔术小脸盆，她收留我的绿色少年，允许我把梦打造成黄金，至少，小脸盆内留下十五处我蜕变的烙印，并且有继续增加的可能。

朱天衣

台湾著名作家，跟朱天文、朱天心并称朱家三姐妹，出身文坛世家。她的小说有《旧爱》《青春不夜城》《孩子王》等，散文有《朱天衣散文集》。

我曾有个当杂货店老板的梦想

三十年前，我结束了手边的工作，那是一份朝九晚五十分苦闷的工作，三年的时间，局限在一栋古旧的日式宅第里，编著一部不合时宜的“三民主义”大辞典，即便这份工作是由机构资助，但我所支领的微薄薪资，在都会生活也仅够糊口而已，与此同时，却正是“台湾钱淹脚目”的时刻，全民均陷入炒房炒股的热病中，拥车人口也急遽攀升，台北交通首当其冲的只有一个乱字可形容，整个城市像个压力锅似的，呈现一片浮躁烦闷的景象，我实在是找不到任何留下来的理由，于是毅然离开从小生长的台北，搬到百公里外的苗栗，寻找自己可以安身立命的所在。

这苗栗市算是一座山城，也是一个客家庄，因着客族节俭保守的个性，所以即便是个城镇，发展却十分迟缓，当时的连锁商家，几乎没一家在此落脚，卖日常用品的店铺，仍维持着孩时杂货店的样貌，至于餐厅饭馆更是少的可以，也多半以家庭方式经营，且晚餐时间一过就打烊，有时晚课结束，想找家小铺子吃碗面汤都难，也因此当第一家便利商店“SEVEN”入驻时，即便当时他们所贩卖的熟食只有茶叶蛋、热狗、面包而已，即已让人感激涕零，我也因此才明白都市人的乡愁是什么。

如今台湾的便利商店已无处不在，且提供的服务包罗万象，光是食物便琳琅满目多到不胜枚举，如基本款的轻食点心热狗大亨堡、御饭团、三明治及关东煮，花样口味便繁复到令人难以取舍，至于可现场微波加热的便当、烩饭、炒面等更是扎扎实实可填饱肚腹解决三餐的，且制作用心不会敷衍了事，像其中一款炸酱面便深获我心，味道纯正不过咸也不过甜，即便是微波食品，那面条仍能保持弹牙的嚼劲，去年还推出新款波浪形的炸酱面，近两公分宽的曲浪薄面，裹着浓郁的酱汁，入口滑润Q弹，会是令我期待的外食。

烩饭、盖饭及便当之类的米食，所使用的亦是上等好米，粒粒晶莹饱满，唯分量小了些，男生约莫要吃两份才能有饱足感。其中也有不少轻食是专为女性同胞设计的，除了御饭团、三明治，还有各式色拉及切妥的水果盅，苹果、香蕉亦有单个贩售的，我们这些家庭主妇看着贵，可却是粉领族的最爱，这些打开包装即可食用的蔬果，对外食便当吃腻的上班族来说，真的是很大的福音。

便利商店推出的美食，还会随着季节递擅不停地做各种变化，如夏季供应的凉面便有无数种口味可选择，中式、日式、韩式、辣的、原味的、大包装的，有时还可搭配茶饮特价。说到特价，便利商店也会不定期地推出各种促销活动，包括第二件六折或买一送一等，多是当季热卖商品，其中现磨咖啡还可将第二杯寄存在店里，随时想喝再回同一家店取用即可。至于那常态性的早餐优惠组合，或面包或饭团、三明治的，搭配某些限定饮品，以39元、49元出售，则是24小时都可选购，我若赶时间或贪图那优惠，便会买份“早餐”边开车边解决一顿中晚餐，这时的便利商店就会让我心生饿不死的感动。

除了特价优惠，各家便利商店都会推出集点赠送或换购某些商品的活动，早期“SEVEN”便曾以凯蒂猫的胸针及磁铁做赠品，一套三四十种不同的图样，那段时间大人小孩均陷入这游戏中，女性同胞自然是热衷凯蒂的，做爸的则多是为家中妻女搜罗，年轻男孩为取悦女朋友，也无法幸免于这场大脸猫的灾难中。总之，“SEVEN”几次推出的集点换赠品的活动，几乎都成为全民运动。

除了以上基本的吃食以外，逢年过节也会推出各式应景商品，如最近的中秋，从北到南各名家月饼糕点在便利商店都可先预购，连应景的文旦柚也买得到，至于金秋特有的螃蟹，台湾本地的花蟹红鲟、日本进口的帝王蟹松叶蟹是不会缺席的，从彼岸渡海而来的大闸蟹，也保证是阳澄湖产的活物，几年前我便订购过一回，去取货时，即便说明书已巨细靡遗书写清楚，店员仍不厌其烦地教我回家后如何放在室温中让它们醒转过来，接着连烹煮过程也交待了一番，然言者谆谆、听者藐藐，我哪可能让那些冻晕过去的大闸蟹们，活过来又再死一次，但当时店员认真慎重的态度，比那些娇客们的滋味更令我记忆深刻。

我不知道其他地方的便利商店是否像台湾一样提供那么多的服务，除了供应令人眼花缭乱的吃食外，其他提款（银联卡都可使用）、转账、邮购、影印、传真、购票（车票、游乐园票、艺文流行表演票）、缴费（信用卡、停车费、交通违规罚款、学费、年金）……太多想得到、想不到的业务它都能为你解决，且店员的服务态度均好，就算手边事情再多，也几乎没遇过不耐的对待，其中又以“SEVEN”的服务最贴心，像我每次寄自己种的蔬果回台北妈妈家，只要随意提个袋子去，店员都会主动找个大小适中的纸箱为我包装妥当。也难怪我那不轻易出门的大姐，会把它当成不必付租金的办公室，一周去一次，所有杂务都能解决，不过她也常为了消费换点数，而困在一堆数字中让办事效率变得奇差，而我则是集了半天点数，却张冠李戴的贴成了别家贴纸，通敌行径当场罪证确凿。

在我所居住关西镇上人气最旺的那家“SEVEN”，里面的几位店员记忆力更是超群，只要买过一次咖啡，下次去不用特别吩咐，他们便能调制出你所专属的口味，我也曾怀疑是自己够怪才能让他们记住而享有这特别待遇的，尔后才发现其他人一样也能得到这客制化的服务，买烟的人无需多说，店员便已从几十种烟品中找到你的最爱，对我们这些有年岁记忆力不断衰颓的人来说，似乎只有神奇可形容。

这两年，便利商店都朝着扩大店面的方向发展，在较大的空间里摆上桌椅，让人用餐或喝杯咖啡都好，至此他们的经营模式已不仅止于贩售商品，还兼具了快餐店、咖啡厅的功能，让奔忙的人们随时随处可歇脚（内急上厕所亦可），老人小孩也有了休憩的角落，我便常看到小学生放学后，在店里一边吃着特惠“早餐”一边写着功课，老人则喝着咖啡发呆读报皆有，即便不买任何商品，甚或带外食进入也不会有人来干涉，如此无门槛的经营方式，也是一般快餐店咖啡店无法做到的。

目前台湾便利超商之多，常让外来游客惊叹不已，光是“SEVEN”便遍及全岛，且好似竞逐似的，只要它出现，其他“全家”“OK”“莱尔富”立即如影随形的跟进入驻，所以若是在台湾街头驻足，发现前后左右被四家不同的便利商店环绕也不足为奇。北京来的朋友就好生感叹，她们的小区（十万人也算小区？），连一家便利商店也无，因此好想回去开家“SEVEN”，生意一定好到爆。

为此，我想起自己小时候也有过类似的梦想，写作文“我的志愿”时，总要极力克制当杂货店老板的愿望，毕竟在那个年代，春风化雨的老师、保家卫国的军警才是政治正确的选择，但心底是多么羡慕那些家里开杂货店的同学，想象他们坐拥一屋子饼干糖果，天堂也不过如此。长大后看着便利商店如雨后春笋般矗立在大街小巷，也眼看着一家家传统杂货铺关门大吉，我当老板的梦想，自然就转移到“SEVEN”了。但自从有一次，我看着十分忙碌的店员，手忙脚乱地冲咖啡、换点数，还要帮忙传真、换赠品，结账时两眼昏花却很有礼貌地问我：“冰淇淋要加热吗？”我便知道有时当个快乐的使用者便可以了。

在台湾有最高的“SEVEN”，也有最北最南的“SEVEN”，这样标示出山巅海角的便利商店意味着什么呢？那是警告所有都市人你已来到文明的边缘，若再往上往南往北走，那么就会进入一个虽不至路倒山渠，但至少会是十分不“便利”、让人心生恐慌的境域。就如同我，已住在山里十多年，自诩已是半个山野人，但每次回家前，总要到沿途最后一家“SEVEN”晃晃，买份报纸、买几个面包也好，是为了安心？还是一份莫名的依恋？我想这就是所谓的都市人的乡愁吧！

陈 雪

台湾著名小说家，曾获开卷十大好书奖、入围台湾文学奖长篇小说金典奖、台北书展大奖小说类年度之书、金鼎奖等各大文学奖。著有《恋爱课》《迷宫中的恋人》等多部小说。

城市里的迷宫

我对台北的印象总以福和桥为界，一桥之隔区别了台北县市，十几分钟车程变成大事，“去台北”，我们身在台北却如此描述桥那一端的世界，中南部人眼中的台北并不太区分台北县市，只有久居台北的人这么强调着，仿佛中永和不是台北，不是台北人心中的台北，过了那些桥（福和桥、永福桥），不是离开了台北就是进入了台北，相反地，跨越那些桥，又进入了异地。

从台中搬来到中和十年，日常生活饮食起居都在这一带，至今仍令我感到惊奇的还是那些迷宫般的街道巷弄。出租车司机口中“中和有永和路，永和有中和路”这样绕口令似的谜样复杂，住在台北市的朋友一旦跨过桥往我住的地方来，情绪上竟都像到了“异地”，有些惊慌、惊奇，他们总想着就要迷路了果然迷路了，心心念念都是路怎么如此复杂，这样陌生。二是我自己日日散步路线所见的景致。没有贬抑，虽然中永和难分的一条路突然就改了名，令人容易迷途，虽然住宅的稠密、人车的纷杂其他县市也难见，但正因为这样的稠密与纷杂，这迷宫似的道路街景却令我这在城市里漫步当作运动的居民“仿佛每天不重复”地走路心情。

有段时间我勤奋运动，能用走的绝不搭车，日常散步除了穿越小巷弄，跨过大马路，设法不搭公交车不转捷运到达另一处，在这并无优美风景、也不算平坦宽广的都市道路上走路目的不是看景而是看人，看在都市与都市边陲的人们（包括我自己）如何在此过活，周遭有着什么营生，看这人造而超出人所预期的“双和”地区如双生子组合成何种双生面貌。

我的散步路线有几条，一是从景平路到四号公园；二是从景平路到南势角；三是就在智光商职附近的黄昏市场。

首先是公园。我不知道一号到三号公园在哪，仿佛一开始就叫四号公园（因为一次颁奖典礼在公园旁的图书馆办理，我才认得此处），一走进就被里面的狗给迷住了。很少见有公园对狗类这么友善，专辟了“运动场”给狗族使用，还分大型中型小型，对狗这么友善的公园对人类想必也极佳，我不是爱狗人士却喜爱里面的气氛，老人组团唱歌、下棋、跳舞、健身，小孩溜直排轮，成人跑步，然后狗儿们叼飞盘、追逐、串门（有一区块应该不是为遛狗设计，但人们就这么带着成群大狗小狗，或坐或站，像是爱狗联谊会，将那个广场变成狗与其饲主的乐园），我除了运动之外都在看人与狗，看这个公园如何形成这样的生态，大人小孩男女老少以及狗，还有图书馆，这是个平民的、不拘束人的公园，自然也适合我。我们几个朋友都说好往后要住到这一区，当作年老时可以群居相互照应之地。

南势角这些地方没四号公园一带那么高雅，杂乱些，气氛还要更混杂，是那种心情不好时会突然生气起来觉得这样生活质量太糟了的地方，离我的住处也不远，通常都是大马路旁，密密麻麻的住宅、商店，川流的公交车、机车、汽车，一点都不适合散步，但你总得走过这些地方才能到达另一个小巷（过这些马路我最怕了），像是必然的代价，像是巷弄与巷弄间被主要道路无情地切开，像是日常生活里一次短暂的冒险（只是过马路），张大眼睛，一鼓作气，穿越。

中永和地区的住宅密度应是记录了，哪来这么多房子呢？这些房子住着谁？都是水泥建筑都有铁皮加盖铁窗外露，行道树稀疏，人行道被车子或商家占据，无论从中南部或东部或台北市区来的人都会叹为观止的景象，熟门熟路的人才能从其混乱的外观知晓其中隐藏的奇妙，这些曲折巷弄里大多是四楼的公寓，坪数或大或小，一个转弯就会走进没有出路的死巷，老人妇人从家里搬出桌椅，就在马路边上泡茶，不远处仍可听见车潮涌动喧嚣，但这路底却成了自己的小庭院，甚至还种上许多盆栽，藤椅旧沙发塑胶椅风吹日晒都斑驳了，但只要有人坐上去，开口说话，这街角一景突然成了社区居民聚会话家常之地（功能就像乡下村庄的大榕树），拐个弯忽然又是车水马龙，一下子就到捷运站，我常有时空错乱之感。

然后是市场。

尤其是黄昏市场，以前住台中也常去，我父母在市场（早市与夜市）摆摊卖衣服为生，我既不能早起，所以菜都在傍晚买，台中的黄昏市场大多圈地而成，铁皮屋顶一大个区块底下几百个摊位，但中和的黄昏市场却是绵延好几个街道仿佛无限制地可以从这条街逛到那个巷再叉开分生出无数的小径，不知不觉就走到永和了。去程大多是逛，回程才慢慢采买，要记得路线与购买习惯，否则就得提着大包小包走太远的路（这市场之大而我尚不知其名称）。

想想这样生活多奢侈，早上起床就开始写作，日复一日的，写到下午三四点一天的进度够了就收工。收工了就要去看人、要去走路，闹哄哄的市集竟成为我写作长篇时最佳的补给。五颜六色的蔬果，南北杂货，包子馒头，各种宽大便宜的衣服（据说叫做欧巴桑衫），我住的中和一带眷村多，卖的吃食与我以往熟悉的台中县市不同，几年下来熟习了这相连几条街的市场每一天不同的风格，好多卖水饺的摊子都在同一个路口，四五家口味价格都不同，下一个街口星期一卖吐司抹酱，星期二卖手工丸子，星期三是鲨鱼烟，星期四是意大利面酱，周末最精彩，连着五六家一字排开好像大排档，号称五星级饭店的主厨亲自烹调的鱼翅海鲜羹对上另一个酒楼主厨的港式烧卖蒸饺小笼包，另外几摊规模较小的也都是熟食摊，没那么戏剧性的出身，一个是年轻小夫妻卖自己炒的家常菜，三样一百元还附赠白饭（摊子干净，菜色模样也好，但口味就是有那么不到点）；另一个挂着红色灯笼写着山东烧鸡，一家三人，文雅的老太太，长头发的哥哥，短发的弟弟，大概是中年转业，三人都像以往绝不曾做过生意那样，害羞、尴尬、生手脚慢动作，三块卤豆干卖二十元算贵了，卤猪脚也稍贵，烧鸡的模样过黑，但是样样口味好极了，我一个人吃不完但还是常去买，就怕生意清淡性格别扭的他们没多久会歇业。逛市场时我大多在试吃，新近流行杏鲍菇，油炸，红烧每种都吃一小块，萝卜糕芋头糕就有三四个摊子在卖，还有一种海菜料理，凉拌煮汤煎蛋都可口，最大方的往往是卖花枝丸或贡丸的，每个路过的人都发一颗，水煮油炸圆圆一大个插在竹签上，拥挤的街上男女老少人手一支，仿佛拿着一个同盟的标记。

我喜爱逛市场如我喜欢走在那些迷宫般的小巷弄，一种庶民的，亲近人，不用高级装潢、冰冷建筑吓退你的气氛，但如我每次逛完市场回家，吃饱喝足，觉得孤独的写作生活里终于人气沾身，可以继续工作。

有个小时候家住中和的长辈对我说，他童年时我居住的地区都是水田，翻看老照片也是如此。我常想，而今建造了如迷宫般建筑的双和地区的人们，当初是如何来到台北，买下第一栋房子，开始自己的营生？这些建筑像积木一样被慢慢堆栈起来，有些没有章法，或者说其章法还不在美观而以生存为主，突然间城市就这样连居民都没看清其过程地就被建造完成，人那么多，还有更多外地北上的人涌进来，但它较台北市区平价的地价租金与生活费，以被切割得更碎的单位，一一容纳、吞进这些外来求生的人们，小小的店铺，应有尽有的商店，便利的大众运输，繁复的街道，无论外来或本地的居民，如我这样，落地生根，你总会数落它的不是，抱怨它还未长出够好看的样子，但是它已成了你的家。

陈念萱

台湾知名作家、影评人、记者、翻译、义工、美食家，曾为《新京报》等多家报刊特约撰稿，两岸著名文化使者，自20世纪90年代初不断往来于海峡两岸。台北《费加洛》杂志特约撰述，自由撰稿人及专栏作家。著有文学、旅行、电影等方面的作品十多部。

理直气壮遛自己

立志做大事，只有疯子才说得出，在台北。无所事事，是正常人。

然而要像印度德里或尼泊尔加德满都那样，在热闹地段挤满四处游荡的年轻人，台北尚未达到那样的境界。我们对无所事事的定义，是不做从小立志的事，做些旁人看来不务正业，如开个咖啡馆之类的小屁事。拿出20万，便能天天躲在小店看书打屁瞎聊，客人多少，不影响心情，总有漂亮聪明的大学生愿意降薪到此打工。人多受不了，当老板的自动让位，出门遛自己，顺便跟左邻右舍交流。

终于在上班打卡多年后，决定辞职的当下，口袋里所剩无几，漫无目标地游走在车来人往的街头，不急着回家，心里很踏实而开心，走着走着，一下午的光阴便没了，没钱，却真是深感幸福。肩膀很轻松，没有人会裁判你不该感到幸福。

降低生活需求，发现自己需要的不多，越加释怀。

我没有任何凭借可以让自己这样坦然，无儿女双亲嗷嗷待哺，只剩下这座城市的宽容，以及没有任何价值观可以压榨我的舒适。那年，刚刚年逾不惑，虽已工作超过20年，却尚未达到退休年龄。像我一样，早早退休，自己想办法去玩耍的人，比比皆是。像传染病，近年来，大家说这是“小确幸”，从前，初初接触彼岸时，被揶揄为“小资”。

那时，我们可能群集看戏听曲，不需买门票，一群人上山，随便一棵树下或落魄艺术家的院落，便能当场张罗出一出即兴戏码，鼓盆而歌，并非仿效庄子丧妻，却是随手取来随意加入的随便演出，你是观众，同时也是演出者，悉听尊便。有画画的，有唱民歌的，有票戏的，有指挥有作曲，有名作家，或专职电影字幕翻译的，有半生不得志却又忽然名气亨通的；那时，能够做出最正经的一件事，便是看完一本冷门书。总之，这样的集会，散聚随缘，没有一首曲目重复过，大家集体创作，当下享受，过了，便忘了，也没有人会去记录。

肚子饿了，也随机拼凑，有钱出钱，有菜出菜，有碗盘的，亦随意取用。

这里面，当然也有继续上班工作赚钱养家，甚至颇具资本的高阶中产阶级，算是集体贫困穷玩的幕后金主，一段时期后，也许，便有人玩出了不错的成绩，如某某名画家，当年赞助者，意外一本万利翻几番，算是好心有好报的投资反馈。

最有名的，就是紫藤庐茶馆庐主周渝，手上握有的名家字画，每幅价值可换一房小公寓，当年却是善意接济穷困潦倒艺术家的无心插柳，其中有获得诺贝尔文学奖的高行健与素人画家洪通等。也有打水漂换尊敬的时候，譬如赞助林丽珍老师的演出，而今“无垢剧场”已享誉国际。周渝在朋友圈是著名的节俭之人，却多年帮助有才之人，从不手软，也不求回报。这也许是在台北的知识分子彼此帮衬的氛围，从周德伟老爷子传染给了下一代。开茶馆，也是在周济朋友后，衍生出的意外营生。

台北有三条官道是货真价实碧绿浓浓的，两头接通最高衙门的仁爱路，通往官邸的中山南北路，直达台北机场的敦化南北路；除此之外，台北真是个丑陋的城市，几乎没有像样的建筑。若跟世界上任何一座国际都会比较，可以直接滑落百名之外，堪称不入流。而这座不新不旧的盆地形尴尬小城，却广受外来游客赞赏，号称最友善的便利城市之一，连我这经常远游的半世纪住客，亦忍不住欣赏起台北在丑陋外貌下的方便与不势利。小店家此起彼落地亦趋热闹纷纷的社区生活，大概是最让人津津乐道之处，无论是否语言相通，来者是客，奉上一杯好茶，买卖与否，主随客便。

年过半百之后，重新检视这幼年期稻田遍布的小城，总能隔着距离，像外来客似的，品味着点点滴滴的变化。最终，城市里的建筑不再重要，而仅余下飞机后立即想要探访，非亲非故的店家守护者。他们安于自己选择的职业，却原非专业，大多半途出家，纯属爱好而自行摸索生存之道，既然选定，便珍惜地坚持下去，他们常说："够活就好！"生意可以不必兴隆，生活，比什么都重要。定时定量休息，定期远游，陪伴家人。

有回巴黎朋友返台省亲，带上法国夫婿，相约吃台菜逛巷弄，却适巧遇上周日，许多店家不开门，周一也不开门，周休二日。法国男人吃惊地笑称："太好了！周末不工作的巴黎人，如今穷得周日也开门营生，台北反倒悠闲起来，过着有尊严的自在好日子。"

这样胸无大志的年龄层，正在逐年下降，许多咖啡小馆的老板们，平均年龄三十上下，甚至意大利面馆的老板未届而立之年，平时勤奋打理自己的小生意，该放假休息时，绝不通融搞例外接单，也不因生意兴隆后，便想着开分店搞连锁，即便有人愿意出高价创品牌，年轻人的理由很简单："质量控管，要先认清自己的斤两，能承受多少是多少。若失去质量，自己都受不了，就别提花钱支持你的客人了。"

永康街巷弄里的鸦埠Café由一对年轻的姐妹花经营，姐姐负责厨房出简餐烘焙糕点，妹妹专管吧台咖啡饮料，妈妈插花做擅长的法式可丽露点心成本馆招牌。一开始是学临床心理学的妹妹毕业后，想在咖啡馆里认识各种各样的人，验证学校里学到的理论，获得报道室内装潢多年的姐姐支持。渐渐爱上咖啡豆烘焙的妹妹，两年后取得烘焙师认证。这在上一代士农工商的价值观里，简直是浪费家人多年栽培，书都白念了。

小小大安区，没有百家也有数十家这样的小小咖啡馆，老板都是有个性有才华的小青年，共同特点是享受生活，看家家门口免费提供艺术活动放置宣传品，任人取用，便能窥探老板品味一二。有时，找不到画廊支持的艺术家，咖啡馆也提供场地展览，大半没有任何回报，只为高兴。

作为常客，最新鲜的事，便是咖啡店老板带着你去别家咖啡馆溜达，介绍别人家的长处让你分享。彼此熟稔互通有无，亦为同业间的特色之一。

我喜欢走进门，有人跟你打招呼的温暖。这是疲倦行程过后的最大奖赏，而非冷冰冰的交易。一句“回来啦！”绝对抵得上一杯超值咖啡。也因为长期不经意的闲聊，我慢慢懂得了什么是好茶好咖啡。嗅觉与味觉，需要足够的暖意，才有机会缓缓舒展。

在台北街头遛自己，是我的小确幸。

叶永烈

著名科普文艺作家、报告文学作家，以儿童文学、科幻、科普文学及纪实文学为主要创作内容。曾任中国科学协会委员、中国科普创作协会常务理事、世界科幻小说协会理事。现任上海作家协会一级作家、教授 、光明日报科普专家委员会顾问委员。

浓浓的年味

人挤人，人推人，满街是人；

叫卖声，砍价声，声声入耳。

大包，小包，包包皆年货；

鱼香，肉香，浓浓的年味。

虽说已经是第5次去台湾，但这次是头一回在台湾过春节。在台北春节即将到来时，年味最浓的是两条年货街，即迪化街和南门市场。跟台北千千万万个家庭一样，作为家庭主妇，长媳驾车带着两个孩子以及我和妻，去那里进行“大采购”。

迪化街是台北老街。我在夏天的时候去过那里，这条 800米长、8米宽的老街两边，拥立着众多的绸缎店、中药铺、食品店、餐馆，当时烈日当空，街上行人三三两两而已。然而春节前夕的迪化街，完全是另一种景象，那里变成一条人的河流。往日的那些绸缎店、中药铺等等都“退居二线”，在这些店铺前搭起了临时的货摊，原本就不很宽敞的路面变得更窄。这些临时的货摊上堆满年货：

从一片红色的中国结、剪纸、春联，到一片腥味的鱼鲞、乌鱼子、目鱼干、鱿鱼丝；

从五颜六色的牛轧糖、花生糖、土豆糖，到五花八门的桂花年糕、芝麻棒、核桃糕；

从形形色色的山货蘑菇、鲍鱼菇、黑木耳，到各种各样的肉丸、贡丸、鱼丸；

从台湾各地的屏东黑猪肉、澎湖花枝丸、台中太阳饼、绿岛比目鱼、阿里山芥茉、拉拉山雪梨，到世界各国的德国猪脚、日本北海道海苔、印尼鲜虾饼、美国开心果、纽西兰（即新西兰）巧味燕麦片……真可谓琳琅满目，应有尽有，令人眼花缭乱，应接不暇。

不过，在这里有两点要说明一下：一是我看到“土豆糖”的牌子，感到不解，土豆怎么做糖呢？请教了台湾朋友，方知台湾人所说的“土豆”其实就是花生，“土豆糖”也就是花生糖。他们称土豆为马铃薯；二是我看见“德国猪脚”的牌子同样不解，为什么连猪脚也要从德国进口？难道德国的猪脚跟台湾的猪脚有明显的不同？请教了台湾朋友，才知所谓“德国猪脚”是用德国的方法烹饪猪脚，诚如台湾的北京烤鸭用的不是北京鸭，而是采用北京烤鸭的制作方法。台湾人喜欢吃猪脚，台湾的传统烹饪方法是红烧猪脚，而德国是烤猪脚。德国猪脚比较脆，而且少油腻，受到许多台湾人的欢迎，于是德国猪脚这种烹饪技艺在台湾流行，“德国猪脚”也就出现在年货街上。此外，我看到“紫米八宝饭”，一打听，那“紫米”就是上海人所说的血糯米，而“放山鸡”则是大陆所说的土鸡。两岸在许多用词上存在差异。

年货摊太多，彼此竞争激烈。于是，各施妙招，招徕顾客：最通常的招数，就是摆出样品，让顾客免费品尝。一路走，一路尝，客人可以一路尝百味；还有的手持电喇叭，不停地高声叫卖；还有的拿来高脚梯，放在街道当中，身上挂满广告牌，手持推销的商品，向路人招摇；也有的广告打的是“温情牌”，在一大袋花生上，我不仅看见“盐炒的更香”、“无敌香”之类广告词，还看到“跪求！！带我走”这样的广告语；据说，还有的店铺打的是“美人牌”，即从女大学生中选择漂亮者作为临时工，以求吸引顾客。

我穿行在迪化街，被台湾人浓浓的年味所感染。在这里购物，以家庭主妇为主力军，也有的扶老携幼，甚至坐在轮椅上被家人推着，也要在这拥挤的年货大街分享过年的快乐。在最拥挤的地段，我甚至一停下脚步，后面的人就会推着你向前走。警察局在这里挂出标语，提醒人们：“小心扒手，扒手小心。”

边走边看，边看边买。800米的迪化街，足足走了近两个小时，把大包干货、小食放在车斗里。原本计划再去位于台北市罗斯福路一段的南门市场，由于已经感到有点累，就改在翌日再开车到南门市场。

我问长媳，同是年货街，为什么去了迪化街，还要去南门市场？迪化街主要是卖台式年货，而南门市场则是卖大陆年货。南门市场是台湾的“外省人”过年必去采购的地方，也是“本省人”喜欢去的市场。

对于南门市场，我比迪化街更加熟悉，因为我曾经在离南门市场只有一箭之遥的南海路住了十多天。每天清早我从住处散步到中正纪念堂，南门市场是必经之处。

南门市场历史悠久，自从1906年开市以来，已经有一百多年的历史。早年这里是一大片平房，是台北的果蔬集散地。在1983年，拆除了平房，改建成高楼。南门市场设在大楼的地上一层和地下一层。往日，我去南门市场，看见地下一层是菜场，出售新鲜肉、蛋、菜、禽以及水产品，而地上一层是南北食品干货集散地。平常日子，那里的顾客也只是平常的人数。可是这一次我来到南门市场，顾客盈门，可以用“爆棚”两字来形容。

在南门市场大门口，我就看见一个小摊挂着“上海鱼丸”的招牌，那白色、椭圆形的鱼丸，刚刚做出来，又鲜又嫩，飘浮在水中。走进南门市场，我又看到另一家商铺在卖“上海菜肉馄饨”。不言而喻，这些上海小吃，使来自上海的我倍感亲切。接着，我看到黄底红字的“上海火腿行”的大招牌，这家商铺占了好几个店面，出售火腿、酱肉、香肠。此外，还有“上海万有全”、“上海合兴糕团店”，出售种种上海风味的小吃、干货。其中，特别是一瓶瓶黄泥螺，是典型的上海货。

在“福州老店”的招牌下，我看见品种繁多的福州燕丸（即燕皮馄饨）、福州鱼丸、福州面线、佛跳墙，而“宁波年糕”的红色横幅也非常醒目。广式腊肠、湖南香肠、湖州粽、金华火腿，宁波呛蟹、山东酸白菜……丰富多彩的中国大陆南北货，在这里足以慰藉台湾“外省人”的乡思。

南门市场的许多“老字号”商店大都是在1949年、1950年开张的。那时候，蒋介石从大陆败退台湾，带来百万“外省人”。“外省人”思念“外省货”，于是这些经营大陆南北货的商铺就应运而生，开张至今。

同样是年货街，南门市场的年货与迪化街的年货有着明显的不同，难怪长媳在去了迪化街采购之后，又来南门市场采购。

在迪化街和南门市场，我都看见“宅急送”（即快递）广告，写着“寄常温本岛100元”、“寄低温本岛150元”，所谓“低温”是指冷冻食品。这样的“宅送年菜”业务，大大方便了顾客，只消在年货市场订货、付款，“今日寄明日取”，“宅急送”直送家中。

在南门市场，我还看见几位中年妇女在现做蛋饺，供不应求。据说，蛋饺的外形像元宝，又是金黄色的，象征“招财进宝”，在台湾是很受欢迎的年货。

在南门市场，有两种蔬菜在过年时最畅销：一是竹笋，意味着来年“步步高升”；二是芥菜，叶子长长的，寓意为“长长久久”。

在南门市场，我还看见自称是“独家”的“臭豆腐馄饨”。我还是头一回听说“臭豆腐馄饨”，相信这“独家”也是确实的。这里的豆腐乳分为“臭+辣”，“臭+不辣”，“不臭+辣”，“不臭不辣”，供顾客自由选择，从中也可以看出台湾喜欢臭豆腐的人不少，难怪就有人专门制作“臭豆腐馄饨”了。

逛了迪化年货街，逛了南门市场，那浓浓的年味令我陶醉，使我在台湾度过的春节格外新鲜，充满奇特。

后记二则

捕捉细节 拥抱台北　　俊 华

台北最美的不只是细节　艾 琳

捕捉细节　拥抱台北

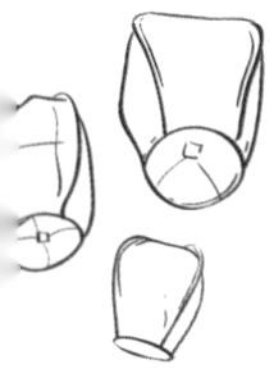

这是我第二次去台湾岛了。8年前，台湾对大陆刚刚开放旅行观光时，我就与家人跟随上海旅行团进行环岛游，8天时间只是走马看花，表面上了解了台湾一点点人文景观。而这次受社长的派遣，协助领队佩茵与艾琳两位美女赴台湾个人游，在当地出版界朋友鼎力帮助下，集中在台北进行深度考察与采访。此行的10天时间里，我的主要任务是拍照，走街串巷，访新寻古，用相机拍摄了2000多张图片，捕捉到了台北人生活细节的真、台湾同胞心态细节的善、台北城市环境细节的美，进一步感受到了中华文化的魅力。

社长之前在“与名城谈一场恋爱吧 —— 写在《感受世界名城细部丛书》首本付梓之际”一文中写道：“对于一个人与城市来说，如果把走马看花似的旅游比作是握手和寒暄的话，那么关注细节就是双方间真正意义上的拥抱和交流。我感觉对当今的大陆读者来说更需要的是与各地名城细部之间的碰撞与交流，这种感受和体验是甜蜜而深刻的。”这番风情浪漫的话语，给了我们访台考察一个明确的目标与有益的启迪。按照我的领会，捕捉台北的“真善美”，很重要的是需将台北的城市与山水结合文化中国的历史情怀。山与山，水与水，一叶一枝总关情。对台北的人与人，物与物 ，如没有情感，相机下的画面，是枯燥的；笔下的山水，是干瘪的。沿着这条思路，怀着对祖国大好江山和对台湾同胞热爱的情怀，用相机聚焦台北城市的细节，去感受“恋爱”的甜蜜。

台北，集我国宝岛台湾省所有精华与荣宠于一身，风景秀丽，气候温和，生活适宜，文化丰富。台北，美丽的不仅仅是风景；精彩的也不只是风味，而是文化。我用相机首先从文化的视角来捕捉台北这个城市的画面，使我感受到台北就是一座传承中华传统的文化名城。

说起中华传统文化，在中国都绕不开孔儒。在台北就有一座孔儒历史丰碑：孔庙。这座孔庙始建于清光绪五年（1879年），至今保存完好。和古代中国一样，把孔子奉为大教育家来祭拜。在台湾，通过读书学习仍是获得成功的一条重要通道。因此台湾有许多青年学生，到这里祈愿考试顺利学业进步。每年农历九月二十八日孔子诞辰日这天是台湾当地的教师节，在这里有祭孔活动。那天，走进台北孔庙，有不少细节引起我的注意。比如台北孔庙是没有正门的，进出孔庙的门非常简朴，也不张扬。进入门后，我看到这座孔庙建筑的所有柱子和其他寺庙不同，上面都没有文字。据说，这是表示没有人能在至圣先师孔子面前卖弄学问。从孔庙简朴的门口到殿内的无字柱，这使我更加对孔子肃然起敬。平时，孔庙举办一些文化讲座与学习活动。我采访的那天，就看到了孔庙正在举行多项文化活动，也发现一点细节，如论语签诗、书法贺词、亲子学艺活动等。在台湾，一般人都认为台北有三大庙：即艋舺龙山寺，清水祖师庙与大龙峒保安宫。其中，保安宫是台湾现存的清代寺庙中规模较大的一座，我通过相机捕捉到了台湾至今还传承着中国传统文化的几个细节。我们中华民族是龙的传人，而保安宫石雕与木雕主要突出龙的形象，宫殿四周围墙的绘画艺术主要记载了中国古代文学故事的经典画面。诸如：徐母明辨大义怒打曹操、木兰为尽孝道代父从军，一幅幅活灵活现、栩栩如生的壁画体现了忠、孝、仁、义等千百年来中国传统文化的精神内涵。

如果说台北庙宇的细节，显现了中华传统文化的历史轨迹，那么，集中于台北的数十家高等院校不仅传承着中华传统文化，而且承担着科技与人文结合、传统与时尚文化融合之重任。台北高校的细节，主要聚焦于大学校园文化。在台北10天的时间里，我们先后走访了台北科技大学、台湾师范大学、台湾大学、台北医学大学、真理大学、台北艺术大学六所大学。我感受最深的是台湾大学（以下简称台大）。台大因其典雅宏伟的校舍建筑、别具南国风格的校园景观、浓厚高端的学术风气，成为莘莘学子渴慕的高等学府。台大正中央的椰林大道是台大代表性景观，从校门笔直通到底的西式红砖建筑就是图书馆；图书馆为读者打造了一个富有人文气息的舒适环境，最引人注目的是，在期刊阅览区设立了“乐牙弯”。图书馆一楼后端临窗处的沙发边增设音乐放赏设备，提供6000多首乐曲，读者坐在窗边弯弯的沙发上一边翻阅书刊，一边听听音乐，这是何等的休闲惬意呀。位于台大文学院馆前面有座纪念首任校长傅斯年的“傅钟”。此钟正点时，会有21声钟响，钟声洪亮悠扬，可响彻整个台大校园。“傅钟”傍还有块纪念碑，碑上写着“一天只有二十一小时，剩下三小时是用来沉思”。“沉思”，对于大学生来说，意义深刻，从沉思中可领悟出灵感，启迪出创意。在毕业季，台大的应届毕业生纷纷来到“傅钟”前面合影留念。

如果说大学校园文化的美，表明了对中华文化的包容与渗透，那么，让我们再用相机来瞄准一下台北的城市环境。在台北，我们可从城

市的清洁卫生、公共场所的服务设施与人们之间的情感等点点滴滴的小细节看到台北城市的“真善美”。这种“真善美”会一点一点地烙印在我的心里。这里，我列举台北城市生活的几个小细节：一个是奶瓶箱。在台北居住公寓门口的信箱旁，往往挂着一个奶瓶箱。仔细一看，发现了一个细节：台北的奶瓶箱门（盖）是在上面的，奶瓶不会滑落，而我们上海的奶瓶箱门是向前开的，一不小心奶瓶容易滑落、打碎；而且箱内还有一层厚厚的保温层，这样既保护奶瓶不破碎，而且使牛奶保鲜。另一个是邮筒。走在台北的大街小巷，我被路边的邮筒吸引，一红一绿，成双作对，成为一条风景线。红色邮筒为限时专送和航空邮件；绿色邮筒为平信，分本市和其他地区。如此分类，方便了邮寄者，更方便了邮局。再有一个是禁烟。在台北禁烟成风，不论在学校、医院，还是在宾馆、酒店，所到之处，都有明显的禁烟标志，显示了台北人维护环境卫生的整洁与遵守公共秩序的意识。特别引人注目的是，台北的禁烟标志色彩显明，而且违纪责罚条款严明。其中，由台北市政府卫生局与台北市当家热线1999共同监制的禁烟标志。在台北市的公共场所都有张贴。标志上言明：违禁吸烟将处以10000台币（折合人民币约2000元）罚款。有的无烟公园的宣传牌，特别强调“吸烟有害健康”，倡导“健康城市，清新台北”新风尚。在台北，所有的高等院校都是无烟学校，人们都会自觉遵守禁烟规则。还有“捐发票，献爱心”活动。在台北的公共场所，特别是在商店、酒店、咖啡店、书店、医院、彩票销售店等地方，往往都设立一个捐赠箱（盒）。人们可将购物或消费后获取的发票投入箱内。在台湾，发票都有抽奖的功能。发票中奖后就会有奖款。发票如投入捐赠箱之后，所中的奖款将捐献给生活的贫困者，体现了蓝天下的至爱。再看公共卫生。在台北，人们十分关注公共环境卫生。特别是在学校、医院、图书馆都有公共卫生设施及宣传招贴画，展现了台北城市的新风尚与台北人的高素养。有的医院大堂里，设有“口罩贩卖机”，医院电梯口安装了洗手的消毒液，时刻提醒你要洗手，保持个人清洁卫生，防止病毒感染。在台大医院专门设立免费检测癌症的门诊部，设有血压测试处，并告诉你如何测试血压。这些人性化的服务也表现在公交车上设立爱心座等方面，方便老弱病残；在公共场所设立哺乳室给母乳哺育提供方便，十分温馨。如此等等，不一而足。

我去台湾如果说第一次是走马观花式的、只是一种礼节性握手的感受，那么，这次是台北一地深度游，是对台北一个热烈的“拥抱”，更是与台北谈了一次甜蜜的“恋爱”，感受了中华文化的魅力，这种感受是深刻的，感觉是温馨的，感动是难忘的。

“海上生明月，天涯共此时。情人怨遥夜，竟夕起相思”。如今，当我坐在窗前，翻阅我们在台北捕捉到的一张张照片时，心潮澎湃：我还是想念台北，我的“恋人”！

倏　华

台北最美的不只是细节

几个月前，我刚从台湾环岛游回来，那时的台北只是我旅行中的一站，但仅是匆匆走过。这次有幸与两位前辈一起成行，怀揣着重新认识台北的期待，再次踏上这片土地，仿佛与老友重逢般亲切，但由于领受了从细节感受台北的“任务”，不由得睁大眼睛去观察、去记录，才发现台北这座城市处处充满了惊喜，每一天与这座城市的相遇都刷新着我对她的认识，她既像老友一般随和却又像新朋友一样让人感到按捺不住的雀跃和欣喜。

台北的细节处处渗透着对人的尊重和关怀。地铁（台湾称之为“捷运”）里用“年长者”“行动不便者”代替“老弱病残”的说法，多的不只是寥寥几个字，更是对弱势群体的尊重。走道的扶手分为高低两排，较低的一排专供个子较小的小朋友使用。类似的设计在博物馆里也很普遍，为了让小朋友能自己体验，互动装置不仅有常规版，还有小朋友专用的迷

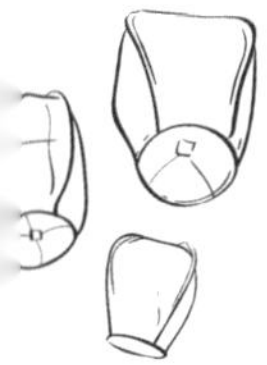

你版。这样以人为本的生活细节在台北俯仰皆是，周到贴心的设计背后是设身处地、将心比心的情感，源自内心的对人的关爱。

除了无数暖心的生活细节，这次台北之行最让我感动的是一路上遇见的人们，他们用自己的言语、行为演绎出这座城市最美好的一面。虽然可能有落了俗套之嫌，但还是忍不住想说台北最美的风景的确是人。

沿着迪化街朝大稻埕方向漫步，看到了久闻大名的槟榔，碧绿生青的门面下坐着一个挽着头发、约莫十六七岁的女生，一边听着音乐哼着歌，一边麻利地包着槟榔。她那么投入，直到我们走近了才发现“顾客”上门，有点羞赧地把音乐关了。我们都是第一次见到包槟榔，忍不住好奇地问道包槟榔的材料是什么，槟榔应该怎么吃，她都很耐心地一一回答，看到我们充满好奇却又有点担心，她主动请我们尝尝刚包好的新鲜槟榔，嫩绿色的小小槟榔，一咀嚼浓郁的味道就四散开来，别有滋味。可惜最后我们都无福消受这独特的“美味”，但她并不介意，还高兴又有些害羞地答应了我们和她合影的请求，就在我们走之后不远又听到她的收音机里传出了音乐……这家小小的槟榔店在偌大的台北显得似乎微不足道，但在这不到10平米的小小天地里，勤勉工作、热爱生活的人坚守和传递着心底的温暖和善良。

在台北除了便捷的地铁，计程车（的士）也是我们常用的交通工具，最重要的原因是台北的计程车司机都特别能侃，从时政民生到哪里有地道实惠的美食，都如数家珍、信手拈来。其中，有一位司机给我的印象特别深刻，因为他的车里放着两支娇艳欲滴的百合花，原来他每天出车前都会去买上几支鲜花，放在车里既带给乘客视觉和嗅觉上的双重享受，也让自己在忙碌工作时亲近自然，而且不少乘客（包括我在内）都是被他车里的鲜花吸引而来的，每天花几十台币（折合人民币不到20元），让自己和别人都能有好心情何乐而不为呢？简简单单就能把每天工作的8小时也变得富有美感和诗意，受到他的启发，我的办公室桌头现在也放上了鲜花。

在结束这次台北之行前，我到了朋友推荐的茶馆“串门子”去买伴手礼。因为对茶了解并不多，店员很耐心地为我冲泡了很多品种的茶叶让我品尝，老板询问了我要送的人大概的年龄后主动向我推荐了适合的茶叶。听到是朋友介绍而来后，老板还特意选了店里上过杂志，最美的一景帮我拍了一张照片，当我准备告别时，老板根据我的要求推荐了另一家茶馆的茶叶，希望我能找到满意的伴手礼。这样的店主我在台北遇见过好几次，他们会从客人的角度出发，帮忙解决客人的问题，其中不仅仅是生意经，也包含着他们将客人视作朋友的尊重和友好。

台北这一路接受到的友善太多太多，不胜细数，台北的人们带给我的除了感动还有震撼。那天，我遭遇了台北的雷雨天，倾盆大雨将我逼退到路边的7-ELEVEN（便利店）里，好在不久雨势渐止，我准备重新上路时听到传来了“致爱丽丝”的音乐声，才发现路边那些提着大包小包的“行人”原来不是在避雨，而是特地等候这辆带有伴奏的垃圾车。垃圾车外表没有脏污，更没有让人掩鼻避之不及的异味，居民们撑着伞自觉地排着队，将提前分类好的垃圾装进相应颜色的垃圾袋丢到车上。不一会儿人群散去，垃圾车又响起音乐驶向了下一站。这个雨中看似寻常的小插曲背后隐含的制度、管理以及人们的公德理念值得我们深思和学习。

如果说扔垃圾这件小事看到的是现代社会文明程度的一个缩影，那台北对传统文化的重视和创新也能让我们得到一些启发。台北年轻人闲暇常去的文化创意园区里到处都是让人意想不到的有趣设计，美轮美奂的剪纸灯罩、小巧精致的刺绣首饰、造型百变的陶瓷摆件……传统技艺被巧妙地融合在各种奇思妙想中，通过视觉、触觉的直观感受唤起人们对民族文化的记忆，用质感表达自己的存在。当然，台北也有各种展馆带领人们全方位、更深入地感受传统文化的魅力，比如，看到台北偶戏馆里展出的布袋戏、傀儡戏、皮影戏的戏服、人物、伴奏乐器、舞台……仿佛一下就穿越回了那个偶戏辉煌的年代。但给我印象更深的是那天在偶戏馆里的参观者，有的是家长带着孩子来体验，孩子们玩起皮影戏来有模有样；有的是十四五岁的少年，他们自发地来偶戏馆参观，还兴奋地自拍留念，也许在他们眼里这不但不老土，还挺酷的呢！不仅是参观者，这里的员工和志愿者也清一色全是年轻人。难怪传统文化在台北能不断创新，生生不息，因为它早就深深地扎根在最有活力的年轻人心里。

关于台北的细节和故事实在难以用文字穷尽，这座城市的气质和魅力值得每个人来亲自体会。台北的细致、温暖、友善，相信在这里待上一段时间，你就能感受得到，也会像我一样，回来这么久依然想念她的美好。

这次台北之行，感谢台北同行朋友们的热心帮助，带领我们认识了这座城市的迷人魅力。感谢龙图腾的罗姐、郝总编和婉真，给予我们很大帮助，还带我们吃到了传说中的芒果冰和其他地道的台北美食。感谢阮义忠、简媜、朱天衣、杨志弘、陈雪、陈念萱、叶永烈老师，在书中分享了你们对台北的记忆，对这座城市的深情。感谢领导相信我并委以重任，让我有第一次写书、编书的机会。感谢同事们的关心和帮助，你们的支持让我们动力满满。感谢同行的佩茵、俊华老师，因为你们，每一天寻找细节、搜罗美味的旅程都充满欢乐，让人无比期待。感谢在台北每一个帮助过我们的人，你们让我体会到了这座城市的柔软和温暖。

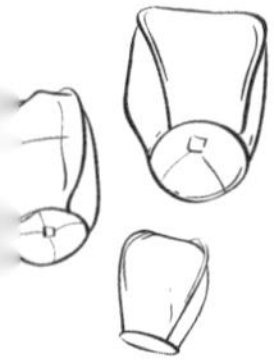

在回到上海写书的这几个月里，我还时不时地会像在台北一样观察生活中随处可见的细节，我欣喜地发现上海的地铁站里也开始装上了AED装置（心脏自动体外除颤仪，一种便携式的医疗急救设备）。相信类似的以人为本的贴心细节会越来越多出现在我们的身边，期待有朝一日我们的城市精神里更多一份温暖和友善，让我们的城市变得更可爱，让人心生向往。这本书是“感受名城细部系列”的第二本，第一弹《我还是喜欢东京》引发诸多热议，金玉在前，我们也不敢懈怠，无奈时间和水平有限，书中的不完美之处敬请各位读者多多包涵指正。台北的美好不仅仅在美食、美景，如果能在有限的篇幅里带给大家尽可能多的思索和感动，那将是我们的幸运，也期待未来和大家相遇在更多的城市，分享更多的细节之美。

艾　琳